नदी की टूट रही देह की आवाज

(उपन्यास)

श्रीप्रकाश मिश्र के अबतक **पाँच कविता संग्रह**—मौन पर शब्द (1986), शब्द के बारीक तारों से (2009), शब्द सम्भावनाएँ हैं (2012), मिअमाड़ (2015), कि जैसे होना एक खतरनाक संकेत 2017, ***चार उपन्यास***—जहाँ बाँस फूलते हैं (1996), रूपतिल्ली की कथा (2005), जो भुला दिये गये (2013), आपरेशन ख़ुदाबख़्श (2015), ***चार आलोचना की पुस्तकें***—यह जो आ रहा है हरा (1992), यूरोप के आधुनिक कवि (2011), युग की नब्ज (2012), रचना का सच (2013), ***चिन्तन की पुस्तकें***—सोच की दृगछाया (2017) और स्त्री विमर्श की जमीन (2018) प्रकाशित हैं।

ग्राम जड़हा, जिला कुशीनगर (उ.प्र.) के निवासी श्रीप्रकाश मिश्र एम.ए. (राजनीतिशास्त्र) और एलएल.एम. हैं इलाहाबाद विश्वविद्यालय से। विद्यार्थी जीवन में छात्र राजनीति में सक्रिय रहे। बांग्लादेश की आजादी की लड़ाई में मुक्तिवाहिनी के साथ रहे। केन्द्र सरकार की सेवा में रहते हुए उत्तर-पूर्व, कश्मीर, उत्तराखण्ड, गुजरात, राजस्थान, उत्तर प्रदेश, दिल्ली के अलावा भूटान, बांग्ला-देश आदि में रहे। अब इलाहाबाद में रहते हैं और कविता की अनियतकालीन पत्रिका ***'उन्नयन'*** का प्रकाशन/सम्पादन करते हैं। रामविलास शर्मा ***सम्मान के संस्थापक व पुरस्कर्ता हैं।***

सम्पर्क : 406, त्रिवेणी रोड, कीटगंज, इलाहाबाद, पिन-211003

श्रीप्रकाश मिश्र

नदी की टूट रही देह की आवाज

(उपन्यास)

लोकभारती पेपरबैक्स

प्रथम पेपरबैक संस्करण : 2020

लोकभारती पेपरबैक्स : उत्कृष्ट साहित्य के लोकप्रिय संस्करण

लोकभारती प्रकाशन
पहली मंजिल, दरबारी बिल्डिंग, महात्मा गाँधी मार्ग,
प्रयागराज-211001

वेबसाइट : www.lokbhartiprakashan.com
ईमेल : info@lokbhartiprakashan.com

शाखाएँ : 1-बी, नेताजी सुभाष मार्ग, दरियागंज, नई दिल्ली-110 002
अशोक राजपथ, साइंस कॉलेज के सामने, पटना-800 006 (बिहार)
36-ए, शेक्सपियर सरणी, कोलकाता-700 017 (प. बंगाल)

जे. के. आर्ट प्रेस
प्रयागराज द्वारा मुद्रित

मूल्य : ₹ 525

NADI KI TOOT RAHI DEH KI AWAZ
by Shriprakash Mishra

ISBN : 978-93-89742-41-1

सर्वश्री,

दुर्गा प्रसाद बड़ठाकुर (कालूगाँव)
डी. पी. बरुआ (बण्टी प्रेस, मरियानी)
जनाब अली (नवगाँव)
अनूप कुमार महंता (गुवाहाटी)
इन्द्रजीत सिंह (मिलन नगर)
जितेन पाङ्ग्याड़ (अरुणाचल)
अरुण कुमार बनिक (शिलाङ)

को सप्रेम

पूर्व कथन

उपन्यास दो तरह के होते हैं। एक वे होते हैं जो एक बिन्दु से चलते हैं और अन्तिम बिन्दु पर समाप्त हो जाते हैं। कथा पूरी हो जाती है। जैसे पात्रों के दिन बहुरते हैं, उम्मीद की जाती है कि वैसे ही पाठकों के दिन बहुरेंगे। वे कला की दृष्टि से पूर्ण और उत्तम माने जाते हैं। दूसरे उपन्यास चलते तो एक बिन्दु से हैं, पर कहीं पहुँच नहीं पाते। ऐसे उपन्यास कुछ प्रश्न उठाते हैं, उनके उत्तर तलाशते हैं और अन्त में वे पाठकों पर ही छोड़ देते हैं कि वे उनका उत्तर तलाशें। ऐसे उपन्यास कला की दृष्टि से शायद उतने 'परफेक्ट' नहीं होते, पर जीवन की जिन समस्याओं से रू-ब-रू कराते हैं, वह आनन्द देने के साथ-साथ पाठकों की सोच को समृद्ध करते हैं और पठन तथा विचारों के जनतन्त्र में ले जाते हैं। यह उपन्यास 'नदी की टूट रही देह की आवाज' कुछ ऐसा ही है। इसमें सिलिगुड़ी के उस पार यानी उसके पूरब का इलाका अपनी तमाम समस्याओं के साथ चित्रित हुआ है, जिसमें बहिरागतों की, जमीन की, जातियों के विभाजन की, सांस्कृतिक दबावों की, ऐतिहासिक विसंगतियों की, पहचान की, अस्मिता की, जिजीविषा की, इनके अलावा भी तमाम दीगर बातों की जो खुलासा है वह पाठक को न केवल असम से परिचित करायेगा, कुछ ज्वलन्त प्रश्नों पर अपना मत बनाने का भी मौका देगा।

इसे लिखे जाते वक्त जिन मित्रों का सहयोग और उत्साहवर्द्धन मिला है, उनका तहेदिल से आभारी हूँ। उनकी संख्या काफी है। फिर भी इलाहाबाद के श्रीरंग और दुर्गा सिंह, फैजाबाद के स्वप्निल श्रीवास्तव और रघवुंश मणि, असम के अनूप महंता और राजेश्वरी पतंगिया वरुआ तथा शिलाङ से अरुण कुमार बनिक का विशेष नाम लेना चाहता हूँ। उपन्यास के कुछ अंश 'कथा' में छपे थे। उसके सम्पादक का भी आभारी हूँ।

दीपावली, इलाहाबाद
27.10.2019

श्रीप्रकाश मिश्र

नदी की टूट रही देह की आवाज

1

जीवन अपनी गति से चला जा रहा है। अब गति का सम्बन्ध चलने से है, कि जीवन से—बहुत स्पष्ट नहीं है। स्पष्ट तो यह भी नहीं है कि अपना का सम्बन्ध गति से है कि जीवन से। तो भी बात ऐसे ही कही जाती है। ऐसी ही बातों को स्पष्ट करने के लिए यु लिन प्रतिदिन प्रवचन करता है। उसका समय हो गया है। विशाल पतजुग के पेड़ के नीचे बाँस की चटाइयाँ बिछा दी गयी हैं। उस पर ओह्लते सूर्य की किरणें यत्र-तत्र बिखर कर पड़ रही हैं। उससे एक रंग बन रहा है—कुछ-कुछ हलुद रंग, जो लोगों को खींच रहा है। लोक इक्का-दुक्का वहाँ पहुँचने लगे हैं। बैठने से पहले वे गमछे से मारकर चटाई झाड़ ले रहे हैं। उसी तरह कुछ लोग अपनी गात भी झाड़ ले रहे हैं। चाहे जितने जतन से नहाया गया हो, मक्खियों को लगता है कि वहाँ कुछ चिपका हुआ है, जिससे वे जीवन-रस ले सकती हैं। उसी की खोज में वे उड़-उड़ कर बैठती हैं। पर भाई! माछी की लात और पट्टीदार की बात सही नहीं जाती। इनमें कोई भार नहीं होता, तब भी लगता है कि आदमी उनके भार तले दब जायेगा। इसलिए बैठने से पहले लोग कमर के ऊपर का अपना नंगा गात झाड़ ले रहे हैं। पर मक्खियाँ निर्लज्ज हैं, एक को छोड़कर दूसरे पर जाकर बैठ जा रही हैं।

वसुन्धर ने अपने घर के सामने से देखा। वहाँ काफी लोग जुट गये थे। आज बाजार का दिन था। बाजार पास के गाँव के बाग में लगता था। सप्ताह में एक बार खरीदनेवाले आस-पास के गाँवों के लोग होते थे, तो बेचनेवाले भी उन्हीं गाँवों के लोग होते थे। लोग अपने गाँववालों से सौदा गाँव में नहीं खरीदते थे। बाजार में जाकर उन्हीं से खरीदते थे। बाजार तो सभी खरीदनेवाले जाते थे, पर बेचनेवाले कोई-कोई ही जाते थे। जिनको कुछ बेचना होता था और सामान थोड़ा होता था, तो किसी दूसरे को थमा देते थे। वह बाजार ले जाता था और बेच कर पैसा दे देता था। इसके लिए कोई कमीशन नहीं काटता था। यह अच्छा ही था। नहीं तो यदि सभी खरीददारों के साथ सभी बेचनेवाले पहुँच जाते तो बड़ी ठेलम-ठेल होती और गाँव में कम ही लोग रह जाते। इससे गाँव की सुरक्षा को खतरा था। यह खतरा इधर बढ़ता ही जा रहा था। इसलिए आज गाँव में काफी खाली लोग थे, जो पतजुग के पेड़ के नीचे जुट रहे थे।

ओह्लते बेरा का सूर्य कुछ ऐसे कोण पर पहुँच गया था कि पेड़ की पूरी-की-पूरी छाया पूर्व की ओर ढल गयी थी। धूप पश्चिम की तरफ थी। पर उसमें ताप नहीं था। कुछ इस कारण भी कि पतजुग की किनारे की लहराती डालियों के छितरे पत्तों के बीच से जाती किरणें हिल-डुलकर चटाइयों पर पड़ रही थीं। उससे धूप-छाँव का एक बड़ा सुखद दृश्य बन रहा था। दृश्य कुछ इतना लुभावना लग रहा था कि वसुन्धर पेड़ की ओर चल पड़ा। इसके पहले कि वह उसके नीचे पहुँचे यु लिन वहाँ पहुँच गया और अपना स्थान ग्रहण कर लिया। उसके आने पर किसी ने कोई औपचारिकता नहीं निभायी थी। उसने भी कोई औपचारिकता नहीं दिखायी और बैठते ही कहा, "आप लोग कौन-सी कहानी सुनना चाहते हैं?"

साफ जाहिर था कि लोग उन सभी कहानियों को जानते थे, जो वह सुनाता था, या सुना सकता था। फिर भी लोग उन कहानियों को सुनते थे, क्योंकि वे उन्हें जितनी बार सुनते थे, उतनी बार वे उन्हें नयी लगती थीं। इसलिए नहीं कि यु लिन की सुनाने की शैली बदल जाती थी, या कि उनकी अन्तर्वस्तु में कुछ नया जुड़ जाता था कि कुछ निकल जाता था, बल्कि इसलिए कि हर बार उनमें एक नया अर्थ मिल जाता था। लगता था कि उसे पहली बार नजरन्दाज कर दिया था, इस बार पकड़ में आ गया है। वसुन्धर को लगता था कि नूतनता के अनुसन्धान में लोग कितनी बार भागवत सुनते हैं, योग-वासिष्ठ सुनते हैं। अब तो रामायण महाभारत सुनने का जमाना नहीं रहा। उसी नूतन अर्थ की तलाश में वह वहाँ पहुँचा, तो यु लिन को कहते हुए पाया :

"ब्रह्माण्ड में जाने कितने जगत् हैं। एक जगत् में मात्र देवता बसते हैं। वे एकरस जीवन जीते हैं। उससे ऊबकर अठारह देव चले पृथ्वी की ओर। अन्तरिक्ष में आकर देखा कि नीचे चारों ओर जल-ही-जल है। जल से उसकी एक सपाट निर्मिति। वे चकित रह गये। इस चकित होने में एक आकर्षण था। उससे बँधे रहे। कुछ दिनों के बाद ऊब गये। वे पृथ्वी का चक्कर लगाते हुए कुछ नीचे उतरे तो पाया कि यह निर्मिति उतनी सपाट नहीं है। उसमें निरन्तर उभार बनता है, चौरस मिटता है। फिर चौरस बनता है, उभार मिटता है। उसमें एक नाद है, नाद का छन्द है, छन्द की ध्वनि है और उसे धारण किये अनन्त पारावार है। वह कानों को भाता है। उसका ओर-छोर जानने के लिए उन्होंने फिर चक्कर लगाया तो पाया कि जल के अनन्त रंग हैं, रंगों का बनना और बिगड़ना है, उनका जुड़ना-मिटना है, उनका उछलना-विछलना है। ध्वनि के साथ यह दृश्य अनुपम है। वह आँखों को भाता है। इस अनुपम का थाह लगाने के लिए वे थोड़ा और नीचे आये और लगे पृथ्वी का चक्कर लगाने। पानी के छीटें उनके नथुनों में पड़े, मुँह में पड़े। उनको स्वाद मिला। सबको अलग-अलग स्वाद मिला। वे एक-दूसरे का स्वाद बदल-बदल कर चखने लगे तो लगा कि असंख्य प्रकार के स्वाद हैं। वे जीभ को भाते हैं। उन्हें गिन डालने के लिए वे और नीचे आये और पृथ्वी का

चक्कर लगाने लगे। उन्हें चौतरफा गन्ध उठती लगी। उन गन्धों के विविध प्रकार थे। कुछ सुख देते थे, कुछ असुख। उनको छिनगाने के लिए और नीचे उतरे और धरती का चक्कर लगाने लगे। तब ध्वनि, रूप, स्वाद और गन्ध के समुच्चय उन्हें आक्रान्त करने लगे। उन्हें उस आक्रान्तता में आनन्द मिला। उस आनन्द को महसूस करते हुए वे ब्रह्माण्ड में बहुत दिनों तक टँगे रहे। फिर उससे ऊबने लगे। यह अब धीरे-धीरे इतनी बढ़ गयी कि वे इससे मुक्ति चाहने लगे। पहले सोचा कि इस पृथ्वी की सीमा से उड़ चलें और किसी अन्य जगत् का आनन्द लें। परन्तु उनके पंख निर्बल हो गये थे। ऊपर जाने का अभ्यास समाप्त हो गया था। तब उन्होंने सोचा कि इस पृथ्वी को नये सिरे से रचा जाय और कुछ इस तरह से रचा जाय कि उसमें एक नयापन हो, ऐसा नयापन कि आनन्द दे।''

युु लिन ने रुक कर श्रोता-मण्डल पर एक उड़ती दृष्टि डाली। लोग इतने लवलीन होकर सुन रहे थे कि एक-एक व्यक्ति की साँस अलग-अलग सुनी जा सकती थी, पर सबकी दृष्टि समवेत रूप से उसी पर पड़ रही थी और लाख चाह कर भी एक-एक दृष्टि को अलगाया नहीं जा सकता था। कथा कहने का यही तो मजा है कि वाचक श्रोताओं के केन्द्र में होता है, उन्हें मन्त्र-मुग्ध करता हुआ। उसने नये उत्साह से कहना आरम्भ किया :

''अब देवों के क्रिमिस् वरिष्ठ ये और नोमल कनिष्ठ। इस नोमल को निमुल भी कहा जाता है। यह वरिष्ठता व कनिष्ठता वय के आधार पर नहीं, शक्ति और सामर्थ्य के आधार पर निर्धारित थी। एक दिन क्रिमिस् की अध्यक्षता में देवों की बैठक हुई और सर्वसम्मति से निमुल को यह दायित्व दिया गया कि वह अपनी इच्छानुसार एक सुन्दर जगत् रचे। निमुल ने अन्तरिक्ष में पहले कर्क का सृजन किया और उसे पृथ्वी पर उतार कर चलाया। जब कर्क के चलने का वृत्त पूरा हो गया तो उसे कर्करेखा की संज्ञा दी। उससे कहा कि जल के भीतर घुसो और जो विभूतियाँ मिलें, उन्हें सानकर एक लोदा बनाओ। कर्क ने नीचे-नीचे पृथ्वी-जल को लाँघा और पाया कि उसके विभिन्न रूप हैं। उन रूपों को उपाधियों की संज्ञा दी। निमुल से कहा, ''जल के नीचे अनन्त विभूतियाँ हैं, पर मेरे पाँव चार ही हैं। उनसे मैं हाथ का भी काम लेता हूँ। उनके सहारे उपाधियों के तल में बैठकर समस्त विभूतियों को इकट्ठा करना असम्भव है। इसलिए हमारे पाँवों की संख्या बढ़ा दीजिये।''

निमुल ने इस पर बहुत चिन्तन-मनन किया। फिर पूछा, ''तुम्हें कितने पाँव चाहिए?''

कर्क ने कहा, ''दिशाएँ दस हैं। दस पाँव हो जायँ तो काम बन सकता है।''

निमुल ने कहा, ''जैसी तुम्हारी इच्छा।''

और कर्क के दस पाँव हो गये।

यु लिन को लगा कि श्रोता लोग उसके कथन में रस लेने लगे हैं। उसे बहुगुणित करने के लिए वह लगभग गाकर कहने लगा, "कर्क ने उपाधियों की गहराई से विभूतियों को खनकर एक गोल लोंदा के रूप में सान कर एक महापिण्ड बनाया। फिर उसे एक सुन्दर रूप देने लगा। निमुल को लगा कि यदि एक दूसरा प्राणी भी इस काम में हाथ लगाये तो एक विविधता पैदा होगी, जो धरती को और सुन्दर कर देगी। उसने केंचुआ बनाया और धरती पर सरका दिया। केंचुए ने धरती के मध्य भाग पर परिक्रमा की और जल को मथ कर एक पदार्थ पैदा किया जो उस यात्रापथ पर फैल गया। वह विष था। इसलिए उस रेखा का नाम विषुवत् रेखा पड़ा। उस विष के योग से केंचुए के उस पुलपुले लोंदे को पहले काटा फिर सी दिया। उससे लोंदा कड़ा पड़ गया। पर वह सरपट-सपाट नहीं बन पाया। आज जो पहाड़, झील, नदी, कटान, खाईं, वन देखते हैं, तभी बने। पर इसमें लोंदे का सौन्दर्य बढ़ गया।

फिर उसने तीसरा जीवित प्राणी बनाया और धरती पर टपका दिया। वह विषुवत् रेखा के दक्षिण में गिरा और जल में परिक्रमा किया। उसकी परिक्रमा रेखा को मकर रेखा कहते हैं। उसने जल में निहित बाकी विष को चट कर लिया। धरती तमाम दूसरे प्राणियों के रहने के योग्य हो गयी। तब निमुल ने तमाम वनस्पतियों, जीवधारियों को बनाया। उनके रहने के इलाके तय कर धरती पर टपका दिया। इससे धरती हरी-भरी और सुन्दर हो गयी। नाम पड़ा वसुन्धरा। पर वे तमाम प्राणी क्रीड़ा नहीं कर पा रहे थे, क्योंकि पृथ्वी तो पूरा जल थी, जिसमें लोंदा धरती तैरती रहती थी। उसे स्थिर करने के लिए विशाल कच्छप बनाया और धरती को उसकी पीठ पर रख दिया। किन्तु कच्छप की पीठ पुलपुली थी और उसकी पर्त बड़ी पतली थी। इससे धरती में विस्फोट होते रहते थे, जो तमाम प्राणियों के लिए जानलेवा बन जाते थे। निमुल ने धीरे-धीरे कच्छप की पीठ को कड़ी कर दिया, जिससे विस्फोटों की मात्रा कम हो गयी। प्राणी निर्द्वन्द्वभाव से क्रीड़ा करने लगे। ये आज जो विस्फोट होते रहते हैं, धरती कभी-कभी काँपती रहती है, डोल जाती है, तो इसलिए कि कच्छप अपना पाँव मोड़ता-फैलाता रहता है।"

इतना कहकर यु लिन रुक गया। कुछ मुहुर्त्त बीतने पर सुननेवालों को लगा कि बात पूरी नहीं हुई। वे तृप्त नहीं हो पाये। इसके पहले कि यु लिन उठे, या श्रोता लोग उठें, एक वृद्ध उठा और झुककर बड़े विनीतभाव से कहा, "पता नहीं, मैं सही हूँ, कि गलत हूँ, पर मुझे लगता है कि जगत् के केन्द्र में मनुष्य है। यह सारी सृष्टि मनुष्य के लिए है। बिना मनुष्य के इस धरती का कोई मोल नहीं है। इस धरती का भोक्ता मनुष्य है। यदि मनुष्य संज्ञान न ले तो यह धरती और उसके पशु-परानी, उसकी विभूतियाँ अर्थहीन हैं। तो इस मनुष्य का सृजन कैसे हुआ?"

यु लिन खिल्ल से हँस दिया। उसके काले दाँत, जिनके दो पर सोने की बत्तीसी मढ़ी थी बड़े घिनौने लगे। शायद इस बात को वह जानता था। इसलिए होठों से दाँतों को बन्द

करते हुए तुरन्त बोला, "मनुष्य जगत् के केन्द्र में है या नहीं, यह मैं नहीं जानता, पर अपने पुरुखों से सुना है कि ये सारे मनुष्य एक स्त्री देव की सन्तान हैं। उस स्त्री देव के ऊपर स्वर्ग के देवता राक्राङ ने अधिकार कर लिया था। अपनी सूरत में उस राक्राङ की सूरत मिलाकर स्त्री देव सारीपाक ने मनुष्य बनाया। और तब जैसा बनाया वैसा ही मनुष्य आज तक है। सूरत, बुद्धि और सीरत में। यह मनुष्य पहले अन्य प्राणियों के साथ रह नहीं पाता था। इसलिए अट्‌ठारह देवों में से एक देव ताकबोरा ने आज के पशु-परानियों, जलस्पतियों, वनस्पतियों को बनाया। कुछ लोग कहते हैं कि मनुष्यों में जो भिन्नता है रूप, रंग, ऊँचाई, चौड़ाई, बुद्धि, विवेक, सामर्थ्य में, वह इसलिए है कि सारीपाक की प्रजनन सामर्थ्य से आकर्षित हो तमाम देवों ने उसके साथ मैथुन किया बारी-बारी। उससे विभिन्न प्रकार की मनुष्य प्रजातियाँ पैदा हुईं। इसलिए आज भी पिता पर तो सन्देह रहता है, पर एक ही स्त्री सारीपाक की सभी सन्ततियाँ हैं, उस पर कोई सन्देह नहीं।"

यु लिन चुप हो गया तो लोग उठने लगे। कुछ लोग टेंट से पैसा निकालते और उसके सामने बड़े प्रेम से रखकर आगे बढ़ जाते। जिनकी टेंट खाली होती, वे मुस्करा कर आगे बढ़ जाते। उन्हीं में वसुन्धर भी था। उसने देखा कि ओरमी शाखों के साथ नाचती पत्तियों से छनकर आती डूबते सूर्य की तेजस्वी ललछऊँ किरणों में वृक्ष के नीचे की छाँव, अँधेरे की तरह ताता-थइया नाच रही है। उसके पार उसने क्षितिज को देखा। उसे लगा कि वह अपने स्थान से सरक कर काफी पास आ गया है। इतना पास कि उसके खेत उसके पार चले गये हैं। 'इतनी दूर' उसने सोचा। फिर सोचा कि काफी दिन हुए, वह उनकी ओर नहीं गया। कल सुबह ही निकलेगा और उन्हें देखकर आयेगा।

2

भीतर सूर्य था, बाहर उसकी लालिमा थी। लालिमा क्षितिज की नीलिमा पर पसरी थी, नीलिमा के आकाश के भीतर सूर्य दबा था। फजीर की नमाज की अजान हो चुकी थी और उसी आवाज को सुनकर वसुन्धर हाजोई उठ गया था। उठते ही लगा था कि रात की उमस काफी कम हो गयी है और दिन के गर्म होने की पूरी सम्भावना है। मच्छरों से बचने के लिए उसने जो दोहर ओढ़ रखी थी उसे शरीर से अलग कर अलगनी पर रखा और टट्‌टर सरका कर हाजत के लिए बाहर निकला। अँगड़ाई लेते ही सामने का विशाल पाकड़ वृक्ष नीलिमा में डूबा लगा। वह नीलिमा आकाश की नहीं थी, कुहासे की थी और कुहासा स्वरचित था। वह पेड़ जो साँस फेंकता था, वह धीरे-धीरे मौसम की उमस की भार में बहुत ऊपर न जाकर उसके फुलंगों पर मँडराती रहती थी और वातावरण के जाने किस पर्त से टपकती रेत में सनकर नीलिमा की, कहें धुँधलके की खोल बन जाती थी और पेड़ पर आवरित हो जाती थी। पक्षियों को लगता था कि यह खोल उनका घर है—कम-से-कम

तम्बू तो है ही—और वे अपने तम्बू-घर में जमीन तलाशती पत्तियों के बीच अदृश्य से बैठ जाते। यह मामला फजीर तक ही था। पूर्वी क्षितिज पर द्युति का आभास होते ही वे समूह गान में व्यस्त हो जाते। वसुन्धर को लगता कि यह गान नहीं है, अपनी उपस्थिति का इजहार है कि जिससे अपने ही कुल के दूसरे पक्षी डर जायें, कम-से-कम उसके अस्तित्व से वाकिफ हो जायें कि उसका अधिकार-क्षेत्र वहाँ तक है। इस अधिकार-क्षेत्र में चुगने की जुर्रत न करें। अन्यथा लड़ाई हो जायेगी। इस शब्द-दृश्य को बार-बार अकन कर उसने एक अव्यक्त कविता लिखी थी, जिसे कभी किसी को सुनाया नहीं था, पर स्वतः गुनगुनाता जरूर था। वही कविता उसके मनस्चक्षु में उभर आयी। यही कि रणगर्जन को गान कहना कितना आसान है मनुष्य के लिए। पर पक्षी के लिए? अपने अधिकार-क्षेत्र की रक्षा के लिए मनुष्य भी शोर मचाता रहता है, कम-से-कम अपनी उपस्थिति जताता रहता है। यही कारण है कि सुबह-सबेरे उठकर हर खेतहा अपने खेत की ओर जाता है, वहीं दिशा-फरागत करता है, फसल को अपनी निगाहों से सहलाता है। कोई पौधा टेढ़ा-मेढ़ हो गया होता है, बैठ गया होता है, तो उसे सीधा करता है, उठाकर खड़ा करता है, उसके गोइयाँ पर अवलम्बित कर देता है, अतिरिक्त बल प्रदान करने के लिए। इसी अतरिक्त बल के लिए वह पास के अवांछित खर-पतवारों को उखाड़ फेंकता है, खाद डालता है। सुना है पश्चिम के किसान पानी भी डालते हैं। असम में तो इतना इफरात पानी होता है कि उसे अलग से डालने की आवश्यकता नहीं पड़ती। पड़ती तो वह भी डालता। हाँ, हवा और आकाश को नहीं डालना पड़ता। वह यूँ ही सबको उपलब्ध होता है। सारी मारा-मारी जमीन के लिए है। वही एक ऐसा टुकड़ा है, जिस पर व्यक्ति अपना स्वामित्व रखता है। उसके सहारे जमीन के, अपनी जमीन के नीचे का पानी और ऊपर के वाताकाश को अपना बनाकर रखता है। पर क्या रख पाता है? पानी तो जाने कहाँ-कहाँ से अपनी जमीन के नीचे आता है और अपनी जमीन के नीचे का पानी जाने कहाँ-कहाँ चला जाता है। वही हाल वाताकाश का है। उसकी सुरक्षा सरकारें करती हैं, व्यक्ति नहीं। उसके पास इतनी सामर्थ्य कहाँ और जरूरत भी क्या? पर क्या जमीन अपनी होती है? धरती का जो खण्ड मेरा है, क्या वह मेरा ही है? क्या वह इधर टहलनेवाली लोमड़ी का नहीं है? उसके पीछे पड़े भेड़िये का नहीं है? हमारी फसल में छिपे कीड़ों और चींटियों का नहीं है? उन पर झपट्टा मारते पक्षियों का नहीं है। खर-पतवार के ही नहीं, हमारी फसलों के फूलों पर मँडराती मक्खियों, मधुमक्खियों, तितलियों का नहीं है? उनको चर जातीं वनगायों और हाथियों का नहीं है?

हाथियों का ख्याल आते ही उसका शरीर गनगना उठा। यही मौसम होता है जब वे दौंगरा करते हैं, सिर्फ इसलिए नहीं कि जंगल सिकुड़ता जा रहा है और उनकी चराउर कम होती जा रही है, इसलिए भी कि जंगली घास की तुलना में फसल के डण्ठल अधिक मुलायम, रसीले और सुस्वादु होते हैं। नाना लोग अपने पूरे परिवार के साथ मनफेर के

लिए आते हैं और हमारे सालभर के श्रम को चन्द मिनटों में नष्ट कर आगे बढ़ जाते हैं। माना कि यह धरती उनकी भी है और इस धरती में मेरा खेत भी है, पर उस पर श्रम तो मैंने किया है। उसको जाया करने का अधिकार उनको किसने दिया? दूसरे के खेत में यदि कोई गलती से या बलात् बीजारोपण कर देता है, तो फसल काटने का अधिकार भी उसी का हो जाता है—ऐसा सरकार का आईन कहता है, तो नाना लोगा किस अधिकार से हमारे खेतों मे चले आते हैं?

हाथियों का ख्याल आते ही वह अपने खेत की दिशा की ओर मुँह करके सरपट भागा। बस्तित की सीमा समाप्त होते ही लोगों के खेत शुरू हो जाते थे। अब उनके बीच से उनकी फसलों को रौंदते हुए, मनमाने ढंग से रास्ता बनाते हुए दौड़ना सम्भव नहीं था। सम्भव था कि खेतहा लाठी लेकर दौड़ पड़े, नहीं तो अपने दरवाजे पर खड़े-खड़े ही माँ-बहन को तौलने लगे—इतना तो वह बहुत आसानी से और यूँ ही कर सकता था। इसके लिए किसी वास्तविक अपराध की आवश्यकता नहीं थी। इसलिए आगे मेड़ों के सहारे ही जाना था। मेंड़ इतने टेढ़े-मेढ़े और भटकानेवाले थे कि दो कोस की दूरी आसानी से पाँच कोस हो जाती थी। शायद इसीलिए लोकोचित्त बनी थी कि 'दिन भर चले अढ़ाई कोस'। मेंड़ इतने कमजोर थे कि वह कई बार उनके धसकने पर गिरते-गिरते बचा। आगे के मेंड़ पानी में डूबे थे। वे दबे तो हाथ-पैर टूट जाने की पूरी सम्भावना थी। कम-से-कम कीचड़ की पुतले में रूपान्तरित हो जाने की तो थी ही। इससे बचने के लिए लाठी का सहारा होना चाहिए था। उसे तो वह हड़बड़ी में घर ही छोड़ आया। और हाथियों का मुकाबिला कहीं लाठी से हो सकता है? उसके पास बन्दूक कहाँ हैं? बन्दूक माजिद अली के पास है और वह किसी को देता नहीं। अपने पुत्रों को भी नहीं, तो भला मुझे क्यों देगा, चाहे मुझ पर कितनी ही विपत्ति क्यों न आ जाय? लेकिन कम-से-कम वह भाला लेकर तो आ ही सकता था। वह तो उसके पास था। अब यह हड़बड़ी चाहे जो न करा दे।

इसी हड़बड़ी में वह गिरा धड़ाम्! दरअसल मेंड़ पर बैठे पनिहा साँप पर उसका पाँव पड़ गया था और पाँव पड़ने के साथ ही साँप उसके पाँवों से लिपट गया था और काट रहा था। उसके काटने से कुछ होना तो था नहीं—उसके काटे में विष नहीं जाता। पर लिपटने से जो डर पैदा हुआ, उससे उसकी धड़कन एकबारगी रुक गयी और वह गिरा धड़ाम्। जिस कीचड़ के पुतले की आकृति उसने कुछ क्षण पहले मन-ही-मन रची थी, उससे अधिक वीभत्स रूप लेकर उठ खड़ा हुआ और उठते ही एक जोरदार गाली बक दी। यह गाली गिरने की क्रिया पर थी, मेंड़ पर थी, साँप पर थी, कीचड़ पर थी कि अपनी आकृति पर थी—स्पष्ट नहीं था। वह कीचड़ पोंछने लगा। पर कीचड़ पोंछाने की जगह उसके कपड़ों में और लिसड़ाने लगी। उसे ख्याल आया कि इसीलिए भाला लेकर चलना जरूरी था। उससे हाथी तो मारा नहीं जा सकता था, पर सहारा लेकर इन मेड़ों पर सुगमता

से चला तो जा सकता था। यदि आज हाथ में भाला होता तो यह साँप पहले से ही बिंध कर मर गया होता। नहीं भी मरता तो घायल होकर भाग गया होता।

वसुन्धर के गिरने से जो छपाक्-छपाक् की आवाज हुई थी, उससे पाकड़ के उस विशाल वृक्ष पर बैठी कुछ चिड़ियों ने सावधान होकर अकना। कोई खतरा न अनुभव कर टहनियों पर चोंच मारने लगीं। पर कुछ चिड़ियों ने आवाज सुनते ही पर तोला, पंजे से टहनी छोड़ा और शोर मचाती हवा हो गयीं। उनके शोर से दूसरे पक्षियों ने भी पर तोला। यहाँ तक कि जो निरापद मान टहनी पर चोंच पिजय रही थीं, वे भी फड़फड़ाकर उड़ चलीं। पँखों और डालों के समवेत स्वर से पूरा परिवेश एक भयावहता से गुंजायमान हो गया।

वसुन्धर हाजोई ने लौटते हुए सोचा कि हाथी आये नहीं थे, उनका आना उसकी कल्पना थी और उससे उत्पन्न डर उसके मन की एक स्वाभाविक वृत्ति। यदि हाथी आये होते तो क्या लोगों को पता नहीं चलता? मुँहामुँही बात क्या उस तक न आयी होती? लेकिन लोग अपनी लुगाइयों की लुगरी में जिस तरह से दुबके रहते हैं, उस तरह तो भला दूर-दराज के खेतों को देखने कौन जाता है? उसे वनगायें चरें या हाथी। वह कल जरूर जायेगा, ऐसा दृढ़ निश्चय कर वह गाँव लौट आया।

दूसरे दिन उसका जाना नहीं हो पाया। कहाँ? जहाँ उसकी खेती थी। जाना तो कचहरी हुआ। हरेन्द्र शर्मा का मुँह लम्बा था। जबड़ा कुछ चौकोर होना भूलकर लगातार लम्बा होता चला गया था। इतना कि वह हड्डियों के दो टुकड़ों से न बना होता तो निश्चय ही ठुड्डी नुकीली सुई की तरह होती। हरेन्द्र शर्मा को जब इसका ख्याल आता तो वे एक बार ठुड्डी में हाथ लगाकर जरूर देख लेते कि उसका सुई की तरह न होना कहीं भ्रम तो नहीं है। अपने पंजे को गदोरी तक सीमित कर बड़े गौर से देखते कि कहीं चुभने का दाग तो नहीं बना है। जब वे ऐसा कर लेते तो सोचते कि शब्द 'सुई' है कि 'सूई'। कोई स्पष्ट उत्तर नहीं मिलता तो सोचते कि जिसमें चुभन ज्यादे हो वह ज्यादे सही शब्द होगा। उन्हें लगता कि छोटा 'उ' बड़ा 'ऊ' से ज्यादे है, इसलिए सही शब्द 'सूई' ही होगा। क्या फर्क पड़ता है? असमिया में दोनों मात्राओं का उच्चारण एक जैसा होता है तो भी फर्क पड़ता है, क्योंकि छोटा 'उ' से लिखा जानेवाला शब्द छोटा 'उ' से ही लिखा जाता है और बड़ा 'ऊ' से लिखा जानेवाला शब्द बड़ा 'ऊ' से। ऐसा सोच चुकने के बाद वे अपनी झोंपड़ी के पार भीड़ की ओर देखने लगे। ऐसे देखते जब घण्टों बीत गया तो उनकी इच्छा हुई कि किसी साथी वकील को आवाज दें और अपनी देहमुद्रा के साथ मनमुद्रा की एकरसता तोड़ें। इसके लिए किसी वकील-विशेष को बुलाने की आवश्यकता नहीं थी, क्योंकि वहाँ सभी वकील, वकील होने के नाते एक-दूसरे के साथी थे। नाता होती ही ऐसी चीज है कि सभी को साथी बना दे। ऐसा सोचते-सोचते भी काफी देर हो गयी,

पर उन्होंने किसी को आवाज नहीं दी। उनके मन में हमेशा एक बात भरी होती थी कि उनकी वकालत नहीं चलती है, तो उनके बुलाने पर दूसरे वकील यही सोचते होंगे कि वे उनके काम में व्यवधान डाल रहे हैं। हालाँकि सही बात यही थी कि मुवक्किल उनमें से अधिकांश के पास नहीं होते थे और जिनके पास होते थे, उनकी भी अव्यस्तता इन्हीं की तरह होती थी, क्योंकि वे अलावा चन्द क्षणों में अपना मेहनताना वसूल कर, अगली तारीख की बात कर चुप हो, उन्हीं की तरह अपने बस्ता से बाहर की ओर देखते थे। उसमें किसी मुवक्किल की तलाश कम ही रहती थी, क्योंकि तमाम भीड़ के बावजूद नये मुवक्किल कम ही आते थे।

हवा का झोंका चला। वह मौसम की गर्मी में पूरी तरह से डूबा हुआ था। हवा हवा में डूबे—क्या बात है!—उसने सोचा और खम्भे के पार खपरैलवाले मकान के बरामदे में बैठे टाइप करनेवालों को देखा। एक कौवा चोंच ताने उसकी तरफ आते दिखा। वह उड़ रहा था और उसके पीछे मुंशी दौड़ रहे थे। शायद उसकी टाइपराइटर से कार्बन निकाल ले भागा था। वे जो टाइप करना चाह रहे थे वह शायद कार्बन को स्वीकार नहीं था। वह जबसे नया-नया कागजों के बीच दबा था, तभी से अपने शरीर पर हो रहे लोहे के अक्षरों के आघात से परेशान था और ऐसे मौके की तलाश में था कि कागजों के बीच से कुछ इस तरह से निकल भागे कि पीट रहे लोहे के अक्षर कागज और उसके नीचे के लोहा से टकरा कर भोथर हो जायँ। वह प्रतिलिपि न बन सके, जिसे कोई अपने पास बतौर सबूत रख पाये। कौवा तो उड़कर वकील की खोंपी की छत से लग गया, पर दौड़ता मुन्शी वकील से टकरा गया और ऐसा टकराया कि कुर्सी समेत बस्ते पर लिये-दिये पसर गया। वकील के मुँह से गाली निकल गयी तो तख्ते पर बैठे मुवक्किल को वह अपने प्रति प्रेषित लगी—जैसे यह वकील जाने कबसे यह गाली देने का मौका तलाश रहा था। मौका क्या, शब्द तलाश रहजा था—वह अक्सर माँ की गाली देता था, नये-नये शब्दों में। पर उसे हँसी आती थी। हँसी क्या, तरस आती थी वकील की तार्किक बुद्धि पर जिसके सहारे वह मुकदमें जीतने का दावा करता था। पचपन साल की उम्र में माँ को लगाकर दी गयी गाली व्यर्थ थी। सटीक गाली बेटी को लगाकर दी जानेवाली लगती। पर वकील के भेजे में जाने क्यों यह बात घुसती ही नहीं थी। आज प्रपन्नमति ने वही दिलाया था। इसलिए मुवक्किल खुश था। लेकिन वकील को मुवक्किल की खुशी से कुछ लेना-देना नहीं था। इससे पैसे तो मिलते नहीं। पैसे तो उसके दुःख से मिलते, जो अब भोथर पड़ गया था।

वकील के ऊपर से मुन्शी उतरा तो खोंपी की भीतरी छत से अपना कौवा का ाज पकड़ा और पतंग लूटने की खुशी से पलट कर अपनी सीट की ओर भाग चला। मुवक्किल आज तक यह नहीं जान पाया कि कौड़ी की मोल की पतंग लूटने में बच्चे से लेकर बूढ़े तक को इतना मजा क्यों आता है? कई लोगों की तो इसके पीछे जान चली गयी है। पर

हर आदमी इस हादसे को भूलकर फिर पतंग लूटने में लग जाता है। क्या इसलिए कि वह मुफ्त की होती है? भला मुफ्त की मिलनेवाली वस्तु में इतना मजा कहाँ से आता है? यह हवा, पानी, आकाश, वाताश तो मुफ्त में ही मिलता है। भला इसका मजा कोई लेता है? मजा तो जमीन का आता है, जिसका मोल चुकाना पड़ता है।

जमीन की याद आते ही उसे अपनी जमीन की याद आयी। उसी का मोल चुकाने तो वह बार-बार आता है। किस्तों में चुकाता है कई सालों से, पर आनन्द तो अभी तक मिला नहीं। उसने कहा, "वकील बाबू।"

वकील बाबू अपनी कोट-पैण्ट से अदृश्य धूल झाड़ चुके थे और वह अदृश्य धूल हवा में विलीन होने से पहले मुवक्किल से टकरा चुकी थी। उनके उभरे हुए लम्बे मजबूत दाँतों से चुभलायी हुई कच्ची सुपारी झर कर महीने से न धुली सफेद कमीज पर चिपक गयी थी। उसे झाड़ना उन्होंने जरूरी नहीं समझा और पलट कर देखा। वहाँ कुछ दिखा नहीं। वे चकित हो गये और उसी चकड़ियाहट में बोले, "किसने पुकारा?"

उत्तर में आवाज आयी, "मैंने, वकील बाबू।"

उन्होंने लोगों और लोगों तथा वस्तुओं और वस्तुओं के बीच की खाली जगह को देखा। वहाँ कुछ दिखायी न दिया। उन्होंने कहा, "जो बोल रहा है, वह सामने आये।"

सामने कई औरतें बुर्का ओढ़े खड़ी थीं। पर आवाज मर्दानी थी। जाहिर था कि उन्होंने वकील को नहीं पुकारा था। तो किसने पुकारा? उन्हें लगा कि हवा को चीरकर एक कीचड़ का पुतला उनके सामने खड़ा हो गया है। पर क्या कीचड़ का पुतला भी बोलता है, इसका परीक्षण करने के लिए उन्होंने कहा, "कहाँ है?"

पुतले ने कहा, "हाँ वकील साहब।"

वकील की चकड़ियाहट और बढ़ गयी। तो कीचड़ के पुतले भी बोलते हैं! न उसका मुँह है, न आँख, न बाजू है, न बाल। है तो हाथ भी नहीं, पाँव भी नहीं है। तब दूसरे अंग भला क्या होंगे? पर सिर तो है, जिसमें दिमाग होता है।

उस सिर को धारण करने के लिए कीचड़ लम्बवत् खड़ा है। और दो सुराख हैं साँस लेने के लिए। बिना आँख, कान, मुँह के तो रहा जा सकता है पर बिना नाक के नहीं। वह अपने ज्ञान पर अभिभूत हो गया। इस ज्ञानप्रदायी वस्तु के बारे में पूछा, "कौन?"

"मैं।"

"मैं तो सभी होते हैं। उसमें भी कौन?"

"वसुन्धर हाजोई।"

"तो ऐसा कहो न। कौन वसुन्धर हाजोई।"

"जाऊगाँववाला।"

"वह तो ठीक है। पर मैं कैसे मान लूँ कि कि तुम वसुन्धर हाजोई हो?"

"मैं पिछले पाँच वर्षों से आपसे मिलता आ रहा हूँ।"

"वह तो ठीक है। पर कैसे मान लूँ कि तुम वही वसुन्धर हाजोई हो?"

"हजूर पाँच वर्ष से जानते हैं।"

"ऊहुँक। मैं यही नहीं जानता कि जाऊगाँव में कोई वसुन्धर हाजोई है। और यदि है भी तो तुम वही वसुन्धर हाजोई हो, कैसे मान लूँ?"

"साहब, जाऊगाँव में एक ही वसुन्धर हाजोई है।"

"मैं यह भी कैसे मान लूँ?"

वैसे वकील साहब खुश हो गये थे। वसुन्धर ने उन्हें पहले बाबू कहा था। यह बंगाली शब्द है। हर लिखे-पढ़े या थोड़ा खाते-पीते आदमी को बंगाली लोग बाबू कहते हैं। पर इसमें किरानी होने का भाव छिपा होता है। वही भाव मुन्शी में होता है। साला हमको वकील से उतारकर मुन्शी में बिठाता है। वे मन-ही-मन क्रुद्ध हुए। फिर उसने हजूर कहा था। अब हजूर कहने में कहनेवाले की मातहती का बोध होता है पर स्वयं अपनी उच्चता का नहीं। वह 'साहब' कहने से आता है। अधिकारी होने का भान उसमें गुम्भित होता है। जैसे कोई विदेशी बलात् कब्जा कर अपना अधिकार जमाये हो और उस अधिकार को चुनौती देनेवाले सारे विरोधियों को नेस्तनाबूद कर उस अधिकार को प्राप्त किया हो। उसमें आधिपत्य का भाव होता है। इस आधिपत्य के भाव से वे प्रसन्न थे। हालाँकि वे जानते थे कि वे वकील हैं और उनके पास कोई अधिकार नहीं है सिवाय अधिकारियों के सामने गिड़गिड़ाने के कि उनकी बात मान ली जाय, कम-से-कम सुन ली जाय। इसके लिए पैसे मिलते हैं।

"तब कैसे मानेंगे हजूर?"

"कोई पहचान-पत्र दिखाओ।" उन्हें लगा कि हजूर कहकर मुवक्किल ने उनका ग्रेड गिरा दिया है।

"वह तो नहीं है हजूर।"

"तो मैं नहीं पहचानता।"

"जाने हुए ब्राह्मण का जनेऊ नहीं देखा जाता हजूर।"

"अब देखा जाता है।"

"क्यों साहब?"

"ऐसा सरकार का हुक्म है।" बोले तो वे अकड़कर के, पर अकड़ उनकी बातों में थी नहीं। जो थी वह नकली लग रही थी।

"लेकिन साहब, जो इस देश के नागरिक हैं, उनकी पहचान तो वैसे ही है। वे इस देश के नागरिक हैं। पहचान की जरूरत तो उनकी होती है, जो इस देश के नागरिक नहीं हैं।"

"यह पहले की बात है। तब पहचान की जरूरत अलगाने के लिए होती थी। अब अपनाने के लिए होती है।"

ठीक यही बात मतीन से उसके वकील ने कही थी, "देखो यदि तुम जमीन चाहते हो तो पहचान-पत्र लाना ही होगा।"

"न ला पाया तो?"

"बिना किसी दीगर प्रमाण के 'अपैरेण्यटली ऑन द फेस ऑफ रिकार्ड' मुद्दालय सिद्ध कर देगा कि तुम बाँग्लादेशी हो।"

मतीन मतलब मतीनुर्रहमान। अब इस मामले में न तो मतीन मदद करनेवाला था, न उऱ्, न रहमान। मदद सिर्फ पहचान-पत्र ही कर सकता था।

पहचान-पत्र के लिए मतीन बहुत भाग-दौड़ कर रहा था। कहाँ-कहाँ नहीं गया पर बनवा नहीं पाया। तब उसकी प्रपन्नमति ने काम किया। उसी को लेकर वह कचहरी गया। कहा, "खेत अपनी बेवा के नाम लिखाता हूँ।"

"पहचान-पत्र उसके लिए भी चाहिए।"

"अजी कहाँ?"

"क्यों?"

"अब पहचान-पत्र के लिए फोटे चाहिए होता है। मुसलमान औरत फोटू खिंचाती नहीं। सिर्फ बिना फोटू के प्रमाण को तस्दीक कर देना होगा।"

"फोटू क्यों नहीं खिचाती है?"

"पर्दानशीन होती हैं।"

"तो पर्दा हटाकर फोटू खींचाएँ।"

"तब पर्दानशीन कैसे रह जायेंगी?"

"फोटू जरूरी है कि पर्दा?"

"पर्दा।"

"तब खेत जरूरी है कि पर्दा?"

"पर्दा।"

"तब पर्दे में रखो। चाहो तो तुम भी पर्दे में चले जाओ। खेत की जरूरत क्या है?"

तब एक दिन मतीन नाम-पतेवाले एक प्रमाण-पत्र पर एक फोटू चिपकाकर ले आया। वकील से कहा, "लीजिये। बन गया फोटूवाला पहचान-पत्र।"

वकील साहब ने पहचान-पत्र को देखा। जो फोटू चिपका था वह काले बोरे जैसा था। कहा, "किसका फोटू है यह?"

"मेरी बेवा का।"

"उसका मुँह कहाँ है?"

'बुर्के के भीतर।"

"लेकिन पहचान-पत्र में तो मुँह बुर्के के बाहर होना चाहिए।"

"वह हो नहीं सकता।"

"तब पहचान बन नहीं सकती।"

"अरे वाह! मुस्लिम औरत की पहचान बुर्के से होती है। जब बुर्का ही नहीं तो मुस्लिम औरत कहाँ?"

"अरे भाई, मुझे मुस्लिम औरत की पहचान नहीं, तुम्हारी बीवी की पहचान चाहिए।"

"वह तो यही है।"

"अदालत नहीं मानेगी।"

"कैसे नहीं मानेगी।"

"जैसे मैं नहीं मानता हूँ।"

"तो आप मानिये न!"

"क्यों मानूँ?"

"क्योंकि आप अदालत नहीं हैं।"

"वह तो ठीक है। पर मैं क्या हूँ।"

"वकील, जो हाकिम के सामने वह कहने के लिए होता है, जो मैं कहना चाहता हूँ।"

वकील के पावों तले की जमीन खिसक गयी। असली पहचान का संकट तो उनके लिए है। क्या वे सिर्फ वह कहने के लिए हैं, जो उनका मुवक्किल कहना चाहता है? वही तो। वह कह तो सकता है, पर कानून की शब्दावली में नहीं कह सकता। उसमें कहने के लिए वे हैं। यानी उनकी पहचान कानून की शब्दावली में बात करनेवाले मुवक्किल की है। उसके लिए उन्हें फीस मिलती है। इस फीस के नाते वे उसके सेवक हैं। पर बात तो मालिक की तरह करते हैं, क्योंकि कानून जानते हैं। यानी इस देश में जो कानून जानता है, न भी जाने, जो कानून की शब्दावली में बात करता है, वह मालिक होता है। जो नहीं कर सकता वह गुलाम होता है, भले ही फीस दे, तनख्वाह दे, कर दे, लगान दे। वाह रे। देश! देश जिन्दाबाद!!

तबतक मतीन ने दस का नोट उनके हाथ में रख दिया था। उन्होंने पहचान-पत्र के साथ उसे पहले बस्ते पर रखा। फिर पहचान-पत्र को फाइल में रखा। और नोट को जेब में। कहा "हाकिम के सामने तुम्हारी बात रखूँगा। मुझे पूरी उम्मीद है, वह मानी न जायेगी।"

"तब आप क्यों रखेंगे?"

"इसलिए कि तुम कह रहे हो।"

"क्या आप वही कहते हैं जो मैं कहता हूँ?"

प्रश्न का उत्तर तत्काल देना कठिन था। पर इसके लिए बहुत अध्ययन की भी आवश्यकता नहीं थी। बहुत पढ़ना भी जरूरी नहीं था। कहा, "नहीं, उसे इस तरह से कहता हूँ, जिस तरह से हाकिम सुनना चाहता है।"

"तब उस तरह से क्यों सुनना चाहता है?"

"वह उस तरह से क्यों सुनना चाहता है? क्योंकि समझना चाहता है।"

"क्यों समझना चाहता है?"

"क्योंकि निर्णय देना होता है।"

"क्यों निर्णय देना चाहता है?"

"क्योंकि न्याय हो सके।"

"क्यों न्याय हो सके?"

"क्योंकि तुम्हारे प्रति अन्याय न हो।"

"बस वही बात। मेरे प्रति अन्याय नहीं होना चाहिए।"

"अब उसके मानने पर है।"

"अब आप मान गये हैं तो वह क्यों न मानेगा?"

"क्योंकि वह साहब है।"

"साहब तो आप भी हैं।"

"मैंने तो इसलिए मान लिया है कि मुझे फीस मिलती है।"

"तो उसे भी दे दीजिये।"

वकील जिस मुद्रा में थे, उसी मुद्रा में कुछ क्षणों के लिए 'फ्रीज' हो गये। जब मन की मुद्रा टूटी तो लगा कि इतनी सीधी-सरल बात वे आज तक क्यों नहीं समझ पाये। जज को कुछ दे दिया जाय तो अपने मन माफिक काम कराया जा सकता है। जब देह की मुद्रा टूटी तो कहा, "तुम व्यवस्था कर सकते हो?"

"फीस जुटा दूँगा। देना आपको पड़ेगा।"

"मैं क्यों दूँगा?"

"क्योंकि आप वह करते हैं जो मैं करना चाहता हूँ, पर कर नहीं सकता।"

वकील की समझ में बात आयी। कहा, "इन्तजाम करो।"

"कितना?"

"बताऊँगा।"

"पूछ कर बताइयेगा।"

इससे बेखबर वसुन्धर हाजोई सुबह-सुबह नाक की सीध में सीवान की तरफ चला जा रहा था। डबरों में पानी जहाँ घुटनों तक था, वहाँ तक कोई बात नहीं। पर जहाँ जाँघ भर था, वहाँ हड़र-हड़र कर रहा था। ऐसी स्थिति कोई दो सौ गज तक थी। उसके बाद तो वह पाकड़ का पेड़ था, जिससे दक्षिण होने पर उचाँस जमीन मिलती थी। पेड़ के नीचे खड़े होकर वह पूर्व को पूरी तरह से देख लेना चाहता था। उसकी लालिमा कब की समाप्त हो गयी थी और सफेदी अभी प्रकट नहीं हुई थी। अपने खेत तक पहुँचते-पहुँचते वह प्रखर तो जायेगी, उसे पूरा विश्वास था। उसे इस पर भी पूरा विश्वास था कि हाथी राजा अपने

पूरे दल के साथ उसकी खेती उजाड़ चुके होंगे। उसके कोई लक्षण न थे, पर ऐसे लक्षण बह्य होते हैं। अन्तर्मन उनका जुगाड़ कर विश्वास नहीं करता। पहले विश्वास कर लेता है, फिर लक्षण जुटाता है। बस एक ही बाधा थी कि अगर खेती उजड़ी होती तो उसकी खबर उस तक अवश्य पहुँच गयी होती। यदि नहीं पहुँची है तो जरूर अभी सही-सलामत है। कैसे सही-सलामत है? यदि आज तक वह अपना खेत देखने न गया तो उसी तरह और लोग भी देखने नहीं गये होंगे। खेत उजाड़कर हाथी उनके घर यह बताने थोड़ी ही आते कि, "देखो-देखो मैंने उजाड़ दिया, अब तू मुझे मार।"

तभी उसके सिर पर कुछ पच् से गिरा और सिर से ठोकर खा वह जमीन पर आ गिरा। उसने गिरते हुए नहीं देखा। सिर टोया। वहाँ कुछ चिपचिपा-चिपचिपा हाथ में लगा। उसके साथ ही एक कौवा 'काँव-काँव' कर उड़ चला। तो मामा बीट कर गये। पर जो पाणि के साथ पानी आया, वह लाल था। तो यह बीट नहीं था, पनछा खून था। तो मामा कबसे खून हगने लगे? उसने नीचे देखा। एक मेंढक पीठ के बल छितराया पड़ा था। पेट चिरा था और अँतड़िया गायब थीं। तो मामा दादुर-भक्षण कर रहे थे। मैं बाधा बना तो उसे ही दे मारा। पहले सोचते होंगे कि मैं हटूँ तो निरापद भोजन कर सकें। नहीं हटा तो उन्होंने यह तो नहीं सोचा होगा कि मैं उनका आहार छीन लूँगा। कहीं उन्हीं ही न मार डालूँ, इस आशंका से दुबके होंगे और जब मैं नहीं टला तो मान लिये कि मैं कोई वृहत्तर योजना बना रहा हूँ उन्हें पूरी तरह से सकेल जाने की। इसी आशंका से वे मेंढक मार कर चले गये कि लो बेटा! इससे गन्दा कोई और हथियार नहीं है मेरे पास तुम्हें शर्मसार करने के लिए।

साथ में कोई देवधाई होता तो सगुन विचारता कि सिर पर कौवा मेंढक मारे और उसका पनछा बालों में चिपक जाय तो शुभ होता है कि अशुभ? अब जिससे घिन होती है, उससे अशुभ ही होगा। इसे बताने के लिए किसी देवधाई की जरूरत नहीं है। वर्षों पहले ऐसा ही तो एक अशुभ देखा था। एक नेवला साँप से लड़ रहा था। साँप उसे लपेट कर पटक दे रहा था। थी तो यह बचने की कोशिश, पर नेवला को लगता होगा कि यह उसे जकड़ कर निगल जाने का उपक्रम है। उससे बचने के लिए वह साँप को गतर-गतर काट रहा था। साँप उसकी पकड़ से बचने के लिए सारे यत्न कर चुकने के बाद जकड़ कर कस रहा था। पर उसकी एक न चली। नेवला कई टुकड़ों में कतरकर भाग खड़ा हुआ। साँप के कटे टुकड़े कुछ देर तक उछलते-कूदते रहे, फिर ठण्डे हो गये। इस दृश्य में वह इतना खो गया था कि नेवला का पीछा नहीं किया। अन्यथा वह वह जहरमोहरा पा जाता, जिसे सूँघ कर साँप के काटे नेवला जिन्दा रहते हैं। निश्चय ही नेवला साँप की जकड़ से छूटने के बाद जहरमोहरा के पास ही गया होगा। पर वह कटे साँप के टुकड़ों का नर्तन देखने में इतना मग्न रहा कि इससे भी जरूरी काम नहीं कर पाया।

तब उसने इसका विश्लेषण किया। विश्लेषण सगुन की दृष्टि से किया। साँप ज्ञान का द्योतक है—ऐसा मैं नहीं पादरी कहता है। तब नेवला किसका द्योतक है? अज्ञान का? ज्ञान का दुश्मन अज्ञान ही तो होगा। तो ज्ञान को अज्ञान ने पछाड़ दिया। यानी आज अज्ञान ज्ञान को पछाड़ेगा। ज्ञानी कौन है? जो मेरा खेत विनष्ट करे। अज्ञानी कौन है? जो उसकी रक्षा न कर पाये। यानी आज मैं अपने दुश्मन पर जीत जाऊँगा। मेरा दुश्मन कौन है? वही बनैले जानवर, जो मेरी खेती उजाड़ते हैं—खरगोश, हिरण, वनगाय, वनमाहिष, सूअर, हाथी—सभी तो दुश्मन हैं। अब मैं उनसे लड़ने तो जा नहीं रहा हूँ। उनसे खेत की रखवारी करने जा रहा हूँ। रखवाली भी क्या करूँगा? वहाँ रुकूँगा थोड़े ही। बस देखने जा रहा हूँ कि अभी तक नाश कर दिया है कि नहीं। जाहिर है कि इस सगुन के अनुसार उन्होंने नाश नहीं किया है। अगर इस वक्त नाश कर रहे होंगे तो उनसे लड़ूँगा और विजयी हूँगा। लेकिन यह तभी होगा जब मैं नेवले का प्रतीक होऊँ। यदि साँप का प्रतीक हुआ तो? इस 'तो' का कोई तत्काल उत्तर नहीं था। वह मौके पर जाकर ही पाया जा सकता था।

इसी तरह का सवाल-जवाब वह मन-ही-मन करते हुए अपनी खेती तक पहुँचा था। दूर से ही लहलहाती फसल दोपहर की प्रचण्ड धूप में चमक रही थी। जड़ों पर चढ़े पानी से उठती भाप काफी ऊपर जाकर नीलिमा की चादर बनती थी। उनको बेध कर आती सूर्य की किरणों में ऐसी ताप होती कि फसल की चमक और बढ़ जाती। उस चमक को भर अंकवार भरने के लिए वह लगभग दौड़ पड़ा। तभी अजान की गूँज हुई। उसका मन प्रमुदित हो गया। जबसे सड़क के उस पार बंजर में बाँग्ला देश से आये मुसलमान बस गये हैं, तब से इस पार के खेतों की सुरक्षा बढ़ गयी है। रात-दिन शोर उठता रहता है, आग जलती रहती है, लोगों का आगमन बना रहता है, इसलिए वनैले पशु इधर की ओर रुख नहीं करते। बस हाथी इनसे नहीं डरते। पर कई बरसों से वे इधर आये ही नहीं, तो भला इस साल वे क्यों आयेंगे?

झड़कता हुआ वसुन्धर छवर तक पहुँचा। छवर के उस पार मस्जिद थी। अजान हो चुकी थी। लोग दोपहर की नमाज पढ़ने के लिए इकट्ठा, होने लगे थे। मस्जिद के सामने छवर पर चटाइयाँ बिछा दी गयी थीं। पहले दो-चार चटाइयाँ ही बिछायी जाती थीं। लोग कम जुटते थे। अब काफी जुटने लगे थे, इसलिए छवर को पारकर कुछ चटाइयाँ खेतों में भी बिछा दी गयी थीं। रोज-रोज के दङरने से वहाँ की फसल नष्ट हो गयी थी और जमीन ऐसी टिकुर हो गयी थी कि जैसे कभी जोती-बोयी ही न गयी हो।

वसुन्धर देखकर पहले दंग रहा गया, फिर क्रोध से आँवत हो गया। मुँह से कुछ नहीं बोला, किन्तु उसका अंग-अंग बोलने लगा था। उसकी बोल को कुछ नमाजियों ने स्पष्ट सुना। उनमें से एक आगे बढ़ा, उसके पास आया और कहा, "हे रा, यह खेत तुम्हारा है न।"

"हाँ।"

"भाई माफ करना। इधर लोगों की संख्या बढ़ गयी है। लोग आते ही जा रहे हैं। नमाज के लिए जमीन कुछ सकिस्त पड़ने लगी है। इसलिए तुम्हारा नुकसान हो गया। धर्म का कारज है, भाई माफ करना।" उसने हाथ जोड़ दिया। उसको हाथ जोड़ता देख तमाम दूसरे नमाजी आगे आये और सभी हाथ जोड़, दाँत चिआर झुक गये। वसुन्धर वैसे ही अबोलता था, अब और अबोलता बनकर रह गया।

नमाज खत्म हुई तो वे और तमाम दूसरे लोग उसे घेर कर बड़े प्रेम से अपने गाँव के भीतर ले गये। अभी तक गाँव का कोई नाम नहीं था। पर जैसे कोई चीज बिना नाम की नहीं रहती, उसी तरह यह बस्गित बिना नाम के बहुत दिन तक नहीं रह पायी थी। लोग मियाँपाड़ा कहने लगे थे। ऐसा पहले उस बस्गित के लोग नहीं कहते थे। ऐसा उस बस्गित के बाहर के लोग कहते थे। अब उस बस्गित के लोग भी कहने लगे थे। हो सकता है कि पटवारी की पंजी में भी अब यह नाम दर्ज हो गया हो। राशनवाले के रजिस्टर में तो दर्ज ही हो गया है। भले ही इस गाँव के लोगों को राशन न मिलता हो।

उसने देखा कि गाँव में सड़क है–अरे वही एक जगह के दूसरी जगह तक जाने का रास्ता। वह बजबजा रहा है, जैसे गन्दी नाली। जरूर रास्ते के किनारे नाली होगी, पर उसका अस्तित्व सड़क में ऐसे विलीन था, जैसे कि उसका अपना कोई अलग अस्तित्व न रहा हो। घर क्या थे, वे ठीक से झोंपड़ी भी नहीं थे। बाँस के सरकनेवाले दरवाजे की जगह बोरे टँगे थे। उनके सामने तामचीनी और ऐल्युमिनियम के कहीं काले तो कहीं पिचके बरतन बिखरे हुए थे, जिनमें मुर्गियाँ सपरिवार दाल, भात, तरकारी ढूँढ़ रही थीं, पर पा रही थीं अपने अण्डों के छिलके। कीचड़ के ही रंग के बच्चे ओंठों तक सरक आये पोंटा को सड़ासड़ नाक के भीतर खींच रहे थे और अपनी शुद्ध भाषा में एक-दूसरे को गाली दे रहे थे। वसुन्धर को सन्देह हुआ कि इनके घरों में क्या उतना ही अन्न और कपड़ा होगा, जितना जाऊगाँव के एक गरीब परिवार के पास होगा! किसी ने अपने घर के सामने खड़ा किया और बाँस की फट्टियों से बना एक मोढ़ा उसकी ओर सरका दिया। वसुन्धर ने कहा, "बैठता जरूर। पर घर काफी दूर है। अँधेरा हो जाने पर ही गाँव में प्रवेश कर पाऊँगा।" बैठानेवाले ने कहा, "इस गाँव में कोई हिन्दू होता तो पानी पिलवाता।"वसुन्धर ने कहा, "अगली बार आऊँगा तो लोटा-डोरी लेकर आऊँगा।"

"कोई फायदा नहीं होगा। जो कुआँ है उसमें लड़के अक्सर पशुओं के हाड़ फेंक देते हैं।"

"तो अपना पानी लेकर आऊँगा।"

"वही ठीक होगा।"

वसुन्धर खड़े-खड़े ही बातकर गाँव लौट आया। पर पलखत नहीं पड़ा। उसे लगता था कि नमाज शुक्रवार को पढ़ी जाती है। इसलिए वह शुक्रवार को बड़े सबेरे उठकर अपने खेत पर चला जाता और पाता की चटाइयाँ और आगे तक बिछा दी गयी हैं। देखते-ही-देखते दो-तीन माह में पूरा खेत ही नमाजगाह बन गया। वह हर बार एतराज जताता और टका-सा उत्तर पाता कि क्या करें नमाजियों की संख्या बढ़ती जा रही है और यह धर्म का कारज है। पर जब पूरा खेत कब्जा हो गया तो उसका धैर्य जवाब दे गया। बड़ा गर्जन-तर्जन मचाया, पर हुआ कुछ नहीं।

उसे पूरा अन्देशा था कि अगली बार उसे काश्त नहीं करने दिया जायेगा। इस चिन्ता में उसकी नींद उड़ गयी। बिस्तर पर वह आँखें बन्द किये पड़ा रहता और जाने क्या-क्या सोचता। किसी से, शायद यु लिन से सुन रखा था कि पश्चिम का निर्माण आज समानता, स्वतन्त्रता और भ्रातृत्व के आधार पर हुआ है। अंग्रेज उसी को लेकर भारत आये और सबसे पहले भ्रातृत्व को समाप्त किया। व्यक्ति को इतना स्वतन्त्र व समान बना दिया कि वह निज का एक टापू बन गया। गोत्र, कुनबा, गाँव-जवार सब तिरोहित हो गया। उनका बस चले तो वे इस निज के आधार पर मियाँ-बीवी को ही लड़ा दें। विलायत में तो लड़ते ही हैं। सिगरेट पीने और कुत्ता पालने के आधार पर तलाक हो जाता है। अब देखिये न यदि यह परिवार कुनबा, गोत्र, गाँव-जवार का सामरस्य होता तो मियाँपाड़ा के लोग इस तरह से हमारे खेत कब्जा करते चले जाते और हम यूँ ही मुँह देखते रह जाते वे कब्जा क्यों कर रहे हैं? जरूरी नहीं है कि उनकी एकता परिवार और गोत्र के आधार पर हो। वे जाने कहाँ-कहाँ से आये हैं? बंगाली हैं तो उनके भीतर बंगाली बनकर घुसे बिहारी हैं। और उनकी एकता सिर्फ इसलिए नहीं है कि सभी रिफ्यूजी हैं; उन्हें मिलकर हम मैदान के आदिवासियों का जमीन कब्जा करना है। उससे बढ़कर उनकी जोड़नेवाली शक्ति उनका मत है, इस्लाम है। और हमारे पास क्या है? खो गयी जमीन। क्या इसके आधार पर वह भातृत्व रचा जा सकता है, जिसके बूते पर अपनी जमीनों का कब्जा रोका जा सके?

वह अपने बिस्तर पर उठ बैठा। ये बाँग्लादेशी मुसलमान हमारे खेतों पर कब्जा करते जायेंगे और हम कचहरी दौड़ते रहेंगे। कब्जा सामूहिक रूप से होगा और कचहरी में सुनवायी व्यक्तिगत रूप से अलग-अलग होगी। दशकों बीत जायेगा और मुकदमा ही पेश न होगा। वकील की जेब मोटी होती जायेगी और उसके लिए हमारे बचे खेत बिकते जायेंगे।...

उसे लगा कि उसका माथा फट जायेगा। पत्नी से माँगकर पानी पीया। उसके गात पर पसीने की बूँदें चुहचुहा आयी थीं। पत्नी ने हाथ रखा तो पाया कि माथा तप रहा है। कहा, "अरे तुम्हें तो बुखार है। कहीं मलेरिया...।"

"अरे शुभ-शुभ बोलो... बुरा सपना देखा था।"

पत्नी आश्वस्त हो गयी और जाकर सो गयी। लेट तो वह भी गया पर नींद नहीं आयी। दिन उगने से पहले ही वह दरवाजे पर आकर बैठ गया और उन घरों की ओर देखने लगा, जिनके खेत उसके खेत के पास थे और जिन्हें मियाँपाड़ा के लोग बहाने नमाज कब्जियाते गये थे। उन घरों से जो भी बाहर निकला वसुन्धर उसके पास गया और कहा, "ये विदेशी हमारे खेत ऐसे ही कब्जा करते जायेंगे और हम देखते रहेंगे?"

गर्म साँस छोड़कर उत्तरापेक्षनेय ने कहा, "क्या किया जा सकता है?" और उदास होकर आगे बढ़ गया।

वही बात उसने दूसरे से कही तो वही जवाब देकर वह अपने काम में लग गया।

किन्तु वसुन्धर किसी काम में नहीं लगा। उसने दोकछा कसा, मिरजई डाली, सिर पर फेंटा बाँधा, चमरौधा गोड़िआया और सोंटा लेकर निकल पड़ा। पहुँचा पाकुड़। लोग अपने खेतों में जा चुके थे। जो नहीं गये थे वे कुटीर-धन्धों में लग गये थे। तो भी औपचारिकता की बात थी। कोई आन गाँव से आये और उससे बात न की जाय। धन्धा थोड़ी देर के लिए स्थगित कर दिया। अधिकांश लोग वे थे, जिनके खेत बीच सरेह में थे। उनके खेत न तो अभी कब्जा हुए थे, न ही भविष्य में होने की सम्भावना थी। फिर भी उन्होंने वसुन्धर की बात गौर से सुनी और कहा कि यह सरेआम अत्याचार है। सरकार जानती है, फिर भी कुछ नहीं करती।

"इसीलिए तो हमें कुछ करना चाहिए।"

"भला हम क्या कर सकते हैं?"

"अपनी रक्षा तो कर ही सकते हैं।"

"करें। हम आपका साथ देंगे।"

जिनके खेतों में घुसपैठ हो रही थी या हो चुकी थी, वे खेतों में थे। उनके खेतों में जाकर वसुन्धर ने बात रखी तो लोगों ने टका-सा वही बात कही। ऊपर से जोड़ा कि हमने सारा अधिकार इसीलिए तो सरकार को दे दिया है। अब वह हमारी रक्षा नहीं करती तो क्या करें?

दो-एक लोगों ने कहा, "समय आने दीजिये। हम यह सरकार हटा देंगे।"

वसुन्धर ने कहा, "क्या गारण्टी जो दूसरी सरकार आयेगी, वह हमारा हित साधेगी?"

"उसे भी हटा देंगे।"

"और इस क्रम में हमारा जीवन ही समाप्त हो जायेगा। अरे हमें इसी काया में मोक्ष चाहिए।"

"तो क्या करें?"

"अरे देखिये, यह सरकार हमारी नहीं है, हम सरकार के हो गये हैं। जरूरत है हम फिर से हम बनें।"

"भला कैसे?"

"अब जो सरकार करेगी वह करेगी। और जब करेगी, तब करेगी। पर अभी तो हम यह कर सकते हैं कि पंचायत बुलायें और पंचायत में तय हो कि मियाँ लोग जो हमारा खेत कब्जा किये हैं, उसे वापस करें और जबान दें कि आगे नहीं कब्जायेंगे।"

इस पर कोई मौन रहा और किसी ने सहमति दी। वसुन्धर कभी निराश हुए कभी उत्साहित। महीनों के प्रयत्न के बाद वह दिन आया, जब पंचायत बैठी। पहले तो मियाँपाड़ा के लोगों ने आने से ही इन्कार कर दिया। जवानों ने तो अपनी लाठी का वजन तक कूट डाला। पर बड़े-बूढ़ों ने कहा, "इन्हीं के बीच रहना है। सोतह से काम करना है। इसके लिए संवाद बनाये रखना जरूरी है।" इसलिए कुछ लोग आये। इनमें मौलवी बकरुल्लाह भी थे। अपनी सफेद दाढ़ी पर हाथ फेरते हुए, सुरमा लगी आँखों से नीचे देखते हुए बड़े विनम्र भाव से कहा, "हमने कुछ कब्जा थोड़े ही किया है। अरे वह तो नमाज के लिए जमीन कम पड़ती थी, इसलिए सड़क पार तक..."

वसुन्धर ने कहा, "वह नमाज तो गाँव की तरफ होकर भी तो पढ़ायी जा सकती है।"

"नहीं मुँह पश्चिम होना चाहिए। उसके लिए तो पूरब ही बढ़ना पड़ेगा न।"

लम्बोदर साइकिया युवा थे। बीस-बाईस साल के। बड़ों की पंचायत में बोलने का अधिकार नहीं था। उनका खेत भी कब्जा नहीं हुआ था। फिर भी वे बोले, "यदि सभी नमाजी एक साथ नहीं पढ़ पाते हैं तो अलग-अलग ग्रूपों में पढ़ें।"

"भला ऐसा भी हो सकता है? नमाज का समय तय है और उसमें सभी एक साथ शरीक होते हैं" निसार अहमद ने कहा। वे युवा नहीं थे, पर वृद्ध भी नहीं थे।

"तब गाँव के भीतर कई जगहों पर नमाज पढ़ायें।"

किसी ने कहा, "गाँव में मस्जिद होने पर नमाज वहीं पढ़ी जाती है।"

"तब गाँव में कई मस्जिद बनवायें।"

"उसमें पैसा लगता है... और जगह भी चाहिए। आप देंगे?"

किसी और ने कहा, "हम हिन्दू नहीं है कि पीपल का पेड़ देखा तो आज वहाँ झाड़ू लगाया, कल मूर्ति रख दी, परसों भजन करने लगे, ...नरसों मन्दिर बनाने लगे और सड़क कब्जा कर ली।"

किसी तीसरे ने कहा, "कान खोलकर सुन लें। एक बार जहाँ नामज पढ़ ली जाती है, वह पवित्र भूमि हो जाती है। नमाज बार-बार वहीं पढ़ी जाती है।"

"यह तो सरासर ज्यादती है। हमारी जमीन कब्जा करने का हथकण्डा है।"

"इबादत और ईमान का मामला हथकण्डा नहीं होता। विधान ही ऐसा है।"

यानी पंचायत का कोई नतीजा न निकला।

पर वुसन्धर नहीं माने। बड़ी पंचायत करने की ठानी।

3

वसुन्धर अपना पहचान-पत्र बनवाने के लिए भटक ही रहे थे कि आये दिवांग राभा। चढ़ती उम्र थी, कसरती बदन था। गुवाहाटी में रहकर बी.ए. तक पढ़ लिये थे। इसलिए चाहे बोली नहीं बदली थी, चाल बदल गयी थी। अकड़कर चलते थे और कपड़े साफ पहनते थे। उन्हीं साफ कपड़ों और अकड़ती चाल में वे जाऊगाँव आये। उन्हें पता था कि सन् '37 में सर सादुल्ला ने जंगल और चराउर की जमीन खोली थी लोगों के काश्त के लिए, वह उनके नाम नहीं चढ़ी थी। सर सादुल्ला ने तो जंगल और चराउर को खोला था सिलहट और मैमनसिंह, खुलना और पबना के मुसलमान बंगालियों के लिए, जिससे कि पूर्वी बंगाल की जनसंख्या का भार कम हो। पर असल इरादा इसे एक मुस्लिम बहुल इलाका बनाना था, जिससे कि असम को पाकिस्तान का हिस्सा बनाया जा सके। कम-से-कम इसके लिए माँग उठायी जा सके। पर वह इरादा पूरा नहीं हो पाया। गोपीनाथ बरदोलोई ने स्थानीय निवासियों को हूल दिया था कि जो इलाका सरकारी संरक्षण से मुक्त हो रहा है, उसे कब्जा कर लो। जब जमीन रहेगी ही नहीं, तो बंगाली मुसलमान आकर बसेंगे कहाँ! पर स्थानीय लोगों में वह उत्साह नहीं आया। कहने लगे कि पहले जमीन हमारे नाम करो, तब हम काश्त करेंगे।

"भला क्यों?"

'हमने जंगल साफ किया और आपने उठाकर मुसलमानों को दे दिया तो?"

बरदोलोई तर्क सुनकर चकड़िया गये। थोड़ी देर के बाद उत्तर सूझा, "जो बंगाली आकर कब्जा करेंगे, तो क्या वह पहले से उनके नाम हुआ होगा?"

"न भी हुआ रहे तो भी वे कब्जा करेंगे, क्योंकि वे यहाँ घर-बार छोड़कर आयेंगे। वे निहंग लोग होंगे, उनके पास इसके सिवाय चारा ही क्या है?"

"वही सोचकर तुम भी करो।"

"नहीं न। साफ-सफाई हमने की, जोत-बो कर उर्वर किया, और आपने दे दिया उन्हें। हम क्या कर लेंगे?"

बरदोलोई का तर्क चल नहीं पाया। मन उदास हो गया। वे लौट गये। तभी सर सादुल्ला की सरकार चली गयी। उन्होंने सर सादुल्ला के आदेश को वापस करा दिया। लोगों को लगा कि अब वहाँ पूर्वी बंगाल के मुसलमान नहीं बसाये जायेंगे। इसलिए वे रातों-रात जितना इलाका हो सकता था, उतना कब्जा करने लगे। देखते-ही-देखते जंगल साफ हो गये और चराउर खेत बन गये। पेड़ों को कुछ रेल की स्लीपर बनानेवाली कम्पनियाँ ले गयीं, कुछ के लिए प्लाइवुड की फैक्ट्रियाँ खुल गयीं। खेतों में कुछ अन्न की बुआई के लिए रहे, कुछ चाय बागानों में बदल गये। जो चाय बागानों में बदल गये वे मालिक लोगों के हो गये। उन्होंने सरकार से लीज करा लिया। जो खेत थे, उनके बारे

में लोगों ने सोचा कि आगे जरूर कोई ऐसा कानून आयेगा, जिससे वे खेतिहर के नाम हो जायेंगे। किन्तु वह न तो बरदोलोई के शासन काल में आया न विष्णु राम मेधी के, न बी. पी. चल्हिया के, न एम. एन. चौधरी के। बाँग्लादेश की आजादी की लड़ाई के दौरान जो पूरा-का-पूरा हिन्दू बंगाल असम में घुस आया तो लोगों ने पहले उनके प्रति सहानुभूति जताया। किन्तु जब हल्ला हुआ कि ये हिन्दू बंगाली घर वापस नहीं जायेंगे और इन्हें यहीं असम में बसाया जायेगा, तो लोगों के कान खड़े हो गये। उड़नगही चली की जंगल-चराउर के जो खेत लोगों के नाम नहीं हैं उन्हें बेदखल कर इन बंगालियों के नाम कर दिया जायेगा। लोग फौरन अदालत की ओर भागे खेत अपने नाम कराने के लिए। वसुन्धर उन्हीं लोगों में था।

सरकार को लगा कि स्थानीय लोगों के नाम खेती करने के दौरान ऐसा हो सकता है कि पूर्व के पूर्वी पाकिस्तान के निवासी अपने को असमिया बताकर खेत अपने नाम करा लें। इसलिए उसने परिचय-पत्र अनिवार्य कर दिया। अनिवार्य तो कर दिया, पर परिचय-पत्र बनाने की कोई व्यवस्था न की। वसुन्धर और मतीन, ताहिर जैसे लोग उसी के लिए मारे-मारे फिर रहे थे। ऐसे में दिवांग राभा का आना जैसे फरिश्ते का आना था।

दिवांग राभा। लगभग छह फीट ऊँचा कद बोडो लोगों के लिए अपने बीच एक अजूबा ही था। वे औसतन पाँच फीट दो इंच की लम्बाईवाले लोग होते थे। दोहरा शरीर और सपाट चेहरा, जिस पर नाक ऊपर से चस्पा की गयी लगती थी। जोड़ पर जोर देने के लिए उसे आँखों की सन्धि पर गहराई से दबा दिया गया था। इससे आँखों के इर्द-गिर्द की हड्डियाँ उभर आयी थीं और उनसे बने गोलकों में घूमती आँखें कुछ अधिक ही छोटी लगती थीं। पर उनकी चमक का क्या कहना—लगता था कि नाग नेत्र की कोमल द्युतियाँ गीले गुलाब पर मृदु प्रकाश डाल रही हैं। बरौनियों के बाल भूरे थे और भौहें तो शायद थी ही नहीं। उभरा ललाट पीछे की ओर जाता हुआ, जिससे दूर तक सिर पर बाल नहीं उगे थे। जो उगे थे, वे इतने कड़े थे कि खड़े रहते थे।

दिवांग की सवारी साइकिल थी, जिसे वह टेढ़े-मेढ़े मेंड़ों पर बड़ी कुशलता से चलाता था और जहाँ मेंड़ टूटा होता था, वहाँ वह बैठे-ही-बैठे कुदाकर उस पार चला जाता था। यह पहले बच्चों के लिए कौतूहल की वस्तु बना, फिर बड़ों के। किन्तु लोगों को जो आकर्षित किया, वह साइकिल चलाने की कला नहीं, उसकी पोशाक थी। गाय-बगुले के पाँख की सफेदी और गाय के दूध के नैनू के बीच के रंग की गाँधीवाली धोती और कुर्ता नित्य धुला हुआ, खूब मजबूत चमरौधा जूता चमड़े के स्वाभाविक रंग का और कलफ किया असमिया गमछा, सिर पर बँधा हुआ। गले में बड़ी-सी ताबीज और कलाई में स्टील की चमकती घड़ी। जाहिर था कि पोशाक से वह नेता लगता और लोगों ने इधर नेताओं पर विश्वास करना छोड़ दिया था। आजादी की लड़ाई के दौरान जिन नेताओं के आह्वान पर इलाका-का-इलाका अपने खर्चे से गुवाहाटी, डिब्रूगढ़ पहुँच जाता था और अंग्रेजों की

लाठी से होती पिटाई को कौन कहे, गोली से सम्भावित मृत्यु की परवाह नहीं करता था, वे पदधारी हो सत्ता में इतने चूर हो गये थे कि लोगों से दूरी बनाकर रखना ही अपना बड़प्पन समझते थे। खद्दर अब प्रतीक बन गया था इतर वर्ग का, जिस पर लोग विश्वास नहीं करते थे। किन्तु दिवांग को लोगों का विश्वास जीतने में कठिनाई नहीं हुई। चार-चार, पाँच-पाँच दिनों के अन्तराल के बाद जब उसने इलाके के गाँवों का पाँच-सात चक्कर लगाया तो लोग परिचित हो गये। वह घरों के प्रांगण में साइकिल की घण्टी बजाता पहुँच जाता और बच्चों के साथ ठिठोली करना शुरू कर देता तो, पहले घरों की युवा स्त्रियाँ, फिर प्रौढ़ स्त्रियाँ, फिर क्या युवा, क्या बुजुर्ग सभी उसके पास आ बैठते वहीं साफ जमीन पर और देश-काल की बातें करने लगते। वह उनसे पूछता कि उनके पास राशन कार्ड है कि नहीं, और है तो राशन मिलता है कि नहीं। अब राशन तो इसलिए नहीं मिलता है कि लोग लेने जाते नहीं। अक्सर उन्हें उस सरकारी चावल, गेहूँ की जरूरत नहीं होती जो किसी दूर देश से, शायद अमेरिका से पी.एल. 80 के समझौते के अन्तर्गत मुफ्त आकर भारत में पैसे पर मिलता था। वह उन्हें बेस्वाद लगता। गौगा उड़ा था कि उबाल कर उनका रस पसा लिया गया है, जिससे वहाँ के सुअरों को पिलायी जानेवाली शराब बनती है। खूखा भारतीयों के खाने के लिए भेज दिया गया हैः वे अमेरिकियों की निगाह में सुअर के बाद के प्राणी हैं। पर राशन कार्ड का न होना खलता था। लेकिन इधर सरकार ने उसे बनाना ही बन्दकर दिया था।

घर-घर बताने के बाद एक दिन जाऊगाँव में उसी पतजुग के पेड़ के नीचे सभाकर दिवांग ने लोगों को सामूहिक रूप से बताया कि आप राशन लें या न लें, आपके पास राशन कार्ड होना ही चाहिए। वही पहचान है कि आप इस गाँव के निवासी हैं, इस जिले के निवासी हैं, असम के निवासी हैं, भारतवर्ष के निवासी हैं। इसकी जरूरत अब विशेष रूप से इसलिए है कि दुनिया भर के बाँग्लादेशी आपके इलाके में अवैध रूप से बसते जा रहे हैं और कहते जा रहे हैं कि वे ही इस इलाके के मूल बाशिन्दा हैं।

यह बात लोगों के मन में तुरन्त पैठ गयी। जब राशन कार्ड बनेगा तो छँटनी हो जायेगी कि कौन असमिया है, कौन घुसपैठिया। इससे इधर जो नयी समस्या खड़ी हो रही है, उस पर रोक लगेगी। पर एक सरकार थी, जो यह बात मानती ही नहीं थी।

दिवांग ने कहा, 'सरकार मानेगी कैसे नहीं? आप माँग उठायें तो भला।''

लोगों ने कहा, ''वह तो हम कर रहे हैं।''

दिवांग ने कहा, ''इसे करते रहिये। आगे इसे कैसे जोरदार बनना है, उस पर हम सब मिल कर सोचेंगे।''

दिवांग अगली बार आया तो एक मोटा रजिस्टर ले आया। लाल रंग के रजिस्टर का पुश्ता नीले चमड़े से बँधा था। जिल्द पर एक सफेद कागज चिपका था, जिस पर काली स्याही से लिखा था, ''जाऊगाँव के लोगों का विवरण, जिनका राशन कार्ड बनना

है।" साइकिल की कैरियर से उतार कर उसने उसे बायें काँख में दाबा और साइकिल को ठेलकर पेड़ के तने तक ले गया और उससे सटा कर टिका दिया। वहीं खड़े होकर उसने इधर-उधर देखा तो सिरजा खेलता हुआ दिखा। उसे आवाज देने ही जा रहा था कि सिरजा की दृष्टि उस पर पड़ी और भाग कर आया। एक दिन दिवांग ने उससे कहा था कि सिरजा उसका काम करता रहे तो वह उसे एक दिन साइकिल चलाना सिखा देगा। उसी लालच में वह भागकर आया था। पास आते ही दिवांग ने कहा, "एक चारपाई तो ले आ।"

सिरजा के लिए यह एक बड़ी समस्या थी। उसके घर में एक ही चारपाई थी और उस पर ढेर सारे सामान लदे थे। बिना उन्हें नीचे रखे चारपाई लायी नहीं जा सकती थी। सामान न उतारना पड़े इसलिए उस पर कोई सोता नहीं था। उस पर अधिकांश समान वे रखे हुए थे, जिन्हें जमीन पर रखने से सड़ जाने का डर था। कम-से-कम सिल जाने का डर तो था ही। उनके चारपाई पर पड़े रहने से चारपाई के नीचे घर में कुछ अतिरिक्त जगह हो जाती थी, जिस पर सन्दूक, बड़े बर्तन रखे जाते थे। इसलिए वह अपनी चारपाई नहीं ला सकता था। पर चारपाई तो लाना ही था। वह गाँव में घुसा। कन्तु की बिटिया अपनी चारपाई खड़ी कर उसकी पाटी से रँगे धागे टाँग कर सूखने को छोड़ गयी थी। कन्तु की बिटिया को लोग कुन्ती कहते थे। वह 'कुन्ती दीदी, कुन्ती दीदी' कहता घर में घुसा। पर घर में कोई था नहीं। इसलिए मुर्गियों को जमकर अनाज के दाने चुगने का मौका मिला था। सिरजा की आवाज सुनते ही वे कुड़-कुड़ करती भाग निकलीं। सिरजा ने बड़बड़ाते हुए कहा, "गजब फुहरी लड़की है।" और बाँस का दरवाजा सरकाकर बन्द कर दिया। सूरज लगभग खड़ा होनेवाला था। इसलिए उसकी किरणें सीधी पड़ रही थीं। उससे भला लटके हुए सूत क्या सूखते! सिरजा को लगा कि यदि उन्हें घर की छान पर डाल दिया जाय तो अधिक सुगमता से सूख सकेंगे। उसने वही किया और चारपाई लेकर पतजुग के पेड़ की ओर चल पड़ा। गाँव की अधेड़ स्त्रियाँ अपने टट्टरों के पीछे से, उनकी सन्धियों से झाँककर दिवांग को देख रही थीं। उससे बेखबर दिवांग रजिस्टर लिये इधर-से-उधर टहल रहा था। सिरजा को अकेले लगभग घसीट कर चारपाई लाते देखा तो लपककर उसके पास पहुँचा और टेका कर पेड़ के नीचे ले आया। बिछाकर बैठ गया। होना तो यह चाहिए था कि इस अवसर पर कोई आता और तिलपीठा का एक टुकड़ा खिलाकर एक लोटा पानी पिलाता। पर ऐसा होने की सम्भावना नहीं थी। इसलिए बिना उस पर ध्यान दिये उसने रजिस्टर खोला। सिरजा जमीन पर बैठ कर ठुड्डी चारपाई की पाटी पर रखकर रजिस्टर को बड़े कौतूहल से देखने लगा। उसके सिर पर हाथ फेरते हुए दिवांग ने कहा, "तुम मेरी सहायता करो तो मैं तुम्हें चवन्नी दूँगा।" सिरजा ने मुस्कराकर सहमति की निगाह से देखा। दिवांग ने कहा, "यह सामनेवाला घर किसका है?"

"रूपनबारी का।"

"रूपन के पिता का क्या नाम है?"

"नहीं पता।"

"क्यों?"

"उनका कोई नाम नहीं लेता।"

"क्यों,"

'वे मर गये।"

"और रूपन की माँ?"

"वह भी मर गयी।"

"तो घर मे कितने लोग हैं?"

"दो और तीन।"

"क्या मतलब?"

"एक रूपन, एक रूपन बहू और तीन बच्चे।"

"बच्चे कौन-कौन?"

"पियाली, खियाली और सतवा।"

"रूपन बहू का नाम क्या है?"

"नहीं जानता। कोई स्त्री का नाम थोड़े लेता है।"

"उमर कितनी है?"

"क्या पता?"

"रूपन की उमर कितनी है?"

"क्या पता?"

"कितना बड़ा है?"

"मेरे पिता से बड़ा है।"

"बूढ़ा दिखता है?"

"थोड़ा-थोड़ा।"

उसने बच्चों की उम्र पूछी। उसके आधार पर और सिरजा से हुई जिरह के आधार पर उसने अपने रजिस्टर में रूपन के आगे उनकी उम्र टाँकी। फिर उसके आधार पर उसकी पत्नी की उम्र टाँकी। सम्बन्ध के खाने में पत्नी लिख दिया। नाम फिर किसी से पूछकर लिख देंगे।

इस तरह उसने अभी दस-बारह घरों का ही विवरण लिखा था कि हड़बड़ाती हुई, बड़बड़ाती हुई क्या, सिरजा को लगभग गरियाती हुई कुन्ती पहुँची। घर आते ही दरवाजा बन्द देखकर उसका माथा ठनका था। फिर चारपाई गायब थी और सूता बड़ेर पर टँगा

था। यह कैसे हुआ की जिज्ञासा बिना किसी को सम्बोधित किये ही चीखकर रखा तो सामनेवाली ने कहा "सिरजा घसीट कर पेड़ की ओर ले गया है।"

सिरजा का नाम सुनते ही वह बिफर गयी और एक सटहा लेकर पेड़ की ओर चली। चारपाई पर दिवांग को बैठा देखकर उसके बोल सटक गये। एक क्षण उसे घूर कर देखा, फिर पास आकर सिरजा के ऊपर सटहा तान दी। सिरजा ने बचने के लिए दोनों हाथ उठा दिया तो दिवांग ने हँस दिया। कहा, "दीदी इतना गुस्सा न हो। घर में होती तो यह पूछकर लाता।"

"इसे मेरी ही चारपाई मिली थी?"

"और किसका लाता? बता दो तो वही मँगवा लेता हूँ दीदी।"

दिवांग द्वारा दीदी कहा जाना कुन्ती को अच्छा नहीं लगा। यह बुड्ढ़ा मुझे दीदी कह रहा है। मैं इससे बड़ी हूँ क्या? वह नथुने फुलाने लगी। उसे देखकर दिवांग को बहुत प्यार आया। कहा, "बैठ जाओ दीदी। अभी चारपाई पहुँचा देता हूँ।"

कुन्ती लम्बे-लम्बे साँस खींचती हुई बोली, "ऐ पोटा! मुझे दीदी न कहो।"

"तो क्या कहूँ?"

"कुन्ती।"

"कुन्ती।"

"हाँ।"

"हाँ कुन्ती देवी, बैठ जाओ।"

कुन्ती अपना गुस्सा थूक कर बैठ गयी। दिवांग ने कहा, "ये रूपन बहू का क्या नाम है?"

"क्यों पूछते हो?"

"रजिस्टर में लिखना है।"

"क्यों लिखना है?"

"राशन कार्ड बनेगा।"

"क्यों बनेगा?"

"राशन मिलेगा।"

"क्यों मिलेगा?"

"सरकार देना चाहती है।"

"क्यों देना चाहती है?"

"मदद करने के लिए।"

"क्यों मदद करने के लिए?"

"उसकी इच्छा।"

"नहीं, नहीं, वोट लेने के लिए।"

उसकी बात सुनकर दिवांग दंग रह गया। कहा, "तुमको कैसे पता?"

"सभी कहते हैं।"

"क्या कहते हैं?"

"कहते हैं कि ये जो वोटियर आ रहे हैं न गाँव-गाँव, जो रजिस्टर बना रहे हैं। उसे वोट के लिए बना रहे हैं।"

दिवांग सुनकर हैरान हो गया तो बात इतनी फैल गयी है! वह तो सोच रहा था कि जो रजिस्टर बना रहा है, उसे कोई जानता तक नहीं है। पर यहाँ बात इतनी हो चुकी है। खैर... उसने ध्यान तोड़ा और पूछा, "... रूपन बहू का नाम क्या है?"

"रेखा।"

"उम्र?"

"पता नहीं।"

"कितनी बड़ी दिखती है?"

"पैंतीस की।"

दिवांग ने पैंतीस ही लिख लिया। उसी के आधार पर बाकी की उम्र फिर तय की और लिख लिया। एक-एक कर उसने कई घरों की स्त्रियों की उम्र पता कर लिया और उसके आधार पर उनके पतियों, सुसरों, पिताओं, चाचाओं, पुत्रों, पुत्रियों का उम्र तय कर लिया।

चलने को हुआ तो एक सुक्का सिरजा के हाथ में रखा। कुन्ती ने आश्चर्य और गुस्से से सिरजा की हथेली को देखा, फिर ललचाकर देखने लगी। दिवांग को इस तरह से देखना अच्छा लगा। एक सुक्का उसके भी हाथ पर रख दिया। दोनों एक-एक सुक्का पाकर चहक उठे। दिवांग ने अपना रजिस्टर समेटा और चारपाई से उठकर साइकिल के पास गया। साइकिल के कैरियर में रजिस्टर दबाया और घण्टी बजाकर सवार हो गया। सिरजा और कुन्ती हँसते हुए चारपाई की गोड़वारी, मुड़वारी पकड़े और टेका कर घर ले जाने लगे। कुन्ती ने कहा, 'तुम मेरी चारपाई क्यों लाये?"

"पड़ी मिली।"

"अपनी क्यों नहीं लाये?"

"वह टूट जाती तो?"

"तो?"

"पिटाई होती।"

"और मेरी टूट जाती...।"

"तो क्या कर लेती?"

कुन्ती ने चारपाई छोड़ दी और सिरजा की ओर दौड़ी। सिरजा भी चारपाई छोड़कर चला भाग।

कई महीनों के श्रम के फलस्वरूप दिवांग ने बीसों गाँवों के लोगों को बीसों रजिस्टर में दर्ज करने के बाद विनायक वसुमतारी के पास पहुँचा। सूरज का लाल चक्का धीरे-धीरे पश्चिमी क्षितिज में अस्त हो रहा था इस लाल चक्के को पृष्ठभूमि बनाकर एक शकुन उसके चेहरे पर दो पाँख हिला रहा था। नारंगी रोशनी में उसका डौल एक भागते हुए मकड़े-सा लग रहा था, जो कभी आसमान में चढ़ता लगता, तो कभी आसमान से उतरता एक अदृश्य ऊर्णनाभ से बाँधा। वसुमतारी की बैठक में प्रवेश करने से पहले दिवांग ने सोचा कि हमारी जिन्दगी भी एक ऐसी ही अदृश्य डोर के सहारे चढ़ती-उतरती रहती है।

विनायक वसुमतारी की बैठक एक लम्बोतरा फूस का घर था। चारों कोने को उठाये चार नाटे खम्भे और लरही को उठाये दो बड़े खम्भे उस इलाके में मिलनेवाली सर्वोत्तम कड़ी और टिकाऊ लकड़ी के थे। उस पर रखे गये चार सरकण्डे की फटकन पर फैलाकर रखे गये खर से बने थे। छाजन को सीकट और बवर के टूकड़ों से बाँधा गया था। चारों को मजबूत बेंतों को थूर कर सेधों से सेधा गया था। चारों तरफ टट्टर लगा था उन थूह्नियों के सहारे, जो पूरे घर को उठाये हुए थीं। घर इतना मजबूत था कि चाहे जितनी आँधी-पानी आये, चाहे भूकम्प ही आ जाय, गिरनेवाला नहीं था। वसुमतारी जब पहली बार एम.एल.ए. के लिए चुने गये थे, तब उनके समर्थकों से बढ़कर उनके सम्बन्धियों ने कहा था कि वे बैठक को पक्का बनवा लें। चाहे छत पक्की न करें, टिन का ही रहने दें, पर दीवारों को ईंट का जरूर बनवा लें। यह बैठक की मजबूती के लिए नहीं, परिवार की नयी प्रतिष्ठा और बड़ लोगों के स्वाभिमान, कहें गौरव के लिए जरूरी था। पर विनायक की सोच दूसरी थी। वे कहते थे कि थोड़ी-सी मिली प्रतिष्ठा से इतना नहीं फूल जाना चाहिए कि अपना अतीत ही भुला दिया जाय। इस बात में गौरव अधिक होता है कि देखो छोटा आदमी देखते-देखते कितना बड़ा हो गया। उसे बताते रहने के लिए अतीत की गरीबी की स्मृति अधिक कारगर होती है। उसके निशान बचे रहने चाहिए। वे जड़ का काम करते हैं। बिना जड़ के पौधे का फूल चाहे जितना खूबसूरत हो, होता है परजीवी ही। पर जड़वाला पौधा स्वयं अपने-आप में अस्तित्व रखता है। इससे बढ़कर बात यह भी कि इसी बँगले में तरुन राम फूकन पधारे थे, जो पहले डांगोरिया थे, जिन्होंने जन को लेकर अंग्रेजों के विरुद्ध मोर्चा खोला था। उनके साथ गोपीनाथ बरदोलोई भी आये थे, जो तब असम क्लब के सचिव थे और असहयोग आन्दोलन चला रखा था। यहीं पर बायकाट की योजना बनी थी। उन घटनाओं की यादगार बना रखने के लिए बँगले का जस-का-तस बना रहना जरूरी था। इसीलिये गाँधी जी का साबरमती आश्रम, वर्धा का आश्रम, जस-का-तस रखा गया है। उनके रख-रखाव पर जितना खर्च होता है, उससे कितना आलीशान मकान, मकान नहीं बिल्डिंग बन सकती है। पर बनायी नहीं जाती। उससे शरीर चाहे जितना चमकीला

हो जाय, आत्मा उड़ जायेगी। और आत्मा यदि एक बार उड़ी तो फिर नहीं आयेगी। पटेल और नेहरू के स्मारकों को देखकर क्या ऐसा नहीं लगता?

बाहर पहुँच रही शोर-गुल से लगा था कि बँगले में कई लोग बैठे हैं। पर इतने लोग बैठे हैं, इसका अनुमान दिवांग नहीं कर पाया था। उसने सभी का एक साथ और प्रत्युत्तर में सभी ने उसे भी एक साथ अभिवादन किया। कई हमउम्र वोटियर पास आकर जैसे लिपट ही गये। बैठा तो देखा सभी रजिस्टरों का पोथा लिये हुए हैं। उसे यह तो पता चल गया था कि जाऊगाँव के इलाके में जिस तरह की रजिस्टरबन्दी उसने आरम्भ की थी, उससे प्रेरणा प्राप्त कर विनायक ने गोगा गाँव समेत दूसरे इलाकों में भी वैसा करने के लिए वालण्टियरों को भेजा था। किन्तु यह काम इतनी मुस्तैदी और सफलतापूर्वक हो रहा है, इसका आभास उसे नहीं था। दरअसल वह अपने काम में इतना व्यस्त था कि दूसरे इलाकों में क्या हो रहा है, उसे पता नहीं चल पाया—ऐसे लोगों से सम्पर्क साधकर रख ही नहीं पाया।

तभी विनायक वसुमतारी भीतर आये, दोनों हाथों में एक-एक जलता पेट्रोमैक्स उठाये। लम्बी काया भरी-भरी थी। रंग जैसे गहरे पीले में हल्का लाल मिला दिया गया हो। चेहरे पर बाल कम ही रहे होंगे, जो थे उन्हें साफ कर दिया गया था। सिर के बाल छोटे-छोटे और पीछे की ओर खोपड़ी से चिपकाकर कंघी किये हुए थे। कान अपेक्षाकृत बड़े थे और भूरी आँखें, छोटी नाक उतनी पिचकी न थी। ठुड्डी चौकोर थी। उन्होंने दोकछा धोती को घुटने के ऊपर से मोड़ लिया था और कमर पर असमिया गमछे से कसकर बाँध लिया था। एक दूसरा असमिया गमछा गले से सीने के दोनों तरफ झूल रहा था। उनके पीछे-पीछे दो नौकर आये, दोनों हाथों से बड़ी-बड़ी परात उठाये। उनमें मिट्टी का तेल मिला पानी भरा था। उन्होंने परातों को बँगले के भीतर दो छोरों पर एक दिया, तो वसुमतारी ने इनमें एक-एक पेट्रोमैक्स रख दिया। साथ ही घोषित कर दिया कि लोग आमने-सामने मुँहकर बैठ जायँ, खाना आ रहा है। लोग हाथ-मुँह धोकर अभी ठीक से बैठ भी न पाये थे कि उनके सामने केले के पत्ते बिछा दिये गये। तुरन्त ही दो परोसनेवाले, गरम भात इन पर रखते चले गये। लोगों ने भात को फैलाकर बीच में गड्ढा बनाया तो दो अन्य परोसनेवाले दनादन टेंगर माछ की कुटिया झोल के साथ परोसते चले गये। लोग अभी सोच ही रहे थे कि निवाला उठायें कि नहीं कि वही दोनों परोसनेवाले सरसों और गरम मसाले को लपेटकर सूखी तली इलिस माछ के दो-दो टुकड़े रखते चले गये कहते हुए कि आगे जिसे और जरूरत हो निःसंकोच माँग ले। परोसना इसी से पूरा नहीं हुआ। बैगन का भाजा आया, चने की दाल आयी, फिर बड़ा भात आया। बड़ा भात—यानी कोमल तुप्पा बाँस के लम्बे भोभड़ों में कसकर उनके साथ गरम पानी में डुबोकर पकाया गया मीठा मोटा चावल। नोंगा टेंगा का अचार और नमक अलग से परोसा गया। सइजन की सब्जी भी थी। कुल मिलाकर भोजन षटरस था और

चोस्म, कुच्य, निगल्य और पेय का रूप लिये हुए था। विनायक परिवार लोगों को दावत कम ही देता था, लेकिन जब देता था तो जमकर जिमाता था। उस परम्परा का पूरा अनुपालन हुआ था। लोगों ने तेहरावन-चहरावन लेकर खाया। खाना इतना भारी पड़ा कि लोग जल्दी ही सो गये।

सो गये तो काम की बात नहीं हो पायी। काम की बात हुई दूसरे दिन नाश्ते के बाद। बिना खोले ही सारे रजिस्टरों पर सरसरी निगाह दौड़ाने के बाद विनायक वसुमतारी ने कहा, "काम तो आप लोगों ने बड़ी मेहनत से किया है और बड़ा सार्थक काम किया है। जो काम सरकार को करानी चाहिए थी, वह काम आप लोगों ने खुद ही कर डाला। अब देखिये, सरकार इसे किस स्पिरिट में लेती है।"

अंग्रेजी के इस एक शब्द 'स्पिरिट' ने स्पष्ट कर दिया कि वक्ता वहाँ बैठे सामान्य लोगों से हटकर है और कुछ हैसियत रखता है। इस हैसियत को बताने के लिए कुछ लोग भाषा के माध्यम से सायास प्रयास करते हैं। यह अनायास था। दरअसल सायास उन्हें करना पड़ता है जो हैसियत रखते नहीं, बस यूँ ही बताकर प्राप्त करना चाहते हैं। वसुमतारी दो पीढ़ियों से हैसियत रखते थे, उन्हें सायास क्या करना!

लोगों ने एक-दूसरे का मुँह देखा, फिर दिवांग राभा ने कहा, "पता नहीं क्यों हमारी सरकार हर जरूरी काम पर ढुलमुल नीति अपनाती है। जो काम पहले होना चाहिए, उसे कम जरूरी कामों को आगे बढ़ाकर और उसके बहाने अति जरूरी काम को पीछे खिसकाकर, बात को वहीं-का-वहीं रहने देती है।"

पूरन चन्द्र ब्रह्म ने कहा, "और क्या? विदेशियों की समस्या को प्राथमिक बताकर हर बार सरकार सत्ता में आती है और आते ही ठण्डे बस्ते में डाल देती है।"

विनायक ने कहा, "हमारी नीतियाँ यहीं से तय नहीं होतीं। केन्द्र की भी अपनी भूमिका होती है। और नागरिकता का मामला तो सीधे-सीधे केन्द्र का मामला है।"

परमेश्वर डेका की आँखें फैल गयीं। साफ जाहिर था कि वे अपनी आँखों के ही माध्यम से पूछ रहे थे कि भला ऐसा क्या? उन्हें पढ़कर विनायक ने कहा, "नागरिकता भारत की होती है, असम की नहीं।"

"भले उसके नाते असमिया अपने ही वतन में अल्पसंख्यक हो जायें।" डेका के स्वर में उत्तेजना थी।

"हमारा सिद्धान्त है कि देश के हित के सामने क्षेत्र के हित को स्थगित रखा जाये।"

"इसीलिए तो हमारी बीमारी असाध्य होती जा रही है" परमेश्वर डेका ने कहा।

"और क्या? हम तो समझ ही नहीं पाते कि जब राष्ट्रीयहित के लिए दिल्ली की संसद है, तो असम के विधानसभा को असम के हित में काम करने के लिए पूरी छूट क्यों नहीं है? आखिर क्या कारण है कि असम की बात करते ही राष्ट्र का हित उछल पड़ता है?" दिवांग ने कहा।

दिवांग की बात से विनायक खुश हुए, पर खुशी व्यक्त न की। सभी बैठे लोगों पर एक-सी उचटती दृष्टि डाली। बँगले के उत्तरी छोर के पूर्वी कोने में जो बैठा था, उस वालण्टियर का नाम वे नहीं जानते थे। वह इनमें सबसे कम उम्र का था और ऊर्जा उसके अंग-प्रत्यंग से फूटी पड़ रही थी। लग रहा था कि वह कुछ फुसफुसा रहा है। पर उसकी बात किसी को सुनायी नहीं पड़ रही है। उस पर दृष्टि टिकाकर विनायक ने कहा, "ऐ लोरा (तरुण), कुछ कहना चाह रहे हो?"

उसकी दीप्ति धुँधली पड़ गयी और उसने सिर नीचा कर लिया। पूरन चन्द्र ब्रह्म ने कहा, "कहो-कहो, क्या कहना चाह रहे हो?"

"सरकार एक आदमी की बात नहीं सुनेगी... यह भी ठीक-ठीक पता नहीं चल पाता कि दो आदमियों के बीच क्या बात हुई। हमारी राय है कि अबकी डांगोरिया जब सरकार से मिलने जायँ, तो हममें से भी कुछ लोगों को साथ ले जायँ।"

बोरा ने कहा, "डेलेगेशन का जमाना है। डेलेगेशन की बात सुनी जाती है। अभी नागा लोगों की बात सुनी गयी है।" बोरा माने बड़ा, बड़ा माने बड़, बड़ माने बोडो। यही बाहर के लोग कहते हैं। बोरा सिलहटिया बंगाली कहता है, बड़ा बीकानेरिया मारवाड़ी, बड़ हम स्वयं कहते हैं, बोडो अंग्रेज। अब वही चल पड़ा है।

विनायक वसुमतारी ने कहा, "दोनों दो बाते हैं। नागाओं का डेलेगेशन दिल्ली गया था। यहाँ तो गुवाहाटी चलना है।"

"क्या हर्ज है जो कई लोग साथ चलें?" उस लड़के ने कहा।

वसुमतारी तो यही चाहते थे। पर कह नहीं पा रहे थे। उन्हें खुशी हुई कि उनके मन की बात एक-दूसरा अनजाना व्यक्ति कर रहा है। वे चुप रहे। काफी देर के बाद कहा, "दरअसल यह पहचान-पत्र की समस्या सिर्फ दरंग, मंगलदोइ, की समस्या तो है नहीं, पूरे असम की समस्या है। तब ऐसा डेलेगेशन बनाने के लिए पूरे प्रान्त के लोग इकट्ठा करने पड़ेंगे। पता नहीं कितनी सहमति बनेगी, नहीं बनेगी?"

दिवांग ने कहा, "अब हर काम का आरम्भ कहीं-न-कहीं से तो होता ही है, और जरूरी भी नहीं है कि उसकी परिणति भी मन माफिक हो।..."

उसकी बात लोगों की आपसी बातचीत में डूब गयी। लोग आपस में बात करते रहे। दोपहर के भोजन का समय होते-होते इतना तय हो पाया कि इस बार विनायक वसुमतारी के साथ कुछ और स्थानीय लोग चलें। उसकी सम्मिलित बातों से सरकार पर शायद कुछ दबाव पड़े।

सरकार का मतलब मुख्यमन्त्री। मुख्यमन्त्री से मिलना इतना आसान नहीं था। दसियों प्रयत्न और बीसियों दिन डेरा डालने के बाद मुख्यमन्त्री से मिलने का समय मिला। मुख्यमन्त्री ने विनायक की ही नहीं दिवांग और पूरन चन्द्र के साथ अन्य लोगों की बातें भी बड़े गौर से सुनी। कहा कुछ नहीं। मुलाकात का समय समाप्त हो रहा था।

विनायक की आकुलता बढ़ गयी। लगा कि यह सारी 'एक्सरसाइज' सारा प्रयत्न बेकार जा रहा है। जो अकेले मिलने का हस्र होता है, वही प्रतिनिधि-मण्डल लेकर मिलने का हो रहा है। जब धैर्य ने साथ छोड़ दिया तो कहा, "आखिर लोगों में हम क्या सन्देश लेकर जायँ?" उनका धैर्य तो छूट गया था, पर वाणी संयत थी। यह मुख्यमन्त्री को पसन्द आया। एक बड़ी कुटिल मुस्कान होंठों पर लाते हुए और उसे उसी कुशलता से अपने पूरे तेजोमय चेहरे पर पसारते हुए उन्होंने और भी संयत वाणी में कहा, "यह समस्या सिर्फ आप की ही नहीं है। आपकी देखा-देखी तमाम दूसरे समुदायों के लोग भी ऐसा ही रजिस्टर तैयार करेंगे और पहचान-पत्र की माँग करेंगे। चलो, हिन्दू और मुसलमान में तो अन्तर उनके नाम के आधार पर कर लिया जायेगा, पर असमिया और बंगाली का अन्तर कैसे किया जायेगा? उसके लिए पूरी सरकारी मशीनरी को गियर में लेना पड़ेगा। उसके लिए अभी समय नहीं है। राजधानी को शनैः-शनैः शिलांग से शिफ्ट किया जा रहा है। दिसपुर को बसाना पहली प्राथमिकता है।"

आगे की बात वे सुन नहीं पाये। इतना ही सुनकर वे सन्न रह गये। इसलिए नहीं कि असमिया-बंगाली का मसला सुलझाने के लिए अभी सरकार के पास समय नहीं है, बल्कि इसलिए कि सरकार ने बिना किसी चर्चा, बिना किसी मीटिंग, बिना किसी वार्त्ता के ही मन-ही-मन तय कर लिया है कि राजधानी दिसपुर में बनायी जायेगी।... तो लोगों को लालीपाप थमाया था कि राजधानी किसी केन्द्रीय जगह ले जायी जायेगी। केन्द्रीय क्या होता है, लोगों का मतलब इससे नहीं था। लोगों का मतलब यह सम्भावना थी कि राजधानी उनके इलाके में बन सकती है।... शोणितपुर के लोगों ने मान लिया था कि राजधानी तेजपुर में बनेगी। अपर असम के लोगों ने मान लिया था कि जोरहाट में बनेगी। मध्य असम के लोगों ने मान लिया था कि नवगाँव में बनेगी। हाँ कछार के लोग जानते थे कि वह सिलचर में कभी नहीं बनेगी। वे इसके लिए माँग करना चाहते थे, पर किस तरह?—यह स्पष्ट नहीं था। खैर विनायक वसुमतारी को इससे लेना-देना नहीं था। उन्हें तेजपुर में राजधानी बने—इससे लेना-देना था। इसी को आधार बनाकर वे चुनाव लड़ना चाहते थे। और यहाँ सरकार ने तय ही कर लिया है कि राजधानी दिसपुर में बनेगी।

वे अपने विचारों में इतना खो गये कि उन्होंने सरकार की बात आगे नहीं सुनी। उसे सुना दिवांग ने। उसमें काम की बात यह थी कि उन लोगों को कामाख्या नारायण त्रिपाठी से मिलना चाहिए।

ड्राइवर से कहकर बस को बड़ा बाजार मोड़ पर ही रोक लिया गया था। वहीं से एक सड़क मुड़कर मावखार जाती थी। उसी सड़क पर कोई दो सौ गज चलते ही 'असमिया लॉज' आता था। जब राजधानी शिलांग थी तो राजनैतिक कामों से आनेवाले विभिन्न तरह के लोग यहीं रुकते थे। अभी भी स्थिति वही थी।

मैनेजर विनेन्द्र चन्द्र महन्ता बड़े सुलझे हुए आदमी थे। वे हर असमिया आगन्तुक से इस तरह से मिलते थे कि जैसे वह बरसों पुराना परिचित हो और बार-बार उनके लाज में रुकने के कारण जैसे घर का ही सदस्य बन गया हो। उनकी खातिरदारी के बारे में विनायक वसुमतारी वर्षों से सुनते आये थे, पर जिस तरह से उन्होंने फटाफट सबके रुकने का प्रबन्ध किया, स्नान करते ही मुर्गे की टाँगों के साथ विलायती शराब भेजा और उसके बाद स्वयं आकर खाने के लिए आमन्त्रित किया, वह अचम्भित करनेवाला नहीं, सुख प्रदान करनेवाला था। दिवांग को लगता था कि पैसे से सुविधा तो प्राप्त की जा सकती है, पर प्रेम और सुख भी प्राप्त किया जा सकता है—ऐसा पहली बार लगा।

जब तक वे लोग भोजन से निवृत्त हुए रात काफी हो गयी थी। लॉज के नौकरों, बेयरों, वेटरों ने काम समेटना आरम्भ कर दिया था। बर्तन माँजे जाने लगे थे, फर्नीचर साफ किये जा रहे थे। बस फर्श नहीं साफ की जा रही थी। मान्यता थी कि रात में घर में झाड़ू नहीं लगाना चाहिए और दर्पण में मुँह नहीं देखना चाहिए। विनेन्द्र चन्द्र महन्ता ने कैश-बाक्स खोलकर पैसा गिना, उसे रजिस्टर पर चढ़ाया, फिर दोनों को दराज में रखकर कुण्डी में ताला लगाते हुए कहा, "ऐलोरा क्वाय ला।"

क्वाय माने कच्ची सुपारी। यह खसिया शब्द है। असमिया में गुआ कहते हैं। तिस्ता नदी के इस पार क्या स्त्री, क्या पुरुष, क्या बाल, क्या वृद्ध सभी इसे रात-दिन चुभलाते हैं और उसमें स्वर्ग का सुख पाते हैं। पर महन्ता साहब फुर्सत के क्षणों में ही उसका नोश फर्माते थे। उनकी आवाज सुनकर एक वेटर उनकी ओर हाथ में कुछ कच्ची सुपारी लेकर आगे बढ़ा। वे कोई 'कस्टमर' थोड़े थे कि चाँदी की तस्तरी में सजाकर, पूरी वर्दी पहन कर, बड़ी अदब के साथ पेश किया जाय। उसने यूँ ही मुट्ठी पसार कर उनकी तरफ बढ़ा दिया। उन्होंने दो टुकड़ा उठाया और एक मुँह में डाल लिया। तभी वसुमतारी आते दिखे। पास आने पर एक टुकड़ा उनकी ओर बढ़ा दिया। टुकड़ा तो उठा लिया, पर बजाय उसे मुँह में डालने के इधर-उधर देखने लगे। महन्ता ने पूछा कि कुछ चाहिए, तो उन्होंने कहा, "पान का पत्ता होता तो अच्छा होता।"

महन्ता ने वेटर को आवाज दिया। वह फौरन एक पत्ते पर थोड़ा-सा चूना रख उँगलियों से रगड़कर उन्हें दे दिया। महन्ता ने उसे घूरकर देखा। वे आँखों-ही-आँखों कह रहे थे कि ये मैनेजर नहीं, 'कस्टमर' हैं—'कस्टमर' माने देवता, जो हर फर्माइश के लिए पैसा देता है। इसलिए उसके साथ हमेशा अदब से पेश आना चाहिए। लेकिन तब तक काफी देर हो चुकी थी। वसुमतारी ने पान उठाकर उसमें कच्ची सुपारी का टुकड़ा रख मुँह में दबा लिया और उस पर पहली बार मुँह चलाते हुए कहा, "घर जाने की तैयारी कर रहे हैं?"

"हाँ। किन्तु देरी हो गयी है। आज यहीं रहूँगा हो।"

"देरी?" वसमुतारी ने मुँह खोलकर नहीं, आँखें फैलाकर पूछा।

"हाँ, जबसे राजधानी शिफ्ट हो रही है, तब से मावखार के लोग कुछ ज्यादे ही उत्तेजित रहते हैं। होता तो कुछ नहीं है, फिर भी लगता है कि गैर-खासियों के लिए देर रात सड़क पर निकलना बहुत सुरक्षित नहीं है।"

"ऐसा भला क्यों?"

"अब नयी-नयी मिली आजादी की कुछ अपनी उत्तेजनाएँ होती हैं। अपराध अवसाद और उन्माद में ही नहीं, उल्लास में भी किये जाते हैं।"

वे महन्ता की इस गहरी अनुभवी बुद्धि पर आश्चर्यचकित कम, प्रसन्न अधिक हुए। कुछ और बात करने का मन हो आया। कहा, "घर नहीं जाते हैं तो पाँच मिनट बैठते हैं।"

महन्ता ने खिड़की के पास रखी मेज-कुर्सी की ओर इशारा किया। वहाँ जाकर खिड़की खोल दी। पूरे शिलांग का वैभव खिलकर कमरे में आ गया। वसुमतारी ने झाँककर दूर तक बाहर देखा तो लगा कि नीले हल्के आकाश से छोटे-छोटे सूर्य भारी-भरकम धरती की ओर आते जा रहे हैं। दरअसल चीड़ के पेड़ हिल रहे थे और उनसे सड़क पर और खुली खिड़कियोंवाले घर के भीतर जलते बल्ब झिलमिला कर कभी ऊपर-नीचे होते, तो कभी दायें-बायें होते दिखते। वसुमतारी ने कहा, "शिलांग दरअसल... धुनिया (खूबसूरत) शहर है। अंग्रेज ठीक ही इसे पर्वतों की रानी कहते थे।"

"हाँ साहब। रौनक तो स्त्री से ही होती है।"

वसुमतारी ने भृकुटी कुंचित की। महन्ता ने कहा, "अगर पर्वतों का राजा कहते तो वह मजा थोड़े आता।"

दोनों हँस पडछ़े। वसुमतारी ने कहा, "एक बात बताइये डांगोरिया (श्रीमान्)। यहाँ स्त्री राज है, तो होटलों में स्त्रियाँ काम क्यों नहीं करती हैं?"

"अब सफाई-वफाई का सारा काम तो वही करती हैं।..."

"मेरा मतलब है, वेटर, बियरा, आदि...।"

"वह भी करेंगी। वह समय तेजी से आ रहा है। वैसे आप किसी खास काम के लिए चाहते हों तो बतायें।" महन्ता के चेहरे पर कोई खास भाव नहीं था। बात उन्होंने बड़े ही कारोबारी ढंग से कही थी। वसुमतारी पहले थोड़ा सकुचाये, फिर कहा, "नहीं-नहीं, वैसी कोई बात नहीं। मैंने तो सहज जिज्ञासा रखी थी।" फिर थोड़ा रुककर बोले, "कुछ राजनीति-वाजनीति में भी रुचि रखते हैं?"

"यह तो अड्डा ही है साहब। जानना क्या चाहते हैं?"

"ये कामाख्या नारायण त्रिपाठी कैसे आदमी हैं?"

"बहुत अच्छे आदमी हैं साहब। चालिहा के बाद मुख्यमन्त्री इन्हें ही बनना चाहिए था। पर बाहरी होने के नाम पर केहुनिया दिये गये। सुना है अध्यक्ष बनाये जायेंगे। किन्तु सही जानकारी तो आपके पास होगी।"

"नहीं, मैं दूर मंगलदोई में रहता हूँ। गाँव-दीहात की राजनीति करता हूँ। इतनी पैठ नहीं है।"

"किस काम से आये हैं?"

"उन्हीं से मिलने आया हूँ।"

"भला वे क्या काम करा सकेंगे? सत्ता में नहीं है न।"

"काम सत्ता-शासन सम्बन्धी नहीं है।"

"तब?"

"एक बड़ी समस्या के समाधान का मामला है।"

"क्या?"

"यह जो रात-दिन बंगालियों की घुस-पैठ असम में बढ़ती जा रही है..."

"भला इस मामले में वे क्या कर सकेंगे? यह तो नीति का मामला है। उसे देखना सरकार का काम है।"

"मुझे उन्हीं से मिलने के लिए कहा गया है।"

"माने?"

"हम यह प्रश्न उनके सामने उठाने के लिए भेजे गये हैं। हो सकता है आगे कोई आयोग आदि बने उनके नेतृत्व में।"

"हाँ वे खाली तो हैं।... आदमी बहुत अच्छे हैं। निष्पक्ष भाव से काम करते हैं। किसी से व्यक्तिगत बैर भाव नहीं रखते। बाहर के आदमी हैं यू. पी. के। उनके नाम पर बंगाली असमिया दोनों सहमत होंगे...।"

"तो भी विरोधियों ने यही कहा था कि मुख्यमन्त्री बन गये तो हिन्दी बोलनेवालों के पक्ष में जायेंगे।"

"गलत बात। लेकिन बिना गलत बात के सत्ता तो हथियायी नहीं जा सकती।"

"तो उनसे निष्पक्षता की उम्मीद रखी जा सकती है?"

"हण्ड्रेड परसेण्ट।"

"आपकी जान-पहचान है?"

"हाँ-हाँ।"

"कल हमारे साथ चल सकेंगे?"

"नहीं भाई। यह राजनैतिक मामला है। आप साथियों के साथ आये हैं। डेलेगेशन लेकर जायें। भल होगा।"

"आप हमें इण्ट्रोड्यूस कर देते तो...।"

"उसका कोई प्रभाव नहीं पड़ेगा। आप सीधे जायँ। आपका काम ही आपका इण्ट्रोडक्शन होगा।"

वसुमतारी के मन में यह बात बैठ गयी। वे 'शुभरात्रि' कहकर सोने चले गये।

जितनी साफ रात हुई थी, उससे आशा थी कि, प्रभात धुँधला होगा। बंगाल की खाड़ी से बादल उठेंगे और चेरापूँजी को पार कर शिलांग पर छा जायेंगे। शिलांग पीक सिलहट की तरफ के बादलों को आदि काल से खींचती रही है। पर प्रभात रात से भी अधिक फरछिन हुआ था। वसुमतारी अपने लोगों के साथ बाहर निकले तो चीड़ की डालों ने झुककर उनको सलाम किया। उनकी पत्तियाँ हू-हा करती लोट-पोट हुई जा रही थीं। उनको झकझोर कर चलती हवा रात को बड़ी सुखद लग रही थी। डालों में इतनी लोच थी कि लगता था कि सैकड़ों पड़छ अलग-अलग नेवा कर प्रत्यंचा पर चढ़ाये जा रहे हैं, पर छूट एक साथ रहे हैं, युद्ध-भूमि के धनुषों की तरह। चट्टानों की सन्धियों में जो गुल्म थे, वे काई का सारा रस पीकर खिल उठे थे। उनकी सुगन्धि अनवरत रूप से पवन में मिल रही थी। उन्हें लगा कि वे अपने सारे कपड़े उतार कर लोट-पोट हो इस भागते पवन में इस तरह से स्नान करें कि जैसे नदी के पानी में हों। इस विचार पर दिवांग को हँसी आ गयी। उसे सुनकर लोरा ने कहा, "मौसम इतना खुशनुमा है कि गला फाड़कर हँसने का मन कर रहा है।"

लोरा माने लम्बोदर साइकिया। वसुमतारी ने अपनी बैठक में उसे एकबार लोरा क्या कहा, वह सभी के लिए लरा (लड़का) हो गया। उसकी बात सुनकर दिवांग ने कहा, "इतना ही खुशनुमा कामाख्या हों तो बूझो बात बन गयी।"

विनायक मुस्करा उठा : राजनीति इतनी खुशनुमा नहीं होती। उसमें जाने कितने दाँव-पेंच खुसे होते हैं। उसने अगल-बगल देखा। बायीं तरफ 'हैपी होम' था, दाहिनी तरफ लाबान का मैदान। सामने जिले का अस्पताल था, जो राजधानी का भी अस्पताल था। वहाँ इकट्ठी भीड़ और वाहनों से नगर की सेहत का पता चलता था। उसके पीछे हैदरी पार्क था। उसके मन में आया कि वह पार्क में चले और वहाँ पले छोटे-छोटे पशुओं के साथ छेड़-छाड़ करते हुए मौसम का आनन्द ले। तभी लगा कि यह उद्देश्य से भटकना होगा और सफलता उसे नहीं मिलती जो बीच-बीच में यूँ ही मिलजानेवाले आनन्द की ओर बहक जाते हैं। यह माया रचकर ही नियन्ता उनकी परीक्षा लेता है। जो इस परीक्षा में जितना ही अच्छा करते हैं, उन्हें उतने ही अच्छे से देता है। यदि ऐसे खुशनुमा मौसम में कामाख्या जी से खुलकर बात हो जाय तो समस्या सुलझ सकती है। वे जल्दी-जल्दी सर्वे ऑफ इण्डियावाले चौराहे पर पहुँचे। बगल की ऊँचाई पर बने बँगले के गेट पर 'कामाख्या नारायण त्रिपाठी, पूर्व वित्तमन्त्री, असम सरकार' का बोर्ड लगा था। गेट से सटे काठघर में एक सन्तरी खड़ा था। वे जब सीढ़ियाँ चढ़ने लगे तो वह सामने आया और आँखें तरेरकर पूछा, "कहाँ?"

"कामाख्या डांगोरिया से मिलना है।"

"क्यों?"

वसुमतारी ने साथियों की ओर देखा। उनकी पीठ पर रजिस्टर बस्ते की तरह बँधे थे। उनकी तरफ इशारा कर कहा, "डांगोरिया को देना है, बात करनी है।"

सन्तरी के ओंठों पर मुस्कान फैल गयी। जब से वे मन्त्री नहीं रहे, आये दिन पीठ पर बँधे रजिस्टर उनकी बैठक में लाये जा रहे हैं। कहा, "कहाँ से आये हैं?" उसके स्वर में जैसे व्यंग्य था कि बेकार का काम कर रहे हैं।

"मंगलदोई से।"

सन्तरी के काठघर में आ झुककर कागज के टुकड़े पर कुछ लिखा। गेट खोल दिया। दक्षिण तरफ के एक कोने की ओर इशारा कर कहा, "वहाँ बैठ जाइये आप लोग। दस मिनट की देरी हो सकती है।"

वे बैठ गये। दस मिनट की देरी नहीं हुई। दो-चार मिनट बाद ही कामाख्या जी बाहर आये और सीधे उनके पास गये। पूरा कांग्रेसी लिबास था। खद्दर की महीन धोती, खद्दर का मोटा कुर्ता, वैसे ही खद्दर की टोपी। खद्दर का ही असमिया गमछा गर्दन से दोनों तरफ झूलता हुआ और टायर की चप्पलें जैसी गाँधी जी पहनते थे। बस नाक और उसके नीचे की मूँछ असमियों तरह नहीं थी। उठी हुई नाक जैसी पूर्वी उत्तर प्रदेश के लोगों की होती है और भरी-भरी झुकी हुई मूँछें जैसी पछीमा लोग रखते हैं। सबने एक साथ प्रणाम किया। आशीर्वाद दे उन्होंने आँखों को फैला दिया कि जैसे पूछ रहे हों : आप कौन, केहि कारण आये तात।

विनायक वसुमतारी ने पहले अपना परिचय दिया, फिर दूसरों का। कहा कि मुख्यमन्त्री से मिल कर आ रहे हैं। उन्होंने कहा है कि नागरिकता सम्बन्धी परिचय-पत्र के सन्दर्भ में आप से मिल लूँ।

उन्होंने भीतर आने का इशारा किया। काठ का घर। कभी दीवारों पर रंग करने के बाद पालिश चढ़ा दी गयी होगी। उसकी चमक मन्द पड़ने लगी थी। पर फर्श की चमक बरकरार थी। लगा कि अभी-अभी कोई इसे रगड़ कर गया है। सोफे और मेज के नीचे एक खुरदुरी दरी बिछी थी। दीवारों पर गाँधी, नेहरू, सुभाष के अलावा तरुण राम फूकन, गोपीनाथ बरदोलोई और विष्णुराम मेधी की तस्वीरें लगी थीं। उनमें चालिहा और मौजूदा मुख्यमन्त्री के चित्र नहीं थे। तस्वीरों में कोई कलात्मकता नहीं थी। पर फ्रेम में थी। वे पीतल के थे, जिनपर नक्काशी भी गयी थी, खास केरल की नक्काशी। एक कोने में उदास रानी कलर की मेज पर असम के प्रतीक गेण्डे का तेल से संनी काले लोहे की प्रतिमा रखी हुई थी, दूसरे कोने नागा भाले क्रास कर। एक तरफ की दीवार पर असमिया बाँस की टोपी और सूप, दूसरी तरफ की दीवार पर खसिया दाव क्रास करके टँगे थे। यह सारी सजावट मकान की सादगी के हिस्से की तरह लगती थी, किसी बनावट की तरह नहीं।

इधर-उधर की तमाम औपचारिक बातों के बाद त्रिपाठी जी ने असल बात कही, "यह काम सिर्फ आप लोग ही नहीं कर रहे हैं और सिर्फ असमिया लोगों के बारे में ही नहीं हो रहा है। सिल्चर, नवगाँव से बंगालियों के बारे में भी रजिस्टर आये हैं। गोआलपाड़ा,

गुवाहाटी से तो बंगाली मुसलमानों के बारे में अलग से आये हैं। बचा रह गया है चायबागानों में काम करने वाले बिहारियों, भोजपुरियों, मदरासियों का सर्वेक्षण। वह अभी होना है। सभी कुछ को साथ रखकर कोई नीति बनेगी और वह काम सिर्फ हमारे करने से नहीं होगा। मामला राष्ट्रहित का है औ उसे भारत सरकार निर्धारित करेगी।''

''तब तक तो हमारी सारी आराजियाँ यूँ ही कब्जा हो जायेंगी।''

''यही तो विडम्बना है।''

''हम स्वतन्त्र हुए थे कि अपना काम स्वयं करेंगे तो फटाफट हो जायेगा...।''

''सीधी बात है। अंग्रेज का कोई भाई-भतीजा नहीं था। वह जो भी करता था, सीधे अपने राज के लिए करता था। हमारे भाई-भतीजा हैं। उनके आगे देश का हित नहीं, अपना हित सर्वोपरि होता है। उसके काम में सिर्फ उसका सुपीरियर हस्तक्षेप करता था। अब तो हमारे मातहत हमारे शिरोमणि से अधिक हस्तक्षेप करते हैं।''

लम्बोदर साइकिया भाई-भतीजा पर सोचते हुए अटका था। अचानक बात मन में आयी कि उन्हें अपने शासन की वैधता के लिए चुनाव नहीं लड़ना पड़ता था। इसलिए वोट बैंक की जरूरत नहीं थी। अब तो हर काम वोट बैंक बनाने के लिए होता है, तो शासन क्या होगा, खाक? उसने फौरन अपनी बात कह दी। सुनकर जैसे सभी सन्न हो गये। कुछ देर बार कामाख्या जी मुस्कराये, फिर कहा, ''तुम्हारा नाम क्या है?''

''लम्बोदर साइकिया।''

''जिओ। तुम्हारा भविष्य उज्ज्वल है। पर अन्तर की बात हमेशा इस तरह से सीधे मत कहना।''

लम्बोदर समेत सभी उनकी बेबाकी पर फिदा हो गये। दिवांग के मन में आया कि शायद इसी बेबाकी के लिए उन्हें मुख्यमन्त्री नहीं बनाया गया। इसलिए वे लम्बोदर जैसे सरल आदमियों की अभिव्यक्ति के खतरे जानते हैं। अपनी इस सोच से ध्यान हटाने के लिए कहा, ''तब तक हम लोग क्या करें?''

''मन गवाही दे तो अपने इलाके के चाय बगानों के लोगों का रजिस्टर बनवाइये। यह काम जितना जल्दी होगा, निर्णय की जल्दी में उतनी ही सुभीता होगी।''

रसगुल्ले और जलेबी जैसी बाजार की मिठाइयों के साथ घर का तिलपीठा और चाय आ गयी थी। सभी ने खाया, पीया और हाथ जोड़ प्रणाम कर चलने को हुए। अचानक कामाख्या डांगोरिया ने कहा ''आपके इलाके में एक यु लिन रहते हैं। उनका कोई समाचार है?''

विनायक ने आँख फाड़कर पहले उनकी ओर देखा, फिर दूसरों की ओर। कुछ देर की चुप्पी के बाद दिवांग ने कहा, ''वे जाऊगाँव में रहते हैं और लोगों को कथा सुनाते हैं।''

''जानते हैं कि वे कौन हैं?''

''चीना हैं।''

"हाँ उनके पुरखे टी-टेस्टर के रूप में चीन से भारत बुलाये गये थे। कई पीढ़ियाँ इस देश में रहने के बाद उनके कुनबे के लोग चीन भेज दिये गये। वे नहीं जा पाये। माकुम में बस गये।"

कामाख्या जी उन्हें छोड़ने गेट तक आये। औपचारिकतः बोले, "फिर आइयेगा। आते-जाते रहने से सम्पर्क बनता है, मजबूत होता है।"

रास्ते में विनायक को लगा कि हाशिये पर डाल किये गये हैं, इसलिए सम्पर्क बनाये रखने की बात करते हैं। मुख्यमन्त्री हो गये होते तो क्या पूछते।

4

अपनी टीम के साथ विनायक वसुमतारी शिलांग से गोगागाँव लौट कर आया तो यह बात अपेक्षित गति से कहीं अधिक तेजी से फैली कि रजिस्ट्रर का कुछ होनेवाला नहीं है। ये बाँग्लादेशी मुसलमान उनके खेतों को ऐसे ही कब्जा करते जायेंगे और लोग कचहरी दौड़ते रहेंगे। इससे वसुन्धर पहले बहुत निराश हुआ। उसे लगा कि दुनिया वाकई बड़ी तेजी से बदलती जा रही है। जो काम व्यक्ति पहले अपने बूते पर कर लेता था, उसके लिए अब सरकार पर आश्रित हो गया है। इसके परिणामस्वरूप सरकार उसकी नहीं, वह सरकार का हो गया है। यह प्रचलन विदेशी सरकार ने आरम्भ किया था। जन और ब्रितानी सरकार के बीच की दूरी बहुत थी। लोग अभी भी अपने पूर्व शासकों को ही जानते थे और उन्हीं के माध्यम से सरकार तक पहुँचते थे। यह उन पूर्व शासकों, जमींदारों को बल देता था। सरकार उनसे डरती थी। हर बीस-पच्चीस गाँव पर ये जमींदार होते थे, जो लठैत रखते थे। वे उनकी फौज का काम करते थे। इसलिए अंग्रेज ने प्रान्त को जिले में विभाजित किया और हर जिले में अपना गुण्डा बिठाया। वह लगान वसूलनेवाला अधिकारी होता था। लगान तो अभी भी इन पुराने सामन्तों, जमींदारों के माध्यम से ही वसूला जाता था, जो अंग्रेज के खजाने में जमा करते थे। वसूली ठीक से हो सके, इसलिए लठैत पालने की अनुमति सरकार भी देती थी। पर इसके बूते वे सरकार से भी टकरा जाते थे, विशेषकर लगान को खजाने में जमा करने के मामले में। इन्हें ही शिकस्त करने के लिए बड़ा लठैत बनाया गया डिप्टी कमिश्नर। उसकी सहायता के लिए जिले में पुलिस बल खड़ा कर एक कप्तान को सौंप दिया गया फौज से बुलाकर। इसलिए वह जिले का सबसे बड़ा गुण्डा हो गया। वह आज भी है। सरकार यहीं तक नहीं रुकी। लोगों से कहा कि हर काम के लिए मेरे पास आओ, सड़क के लिए, पानी के लिए, जमीन के लिए, जायदाद के लिए, विवाद के लिए, अपराध के लिए, न्याय के लिए, भलाई के लिए। हम धीरे-धीरे सरकार पर निर्भर होते गये। यह डी. सी. उसका प्रतीक बन गया—अधिकारों का पुलिन्दा। यह निर्भरता

हमें विरासत में मिली है। जन प्रतिनिधि उसे और गाढ़ा कर रहे हैं। अपनी कमाई का साधन बनाते जा रहे हैं। दलाल हैं साले... सब दलाल।

ऐसा सोचते-सोचते वह फुफकारने लगा, जैसे क्रुद्ध मणिपुरी किंग कोब्रा। ऐसा आजकल अक्सर हो रहा है। एक अजीब-सा तनाव उसे रात-दिन घेरे रहता है, जो उसे दिमाग से कुन्द कर देता है। उससे क्षणिक निजात के लिए उसने ठण्डा पानी पीया और सोंटा लेकर चल दिया। पहुँचा कचहरी। सुन रखा था कि कचहरी जाते रहने से दिमाग खुलता है। दस तरह के लोग मिलते हैं, पचास तरह की बातें होती हैं। कानून का पता चलता है, राजनीति का पता मिलता है। आज दोनों ही हमारे जीवित रहने के लिए जरूरी हो गये हैं। उसका इरादा यहाँ आकर ऐसे लोगों की तलाश करना था, जिनके खेत मियाँ लोगों ने कब्जा कर लिया था। फिर भी वह अपने वकील के पास गया। घोड़े-सी गर्दन और घोड़े-से मुँहवाले उस मनहूस वकील ने साफ-साफ कहा कि चूँकि जमीन उसके नाम नहीं है, इसलिए मियाँपाड़ा के लोगों के विरुद्ध कुछ नहीं हो सकता। वसुन्धर का कहना था कि जब जमीन के उस टुकड़े पर मेरा कब्जा रहा है, तो भला दूसरा उस पर कब्जा कैसे कर सकता है।

"जैसे तुमने उस पर कब्जा कर रखा है," वकील ने कहा।

"पर हमारा कब्जा तो चालीसों साल पुराना है।"

"सरकार इसके लिए सबूत माँगेगी।"

"पर क्या जब सबूत नहीं मिल पायेगा तो ये लोग हमारे खेतों को ऐसे ही कब्जाते चले जायेंगे?"

"दिक्कत यह है कि मियाँपाड़ा के लोग भी यही कहेंगे कि उस पर कब्जा हमारा है। वसुन्धर जैसे लोग गलत दावा कर रहे हैं।"

"लेकिन साहब। मौके पर तो हमारा कब्जा है। कहा जाता है कि कब्जा नब्बे फीसद मिल्कियत का सबूत होता है।"

"वह तो ठीक है। पर कब्जा हाल समय मियाँ लोगों का है। वे भी यही बात कहेंगे। तब कैसे सिद्ध होगा कि कौन सही है? कमीशन जायेगा तो यही पायेगा कि फिलहाल कब्जा उनका है।"

वसुन्धर का मन उदास हो गया पर निराश नहीं हुआ। पूछा, "आखिर यह कैसे माना जायेगा कि कब्जा मियाँ लोगों का है?"

"कमीशन के सामने लोग ऐसी ही गवाही देंगे।"

"गवाही तो लोग मेरे भी पक्ष में ऐसा ही देंगे।"

"हाँ। वे कहेंगे कि पहले कब्जा वसुन्धर का था। अब मियाँ का है।"

"यही तो मैं चाहता हूँ।"

"इससे काम नहीं बनेगा। अदालत कहेगी कि यह "नो-मैन्सलैण्ड है, जिस पर जो कब्जा कर ले, उसका है।"

"इससे तो बड़ी मार-पीट होगी।"

"सरकार यही चाहती है।"

"क्यों भला?"

"एक तो यह कि लोग स्वयं मार-पीट कर मियाँ लोगों को भगायें। यह काम वह खुद नहीं करना चाहती, क्योंकि वे उनके वोट बैंक हैं। दूसरे वह यह नहीं चाहती कि जनजातियों के वोट उनके कट जायँ। इसलिए वह उनका विरोध भी नहीं करेगी।"

"इससे तो बड़ा तूफान मचेगा।"

"कब मचेगा? मेरा मध्यवर्गीय असमिया लोग अपनी अकर्मण्यता से जागना ही नहीं चाहते। वही हाल इनकी सरकार का है।"

वसुन्धर को कचहरी में मिलनेवाले कानून और राजनीति के सम्बन्ध का ऐसा ज्ञान खूब मिला और वह भी निःशुल्क। अफनियाकर बोले, "तब क्या करें साहब?"

"खेत पहले अपने नाम कराओ।"

"उसके लिए पहचान-पत्र कहाँ से लाऊँ?"

"यही तो दक्ष प्रश्न है।"

बात जहाँ से चलती है, वहीं पर आकर खत्म हो जाती है। पता ही नहीं चलता कि पहले मुर्गी है कि अण्डा। वह तो यही चाहता है कि कब्जे का मुकदमा कायम कर मामला अटकाये। किन्तु उसकी जगह आज उसके कानों में तमाम नये शब्द पड़े हैं, जिनका अर्थ वह नहीं जानता है। जैसे वोट बैंक, मध्यम वर्ग, अकर्मण्यता। क्या ये शब्द मनुष्य और मनुष्यता पर भारी पड़ते हैं? और पड़ते हैं तो क्यों? तभी देखा कि नाटे पाकड़ के पेड़ के नीचे मजमा लगा है। उधर की तरफ बढ़ ही रहा था कि किसी ने पीछे से पीठ पर हाथ रख कहा, "डांगोरिया...।"

वसुन्धर ने पलट कर देखा। उसने कहा, "हम भी आप की ही तरह मियाँ लोगों के मारे हैं। यह वकील बात ऐसे करता है, जैसे हमारी बात हाकिम तक पहुँचानेवाला वकील न होकर, स्वयं फैसला देनेवाला हाकिम है। हमें तो चाहिए कि हम स्वयं सीधे हाकिम के पास चलें।"

वसुन्धर ने उसे गौर से देखा। कुछ लोग वहाँ और सिमट आये। लगा कि सभी एक ही डूबती नाव के सवार हैं। उन्हें सम्बोधित कर वसुन्धर ने कहा, "आपकी बात काबिले-गौर है।"

तभी किसी ने कहा, "वकील की बात वजनदार लगती है कि हमें अपना कब्जा स्वयं प्राप्त करना चाहिए।"

"तो क्या दंगा कर दें?" किसी और ने कहा।

"अरे वाह! वे हमारा खेत कब्जा करने के लिए दंगा पर उतारू रहें, और हम बचाने के लिए तैयार न हों। एक अदना-सा प्रतिरोध भी न करें। बस हाकिम का, सरकार का मुँह देखते रहें?"

वसुन्धर को लगा कि कहनेवाले की बात में दम है। वह भी यही सोचता है। बस इस तरह से कह नहीं पाता। तभी किसी ने कहा, "और क्या विकल्प है?"

"बस विकल्प हमारी कायरता है।" वसुन्धर के मुँह से आपयायित ढंग से निकल गया।

श्रोता को गुस्सा बहुत आया। पर वह वसुन्धर का भला क्या कर लेता? यह करने की क्षमता उसमें होती तो वह मियाँ लोगों का मुकाबिला कर अपना खेत नहीं बचा लेता? कैसे बचा लेता? वह अकेला आदमी। क्या वसुन्धर जैसे लोग उसका साथ देते? हरगिज नहीं, हमें चढ़ा कर खिसक जाते।... अब कोई हमारा ही खेत तो कब्जा नहीं हो रहा है। दूसरों का भी हो रहा है। जो सबका होगा, वही हमारा होगा। हम दूसरों से अलग नहीं हैं।

वसुन्धर ऐसे तर्कों से वाकिफ हैं। लोग अपनी कायरता की रक्षा के लिए कैसे-कैसे तर्क गढ़ लेते हैं। एक तरफ लोग अपनी सम्पत्ति की रक्षा के लिए गोलबन्द नहीं होते, समूह की रचना नहीं करते और दूसरी तरफ अपनी कायरता की रक्षा के लिए न जाने किस समूह में विलीन होकर रहते हैं, जिसे वे 'सबका' कहते हैं। कहा, "हमने काफी परिश्रम से आप जैसे सौ-सवा सौ लोगों की पहचान कर ली है। सब की व्यथा एक जैसी है। हम एक जुटाव के लिए प्रयास कर रहे है। उसमें आपलोग भी शामिल हों।"

जिसने वसुन्धर की पीठ पर हाथ रखा था, उसने कहा, "हमारे बुलाने से क्या होगा? मियाँ लोग आयेंगे नहीं।"

"तो विकल्प क्या है?" वसुन्धर ने कहा।

"हाकिम से सीधे मिला जाये।"

"वह तो ठीक है। पर हाकिम तभी मिलेगा और तभी हमारी बात पर तवज्जह देगा, जब वह जानेगा कि लोगों का साथ है, लोगों में एका है। यह कोई भाई-भतीजे का घरेलू झगड़ा तो है नहीं कि सबूत देखकर फैसला दे देगा। मामला नीतिगत है। इसमें पब्लिक का जोर जरूरी है वह पंचायत से ही आयेगा।"

किसी ने कहा, "मियाँ लोगों को बुलाने के लिए बड़े लोगों को डालना होगा।"

किसी और ने कहा, "ताकत अफसर के पास है। उनके बुलाने पर वे जरूर आयेंगे। पर अफसर किसी की सुनते ही नहीं।"

"पैसा खा लिया होगा।"

वसुन्धर ने कहा, "अफसर नहीं करेंगे तो क्या काम नहीं होगा?"

"अब काम तो लाठी-डण्डे से होगा। वही जुटाना है।"

वसुन्धर ने कहा, "अरे उससे पहले शान्ति से प्रयास कर लिया जाय। इलाके के दस प्रभावशाली लोगों को जोड़ा जाय।"

"अब वह जमाना गया। पहले जमींदार होते थे, साहूकार होते थे, दस बाबू-भैया होते थे, तो लोग उनसे दबते थे, उनकी बात सुनते थे। न्याय गाँव में ही मिल जाता था। सरकार ने उन्हें खत्म कर दिया। उनकी जगह अफसर बिठा दिया। वह निरपेक्ष भाव से कानून की पोथियाँ घोखता है। भावना की जगह तर्क पर जोर देता है। अपना विवेक पैसे पर बेचता है।"

"हाँ, यह जो विवेकाधीन निर्णय देने का अधिकार उन्हें दिया गया है, वह देश, काल, परिस्थिति के अनुसार न्याय करने के लिए दिया गया है। उसे ही बेच कर आज वह धन कमाता है। कहता है जनता जाये भाड़ में।"

अब तक वहाँ काफी लोग जुट गये थे। उन लोगों ने बोलनेवाले की तरफ पलट कर देखा। वे माजिद अली थे। लोग उन्हें खूब पहचानते थे। वे दसियों वर्ष से बन्दूक की लाइसेन्स कराने के लिए आये दिन कचहरी आते थे। विडम्बना यह थी कि वे वह बन्दूक साथ लाते थे, जिसका लाइसेन्स बनना था। बिना लाइसेन्स उनकी बन्दूक रखना गैरकानूनी ही नहीं जुर्म था। पर न तो किसी ने कभी उन्हें टोका, न आयी बन्दूक को। लोग उनकी बात को महत्त्व देते थे। अपनी ओर आकर्षित होते देख माजिद अली ने आगे कहा, "अंग्रेज का जब शासन आया तो अपने तन्त्र का उसने दो स्तम्भ बनाया–एक अफसर का, दूसर बाबू का। ये बाबू अफसर से कहीं अधिक दुष्ट थे। उनके सामने अर्जी डालो तो वे उसे पढ़कर उन बिन्दुओं को तलाशते थे, जिनके आधार पर प्रार्थी का काम न हो सके। उनसे जो छूट जाता था, उन्हें बड़े बाबू खोज निकालते थे। वही आज तक चला आ रहा है।..."

उसकी बात काटकर किसी ने कहा, "यह आप कैसे कह सकते हैं?"

वसुन्धर को लगा कि हर बात के श्रोता कई तरह के लोग होते हैं। उनमें वे भी होते हैं जो किसी भी वक्ता की बात नहीं मानते, बस काटते हैं। ऐसा ही बतकटवा लम्बोदर साइकिया था। उसे पहचान कर वसुन्धर और करीब आये। वह विनायक वसुमतारी के साथ दिसपुर–शिलांग गया था। जरूर कोई नयी बात लेकर आया होगा। उसकी काट के उत्तर में माजिद अली ने कहा, "चीन की फौजें अभी तेजपुर से लौटी भी न थीं कि अख़बारों में खबर छपी कि किसी कसौधन डेका ने स्कूटर के इंजन से उड़नखटोला बनाया है।..."

सुनकर लोगों की आँखें फैल गयीं–हेलिकाप्टर!

बगल में साण्डे का तेल और कब्जियत का चूरन बेचनेवाला मजमाबाज चिढ़ गया। लोग उसका मजमा छोड़कर माजिद की बतकही की ओर जाने लगे थे। लोग वैसे भी सामान नहीं खरीदते हैं, बकटेटा की तरह खड़े रहते हैं। समय बिताते हैं। प्रतीक्षा करते हैं कि कब धूप कम हो, पानी बरसना बन्द हो, बेला लटके और वे घर की ओर प्रयाण करें। पर खड़े तो रहते हैं। मजमा कसा-कसा रहता है, तो बिकने की सम्भावना बनी रहती

है। मजमा भटक जाय, तो वह सम्भावना भी तिरोहित हो जाती है। धन्धा सम्भावना पर चलता है। पर यह फर्जी बन्दूकची और नमकीन लौंडा उसे समाप्त कर रहा है। कुढ़कर बोला, "जाओ-जाओ। उसकी फर्जी बन्दूक की तरह तुम भी बीबी पर फर्जी फायर करना। कब्जा का गोला खूब छोड़ना।"

उसकी बात पर कुछ लोग हँसते हुए रुक गये। कुछ हँसते हुए बढ़ गय। लम्बोदर कह रहा था, "जाओ, उस जमाने में स्कूटर कहाँ थे?" किसी दूसरे ने उसकी बात काटी, "घर-घर नहीं होते थे, पर होते थे। सेना में मोटरसाइकिल डाक पहुँचाने के लिए होती थी। उसमें दो लोग लगते थे...।"

किसी ने टोका, "क्यों?"

"क्योंकि उस जमाने में मोटरसाइकिल ड्राइवर द्वारा चलायी जानेवाली गाड़ी मानी जाती थी। एक चलाता था, दूसरा डाक लेकर बैठता था। इससे खर्चा बढ़ जाता था। उसको कम करने के लिए स्कूटर आया। जो चलाता था, वही डिक्की में डाक भर लेता था।"

"वह सेना के लिए थी तो डेका को मिली कैसे?"

"ऐसे कि सभी आविष्कार पहले सेना के लिए होते हैं। जब वे पुराने पड़ जाते हैं, आगे और बेहतर खोज हो जाती है, तो वे सिविलियन को दे दिये जाते हैं। स्कूटर भी सिविलियन को दे दिया गया। उससे वेस्पा कम्पनी ने विक्रय के लिए गाड़ियाँ बनायीं। ऐसी ही एक सेकेण्ड हैण्ड गाड़ी डेका ने खरीदी। उसी से चिह्न गाड़ी बनायी।"

"चीन से लड़ाई के जमाने में वह बात दब गयी होगी।"

"नहीं, दबायी गयी।"

"भला क्यों?"

"इससे जहाज बनानेवाली कम्पनियों का घाटा न होता?"

माजिद अली कबसे अफनिया रहे थे, अब फूट पड़े, "चुप रहो। इधर लोगों को बहुत बोलना आ गया है। ऐसा प्रजातन्त्र आ गया है कि कोई कुछ भी बोलता चला जाता है और असल मुद्दा गायब हो जाता है। यह सत्ताधारी वर्ग के लिए लाभकारी होता है। पर जनता के लिए?"

सभी लोग चुप होकर उसका मुँह देखने लगे। माजिद अली को लगा कि यही वह क्षण है, जब उसकी बात पूरा प्रभाव डालेगी। कहा, "ये सब बातें नहीं हैं। बात यह है कि अपने आविष्कार को पेटेण्ट कराने के लिए उसने अर्जी दी। अर्जी को पढ़ते ही बाबू ने उन बिन्दुओं को तलाशना आरम्भ कर दिया, जिनके आधार पर वह आविष्कार पेटेण्ट न हो सके। उन्हें महीनों बाद डेका को सफाई देने के लिए भेजा जैसे –

- स्कूटर की मशीन आपको कहाँ से मिली?
- सेकेण्ड हैण्ड था तो कहीं चोरी का तो नहीं थीं?
- खरीद की रसीद आपके पास है?

- आप क्या इंजीनियर हैं?
- हैं, तो कहाँ से पढ़ाई की?
- क्या उसमें एअरोनाटिक्स का कोर्स था?
- उसका सर्टिफिकेट क्यों नहीं नत्थी किया?
- की तो क्या वह राजपत्रित अधिकारी द्वारा सत्यापित था?
- था, तो आपको कैसे पता चला कि अधिकारी राजपत्रित है?
- क्या आपने गजट देखा था?
- गजट की प्रति क्यों नहीं नत्थी की?
- क्या परीक्षण करने के लिए प्रशासन से अनुमति ली थी?
- उसमें जान-माल का ख़तरा इन्वाल्व था। उसके लिए क्या सावधानी बरती?
- आप कैसे कह सकते हैं कि आपका परीक्षण सफल रहा? आगे परीक्षण हो सके, उसके लिए आपने उत्पाद का एक नमूना क्यों नहीं अर्जी के साथ संलग्न किया?

ऐसे जाने कितने प्रश्नों का उत्तर वह पाँच वर्ष तक देता रहा। इस दौरान उसका हेलिकाप्टर कुछ घिस गया, कुछ जंग के हवाले हो गया। वह परीक्षण के लायक नहीं रह गया। तब आर्डर पास हुआ, "चूँकि हेलिकाप्टर टेस्ट के लायक नहीं है, इसलिए परीक्षण करने की जरूरत नहीं है। पेटेण्ट की अर्जी 'कैन्सिल' कर लौटायी जा रही है। शासन को आदेश दिया जाता है कि डेका पर इस आशय का मुकदमा चलाये कि उसने बेकार के काम के लिए एक कामदार स्कूटर को नष्ट किया। वह एक दुर्लभ वाहन है। इसलिए राष्ट्रीय सम्पत्ति का नुकसान हुआ है।"

माजिद अली की तहरीर समाप्त हुई तो तमाम लोग इस दुविधा में फँस गये कि वे हँसें, कि रोवें? थोड़ो से लोगों ने सोचा कि बुड्ढा गप्प मार रहा है, उल्लू बना रहा है और वे मुस्कराकर खिसक लिये।

वसुन्धर ने लम्बोदर को देखा। बड़ लोगों को दाढ़ी वैसे ही कम आती है, पर लम्बोदर हमेशा 'क्लीन शेव' रहता रहा है। कर्जनिया कल्चर बड़ लोगों को कम ही सुहाता है। शायद इसीलिए उसने अब दाढ़ी रख ली है। बड़ लोगों के सामान्य आचरण के विपरीत वह सुबह-सबेरे नहा-धोकर जुल्फी में तेल लगाकर वैसे ही चिकना-चुपड़ा बना रहता है। वही तेलवाला हाथ दाढ़ी पर भी फेर लिया है। परिणामस्वरूप रास्ते की धूल उससे चिपककर चेहरे को दाग़दार बना गयी है। लम्बोदर को इसका आभास था, इसलिए वह बार-बार सिर पर लपेटे गमछे को एक सिरे को खिसकाकर मुँह को पोंछ रहा था। पर दाग मिटने के बजाय धूल त्वचा से और चिपक जा रही थी। वसुन्धर को हँसी आ गयी। उसे देखकर लम्बोदर उसके पास पहुँचा। वसुन्धर की तरफ से अभिवादन का सवाल ही नहीं उठता था—लम्बोदर उम्र में उससे काफी क़म था, पर लम्बोदर ने भी वसुन्धर का अभिवादन नहीं किया। दोनों ने लगभग एक साथ पूछा—"कैसे हो", और दोनों ने ही लगभग एक

ही साथ जवाब दिया, ''ठीक हूँ।'' उसमें लम्बोदर ने थोड़ा सुधार किया, ''ठीक क्या हूँ, काम नहीं बना।''

''माने?''

''कमीशन बैठ गया है।''

''यानी मामला खटाई में डाल दिया गया है।''

''और क्या? हमारे यहाँ जिस काम को सरकार टालना चाहती है, उस पर कमीशन बिठा देती है।''

''लोग ही तो उसकी माँग करते हैं।''

''लोगों के मन में आशा होती है कि कमीशन उसके मामले की जाँच-पड़ताल कर सही नतीजे पर पहुँचेगा, जो जन के पक्ष में होगा।''

''और सरकार हथकण्डा बना लेती है, उलझाने का, टालने का।''

''तो परिचय-पत्र?''

''अब नहीं बनेगा।''

वसुन्धर अब और क्या निराश होता! वह तो पहले से ही इतना निराश था कि उसमें अब कुछ और मिलाया नहीं जा सकता था। वह उसी समभाव में बना रहा। विश्वास और पक्का हो गया कि जो करना है, अपने बूते पर करना है। और अपने बूते पर पंचायत ही की जा सकती है। लम्बोदर से कहा, ''वसुमतारी डांगोरिया कैसे आदमी हैं?''

''क्या मतलब?''

''तुम्हारा उनके साथ उठना-बैठना है। स्वभाव, आचार-विचार जानते होगे।''

''अच्छे आदमी हैं। तुम्हें सन्देह है क्या?''

''मैं उन्हें व्यक्तिगत रूप से नहीं जानता हूँ। बस सुना-ही-सुना है। इधर नेताओं का चरित्र ऐसा होता गया है कि दलाल बन गये हैं। ऊपर से निरन्तर राजनैतिक लाभ की तलाश में रहते हैं।''

''जो राजनीति में हैं वे राजनैतिक लाभ लेंगे ही। पर दलाती की बात?''

''ऐसे ही नहीं कही है। हम पंचायत में बुलाना चाहते हैं।''

''कैसी पंचायत?''

''अब लइरहे। हो बंगालिया मुसलमान हमारे खेत कब्जा करते जा रहे हैं। हमारी बात साहब-सूबा कोई नहीं सुन रहा है तो...''

''हाँ, ऐसे में पंचायत भी एक रास्ता है।''

''भी नहीं ही।''

''हमारे लायक कुछ हो तो बोलो।''

''विनायक को ला सकते हो?''

''प्रयत्न तो कर ही सकता हूँ।''

"मामला उनके रोब से सुलझ गया तो पूरा राजनैतिक लाभ मिलेगा।"

लम्बोदर ने गौर किया कि वसुन्धर अब वही नहीं रह गया है। कोर्ट-कचहरी जाते, लोगों के बीच उठते-बैठते समझदार हो गया है। एक फीकी मुस्कान बिखेर दिया। कहा, "राजनैतिक लाभ न भी हो, तो भी लेकर आने का पूरा प्रयत्न करूँगा।"

"दिन और स्थान मैं बताऊँगा।"

दिन का तीसरा पहर बीत रहा था। सूरज का ताप कम हो गया था। पछुआ हवा खूब तेज चल रही थी। धाँयँ-धाँयँ जल चुका पूरा प्रान्त धीरे-धीरे राहत की साँस ले रहा था। वसुन्धर को लगा कि पूरे प्रान्तर में वे अकेले आदमी हैं जो पिटी पगडण्डी पर शाह राह के यात्री की तरह रोब से चले जा रहे हैं। तभी देखा कि सामने माजिद अली मुन्शी केवट के पीछे-पीछे चले आ रहे हैं। मुन्शी के सिर पर उसका टाइपराइटर है। कमर में माजिद अली की बन्दूक की नाल गड़ी है। दोनों के भार से वह चल नहीं पा रहा है। रह-रह कर लड़खड़ा जा रहा है। सोचा कि खेतों में काम करनेवालों के लड़के आजकल कचहरी में चले आ रहे हैं एक टाइपराइटर लेकर। उसको खटखटाते-खटखटाते उँगलियों का दम निकल जाता है। वे पुछण्टा भी नहीं बाँध सकते। इसलिए पदगँऊज पहनते हैं। मुगल लोग इसे सुथन्ना कहते थे और महीन कपड़े का बनवाते थे। अंग्रेज लोग पैण्ट कहते हैं और मोटे कपड़े का बनवाते हैं। आम आदमी शासक वर्ग का नकल करता है। इसलिए वह मोटे कपड़े का पैण्ट पहनता है, यदि थोड़ा लिख-पढ़ गया बाबूगिरी करने लायक। अब तो वह खेतों में काम करने के लिए भी पैण्ट पहनता है। टाँग मोड़कर बैठ नहीं सकता इसलिए न तो पीढ़े पर बैठकर खाना खा सकता है, न बैठकर पेशाब कर सकता है। इसलिए वह इस चलन को पिछड़ापन कहता है। उसे हर भारतीय चलन पिछड़ापन ही लगता है। यहाँ तक कि खेती करना भी पिछड़ापन का लक्षण है। अगड़ेपन का लक्षण चाकरी करना है। महीन कपड़े का सुथन्ना यानी चुस्त पायजामा नेता लोग पहनते हैं। वह उनकी वर्दी का हिस्सा है। लेकिन वे भी बैठकर खाना तभी खाते हैं, जब अपनी संस्कृति की वकालत करनी होती है। वही बात पेशाब के भी मामले में है। तभी ठोकर लगी। एक बड़ा ढेला सिर उठाये अभी भी अपना अस्तित्व बचाये हुए था पदरौदन से ही सड़क बनानेवालों के कलापों से। वसुन्धर को लगा कि जो अकेला पड़ जाने पर भी मस्तक ताने रहता है, अस्तित्व उसी का होता है। भला भेड़ियाधसान में फँसे हुए मनुष्य का क्या अस्तित्व। खैर, यह पैण्टपहना केवट इतना कमजोर हो गया है कि सिर पर टाइपराइटर रखकर चल नहीं पा रहा है, जबकि इससे कोई पच्चीस साल बड़ा इसका बूढ़ा पिता मनभर धान का बोरा पीठ पर लाद कर मीलों दौड़ता होगा। हाय रे जमाना।

जमाने का क्या? हमारे देश में हर शिक्षित आदमी के लिए शारीरिक श्रम करना आज जैसे वर्जित है। शिक्षित आदमी बौद्धिक काम करता है, अशिक्षित आदमी शारीरिक।

शिक्षित आदमी के लिए शारीरिक श्रम करना उसकी शिक्षा की तौहीन है। इसलिए ब्राह्मण और कायस्थ हल नहीं चलाते, फावड़ा नहीं चलाते, जंगल नहीं साफ करते, डोली नहीं उठाते। उसके लिए यह काम अशिक्षित लोग करते हैं। वे अशिक्षित लोगों के लिए बौद्धिक काम करते हैं। बाह्मण पत्रा देखते हैं, कुण्डली बनाते हैं, उनका भाग्य रचते हैं, मुण्डन कराते हैं, विवाह कराते हैं, श्राद्ध भी करा देते हैं। कायस्थ लोग पटवारी बनते हैं, कानूनगो बनते हैं, अर्जी लिखते हैं, मुन्शी बनते हैं। सुना है यमराज के दरबार में उनका एकाधिकार है। दोनों का ही बिल्कुल मोक्ष। अब इन्हीं की कोटि में ये लिखे-पढ़े लोग समाते जा रहे हैं। हाय रे जमाना!

जमाने का क्या? अहोम लोगों का राज था, राजा के गदापाणि। अहोम लोग सुतापफा कहते थे, हिन्दू लोग गदाधर। उन्होंने अहोम देवता सोमदेव की पूजा करना छोड़ दिया। पूरी तरह से हिन्दू हो गये। शाक्तमत अपनाया। पहले मोटे चावल के साथ राख में भूने आधे बछड़े का माँस खा जाते थे। ऊपर से ऐसी तेज शराब पीते थे कि साधारण आदमी की अँतड़ियों को चीर कर निकल जाय। अब बकरा खाते थे, वह भी बधिया। शराब ऐसी पीते थे, जो चढ़े ही न। उनकी देखा-देखी सेना ने भी खाना-पीना छोड़ दिया, प्रजा ने भी छोड़ दिया। परिणाम बड़ा भयंकर हुआ। एक पीढ़ी तक तो शक्तिशाली सन्तानें पैदा हुईं। अगली पीढ़ियाँ कमजोर से कमजोरतर होती चली गयीं। शरीर से भी कमजोर, मन से भी कमजोर, मनोबल से भी कमजोर। बाद में शंकर देव के वैष्णव मत ने उन्हें एक तरफ अहिंसक बना दिया तो दूसरी तरफ सहिष्णु। हिन्दुओं की वर्ण-व्यवस्था में कायस्थ का अधीनस्थ स्थान पा वे अपनी जाति का गर्व, गौरव और सैनिक जोश गँवा बैठे। कद-काठी ऐसी कि यदि आज उन्हें देखें तो लगता ही नहीं कि वे किसी लड़ाकू कौम के वंशज हैं। दुबले-पतले, मरियल। काया के कोई काम ही नहीं करना चाहते, सिर्फ कच्ची सुपारी चुभलाते रहना चाहते हैं। ऐसे ही लोगों का मध्यम वर्ग बना है जो सत्ता पर काबिज हैं। भला ये लोग क्या करेंगे? अपने विलास में डूबे कठिन काम को टालते जायेंगे। चलो, हम मैदान की कुछ जनजातियों में यह विकार नहीं लगा है। हमें ही इन मियाँ लोगों का मुकाबिला करना है। वे गोमांस खाकर रात-दिन तनतनाये रहते हैं। उनका मुकाबिला करने के लिए हमें भी कुछ वैसा ही करना होगा। तभी तो हमारे समुदाय के तमाम लोग ईसाई होते जा रहे हैं।...

तभी उसकी निगाह सामने पड़ी। वह माजिद अली और केवट के इतना करीब पहुँच चुका था कि उनकी आवाज सुन ले। उसे मुन्शी के कराहने की आवाज सुनायी दी। वसुन्धर ने अपनी ललाट पर गदोरी लगाकर देखा कि मुन्शी दोहरा होकर अब गिरने ही वाला है। जो सुनायी दिया उससे लगा के केवट मुन्शी मियाँ माजिद अली से कह रहा है, "अब फरागत कर लेने दो मियाँ।" मियाँ कह रहा था, "तुम्हीं तो कहते हो कि लोहा पाखाना से भारी होता है। तो इस हल्की चीज को लोहे के साथ नहीं ढो सकते?"

"अब नहीं लेकर चल पाऊँगा, उसके लिए लोहा फेंक दूँगा।"

मियाँ को हँसी आ गयी। कहा, "इस उठान तक चलो। वहीं सब कर लेना।"

उठान मुश्किल से पचास कदम की दूरी पर थी। वसुन्धर ने ललाट से हथेली हटायी और सोचने का क्रम जारी किया। उसे अपने वकील को गाली देने को मन हो आया—साला बात-बात में पैसा लेता है। बिना मुरव्वत हर बार लेता है और धेले भर का काम नहीं करता। मुन्शी भेजकर तारीख लगा लेता है। अरे साले, तुम फीस लेते हो। फीस सेवा के लिए दी जाती है। जब सेवा ही नहीं करते तो फीस काहे की। लेकिन वह मानता नहीं। कहता है, मैं तो बहस करने के लिए बैठा हूँ। अब हाकिम ही नहीं बैठता तो मैं क्या करूँ?... साले पैसा देकर एक दिन तेरी पैण्ट न उतारूँ तो...।

वसुन्धर ने अपनी गति बढ़ायी। जब टीले तक पहुँचे तो केवट टाइप करने में लगा था। माजिद अली कह रहा था, "आगे लिखो, कोई बीस साल से बन्दूक लिये घूम रहा हूँ। किन्तु डी.सी. है कि लाइसेन्स देता ही नहीं। हर साल एप्लाई करता हूँ, पर ऐप्लीकेशन है कि उस तक पहुँचती ही नहीं। जाने कहाँ बिला जाती है, जबकि हर सप्ताह, हर पखवारे उसकी पैरवी करने आता हूँ। साहब बहादुर, सूबा बहादुर से अपील है कि मेरी परेशानी समझें और बन्दूक की लाइसेन्स दिलाने की कृपा करें। जानते ही हैं कि बिना लाइसेन्स के दुश्मनों पर कौन कहे, पशुओं तक पर फैर नहीं कर सकता। और इधर दोनों की संख्या बढ़ती जा रही है। फायर करना बेहद जरूरी हो गया है। इसलिए लाइसेन्स निम्न पते पर भेजें। बड़ी कृपा होगी।..."

केवट को लगा कि अब जान छूटेगी। तभी उसकी दृष्टि वसुन्धर पर पड़ी। वह वसुन्धर को पहचानता तो था—वह आये दिन कचहरी में दिखता था—पर नाम नहीं जानता। नाम तो तब जानता, जब वह टाइप कराने आता। किन्तु वह घूमता रहता था। जानता ही नहीं था कि कचहरी के काम घूमने से नहीं, कागज बढ़ाने से होता है और कागज तभी बढ़ता है, जब टाइप होता है। टाइप का पैसा भी वकील रख लेता होगा और इसे बेवकूफ बनाकर घर भेज देता होगा। वसुन्धर की उससे नजरें मिलीं तो हाथ जोड़ दिया। "ठीक है, ठीक है" केवट ने मन-ही-मन कहा और चेहरे पर रोआब फैलाया। तभी ख्याल आया कि माजिद की बन्दूक की नाल उसकी कमर में खुसी है। वह भींगी बिल्ली बन गया और भींगी बिल्ली के ही स्वर में बोला, "अब क्या करूँ?"

माजिद ने वसुन्धर की ओर देखा आँखें बड़ी-बड़ी कर। लगा कि वे आग के गोले हैं जो बन्दूक से दगे हैं और सीधे उसी की ओर आ रहे हैं। उसने हाथ जोड़ने के साथ शरीर को दोहरा कर उसके पाँवों की ओर देखने लगा। बायाँ हाथ उठाकर 'वालेकुम सलाम' गरजकर जैसे आशीर्वाद दिया। फिर दायें हाथ से बन्दूक की नाल केवट की कमर के और करीब ले जाकर कहा, "पाँच लिफाफे निकालो।"

"लिफाफे तो नहीं हैं।"

"क्यों नहीं हैं?"

"जरूरत ही नहीं पड़ती।"

"तो क्या चिट्ठियाँ बिना लिफाफे की जायेंगी?"

"अब सरकार कोई कचहरी थोड़े ही है कि हाथों हाथ दिया जाय। उसे तो लिफाफे में ही देना होगा।"

"तब कल लिफाफे और टाइपराइटर लेकर यहीं आना।"

केवट कुछ देर चुप रहा, फिर कहा, "मौलवी साहब, एक बात बताओ।"

"पूछो।"

"जब यही टाइप करवाना था तो इसे कचहरी में क्यों नहीं करवाया? ख्वामख्वाह तीन मील सिर पर टाइपराइटर रखकर दौड़ाया। अब इसे वापस कचहरी में रखने नहीं जा सकता। घर चार मील दूर है। इसे लेकर गाँव भी नहीं जा सकता। कल सात मील ढोना पड़ेगा।

"तुम्हें ढोने की पड़ी है। मत ढोवो। यहीं रख दो। कल लेकर कचहरी चले जाना।"

"अरे वाह। कोई उठा ले गया तो?"

"इधर कोई आता ही नहीं, तुम्हारे सिवाय, तो कौन ले जायेगा।"

"क्या पता आता हो।"

"तो वह टाइपराइटर उसके किस काम का? क्यों ले जायेगा?"

"यह बात ठीक है। पर ले गया तो?"

"कचहरी ही ले जायेगा न। वहाँ ढूँढ लेना। तुम ढोने से बच जाओगे।"

"पर कचहरी न ले गया तो?"

माजिद अली कुछ देर तक सोचते रहे, फिर कहा "चलो मैं अपनी बन्दूक इसी पर उठँगा कर छोड़ देता हूँ इसकी रखवाली के लिए।"

वसुन्धर और केवट की आँखें एकसाथ फट पड़ीं। क्या बहादुर आदमी है। टाइपराइटर की रक्षा के लिए बन्दूक छोड़ दे रहा है। अपने आश्चर्य पर काबू पाने के बाद केवट ने कहा, "बन्दूक तो सबके काम की चीज है। कोई उठा ले गया तो?"

"माजिद की बन्दूक कोई उठाकर नहीं ले जायेगा।"

तीनों ने एक-दूसरे को देखा। केवट ने कहा, "मैं मशीन लेकर घर जाता हूँ। दो-दिन आराम करूँगा। फिर इसे लेकर कचहरी आऊँगा।"

"ऐसा नहीं होगा," माजिद ने कहा। "मेरी चिट्ठी कैसे जायेगी? कल यहीं लिफाफा लेकर आना, टाइप करना। पता मैं बोलूँगा।"

केवट कुछ देर तक सोचता रहा। फिर कहा, "तुम पता बोलो। मैं कागज पर टाइप कर देता हूँ। उसे लिफाफे पर चिपका देना।"

"अरे वाह! किसी नत्थू-खैरे को चिट्ठी जायेगी क्या? सरकार बहादुर को जायेगी। पता चिपका कर नहीं जायेगा, लिफाफे पर टाइप होकर जायेगा।"

"तो वहीं कचहरी में कर देंगे।"

"कैसे कर देंगे? कचहरी में टाइप होना होता तो तुम्हें यहाँ क्यों लाता?"

"आखिर कचहरी में टाइप होगा तो क्या बुरा होगा?"

"कैसे न होगा। भेद खुल जायेगा कि मैं सीधे सरकार को दरख्वास्त दे रहा हूँ। डी.सी. को लगेगा कि उसकी शिकायत कर रहा हूँ। वह चिट्ठी जाने ही नहीं देगा।"

"उसे कैसे पता चलेगा?"

"कैसे नहीं चलेगा? कचहरी में सैकड़ों लोग सुनेंगे। इतनी संगीन बात वे डी.सी. को बतायेंगे नहीं?"

केवट के पास बचने का कोई चारा नहीं था। कुछ देर तक सोचता रहा। फिर वसुन्धर की ओर इंगित करते हुए कहा, "इसने तो सुन लिया है। डी. सी. से कह दिया तो?"

"कैसे कह देगा? यह मेरी बन्दूक नहीं देख रहा है क्या?"

वसुन्धर ने फौरन कहा, "देख रहा हूँ मौलवी साहब।"

"हाँ। सिर्फ तुमने सुना है कि सरकार को चिट्ठी भेज रहा हूँ। यदि डी.सी. को पता चलेगा तो सिर्फ तुमसे।"

वसुन्धर को काटो तो खून नहीं। उसने सिर मोड़कर देखा। सफेद बगुलों के हार के हार अपनी बसेर की ओर भागे जा रहे थे। उनकी डोलती पाँखों से लगता था कि एक साथ कई बल्ब जल रंहे हैं, बुझ रहे हैं। उसके सौन्दर्य में खो जाने से पहले उसने सोचा कि दिन डूबने से पहले सभी अपने घर पहुँच जाते हैं। मुझे भी पहुँचना है। उसने झुककर दोनों को सम्मान जताया और अपने घर की ओर मुँह कर टाँग बढ़ाया।

वसुन्धर ने कचहरी जाना छोड़ दिया और विभिन्न गाँवों में जाना बढ़ा दिया। कहाँ-कहाँ नहीं गया! किन-किन निराश लोगों के मन में आशा नहीं जगायी! उसके पीछे अपनी गृहस्थी की उपेक्षा कर दी। महीनों के प्रयत्न से बीसों गाँवों के लोग पंचायत के लिए तैयार हो गये।

उसकी खबर मियाँपाड़ा के ही नहीं, जहाँ कहीं भी बंगाली मुसलमान सेटलर रह रहे थे सबको मिलती रही। पहले उन्होंने गम्भीरता से नहीं लिया। कब्जा कर लिया, तो कर लिया। क्या यह जमीन बड़ लोगों के बाप की है। उन्होंने भी तो ऐसे ही कब्जा किया था। हमसे जीत नहीं पाते तो पंचायत के लिए ऐंठ रहे हैं। युवकों ने गाँव के स्तर पर गाँव-गाँव संगठन बनाया। वैसा संगठन नहीं, जिसमें अध्यक्ष, सचिव और सदस्य होते हैं। वैसा संगठन भी नहीं, जिसमें जनतान्त्रिकता के नाम पर ये पदाधिकारी नहीं होते, बस एक आयोजक या समन्वयक होता है, जो सारा काम मनमानी करता है। वह तो बस इतना था कि युवा लोग लाठी-डण्डा से, हरबा-हथियार से हर समय तैयार रहें। यदि पंचायत इनके विरुद्ध कुछ तय करती है, खेत खाली करने के लिए कहती है तो पिल पड़ें।

कुछ ने कहा, "क्यों न पंचायत पर ही पिल पड़ा जाय।" कुछ ने कहा, "पंचायत के पहले इनके घरों पर ही न पिल पड़ा जाय। यदि एक बार ये असमिये बंगालियों से पिट गये तो फिर ऐसा नहीं करेंगे।"

बड़े-बूढ़ों की राय दूसरी थी। खेत कब्जा कर लिया है, उसे छोड़ना नहीं है। आगे भी बन्द नहीं करना है। पर बात सोतह से करनी है। आश्वासन देना है कि आगे ऐसा नहीं होगा। क्या करें? हम तो अपना वतन छोड़कर आये हैं। आततायियों ने लूट लिया है। आप तो अपने वतन में हैं। हमारे पर दया कीजिये। हम उसी में जी लेंगे। एहसान ऊपर से मानेंगे।

इस पर जवानों का कहना था कि मीठी-मीठी बातों से कुछ नहीं होगा। ये पंचायत के लिए परिक जायेंगे। इन पंचायतों में कितनी बार हम अपना दयनीय चेहरा लेकर विनती करेंगे? इसलिए पहले ही हरका देना है। तब हिम्मत नहीं पड़ेगी। हरका मानता है, परिका नहीं।

पर चली बड़े-बूढ़ों की ही। स्पष्ट कहा कि नीति वही है जो पाकिस्तान प्रयोग करता है। रोज समझौते का द्वार भी खोलता है और मौका मिलने पर भारत पर चढ़ भी बैठता है। हमें भी बातचीत का द्वार बन्द नहीं करना है। पर इसका मतलब यह नहीं है कि अपने मन की नहीं करना है। लिहाजा दिन और स्थान तय हो गया। विनायक वसुमतारी को सूचना दे दी गयी।

5

यु लिन को लगता है कि जीवन से रस सूखता जा रहा है। ज्यों-ज्यों सूखता जा रहा है, त्यों-त्यों लगता है जीवन का अन्त पास आ रहा है। एक विशाल पेड़ है, जो अपनी मजबूत टहनियों के साथ अपने ही स्थान पर गड़ कर नाच रहा है। उसकी बड़ी-बड़ी हरी पत्तियाँ हरहरा-हरहरा कर गा रही हैं। दूर से ही मुसाफिर उसकी ओर खिंचे चले आ रहे हैं। मौसम बदलता है तो पत्तियाँ झर जाती हैं। पतझर की पत्तियों में बसन्त का आभास होता है। नंगी शाखों पर कोंपलों के साथ कलियाँ उगती हैं। देखते-ही-देखते वे रह-रह लाल फूल में बदल जाती हैं। लगता है कि वृक्ष में ठण्डी आग लगी है। वह आँखों को भाता है। मुसाफिर सोचता है कि जब फूल इतने खूबसूरत हैं तो फल कैसा होगा। उसको देखने के लिए वह वृक्ष के नीचे पड़ा रहता है, जाड़ा, गर्मी, बरसात की परवाह किये बिना, धूल, शीत और ताप के थपेड़े सहता है। बड़े ही कोमल, रस भरे हरे-हरे फल लगते हैं। वह उनके पकने का इन्तजार करता है। फल पकता है तो नीचे टपकने के बजाय शाखों में ही फट जाता है। रूई चिन्दी-चिन्दी हो हवा के सहारे फरफरा कर उड़ जाती है। चारों दिशाओं में फैल जाती है। मुसाफिर के

हाथ कुछ नहीं लगता। लगता है सारी प्रतीक्षा ही व्यर्थ गयी। प्रतीक्षा ही क्यों सारी यात्रा एक व्यर्थ की उड़ती रूई के पीछे थी। यह व्यर्थताबोध ही जीवन का अन्त कर देता है। आदमी जिन्दा तो रहता है, पर उसमें जान नहीं होती। एक दिन ऐसा भी आता है जब उसे जिन्दा नहीं कहा जा सकता। चार लोग जुटते हैं। कन्धे पर उठाते हैं। ले जाकर किसी निर्जन में गाड़ आते हैं, फूँक आते हैं। न हुआ खुले मैदान में छोड़ आते हैं, गिद्ध-कौवा के खा लेने के लिए। जीवन का एक वृत्त पूरा हो जाता है, बेमतलब ही।

उसका भी जीवन ऐसा ही रहा है। लोगों को कहानियाँ सुनाता है, उपदेश देता है। पर उसके जीवन का मर्म भला कौन जानता है? यह विनायक वसुमतारी? यह दिवांग राभा? यह लम्बोदर साइकिया? यह माजिद अली? यह कुर्बान अली? ये तो कथा सुन रहे हैं। "बासठ की जो लड़ाई हुई थी न डांगोरिया! उसमें हुक्म हुआ था कि चीन देश के रहनेवाले भारत में जहाँ कहीं भी हैं उन्हें गिरफ्तार कर लिया जाये। ये दुश्मन देश के नागरिक हैं। चीनवालों का मदद करेंगे। उनके लिए जासूसी करेंगे। मुझे भी गिरफ्तार कर लिया गया। कैम्प में रखा गया। सबको इकट्ठा कर कलकत्ते ले जाना था। वहाँ से चीन पठाना था। उसके लिए मेरे परिवार को माकुम से गुवाहाटी ले जाया गया। ऐसे कई परिवार ले जाये गये थे। वहाँ पर जाँच-पड़ताल की गयी। मेरी नागरिकता भारतीय निकली। कई पीढ़ियों से हमारे पुरखे यहाँ रह रहे थे। इसलिए उनकी सन्ततियाँ भारतीय हो गयी थीं। पर मेरी लुगाई भारतीय नहीं थी। वह चीन में जन्मी थी। उसके माँ-बाप हाँगकाँग के नागरिक थे। कलकत्ता वह अपने रिश्तेदार के पास आयी थी। मेरे भी रिश्तेदार वहाँ थे। शादी की बात चली। हो गयी। नागरिकता के लिए दरख्वास्त भी दे दिया। एक बच्ची भी हो गयी। पर नागरिकता नहीं मिली। सरकार को उसकी याद तब आयी जब चीन ने हमला किया। नागरिकता देने के लिए नहीं, ट्रेन पर बिठाने के लिए। उसे बलात् ट्रेन में बिठा दिया गया। मुझे बलात् ट्रेन से उतार दिया गया। बच्ची का जन्म भारत में हुआ था, वह भारत की नागरिक थी। लेकिन अभी माँ का दूध पीती थी। इसलिए पुलिसवालों ने दया करके माँ से अलग नहीं किया, पत्नी ने भी कहा, "बिना बच्ची के वह मर जायेगी।" वह स्त्री थी, सबकी सहानुभूति उसके साथ थी। मैं पुरुष था, मेरे प्रति किसी की भी सहानुभूति नहीं थी। मैं कहता रहा, "बिना बीबी के मैं मर जाऊँगा।" मेरी किसी ने नहीं सुनी। मैं चलती ट्रेन के पीछे-पीछे दौड़ता रहा, दौड़ता रहा। मैं पटरी से ठोकर खाकर बेहोश हो गया। ट्रेन सीटी बजाती चली गयी।"

गाँव के लोग यु लिन की कहानी को जानते थे। लेकिन जब सुना तो आँखें भर आयीं। यह कहानी वह उन्हीं शब्दों में कई बार सुना चुका था। हर बार सुननेवालों की आँखों में आँसू आये थे, प्रत्यक्ष नहीं तो परोक्ष रूप से। इस बार भी आये थे। पर अब यु लिन की आँखों में आँसू नहीं आते। वे भीतर-ही-भीतर सूखकर उसके मन की मोती

बन गये थे। अपने संवेग पर नियन्त्रण रखते हुए विनायक वसुमतारी ने जिज्ञासा रखी, "आपकी यह लड़की?"

"ईश्वर की देन है।"

"कैसे भला?"

यु लिन ने भीतर झाँक कर देखा कि लड़की अपनी सहेलियों के साथ बाहर निकल गयी है। बीहू के दिन अभी आने में देरी है, पर ये वय-प्राप्त लड़कियाँ घर में टिकती नहीं।... उसने अपने सूखे चेहरे पर हाथ फेरा। सिर के ऊपर कर गदोरियों को रगड़ा। फिर आँखों के पास लाकर उनकी रेखाओं को देखा। श्रोताओं की ओर उन्मुख होकर कहा, "घायल पाँव लिये प्लेटफार्म पर वापस आया तो देखा कि दूसरी गाड़ी में भी चीनी लोग ठूँसे जा रहे हैं। नागरिक-अनागरिक की पहचान हो चुकी है। नागरिक लौटाये जा रहे हैं, अनागरिक घसीटे जा रहे हैं। चार साल की लड़की की एक बाँह चीखता-चिल्लाता बाप खींच रहा है, दूसरी बाँह गरियाती पुलिस खींच रही है। लड़की के क्रन्दन से किसी को मतलब नहीं है। पुलिस कह रही है : लड़की भारत की नागरिक है। यहीं पैदा हुई है। बाप कह रहा है : यह चीन की नागरिक है, डिपोर्ट होगी। इस खींचातानी में वह मर गयी तो क्या? जिन्दा रह गयी तो किसके पास रहेगी, इससे न तो पुलिस को कोई मतलब है, न भारत को। तभी वह झटके से गिरी जब गाड़ी चली। रोते-रोते थक गयी तो निढाल होकर सो गयी। मैं उसे देखता रहा। जब वह जगी तो मैं पानी लेकर आया। मुझे और मेरे हाथ में पानी देखकर वह फिर चिल्लाने लगी। मैं मनाने लगा तो चली भाग। भागते-भागते थककर, ठोकर खाकर निढाल हो गयी तो असमंजस में पड़ गया। एक प्रयत्न फिर किया। वह भूखी थी। मुझे अपनी भाषा में बात करते पा वह कुछ आश्वस्त हुई। खाया-पीया तो बाप के लिए जिद करने लगी। अब बाप कहाँ से लाता। भुलावा लेकर, छलावा देकर साथ लाया। अब अपने घर की माँग करती थी। उसे ही खोज कर देने के लिए घर-घर घूमा। पूरा देश घूमा। पेट की आग बुझाने के लिए उसे सरकस में प्रशिक्षित किया। वह अपने अंगों को तोड़-मरोड़कर करतब दिखाती थी और मैं पैसा ऐंठता था। उस पैसे से हम दोनों खाते थे।

फिर दिल्ली में कामाख्या नारायण त्रिपाठी से मिले। मैं सड़क के किनारे मजमा लगाये हुए था। वे देख रहे थे। मजमा खत्म हुआ तो बोले, असम चलोगे? वहाँ चाय बगान में रखवा दूँगा। उनका नाम जाना तो विश्वास हो गया। वे चाय बगानों के मजदूरों के नेता थे। उनका बड़ा मान था। वे तो असम चील्ह गाड़ी से आ गये, मैं रेलगाड़ी से आया। ट्रेन में इस जाऊगाँव के लोग थे। तीरथ-बरत करके लौट रहे थे। कहा, यही मंगलदोई में उतर जाओ। जंगल को साफ कर लोग खेत बना रहे हैं। तुम भी बना लो। हमारे गाँव में बस जाओ। खेत तो नहीं बनाया, पर जाऊगाँव में बस गया।"

उसकी बेटी सहेलियों के साथ लौट आयी। उसे देखकर यु लिन मुस्करा पड़े। उनके ओंठ खुले तो दाँतों पर मढ़ा सोना चमक उठा। लोगों का कहना था कि उनके दाँतों पर

सोना नहीं मढ़ा था, वे सोने के ठोस दाँत थे। हड्डी के दाँत कभी चोट लगने से टूट गये थे। तब उसने उनकी जगह सोने के दाँत मढ़वा लिया था। विनायक अपने साथियों के साथ बाँस के फट्टे से बनी चौकी पर उसी तरह बैठा हुआ था। लालटेन की बत्ती में फूल उठ आये थे। उसकी रोशनी में पतले बाँस के छोरों को रस्सी से बाँधकर बोरों से लटकायी गयी अलगनी पर लटकाये गये चितांग के खाल बड़े डरावने लग रहे थे। उर्सुला ने लालटेन उतार कर बर्नर को हिला डुला कर बत्ती के फूल झाड़ दिया, फिर वहीं टाँग दिया। बड़े विनीत भाव से कहा, "लाल चाय पिलायें।" आधी रात हो गयी थी। लोग सोना चाह रहे थे। सोने के पहले लोग लाल चाय गरम पानी ती तरह पीते हैं। सबने सहमति जतायी। वह सहेलियों के साथ चाय गर्माने में जुट गयी। जल्दी ही सबको कप थमा दिया गया। लोग चाय पीने में लग गये तो लड़कियाँ भीतर उर्सुला के कमरे में जाकर गप्पे मारने लगीं।

दोपहर होने में काफी देर थी, फिर भी सूरज की किरणें काफी प्रखर हो गयी थीं। पछुआ हवा के दबाव में धान के खेतों में लहरें उठतीं और एक के पीछे एक मीलों दौड़तीं। उनकी जड़ों में संचित पानी खौलने लगा था। उससे उठती भाप पूरे प्रान्तर को पारदर्शी नीलिमा के जाल में ढकती जा रही थी। उनको पार कर तमाम गाँववाले पचपेड़वा पहुँच गये थे। साखू के उन पाँच पेड़ों के नीचे दसों गाँव के लोगों की जुटान थी, पंचायत के लिए। जाऊगाँव और मियाँपाड़ा उनमें सबसे नजदीक थे, इसलिए वहाँ के युवाओं ने पहले ही जमीन साफ कर पचासों चारपाइयाँ डाल दी थीं। भीड़ ज्यादे हो सकती थी, इसलिए उनको बिठाने के लिए जाजिम और बड़ी-बड़ी दरियाँ बिछा दी गयी थीं। शुद्ध पानी का इन्तजाम भी कर दिया गया था। जिधर बधना रखे गये थे उधर मियाँ लोगों को पीना था। जिधर लोटा-गिलास रखा था, उधर बड़ लोगों को। वसुन्धर ने अपनी जेब से बताशा मँगवा कर दौरियों में रखवा दिया था। इससे छोटे बच्चों को लगता था कि वहाँ मेला लगने वाला है। वे बरगद के पीले पत्तों से नचौना बनाकर इधर-उधर शोर मचाते दौड़ रहे थे और इन्तजार कर रहे थे कि पिपहिरी-सीटी बेचनेवाले आयें तो वे उनका सामान लेकर फुर्र हो जायें।

विनायक वसुमतारी दिवांग, लम्बोदर और पुरन चन्द्र के साथ वहाँ पहुँचे थे। उनका स्वागत चारखाने की लुंगी, अद्धी का कुर्ता, मलमल का फेंटा लगाये मुसलमानों ने पहले किया। उनकी दाढ़ी से चमेली की खुशबू आ रही थी। उनकी देखा-देखी बड़ लोग भी आगे बढ़े और कुशल-मंगल पूछने लगे। किसी ने गिलास में भर कर पानी और अंजुरी में भरकर बताशा थमा दिया। पानी पी लिये तो उन्हें बीच की चारपाई पर बिठाया गया। किसी ने कहा, "लोहे की नहीं तो बेंत की ही कुछ कुर्सियाँ लायी गयी होतीं तो अच्छा होता।" इस पर किसी ने ध्यान नहीं दिया। ध्यान दिया गुआ बढ़ाने पर। तभी जंगल की तरफ से आते माजिद अली दिखे। लोगों की आँखें आश्चर्य से फटी रह गयीं, इसलिए नहीं कि

वे उल्टी तरफ से यानी घने जंगल की तरफ से आ रहे थे, इसलिए कि उनके कन्धे पर चिर-परिचित कोई सौ साल पुरानी वह बन्दूक नहीं थी, जिसे उनके पर-पितामह ने लक्कड़ पितामह से प्राप्त किया था, पितामह ने पर-पितामह से प्राप्त किया था, पिता ने पितामाह से प्राप्त किया था, पुत्र माजिद अली ने पिता से प्राप्त किया था। दुआ-सलाम के बाद किसी ने पूछ ही लिया, "मियाँ बन्दूक कहाँ गयी?"

"अब इस शान्तिपूर्ण पंचायत में बन्दूक का क्या काम?"

"अरे वह तो आपकी पहचान है।" पूछनेवाला माजिद अली के लिए अजनबी था। वह खूब साफ पैण्ट, उतनी ही साफ कमीज, चमकता जूता मोजे के साथ पहने हुए था। दाढ़ी-मूँछ सफाचटकर चेहरे पर क्रीम पुता था। उसे देखकर माजिद अली ने कहा, "बरखुदार तुम कौन हो?"

एक मुसलमान बुजुर्ग ने कहा, "ये मतिन हैं। गोआलपाड़ा से आये हैं।"

"तो पंचायत की चर्चा गोआलपाड़ा पहुँच गयी है?"

"नहीं-नहीं। आजकल ये यही रहते हैं। पार्टी का काम करते हैं।"

"किस पार्टी का?"

बुजुर्ग ने मतिन की ओर देखा। मतिन ने जवाब दिया, "कम्युनिस्ट पार्टी का।"

"तो यह पंचायत पार्टी के आधार पर हो रही है?"

बुजुर्ग ने कहा, "क्या मतलब?"

"कांग्रेस की ओर से वसुमतारी आये हैं, कम्युनिस्ट की ओर से मतिन।"

"नहीं-नहीं ऐसी बात नहीं है। वसुमतारी को तो इसलिए बुला लिया गया है कि इलाके के प्रसिद्ध आदमी हैं। देश-दुनिया देखी है। लोगों का सुख-दुःख समझते हैं। थोड़ा प्रभावशाली आदमी हैं। लोग उनकी बात को तवज्जो देंगे," रूपनबारी ने कहा। रूपनबारी के पुरखे दूर आजमगढ़, प्रान्त उत्तर प्रदेश के किसी गाँव से आये थे और असम के ही होकर रह गये थे। वे कभी लौटकर अपने गाँव नहीं गये। यहीं बड़ लोगों के बीच रहे, उन्हीं में शादी-विवाह की। उनके बाबा जंगल को आबाद करने आये थे, जब सर सादुउल्ला ने बस्गित के लिए खोला था। ऐसे तमाम लोग जंगल के इर्द-गिर्द बसने लगे, तो वे आज के ऐसे ही बसे जाऊगाँव में बस गये।

"और क्या" कहकर अनूप हाजोई ने समर्थन किया।

माजिद अली ने मतिन की ओर आँख फेरी तो विष्टाला के चिराग अली ने कहा, "ये गाँव में थे तो हम लोग साथ लेते आये। पढ़े-लिखे आदमी हैं। कानून की बारीकियाँ जानते हैं।"

माजिद अली आश्वस्त नहीं हुए। उन्हें लगा कि यह पंचायत निःस्वार्थ जनता की वह पंचायत नहीं है, जिसमें दुखियारे के भाग्य का निर्णय होता है। बल्कि यह राजनैतिक दलों के अपना प्रभाव बढ़ाने का हथकण्डा है। उनका ऐसा सोचना यूँ ही नहीं था। वे मुँहा-मुँही सुनते आ रहे थे कि जिन कम्युनिस्टों ने बाँग्लादेशी मुसलमानों का राशन कार्ड

बनवाया था, वोटर लिस्ट में नाम लिखवाया था, वे कह रहे थे कि मुसलमानों को पंचायत में नहीं जाना चाहिए। यह कांग्रेस के 'डामिनेशन' का हथकण्डा है। हमें सत्ता बन्दूक की बैरल से प्राप्त करनी है। उसके लिए इन्तजार करना है कि बड़ लोग अपने खेतों को प्राप्त करने के लिए कुछ करें। लाठी-डण्डा लेकर आयें। तब वर्ग शत्रु से निपटारा होगा। वे खेतों के पुराने मालिक हैं, इसलिए बूर्जुआ हैं। हम बंगाल से सब-कुछ छोड़कर आये हैं, इसलिए सर्वहारा हैं। वहीं कांग्रेस समर्थकों का कहना था कि जो कुछ भी पाया जा सकता है, वह सत्ता से ही पाया जा सकता है। और सत्ता में कांग्रेस है। हमारे लिये कानून बनानेवाले वही लोग हैं, उसे लागू करानेवाले वही लोग हैं चाहे अधिकारियों के माध्यम से हों, या न्यायपालिका के। उनकी बात मानी जानी चाहिए। यदि वे बुलाते हैं तो उनकी पंचायत में जाना चाहिए। वहाँ अपनी बात रखनी चाहिए। अधिकांश लोग इन दोनों विचारों से निस्संग इस बात के कायल थे कि कोई कुछ भी करे, हमें क्या लेना-देना। बस हमें बसने का मौका दें और बस गये हैं तो उजाड़े नहीं। जिन खेतों को कब्जा कर लिये हैं उन्हें छोड़ेंगे नहीं। बल्कि बतायेंगे कि और खेत हम कहाँ और कैसे प्राप्त कर सकते हैं। पंचायत में वे लोग इसीलिए आये थे कि स्वयं देखेंगे कि फैसला क्या होता है?

पता नहीं क्यों इट्टर बड़ माजिद अली के व्यक्तित्व से बहुत प्रभावित थे। उन्होंने तत्काल प्रस्तावित कर दिया, "पंचायत के सदर माजिद अली हों।" माजिद अली चकड़िया गये। वसुन्धर इसका विरोध करना चाहते थे तभी बाबू पुरवा के रफीक ने कहा, "हम समर्थन करते हैं।"

माजिद अली ने पहले धक्के से उबरकर कहा, "क्या बात करते हैं। यहाँ इतने बड़े लोग बैठे हैं। उनके रहते पंचायत का सर्वेसर्वा मैं कैसे बन सकता हूँ।"

विनायक ने तो इसका अर्थ खूब समझा। छूटते ही कहा, "पंच वह होता है, जिसे लोग स्वीकार करते हैं। आप को लोगों ने स्वीकार कर लिया है। हम लोग भी करते हैं।"

मियाँ लोग खुश हो गये। है तो असमिया मुसलमान, पर मुसलमान है न! हमारा ख्याल रखेगा। बड़ लोग सोच रहे थे कि भले ही मुसलमान हो, है तो असमिया ही। हमारा खयाल रखेगा। माजिद अली सोच रहे थे कि बुरे फँसे। बहुत बक-बक करने का नतीजा है। पंचायत वह कारगर होती है, जिसके पंच में यह बूता होता है कि निर्णय को लागू कराये। मुझमें वह बूता कहाँ से आयेगा?

इससे बेखबर पंचायत शुरू हो गयी। सब-कुछ स्टेज-मैनेज्ड था। जिनके खेत मियाँ लोगों ने जोत लिया था किसी तरह से कब्जा कर लिया था, उन्होंने इल्जाम लगाया। जिन्होंने कब्जा कर लिया था उन्होंने स्वीकार किया। ऊपर से जोड़ दिया, "घर-बार छोड़ कर आये हैं कहाँ जायँ। हर जगह यही स्थिति होगी। भीख माँगकर कितने दिन बसर कर सकेंगे? वसुमतारी डांगोरिया सरकार के आदमी हैं। हमारा दर्द उस तक पहुँचायें। वह हमें जंगल आबाद करने की इजाजत दें। कुछ अपना खेत हो जायेगा तो बड़ लोगों के

खेत का कब्जा छोड़ देंगे।" इस पर कुछ लोगों ने कहा कि "यह तो बड़ा अन्याय होगा। सरकार आप को न दे तो क्या हमारा कब्जा करते जायेंगे। तो हम कहाँ जायेंगे।" इस तर्क से इशारा पाकर कुछ जवानों ने कहा, "यह तो अत्याचार है। आगे हम नहीं सहेंगे।"

नौजवान मियाँ लोगों के बीच भी थे। उन्होंने कहा, "तो क्या कर लोगे।"

"हमने चूड़ियाँ पहन रखी हैं क्या?"

"तो हमने पहन रखी हैं क्या?"

माजिद अली ने देखा कि पूरा बजनी का माहौल बनता जा रहा है। यहाँ पंचायत की ऐसी-तैसी हो जायेगी और मार-पीट अभी शुरू हो जायेगी। वातावरण को हल्का करने के लिए, "यह चूड़ियों की बात स्त्री की तौहीन है।"

दिवांग पुट्ट से हँस दिया। बिना उस हँसी का अर्थ समझे देखा-देखी और लोगों ने हँस दिया। इससे माहौल का तनाव जाता रहा। कुछ इधर-उधर की बातों के बाद तय हुआ की वसुमतारी जल्दी ही गुवाहाटी जा मुख्यमन्त्री से बात करेंगे, कि मुसलमानों को जंगल साफकर खेती करने की अनुमति दी जाये। अनुमति मिल जाने पर जो खेत कब्जा हो गये हैं, वे छोड़ दिये जायेंगे। वसुमतारी के साथ कुछ मियाँ लोग भी सरकार से मिलने जायेंगे, जिससे कि बात प्रभावशाली ढंग से सरकार के सामने रखी जाय।

वसुन्धर को लगा कि जो मसला हल करने के लिए पंचायत बुलायी गयी है, उसकी तो चर्चा तक नहीं हुई और फैसला सुना दिया गया। वह उठ खड़ा हुआ और बोला, "असली मुद्दा यह है कि जो कब्जा हो गया है, वह छोड़ा जायेगा कि नहीं।"

मतीन ने कहा, "छोड़ा जायेगा, जब जंगल में जमीन मिल जायेगी।"

वसुन्धर ने कहा, "यह तो कोई बात नहीं हुई। आपको दस साल तक जमीन नहीं मिलेगी तो क्या दस साल तक आप हमारी जमीन नहीं छोड़ेंगे? यह तो सरासर जबरदस्ती है।"

इस पर काफी हुज्जत हुई। अन्त में माजिद अली ने फैसला दिया, "जिन बड़ लोगों के पास दो एकड़ से कम जमीन है, यदि उनकी जमीन कब्जा हुई है, तो मियाँ लोग फसल काटने के बाद छोड़ देंगे। जिनके पास दो एकड़ से अधिक जमीन है, उनकी कब्जा की गयी जमीन बटायी मानी जायेगी। फसल का आधा हिस्सा खेत मालिक को मियाँ लोग देंगे।" यह बात न मियाँ लोगों को अच्छी लगी, न बड़ लोगों को। मतिन ने मियाँ लोगों को समझाया "मान लो। कुछ लोगों का तो कब्जा उचित ठहराया गया है। बाकी को आगे देख लेंगे।" दिवांग ने बड़ लोगों को समझाया। "मान लो। अभी दो एकड़वालों का बटायी माना गया है। जब फसल कटेगी तो छोड़ने के लिए भी पंचायत की जायेगी।"

कोई रास्ता नहीं था। रास्ता बनाने के लिए आधे-अधूरे मन से दोनों पार्टी ने फैसला मान लिया। मुँहाँ-मुँहीं मियाँ लोगों ने कहा, "मुसलमान होकर भी मुसलमान के पक्ष में यह माजिद अली नहीं रहा।"

"है तो असमिया मुसलमान न।"

बड़ लोगों ने कहा, "है तो मुसलमान ही ना। असमिया होने से क्या होता है।"

सूरज का निस्तेज चक्का काफी बड़ा हो गया था। वसुन्धर को लगा कि सूरज जब-जब बड़ा होता है, उसका ताप समाप्त हो जाता है। एक बुजुर्ग मियाँ को लगा कि सूरज जब बड़ा होता है तो धरती के निकट होता है। छोटा होते ही आसमान में उड़कर बैठ जाता है।

लागों ने बचा-खुचा बताशा खा बचा-खुचा पानी पीया। दुआ-सलाम, नमस्ते-प्रणाम किया। पहले लोग एका-एकी चले, फिर झुण्ड में। वसुमतारी का झुण्ड छोटा था पर उसमें माजिद अली, मतिन, दिवांग, लम्बोदर और वसुन्धर शामिल थे। उन्होंने गुआ खाते हुए जब जाऊगाँव की ओर पग बढ़ाया तो भन्न-भन्न की आती एक आवाज सुनायी दी। सिर उठाकर देखा तो कुछ तीर की तरह उड़ता जा रहा था। वह जाकर सबसे ऊँचें साखू के पेड़ के तने के शीर्ष में जैसे धँस गया। वसुन्धर ने उसे गौर से देखा : पीले और धानी रंग से बना वह अति चमकीला और लचीला उड़नेवाला सूपाबेनी साँप था जो अपने चोंच से ठोक दे, तो आदमी तुरन्त मर जाता है।

विनायक वसुमतारी यु लिन के घर गये। दिन के उजाले में देखा कि पतले बाँस के टुकड़ों के छोरों को रस्सी से बाँधकर बँड़ेर से लटकायी गयी अलगनी पर कुछ लम्बा-लम्बा लटक रहा है चितकबरा, उससे अजीब दुर्गन्ध उठ रही है। गौर से देखा तो पाया कि ये चितांग साँप के खाल हैं। पहले उन्हें पेड़ों के रस में भीगो कर रखा गया था। अब छाँव में सुखाया जा रहा था। उन्हीं में से एक को कई पर्तवाले कपड़े के थैले में रखकर यु लिन पीट रहा था। उन्हें मुलायम करने के लिए 'वेफ' कर रहा था।

विनायक के स्वागत में वह उठ खड़ा हुआ और हाथ जोड़ दिया। साथ ही कुछ कहता मुस्करा दिया। उसके सोने के दाँत चमक उठे। विनयक अपने साथियों के साथ बाँस के फट्टे से बनी चौकी पर बैठ गया तो यु लिन भी एक बाँस का नीचा मोड़ा सरका कर उसके सामने बैठ गया। उर्सुला की सहेलियाँ आयी हुई थीं। आँगन के पार वाले घर में गप मार रही थीं। मेहमानों के आगमन की जानकारी होने पर वे अभिवादन करने आयीं। उनकी संख्या देखकर सभी खातिरदारी करने में लग गयीं। वही लाल चाय और कच्ची सुपारी के साथ चूना लगा पान का हरा पत्ता। उसके बाद वें छितरा गयीं। कुछ इधर-उधर की बातों के बाद विनायक ने कहा, "कामाख्या डांगोरिया कह रहे थे कि असम में चाय की खेती करने के लिए आपके पुरखों को अंग्रेजी सरकार ने चीन से बुलाया था।"

"हाँ।"

"कबकी बात है यह।"

''1835 की'' यु लिन मुस्कराया। हाथों को सिर से ऊपर ले जाकर रगड़ा। फिर कहा, ''हमारा परिवार शताब्दियों से 'टी टेस्टर' रहा है। गोर्डन साहब जब चीन गये तो हमारे पिता के पिता के पिता के पिता के पिता से सम्पर्क किया। कहा कि हमारे देश यानी असम में एक ऐसा पौधा मिला है, जो चाय के पौधे जैसा है। इससे लगता है कि वहाँ चाय की खेती हो सकती है। इसलिए हम यहाँ चाय के कुछ पौधे और बीज लेने आये हैं। चाहते हैं कि यहाँ से कुछ मजदूर जो चाय की खेती करना चाहते हैं हमारे साथ चलें और वहाँ के लोगों को चाय की खेती करना सिखायें। वे चाहें तो वही बस जायँ, हम पूरी सुविधा देंगे। चाहें तो कुछ वर्षों के बाद लौट आयें। हम खूब पैसा देंगे। चीन की सरकार नहीं चाहती थी कि वहाँ के लोग अंग्रेजों को चाय की खेती करना सिखायें।''

''क्यों?''

''उस जमाने में इंग्लैण्ड को चाय चीन से जाती थी। अच्छी कमायी होती थी। अगर वे खुद खेती करने लगते तो व्यापार मारा जाता।''

''बात तो ठीक है।''

''बड़ी हुज्जत के बाद वहाँ की सरकारी बीस दर्जन लोगों को असम ले जाने के लिए राजी हुई। हमारे लकड़बाबा का 'टी टेस्टर' के रूप में बड़ा नाम था। उन्हें लेकर आयी। साथ में लकड़दादी भी थीं।''

''क्या सभी लोग अपने परिवार के साथ आये?''

''कुछ आये।''

''हूँ।''

''उन्होंने असम में मिले पौधे का परीक्षण किया तो पाया कि वह चाय का ही पौधा है। दूर देश में भिन्न जलवायु और मिट्टी के कारण उसमें परिवर्तन आ गया है। उसकी पत्तियों से चाय बनाकर देखा तो लगा कि थोड़ी-सी देख-रेख और कायदे से खेती की जाय तो यहाँ की चाय चीन के चाय से बेहतर होगी। कई मजदूरों ने कहा कि खेती का रहस्य अंग्रेजों को नहीं बताना चाहिए। क्योंकि इससे हमारे देश का बहुत नुकसान होगा। पर हमारे पुरखे नहीं माने। कहा कि जिस काम के लिए लाये गये हैं, उसे पूरी ईमानदारी से करेंगे। इससे चीनी लोग दो भागों में बँट गये। अधिकांश लोग चीन से लाये पौधों और बीजों को खेत में बोया और उसी पर काम करने लगे। इसी की खेती स्थानीय लोगों को सिखाया। पर हमारे पुरखे ने जंगल से मँगवाकर स्थानीय चाय को पत्तियों को गदोरी से रगड़कर लोंदा बनाया। ऐसे पचीस लोदा बन जाने पर उन्होंने छाये में सड़ने के लिए छोड़ दिया। जब एक तरह की महक उसमें उठने लगी तो आखा में रखकर कोयले की भट्ठी पर चढ़ा दिया। जब वे सूख गयीं तो उन्हें मसलकर चूरा बनाया और चलनी में चाल कर छोटा-बड़ा अंश अलग-अलग किया। उन्हें पोटलियों में बाँधकर कलकत्ता भेजा। वहाँ

वोटेनिकल गार्डेन के इंचार्ज वालिच साहब ने परीक्षण कर पाया कि वह सही चाय है। और चीन के चाय से बेहतर है तो उसकी खेती होने लगी।"

"कहाँ?"

"अब चीन से लाये पौधों को तो डिब्रूगढ़ के पास ब्रह्मपुत्र और कुण्डील नदी के संगम पर लगाया गया। जमीन बलुई और पोली थी। इसलिए पौधों को पूरा खुराक नहीं मिलता था। इसलिए वे जल्दी ही सूखने लगे। ऊपर से जब नदी में बाढ़ आयी तो बागान का बड़ा हिस्सा बह गया। तब उन्हें उखाड़ कर जयपुर में रोपा गया। वहाँ की जमीन मजबूत थी। चाय के पौधे को पानी बहुत चाहिए, पर पानी जड़ में जमना नहीं चाहिए। इसलिए कड़ी और ढलुई जमीन की जरूरत पड़ती है। जयपुर का प्रान्तर ऐसा ही था।"

"और असम के पौधे कहाँ लगाये गये।"

"जहाँ वे मिलते थे, वहीं, पास की जमीन को समझ कर।"

"ये पौधे पहले कहाँ मिले थे?"

"जोरहाट के इलाके में।"

"कैसे?"

"पुरन्दर सिंह का राज था। सत्ता अंग्रेजों के हाथ में थी, बर्मी हमलावरों को भगाने के बाद। राबर्ट ब्रूस उनके एजेण्ट थे। 1823 में वे व्यापार के सिलसिले में गढ़गाँव गये। बातचीत में उन्हें एक स्थानीय सिंगफो मुखिया से इस पौधे का पता चला। एक दिन वह इनके छोटे-छोटे पौधे लेकर आया। उन पौधों के परीक्षण के लिए उसने अपने भाई ए. सी. ब्रूस को सौंप दिया। ए. सी. ब्रूस एक अच्छा नाविक था। जब बर्मियों ने अहोमों पर हमला किया था, तो उसने बर्मियों से लड़ने के लिए इच्छा व्यक्त की थी। परिणामस्वरूप अंग्रेजों ने उसे गनबोटों के डिविजन का मुखिया बनाकर सदिया भेज दिया था। वह जब लौटकर डेविड स्काट से मिलने गया तो उन पौधों को साथ लेता गया। डेविड स्काट पहले गोरखपुर जिले का कलेक्टर था। अब गवर्नर जेनेरल ने उसे असम में अपना पॉलिटिकल एजेण्ट बना दिया था। वह चेरापूँजी में रहता था। स्काट ने उन पौधों को कलकत्ता वनस्पति उद्यान के अधीक्षक डॉ. बलीच को भेजा परीक्षण के लिए। बलीच ने मत जाहिर किया कि हैं तो ये चाय के ही पौधे, पर इसनका बाह्य रूप भिन्न है। तब बात यहीं पर रुक गयी। किन्तु 1832 में कप्तान जेनकिन्स को असम की सम्पदा पर रिपोर्ट देने को कहा गया। सी. ए. ब्रूस ने उसे चाय के पौधों के बारे में बताया। बलीच ने उनकी उपस्थिति तो स्वीकार किया किन्तु उनका व्यावसायिक इस्तेमाल हो सकता है, इस पर सन्देह पैदा किया। जो भी हो सरकार ने माना कि जहाँ ये पौधे उगते हैं, वहाँ चीन से पौधे मँगाकर खेती की जा सकती है। फटाफट एक टी कम्पनी बना गयी, जिसमें तीन कलकत्ता के अंग्रेज व्यापारी, दो भारतीय व्यापारी, डॉ. बलीच और गोर्डन शामिल हुए। गोर्डन इस कम्पनी के सचिव हुए जो चीन पौधा और कुशल लोगों को लेने गये।"

"तो असम चाय की पहली खेती जोरहाट के आस-पास आरम्भ हुई?"

"हाँ। हमारे पुरखे वहीं आ गये। बाकी लोग डिब्रूगढ़ में रह गये।"

"क्यों?"

"वहाँ एक फैक्ट्री खड़ी हो गयी थी। हमारी फैक्ट्री बूढ़ी दिहिङ और तिंगरी नदियों के संगम पर खड़ी की गयी थी। अब चीन से लाये पौधों और बीजों से होती खेती से फैक्ट्री को कच्चा माल पूरा नहीं पड़ता था। इसलिए वे जंगली पौधों के पत्ते मिलाते थे। उन्हें सिंगाफो लोग चुनकर लाते थे और लखीमपुर के चायबागान के सुपरिण्टेण्डेण्ट मिस्टर ब्रूस को सौंपते थे। जब जोरहाट में खेती होने लगी तो वह मिलावट रुक गयी। हमारे पुरखों ने स्थानीय चाय के पौधों की खूब सेवा की। उससे उत्पन्न चाय बहुत अच्छी मानी गयी, चाहे वह काली चाय हो, या हरी चाय।"

"दोनों में अन्तर क्या है?"

"अन्तर स्वाद का है और बनाने की प्रक्रिया का है।"

वसुमतारी ने सिर हिलाया तो यु लिन ने आगे कहा, "काली चाय के लिए पत्तियों के लोंदे को थोड़ा सड़ाया जाता है। जब उसका रंग ताँबाई पड़ने लगता है तब उसे तेज आँच में सुखा लिया जाता है। इससे उसका रंग काला हो जाता है।"

"और हरा?"

"उसमें कोमल पत्तियों को सड़ाने की जगह भाप में पकाया जाता है। फिर उन्हें रोल कर तेज आँच में सुखा लिया जाता है। इससे उसका रंग हरा बना रहता है और पत्ती की वास्तविक सुगन्ध भी बची रहती है।"

विनायक वसुमतारी की इच्छा चाय उद्योग के पूरे इतिहास और आर्थिकी को जानने की थी। पर देर हो रही थी। उन्हें गोगागाँव लौटना था। अपने दल के साथ उन्होंने यु लिन से विदा लिया।

6

चाय बागान के इतिहास और आर्थिकी को इकट्ठा किया दिवांग राभा ने। जब वह मरियानी रेलवे स्टेशन पर बायें हाथ में छाता, दाहिने हाथ में धोती की खूट और पीठ पर कपड़े के झोले में धोती, कुर्ता और गमछा के साथ रजिस्टरों का पुलिन्दा लादे उतरा, तो चाय उद्योग के बारे में इतना ज्ञान अर्जित कर लिया था कि वह दो बातों पर निर्भर है। एक है जमीन, दूसरा है श्रमिक। दोनों के परिणामस्वरूप यह उद्योग अनेक टेढ़े-मेढ़े रास्ते से गुजरा है और बड़े-बड़े उत्थान-पतन से गुजरा है। आरम्भ में यह व्यापार बड़ी तेजी से बढ़ा। स्वयं कम्पनी सरकार ने इसे बढ़ाने के लिए पौधा रोपड़ से लेकर चाय की पैकिग तक का काम अपने हाथ में रखा था। 1840 में एक साल पहले बनी असम टी कम्पनी

को बेच दिया। अभी तक चाय के निर्माण का काम हाथ से होता था। पर उसने डिब्रूगढ़ और बूढ़ी दिहिंग तथा तेंगरी नदी के संगमवाले इलाके में दोनों नदियों के किनारे-किनारे फैक्ट्रियाँ कायम कर दीं। नये चाय बागान बनाने का काम इतनी तेजी से विकसित किया कि उत्तरी असम में 1853 तक नौ नये बड़े बाग अस्तित्व में आ गये। उन्हीं दिनों सूरमा घाटी में भी स्थानीय चाय के पौधे मिले और कछार तथा सिलहट में कई बाग लग गये। उन सभी बागों में चीन से मँगाये पौधे और बीज रोपे गये थे। पर जोरहाट के पास अपनी जमीन में विलियम्सन ने स्थानीय पौधों से खेती की थी। जब यह चाय चीनी पत्ती से बनी चाय की तुलना में बेहतर मानी गयी तो 'जोरहाट टी कम्पनी' की स्थापना हुई और उसने विलियम्सन की सम्पत्ति खरीद ली। देखते-ही-देखते इस कम्पनी ने जोरहाट के चारों तरफ की कोई तीस मील की जमीन को अपने घेरे में ले लिया और उन्हीं स्थानीय पौधों का रोपण किया। इन चाय बागानों में पैसा लगाने की ऐसी अन्धी दौड़ आरम्भ हुई कि तीन डिप्टी कमिश्नरों, चार असिस्टेण्ट कमिश्नरों और दर्जनों वरिष्ठ पुलिस अधिकारियों ने अपनी नौकरी छोड़कर चाय की खेती की ओर रुख किया। यह वही समय था जब पश्चिमी बिहार और आज के पूर्वी उत्तर प्रदेश में अंग्रेज अधिकारी और व्यापारी नील और अफीम की खेती में पैसा झोंक रहे थे। उनकी देखा-देखी तमाम अंग्रेज व्यापारी और धनी भारतीय भी पैसा लगाने लगे। तमाम लोगों का इरादा चाय का व्यापार करना कम, जमीन हड़पना अधिक था, जिसे वे महँगे दाम पर आगे बेच सकें। 1838 में सरकार ने नियम बनाया था कि सौ से लेकर दस हजार एकड़ तक बंजर जमीन एक आदमी एक या दो आना एकड़ के हिसाब से पैंतालीस वर्षों के लिए चाय की खेती के उद्देश्य से लीज पर ले सकता है। बागान लगाने में सहूलियत देने के लिए यह भी नियम था कि पाँच से बीस वर्षों तक वह कोई लगान न दे। पूरी जमीन का एक चौथाई हिस्सा वह खाली रख सकता था। यह खाली हिस्सा परयेचुअल लीज पर माना जाता था। यानी उसका स्वामित्व मालिक को हमेशा के लिए दे दिया गया था। यह जानकर दिवांग को लगा कि देश-दुनिया में जब भी सरकार बदलती है, उसके पिट्ठू, लग्गू-भग्गू लोग जमीन जरूर कब्जा करते हैं। सरकार उनके पक्ष में हमेशा नियम बनाती है। खैर, इन लोगों ने बड़ी-बड़ी जमीनें लेकर उसमें बस यहाँ-वहाँ पौधा रोपा, जिससे कि जमीन पर उनके कब्जे का प्रमाण रहे—दूसरा कोई उसे कब्जा करने का प्रयास न करे। दूसरी तरफ फैक्ट्रियाँ बन जाने पर चीन से बारह साल के एग्रीमेण्ट पर लाये गये चीनी गिरमिटिया मजदूरों का एग्रीमेण्ट का नवीनीकरण नहीं किया गया, क्योंकि वे भारतीय मजदूरों की तुलना में पाँच गुना ज्यादा मजदूरी माँगते थे। उनमें से अधिकांश अपने वतन लौट गये। कुछ माकुम, कलकत्ता और शिलांग में बस गये। वे चमड़े का भी काम जानते थे, इसलिए जूता और बैग बनाने-बेचने के उद्योग में लग गये। बस यु लिन के पुरखे असम में बने रहे।

श्रमिकों की यह कमी असमिया लोगों से पूरी नहीं हो पायी। उन्होंने कभी भी चाय बागान में काम करने को नहीं सोचा। सबके पास जमीन थी और वे खेती करना सम्मानजनक पेशा मानते थे। कम्पनीवाले भी असमिया लोगों को नहीं लेना चाहते थे, क्योंकि उन्हें आलसी, पियक्कड़ और अनुशासनहीन समझते थे। इसलिए मजदूरों को बाहर से लाना पड़ा। वे राँची से लेकर बारंगल तक के मुण्डारी या गोण्डी बोलनेवाले साओताल और गोण्डलोग थे, जिन्हें अंग्रेज प्रिमिटिव पिपुल कहता था। हम 'आदिवासी' कहते हैं। वे अपने काम के जानकार नहीं थे। उन्हें काम सीखने में लम्बा समय लगा। इन दोनों बातों से चाय का उद्योग चरमरा उठा। उत्पादन ऐसा घटा कि मालिक लोगों ने जिस तेजी से पैसा लगाया था, उसी तेजी से पैसा निकालने लगे। घबरायी सरकार ने 1854 में नियम बनाया कि आगे लीज नब्बे वर्षों के लिए ली जा सकती है। ऊपर से पाँच-छह रुपये एकड़ के हिसाब से खरीद ही ली जा सकती है। लगान छह आना एकड़ रखा गया। जब बागानों की स्थिति सुधर गयी तो 1887 में तय किया गया कि आगे बागानों की जमीन बेची नहीं जायेगी और लीज सिर्फ 35 वर्षों के लिए होगी। यह कानून अभी भी लागू है। सभी लीजों को 1932 में समाप्त मान लिया गया था और तब से 35 वर्षों के लिए पुनः नवीकृत कर दिया गया था।

मजदूरों को लेकर 1863 से लेकर 1901 तक कई कानून बनाये गये। उनका उद्‌देश्य एक तरफ मालिकों को यह गारण्टी देना था कि इस तरह से लाये गये गिरमिटिया मजदूर कुछ वर्षों तक काम करेंगे ही, जिससे कि उनके लाने और प्रशिक्षण देने का खर्च बचाया जा सके और आगे कुछ कमाया जा सके। दूसरी तरफ मजदूरों को मालिक की धोखाधड़ी से बचाया गया था और सही मजदूरी, अच्छे व्यवहार, देख-रेख, आवास-पानी, दवा-दारू आदि देने की व्यवस्था की गयी थी। 1926 में जब असम में कांग्रेस पार्टी नियमित ढंग से बनकर काम करने लगी तो चाय बागान के मजदूरों को अमिय कुमार दास ने संगठित किया। उनका संगठन 'असम चाय बागान मजदूर संघ' बनाकर उसे 'इण्डियन नेशनल ट्रेड यूनियन कांग्रेस' से सम्बद्ध किया। उनके प्रयत्नों के परिणामस्वरूप 1951 में ''प्लाण्टेशन लेबर ऐक्ट' पास हुआ। कामाख्या नारायण त्रिपाठी उन्हीं के काम को आगे बढ़ाये हैं। आज इन चाय बागान आदिवासी मजदूरों की संख्या चालीस लाख से अधिक है।

प्लेटफार्म से उतर कर पगडण्डी सीधे पूर्व की ओर चली जा रही थी। उसके अगल-बगल गहरे गड्ढे थे, जो प्लेटफार्म को भरने के लिए खोदी गयी मिट्टी के कारण बने थे। पहले और गहरे रहे होंगे। अब अगल-बगल की मिट्टी ढहने के कारण उथले हो गये थे। पर इतने उथले नहीं थे कि यदि उनमें आदमी गिर जाय तो डूब कर मरे नहीं। फिर भी लोग उनके बीच से चली जा रही पगडण्डी पर चलते थे और तारीफ यह कि रात के अँधेरे में चलते थे और अभी तक उनके गिरने की कोई घटना ऐसी नहीं हुई थी, जिसकी

स्मृति लोगों को हो। दिवांग ने वही पगडण्डी पकड़ी। मरियानी रेलवे स्टेशन से मरियानी बस अड्डे तक जाने का वही छोटा और जनप्रिय रास्ता था। गड्ढों में किनारे की तरफ जंगली बण्डा के पौधे उगे थे। उनके हाथी के कान के बराबर बड़े-बड़े स्थिर पत्तों से लगता था कि वह कोचू का पूरा जंगल है और उसमें आदमी कौन कहे, एक बार हाथी ही समा जाय तो निकल न पाये। उसके बाद गन्दा ललछऊँ पानी था, युगों से सड़ता। उसमें साफ आसमान की परछाईं पानी के सतह के नीचे की जलस्पतियों को इस तरह से ढके हुए थी कि आखें चाहकर भी उनका दीदार नहीं कर पाती थीं। किन्तु बत्तख की आँखों में वे यन्त्र थे, जो बिना प्रयत्न के ही देख लेती थी और खानेवाले अंगों पर डूबकर चोंच से प्रहार करती थीं। दिवांग को लगा कि पानी साफ होता तो इसमें कमल खिलते। यह भी कि इस इलाके में जलकुम्भी नहीं मिलती। मिलती तो जरूर दिखती। उसकी परवरिश के लिए गड्ढे बड़े ही उर्वर जगह हैं।

सूर्य के डूबने में अभी देरी थी। पीठ पर पड़ती प्रखर किरणों से ऐसा ही आभासित हो रहा था। लेकिन रेलवे कालोनी के घरों के सामने रेलवे के ही कोयले से सुलगायी जा रही भट्ठियों से उठता हल्का भूरा धुआँ आसमान को चढ़ने लगा था। लोगों को जरूर दिन डूबने के पहले भोजन कर लेने की आदत होगी, जिसकी तैयारी करना स्त्रियों ने आरम्भ कर दिया था। सामने एक लड़का गायों के झुण्ड को पीछे से हाँक कर आगे की ओर बढ़ा रहा था। जरूर वहीं सड़क होगी, अन्यथा लड़के की ऐसी कार्यवाही सम्भव नहीं थी। दिवांग ने फुर्ती-फुर्ती पाँव बढ़ाया। बस अड्डा पहुँचा तो पता चला कि जोरहाट जानेवाली बस अभी-अभी चली गयी है। अब कल सुबह ही मिलेगी। उसे थोड़ी निराशा हुई जब पता चला कि इस रोड पर एक ही बस है, जो मरियानी और जोरहाट के बीच फेरा लगाती है। सुबह नागा लोगों को लेकर आती है जो मोकोकचोंग की ओर जानेवाली बस को पकड़ते हैं। बाजार करने के लिए जो नागा लोग आये होते हैं, उन्हें लेकर वह जोरहाट जाती है। यदि वे शाम को ही आ गये होते हैं तो रात सड़क पर, सड़क के किनारे के चायघरों या ढाबों में बिताते हैं। उन्हें पहुँचाकर वह फिर तिजहर को लौटती है और शाम होने से काफी पहले जोरहाट चली जाती है। तब उसे मरियानी शब्द समझ में आया। यह कि यह लोथा नागाओं का शब्द है, जिसका अर्थ होता है बाजार जाने का स्थल।

सड़क किनारे के चायखाने में चाय पीते हुए उसे पता चला कि स्थानीय लोग जोरहाट आने-जाने के लिए बस का प्रयोग कम ही करते हैं। अक्सर साइकिल से जाते हैं। जिनके पास साइकिल नहीं होती, वे पैदल जाते हैं। उनको कोई बीस किलोमीटर की दूरी कोई दूरी नहीं लगती। यदि पाँव थकते हैं तो आ-जा रहे रईसों या चाय बागान के कर्मचारियों की मोटरों में लिफ्ट मिल जाती है। उतरने पर कुछ पैसे दे देते हैं। उससे उनके पेट्रोल के खर्च में कुछ सुविधा हो जाती है।

अभी दिन काफी था। उसने जोरहाट पैदल जाने की ठानी। कोई तीन किलोमीटर भी न गया होगा कि सूरज गप से डूब गया। उसे सूरज बड़ा छलिया लगा। जिस तरह से वह गर्मी की बर्छियाँ बरसा रहा था उससे लगता था कि वह अभी देर तक आसमान की रणभूमि में टिकेगा। और देखो, बिना चेतावनी दिये ही भाग पराया। उसकी चेतना संगीत के स्वर से टूटी। कोई हारमोनियम पर बड़गीत गा रहा था। सामने देखा तो दाहिनी तरफ एक बस्ती दिखायी दी। कोई आधे किलोमीटर पर एक छवर सड़क से कटकर उधर जाती थी। उसकी मंशा आगे बढ़ते जाने की थी। पर संगीत व गीत में आकर्षण ऐसा था कि वह यूँ ही छवर पर मुड़ गया और गानेवाले के द्वार पर जाकर ठिठक गया। गायक तख्ते पर बैठ दरवाजे की तरफ मुँहकर आँखें मूँद विभोर हो गा रहा था। अगल-बगल के तख्तों पर पाँच-छह लोग बैठे वैसे ही आँखें मूँद विभोर हो सुन रहे थे। उन्हें दिवांग के आगमन का आभास नहीं हुआ। गीत पूरा करने के बाद गायक ने हार्मोनियम की रीड दबाकर हवा निकाली और बन्दकर एक तरफ खिसका दिया। सिर उठाकर सामने दृष्टि डाली तो एक अपरिचित को खड़ा पाया। सोचा कि यह किसी के घर आया मेहमान होगा, जो पता पूछने के लिए यहाँ रुक गया होगा और गायन में व्यवधान न पड़े इसलिए ठिठका रहा होगा। हो सकता है उसी का मेहमान हो। पर तब पहचाना होना चाहिए और आगन्तुक ऐसा नहीं है। कहा, "हेरे डांगोरिया, भीतर आओ।"

दिवांग असमंजस में पड़ गया। एक अपरिचित के घर में ऐसे ही कैसे घुस जाय। तब तक गायक ने फिर कहा, "हिचकिचाते क्यों हैं? कहाँ से आये हैं?"

"आया तो बहुत दूर से हूँ, मंगलदोई से।"

गायक ने सोचा, दूरी तो वाकई बहुत है। वह पश्चिम असम में है, मरियानी पूर्वी असम में। दोनों ही स्थानीय बोलियों में इतना अन्तर है कि शुद्ध असमिया में बात न की जाय तो बात समझ में ही न आये। कहा, "किसके घर आये हैं?"

"यहाँ तो किसी के घर नहीं। जोरहाट जा रहा था, बस छूट गयी। सोचा कि पैदल ही चला जाऊँ। आपका गायन सुनकर खिंचा चला आया।"

अपनी प्रशंसा किसको अच्छी नहीं लगती। इस गायक को भी लगी। रोज-रोज सुननेवाले लोग इतने परिचित हो गये हैं कि कभी प्रशंसा करते ही नहीं। इसलिए और भी अच्छा लगा। कहा, "जोरहाट जाने के लिए देर हो चुकी है। यहीं रुक जाइये। सुबह चले जाइयेगा।"

दिवांग को प्रस्ताव अच्छा लगा, पर हिचक नहीं गयी। और लोग जो कमरे में थे, वे एक-एक कर बिना कुछ बोले बाहर निकल गये। तब गायक ने फिर कहा, "नाम क्या है आपका?"

"दिवांग। दिवांग राभा।"

"तो बड़ हैं। भीतर आइये।" तभी किसी ने बैठक की रोशनी जला दी। दिवांग की हिचकिचाहट अभी नहीं गयी थी। लाइट जलानेवाली स्त्री थी। उसने कहा, "आगे बागान में कुछ दिनों से पगलाये सियार रहते हैं। कई लोगों को काट लिया है।"

इससे दिवांग की हिचक कुछ दूर हुई। प्रवेश करते हुए कहा, "हाँ। आप?..."

"मुकेश बेझबरुआ। पुरखे कछारी थे। वेझबरुआ राजा ने बनाया।"

दिवांग वहाँ रात भर नहीं, कई दिन रुका। बेझबरुआ ने ही राय दिया कि जब काम सारे टी स्टेट में करना है तो यहीं से शुरू कीजिये। उसे ट्रेड यूनियन के कामों में थोड़ी रुचि थी और असम टी वर्कस एसोसिएशन का सदस्य था। अपने को 'इण्टक' से सम्बद्ध मानता था।

उस दिन नींद जल्दी खुल गयी। दिवांग ने दाहिनी खिड़की पर दृष्टि डाली। शीशा के पार ऊषा की भव्यता पूरी प्रकृति पर डोरे डाल रही थी। कमरे के भीतर की वस्तुओं पर राख के रंग की चमक का वर्चस्व धीरे-धीरे बढ़ रहा था। पीतल और कासे के बर्तनों से आभा फूट रही थी। सभी कुछ मन को प्रफुल्लित कर रहा था। दायीं खिड़की पश्चिम की तरफ खुलती थी। वहाँ आसमान समय से पहले ही दिन को डराता लग रहा था। बदली छायी थी और ठण्डी हवा सड़क को पार कर पेड़ों से टकराती हुई चाय की झाड़ियों को झकझोर रही थी। उसे लगा कि बारिश दोपहर से पहले नहीं होगी। इन तीन दिनों में उसने पता कर लिया था कि 'चाय कबीले' या 'टी ट्राइब्स' का मतलब उन लोगों से होता है जो चाय बागान में काम करते हैं। जो लोग चाय बागानों को छोड़कर चाहे वह सेवानिवृत्ति के कारण हो, काम छोड़ देने के कारण हो, या काम पर से हटा देने के कारण हो—बस्तियों में रहते हैं और किसानी करते हैं या कोई और काम, उन्हें पूर्व—चाय बागानी कबीले का आदमी या आदिवासी कहते हैं। ये लोग खेती अक्सर उस जमीन पर करते हैं, जो बागानों की खाली जमीन होती है। इसके लिए वे लोग कुछ लगान चाय कम्पनी को देते हैं। पर अक्सर उनका कब्जा अवैध होता है, और कम्पनी से झगड़ा चलता रहता है। इस तरह चाय बागानों के कबीले और आदिवासी में अन्तर होता है और दोनों की समस्याएँ दो तरह की हैं, भले ही वे एक ही जगह से मूलतः आये हुए लोग हों।

किन्तु इतनी जानकारी पर्याप्त न थी। उसे श्रमिकों की मर्दुमशुमारी करनी थी, किन्तु यह अन्तर जटिलता पैदा करनेवाला था। अन्ततः उसने सोचा कि दोनों का अलग-अलग रजिस्टर बनायेगा। और पूरे विस्तार के साथ बातें दर्ज करेगा। वह तैयार होकर बाहर निकलने ही वाला था कि मालकिन ने उसके बिस्तर के पास रखी तिपाई पर चाय रख दी। औपचारिकतावश पूछा, "कुछ और लेंगे?" उसका उत्तर वह जानती थी। इतनी सुबह कोई कुछ नहीं खाता। तो भी दिवांग ने जवाब दिया, "नहीं।"

"कहीं निकल रहे हैं?"

"सोचता हूँ कि जब यहाँ रुक ही गया हूँ तो यहीं का काम पहले समाप्त कर लूँ।"

गृहिणी चली गयी तो चाय पीते-पीते उसने मोटा-सा रजिस्टर अपने बस्ते से निकाला। स्केच पेन से मोटे-मोटे अक्षरों में रजिस्टर के ऊपरी भाग में चिपकाये सफेद कागज के टुकड़े पर लिखा, "काटोनीबारी टी स्टेट।" चाय पीकर कप उसी स्टूल पर छोड़ दिया और चप्पल पहनकर रजिस्टर लिये बाहर आ गया। सड़क पर आते ही उसने बाबुओं की इस बस्ती पर एक गहरी दृष्टि डाली। उसे लगा कि चाय बागानों के बीच ऐसी बस्तियाँ पूर्व औपनिवेशिक साम्राज्य के अवशेष के रूप में बिना किसी कतर-ब्योंत के पूरी तरह से अवस्थित हैं। लगता है कि इस सवा सौ वर्षों में इन घरों की छतें चाहे जितनी बार बदली गयी हों और वह बदलाव फूस की छाजन से लेकर टिन की डिजाइनों के विविध रूपों में हुए हो, वे अभी भी वही भाव और वही गन्ध लिये पड़ी हैं, अपने इकड़ा बाँस पर तालाब की चिकनी मिट्टी लेवर कर बनायी धूसर से लाल होती या बादामी से लाल होती दीवारों पर। ये दीवारें भी मरम्मत के नाम पर बार-बार बदली गयी होंगी और वे लकड़ी के पाये भी बदले गये होंगे, जिन पर ये टिकी हैं। फिर भी वे वही हैं जो एक सौ पच्चीस वर्ष पहले थीं। इन घरों में शासकों का वही दुरान्त डर और कुमारिकाओं के ऋतुमता होने का प्रथम सुख उसी तरह से स्थिर रहा है। इन सवा सौ वर्षों में कुछ भी नहीं बदला है, सिवाय उन तलैयों के जो क्रमशः छोटी होती गयी हैं। उनके इर्द-गिर्द का दलदल बड़ा होता गया है। झूम कर बरसते पानी में मण्डप के बाहर बने पाखाना घरों में उसी तरह बाढ़ आती होंगी और गलियों को बदबूदार पनाले में बदल देती होंगी। पानी से उत्पन्न होनेवाली बीमारियों से लोग उसी तरह ग्रसित होते होंगे और बाग का प्रशासन सम्बन्धित कानून को भूल गया होगा। टीन की छतों को उड़ा ले जानेवाली आँधी गर्मी में अभी भी चलती होगी, जिसकी लगभग अदृश्य धूल गर्म लाल चाक के बूरे की तरह लोगों के कपड़े और चेहरे से चिपक जाती होगी। कहते हैं, वह बच्चों को, चाहे बकरी के हों या आदमी के उड़ा ले जाती है। जाड़े में हर घर के सामने एक छोटा-सा अलाव जलता होगा, जिसके किनारे कोई भी बैठकर कोई भी बात करता होगा और गाँती से नाक चुआते बच्चे की नाक पोंछता होगा। शनिवार की शाम लोग घर की बनायी तेज शराब पीकर उन्मत्त हो नाचते कम होंगे—गाली-गलौजकर भड़ास वैसे ही निकालते होंगे। युवक पटायी गयी युवतियों को चाय की घनी झाड़ियों में ले जाकर वैसे ही कैजुअल प्यार करते होंगे। इतवार को कुछ लोग पास के जंगलों में वनमुर्गियों का शिकार करने जाते होंगे। कुछ लोग पास के कस्बे के एकमात्र सिनेमाहाल में पिक्चर देखने जाते होंगे। कुछ लोग आराम करने के नाम पर पुकरियों में कपड़ा साफ करते होंगे, नहाते होंगे, नहाकर तेल लगाते होंगे, एक-दूसरे के घर आते-जाते होंगे। शाम को दारू-मुर्गी की पार्टी मनाते होंगे, जो अक्सर ही मार-पीट में बदल जाती होगी। फिर कुछ दिन तक औरतें और तरुण हो रहे बच्चे पीठ पर टोकरी और सिर पर गमछा बाँध बागान में पत्ते चुनने जाते होंगे और पुरुष फावड़ा

लेकर बागान की गुड़ाई सफाई करते होंगे, या फैक्ट्री में जाकर चाय बनाते होंगे। बनी चाय ट्रकों पर लादते होंगे।

उसका विचार-प्रवाह साइकिल की घण्टी की ट्रिंग-ट्रिंग से टूटा। मजदूरों की बस्ती से निकलकर कोई सड़क पर चढ़ा आ रहा था और यात्री टकरा न जायँ, इसलिए सावधान कर रहा था। दिवांग को देखकर उसने अपनी आँखें जैसे अभिवादन में झुकाया और उत्तर में दिवांग ने मुस्कान बिखेर दी। यहाँ का हर मजदूर साफ कपड़े पहने आदमी को अपने से ऊँचा मानता है, और अभिवादन करता है, वह परिचित हो या अपरिचित। ऐसा कर वह आगे निकल गया और दिवांग बस्ती में पैठ गया।

मजदूरों के घर भी बाबुओं के घरों की ही तरह बने थे। किन्तु क्षेत्रफल में छोटे थे, एक घर से दूसरे घर की दूरी बहुत कम थी और उनमें रहनेवालों की संख्या अधिक थी। इसलिए चौतरफा गन्दगी फैली थी। ये लोग सामान्य असमिया लोगों से हटकर सफाई पर कम ही ध्यान देते थे। इसलिए बीमार लोगों की संख्या काफी थी। अधिकांश बीमारी इस्तेमाल हो रहे पानी की देन थी। ये लोग जमीन से निकालकर पानी पीने की जगह खुली पुकुरी का पानी पीते थे, जिसमें स्त्रियाँ कपड़े धोती थीं, बर्तन धोती थीं, स्त्री-पुरुष नहाते थे और बच्चे शौच तक कर देते थे। उनकी दवा और स्त्रियों की जचगी के लिए अस्पताल था, डॉक्टर था, नर्स थी, बस पर्याप्त और स्तरीय दवा नहीं थी और डॉक्टर तथा नर्स हुनरमन्द नहीं थे। इसलिए मरनेवालों की संख्या काफी थी। हर घर में पाखाना-घर था, पर उसकी सफाई कम ही होती थी। इसलिए चौतरफा दुर्गन्ध उठती रहती थी। हर घर में बिजली थी, पर वह कुछ ही घण्टे के लिए आती थी और उसका समय तय नहीं था। इसलिए उसका होना-न-होना एक ही बात थी। बच्चों की पढ़ाई के लिए स्कूल था और प्राइमरी स्तर की पढ़ाई मुफ्त थी। पर अधिकतर बच्चे पढ़ने नहीं जाते थे। जो जाते थे, उनको पढ़ाया भी कम ही जाता था। अध्यापकों की संख्या नहीं के बराबर थी। इसलिए कई कक्षाओं के बच्चे एक साथ बिठाये जाते थे और सबको हर दर्जे की पढ़ाई करायी जाती थी। परिणामस्वरूप वे कुछ भी नहीं पढ़ पाते थे। उन्हें खेलना अच्छा लगता था और अध्यापक उसकी पूरी छूट देते थे। स्त्रियों को लगता था कि इस तरह से बच्चे बिगड़ रहे हैं। इसलिए वे इनको अपने साथ पत्ते ओटने के लिए ले जाती थीं। हर व्यक्ति को इक्कीस किलो पत्ता ओटना जरूरी था, जिसे लिए अड़तालीस रुपये पचास पैसे मिलते थे। यदि उससे अधिक ओटते थे तो सत्ताईस पैसा प्रति किलो अतिरिक्त मिलता था, कम ओटते थे तो सत्ताईस पैसा प्रति किलो काट लिया जाता था। मैनेजमेण्ट का कहना था कि इन मजदूरों की देख-रेख और पालन-पोषण में चाय बागान के उत्पादन का पचपन प्रतिशत जाया हो जाता है। उन्हें बहुत कम पैसे पर खाने-पीने का सामान दिया जाता है, बोनस दिया जाता है, ग्रेच्युटी दी जाती है, प्राविडेण्ट फण्ड दिया जाता है। हाँ, पेन्शन नहीं दी जाती। मकान का किराया नहीं लिया जाता, बिजली पानी का पैसा नहीं लिया जाता, मुफ्त में दवा दी जाती है, बच्चों की पढ़ाई होती है, जलावन की लकड़ी

दी जाती है, साफ-सफाई की जाती है। किन्तु उनकी स्थिति पर कम्युनिस्ट लीडर आनन्द प्रसन्न मिश्र ने अपने साप्ताहिक इम्फ्लांटर में लिखा था – "... There is absolutely no concern in the anthorities in the garden that their labourers in the hundreds, and that this has become are oying annual affair only because they have refused to provide the elementary civic and health services to labourerss .... It is a minuscule fration of what they earn annually, their refusal to pay for even much less. than that only reveals the criminal apathy and neglect by them of the interests of the laboureres.... The Government of Assam must book the criminals forthwith and send across the message that no authonity with get away, with the death of hundreds of people for their criminal neglect."

इस रिपोर्ट को पढ़कर हाल ही में एक कम्युनिस्ट वर्कर जयदेव मजूमदार इस इलाके में आया था और कुछ अध्ययन कर गया था। अब पश्चिम से आकर एक राभा इन मजदूरों की लिस्ट बना रहा है, जिसके आधार पर उनका नाम वोटर-लिस्ट में डाला जायेगा। यह खबर जब असिस्टेण्ट मैनेजर के कानों में पड़ी तो उसके कान खड़े हो गये। यह खबर करने वाला कोई और नहीं, मुकेश बेझबरुआ ही था। उसने जब देखा कि दिवांग मजदूरों के बारे में कुछ अधिक ही विस्तार से अध्ययन कर रहा है, तो उसका माथा ठनका। चूँकि दिवांग उसके घर में रह रहा था और कुछ ऊँच-नीच होने पर जिम्मेदारी उस पर डाली जाती, जिससे नौकरी के ही चले जाने का खतरा था, इसलिए उसने असिस्टेण्ट मैनेजर को दिवांग के बारे में सूचना दे दी।

असिस्टेण्ट मैनेजर कृष्ण भूषण खरबण्डा थे। उन्होंने सोचा कि वोटर लिस्ट में नाम डालने का काम तो सरकारी लोग करते हैं और अमूमन स्थानीय लोग होते हैं। तो क्या यह सरकारी आदमी है? तब यह बाहर से क्यों आया? बाहर से आनेवाले सरकारी लोग आवास के लिए उसके पास आते हैं। तब यह क्यों नहीं आया? क्या यह काम चोरी-चोरी कर रहा है? तब सी.आई.डी. का आदमी होगा।... यह विचार मन में आते ही वह चौंका। हो सकता है कि यह सी.आई.डी. का ही आदमी हो। इधर चाय बागान की अव्यवस्था पर उँगली खड़ी की जा रही हैं। इधर बागान में हुई लोगों की मृत्यु पर विधान सभा में प्रश्न उठाने की नोटिस समीर तांती ने दिया है। सरकार बहाना खोज रही है, चाय बागानों के राष्ट्रीयकरण के लिए। हमारी प्रधानमन्त्री जिस औद्योगिक घराने से इधर नाराज होती हैं, इस राष्ट्रीयकरण के बहाने उसका धन्धा और सम्पत्ति लूट लेती हैं। देश के भीतर जो उद्योग चल रहे हैं, क्या वे राष्ट्रीय नहीं है? क्या वे राष्ट्रद्रोही हैं। क्या मजाक है—ब्यूरोक्रैटाइजेशन को नेशनैलाइजेशन कहा जा रहा है। इसके बूते पर उनकी बात मानने के लिए बाध्य किया जा रहा है।

वह ज्यों-ज्यों सोचता गया, उसका माथा गरम होता गया। इतना कि वह ललाट और बालों पर हाथ फेरने लगा। तब दिमाग में आया कि इसे हल्के से नहीं लेना है। इस पर गम्भीरता से वाच रखना होगा। सरकारी आदमी न भी हुआ तो किसी खतरनाक दल का आदमी होगा। अभी सी.पी.एम. वाला आकर पृष्ठभूमि बना गया है। अब यह कोई नक्सलाइट होगा। अक्सर देखा गया है कि ओवरग्राउण्ड पार्टियाँ आगे-आगे पृष्ठभूमि बना जाती हैं। तब अण्डरग्राउण्ड पार्टियाँ आकर अपना जड़ जमाती हैं। यह ठीक वैसे ही जैसे मुसलमानों के हमला से पहले सूफी लोग आकर इस्लाम के पक्ष में जमीन तैयार करते थे, फिर हमलावर आकर रियासतें जीतते थे। अंग्रेजों से आने के पहले कम्पनियाँ आयीं। उन्होंने व्यापार में शोषण के साथ आधुनिकता का एजेण्डा फैलाया और उसकी आड़ में महारानी सामाग्री बन गयीं।... जो भी हो यह नक्सलाइट न भी हो, कोई असमिया उग्रवादी ही हो, मजदूरों में पैठ बनाकर उन्हें भड़कायेगा। उसके आधार पर हमसे पैसा ऐंठेगा। ऐसे संगठन पश्चिम में कई एक बन गये हैं, इधर भी बनाने की कोशिश होगी। है तो यह आदमी पश्चिम से ही न।...

उसके सोचने का तारतम्य टूटा तो मुकेश बेझबरुआ से कहा, "उसे मिलवाओ।"

"अभी बुलाता हूँ।"

"ऐसे नहीं।" कृष्ण भूषण को लगा कि ऐसे ही सीधे मिलने के लिए बुला लिया तो वह चौंक जायेगा। सी.आई.डी. का हो या नक्सलाइट अपनी गतिविधियाँ बन्द कर देगा। हो सकता है कि भाग ही जाय। इससे कोई फायदा नहीं होगा। उसे लम्बी ढील देनी है कि वह पाँव फैलाये। इससे उसकी गतिविधियों का ही नहीं, समर्थकों का भी पता चलेगा। सभी बेझबरुआ नहीं होते। कहा, "पहले उसे दूर से दिखाओ।"

"ठीक है। जब आप खेलने को जा रहे होंगे, मैं उसके साथ सड़क पर टहलता हुआ मिलूँगा।"

शाम हो रही थी। वनवासी छोकरे बकरियों के झुण्ड से पूरी सड़क को घेरे हुए अपनी बस्ती की ओर लौट रहे थे। असिस्टेण्ट मैनेजर कृष्ण भूषण खरबण्डा कार पर सवार खेलने जा रहे थे। बकरियों ने एक तरह से उनका रास्ता रोक रखा था। तो भी वे उनके बीच धीरे-धीरे कार बढ़ा रहे थे। तभी दृष्टि सामने गयी। बेझबरुआ एक लम्बे-चौड़े आदमी के साथ हँस-हँस कर बातें करते हुए सामने की ओर से आ रहा था। वे समझ गये कि यही दिवांग राभा है। उसके पास से गुजरे तो कार धीमी कर उसके चेहरे, चाल-ढाल और बात करने के ढंग को खूब गौर से देखा। कहीं कुछ अप्रत्याशित न लगा। आदमी सरल और ईमानदार लगा। पर क्या किसी आदमी के बारे में ऐसी अवधारणा सिर्फ देखकर बनायी जा सकती है? माना की शरीर की एक अपनी भाषा होती है और उसे जो बाँचता है वह सही बाँचता है। फिर भी उससे पूरे व्यक्तित्व का खुलासा नहीं होता। यह तो बातचीत करने से ही होता है। पर डील-डौल से तो लग

रहा है सी.आई.डी. का ही आदमी। आखिर पुलिस से ही तो लोग सी.आई.डी. में जाते हैं।

दरअसल सी.आई.डी. के बारे में उसकी अवधारणा थी कि चूँकि ये लोग छिपकर काम करते हैं, इसलिए उनके डील डौल से लेकर आचरण तक में ऐसी कोई बात नहीं होनी चाहिए जो लोगों का ध्यान अनावश्यक रूप से आकर्षित करे। इसलिए उन्हें मध्यममार्गी होना चाहिए—देहयष्टि से भी, व्यवहार से भी। अक्सर न हँसनेवाला उदास चेहरा होना चाहिए, पोशाक थोड़ा तुड़ा-मुड़ा हो तो ही अच्छा। बात धीरे-धीरे करे, धीरे-धीरे चले और धीरे-धीरे खाये। चूँकि भूमिगत दलों के लोग भी छिपकर ही काम करते हैं, इसलिए उनको सी.आई.डी. वालों से भिन्न नहीं होना चाहिए। किन्तु पता नहीं कैसे हमारे यहाँ क्रान्तिकारियों की ऐसी छवि बन गयी है, जो दाढ़ी रखती है, सिगरेट और चाय का सेवन बहुतायत से करती है, कहवाघरों के गप्प में शामिल होती है और गन्दे कपड़े पहनती है। ऐसा तो चन्द्रशेखर आजाद और भगतसिंह, मास्टर सूर्य सेन और रास बिहारी बोस, या फिर चाफेकर बन्धु भी नहीं करते थे। तो यह छवि कहाँ से आ गयी? क्या कम्युनिस्टों से? लेनिन व माओ, डांगे व फाइडेल कास्ट्रो तो ऐसे नहीं रहे। पता नहीं कहाँ से?...

मौका निकालकर मुकेश बेझबरुआ से कहा, ‘‘अब अपने मेहमान से मिलवाओ।’’

‘‘ऑफिस में ही?’’

‘‘हाँ, पर आफिस के बाद।’’

मुकेश दिवांग को लेकर कृष्ण भूषण के दफ्तर गया। सभी लोग जा चुके थे। बस दो चपरासी और बन्दूक लिये दो बाडीगार्ड वहाँ मौजूद थे। कृष्ण भूषण अभी असमंजस में था कि वह स्वागत गरमजोशी से करे, कि ठण्डेपन से। दोनों का अपना उत्तिन-मद्धिम था। अफसर हुआ और गर्मजोशी से स्वागत न किया तो बुरा मान जायेगा और आगे उसका परिणाम जाने क्या हो? अफसर न हुआ और गर्मजोशी से स्वागत किया तो उसका मन बढ़ जायेगा। तभी लगा कि पुलिसवालों में एक उच्चताबोध होता है। उसके तहत वे अपना हाथ स्वयं बढ़ा देते हैं, दूसरों से मिलाने के लिए। यदि कोई उनसे छोटा हाथ बढ़ाता है तो वे बुरा मानते हैं और ‘ठीक है’, ‘ठीक है’ कहते हुए हाथ नहीं मिलाते। इससे हाथ बढ़ाने वाले को बड़ा असम्मान अनुभव होता है। अब पुलिस का इन्स्पेक्टर अपने को असिस्टेण्ट मैनेजर से बड़ा समझता है कि छोटा? तनख्वाह तो निश्चय ही असिस्टेण्ट मैनेजर से कम मिलता होगा और उतने लोगों का ‘बॉस’ नहीं होता, जितने का असिस्टेण्ट मैनेजर। इसलिए हमें इसे अपने से छोटा ही समझना चाहिए।

अभी वह अपने असमंजस से उभर नहीं पाया था कि दिवांग ने हाथ जोड़कर सम्मान जताया। कृष्णभूषण अपने असमंजस से उबर गया तो यह सिविल का आदमी है। वही हाथ जोड़ता है और यह हाथ जोड़ने की अदा नेता की है, तो यह भूमिगत कार्यकर्त्ता ही

होगा। भला इसमें कहाँ इतनी हिम्मत कि बड़े वर्गशत्रु से आँख मिलाकर बराबरी से बात कर सके?

सम्मान का उत्तर सम्मान से देते हुए, कागजों में अनावश्यक रूप से व्यस्त होते हुए उसने इशारे से सामने की कुर्सी पर बैठने का अनुरोध किया। बेझबरुआ को खड़ा ही रहना था, क्योंकि अमूमन क्लर्क लोग व्यवस्था के अधिकारियों के सामने नहीं बैठते। खड़े-खड़े ही उसने दिवांग व कृष्ण भूषण का परिचय कराया। कागजों से मुक्ति पाकर कृष्ण भूषण ने मुकेश से कहा, ''आप जरा बाहर बैठिये। मैं इनसे बात करता हूँ।'' यह अंग्रेजों की चलायी परम्परा थी। वे अपने मातहतों के सामने किसी तीसरे व्यक्ति से बात नहीं करते थे। यहाँ तक कि यदि उनके ड्राइंग-रूम में कोई तीसरा व्यक्ति बैठा होता था (यह सम्मान विरले जमींदारों, नेटिव अधिकारियों और अन्य तरह से प्रसिद्ध लोगों को मिल पाता था) तो नये आगन्तुक को तब तक प्रतीक्षा करनी पड़ती थी, जब तक कि वह चला न जाय। वह दो महत्त्वपूर्ण नेटिवों से एक साथ भरसक बात नहीं करता था, कान्फ्रेन्सों और उत्सवों को छोड़कर। चाय-बागानों में उसका अनुसरण अभी भी हो रहा था, भले मैनेजर अंग्रेज नहीं रह गया था। वे अपने पद के प्रति इतने चेतन होते हैं कि अपने मातहतों को अपने सामने बैठना गँवारा नहीं करते। यहाँ तो किसी बाहरी से बात करने का ठोस बहाना था, इसलिए उचित कारण की सटीक आड़ थी, बाहर भेजने की। ऐसा नहीं कि बेझबरुआ इसे न जानता हो, इसलिए तुरन्त कहा, ''मैं जरा कैण्टीन की ओर जाता हूँ। वहाँ से घर चला जाऊँगा।''

''ठीक है। मैं आपके मेहमान को भिजवा दूँगा।''

दिवांग को मुकेश को इस तरह से भेजा जाना अच्छा न लगा। पर वह भी चाय बागानों में प्रचलित व्यवहारों से कुछ परिचित था, इसलिए चुप ही रहा।

बेझबरुआ के चले जाने के बाद खरबण्डा ने कहा, ''आप मजदूरों की लिस्ट बना रहे हैं?''

''हाँ। विदेशियों की छँटनी और सम्बन्धित नीति-निर्धारण के लिए कमीशन बना दिया गया है। माननीय कामाख्या नारायण त्रिपाठी उसका काम देख रहे हैं। वे मजदूर नेता रहे हैं। चाय बागान के मजदूरों के हित को तवज्जह देते हैं। इसलिए यह काम हो रहा है।''

''मजदूर तो भारतीय हैं। इनका विदेशियों की नति से क्या सम्बन्ध?''

दिवांग के लिए यह प्रश्न अप्रत्याशित था। वह कुछ अचकचा-सा गया। कुछ सोचकर कहा, ''वह तो कमीशनवाले जाने। हो सकता है कि उन्हें सन्देह हो कि मजदूरों में कुछ विदेशी घुस कर रह रहे हों।''

''यह कैसे सम्भव है? वे झारखण्ड, छत्तीसगढ़, वारंगल और उत्तर प्रदेश से लाये जाते हैं। जनजातीय लोग हैं। वे बाँग्लादेशियों से हर मामले में अलग हैं। दूर से ही पहचाने जाते हैं। वे भला इनमें घुसपैठ कैसे कर सकते हैं।''

"कैजुअल लेबर के रूप में...।"

"उसे भी हम अपने रिटायर लोगों की बस्ती से लेते हैं और ठीके पर लेते हैं। उनकी भी पहचान स्पष्ट होती है।"

दिवांग के पास कोई उत्तर नहीं था। फिर भी सुविधा देने की बात उठायी।

कृष्ण भूषण ने कहा, "सुविधाएँ तो हम देते हैं, सरकार नहीं। उसमें बागान का कितना पैसा जाया होता है, क्या सरकार उसे नहीं जानती?"

"शायद वह कुछ अलग से दे।"

"क्या वह 1951 के ऐक्ट में सुधार करेगी।"

"कुछ चर्चा तो है। यह भी चर्चा है कि तमाम मजदूरों का नाम वोटर लिस्ट में नहीं है। उसे ठीक किया जाना है।"

मैनेजर ने अपनी आँखें दिवांग के चेहरे पर पूरी तरह से गाड़ दी। उसे अपना सन्देह सच्चा होता दिखा। बड़ी गम्भीरता से कहा, "तो आप सरकारी आदमी हैं?"

"नहीं पार्टी का।"

"किस पार्टी का?"

"कांग्रेस का।"

"यह काम तो सरकार का है। पार्टी..."

"सरकार जल्दी में है। सरकारी आदमी काम करेगा तो देरी हो जायेगी। इसलिए... ।"

उसकी बात काटकर खरबण्डा ने कहा, "यह तो कोई बात नहीं। यह तो सरासर एक पार्टी का पक्षपात होगा। क्या दूसरी पार्टियाँ इस सर्वेक्षण को मानेंगी?"

दिवांग ने पट कहा, "यह भी तो हो सकता है कि पार्टी इसका उपयोग आगे पार्टी के लिए करे।"

"तो आप इण्टक के कार्यकर्त्ता हैं।"

"यही समझिये," दिवांग ने जैसे पिण्ड छुड़ाने के लिए कहा।

"यही तो... जो काम सरकार का है, उसे पार्टी क्यों करेगी? करेगी तो पार्टी के लिए।... सरकारी काम होगा तो नोटिफिकेशन होगा... बिना नोटिफिकेशन के यह काम सरासर गलत है।"

अब दिवांग चौंका। उसे इस तरह के प्रश्न की उम्मीद न थी। कहा, "यह काम सरकार करे या पार्टी। मुझे तो पार्टी ने कहा है। और वही कर रहा हूँ।"

कृष्ण भूषण चुप रहा। दिवांग ने आगे कहा, "मुझे लगता है कि कमीशन के सामने तमाम राजनैतिक दल अपना पक्ष रखेंगे। कांग्रेस पार्टी भी रखेगी। इसलिए वह यह काम करा रही है।"

कृष्ण भूषण का सन्देह समाप्त नहीं हुआ। तह तक जाने के लिए कुछ दिनों तक दिवांग पर नजर रखना जरूरी लगा। आदमी सी.आई.डी. का हुआ तो, पार्टी का हुआ

तो, सीधे पंगा लेना ठीक नहीं। सरकार से सम्बन्ध बनाकर रखना यूँ भी जरूरी है। वह कई चुनावों तक बनी रहने वाली है। यदि किसी आतंकवादी संगठन का है, तब तो गहरे से पर्दाफाश करना होगा। कहा, ''ठीक है। अपका परिचय बेझबरुआ से कब से है।''

''यह तो यहीं आने पर हुआ। कुछ ही दिनों का है।''

''पहले से नहीं जानते थे?''

''नहीं।''

''तो उसने अपने घर में कैसे रख लिया? वह तो पार्टी का भी आदमी नहीं है।''

''यह उनकी उदारता है।''

तभी कृष्ण भूषण खरबण्डा के दिमाग में दो बातें आयीं, हो सकता है कि मुकेश बेझबरुआ इधर किसी पार्टी का आदमी हो गया हो। भूमिगत दलों के सदस्यों और सहानुभूति रखनेवालों का यूँ भी जल्दी पता नहीं चलता। तब दिवांग भी उसी दल का होगा, जिसका बेझबरुआ होगा। या फिर कोई और बात है, जिसे दोनों छिपा रहे हैं। इसका खुलासा होना चाहिए। कहा, ''आप हमारे गेस्ट हाउस में आ जाइये। किसी के घर में इतने दिन तक रहना ठीक नहीं। मेहमान एक-दो दिन के ही ठीक लगते हैं।''

दिवांग ने कुछ देर तक सोचकर कहा, ''बताऊँगा।''

''मिलियेगा,'' कृष्ण भूषण ने कहा।

दिवांग असिस्टेण्ट मैनेजर के दफ्तर से बाहर आया। यह बात सही है कि मेहमान दो-एक दिन ही अच्छे लगते हैं और वह कई दिनों से रह रहा है। यह बात बेझबरुआ को चाहे जितनी अच्छी लगे, उसके परिवार को नहीं लग रही होगी। रात में सोना चलो चल जायेगा, पर वह खाना भी वहीं खा रहा है और दोनों समय। आदमी अपने घर में चाहे जैसा भी खा ले लसर-फसर, पर जब कोई मेहमान रहता है तो कुछ सावधान रहना ही पड़ता है। यही भार पैदा करता है। बेझबरुआ की आय ही कितनी होगी। यह तो सरासर अन्याय है। उसे पहले ही ऐसा सोचना चाहिए था। यह सब सोचते हुए जब वह घर लौटा तो बेझबरुआ रोज की तरह बड़गीत गाने में मगन था। शाम को खाना खाते वक्त कहा, ''यह हमारा इन दिनों का अन्तिम साझा भोजन है।''

''भला क्यों?''

''यहाँ का काम खत्म हो गया है। सोच रहा हूँ कि आगे के बागानों में जाकर काम पूरा करूँ।''

''यह काम तो यहाँ रहकर भी किया जा सकता है।''

''आने-जाने में बड़ा समय लग जायेगा।''

दोनों चुप हो गये। बेझबरुआ को लगा कि मैनेजर से जरूर कोई ऐसी बात हुई है, जिसके कारण यह जाने की जल्दी में है। आखिर क्या बात हुई होगी? कहीं हमारा सन्देह

सही तो नहीं है? तब तो इसका चला जाना ही ठीक है। पर इतना खट् से? कहा, "मैनेजर से कोई खास बात हुई?"

"हाँ। कह रहे थे हमारे गेस्ट हाउस में चले आइये।"

"उनका गेस्ट हाउस है तो दुनियाजान के पास ही। लेकिन जब वहाँ रह सकते हैं तो यहाँ क्यों नहीं?"

"वहीं रहूँगा कहाँ तय किया है? सोच रहा हूँ जोरहाट जाकर रहूँ। वहाँ शायद पार्टी का कोई ठिकाना होगा।"

"ठिकाना क्या है, दफ्तर है। वहीं लोग रुकते हैं।"

दिवांग सोचता रहा। फिर कहा, "देखा जायेगा।"

बेझबरुआ कह रहा था कि मैनेजमेण्ट की राय भी आदेश होता है। "यदि वह किसी कर्मचारी को दी गयी होती तो आदेश की तरह पालन करना पड़ता। यह बाहर का आदमी है, भला क्यों मानेगा?"

दूसरे दिन सुबह के नाश्ते से पहले उसने अपना सामान ठीक-ठाक कर लिया था। पड़ोस में रह रहे डॉक्टर के यहाँ जाकर असिस्टेण्ट मैनेजर को फोन कर आया था कि वह गेस्ट हाउस में रहने को तैयार है। कृष्ण भूषण ने अनुमति भी दे दी थी। नाश्ते के बाद उसने सौ रुपये का नोट बेझबरुआ की ओर बढ़ाते हुए कहा, "बड़ी कृपा की कि एक अपरिचित को इतने दिन तक घर में रखा। मैं गेस्ट हाउस में चला जा रहा हूँ। ये बच्चों की मिठाई के लिए है।"

"बच्चे इतनी मिठाई नहीं खाते," बेझबरुआ ने नोट अस्वीकार करते हुए कहा।

दिवांग जैसे जानता था। वह मुस्करा पड़ा। कहा, "मंगलदोई की तरफ के होते तो उम्मीद थी कभी हमें भी आतिथेय का मौका देंगे। इतनी दूर से वह भी नौकरी करते हुए आपका उधर आना कठिन होगा। फिर भी अनुरोध है कि कभी जरूर आयें। हमारे घर कोई यज्ञ-प्रयोजन होगा ये आपको अलग से सपरिवार निमन्त्रित करूँगा। हमारा अनुरोध है कि हम लोग आपसी सम्बन्ध लम्बे समय तक बना कर रखें। तब तक यह बच्चों के लिए उपहार सदृश है।"

जैसे हार कर बेझबरुआ ने स्वीकार कर लिया। उसकी स्त्री ने कहा, "खाना खाने यहीं आते रहें।"

दिवांग ने कहा, "उससे काम में हर्ज होगा। आने-जाने में ही कितना समय बीत जायेगा।"

"शाम को तो आ सकते हैं।"

"आपने ही तो बताया था पागल सियार रात में सक्रिय हो जाते हैं।"

तीनों हँस दिये। बेझबरुआ ने कहा "आपका सामान मैं साइकिल पर लाद कर पहुँचाये देता हूँ।"

"सामान है ही कितना। मैं उतना ही रखता हूँ जितना स्वयं लेकर चल सकूँ।"

"वहाँ मैं गेस्ट हाउसवाले को सहेज दूँगा कि वह आपके खाने-पीने की व्यवस्था ठीक-ठाक रखे।"

सब औपचारिकता थी। बेझबरुआ के साथ दिवांग गेस्ट हाउस पहुँच गया और पहुँचते ही जम गया।

दुलियाजान टी बागान में काम करते हुए उसे पता चला कि यह काम पहले से ही वहाँ कोई और कर रहा है। वह जोरहाट का काम पूरा कर चुका है। दिवांग ने उसे जल्दी ही खोज निकाला। वह जयदेव मजूमदार था और यह काम इतने चुपके से कर रहा था कि प्रचार नहीं के बराबर हुआ था। वह सी.पी.एम. का आदमी था और 'सीटू' की एक इकाई गणित करना चाहता था। यह सरासर इण्टक के एकाधिपत्य में सेंध लगाना था। इसलिए दिवांग को जयदेव का काम ठीक नहीं लगा। किन्तु उसे उससे झगड़ना तो था नहीं। दोनों मिले तो पटी खूब। दोनों हम उम्र थे और शतरंज अच्छा खेलते थे। जयदेव किराये पर कमरा लेकर मरियानी में रहता था और उसका भाई वहाँ की प्लाईवुड फैक्ट्री में तीन रुपया रोज की दिहाड़ी पर लेबर का काम करता था। उसने साथ रहने का प्रस्ताव दिया। पर दिवांग ने उसे तुरन्त अस्वीकार कर दिया। हाँ जयदेव ने जब दूसरा प्रस्ताव दिया कि उसने सर्वे कर जो रजिस्टर बनाया है, उसमें काम की बातें दिवांग नोट कर सकता है, तो मान गया। इसलिए नहीं कि इससे काम में सुविधा हो जायेगी, बल्कि इसलिए कि इसी बहाने वह टटोल लेगा कि अयदेव वास्तव में क्या काम कर रहा है। अन्यथा सीधे लोगों से मिल कर काम करने पर जो प्रामाणिकता होती है और मिलने-जुलने से जो निजी सम्पर्क होता है, उसका अपना महत्त्व होता है।

कृष्ण भूषण खरबण्डा को जब जयदेव मजूमदार और दिवांग राभा की मित्रता का पता लगा तो उनके षड्यन्त्रकारी गतिविधियों पर उसका पूरा विश्वास हो गया। अब बात को अपने तक सीमित रखना उचित नहीं रह गया था। उसने अपने बड़े अधिकारियों को सूचना देने की ठानी।

उस दिन कम्पनी के आधे के मालिक और मुख्य प्रबन्धक लीला सिंह विष्ट क्लब में आनेवाले थे, चौतरफा सफाई कर दी गयी थी। गमले चमका दिये गये थे। सारे बल्बों और क्राकरी को चेक कर लिया गया था। क्लब में क़ाम करनेवालों की वर्दी नयी कर दी गयी थी। फर्नीचर पर नयी पालिश चढ़ा दी गयी थी। बस उनकी कार में कोई परिवर्तन नहीं किया गया था। वे अपनी आस्टिन कार को वैसे ही देखना चाहते थे, जैसे कि वह धीरे-धीरे होती जा रही थी। कोई रंगाई नहीं, बस सफाई। सफाई से रंग के उखड़े चकत्ते और भड़कीले हो जाते थे। तमाम देखनेवालों को लगता था कि ऐसी कार का प्रयोग करनेवाला आदमी बड़ा फूहड़ होगा और निहायत कंजूस। लेकिन

वास्तव में लीला सिंह विष्ट दोनों नहीं थे। उनका बँगला और दफ्तर ही नहीं, वे जहाँ भी कदम रखते थे वह उनके निर्देश में इतना साफ-सुथरा करके रखा जाता था कि लोगों की आँखें नहीं टिकती थीं। मरियानी से जोरहाट तक की सड़क को वे गिट्टी और डामर से हर साल लिपाई कराते थे, अपने पैसे से। यह बात प्रचलित थी कि जब वे लखनऊ इण्टेलिजेन्स ब्यूरो के उपनिदेशक थे तो तीजहर की चाय उनकी ओर से सभी अधिकारियों, कर्मचारियों को पिलायी जाती थी, जिसमें लगान में काम करनेवाले कैजुअल माली तक शामिल होते थे। वे सीधे व सच्चे आदमी थे और उसके उदाहरण के रूप में स्वयं कृष्ण भूषण का एक अपना अनुभव है। जब वह अपने एक रिश्तेदार का पत्र लेकर पहली बार उनसे मिलने आया तो बड़ी कठिनाई से उनके बँगले में प्रवेश मिला। तब वे डुमडुमा में रहते थे और दो-एक बागानों में ही पैसा लगाया था। घर छोटा-सा था, पर कैम्पस बड़ा था। उसे पार कर बँगले तक पहुँचे तो बिल्कुल सन्नाटा था। देखा कि गैराज की तरफ से कुछ ठोंका-पीटी की आवाज आ रही है। ड्राइवर से साहब से पता चलेगा, यह भाव लेकर उसके पास गया और पूछा तो वह कार के नीचे दरी पर लेटे-ही-लेटे बोला, "कहिये, क्या काम है?"

"अब काम तुम्हें क्या बताऊँ? बताओ वे कहाँ हैं?"

"मैं ही लीला सिंह हूँ।"

"अरे वाह! क्या पागल आदमी हो जो लीला सिंह बन रहे हो?"

"बन नहीं रहा हूँ, हूँ।"

मैं अविश्वास से उसे देखता रहा। वह कार के नीचे से बाहर निकला। पायजामें और बनियाइन पर ग्रीस पुता था। उसने एक गन्दे कपड़े से हाथ साफ किया। रिंचों को समेट कर एक तरफ रखा और कहा "आइये, साहब से मिलवाता हूँ।"

बँगले में जो दफ्तर का कमरा था, उसमें ले जाकर बिठाया और अपने भीतर चला गया। अपने गन्दे कपड़ों पर एक धुली कमीज डालकर आया और साहब की कुर्सी पर बैठ गया। कहा, "कहिये क्या बात है?"

मेरा तो आश्चर्य का ठिकाना नहीं रहा। मैंने जेब से निकाल कर एक चिट्ठी उसके हाथों में रख दी और खड़ा होकर उसका पढ़ना देखता रहा। चिट्ठी पढ़कर उसने एक तरफ रख दिया, फिर दाढ़ी पर हाथ फेरते हुए कहा, "तो तुम शान्तिभूषण की बहन के लड़के हो? खड़े क्यों हो गये। बैठ जाओ।"

मैं आधा घबराया, आधा चकित बैठ गया तो उसने कहा, "शान्तिभूषण कैसे हैं?"

"ठीक हैं। बस उम्र का असर होने लगा है।"

"हाँ वे बड़े कर्मठ आदमी थे। पाँच साल तक मेरे साथ काम किया। रात-बिरात, सर्दी-बरसात उन्हें जब भी खोजा हाजिर मिले।" वह थोड़ी देर चुप रहा। फिर कहा, "कितना पढ़े हो?"

"एम.काम. हूँ।"

"वह तो ठीक है। कुछ काम-धन्धा का अनुभव है?"

"एक छोटी-सी फर्म में एकाउण्ट का काम किया है।"

"चाय बागान की व्यवस्था एक बड़ी जिम्मेदारी का काम होता है। बहुत से लोगों को, और कई तरह के लोगों को हैण्डिल करना पड़ता है। बहुत अनुभव और धैर्य की जरूरत पड़ती है।"

"मौका देंगे तो सीख लूँगा।"

"सीखना तो पड़ेगा ही। कल असिस्टेण्ट मैनेजर के पास चले जाना। वे काम बतायेंगे।"

यह एक तरह से मेरा साक्षात्कार था, जिसके ज्ञान पर यह नौकरी मिली। सीख मिली कि आदमी को उसके कपड़े और काम से पूरी तरह से नहीं जाना जा सकता। उसे परखने के लिए दूसरी तरह की आँखें चाहिए।

एक-एक कर तमाम लोग जुट गये थे। छोटा हाजिरा लग गयी थी। कोई आधे दर्जन मजदूर वेटर की पोशाक पहन कर, हाथों में ट्रे लिये, जिसमें चाय का उबलता पानी, कप-प्लेट, दूध का पॉट, सुगर कैण्डी का पॉट, उनको उठाने के चिमटे, चम्मच आदि रखे हुए थे, लेकर झुक कर खड़े हो गये थे। यह झुकाव अदब के कारण तो था ही, ट्रे के भार के कारण भी था। अब से लेकर जब तक आधी रात न हो जाय उन्हें ऐसे ही खड़ा रहना था। किसी भी हालत में वे ट्रे सोफे और कुर्सियों के बगल रखी टी पाई पर नहीं रख सकते थे। तभी मैडम मावरी आयीं। अधेड़ उम्र की पकी औरत। चेहरे पर आभा के साथ एक रुखापन। खसिया जनजाति की थीं। बदन ठोस और मांसपेशियाँ कसी थीं। नर्स के रूप में इस चाय बागान के अस्पताल में आयी थीं। अब डॉक्टर से अधिक अनुभव प्राप्त कर लिया था और वैसा ही सम्मान। कम उम्र के सहायक प्रबन्धक उन्हें देखकर खड़े हो जाते थे। तब वे चेहरे पर रोब का भाव लाती थीं और बेहद हल्की मुस्कान के साथ उनका अभिवादन करती थीं। इससे लगता था कि वे दरअसल अभिवादन का जवाब दे रही हैं। वे स्थिर कदमों से चलकर कोने के एक सोफे पर जाकर बैठ गयीं और एक वेटर को इशारा किया। वेटर झुके-झुके ही सन्यत चाल से चलकर उनके पास आया और ट्रे को आगे कर दिया। उन्होंने अपने एक जाँघ को दूसरे जाँघ पर रखते हुए स्कर्ट को ठीक किया और निहायत ही सधे ढंग से एक तस्तरी उठाकर उस पर कप रखा। उसे बायें हाथ में कर, दाहिने हाथ से लीकरवाला पॉट उठाया। पॉट इतना भारी था कि वेटर यदि अभ्यस्त न हो तो उसके ट्रे का सन्तुलन बिगड़ जाय और सारा सामान जमीन पर आ जाय। आधे कप से थोड़ा ऊपर लीकर डालने के बाद पांट को वापस ट्रे में रख दिया। इसमें भी सन्तुलन बिगड़ने का वही ख़तरा था। लेकिन बेयरा ने सब सम्हाल लिया। फिर उन्होंने दूध का पॉट उठाकर दूध डाला, फिर चिमटे से पकड़कर मीसरी के दो डले डाले। चम्मच से

मिलाकर चाय को पीने लायक बनाने लगीं। बेयरा अपनी जगह पर जाकर खड़ा हो गया। बोन चाइना का चमकदार सफेदी में गिरफ्तार सुनहरी चाय का रंग खिल गया था। वह जितना ही चम्मच हिलाती जा रही थीं, चाय का रंग उतना ही खिलता जा रहा था। वह इतना खिल गया कि वे खुलकर मुस्करा पड़ीं। उनकी मुस्कान को लक्ष्य किया जान बोदरा ने। वे बी.बी.एन.बरुआ और कम्पनी के उप-प्रबन्धक थे और किसी दूसरी कम्पनी के क्लब में तभी जाते थे जब कोई विशेष अवसर होता था। आज विशेष अवसर था, इसलिए आये थे। वे सधे कदमों से चलकर मैडम मावरी के पास पहुँचे और अभिवादन में हैड उतार दिया। मैडम मावरी चाय का कप-प्लेट टी पाई पर रखकर उठ खड़ी हुईं और मुस्कराने की जगह जोर से हँसती हुई अभिवादन में दोनों हाथ जोड़ दिया। जान बोदरा का इरादा उनसे हाथ मिलाने का था, पर चूँकि मादाम मावरी के हाथ जुड़े हुए थे, इसलिए वे ऐसा नहीं कर पाये। मादाम मावरी ने इशारा किया तो वे बगल के सोफे पर उनके बगल में बैठ गये। तभी रुस्तम अली ने प्रवेश किया। थे तो वे भी डिप्टी मैनेजर पर उनकी ख्याति एक अच्छे गोल्फ के खिलाड़ी की थी। उनके पास हाथी के शिश्न के चमड़े से बना एक बड़ा-सा बैग था, जिसमें अपने गोल्फ के सामान रखते थे। उस हाथी को उन्होंने स्वयं मारा था, इसलिए उस बैग का मोल बहुत था। लोग उसके बारे में उनसे अक्सर ऐसे समारोहों में पूछा करते थे और वे पूरी विस्तार से बताते भी थे। पर उससे न तो कभी श्रोताओं का मन भरा न ही बतानेवाले का। वे पारसी थे और लोगों को जिज्ञासा उनकी संस्कृति, विशेषकर पूजा पद्धति के बारे में होनी चाहिए थी। किन्तु ऐसा कभी किसी ने व्यक्त नहीं किया। इस पर उन्हें हमेशा आश्चर्य रहा। फिर आये मड़क विश्वास। वे टेनिस के अच्छे खिलाड़ी थे। हमेशा टेनिस खेलने के ही ड्रेस में रहते थे। उन्होंने किसी चाय-बागान में पैसा नहीं लगाया था। बस एक अपना सौ एकड़ का बाग हैलाखण्डी के पास बनाया था। उसकी देख-रेख भी वे स्वयं करते थे। इसलिए इधर के चाय बागानों के मालिकों में वे सबसे अनुभवी माने जाते थे। बी. बी. एन. बरुआ ऐण्ड कम्पनी के मालिक लोग उन्हें ओछी निगाह से देखते थे। पर वे इसे असमिया लोगों का बंगाली लोगों के प्रति स्वाभाविक घृणा के रूप में लेते थे और उन्हें चिढ़ाने के लिए उनके कन्धे पर हाथ रखकर बात करते थे। तभी कई लोगों ने एक साथ क्लब में प्रवेश किया। उससे स्पष्ट हो गया कि क्लब का वास्तविक समय हो गया है और अब लीला सिंह विष्ट आते ही होंगे। इससे बेखबर हाजिरावाले लोग उसी तरह सधे कदम से झुक कर हर आगन्तुक के पास जाते थे और उसी शालीनता से ट्रे आगे बढ़ा देते थे।

तभी पों-पों सुनायी दी। उस जमाने में गाड़ी में भोंपू बिगुल जैसा कलई किया पीतल का पात्र लगता था, जो रबड़ के ब्लैडर से जुड़ा होता था। ब्लैडर को दबाने से भोंपू की यह आवाज निकलती थी। यद्यपि कि सभी गाड़ियों से इसी तरह की आवाज निकलती थी, फिर भी लीला सिंह विष्ट की गाड़ी की आवाज कुछ ऐसी थी, जिसे शायद लोग अलग

से पहचान जाते थे। एक कारण शायद यह हो कि वे खूब कम क्लब में आते थे। वे अपना अधिकांश समय बँगले पर बिताते थे, जहाँ वे 'राकिंग चेयर' पर बैठकर अनवरत पढ़ते रहते थे। उससे ऊब जाते थे तो जानवरों की कलाएँ देखते थे। इसके लिए उन्होंने तरह-तरह के जानवर पाल रखे थे, बंगाल की बाघिन से लेकर अफ्रीका की उस मकड़ी तक जिसकी डंक से आदमी मर जाता था। किसी ने देखा तो नहीं था, लेकिन कुछ लोग कहते थे कि उन्होंने अमेरिका के जंगल से एक 'अनाकोण्डा' मँगवाया था, जो अपने भारी-भरकम शरीर के बावजूद हवा के तीर की तरह उड़ता था, कुण्डली मार कर सिर उठाकर गर्दन लहराता था तो ऊँट से ऊँचा उठ जाता था और पूरा-का-पूरा आदमी एक झटके में निगल जाता था। प्यार से पाले जाने के बावजूद कोई जानवर उनके घर के भीतर नहीं जा सकता था, सिवाय उस विशाल कछुआ के जो कई दशकों तक सामने के ताल में रहने के बाद एक दिन अचानक गायब हो गया था और उसी तरह एक दिन अचानक उनके रसोई-घर में बैठा मिला था। उसकी गन्ध पर कुत्ते दूर से ही भूक रहे थे। जब नौकरानी रसोई-घर में गयी तो उसने उसे लकड़ी का एक बोटा समझा और रसोई-घर में लकड़ी लानेवाले पर बड़बड़ाने लगी कि बिना चीरे उस लकड़ी को भला वह चूल्हे में कैसे लगा सकती है। उसकी आवाज सुनकर एक नौकर आया और बाहर ले जाने के लिए उठाने के लिए हाथ लगाया तो वह बोटा उठने की जगह सरकने लगा। देखते-ही-देखते उसके पाँव और सिर निकल आये। इस पर इतना शोर मचा कि लीला सिंह विष्ट स्वयं भाग कर आये और कई वर्षों के बाद उस विशाल कछुए को देखकर इतने प्रसन्न हुए कि अभयदान दे दिया। यह जहाँ चाहे रहे, जो चाहे खाय और जहाँ चाहे जाय। उसे भाग्य का देवता माना जाय जैसा कि चीन के लोग मानते हैं। जब वह घर से बाहर निकला तो एक कुत्ता भूँक-भूँक कर दौड़ने लगा। लीला सिंह ने भी मना नहीं किया। आज भी कछुए के पीछे वह कुत्ता भूँकता और छेड़ता चलता है। देखनेवाले को लगता है कि दोनों खेल रहे हैं।

जिस दिन वे क्लब में आते थे, वह दिन उत्सव का होता था और आज भी वही था। क्लब हाउस की बरसाती नहीं थी। गाड़ी सीधे हाल के दरवाजे से सामने रुकती थी। रुकते ही लगभग दौड़ कर कई लोग उनके पास गये और अभिवादन कर एक तरफ खड़े हो गये तो वे बाहर निकले। गाड़ी से बाहर निकलते ही मणक विश्वास ने बढ़ कर हाथ मिलाया और स्वास्थ्य के बारे में पूछा। उसके उत्तर में उन्होंने मणक विश्वास के स्वास्थ्य के बारे में पूछा, जो अंग्रेजी परम्परा थी और चाय बागान उसे पूरी तरह से निभा रही थी। इसने लोगों को असन्तुष्ट कर दिया, क्योंकि वे लोग वाकई उनके स्वास्थ्य के बारे में जानना चाहते थे, जिसे प्राप्त करने के लिए वे यूरोप गये थे। मणक विश्वास को इस बात पर हमेशा हँसी आयी कि स्वास्थ्य यूरोप में होता है और इससे बढ़कर यह कि लोग उसे प्राप्त करने के लिए यूरोप जाते हैं, जैसे वह स्वास्थ्य न हुआ मैनचेस्टर में बना कपड़े

का टुकड़ हुआ या मैण्ट्रियाल में बनी हाथी की स्टिक। लीला सिंह विष्ट जब स्विट्जरलैण्ड गये तो उस वक्त उनका चेहरा जितना भारी था उससे हल्का लग रहा था। दाढ़ी करीने से एक बराबर कटी थी और रँगी थी। इस रँगी पर उन्हें सन्देह था, क्योंकि वह हमेशा एक जैसी काली दिखती थी, जो इस उम्र के लिए सम्भव नहीं था। तो क्या वे रोज अपनी दाढ़ी उठते ही रंग लेते थे कि लोगों को एक सफेद बाल देखने का मौका कभी नहीं मिला। यह तभी सम्भव होता जब लोग उनके सिर के बाल देखते। पर सिर ऐसा था कि वह हमेशा गुलाबी पाग से ढका रहता। पाग का एक सिरा सिर पर कलगी की तरह फहराता रहता ओर दूसरा सिरा पीठ पर कलफ की पर्तों के साथ लहराता रहता। आँखें वैसी ही भूरी और कुचकुची थी। ऊपर भौंहें और भूरी हो गयी थीं और बायीं आँख के नीचे का मसा और बड़ा। देखनेवालों को यही लगता कि मसा उनकी नाक पर ऊपर से चिपका दी गयी है, जिससे लोगों का ध्यान उनकी ठुड्डी के विभाजन पर न जाय। वे हमेशा बन्द गले का एक ऐसा कोट पहनते थे जो शेरवानी बनते-बनते इसलिए रह जाता था कि वह घुटने के ही ऊपर खत्म हो जाता था। इससे उनका सीना पतला और पेट बड़ा विशाल लगता था। कोट हमेशा भूरापन लिये काला होता था और चूड़ीदार पायजामा पीलापन लिये सफेद। पाँवों में वे या तो पेशावरी जूतियाँ पहनते थे या फिर देहाती मोची का बनाया बहुत कम कमाये चमड़े का चमरौधा। जमीन पर टिकी काली रंगी हुई अखरोट की लकड़ी की लम्बी छड़ी की दोनों ओर की चाँदी की मूठों को पकड़कर जब वे अपनी ठुड्डी उस पर रख देते थे, तब उनके धुनषाकार पाँव और उभर जाते थे। तब लोगों को आश्चर्य होता था कि वे कैसे चलते होंगे। हालाँकि आश्चर्य इस बात पर होना चाहिए था कि वे प्रान्तीय पुलिस सेवा में चुने कैसे गये।

मणक विश्वास हटे तो और लोग उनके पास आये और स्वास्थ्य तथा मिजाज के बारे में पूछा। फिर उन्होंने छड़ी को बीच से पकड़कर उठा लिया और मेल्हते हुए चलने लगे। सामने से मादाम पैट्रिशिया मावरी आती दिखीं। आँख मिलते ही उन्होंने अभिवादन में दोनों हाथ जोड़कर गर्दन झुका दी। लीला सिंह ने उनके पंजों पर ध्यान केन्द्रित किया जो निहायत छोटे लगते थे। निश्चय ही वे उनकी कद-काठी के अनुपात में नहीं थे। लगता था कि उनके माँ-बाप उन्हें लोहे के दस्तानों में उसी तरह से बाँध कर रखा होगा, जिस तरह से चीन के लोग अपनी लड़कियों के पाँव लोहे की जूतियों में बाँध कर रखते थे। अब लड़कियों के छोटे पाँव तो जहाँ सौन्दर्य के मानक माने जाते थे। खासियों में छोटे हाथ सौन्दर्य के मानक हों, ऐसा उन्होंने कभी नहीं सुना था। उन्होंने अपनी सोच को झटका दिया और मादाम मावरी के पूरे व्यक्तित्व पर निगाह गड़ायी। उसमें कोई हिन्सा नहीं थी। वह एक शब्द की तलाश थी, ज़िससे वे मावरी के सौन्दर्य को संज्ञा देते। उन्हें लगता कि अंग्रेजी का शब्द 'बुकसाम' का अनुवाद 'प्रसन्नवदना' ठीक नहीं है और यदि ठीक भी है तो मावरी पर फिट नहीं बैठता। बड़ी मुश्किल से उन्होंने 'गुलगेठी' शब्द कहीं

लोक से खोज निकाला था। उसी को वे मावरी पर चस्पा करना चाहते थे—अपने बोध के लिए किसी सम्बोधन के लिए नहीं।

सबुह से ही धीरे-धीरे, बिल्कुल अदृश्य रूप से उठकर आसमान में जाती धूल अब इकट्ठा हो एक अर्द्ध-वृत्त में परिवर्तित हो गयी थी—ऐसा अर्द्धवृत्त जो फुटबाल को दो बराबर टुकड़ों में बाँट देने से बनेगा। इससे सूरज की किरणें जो पीली पड़ गयी थीं, वह तो पड़ ही गयीं थी एक उमस धीरे-धीरे मेंड़ और झाड़ियों की पत्तियों से उठकर इधर-उधर घूमने लगी थी। लीला सिंह विष्ट जब हाल में जाकर वहाँ की सबसे भव्य मढ़ी हुई कुर्सी पर बैठ गये तो दूर कहीं बादल गरजा, जैसे तोपों की सलामी दी गयी हो। उसके कुछ देर के बाद एक चमक पतली बारीक रेखा के रूप में आसमान से लेकर जमीन तक लपलपा कर तिरोहित हो गयी। एक काले बादल का विशाल टुकड़ा जाने कहाँ से आया और काटोनी बारी टी स्टेट पर टँग गया। उसके किनारे चाँदी की रेखाओं की तरह चमक रहे थे और पश्चिमी क्षितिज पर जहाँ चाय का बागान समाप्त होता था, लगता था कि एक इन्द्रधनुष निकलने ही वाला है। इससे बाहर के मैदान में खेलनेवाले, विशेषकर टेनिस खेलनेवाले निराश होने लगे। तभी छोटा हाजिरा लीला सिंह विष्ट के पास पहुँचा। उन्होंने हाथों से इशारा से हट जाने के लिए कहा। जैसी कि परम्परा थी वह दो-तीन कदम पीछे जाकर उनकी कुर्सी के पार्श्व में उसी तरह झुक कर खड़ा रहा। किसी ने किसी के साथ टेबुल-टेनिस खेलने का प्रस्ताव रखा और जब वे दोनों टेबुल टेनिस रूम में चले गये तो लीला सिंह विष्ट अपनी पूरी भव्यता के साथ उठे और विलियर्ड रूम की ओर बढ़ गये। तभी जोर की गरज हुई और पानी की एक मोटी बौछार आसमान से धरा पर इकट्ठे ही गिर पड़ी। इससे सबसे अधिक परेशान हुए पुड़िंग बनानेवाले, जो खुले में चुल्हा जलाये हुए थे। न केवल उनके चूल्हे एक बारगी बुझ गये और लकड़िया भींग गयी, पुड़िंग का सारा सामान देखते-ही-देखते तैरने लगा। दरअसल बादल फटा था और लोग विशाल पेड़ों के छाँव में न होते तो एकाध मर ही गये होते। वैसे यह बरसात भी पहली बारिश न थी तो भी इतनी अप्रत्याशित थी कि उससे बचने के लिए शायद ही किसी ने पूर्वाभास किया होगा। रसोइये लीला सिंह विष्ट के गुस्से को याद करने लगे—सबसे बड़ी बात यह होगी कि वे चुप रहेंगे और उनकी चुप्पी नौकरों के लिए मारान्तक होगी। वह एक ऐसे अपराधबोध से भर देगी कि उसका काट, उसका प्रायश्चित्त वर्षों तक लोगों को नहीं सूझेगा।

लीला सिंह के पीछे-पीछे बिलियर्ड रूम तक कई लोग गये। पर जब दो लोग अपना लग्गा उठाकर खेलने लगे तो डॉ. अमिया कुमार दास ने द्वारिका गोसाईं से फुसफुसाकर कहा कि चलिये शतरंज खेलते हैं। द्वारका गोस्वामी की इच्छा ब्रीज खेलने की थी और उन्हें पूरी उम्मीद थी कि कोई तीन लोग जैसे उनका इन्तजार कर रहे हैं। पर डॉ. दास का प्रस्ताव इस तरह से आया था कि वे अस्वीकार नहीं कर सकते थे। दरअसल डॉ. दास

को यही एक खेल आता था और वे इसे इस तरह से खेलते थे कि हर हालत में बस उन्हें ही जीतना है और उसके लिए खेल के ही नहीं, शिष्टाचार के भी सारे नियम बलाये ताख पर रखे जा सकते थे। इसलिए उनके साथ भरसक कोई खेलता नहीं था और वे भी क्लबों में नहीं जाते थे। द्वारका गोस्वामी ने ऊपरी मन से ही प्रस्ताव स्वीकार किया और चेस-कम-ब्रीज रूम में आ गये। उन्हें पूरी उम्मीद थी कि वहाँ कोई-न-कोई तीन लोग अवश्य मिल जायेंगे, जो उसे ब्रिज में मशगूल कर देंगे। पर वहाँ तो कोई था ही नहीं। डॉ. दास की आदत हमेशा सफेद गोटों से खेलने की थी और वे उसी तरफ बैठे। इसलिए उनकी पीठ दरवाजे की ओर हो गयी। बैठते ही उन्होंने बादशाह के सामन का पैदल दो घर आगे बढ़ाया और उसको रोकने के लिए गोस्वामी ने भी अपना पैदल बढ़ा दिया। इस तरह सात चाल तो बिना सोचे दोनों ने चला जैसे रटा हो। उसके बाद बुद्धि लगाना शुरू किया। बुद्धि लगाने का पहला अवसर डॉ. दास का था। इसलिए समय कुछ लम्बा लगने लगा। तभी छोटा हाजिरा आकर उनकी बायीं तरफ खड़ा हो गया। डॉ. दास ने बिना उसकी तरफ देखे ही कप-प्लेट उठाया और टीपाई पर रख दिया। मुस्कराते हुए उन्होंने घोड़ा उठाया और गोसाईं के वजीर का रास्ता ब्लाक कर दिया। अब बुद्धि लगाने का काम द्वारका का था। इसलिए उन्होंने इत्मीनान से टी पॉट उठाया धीरे-धीरे काली चाय सफेद प्याली में डाली। चिमटे से दो मिसरी के डले उठाये। चाय में डालकर चम्मच से हिलाते हुए चेसबोर्ड पर निगाह डाली तो पाया कि द्वारका ने वजीर के पीछे किश्ती रखकर जोर दिया है। दास को इस बात का अफसोस हुआ कि उन्होंने दूसरा घोड़ा अपनी जगह पर रख छोड़ा था। आज यदि वह आगे होता तो गोसाईं का वजीर चला गया होता। उन्हें लगा कि अभी भी देर नहीं हुई है और दूसरे घोड़े को ढाई घर बढ़ाया। तब तक हाजिरा गोसाईं के बगल में चला गया था। उन्होंने बड़े इत्मीनान से दूधवाली चाय बनायी और सिपते हुए अपनी चाल सोचने लगे। तभी बड़े धीरे से कृष्ण भूषण खरबण्डा इस कमरे में आये छोटा हाजिरा को इशारा करने के लिए कि वह बिलियर्ड रूम में जाय, वहाँ काफी भीड़ हो गयी है और शायद बढ़ती ही जायेगी। डॉ. दास ने द्वारका गोसाईं का ध्यान बँटाने के लिए कहा, "जानते हैं आज कल यहाँ शतरंज का एक जबरदस्त खिलाड़ी आ गया है।"

गोटों पर से बिना निगाह हटाये गोसाईं ने कहा, "अच्छा। कौन?"

"एक कोई दिवांग है, मंगलदोई से आया।"

"यहाँ क्या कर रहा है?"

"कुछ पड़ताल कर रहा है।"

इस वार्त्तालाप से खरबण्डा चौंके। उन्हें लगा कि कल लीला सिंह अपना स्वास्थ्य चेक करने के लिए डॉक्टर को बुलायेंगे। नहीं बुलायेंगे तो भी ये महाशय अपनी खैरख्वाही बताने के लिए उनके पास जायेंगे। बातूनी आदमी हैं। दिवांग के बारे में उन्हें बता दिया

तो अपनी बड़ी भद पिटेगी कि क्यों नहीं बताया। कोई कार्यवाही होने का ख़तरा नहीं था, पर साख पर बट्टा तो लगेंगी ही कि आँख और कान खोल कर क्यों नहीं रखा। वह फौरन कमरे से बाहर निकलकर बिलियर्ड रूम में गया। खेल में जान आ गयी थी और लीला सिंह विष्ट बिना किसी पक्षपात के दोनों का उत्साह बढ़ा रहे थे। निश्चय ही यह अनुकूल स्थान और अवसर नहीं था लीला सिंह से उस तरह की बात करने का। वे बाहर निकले और किचन की ओर गये। किचन के बाहर का नजारा देखकर गुनानि में पड़ गये। अब डेजर्ट का क्या होगा? कहा,"फौरन कस्टर्ड बनाओ। बाकी मैं सम्हाल लूँगा।"

जैसा कि होता है, खेल के बाद शराब का दौर चला और सभी ने लीला सिंह विष्ट के स्वास्थ्य के लिए छक कर पीया। फिर भोजन का दौर चला। फिर लोग एक-एक कर जाने लगे। लीला सिंह को छोड़कर लोग वरीयता के क्रम से क्लब हाउस छोड़ रहे थे। लीला सिंह मेजबान थे। इसलिए आज उन्हें सबसे बाद में जाना था।

पानी सिर्फ एक बौछार बरसा था। किन्तु वही इतना अधिक था कि सड़कों के किनारे कीच हो गयी थी और नालियों में पानी हड़र-हड़रकर बह रहा था। वनस्पतियाँ धुल गयी थीं, जिन पर पड़ती बल्ब की रोशनी गीले गुलाब पर मृदु प्रकाश-सी लग रही थीं। लीला सिंह विष्ट क्लब हाउस से बाहर निकले तो देर तक आसमान, पेड़-झाड़ियाँ और सामने की सड़क देखते रहे। उन्हें गाड़ी में बैठने की कोई हड़बड़ी नहीं थी। ड्राइवर थोड़ी दूर पर कार का दरवाजा खोले खड़ा था। कृष्ण भूषण उनके पीछे बिदा देने के लिए खड़े थे। वे अचानक बराबर में आये और सम्मान में झुककर कहा, "एक बात कहना चाहता हूँ।"

"जरूर! कल दफ्तर में आइये।"

"बड़ी छोटी-सी बात है।"

यह सरासर उनके हुकूम की बदूली थी। तभी दिमाग में बात आयी कि हो सकता है, यह कोई महत्त्व की गुप्त बात हो। इसलिए पलट कर कहा, "कहिये।"

"पिछले कुछ दिनों से एक आदमी बागान के मजदूरों की लिस्ट बनाते घूम रहा है।"

"कौन है यह आदमी?"

"कहता तो है कि पार्टी का है पर मुझे सी.आई.डी. का लगता है।"

"भला सी.आई.डी. की क्या रुचि हो सकती है?"

"यही तो जानना है।"

"किस पार्टी का है।"

"कहना तो है कि इण्टक का है। पर नक्साइट भी तो हो सकता है।"

"आपने कुछ पता किया?"

"प्रयत्न में हूँ।"

"आप कल दफ्तर में मिलिये।"

वे आगे बढ़े और अपनी कार में बैठ गये।

7

उस दिन कचहरी में बड़ा हंगामा था। एक-एक टंकणकार की एक-एक मशीन जाँची जा रही थी। ये जाँच करनेवाले लोग सिर्फ केवट के मित्र ही नहीं थे, उससे प्रतिस्पर्द्धा रखनेवाले लोग भी थे। कई दिनों के बाद जब वह अपने गाँव से नगर को लौटा तो उसकी टंकण की मशीन माजिद अली की बन्दूक के साथ गायब मिली। अब बन्दूक तो कोई भी ले जा सकता है, भले ही वह सबके काम की चीज न हो, किन्तु टंकण मशीन तो वही ले जायेगा, जो टंकण करना जानता हो और इस जानकारी से पैसा कमा सकता हो। यह काम कचहरी में होता है, इसलिए कचहरी की सारी टंकण मशीनें देखी जा रही थीं। वहाँ सभी की अपनी-अपनी मशीने थीं। भला वे केवट की मशीन चोरी-चोरी अपने पास क्यों रखते। तलाशी लेनेवालों की समझ में यह मोटी बात पहले ही आ गयी थी, फिर भी वे तलाशी ले रहे थे, क्योंकि हर समझ में हमेशा एक सन्देह की गुंजाइश रहती है, भले ही वह द्वन्द्वात्मक ढंग से गतिशील न हो। यह सन्देह स्थिर रहता है और तब तक बना रहता है, जब तक दूर न हो जाय। उसको दूर करने का उपाय इतना स्थिर नहीं होता। एक के जाते ही दूसरा आ जाता है और ऐसे आगमन की अनन्त सम्भावनाएँ होती हैं। सबसे बड़ी बात यह थी कि केवट के मन से यह सन्देह तब तक नहीं जा सकता था, जब तक कि मशीन मिल नहीं जाती। उसकी सम्भावना अब नहीं के बराबर रह गयी थी। हाँ, लोगों की समझ में एक सीधी और मोटी बात यह नहीं आ रही थी कि जो भी उठाकर ले गया होगा, वह सरेआम कचहरी में क्यों रखेगा टंकण करने के लिए? क्या वह इतना मूर्ख होगा? किन्तु वे हैरान थे कि मशीन कौन ले गया, वह भी माजिद अली की बन्दूक के होते हुए। खोजते हुए लोग माजिद अली की प्रतीक्षा में थे कि वह आये तो पूछें कि अपनी बन्दूक के साथ वह टाइपराइटर तो ले नहीं गया। आखिर वही तो कवेट की कमर में बन्दूक लगाकर जबरदस्ती सिर पर मशीन रखवाकर मैदान में ले गया था और लोग हैरान रह गये थे। पागल आदमी। आगे जाने क्या कर बैठे? उसका काम पूरा नहीं हुआ होगा। वह किसी और से काम करवा रहा होगा। लोग वह तर्क अपने लिये नहीं, केवट के लिए गढ़ रहे थे और उन्हें आशा थी कि इसे सुनकर वह पूरी तरह से आश्वस्त होकर अपने दुःख के ऊपर नियन्त्रण कर सकेगा। किन्तु केवट एक दूसरे तर्क से जूझ रहा था यह कि बन्दूक के रहते हुए भी टाइपराइटर चोरी हो सकता है! और तो और, स्वयं बन्दूक चोरी हो सकती है!! इसलिए माजिद अली का तर्क कि बन्दूक सुरक्षा के लिए होती है, कि बन्दूक से सुरक्षा मिलती है—सरासर गलत है। स्वयं बन्दूक असुरक्षित है। उसकी सुरक्षा स्वयं आदमी को करनी पड़ती है। वह टाइपराइटर की ही तरह गायब हो सकती है। यह बात समझ में आते ही वह मूलशंकर त्रिवेदी की तरह ज्ञान-सम्पन्न हो गया। उन्होंने देखा था कि एक चूहा शिवलिंग के मस्तक पर विष्ठा कर रहा है, और शिव इसका

प्रतिकार नहीं कर पा रहे हैं। फिर वे दूसरों की सुरक्षा क्या कर पायेंगे? मूल शंकर त्रिवेदी हिन्दू कानून की इस स्थापना को सम्भवतः नहीं जानते थे कि इसी कारण देवता को बालस्वरूप माना जाता है, जिसकी सुरक्षा और हितरक्षण के लिए अलग से अभिभावकत्व की अवधारणा विकसित की गयी है और यह अभिभावकत्व पुजारी को दिया गया है, जिसके कारण सभी मठों-मन्दिरों में आये दिन मुकदमेबाजी होती है। और फिर अपनी सुरक्षा की बात बहुत महत्त्वपूर्ण नहीं है। सिपाही यदि अपनी ही सुरक्षा में लगा रहे तो भला देश की सुरक्षा कब करेगा? क्या पानीपत की तीसरी लड़ाई की सीख हमारे सामने नहीं है? एक-एक मराठा सिपाही पाँच-पाँच नौकरों को लेकर चलता था। एक पानी भरता था, दूसरा हुक्का, तीसरा बन्दूक ढोता था, चौथा गोली। पाँचवाँ भर कर देता था तो मियाँ फायर करते थे। परिणामस्वरूप ऐसा हारे कि मराठा सल्तनत के ख्वाब की कमर ही टूट गयी। ... इतनी दूर तक सोचकर केवट आश्वस्त चाहे न भी हो, अपना दुःख जरूर विचिलत कर सकता था। पर वसुन्धर नहीं। उस दिन जब बिना बन्दूक के माजिद अली पंचायत में आया था, तभी उसका माथा ठनका था—उसे बुलाया ही गया था पंचायत में इसलिए कि वह हमेशा बन्दूक लेकर चलता था। उसकी पहचान ही बन्दूक के साथ थी, जैसे महात्मा गाँधी की लाठी के साथ, अम्बेडकर की पोथी के साथ, भगत सिंह की हैट के साथ, चन्द्रशेखर आजाद की जनेऊ और कमर में खुँसी पिस्तौल के साथ, हिटलर की अपनी मूँछों के साथ, चर्चिल की सिगार के साथ, इन्दिरा गाँधी की सफेद लट के साथ। किन्तु वह पूछ नहीं पाया, क्योंकि पंचायत की व्यवस्था ही ऐसी थी। मन में एक बात यह भी आयी-गयी हो गयी थी कि शायद वह जान-बूझकर बन्दूक नहीं लाया है कि उसे देखकर दूसरे पक्ष के लोग भड़क न जायँ। बन्दूक उस वीराने में केवट के टाइपराइटर की अभी भी रक्षा कर रही थी, इसका आभास वसुन्धर को नहीं था।

कुछ समझदार लोगों के मन में बात आयी कि माजिद अली को खोजा जाय और उससे पूछा जाय। अब माजिद अली को खोजना इतना आसान नहीं था। वे कहाँ रहते हैं और क्या करते हैं, किसी को पता नहीं था। लोगों को सिर्फ इतना पता था कि वे हर महीने बन्दूक की लाइसेन्स बनवाने कचहरी आते हैं और कचहरी आनेवाला हर आदमी उन्हें पहचानता है। इसलिए जब वे कचहरी आयेंगे तभी दरियाफ्त किया जा सकता है। तब तक के लिए मामले को टाल कर लोग अपने-अपने काम में लग गये। पर काम में मन नहीं लगा। अबकी बार वे तमाशाबीन की भूमिका में आ गये। केवट से बड़ा हंगामा मतीन ने खड़ा किया था। कोई चार सौ बुर्काधारियों का फोटू लेकर वह कचहरी पहुँचा था और अपने वकील से कह रहा था कि इसके आधार पर काम करायें। उसका कहना था कि वकील मजिस्ट्रेट को समझाये कि संविधान और मजहब में संघर्ष होने पर धर्म ही हावी होगा, क्योंकि धर्म पहले है, संविधान बाद में। और बातों को जाने दें, सिर्फ उत्पत्ति के आधार पर देख लें।... संविधान भारत के अंग्रेजों की दासता से स्वतन्त्र होने के बाद

बना है और छब्बीस जनवरी, 1950 से लागू हुआ है, जबकि इस्लाम 622 इस्वी में पैदा हुआ था। और भारत में आठवीं सदी में आया था। तब से चलता आ रहा है। उसके पालन करनेवालों की सौ पीढ़ियाँ बीत गयी हैं, संविधान के पालकर्त्ताओं की दो पीढ़ियाँ भी नहीं। फिर संविधान के जो मूल्य हैं, वे अन्ततः धर्म के मूल्यों से ही निःसृत हैं। वे पहले वहीं उत्पन्न हुए और वहीं विकसित किये गये। तीसरे धर्म को खुदा ने बनाया ओर उनके पैगम्बर ने लागू किया। संविधान को संविधान सभा ने बनाया और सरकार ने लागू किया। ये दोनों न तो खुदा हैं, न खुदा के पैगम्बर। ये निखालिस वकील हैं और राजनेता, जिनकी खुदा के सामने कोई हस्ती नहीं। वकील को मजाक सूझी। कहा, "तुम्हारी है। अल्लामा कहते हैं कि खुदी को कर बुलन्द इतना कि खुदा बन्दे से खुद पूछे कि बता तेरी रजा क्या है।"

"जी हाँ। यह खुदी बुलन्द कर इन्सान स्वयं खुदा नहीं हो जाता है। अभी भी खुदा की ही चलेगी। वही हमारी रजा को पूरा करेगा।"

वकील को लगा कि वे मुँह की खा गये। कहा, "यह संविधान की ब्याख्या, धर्म से तालमेल बिठाना ऊँचे न्यायालयों का काम है, छोटे मजिस्ट्रेट का नहीं।"

"अब यह मामला सीधे उच्च न्यायालय तो जा नहीं सकता। जब मजिस्ट्रेट मियाँ निर्णय देंगे, तभी तो आगे अपील होगी...। वे कुछ निर्णय दें तो...।"

वकील निरुत्तर हो गये।

दिन का अवसान आने में देर थी, किन्तु वृष्टि ने आने में बिल्कुल देर न की। जाने कहाँ से चारों दिशाओं में चार बादल के बड़े-बड़े टुकड़े आये और एकजुट हो गये। यह एकजुट होना छलावा था। वे टकराये। उसकी धमक लोगों तक पहुँचने से पहले उनके रौद्र रूप से उत्पन्न घर्षण की चमक पहुँची और जानकार लोगों ने उसी के आधार पर घोषित कर दिया कि आज चाहे जितना पानी न गिर जाय। उनकी गर्जन से लगा कि जैसे आसमान फट रहा है। और यह बात सच थी। जिस तरह से पानी की एक बड़ी मोटी पर्त बिछायी जा रही भारी चादर की तरह एक साथ मंगलदोई पर गिरी और उससे सजीवों को जो चोट लगी और निर्जीवों का जिस तरह से अंग-भंग हुआ, उससे जाहिर हो गया कि बादल फट गया है और धरती पर ढह रहा है। अभी तो पानी गिरना आरम्भ हुआ है, वह कब समाप्त होगा—इसकी भविष्यवाणी अच्छे-अच्छे जानकार नहीं कर सकते थे। पूरी-की-पूरी कचहरी अपने मकान के बरामदों और कोनों-अंतरों में सिमट आयी थी। क्या वकील, क्या बाबू, क्या मुन्शी, क्या मुवक्किल सभी एक साथ खड़े होकर अपनी आँखों की सीध में बरसते पानी को देख रहे थे। वसुन्धर को लगा कि और किसी अन्य अवसर पर साम्यवाद की प्रत्यक्ष अनुभूति चाहे न हो, इस अवसर पर भरपूर हो रहा है, क्योंकि अभी सभी बराबर हो गये हैं और यहाँ एक ही कर्म सभी कर रहे हैं। यदि इसी

तरह की बराबरी की माँग होती रही है तो यह बड़ी एकरस है और इसे लेकर एक पग भी आगे नहीं बढ़ा जा सकता। बराबरी यदि इतनी एकरूपता पैदा करती है तो वह बेकार है। बिना भिन्नता के कुछ भी नहीं हो सकता। तभी मतीन सोच रहा था कि ऐसे संकटकाल में भी मजिस्ट्रेट हमारे साथ नहीं है, हमसे अलग कहीं बैठा हुआ है, हो सकता है अपने ही चैम्बर में। इससे बड़ी बात यह है कि इतनी भयंकर बारिश में घर नहीं लौटा जा सकता। और ऐसे में कहीं रहा भी नहीं जा सकता। रेलवे स्टेशन और बस स्टेशन भरा पड़ा होगा। चारों तरफ गन्दगी पिलपिला कर फैली होगी और पसीने के बाद पानी में भीगे कपड़ों से होकर मनुष्यगात से जो जहरीली गन्ध उठ रही होगी, वह क्या जीने देगी?

तभी पानी बरसना एकदम से बन्द हो गया। समय से पहले ही लोगों ने अपना-अपना छाता खोला और जिनके पास थी वे अपनी-अपनी साइकिल लेकर अहाते के पानी में हड़र-हड़र करते अपने घरों की ओर चल पड़े। उन्हें इस बात की कोई चिन्ता नहीं थी कि वे रास्ते की कीचड़, जिसमें कस्बे भर का पाखाना आ मिला होगा, कैसे पार करेंगे और जमे पानी में क्या रास्ता खोज भी पायेंगे? तो भी उनके पास एक गन्तव्य था और वे वहाँ जा भी सकते थे। पर जिनके नहीं थे, वे? एक आम चलन यह था कि ऐसे आपात्काल में मुवक्किल लोग अपने वकीलों के यहाँ टिक सकते थे, बशर्ते (अघोषित) वे खाना कहीं और से खाकर आयें और दिन उगने के साथ उनके प्रांगण से बाहर हो जायें, जिससे कि उनके अपने नित्य-प्रति के काम में बाधा न आये। वास्तव में बाधा जैसी कोई बात नहीं थी, एक गुप्तता थी, जिसे वे मुवक्किलों से बचाकर रखना चाहते थे, जिससे लगे कि उनकी पैरवी करनेवालों का जीवन अबूझ है, इसलिए ऊँचा है। यह उनकी कृपा है कि वे नीचे आकर उनकी सहायता करते हैं, हितों की पैरवी करते हैं। यह कृपा उस पैसे से अधिक महत्त्वपूर्ण है, जो उसके एवज में लेते हैं, उसी पैसे के आधार पर वे यह रहस्यमय जीवन जीते हैं। दरअसल कृपा और पैसे के सम्बन्ध से उनका कोई मतलब नहीं।

भिन्न-भिन्न सस्ते होटलों में खाना खाने के बाद वे तमाम मुवक्किल अपने-अपने वकीलों के यहाँ गये और बरामदे में या फाइल रखने के कमरे में, जहाँ भी मुन्शी ने बता दिया, जो भी मिला उसे बिछा कर सो गये। ऐसे में सोया नहीं जा सकता था, लेटा जा सकता था रात काटने के लिए। रात काटने के लिए आपस में बातें नहीं की जा सकती थीं। इससे वकील की निजता में बाधा पड़ती और उसके नाराज होने की पूरी सम्भावना थी। इस नाराजगी का असर चाहे मुकदमें की पैरवी पर न भी पड़े, पुनः किसी संकटकाल में शरण पाने की सम्भावना पर अवश्य पड़ सकता था। इसके प्रति चेतन लोग नींद न आने पर भी नींद आने का अभिनय करते रहे और रात भर रुक-रुक कर होती बारिश को अकनते रहे।

सुबह खूब साफ हुई। आसमान पर लालिमा आने से पहले ही वसुन्धर उठा और नदी की तरफ चला गया। घाट पर सीढ़ियाँ थी नदी में उतरने के लिए। चढ़ायी पर मुक्तेश्वरी देवी का विशाल मन्दिर था, जिसे राजा मुक्तेश्वर ने बनवाया था। जब बिहुला ने अपनी सत्त से लखन्दर को जिन्दा कर लिया था। इस जागता के मन्दिर की चर्चा उसने सुन रखी थी, पर दर्शन नहीं किया था। बिना नहाये दर्शन नहीं किया जा सकता था और नहाने का मतलब था धोती भिंगो देना, जिसका बरसात के दिनों में मतलब था कई दिनों तक न सूखना। उससे उठती सीलन की गन्ध ने आमन्त्रित किया कि उसे फिलहाल फींच दिया जाय और फिर सुखाने का यत्न किया जाय। उसने कपड़े उतारकर स्नान किया। गमछा पहन लिया और एक कन्धे पर गीली धोती, दूसरे पर सूखे कुर्ता, बनियाइन रखे मन्दिर जा दर्शन कर आया। वहाँ उसने दर्शन और मुकदमें में एक सम्बन्ध जोड़ा और भविष्य के लिए कुछ मानकर बाहर निकल आया। तभी पुजारी ने प्रसाद दिया और उससे उसने खरमिटाव किया। अब समस्या धोती सुखाने की थी। उसे लगा कि यह घाट पर सम्भव नहीं है। कस्बे के बीचोबीच एक सार्वजनिक पार्क था। उसमें कितना सार्वजनिक कीचड़ भरा होगा और पानी में बहकर आये उतराये मैले किस तरह से घास से चिपक गये होंगे, इसका सहज अनुमान नगर की गलियों में पड़ी गन्दगी से लगाया जा सकता था। तो भी एक 'चांस' लिया जा सकता था, दो टहनियों के बीच धोती के दो छोरों को बाँधकर। वह यह 'चांस' लेने चल पड़ा।

मतीन बेन्च पर बैठा केले के पत्तों पर पड़ती किरणों के जाल को देख रहा था, जो हवा के हर इशारे के साथ अपना रूप बदल देता था। भारी बारिश के बाद तेज धूप उमस को कई गुना बढ़ा दिये थी। उसे लगा कि उसके कपड़ों से एक गन्ध उठनी आरम्भ हो गयी है, जो खास उसके शरीर और उसके कपड़े की गन्ध है... उसकी जैसी कोई और गन्ध नहीं है। वह धीरे-धीरे बढ़ती जायेगी और कपड़ों में ही जज्ब होती जायेगी। जब वह कचहरी पहुँचेगा तो वह गन्ध दूसरों को मातिल कर देगी और बिना अपने कपड़ों से उठती गन्ध पर ध्यान दिये लोग कह देंगे कि वे बाँग्ला देश के मुसलमान यूँ ही गन्धाते रहते हैं। यहाँ मुसलमान का मतलब ही हो गया है, बाँगला देश का मुसलमान। असम के अपने मुसलमान होते हैं, लोगों को अब इसका आभास ही नहीं होता। तभी देखा कि वसुन्धर अपनी धोती दो टहनियों में बाँध रहा है। उसके मन में आया कि वह भी अपने कपड़ों को सुखा ले। वे छोटे-छोटे थे, उन्हें टहनियों में बाँधा नहीं जा सकता था। घास पर फैलाने से धरती से उठती भाप क्या उन्हें सूखने देगी? वह तो और तर-बतर कर देगी। तो भी किसी और तरह से सुखाने का उमक्रम तो किया ही जा सकता है। उसने अपने कपड़े उतारे। झाड़ियों को हिला कर उनका पानी झाड़ा फिर उन पर कपड़े डाल दिये। इस बीच वसुन्धर आकर उसी बेन्च पर बैठ गया था। मतीन लौटा तो दाँत चियार दिया। कहा, "रात कहाँ रहे?"

"वकील के यहाँ। आप?"

"मैं भी।"

"कुछ खाया था?"

"वहीं स्टेशन के सामने।"

"कस्बे में कोई रिश्तेदार न हो तो बड़ी दिक्कत होती है।"

दोनों कुछ देर चुप रहे। फिर मतीन ने कहा, "मामला कहाँ तक पहुँचा?"

"क्या पहुंचेगा? वकील कुछ करता ही नहीं।"

"मेरा भी वकील सिर्फ आवश्वासन देता है। सारी बात मैं बताता हूँ। वह उसका काट निकालता रहता है। आज तक एक अर्जी आगे नहीं बढ़ायी।"

"फीस हर बार लेता है, हर बार तारीख बता देता है। करता कुछ नहीं।"

"बिना कुछ किये ही अच्छी कमाई होती है। क्या करें?"

"ऐसा कब तक चलेगा?"

"यही तो समझ में नहीं आता।"

दोनों को एक साथ लगा कि कानून, कानून के लाभार्थी और कानून से मिलनेवाले लाभ को देनेवालों के बीच में इतना गैप, इतना अन्तराल क्यों है? इस गैप को, इस अन्तराल को पाटने में इतनी बिचौलिये क्यों हैं? यह वकील, यह मजिस्ट्रेट यह जज, यह हाईकोर्ट, यह सुप्रीम कोर्ट। कई जिन्दगियाँ बीत जायें और मामला वहीं-का-वहीं रहे। एक इंच भी न खिसके। सुना है अहोम राजाओं के दरबार में सीधे पहुँच जाओ, अपनी बात कहो और न्याय लेकर चले आओ। अजी अकबर बादशाह फरियादियों के बीच में बैठकर नाश्ता करता था और न्याय करता जाता था। जहाँगीर ने महल के दरवाजे पर घण्टा टाँग रखा था। उसे कोई भी फरियाद के लिए बजा सकता था। बादशाह नंगे पाँव गुहार सुनने आता था। और-तो-और सभी सामन्त तुरन्त फैसला करते थे और तलवार के बल पर उसका तुरन्त अनुपालन कराते थे। और आज जनता का राज है। कोई किसी की नहीं सुनता। सुनाने के लिए आज वकील हैं। वे पैसा नोचते हैं। वे सुनाने जाते नहीं। जिसे सुनाना है, वह कभी दिखायी नहीं पड़ता। हवा गाड़ी से आता है हवाई गाड़ी से जाता है। हवा में रहता है और हर माह मोटी रकम हवा कर जाता है। ऐसे कैसे चलेगा भाय!

यही सोचते-सोचते कचहरी का समय हो गया। दोनों कचहरी चल पड़े और जाकर अपने-अपने वकील के बस्ते पर बैठ गये। मतीन के वकील का बस्ता मजिस्ट्रेट के कमरे के ठीक सामने था। मजिस्ट्रेट के एक नहीं, दो कमरे थे। एक में अदालत लगती थी और उसमें कोई भी जा सकता था। दूसरे कमरे में मजिस्ट्रेट फुरसत से बैठता था। उसका दरवाजा हमेशा बन्द रहता था। वहाँ सिर्फ उसका बाबू यानी पेशकार और अर्दली जा सकता था। बाहरी आदमी को उस कमरे में जाने के लिए अर्दली से इजाजत लेनी पड़ती

थी। वह पहले दुनिया भर का प्रश्न करता था और मुट्ठी गर्म होने के बाद ही दरवाजा खोलता था। उस अर्दली को देखकर मतीन को लगा कि कानून के सामने हमेशा एक आदमी खड़ा रहता है, जो एक चैतन्य दरबान होता है। इस दरबान के सामने गाँव-दिहात से एक आदमी आता है जो कानून में घुसने के लिए घिघियाता है। किन्तु दरबान कहता है कि इस क्षण वह किसी भी आदमी को कानून में प्रवेश नहीं करा सकता। एक प्रक्षेप क्रिया में आदमी कहता है कि तब वह बाद में प्रवेश करा सकता है। "वह सम्भव है, पर इस क्षण नहीं," वह दरबान कुछ सोच कर कहता है। आदमी समझता है कि चूँकि कानून का दरवाजा हमेशा खुला रहता है, इसलिए जब दरबार दायें-बायें हो तो वह दरवाजे के भीतर झाँक सकता है। दरबान जब आदमी को ऐसा करते देखता है तो हँसता है और कहता है "यदि तुम इतने ही आतुर हो तो बिना मेरी अनुमति के ही भीतर घुंसकर देख लो। पर याद रखना मैं बहुत शक्तिशाली हूँ। और मैं सबसे निचले स्तर का दरबान हूँ। इस कमरे से उस कमरे तक हर दरवाजे पर दरबान हैं, एक-दूसरे से अधिक शक्तिशाली। आगे एक ऐसा भी कमरा है, जिसमें मैं भी नहीं जा सकता।" ये ऐसी कठिनाइयाँ हैं, जिन्हें दूर-दिहात से आया आदमी कभी सामना करने को सोच भी नहीं पाता है। उसे तो लगता है कि कानून सबकी पहुँच में है और हर क्षण है! किन्तु जब वह दरबान को देखता है, जो मोटे जीन का कोट और उसी कपड़े का चुस्त पायजामा पहने होता है, ऊपर से लाल कपड़े के क्रास बेल्ट में चमकते पीतल पर काले अक्षरों में खुदा चपरास बाँधे होता है, तब उसे लगता है कि प्रतीक्षा करना ही ठीक है, जब तक कि कानून में प्रवेश करने की अनुमति नहीं मिल जाती। अंग्रेज के जमाने में चवन्नी और जनतन्त्र के जमाने में पाँच रुपया पाकर वह दरबान दरवाजे के किनारे एक स्टूल सरका देता है जिस पर बैठकर दिहाती जितनी देर चाहे उतनी देर तक भीतर के अँधेरे में कानून को देख सकता है। वहाँ बैठा वह महीनों और वर्षों प्रतीक्षा करता है। वह बार-बार दरबान से अनुरोध करता है, उसकी हथेली गर्म करता है और जब सफल नहीं होता है तो मन-ही-मन गाली देता है। अक्सर ही दरबान उससे इधर-उधर की बात करता है, उसके घर के बारे में पूछता है और उससे सम्बन्धित समस्याओं में रुचि लेता है, पर भूलकर भी उस समस्या की बात नहीं करता जिसके कारण वह यहाँ हाजिर है। और वह बात भी जिस तरह से करता है उससे लगता है कि जैसे कोई अनजान आदमी राह चलते सजा काटने के लिए करता है, बिना संवेदनात्मक स्तर पर फँसे। इन तमाम बातों का अप्रत्यक्ष निचोड़ यह होता हे कि उस दिहाती आदमी के लिए कानून के भीतर प्रवेश करने का अभी मौका नहीं आया है। इस मौका को पाने के लिए वह अपना धन गँवाता चलता है और ये तमाम दरबान उस धन को ग्रहण करते हुए यह भाव आरोपित करते हैं कि वे दिहाती का मन रखने के लिए यह ले ले रहे हैं। कहीं उसे ऐसा न लगे कि वे सहयोग नहीं कर रहे हैं, या कि उनका उससे कोई वास्ता नहीं है। दरअसल वह एक दरबान को देखने

में ही इतना व्यस्त रह जाता है कि वह दूसरे दरबानों के बारे में भूल ही जाता है। इसे वह कानून और अपने बीच एकमात्र बाधा समझता है। आरम्भ में वह अपने आप को जोर-जोर से कोसता है, पर ज्यों-ज्यों उसकी उम्र बढ़ती जाती है, वह अपने मन में बुदबुदाता है। उसमें एक ऐसा बचपना और उतावलापन समा जाता है कि वह दरबान की मक्खियों और चीलरों से भी प्रवेश की अनुमति का अनुरोध करने लगता है। कम-से-कम दरबान के मन को बदल देने का अनुरोध करने लगता है। फिर उसकी दृष्टि धुँधली पड़ने लगती है और वह समझ नहीं पाता कि आखिर इसके इर्द-गिर्द अँधेरा कहाँ है, या कि उसकी आँखें सिर्फ धोखा देने के लिए बनी हैं। फिर भी वह उन अँधेरों में कानून की चमक देखता है, दरवाजे के उस पार बगबगाई हुई। वहीं वह अपने जीवन के अन्त में सामना करता है और तब उसके जीवन भर के अनुभव का निचोड़ इस एक प्रश्न में घनीभूत हो जाता है कि जब सभी लोग कानून को पा जाने का उद्यम करते हैं, तब यह क्योंकर है कि मेरे सिवाय कोई और उसमें प्रवेश के लिए इस दरवाजे पर खड़ा नहीं होता? इस पर दरबान को लगता है कि दिहाती का अन्तिम क्षण सन्निकट है। ऐसे में वह बिना किसी लाग-लपेट के फौरन कहता है, "क्योंकि तुम्हारे सिवाय कोई और इस दरवाजे से प्रवेश नहीं पा सकता, क्योंकि यह दरवाजा सिर्फ तुम्हारे लिए बना था—मैं इसे बन्द कर देता हूँ अब।"

"यानी सब छलावा है?"

"जो भी समझो।"

"मैं इस दुश्चक्र को तोड़ूँगा।"

दिन का अवसान आया तो क्या मुवक्किल, क्या वकील, क्या जज, क्या बाबू सभी अपने घर चले। बैठा रह गया मतीन। वह मजिस्ट्रेट के कमरे की ओर निरन्तर देख रहा था। तो भी कब मजिस्ट्रेट साहब बाहर आये, कार में बैठे और चल दिये, उसे पता नहीं चला। दरअसल मतीन आज का अर्जुन था। उसकी आँख उनके पेशकार महाकाली बसाक पर थी। वे जब अपनी ढीली-ढाली धोती सम्हालते एक हाथ में छाता और दूसरे हाथ में जीन का मोटा झोला, जिस पर शिवलिंग के साथ बैद्यनाथ च्यवनप्राश का विज्ञापन छपा था, लेकर सीधे मछली बाजार की ओर बढ़े, तो वह उनके पीछे लग गया। उन्होंने तीन सेर रोहू खरीदा तो उसका माथा ठनकने के बजाय, ओंठों पर मुस्कान आ गयी। वह सुन चुका था कि मजिस्ट्रेट ही नहीं उनके अधीनस्थ अधिकारियों के भी गृहस्थी का सारा सामान वही खरीदता है और स्वयं पहुँचाता है। अब बात प्रमाणित हो गयी। वह झोला लेकर जायेगा और घर-घर मछली पहुँचायेगा। उनकी स्त्रियाँ इसका इन्तजार कर रही होंगी। वह फटाक से बसाक के पास पहुँचा और मछलीवाली से कहा, "पैसे मैं दूँगा, बाबू नहीं" और उसी तेजी से एक नम्बरी नोट उसके हाथ में रख दिया। इस अप्रत्याशित घटना से

बसाक भौंचक रह गया। फिर उस पर नियन्त्रण करते हुए कहा, "नहीं, नहीं। पैसा मैं दे रहा हूँ। तुम कौन हो भाई?"

"वह मैं बाद में बताऊँगा। पैसा दे दिया है, आप चलें।"

"बाकी पैसे वापस...।"

"मैं ले लूँगा।"

"यह भी कोई बात हुई? तुम हो कौन?"

"वह मैं बताऊँगा। आप चलें तो।"

उसने आँखें फाड़कर देखा। आदमी उससे उम्र में करेर नहीं था। शारीरिक स्तर पर प्रतिरोध नहीं किया जा सकता था–ख़तरा था। कहा, "यह तो सरासर अन्याय है।"

"नहीं। बस आप न्याय दिला दें।"

"क्या बता है?"

"बताऊँगा मैं।" मतीन ने बलात् बसाक को मछली की दुकान से बाहर किया।

मिसेज राजखोवा नीचे हाफ पैण्ट, जिसके निचले सिरे पर गेटिस लगी थी, जिसके कारण वह मोटा सफेद मक्खन जीन का कपड़ा, उनकी जाँघों से चिपक गया था, और ऊपर तौलिया के कपड़े की बनी कालरदार बनियान, जो लगता था खास इन्हीं के लिए सिली गयी थी–उनके शरीर पर वह कुछ ऐसे ही बैठी थी, पहने एक हाथ में रैकेट, दूसरे में बाल लिये सीधे टेनिस कोर्ट पर पहुँची और पहुँचते ही एक बाल हवा में उछालकर रैकेट से दे मारा। बाल उठानेवाले लड़कों में भगदड़ मच गयी। अभी कोई दूसरा खेलनेवाला नहीं आया था। इसलिए वे अकेले ही अभ्यास करती रहीं और बसाक उनकी उछल-कूद के साथ थिरकती शरीर को देखता रहा। फिर पुलिस के डिप्टी आये, लगान के डिप्टी आये, व्यवस्था के डिप्टी आये, वित्त के डिप्टी आये, अदालत के डिप्टी आये। डिप्टियों से जब मैदान भर गया तो बसाक वहाँ से निकलकर डिप्टियों के अर्दलियों, ड्राइवरों के साथ सामने की चाय की दुकान पर जाकर गप में मशगूल हो गय। इनके बीच रहते हुए वह उस प्रक्रिया से निजात पाता, जिसके तहत वह अपनी पूरी जिन्दगी पर एक भरपूर नजर डालता था और पाता था कि जिस व्यामोह से निकलने के लिए वह यहाँ आया था, उससे निकल नहीं पाया। शारदा रंजन बनिक अपने इलाके से आये हर शरणार्थी की सहायता करते थे और उन्हीं ने उसे असम की इस कचहरी में काम लगवाया था। शरणार्थियों को काम लगवाने में उनकी ख्याति कुछ ऐसी हो गयी थी कि असमिया लोग उनसे बाकायदे घृणा करते थे। कहते थे कि किसी दफ्तर में यदि एक बंगाली घुसा, तो कुछ साल में पूरा दफ़्तर ही बंगालियों का हो जाता

है। असमिया लोग कहाँ भाग पराते हैं, पता ही नहीं चलता है। इसके उदाहरणस्वरूप वे शारदा रंजन बनिक का उदाहरण प्रस्तुत करते हैं। 1951 में वे सिलहट के मोइल इलाके से भागकर शिलांग पहुँचे थे, जब वहाँ के स्थानीय मुसलमानों ने तय कर लिया था कि वे पूरे इलाके को मुसलमान बना कर छोड़ेंगे—यानी हिन्दु मुक्त कर छोड़ेंगे। इसके लिए उनकी 'मोडस एपेरेण्डी' बड़ी साफ थी। पहले वे उनके खेतों पर कब्जा करते थे और उसके लिए शुरु में शारीरिक बल का इस्तेमाल करते थे, चाहे वह व्यक्तिगत स्तर पर हो या सामूहिक स्तर पर। यदि वह बटाई के बहाने होता था तो तीन-चार वर्षों तक कुछ देते थे, फिर धीरे-धीरे कम करते जाते थे, फिर एकदम बन्द कर देते थे। इससे बल तेभागा आन्दोलन से मिला था, जिसने अधिया की जगह तिहाई देने का अभियान चलाया था। पहले वे अपने को इससे सम्बद्ध मानते थे और सिद्धान्त को व्यवहार में लागू करनेवाला समूह बताते थे। फिर वे इसे अपने स्वभाव में शुमार कहते थे। इस पर यदि खेत का मालिक हल्ला-गुल्ला करता तो वे हरवा-हथियार लोकर खड़े हो जाते थे। होता तो यह व्यक्तिगत स्तर पर था, किन्तु इसकी व्याप्ति इतनी अधिक थी कि लगता था पूरा समूह यह काम एक सहमति से कर रहा है। व्यक्तिगत मार-पीट दंगे में बदल जाती थी। दंगे का सूत्र यह था कि युवाओं को मार डालो, बूढ़े और बच्चों को खदेड़ दो। युवतियों से बलात् विवाह कर लो, और बूढ़ियों का मत परिवर्तन कर नौकरानी बना लो। इससे बचने के लिए हिन्दू बंगाली भारत भागते थे तो वे खूब प्रसन्न होते थे। आखिर धर्म के आधार पर बने पाकिस्तान में हिन्दुओं का क्या काम? उन्हें भारत में ही होना चाहिए। शारदा रंजन बनिक रिश्तेदारों को खोज-खोज कर उनके यहाँ दो-दो, चार-चार दिन रहे। इसी में किसी ने रहम कर उन्हें ए. जी. आफिस में सर्दियों में अँगीठी भरने का पार्ट टाइम काम दिला दिया। मौका मिलते ही वे अपने नरम व्यवहार और उच्च शिक्षा के चलते क्लर्की पा गये। उन दिनों एकाउण्टेण्ट जेनेरल के दफ्तर में भर्ती लाउडस्पीकर से घोषणा कर होती थी, "भर्ती हो रही है आओ और भर्ती हो जाओ।" इसमें रहम यह था कि किसी ने बतौर सेक्सन आफिसर उसकी अर्जी पर नोट लिख दिया कि मूल सनद देख ली है और उसकी सत्यापित प्रति नत्थी है। अब न तो मौलिक प्रति देखी गयी थी, न ही सत्यापित प्रति नत्थी की गयी थी। हाँ, एक आलपिन जरूर घुसेड़ दी गयी थी। बात यह थी कि भागते वक्त शारदा रंजन अपनी पढ़ाई की सनद रखना भूल गये थे—हो सकता है वह गण्डोगोल और आगजनी में नष्ट हो गयी हो। उस अर्जी को स्थापना विभाग में डायरी कर नियुक्ति विभाग को पठा दिया गया था और वहाँ के रजिस्टर में आमद करा दिया गया था। ये सेक्शन अधिकारी हिन्दू बंगाली थे और हिन्दू बंगालियों की ऐसे ही मदद करते थे। चार-पाँच माह तक शारदा रंजन बनिक का प्राण लटका रहा इस घोटाले के कारण। लगता था कि नौकरी अब गयी, तब गयी। लेकिन उसके बाद जब पहली

तनख्वाह मिली और उसके बाद नियमित मिलती गयी तो उनका आत्मविश्वास बढ़ गया। उन्होंने उस सेक्शन अधिकारी से बनाकर रखा और चार-छह साल के बाद जब वे रिटायर हो गये तो उनके अनुरोध पर अपनी जगह शारदा रंजन को लगवा गये। उस कुर्सी पर बैठकर वे पूर्वी पाकिस्तान से भागकर आते हुए बंगालियों की भरपूर मदद करते और उसमें बाधा डालनेवालों को जमकर गाली देते। बाबुओं की यूनियन उन्होंने इसीलिए ज्वाइन की थी।

ऐसा नहीं था कि शिलांग आकर वे पोइल भूल गये। उन्हें खूब याद था अपना घर-परिवार। लाबान मुहल्ले में अधिकांशतः बंगाली रहते थे। वहीं किराये पर उन्होंने दो कमरा लिया और बीबी बच्चों को बुलवा लिया। वे बच्चे पूरे नहीं पड़े तो और बच्चे पैदा किये। उनमें अधिकांशतः लड़कियाँ थीं। चौसठ में जब शेख मुजीबुर्रहमान के नेतृत्व में पूर्वी पाकिस्तान में पंजाबी वर्चस्व और उर्दू भाषा के विरुद्ध आन्दोलन चला तो वो मार-काट मची, वो मार-काट मची कि लगा विभाजन का जमाना लौट आया है। मार-मार कर हिन्दू भगाये जाने लगे तो महाकाली बसाक भाग कर शिलांग आये। शारदा रंजन बनिक की ख्याति उन्होंने पोइल में सुन रखी थी। सीधे उनके पास गये और फूट-फूट कर रोये। शारदा रंजन बनिक ने उन्हें रामकृष्ण मिशन में माली का काम दिला दिया। साल बीतते, न बीतते असम की कचहरियों में लिपिकों की भर्ती हुई और बनिक ने बसाक को किसी तरह रखवा दिया। जब वे शिलांग से चले तो सीख दी कि बास ही सब-कुछ होता है और उसके लिए 'त्वमेव माता च पिता त्वमेव'वाली प्रार्थना को मन्त्र की तरह रटना चाहिए। बसाक उनके अच्छे शिष्य साबित हुए। उनकी पहली पोस्टिंग डिब्रूगढ़ हुई। वहाँ जयन्त राजखोवा एक्ट्रा असिस्टेण्ट कमिश्नर थे। तहसीलदार से पदोन्नत होकर इस पद पर आये थे। वहाँ उन्होंने ऐसा जादू चलाया कि सबसे कनिष्ठ क्लर्क होकर भी वे कुछ ही महीनों में राजखोवा साहब के सबसे विश्वस्त आदमी हो गये। दोनों की उम्र लगभग बराबर थी। शायद इसलिए यह विश्वास और प्रगाढ़ हो गया। तब उनके मन में शारदा रंजन बनिक के एहसान को उतारने का विचार आया। राजखोवा साहब अविवाहित थे। उन्होंने यौवन के आरम्भ में ही निर्णय ले लिया था कि वे ता-जिन्दगी अविवाहित ही रहेंगे और देश का काम जमकर करेंगे। वे अपने निर्णय पर पूरी तरह से कायम रहे, हालाँकि उन्हें जल्दी ही पता चल गया कि देश के काम में जमकर करने के लिए कुछ है नहीं। वह एक रूटीन है और उसे तोड़ा नहीं जा सकता। इसका फायदा उठाकर बसाक ने धीरे-धीरे उनके मन में डाला कि देश का काम काफी कर लिया, अब उम्र ओल्ह रही है। जवानी तो किसी कदर कट जाती है और अच्छी ही कटती है, पर बुढ़ापा नहीं कटता। इसके लिए घरवालों की देख-रेख की जरूरत पड़ती ही है और जो देख-रेख बीबी-बच्चे करते हैं, वह दूसरा कोई नहीं कर पाता। इसलिए अब उन्हें इधर ध्यान देना चाहिए। अपनी बातों से राजखोवा ने बसाक को बार-बार हतोत्साहित किया, पर

बसाक बाज नहीं आये। तब उन्होंने लड़की तजबीजना आरम्भ किया। वे जिस लड़की के प्रति इच्छा जताते, वह या उसके घरवाले उसकी उम्र की ओर इशारा कर मना कर देते। असम में वैसे भी अधिकांश लड़कियाँ अधिक उम्र तक कुँवारी नहीं बैठी रहतीं। दो-तीन साल बीतते-न-बीतते उनकी आशा टूटती-सी गयी और वे कुछ-कुछ निराश होते गये। वे अपनी निराशा किसी से व्यक्त नहीं करते और भीतर-ही-भीतर घुटते रहते। पर बसाक की काइयाँ आँखें उनके मुखमण्डल से ही नहीं, हाव-भाव से भी पढ़ लेतीं। बसाक किसी काम से शिलांग गये तो उनकी दृष्टि शारदा रंजन बनिक की बड़ी बेटी रीता पर टिकी। वे लौटकर ड्यूटी पर गये तो इसकी बात श्वेतकेशी राजाखोवा से चलायी। श्वेतकेशी राजखोवा खूब जानते थे कि पूर्वी पाकिस्तान के शरणार्थियों की कन्याएँ अब बूढ़ी हो जाती हैं, पर विवाह नहीं हो पाता। यह क्या विडम्बना है कि जिनके पुरोहित इस बात पर बल देते रहे हैं कि कन्या को पति के घर में ही पहली बार रजस्वला होना चाहिए, उनकी कन्याएँ अब तब ब्याही जाती हैं, जब वे सन्तानोत्पति के योग्य नहीं रह जातीं और पति-पत्नी को इसके लिए तरह-तरह की ओषधियों का सेवन करना पड़ता है। इसलिए उन्होंने सोचा कि यह बसाक का बच्चा ऐसी ही किसी गतयौवना की चर्चा कर रहा है। वे असमिया होकर किसी बंगाली से वैसे भी विवाह नहीं करना चाहेंगे और यदि चाहेंगे भी तो किसी गतयौवना से? उन्हें क्रोध तो बहुत आया, पर चुप रहे—आखिर वह बात तो उनके भले के लिए कर रहा था, भले ही वह भला योग्य न हो। एक दिन मौका निकालकर उसने रीता की फोटू उन्हें दिखायी। उन्होंने पूछा, "यह कितने साल पहले की है?"

"साल नहीं मालिक, महीना भी नहीं, दिनों की है।"

"क्या?"

"हाँ मालिक।"

"लेकिन यह तो अभी बीस साल की भी नहीं लग रही है।"

"हाँ मालिक।"

श्वेतकेशी के मन में आया कि यदि यह बाला असमिया होती तो जरूर सोचते। तभी ख्याल आया कि असमिया होती तो बात चलते ही मेरी उम्र की ओर इशारा कर इन्कार कर दिया जाता। तब क्या बंगाली में 'चांस' लिया जा सकता है? उन्होंने बसाक से सीधे पूछा, "मुझ अड़तालीस वर्षीय असमिया से कोई बंगाली अपनी बीस वर्षीय लड़की से क्यों विवाह करना चाहेगा?"

"आप पहले राजी तो हों।"

"ठीक है। बात चलाओ।"

बात चलाने के लिए महाकाली बाबू शिलांग आये। शारदा रंजन भड़क गये। शादी और गावदू से? बंगाली लोग स्वभावतः असमिया लोगों को नीची निगाह से देखते हैं।

असमिया लोग आलसी होते हैं। कोई काम सामने पड़ता है तो कहते हैं "लाहे-लाहे होवो।" मद का बहुतायत सेवन करते हैं। शरीर से यूँ भी निर्बल होते हैं। असमिया संस्कृति बंगाली संस्कृति से निकली है और उससे नीची है। भला उसको बेटी दी जा सकती है? बेटी अपने से उच्च को दी जाती है, निम्न से ली जाती है। बसाक ने उन्हें कई तरह से समझाया : यही कि समय बदल रहा है। यह जातियों और नस्लों का बन्धन ढीला पड़ रहा है। असमिया लोग हर क्षेत्र में आगे आ रहे हैं। सबसे बड़ी बात यह है कि एक क्लर्क की बेटी का विवाह एक मजिस्ट्रेट से हो रहा है। क्या यह बंगाली समाज में सम्भव है?

"और उम्र?"

"उसी के कारण तो वह आपकी बेटी के हजार नखरों को उठायेगा। मुट्ठी में करके रखेगी।"

शादी के तीन साल बीत गये और कोई सन्तान नहीं हुई तो शारदा रंजन बनिक की पत्नी का माथा ठनका। इस उम्र में श्वेतकेशी राजखोवा ने विवाह सन्तान के लिए किया है और यदि वही न हुई तो क्या बेटी की जान-मान करेगा। बेटी से सम्बन्ध के बारे में पूछा तो उसने सब-कुछ ठीक-ठाक बताया। तब उन्होंने टोटके-ताबीज का कई उपक्रम किया। लड़की जब वापस असम गयी तो दो महीने के भीतर ही शुभ समाचार मिला। फिर यह सिलसिला ऐसा चला कि अगले सात सालों में तीन सन्तानें और हो गयीं। राजखोवा का घर भरा-पूरा हो गया। इसको श्रेय बनिक और राजखोवा दोनों ने बसाक को दिया। और वह दोनों के परिवार का अभिन्न हिस्सा हो गया।

मिसेज गीता राजखोवा की गाड़ी स्टार्ट हुई तो महाकाली बाबू अपनी आज की दुनिया में आये। अब वह मिस रीता बनिक नहीं रह गयी थीं। इसलिए उसने सम्बन्ध सम्बन्धी व्यवहार में काफी परिवर्तन कर लिया था। गाड़ी आज वे स्वयं चला रही थीं, इसलिए वह दरवाजा खोलकर पीछे की सीट पर बैठा। इस एकान्त का लाभ उठाते हुए उसने कहा, "जो बात मैंने कही थी, उसका कुछ हुआ?"

"नहीं। वे नहीं मानते।"

'तो मनाइये न। ऐसा मौका नहीं मिलेगा।"

"तुम क्यों नहीं कहते?"

"मैं बार-बार कहता हूँ। पर वे नहीं मानते। इसीलिए आप से कहता हूँ।"

"अब नहीं मानते तो क्या करूँ।"

"पत्नी हैं। आपकी बात माननी ही होगी।"

फिर रास्ते भर कोई बात नहीं हुई। गेट पर ही बसाक उतर गया। उन्हें गाड़ी पार्क करते हुए देखता रहा। फिर अपने बासा की ओर मुड़ गया।

8

मार लोग लीला सिंह विष्ट के महल की ओर भागे जा रहे थे। वर्ष में एक ही दिन तो ऐसा होता था , जब वह महल सबके देखने के लिए खुलता था, जब पुरानी जोरहाट टी कम्पनी का स्थापना दिवस मनाया जाता था, टी फेस्टिवल के रूप में। इस बात को सत्यापित करने का न कोई प्रमाण था, न ही रुचि कि कम्पनी की स्थापना इसी दिन हुई थी। लोग तो बस इसी बात से खुश थे कि उस दिन उन्हें अपने अतीत की एक झलक देखने को मिलती थी। इस वर्ष खुश होने का एक और कारण था। पारम्परिक ढंग से उत्सव मनाने के साथ-साथ उसमें कुछ नया जोड़ने के इरादे से लीला सिंह विष्ट यूरोप से लौटते समय एक बड़ा-सा गुब्बारा लाये थे, जिसमें उड़कर वे लोगों को चकिंत कम और प्रसन्न अधिक करना चाहते थे। इसका बहुप्रचार किया गया था। उड़ान वे अपने बँगले के पीछे की विशाल खाली जमीन से करना चाहते थे, जिसे नये पौधे लगाने के लिए साफ किया गया था।

मरियानी से जोरहाट जानेवाली सड़क से एक छवर फूट कर पश्चिम की ओर जाती थी। थोड़ी दूर चलने के बाद उसके दोनों किनारे पर दो लम्बोतरे पुकुर बने हुए थे, जिनका पानी बहुत साफ था और उनमें जलपक्षियों के झुण्ड तैर रहे थे। उनके पश्चिमी छोर पर कटबाँसी का जंगल शुरू होता था। यह जंगल लगाया गया था, पचास फिट चौड़ी जमीन में, जो कोई एक मील तक जाती थी। कटबाँसी का जंगल इतना घना था कि उसमें कितनी ही दमदार बन्दूक से गोली चलायी जाय, एक बार तोप का गोला ही दागा जाय तो वह उसे पार नहीं कर सकता था। उनके भीतरी किनारों पर कोई आठ फिट गहरी खाईं खुदी हुई थी, जिनमें निरन्तर पानी भरा रहता था और वनस्पतियों की छाया अँधेरा अबरित किये रहती थी। उनके बीच कोई तीन सौ गज चलने के बाद वह रहस्यमय महल आता था। लोगों ने सुन रखा था कि चीन में एक 'फारबिडेन सिटी' है, उस फारबिडेन सिटी में एक 'फारबिडेन फोर्ट' है, उस फारबिडेन फोर्ट में एक 'फारबिडेन पैलेस' है जिसमें उनका जननायक, देश का सबसे शक्तिशाली व्यक्ति होने के कारण अपनी एक पत्नी (जो शायद ब्याहता नहीं थी) और कई उपपत्नियों (जिन्हें ब्याहता होने की जरूरत नहीं थी) के साथ रहता है। एक सांस्कृतिक क्रान्ति के बाद उसे ईश्वर बनाने की मुहिम प्रेस और पार्टी के द्वारा चलायी जा रही थी, इसलिए उसे लोगों से काटकर रखना जरूरी था। किन्तु इस गृह के स्वामी को क्यों काटकर रखा गया होगा, यह दिवांग समेत तमाम व्यक्तियों के लिए रहस्य था।

बाप-रे-बाप! इतना बड़ा घर हो सकता है, एक परिवार के रहने के लिए! परिवार—याने मियाँ, बीवी और दो बच्चे। उनकी देख-रेख के लिए दर्जन भर लोगों की नियमित फौज। अनियमित फौज में कई दर्जन लोग। घर लकड़ी का बना था। खम्भे एक हाथ मोटे और

दस हाथ ऊँचे थे। ये चालीस खम्भे इस तरह से चिकने कर दिये गये थे कि स्फटिक की तरह चमकते थे। उन पर मनुष्य, पशु और प्रकृति की क्रियाशील छवियाँ गढ़ी गयी थी। ये चपड़े की चमकदार भूरी पालिस से ऐसी पोती गयी थीं कि लगता था तेल फेंक रही हैं, जैसे अभी-अभी किसी जिन्दा पेड़ को काटा गया है। इन खम्भों पर लकड़ी की धरन रखी गयी थी। उनमें जोड़ कहाँ है, पता ही नहीं चलता था। ऐसा सिर्फ उनके बिठाये चूल के कारण ही नहीं था, नक्काशी किये गये चित्रों की निरन्तरता के कारण भी था। धरन के ऊपर और नीचे लकड़ी के पटरों से पूरी दीवार बनायी गयी थी। पटरों पर उँगली से ठोकिये तो ठक्-ठक् की आवाज नहीं होती थी। सम्भवतः उन्हें पानी में उबाल कर नरम किया गया था, फिर सुखाकर लगाया गया था। छत भी लकड़ी की ही थी। इसलिए किसी 'फाल्स सीलिंग' की जरूरत नहीं थी। लकड़ी की छत बरसात में सड़े नहीं, इसलिए उनके ऊपर शंकु के आकार के उन्नीस कँगूरे टिन के बनाये गये थे। इस तरह के शंकुल शिखर स्कैण्डिनेवियन देशों में बनाये जाते हैं, क्योंकि वहाँ इतनी बर्फ गिरती है कि छत यदि थोड़ा भी सपाट हो तो टूट कर गिर जाय। असम में बर्फ नहीं गिरती तो क्या, पानी तो गिरता है। अब इस पानी से नदियों का रास्ता टूट जाने और बदल जाने की बात तो सुनी है, इनके किनारे के बिशाल वृक्षों के उखड़ जाने और कभी-कभी पूरा-का-पूरा जंगल ही गायब हो जाने की बात सुनी है, साफ तो पहाड़ियाँ भी हो जाती हैं और उनमें गाँव-के-गाँव समा जाते हैं, पर कभी छतों का टूटना नहीं सुना। तो क्या? अभी तक जो नहीं हुआ है, वह आगे भी नहीं होगा—इसकी क्या गारण्टी? खैर, सबसे लम्बा, चौड़ा और ऊँचा कँगूरा बीच में था। उसके चारों तरफ सोलह कँगूरे थे। दो छोटे-छोटे कँगूरे सामने की ओर थे, कोनों पर। वे बड़े ऊँचे थे और उनकी ढलान बड़ी तीव्र थी। सभी लाल रँगे हुए थे। दिवांग चकित था कि इतने ढलुवे कँगूरों की रँगाई कैसे होती होगी? उसने सुन रखा था कि यह महल गढ़गाँव के अहोम राजा के महल की अनुकृति था, जिसे बर्मियों ने अपने हमले में फूँक दिया था। अन्तर यह था कि उसकी छत फूस की थी, जिसे लकड़ी के पटरों पर रख कर सेधा गया था। उसका पोर्टिकोवालों को ललाट पर लपेट कर बनाये जूड़े की तरह आगे की ओर झुका हुआ था। राजा के सोने का पलँग लकड़ी के एक टुकड़े से खोद-खोदकर बनाया गया था जो चालीस इंच चौड़ी थी, अस्सी इंच लम्बी थी उसके पाये अलग से जोड़े नहीं गये थे, बल्कि उसी लकड़ी से खोदकर निकाले गये थे। कहा जाता है कि ऐसा ही एक पलँग लीला सिंह विष्ट के पास है। यह महल महाराजा चरखारी ने 1870 में एक हजार मजदूरों की सहायता से दो साल में बनवाया था।

कहते हैं कि इलाहाबाद विश्वविद्यालंय के सिनेट हाल को बनवाने के लिए जितना पैसा उनके पोते ने दिया था, उसका सात गुना पैसा उन्होंने इस महल के बनवाने पर खर्च किया था। जब उन्होंने असम के चाय बागानों में पैसा लगाया तो इसे अपने रहने के लिए बनवाया था। बाद में जब असम की राजधानी चेरापूँजी से हटाकर शिलांग ले जायी

गयी तो शिलांग पीक की ढलान पर दो बँगले आमने-सामने और एक जैसे बनवाये गये। एक चीफ कमिश्नर के लिए था, दूसरा महाराजा चरखारी के लिए। वे वहीं रहने लगे। किन्तु शहर पीक पर नहीं बसा। वह पवित्र स्थल था, जहाँ शिलांग देव रहते थे। स्थानीय लोग उनके सम्मान में घाटी की तलहटी में बसते थे। इसलिए शहर घाटी में बसा, बड़ा पानी से ऊपर के इलाके में। सचिवालय वहीं बना तो चीफ कमिश्नर वार्ड शहर के बीचों-बीच एक तालाब खुदवा कर उसमें नालों का पानी रुकवा दिया और उसके किनारे अपना बँगला बनवाया। शिलांग पीकवाला बँगला गर्मियों का रिसार्ट बन गया। महाराजा चरखारी को यह अच्छा लगा और वे एक छोटे-से सैनिक दस्ते के साथ वहीं पड़े रहे। ऊपरी असम का यह घर छोड़ दिया। लीला सिंह विष्ट जब बागानों के आधे के मालिक बने तो यह महल ले लिया और रहने लगे।

लीला सिंह विष्ट अपने चिर-परिचित पोशाक मे छड़ी के साथ पोर्टिकों के पार वाली सीढ़ियों पर खड़े थे। इस बार उन्होंने अपना पग्गड़ सरदारो की तरह बाँधा था, जिस पर दो सोने के बीच एक चाँदी की चेन की तीन लड़ियाँ चढ़ी थी। उसमें एक हींरा गुँथा था जो मस्तक पर मणि की तरह चमक रहा था। उसे देखकर दिवांग को अश्वत्थामा की याद आयी। यह बात वह बगल में चल रहे आदमी से बताना चाहता था कि लपक कर खरबण्डा आये और बाँह पकड़कर लीला सिंह की तरह ले चले। दिवांग अब लीला सिंह के लिए अपरिचित नहीं रह गया था। खरबण्डा की सूचना के बाद उन्होंने खरबण्डा को दफ्तर में बुलाकर उसके बारे में उपलब्ध सभी जानकारियों को बड़े गौर से हासिल किया था। पर वे सन्तुष्ट नहीं थे। उन्हें याद था कि जब कानू सान्याल ने उत्तरी बंगाल की चाय बागानों में अपनी यूनियन की स्थापना की थी तो आदिवासी लोगों ने बागानों की बची हुई जमीन को कब्जा कर लिया था। पश्चिम से यह लहर ऐसी चली थी कि निचले असम में पूर्वी पाकिस्तान से आये शरणार्थी—क्या हिन्दू, क्या मुसलमान—सभी एक साथ उठ खड़े हुए थे और दौड़ कर फकीराग्राम से लेकर नौगाँव तक के चाय बागानों की खाली जमीन को कब्जा कर लिया था और सरकार हाथ-पर-हाथ धरे रह गयी थी। यह इतना अचानक हुआ था कि चाय बागानों के व्यवस्थापक और माालिक दोनों धक् से रह गये थे। सम्हलने में इतनी देर हो गयी थी कि प्रशासन किंकर्त्तव्यविमूढ़ बना बदल गयी स्थिति को यथास्थिति की तरह स्वीकार करने के लिए जैसे बाध्य हो गया था और वह बेदखली के लिए हरकत में तब भी नहीं आया जब मालिकान ने समवेत स्वर में शोर मचाया जो सदिया से लेकर दिल्ली तक जाने कितनी बार गूँजी और हुआ कुछ नहीं। ऊपरी असम इससे इस तरह से प्रभावित नहीं हुआ। नागाँव से लेकर डिब्रूगढ़ के इलाके में पूर्वी पाकिस्तान से आये शरणार्थी न के बराबर थे। जो थे, वे बराक घाटी में थे और उन्हें पुराने बंगाली लोग स्वीकार कर लिये थे, क्योंकि वे हिन्दू थे। 1964 की लहर में आये बंगाली हिन्दू इस इलाके में भी थे, जो रेलवे की खाली जमीन पर काबिज हो गये थे। वे विभाजन

के बावजूद भारत को अपना स्वाभाविक देश मानते थे भले ही रहें पाकिस्तान में। यह बात उसी तरह थी जिस तरह भारत में रहनेवाला एक सामान्य मुसलमान, विशेषकर हिन्दी भाषी इलाके का, पाकिस्तान से भावनात्मक लगाव रखता था, यह जानते हुए कि उसे वहाँ कभी नहीं जाना है और गया भी तो ठिकाना नहीं मिलेगा। जो भी हो, मरियानी के इलाके में आयी रेलवेवाली रिहाइशी जमीन शिकस्त थी और जैसे ही नक्सलवाड़ी की हवा कलवारी से होती हुई काटोनीबारी पहुँची, वे बागान की उस एक चौथाई जमीन पर काबिज हो गये जो बागानों को बतौर 'परमेजुअल लीज' मिली हुई थी। यानी मालिकों की निजी सम्पत्ति थी। पौधों के पुराने पड़ जाने के कारण पश्चिम का एक लम्बा-चौड़ा क्षेत्र खाली कर दिया गया था। जुताई-गुड़ाई हो गयी थी। पौधे मँगाये जा रहे थे, जिससे कि आगामी बरसात में रोपाई की जा सके। लीला सिंह को डर था कि नक्सलियों के उकसाने पर ये शरणार्थी बंगाली लोग उसे बसने के लिए तो नहीं, पर खेती के लिए कब्जा न कर लेंगे। कुछ दिन पहले कुछ लोगों को इस टुकड़े को ललचायी दृष्टि से देखते हुए इधर-उधर घूमते देखा गया था। इसलिए खरबण्डा से सतर्कता बरतने के लिए उन्होंने जो कहा सो कहा, स्वयं अपनी पहल पर वे दिवांग पर नजर रखने लगे। उसके लिए उन्होंने पैट्रिशिया मावरी को मोर्चे पर लगाया।

खरबण्डा ने जब दिवांग का परिचय लीला सिंह से कराया तो दिवांग ने प्रणाम कहने के साथ दोनों हाथ जोड़ दिया। लीला सिंह ने आशीर्वाद देने की जगह ऊपर से नीचे तक दो टुकड़ों में चीर देनेवाली नजर से देखा। दिवांग को लगा कि दो आग के गोले सामने के सभी नाजुक अंगों में एक साथ घुस रहे हैं और जैसे हीरे की कनी शीशे को एक पुरी सिधाई में काटती है, उसी तरह काटती जा रही है। आशीर्वाद की ऐसी भी अनुभूति हो सकती है—यह भाव उसके लिए नूतन था। उसे स्वीकार करते हुए—स्वीकार करने के अलावा कोई दूसरा चारा था भी नहीं—उसने आसमान की ओर सिर उठाया। आसमान कुछ अधिक ही नीला दिखा। सम्भवतः आकाश की शुभ्रता के कारण उसकी नीलाभा बढ़ गयी थी। विशाल चिलबिल वृक्ष की ओरमी डालियाँ झूम-झूमकर नाच रही थीं और उनका शोर बढ़ता जा रहा था, जैसे वे प्रांगण में आते जा रहे लोगों का स्वागत अपनी भाषा के गान में कर रही हों। लीला सिंह ने कहा, "सुना है तुम शतरंज बहुत अच्छा खेलते हो?"

दिवांग ने ऐसी मुस्कान बिखेरी कि उससे उसके सफेद, मोटे-मोटे अलग-अलग दाँत और सफेद हो चमक उठे। निरन्तर कच्ची सुपारी चुभलाते रहनेवालों के बीच ऐसे सुघड़ दाँत भी हो सकते हैं—यह अनुभूति लीला सिंह के लिए सहज नहीं थी। सहज तो दिवांग की देहयष्टि भी नहीं थी। वह पंजाबी फौजी अधिक लगता था, बड़ आदिवासी कम। उसके सामने लीला सिंह ने अपने कद को और छोटा अनुभव किया। उससे उबरने के लिए कहा, "क्लब आना। तुम्हारा खेल देखेंगे।"

"जैसी आज्ञा" कहकर दिवांग ने सिर झुका लिया। उसके सिर झुकाने से लीला सिंह को लगा कि उसका कद बढ़ गया है। खरबण्डा से कहा, "मैदान में ले जाओ। अपने पास ही बिठाना।"

मैदान की ओर जाने के लिए खरबण्डा ने पशुशाला की तरफ का रास्ता चुना। वह महल की उत्तरी तरफ था। पशुशाला नामि से भ्रम हो सकता है कि उसमें गाय के साथ-साथ भैंसे भी पली होंगी, अन्यथा गौशाला कहा जाता। चूँकि उनमें बकरियों की गिनती नहीं होती और दूध देनेवाले पशुओं में वे घलुआ मानी जाती हैं, इसलिए वे भी इक्का-दुक्का हो सकती हैं। किन्तु यहाँ पशुशाला से मतलब चिड़ियाघर से था। यह चिड़ियाघर शब्द भी भ्रामक है। इसमें इस बात का बोध होता है कि उसमें विभिन्न प्रकार के पक्षी पाले गये होंगे। किन्तु इस पूरे प्रसार में जंगली पक्षी फलदार वृक्षों और कीटदार घासों पर चाहे जितना जीवनयापन करते हों, पला हुआ पक्षी एक ही था हीरामन तोता। वह पहाड़ी था, उसके डैने फिरोजी रंग के थे, हरे पाँख वे थे जो बालों की जगह थे। उसका चोंच स्वाभाविक से अधिक लाल और उतना ही टेढ़ा था और वह अन्य पोपटों की तुलना में अधिक कर्कश स्वर में बोलता था। बोलता क्या था मन्त्रोचारण करता था। उन्हें उसने गोरमार के सत्र में सीखा था। जब लीला सिंह को उसके बारे में पता चला था तो वे सत्र को लम्बा उपहार देकर लाये थे और सोने के पिंजड़े से मुक्त कर दिये थे। मुक्त करने से पहले उसके उड़नेवाले पँखों को नाई से मुँड़वा दिया था। परिणामस्वरूप वह पूरे घर में फुदकता रहता था। मनुष्य के अलावा यह दूसरा जीवधारी था जो महल में बेरोक-टोक घूम सकता था। यह बात कछुए के आगमन से पहले की थी। ऐसा इसलिए था कि वह बोलता था। महाराजा चरखारी ने नियम बनाया था कि इस महल में वही रह सकता है जा बोल सकता है। तोता चूँकि बोलता था, इसलिए रह सकता था। चूहे नहीं रह सकते थे, क्योंकि बिल्लियाँ थीं, जो उनका आखेट करती थीं और वे बोल नहीं सकते थे। बिल्लियाँ नहीं रह सकती थीं, क्योंकि कुत्ते थे, जो उनका शिकार करते थे। वे बोलती नहीं थीं, चीखती-चिल्लाती थीं। उससे वातावरण भारी हो जाता था। कुत्ते नहीं रह सकते थे, क्योंकि लकड़बग्घे थे जो उनका शिकार करते थे। कुत्ते किंकियाते थे, जो अच्छा नहीं लगता था। वह बोलनेवाला प्राणी पालने का नियम ऐसे ही नहीं बना था। महाराजा के जमाने में चूहे, कुत्ते, बिल्ली, और लकड़बग्घा सभी पले थे और बेरोक-टोक घूमते थे। वे स्वयं शेर थे, इसलिए उनसे सभी डरते थे और उनकी आज्ञा मानते थे। एक बार वे सपरिवार बाहर गये। उनकी अनुपस्थिति का लाभ उठाकर महल के कर्मचारीगण मटरगश्ती करने लगे। एक बार ऐसी ही मटरगश्ती के आलम में ऐसा पानी बरसा कि सामने की तलैया और खाईं भर गयी। पानी बाहर जाने के बजाय चारों तरफ से महल में घुसने लगा। निचले तल का सभी कुछ तैरने लगा। सीढ़ी बन्द था। पशु-परानी भाग कर ऊपर नहीं जा सकते थे। सभी अपनी रक्षा के लिए ऊँची जगह खोजने लगे। जगह

सकिश्त पड़ी तो लड़ पड़े। चूहे को बिल्ली ने मारा, बिल्ली को कुत्ते ने, कुत्ते को लकड़बग्घे ने मारा। शायद सभी ने मिलकर लकड़बग्घों को मारा। सभी आपस में कट मरे और उनका शरीर पानी में तैरने लगा। महाराजा लौटे तो नौकर से सफाई माँगी। उसने कहा कि वह ऊपरी मंजिल में था। यदि प्राणियों ने आवाज दी होती तो वह सीढ़ी खोल देता। महाराजा की समझ में बात आ गयी। उन्होंने नियम बना दिया कि इस महल में वहीं रह सकता है जो बोल सकता है। लीला सिंह ने जब तोता पाला तो उसकी पत्नी ने चुनमुनियाँ पक्षियों का सेट मँगवा लिया। लीला सिंह ने कहा कि वे महल के कमरों में नहीं रह सकतीं, क्योंकि वे तोते की तरह बोलती नहीं। चाहो तो पशुशाला के समानान्तर पक्षीशाला बनवा लो। और वही हुआ। मिसेज विष्ट ने विभिन्न तरह के कौवों को देश-विदेश से मँगवाकर पाला। शराब पीकर देर तक सोनेवाले लीला सिंह विष्ट, पी.पी.एस. उनके प्रभाती गान से इतने आहत हुए कि फर्रूखाबाद से रात-दिन हिनहिनानेवाली घोड़ियाँ लाकर पाल लिया। वे घोड़ियाँ उन घोड़ियों की वंशज थीं, जिन्हें ब्रिटेन की महारानी विक्टोरिया ने अवध के नवाब वाजिद अली शाह को भेजा था। उन पर वाजिद अली शाह नियमित भारतीय नस्ल के घोड़े छोड़ते थे और उनकी कामकला को देखते थे। इसकी कीमत उन्हें अपनी नवाबी गँवा कर देनी पड़ी। अंग्रेजों को लगता था कि नवाब प्रतीकात्मक रूप से महारानी की अवमानना करता है, कम-से-कम गोरी नस्ल की अवमानना तो करता ही है, नेटिव घोड़ों को विदेशी घोड़ियों पर चढ़ाकर। उसने नवाब का राज इसे अश्लील कर्म बताकर छीन लिया। उन घोड़ियों की बेटियों को नवाब फर्रूखाबाद ले गये, क्योंकि वे उन्हें इसलिए पसन्द थीं कि वे हमेशा हिनहिनाती रहती थीं, जैसे निरन्तर कामासिक्त हों। उनकी सन्तानें भी वैसी ही निकलीं। उनकी हिनहिनाहट से मिसेस विष्ट इतनी आहत हुईं कि वे कुमाऊँ में जाकर रहने लगीं। उनको मनाने के लिए लीला सिंह विष्ट को बड़ी मेहनत करनी पड़ी।

दोपहर होते-होते उत्साहवर्द्धक भीड़ मैदान में जमा हो गयी थी। लीला सिंह विष्ट को जब उसकी सूचना दी गयी तो आस्टरनाट की वेश-भूषा में दो लोग मन्थर गति से चलकर मैदान के बीचोबीच पहुँचे। एक स्वयं लीला सिंह विष्ट थे, दूसरा उन्हें पैराशूट-गुब्बारे से उड़ान भरना सिखाने के लिए आया इन्स्ट्रक्टर आस्ट्रोविच। यह स्विटजरलैण्ड का रहने वाला था और उड़ान भरने से अधिक कलाई की घड़ी बनाने में माहिर था। बाँसों के सहारे गुब्बारे को खड़ा कर, नीचे बैठने की डोलची में दोनों बेल्ट बाँधकर बैठ गये तो आग सुलगायी गयी। गैस को गरम होने में देर न लगी और गुब्बारा फूल कर काँपने लगा। बाँस हटा लिये गये तो उसका कम्पन और बढ़ गया। खरबण्डा को लगा कि इस कम्पन के साथ लीला सिंह विष्ट अपनी धड़कन और साँस साध रहे होंगे। मुकेश बेझबरुआ को लगा कि उनके जैसा पेटला आदमी भला गुब्बारे के सहारे कैसे उड़ान भरेगा? यह तो सीधे मौत को निमन्त्रित करना होगा। यह सोच अशुभ है, इसका भान होते ही उसने अपनी

जीभ काट ली। दाँतों का दबाव कुछ अधिक ही पड़ा और वह मन-ही-मन झल्ला उठा। ठीक उसी वक्त पैट्रिशिया मावरी को लगा कि लीला सिंह का स्वास्थ्य वाकई अच्छा हो गया है, अन्यथा वे इस उड़ान के प्रति उद्यत क्यों होते! डॉक्टर दास को याद आया कि उन्होंने अपना फर्स्ट एड का बाक्स लेकर न आने की बड़ी गलती कर दी है। इस जोखिम भरे काम में दुर्घटना होने की सम्भावना अधिक होती है और चाय बागान के जीवित लोगों का स्वास्थ्य ठीक करना उनकी जिम्मेदारी है। तभी लगा कि एक तो दुर्घटना के बारे में सोचना नहीं चाहिए, ऐसे मौके पर – मनुष्य के मन से निकली तरंगें दूसरे मनुष्य के मन में प्रवेश कर जाती हैं और अपना प्रभाव डालती हैं। इसलिए हमेशा शुभ-शुभ सोचना चाहिए। खुदा-न-खास्ता यदि कुछ अनहोनी हो जाय तो भला उसमें फर्स्ट एड बाक्स क्या करेगा और पूरा-का-पूरा अस्पताल तो यहाँ लाया नहीं जा सकता। इसलिए यथास्थिति ही ठीक है। तभी जयदेव मजूमदार को हाजत लगी। उसने ओट खोजने के लिए दृष्टि दौड़ायी तो पाया कि सबसे करीब की झाड़ी भी एक मील दूर है। यदि वह वहाँ के लिए चले तो रास्ते में ही पाखाना छूट जायेगा। तब जब तक हो सके, रोक कर रखे। जब नहीं रुकेगा तो खुले में ही कुछ करेगा। वैसे भी खुले में ही करना पड़ेगा। इसलिए उसने हाजत रोककर गुब्बारे के काँपने पर दृष्टि केन्द्रित की। खूब काँपने के बाद गुब्बारा एकदम से ऊपर उठा और राकेट की तरह चला भाग। देखनेवालों का राकेट से मतलब उस राकेट से नहीं था, जिसे फौजवाले मरियानी के कैण्टोमेण्ट में छिपाकर रखे थे, कभी चीनी फौज या दागने के लिए। उन्हें पूरा विश्वास था कि इस इलाके में बर्मा की फौज नहीं आयेगी। एक बार आयी थी तो अंग्रेजों से मुँह की खायी थी। अब अंग्रेज नहीं रहे तो क्या, उनके उत्तराधिकारी भारतीय तो हैं। असमिया लोगों को अपनी सुरक्षा के लिए स्वयं कोई फिक्र नहीं करनी है। यह तो मद्रासी, पंजाबी, मराठी को भी नहीं करनी है। सबकी फिक्र भारत करता है। यह भारत कौन है, लोगों को पता नहीं। किसी ने बताया था कि भारत दिल्ली में रहता है। जब डॉक्टर दास दिल्ली में होम सर्जन थे, तो पश्चिम की ओर घूमने गये। एक ऐसे स्थल पर पहुँचे, जहाँ दिल्ली, हरयाणा, पंजाब और उत्तर प्रदेश की सीमाएँ मिलती थीं। इन प्रदेशों को इंगित करने के लिए पट्टियाँ लगी थीं। 'हरयाणा आपका स्वागत करता है', 'पंजाब आपका स्वागत करता है', 'यू.पी. आपका स्वागत करता है', 'दिल्ली आपका स्वागत करता है।' 'भारत आपका स्वागत करता है'–यह पट्टी कहीं नहीं मिली। तब से वे 'भारत आपका स्वागत करता है' की पट्टी ढूँढ रहे हैं। खैर लोगों का मतलब उस राकेट से था, जिसे मुसलमान लोग मोहर्रम के दिन छोड़ते थे। वे शीआ पर दागते थे, कि सुन्नी पर यह लोगो को अभी भी पता नहीं चल पाया था। पर इतना तय था कि वे हिन्दुओं पर नहीं दागते थे। उनकी देखी-देखी, हिन्दू लोग भी दिवाली के दिन राकेट दागने लगे होंगे। वह या तो दरिद्रता के देवता पर दगता होगा, या फिर यमराज पर। उसकी जयन्ती तभी मनायी जाती है। यमराज का प्रतीक नरकासुर है जो पश्चिम असम कामाख्या का

राजा था। तब यह असमियों के प्रति सरासर अन्याय है, कि उनके राजा पर राकेट दागा जाय, वह भी मरे हुए राजा पर। इसका विरोध किया जाना चाहिए। इधर हिन्दीभाषियों के विरुद्ध वातावरण बन रहा है। ये भी मार तमाम बाहर के लोगों के साथ मिलकर असमिया संस्कृति को मटियामेट कर रहे हैं। इसलिए उनके विरुद्ध अगले प्रदर्शन में इसे भी एक मुद्दा बनाया जाना चाहिए। ऐसा कोई व्यक्ति विशेष नहीं सोच रहा था, पूरा जन समुदाय सोच रहा था। जन समुदाय भी सोचता है—इसका भान वहाँ उपस्थित जनसमुदाय को पहली बार हुआ।

हवा गुम थी। यानी वह चल नहीं रही थी। इसलिए उसकी कोई दिशा नहीं थी। वह अपने बिन्दु पर लम्बवत् खड़ी थी। इसलिए गुब्बारे को सीधे आसमान में जाना चाहिए था। लेकिन उसने पश्चिम की ओर गति किया। शायद जिन बाँस-बल्लियों के सहारे उसे खड़ा किया गया था, उन्होंने झुका कर उसकी दिशा बदल दी थी। इसका ख्याल आते ही खरबण्डा को ख्याल आया कि इस उड़ान के बारे में तीताबर, फरकाटिंग की तरफ के चाय बागानों के व्यवस्थापकों को सूचना नहीं दी गयी थी। इसलिए वे चौकन्ने नहीं होंगे। उन्हें चौकन्ना करने के लिए वह लीला सिंह के महल की ओर भागा। टेलीफोन वहीं था। टेलीफोन था तो पर क्या वह काम कर रहा था? और काम कर भी रहा हो तो क्या इतनी आसानी से वह भी जल्दी लाइन मिल जायगी? अब वह तो महल में जाकर ही पता लगेगा। इससे बेखबर लीला सिंह आस्ट्रोविच उको बता रहा था कि इस इलाके में ताई लोग बसते हैं। वे आज के थाईलैण्ड से इक्का-दुक्का आये हुए लोग हैं जो पहले गुड़गाँव और सदिया के बीच के इलाके में घाटियों में बसते थे। कोई दो सौ वर्ष पहले अहोम राजा के विरुद्ध उठ खड़े हुए तो राजा ने उन्हें अपने घरों से उखाड़कर यहाँ के घने जंगलों में बसाया। इन्होंने जंगल को साफ कर धान के खेत तैयार किये। ये कैसा जोतते हैं और पलेवा लगाते हैं। कमर से नीचे लुँगी पहनते हैं और कमर से ऊपर पेट फटी बंडी। सिर पर बाँस की पतिच और कोपड़ से बना बड़ा-सा हैट लगाते हैं जो गर्मी में धूप से बचाता है और बरसात में पानी से। जाड़े में शीत से बचाता है। ये नहाते नहीं हैं, बस बरसात में भींग जाते हैं। ये बौद्ध हैं और हमेशा चुप रहते हैं। इतने चुप रहते हैं कि लोग बुद्धू कहते हैं।

ये बातें आस्ट्रोविच सुन भी रहा था कि नहीं, और सुन भी रहा था तो कितना समझ रहा था—लीला सिंह विष्ट का अंग्रेजी उच्चारण इतना विचित्र था कि तबके इण्टेलीजेण्ट ब्यूरो के प्रमुख भोला नाथ मलिक कहते थे कि वे जितना ही हिन्दी में बोले, उतना ही अच्छा—वह तो वह जानें या राम जानें, पर हम यह जानते हैं कि वह गुब्बारे को पूर्व की तरफ मोड़ने में लगा था। उसे अचानक सफलता मिली और गुब्बारा एक बार गच्चा खाकर उत्तर-पूर्व की ओर मुड़ चला। ऊँचाई से नीचे की धरती एक रंगीन सपाट लगती थी। पेड़, पौधे और जंगल बनते चकत्ते की तरह लगते थे। धान के खेत भूरापन लिये हरे विस्तार,

घासों भरी धरती एक सुनहरी उठान की तरह लगती थी और नदी बिना सिर-पूँछ का एक विशाल सरीसृप। उसे देखकर लीला सिंह विष्ट को लगा कि कुछ ऐसा ही दृश्य देखने की कामना से मुसलमान बादशाहों ने दिल्ली में कुतुबमीनार बनवाया होगा। कहते हैं कि उस पर चढ़कर वे दूरबीन के सहारे पूरब में इलाहाबाद तक पश्चिम में लाहौर तक, दक्षिण में माण्डू तक और उत्तर में कांगड़ा तक देखा रकते थे। क्या सिर्फ दुश्मनों की फौज? कुतुब से ठीक नीचे देखिये तो आदमी चीटीं की तरह नजर आते हैं। यहाँ तो यह भी नजर नहीं आ रहा है।

गुब्बारे ने एक तरफ झाप मारा और सीधे पूर्व की तरफ उड़ चला। लीला सिंह को लगा कि वह गोलाघाट से जोरहाट की ओर जा रहा है और अब ठीक ढेवरगाँव के ऊपर उड़ रहा है। मोआमरिया विद्रोह को दबाने जब लेफ्टीनेण्ट मैक्ग्रेगर अपने छियालिस सैनिकों के साथ आया था तो यहीं रुका था। बूढ़ा गोहाइन से उसे खबर मिली कि कोई तीन हजार विद्रोहियों ने उसके ऊपर हमला कर दिया है। उसने तुरन्त बीस सिपाहियों को एक सूबेदार के नेतृत्व में रवाना कर दिया। दूसरे दिन सुबह वह स्वयं एक हवलदार और चौदह सिपाहियों के साथ पहुँचा। आठ सिपाहियों को नावों की रक्षा के लिए वहीं छोड़ दिया। तब तक दो हजार मोआमरिया और आ गये थे। बूढ़ा गोहाइन ने सुना तो सन्न रह गया। कहाँ पाँच हजार लोग और कहाँ छत्तीस अंग्रेजी सैनिक। उसके अपने आदमी जो थे, सो थे। तभी खबर मिली कि मोआमरिया विद्रोही बूढ़ा गोहाइन का कैम्प घेरने आ रहे हैं। मैक्ग्रेगर ने तुरन्त सूबेदार के साथ आये बीस सैनिकों को उनके प्रतिरोध में लगा दिया और अपने आगे के बन्दोबस्त के बारे में सोच-विचार में लग गया। तभी दो हजार विद्रोहियों ने उस पर हमला कर दिया। बूढ़ा गोहाइन की फौज किंकिर्त्तव्यविमूढ़ हो मूक दर्शक बनी रही। मैक्ग्रेगर ने बड़े ठण्डेपन से हुक्म दिया "अलग-अलग जगहों पर एक-एक को गोली मारो।" जब लाशें गिरने लगीं तो विद्रोहियों में ऐसी भगदड़ मची कि जिसे जिधर भी मौका मिला, नाक की सीध में भाग पराया। उसके बाद जब मैक्ग्रेगर अपनी फौज का मुआइना कर रहा था तब एक हमला और हुआ। उसने वही कार्यनीति अपनायी और विद्रोही फिर भाग पराये। तिजहर को उसने लाश गिनी तो अस्सी विद्रोही मारे गये थे, उतने ही घायल थे और अंग्रेजी सेना जस की तस थी। तुरन्त बूढ़ा गोहाइन के दिमाग में आया कि ये विदेशी असमिया लोगों को हीन समझते हैं, इसीलिए इतनी छोटी सेना लेकर चलते हैं और सफल भी होते हैं। अब देखो न! इस मैक्ग्रेगर ने गुवाहाटी से आते हुए कोलियाबर में मोआमरिया लोगों के सरदार सीन्दूरी राजा को पकड़ लाने के लिए एक नायक और चार सिपाहियों के साथ भेजा था। सीन्दूरी हजारिका एक हजार हथियार बन्द सिपाहियों से घिरा था जो मरने-मारने के लिए तैयार बैठे थे। नायक ने वापस आकर स्थिति बतायी। नायक की सफाई मैक्ग्रेगर को बेमतलब लगी और तुरन्त एक माह के लिए उसकी पदावनति कर दी। यानी उसे चाहिए था कि वह चार आदमियों

के साथ उन हजार आदमियों से लड़ मरता। बाप-रे-बाप इन अंग्रेजों से नहीं टकराना है। वे जो इतने कम बल से ही हमें तहस-नहस कर देंगे। ये मुसलमानों जैसे सेनापति नहीं हैं, जिन्हें पानी फूकन जैसे सैनापति खदेड़ देते रहे हैं।

गुब्बारा जोरहाट नगर के ऊपर उड़ रहा था और नगर के बीचोबीच कुँवर चन्द्र नारायण सिंह का मैन्सन दिख रहा था। वे अन्तिम अहोम राजा पुरन्दर सिंह के वंशज थे। 1912 में उनके पास वह आयताकार बिल्ला था जो अहोम देवता सोमदेव का आसन था। उसके सिरों को गोल कर ऊपर उठा दिया गया था, जिससे सोने की सीकड़ में नाथकर गले में लटकाया जा सके। अहोम राजा राज्यारोहण के समय उसे पहनता था।

आस्ट्रोविच गुब्बारे को दक्षिण की ओर मोड़ना चाहता था, कि लीवर उल्टा दब गया और गुब्बारा माजुली द्वीप की तरफ मुड़ गया। द्वीप ब्रह्मपुत्र नदी के मार्ग बदलने के कारण बना था। मार्ग बदलने का कारण 17वीं सदी में आया भूकम्प था। पहले नदी उत्तर में बहती थी और लोहित नदी कही जाती थी। वही जब तिब्बत में होती थी तो सांगो कही जाती थी। नदी जब दक्षिण में आ गयी तो दिहिंग कही जाने लगी। उत्तर में लोहित अभी भी बह रही थी। दोनों के बीच अस्सी वर्ग कोस का द्वीप है, दुनिया का सबसे बड़ा दरियाव द्वीप। वहाँ के सत्रों के सुनहरे कँगूरे चमक रहे थे। लीला सिंह विष्ट उनके बारे में कुछ बताता कि गुब्बारा झटके से दक्षिण की ओर मुड़ा। उत्तर से दक्षिण की ओर हवा चलने लगी थी और गुब्बारे को इच्छित ढंग से चलाने के लिए आस्ट्रोविच को काफी मशक्कत करनी थी। नीचे रंगपुर चमक रहा था। अभी उसके सौन्दर्य को लीला सिंह पूरी तरह से आचक्षु भी नहीं कर पाया था कि गढ़गाँव का गेट दिखा। वह विशाल पत्थरों का था, जिन्हें मिट्टी से जोड़ा गया था। कहते हैं कि गढ़गाँव के चारों तरफ ऐसे चार गेट हैं, जो राजा के महल से हर तरफ तीन कोस की दूरी पर बने हैं। बीच में बाँस का घना जंगल है, जिसके बाहरी किनारों पर गहरी खाइयाँ हैं पानी से भरी हुई और भीतरी किनारों पर कच्ची पर कड़ी सड़क है, महल और राजा के दरबार को जाती हुई। महल को मोआमरिया लोगों ने जला दिया था। उसी की एक छोटी अनुकृति महाराजा चरखारी ने बनवाया था, जिसमें अब वह रहता है। तभी वह गुब्बारा उस पठार पर टँग गया जहाँ राघ मोरान की हत्या हुई थी। राघ मोरान मोआमरिया राजा रामाकान्त का बड़ बरुआ था। उसने राजा किर्ती सिंह और उसके भाई बर्जना गोहाइन की स्त्रियों और बेटियों को लूट में पाया था। रानियों में एक मणिपुर की राजकुमारी थी, जो बड़ी ही सुन्दर थी। वह बारी-बारी दोनों भाइयों की पत्नी रह चुकी थी। राघ उससे नित्य बलात्कार करता था। अप्रैल, 1770 में 'बीहू' के मौके पर राजा लक्ष्मी कान्त के समर्थकों ने उसका घर घेर लिया। उसे घसीट कर बाहर लाये और तुरन्त सुरधाम चढ़ा दिया। कहा जाता है कि उसके सिर पर पहला डण्डा उसी मणिपुरी राजकुमारी ने मारा था, जिसके साथ वह अभी कुछ क्षण पहले बलात्कार कर रहा था।

गुब्बारा जिस तेजी से दक्षिण की ओर जा रहा था उससे संकट आसन्न था कि वह मोकोकचोङ के पहाड़ी जंगलों में चला जाय। ईधन समाप्त होने पर वह किसी पेड़ पर टँग सकता था, किसी पहाड़ की निर्जन चोटी पर उतर सकता था, जिस पर बिना घात लगाये ही मानवभक्षी जंगली जानवर हमला कर सकते थे। किसी गहरी खाईं की कटान में उभरे पत्थर पर फँस सकता था। किसी पतली नदी की पेटी में पैठ सकता था, जहाँ से ऊपर चढ़कर जाने के लिए कोई सुविधा ही न हो, और इधर हिंसक मछलियाँ गुब्बारे को अपना नया घर बनाने के लिए हमलावर हो जायँ। कोई बड़ा-सा साँप आये और लीला सिंह विष्ट को छोटा-मोटा भैंसा समझ समूचा लील जाने की योजना बनाये, या जहरीला साँप बस एक बार फन मारकर चलता बने और वह धीरे-धीरे मुँह से झाग फेंकता मरने से पहले अपने पूरे अतीत को खँगालता तड़पता रहे। न हो, गुब्बारा जाडिंगा की तरफ दौड़ पड़े जहाँ सैकड़ों पक्षी हर साल आत्महत्या करते हैं। इन सबसे बेखबर लीला सिंह हाथी पकड़नेवालों के गाँवों को पार करता उनके हथिसारों की छतों की चमक पर लुभाता गाय-भैसों.बकरियों को एक बराबर की चींटी की तरह लखता बच्चे की तरह खुश हो रहा था।

आस्ट्रोविच ने बड़ी कठिनाई से गुब्बारे का रुख पश्चिम की तरफ किया। लीला सिंह को लगा कि नीचे एक गहरे हरे रंग की लम्बी चादर बिछी है, जिस पर डूबते सूर्य की कुछ लाल, कुछ पीली किरणें विभिन्न प्रकार की रँगोली सजा रही हैं। उसे इस दृश्य में मजा नहीं आया। उसमें जीवन्तता नहीं थी, क्योंकि उसके टुकड़ों में कोई हरकत नहीं थी। आस्ट्रोविच ने गुब्बारे का गैस धीरे-धीरे निकालना शुरू किया। उसी अनुपात में गुब्बारा नीचे आता गया। आते-आते उसी मैदान में उतर गया। वहाँ बस दो-चार लोग थे—लोग क्या थे, बागान के नौकर थे जो उतरने की जगह बनाकर धुआँ किये हुए थे, जिससे कि आस्ट्रोविच को जगह के बारे में कोई भ्रम न हो। बाकी लोग जा चुके थे। वहाँ पड़े उनकी उपस्थिति के अवशेषों से जाहिर होता था कि कुछ घण्टे पूर्व वहाँ मेला ही लगा रहा होगा, जहाँ बच्चे आइसक्रीम खाने के साथ गुब्बारे उड़ाये होंगे और इस बात पर बहुत-बहुत पछताये होंगे कि वे लीला सिंह की तरह आसमान में उड़ नहीं सके। स्त्रियों ने खरीदारी के लिए कम और अपने तत्काल मिले अस्थायी प्रेमियों को रिझाने के लिए अधिक चुटीला और बिन्दी बेचनेवालों से देर तक मोल-भाव किया होगा। युवकों ने होंट से सीटी बजाने के बजाय टिन की सीटी खरीद कर सीटी मारा होगा और जिनके लिए सीटी मारी गयी होगी वह मुस्कराती हुई आगे बढ़ गयी होंगी। पलट कर न देखा होगा कि किसने उसके लिए सीटी बजायी। निराश प्रेमी कुछ देर उसके पीछे चला होगा, फिर किसी और के पीछे लग गया होगा। प्रौढ़ लोगों ने अपने हुक्के, पाइप, सिगरेट और बीड़ी के लिए कच्ची सुर्ती खरीदा होगा, बच्चों के लिए गट्टा और बताशा और मौसम तथा पड़ोसी पर बात करते हुए घर लौट गये होंगे। बहुत कम

लोगों ने लीला सिंह और उनके गुब्बारे पर बात की होगी, मुँह बाकर उनका उड़ान देखने और ढेर सारी जिज्ञासा रखने के बावजूद।

जो लोग वहाँ खड़े थे, उनमें खरबण्डा भी था। उसने बढ़कर लीला सिंह को बधाई दी। बधाई उसने आस्ट्रोविच को भी दी। पूरी तरह से स्वीकार करने के बाद वे महल की ओर आये। मैदान और बागान में इधर-उधर जो कर्मचारी फैले हुए थे वे तेज कदमों से चलकर उनके पास आये और पीछे-पीछे चलने लगे। वह महल की सीढ़ियों पर आया तो उसका परकटा हीरामन तोता किसी कोने से जोर से चीख, "यू स्काउण्ड्रल।"

लीला सिंह खुलकर हँस पड़ा। पलटकर कहा, "यू यू स्काउण्ड्रल।" तोते ने धीरे से कहा, "सन ऑफ स्वाइन।" और उड़ने का निरर्थक प्रयास किया। लीला सिंह ने बिना किसी व्यक्ति विशेष को सम्बोधित किये कहा, "मेक अरेंजमेण्ट फार ड्रिंक्स।" सभी मातहत शराब पीनेवाली बैठक की तरफ बढ़ गये। लीला सिंह ने आस्ट्रोविच के कन्धे पर हाथ रखा और एक-एक सीढ़ी चढ़ महल के भीतर घुस गया।

क्लब की कैण्टीन में पैट्रिशिया मावरी बरामदे में एक दूर के कोने में बैठी चाय पी रही थी अकेली। चारों तरफ सन्नाटा था और हवा बन्द थी। सूरज पश्चिमी क्षितिज पर उतर जाने के लिए जल्दी में था और आधे बरामदे में उसकी किरणें सीधी पड़ रही थीं। फर्श इतनी चिकनी थी कि सीमेण्ट में फँसे कुछ बालू के कण शीशे के कण की तरह चमक रहे थे। मावरी उन्हें मुस्कराते हुए देख रही थी। तभी सीढ़ियों पर एक छाया उभरी। यह किसी मनुष्य का छोटा-सा सिर था। वह हिलता-डुलता क्रमशः बड़ा होता गया और दीवार तक पहुँचते-पहुँचते उसकी गर्दन उभर आयी, बाँह उभर आयी, पीठ उभर आयी, टाँग उभर आयी। पैर उभरते-उभरते सीढ़ियों पर कदमों की आवाज सुनायी दी। वह आस्ट्रोविच था। उसने थमकर सीढ़ियों पर पड़े लोहे के पावदान से जूते के तल्ले रगड़े। फिर अगली सीढ़ी पर पड़े मूंज के पावदान से रगड़े, फिर बरामदे में आया। उसने बरामदे पर भरपूर नजर डाली। एक कोने में मादाम मावरी को देखकर उधर बढ़ा। मादाम मावरी कमर से मेज पर झुकी आधा उठी, आधा बैठी की मुद्रा में सिर झुकाये और सिर के साथ नजरें झुकाये जैसे असमंजस में पड़ी थीं। हाथों से स्कर्ट की चुन्नट यूँ ही ठीक कर रही थीं। आस्ट्रोविच सधे कदमों से उनके पास पहुँचा और कोट का बटन खोल टाई ढीली करते हुए 'गुड इवनिंग' कहा। प्रति उतर में पहले से ही रक्ताभ अपने चेहरे को और रक्ताभ करते हुए कुछ कहा, पर आँखें न उठायीं। आस्ट्रोविच ने एक ढीठ व्यक्ति की तरह बड़े ही 'कमाण्डिंग आवाज' में धीरे से कहा, "आप को आपत्ति न हो तो बैठ जाऊँ।"

मादाम मावरी ने अपने दोनों हाथों को मेज पर टिकाकर पूरी तरह से तनकर खड़ी होती हुई बड़ी सधी वाणी में कहा, "यस, प्लीज।" पर उन्होंने आँखें ऊपर न उठायीं वे

अपना पेट देखती रहीं। आस्ट्रोविच बैठ गया तो वे अपने पीछे हाथ ले जाकर स्कर्ट को सम्हालते हुए बैठ गयीं और चोर नजर से आस्ट्रोविच को देखा और हल्के से मुस्करा पड़ीं। तभी भागकर छोटा हाजिरा आया और झुककर चाय की ट्रे उसकी ओर बढ़ा दिया। उसने मावरी और आस्ट्रोविच को बड़ी राहत दी। अपनी चाय बनाते-बनाते आस्ट्रोविच काफी संयत हो गया था। मावरी ने सिर उठाकर भर नजर देखा। छोटा हाजिरा घूमकर उनकी बगल में आकर झुक गया। उन्होंने अपनी चाय बनाकर आँखों से ही चले जाने का इशारा किया। उसके चले जाने के बाद आस्ट्रोविच ने झुककर दोनों हाथों से मेज के ही किनारों को थामा और मादाम मावरी के चेहरे पर नजर गड़ा दी। वे लाल चेहरा लिये आँखें झुकाये चाय में चम्मच मिलाती रहीं। फिर अचानक सिर उठाया। उनके सिर पर रखी पारदर्शी, सफेद गोल टोपी, जो छोटे-छोटे बालों को सम्हालने के लिए लगाकर रखी गयी थीं, ताज की तरह चमक उठी। दोनों एक-दूसरे के आँखों-में-आँखें डालकर देखने लगे। कुछ देर के बाद मावरी ने वैसे ही प्याली की चाय चम्मच से हिलाते हुए कहा, ''रात मुझे घर तक छोड़ने आप गये थे?''

''हाँ। आपको ड्रिंक काफी चढ़ गयी थी।''

''मेरे कपड़े भी आपने ही बदले थे।''

वे बातें बिलकुल फ्लैट आवाज में कर रहे थे। पर अब आस्ट्रोविच थोड़ा लड़खड़ाया और आवाज में थोड़ी उठान लाकर बोला, ''हाँ। बट आइ हैण्डिल्ड यू ए बिट राफली। आइ एम सॉरी।''

''बट आइ एम हैपी,'' दबी जुबान से कहते हुए उन्होंने आँखें नीची कर लीं।

आस्ट्रोविच ने और आगे झुककर कहा, ''रिअली?''

''ओ, ए...स,'' मावरी ने वैसे ही आँखें नीची किये हुए अपनी बात लगभग रेघा कर कहा, ''और आप?''

''मैं भी।''

''मुझे चलने में तकलीफ हो रही है,'' उसने सिर थोड़ा ऊँचा कर आस्ट्रोविच को तिरछे देखते हुए कहा। तब तक सीढ़ियों पर कई पाँवों की खटर-पटर हुई और उसकी बात दब गयी। आगन्तुकों के स्वागत में आस्ट्रोविच उठ खड़ा हुआ। लोग क्लब में जुटने लगे थे। वहाँ मावरी का कोई काम नहीं था, वैसे भी बिना निमन्त्रण के छोटे कर्मचारियों का व्यवस्थापकों के क्लब में शामिल होना अप्रत्यक्ष रूप से वर्जित था। वह उठी और सीढ़ियों से उतरकर पिछवाड़े से होती क्लब की दीवार पार कर साइकिल स्टैण्ड तक गयी और अपना साइकिल लेकर उस पर सवार होकर अपने आवास की ओर चल पड़ी।

सड़क पर स्कूल से छूटे बच्चे चले आ रहे थे। लड़के और लड़कियों के अलग-अलग झुण्ड थे और दोनों के बीच दूरी थी। वे आपस में धौल-धुप्प कर और जरूरत से ज्यादे तेज आवाज में चीखकर एक-दूसरे के ग्रूपों का ध्यान खींच रहे थे। उनके आगे-आगे

चरवाहे अपने पशुओं को पूरी सड़क पर बिखरा कर यूँ ही 'आँव हट्ठ' करते जा रहे थे। यूँ तो सूरज एकबारगी डूब गया था, पर अँधेरा उस तरह से एकबारगी नहीं आया था। पर चल चुका है इसका आभास होने लगा था। आगे के मोड़ के पश्चिमी किनारे पर चायबागान का छोटा गेस्ट हाउस पीला-पीला उदास दिख रहा था। वहीं दिवांग रहता है—मावरी को एकबारगी याद आया। वह उधर को ही मुड़ गयी। कई सप्ताह हुए वह दिवांग से नहीं मिली। उसकी गतिविधियों की भी चर्चा दूसरों से नहीं की। अगर लीला सिंह अचानक पूछ बैठे तो वह क्या जवाब देगी? यही सोचते हुए वह दिवांग के कमरे के सामने पहुँचकर साइकिल से उतरी। साइकिल को एक लीची के पेड़ के तने से टिकाकर खड़ी कर दी। पेड़ को देखकर सोचा कि यह जल्दी फलता नहीं और फलता है तो इतना खट्टा कि मुँह में न पड़े। पर रंग बड़ा आकर्षक होता है। उसी से आकर्षित हो लोग कच्च से फल में दाँत गड़ाते हैं और खट्ठेपन से आक्रान्त हो तुरन्त ग्रास थूक देते हैं। दिवांग के कमरे का दरवाजा खुला देखकर उसने सोचा कि दरवाजा खुला है तो निश्चय ही वह घर में होगा। इधर बन्दरों का उत्पात बढ़ गया है तो लोग दरवाजे खुला नहीं छोड़ते जब तक वे स्वयं कमरे में न हों। इसलिए वह कमरे में ही होगा। वह धड़ाधड़ सीढ़ियाँ चढ़कर कमरे में घुसी। वहाँ दिवांग नहीं था। हो सकता है कि किचन में हो या बाथरूम में। दरवाजा खटखटाकर आना चाहिए था—इससे पता चल जाता कि वह कहा है? उसने पलटकर दरवाजा खटखटाया। पट किचन से आवाज आयी, "कौन है?"

"मैं हूँ।" उसने कहा।

"आता हूँ।" दिवांग ने कहा। वह तुरन्त कमरे में आया और मावरी को देख अभिवादन कर किचन की तरफ मुँहकर जोर से कहा, "एक प्याली चाय और बढ़ा देना।"

"भीतर कौन है?"

"जयदेव मजूमदार।"

"ओह, तो शतरंज की बाजी बैठेगी।"

"उसी के लिए चाय बना रहा था।"

वह दीवान पर बैठ गयी। दिवांग किचन में चला गया और तीन प्याली चाय ट्रे पर रखे वापस आया। पीछे-पीछे जयदेव आया एक बड़ी-सी तस्तरी में दालमोट लिये। उसे मेज पर रखते हुए मावरी का अभिवादन किया। हँसते हुए उसने आशीर्वाद में हाथ उठा दिया। हँसते हुए जयदेव ने कहा, "इसीलिए आपको ममी कहता हूँ।"

"गनीमत है बाप की बीबी नहीं कहते" हँसते हुए ही मावरी ने कहा। "वैसे दोनों का मतलब तो एक ही होता है" दिवांग ने पूरी गम्भीरता से कहा। "दोनों के निहितार्थ में बड़ा अन्तर है," मावरी ने उसी स्वर में कहा।

दिवांग ने दोनों को चाय की प्याली थमा दी। वे जब सिप करने लगे तो वह शतरंजवाला मेज घसीट लाया और गोटियों को अपनी चाय पीते-पीते सजाने लगा। मावरी

ने कहा, "तुम दोनों एक-दूसरे के विरुद्ध रोज खेलते हो। आज दोनों मिलकर मेरे विरुद्ध खेलो।"

वही हुआ। मावरी सफेद गोटों से चाल चलने लगी। काली गोट की चाल वे दोनों मिलकर चलते थे। और अक्सर लड़ जाते थे। दोनों को लगता कि वह सही है और दूसरा गलत है। 'मैं', और 'ममेतर' में जहाँ भेद होता है, वहाँ यही होता है। 'मैं' हमेशा सही होता है, 'ममेतर' हमेशा गलत, जब तक कि वह 'मैं' के हाँ-में-हाँ न मिला ले। कुछ चालों के बाद दिवांग ने राय देना बन्द कर दिया। जयदेव को लगा कि वह बुरा मान गया है। उसे खेल में शामिल करने के लिए वह हर बात पर राय माँगने लगा। दिवांग भी राय देने लगा। लगा कि वह राय अनमने भाव से दे रहा है। उसे अच्छा नहीं लगा और दिवांग का मुँह देखने लगा। उसे यह देखकर बड़ी हैरत हुई कि उसकी निगाहें मावरी की बायीं जाँघ पर टिकी हुई हैं जो ऊपर तक खुली हुई है और मावरी उससे बेखबर अपनी चाल चले जा रही है। उसकी भी निगाहें वहीं टिक गयीं और वह अगली चालें अनमने ढंग से चलने लगा। मावरी को यह अच्छा नहीं लगा। कहा, "मैं जीत रही हूँ, यह तुम दोनों को बुरा लग रहा है न! चलो में ड्रा करती हूँ। तुम दोनों खेलो। मैं देखती हूँ।"

"नहीं ऐसी बात नहीं है।"

"तब तुम्हारा उत्साह कहाँ गया," कहते हुए उसने अपनी देहमुद्रा बदली तो स्कर्ट से उसके पाँव का खुला ऊपरी हिस्सा ढक गया। औपचारिकता में ही सही, जयदेव ने उसका प्रस्ताव स्वीकार कर लिया और दिवांग के साथ खेलने लगा। बस एक बाजी पूरी हुई कि मावरी ने कहा, "अब मैं चलती हूँ। मेरे घर भी तुम लोग आया करो।" साइकिल लेकर वह सड़क पर आयी तो अँधेरा गहराने लगा था। वह साइकिल पर बैठी और तेज-तेज पैडिल मारने लगी।

थोड़ी देर गप मारकर और गप मारने के दौरान दो पेग चढ़ा कर जयदेव अपने आवास पर चला गया। दिवांग अपनी जगह पर बैठा देर तक खिड़की के बाहर देखता रहा। धीरे-धीरे अँधेरा काफी गहरा हो गया था। उसने कमरे की रोशनी बुझा दी और किचन में गया। कुछ पकाने का मन नहीं हुआ। भूख नहीं लगी थी। वह कमरे में आकर बैठ गया। उसे खयाल आया कि जिस काम से वह आया था, वह तो पूरा हो गया। इस इलाके के तमाम चाय बागानों की लिस्ट उसने बना ली है। चाय बागानों के मजदूर और बस्ती में रहकर कैजुअल लेबरई करनेवाले मजदूरों की समस्याओं को गहराई से समझ लिया है और उसका उपयोग वह आगे के किसी आन्दोलन के लिए बखूबी कर सकता है। चाय बागानों में आन्दोलन के मुद्दे खूब हैं और पूरे असम में वे एक जैसे हैं। इसलिए प्रदेश व्यापी आन्दोलन चलाने की योजना बनायी जा सकती है। इसके लिए पूर्वी असम के नेता

समीर तांती और पश्चिमी असम के नेता पवन सिंह घटवार से बात की जा सकती है। पर क्या वे तैयार होंगे? दोनों ही तो इण्टक से जुड़े हैं, और इण्टक सत्ताधारी दल का आनुषंगिक संगठन है। यह सरकार में बैठे लोग इसकी इजाजत देंगे? कोई सरकार आ बैल मुझे मार की इजाजत दे सकती है? तब तो आगे की पीढ़ी के नेताओं का निर्माण हो चुका। यदि वे नहीं बने तो पार्टी में ऐसी शून्यता आयेगी, ऐसा वैक्यूम पैदा होगा कि उसका सफाया हो जायेगा। और पारिवारिक हुकूमत का सूत्र धरा रह जायेगा। और अगर पार्टी आन्दोलन के लिए अनुमति नहीं देती है तो यह कहाँ जरूरी है कि उसी दल में रहकर अपना भविष्य बनाया जाय। करियर बनाने के लिए पार्टी छोड़ी जा सकती है। क्या यह ठीक होगा? क्या यह विनायक वसुमतारी के प्रति गद्दारी होगी? क्या जयदेव मजूमदार के साथ दोस्ती को इतना प्रगाढ़ मान लिया जाय कि उसके दल में अपने कैरियर के लिए आगे बढ़ा जाय। क्या वह उन ऊँचाइयों तक पहुँचेगा जिस ऊँचाई तक कामाख्या नारायण त्रिपाठी के सीधे सम्पर्क में रहकर पहुँचा जा सकता है?

वह सोचता गया और एक-एक घूँट पीता गया। इसी में रात आधी बीत गयी। सामने की बाबू बस्ती के बल्ब एक-एक कर बुझते गये थे। उन्हीं में मादाम मावरी के घर के भी बल्ब होंगे। उन घरों में मादाम मावरी का घर कहाँ है? क्या उसे यहाँ से खोजा जा सकता है? बस्ती के दो खम्भों पर तो बल्ब जल रहे हैं। क्या उनकी रोशनी उसके घर तक जाती होगी? चलो बाहर निकल कर देखा जाय।

पैट्रिशिया मावरी की आदत थी कि वे घर आकर हाथ-मुँह धो मुर्गियों को चारा देती थीं। वे जानती थीं कि मुर्गियाँ दिन डूबने के बाद चुगती नहीं हैं, फिर भी वे चारा डालती थीं। फिर खाना बनाती थीं, नहाती थीं और खाकर सो जाती थीं। सोते ही नींद आ जाती थी। पर आज नहीं आ रही थी। वे पिछली रात की बात कम याद कर रही थीं, यह आशा अधिक बलबती कर रही थीं कि आस्ट्रोविच आधी रात को आयेगा जरूर। कल जो हुआ था वह नीम बेहोशी में हुआ था और उसका जितना याद आ रहा है उसमें कितना सच है और कितनी कल्पना उसे अलगाने का कोई मानदण्ड नहीं है। आज जो होगा वह पूरे होश में होगा और वही सच होगा। इन बातों को उन्होंने इतनी बार एक श्रृंखला में सोचा था कि आस्ट्रोविच का आना उनको अवश्यसम्भावी लगता था। इसीलिए घर का दरवाजा बिना कुण्डा लगाये यूँ ही भिड़ाकर रखा था।

आधी रात को वाकई दरवाजा चरमराया कि जैसे किसी ने खोला हो, तो वह आ गया, सोचते हुए उन्होंने फौरन चादर से पूरा शरीर ढक लिया और इस तरह से साँस छोड़ने लगी कि जैसे गहरी नींद में हों। वे काफी देर तक ऐसे ही पड़ी कदमों की आवाज सुनने के लिए कान पारे रहीं। पर कोई आवाज न उभरी। तब वे साँस बन्दकर प्रतीक्षा करने लगीं। चादर के नीचे से ही उन्होंने देखा कि अँधेरा एक जगह गहरा हो गया है और वह अँधेरे में ही उनके बिस्तर को जैसे घूर रहा है। कई मिनटों की प्रतीक्षा के बाद उन्हें लगा

कि वह अँधेरा कमरे से बाहर जा रहा है। तो निश्चय ही वह आस्ट्रोविच नहीं है। वह होता तो बेझिझक वह उनकी सेज पर बैठता। तब कौन है? अचानक उन्हें लगा कि कोई चोर है, जो उन्हें बेखबर सोता पा दूसरे कमरों की ओर जा रहा है उनका माल-मत्ता खंगालने। वे 'कौन' कहते हुए उठ बैठी और उसी क्षण बिस्तर के नीचे दाव को एक हाथ से और दूसरे हाथ से बेडस्विच को पकड़ा। दबाते ही उजाला फैल गया। आँखें फाड़कर देखा कि दिवांग खड़ा है। दिवांग असमंजस में पड़ गया। लगा कि अच्छा होता भूकम्प आ जाता, जिसमें सब-कुछ उलट-पलट जाता, उन सबों की मृत्यु हो ही जाती और कोई सफाई न देनी पड़ती। किन्तु वे मुस्करा उठीं। बिस्तर से उठते हुए कहा, "तुम आये हो?"

दिवांग चुप रहा। मावरी ने कहा, "नींद न आ रही होगी। शायद दवा चाहिए। मैं देती हूँ।"

उन्होंने जिस सहजता से यह बात कही, उससे दिवांग का अपराधबोध कुछ कम हुआ। वे उठीं उठकर दूसरे कमरे में गयीं। दवाओंवाली आलमारी खोली। एक डिब्बा उठा कर खोला। दवा निकाली और हँसते हुए दिवांग के हाथों में रखते हुए कहा, "मैं पानी देती हूँ। सोचा कि कोई चोर आया है।"

"दरवाजा खुला था।"

"अच्छा ही हुआ, नहीं तो तुम लौट जाते और बेचैन रहते।"

दिवांग का अपराधबोध तो जाता रहा लेकिन इस सहजता ने उसे आक्रान्त कर दिया। अपने को सहज करने के लिए झूठ का सहारा लिया और कहा, "नींद नहीं... सरदर्द ऐसा हो रहा था कि मन बेचैन हो गया था। आया तो था दवा लेने के लिए। दरवाजा खटखटाया तो कोई उत्तर न मिला। तभी दरवाजे पर हाथ की दाब पड़ी। वह खुल गया। सोचा कि आप को जगाकर बन्द कर लेने के लिए कहें। आवाज दी। पर कोई उत्तर न मिला। इसलिए भीतर चला आया।"

"सो तो ठीक है। इधर चोरी नहीं होती। इसलिए लोगों के घर अक्सर खुले रह जाते हैं। अभी नगरी सभ्यता का प्रवेश यहाँ नहीं हुआ है।"

"वह तो ठीक है। फिर भी सावधानी बरतनी चाहिए।" उसने मुँह में दवा डाली, फिर पानी पीया। गिलास वहीं सिरहाने मेज पर रख दिया।" 'बैठो' कहते हुए मादाम मावरी अपने बिस्तर पर बैठ गयीं। दिवांग हिचक रहा था। उन्होंने फिर कहा, "बैठो।"

"नहीं, अब चलता हूँ। दवा मिल गयी।"

"बैठो-बैठो।"

दिवांग ने नीची निगाह से मावरी को देखा और सामने के स्टूल पर बैठ गया। मावरी ने पूछा, "काम कितना हो गया?"

"पूरा हो गया। अब डिब्रूगढ़ के इलाके में जाना है।"

"कब तक जाओगे।"

"अभी तो एक बार घर जाऊँगा। फिर योजना बनाऊँगा।"

मादाम मावरी पाँवों को बिस्तर से लटका कर बैठी थीं। एक पाँव शाल से ढक गया था। दूसरा पाँव खुला था। दिवांग की नजर उसी पर टिकी थी। मादाम मावरी ने जब उसे लक्ष्य किया तो मन में आया कि ढक दें। तभी लगा कि ऐसा करने पर कहीं दिवांग शर्मिन्दा न अनुभव करे। इसलिए वे ऐसे ही बैठी रही। दिवांग ने कहा, "ऐसा खूबसूरत पाँव दूसरा नहीं देखा।"

मादाम मावरी ने हँसते हुए दूसरे पाँव के शाल उठा लिया और कहा, "दूसरा पाँव यह है।"

इस खुलेपन से दिवांग कटकर रह गया। शर्म उससे कहीं अधिक आयी जो कमरे में चोरी-चोरी घुसने के पकड़े जाने पर आयी थी। उसने सिर और नीचा कर लिया। मादाम मावरी ने कहा, "आकर लेट जाओ। सिरदर्द जल्दी कम हो जायेगा।"

दिवांग पानी-पानी हो गया। पूरे बदन में एक साथ पसीना चुहचुहा आया। मादाम मावरी कुछ कहती रहीं। पर या तो उसने सुना नहीं या फिर उन शब्दों का अर्थ भूल गया। इस तरह काफी देर बीत जाने के बाद जाने किस स्फुरण में दिवांग ने अपनी गदोरी जाँघ पर रख दिया। मादाम मावरी ने जैसे इसका नोटिस नहीं लिया। लेकिन तब काफी देर तक वह हौले-हौले सहलाता रहा तो उन्होंने धीरे से पर बहुत स्पष्ट शब्दों में कहा, "यह ऐसे नहीं होगा।"

दिवांग ने एकदम से नहीं, बहुत धीरे-धीरे करके अपनी गदोरी उठा ली। पसीना उसमें भी चुहचुहा आया था। लगा कि एक मक्खन का डला था जो पिघलकर उसकी गदोरी से चिपक गया है। मादाम मावरी ने कहा, "चाय पियेंगे?"

"भला यह भी कोई चाय पीने का वक्त है," उसने अपने स्वर में बिना कोई भाव लाये, बड़े ही मद्धिम और संयत स्वर में कहा।

मादाम मावरी ने उसे भर नजर देखा और दोनों हाथ उठा कर सिर के बाल समेटकर जूड़ा बनाने लगीं। यह उपक्रम बेकार था। उनके बाल इतने लम्बे नहीं थे कि उन्हें जूड़ा में समेटा जा सके। उनकी गोरी बाहों पर बल्ब की रोशनी देर तक फिसलती रही, जैसे हाथी के दाँत पर दोहपर के सूर्य की किरणें देर तक किलोल करती रहें। दिवांग उठ खड़ा हुआ। वह जाने लगा तो मादाम पैट्रिशिया मावरी भी उठ खड़ी हुईं। दरवाजे पर आकर दिवांग मुड़ा। कहा, "शुभ रात्रि।" उन्होंने भी मुस्करा कर शुभ रात्रि कहा और ऊपर से जोड़ा, "इसका मतलब यह नहीं है कि तुम फिर न आओ।"

"जरूर आऊँगा" कहते हुए दिवांग ने प्रांगण से बाहर पाँव रखा। सिर उठाकर पूरे वातावरण का सिंहावलोकन किया। बस्ती की मुख्य सड़क पर दो खम्भों पर दो बल्ब जल रहे थे। वे पूरी बस्ती में प्रकाश फैलाने में असमर्थ थे। पर इतना तो था ही कि रास्ता न भूला जा सके। उनके नीचे से गुजरते हुए दिवांग ने सोचा कि इन कुछ ही महीनों में ये

चाय बागानों की बस्ती और पूरा मरियानी कस्बा उसका कितना परिचित और अपना हो गया है। वह इधर ताजिन्दगी कभी न आये, तो भी इसका हस्तक्षेप हमेशा बना रहेगा। वह सामने का घर मुकेश बेझबरुआ का है। उसने मुझे शरण तब दिया था, जब मैं यहाँ के लिए अजनबी था। और इस मैडम मावरी ने मेरे लिये क्या नहीं किया है? क्लब में मेरे ऊपर हँसनेवाले लोगों से बचाया है। पूरा प्रयत्न करके मुझे टेबिल टेनिस और बिलियर्ड खेलना सिखाया है। गोल्फ खेलते वक्त हमारा हमेशा हौसला बढ़ाया है। क्या इसके पीछे उनका कोई स्वार्थ था? नहीं। वे यहाँ के आभिजात्य के उपहास से हमें बचाने के लिए किया है। जब मैं यहाँ से जाऊँगा तो एक दूसरी दुनिया के अनुभव से सम्पन्न होकर जाऊँगा जिसे दूर मंगलदोई में पाना सम्भव नहीं था। और भी बहुत कुछ है, जिसका अव्यक्त रहना ही ठीक है। कमरे के भीतर प्रवेश करते वक्त वह सोच रहा था कि जयदेव मजूमदार का उपकार भी कम नहीं है। यह जानते हुए कि मैं उसके विरोधी दल का कार्यकर्त्ता हूँ, जिस तरह से उसने साल भर के श्रम से बनाये अपने रजिस्टरों को नकल करने के लिए मुझे दे दिया था, क्या मैं किसी और को इस तरह से करने के लिए कभी सौंपता? शायद कभी नहीं।

9

हवा चलती तो लगता कि उसकी भार से फसल में मीलों लम्बी उर्मियाँ उठ रही हैं और एक के पीछे एक भागी जा रही हैं। स्वच्छ नीले आकाश से बरसते ठण्डे पर चटकार प्रकाश में उनकी चमक आँखों को लगती। वसुन्धर की आँखें धीरे-धीरे छलछला आयीं। उन्हें पोंछकर बगल की कुमुदनी को चूमने को उद्यत धान की बालियों को देखकर वसुन्धर को लगा कि उनमें उसके भी दो-चार दाने हैं। वे सुनहरी हो गयी थीं। यानी उनके कटने का समय करीब आ गया था, पर अभी तक कोई सुनगुन नहीं उठी थी। वसुन्धर मियाँपाड़ा की ओर बढ़े। दायीं तरफ दूर जंगल नीला होकर चमक रहा था। उसे देखकर उन्हें ध्यान आया कि एक जमाना था, जब उनके पुरखे उन जंगलों को जलाकर खेती करते थे। तब जंगल उनके गाँव तक था। बुआई का समय आने से पहले पंचायत बैठती। तय होता कि किस इलाके का जंगल जलाकर साफ किया जाय, इस वर्ष की बुआई के लिए। गाँव के चारों तरफ के जंगल बारह भागों में बँटे होते थे। एक भाग को साफ कर खेती होती। दूसरे साल वह चरागाह बन जाता। इस चक्रात्मक रंग से खेती करने के अपने फायदे थे। यही कि आज की तरह खाद-वाद नहीं डालना पड़ता था। जले जंगल की राख ही खाद का काम करती थी। नालों से पानी लाकर खेतों को सींचना नहीं पड़ता था। जंगल में इतना पानी बरसता था कि उसकी जरूरत ही नहीं पड़ती थी। जमीन का कोई भी टुकड़ा किसी के खेती के लिए, अपना नहीं होता था। किसी के पास कितनी खेती हो, इसकी

सीमा नहीं होती थी। पर सन् 1920 से सब बदलने लगा था। तब मैमन सिंह, खुलना, पबना से मुसलमान आकर इस इलाकों में बसने लगे। बसने क्या लगे, बसाये जाने लगे। सरकार को अधिकाधिक लगान की जरूरत थी, खजाना भरने के लिए। इन बंगाली मुसलमानों ने अपनी तरह से खेती करना शुरू किया इन इलाकों में। वे जमीन के जिस टुकड़े पर कब्जा करते जंगल को साफ कर उस पर हर वर्ष खेती करते, उस पर अपना स्थायी हक जताते। यह सरकार के लिए सुविधाजनक था। उसको पहले से ही पता रहता था कि कितनी भूमि पर खेती हो रही है, उससे कितना लगान मिलेगा। इसलिए वह खेतों को स्थायी रूप से मुसलमानों के नाम करने लगी। उनकी देखा-देखी बड़ लोग भी स्थायी जमीन पर खेती करने लगे। खेती उनके नाम हुई। लेकिन चालीस और पचास के दशक में मामला गड़बड़ा गया। जंगल और चरागाह को साफ कर जो खेत बनाये गये उन पर किसी का नाम नहीं चढ़ता था। सर सादुल्ला चाहते थे कि नाम चढ़ जाय। इससे ये मुसलमान बंगाली स्थायी रूप से असम के निवासी माने जायेंगे, जो पाकिस्तान के निर्माण में काम आयेगा। गोपीनाथ बरदोलोई इस चाल को खूब समझते थे, इसलिए जमकर विरोध करते थे। इससे जो यथास्थिति का रिवाज चला, वह आज तक कायम है। चालीस, पैंतालीस वर्ष हो गये इन खेतों को जोतते-बोते, पर इन पर किसी का नाम नहीं चढ़ा। पटवारी के बस्ता में ये अभी भी जंगल और चराउर ही लिखे जाते हैं। इससे फायदा इन बंगाली मुसलमानों को है। जिसकी भी जमीन ये चाहें कब्जा कर लेते हैं। उन पर हड़प लेने का मुकदमा नहीं चल सकता, क्योंकि सरकारी कागज में उन पर किसी का नाम नहीं चढ़ा है। नहीं चढ़ा है तो भला तुम उसके मालिक कैसे। जो कब्जा जमीन कर ले, वह उसकी है। एक दिन आयेगा, जब इस पर जमकर मार-पीट होगी।

यही सोचते-सोचते वसुन्धर मियाँ पाड़ा तक पहुँच गये। मौलाना नमाजी नमाज पढ़ाने जा रहे थे। यह उनका नाम नहीं था। वे नमाज पढ़ने में इतने तत्पर रहते, हर समय उसी की फिक्र में इतना डूबे रहते थे कि लोग उन्हें मौलाना नमाजी कहने लगे थे। इस नाम से उन्हें पहले किसने पुकारा यह किसी को पता नहीं। हो सकता है कि एक साथ ही कई लोगों ने उन्हें इसी नाम से पुकारना शुरू किया हो। लोक जो नाम देता है, वह आचरण की प्रवृत्तियों के आधार पर देता है। और वे प्रवृत्तियाँ सबको एक जैसी एक साथ नजर आती हैं। वे वसुन्धर को रास्ते में ही मिल गये। दुआ-सलाम के बाद वसुन्धर ने कहा, "फसल पक गयी है। काटने का समय आ गया है।"

"हमने उसकी तैयारी कर ली है।"

"हमारा सहयोग...।"

"इसकी जरूरत नहीं है। जो लोग बोये हैं, वे ही लोग काटेंगे।"

"क्या मतलब?"

मौलाना को लगा कि जो बात उन्होंने कही है, वह बड़ी सीधी है। उसमें अर्थापन की कोई गुंजाइश नहीं है। पर अभी बात को इतनी सीधी नहीं होनी चाहिए। उसे घुमाने के लिए कहा, "बटाई में श्रम खेत का मालिक नहीं, बटाईदार करता है। वही जोतता-बोतता है, काटता-माड़ता है। हम भी वही करेंगे।"

बटाई शब्द सुनकर वसुन्धर को लगा कि पंचायत की बात बरकरार है। ये उसके निहित शर्तों को पूरा कर रहे हैं। शुभेच्छावश कहा, "हमारे सहयोग से यह काम जल्दी-जल्दी हो जाता।"

"उसकी जरूरत नहीं है, खेती है ही कितनी?"

वसुन्धर ने उनकी ओर बड़े सम्मान से देखा। उसके उत्तर में उन्होंने दोनो हाथों की गदोरियों को आँखों के पास ले जाकर कहा, "नमाज का समय हो गया है। चलता हूँ। आदाब।"

वसुन्धर के मन में आया कि गाँव लौट चलें। जिस बात की टोह लेने आया था, वह पूरा हो गया है। उसी मन ने कहा कि सत्य को जानने के लिए उसका सत्यापन आवश्यक होता है और ऐसे कथनों का सत्यापन ऐसे ही दूसरे कथनों से होता है। इसलिए उसने गाँव के भीतर की ओर रुख किया। सारे मर्द मस्जिद की ओर जा चुके थे। यदि मस्जिद में नमाज पढ़ने की अनुमति स्त्रियों को होती तो वे भी चली गयी होतीं। बची रह जातीं कम उम्र की लड़के-लड़कियाँ, मुर्गे-मुर्गियाँ। फिर भी गाँव के बीचोबीच एक युवक मिल ही गया। वह नाद में पानी भर रहा था। यानी उसके पास गाय, भैंस या उनके ही जैसा कोई बड़ा पशु था। वसुन्धर ने उसे आदाब कहा। वह चौंका : अधिक उम्र का आदमी यदि कम उम्र के आदमी को आदाब कहे तो जरूर इसमें कोई राज है। उसने आदाब का उत्तर तो दिया पर ऐसे देखा जैसे पहचानता न हो। वसुन्धर ने फौरन कहा, "वसुन्धर हाजोई हूँ जाऊगाँव का।"

"हाँ-हाँ। कैसे हैं? कैसे आये?"

"यही खेतों को देखने निकला था। सोचा चेता दूँ, फसल कटने लायक हो गयी है।"

"वह तो है ही। हम भी आये दिन देखते हैं। उसके लिए तैयार हैं।

"हाँ, गाँव जाकर कहूँगा। हम लोग भी तैयार हो जायेंगे।"

युवक ने भृकुटी कुंचित की। पल भर वसुन्धर को घूरा फिर कहा, "भला वह क्यों?"

"यदि दोनों गाँव सहयोग करें तो कटाई फटा-फट हो जायेगी।"

"उसकी जरूरत नहीं पड़ेगी। फसल है ही कितनी?"

"फिर भी।"

"आप लोगों को जहमत उठाने की जरूरत नहीं है। कटाई-मड़ाई तो बटाइदार ही करते हैं।"

बात तो ठीक है। तब इनकी नीयत में कोई खोट नहीं है। वसुन्धर ख्वामख्वाह सहयोग करने को उद्यत हैं। वह गाँव लौटा। बात पूरे गाँव को बतायी। युवकों ने कहा,

"बात ठीक होने के बावजूद कटाई के दिन हम चलेंगे। पता नहीं उनका इरादा क्या है। आप जाकर कटाई का दिन तय कर आइये।"

उसी दिन रात में मियाँपाड़ा में जुटान हुई। कहा गया कि जाऊगाँववाले कटाई खुद करना चाहते हैं। वे कह सकते हैं कि आधी फसल काटकर हम अपने घर ले जा रहे हैं। वहीं मड़ाई कर लेंगे। इसी बहाने वे पूरी फसल काटने का प्रयास करेंगे।

मियाँ नमाजी ने कहा, "हम ऐसा हरगिज नहीं होने देंगे।" मतीन ने कहा, "उनको खेतों में पैर नहीं रखने देना है। एक तिनका, एक दाना उनके गाँव नहीं जाना है। फसल उसकी होती है जो जमीन जोतता-बोता है। हमने तो निराई भी की है, निगरानी की है।"

वसुन्धर कटाई का दिन पता करने जाने ही वाला था कि एक दिन सात घरी दिन चढ़े सिरजा भागा-भागा आया और पूरे जाऊगाँव में शोर मचाने लगा कि मियाँपाड़ावाले खेती काट रहे हैं। जो जहाँ था, वहीं से भागा पराया और जो भी लाठी, बाँस, काठ हाथ लगा उसे लेकर खेत की ओर दौड़ पड़ा। बात यु लिन के कानों में पड़ी तो लोगों से मिन्नत करते हुए बोला, "हे, हे, हे, क्या कर रहे हो। फौजदारी करने जा रहे हो क्या? खेत काटने जा रहे हो तो हँसिया लेकर जाओ, हरबा नहीं। लाठी-गोजी घर में रखो।"

लोगों के मन में बात फौरन आयी कि कटाई रोकने से काम नहीं चलेगा, कटाई करने से काम होगा। उन्होंने हँसिया भी ले लिया। आगे-आगे रूपनबारी थे। खेतों में जाकर कटाई करनेवालों से कहा, "हम मदद करने आये हैं।"

तबतक जाऊगाँववालों का गुस्सा ठण्डा पड़ गया था। तमाम लोगों ने अपने हाथ का बाँस, काठ रास्ते में ही फेंक दिया था। तो भी उनको आता देखा मियाँपाड़ावालों का जो खून खौलना आरम्भ हुआ था, वह बढ़ता ही जा रहा था। उसके रव में कोई बोले, उसके पहले ही किसी बुजुर्ग ने खड़ा होकर कहा, "आप लोगों ने बेकार जहमत उठायी। हम तो कटाई कर ही रहे थे। आना तो आप लोगों को दँवाई के समय चाहिए था, यह देखने कि कोई राशि में से चुरा तो नहीं रहा है।" उसके उठे हाथ में हँसिया स्वच्छ आसमान में प्रश्न चिह्न की तरह चमक रही थी।

उसके उत्तर में जाऊगाँव से कोई बोले उसके पहले ही मौलाना नमाजी ने कहा, "नहीं, अच्छा ही किया जो आ गये। अपनी आँखों के सामने कटाई देख लें। किसी से दो-चार बोझा इधर-उधर तो नहीं किया है, उसकी तसल्ली रहेगी।"

परिणामस्वरूप जाऊगाँव के लोग खेतों के मेंड़ों पर मालिक की तरह बैठ गये और मियाँपाड़ा के लोग मजदूर की तरह खेत काटते रहे। जाऊगाँव के लोगों ने गौर किया कि हर हराई में लाठी, डण्डा, कोई लकड़ी का टुकड़ा, कहीं दाव, कहीं कटार, रखी हुई है। यानी मियाँपाड़ा के लोग पूरी तैयारी से कटाई करने आये थे।

कटाई तीन-चार दिनों तक होती रही। अगले दिन बोझा बाँधा गया। उसके अगले दिन दँवाई होनी थी। शाम होते-होते जाऊगाँववाले चले गये। दूसरे दिन सुबह पहुँचे तो देखा मियाँपाड़ावाले जल्दी-जल्दी बोझा ढो रहे हैं। रूपनबारी ने कहा, ''यह तो गलत है।''

किसी मियाँ ने कहा, ''क्या गलत है?''

''यही कि बोझा अपने गाँव ले जा रहे हैं।''

''तो कहाँ ले जायें?''

''हमारे गाँव।''

मौलाना नमाजी ने कहा, ''आपका गाँव बहुत दूर है।''

एक दूसरे बुजुर्ग ने कहा, ''वहाँ जाते-जाते हमारी होलिया टाइट हो जायेगी। यहीं दवाई करेंगे। आपके हिस्से का अनाज पहुँचा देने में पूरी मदद करेंगे। पुआल ले जाना चाहें तो उसमें भी।''

जाऊगाँव के युवाओं का खून खौल उठा। ये मीठी-मीठी बात कर सब हड़पते जा रहे हैं और हम लोग उनकी चपोल्ला में फँसते जा रहे हैं।

''तो क्या कर लोगे,'' मियाँपाड़ा का एक युवक गरज पड़ा।

उत्तर में जाऊगाँव के युवक ने लाठी उठा ली। उसे देखकर मियाँपाड़ा के लोग बोझ पटककर लाठी की ओर लपके। मामला बिगड़ता देख वसुन्धर और मतीन एक साथ बीच में आ गये। दोनों ने कहा, ''यह क्या नादानी है? जो काम सोतह से हो रहा है, उसमें ऐसी गर्मी दिखाने की क्या जरूरत?''

दोनों पक्ष के लोग लाठी फेंककर पंचायत के लिए बैठ गये। तय पाया गया कि दवाई-मड़ाई मियाँपाड़ा में होगी फिर अनाज बाँट कर पठा दिया जायेगा।

दो-चार दिन बाद वह भी हो गया। अनाज बाँटने की जब बात आयी तो मतीन सामने आया। कहा, ''किसके खेत में कितना उपजा है, उस खेत का बोझा कौन-कौन-सा था, इस पर तो हम लोगों ने ध्यान ही नहीं दिया। अब हिस्सा किस हिसाब से लगे?''

यह साफ तौर पर जाऊगाँववालों के बीच झगड़ा कराना था। वे अपना-अपना हिस्सा तय करने में ही उलझ जायेंगे और मियाँपाड़ावाले उसकी ओट में सब हड़प जायेंगे। तुरन्त यु लिन सामने आया। कहा, ''आप लोग कुल राशि का आधा अलगा दें। हम लोग गाँव जाकर अपना-अपना हिस्सा फरिया लेंगे।''

जो उलझाने की बात थी, वह बेकार गयी। कोई बहाना ऐसा नहीं मिल रहा था कि सरासर बेईमानी की जा सके। मौलाना नमाजी ने विश्वास बढ़ाया। कहा, ''अभी बाँट कर दो, फिर देखते हैं।''

नाप-जोख करते काफी रात हो गयी। उस वक्त सारा अनाज ढोकर नहीं ले जाया जा सकता था। सभी जाऊगाँववाले वहाँ रुक भी नहीं सकते थे। इसलिए वहाँ से जो चले

वे अपने चलने भर का अनाज लेकर चले। कुछ लोग वहाँ की राशि रखाने के लिए रुक गये। मतीन ने कहा, "जरूरत नहीं है, तो भी यदि रुके हैं तो ठीक।"

मौलाना नमाजी ने कहा, "आप तो हमारा छुआ खायेंगे-पीयेंगे नहीं। सीधा-नमक का इन्तजाम हम कर देते हैं। आप लोग राँध लें।"

खाने के लिए नहीं, समय काटने के लिए लोग राँधने के लिए तैयार हो गये। इसके लिए थोड़ा हटकर साफ जमीन पर जाना था। दस में से पाँच लोग जब उधर चले गये, तब मतीन ने गाँववालों को इशारा किया। वे फटाफट अपने घरों में अनाज भरने लगे। रखवाली कर रहे लोगों ने रोका तो एक-एक को पाँच-पाँच लोगों ने घेर लिया। हल्ला-गुल्ला सुनकर बाकी पाँच उधर चले तो उन्हें भी घेर लिया। जाऊगाँववालों को ठीक से घिरा देखकर मौलाना नमाजी ने कहा, "भला चाहते हो तो अभी जाऊगाँव भाग पराओ। लोगों का गुस्सा सातवें आसमान पर है। जान बची रहेगी तो फिर अनाज मिल जायेगा।"

उन दस लोगों ने वैसा ही किया। दूसरे दिन सुबह पचासों लोग जाऊगाँव से लाठी-डण्डा लेकर चले। मियाँपाड़ा के लोग पहले से ही तैयार थे। पहुँचते ही लाठी चल गयी। पहली लाठी किसने छोड़ी इसका पता किसी को नहीं चला। इसलिए हर लाठी पहली लाठी थी। उसी रेल-पेल में एक बच्चा गिर गया। बच्चा खूँटी पर गिरा था और खूँटी सीधे उसके मलद्वार में घुस गयी थी। उसे उठाया गया तो खून का फौव्वारा छूट गया। मतीन ने शोर मचाया कि जाऊगाँववाले लोगों के गूदे में लाठी डालकर मार रहे हैं। फिर क्या था, जो जहाँ था—क्या स्त्री क्या पुरुष, क्या वृद्ध क्या बच्चे—सभी जाऊगाँववालों पर टूट पड़े। वह तो अच्छा हुआ कि अभी किसी की जान नहीं गयी थी कि पुलिस पहुँच गयी। बलवा के नाम पर दोनों तरफ से पच्चीस-पच्चीस लोगों को गिरफ्तार कर लिया गया। थाने पहुँचकर पुलिस ने कहा, "हम क्रास केस दर्ज कर लेते हैं। आप लोगों का मामला, इतना गम्भीर नहीं है। हम चाहें तो यहीं जमानत दे सकते हैं। किन्तु आप लोग जाते ही फिर दंगा करेंगे। इसलिए मंगलदोई जेल ले चलते हैं। जमानत वहीं अदालत से करा लीजियेगा।"

वसुन्धर जब मंगलदोई पहुँचे तो पता चला ऐसे केस पूरे इलाके में हुए हैं। मुसलमानों ने फसल काट लिया है और हिस्सा देने से मना कर दिया है। चारों तरफ गिरफ्तारियाँ हो रही हैं। प्रशासन परेशान है कि मामला हाथ से निकलता जा रहा है। वह शासन से रोज बात कर रहा है। जो पकड़े गये हैं, वे जल्दी नहीं छूटेंगे। अदालत का दरवाजा खटखटाना होगा।

अदालत उसे अन्धे कुएँ की तरह लगी। उसमें रोशनी नहीं जाती थी, इसलिए उसके तल का पता नहीं किया जा सकता था। देखना रोशनी के सहारे होता है और वह सिरे से गायब थी। आँखें अभ्यस्त हो जायँ तो बिना रोशनी के भी अँधेरे में देखा जा सकता

है। इसका अभ्यास उसे था। उसे अन्धे कुएँ में दो चैम्बरों का आभास हुआ। उनके बीच एक मोटी दीवार थी। ऐसी दीवार कि एक तरफ की बात दूसरी तरफ हरगिज न जाय। पता ही न चले कि एक-दूसरे के यहाँ क्या हो रहा है। यह दीवार इसलिए बनायी गयी थी कि एक चैम्बर का प्रभाव दूसरे चैम्बर पर न पड़े और इस तरह न्याय की निष्पक्षता बनी रहे। पर दोनों पर पब्लिक का भी प्रभाव न पड़े, यह बहुत बड़ा अत्याचार था। वहाँ एक देवी थी, जिसकी आँख पर पट्टी बँधी हुई थी। वह देवी बिना देखे ही न्याय के तराजू के पलड़ों में सन्तुलन साधती थी। इससे सन्तुलन सध नहीं पाता था, फिर भी उसे लगता था कि यही आदर्श सन्तुलन है। उसकी रक्षा में मार लोग लगे हुए थे सेना से लेकर राजनैतिक छुटभैये तक। इसलिए जनता को न्याय नहीं मिल रहा था। जनता को लगता था कि उसे न्याय तभी मिलेगा, जब आँखों से पट्टी उतारकर उन्हें पूरी तरह से खोलकर न्याय किया जायेगा—पूरे-के-पूरे परिदृश्य को आचक्षु कर, देश, काल और परिस्थिति के त्रिभुज में सन्तुलन-सा कर। किन्तु इस बात को कहनेवाला कोई नहीं था। स्वयं जनता कहते-कहते हार गयी थी और उसकी आवाज सिसकी बनकर चमड़े से मढ़े पोथियों की इबारत में खो गयी थी। कुछ पोथियाँ कुत्ते के चमड़े से मढ़ी हुई थीं। इससे वफादारी में चार चाँद लग रहा था। कुछ पोथियाँ गधे के चमड़े से मढ़ी हुई थीं। उससे लगता था कि किसी मुगल बादशाह ने किसी नमकहराम मातहत को घुट-घुट कर मरने की सजा दे रखी है। उन पर सुनहरे अक्षरों में कोड और कानून के नाम लिखे हुए थे जो चमक रहे थे और किसी स्वर्णिम युग की ओर इंगित कर रहे थे। यह तय नहीं था कि वह स्वर्णिम युग आकर चला गया है कि आनेवाला है। दोनों के पैरोकार, जहाँ चाहें, वहाँ मिल जाते थे। किन्तु वे जनता की बात को अँधेरे कुएँ में इस तरह से डालते थे कि आवाजें अँधेरे का कोलाज बनकर रह जाती थीं।

चैम्बरों के दरवाजों के सामने लम्बे-लम्बे गलियारे थे, जिनमें बेंचें पड़ी हुई थीं। उन पर हर वय और साइज के लोग बिना किसी लिंग भेद के बैठे हुए थे और बातें कर रहे थे। उनकी बातें भीतर न जायें और गलियारे भी शान्त बने रहें, भरसक निर्ध्वनि, इसके लिए चपरासधारी और बटनधारी नौकर लगाये गये थे। लगता था कि उनके चपरास किसी पीतल की थाली की पेंदी को तोड़ कर उसे उल्टा-सीधा काटकर बनाये गये हैं। और बटन पुराने सैनिकों के वस्त्रों से नोच लाये गये हैं। अँधेरा था, इसलिए कुछ निश्चित रूप से नहीं कहा जा सकता था, क्योंकि उन्हें देखा नहीं जा सकता था। हाँ, उनका पता इस बात से चलता था कि वे जहाँ होते थे वहाँ अँधेरा एक गहरे धब्बे में बदल गया लगता था। वे नौकर गाहे-बगाहे, चिल्लाते रहते थे कि—कृपया गैलरी साफ करके रखिये, जिससे कि नये आगन्तुकों को परेशानी न हो। ये 'कृपया' का उच्चारण इस तरह से करते थे जैसे गाली दे रहे हों। वे यह भी कहते थे कि चिल्लाइये नहीं, मजिस्ट्रेट महोदय, न्यायाधीश महोदय अपनी रिपोर्ट, अपना न्याय निरन्तर लिख रहे हैं, जो आपके सामूहिक हित के

लिए है। और ध्यान दीजिये कि वे सामूहिक हित के लिए हैं, इसलिए उनमें व्यक्तिगत हित के लिए कोई स्थान नहीं है। इसलिए व्यक्ति को चाहिए कि वह व्यक्तिगत शोर न मचाये, जब मचाये तब सामूहिक शोर मचाये और उसमें भी बात समूह की हो। यह भी ध्यान में रखिये कि जब मजिस्ट्रेट महोदय, न्यायाधीश महोदय अपना रिपोर्ट, अपना निर्णय नहीं लिख रहे होते हैं, आराम कर रहे होते हैं। और इस आराम की कोई सीमा नहीं है, समय के भी रूप में और विविधता के भी रूप में। तो भी वे आपके ही हित में वह काम कर रहे होते हैं, सिर्फ इसलिए नहीं कि वे चौबीस घण्टे के मुलाजिम हैं, इसलिए भी कि आराम और काम में आभिभाज्य सम्बन्ध है और उस पर प्रश्नचिह्न लगानेवाले आप कोई नहीं हैं।

वसुन्धर को लगा कि वह गैलरी में आ गया है और सीधे चला जा रहा है। उसके इस तरह से सीधे चले जाने से लोगों को भ्रम हो रहा है कि वह या तो मजिस्ट्रेट है या फिर न्यायाधीश। वे भरभरा कर उठ खड़े होते हैं और इस प्रक्रिया में कोई तन जाता है, कोई झुक जाता है, और कोई भरभरा कर गिर पड़ता है। उसके हाथ में एक पेटिशन है, जिसे वह जाने कबसे सक्षम अधिकारी को देना चाहता है। इस प्रयत्न में उसके सिर के बाल झड़ गये हैं, दाँत टूट गये हैं, पीठ पर कूबड़ उभर आया है, कमर झुक गयी है, और लो आज टाँग ही टूट गयी, फिर भी वह सक्षम अधिकारी न मिला। आज दिखा भी तो वह अधिकारी नहीं नवागन्तुक है जो ऐसे अकड़कर सीधे चला जा रहा है कि जैसे न्याय को जानता है और सीधे न्यायाधीश के चैम्बर में उसे दबोचेगा। नौकर 'हे, हे, हे' करते हुए दौड़ते हैं, खड़े हो गये लोग उसे घेर लेते हैं। उन्हें लगता है कि उसे अपना चैम्बर भूल गया है। इस भूल में सुधार करते हुए कोई कहता है, "नहीं-नहीं। यह मजिस्ट्रेट या न्यायाधीश नहीं है। भला वे कभी अपना चैम्बर अपने बैठने का स्थान, अपने आराम करने का स्थान, अपना काम करने का स्थान भूल सकते हैं? यह कोई 'इम्पोस्टर' है। मारो साले को।

इस अँधेरे में वसुन्धर का दम घुटने लगता है। यह हवा के कारण है। गैलरी की छत पर सूरज चमक रहा है। उसकी रोशनी भीतर नहीं आ रही है, गर्मी भीतर आ रही है। गर्मी ऐसी है कि उसमें वह जल नहीं सकता, सिर्फ अपने भीतर के पानी में उबल सकता है। यह पानी है जो मुर्दे का भी साथ देती है। जलानेवालों को चाहे जितनी जल्दी हो, वह साथ नहीं छोड़ती। बाहर की आग का साथ चन्दन, जौ, घी देते हैं, पर मुर्दे का साथ उसके भीतर का पानी देता है। उनसे बलभर लड़ता है। अब उसकी साँस अटकने लगी है। वह थोड़ी-सी हवा और थोड़ी-सी रोशनी के लिए ऊपर की सीलिंग को थोड़ा उठाता है कि चपरासधारी चोबधारी में बदल जाता है। उसका सुनहरा झब्बा और सुनहरी गाँठदार लाठी चमक उठती है। लाठी का एक सिरा नुकीला है और दूसरा गोल। नुकीले सिरे को तेजी से उसकी ओर बढ़ाते हुए वह गरजता है, "किसकी अनुमति से सीलिंग उठायी?" तभी गोलवाला सिरा किसी के माथे से टकराता है। वह 'आह माई' कहकर जमीन पर बैठ जाता

है। "किसने कहा तुमसे पीछे आने के लिए?" वह मुड़कर गरजता है। उसकी गरज से खुली सीलिंग अपनी जगह पर इस कुशलता से बैठ जाती है कि अँधेरे का शाश्वत राज फिर कायम हो जाता है। वसुन्धर बेहोश हो जाता है।

लोगों के बीच खलबली मची हुई है। कहीं पानी नहीं है, कहीं हवा नहीं है, कहीं स्थान नहीं है, कहीं रोशनी नहीं है, कि वसुन्धर का इलाज किया जा सके। एक अनुभवी आदमी कहता है, "यह अपने ही बूते ठीक हो जायेगा।"

दूसरा उसकी हाँ-में-हाँ मिलाते हुए कहता है, "जो भी यहाँ पहली बार आता है, इसी तरह गश खाकर गिरता है। दो एक बार आयेगा तो अभ्यस्त हो जायेगा, तब नहीं गिरेगा।"

तभी कोई उसकी जेब में हाथ डाल देता है। उसका मालमत्ता निकालकर अपनी जेब में रख लेता है। वसुन्धर को सब पता चलता है पर वह जानता है, वह कुछ कर नहीं सकता।

झब्बा और चोब की चमक में अँधेरे में देखती आँखों को रोशनी सहने की जो क्षमता बची हुई थी, वह भक् से जल जाती हैं। एक स्थायी अन्धापन सबको ग्रस्त कर लेता है। वसुन्धर को लगता है कि निरन्तर आँखों पर पट्टी बाँधे रहने के कारण न्याय की देवी की आँखों भी स्थायी रूप से अंधी हो गयी होंगी। तब इन पर पट्टी बाँधे रहने की क्या जरूरत है?

"जरूरत है," कोई गान्धारी की तरह चिल्लाती है, "बदी को न देखना न्याय का धर्म है और तबसे विशेष धर्म है, जब से समानता को एक संवैधानिक मूल्य माना गया है। लोगों को यदि समान करने के लिए उन्हें दो-चार इंच छोटी भी करनी पड़े तो कोई हर्ज नहीं है। यह तभी हो सकता है, जब आँखों पर पट्टी बँधी रहे, क्योंकि यह काम कोई अन्धा ही कर सकता। यदि पट्टी खुल गयी तो सारा चराचर पत्थर हो जायेगा।"

वसुन्धर सोचता है कि न्याय की मूर्ति के आँखों के ऊपर की पट्टी और गान्धारी के आँखों के ऊपर की पट्टी मे कितनी समानता है। दोनों अन्याय को जानते हुए भी पतिव्रता बनने के लिए पट्टी बाँधे रहती हैं। उस दिन घोड़ा जैसे मुँहवाले वकील हरेन्द्र शर्मा बता रहे थे कि यह न्याय की देवी यूनानी पुराकथा की देन है। आकाश के देव का नाम हारेमस था और धरती की देवी का नाम गाइया। उनकी एक बेटी थी थेमिस। वह आकाश की तरह व्याप्त और धरती की तरह गहरी मानी जाती है। उसका चरित्र तितान का चरित्र था, जो शक्ति पर जोर देता है। किन्तु शक्ति से संक्रमित कर वह धीरे-धीरे नैतिकता व विवेक की प्रतिमूर्ति बन गयी। यह क्षमता पाकर वह अपने सौतेले पुत्र जिअस की सलाहकार बन गयी। इसी क्षमता के कारण बाद में जिअस ने इससे विवाह कर लिया। जिअस देवों का देव और इसलिए उनका राजा था। बाद में वह सभ्यता का निर्माण करनेवाले होशियार लोगों की भी सलाहकार बन गयी। जिअस से थेमिस को चार पुत्रियाँ

हुईं, इरीन, एउनोमिया, टाइच और हाइक। वे क्रमशः शान्ति, सुव्यवस्था, गुप्त सम्भावनाओं और न्याय की देवियाँ बनीं। यानी न्याय की देवी हाइक हैं। इससे स्पष्ट है कि न्याय शक्ति और अच्छी राय की बेटी है, जो शान्ति, सुव्यवस्था और संयोग की बहन है। वह तीनों से भिन्न है, पर साथ ही तीनों से सम्बद्ध है। इस हाइक के सहायक हैं स्टिक्ष, नेमेसिस और प्राक्सीडिकाई, जो कानून के अनुसरण में योग देती हैं, तोड़ने पर सजा देती हैं और डाइक द्वारा दिये गये न्याय-निर्णय का अनुसरण कराती हैं। उसकी शत्रु है अति और विकृति की देवी हाइब्रिस, कलह की देवी सटिस, अव्यवस्था की देवी डिस्नोमिया, विस्मृति और छिपाव की देवी लेथे, झूठ और अव्यवस्था की दूसरी देवी एण्टिकलोनिआइया। इसमें अन्तिम तीन सटिस की बेटियाँ हैं। मजेदार बात यह है कि डाइक का न्याय कभी-कभी थेमिस के इरादों और क्रियाकलापों के विरुद्ध चला जाता है। वह गलतफ़हमी और विवाद की ओर ले जाता है। वह न्याय प्रदान तो करती है बिना किसी भय और पक्षपात के किन्तु अन्तिम मर्जी तिचे की चलती है। तिचे का कार्यकलाप तकदीर का कार्यकलाप होता है और वह तितान देव के कार्यकलाप के समानान्तर चलता है। वहाँ एक दूसरी मजेदार बात यह है कि न्याय सम्बन्धी पूरा मामला स्त्रियों का है। उसमें पुरुषों की, पुरुष देवों की भागीदारी नहीं के बराबर है।

शर्मा ने अपनी तर्जनी हवा में उठाकर आकाश की ओर इंगित करते हुए बताया था कि न्याय का सम्बन्ध नियम, नियम-पालन, औचित्य, विवेक, निष्पक्षता से होता है। उसका रुख दैवी उत्पत्ति से मानवीय जीवन की ओर संक्रमणशीलता की तरफ होता है। वह गत्यात्मक जीवन संघर्ष में समरसता और सन्तुलन की सम्भाव्यता भरता है। इन सारी बातों का शमन इच्छापूर्वक देख-रेख करने की चक्रात्मक निष्पत्ति में होता है। इसकी वास्तविक निष्पत्ति तो प्रशान्ति में होती है। उसका भी एक कारण है। न्याय की देवी ने क्वँारी रहने के बावजूद एक बेटी को जन्म दिया था जो अपने आप पर अधारित प्रशान्ति है।

लम्बी साँस लेकर शर्मा ने बताया था कि एक दूसरी बात भी है। जिस तितान देव के समानान्तर क्रिया-कलाप की बात मैंने कहा था, उसका नाम मोइरा है। वह प्राकृतिक नियमों का प्रतीक है। वह बताता है कि हर व्यक्ति को, हर घटक को उसका भाग्य प्रदत्त है। वह भाग्य अच्छा है कि बुरा, सुखदायी है कि दुःखदायी, उसे सभी को स्वीकार करना ही है। इसलिए न्याय ईश्वर की इच्छा का अनुपालन है। बुद्धि से उसकी अतार्किकता या अविवेक को नहीं जाना जा सकता। उम्मीद इस बात में निहित है कि जगत् में जो अव्यवस्था है, उसमें एक व्यवस्था देखी जाय। वही मानवीय भाग्य के सन्दर्भ में ठीक रहेगा। तब ईश्वर की इच्छा तर्कपूर्ण, विवेकपूर्ण लगने लगेगी, जिसे मनुष्य न केवल जान सकता है, समझ भी सकता है। विधि पालन में एक नैतिक आचार निहित है, जिसे हम परम्पराओं में देखते हैं। उसकी अभिव्यक्ति भौतिक, मनोवैज्ञानिक, राजनैतिक और

सामाजिक परिस्थितियों में है। इसलिए परम्पराएँ दैविक नियम से भिन्न होती हैं। दैवी नियम का निर्माण विवेक से होता है और अभिव्यक्ति भी विवेक में होती है, अचिन्त्य भाग्य में नहीं। समाज इन्हीं दैवी नियम और नैतिक आचार पर बनता और चलता है।

तब वसुन्धर की समझ में यह बात नहीं आयी थी कि न्याय में वह अच्छा, शुभ या जो होना चाहिए क्या होता है। वह न्याय से इतर दूसरे क्षेत्रों के शुभ, बेहतर या जो होना चाहिए से कैसे भिन्न होता है। न्याय हमेशा ही मानव व्यवहार के पार ऐसी जगह की ओर ले जाता है, जिसका मानवीय व्यवहार से कोई सम्बन्ध नहीं होता। इसलिए इस अन्धकार का कोई ओर-छोर नहीं है, यह बेपेंदी का कुआँ है। इसीलिए न्याय की देवी आँखों पर पट्टी बाँधे रहती हैं। यह पट्टी बाँधने की रीत रोमवालों ने चलायी। वे न्याय को इतना वस्तुगत, इतना निष्पक्ष बनाना चाहते थे कि देवी की आँखों पर पट्टी बाँध दी कि वह न देखे, न संवेदित हो। बस सुने और अपनी बात कहे। लेकिन गान्धारी ने पति के हाँ-में-हाँ मिलाने के लिए किया था। अन्धा धृतराष्ट्र जितना देखता था वह बस उतना ही देखना चाहती थी। अपने देखे से उसे प्रभावित नहीं करना चाहती थी। इसीलिए वह न्याय की मूर्ति नहीं बन पायी। कोई नहीं बन पाया। राजा भरे दरबार में न्याय देता था और देश, काल, परिस्थिति पर इतना ध्यान देता था कि मेरे जैसा गँवार आज भी जानता है कि ककड़ी के चोर को कटार से नहीं मारा जाता, पथिक यदि किसान के खेत से चार ईख तोड़ ले तो उसके पाँव काठ के कोल्हू में नहीं फँसाये जाते, कुछ ऐसे अपराध हैं जो ब्राह्मण करे तो शूद्र से चार गुना, क्षत्रिय करे तो तीन गुना और वैश्य करे तो दो गुना दण्ड दिया जाता है। कुछ अपराधों में उसका विलोम भी अपनाया जाता था। कहाँ गया वह न्याय शास्त्र? अंग्रेजों ने इसे हटाकर वह रोमन विधान शास्त्र को लागू किया। उससे कब मुक्ति मिलेगी। यह राजनैतिक प्रश्न है, कानूनी नहीं। तब वह यहाँ कहाँ भटक रहा है? चलो वसुमतारी के पास।

वसुन्धर की मूर्च्छा टूटती है। वह गोगा गाँव भागता है।

10

लम्बोदर साइकिया चला जा रहा है। सोचता है कि जिस जमीन पर वह चल रहा है, वह कभी नहीं रही होगी। नदी ने अपने किनारों की मिट्टी को काट-काट कर अपनी पेटी भरा होगा और वह धीरे-धीरे उथली होती गयी होगी। उथली होते-होते वह समतल जमीन बन गयी होगी। समतल जमीन बनकर वह अपने अगल-बगल की जमीनों के बराबर हो गयी होगी। उसी पर बना होगा रास्ता। पहले छोटे पशुओं ने बनाया होगा, फिर बड़े पशुओं ने। मनुष्य ने उस पर बाद में कब्जा कर लिया होगा। वही अब सड़क बन गयी है। सड़क अभी कच्ची है। बाद में पक्की बन जायेगी। सरकार के पास इसकी योजना

है। बस अधिकारियों को तैनात किया जाना है। सन् '62 की लड़ाई में हमारी सेना छत्तीस मील प्रति घण्टा की चाल से ऐसी ही सड़कों से भागी थी। आगे न भागे, या और तेजी से भागे। इसलिए इस इलाके की सड़कों को पक्का किया जाना है। योजना केन्द्र सरकार की है। राज्य सरकार को उससे क्या लेना-देना! मशीन और मजदूर तक बाहर से आयेंगे। स्थानीय लोग बस उन्हें गल्ला बेंचेंगे और चाय पिलायेंगे। ये स्थानीय लोग इसी भरी नदी की जमीन पर बसते हैं। पहले इक्का-दुक्का झोपड़े बने होंगे, फिर पूरा गाँव ही बस गया होगा। स्थिर, वहीं रह जाता हुआ। ऐसे बसे गाँवों को जब इस सड़क ने जोड़ा होगा तो कहीं-कहीं जैसे बाजार बन गये होंगे। वे अब कस्बा बन जायेंगे और दूर दिल्ली, कलकत्ता, बम्बई, मद्रास से जुड़ जायेंगे। वहाँ से ट्रकें आयेंगी, समान लेकर और यहाँ से सामान लेकर जायेंगी। नेता लोग शोर मचायेंगे कि देश एक हो रहा है। सेना की ट्रकों को देखकर कहेंगे कि स्थानीय लोगों का शोषण हो रहा है। अपनी-अपनी दृष्टि और उससे उपजा अपना-अपना मत। सभी मत वस्तुगत हैं, इन्हें सिद्ध करने के लिए सभी के पास तर्क हैं। उसके पास क्या है? कुछ नहीं, सामान्य आदमी के पास कुछ नहीं होता। उसे विशिष्ट आदमी जैसा हाँक दे, वह हँकाता चला जाता है।... खाली मन जाने क्या-क्या सोचता है। पर इससे रास्ता खूब कटता है।

उसने सिर उठाकर चारों तरफ देखा। खेत थे। धान काट लिये जाने के बाद जो खूँटें बचे रह गये थे, वे चमक रहे थे। पूरा प्रान्तर सोने का लग रहा था, जैसे यहाँ सोने की खेती होती हो। सोने की खेती। यदि ऐसा हो जाय तो सभी धनी हो जाय। कोई गरीब रह ही न जाय। कैसे न रह जाय? जिसके पास ज्यादे खेत होंगे, वह ज्यादा सोना उगायेगा। वह धनी हो जायेगा। लेकिन जब सबके पास सोना होगा और अन्न नहीं होगा, फल नहीं होगा, कपड़ा बनाने का प्रयास नहीं होगा, शहतूत का वह पेड़ नहीं होगा, जिस पर रेशम का कीड़ा पलता है तो उस सोने का क्या होगा। वह उसी तरह मूल्यहीन होगा जैसे यह मिट्टी। मिट्टी का मूल्य हीन है? मूल्यहीन है तो इतना झाँव-झाँव क्यों? उसे लगा कि ये खेत क्या हैं? गाँव बनने से बचे हुए नदी के अंश। इनमें अभी सोना चमक रहा है। वह जला दिया जायेगा खाद बनाने के लिए। राख और धुआँ के बादल से सारा वितान भर जायेगा। भर जायेगी जलने की गन्ध। उसे लगा कि गन्ध आ रही है। उसे देखा नहीं जा सकता, सिर्फ महसूस किया जा सकता है। उसका एक स्रोत है। वह स्रोत कहाँ है? उसने अपने कपड़ों पर निगाह डाली। वे सलामत थे। फिर भी कहीं कुछ जल रहा है। गनीमत है कि उसका नहीं कुछ जल रहा है। किसी दूसरे का जल रहा है। तो हमें क्या? हम सलामत रहें, यही बहुत है। पर गन्ध बढ़ती जा रही है। जिन हवाओं में हमारी साँसें हैं, उसमें जलने की गन्ध भर जाय यह ठीक नहीं। और यह गन्ध चिरायँध है। यानी कहीं मांस चल रहा है। उसने दूर क्षितिज की ओर दृष्टि डाली। वहाँ एक हल्का धुआँ इकट्ठा हो रहा था। उसके सहारे वह नीचे उतरा। कहीं चिता जल रही थी। बाहर

की आग एक आदमी को जला रही थी। मरे हुए आदमी को। घी, चन्दन, कपूर, लकड़ी, उसका साथ दे रहे थे। मुर्दे का साथ उसके भीतर का पानी दे रहा था। वह आग से पूरी ताकत से लड़ रहा था। मरने के बाद भी उसने साथ नहीं छोड़ा था। इसलिए खुशबू बनाने वाले पदार्थों को दबाकर वह गन्ध को चिरायँध कर रहा था। पानी की जिजीविषा अद्भुत थी।

उसने चिता पर से ध्यान हटाया और फसलों पर केन्द्रित किया। हर साल एक फसल काटी जाती है, दूसरी फसल लगायी जाती है। फसलों का यह आने-जाने का क्रम लगा रहता है। पर उसके मालिक स्थिर रहते हैं। क्या वाकई? क्या वाकई मिल्कियत स्थिर रहती है? वह हाथ बदलती है। उसके लिए कितने प्रपंच होते हैं, तिकड़म होते हैं, षड्यन्त्र होते हैं, मार-पीट होती है, खून-खराबा होता है और खेतों के मालिक बदल जाते हैं। आज भी बदल रहे हैं। एक ऐसा टिड्डियों का दल दक्षिण से आया है, जो हमारे खेतों को कब्जा करता जा रहा है और हम कुछ नहीं कर पा रहे हैं। क्यों नहीं कर पा रहे हैं? क्योंकि सब-कुछ करने का अधिकार हमने सरकार को सौंप दिया है। न तो वह कुछ करती है, न हमको करने देती है। धीरे-धीरे हम सरकार पर इतने निर्भर होते गये हैं कि वह हमारी हगनी-मुतनी के लिए भी जिम्मेदार होती जा रही है। वह पाखाना बनवाये तो हम पाखाना जायें, वह बस चलवा दे तो हम तीर्थयात्रा पर जायें, वह पैसा दे तो हम बिटिया का विवाह करें, वह अस्पताल में डॉक्टर भेजे तो हम अपना मर्ज दिखायें, वह हमें मजबूर करे तो बच्चों को पढ़ने भेजें। दरअसल अब सरकार हमारी नहीं रह गयी, हम सरकार के हो गये हैं।

इस जकड़न को तोड़ना चाहता है जोसफ मिंज। वह नरजारी है। उसके पुरखे हमारी ही तरह बड़ थे। आज भी हैं। पर भिन्न हो गये हैं। वह भिन्नता लाया सिडनी एण्डेल ने। वह धर्म प्रचारक था। कैथोलिक चर्च ने उसे 1864 में तेजपुर भेजा था। उनकी एक सोसाइटी थी जो पवित्र उपदेश को प्रचारित करती थी। साल भर के भीतर उसने क्या काम किया, इसका तो पता नहीं, किन्तु कलकत्ता के विशप ने उसे अगले साल डिकान बना दिया, और उसके अगले साल पादरी। पादरी बनाकर भेजा तो डिब्रूगढ़, पर तेजपुर के पादरी हेसेलमर की तभी मृत्यु हो गयी। एण्डेल को दारांग जिले के कछारी मिशन का प्रमुख बना दिया। उसका काम कोई सौ मील की चौहद्दी में फैले अंग्रेजों को चर्च और ईसाइयत से बाँध कर रखना था, सेवा करना था, प्रार्थना करनी थी। उसने साथ ही उसने स्थानीय लोगों के धर्म-परिवर्तन पर विशेष ध्यान दिया। उसे लगा कि इस इलाके में बसे बड़-कछारी लोग असम के आदिम नस्ल के लोग हैं, जो अभी भी जाहिलियत की अवस्था में रह रहे हैं। ये ईमानदार लोग हैं, विश्वासी लोग हैं, बहादुर लोग हैं, अच्छे लोग हैं, पर जीवन जीने का ढंग ऐसा है कि सामान्य भारतीय, चाहे हिन्दू हो या मुसलमान, इनके हाव-भाव और मूल्य को स्वीकार नहीं कर पाता। इसलिए अपने में मिल-मिलाकर नहीं रख पाता। इन्हें

'मेच' कहता है, जो संस्कृत के शब्द, 'म्लेच्छ' का बिगड़ा रूप है। म्लेच्छ का मतलब है गन्दा। और असभ्य भाषा का प्रयोक्ता। इसका लाभ उठाते हए उसने इन्हें ईसाई बनाने को ठाना और अपनी उपदेश की पुस्तक तथा दवाई का डिब्बा लेकर पैदल ही इस गाँव से उस गाँव घूमने लगा। पहले उनकी बोली सीखी, दूसरे भी सीख सकें उसके लिए उसका व्याकरण लिखा। फिर प्यार से उन्हीं की भाषा में प्यार की बात करने लगा। लोग उससे खूब प्रसन्न रहने लगे। कीचड़ भरे धान के खेतों से, जंगल के साँप, गोजर, विषखोपड़ों से बचता-बचाता जब गाँव की तरफ आता दिखता तो लोग अपनी तात्कालिक गतिविधियों को स्थगित कर ललकारते हुए उसकी तरफ 'गामिनी ब्राई' कहते हुए दौड़ पड़ते, क्या वृद्ध, क्या बच्चे, क्या स्त्री, क्या पुरुष और भरूपर स्वागत करते। वह उनके बीच बैठ जाता, उसकी पुराणकथा सुनता, नाचता-गाता, खाता-पीता, राय देता, दवा देता, किस्से सुनाता और कभी-कभी तो वहीं चटाई बिछाकर, हाथ का तकिया बनाकर सो भी जाता। धीरे-धीरे उसने कुछेक लोगों को असमिया और अंग्रेजी पढ़ाया। उनके सहारे कुछ गाँवों में स्कूल और दवाखाना खोला। कई वर्षों के परिश्रम के बाद उसने पहला इसाई बेंगबारी गाँव के नसुका कछारी के बेटे धन कछारी को बनाया। नाम दिया फिलिप मिंज। यह मिंज 'मेच' का अपभ्रंश था, जिस उपजाति का वह सदस्य था। उसके सहयोग से बेंगबारी में उसने एक चर्च बनवाया, जिसका शिलान्यास करने कलकत्ता के विशप मिलमैन तेजपुर से बेंगबारी तक पैदल आये, उनके पीछे-पीछे सैकड़ों स्थानीय लोगों का जत्था आया। चर्च लकड़ी और फूस का बना और आज भी बरकरार है। उसकी स्मृति में जो शिलापट्ट लगा है, वह इस घटना का साक्ष्य है।

उसी फिलिप मिंज का वंशज है, जोसेफ कछारी मिंज। दोनों में कई पीढ़ियों का गैप है। एक ने अपने को अज्ञानता से बाहर लाकर ज्ञान में प्रवेश किया, फिर कई लोगों को कराया। दूसरा सरकार की अकर्मण्यता और विदेशी घुसपैठियों की नयी हड़प-नीति से मुकाबला करने के लिए लोगों को बल प्रदान करना चाहता है। इसके लिए उसने चुपचाप तमाम लोगों को जोड़ा है और कई युवाओं को दुआर के इस पार बक्सा के जंगलों में हथियार का प्रशिक्षण दे रहा है। विनायक वसुमतारी ने कहा है कि, उससे सम्पर्क साधो, उसे विश्वास में लो, न हो तो उसके विश्वास में चले जाओ, उसकी क्षमता का आकलन करो, उसके काम करने के ढंग को सीखो। जिस तरह का अराजक माहौल बनता जा रहा है, उसमें हो सकता है कि जोसेफ मिंज और उसका दल काम का साबित हो। हो सकता है कि एक दिन हमें भी उसका रास्ता अपनाना पड़े।

विनायक वसुमतारी शुरू से ही महत्त्वपूर्ण आदमी थे। आदमी को महत्त्व या तो उसके घराने से मिलता है, या फिर अपने करतब से। उनके पास दोनों था। पुरखे हमेशा अपने इलाके के प्रथम पुरुष माने जाते थे, सिर्फ इसलिए है नहीं कि उनके पास बल था—वे हमेशा संयुक्त परिवार में रहे, परिवार में सहमति थी, वे किसी एक को परिवार

का कर्त्ता मानकर उसका अनुसरण करते थे, शरीर और सम्पत्ति से सदैव अपने परिवार को शक्तिशाली बनाकर रखते थे और इस तरह से अपने परिवार को कुनबे का श्रेष्ठ परिवार बनाते थे। उनके पास विवेक भी था, जिसका उपयोग वे नये लोगों से सम्बन्ध बनाने में करते थे, उसमें जो उत्तम होते थे, उनसे घनिष्ठता स्थापित करते थे, नये विचारों को पहले स्वयं अपनाते थे, फिर दूसरों को अपनाने के लिए प्रोत्साहित करते थे। और ऐसा करने के दौरान वे अपनी जाति, अपने वंशज और अपने रीति-रिवाज को बह नहीं जाने देते थे, उसे बचाकर रखते थे और नये के साथ जोड़कर उसे समयानुकूल और नूतन करते थे। इसलिए वे शक्ति ही नहीं संस्कृति के क्षेत्र में भी बलशाली थे। परिणामस्वरूप चाहे कोच राजाओं को अहोम राजाओं से लड़ना हो, अहोम राजाओं को मुस्लिम राजाओं से लड़ना हो, अंग्रेजों को बर्मियों से लड़ना हो या कांग्रेस को अंग्रेज से, इस इलाके में सारी लड़ाई उनकी भागीदारी और सहयोग से लड़ी जाती थी। इसलिए लोगों को इस परिवार पर भरोसा था। उन लड़ाइयों में हार हो या जीत, वे दोनों से निःसंग होकर अपने नित्य-प्रति के जीवन में लग जाते थे। पुरस्कार, पद से दूर रहकर। इसलिए जन के मन में उनके प्रति बड़ी श्रद्धा थी। विनायक के पिता ने गोपीनाथ बरदोलोई और विष्णुराम मेधी के साथ स्वतन्त्रता-संग्राम में खुलकर हिस्सा लिया था। गोपीनाथ बरदोलोई ने जब उन्हें मन्त्री बनाया तो उन्होंने पद को स्वीकार कर लिया, किसी व्यक्तिगत आकांक्षा की पूर्ति के लिए नहीं, कछारी लोगों में आत्मसम्मान भरने के लिए कि वे भी बड़ा-से-बड़ा पद पा सकते हैं और जनतन्त्र में यह खूब सम्भव है। इसी सम्मान की बढ़ोतरी के लिए उन्होंने विनायक को अच्छी शिक्षा दी। शिलांग के पास बड़ापानी में जो यूनिटैरियन चर्च का विद्यालय है, वहाँ आरम्भिक शिक्षा दिलाया, फिर काटन कॉलेज गुवाहाटी में पढ़ाया। इरादा ऑक्सफोर्ड या कैम्ब्रिज भेजने का था। पर विष्णुराम ने कहा कि अपने देश में क्या कम अच्छे विश्वविद्यालय हैं। हम जब अपने बच्चों को वहाँ पढ़ने भेजेंगे और वे अच्छे होकर निकलेंगे तो सिर्फ उन विश्वविद्यालयों का नाम नहीं होगा, हमारे देश का भी नाम होगा। यह भावना नेहरू युग की थी, जो अब इन्दिरा गाँधी युग में तिरोहित हो रही थी। जो भी हो विनायक वसुमतारी ने आगे पढ़ाई नहीं की और गोगा गाँव आकर अपने जर-जवार के लोगों में रच-बस गये। चालिहा का जमाना आया तो उन्होंने वसुन्धर के पिता से विनायक को चुनाव लड़ने को कहा। वे भड़क गये—यह तो परिवारवाद की स्थापना होगी। चालिहा ने कहा—स्वयं जवाहरलाल नेहरू ने इसका बढ़ावा दिया है, तो हमें उनका अनुसरण करने में क्या हर्ज है? विनायक के पिता को खयाल आया कि बी.पी. चालिहा के पिता भी तो असम में एक बड़े कांग्रेसी नेता होते थे। इसका उन्होंने लाभ उठाया है, इसलिए ऐसा कह सकते हैं। किन्तु हमने तो ऐसा नहीं किया है, इसलिए विरोध कर सकता हूँ। कहा, ‘‘जरूरी नहीं है कि सबके माडल, आदर्श पुरुष, प्रतिदर्श स्व. जवाहरलाल नेहरू ही हों।

वल्लभभाई पटेल, राजगोपालाचारी, जय प्रकाश नारायण, राम मनोहर लोहिया, लाल, बाल, पाल, स्वयं महात्मा जी भी तो हो सकते हैं।''

''तब बनो महात्मा,'' कह कर वे रूठ गये। पर विनायक के पिता ने अपना विचार नहीं बदला। किन्तु विनायक को पूरी छूट दी कि वे अपना 'कैरियर' स्वयं चुनें और उसे पाने के लिए स्वयं प्रयास करें। विनायक को इस 'कैरियर' पर बड़ा एतराज था। ये गाँधी और तिलक, पटेल और राजगोपालाचारी, चन्द्रशेखर और चाफेकर, सावरकर और बाघा जतिन ने क्या 'कैरियर' के लिए अपना सब-कुछ होम किया था? वह काम तो नेहरू और पटेल, जिन्ना और सुहरावर्दी ने किया था। और उसका परिणाम देश के सामने है। इसलिए वे राजनीति को अपने कैरियर नहीं देश और जाति के भले के रूप में लेना चाहते थे। इसलिए वे बहुत कटिबद्ध (कमिटेड) नहीं थे। जैसे दूसरे और तमाम काम करते थे, वैसे ही राजनीति भी करते थे। इसने अपने कौम के लोगों में बड़ा विश्वास भरा था। यह उनके करतब की देन थी। इसीलिए लोग उनके पास आते थे।

वे अचानक ही अब और महत्त्वपूर्ण हो गये थे। उनकी माँग चारों तरफ हो रही थी और वे तय नहीं कर पा रहे थे कि किस तरफ जायँ। उन्होंने इलाके भर के गाँवों में बड़ और मुसलमानों के बीच जो पंचायत की थी, करायी थी, उसका परिणाम सामने आने लगा था। मुसलमानों ने वादा तोड़ा था और योजनाबद्ध तरीके से तोड़ा था, इससे पिटनी तो चाहिए थी उनकी भद्द, लेकिन उनके इर्द-गिर्द लोग इस तरह से जुट रहे थे कि वे नेतृत्व दें तो घुसपैठियों को मजा चखायें। हर जगह बलवा की नौबत आ रही थी। यह प्रशासन की चुस्ती थी कि बलवा नहीं हो पा रहा था। इस चुस्ती से फायदा घुसपैठियों को ही हो रहा था, क्योंकि (जैसा कि हमेशा और हर जगह होता है) प्रशासन यथास्थिति बनाये रखने के पक्ष में था, इसलिए जो अनाज मुसलमानों ने हथिया लिया था, वह उन्हीं के घर में रह जा रहा था। आगे जो खेत उन्होंने हथिया लिया था, वह भी उन्हीं के पास रह जानेवाला था। उसके लिए गाँव-गाँव पंचायतें हो रही थीं, युवक दल बन रहे थे, छात्र दल बन रहे थे, हथियार इकट्ठे किये जा रहे थे, घर में राशन इकट्ठे किये जा रहे थे। लोग कह रहे थे कि पंचायत उन्होंने कराया था, तो लागू कराने की जिम्मेदारी उनकी है। उसको लागू कराने के लिए जो शक्ति अपेक्षित है, वह हम मुहैया कराने को तैयार हैं, भले ही प्रशासन उसके विरुद्ध है। उससे टकराने के लिए मिंज सैनिक तैयार कर रहा है। जरूरत पड़ी तो हम भी अपने आदमी भेजेंगे। वे इसके ख़तरे समझते थे और भागकर शासन से सम्पर्क साधते थे। शासन न तो उनके पत्रों का जवाब देता था, न ही कोई कार्यवाही करता था। साफ जाहिर था कि शासन या तो उन पर विश्वास नहीं कर रहा है, या फिर उनके प्रति ठण्डा बर्ताव कर रहा है।

तभी कमीशन का पत्र मिला कि वे गणना का रजिस्टर लेकर तुरन्त आयें। विभिन्न इलाकों में काम करनेवाले लोग दिसपुर में दिनांक अमुक को मिल रहे हैं। उन्होंने तुरन्त

अपने सहयोगियों को खबर भिजवायी कि वे अपने-अपने रजिस्टर ले गोगागाँव में इकट्ठे हों। यह खबर बिजली की गति से पूरे असम में फैली और जिस किसी दल ने, संगठन ने, व्यक्ति ने इस तरह के रजिस्टर तैयार किये थे, उन्हें इकट्ठा किया और दिसपुर के लिए चल पड़े।

ऐसे रजिस्टरों की संख्या विनायक वसुमतारी के पास बहुत ज्यादे थी। उसकी ढुलाई के लिए उन्होंने दो भाड़े की जीप की और अपनी जीप में दिवांग, ब्रह्म आदि के साथ बैठकर मुँह अँधेरे ही गुवाहाटी के लिए निकल पड़े। कच्ची सड़क के किनारे-किनारे धान कटे खेतों में सड़ रही मिट्टी से गन्ध आ रही थी। सृजन में दुर्गन्ध की भी अपनी भूमिका है यह बात वसुमतारी को एक मौलिक ज्ञान के मन्त्र की तरह लगी। यदि वे वैदिक काल में होते तो इसका छन्द, देवता और ऋषि तय कर ऋचा में तब्दील कर देते। लेकिन यह तो कलिकाल का आधुनिक युग है। यहाँ सब-कुछ पहले से ही जाना हुआ है। अज्ञान यहाँ लेशमात्र भी नहीं और ज्ञान के यहाँ विविध रूप हैं। सभी अपने-अपने ढंग के और अपने-अपने ढंग से ज्ञानी हैं। इसलिए ज्ञान और अज्ञान का फर्क मिट गया है। विकलांग लोग दिव्यांग बन गये हैं। इस प्रातःकाल के सन्धिकाल में अन्धकार और प्रकाश का भेद मिट गया है, दिन और रात का भेद मिट गया है। बचा रह गया है जाति और कर्म का भेद। एक जाति दूसरे जाति पर कब्जा कर रही है। सरकार मानती है कि यह गलत कर्म है। यानी कर्म गलत और सही होता है। लेकिन सरकार कुछ नहीं कर रही है। उसके सामने सभी समान हैं। विनायक ने बाहर की ओर देखा। हल्का कुहासा चारों तरफ फैला था। पूरे चराचर में समानता बरपा थी। अँधेरे के घने थक्के से लगता था कि वहाँ कोई पेड़ होगा। हवा में तैरती काजल की रेखा से लगता था कि नीचे नाला हल्के-हल्के बिना कोई ध्वनि किये बह रहा होगा। उसके किनारे मादा गिरगिट अपने थूथुन से जमीन ओट बारह अण्डे दे, उसे कच्ची मिट्टी से ढक, अपने पंजों की छाप बना, पेट से दबा रही होगी और जरा-सी आहट पाते ही भागकर आट की ऊँचाई पर चढ़ पीछे मुड़ आपदा को अपने लिये कम, भावी सन्तान के लिए अधिक अकन रही होगी। कुछ देर तक अकनने के बाद परिवेश को निरापद या स्वनिर्मित ढूह पर आकर बैठ जाती होगी। यही प्रयास सृजन का सुख है।

अचानक जीप हिचकोला खा गयी। गड्ढा था। ड्राइवर देख नहीं पाया। अगले चक्कों को निकलते ही उसने ब्रेक लगा दिया। फिर भी पिछले चक्के चू-चू कर निकल गये। उनकी आवाज सुनकर एक तरफ गोह भागी, दूसरी तरफ नेवला और दोनों ही प्रातः के अँधेरे में खो गये। हिचकोले खाकर जो सो रहे थे, वे जाग गये, जो जाग रहे थे वे तन गये। ड्राइवर ने पता नहीं किसे गाली दी और गियर बदल कर चल दिया। जीवन ऐसे ही हिचकोले खाता आगे बढ़ता है। जो दमखम पास होता है, वह छूट जाता है, जो दूर होता है, अपना नहीं होता है, वह मिल जाता है, उस पर कब्जा हो जाता है। इस इलाके

को कब्जा करनेवाले लोग पवना, खुलना, रंगपुर, मैमनसिंह से अपना सब-कुछ छोड़कर चले आये हैं और अब ऐसी बात करते हैं कि जैसे वे ही यहाँ के मूल और वास्तविक बाशिन्दे हैं, गोआलपाड़ा, कामरूप, नवगाँव के मूल लोग अवांछित घुसपैठिये। उन्होंने कैवर्तों और बनिकों पर कब्जा कर रखा है और ख्वामख्वाह असमिया कहते हैं। हैं तो बड़-कछारी।... विस्थापित स्थायी को विस्थापित कर रहा है, धन, धर्म, भाषा और संस्कृति से और उसके लिए दर्शन गढ़ रहा है। ऐसा ही दर्शन गढ़ा था अंग्रजों ने जब भारत पर कब्जा किया था। आर्यों तक को ईरान से आया घोषित कर दिया था, जिससे कि भारत पर विदेशी सत्ता को न्यायोचित ठहराया जा सके।

मुख्यमन्त्री को उम्मीद नहीं थी कि आयोग इतनी तत्परता से काम करेगा और इतने कम समय में असम भर के लोगों का चिट्ठा तैयार कर लेगा। एक नये बन रहे कार्यालय शंकुल के दो मंजिले पर एक तीन कमरों का सेट आयोग को दे दिया गया था। कामाख्या नारायण त्रिपाठी उसी में रहते थे और रात-दिन काम करते थे। उसके लिए न तो पर्याप्त पैसा मुहैया किया गया था, न ही फील्ड में काम करनेवाले लोग। उन्हें उम्मीद थी कि उसकी माँग कमीशन के अध्यक्ष तुरन्त करेंगे। उसको लटकाने के लिए तमाम बहाने मुख्यमन्त्री ने पहले ही सोच लिया था। लेकिन यहाँ तो आयोग के अध्यक्ष ने उन्हें विमर्श के उद्घाटन के लिए ही आमन्त्रित कर लिया था। बिना स्टाफ के, सिर्फ स्वयंसेवकों के बूते पर उन्होंने इतना काम कर लिया है इसे जानकर वे हैमश खा गये थे। पर तब आश्वस्त थे कि यदि बात आगे बढ़ी और वह उनके मन की न हुई तो साफ-साफ कह देंगे : "यह सरकारी मशीनरी द्वारा कराया गया काम नहीं है, इसलिए इसकी कोई 'अथेण्टीसिटी' नहीं। यह बेकार है। इस पर कोई कार्यवाही नहीं की जा सकती।"

कई बार की बैठकों के बाद इतना यूँ ही स्पष्ट हो गया कि कुछ होने-हवाने नहीं जा रहा है। असमिया लोगों का कहना था कि उनको लेकर जो रजिस्टर बने हैं, वे ही वास्तविक बाशिन्दों के हैं। उनके इतर जो लोग इस प्रान्त में रह रहे हैं, वे घुसपैठिये हैं। उन्हें बाहर किया जाना चाहिए। सिलचर से सत्यदेव पुरकायस्थ के नेतृत्व में हिन्दू बंगाली लोगों का रजिस्टर लेकर जो दल आया था, उसका कहना था कि असमिया लोगों के रजिस्टर में उन लोगों का नाम है ही नहीं, जो क्या उन्हें वतन-बदर कर दिया जायेगा।

इस पर बड़ा विवाद छिड़ा। सत्यदेव पुरकायस्थ का कहना था कि कछार के तमाम हिन्दू बंगालियों का नाम वोटर लिस्ट से काट दिया गया है, उसे हमारे रजिस्टर के आधार पर सुधारा जाय। उसका विरोध करते हुए मुख्यधारा के असमिया लोगों का प्रतिनिधित्व करनेवालों का कहना था कि यह कछार में अवैध रूप से रह रहे बाँग्ला देश, विशेषकर सिलहटी बंगालियों की लिस्ट है, जिसे वैध कराने की कोशिश हो रही है। यह विवाद इतना बढ़ा कि पुरकायस्थ ने असम से अलग होकर कछार के लिए अलग राज्य बनाने की माँग उठाने की धमकी दे दी। ऐसे में बंगाली मुसलमानों के घुसपैठ का जो मामला था, वह

दब गया। एक मिर्जा बदरुद्दीन थे जो मुसलमानों की अपनी लिस्ट लेकर आये थे। कह रहे थे कि "सिर्फ गरिया और मरिया ही असमिया मुसलमान नहीं हैं, जैसे तुर्क, अफगानी, शेख और सैयद कई पीढ़ियों से बसे होने के कारण असमिया मुसलमान हैं, वैसे ही बंगाल से आकर कई पीढ़ियों से बसे मुसलमान भी असमिया हैं। ये पीढ़ी-दर-पीढ़ी इन इलाकों में रह रहे हैं, खेती-बारी कर रहे हैं। जमीनें इनके नाम कर देनी चाहिए।" वसुमतारी ने तुरन्त हस्तक्षेप किया था कि "ये ही बाँग्लादेश से आये घुसपैठिये हैं। इन्हें तुरन्त बाहर निकाला जाय। हमें बना-बनाया रजिस्टर मिल गया है। अलग से घुसपैठियों की खोज करने की जरूरत नहीं है। तुरन्तज 1951 का कानून कार्यान्वित किया जाना चाहिए। अच्छा हुआ जो बदरुद्दीन मियाँ ने खुद ही लिस्ट दे दी।"

विनायक का विरोध सत्यदेव ने किया। कहा, "नहीं ये 'जेन्युइन' लोग हैं। जो घुसपैठिये थे, शरणार्थी थे वे युद्ध के बाद तीन वर्षों में असम से जा चुके हैं। ये सभी बाशिन्दा हैं। इनका नाम मतदाता सूची में जोड़ा जाना चाहिए, राशन कार्ड बनाया जाना चाहिए।"

यह कथन कामाख्या नारायण त्रिपाठी और विनायक वसुमतारी को ही नहीं, स्वयं मुख्यमन्त्री को चौंकानेवाला था। अभी तक बंगाली हिन्दू, बंगाली मुसलमान से तहे-दिल से घृणा करता था और भरपूर विरोध करता था। वह उन्हें उसी तरह से नीची निगाह से देखता था, जिस तरह से सामान्य असमिया को। उसे मजदूर समझता था, पूर्वी पाकिस्तान बनवानेवाला समझता था, जिस कारण तमाम हिन्दू बंगालियों को जान गँवानी पड़ी थी, वतन छोड़ना पड़ा था और वह सिलसिला आज भी जारी है। वह यह आज उनका खुल्लमखुल्ला समर्थन कैसे कर रहा है? जरूर इसमें कोई बड़ी राजनीतिक चाल है। उनकी बात को फिलहाल काटने के लिए कहा, "मारवारी, हिन्दी इलाकों से आये और अन्य लोगों की भी लिस्ट बनी है क्या?"

कामाख्या नारायण त्रिपाठी ने कहा, "नहीं।"

यह बड़े आश्चर्य की बात थी। आयोग के अध्यक्ष स्वयं हिन्दी भाषी थे और हिन्दी भाषियों का सर्वे ही नहीं कराया? इसमें भी कोई चाल होगी। कहा, "उनका भी सर्वे होना चाहिए। तब बात आगे की जायेगी। जानते ही हैं यह सब बड़ा ही संवेदनशील मामला है। भारत सरकार को अलग से विश्वास में लेना होगा।"

लब्बोलबाब यह कि बैठकों का सिलसिला रुक ही गया। होना तो यह चाहिए था कि वसुमतारी गोगागाँव लौट जाते और आते हुए हालात से जूझने के लिए अपने स्तर पर तैयारी करते। किन्तु वे रुक गये। प्रदेश की राजनीति को सूँघना जरूरी था।

एक सामान्य असमिया के लिए 'बंगाली' का मतलब होता है 'बाहरी'। यह उसी तरह से है, जिस तरह से खासी के लिए 'ड्' खार है, मिजो के लिए 'वाई' और झारखण्डी

के लिए है 'दीकू'। फिर भी शारदा रंजन बनिक का स्वागत 'असम क्लब' में वैसे ही होता था, जैसे किसी भी असमिया का। शायद कारण यह था कि आजादी की लड़ाई असमिया और बंगाली लोगों ने एकसाथ अंग्रेज के खिलाफ लड़ी थी। शिलांग के राजधानी होने के बावजूद वह असम के बाहर का शहर लगता था। खासी लोगों के बीच क्या असमिया, क्या बंगाली, क्या मारवाड़ी, क्या बिहारी सभी अपने थे। 'अन्य' की तरह पाते थे, इसलिए आपसी एकता बनाकर रखते थे। और तो और इनके मुहल्ले खासी लोगों के मुहल्लों से अलग थे। उन अलग मुहल्लों की अपनी-अपनी संस्कृति थी। लाबान बंगाली लोगों का मुहल्ला था, तो विष्णुपुर असमिया लोगों का। मारवाड़ी लोगों का मुहल्ला बड़ा बाजार के इर्द-गिर्द था, तो नेपाली लोगों का झालुकबाड़ी में। पर असम क्लब में सभी एक थे। शारदा रंजन बनिक मैदान लाबान में रहते थे और रोज असम क्लब आते थे।

विनायक वसुमतारी दिवांग राभा और लम्बोदर साइकिया के साथ एक दिन वहीं पहुँचे थे, कामाख्या नारायण त्रिपाठी की राय पर प्रभावशाली लोगों से सम्पर्क साधने की गरज से। क्लब के वाचनालय में अखबार के पन्नों में मुँह छिपाये सिर्फ एक आदमी बैठा था। तीनों वहीं गये और प्रणाम कर सामने बैठ गये। आवाज अपरिचित थी, इसलिए जिज्ञासावश, शारदा रंजन ने अखबार हटाया और चौड़ेवाले फ्रेम के मोटे शीशेवाले चश्में के पीछे से घूर कर देखा, मुँह से आशीर्वाद देते हुए। तीनों ने अपना सामान्य परिचय दिया और शिलांग के मौसम से बात शुरू कर किसी तरह राजनीति पर आये। बात-चीत का कुछ ऐसा दौर चला कि विनायक ने पूछा, "आजादी का जश्न असम के बंगाली लोगों ने कैसे मनाया?"

साफ मतलब था कि पूछनेवाला असमिया था और बंगाली की प्रतिक्रिया का कुछ भेद जानता था। अब वह या तो उसका विवरण जानना चाहता था, या फिर घटना की सत्य कथा। शारदा रंजन बनिक ने जो जवाब दिया, उसमें दोनों तत्त्व थे। कहा, "उस तरह से तो नहीं ही मनाया, जिस तरह से असमिया लोगों ने, या फिर गोआलपड़िया बंगालियों ने।"

असमिया से तो न मिलना ठीक, पर यह गोआलपड़िक बंगाली की बात। विनायक की जिज्ञासा बढ़ गयी। कहा, "कुछ खुलासा करें।"

"अब असम में रहनेवाला बँगाली अपने को सिलचर से जोड़कर रखता है। वहाँ 'जन गण मन' सिलचर से नुची चली आ रही युवतियाँ और पति-पुत्र खो चुकी प्रौढ़ाओं के आर्त्तनाद के साथ घर-बार खो चुके पुरुषों की चीख-पुकार के साथ स्वर मिला कर गाया गया था।"

"भला वह क्यों?"

शारदा रंजन बनिक को साफ लगा कि ऐसा नहीं है कि असमिया उस हादसे को जानता नहीं है। खूब जानता है, किन्तु उस पीड़ा से उस तरह से लबरेज नहीं है, जिस

तरह से एक आम हिन्दी भाषा-भाषी पंजाब के सिक्खों के दर्द से लबरेज है। उनके कत्ले-आम की जितनी चर्चा पंजाबी, उर्दू और हिन्दी के अखबारों में ही नहीं, साहित्य में हुई, उतनी चर्चा बंगाली-हिन्दुओं के साहित्य की नहीं। वहाँ भी इस बंगाली को 'अन्य' बनाकर ही रखा गया, जबकि आजादी की लड़ाई और राष्ट्रीय चेतना को गढ़ने में जितना योगदान उनका था, उतना दूसरे भाषाई समूहों की नहीं। ऐसा क्यों? नेहरू और सुभाष की दाड़ामेड़ी के चलते ही न, जिसमें सुभाष निरन्तर हाशिये की ओर ढकेलाते जाते रहे, जैसे आजादी की लड़ाई में गाँधी की भूमिका के मुकाबिले क्रान्तिकारियों के योगदान को हाशिये पर ढकेला जाता रहा। वे अपनी चेतना पर नियन्त्रण कर बोले, "कहानी लम्बी हैं। क्या आप लोगों में सुनने का धैर्य है?"

"क्यों नहीं? इसीलिए तो बात छेड़ी है।"

"तो सुनें। 15 अगस्त आने के पहले सिलचर जिला में मत-संग्रह हुआ था कि वह भारत के साथ रहेगा कि पाकिस्तान के।"

"भला ऐसा क्यों?"

"कैबिनेट मिशन ने असम को बंगाल के साथ जोड़ दिया था। 'सी' ग्रूप के राज्यों में यह तय करने के लिए कि उनका संविधान कैसा हो। मुस्लिम लीग इससे बहुत खुश थी, क्योंकि वह असम को पाकिस्तान में समाहित करना चाहती थी। गोपीनाथ बरदोलोई ने ठीक ही इसका विरोध किया। पर यह भी कहा कि सिलहट पाकिस्तान में चला जाय तो कोई बात नहीं। बल्कि यह ठीक ही है।"

"ऐसा क्यों?"

"सिलहट के मुसलमानों के कारण असम में मुसलमानी संख्या बढ़ गयी थी। उसके निकल जाने से हिन्दुओं की संख्या बढ़ जाती।"

"यह तो ठीक ही था।"

"नहीं। इसमें सिलहट के रहनेवाले हिन्दुओं की राय नहीं जानी गयी।"

"यह तो ठीक नहीं था।"

"हाँ। यह ठीक ऐसे ही था जैसे पख्तूनों की राय नहीं सुनी गयी। उनके पास तो अब्दुल गफ्फार खान जैसा नेता था। हमारे पास कोई नहीं। ले-देकर अबला कान्त गुप्ता थे। उन्होंने चीख-चीख कर कहा कि कोई फैसला करने से पहले सूरमा घाटी और बराकघाटी के हिन्दुओं की बात जरूर सुनी जाय। अब बराक घाटी को असम हमेशा से अपना मानता रहा है। इसलिए उसके जाने की बात नहीं थी। पर सिलहट?"

दिवांग और लम्बोदर भौचक होकर उनकी बातें सुन रहे थे। जिज्ञासा स्वाभाविक थी। पूछा, "यह जनमत संग्रह की बात?"

"वैसे तो सिलहट के हिन्दू हमेशा ही असम से अलग होकर बंगाल में रहना चाहते थे, संस्कृति की एकता के कारण। किन्तु जब यह स्पष्ट हो गया कि बंगाल का विभाजन

हो जायेगा और पूर्वी बंगाल पाकिस्तान में चला जायेगा और सिलहट उसका अविभाज्य हिस्सा होगा, तो बड़ी खलबली मची। लोगों का इरादा असम के साथ रहने का हुआ। सिलहट के मुसलमानों ने इसका जम कर विरोध किया।''

वसुमतारी ने बनिक को सूनी आँखों से देखा। बनिक ने उस पर ध्यान नहीं दिया। कहते गये, '''गोपीनाथ बरदोलोई जी जान से चाहते थे कि सिलहट असम में न रहे और यदि कुछ हिस्सा कछार का भी उसमें चला जाय तो कोई हर्ज नहीं। इसके लिए पूरी घाटी में जनमत संग्रह की बात उठी। पर स्थितियाँ ऐसी नहीं थीं कि जनमत संग्रह हो सके।''

लम्बोदर साइकिया ने पूछा, ''ऐसा भला क्यों?''

''सुहरावर्दी के 'डाइरेक्ट एक्शन काल' के अनुपालन में असम मुस्लिम लीग के अध्यक्ष मौलाना अब्दुल हमीद खान भसनी ने मानकाचर में जो लाइन सिस्टम का विरोध करनेवाले स्वयंसेवकों को प्रशिक्षण देने का कैम्प खोला था, वहाँ से लोगों को लेकर गुवाहाटी चले, मार-काट मचाने। रास्ते में ही पुलिस से मुठभेड़ हो गयी और बारह लोग मारे गये। इससे पूरे प्रान्त में तनाव फैल गया। पर गोपीनाथ बरदोलोई एक नेता थे। उन्होंने कांग्रेस के स्वयंसेवकों के सहारे जनमत संग्रह करवा डाला। सिलहट के तीन और करीमगंज के आधे थाने को रखकर बाकी पूर्वी पाकिस्तान को दे दिया गया। जो बहुमत मिला था वह 55,578 मतों का था। और ऐसा तब था जब मुस्लिम लीग के गुण्डों ने हिन्दू बाहुल्य इलाके को घेर कर लोगों को अपने मताधिकार का प्रयोग नहीं करने दिया था। जिन इलाकों के हिन्दुओं ने पाकिस्तान को दे दिये जाने का पूरी तरह से विरोध किया था, उन इलाकों के भी पाकिस्तान को इन्फ्रास्ट्रकचरल कारणों से दे दिया गया था।''

दिवांग ने कहा, ''कोई उदाहरण है?''

''क्यों नहीं है। सिलहट नगर के उत्तर में दिहाती इलाकों के लोगों ने पाकिस्तान में न जाने की इच्छा जतायी थी। पर आवागमन के लिए रास्ता न मिलने के नाम पर इन्हें पाकिस्तान में डाल दिया गया। साउथ सिलहट परगना के लोगों ने चालीस हजार के बहुमत से कहा था कि उन्हें भारत में रहने दिया जाय। उनका इलाका पत्थरखण्डी और राताबाड़ी थानों से लगता था। लेकिन रेडक्लीफ ने उन्हें पाकिस्तान में डाल दिया यह कहकर कि यदि वे भारत में शामिल कर लिये गये तो सिलहट को जोड़नेवाला कलौरा रेलवे जंक्शन भारत में रह जायेगा। ऐसी ही बात कहकर चट्टग्राम के बौद्धों को पाकिस्तान में घुसेड़ दिया गया और चकमा लोगों के नेता राजा त्रिविद नारायण चौधरी चिचियाते रह गये।''

थोड़ी देर के लिए शान्ति छा गयी। फिर शारदा रंजन ने कहा, ''जैसे ही स्पष्ट हो गया कि अंग्रेज 1948 के बजाय 15 अगस्त, 1947 को ही देश छोड़कर जा रहे हैं, भारत के साथ रहनेवाले बंगालियों पर पाकिस्तानी मुसलमानों का कहर टूट पड़ा।

पच्चीसों हजार काट डाले गये और दसियों लाख शरणार्थी बनकर भारत में पनाह के लिए भाग पराये।''

"वह गोआलपाड़ा की हालत भिन्न कैसे रही?" वसुमतारी ने सहज जिज्ञासा रखी।

"गोआलपाड़ा क बंगाली उतने बंगाली नहीं माने जाते जितने कछार व सिलहट के बंगाली माने जाते हैं। असम के बंगालियों के बीच यह भेद कुछ ऐसा ही है, जैसा पूर्वी असमिया और पश्चिमी असमिया के बीच है। पूर्वी असम में अहोम लोगों का वर्चस्व रहा है और पश्चिमी असम में कोच लोगों का। यद्यपि कि पूर्वी असम पर कभी कोच लोगों ने कब्जा किया था और पश्चिमी असम या अहोम लोगों ने, फिर भी दोनों की संस्कृति भिन्न रही। यहाँ तक कि तान्त्रिक और वैष्णव मतों में भी भिन्नता रही।

"कुछ खुलासा करें।"

"कहते हैं कि गोआलपाड़ा के पास एक हाजो गाँव में हिरिया, जिरिया दो जादूगरनी बहनें रहती थीं, जिनसे एक हरिया मण्डल नाम के कोच ने विवाह कर लिया। यह चीकनग्राम का रहने वाला था और बारह कोच परिवारों का मुखिया था। उन परिवारों का नाम पानबर, फेलेदा, फेदफेदा, बरिहाना, कथिया, गुआवर, मेघा, बैसागू, जगई, गुरीकाटा, जुगबार और दखारू था। हिरिया से विषू पैदा हुआ, जिरिया से शिशु। उन्हीं दिनों हुसैन शाह ने कामतापुर पर हमला किया, जहाँ हरिया मण्डल रहने लगा था। उस हमले से कोचों के बारहों कुनबे बिखर गये। उन्होंने अपने-अपने सरदार नियुक्त कर छोटी-छोटी जमींदारियाँ बना लीं। इनमें प्रमुख उगरी, लुकी, चारु, सलगुरी, बिजनी, सिडली आदि के भुइयाँ थे। विषू ने इन्हें हराकर पश्चिम में कारतोया और पूर्व में बड़ नदी के बीच अपना राज्य स्थापित किया। बंगाली ब्राह्मणों को बुलाकर राज्यारोहण किया। ब्राह्मणों ने उसे क्षत्रिय घोषित कर दिया। बताया कि जब जमदग्नि के पुत्र क्षत्रियद्रोही परशुराम लोहित जा रहे थे अपनी माँ रेणुका का सिर अपनी जाँघ से छुड़ाने, तो कोचों के पुरखों ने उनसे भय खाकर अपना यज्ञोपवीत फेंक दिया था। शिव के आशीर्वाद से वे अब फिर कलिकाल में क्षत्रिय हो रहे हैं। विषू स्वयं शिव के पुत्र हैं, जिन्होंने हरिया का वेष धारण कर हिरिया से संसर्ग किया था, जो स्वयं पार्वती-रूपा थी। इस पर विषू ने अपना नाम विश्व सिंह और शिशु ने अपना नाम शिव सिंह कर लिया।

अब दक्षिणा पानेवाले ब्राह्मणों ने तो ऐसा घोषित कर दिया, पर दक्षिणा न पानेवाले ब्राह्मणों ने इसे स्वीकार नहीं किया। उन्होंने कहा कि हद-से-हद हम इन्हें कायस्थ मान सकते हैं, जो अछूत शूद्रों से ऊँचे होते हैं। उनके प्रचार की धार कुन्द करने के लिए विश्व सिंह ने और ब्राह्मणों को बुलाया और गोआलपाड़ा में बसाया उनके पीछे-पीछे उनके परजा-पहुनी आते गये और बसते गये। उन्होंने राजघराने से इतर कोचों को कायस्थ भी नहीं माना और राजवंशी कहने लगे। वही आज तक चला आ रहा है। खैर मुख्य बंगाल से दूर होने के कारण वहाँ के बंगाली उतने बंगाली नहीं माने जाते, पर कछार व सिलहट

के बंगाली हमेशा असम के बंगाली रहे। उन पर अहोमों का राज्य नाम मात्र का स्थापित हो गया। राजा कछारी थे जो बंगाली संस्कृति में दीक्षित होते गये थे और अन्त में पूर्ण बंगाली हिन्दू बन गये थे।"

"कैसे?"

"किस्सा यह है कि अहोमों द्वारा बार-बार खदेड़े जाने पर उनके पुरखे दीमापुर में किला बनाकर रहने लगे। अहोमों ने जब वहाँ भी हमला किया तो मोइबोंग चले गये। वहाँ कोई डेढ़ सौ वर्षों तक रहे। उन पर जब जयन्तिया राजा ने हमला किया तो खासपुर चले गये। 1790 में राजा कृष्ण चन्द्र और उनके भाई गोविन्द चन्द्र ने पूरी तरह से हिन्दू धर्म'अपना लिया। धुर बंगाल से आये विद्वान् पुरोहितों ने ताँबे की एक विशाल गो प्रतिमा बनवायी और उसमें दोनों भाइयों को बन्द कर दिया गया। बाद में मन्त्रोच्चारण के बीच उन्हें प्रतिमा से निकाला गया और यज्ञ कराया गया। कथा जोड़ी गयी कि वे भीम के वंशज हैं, जिन्होंने इस इलाके की कन्या हिडिम्बा से विवाह कर लिया था। उनका पुत्र घटोत्कच हुआ। यह राजवंश उन्हीं की सन्तान-शृंखला में है। आज भी दरांग के कछारी और नार्थ कछार हिल्स के दिमाशा लोग अपने को 'भीम-नि-फ्सा' या 'घटोत्कच-नि-फ्सा' कहते हैं। जो भी हो बंगाल से बुला-बुला कर ब्राह्मण लोग बसाये गये। यहाँ की संस्कृति पूर्णतः बंगाली बनायी गयी। सिलहट को सांस्कृतिक स्तर पर जोड़कर रखा गया। राजघराना अपने को क्षत्रिय कहता रहा, लोक उन्हें कायस्थ मानता रहा।"

थोड़ी देर तक चुप्पी रही। शारदा रंजन बनिक बड़ेर पर चलती छिपकिली को देखते रहे। विनायक, दिवांग और लम्बोदर छिपकिली देखते बनिक को देखते रहे। फिर मुलाकात को बरखास्त करने के लहजे में कहा, "अंग्रेजों ने जब असम पर कब्जा कर लिया तो उसे दो कमिश्नरियों में बाँट दिया गया। गुवाहाटी और शिवसागर में कमिश्नर बिठाया। गुवाहाटी के कमिश्नर को थोड़ा छोटा करके रखा। इससे काम न चला तो दोनों गवर्नर जेनेरल के एजेण्ट के अधीन कर दिया, जो चेरापूँजी में रहता था। उन कमिश्नरों का इलाका बड़ा करने के लिए गोआलपाड़ा को रंगपुर से निकालकर गुवाहाटी से और पूरे-के-पूरे सिलहट को शिवसागर से जोड़ दिया। जब आजादी मिली तो गोआलपाड़ा में जश्न वैसे ही मनाया गया जैसे बाकी असम में। वहाँ खुशी-खुशी झण्डा फहराया गया। पर सिलचर में आजादी का मतलब वही नहीं था जो गोआलपाड़ा में। वहाँ झण्डा बड़ी उदासी के साथ फहराया गया। पूरा-का-पूरा सिलहट जिला और करीमंगज के साढ़े चार थाने काट कर पाकिस्तान को दे दिये गये थे, बिना वहाँ के हिन्दू बंगालियों के भावनाओं तथा हितों को ध्यान में रखे। ऊपर से कछार आदि के अल्पसंख्यक बंगालियों को हमेशा के लिए बहुसंख्यक असमियों के साथ बाँध दिया गया था, जो बंगालियों के तहे दिल से घृणा करते थे। उनके साथ अब शताब्दियों एक अस्वागतेय जीवन जीना था।"

शारदा रंजन बनिक ने तो अपनी बात समाप्त कर दी थी, पर विनायक वसुमतारी के लिए वह बात समाप्त नहीं हुई थी। जब सत्यदेव पुरकायस्थ ने अलग बंगाली राज्य की बात कही थी, तब वह बुरी चाहे जितनी लगी हो, चौकायीं नहीं थी। कैबिनेट मिशन के सामने शरत् चन्द्र बोस और अन्नदा शंकर रे जैसे नेताओं ने स्वतन्त्र बंगाल की माँग रखी थी असम के गोआलपाड़ा, नवगाँव और कछार के जिलों को समाहित कर। अंग्रेज मुस्लिम लीग के विभाजन की माँग से वैसे ही परेशान था, भला बंगाल को भारत से निकालकर स्वतन्त्र राज्य बनाने की माँग पर क्या ध्यान देता। लेकिन वह बात असम के कुछ बंगालियों के मन में घर कर गयी थी। जब बंगाली हिन्दू शरणार्थियों की संख्या लगातार बढ़ती गयी और केन्द्र की सरकार उनको बसाने के लिए राज्य की सरकार पर जोर डालती गयी तो गोपीनाथ बरदोलोई के लिए यह बरदाश्त करना कठिन हो गया। साफ जाहिर था कि इस स्थिति में असमिया लोग अपने ही प्रान्त में अल्पसंख्यक हो जायेंगे और उनकी पहचान सदा के लिए समाप्त हो जायेगी। इसलिए उन्होंने पटेल और नेहरू से ही नहीं मौलाना आजाद और पुरुषोत्तम दास टण्डन से भी कहा कि इन बंगाली शरणार्थियों को असम के बाहर भी बसाया जाना चाहिए। सिर्फ असम में ही खाली जमीनें और जंगल नहीं हैं। देश के अन्य हिस्सों में भी हैं। भारत सरकार के गृहमन्त्री और उप प्रधानमन्त्री सरदार वल्लभभाई पटेल, जो प्रधानमन्त्री पं. जवाहरलाल नेहरू की देश के भीतर के मामले में चलने न देना चाहते थे, राशन-पानी लेकर असम के रेवेन्यू मन्त्री विष्णुराम मेधी और असम सरकार के मुख्य सचिव ए. पी. देसाई के पीछे पड़ गये कि एक अति संकीर्ण विचारों का नेता है, दूसरा उससे भी संकीर्ण विचारों का नौकरशाह, इसलिए असम के मुख्यमन्त्री को चाहिए कि दोनों को हटा दें और अपनी बात की पैरवी करने के लिए नेहरू को पत्र लिखा। पटेल के भाग्य से गोपीनाथ जल्दी ही गोलोक धामवासी हो गये और उनके दुर्भाग्य से बरदोलोई की मृत्यु के बाद वही विष्णुराम मेधी असम के मुख्यमन्त्री बन गये। तब कांग्रेस के जयपुर अधिवेशन में कलकत्ता में बैठकर पूरे देश में बंगाली लोगों की राजनीति करनेवाले नेताओं ने असम के बंगालियों के लिए एक अलग 'पूर्वांचल राज्य' की माँग रखी। वे एक नक्शा लेकर गये थे, जिसमें कछार, लुसाई हिल्स, त्रिपुरा और मणिपुर की रियासतें, नागा, खासी, गारो उत्तरी कछार की पहाड़ियाँ और गोआलपाड़ा को मिलाकर एक अलग प्रान्त बनाने की माँग थी। क्षेत्रफल 43.037 वर्गमील और जनसंख्या 38,61,222 होनी थी। कहा गया, "The move for sad reparate Purvanchal Pradesh is not merely on a lingusitic ground. It is an act of self-preservation. The non-Assamese, who , form the majority in Assam, want to have a particular region, where they, being free from dictatorial operation and economic exploilation by the plain Assamese group, who now control and run the present Government of Assam, may mould their own destiny according to their choice."

पट अम्बिकागिरी रायचौधुरी की असम जातीय महासभा ने इसका जबरदस्त और खुला विरोध किया। कहा, "The old Bengali settlers are the main elements who have done immence harm to the peaceful existence of Assam and they are the source of all trouble. They have never been loyal to the state of Assam. They are disintegrating and undesirable elements."

इस द्वन्द्व में विष्णु राम मेधी को मौका मिला और उन्होंने तुरन्त असमिया को असम सरकार की कामकाज की भाषा घोषित कर दी। बंगाली लोग भड़ककर हिंसक हो उठे। उसके प्रतिकार में असमियों ने पहले बंगाली दुकानों, सामानों और नौकरों का बॉयकाट किया फिर उनके घर जलाने लगे, दुकान जलाने लगे। हालत तब और बिगड़ गयी जब पूर्वी पाकिस्तान के मुसलमान मार-मार कर हिन्दू बंगालियों को भगाने लगे, क्योंकि वे उर्दू की जगह बंगाली को राजभाषा बनाने की माँग करने लगे थे। वे भागकर बंगाल और असम में शरण लेने लगे और पूर्वांचल राज्य की माँग बंगाली इलाके में और जोर पकड़ता गया। किन्तु यह माँग हिन्दू बंगालियों की थी, मुसलमान बंगालियों की नहीं। वे असम में असमिया बंगाली बनकर रहना चाहते थे, असमिया भाषा को अपनाना चाहते थे, असमिया जीवनपद्धति से गठजोड़ बनाना चाहते थे। अब सत्यदेव पुरकायस्थ की माँग उसी पूर्वांचल राज्य की माँग का नवीनीकरण था – यहाँ तक तो ठीक, लेकिन उसमें बंगाली मुसलमान भी समाहित किये जानेवाले थे–यह नयी और चौंकानेवाली बात थी।

विनायक वसुमतारी का मन बेचैन हो गया है। चैन के लिए वे भागकर शिलांग जाते हैं। साथ में दिवांग राभा, लम्बोदर साइकिया और पूरन चन्द्र ब्रह्म हैं। इरादा कुछ दिनों तक रुकने का है। इसके लिए 'असम लाज' सबसे सुविधाजनक जगह है। विनेन्द्र चन्द्र महन्ता अच्छे मेजबान तो हैं ही, अच्छे आदमी भी हैं। देश-दुनिया के बारे में आँखें खुली रखते हैं, दिमाग खुला है ही, इसलिए वे जो बातें करते हैं, विनायक के बड़े काम की होती हैं। उन्हें भी लगता है कि आनेवाले दिनों के असम का नेता वसुमतारी ही होगा, जिस गहराई से वह बातों को पकड़ना चाहता है, वह बड़े नेता का ही लक्षण होता है। दिवांग ने पूछ लिया है कि आखिर इस असमिया-बंगाली के द्वन्द्व की राजनीति के जड़ में है क्या? इसका उत्तर देने से पहले वह अपने मन को तैयार कर रहा है। सामने की खिड़की खुली है और विनायक ओस की तरह एक-एक कर टपकती बूँदों को देख रहा है। उसे लगता है कि पत्ते की नोंक से सरक कर जो बूँद धूल में खो जाती है, वही बूँद कंकड़ पर गिरती है तो उसमें छेद करती है। यह छेद बनाना रास्ता बनाना होता है, जिससे कि वह धरती के गर्त में जा सके, युगों तक संचित रह सके। इसी तरह मानव मन जाने कितनी बातों को संचित रखता है। बातों के पर्तों से ही तो अस्तित्व का निर्माण होता है। अभी-अभी

महन्ता ने बताया है कि उसके पुरखे किसी बौद्धमठ के महन्त हुआ करते थे। वह मठ कहीं हाजो के आसपास था। शाक्त और वैष्णव धर्म का जब प्रभाव बढ़ा तो बौद्धमत का पराभव हुआ, इतना कि वह उसी में डूब गया। साधना-पद्धति पहले शैवों में गयी योग के रूप में फिर शाक्तों में आयी तन्त्र के रूप में। उसका अहिंसा वैष्णवों ने सोख लिया और कुछ को विष्णु का नौवाँ अवतार घोषित कर दिया। तब कहाँ गया बौद्धों का मठ? उसे या तो शाक्तों ने ले लिया, नहीं तो वैष्णव ने। उनके मालिक नाम के महन्त रह गये, गृहस्थ जीवन बिताने के लिए। गृहस्थ होने के लिए वर्ण-व्यवस्था में शामिल होना जरूरी था। आचार्यों ने उन्हें कायस्थ बना दिया। वही ठप्पा लिये वे घूम रहे हैं।... लेकिन बात जहाँ से चलती है, वहीं तो रहती नहीं है। वह दिवांग के प्रश्न तक आ गयी है। जवाब देते हुए महन्ता कहते हैं, "इस समस्या के... पाँच पक्ष, कहें स्तर, कहें रूप हैं। पाँचों में बंगाली अपने को सुपीरियर समझता है। हमें बंगाली मुसलमान के स्तर पर रखता है। कहता है कि वह अफीम खाता है, आलसी है, उसका आप्त वाक्य, 'लाहे लाहे' होवो है। वह बाहर से आया मंगोल वंश का है जिसका अभी पूरी तरह से भारतीयकरण, कहें हिन्दूकरण नहीं हो पाया है।

सभी सावधान हो जाते हैं। एक तेज हवा चलती है और चीड़ की पत्तियों पर ठहरी बूँदों को एक साथ झाड़ देती हैं। उसे इस बात से कुछ लेना-देना नहीं कि वे बूँदें कहाँ जायेंगी। इस बात से भी नहीं लेना-देना कि आदमी की आँख में उनकी जो चमक बढ़ेगी वह कुछ लोगों के मन में हमेशा के लिए स्थिर हो जायेगी। एक चेतन और अचेतन के व्यवहार का यही तो अन्तर है। दिवांग कहता है, "क्या?"

"एक नस्ल का, एक भाषा का, एक संस्कृति का, एक धर्म का, एक जमीन का।"

चारों महन्ता को ध्यान से देखते हैं। भीतर की रोशनी को बाहर की रोशनी ने कुछ पतला कर दिया है। महन्ता अपने निरन्तर पतले होते जाते बालों पर हल्के से हाथ फेरते हैं और समयचक्र के बारे में सोचते हैं। कहते हैं, "इन पाँचों पर ही विस्तार से बात करना बड़ा उलझाऊ है। पता ही नहीं चलता कहाँ से सूत्र पकड़ा जाय। अब देखिये न, खाटी बंगाली अपने को नस्ल के स्तर पर बर्मी मंगोल और पड़ोस के पश्चिमी आर्य का संयोग मानता है। किन्तु यह संयोग संस्कृति के स्तर पर अधिक है। शोध करनेवालों ने बताना आरम्भ कर दिया है कि उनके रक्त में उतना ही स्थानीय निषाद तत्व हैं, मलय निषाद तत्त्व हैं, द्रविड़ तत्त्व है और जाने क्या-क्या तत्त्व हैं।"

विनायक ने कहा, "अहोमों ने जब कछारियों को भगाया तो वे कहाँ गये? इस उत्तरी-पूर्वी बंगाल में ही न। वहाँ के स्थानीय बाशिन्दों में घुल-मिल गये, संस्कृति के स्तर पर ही नहीं रक्त के भी स्तर पर।"

"खाटी बंगाली उन्हें अपने स्तर पर स्वीकार नहीं कर सकते थे। कह दिया शूद्र हैं। बराबरी की तलाश में वे बौद्ध बन गये।"

पूरन चन्द्र ब्रह्म ने बीच में ही कहा, "बात जमी नहीं। बौद्ध तो तमाम शूद्र कछारियों के बंगाली बनने से पहले ही बने थे।

"वही तो... वही तो... नस्ल के आधार पर ऐसे नहीं अलगाया जा सकता," महन्ता ने कहा। "ये असमिया ही कौन हैं? क्या सिर्फ अहोम और बड़-कछारी? वे विभिन्न नस्लों के लोग नहीं हैं, कैवर्तों से लेकर चूतिया-मोरान तक? असंख्य जातियाँ रही हैं, इस असम भूमि पर। फिर इन्हें हिन्दू बनाने और बनाते हुए जो लोग आये बिहार से, कन्नौज से, सरयूपार से, उड़ीसा से, वे भी तो पूरी तरह से घुल-मिल गये।"

सभी थोड़ी देर तक चुप रहे। फिर वसुमतारी ने कहा, "इसलिए बात रेस के आधार पर नहीं की जा सकती। संस्कृति के आधार पर की जा सकती है।

"वह भी उतनी खाटी कहाँ है?"

"फिर भी एक विभेद गोचर होता है।"

"वह विभेद.. नस्ल में भी गोचर होता है। असमिया कहते ही मनुष्य की जो छवि बनती है, बंगाली कहने से बनी छवि से वह भिन्न होती है।" लम्बोदर ने कहा।

ब्रह्म ने उसका समर्थन किया, "असमिया कहने से मंगोल छवि का भान अधिक होता है। वह मंगोल पूर्व के जिलों में कुछ अधिक पीला, चौड़ा माथा, चौकोर चेहरा, छरहरा गात, पश्चिम के जिलों में गहरा साँवला, चौड़े माथ के साथ लम्बे कान, कुंचित केस, चौकोर चेहरा, गन्दुमी शरीर। चेहरे पर बाल दोनों के ही कम होते हैं। बंगाली कहने पर अपेक्षाकृत छरहरा शरीर, ऊँचा मस्तक, लमघेची गर्दन, रंग सफेद, कमजोर काया...।"

"इसके जाने कितने अपवाद हैं। इतने हैं कि मूल स्थाय ही गायब हो जाय।" दिवांग ने कहा।

फिर खामोशी फैल गयी। महन्ता ने कहा, "बात संस्कृति पर होती है तो बंगाली अपने को श्रेष्ठ बताने लगता है। हमे 'बोका' कहता है।"

"बोका माने बीज बकरा। निरन्तर चरने और मैथुन करने में मशगूल," दिवांग राभा ने कहा, "उपयोगिता इतनी कि उसके सन्तानों को काट कर देवी को चढ़ा दिया जाय। नहीं तो ऐसे ही खा-पका लिया जाय।"

"वही करने पर तो जुटे हैं बंगाली" लम्बोदर ने कहा।

लड़कों का गुस्सा जायज है, विनायक ने सोचा। बात कहीं दूसरे रास्ते पर न चली जाय, इसलिए कहा, "वह संस्कृति की बात..."

"अब धर्म को ही लो न। बंगाली कहता है कि असमिया लोगों ने जो वैष्णव मत अपनाया है, शैव तथा शाक्त मत अपनाया है, उसमें दीक्षित बंगालियों ने ही किया है।"

पूरन चन्द्र ब्रह्म ने कहा, "कैसे कहता है?"

महन्ता की आँखें नीची हो गयीं। उनकी सन्धियों पर नाक के ऊपर दो अँगुलियों से रगड़ते हुए कहा, "राजा विश्व सिंह के पुत्र, नर नारायण राजा बने तो उनके भाई और

सेनापति चिल्हाराय ने पुराने कामाख्या मन्दिर का जीर्णोद्धार कर नया मन्दिर बनवाया। उसमें पहली पूजा के लिए कन्नौज, सरयूपार, मिथिला, उज्जैन, उड़ीसा और बंगाल से ब्राह्मण बुलाये गये। मानव बलि चढ़नी थी। सरयूपारी लोगों ने इसका विरोध किया। स्वाभाविक था, वे वैष्णव थे और शैव मन्त्र प्रकारान्तर से ग्रहण करते थे। वे बकरे की बलि को ही पर्याप्त मानते थे। कनौजिया और उज्जैनी एक से सन्तुष्ट थे, मैथिल लोग ग्यारह से, उड़िया लोग इक्कीस से। पर बंगालियों ने एक सौ चालीस की माँग रखी। उनकी संख्या अधिक थी। उनकी बात मानी गयी। एक सौ चालीस भोगी लोगों के सिर ताँबे के परातों में रखकर देवी को प्रदान किये गये। तन्त्र का बोलबाला बढ़ा, पर उसमें सिद्धों की जो परम्परा थी, उसको पतलाकर कलकत्ते की कालीवाली पद्धति पर बल दिया गया।...''

''हमने तो सुना है कि कलकत्ते की कालीवाली परम्परा कोचों के यहाँ होनेवाली 'हेड हण्टिग' और बलिप्रथा से वहाँ गयी थी।'' विनायक ने कहा।

''हो सकता है। पर यह बलिप्रथा बड़ी पुरानी प्रथा है। शायद जब आदिम समाजों में मातृसत्तात्मक सरकारें थीं, जिनके लोग मानवभक्षी थे, इसी का उचिछष्ट यह परम्परा है। हो सकता है कि कलकत्ते के इर्द-गिर्द ऐसी जातियाँ पुरातन काल में रही हों, जिसका स्मृति अवशेष यह प्रचलन है।''

''आगे... ।''

''बंगालियों का यह वर्चस्व तब पराकाष्ठा पर पहुँचा, जब अहोम राजा शिव सिंह ने मालीपोला के तान्त्रिक मठाधीश कृष्णराम भट्टाचार्य से मन्त्र लिया, शरण गहा और एवज में कामाख्या मन्दिर की व्यवस्था उनके सुपुर्द कर दी। खर्च के लिए विभिन्न जगहों पर लम्बी-चौड़ी जमींदारी दे दी। शिव सिंह की दबंग पत्नी फुलेश्वरी देवी कृष्णाराम की इतनी मुरीद थीं कि शंकर देव के वैष्णव कल्ट से जुड़े सत्राधिकारियों को प्रसाद के रूप में क़लिया ग्रहण करने के लिए उकसाने लगीं, आमन्त्रित करने लगीं, दबाव डालने लगीं। वैष्णव में जो शूद्र थे, उन्हें मोआमरिया कहा जाता था, क्योंकि वे नदियों में मोआ नाम की मछली पकड़ते थे और खाते थे। इस मांसाहार के तर्क पर उनके गोसाईं को रानी ने पकड़कर मँगवाया और बलात उनके मुँह में बलि चढ़ाये गये बकरे का कलेजा ठुँसवा दिया। गोसाईं ने अपने अनुयायियों को देवी दुर्गा को सम्मान जताने से मना कर दिया। परिणामस्वरूप राजवंश का अत्याचार उन पर बढ़ गया। उसके प्रतिकार में मोआमरिया लोगों का ऐसा आन्दोलन चला कि राज्य अंग्रेजों का हो गया।

''उसका आरम्भ कैसे हुआ?'' साइकिया ने पूछा।

महन्ता ने कहा, ''सुना है कि राजा लक्ष्मी सिंह कामाख्या मन्दिर के प्रधान के साथ नौका विहार कर रहे थे। एक तट पर मोआमरिया गोसाईं खड़े थे। उन्होंने राजा को तो सलाम किया पर मन्दिर-प्रधान के प्रति जैसे ध्यान हीं नहीं दिया। वे बौखला कर गालियाँ देने लगे। गोसाईं सिर हिलाते हुए वहाँ से चले गये। कुछ दिन बाद मोरन लोगों का प्रधान

नाहर राजा के लिए तयशुदा हाथी का उपहार लेकर आया और सीधे राजा को सुपुर्द कर दिया। इससे राजा के बड़बरुआ बड़े नाराज हुए। दरअसल बड़बरुआ ने ही लक्ष्मी सिंह को गद्दी पर बिठाया था, जिसके कारण राजा ने तमाम अधिकार बड़बरुआ को सौंप दिया था। इसलिए वह अपने को राजा से कम नहीं समझता था। कामाख्या के मठाधीश को पता चला तो उसने बड़बरुआ को नाहर को सजा देने के लिए भड़काया, क्योंकि वह मोआमरिया सत्राधिकारी का शिष्य था। बड़बरुआ ने उसे खूब पिटवाया और नाक-कान कटवा कर महल से बाहर भेजवा दिया। मोआमरिया गोसाईं को पता चला तो नाहर के नेतृत्व में अपने अनुयायियों को बदला लेने के लिए ढेल दिया। इससे खूब मार-काट मची...।''

विनायक को इस इतिहास में खास रुचि नहीं थी। बात काटकर कहा, ''वह वर्चस्ववाली बात...।''

''इन बंगाली पुजारियों का दबदबा चारों और बढ़ गया था। कृष्णराम के वंशज राज-काज में भी दखल देने लगे थे। वे पर्वतिया गोहाइन (गोसाईं) कहे जाने लगे थे। राजा राजेश्वर सिंह ने कृष्णराम के नाती 'नाती गोसाईं' से मन्त्र लिया था। वे जब मरे तो उनके पुत्र लक्ष्मी सिंह को अवैध सन्तान करार दे राजा मानने से ही इन्कार कर दिया। तब राजा लक्ष्मी सिंह ने बंगाल से, दूसरा गोस्वामी 'ना गोसाईं' को बुलवाया और अपना गुरु बनाया। शाक्त मतावलम्बी आज भी इन्हीं दोनों के अनुयायी हैं।

विनायक वसुमतारी को लगता है कि एक शक्तिशाली संस्कृति के बगल में जब बलहीन संस्कृतियाँ रहती हैं तो दबती जाती हैं। असम के आरम्भिक निवासी कैवर्त्य असुर या अन्य, जो कोई भी रहे हों, इतिहास के आदिकाल में हम उन्हें क्रमशः हिन्दू होते जाते देखते हैं। इस प्रक्रिया में वे अपनी संस्कृति के भी कुछ तत्त्व बलशाली संस्कृति में प्रवेश करा देते हैं, पर वे ही तत्त्व जो बलशाली संस्कृति के काम के होते हैं। धीरे-धीरे उनकी पहचान ही समाप्त हो जाती है। मध्यकाल में चूतिया लोग जाने कब हिन्दू हो गये थे? भले ही प्रचलित मानदण्डों पर वे खरे न उतरे हों, पर उनका स्वरूप था तो हिन्दू का ही। इसलिए वे अहोम से भिन्न थे। आज ऐसे विद्वानों की कमी नहीं है जो कहते हैं कि शाक्तमत, तन्त्र उपासना-पद्धति हिन्दू धर्म में विजातीय तत्त्व है। वह आश्रमों में रहने वाले ब्राह्मणों और आचार्यों की ज्ञान और कर्मकाण्ड पद्धति से भिन्न है। योग भी विजातीय है। और तन्त्र, यन्त्र का सजातीय है। शाक्त मत और तन्त्र पद्धति इस विजातीयता में है कि वह मानव बलि और मानव मांसाहार का द्योतक है, जो किन्हीं मातृसत्तात्मक पिछड़े समाज में प्रचलित था। किन्तु एकबार हिन्दू धर्म में समाहित हो जाने के बाद आज वह हिन्दू धर्म के रूण में ही जाना जाता है, अलग से नहीं। इसी तरह बौद्ध और जैन मत चाहे जितने विरोध के रूप में निकले हों, आज माने जाते हैं, हिन्दू धर्म के सम्प्रदाय के ही रूप में। विचित्र बात यह है कि जो भी हिन्दू मुख्य धारा के 'प्रोटेस्ट' के रूप में उपजता है, अन्ततः वह उसी का 'सेक्ट' बन जाता है, क्योंकि वे मुख्यधारा की जीवन पद्धति और

अन्तिम मूल्यबोध को बदल नहीं पाता। अद्यतन उदाहरण ब्रह्म समाज और आर्य समाज हैं।''

ऐसी बातों को सुनकर विनायक का माथा गरम हो जाता है। गरम होकर ठनकने लगता है। कुछ सुझायी नहीं देता। लगता है कि हमारी चेतना पर जब इतनी अचेतन पर्तें बैठी हुई हैं, तो उन्हें छिनगाकर, खुरचकर अलग करना अपने को लहूलुहान करना है। एक चेहरे पर इतने चेहरे चढ़ बैठे हैं कि उन्हें प्याज की पर्तों की तरह खुरच कोई पर्त हीन गाँठ खोजना असम्भव है। एक चेहरा उतारते ही दूसरा चेहरा चढ़ बैठता है। विनायक सोचता है कि यदि सभी चेहरे उतार दिये जायँ तो क्या आदमी सचमुच आदमी रह जायेगा? पर तब यह असमिया पर चढ़ता आ रहा बंगाली उसे असमिया रहने देगा? नहीं... पर क्या असमिया अपने ऊपर चढ़े बंगाली का चेहरा, खुरच फेंकना चाहता है? नहीं, वह अब अपने चेहरे को पूरी तरह से ढक नहीं जाने देना चाहता। इसीलिए तो अम्बिकागिरी राय चौधुरी ने भारतीय राष्ट्रीयता के भीतर असमिया उपराष्ट्रीयता की कल्पना की थी। उसी प्रकार बंगाली उपराष्ट्रीयता की कल्पना की जा सकती है। और एक उपराष्ट्रीयता को दूसरी उपराष्ट्रीयता पर चढ़ बैठने की अनुमति नहीं दी जा सकती। हर उपराष्ट्रीयता की एक अपनी भूमि है, अपना क्षेत्र है। वहाँ वह खूब विकसित हो, फूले-फले। दूसरी भूमि में पसर कर अपना विस्तार इस तरह से न करे कि स्थानीय भूमि की संस्कृति विनष्ट हो जाय। यही तो शान्तिपूर्ण सह-अस्तित्व है। इसे अन्तरराष्ट्रीय व राजनैतिक परिप्रेक्ष्य में ही नहीं, राष्ट्र के भीतर और सांस्कृतिक परिप्रेक्ष्य में भी फलीभूत किया जाना चाहिए।

विनायक वसुमतारी जब इस उपराष्ट्रीयता की पहचान करने चलता है तो सामने आती है भाषा। यह भाषा ही उपराष्ट्रीयता का निर्णायक है। और बंगाल भाषा के लोग असमिया भाषा पर क्या विचार रखते हैं? उसी जयपुर अधिवेशन का दस्तावेज सामने है, "The Assamiya language of Assamese is an old form of Bengali. The script of the Assamiya language is wholesale Bengali. From the time of Sri Chaitanya. The founded of Gaudiya-Vaishnav School, the Bengali language has made great strides towards progress, while Assamiya has remained practically static. To an imprasbl observer.

Assamiya with appear as one of the several spocken dialects on which chaste Bengali thrives, The Assamiya dialects is much closer to Bengali than the spoken tongues of Chittagong and Noakholi. But it is under the inferiority complex that the Assamese of Assam valley and plains, numbering two million (roughly) have changed to all spoken dialect miscalled Assamiya language. To thrust such an undeveloped and poor dialect of a minority on the people other than Assamese is an act of high-handedness.

विनेन्द्र चन्द्र महन्ता इस बंगाली भाषा के वर्चस्व के पर्तों में घुसते हैं। बताते हैं कि अंग्रेजों द्वारा उसे सरकारी काम-काज की भाषा बना देने के कारण उपजी एक गाँठ है, गुट्ठल है। ऐसे गुट्ठल देश के कई हिस्सों में बनाये गये। हिन्दीभाषी इलाकों में एक नकली भाषा उर्दू को रखा गया। गुजराती भाषी क्षेत्र में मराठी रखा गया। दक्कन में तमिल को रखा गया। "असम में 19वीं सदी के चौथे दशक में जब राजा पुरन्दर सिंह को शक्तिहीन किया गया और असमिया आभिजात्य को छोटे-छोटे अंग्रेज अधिकारियों का मतहत बनाया गया तो राज-काज जैसे ठप ही हो गया। तब बंगालियों की आमद दी गयी। सिलहट और गोआलपाड़ा को शिवसागर और गुवाहाटी की कमिश्नरियों में मिलाया ही इसीलिए गया था। ये बंगाली पहले गुलाम हुए थे, इसलिए उनके किरानी अंग्रेजी जानते थे। इसलिए अंग्रेजों के लिए सुविधाजनक थे। बंगालियों की सुविधा के लिए उसकी भाषा को ही असम की राजभाषा बना दिया गया। कहा गया कि असमिया अविकसित भाषा है, बंगाली की हीन एक गँवारू बोली है, जिसके शबदों को असमिया लोग ठीक से उच्चारित भी नहीं कर पाते। उसमें शासन के काम आ सकने की क्षमता नहीं है। इसके दो परिणाम हुए। उच्चता की ग्रन्थि से लैस बंगालियों ने असमिया को बंगाली की ही एक भ्रष्ट बोली कहना आरम्भ किया। प्रयत्न किया कि बंगाली को पूरे असम की मान्य भाषा घोषित कर दी जाय। उसके प्रचार-प्रसार के लिए जो विद्यालय खुले उनमें लिखई-पढ़ाई का मध्यम बंगाली बना दिया गया।"

"क्या इसका विरोध नहीं किया गया," ब्रह्म ने पूछा।

"किया गया न। इसके प्रतिकार में असमिया शिक्षित वर्ग उठ खड़ा हुआ। एक तो उसने कलकत्ता में जाकर लिखाई-पढ़ाई की। समकालीन आधुनिक ज्ञान और साहित्य की जानकारी हासिल की। उसके आधार पर अपनी भाषा में अपना साहित्य रचा। माँग की कि राजकाज की भाषा, बंगाली नहीं, असमिया बनायी जाये। उसके लिए पढ़ाई-लिखाई असमिया के माध्यम से होनी चाहिए, जिससे कि अधिक-से-अधिक असमिया लोग नौकरी में आ सकें। भाषा की यह लड़ाई आज भी चल रही है।"

इन तमाम सुनी-सुनायी बातों पर जब विनायक वसुमतारी जोर देकर सोचता है तो उसके माथे के भीतर जोरदार आँधी चलने लगती है। उस आँधी में जाने कहाँ-कहाँ से किन-किन वृक्षों के पत्ते टूट कर उड़ने लगते हैं। सभी पत्ते पके नहीं हैं। कुछ कच्चे हैं और प्रौढ़ हैं, नवजात हैं और कोमल हैं। जुते धान खेतों से उठकर धूल एक झीना पर्दा रचती है, जिसमें जाने कितनी आकृतियाँ गड्ड-मड्ड हो जाती हैं। उसे लगता है कि वंश की बात ही गड्ड-मड्ड होती है, चाहे उसकी चर्चा संस्कृति के आधार पर की जाय या

भाषा के आधार पर। दोनों सीखने की चीज हैं। पर वंश का सम्बन्ध खून से होता है। क्या यह खून इतना शुद्ध होना बचा रहता है? यह बंगाली वंश भी तो एक गड्ड-मड्ड है। गौर से देखिये तो दिखेगा कि जो ऊँचे तबके के लोग हैं, वे आर्य और बर्मी लोगों की मिली-जुली सन्ताने हैं। लम्बी गर्दन, लम्बोतरा चेहरा, कमजोर काया, ढीला-ढाला जीवनयापन का ढंग, रंग कुछ साफ, नाक नुकीली, कनौजिया और सरयूपारीण ब्राह्मणों का कट्टरपन, आचार-विचार में गहरी आस्था। वे ही लोग स्वीकार करते हैं कि उनमें निषाद खून भी है और द्रविड़ों के साथ भी संसर्ग रहा है। नीचे तबके के लोग अमूमन नील वर्ण के हैं, चेहरे चपटे हैं, नाक दबी है, बाल कम है, श्रम करने की क्षमता है और आचार-विचार ढीला है। आखिर के तमाम जातियाँ जो असम से कछारी और कोंचों के रूप में घुसीं, जो बिहार के पूर्वी हिस्से मे जनजातियों के लोग इनके बीच गये, वे क्या हो गये? उन्होंने ही तो बुनकरों और श्रमजीवियों का वह संस्तरण रचा जो कभी बौद्ध बने, कभी मुस्लिम और कुछ आज भी हिन्दू के रूप में बचे हुए हैं। उन्हें ये ऊँचे तबके के लोग नीची निगाह से देखते हैं, और वे रोजी-रोटी की तलाश में भागकर असम आते हैं। यह नस्ल संरचना अहोमों से चाहे जितनी भिन्न हो, कोचों और कछारियों से कितनी भिन्न है, इसे सोचना पड़ेगा। पर क्या इसके आधार पर किसी एकता की बात की जा सकती है? एक ही नस्ल के लोगों में जब सांस्कृतिक और भाषाई भिन्नता आ जाती है, जो क्या उन्हें जोड़ना सुगम होता है?

विनायक के मन में चल रही आँधी उसके विचारों को उड़ाकर मुसलमान बंगालियों की समस्या की ओर ले जाती है। उसका हिन्दू बंगाली की समस्या से कुछ लेना-देना नहीं है। यह जमीन और साम्प्रदायिकत से जुड़ी समस्या है।

बंगाली हिन्दू बंगाली मुसलमान को उसी तरह से म्लेच्छ मानता है, जिस तरह से असम के मैदानों में रहनेवाली जनजातियों को। यह बंगाली मुसलमान असम में अपनी गरीबी के कारण भाग कर आता है! अंग्रेजी सरकार इसको बढ़ावा देती थी, क्योंकि वह बंगाल में जनसंख्या का भार कम करना चाहती थी। असम के लिए अतरिक्त श्रमशक्ति का आयात करना चाहती थी, क्योंकि यहाँ के बंजर को आबाद कर वह लगान कमाना चाहती थी। असम के जंगल और खाली मैदान उसकी आँखों में गड़ते थे। परिणामस्वरूप 1927 में शिलांग में 'आल पार्टी कांग्रेस' बुलाकर तय कर दिया कि बताये गये जंगलों और चरागाहों में बंगाली मुसलमान बेरोक-टोक बस सकते हैं। हर परिवार अधिक-से-अधिक बीस बीघा आबाद कर सकता है, एक निश्चित रकम एवज में जमाकर। ऐसे बंगाली मुसलमान नवगाँव, मंगलदोई और बरपेटा में बसे। इलाका बड़ लोगों का था। 1931 आते-आते स्थिति यह हो गयी कि वहाँ के जनगणना आयुक्त और आई. सी. एस. अधिकारी सी.एस.मुल्लन ने आजिज आकर लिखा, "... by 1921 the first army crops of invaders had conquered Goalpara. The Second army crops which followed them in the years 1921-31 had consolidated their position in that district and has complete conquest of Nowgong, The Barpeta division of Kamrup has also fallen to their attack and barrang is leading invadeal sinhias has so far scaped completely but few thousand mymonshibsagar in North Lakhimpur are on out post which may during the next decade prove to be a valuable basis of major operations. Wheresoever the cacrcass there the vultures be gathered together. Where there is a waste land, thither flock the Mymensinglias." मुल्लन ने बड़े दुःख से लिखा था, "Sibsagar would ultimately remain the only district where an Assamese race would find a home of its own." इसके पहले की मतगणनाओं के असम में बंगाली भाषियों की संख्या असमिया भाषियों से अधिक दिखती आयी थी। अब वास्तविक रूप से बंगाली असमिया से अधिक होते जा रहे थे। अपने ही वतन में असमिया लोग अल्पसंख्यक बनते जा रहे थे। इसे बढ़ावा दे रहे थे असमिया मुसलमान सर सादुल्लाह, और बंगाली मुसलमान मौलाना अब्दुल हामिद खान भसानी, क्योंकि वे असम को सम्भावित पाकिस्तान का हिस्सा बनाना चाहते थे। इसका काट तैयार किया बिहार के नेता डॉ. राजेन्द्र प्रसाद ने, जो बाद में आजाद भारत के राष्ट्रपति बने। उन्होंने कहा, "मुसलमानों की संख्या घटाने के लिए बंगाल और बिहार से हिन्दू बुलाकर बसाये जाने चाहिए।" गोपीनाथ बरदोलोई अपना मुँह खोलकर उनका मुँह देखते रह गये, "यह हमें कौम और भाषा के आधार पर अल्पसंख्यक बनते जाने पर कैसे रोक लगा सकेगी? क्या यह साम्प्रदायिकता और नस्ली हिंसा को बढ़ावा न देगी?"

विरेन्द्र चन्द्र महन्ता बताते हैं कि बंगाली मुसलमान जब असम में आता है तो वह बंगाली बनकर नहीं रहना चाहता, असमिया बनकर रहना चाहता है। असमिया मुसलमान उसे पसन्द नहीं करता, पर वह उसका विरोध नहीं करता, क्योंकि बंगाली मुसलमान उसकी जमीन कब्जा नहीं करता। विरोध असमिया हिन्दू और अन्य जनजातियाँ करती हैं, क्योंकि वह उनकी जमीन कब्जा करता है। असम की राजनीति आज इन्हीं विभाजनों के इर्द-गिर्द चल रही है।

11

महाकाली बसाक के पास हजार बहाने थे : आजकल साहब हमसे खिंचे-खिंचे रहते हैं। बात करूँ और लेने के देने पड़ जायँ। जानते ही हो, साहब की ईमानदारी का डंका बजता है। इतने ही कड़क मिजाज के यूँ ही नहीं हैं। कहीं घूस देने के अपराध में भीतर न भेजवा दें। कभी कहता : आजकल मेम साहब से पट नहीं रही है। उनका चित्त ठीक

हो तो आगे बात करूँ। कभी कहता : मेम और साहब में पट नहीं रही है। उसी में तुम्हारी बात घुसेड़ दूँ तो सोचो क्या होगा? रही-सही आस भी जाती रहेगी। कभी कहता : मेम ने बात की है, पर कान नहीं दे रहे हैं। राशि बढ़ाओ तो शायद...। कभी कहता : बात हो गयी है। बस मामला पेश कराओ। वकील से बात करो।

वकील मामला न उठाये तो भी अपना मेहनताना ले लेता था। उसके लिए तारीख-पर-तारीख लेता जाता था। इस पर किसी भी तरह की रोक नहीं लग सकती थी, न कानूनी न नैतिक। मामला प्रोफेशन का था। वकील के पास मामला न उठाने के हजार कारण थे। कभी कहता बात आगे बढ़ रही है। उस प्रगति का स्वरूप क्या है, उसे मुवक्किल को कभी नहीं बताता और पैसा झट से झटककर रख लेता। वह बहस की दलील पर निरन्तर काम करता रहता, किन्तु न तो उसका अन्तिम स्वरूप तय हो पाता, न ही वह दिन आता जब उस तर्क का कच्चा चिठ्ठा रखा जाय। हर बार वह कहता कि अच्छा हुआ बहस नहीं हुई, दिन खराब था, मजिस्ट्रेट का मूड खराब था। मुकदमा पेश हुआ होता तो खारिज हो गया होता। अब अँधियरिया में चन्द्रमा निकल रहा है। और कुछ नहीं तो यही कह देता कि जिस दिन तुम मेरा मेहनताना बचाने के लिए नहीं आये, उसी दिन मामला रफा-दफा हो गया होता। दिन भी ठीक था और मजिस्ट्रेट का मन भी। आज आये भी हो तो समय से नहीं आये हो। मामला पेश होने से पेश्तर अदालत उठ जायेगी।

यानी वह एक ऐसे दुश्चक्र में फँसा था कि उसका सिरा मिलता ही न था। वह एक ऐसी नदी में बहता जा रहा था, जो बार-बार किनारों पर पटक-पटक कर उसकी देह को तोड़ रही थी और उसके विरुद्ध उसकी देह कोई आवाज भी नहीं उठा सकती थी। उसकी टूट रही देह की आवाज के कोलाज से वह जिन्दा-ही-जिन्दा मरा जा रहा था।

आखिर मतीन क्या करता?

जिस वक्त विनायक वसुमतारी अपनी टीम के साथ शिलांग घूम रहे थे, ठीक उसी वक्त मतीन मियाँ भी शिलांग काड़ रहे थे। पर दोनों के इलाके भिन्न थे। विनायक के केन्द्र में था असम लाज, मतीन के केन्द्र में शारदा रंजन बनिक का घर। कितना तो उपहार लेकर आया था, सुआलकूची से रेशम की थान से लेकर मुरादाबाद की कच्चे पीतल की बनी गंगाजली, जिसे जरा-सा माँज दो तो सोने को भी मात करती हुई चमकती थी। तीन दिन तक रहा था और उन तीन दिनों में ही जाने कौन-सा जादू किया था कि बनिक महाशय अपने सर्वोत्तम शान्तिपुरी धोती और बालूचरी पंजाबी, भागलपुरी चादर और बाटा का पम्प शू पहनकर एक हाथ से नाक में सुँघनी ठूँसते और दूसरे हाथ में चाँदी की मूठवाली अखरोट की छड़ी ले जीवन में पहली बार दफ्तर से छुट्टी ले मंगलदोई आ धमके। एक दिन आने में खर्च हुआ, एक दिन जाने में, तीन दिन रहने में और दो दिन कामाख्या

माई के दर्शन में। इतने ही दिनों में जाने क्या घुट्टी पिलायी कि बेटी-दामाद का मिजाज एकदम से पलट गया।

जब वे लौटकर गये तो रीता राजखोवा मंगलदोई के आफिसर्स क्लब में रोज की ही तरह गयीं। छह फीट लम्बे और साढ़े चार फीट चौड़े कागज पर बना एक चित्र बार के काउण्टर के ऊपर जाने कब से टँगा था, अंग्रेजों के समय से ही। उसका नक्काशीदार फ्रेम पीतल का था, जो चित्र से कहीं अधिक चमकता रहता था। उस चमक के सहारे ही लोगों का ध्यान उस चित्र पर जाता था। प्रतिदिन आनेवाले लोग उस चित्रण को देखने के इतने अभ्यस्त हो गये थे कि देखते भी थे तो लगता था कि देख नहीं रहे हैं। उस दिन रीता राजखोवा काउण्टर पर गयीं तो उस चित्र को देखकर दंग रह गयीं। उन्हें लगा कि जैसे वे उसे पहली बार देख रही हैं। चित्र कुछ खास नहीं था। गहरी भूरी पेन्सिल से दो मानव आकृतियाँ उकेरी गयी थीं। एक नर, दूसरा मादा। दोनों बिना पीठ की बेंच पर बीच में काफी दूरी छोड़कर बैठे थे निर्वस्त्र और ठोस। दोनों की निगाहें अपने पाँव के अँगूठे की ओर नीचे झुकी हुई थीं। चेहरे पर कुछ खास भाव नहीं था। बाँहें आधी दूर तक जा पृष्ठभूमि के रंग में तिरोहित हो गयी थीं। लगता था कि चित्रकार ने अश्लीलता को अंकित करना चाहा है, यह वह इतना कौशलहीन था कि उसे रच नहीं पाया। पर रीता को लगा कि यही तो वास्तविक कौशल है कि उसने भाव को अनावृत्त ही रहने दिया है और अपनी बात भी कह गया है। कला वहाँ होती है जहाँ एक पर्दा होता है, जो न केवल दर्शक को जिज्ञासु बनाये रखता है, जो अनकहा छूट गया होता है, उसे भरने का उसको पूरा मौका देता है अपनी कल्पना के अनुसार। वह क्या आज की कविता की तरह कि सब-कुछ वर्णन करते चले गये और फिर भी कुछ कह न पाये। उसे जानने के लिए कविता से बाहर समाजशास्त्र और राजनैतिक प्रचार से सहायता लेनी पड़ती है उस चित्र को देखते-देखते उनके जुल्फों में अपने आप एक सिहरन उठी, आँखों में चमक आयी, ओंठों पर स्मिति उभरी, उरोज तन गये, नाभि में सनसनाहट हुई, जाँघों में गुदगुदी लगी और पाँव निर्बल पड़ने लगे। लगा कि एक मूर्च्छा उनको जकड़ती जा रही है और उस मूर्च्छा में वे एक स्वप्नलोक में पैठती जा रही हैं।

ठीक उसी वक्त श्वेतकेशी राजखोवा अदालत से निकलकर कस्बे के सबसे अच्छे बार में गये और वहाँ उपलब्ध सबसे अच्छी सुरा का दो पैग एक गिलास में भरवा कर खिड़की के पास के मेज पर रख बैठ गये। खिड़की खुली थी। उससे जो बाहर की हवा भीतर आ रही थी, उससे लगता था कि उत्तर की पहाड़ियों में बर्फ पड़ रही है। कोहरे ने सब-कुछ धुँधला कर रखा था। पार्क का विशाल वटवृक्ष अँधेरे का एक हिलता थक्का लग रहा था, जिससे उठती भाप जलहीन बादल की तरह पत्तियों और डालियों को सहलाकर हवा में विलीन होती जा रही थी। उसी तरह विलीन हो रहे थे उनके आज के फैसले पर उनके विचार। जाड़े के इस दिन के विहान से ही वे इस महत्त्वपूर्ण फैसले के लिए तैयार कर

रहे थे। वे जानते थे कि यह फैसला ऊपरी अदालतों में टूट जायेगा। उसके समर्थन में उन्होंने जो तर्क रचा है, वे हवाई है। यानी निराधार हैं। पर उन्हे तर्क रचने सम्बन्धी कोई वर्जना नहीं बतायी गयी है। और उसका प्रयोग करने का उन्हें पूरा अधिकार है। यदि वे इस जगत् में अकेले होते, यानी ऐसा करनेवाला कोई दूसरा न होता तो वे अपनी हँसी उड़ा सकते थे। लेकिन तब ऐसा भी हो सकता था कि ऐसी कोई समस्या ही न उत्पन्न होती। समस्या पैदा ही इसलिए हुई है कि दूसरे भी हैं और उन्हीं जैसे हैं। यह मामला 'बिइंग-इन-इटसेल्फ' से हटकर 'बिइंग-विद-अदर्स' का है। इसलिए इस क्षण अपने दुश्चिन्ता को बढ़ाते जाने का कोई कारण नहीं है। बड़े ही थोड़े समय में उन्नति पा वे इस पर आये हैं और अब उम्मीद है कि इसी पद पर से चलते बनना है। इसलिए यदि 'आफिशियल पोजीशन' से अपने लिये कुछ किया है तो बुरा क्या है? हमारे कई क्षेत्रीय दलों के नेता एक राष्ट्रीय दल से प्रेरणा प्राप्त कर कह रहे हैं कि हमने इतनी मेहनत से अपना दल खड़ा किया है तो उसका लाभ हमारी सन्तानें क्यों न लें। वे सत्तासुख ले रहे हैं। हम तो थोड़ा-सा भौतिक सुख पा लेना चाहते हैं। ससुर शारदा, पत्नी रीता और सहायक बसाक यही तो समझाते आये हैं। इसे प्राप्त करने के लिए सम्भावित अपराधबोध से मन को ऊपर उठाकर रखना है।

रात में रीता जब उसके कमरे में आयी तो एक हाथ को उसकी ओर बढ़ाकर दो उँगलियों को फैला दिया और तीन को मोड़कर रखा। श्वेतकेशी समझ नहीं पाये कि वह क्या कहना चाह रही है। तो भी उन्होंने कलाई को पकड़ लिया और उँगलियों का परीक्षण करने लगे। अचानक उनके मुँह से निकला, "कितने खूबसूरत हाथ हैं?"

रीता ने कहा, "पीपल के पत्ते की तरह।"

उन्होंने बन्द उँगलियों को फैलाकर पूरे पंजे को महसूस किया। रीता एक गर्व से आपादमस्तक भर गयी। तभी श्वेतकेशी ने गदोरी को चूम लिया। वह जल्दी से उकड़ूँ होकर बैठ गयी और मुँह को पूरी तरह से खोलकर उनके घुटने पर रख दिया। उससे तीखी काली मिर्च की गन्ध आ रही थी, जो उनके नथुनों को उत्तेजित किये जा रही थी। उसने बढ़कर उनके सिर को अपनी गोद में ले लिया। उन्होंने सिर बढ़ाकर उसकी गर्दन चूम ली। उसने कहा, "तुमने मेरी बात मान ली।" उसने फिर और फिर-फिर वही बात दुहराया। उसके घुटने सरककर फैल गये। वह कालीन पर बिछ-सी गयी। उन्होंने बाँहें बढ़ाकर उसे घेरे में ले लिया और उसके ऊपर स्वयं बिछ गये।

नदी की तरफ से गाँव की तरफ चलो तो एक उठान आता है, फिर सपाट उतरान। उस उतरान के मुहाने पर ही एक विशाल आयु-वर का पेड़ है। आयु-वर माने पीपल। नदी के पार करने से पहले और नदी को पार कर आने के बाद हर कोई इस पेड़ के नीचे कुछ क्षण के लिए बैठता है। एक यात्रा आरम्भ करने से पहले दम बाँधता है, दूसरा लम्बी यात्रा

पूरी करने के बाद सुस्ताता है। यह दम बाँधना और सुस्ताना एक ही बात नहीं है, पर पेड़ को लगता है कि वह दोनों ही स्थितियों में लोगों को एक-सा आश्वासन देता है। आश्वासन का सम्बन्धा आशा से है। और वही है कि गायब होती जा रही है। वसुन्धर को लगता है कि इस आयु-वर के नीचे एक थान बाँध दिया जाय तो लोग देवी-देवता को साक्षात् नमन करेंगे और आश्वस्त होकर आयेंगे-जायेंगे कि देव उनकी रक्षा करेंगे, उनका भार कम करेंगे। ऐसा थान बाँधने के लिए वह पोचई हाजो से बार-बार कह चुका है, पर वह इस पर कान नहीं देता। दरअसल उसका इरादा इस महावृक्ष के नीचे दुकान खोलने की है, जिससे कुछ आमदनी हो। देवकुरी बन गयी तो जमीन जाती रहेगी। बामुन आयेंगे और पैसा उठाकर ले जायेंगे। यहीं पर वसुन्धर उसे समझाता है देवकुरी की बगल में दुकान खोल लेना। बीड़ी-आग पेटी, सत्तू-बताशा से जो आमदनी होगी, उससे अधिक आमदनी लड्डू-बरफी से होगी, सिन्दूर-अगरबत्ती से होगी। क्या नजारा होगा जब लोग एक-एक सीढ़ी को पार कर प्रचारित पुराने शिव के ऊपर ताँबे का फन फैलाये नाग हरे-हरे बेल पत्रों के ढेर में सफेद मदार और धतूरे के फूल में पूँछ छिपाये गुच्छा-गुच्छा तुलसी पत्र और चमचमाते दूध-पानी के बीच घी का दीया देख मन-ही-मन आशीर्वाद लेने आयेंगे। टन्-टन् कर तभी गर्भ गृह में पीतल का भारी घण्टा बजेगा। लोग जलपान करेंगे और पैसा देंगे। घलुए से धन्यवाद।

वसुन्धर को बैठा देख माजिद अली वहीं आकर बैठ गया। दुआ-सलाम के बाद वसुन्धर ने पूछा, "क्या समाचार है?"

वसुन्धर कचहरी जा रहे थे, माजिद अली कचहरी से आ रहे थे। कहा, "मतीन की डिग्री हो गयी।"

यह वसुन्धर पर वज्रपात था। बज्रपात सीने पर हुआ था, उसका अनुभव सीधे हो रहा था। वह गोचर होने लगा जब माजिद अली ने बताया कि "साहब कल काला सूट पहन कर आया था।" चपरासी से गलियारा साफ करवाया। उसने चपरास बाँध रखा था। चमकता सफेद चुस्त पायजामा और कोट पहन रखा था। सिर पर तुर्रेवाली पगड़ी। कपड़ों पर सोने के धागों से कढ़ाई की गयी थी। कोट में शान्तिदूत अशोक के शेरों के सिरवाले बटन लगे थे। मैं पढ़ नहीं पाया कि उन पर 'सत्यमेव जयते' लिखा था कि नहीं। गलियारा साफ किये जाने के बावजूद तमाम लोग दोनों तरफ दीवारों से चिपके हुए थे, जो जाने कितने युगों से न्याय की देवी के मन्दिर में जाने के लिए लाइन लगाये हुए थे। इस प्रक्रिया में उनके घुटने से खम और सीने से दम जाता रहा था। मजिस्ट्रेट ने बड़ी अदा से, जिसमें अधिकार दम्भ काफी था, उन पर एक उचटती दृष्टि डाली जैसे शेर आबादी में आये तथा सड़क पर और बगल के मकानों पर उपेक्षा भरी दृष्टि डाले कि इनकी औकात क्या। इनके भीतर रहनेवालों को मैं इसी सड़क पर मार सकता हूँ। उसी के लिए आया भी हूँ। दरवाजा खोलने के लिए वह दरबान खड़ा था, जो भीतर झाँकने के लिए चाँदी के

सिक्के वसूलता है। साहब भीतर घुसा तो कमरे का अँधेरा गायब हो गया। उसकी जगह एक झकाझक रोशनी कमरे में उछल कर आयी और जहाँ-जहाँ जगह मिली बैठ गयी। उसी में देखा कि आँख पर पट्टी बाँधे रहनेवाली न्याय की देवी की मूर्ति जिस पेडेस्टल पर रखी थी, उस पर लिखा था 'सत्यमेव जयते'। उसकी चमक न्याय के पलड़े की कटोरी के छापे में गुम हो गयी थी। उसके ठीक सामने, पर थोड़ा नीचे मजिस्ट्रेट साहब का आसन था। उसके एक बगल दीवार पर गाँधी का एक सस्ता-सा चित्र लगा था। दूसरी बगल तत्कालीन प्रधानमन्त्री का चित्र था, जो शायद काफी कीमती था। सामने की दीवार पर दरवाजे के ऊपर तत्कालीन राष्ट्रपति का चित्र था, जिसके मोल के बारे में कुछ कहा नहीं जा सकता। उसी के नीचे से होकर जनता को अदालत में आना था। उन्होंने यह सब-कुछ नहीं देखा और अपने आसन पर बैठ गये। तब बसाक उनके पास गया और कुछ कहा। उसने तीनों दरवाजों की ओर देखा। अगल-बगल के दरवाजों से दो पक्षों के वकील आये, सामने के दरवाजे से न्यायार्थी और जन। ये जन भारत के लोग थे और तमाशबीन थे। उनकी ठेलमठेल ऐसी थी कि साँस लेने में कठिनाई होने लगे। पर न्याय के आगे भला साँस की क्या कीमत! मजिस्ट्रेट साहब ने सोने के रंगवाले कलम को उँगलियों से गोल-गोल डुलाते हुए पेशकार की ओर देखा। पेशकार ने जिधर देखा उधर वकील हरेन्द्र शर्मा खड़े थे। साहब ने कल शाम को ही बसाक को भेजकर स्पष्ट कर दिया था कि कल हरहाल में मामला सुना जायेगा। उसके लिए उनके पास जो भी दलीलें हों, लेकर हाजिर हों। ऐसा उनके जीवन में पहली बार हुआ था कि मजिस्ट्रेट ने एक गरीब के मामले में इतनी तत्परता दिखायी थी। लिहाजा वे बेहद साफ कपड़ों में आये थे। कल शाम को ही बाल कटवा आये थे और दाढ़ी छिलवा आये थे। नहाने के बाद आज बालों में तेल लगाया था और चेहरे पर क्रीम पोता था। दलीलें दिमाग में अपना काम करती रही थीं। शर्मा ने मजिस्ट्रेट को नमन किया। जानकार लोग बताते हैं कि उन्होंने मजिस्ट्रेट को नहीं मजिस्ट्रेट की कुर्सी को नमन किया। उनके आजू बाजू और सामने और भी वकील खड़े थे, उन्होंने भी कुर्सी को नमन किया। इसलिए मजिस्ट्रेट ने किसी के नमन का उत्तर नहीं दिया। उसके लिए स्वयं नमन करना पड़ता और यह कुर्सी की तौहीन होती। भला कुर्सी भी किसी का नमन करती है। वह तो धीरे-से खिसक जाती है। कार्यवाही शुरू हुई और वकील जाने क्या अण्ड-बण्ड अनजानी भाषा में बकता गया, जिसे या तो मजिस्ट्रेट समझते थे या फिर वकील। उनके खीस निपोरने पर अवाम भी खीस निपोर देती थी और उनके गम्भीर होने पर अवाम भी गम्भीर हो जाती थी। यह अभिनय कुछ देर तक चलता रहा। दलीलें अपना काम करती रहीं। पेशकार अपनी खास भंगिमा के साथ कुछ नोट करता रहा। मजिस्ट्रेट बीच-बीच में कुछ बोलते रहे। अभिनय बन्द हुआ तो पेशकार खड़े होकर मजिस्ट्रेट की ओर देखने लगे। मजिस्ट्रेट अनेक क्षणों तक सोचने के मुद्रा में रहे। फिर सुनहरे कलम को नचाते हुए, चेहरे को हल्का-सा नीचे कर निनाद जैसे स्वर में बोले, "मतीन की

पेशकश में दम है। फैसला उनके हक में जाता है। विस्तार डिग्री के कागज में लिखा जायेगा।"

जिनके फेफड़े और घुटने दम-खम तोड़ चुके थे, उनमें जाने कहाँ से जान आयी और वे मन-ही-मन गरज उठे। घुटने से फुसफुसाकर कहा, "अब हमारे लिये भी कुछ उम्मीद बँधती है।" सीने ने उत्तर दिया, "आज जाने कितने वर्षों के बाद कुछ काम हुआ है। एक तोला ही सही इस न्याय की दुकान से न्याय बिका है।" दोनों ने कहा, "आगे हमें भी खरीदारी का मौका मिल सकता है।" मैंने सोचा, "चलो बोहनी तो हुई। बन्दूक होती तो लाइसेन्स की लाइन मैं भी तोड़ता।"

वसुन्धर ऊपर से नीचे तक काले पड़ गये। यह वज्रपात में झुलस जाने के कारण नहीं था, किसी नाग द्वारा डस लिये जाने के कारण था। होश आया कि वे जब भी मतीन को देखते थे, कुछ समझ नहीं पाते थे—लगता था कि साँप सीने से होकर गुजर गया है। आज उसने डस ही लिया। हमारे खेत इन परिचयपत्रियों के नाम हो जायेंगे। हमारा मुकदमा शायद उसके बाद भी पेश न हो।

भुजंग विष छूत का विष नहीं होता। वह दाँत से काट कर जिसके खून में मिलाया जाता है, उस पर असर करता है। किन्तु यह विष छूतधारी था। और इतना शक्तिशाली था कि सुनने मात्र से असर कर देता था। वह पूरे इलाके में फैल गया।

12

विनायक वसुमतारी असमिया और बंगाली की राजनीति, उनके वर्चस्व की लड़ाई को ही लेकर नहीं घूम रहा था, असम की राजनीति को भी मथ रहा था। पा रहा था कि कितनी गलाकाट प्रतिद्वन्द्विता है जो सत्ता में है, जो सत्ता से बेदखल कर दिये गये हैं और जो सत्ता में आने के लिए प्रयासरत हैं के बीच। मुख्यमन्त्री इसका कुशल खिलाड़ी है। सत्ताच्युत कामाख्या नारायण त्रिपाठी को चूर-चूर कर देना चाहता है और उसके लिए जो सत्ता में आना चाहते हैं, उनके साथ गठजोड़ कर रहा है। बिल्ली के भाग्य से छींका टूटा है। मंगलदोई के सांसद विश्वानारायण शर्मा नहीं रहे। अब वहाँ उपचुनाव होना है। मुख्यमन्त्री चाहते हैं कि यह चुनाव कामाख्या बाबू लड़े। आखिर कब तक सत्ता से बेदखल रहेंगे! कब तक लोग इल्जाम लगाते रहेंगे कि मुख्यमन्त्री ने मित्रता निभाने में कोताही बरती है। जीत गये तो राम-राम, नहीं तो जै सीताराम। जीतेंग कैसे? मैं जीतने दूँ तब न!! यह बंगाली मुसलमान का कार्ड क्यों रखा है? चले थे सर्वे कराकर उनका सफाया करने।

कामाख्या बाबू को उनकी चाल का पता चल गया है। उनकी मूँछों के भीतर मुस्कान फैल गयी है। वह वहाँ से बाहर नहीं आती। वे दाँतों को खूब सटाकर ओंठों की ओट

में रखते हैं। उनके दाँत हैं भी खूब मजबूत, उभरे हुए, सफेद। कहते हैं ऐसे दाँतवाला आदमी बड़ा भाग्यशाली होता है, इच्छा-शक्ति का मजबूत। इसलिए वह वहाँ से भी बाहर नहीं आती। हाँ, आँखों की चमक बहुत-कुछ कहती है। पर उसको पढ़नेवाला कोई हो तब न।

दल की प्रान्तीय कमेटी की मीटिंग हो रही है। उसमें प्रान्त के संसदीय बोर्ड के सदस्य बैठे हैं। वसुमतारी समझ नहीं पाता कि जब कमेटी प्रान्त की है तो बोर्ड संसदीय कैसे है। संसद और सांसद तो केन्द्र के होते हैं। पर यह कोई इतना बड़ा मुद्दा नहीं है। नाम में क्या रखा है, मतलब तो काम से है और वह काम कर रही है। पहले योजना थी कि सर्वसम्मति से प्रस्ताव पास कर राष्ट्रीय अध्यक्ष को प्रत्याशी चुनने का अधिकार दे दिया जाय। लेकिन ऐसा तब होता है, जब प्रत्याशी का विवाद हो। अपने को सुरक्षित रखने के लिए जिम्मेदारी दूसरे पर डाल दी जाती है। राष्ट्रीय अध्यक्ष को इससे खुशी मिलती है कि उनका वर्चस्व छोटी-छोटी बातों पर भी है। बिना उनके इशारे के पार्टी में एक पत्ती भी नहीं हिलती। इससे फैमिली डाइनेस्टी को मजबूती मिलेगी। लेकिन तब हो सकता है कि वे कामाख्या बाबू को टिकट न दें। गोट अपने हाथ से जाती रहेगी। इसलिए वे कोई विवाद पैदा नहीं कराते। प्रचारित कराते हैं कि राष्ट्रीय अध्यक्ष किसी विवाद में नहीं पड़ना चाहते। देश की समस्याएँ इतनी अधिक हैं कि वे उसी में उलझे हैं। दबी जुबान से यह बात भी फैलती है उनकी ताकत क्षीण हो रही है, इसलिए वे प्रान्तीय क्षत्रपों को पूरा अधिकार दे रहे हैं। वे ही निबटें। सफल होने पर श्रेय लें, असफल होने पर गाली खायें। वे सम्प्रभुता का सुख लूटते रहें। इसी को तो राजनीति कहते हैं। उनको ताकत प्रान्तीय कमेटियों से ही मिलेगी। उनके एकमत प्रस्ताव से नहीं, स्वयं जिम्मेदारी ग्रहण करने से। इसलिए कह दिया है कि असम के क्षत्रप आप हैं। वहाँ की स्थिति आप जानते हैं। तद्नुसार निर्णय लें। मुख्यमन्त्री को लगता है कि इस प्रचार मात्र से ही उनको नयी ताकत मिल गयी है। वे प्रसन्न हैं और इस ताकत को हनक कर अपने विरोधी पर ब्रह्मास्त्र की तरह चलाना चाहते हैं। विरोधी ने पहले ही काट सोच लिया है, वह भी राजनीति का खूब खेला खाया खिलाड़ी है। ब्रह्मास्त्र फेंके जाने से पहले ही वह काट चल देता है, "टिकट विनायक वसुमतारी को दे दिया जाय। वे स्थानीय आदमी हैं, उनकी धाक है। उन पर पार्टी में कोई विवाद भी नहीं है।"

मुख्यमन्त्री को लगता है कि आयु-वर के पेड़ पर ऐसा विशाल कुल्हाड़ा चला है जो एक ही प्रहार में पेड़ को लगभग काट दिये हैं। पेड़ यदि खड़ा रह गया है तो अपनी मोटी छाल के कारण। इसके पहले कि वे "ना' कहें चारो तरफ से 'हाँ-हाँ' की आवाज आ रही है। उन्हें 'हाय-हाय' सुनायी दे रहा है। वे कोशिश करते हैं, पर लकार नहीं निकलती। घोषित हो जाता है कि विनायक वसुमतारी प्रत्याशी होंगे। वे कोई प्रतिक्रिया व्यक्त करें,

उससे पहले ही लोग बधाई देने लगते हैं। दिवांग नाच उठता है। ब्रह्म मुस्कराकर रह जाता है। कहता है, "निःस्वार्थ काम करते रहने का फल इसी तरह मिलता है, अप्रत्याशित।"

बोतल खुलती है तो विनायक गम्भीर हो जाता है। कहता है, "इसमें गहरी चाल है।"

"भला वह क्या?"

"मेरा भविष्य हमेशा के लिए समाप्त कर देना।"

"भला क्या कहते हैं?"

"यही तो। उभरता हुआ पौधा हूँ। तने पर जोर का प्रहार किया गया है।"

"ऐसा भला क्यों?"

"कामाख्या नारायण को लगता हैं मैं मुख्यमन्त्री का आदमी हूँ। हार गया तो मुख्यमन्त्री हार गये। जीत गया तो मुख्यमन्त्री। एहसान जतायेंगे कि आपके आदमी को सांसद बनवा दिया।"

"हमने तो उल्टी बात सुनी है।"

"क्या?"

"कि आप कामाख्या बाबू के आदमी हैं। जीत गये तो मुख्यमन्त्री कहेंगे, आपने भले ही मेरा कितना विरोध किया, मैंने आपको सशक्त ही किया है। हार गये तो कहेंगे चले थे मुझसे टक्कर लेने।"

"दोनों तरफ से जूते तो मुझे ही पड़ेंगे।"

"अब सहो। यही राजनीति है। दोनों का काट बनाओ, तब निजी व्यक्तित्व बनेगा। वही पूँजी होगी आगे के सत्ता-विकास की।"

वसुमतारी को बात ठीक लगती है। वह दिवांग पर चुनाव प्रचार की जिम्मेदारी डालता है। ब्रह्म को तोड़-जोड़ का जिम्मा देता है। अरे लम्बोदर कहाँ है? उसे बुलाओ। कुछ पैसा इकट्ठा करने में लगाओ। बिना इसके चुनाव हो नहीं सकेगा। जब दोनों बास हराने में लगे हैं तो अपनी बाँहों में बूता भरना पड़ेगा। परायी आस छोड़ो।

बात लुत्ती की तरह पूरे असम में फैलती है। चुनाव आयोग तुरन्त मतदाता सूची अद्यतन करने की अधिसूचना जारी करता है। प्राइमरी, मिडिल व हाईस्कूल के अध्यापक, ग्रामीण स्वास्थ्य विभाग के निचले कर्मचारी, गाँव-विकास के सेवक, वसूली करनेवाले अमीन आदि-आदि इस सूची को 'अप-टू-डेट' करने में युद्ध स्तर पर लग जाते हैं। उनका सहयोग करते हैं ग्राम प्रधान, गाँव के छुटभैये नेता, थाने के दलाल, तहसील के अघोषित बिना पढ़े ही बन गये वकील, और जाने कौन-कौन। मतीन और उसके जैसे अनेकों लोग कम्युनिस्ट पार्टी के, जनता दल के, प्लेन ट्राइबल एसोसिएशन के माइनारिटी फोरम के...।

बक्सा के जंगलों से भागकर लम्बोदर साइकिया आता है और मतदाता सूची बनाने वालों के पीछे लग जाता है। सूची देखकर अवाक् रह जाता है। सूची सत्तर हजार लोगों की है, जिनमें पैंतालीस हजार नये नाम हैं। जाहिर है ये बाँग्लादेशी घुसपैठिये हैं। अब

घुसपैठियों का मत वसुमतारी को मिलेगा नहीं। वह शुरू से ही उनका विरोध करता रहा है, भले ही उसका दल उनका मूक समर्थक हो। ये लोग उसके विरुद्ध लड़ने का मन पहले ही बना चुके है, अब काट खोज रहे हैं। घुसपैठियों का यह मत प्लेन ट्राइबल एसोसिएशन को भी नहीं मिलेगा। संगठन बना तो है, कांग्रेसियों के विरुद्ध, तो क्या वह घुसपैठियों के विरुद्ध नहीं है? आज राजनीति ऐसी हो गयी है कि वह घुसपैठियों के विरुद्ध पहले है, कांग्रेसियों के विरुद्ध उसके बाद। चुनाव आयोग को असंख्य चिट्ठियाँ रोज भेजी जा रही हैं कि फर्जी मतदाताओं का नाम सूची से बाहर करो। आयोग परेशान है कि फर्जी लोगों की पहचान कैसे की जाय। मतीन ने उनके परिचय पत्र के आधार पर उनके नाम पर राशन कार्ड बनवा लिया है। यह भारतीय नागरिक होने का पक्का प्रमाण है। उसके बल पर वे राशन और मिट्टी का तेल उठा रहे हैं, बैंकों से कर्जा ले रहे हैं, धन्धे का अनुज्ञापन पत्र ले रहे हैं। खेतों पर नाम चढ़वाने की तैयारी में है। तो भी पच्चीस हजार का सत्तर हजार में चार वर्षों में बदल जाना हैरानी की बात है ही। जो भी सुनेगा इस पर विश्वास नहीं करेगा। चुनाव आयोग की साख दाँव पर है।

चौतरफा शोर उठने लगता है। शोर उठानेवाले विरोधी दल ही नहीं हैं, स्वयं कांग्रेस के लोग हैं। वसुमतारी सबसे आगे है। पहले हजार आदमी लेकर गुवाहाटी पहुँचा और सड़कों पर प्रदर्शन किया। फिर पाँच हजार आदमी लेकर विधान सभा का घेराव किया। अब दस-पन्द्रह हजार आदमी लेकर सभी मन्त्रियों, आयोगों के अध्यक्षों, सचिवालय और जाने क्या-क्या घेरनेवाला है। आदमी सिर्फ मंगलदोई और दरांग से ही नहीं आ रहे हैं, प्रान्त के कोने-कोने से आ रहे हैं। सबको भय है कि जो मंगलदोई में हुआ है, वह हर जगह होगा। अभी ख़तरा संस्कृति पर था, जब सीधे राजनीति पर है। लोग मामला अदालत में ले जाने की धमकी दे रहे हैं। प्रधानमन्त्री के लाख चाहने पर भी न्यायपालिका 'प्रतिबद्ध' नहीं हो पायी है। मामला खटाई में है।

कामाख्या नारायण त्रिपाठी की जो हँसी मूँछों के पीछे थी, वह ओंठों से बाहर आ गयी है और हँसी बन गयी है। ओंठ खुल गये हैं और दाँत चमक रहे हैं। चौतरफा माँग हो रही है कि घुसपैठियों को बाहर करो। इससे सम्बन्धित 1950 का कानून 'लेटर और स्पिरिट' में लागू करो। घुसपैठियों की पहचान का सबसे सुगम साधन उनके द्वारा बनवाया रजिस्टर है। है किसी माई के लाल में यह दम कि उसे झूठा साबित करे। मुख्यमन्त्री परेशान है कि क्या करें, न करें? इधर खाईं है, उधर कुआँ। यह मेरी राजनीति को समाप्त कर देने की चाल है। अगला व्यक्ति जो मुख्यमन्त्री बनेगा वह कामाख्या बाबू नहीं हैं। पर जो बनेगा वह ऐसे मौके पर उनके साथ होगा ही। इसीलिए कामाख्या बाबू की हँसी अट्टहास में बदलती जा रही है।

चुनाव आयोग को लगता है कि फिलहाल मतदाता सूची ठीक करने का कोई रास्ता नहीं है। इस पर गहरे और लम्बे मन्थन की जरूरत है। उसमें जनप्रतिनिधियों, राजनैतिक

दलों, बुद्धिजीवियों, नौकरशाहों, सरकारी प्रतिनिधियों, विरोधी दलों के प्रतिनिधियों, नागरिक समाज के प्रतिनिधियों की भागीदारी की जरूरत है। इसमें काफी समय लगेगा। लिहजा प्रस्तावित चुनाव स्थगित कर दिया जाता है।

वसुन्धर परेशान हैं। उनकी कोई नहीं सुन रहा है। बल्कि उसके जैसे किसी की भी कोई नहीं सुन रहा है। सभी मतदाता सूची ठीक करने, कराने में लगे हैं। खेती की बुआई पर कुछ खास हँगामा नहीं हुआ।

खेती थोड़ी होती है, दूर-दराज के इलाकों में होती है, जहाँ पानी लगा होता है, नमी बनी रहती है। पूरे मंगलदोई के इलाके में दस-पाँच मार-पीट ही हुई। दो-चार लोग ही मरे पर आगे बड़ी संख्या में मार-पीट होनेवाली थी। गाँव-गाँव तैयारी चल रही थी। घुसपैठिये पता लगा रहे थे कि बड़ लोगों में कितने नौजवान हैं, उनके पास क्या-क्या हथियार हैं, वे क्या तैयारी कर रहे हैं। यही बात बड़ लोग घुसपैठियों के बारे में पता कर रहे थे। दोनों तरफ रोज पंचायतें हो रही थीं। लोगों में जोश भरा जा रहा था। और वसुन्धर जैसे लोग आसन्न खून-खराबा से त्रस्त आँवत हो रहे थे। ऐसा भी नहीं था कि एक बार पूरे इलाके में मार-पीट हो जाय तो मामला हमेशा के लिए सुलझ जाय। ऐसा तब होता था जब एक राजा की फौज दूसरे राजा से टक्कर ले उबारा-निबारा कर लेती थी, कुछ सालों के लिए। यह जन की लड़ाई थी। और उसे लगता था कि जन की लड़ाई कभी निर्णायक नहीं होती। वह चलती ही रहती है, जैसे धरना-प्रदर्शन चलते रहते हैं।

धरना-प्रदर्शन पर उसे ख्याल आया कि वह क्यों न लोगों को संगठित करे और उन्हें लेकर गुवाहाटी जाय। उसके लिए काफी आदमी चाहिए। बिना लोगों की बड़ी संख्या के सरकार पर असर नहीं पड़ता, समाचार नहीं बनता, प्रचार नहीं मिलता, दबाव नहीं पड़ता। इसलिए उसे पहले स्थानीय स्तर पर करना चाहिए। मंगलदोई में करना ठीक रहेगा। वहाँ सफलता मिली तो दरांग यानी तेजपुर, फिर गुवाहाटी। सफलता मिले-न-मिले, कुछ तो करना ही है। अपना खेत यूँ ही नहीं गँवा देना है। अब इस उम्र में तो लाठी उठेगी नहीं। उठ भी गयी तो किसी एक को मारेगी। क्या इससे पूरे इलाके की समस्या सुलझ जायेगी? कभी नहीं। सामूहिक प्रयत्न करना पड़ेगा। पर वह प्रयत्न वही क्यों करे? और लोगों के भी तो खेत कब्जे हो रहे हैं, तो वे क्यों नहीं कर रहे हैं? वे तो सिर्फ लाठी में तेल पिलाकर सम्भावित घड़ी का इन्तजार कर रहे हैं। भला उससे क्या होगा? हो सकता है लोग उसी की तरह सोच रहे हों। बस कह नहीं रहे हैं। कह तो वह भी नहीं रहा है। जब कहेगा, तभी तो लोग जानेंगे।

और वसुन्धर चल पड़ा गाँव-गाँव लोगों से कहने। उसने अपने गाँव में नहीं कहा। लोग उसकी हँसी उड़ायेंगे। जाना गोइयाँ बाल बरोबर। आन गाँव के लिए वह सिद्ध सिद्ध होगा। उसने पहले बात माजिद अली से की। वे तुरन्त सहमत हो गये। दोनों पाकुड़

पहुँचे। गाँव के चौधरी पटुआ सुखा रहे थे। उससे उठती गन्ध के कारण लोग रास्ता बदल देते थे। पर वे दोनों गन्ध का घेरा तोड़कर चौधरी के पास पहुँचे। अपनी व्यथा-कथा कही। चौधरी चौके : भला माजिद अली का इसमें क्या स्वार्थ है? खेती-बारी तो है नहीं कि कोई बाँग्लादेशी कब्जा किये जा रहा है। सात पुश्त से कर्जा बाँटते हैं। अफगानी हैं। लोगों का खून सूचा है। अंग्रेज सरकार इनको शह देती थी। अपनी सरकार है तो कर्जा व बन्दूक दोनों का लाइसेन्स निरस्त कर दिया है। बन्दूक की लाइसेन्स के लिए भागते रहे हैं। जनता की सरकार सुनती ही नहीं। अब तो बन्दूक ही गायब हो गयी है। हाँ, कर्ज के लाइसेन्स के लिए जरूर आवेदन नहीं किया है। समझदार आदमी हैं। पहले ही जान गये थे कि वह नहीं मिलेगी। मिलेगी भी तो कोई कर्ज लेने नहीं आयेगा। आयेगा भी तो ले जाकर लौटायेगा नहीं। कहेगा "कौन तुम्हारे पास लाठी की ताकत है।" अब लाठी की ताकत सरकार में है। वही कर्ज देती है।

पूछा, "कितने लोगों से बात किया है?"

वसुन्धर ने कहा, "अभी एक आदमी माजिद अली से।"

चौधरी ने सोचा, एक से बात किया और वह साथ हो लिया। ये दोनों मिलकर मेरे पास आये हैं। मैं साथ हो गया तो मुझको लेकर चौथे के पास जायेंगे। वह साथ हो गया तो पाँचवें के पास, इस तरह तो पूरा इलाका साथ हो सकता है। न हो तो हर्ज नहीं। किसी भी बात पर सभी थोड़े सहमत होते हैं। हर बात के कुछ विरोधी होते ही हैं। कहा, "चलो शाम को पंचायत बिठाते हैं।"

शाम को पंचायत बैठी। चौधरी ने प्रस्ताव रखा। यह चौधरी देश की स्वतन्त्रता मिलने के बाद का आदमी है, उसके पहले गाँव-बूढ़ा होता था। वह सरकार का खैरख्वाह लेता था। चौधरी भी खैरख्वाह है। पर क्या वह सरकार का है? वह तो कांग्रेस पार्टी का है, पहले की सरकार का विरोधी। उसे खदेड़ दिया है। इसलिए गाँव बूढ़ा का पद चला गया है। यह चौधरी का पद आ गया है। इसका विरोध किया जाना चाहिए। विरंची कुमार ने कहा, "अभी तक चर्चा लाठी में तेल लगाने की हो रही थी, तलवार पर शान लगाने की हो रही थी, धनुषबाण बनाने की हो रही थी, लोगों को बन्दूक चलाना सीखाने की हो रही थी और आज एकदम से शान्ति प्रस्ताव..।"

विरंची कुमार दिवंगत गाँव-बूढ़ा का पुत्र है। उसने गाँव बूढ़ा का रोब-दाब देख रखा है। वह समाप्त हो गया है। यह बन्दूक चलाने की तैयारी में उसे नेतृत्व मिला है। उसे लगता है कि इससे पुरानी शान वापस आ जायेगी। अब यह शान्ति-प्रस्ताव। उसने तो उसकी आशा को ही धूमिल कर दिया। प्रस्ताव चौधरी को रखना हैं, तो नेतृत्व भी वही करेगा।

पर नहीं। चौधरी कहता है, "वह तो है ही। फैसला अन्ततः लाठी से ही होता है। रियासतों के नक्शे उसी से तय होते हैं, बदलते हैं। इसलिए सरकारें सेना रखती हैं। पर

इसका मतलब यह नहीं है कि वार्त्ता करनी छोड़ देनी है। सुलह-शान्ति का कुछ प्रयास करने में क्या हर्ज है?"

"तो बात सुलह-शान्ति की हो न! यह धरना-प्रदर्शन।"

"उसी की पूर्वाभास है।"

लक्खी रानी बात समझती है। कहती है, "विरंची! चौधरी की बात में दम है। उसे आजमाना चाहिए।"

तो यह बात है। उसने ठीक ही सुना था कि वह चौधरी को आजमा रही है। चौधरी की बेटी के साथ रोज उसके घर में घुसी रहती है। चौधरी ढलती उम्र का है तो क्या हुआ? है तो मर्द ही न। सुना है कम उम्र की लड़कियाँ अपने बाप के उम्र के पुरुषों की ओर आकर्षित होती हैं। उस उम्र के पुरुष अपनी बेटी की उम्र की लड़कियों के प्रति बहुत ध्यान देते हैं।

जवाब बरसठ देता हे, "पाँच आदमी धरना-प्रदर्शन में जायँ भी तो क्या होगा।"

जवाब माजिद अली देता है, "दस आदमी की लाठी एक आदमी का बोझा बन जाती है। बूँद-बूँद से तालाब भर जाता है। हर गाँव से पाँच-दस आदमी निकलें तो मंगलदोइ में हँगामा मच जायेगा। आज एक हजार जुटेंगे, कल पाँच हजार।"

"तो जुटाते रहो। हमें उससे वास्ता नहीं। हम तो अपनी लाठी में तेल पिलाकर रखेंगे।" विरंची ने कहा।

लक्खी ने कहा, "तुम्हें लाठी दिखाने का मौका मिलगा ही। प्रदर्शन में भी अपनी भूमिका दिखा लो।"

विरंची ने घूर कर देखा। वह हल्के से मुस्कराकर रह गयी।

गाँव के लोगों ने सर्वसम्मति से स्वीकार कर लिया कि प्रदर्शन करना सही रास्ता है। इसके लिए तैयारी की जानी चाहिए।

"तब इसके लिए एक कमेटी भी बननी चाहिए।" बरसठ ने कहा। उसे लगा कि कमेटी में उसे एक भूमिका मिल सकती है। चौधरी ने वसुन्धर की ओर देखा। वसुन्धर ने कहा, "अभी दस गाँवों में घूम लिया जाय। सौ, पचास लोगों को जोड़ लिया जाय। तब कमेटी की बात उठे।"

"इतना तो अभी किया ही जा सकता है कि इस गाँव के लोगों को बरसठ संगठित करें। उन्हें समझायें।" माजिद अली ने कहा। चौधरी ने कहा, "दूसरे गाँव में आप लोग इन्हें ले जाइये। मैं तो चल नहीं पाऊँगा।"

दूसरे दिन वे लोग राभाकुरी गये। बरसठ ने देखा कि एक पड़िया बिना गोस्याँ के चर रही है। मियाँपाड़ावालों की निगाह पड़ी तो हाँक ले जायेंगे। जब तक छुड़ाने जायेंगे, खाल और खुर के सिवाय कुछ नहीं पायेंगे। वह उसे हाँकने के लिए बढ़ा तो देखा लक्खी ढेले से मार रही है। झाड़ी से एक डण्ठल तोड़ा और सटहा बनाकर मारने लगी।

पड़िया भागने लगी तो वह खदेड़ने लगी। बरसठ लौट आया। थोड़ी देर के बाद उसे पाँवों की धमक सुनायी दी। पानी में भीगे मेड़ बड़े संवेदनशील हो जाते हैं। उन पर कोई चले तो दूर से ही पता चलता है। कुछ लोगों के कान इतने तेज होते हैं कि फर्लांग भर से ही साँप का चलना जान जाते हैं। उसने पलटकर देखा तो लक्खी थी। कहा, "तुम कहाँ?"

"जहाँ तुम।"

"हम तो पंचायत करने जा रहे हैं।"

"मैं भी करूँगी।"

बरसठ के मन में तुरन्त आया कि इसे विरंची ने जासूसी करने के लिए भेजा है। लौट कर यह बतायेगी कि राभाकुरी में क्या प्रतिक्रिया रही। अगर अच्छी रही तो तिकड़म रचेगा कि वह इलाके की कमेटी में आ जाय। हो सके तो प्रमुख ही बन जाय यानी हमें काटेगा। देखेंगे बच्चू!

राभाकुरी में और अधिक सहयोग मिला। पूरा गाँव एक हो गया। हालाँकि उस गाँव की जमीन मियाँपाड़ा से काफी दूर थी, और वहाँ किसी घुसपैठिये ने कब्जा करने की कोई कोशिश नहीं की थी। पर कब तक? जब वे दूसरे पास के गाँवों की जमीन कब्जा कर लेंगे तो इसी गाँव में आयेंगे न। ... और फिर जब वे अपने नातेदार को बाँग्लादेश से बुलायेंगे तो यहीं बसायेंगे न। ये बेहया के पेड़ हैं। ताल में एक उग जाय तो दो-चार सालों में पूरा ताल ही बेहया-बेहया हो जाता है। वहाँ के पाँच लोगों ने कहा कि अगले गाँव हम लोग आप लोगों के साथ चलेंगे।

वसुन्धर और माजिद अली वहीं रुक जानेवाले थे। दिन ढलने से पहले बरसठ पाकुड़ लौट जाना चाहता था। वह लक्खी को खोजने निकला। कह गयी थी कि स्त्रियों में भी मैं स्वयं से तैयार करूँगी। यह काम सिर्फ मर्दों के बल पर नहीं होगा। वे भी मंगलदोई चलेंगी। यानी विरंची को लगता है कि यदि पुरुषों के बल पर वह कप्तान न बन पाया तो स्त्रियों के बल पर बनेगा। मैं भी उसे माइकी लुँगी और ब्लाउज न पहनाया तो कहना। वह आधा गाँव घूम आया, किन्तु कहीं लक्ष्मी खाङ्खुआह नहीं मिली। उसने मन-ही-मन 'भाड़ में जाय' कहा, तभी एक सूने घर से खुसुर-फुसुर सुनायी दी। थोड़ा कान लगा कर सुना तो लगा कि एक आवाज लक्ष्मी की है, दूसरा किसी पुरुष की है। 'कोई है' कहता हुआ घर में घुसा तो करामत-उल्लाह को देखकर सन्न रह गया। वह इस इलाके का वसूली अमीन था। मतदाता सूची बनाने में वह पाकुड़ और राभाकुरी के इलाके को छान मारा था। पाकुड़ को तो उसने अपना डेरा ही बनाया था। वहाँ लक्खी को देखकर उसकी समझ में आ गया कि क्यों उसने पाकुड़ को डेरा बनाया था। उससे बड़ी बात यह कि लक्खी क्यों उनके पीछे-पीछे राभाकुरी आ धमकी थी। अपने क्रोध पर नियन्त्रण करते हुए बरसठ ने कहा, "तो इस महिला को तुम स्वयं सेवक बना रही हो?"

इसके पहले की लक्खी जवाब दे बरकतुल्लाह ने कहा, “हाँ, इसे मैं सामाजिक काम करने की सीख दे रहा था। इसका उत्साह बनाये रखना जरूरी है।”

“क्यों नहीं, क्यों नहीं। इसी उत्साह का तो भोग करोगे।”

बात तो लगनेवाली थी। पर जवाब देने पर बात बढ़ जाने का डर था। खिल्ल से लक्ष्मी हँस दी, खिल्ल से ही बरकतुल्लाह। बात मजाक में चली गयी। बरसठ ने कहा, “दिन डूब रहा है। गाँव चलना है?”

“हाँ-हाँ” कहकर वह उठ गयी। तब तक घर की मालकिन आ गयी। दोनों हाथ में चाय के कुल्हड़ थे। उन्हें रखते हुए कहा, “रुको एक कुल्हड़ और लाती हूँ।” और वह झट से भीतर चली गयी। लौटते ही कहा, “आज मैंने इसे रोक लिया है। माइ की मानुस की बैठक बुलायी है। इतनी दूर से तुम लोग आये हो। पुरुषों में तो तुम लोगों ने काम कर लिया है। अब स्त्रियों में कुछ होने दो।”

चाय पीते हुए बरसठ ने सोचा, खूब काम हो रहा है। यह मालकिन तो जैसे दलाली पर उतर आयी है। आज ये दोनों साथ रुकेंगे और जाने क्या गुल खिलायेंगे। तभी बरकतुल्लाह उठा। अपनी साइकिल उठायी और सबको सलाम कहा। मालकिन ने कहा, “रुकते तो अच्छा होता। खाने का समय हो गया है।”

बरकतुल्लाह ने पश्चिमी आसमान को देखा। दिन डूबने ही वाला था। खाने का समय वाकई हो गया था। बड़ लोग दिन डूबने से पहले ही खाना खा लेते हैं। देर से खाने पर पचता नहीं। लेकिन रुकना ठीक नहीं था। माफी माँगकर चलता बना। कहा, “पाकुड़ है ही कितनी दूर। चौधरी को पहले ही खबर करवा दिया है।”

तभी सामने पड़ गये माजिद अली। फरागत होकर लौट रहे थे। कहा, “अच्छे मिले। एक से बढ़कर दो साथ नमाज पढ़ें” बरकतुल्लाह नमाजी नहीं है, पर नमाज का बुलावा ठुकरा नहीं सकता, कहा, “ठीक है। चलिये उजू बनाते हैं।”

दोनों फटाफट गाँव बूढ़ा के घर पहुँचे। वही रुकना था। नमाज के बाद तुरन्त खाने-पीने का इन्तजाम होने लगा। सिर्फ बड़ लोग होते तो सुअर का पियता छौना कटा होता। मियाँ भी थे, इसलिए मुर्गा कटा था। ‘फटिका’ अलग से तैयार थी। फटिका को वसुन्धर कम ही पसन्द करता है और वही हाल माजिद अली का है। दोनों ढलती उम्र के हैं। पर बरसठ और बरकत जवान हैं। यही तो खाने-पीने का दिन है। गाँव बूढ़ा को लगता है कि उसका इससे बढ़कर सम्मान क्या हो सकता है कि उसने आन गाँव के मेहमानों को फटिका पिलाया है। कितना तो झंझट करना पड़ता है, इसको बनाने में। पहले पाँच सेर मोटिया चावल में एक सेर कटहल की प्रौढ़ पत्ती और ‘भेटाई’ का एक सेर डण्ठल मिलाकर कूटो। चूरे को महीन चलनी से दो बार साफ करो। फिर पानी मिलाकर सानो और बिस्कुट बनाकर सुखा लो। धूप में नहीं, बार-बार उसी तरह का पुराना चूर छिड़क कर । फिर पुआल में बाँधकर कुछ दिन रखो। फिर चूल्हे को ऊपर के बाँस

के मचान पर चार-पाँच दिन सुखाओ। फिर हफ्तों धूप में। जब वे पूरी तरह सूख जायँ तो पानी भरी कलसी में डालकर चूल्हे के ऊपर रस्सी से बाँध कर रखो, जिससे कि वे पूरी तरह से सड़ जायँ। पाँच सेर चावल को पतीली में पकाकर बाँस की चटाई पर सुखाओ। फिर कलसी से निकाल कर पाँच बिस्कुट को चूर-चूरकर उसमें मिलाओ। सबको एक सूखी कलसी में रख कोई पाँच फिट की ऊँचाई पर लटका नीचे से मद्धिम आँच दो लगातार चार-पाँच दिन तक। पहले दिन कलसी का मुँह खोल कर रखो फिर ढक दो। चार-पाँच दिन के बाद कड़ाही में पानी भर दो। पुआल का लूड़ा बनाकर खूब मथो। फिर धूप में रख दो। उसकी गर्मी से जब शराब चूने लगे तो बर्तन में इकट्ठा कर लो और बारहों महीने पीयो।

ऐसी फटिका को उसने मुर्गे के साथ परोसा। नशा चढ़ा खाना खाने के बाद। उसे लक्खी के साथ गाँव की दूसरी लड़कियों को भी पिलाया गया था। वे 'डेका चान' (तथाकथित युवक-युवती गृह का मैदान) में चली गयी थीं। कोई एक टिमुकी भी साथ लेती गयी थी। उसने टिमुकी पर लकड़ी क्या मारी, वे उन्मत्त होकर नाचने लगीं। जितना ही समय बीतता गया, उसकी उन्मत्तता बढ़ती गयी। थोड़ी देर तक अपने घरों से सभी देखते रहे। फिर बड़े-बूढ़े, वृद्धाएँ सोने चली गयीं। बाकी रह गये युवा कुँआरे लड़के और लड़कियाँ। कुछ लड़कियाँ उनमें जाकर शामिल हो गयीं। फिर वह काम-नृत्य हुआ कि जिसने देखा वर्षों तक नहीं भूला। लक्खी उनमें सबसे आगे थी।

दूसरे दिन बरसठ और लक्खी को पाकुड़ लौट जाना चाहिए था, पर वे वसुन्धर, माजिद अली और राभाकुरी के पाँच लोगों के साथ आगे बढ़ गये। इसका अच्छा प्रभाव अगले गाँव में पड़ा। वे ज्यों-ज्यों आगे बढ़ते गये, प्रभाव बढ़ता गया। लगा कि मंगलदोई के सभी कछारी-बड़ एक हो जायेंगे।

यह घुसपैठियों के लिए चौकानेवाली बात थी। इसके प्रतिकार में वे क्या करें, इस पर चिन्तन-मनन कर ही रहे थे कि मंगलदोई में एक बड़ा प्रदर्शन हुआ। उम्मीद थी कि डेढ़-दो हजार लोग जुटा जायँ तो बड़ी बात होगी। पर पाँच हजार लोग जुटे। कस्बे का एक चक्कर लगा कर पार्क में जुटे। उनका अनुशासन देखते ही बनता था। माइक, मंच का इन्तजाम आनन-फानन में किया गया। बोलनेवाला कोई नहीं था। वसुन्धर और माजिद को भला कब भाषण देने का अभ्यास। इसलिए जिसने भी बोलना चाहा मौका दिया गया। सबने अपने गाँव का दुःख रोया और कहा कि घुसपैठियों की समस्या सरकार यदि जल्दी दूर नहीं करती है, हमारे कब्जा किये गये खेत वापस नहीं मिलते हैं, तो हमें ऐसे ही उमड़ते-घुमड़ते रहेंगे। सरकार को चैन नहीं लेने देंगे। इस बीच माजिद अली केवट को बुला लाया। अपनी माँगों को एक प्रार्थना पत्र के रूप में टाइप करवाया। जुलूस बलगाकर वे लोग मजिस्ट्रेट को देने पहुँचे। तब तक उनकी उपस्थिति का भान प्रशासन हो गया था। पुलिस बुला ली गयी थी। कहा गया कि पाँच लोग ही ज्ञापन देने मजिस्ट्रेट

के सामने जा सकेंगे। बड़ी हुज्जत के बाद पच्चीस लोगों को जाने की अनुमति मिली। उसमें लिखे-पढ़े लोगों की संख्या ज्यादे रखी गयी। उत्साही युवकों में विरंची और बरसठ भी गये। स्त्रियों की ओर से लक्ष्मी थी।

अखबारवालों ने खूब शोर मचाया। लिखा कि बिना किसी नेतृत्व के, बिना किसी राजनैतिक दल की भागीदारी के मंगलदोई के किसानों का उठा खड़ा होना अभूतपूर्व घटना है। अपने आप भीड़ में इतना अनुशासन बना रहा कि एक पत्थर न चला। एक फूल नहीं मसला गया, एक खोमचा नहीं लूटा गया। अगर सरकार उनकी बातों पर ध्यान नहीं देती है, तो यह शान्ति, यह अनुशासन कब तक बना रहेगा। आखिर वह समस्या को कब तक टालती रहेगी, कब तक शुतुरमुर्ग बनी अपना सिर रेत में गाड़े रहेगी? कब तक वह अपनी अकर्मण्यता को ही कुशल शासन कहेगी? वह कब तक अपनी मध्यवर्गीय ढुलमुल मानसिकता को ढोती रहेगी।

अब सरकार पर उसका क्या असर पड़ा, वह तो पता नहीं, किन्तु सभी राजनैतिक दल अपनी तरह से इसमें कूद पड़े। सभी धरना प्रदर्शन के लिए अपने-अपने आदमी जुटाने लगे। अब वसुन्धर और माजिद अली के हाथ में कुछ नहीं रहा, वे स्वयं दूसरे के हाथों में चले गये। इसका सबसे बड़ा लाभार्थी था विनायक वसुमतारी। उसके आन्दोलन में कूदने से आन्दोलन का रुख बदल गया। उसके बड़े और उग्र होने की सम्भावना बढ़ गयी। कामाख्या बाबू हँसे। उसी वक्त मुख्यमन्त्री रोये। भागकर चुनाव आयोग के पास गये। सुझाव रखा कि चुनाव पुरानी मतदाता सूची के आधार पर करा दिया जाय। देश और संविधान की बड़ी भद्द पिट रही है कि इतना बड़ा देश, इतनी बड़ी मशीनरी, इतना ऊँचा संविधान और कानून की व्यवस्था, इतना मजबूत प्रजातन्त्र और एक सांसद का चुनाव नहीं हो पा रहा है! दिल्ली हरकत में आयी और चुनाव का दिन घोषित हो गया। वसुन्धर का आन्दोलन ठण्डा पड़ गया।

13

इन तमाम हलचलों से दूर यु लिन अपने गाँव के एकान्त में जीवन का रस खोज रहा है। इसे मिल रहा है कि नहीं, पता नहीं, पर उसकी बातें तमाम सुननेवालों को कुछ देर के लिए शान्त और निश्चिन्त कर दे रही हैं। उन्हें लगता है कि जीवन में यदि रस होता है और यदि रस की कोई उपयोगिता है तो वह उसका स्वरूप कुछ ऐसा ही होगा। इसलिए लोग सब-कुछ छोड़कर यु लिन के पास जाते हैं, और वह सब-कुछ छोड़कर उनके पास जाता है। यह आदान-प्रदान जाऊगाँव में इतना नैसर्गिक हो गया है कि रस की तलाश करनेवाले अन्य गाँव के लोग भी गाहे-बगाहे आ जाते हैं। ऐसे ही हैं युवा विरंची चौधरी पाकुड़ गाँव के। आते ही पूछा है, ''इधर जो लोग ईसाई धर्म की ओर आकर्षित हो

रहे हैं, वह क्या है? मेरा मतलब है कि वह अच्छा है कि बुरा?" यु लिन ने इसका उत्तर नहीं दिया है, कहा है कि इसकी चर्चा वह शाम को करेगा, पूरे गाँव के सामने। यानी आज गाँव की बैठक होनेवाली है, उसी पतजुग के पेड़ के नीचे, जहाँ यु लिन कोई कथा सुनायेगा। उसके पहले युवाओं में ईसाइयत को लेकर जबरदस्त चर्चा-चल रही है। जबसे लम्बोदर साइकिया बक्सा के जंगलों से लौटा है और जोसेफ मिंज के क्रियाकलापों का वर्णन किया है, लोगों को लगता है कि यह धर्म-परिवर्तन का कोई नया ढंग है। लम्बोदर साइकिया उन्हें बार-बार समझाता है कि यह धर्म परिवर्तन का मामला नहीं है, सरकार रूपी बोतल से अँगुली टेढ़ी कर घी निकालना है। यदि घुसपैठियों की समस्या शान्तिपूर्वक सरकार नहीं सुलझाती है तो हथियार के बल पर हम स्वयं सुलझा लेंगे। इक्का-दुक्का मारपीट करेंगे, तो सरकार हमें अपराधी करार दे बन्द कर देगी, जब समूह में करेंगे तो इसे क्रान्ति कह सोतह से बात करेगी। वह भाषा ये घुसपैठिये भी समझेंगे। मिंज कहता है कि बड़ लोगों की, असमिया लोगों की बात आने पर क्या हिन्दू, क्या मुसलमान, क्या स्त्री, पुरुष, ईसाई, सभी एक ईश्वर के सन्तान, सबकी एक जैसी भलाई, सबकी एक जैसी लड़ाई। तो भी लोगों को लगता है कि मामले में कुछ ईसाई है जरूर। लम्बोदर हैरान है कि जब नेतृत्व हिन्दू का हो तो मामला हिन्दू नहीं बन जाता, मुसलमान का हो तो मुसलमान नहीं बन जाता, तब मिंज के मामले में ईसाई कैसे बन जाता है? विरंची कहता है, "असमिया की बात हिन्दू उठाता है, घुसपैठियों की बात मुसलमान उठाता है...।

"इससे मामला साम्प्रदायिक नहीं बन जाता" लम्बोदर कहता है। बरसठ उसका मुँह देखता है। लम्बोदर आगे कहता है, "यह मामला धर्म का नहीं है, जमीन का है, परलोक का नहीं है इसी लोक का है। इसलिए साम्प्रदायिक नहीं है। उसके लिए यदि कोई ईसाई अपने नेतृत्व में संगठन बनाता है, तो वह ईसाई संगठन कैसे हो जायेगा?"

बरसठ और विरंची उसे ऐसे देखते हैं कि जैसे कह रहे हों, "तुम्हारा तर्क तो ठीक है, पर हम आश्वस्त नहीं हैं।"

उन्हें आश्वस्त करने के लिए लम्बोदर कहता है, "मिजो लोग असम सरकार के खिलाफ लड़े, भारत सरकार के खिलाफ लड़े। नगा लोग असम सरकार के विरुद्ध लड़े, भारत सरकार के विरुद्ध लड़े। वे सभी ईसाई थे। पर उनकी लड़ाई ईसाई बनाम हिन्दू ही नहीं मानी गयी। साम्प्रदायिक नहीं मानी गयी। क्षेत्रीय विद्रोह माना गया, स्वाधीनता की लड़ाई मानी गयी। तब आप इसे ...।"

वह बात को बीच में ही छोड़ देता है। विरंची, बरसठ जैसे लोग बीच में ही सुनना छोड़ देते हैं, सोचना भी छोड़ देते हैं। दरअसल सोचने का काम हमारा है नहीं। पहले ब्राह्मण सोचते थे, फिर मठाधीश लोग सोचने लगे, फिर मुल्ला और बादशाह सोचने लगे। अंग्रेजों का राज आया तो सरकार और बुद्धिजीवी सोचने लगे। उसी व्यवस्था के उत्तराधिकारी हम हैं। हमारे लिये सरकार और उसकी अकादमियों के लोग सोचते हैं।

विश्वविद्यालयों के प्रोफेसर और शोधकर्त्ता सोचते हैं, उनसे जुड़े साधू और पण्डे सोचते हैं, राजनैतिक दलों के गुण्डे सोचते हैं। खानदानी हुकूमत के झण्डे बनानेवाले, घोषणा-पत्र लिखनेवाले सोचते हैं। हम तो अनुयायी हैं। पीछे-पीछे चलते हैं। बस इतना चाहते हैं कि हमें भी पहचान लो, कभी-कभी हमारी भी बात मान लो कि लगे समाज में हमारी भी कोई इज्जत है। इसी के लिए हम जुलूसों में शामिल होते हैं। कभी-कभी जुलूस निकाल भी लेते हैं।

यु लिन आकर बैठ गया है। लोग खड़े हाने के बाद बैठ गये हैं। दोनों चुप हैं। कुछ देर तक सिर झुकाये रहने के बाद यु लिन ने सामने की ओर देखा। लगा कि अब चुप रहना ठीक नहीं। लोगों को लगेगा कि या तो उसे प्रमाद हो गया है या फिर आलस्य। उदासी का असल कारण वे नहीं जान पायेंगे और जान भी गये तो महत्त्व नहीं देंगे। इसलिए उसे बोलकर बताना चाहिए। उसने एक लम्बी साँस लेकर गरम हवा बाहर फेंकी, फिर कहा, ''हमसे पूछा गया है कि मैदानों में रहनेवाले हम आदिवासियों के बीच जो ईसाइयत का प्रभाव बढ़ रहा है, वह क्या उचित है? यह जो धर्म-परिवर्तन होता है, वह क्या है? मैं उसके उचित-अनुचित की बात नहीं करूँगा। उसे मैं जानता भी नहीं हूँ। पर एक बात अवश्य जानता हूँ। वह यह कि धर्म का बीज 'भ' है।''

सुननेवाले ठक् हो गये : यह नयी बात है। कोई और मौका होता तो पूछता, ''कैसे?'' इस बात को यु लिन जानता है। इसलिए कहता है, ''वह ऐसे कि हिन्दू धर्म मनुष्य के भीतर 'भाव' उत्पन्न कर रखता है। वह मत-परिवर्तन नहीं करता। बस धीरे-धीरे कमजोर मतों को अपने में समाहित कर लेता है भाव जगा कर। उसमें शताब्दियों लग जाता है। पता ही नहीं चलता कि यह प्रक्रिया कब आरम्भ हुई और कब सब-कुछ हो गया। अब धर्म पाँच हैं। हिन्दू धर्म की बात बता दिया। दूसरा है बौद्ध। वह 'भिक्षा' से लोगों को आकर्षित करता है। भिक्षु लोग उसी के माध्यम से लोगों को अपने में साद करते हैं। तीसरा है सिक्ख। वह 'भजन' से लोगों को अपने साथ बाँधता है। ये दोनों ही धर्म हिन्दू धर्म से जुड़े और अलग हैं। एकदम अलग धर्म ईसाइयत और इस्लाम हैं। वे दोनों आपस में जुड़े भी हैं और अलग भी हैं। इनमें इस्लाम धर्म लोगों का मत परिवर्तन कराता है। भय देकर मत में मिलाता है। ईसाई धर्म 'भूख' के सहारे लोगों को अपने में मिलाता है। जो लोग ईसाई बनते हैं उनको पहले खाना देता है, फिर कमरा देता है, फिर मकान देता है, फिर नौकरी देता है, साहब बनाता है, फिर छोकड़ी देता है। यानी धर्म-परिवर्तन वह लालच देकर करता है। इसके लिए वह आदिवासियों के बीच घुसता है। पहले वह अभावग्रस्त पहाड़ के लोगों के बीच घुसता था, अब मैदान के अभावग्रस्त लोगों के बीच घुस रहा है। अभी बहुत दिन नहीं हुए, जब अंग्रेजों की हुकूमत थी और लगता था कि उन्हें अपनी हुकूमत त्यागनी पड़ेगी तो लन्दन की गोलमेज सभा के समय वहाँ कहा था कि राजा भले ही अपना राज-पाट समेट लें, पर उसके पहले बर्मा और भारत के पहाड़ी

इलाकों को, जो आपस में मिले हुए हैं, उनका एक राज बनाकर जाय 'किंग्स स्टेट' के रूप में, जिसमें ईसाई मत के प्रचार और धर्म परिवर्तन की पूरी छूट हो। वह तो नहीं हुआ पर मैदान में रहनेवाले लोगों के बीच अपनी पैठ बना रहा है। कितना गलत है, कितना सही है, मैं नहीं जानता, पर यह है इसे जानता हूँ।"

लोगों को यु लिन की बातें बे-सिरपैर की लग रही थीं, तभी प्लेन ट्राइबल एसोसिएशन के प्रत्याशी का लाव लश्कर जाऊगाँव पहुँचा और सीधे पतजुग के पेड़ के नीचे आकर रुका। दो-तीन जीपें थीं। उनमें बैठे लोग थे, उन पर बँधे ध्वनिविस्तारक यन्त्र थे। पेड़ के नीचे जुटी-जुटायी भीड़ को देखा तो माइक का बटन दबाया। जोर से टेंटें की आवाज हुई। उन्हें सुनकर पहले बच्चे भागे। सिरजा सबसे आगे था। फिर थोड़ा बड़े बच्चों का झुण्ड भागा। कुन्ती उनमें सबसे आगे थी। कोई माइक पर दहाड़ा, "भाइयों और बहनों। आप लोग गाड़ी के पास आयें। सभा शुरू हो रही है।" उसे सुनकर युवक और युवतियों का दल उधर गया और गाड़ियों के चारों तरफ घूम कर जैसे उनका परीक्षण किया। उनके स्वागत में वह दहाड़ उठा। लगाये जाने लगे प्रत्याशी के जिन्दाबाद के नारे। उसे सुनकर अधेड लोगों ने भी उधर को रुख किया। बचे रह गये वृद्ध लोग। वे यु लिन के साथ बदन पर बैठनेवाली मक्खियों को झाड़ रहे थे। उन लोगों ने भी अपनी जगह पर बैठे-बैठे ही गाड़ियों की तरफ मुँह कर लिया। तभी किसी प्रचारक का भाषण होने लगा कि इस कठिन समय में प्लेन ट्राइबल एसोसिएशन एकमात्र उम्मीद है। जिस तरह से हमारी संस्कृति को ठेलकर मुख्यधारा से बाहर किया जा रहा है, हमें अपने ही वतन में अल्पसंख्यक बनाया जा रहा है, नस्ल और भाषा दोनों ही आधार पर उधर अँधेरा-ही-अँधेरा फैलता जा रहा है। और तो और पहले हमारी नौकरियों पर कब्जा किया, हम चुप रहे, क्योंकि उनकी संख्या कम थी। उससे चन्द लिखे-पढ़े लोगों का हक मारा जा रहा था। हम किसान लोग थे, अपनी किसानी में लगे हुए थे। हमने उस पर कुछ नहीं कहा। उस चुप्पी का परिणाम है कि आज हमारे खेत कब्जा हो रहे हैं और बलात् कब्जा हो रहे हैं। उस पर हम बोल रहे हैं तो पीटे जा रहे हैं। कल हमारे गाँव जला दिये जायेंगे, हमारी बहू-बेटियाँ उठा ली जायेंगी। और हम ऐसे ही बिसुरते, असहाय बने खड़े रह जायेंगे। हमें अपने वतन से बलात् खदेड़ दिया जायेगा। सोचिये हम कहाँ जायेंगे?... इसको रोकने का काम सरकार का था। उसने आज तक कुछ नहीं किया। आपने धरना-प्रदर्शन किया, उसके कान पर जूँ तक नहीं रेंगी। आपको अपने अदने से अधिकारी परगना मजिस्ट्रेट तक से नहीं मिलने दिया गया कि आप अपना दुखड़ावाला कागज उसको दे सकें। सरकार के पिट्ठू लोग आपके प्रतिनिधि बनकर गये और क्या गुपचुप बात करके आये पता नहीं चला। आश्वासन ही मिलता रहा और आपके खेत कब्जा होते चले गये। जिस पुलिस को आपकी मदद करनी चाहिए थी, उस पुलिस ने आपको ही रोका। सरकार की घुसपैठियों के साथ यह सहमति, यह मिलीभगत, यह गठबन्धन अब नहीं चलेगा। इस

चुनाव के मौके पर आप हमारा साथ दीजिये, आगे हम आपका साथ देंगे। सरकार सोचती है कि आप भेड़-बकरी हैं, आपके पास अपना विवेक नहीं है। वह जब चाहेगी तब आपको अपने बाड़े में हाँक ले जायेगी और एक-एक को जिबह करेगी। समय आ गया है कि आप बता दें कि आप गाय-गोरू नहीं हैं। मनुष्य हैं। आपके पास विवेक है। अपने दोस्त और दुश्मन को पहचानने की तमीज है। स्वीकारने और खारिज करने का अधिकार है। उसका प्रयोग करें और प्लेन ट्राइबल एसोसिएशन के प्रत्याशी को भारी मतों से जितायें जो घुसपैठियों और सरकार दोनों के चंगुल से आपको छुड़ा सके, आपकी समस्याओं का समाधान कर सके। आपका बल हमारा बल है, हमारा बल आपका है।

इस छोटे से भाषण के बाद वहाँ वही हुआ जो सर्वत्र और सर्व समय होता है। कुछ घरों से तिलपीठा आया, कुछ घरों से जल। आगन्तुक लोगों ने जलपान किया और दूसरे गाँव की ओर चल पड़े। बचे रहे गये जाऊगाँव के लोग। उनके बीच बातचीत होने लगी।

विरंची कुमार ने वसुन्धर से पूछा, "वाकई वोट किसे देना चाहिए।"

"जिसे जो चाहे।" वसुन्धर ने कहा।

"भला ऐसा कभी हुआ है?"

"अब होना चाहिए।"

कुछ देर तक चुप्पी रही। रूपनबारी ने कहा, "हम लोग तो कांग्रेस को वोट देते आये हैं। अबकी विनायक खड़े हैं अपने आदमी हैं। आते-जाते रहते हैं। धरना-प्रदर्शन में साथ दिया है। आगे भी देंगे। हक उन्हीं का बनता है।"

बरसठ ने कहा, "लेकिन हैं तो उसी मध्यवर्गीय सरकार के आदमी। उसके विरुद्ध कितना जायेंगे। यह घुसपैठियों की समस्या तो इसी तरह ठण्डे बस्ते में पड़ी रहेगी।"

"और क्या? हमें तो लड़नेवाली पार्टी की मदद करनी चाहिए। एक बार आजमाना चाहिए कि आखिर वह क्या करती है?" विरंची ने कहा।

विरंची और बरसठ आनगाँव के आदमी हैं। उनकी बातों से इतना तो जाहिर होता ही है कि उस गाँव में हवा कांग्रेस के विरुद्ध बन रही है और वह प्लेन ट्राइबल एसोसिएशन के पक्ष में जायेगी। इसी तरह हवा बनती रही तो सत्ताधारी पार्टी का पत्ता साफ। लोगों को जिज्ञासा होती है कि यह प्लेन ट्राइबल एसोसिएशनवाली पार्टी आखिर है क्या, जो आज एकदम से प्रासंगिक हो उठी है। बताता है यु लिन। "तत्कालीन प्रधानमन्त्री ने 1966 में स्पष्टतः कहा था कि असम को एक प्रान्त की तरह नहीं, बहुल प्रान्तों के एक संघ के रूप में देखा जाना चाहिए। इससे स्पष्ट हो गया था कि असम का पुर्नसंगठन किया जायेगा। विभिन्न समुदाय के हितों की रक्षा और जनजातीयता की रक्षा के लिए लोग अलग-अलग संगठित होने लगे। बड़ और कछारी लोग अपने को एक ही वंश के मानते थे। फिर भी ऐतिहासिक कारणों से उनमें एक विभेद उत्पन्न हो गया था और कई स्वतन्त्र उपजातियाँ बन गयी थीं जैसे कोच, राभा, मिंच, राजवंशी, हाजोई, हीजांग, देवरी, सोनवाल, लालूंग, बर्मन, मिशिंग आदि। पहाड़ी जनजातियों की तरह इन्हें संरक्षण और हितवर्द्धन के लिए संविधान

के पाँचवीं और छठीं अनुसूची में नहीं रखा गया था। उसकी छिटपुट माँग लम्बे समय से उठ रही थी। आर्थिक मामले में, शिक्षा के सामने में, राजनीति के मामले में, यहाँ तक कि सामाजिक जीवन में वे मुख्यधारा के असमिया और बंगाली लोगों से पिछड़े हुए थे। उन्हें लगता था कि उनके विकास और संवर्द्धन के लिए विशेष प्रयत्न और प्रावधानों की जरूरत है। उनके पास जमीन वैसे भी नहीं थी – उन्होंने कभी धनी होने के लिए सोचा ही नहीं – उनकी जीवन-पद्धति ऐसी थी कि वे आत्मनिर्भरता तक सीमित रहना चाहते थे। जिसके पास थोड़ी बहुत थी, उसे बिहार के सन्थाली और पूर्वी पाकिस्तान के मुस्लिम घुसपैठिये छीनते जा रहे थे। उनसे बचाने के लिए सरकार कुछ भी नहीं कर रही थी। उबिया करके अपनी समस्याओं का समाधान स्वयं खोजने के लिए कोक्राझार में 27 फरवरी, 1967 को मिले। काफी बहस-मुसाहिबे के बाद वे इस निर्णय पर पहुँचे कि बिना पूर्ण स्वयत्तता के इनकी कठिनाइयों का समाधान नहीं हो पायेगा। इस माँग को रखने और उसके लिए लड़ने के लिए उन्होंने वहीं 'प्लेन ट्राइबल कॉउन्सिल ऑफ आसाम' का गठन किया।"

"यह स्वायत्तता किस इलाके को मिलने की बात थी?" वसुन्धर ने पूछा।

"पूरे दारांग, कामरूप और लखीमपुर जिलों के साथ गोआलपाड़ा के उत्तरी इलाकों और शिवसागर के जनजातीय इलाकों के लिए...।"

वसुन्धर को याद आया कि इस तरह की बात लम्बे समय से होती आयी है। कालीचरण ब्रह्म ने साइमन कमीशन के सामने बोडो-कछारी लोगों की रक्षा की बात उठायी थी, ऐसा वह अपने बुजुर्गों से सुनता आया है। मास्टर मदराम ब्रह्म इसी बात का प्रचार दशकों से करते रहे हैं। अच्छा ही हुआ जो उन्हें उसका अध्यक्ष बना दिया गया।

उनकी बात सुनकर यु लिन ने कहा, "पर उनकी चली कहाँ? जब 18 मार्च, 1967 को एक्शन कमेटी का निर्माण हुआ तो अध्यक्ष विरुचन दोलोई, उपाध्यक्ष समर ब्रह्म चौधरी, चरन नरजारी सचिव, प्रतुल कुमार भाबरा व अजित कुमार वसुमतारी उप-सचिव चुने गये। उन्हें दूध की मक्खी की तरह संगठन से निकाल दिया गया।"

रूपनबारी ने कहा, "भला क्यों?"

"मास्टर साहब जनजातियों के लिए थोड़ी स्वायत्तता चाह रहे थे। पर इन लोगों की आकांक्षा ऊँची थी। वे अपने इलाके को केन्द्र शासित राज्य बनाना चाहते थे, जिससे कि खूब फण्ड मिले और असम से बाहर निकलने का मौका।"

विरंची को जैसे कुछ याद आता है। कहता है, "शायद इसीलिए उन्होंने जुलाई '67 और मई '68 के चुनाव में बायकाट का ऐलान किया था और कोक्राझाड़ के बूथों पर धरना दिया था।"

"और क्या", यु लिन ने कहा, "सरकार ने उनके स्वयंसेवकों को जेल में ठूँस कर लम्बे समय तक रखा। जब वे बाहर आये तो स्वायत्तता के लिए आन्दोलन छेड़ा। '71 और '72 के चुनावों में इस लोकप्रियता के बल पर एक दो सीट भी जीता।

"उसी की परिणति थी 'उदयाचल' की माँग" विरंची ने कहा। सुननेवालों की जिज्ञासा बढ़ गयी। यु लिन ने कहा, "माँग स्वाभाविक थी।"

"भला क्यों?"

" '69 में केन्द्र ने असम के पुनर्संगठन सम्बन्धी कानून पास कर दिया था और उसके परिणामस्वरूप, मेघालय का निर्माण भी हो गया था। बड कछारियों के लिए यही मौका था कि वे अपने राज्य की माँग करें।"

"और वह हुआ भी।"

तभी उर्सुला आयी। अच्छे कपड़े पहन रखी थी और उन पर खुशबू छिड़क रखा था। इससे पूरा वातावरण गमक उठा। लोगों ने उसकी ओर एक साथ देखा। उसने किसी को नहीं देखा। सीधे अपने पिता से कहा, "मैं नदी जा रही हूँ। काफी कपड़े धोने हैं।"

यु लिन ने कहा, "जाओ।" और सोचने लगा कि भला इतना बन-ठन कर कपड़ा धोने जाने की क्या जरूरत है? फिर मुस्करा उठा। यह उम्र ही ऐसी है कि लड़कियाँ झूठ बोलने लगती हैं। झुण्ड बनाकर जा रही हैं। विहू आनेवाला है। ये अभी से उसकी तैयारियाँ कर रही हैं। माँ होती तो वह अनुमति उससे लेती। नहीं है तो मुझसे ले रही है। मुझे माँ-बाप दोनों समझती है।

सभा भरक गयी। पर उर्सुला और सहेलियों की सभा जम गयी। वे सीधे नदी के किनारे गयीं। पीपल की सबसे ऊँची डाल से लटक कर एक शाखा, जिसमें बहुत घने पते लगे थे, लगभग डूबते सूर्य की लालिमा में चमक रही थी। वह चमक चारों तरफ कौंध जाती थी, जब हवा तेज होती थी। हवा के तेज होने में कोई लय नहीं था, लेकिन जब वह शाखा को दबाती, तो उसके डोलने का एक लय बन जाता। उस लय के सहारे कौंध में भी लय बनता। चमकदार लय, कहें लयदार चमक को आचक्षु करना किसी स्वर्गिक अनुभूति की उपलब्धि से कम न थी। उस लय ने युवतियों के गले में लय बाँधा और चपर-चपर करना छोड़ गाने लगीं -

अगोड़ बोडसागी, फैदा नाङ
दान बापार जनाई खाइ राङ जागन रांङ
(यानी—बोरसागी दीदी, बाहर आओ और क्रीड़ा करो दिन भर घर में ही न पड़ी रहो)
अपा पुआ राम, राधा लग घाङडङ
गामसा हाड, काली हाडङ, मान बावदङ?

(यानी—प्यारे भाई, मैं आऊँगी बन-ठन कर। मैं अपनी सबसे अच्छी मेखला चादर पहन रही हूँ। बस पाँच मिनट, बिगड़ो नहीं, औरतों को बनने-ठनने में समय लगता ही है)

आदा रागुन, फारिया, ऐ फारिया
नामोइसा, गुनोइसा, फारिया, आडा फारिया

आम मासेपाखोसा, जुरिया, आडा जुरिसा
दाओसा, मासेया खोसा जुरिया आडा जुरिया

(यानी—काका धनी मौजादार है। लम्बे समय तक सेवा किया है महान् सरकार का। वे खुशी-खुशी बड़ी-सी दावत करेंगे। कम-से-कम सुअरो को तो काटेंगे)

अन्तिम शब्दों को सुनकर निसार अहमद भड़क गया। ये सुअर काटे बिना कोई बात पूरी करते ही नहीं है। रफीक ने पाल्हा ऊपर खींचते हुए निसार अहमद की ओर देखा। इस बार पाल्हे में एक मछली फँसी हुई थी, बड़ी-सी। पाल्हा होती तो है छोटी मछलियों को फँसाने के लिए, किन्तु वे फँस ही नहीं रही थीं। रफीक खीझ रहा था। इन मछलियों तक को पता चल गया है कि हम घुसपैठिये हैं। ये हमारे पाल्हे में नहीं फँसेंगी, कछारियों के पाल्हे में फँसेंगी। पर अब सन्तुष्ट था। निसार को देखा तो लगा कि उसकी खीझ का कारण अभी भी किसी मछली का न फँसना है। उसे चिढ़ाने के लिए अपनी मछली को उसे दिखाते हुए कहा, "धैर्य रखोगे तो एक-न-एक दिन फँसेगी ही।"

निसार ने उस मजाक को खूब समझा। कहा, "फँसेंगी क्या खाक! वे अपने भाइयों का आह्वान कर रही हैं, रंगरेलियों के लिए।"

"अरे चचेरा भाई होगा।"

"का पता सगा भाई ही हो। इन कछारियों का क्या ठिकाना।

"इतने कुढ़े क्यों हो? चलो पास चलकर देखते हैं।"

"हाँ। अभी साले जमीन के लिए भाला-बर्छी लेकर खोज रहे हैं, तब साले अपनी बहन-बेटियों के लिए तीर-धनुष लेकर निकलेंगे।"

फिर भी वे उन झाड़ियों की ओर चल पड़े, जिधर से गीत के बोल आ रहे थे। झाड़ियों से घिरा वह समतल मैदान था, जहाँ बड़ बालाएँ उन्मुक्त होकर नाच रही थीं। झाड़ियाँ दूर-दूर खड़े विशाल जंगली पेड़ों से घिरी थीं। निसार और रफीक ने गौर से देखा। पेड़ों के पीछे कछारी युवक छुपकर इन युवतियों का नृत्य देख रहे थे। उनसे बेखबर ये युवतियाँ मुक्त होकर नाच रही थीं। जिनकी उम्र अधिक थी, विवाहिता थीं और कामकला का अनुभव था, वे अधिक उन्मत्त होकर नाच रही थीं, जैसे वे अपने उन मनोभावों को व्यक्त कर रही हों, जिसे वे कभी प्राप्त न कर सकीं। पर प्राप्त करने की तीव्र आकांक्षा रखती थीं। चोरी-चोरी देख रहे युवकों को लगा कि जैसे वे कम उम्र की क्वाँरी लड़कियों को दीक्षित कर रही हों। उसे देखकर वे इन कामोन्मत्त स्त्रियों के मनोभावों में स्वयं भी दीक्षित हो रहे थे और मन-ही-मन उनका चुनाव कर रहे थे।

डूबता सूरज गड़ाप से डूबा। घर लौटते पक्षियों का शोर बढ़ गया। वे अपने डैने समेट कूद-कूद कर इन पेड़ों पर आवास लेने लगे। यही उनका घर था। नाचनेवालों का नशा टूटा तो देखनेवालों का नशा टूटा। दोनों ने घर की ओर रुख किया। सामने जाते युवकों को देख लड़कियों ने चिल्लाकर कहा, "चोरी-चोरी देखने में शर्म नहीं आयी?"

लड़कों ने चिल्ला कर कहा, ''ऐसे खुल्लमखुल्ला नाचो तो चोरी-चोरी हम भला क्यों देखें?''

''कल कपड़े उतारकर नाचेंगे।''

''हम देखने जरूर आयेंगे।''

गुस्सा काफूर हो गया। सभी खिलखिला दिये। घुसपैठियों ने यानी मियाँपाड़ा के लड़कों ने जाऊगाँव के लड़कों से कहा, ''हमारे आने का तुम लोग बुरा तो नहीं मानोगे?''

''क्यों, हमारी खेती-बारी का ढंग सीख लिया, घर बनाने, खाना खाने का ढंग सीख लिया तो अपनी स्त्रियों से कहो वे बुर्का हटाकर नाचने का ढंग भी सीख लें। उन्हें नचाकर देखो। हम भी देखने आयेंगे।''

होना तो यह चाहिए था कि दोनों दलों में ठन जाती। पर वे खिलखिलाकर हँस पड़े। उनकी हँसी से लगा कि इलाके में कोई तनाव है ही नहीं।

किसी के यहाँ मुसलमानी की दावत है। पूरा गाँव उठुँग अलीगढ़ी पायजामा कालरवाला लम्बा पंजाबी और खोपड़ी से चिपकी रहनेवाली धागों से बुनी टोपी पहने घूम रहा है। सभी स्त्रियों की शलवार काली है, पर कुर्ती और कप्तान विभिन्न रंगों का है। उनसे मेल खाता दुपट्टा है। चारों तरफ से हँसी ठहाके उठ रहे हैं। मियाँ नमाजी मतीनुर्रहमान के साथ बेंत के मोढ़े पर बैठे हैं। पुरुषों का पोशाक देखकर लगता है कि वह उनकी कौम के लोगों की वर्दी बनता जा रहा है। ऐसा इधर कुछ ही वर्षों से हो रहा है। अन्यथा गरीब लोग चारखाने की लुंगी पहनते थे और धनी लोग धोती। पंजाबी सभी पहनते, लेकिन न तो वह इतना लम्बा होता, न ही उसमें कालर होती। टोपी शायद ही कोई लगाता। सबके सिर पर गमछा बँधा होता, फेटा की तरह, जिसके दोनों छोर कन्धे पर लटके होते। कपड़े के आधार पर हिन्दू और मुसलमान में अलगाना कठिन था। किन्तु पश्चिम से ऐसी हवा चली है, जो लोगों पर अपनी पहचान पर जोर देती है। वह पहचान कपड़े से तय हो रही है। दूर से ही लगता है कि वह मुसलमान जा रहा है, जो हिन्दू से भिन्न है। यह हवा लानेवाले कौन लोग हैं? मजदूर जो अरबिया जाकर कमा रहे हैं। अरबिया का मतलब शाहवाला अरब देश ही नहीं, पूरा मध्य पश्चिम, जिसे विलायती लोग मध्य पूर्व कहते हैं। उनके लिए वह पूर्व होगा, हमारे लिये तो पश्चिम है। समझ में नहीं आता कि यह हवा बनाने के लिए वहाँ कोई सीख देता है कि वे अपने आप सीख लेते हैं? लेकिन आज पढ़ने-पढ़ानेवाले लोग इस पर जोर खूब दे रहे हैं। मियाँ नमाजी अपनी चिन्तनधारा से बाहर तब आते हैं, जब मतीन कहता है, ''कुछ चुनाव का भी अता-पता है?''

''क्यों नहीं है?''

''हमारा प्रत्याशी हार जायेगा और हम यूँ ही बैठे रह जायेंगे।''

"इसलिए तो हमने कहा था कि माइनॉरिटी के नाम पर चुनाव न लड़ो। अरे हमें परास्त करने के लिए ही तो वोटर-लिस्ट में सुधार हो रहा था।"

"सुधार क्या हो रहा था, हमारे ऊपर सरकारी गुण्डे छोड़ दिये गये थे। वे पुलिसवाले, रेवेन्यूवाले, कितना लूटकर ले गये? क्या-क्या अत्याचार नहीं किया?"

"लेकिन भाई। कांग्रेस की सरकार में अभी भी गैरत बची है। यदि वह न मानती तो हम लुट गये थे। ये बोर्ड शमशेर अली थे जो बीच में बोल पड़े थे। बात का रुख दूसरी तरफ मुड़ रहा था। उसे रोकते हुए मतीन ने कहा, "मिर्जा बदरुद्दीन चुनाव जीतने के लिए नहीं लड़ रहे हैं, हमारी समस्या को बहुप्रचारित करने और उसके लिए दबाव बनाने के लिए लड़ रहे हैं...।"

"क्या वह हो पा रहा है?"

"हो तो तब पाता जब लाइन सिस्टम की बात उभारी जाती। बताया जाता कि क्योंकर हमें जमीन मुहैया कराने की बात पुरानी है और सिद्धान्त पर आधारित है।"

सुननेवालों में जिज्ञासा बढ़ती है। वे और करीब खिसकते आते हैं। मियाँ नमाजी अतीत को टटोलते हैं और एक मोती टटोल कर लाते हैं। वह मोती क्या है, पूरा हीरा है जो लोगों को प्रकाशित कर देगा। कहते हैं, "सरकार ने नीति बनायी थी कि जो खुले मैदान और बन्द जंगल हैं, उन्हें मुक्त कर दिया जायेगा। बंगाल से आनेवालों के लिए, योजनाबद्ध तरीके से उन्हें बसाने के लिए। यानी आज जहाँ जनजातीय लोग रह रहे हैं, जमीनें उन्हें वहाँ नहीं दी जायेंगी। उसी तरह जनजातीय लोगों को जमीनें वहाँ दी जायेंगी जहाँ ये बंगाली लोग नहीं बसाये जायेंगे।"

अब इस हीरे में चमक चाहे कितनी हो, सुननेवालों को चकड़िया देती है। वे समझ नहीं पाते हैं। चिराग अली कहता है, "खुलासा करें।"

मियाँ नमाजी खुलासा करने लगते हैं। कहते हैं, "जब बंगाली लोग बसाये जाने लगे तो कछारी लोगों ने इसका विरोध किया। उन्होंने क्या किया, असमिया मध्यम वर्ग द्वारा उन्हें भड़काया गया। यह विरोध मार-पीट में न बदले, इसके लिए एक व्यवस्था बनायी गयी। हर जिले में एक लाइन खींच दी गयी। कहा गया कि लाइन के इस पार बंगाली लोग बसेंगे और उस पार असमिया लोग। कोई भी बसने के लिए वह लाइन पार नहीं करेगा। परिणाम यह हुआ कि हमारे तमाम भाई-बन्धु बंगाल से भागकर आ-आकर यहाँ बसने लगे। वह इलाका पूरी तरह से आज भर गया है। नये आकर बसनेवालों के लिए जमीन नहीं है। पर लाइन सिस्टम अभी भी चल रही है। जरूरत है, इसे तोड़ने की, जिससे कि हमें बसने का मौका मिले।"

और कोई बात समझ में चाहे न आयी हो, यह नये इलाके में बसने की बात सभी के समझ में आ गयी। तुरन्त शोर उठा, "हमें तो मिर्जा बदरुद्दीन को जिताना ही चाहिए।"

"वोट हो तब न। चुनाव पुरानी मतदाता सूची के आधार पर हो रहा है। तुम्हारा नाम कट गया।"

मतीन गहरे सोच में पड़ गया। मिर्जा बदरुद्दीन को जिताया तो नहीं जा सकता, किन्तु उनके माध्यम से बात बहुप्रचारित की जा सकती है। यह सिर्फ हमारे या उनके चिल्लाने से नहीं होगा। इसके लिए कोई बड़ा आदमी लाना होगा। मियाँ नमाजी ने कहा, "हमारे बीच कोई बड़ा आदमी है ही नहीं।"

मतीन को भी लगा कि नहीं है। फखरुद्दीन अली अहमद हैं तो कांग्रेसी हैं, मोइनुल हक चौधरी है तो कांग्रेसी हैं, मैडम तैमूर है तो कांग्रेसी हैं। ये लोग हमारे लिये बात क्यों करेंगे?

मियाँ नमाजी ने कहा, "ये लोग हमें वोट-बैंक की तरह इस्तेमाल करते आये हैं, बड़े चुनावों में। वह आगे भी करेंगे। पर इस छोटे से चुनाव में नहीं आयेंगे।"

मतीन को लगता है कि दो बाते हैं। चुनाव एक क्षेत्र में है और प्रत्याशी स्पष्ट है, इसलिए नहीं आयेंगे। जब चुनाव सभी क्षेत्रों में होगा, तब हमें गुमराह करना सरल होगा। तब दूसरी बात यह है कि हमें कोई और नेता खोजना होगा।

मियाँ नमाजी ने कहा, "हमें मौलाना हमीद भसानी को लाना चाहिए। वे लाइन सिस्टम के पक्के विरोधी रहे हैं। वे आ जायेंगे तो चुनाव का मुद्दा लाइन सिस्टम बन जायेगा। चुनाव चाहे न जीता जाय, पर पूरे प्रान्त के बंगाली मुसलमानों में एक सन्देश जायेगा, जो आगे काम आ सकता है।"

"ये मौलाना भसानी है कौन?"

"बड़े जुझारू नेता रहे हैं। वे गोलकगंज के पास भसानीचर में रहते हैं। किसान परिवार के आदमी हैं। खिलाफत आन्दोलन और असहयोग आन्दोलन में जमकर हिस्सा लिया था। बाद में वे पूर्वी बंगाल के बड़े किसान नेता बन गये और जमींदारों के शोषण और अत्याचार के विरुद्ध जमकर लड़ाई की। इसलिए कम्युनिस्ट माने जाते थे। वहीं वे मुस्लिम लीग के सदस्य थे। 1937 में प्रान्त के अध्यक्ष बने और एम. एल. ए. का चुनाव जीते। अपनी दोहरी भूमिका के कारण वे लीगियों में कम्युनिस्ट माने जाते थे। लाइन सिस्टम के विरुद्ध वह 1947 तक लड़ते रहे।

"तब तो बड़े काम के आदमी हैं।"

दोनों भागकर भसानीचर गये। पच्चासी साल का दुबला-पतला बूढ़ा नाभि तक लम्बी अपनी सफेद दाढ़ी पर हाथ फेर-फेर कर खूब हँसा। कहा, "यह भसानीचर बाँग्लादेश में है। मैं बाँग्लादेश का नागरिक हूँ। हिन्दुस्तान के चुनाव में प्रचार करने कैसे जा सकता हूँ।"

मियाँ नमाजी ने हाथ जोड़कर कहा, "आप बृहत्तर बाँग्लादेश की माँग करते हैं। आपके नक्शे में हमारा इलाका है। तब क्यों नहीं जा सकते?"

"नहीं जा सकते। हाँ बृहत्तर बाँग्लादेश की माँग तुम वहाँ उठाओ। इसे ही चुनाव का मुद्दा बनाओ। भला होगा।"

दोनों अपना-सा मुँह लिये लौट आये। पर एक मुद्दा हाथ लग गया था।

लाइन सिस्टम की चर्चा बड़े जोर-कमरे से उठी। इसकी चर्चा सर्वत्र होने लगी। जब वसुन्धर दिवांग से मिला तो बात उठायी। दिवांग को लगा कि इस सिस्टम ने नये बसनेवालों के लिए जमीन की तीन कोटियाँ बना दी थीं। एक वह जिसमें सिर्फ बंगाली लोग बस सकते थे, दूसरी वह जिसमें सिर्फ कछारी लोग बस सकते थे, और तीसरी वह जो दोनों के लिए खुली थी। उसने जल्दी ही बंगाली मुसलमानों और कछारियों के मिले-जुले इलाकों और फिर बंगालियों और कछारियों के अपने-अपने बन्द इलाकों को बंगाली घुसपैठियों के इलाके में बदल दिया। सरकारी अधिकारियों की शिथिलता और घूसखोरी, दोनों ने इसे खूब बढ़ावा दिया। परिणामस्वरूप जो मुसलमान गाँवों में रह रहे थे, वे कछारी लोगों से सालाना पट्टे पर जमीन लेकर खेती करने लगे। उन्हें उम्मीद थी कि यदि वे इसी तरह कुछ वर्ष तक काश्त करते रहे तो पटवारी को घूस-घास देकर जमीन अपने नाम करा लेंगे। उनकी देखा-देखी दूसरे बंगाली मुसलमान चोरी से आकर उनके घरों में रुकने लगे और यहाँ पर खेती करने लगे। नहीं मिलता था तो बलात् जंगल साफकर, चरागाह जोतकर अपना खेत बना लेते थे और सरकार नोटिस भेजती ही रह जाती थी। वसुन्धर को लगता है कि आज वही हो रहा है। यह कांग्रेस की सरकार रोक नहीं रही है। इसे वोट नहीं दिया जाना चाहिए। अपनी जमीन की रक्षा के लिए लड़ाई नये सिरे से लड़नी चाहिए।

विनायक वसुमतारी के चुनाव प्रचार में कोई बड़ा नेता नहीं आया। मुख्यमन्त्री उन्हें कामाख्या नारायण त्रिपाठी का आदमी समझते रहे। कामाख्या नारायण त्रिपाठी उन्हें मुख्यमन्त्री का आदमी समझते रहे। दोनों की दिली इच्छा थी कि वे हार जायें। विनायक को भी लगा कि वे किसी के आदमी नहीं हैं, तब किसके पास जायँ। वैसे उन्होंने अपने आदमियों को दोनों के पास भेजा था और दोनों ने हाँ-हाँ कहा था। दोनों ने अपने-अपने पास से कुछ पैसा भी भेज दिया था। कुछ पैसा संगठन से भी आया था। किन्तु आदमी कोई नहीं आया। विनायक के मन में बार-बार आया कि वे सरकार के मध्यवर्गीय चरित्र की चर्चा सभाओं में करें। पर उसे मुद्दा बनाकर प्लेन ट्राइबल एसोसिएशनवाले पहले से ही शोर मचा रहे थे। ऐसे में भला वसुमतारी की बात किसे प्रभावित करती? फिर वे अपने नेताओं से और सरकार से सीधे पंगा नहीं लेना चाहते थे। उनका भविष्य पार्टी से जुड़ा था, उसे तोड़ना नहीं चाहते थे।

14

चौड़ी नदी के बालू पर पौ फट रही है। उसके आगे पानी है। धार-पर-धार बह रही है। अभी नदी छिछली है। कुछ ही महीने पहले वह अपने किनारों को तोड़कर बहती थी। उसमें अराड़ गिरते थे और पानी में घुलकर, उसे मटमैला कर दूर तक बहते जाते दिखते थे। फिर वह किनारों को पारकर बहने लगी। उसका पानी खेतों को पारकर घरों तक आता था। अब वह किनारों को छोड़कर बह रही है। उसकी गति ऐसी क्यों हुई? खेतों में बह कर आता पानी इसमें मिलना बन्द हो गया है। खेतों में पानी आसमान से आया था और आसमान में समुद्र से। अब समुद्र का पानी समुद्र में जा चुका है। जो बचा रह गया है वह पहाड़ का पानी है।

उसने पहाड़ की ओर देखा। पहाड़ और नदी के बीच उसकी स्त्री चली आ रही है, कन्धे पर जखाई धरे। वह तीनों तरफ से बन्द बाँस की टोकरी जैसा यन्त्र एक पाँच फिट लम्बे बाँस से बँधा है। जहाँ बँधा है, वहीं एक बड़ा-सा छेद है। उसे लेकर वह पानी में घुसेगी और नदी की पेंदी में लटका देगी। फिर पाँवों से पानी डभो-डभो कर मछलियों को हुलकायेगी। वे भागकर छेद में घुसेंगी और वह फट से ऊपर उठा लेगी। मछलियों को तुरन्त टोकरी में पलट रेगी। 4-5 घण्टे के श्रम से 4-5 सेर मछली तो पकड़ ही लेगी। वह उसके छोटे-से परिवार के लिए तीन-चार दिनों के लिए काफी है। उसके पीछे-पीछे और भी स्त्रियाँ चली आ रही हैं। सबके कन्धे पर जखाई है। उनके सिर कपड़े से ढँके हैं। बदन पर ब्लाउज है। कभी कुछ दशक पहले तक वे भरसक ब्लाउज नहीं पहनती थीं। खास मौकों पर वे हाथ से बुना एक जैकेट पहनती थीं, जो आगे से खुला रहता था। युवा लड़कियाँ उनमें सीप या कोई सुन्दर लकड़ी फँसाकर रखती थीं और बटन का काम लेती थीं। कमर से नीचे खास कछारी लुँगी झूल रही है, जो सीने पर लुडेर कर कसी गयी हैं। हाजोई स्त्रियाँ भरसक चप्पल नहीं पहनती। वह समृद्धि और गरीपन का द्योतक है। सभी एक साथ छिछली नदी में चुपचाप पैठेंगी।

उसने गाँव की ओर सिर फेरकर देखा। कुछ खास नहीं दिखा। पर कानों में आवाज आयी हर घर से धान कूटने की। जो आवाज अकेले होने पर गुम हो जाती है, वह समवेत होकर इतनी दूर तक आ रही है। यह आवाज अब और कितनें दिनों तक आयेगी। धान हुआ ही है कितना। सब तो घुसपैठिये मार ले गये। क्या अगले साल इतना भी धान हो पायेगा? क्या हमारे इतने भी खेत बचे रहेंगे?

उसका मन सुन्न हो गया। आँखें बन्द हो गयीं। वह कितनी देर तक ऐसे बैठा रहा—उसे होश नहीं। आँखें खुलीं तो सामने सुन्दर भोर पसरती नजर आयी। साँस में लम्बा दम भरकर उस भोर में से कुछ खींच लिया। शायद उसके रस के किंचित् बूँदों को सोख लिया, पी लिया आँखों से कुछ रूप। यह अनुभूति बहुत पुरानी है। इसके सहारे वह जीता

आया है। आगे भी जीते रहने की कोशिश करेगा।... पर क्या कोई कोशिश करके जीता है? वह कोशिश कर सिर पीछे की ओर ले जाता है। जहाँ से ढाल शुरू होता है, वहाँ अवस्थित पीपल की लरछी टहनियों के बीच किसी मजबूत टहनी पर लम्बी पूँछवाली मैना बैठी है। रह-रहकर अपने परों को खुजला रही है। अभी पत्तों को चीरकर सर्र से उड़ जायेगी। तभी वह काला कलिंग दिखायी देता है, जब वह एक ऊँची टहनी से फुदककर उससे भी ऊँची टहनी पर बैठता है। मैना भी फुदककर अन्य टहनी पर बैठ जाती है। तभी आता है हल्दी बसन्त। पछीमा लोग इसे धनेश कहते हैं। शुभ पक्षी मानते हैं, प्रणाम करते हैं। इसके दर्शन से धन मिलता है। कम-से-कम जो टेट में हैं, वह जाता नहीं। वसुन्धर भी हाथ जोड़कर नमन करता है। मुँह से कुछ बोलता नहीं है। उसके मन में आता है कि वह नदी के पानी में उतर जाय। उससे पहले सूरज उतर आता है। सामने की ओर जो छितराये पेड़ खड़े हैं, उन्हें यहाँ से देखो तो वे एक कतार में खड़े लगते हैं—ऐसी कतार, जिसमें कोई सन्धि नहीं है। पर सन्धि है। उसका पता तब चलता है, जब उन पर कोमल सूर्य अपना लाल चेहरा रख देता है। हर सन्धि से ललछऊँ से पीताभ होती शहतीरें सीधे नदी की ओर भागती हैं। नदी में सूर्य का प्रतिबिम्ब रचनी होंगी। पर वह यहाँ से दिखायी नहीं देता। आगे बढ़ो और देख लो आलोक और आशा की परिचित मूर्ति।

वसुन्धर पानी में पैठता है। छिछली नदी में भी ऐसे कुण्ड हैं कि आदमी चाहे तो डुबकी लगा लें। वे अपना फेंटा और कुर्ता वहीं से तट की ओर फेंकता है। नाक व कान को उँगलियों से दबाकर गोता लगाता है। ऊपर आता है तो प्रातः की हवा भीगी देह छूती है। वह भीतर तक सिहर उठता है। यह सिहरावन बड़ी सुखद लगती है। उसके अंग-भंग में सौम्य आनन्द खिल उठता है। पछिमा लोग यूँ ही नहीं कहते, 'माघ मास धिव खीचड़ खाय, फागुन उठि के प्रात नहाय।' भीगी देह पर प्रात की हवा उसे कहीं ठहरने न देगी। हजार रास्ते खोल देगी चलने के लिए।

वह नदी से बाहर निकलता है। चारों तरफ देखता है। दूर तक उसे कोई देखनेवाला नहीं है। वह भीगी लुँगी को गार कर रगड़-रगड़कर बदन पोछता है। जाने कितनी मैल की परतें छूटकर लुँगी से लिपट जाती हैं। वह आगे बढ़कर गमछा उठाता है और कमर में लपेट लेता है। मुड़कर नदी में जाता है और लुँगी को कचर-कचर कर फींचता है। जब लगता है कि सारी मैल निकल गयी तो लुड़ेर कर गार लेता है। बाहर आ एक कन्धे पर भीगी लुंगी, दूसरे पर सूखा कुर्ता रखता है और चल देता है पीपल की ओर।

पोचई हाजो ने उसकी बात नहीं मानी तो क्या! मन्दिर नहीं बनवाया तो क्या!! एक दुकान तो खोल ही ली है। दिन उगने के, कहें चढ़ने के बाद वह आ जाता है और दिन डूबने तक, कहें उसके काफी पहले ही चला जाता है। आते ही भट्ठी गरमाता है। जब गरम हो जाती है तो दुकान के भीतर की हर चीज कपड़े से पीट-पीट कर झाड़ता है, फिर भीतर और बाहर बहारता है। उससे उड़ी धूल सामानों पर फिर चढ़कर बैठ जाती है। पर उसे उसकी परवाह नहीं। वह कूड़ा वहीं सड़क के किनारे लगा देता है, जहाँ बरतन धोते

वक्त पानी गिराता है। हाथ धोकर भट्ठी पर केतली रखता है। फिर ग्राहकों की प्रतीक्षा करता है।

पोचई वही प्रतीक्षा कर रहा था, जब वसुन्धर पहुँचा। यह दुकान नहीं घर होता तो पोचई यूँ ही लाकर एक गिलास चाय पिलाता, फिर सामने बैठकर पाँव की सफेद हो गयी चीरियों पर थूक मल उन्हें चमड़ी के रंग का बनाता। पर यह घर नहीं दुकान है। बिना कहे चाय नहीं बनायेगा। इसलिए वसुन्धर कहता है। वह दाँत चियार कर सिर हिलाता है जैसे नमस्कार और स्वीकार एक साथ बोल रहा हो। वसुन्धर बेंच को झोंपड़ी से बाहर निकालकर बैठ जाता है। इसे वसुन्धर ने स्वयं बनाया था जब पोचई ने झोंपड़ी डाला था। उसी दिन वह गाँव से पटरा लाया था, आरी, रुखानी, बसूला, हथौड़ा और कील लाया था। चार बेंच तैयार कर दिया था। खम्भों पर जगह-जगह कीला ठोंक दिया था, जिससे कि पोचई लालटेन ही नहीं, सामानों की ओटलियाँ-पोटलियाँ भी लटका सके।

पोचई ने कहा, ''आगे-आगे माइकी मानुस आ रही थी शायद मछलियाँ पकड़ेंगी।''

''शायद क्या, इसीलिए नदी में उधर मोड़ और झाड़ियों की तरफ ढुकी हैं,'' वसुन्धर ने कहा।

पोचई ने दो बीड़ी सुलगायी। एक वसुन्धर को थमाया, दूसरा अपने ओंठों के बीच दबाया। वसुन्धर पहले कश का धुआँ छोड़कर उठा और कन्धे पर से लुंगी उतार कर टाट के भीतर कोनों को खोंस लटका दिया। फिर कुर्ते को भी, फिर बेंच पर नंगे बदन बैठ गया। पोचई ने चाय छान कर दो गिलासों में भरा। एक वसुन्धर की ओर बढ़ा दिया, दूसरा अपने ओंठों से लगाकर सामने बैठ गया। चाय के साथ बीड़ी का धुआँ सुड़कते हुए सड़क पर दूर तक निगाह डाली। दो आदमी आते दिखे। वह फौरन उठा और पानी खोलता रहे, इसके लिए कोयले को खोद दिया।

दोनों बैठकर इधर-उधर की बात करते रहे और इतनी धीमी गति से चाय पीते रहे कि उनके आने पर दूसरी न पीनी पड़े। तब तक वे दोनों आ गये। वे और कोई नहीं, पाकुड़ के चौधरी और विरंची थे। दोनों में पटती नहीं थी—गाँव की सत्ता पर मारा-मारी थी, पर इसका मतलब यह नहीं कि दोनों साथ न रहें। अक्सर ही दोनों हर जगह साथ आते-जाते थे। पोचई ने दोनों को चाय पकड़ाया, पकड़ते हुए चौधरी ने कहा, ''मिट्ठनगुड़ी की बात सुनी?''

''नहीं तो,'' वसुन्धर ने कहा।

''रमजान मियाँ को राजवंशियों ने मार डाला।''

''भला क्यों?''

''वही खेतों का कब्जा।''

रमजान मियाँ की शोहरत यहाँ तक थी। वे स्वयं बंगाली मुसलमान थे। उनके पुरखे दो पीढ़ी पहले सम्भवतःसन् '22 में मैमन सिंह से आकर यहाँ बसे थे और धीरे-धीरे कई

सौ बीघा जमीन कब्जा कर लिये थे। वे बाँग्लादेशी घुसपैठियों को शह देते थे, बसाते थे, अपने खेतों पर काम कराते थे और आदमी जब टिक जाता था तो अपना खेत बटाई-हुण्डा दे देते थे। इससे घुसपैठियों में बड़ी धाक थी। घुसपैठियों से मिली ताकत थी। उनका मारा जाना वसुन्धर के लिए कोई छोटी घटना नहीं थी।

घुसपैठियों के साथ मार-पीट की खबरें अक्सर आ रही थीं, पर चुनाव के शोर में दब जा रही थीं। अब वह शोर थम गया है। इसलिए दबनेवाली नहीं थीं। वसुन्धर ने स्वाभाविक जिज्ञासा रखी। चौधरी ने बताना आरम्भ किया, ''बड़पेटा के घुसपैठियों का मन बहुत बढ़ गया है। इधर कई गाँवों के कछारी लोग जब अपने खेतों को जोतने जाते हैं, तो मियाँ लोग उन्हें मार-पीटकर भगा देते हैं।''

वसुन्धर मुँह देखते रहे। चौधरी ने आगे कहा, ''उन खेतों को वे पहले ही कब्जा कर चुके थे। फसल कटी तो कछारियों ने गोल बनाया और एक ही दिन चारों तरफ जोतने निकल पड़े। मियाँ लोग भी जैसे मौके के तलाश में थे। हर तरफ से निकल पड़े और जोतनेवालों को चारों तरफ से घेर लिया। फिर खूब हल्ला-गुल्ला मचा। कछारियों का नेतृत्व लम्बोदर साइकिया कर रहा था।''

''क्या वह अब विनायक के साथ नहीं है?''

''है तो, पर इसका मतलब यह कहाँ होता है कि अपने लोगों की मदद न करे?''

''अब कछारी लोग कुछ खास तैयारी-वैयारी करके तो गये नहीं थे। उनके हाथ में बस वही बैल-हाँकनेवाला सटहा था। पर मियाँ लोग हरबा-हथियार लेकर पूरी तैयारी के साथ आये थे। जिनके हाथ जो लगा था, वही लेकर दौड़ पड़े थे।''

''माँ के भतार, गाँव में हर जगह कुछ फेंक कर, छुपाकर रखते हैं। और नहीं तो बाँस के टुकड़े ही घरों की दीवारों से सटाकर रखते हैं।''

''अरे इधर तो सुना है छह महीने का अन्न-पानी जुटाकर अपने घरों में भर लिया है। कहते हैं कि यदि कछारी लोग नाकेबन्दी कर दें तो भी छह मास लड़ते रहेंगे।''

''साले किला बना रहे हैं।''

वसुन्धर को लगा कि बात कहाँ-से-कहाँ जा रही है। उसे लाइन पर लाने के लिए कहा, ''फिर क्या हुआ? कछारी लोग जोत पाये?''

''कहाँ जोत पाये? उन लोगों ने घेरकर लम्बोदर को पीटना शुरू किया। सभी लोग अपना हल-बैल छोड़कर लम्बोदर को बचाने में लग गये। फिर जो लाठी चली तो दसों लोग घायल हो गये।''

विरंची ने कहा, ''सुना है दो-तीन लोग खेत भी रहे।''

''जो भी हो, कछारी लोग चले भाग। घुसपैठियों ने उन्हें गाँव तक खदेड़ा। हल को वहीं छोड़ दिया। बैल को अपने गाँव हाँक ले गये।''

''वाह रे।''

''इतना ही नहीं, अलग-अलग चार थानों में रपट लिखा दी उल्टे कि कछारी लोग उनके पशुओं को हाँक ले गये।''

''कछारी लोगों ने नहीं लिखाया।''

''गये तो थे। पर भगा दिये गये। जानते ही हैं कि अधिकांश थानों में बंगाली दारोगा हैं।''

''पर वे हिन्दू हैं और इन घुसपैठियों को पसन्द नहीं करते।''

''अरे रुपया चलता है भाई। और देखा नहीं चुनाव में। बदरुद्दीन का चुनाव प्रचार करने सत्यदेव पुरकायस्थ अपनी टीम के साथ सिलचर-हैलाखण्डी से आये थे।''

''यानी पूर्वांचल की माँग जोर पकड़ेगी और उसमें गोआलपाड़ा, नवगाँव को शामिल करने की बात रहेगी।''

''अब उतनी राजनीति तो मैं नहीं जानता, बाकिर बरकतुल्लाह मतीन के साथ घुसपैठियों के गाँवों में घूम-घूमकर कहा कि बैलों को लौटा दो, उन्हें पचा नहीं सकोगे। मियाँ लोगों ने कहा, ''उन्हें बना-खा लेते हैं।'' ''फिर भी पचा नहीं पाओगे'' लिहाजा उन्होंने बैलों को छोड़ दिया। लोगों को पता चला तो अपना-अपना बैल हाँक लाये।''

चौधरी चुप हुआ तो वसुन्धर ने पोचई से चाय के लिए कहा। वह तैयार रखे था। तुरन्त गिलास में डाल कर बढ़ा दिया। चुस्की लेते हुए चौधरी ने कहा, ''घुसपैठियों को आशंका हुई कि अपना बैल लाकर बड़ लोग फिर खेत जोतने का प्रयास करेंगे।''

''इस बीच पुलिस ने कुछ नहीं किया?''

''किया न! गाँव-गाँव घूमकर लोगों को धमका गयी कि मियाँ लोग बड़ लोगों की जमीन न कब्जाएँ। इसी तरह बड़ लोग मियाँ लोगों की जमीन की ओर न देखें।''

''यही तो असल समस्या है। सरकार तय ही नहीं करती कि मियाँ लोगों की जमीन कौन है? वह हमारे ही कब्जा किये गये जमीन को उनका मान लेती है।''

''इसका भी फैसला होगा। प्लेन ट्राइबल एसोसिएशन में कुछ सुगबुगाहट सुनने को मिल रही है।''

''अरे वे जब तक कुछ करेंगे, तब तक हम निहंग हो जायेंगे।''

''हो ही रहे हैं। घुसपैठियों को पता नहीं कहाँ से खबर मिली कि लम्बोदर ठीक हो गया है और वह सिरफिरा कभी भी आ धमक सकता है। लिहाजा वे उसके पहले ही कुमेटी कर हरबा-हथियार ले खेत जोतने निकल पड़े। एक ही दिन चारों तरफ।''

''वे ऐसा ही करने लगे हैं। नवगाँव से भी कुछ खबर ऐसी ही खबर लेकर इट्टर राभा आया था।''

''उसे छोड़ो। लम्बोदर ऐसे मौके की तलाश में था। लोगों को बक्सा ले जाकर भाला और तीर चलाना सिखा रहा था। उनको साथ लेकर आया था। वे दूर से ही खेत

जोतनेवालों पर तीन छोड़ने लगे। भाला फेंकने लगे। पहले तो घुसपैठियों ने गोलबन्द होकर मुकाबिला करना चाहा, पर बाद में भग पराये।''

रमजान मियाँ सत्तरह गाँवों के घुसपैठियों के बेताज बादशाह बन बैठे थे। उनकी रक्षा के लिए वे चन्दा क्या पूरा चौथ वसूलते थे। ''धान से पूरा धर भर लिया है न। बदरुद्दीन को चुनाव लड़वाने वे ही लाये थे। इसलिए बड़े रोब में रहते थे। लोग जुटे और उकसाया कि पंचों ने इसी दिन के लिए आपका नेतृत्व गहा है। उन्होंने अपने आदमियों को भेज-भेज कर राजवंशियों के गाँव प्रधानों को एक-एक कर बुलवाया और चेताया कि हमसे टकराने का साहस तुम्हारा गाँव न दिखाये। नहीं तो गदर मच जायेगा। जो गाँव प्रधान नहीं आये उनके घर लठैत भेज कर पिटवाया। लोग भागकर थाने जाते थे। रिपोर्ट लिख ली जाती थी पर कार्रवाई नहीं होती थी। ऐसी ही रिपोर्ट लिखाकर नोवा के हर प्रसाद दास और चकद्धर छपरा के सतावन राजवंशी बक्सा के जंगल में पहुँचे, लम्बोदर से मिलने। उसका अभी भी इलाज चल रहा था। वहाँ जोसफ मिंज स्वयं मौजूद थे। उनसे फरियाद की। मिंज ने कहा कि ''अँधेरी अष्टमी को मिट्ठनगुड़ी आता हूँ। अपने लोगों को तैयार करके रखना। पता करके रखना कि रमजान कहाँ हैं, उस दिन।''

चाय समाप्त हो गयी थी। पोचई गिलास ले जाकर धो रहा था। सुननेवाले वसुन्धर को थकान लग रही थी। कहनेवाले चौधरी उत्साह से भर गये थे। उन्हें लग रहा था कि बहुत दिनों के बाद बड़-कछारी लोगों ने कोई शौर्य गाथा रची है। अन्यथा वे पिटते ही आये हैं। जब-जब किसी दूसरी जाति ने खेत-बारी के लिए उन्हें ढकेला है, वे और पश्चिम खिसक गये हैं। पर पश्चिम में अब जमीन कहाँ रही। पूरे देश में मार लोग भर गये हैं। इतने लोग इस देश में कहाँ से आ गये। सरकार जो परिवार नियोजन की बात कहती है, उसमें कुछ दम है क्या? हम बड़ कछारियों की संख्या वैसे भी बहुत कम है। एक परिवार वैसे भी दो-तीन से अधिक बच्चा पैदा नहीं करता। ये ढेर सारे बच्चे पैदा करनेवालों पर रोक लगनी ही चाहिए। नहीं तो जमीन के लिए और काँव-काँव मचेगी। आखिर लोगों को रहना तो है जमीन पर ही न। वह प्रकट में कहता है, ''बाबू हो। उस दिन दस बजे वह मिट्ठनगुड़ी में आ धमका। एक दिन पहले वह बरपेटा थाने में रिपोर्ट लिखा दिया था कि रमजान ने उससे काफी पैसा बतौर कर्ज ले रखा है। उसे वसूलने जा रहा हूँ। हो सकता है, वह मार-पीट करे।''

पुचई ने कहा, ''यह तो झूठी बात है।''

''बिना झुठ के कहीं मुकदमा चलता है,'' वसुन्धर ने कहा।

चौधरी ने कहा, ''उसके साथ दस आदमी थे। उनके सीवान पहुँचते ही रमजान को खबर मिल गयी। उनका रास्ता रोकने के लिए रमजान आनन-फानन में बखरी का मुख्य दरवाजा बन्द कर दिया और घर की सभी औरतों को उसकी रखवाली के लिए तैनात कर दिया। शोर मचा कर और लोगों को भी बुला लिया और पीछे के दरवाजे की ओर खड़ा

कर दिया। सतावन मिंज के दल को रास्ता दिखाते हुए गाँव में•घुसा। उसने बताया कि रमजान की तीन बीबियाँ हैं। वह सबसे छोटी बीबी के साथ बखरी में रहता है। वह दो मंजिला है और काठ की बनी है। पहली मंजिल में अनाज भरा है। दूसरी मंजिल में रहता है। बखरी की रखवाली नौकर लोग करते रहते हैं। किसी को भी जूता पहनकर जाने का इजाजत उस प्रांगण में नहीं है। वहाँ पहुँचकर मिंज ने सोचा कि आगे की तरफ से घुसना चाहिए। इसका अच्छा मनोवैज्ञानिक असर रमजान मियाँ पर पड़ेगा। लेकिन वह बन्द था। खटखटाने पर भी नहीं खुला। वे पीछे गये। लोग खड़े जरूर थे, पर दरवाजा खुला था। वे सब तीर की तरह भीतर घुसे और जूता पहने सीधे भण्डार में आये। उन्हें देखकर रमजान गरज उठा "हरामजादों, जूता पहनकर आने की तुम्हारी हिम्मत कैसे हुई। यह अन्नपूर्णा की तौहीन है।" मिंज ने दूने जोश से चीखकर कहा, "मैं मिंज हूँ। अन्नपूर्णा की पूजा करने नहीं आया हूँ।" रमजान ने चीख कर कहा, "मारो हरमाजादों को।" यह मार-पीट के लिए ललकार थी। आगे से औरतों ने हमला किया, पीछे से रखवालों ने। पहली लाठी रमजान की बीबी ने ही मारा। उससे मिंज का लोहे का टोप उड़ गया। वह भरभराकर गिर पड़ा। गिरते-गिरते सनातन से कह गया, "अपने आदमियों को बुलाओ और बखार फूँक दो।" सनातन भागा। दूसरे लोग उसके पीछे भागे। पर वह हाथ नहीं आया। गाँव के बाहर आकर वह चिल्लाने लगा। उसकी आवाज सुनकर तमाम गाँवों के राजवंशी लोग अपना हरबा-हथियार लेकर दौड़ पड़े। इस बीच बाकी लोगों की कुटाई होती रही। रमजान ने कह रखा था कि इस तरह से मारो कि हड्डी चूर-चूर हो जाय, पर कोई मरे नहीं।

लेकिन जब देखा कि मार तमाम लोग चले आ रहे हैं, तो उसका होश सरक गया। पहले सोचा था कि इन्हें मार-पीट कर भगा देगा और मामला वहीं-का-वहीं रह जायेगा। लेकिन जब देखा कि दसों गाँव के लोग दौड़े चले आ रहे हैं तो लगा कि बड़ा बलवा होगा और मामला आगे बढ़ेगा। उसके लिए कुछ तुरन्त करना चाहिए। वह भाग कर छत पर गया। चिल्ला-चिल्ला कर गाँववालों को इकट्ठा होकर फौरन आने की गुहार लगायी। फिर भाग कर नीचे आया। उसकी पत्नी मिंज के पीटे गये लोगों को बैठकर गरिया रही थी। रमजान ने उसे दबोच लिया। कहा "फौरन सलवार उतार।" वह हक्का-बक्का हो गयी। उसी में कहा, "क्या कहते हो।" "फौरन खोल। सबूत बनाना है कि मिंज ने तुम्हारे साथ बलात्कार किया है, जिसके परिणामस्वरूप यह काण्ड हुआ है।" वह बात समझ गयी। रहमान उसे घसीट कर बखरी के अँधेरे हिस्से में ले गया। घायल लोगों को मौका मिला। वे निकलकर गिरते-पड़ते भागे। उन्हें घायल देख राजवंशियों का खून खौल उठा। फौरन किसी ने बखरी में आग लगा दी। तब तक रमजान के भी आदमी जुट गये थे। लाठी-डण्डा चलने लगा था। भाले-तलवार भी भाँजे गये। कुछ अगल-बगल के घर उजाड़े जाने लगे कि आग पूरे गाँव में न फैले। इस बीच भागते हुए रमजान को किसी राजवंशी ने चहेट कर मार डाला और घसीट कर बखरी की आग में झोंक दिया। कोई भागकर पुलिस आउट

पोस्ट दिघियारा गया। वह पास में तो था नहीं। चार कोस दूर था। पुलिस के आने तक रात हो गयी।

पूरी बात सुनकर सभी ठक् हो गये। वसुन्धर ने फिर चाय बनाने के लिए कहा। इससे लोगों की ठकमूरी टूटी। वसुन्धर ने कहा, "हे भाई हमें बड़पेटा चलना चाहिए।"

विरंची ने प्रश्न भरी आँखों से देखकर वसुन्धर से कहा, "हमारी उपस्थिति राजवंशियों को बल देगी।"

"यह तो ठीक। लेकिन पुलिस यदि हमें दंगाई समझकर केस कर दिया तो?"

"देखा जायेगा।"

पोचई ने कहा, "ऐसी अँधेर मची है क्या?"

"यह अँधेर नहीं तो और क्या है?" चौधरी ने कहा।

चाय आ गयी। सबने पी। चलने को हुए तो वसुन्धर ने कहा, "मैं तो जाऊँगा।"

"रास्ता हमारे गाँव से जाता है। मैं भी तैयार मिलूँगा।" चौधरी ने कहा।

वसुन्धर की लुंगी सूख गयी थी। उसने टाट से उठाया और कमर से बाँध लिया। कुर्ता से निकाल कर पोचई को चाय का पैसा दिया और पहन लिया। गमछे को काँधे पर रखा। वह चला तो दूसरे भी चल दिये।

पूर्वी क्षितिज पर सूरज निकला। उसकी ठीक उल्टी दिशा में वसुन्धर अपने घर से निकला। पाँव में चमरौधा, कमर से लटकती दोकछा धोती, गले से लटकता पंजाबी, सिर पर मुरैठा धोती का ही, जिसे बँधी धोती को बदलने के लिए इस्तेमाल किया जा सकता था, बाँयें कन्धे पर अँगोछा, दाहिने कन्धे पर लाठी, उससे लटकता पीठ की तरफ छाता। रूपनबारी ने उसे देखा तो ठेठ पछिमा में कहा, "कहाँ हो?"

वसुन्धर ने कहा, "बड़पेटा।"

"रुको मैं भी आता हूँ," कहकर वह भीतर गया। पाँच मिनट में उसी की तरह तैयार होकर वह बाहर आया।

इस बीच वसुन्धर रूपन की छान पर पसरी घनी सेम की लता देखते रहे। असंख्य नन्हें-नन्हें हाथों जैस वे अगणित लाल फूलों के चित्र सीधे खड़े हैं। कुछ में लाल-लाल सेम भी निकलने लगी है। सूबह की धूप उन पर थोड़ी तिरछी होकर पड़ रही है। कौवा बड़ेर पर बैठा कुछ तोड़ रहा है।

दोनों गाँव के बाहर निकले। सिरजा की माँ ने अपने खेत के मेंड़ पर छह माह पहले केले के पौधे लगाये थे। उनमें से कुछ में धवदें फूट रही थीं। गुच्छों के आगे लाल फूल लटके हैं। भीतर नींबू के पौधे हैं। उनकी लचीली डालें हल्के-हल्के झूम रही हैं। उनके सिरे पर पीले-पीले नींबू लगे हैं। उनकी भार से वे ओरम गयी हैं। मिर्चे की पौध कमर तक ऊँची हो आयी हैं।

वे और आगे बढ़े तो कुन्ती का बाप कन्तु अपने खेत में काम करता दिखा। वह पपीते के पौधों की जड़ों पर मिट्टी छोप रहा था। कुछ पौधों में लोटे के आकार के, उनके ही बराबर फल लगे हुए थे। इनको आता देखा तो कुदाल चलाना रोक दिया। रास्ता उसके खेत से कई खेतों की आँतर से जाता था। इसलिए जोर से बोला, "चल दिये?"

"हाँ, भाई, हाँ।"

"जा, भाई जा। मेरे में पुरखा होता तो मैं भी चलता। मेरी सदिच्छा साथ रहेगी।"

वसुन्धर और रूपनबारी ने प्रसन्नता से दाँत चियार दिया। आगे नदी थी। रूप नारायन। वसुन्धर अक्सर सोचता है कि नदी का यह नाम क्यों रखा गया? किसने रखा होगा यह नाम। किसने ब्रह्मपुत्र नाम रखा होगा। कैसे यह नाम एक मुँह से होता हजार मुँहों तक गया होगा? और आज हर कोई उसी नाम से नदी को पुकारता है। रूप नारायण के किनारे से टिटिहरी औन वनमहोख की आवाज आ रही थी। एक कर्कश सीटी की तरह, दूसरी गम्भीर हुक-हुक। वे आहार तलाशने की जगह कीचड़, काई, सेवार के चक्कर लगा रहे थे, सिर उठा-उठाकर पूँछ हिला-हिलाकर। आहार की तलाश में सफेद और भूरे बगुले मौन एक पाँव पर खड़े थे चोंच को झुकाकर सीधे तान जैसे कोई भक्त गंगा में खड़ा सूर्य को चढ़ते अर्घ्य की धार देख रहा हो। शायद 'बगुला भगत' इन्हीं दो बिम्बों को जोड़कर बना है। वे दोनों नदी में पैठे। पास के पक्षी भाग पराये। कुछ उड़ ही गये। पानी थोड़ा था। बिना आवाज किये ही लाँघा जा सकता था। वे जब पानी में चल रहे थे, तो झुण्ड-की-झुण्ड मछलियाँ आकर उनके पाँवों को ठोकर मार रही थीं। अभी माइकी मानुस आयेंगी, इन्हें अपने जखाईं में भर लेंगी। वे बिना कोई शोर मचाये धूप में सूखेंगी, हमारा ग्रास बनेंगी। उनसे भी पहले उन्हें खा जाने के लिए नदी के दोनों किनारों से पक्षी के झुण्ड आ रहे हैं, जा रहे हैं, नदी को आर कर रहे हैं, पार कर रहे हैं। यही जीवन है।

सामने के पीपल की लरजती टहनी पर सूरज की कुछ तेज होती जा रही किरणें सीधी पड़ रही हैं। पत्ते चमक रहे हैं। वे निरन्तर मिलते रहते हैं, इसलिए चमक भी स्थिर नहीं रहती, पर रहती तो है ही। वे हरे पत्ते, जिनकी शिराएँ लगता है कि सोने के तार से बनी हैं, कितने सुन्दर लग रहे हैं। कितना सुन्दर लग रहा है पोचई का झोंपड़ा। उससे धुआँ उठ रहा है। कहाँ जा रहा है, स्वयं धुएँ को पता नहीं। हमें तो ठीक-ठीक तब पता चलता है, जब वह तीर की तरह हमारी आँखों में घुसता है। पर उसके लिए यह दूरी बहुत ज्यादे हैं। उसके पहले ही वह उस पवन में विलीन हो जा रहा है।

वसुन्धर और रूपन वहाँ पहुँचे तो पोचई ने बीड़ी को ओंठों से दबाये हुए ही कहा, "तो चल दिये?"

"हाँ हो," रूपन ने कहा। वसुन्धर ने एक हाथ से छाता पकड़ा, दूसरे से लाठी। उन्हे जमीन से टिकाते हुए कहा, "पानी गरम हो गया है क्या?"

"हाँ चीनी मिला दिया है, पत्ती डालने जा रहा हूँ।"

वसुन्धर को लगा कि चाय पीकर चलना चाहिए। यहाँ आता ही कौन ग्राहक है। इसकी आमदनी ही क्या होगी। फिर भी यह प्रतिदिन भोर ही में भट्टी धौंकने आ जाता है। इसकी बोहनी करा कर आगे बढ़ेंगे। वसुन्धर एक बेंच पर बैठ जाता है, तो रूपन दूसरे पर। पोचई कहता है, "कब तक लौटेंगे?"

"कुछ कह नहीं सकता।"

"मामला आर-पार हो जाता तो अच्छा होता।"

"हो जाता तब न।"

दोनों के स्वर में आशा भी है और निराशा भी। आशा ही ज्यादे है। वह कर्म करने के लिए प्रेरित करती है। निराशा फल को लेकर है। वह कर्म के बाद आता है। उसे स्थगित करके रखा जा सकता है। पोचई दो गिलास इनकी ओर बढ़ा एक स्वयं लेकर बैठ जाता है। सिर फेर कर देखता है कि कई गाँव की स्त्रियाँ अपना गाँज-टाप लिये चली आ रही हैं। दिन भर छोटी-छोटी मछलियों को पकड़ेंगी। कोई-कोई चाय पीने भी आयेंगी। कहेंगी, "चाय चावन्नी में क्यों देते हो। दस नवका भी तो खर्च नहीं होता। पन्द्रह नवका लिया करो।" वह हँसेगा। कहेगा, "न पैसा हो तो न दो बहन। हमारा रेट न बिगाड़ो।" "अरे वाह, तुम हम सबका रेट बिगाड़ो और हम कहें भी न।" कोई छोकरा यहाँ बैठा होगा तो वह दूसरा अर्थ लगायेगा और मन्द-मन्द मुस्करायेगा। वे भी अचानक उस अर्थ को खूब समझेंगी और खुलकर हँसेंगी। कहेंगी, "हमसे न लगना। हम जादुगरिनें हैं। भेड़ा बना दूँगी।" और सब पक्षियों की तरह फुर्र हो जायेंगी। उसका पैसा भी न देंगी। पर इसमें कोई चालाकी नहीं, उनका स्वभाव है। जिस दिन होगा पैसा-पैसा थमा देंगी।

चाय पीकर वसुन्धर और रूपन चलने के लिए खड़े हो गये। वसुन्धर ने टेंट से अठन्नी निकाला और पोचई की ओर बढ़ा दिया। पोचई ने तुरन्त कहा, "ऐसा न करो।"

"खैरात के लिए दुकान नहीं खोली जाती।"

"आप लोग बड़े काम पर जा रहे हैं। मेरे पास समय-सामर्थ्य होता तो मैं भी चलता। इतना-सा खिदमत कर सकूँ तो मेरे सहयोग में जोड़ लेना।"

तीनों की आँखों में हल्का-सा पानी तैर गया। यह स्नेह है जो छलका पड़ा है। वसुन्धर ने कहा, "बोहनी तो कर लो।"

"दुकान पर पहले ग्राहक के रूप में तुम्हारा मुँह देखा है। वही क्या कम है?"

रूपनबारी पोचई को एकटक देखता है। पोचई कहता है, "जिनके अपने खेत कब्जाये जा रहे हैं, वे लुगाइयों की लुंगी में घुसते जा रहे हैं। और कोई अपना कारज हर्ज कर आज गाँव की लड़ाई लड़ने जा रहा है। इससे हमारे पूरे इलाके को पुन्न मिलेगा।"

वसुन्धर आँखें फेरकर नीची कर लेता है और चल पड़ता है। रूपन उसके पीछे हो लेता है।

सामने पाकुड़ है। किसी ने खेत में अमरूद और बेर लगा रखे हैं। दोनों में प्रतिस्पर्द्धा चल रही है कि कौन कितनी जमीन घेरता है। वहीं चौधरी खड़ा है, विरंची बैठा है। नजर पड़ती है तो चारों आपस में दुआ-सलाम करते हैं। मुड़कर चारों एक पंक्ति में आगे-पीछे चल पड़ते हैं। गाँव बायीं तरफ छूटने लगता है। विरंची मुड़कर देखता है। छान पर कुम्हड़े, लौकी, तरोई और नेनुआ की बेलें सूखकर मृतप्राय पड़ी हैं। जिन गाँठों में पहले फूल थे, उनमें फल के बतिये बन रहे हैं। कुछ दिन बाद वे झूल जायेंगे। उनके सौन्दर्य से बेखबर बरसठ भागा आ रहा है, "भैया लोगों, मैं भी चलूँगा।"

अगला गाँव कुछ दूरी पर है। चुपचाप चलते रहने पर रास्ता भारी हो जाता है, दूरी बढ़ जाती है। औरतें होती हैं तो वे झुण्ड में गीत गाती हैं। हमारे पुरखे कहानी सुनाते चलते थे। वसुन्धर सोचता चलता है। विरंची ने पूछ लिया है, "हम कोच, कछारी, बड़ अहोमों से लड़े, तुर्क, मुगल, अफगानों से लड़े। जाने और किन-किन लोगों से लड़े होंगे। जीते होंगे तभी इस इलाके में बस कर रहे होंगे। आखिर यह कैसे हो गया है कि बहिरागतों से नहीं लड़ पा रहे हैं। वे बिना लड़े ही हमारा धन-धाम छीनते जा रहे हैं। हम इतने कायर कैसे हो गये?"

वसुन्धर स्वयं इस प्रश्न से कई महीनों से लड़ रहा है। वह पूरे बड़ समुदाय पर नजर डालता है, तो पाता है, उनके तीन रूप बन गये हैं। एक रूप में वे पूरे हिन्दू हो गये हैं। हिन्दुओं में वैष्णव हो गये हैं। ऐसे वैष्णव हो गये हैं, जो दूसरे की पीर जानते-जानते अपनी पीर भूल चुके हैं। उनसे तुलना कर अपनी पीर छोटी कर लिया है। सन्तुष्ट हैं कि यदि हम हजार से बुरे हैं तो लाख से अच्छे हैं। वे इसी में मगन हैं। दूसरे वे हैं जो अभी भी आदिम दशा में जी रहे हैं। उस दशा में भर पेट भोजन मिला गया तो भाग्य मानो जग गयी। जंगल, नदी से जो मिला ग्रहण किया। आज खाया, अफीम पीया और सो गये। यह अफीम सेवन का लत अंग्रेज लगा गया और इसके सहारे खूब कमाया। कल क्या होगा, वह कल देखा जायेगा। इतने सन्तुष्ट लोग उन पुरखों की औलाद कैसे हो सकते हैं, जो जंगल को जलाकर झूम करते थे, हाथी पकड़ते थे, नदी से सोना छानते थे—सोनवालों का एक पूरा समुदाय ही बन गया था। उसके लिए दूसरी जातियों से लड़ाई करते थे। तीसरे हम हैं, जो न पूरी तरह से हिन्दू हो पाये हैं, न पुराने बड़ कछारी ही रह गये हैं। हम तीनों कायर हो गये हैं। यह कायरता हर तरह से हिन्दुओं से घिरे होने के कारण है।

यह सुनकर विरंची को जैसे तुरन्त देववाणी सुनायी देती है, "इसलिए लोग झुण्ड-के-झुण्ड ईसाई बन रहे हैं। उनकी रक्षा के लिए ईसाई जोसेफ मिंज उठ खड़ा हुआ है। तो क्या हमारी कायरता का विकल्प ईसाई हो जाना है?"

बरसठ के दिमाग में यह बात दूसरे तरह से आती है। वह पूरे असम पर दृष्टि दौड़ाता है, टिकाता है, नागालैण्ड, मिजोरम, खासी और गारो हिल्स की पहाड़ी जनजातियों पर।

ये सभी-की-सभी ईसाई हैं। अपनी लड़ाई लड़ी हैं। अपना राज्य बनाया है। वहाँ बहिरागतों का शोषण और धक्का-मुक्की नहीं है।

दोनों अपनी बात वसुन्धर के सामने रखते हैं। वसुन्धर कवई काट जाता है। कहता है, "यह ज्ञानी लोगों से पूछा जाना चाहिए। हम तो दिहाती किसान हैं। हमारी सारी रुचि इस बात में है कि हमारा खेत-खलिहान कैसे बचा रहेगा। उसके लिए जहाँ कहीं आशा दिखती है, भागकर जाते हैं। उसी के लिए कचहरी जाते हैं, थाना जाते हैं, बाबू भैया के यहाँ जाते हैं, पंचायत कराते हैं, नेता के यहाँ जाते हैं, नेता में वसुमतारी के यहाँ भी जाते हैं और नरजारी के यहाँ भी जायेंगे, मिंज के यहाँ भी जायेंगे और अपना जुलूस-प्रदर्शन भी निकालेंगे। खेत बचा रहे तो ईसाई ही नहीं मुसलमान भी बन जायेंगे। हमारा इरादा अपनी भूख मिटाना है, किसी नैतिक मूल्यबोध में डूबना इतराना नहीं।"

चौधरी को यह बात सही लगती है। कहता है, "हम किसानों के बीच एक ही ज्ञानी है यु लिन। जब वापस चलेंगे तो पूछेंगे।"

बात बड़ कछारियों की हिन्दू उन्मुखता की ओर मुड़ जाती है। वसुन्धर इसे हिन्दूकरण के रूप में देखता है। कहता है कि हमारी उपाधियाँ वहीं से आयी हैं। "वसुमतारी का मतलब क्या? बसुमति-आरोई। वसुमति माने धरती, ओसाई माने लोग। धरती को महत्त्व देनेवाले लोग। हिन्दुओं में ऊपर स्वर्ग, नीचे नरक और बीच में धरती की धारणा है। इसमें जो धरती को धारण करता है वह वसुमतारी है।"

अचानक चौधरी कहता है, "अब समझ में आया कि वसुमतारी लोग क्यों अपने मुर्दे को कहीं भी गाड़ सकते हैं और उसके लिए धरती खरीदने की जरूरत नहीं होती। वे कहीं भी स्मृतिशिला लगा देते हैं। वे धरती के वरद लोग हैं।"

"तब यही बात स्वर्गाआरोई के लिए होगी।" विरंची ने कहा।

"और क्या? इसीलिए तो वे बड़-कछारियों में सबसे ऊँचे माने जाते हैं। वे अपने हाथों से खेती नहीं करते हैं। ये ओझा, ये देवरी वही लोग तो हैं। यजमानों से जो भी चढ़ावा मिलता है, जो दक्षिणा मिलता है, उसी से जीवनयापन करते हैं," चौधरी ने कहा।

"ब्रह्म लोग निश्चय ही कन्नौज, मिथिला से आये लोग हैं, जो रोटी-बेटी का सम्बन्ध बनाकर हम लोगों में मिल गये हैं। पुरोहिती अभी भी करते हैं," वसुन्धर ने कहा।

"इसके अलावा जो लोग हैं, वे पेशे के आधार पर कुल नाम प्राप्त करते हैं। उनकी संख्या बीस है" चौधरी ने कहा।

"ये ही लोग अर्द्ध हिन्दू-अर्द्ध बड़-कछारी बने घूम रहे हैं। हम वहीं हैं।" वसुन्धर ने कहा।

"और पुराने?" बरसठ ने जिज्ञासा रखी।

''कहते हैं कि नवगाँव और नार्थ कछार हिल्स में इनकी संख्या अस्सी है। चालीस कुल मर्दों के है, जिन्हें सेंगफांग कहते हैं। चालीस कुल औरतों के हैं, जिन्हें जूलू कहते हैं।'' वसुन्धर ने कहा।

''इसीलिए उनमें कुछ मर्दानिगी बची हुई हैं। ये घुसपैठिये उनसे पंगा लेकर देखें'।' विरंची ने कहा।

''तो क्या हमें अपने पुरातन में लौट जाना चाहिए?'' बरसठ ने जिज्ञासा रखी।

''कठिन प्रश्न है वत्स'' चौधरी ने कहा।

''ऐसा भी क्या?'' विरंची ने कहा।

''एक तो अतीत में लौटना कठिन है। जितनी समय की यात्रा हम कर आये हैं, जो परिवर्तन हमारे भौतिक जीवन में आ गया है, उसे मेटना मुश्किल है। फिर क्या गारण्टी कि वह अतीत नये समुदायों के वर्तमान, मेरा मतलब है, जिनसे हमारा संघर्ष हो रहा है, का मुकाबिला करने में सक्षम होगा।'' चौधरी ने कहा।

''हमें भी लगता है कि अतीत की बात कर एक जैसे अतीतवालों में एकता कराने की बात की जा सकती है, पर उसके आधार पर लड़ा भी जा सकता है, इस पर सन्देह है,'' वसुन्धर ने कहा।

''तब नवगाँव, कछार हिल्सवाले कैसे लड़ पा रहे हैं,'' विरंची ने कहा।

''वह उनका अतीत नहीं, उनका वर्तमान है। यूँ समझो कि जो हमारा अतीत है, वह उनका वर्तमान है। इसलिए वे लड़ पा रहे हैं। वर्तमान से अतीत में जाते तो नहीं लड़ पाते।''

''यानी एक बार जो छूट गया, सो छूट गया, और जो बचा रह गया वह बचा रह गया,'' विरंची ने कहा।

''यानी जो है लड़ाई उसी के आधार पर की जा सकती है'' बरसठ ने कहा।

इसी तरह की बातें करते, अनेक गाँव के लोगों को अपने साथ जोड़ते वे लोग तीसरे दिन सुबह मिट्ठनगुड़ी पहुँचे।

दिन सात घड़ी चढ़ आया है। दिपरा नाला मन्द-मन्द बह रहा है। बरसात में गर्जन-तर्जन करता, किनारों की सीमा को धता बताता, पहले लोगों के खेतों में घुसता है, फिर गावों के घरों में। वह उत्पात मचाता है कि नेता लोग राहत के लिए सरकार से गुहार करने लगते हैं। किन्तु इस वक्त मरे साँप की तरह भू-लुण्ठित है। उसके एक किनारे पर पुलिस डटी है, दूसरे किनारे पर लोग। सिपाहियों के हाथों में राइफलें हैं, डण्डे हैं। उनकी संख्या पचास-साठ है। लोगों के हाथों में डण्डे हैं, भाले हैं, तीर-धनुष हैं। इनकी संख्या ढाई-तीन सौ है। पुलिस का नेतृत्व इन्स्पेक्टर श्यामल दत्त कर रहे हैं, वे बड़पेटा सर्किल के इन्चार्ज हैं। लोगों का नेतृत्व लम्बोदर साइकिया कर रहा है। वह लोगों को

विश्वासी और जोसेफ मिंज का लेफ्टीनेण्ट है। इन्स्पेक्टर उसे पहचान कर नमस्कार करता है, "बातचीत करने के लिए इस पार आ जाओ।"

यह ठीक बात है कि बातचीत हो, पर बातचीत करने मैं उस पार जाऊँ, यह ठीक नहीं है। वह इन्स्पेक्टर को ही इस पार आने के लिए आमन्त्रित करता है। इन्स्पेक्टर देख रहा है कि उधर लोगों की संख्या काफी है और बढ़ती ही जा रही है। उनके चेहरे पर नेक इरादे नहीं हैं। जब संख्या इतनी न थी, तब रमजान को मार चुके हैं, घर ही फूँक डाला है। अब संख्या अधिक है। ठीक है, तब पुलिस वहाँ नहीं थी, अब काफी हथियारबन्द पुलिस है और वह मुँह देखने के लिए नहीं है। लोग इसे जानते हैं। पर, हल्ला-गुल्ला में कब किसका रुख क्या हो जाय, कहा नहीं जा सकता। भीड़ का एक अपना मनोविज्ञान होता है। वह व्यक्ति के मनोविज्ञान से भिन्न होता है। अच्छा-खासा भद्र आदमी हिंसक बन जाता है। हिंसक आदमी भजन करने लगता है। तो भी वह भीड़ से सुरक्षा की गारण्टी माँगता है। लम्बोदर तुरन्त देता है। इन्स्पेक्टर सिपाहियों को समझाता है कि यदि भीड़ उसे कब्जे में ले या मारने-पीटने लगे तो गोली चलाते फौरन उस पार आ जाये। पुलिसवाले गम्भीर और सावधान हो जाते हैं। इन्स्पेक्टर श्यामल दत्त जूते उतार कर हाथ में ले लेता है। पैण्ट जितना मोड़ सकता है, मोड़ लेता है और ठेहुन भर पानी पार कर लम्बोदर की तरफ आ जाता है।

भीड़ से हटकर दोनों एक सूखी जमीन पर बैठ जाते हैं। श्यामल दत्त मियाँ लोगों द्वारा लिखायी गयी एफ.आई.आर. के बारे में बताता है और कहता है कि बिना कुछ कछारियों को गिरफ्तार किये कोई और विकल्प नहीं है। लम्बोदर जोसेफ मिंज द्वारा लिखायी गयी एफ.आई.आर. के बारे में बताता है और कहता है कि चूँकि मिंज ने पहले एफ.आई. आर. लिखाया था, इसलिए पहले कुछ मिट्ठनगुड़ीवासियों की गिरफ्तारी होनी चाहिए इन्स्पेक्टर कहता है कि उन्होंने कत्ल नहीं किया है।

"कैसे नहीं किया है? जो जली लाशें मिली हैं, उनमें कई कछारियों की हैं।" लम्बोदर कहता है।

"पर पहले हमला कछारियों ने किया, पहले रमजान मारा गया।"

"भले ही रमजान मारा गया हो, पर हमला तो पहले भीतरगाँववालों ने ही किया रमजान की बखरी में। मिंज के लोगों ने आत्मरक्षा में हाथ उठाया।"

"इसका फैसला तो अदालत में होगा। हमारे हुज्जत करने से कुछ न होगा। असल सवाल गिरफ्तारी की है।"

"आप पहले घुसपैठियों को गिरफ्तार कर दिखायें। हमारे आदमी स्वयं गिरफ्तारी दे देंगे। हाँ, यदि मुकाबिला करना चाहते हैं तो हमारे आदमी उसके लिए भी तैयार हैं।"

"तैयार तो हम भी बैठे हैं।"

इन्स्पेक्टर को लगा कि और कोई रास्ता नहीं है। गाँव लगभग घिरा हुआ है। वे उठकर नाले के उस तरफ गये। कुछ सिपाहियों को लेकर गाँव में घुसे। पूरा गाँव तमाशा देख रहा था। उनमें से कुछ जवानों को पकड़ा तो शोर उठने लगा। श्यामल दत्त ने लोगों को समझाया कि यह सब दिखाने के लिए है। "भई क्रास केस तो हुआ ही है। आप लोगों का पक्ष मजबूत है। गिरफ्तार लोग तुरन्त अदालत से छूट जायेंगे। किन्तु बड़ लोग आसानी से नहीं छूट पायेंगे। उनको बिना किसी खून-खराबे के गिरफ्तार करने के लिए यह दिखावा जरूरी है। देख ही रहे हैं वे हथियार लेकर आये हैं। यदि यह दिखावा नहीं किया गया तो गिरफ्तारी देने के बजाय वे हमला कर सकते हैं।"

"उनकी गिरफ्तारी की जिम्मेदारी आप पर है। रही बात हथियार की तो हम भी लेकर खड़े हो जाते हैं।"

तभी कुछ बुजुर्गों ने राय दी कि मामला को तूल देने की जरूरत नहीं है। "हम लोग तुम लोगों को छुड़ाने का इन्तजाम करते हैं। तुम लोग जाओ।"

लोगों को लगा कि ऐसी परिस्थिति में यही ठीक है। दस लोगों ने गिरफ्तारी दे दी। उन्हें लेकर इन्स्पेक्टर ने बड़ लोगों को दिखाया। लोगों में खुशी की लहर दौड़ गयी। यह पहली बार हो रहा था कि कछारियों से लड़ने के लिए बाँग्लादेशी घुसपैठिये थोक के भाव गिरफ्तार किये गये थे। इसके पहले लोगों की यही धारणा रहती थी कि पुलिस घुसपैठियों के इलाके में घुसती ही नहीं—वह उनकी एकता से इतनी डरती है। लम्बोदर साइकिया को लगा कि बड़-कछारी लोगों में घुसपैठियों को लेकर पहली बार आत्मविश्वास जगा है। इसे बनाये रखना है। कैसे—यह बाद में सोचा जायेगा। अभी तो गिरफ्तारी देनी है। कुछ लोग लम्बोदर को राय देते हैं कि वह अपनी गिरफ्तारी न दे। इससे नेतृत्व को धक्का लगेगा। लम्बोदर समझाता है, "मैं गिरफ्तारी न दूँगा तो लोग समझेंगे कि हम उन्हें उकसा कर मरवा देते हैं और अपने सुरक्षित रह जाते हैं। यह आन्दोलन का बूर्जुआ ढंग है। लोगों में विश्वास पैदा करने के लिए नेता का गिरफ्तार होना और सजा काटना जरूरी है। रही बात नेतृत्व की, तो जोसेफ मिंज है ही। हम तो उसके कार्यकर्त्ता हैं।" वह आगे बढ़कर गिरफ्तारी देता है और दूसरो को इशारा करता है। लोग अपने हरबा-हथियार फेंककर गिरफ्तारी के लिए पंक्ति बना लेते हैं। उनमें वसुन्धर को देखकर लम्बोदर ऐसा न करने का इशारा करता है। पर वसुन्धर खड़ा रहता है। तब वसुन्धर के पास आकर कहता है, "आप कचहरी आते-जाते हैं। मुकदमेबाजी का अनुभव है। हमें छुड़ाने का इन्तजाम करें।"

वसुन्धर पंक्ति से बाहर निकल आया। उसके पीछे-पीछे चौधरी भी निकल आया। रूपनबारी तो पहले ही लाइन में नहीं लगा था। वह तो सिर्फ तमाशा देखने आया था कि क्या होता है। वैसा ही वह अपने यहाँ करेगा। विरंची का नाम बरकतुल्लाह ने लिख लिया था। विरंची गिरफ्तार नहीं होना चाहता था। वह धरना-प्रदर्शन-जुलूस संगठिन करना

चाहता था। पर जाना पड़ा। बरकतुल्लाह थाने के दो हवलदारों की मदद कर रहा था, गिरफ्तार होनेवालों के नाम-पता लिखने-लिखाने में। नाम लिखानेवालों का ताँता टूटता ही नहीं है। कोई सत्तर लोगों के नाम लिखे जाने के बाद इन्स्पेक्टर श्यामल दत्त कहता है, ''इससे अधिक लोगों को ले जाने के लिए साधन नहीं है।''

''हम लोग तो पैदल ही चले चलेंगे आप जहाँ कहेंगे।'' बरसठ कहता है।

इन्स्पेक्टर को उसकी बात बुरी नहीं लगी। अपनी आराजी बचाने का इन लोगों के पास और कोई साधन नहीं है, उसने सोचा। उसने मियाँ लोगों और कछारी लोगों को अलग-अलग गाड़ियों में बिठाया। पुलिसवालों को चढ़ाया और सबको लेकर जिला मुख्यालय चल दिया।

भीड़ छँटने लगी। तमाम दूसरे लोगों ने अपने-अपने गाँव की ओर रुख किया। उन्हें तमाम लोगों को इस विजय के बारे में बताना है। अकेले वसुन्धर को कुछ सुझायी नहीं देता कि वह क्या करे, क्या न करे। तुरन्त अदालत जाने का कोई फायदा नहीं। अभी तो इन्हें कुछ दिन जेल में रहना ही पड़ेगा। जमानत के लिए अर्जी डालनी पड़ेगी। उसके लिए पैसा चाहिए। उम्दा वकील ढूँढ़ना पड़ेगा। सम्भवतः गुवाहाटी से बुलाना होगा। तब वह पैसा जुटाने के अभियान में निकले क्या? पर तब उससे भी जरूरी है इस घटना का प्रभावशाली ढंग से भरपूर प्रचार करना। इससे बड़-कछारी लोगों का मनोबल बढ़ेगा। उसके लिए क्या किया जा सकता है? वही धरना-प्रदर्शन। इससे सरकार पर दबाव भी बढ़ेगा। उसके लिए आदमी चाहिए। वे तो उसके पास हैं नहीं। विनायक के पास हैं। पर क्या वह सहयोग करेगा? हमने तो उसे वोट नहीं दिया। वोट तो प्लेन ट्राइबल एसोसिएशन को दिया है। क्या वे इस मौके पर साथ देंगे? अभी तक का अनुभव तो यही रहा है कि जीतने वाला पलट कर जितानेवालों के पास नहीं आता। उसका पता नहीं चलता कि वह कहाँ है। पता चल भी जाय तो सुनता नहीं। जब अगला चुनाव छह माह रह जायेगा, तक उसके दर्शन होंगे, सुनेगा भी।

वसुन्धर ने चौधरी से बात की। चौधरी ने कहा, ''भले ही हमने वोट पी.टी.ए. को दिया है किन्तु व्यक्तिगत रूप से न वह हमें पहचानता है, न हम उसे पहचानते हैं। भला वह हमें क्या तवज्जह देगा? हो सकता है कि दिल्ली में हो। हम भागकर जायँ तो मिले ही न।''

वसुन्धर ने समझाया, ''मिलने-जुलने से ही पहचान होगी। यह समाज का मामला है। कोई निजी मामला नहीं है कि सन्तोष कर चुप बैठ जाया जाय।''

''तब मैं गुवाहाटी जाता हूँ,'' चौधरी ने कहा।

''हाँ, मैं गोगागाँव चलता हूँ,'' वसुन्धर ने कहा।

15

उमर भोग खोजती है। उसके लिए कितना प्रयत्न किया है। इन्स्पेक्टर श्यामल दत्त तैयार नहीं था। आन गाँव का छोकरा है, केस कमजोर हो जायेगा। जिरह में तुरन्त पूछा जायेगा इतनी दूर से वह मिट्ठनगुड़ी कैसे पहुँच गया? मिंज के दल का आदमी है। बक्सा में रहकर हथियार चलाना सीखा है, इसी दिन के लिए न। इसको सिद्ध करने के लिए प्रमाण चाहिए। वह जुटाना पुलिस का काम है। उसका काम सूचना देना है। फिर भी श्यामल नहीं मान रहा था। वह तो जब सूची बनाने में हवलदारों की सहायता करने का मौका मिला, तब उसने इसका लाभ उठाया। पहला नाम विरंची का ही लिखा। क्या ऐसे ही? बड़ा खतरनाक आदमी है। आन्दोलन के लिए उसी ने तो कूद-कूद कर, गाँव-गाँव घूम कर आदमी जुटाया था। मंगलदोई में गिरफ्तार हुआ था। वह रिकार्ड में है। आन्दोलन से कुछ हुआ नहीं। उसी से खींझकर वह हथियारबन्दों से मिल गया है। ट्रेनिंग ली है। अब मार-धाड़ में उसका व्यावहारिक उपयोग कर रहा है। उसी के अभ्यास के लिए वह मिट्ठनगुड़ी गया था। छूटा रहा तो बड़ा उपद्रव करेगा। इन्स्पेक्टर के नाक में दम कर देगा। इतना सब समझाने पर दत्ता माना। गये बेटा चार-छह महीने के लिए। केस की ठीक से पैरवी हो गयी तो दस साल तय है। जब खाली था—वही मंगलदोई जेल से लौटने के बाद—तो जहाँ पाता था, वहीं धमका देता था। एक दिन तो दाव की धार ही उँगलियों से करकराया था। अब देखता हूँ। मौका मिला तो।

नदी पारकर वह चढ़ाई पर पैदल ही चला जा रहा था, यह सब सोचते हुए। उसे हमेशा लगता था, कि यह चढ़ाई जान-बूझकर उसी के लिए बनायी गयी है कि वह साइकिल चला कर पाकुड़ न जा सके। फिर भी जाऊँगा। वह जवानी ही क्या, जिसकी कोई कहानी न हो। सूर्य उसके पीछे है, उसकी किरणे उसके आगे। आयु-वर के पेड़ का सिरा दिखने लगा था। वह पत्तों से लदी पतली टहनी झौरिया-झौरियाकर हिल रही थी। थोड़ा और चढ़ेगा तो मध्यभाग दिखेगा, और चढ़ जायेगा तो जड़ समेत तना। वहीं पोचई भट्ठी सुलगा रहा होगा। हो सकता है कि लक्ष्मी भी आयी हो। जब से वह दुकान पर आने लगी है, दुकान चल निकली है। पहले सिर्फ यात्री लोग रुककर चाय पीते थे। कभी-कभार वसुन्धर और चौधरी जैसे लोग आ जाते थे आपस में मिलने के लिए। आधी दूरी एक तय करता था, आधी दूरी दूसरा। दोनों को सुभीता होती थी। अब पाँच गाँव के युवक जुटने लगे हैं। अधिकांश निठल्ले हैं। चार-छह अक्षर पढ़ क्या लिया है, पुश्तैनी काम करना छोड़ दिया है। उसे पिछड़ापन का लक्षण मानते हैं। नया काम यानी नौकरी मिलती नहीं, तो भी परिवारवालों की कमाई पर मटरगश्ती करते हैं। बाहर नौकरी करने जायेंगे नहीं : असमिया मानुस बाहर कमाने नहीं जाता, बाहर का मानुस असम में कमाने आता है। यानी असम में जो काम है, उसे असमिया मानुस नहीं करता। हम भी नहीं करते। हमारे न करने से

कौन रूप नारायण दुबली होती जा रही है। हम तो भाई यहाँ आँख सेंकने आते हैं। उसकी आग सिर्फ लक्ष्मी में ही नहीं है, मछली पकड़नेवालियों में भी है, घास काटनेवालियों में है, कपड़ा धोनेवालियों में भी है। उस आग में सबका साझा है।

पोचई इसे बढ़ावा ही देता है। बेटी को इसीलिए बुलाया है। असम की सामान्य व्यवहृति है दुकान पर स्त्री का बैठना। लोग बैठते हैं, तो चाय पिलाती हैं। अब बिस्कुट, डबलरोटी, तम्बाकू, बीड़ी, सिगरेट, नमक, मिर्चा, हल्दी, चूटीला, सिन्दूर, बिन्दी भी रखने लगा है। यही गति रही तो मद और मिट्टी का तेल, चीनी और सूखे मेवे भी रखने लगेगा।

वह दुकान पर पहुँचा तो वहाँ कोई नहीं था। लोगों के आने का समय नहीं हुआ था। सिर्फ पोचई भट्ठी सुलगा, झाडू लगा चुका था और बीड़ी सुलगा कश खींच रहा था। उसने साइकिल को पेड़ से अड़ाकर खड़ा किया और पोचई को वहीं से सलाम किया। पोचई ने ओंठों में बीड़ी दबाये ही सलाम का जवाब दिया। उसमें जोड़ा 'अहक' (यानी आइये) वह आ गया तो कहा, 'बहक' (यानी बैठिये)। बरकतुल्लाह ने बैठते ही कहा, "निखालिस दूध की चाय बनाओ, चीनी की जगह शहद डालकर।

"शहद तो है, पर दूध अभी नहीं आया है।"

बरकतुल्लाह को अचानक एहसास हुआ कि कछारी लोग चलो चाय के बहाने ही दूध इस्तेमाल करने लगे हैं। यानी उनका मंगोलपना कुछ-कुछ समाप्त हो रहा है। आगे ये पीने भी लगेंगे। पहले रसगुल्ला और गुलाबजामुन खाते थे तो पेट खराब हो जाता था। दही में कोई स्वाद नहीं मिलता था। अब गुवाहाटी में सटासट लीलते हैं। दही के साथ आलू का पराठा खाते हैं। यह सब बंगालियों की सोहबत का परिणाम है। कहा, "क्यों भल?"

"उसे लेकर लक्ष्मी आयेगी।"

"अभी आयी नहीं?"

"धान उसीनने के लिए चढ़ाया था। उसीन कर फैलाकर आयेगी।"

यानी आयेगी जरूर। तो रास्ते में ही मिल लेना ठीक होगा। हँसती है, बोलती है, पास आकर बैठ भी जाती है, पर कहीं अकेले नहीं चलती है। कुछ-न-कुछ कहकर टाल जाती है। कितनी सौगातें दे चुका हूँ, कितने उपहार दे चुका हूँ। सब रख लेती है, पर उपकृत नहीं करती। आज मौका मिल सकता है। कहा, "जब बिना दूध की ही चाय बनानी है, तो जल्दी छान दो। आज विधुना तक वसूली के लिए जाना है। तहसीलदार एकदम से पीछे पड़ गया है।"

"क्या बताया नहीं है?"

"सब बताया है। क्या वह खुद नहीं जानता कि घुसपैठियों के चलते उत्पादन की क्या दशा हो रही है? प、 वह मानता ही नहीं।"

"कहते क्यों नहीं कि मालगुजारी बहिरागतों से उगाही जाय?"

"भला यह कैसे सम्भव है?... ठीक भी है। तब रसीद उनके नाम बनेगी। वह उनके कब्जे का सबूत होगा। बड़ लोगों का हक मारा जायेगा।"

"अरे वाह! जब वह बड़ लोगों के हक में सबूत नहीं है, तब वह मियाँ लोगों के पक्ष में सबूत कैसे हो जायेगा?"

"इस सरकार का कोई भरोसा नहीं डांगोरिया। वह कुछ भी कर सकती है।"

पोचई को लगा कि तब ठीक ही है जो घुसपैठियों से लगान नहीं लिया जाता। तब यह भी ठीक है कि भले ही खेत बड़-कछारियों के कब्जे में न रह गया हो, लगान उन्हीं से लिया जाता है। शायद कभी मिल्कियत का सबूत बने।

चाय उबल गयी थी। पोचई दो गिलासों में छानकर लाया। बरकतुल्लाह ने सभी बिस्कुटों में से एक-एक और एक बन्द लाने को कहा। पोचई बड़ा खुश हुआ और तुरन्त एक प्लेट में सजा कर लाया। बन्द को चीर कर शहद पोत दिया। कहा, "लगता है आज घर से खाकर नहीं चले?"

"चला तो हूँ खाकर, पर यहाँ आते-आते भूख लग गयी। फिर दिन-भर कुछ मिलेगा नहीं। कोटा पूरा कर चलना ही ठीक है। बन्द को खाते हुए कहा, "मक्खन और जाम-साम भी रखा करो। लक्ष्मी तो आने लगी है। मछली का कबाब बनाकर या वैसे ही तलकर रखा करो।"

उसने दूसरी बात पर ध्यान नहीं दिया। पर पहली बात पर कहा, "उसके लिए मंगलदोई जाना पड़ेगा। दो दिन लग जायेगा, मक्खन खराब भी जल्दी होता है। कौन झंझट में पड़े।"

"छोड़ो। मैं तो जाता रहता हूँ। लाकर रख दूँगा।"

उसने सब-कुछ खाकर चाय पी लिया तो पाँच रुपये नोट बढ़ा दिया। पोचई ने कहा, "चिल्लर नहीं है।"

"रख लो। मैं तो आता ही रहता हूँ।"

पोचई को लगा कि वह पढ़ा-लिखा होता तो हिसाब रखने में सुविधा होती। फिर भी वह एक कापी रखेगा। इन लिखे-पढ़े लोगों से ही टंकवा लेगा।

बरकतुल्लाह उठकर साइकिल लेने बढ़ा। तभी उसे छवर पर स्त्रियाँ आते दिखीं। उनके कन्धे पर जखाईं और पाल्हा था। लगता था वे नदी की सभी मछलियाँ आज ही पकड़ लेंगी। रूप नारायण बस नारायण-ही-नारायण रह जायेगी। उसका रूप इन स्त्रियों में गुम हो जायेगा। वह उन्हें एक-एक कर, अलग-अलग कर देखने लगा। उनमें लक्ष्मी नहीं थी।

साइकिल पर चढ़कर उसने पैडिल मारा और धीरे-धीरे पाकुड़ की ओर बढ़ने लगा। तेज चलना ठीक नहीं था। कहीं ऐसा न हो कि वह पाकुड़ पहुँच जाय और लक्ष्मी न मिले। लक्ष्मी से रास्ते में ही मिलना ठीक है। दूसरे लोग होते हैं तो बहुत छटकती है। अब देखता हूँ।

उसने दूर तक, बिल्कुल पाकुड़ गाँव तक दृष्टि दौड़ायी। वह कहीं नजर न आयी। वह क्या करे। साइकिल से उतरकर वह पैदल ही चलने लगा। सोचने लगा कि हो सकता है कि आज उसका इरादा दुकान आने का न हो। धान उसिना कर सुखाने का इरादा हो। तब तो बड़ा गड़बड़ हो जायेगा। तो भी वह प्रतीक्षा करेगा। ऐसा करते-करते वह दो मील चला आया। गाँव बस कोस भर से भी कम आगे था। वहीं एक हल्का-सा मोड़ था। अन्यथा रूप नारायण से पाकुड़ गाँव तक सड़क एकदम सीधी थी। ऐसी कि इस छोर से उस छोर तक सीधा देखा जा सके। इस मोड़ पर छवर के एक तरफ पटुआ बोया हुआ था। उनकी ऊँचाई मुश्किल से आदमी की ऊँचाई के बराबर थी। दूसरी तरफ ईख बोयी हुई थी। तैयार ईख को कबका काट कर पेर लिया गया था। पेड़ी बची थी। वह बढ़ रही थी। उसने साइकिल को पटुए के खेत में ढकेल दिया इस तरह से कि वह भरसक दिखे न। अपने गन्ने की खूँटी में जाकर बैठ गया। बैठे रहने में सुविधा यह थी कि कोई देखे तो समझे कि वह शौच के लिए बैठा है।

काफी समय बीत गया। धूप प्रखर हो गयी और किरणें गात को जलाने लगीं। तो भी वह बैठा रहा, चप्पल को आसन बनाकर। वह बार-बार सिर उठाकर पाकुड़ की ओर देख रहा था। तभी वह आती दिखी। केश खुले थे। बदन पर ब्लाउज कसी थी, कमर से लुंगी। हाथ में मेटिया थी, जिसमें दूध होगा। वह निरापद रास्ते पर अपने में मगन चली आ रही थी। उसके पाँव हंस के पाव की तरह उठ-बैठ रहे थे, कमर बलखा-बलखा जा रही थी। बरकतुल्लाह उसके सौन्दर्य पर मुग्ध हो गया।

वह उठकर छवर पारकर पटुए के खेत की ओर चला गया ओर मोड़ पर खड़ा होकर उसकी प्रतीक्षा करने लगा। तभी वह आयी और देखते ही मुस्करा दी। मुस्करा कर ही बरकतुल्लाह ने कहा, "बड़ी देर से जा रही हो।"

"तुम यहाँ क्या कर रहे हो?"

"तुम्हारी प्रतीक्षा।"

"झूठ।"

"भला क्यों?"

"तुम मेरी प्रतीक्षा क्यो करोगे?"

"वह तो मैं रोज करता हूँ।"

वह हँस दी और बरकत को पार कर जाने लगी। बरकत ने लपककर उसे पकड़ लिया। शायद इसके लिए वह तैयार थी। मेटिया जमीन पर रख दिया और टिपाकर भागी। बरकत ने उसे दौड़ाया। कवई काटकर पटुए के खेत में घुस गयी। उसके पीछे बरकत भी घुसा और पीछे से पकड़ लिया। वह घूम कर खड़ी हो गयी। कहा, "क्या चाहते हो?"

"तुम नहीं जानती?"

"नहीं।"

दोनों कुछ पल तक एक-दूसरे को देखते अपनी साँसों पर नियन्त्रण करते रहे। फिर बरकत ने कहा, "बैठो न।"

"क्यों?"

"कुछ बात करते हैं।"

"नहीं।"

"क्यों?"

"यहाँ नहीं, दुकान पर चलो।"

"वहाँ से होकर आ रहा हूँ।"

वह चलने को हुई। बरकत से उसका एक हाथ पकड़ लिया। फिर दूसरा। फिर खींचकर अपने से सटा लिया।

जब लोग पुलिस को समर्पण कर रहे थे तब रूपनबारी लोगों के हथियारों को बड़े गौर से देख रहा था। एक युवक जब तीर धनुष के साथ समर्पण करने गया तो रूपन ने उन्हें माँग लिया। समर्पणकर्त्ता को लगा कि इतने श्रम से बनाया उसका हथियार जाया न हो जाये, इसलिए उसने खुशी-खुशी सौंप दिया। पुलिस को सौंपने के लिए रूपन ने उसे अपनी गोजी थमा दी। वह मिट्ठनगुड़ी से चला तो रास्ते-भर जहाँ भी मौका मिलता तीर चलाने का अभ्यास करता जाऊगाँव पहुँचा। रास्ते-भर लगता रहा कि उसकी भुजाओं में जितनी ताकत है उसके अनुपात में धनुष कुछ ज्यादे ही कड़ा है। यदि यह जवानी में मिल गया होता तो क्या बात होती? पर अभ्यास से कुछ कौशल प्राप्त कर लिया। अब इसका उपयोग वह मियाँपाड़ा के लोगों के विरुद्ध कर सकता है, यदि मौका मिला तो।

मौका मिलना ही था। वसुन्धर के पासवाला खेत उन्होंने कब्जा कर ही रखा था। निश्चय ही उन्होंने अब तक जोत लिया होगा। वह आजकल में उसे स्वयं जोतने जायेगा और वह तीन-कमान लेकर जायेगा। अभी वह गाँव पहुँचकर आराम कर ही रहा था कि सिरजा आया और कहा, "आपका पाकड़वाला खेत भी मियाँ लोगों ने जोत लिया है।"

"कब,"

"अभी कल-परसों में, जब आप यहाँ नहीं थे।"

रूपन ने सोचा, यह अच्छी रही। मैं चला था दूसरों का खेत बचाने और यहाँ मेरा रहा-सहा खेत भी जुत गया। आखिर क्या हो गया है, इन घुसपैठियों को। इतनी मार-पीट हो रही है। रमजान जैसा दबंग और इन लोगों का रक्षक मार डाला गया, फिर भी इनकी आँख नहीं खुल रही है। दरअसल इस इलाके में अभी कोई खून-खराबा नहीं हुआ—जाऊगाँव पाकुड़ का पानी वैसे ही बड़ा कच्चा माना जाता है—इसलिए इनका मन बढ़ा हुआ है। भाई हो! हरका मानता है, परका नहीं। हो सकता है यह शुभ काम मेरे ही हाथों हो।' पूछा, "और किसका-किसका खेत कब्जा हुआ है?"

"सबका, जिनका पाकड़ के पास है।" इतना कहकर वह खेलने चला गया। साथ ही रूपन की नींद गायब कर गया। रूपन ने बार-बार करवट बदला। सोचा कि एक गहरी झपकी आ जाय तो तन की हरारत दूर हो जाय। हफ्ते भर से जमीन पर सो रहा है, वह भी एक चट्टी बिछाकर हाथ का तकिया बनाकर। आज बिस्तर पर सोने का मौका मिला है तो नींद ही उचट गयी है।

वह हाथ-मुँह धोकर बाहर निकला। कन्तु अपनी पत्नी के साथ बैठा चावल फटकवा रहा था। रूपन ने कहा, "इस साल तो पटक रहे हो। अगली साल क्या करोगे?"

कन्तु ने पलट कर देखा। जहाँ रूपन को देखने-सुनने का उत्साह जगा, वहीं उसकी बात से कट मरा। चेहरा उदास हो गया। उसे दबाते हुए कहा, "आओ-आओ। सुनाओ कैसा रहा मिट्ठनगुड़ी का लाम?" वैसे ही बैठे-बैठे अपने नीचे का पीढ़ा रूपन की ओर बढ़ा दिया। रूपन ने बैठकर सारी बात बतायी। उसे सुनने के लिए पहले अगल-बगल के लोग जुटे, फिर जिसे भी पता चला, आकर बैठ गया। अच्छी-खासी बैठक में उसने अच्छी-खासी बातें सुनायीं। फिर कहा, "सुना इस बीच हमारे और खेत कब्जा हो गये हैं?"

लोगों ने उदास आँखों से उसकी ओर देखा। उसने कहा, "आपकी उदासी ही उन्हें उत्साहित कर रही है। आखिर आप लोग कब उठ खड़े होंगे?"

"हम लोग क्या उठ खड़े होंगे? घुटनों में ताकत ही नहीं रही।" किसी ने कहा।

"ताकत बनाने से आती है कि बैठे रहने से?"

"अब हम सुखाई मछली को उबले-चावल के साथ खानेवाले लोग, उनके सामने क्या उठ खड़े होंगे, जो गोस खाते हैं। हमारी मांसपेशियों में इतना दम कहाँ?"

रूपन उनकी उदासी से भीतर तक हिल गया। उसे लगा कि ये उपदेश से नहीं, उदाहरण से समझनेवाले लोग हैं। वह उदाहरण उसे ही प्रस्तुत करना पड़ेगा। इन बूढ़ी हो रही हड्डियों में एक बार और जान फूँकना होगा, जान फूँक कर दान करना होगा। आखिर दान की हड्डियों से वृत्तासुर मारा गया था। उसकी आँखों के सामने बासा में रखा धनुष कौंध गया। उसकी चमक से उसका चेहरा दस साल पहले का हो गया। पता नहीं किससे सुना था कि मनुष्य में जो सर्वोत्तम होता है, वह युद्ध में दिखायी देता है। युद्ध का समय आ गया है, उसका भी सर्वोत्तम आप लोग देख लें।

लोग एक-एक कर उठकर जा चुके थे। पतजुग के नीचे आज यु लिन कोई पुरानी कहानी सुनानेवाला था। चाँद-सूरज का। अकेले में रूपन ने कन्तु से पूछा, "तुम मेरा साथ दोगे?"

कन्तु ने रूपन को गौर से देखा। उसे लगा कि यदि वह "ना" कह देगा तो रूपन की सम्भवतः धड़कन ही बन्द हो जायेगी कहा, "हाँ।"

"सच्ची?"

"हाँ, सच्ची।"

"खेत में चलना होगा। हल लेकर।"

"भाला भी लेकर चलूँगा।"

रूपन ने उसे गौर से देखा। फिर उठ गया। पतजुग के नीचे अच्छी खासी भीड़ थी। सूरज के ढलने में अभी देरी थी। उसकी किरणें पतजुग की पुरानी, पीली पड़ रही पत्तियों पर पड़ रही थीं। उससे वे गहरी नीली लग रही थीं। नयी पत्तियाँ सुनहरापन लिये हरी लग रही थीं। यह ऐसा वृक्ष है, जिसकी पत्तियाँ निरन्तर पुनर्नवा होती रहती है। पुरानी पत्तियाँ खामोश झड़ती रहती हैं, नयी पत्तियाँ चुपचाप जुड़ती रहती है। पता ही नहीं चलता कब यौवन आया, कब बुढ़ापा। इसीलिए पछीमा लोग इसे जंगली अशोक कहते हैं। रावण की अशोक वाटिका में यही प्रधान पेड़ था। इसका बीज बड़ी मुश्किल से फूटता है। इसलिए इक्का-दुक्का ही देखने को मिलता है। यह जाऊगाँव का भाग्य है कि यहाँ यह पेड़ है। और उसके नीचे यु लिन कथा सुनाता है। यु लिन भी दुर्लभ आदमी है, उसका कथा कहना और भी दुर्लभ कर्म। भला ऐसा होता है किसी और गाँव में!

सबसे आगे की पंक्ति में बरसठ बैठा हुआ था। उसे देखकर यु लिन ने कहा, "एक भाई ने जिज्ञासा रखी है कि हमारे दुःखों का अन्त क्या ईसाई हो जाने से होगा? भाई का ईसाई होने का मतलब ईसा के शब्दों में विश्वास कर उनके जैसा आचरण करने से नहीं है..."

लोगों की जिज्ञासा बढ़ी। युलिन इसे खूब जानता था। उसका भरपूर उपयोग करते हुए कहा, "भाई का मतलब यह नहीं है कि कोई आपके दाहिने गाल पर एक थप्पड़ मारे तो आप बायीं गाल भी बढ़ा दें। उसका मतलब इतने सहिष्णु होने से नहीं है। उसका मतलब अलीवर क्रामबेल से है। यानी राजा चार्ल्स यदि लोगों को सताये तो उसे बलात् सत्ताच्युत ही कर दिया जाना चाहिए और थप्पड़ मारनेवाले का हाथ तोड़ दिया जाना चाहिए।"

लोगों ने उसकी बात का निहितार्थ खूब समझा। किसी ने सीधे-सीधे ही पूछ लिया, "क्या इससे बहिरागतों से मुकाबिला हो सकेगा?"

"वही तो कह रहा हूँ।" यु लिन कुछ क्षण चुप रहा, फिर कहा, "मत परिवर्तन करने से आपके बाह्य आचरण में तो कुछ परिवर्तन आ सकता है, पर आपके व्यक्तित्व का आमूल-चूल परिवर्तन भला कैसे होगा? आपके दिल में जिस कायरता का राज है, वह भला कैसे भाग परायेगा? आप कह सकते हैं कि आपके आचरण से, आदमी की बदली सोच से। वह तो आप अपने पुराने धर्म में रहते हुए भी कर सकते हैं।"

किसी ने कहा, "आचरण व्यक्तिगत व्यापार है। समूह में वह आचरण देखा-देखी किया जाता है, इसलिए उसमें जान नहीं है।"

"यही तो। भाई का प्रश्न है कि हम बड़-कछारी सभी-के-सभी ईसाई हो जायँ तो क्या हमारा भला होगा? – हम बहिरगतों से मुकाबिला कर पायेंगे? इनके सामने जोसफ मिंज का उदाहरण है। उसे ये सर्वव्यापी बनाना चाहते हैं।"

वह रुका। श्रोता मण्डली का सिंहावलोकन किया। फिर कहा, "मैं एक उदाहरण देता हूँ। बाबासाहब अम्बेडकर मुख्य भूमि से एक बड़े नेता हुए हैं। दलितों की स्थिति से उन्हें बेहद दुःख था। उसके लिए बहुत संघर्ष किया। उन्हें लगा कि हिन्दू धर्म में वर्ण-व्यवस्था की ऐसी कसी स्थिति है कि उससे मुक्त होने के लिए वह जितना ही छटपटायेगा उतना ही और अधिक कसता जायेगा। घुटकर मर जायेगा। इसलिए उसे त्याग देना ही अच्छा है। वे अपने अनुयायियों के साथ बौद्ध बन गये। क्या वे मुक्त हो गये हैं?"

प्रश्न पूछकर वे मौन हो गये। मौन पूरी श्रोतामण्डली भी थी। उस पर एक उड़ती दृष्टि डालकर यु लिन ने कहा, "नहीं हुए। आज भी लड़ाई जारी है। और यह लड़ाई हिन्दू बनाम बौद्ध की नहीं है। बौद्ध के भीतर भी लड़ाई है। बहिरांग देखो तो हिन्दू धर्म की जकड़ से मुक्त होने के लिए पूरा बंगाल ही बौद्ध हो गया था। पूरा बिहार बौद्ध बन गया था। क्या वह मुक्त हो पाया? नहीं। उसी मुक्ति के लिए वे मुसलमान बने बौद्ध धर्म के पतन के बाद। क्या उससे उन्हें मुक्ति मिल गयी? नहीं। जो मुसलमान नहीं बने वे बौद्ध मत के पतन के बाद फिर सनातन मत के पेट में ही पैठे। वहाँ रहकर – छोड़कर नहीं – जिन लोगों ने मुक्ति की लड़ाई लड़ी उन्होंने बड़ा काम किया। देश का पूरा भक्तिकाल उसका उदाहरण है। इसलिए हम लोग यदि पूरे देश को लेकर ईसाई हो जायँ, तो भी हमारी बाह्य स्थितियाँ तो वही रहेंगी। उसमें ईसाई मत की क्या भूमिका होगी, दूर करने के लिए? ईसाई को भी उसी तरह से लड़ना होगा, जिस तरह से हिन्दू को।"

यु लिन कुछ और भी कुछ कहने जा रहा था कि बरसठ ने कहा, "मिजो, खासी, नागा सभी ईसाई हैं और लड़कर मुक्त हो रहे हैं।"

"नहीं, यह लड़ने की शक्ति उनमें ईसाई होने के नाते नहीं आयी है। अपनी जातीय, जनजातीय परम्परा से आयी है। स्वाधीनता की सर्वव्यापी भावना से आयी है। उससे उत्पन्न मूल्यबोध से आयी है। ईसाई होने से नहीं आयी है। हमारी बहिरागत की समस्या का समाधान धर्म-परिवर्तन में नहीं है।"

बैठक का उद्देश्य पूरा हो गया था। लोगों ने सूरज की ओर देखा। वह डूब रहा था। खाना खाने का समय हो गया था। लोग उठ गये।

ठीक उसी वक्त अपने मित्रों के साथ बैठा रूपन 'जू' (चावल की शराब) पी रहा था। वहाँ बैठे सभी लोग एकमत हो गये थे कि 'कर बहियाँ बल आपनी, छाँड़ परायी आस'। हमारा काम न पुलिस करने जा रही है, न जज-मजिस्ट्रेट, न कानून करने जा रहा है, न

कानून बनानेवाले। न सरकार करने जा रही है। वह उसी का काम करती है, जो स्वयं अपना काम करते हैं। इसलिए पाँच लोगों ने तय किया कि कल रूपन के खेत का कब्जा हटाने चलेंगे। जो होगा, वह देखा जायेगा।

दोपहर हो चुकी थी। गाँव में सन्नाटा पसरा था। सुबह से हो रही गतिविधियों पर विराम लग गया था। तीसरे पहर होनेवाली गतिविधियों की तैयारी हो रही थी। यु लिन दरवाजे के बाहर मोढ़े पर बैठा सामने का अनन्त विस्तार देख रहा था। एक सपाट में पूरा विस्तार विन्यस्त लग रहा था। उसको एक सीमा देने के लिए आकाश ओरमा आ रहा था। क्षितिज से काफी पहले रूप नारायण नदी बह रही थी। वहाँ तक का प्रान्तर धूसर नीला लग रहा था, जैसे एक छाया सबको रंग कर अदृश्य हो गयी हो। खाली खेतों का सपाट और यहाँ-वहाँ खड़े वृक्षों की ऊँचाइयाँ सभी उस धूसर में एक बराबर लग रही थीं। यु लिन के देखते-ही-देखते एक युवती निकली, पीठ पर बाँस की खचोली में कपड़ा लादे। वह घाट की तरह सीधी जा रही थी। कुछ अन्तराल से दूसरी युवती निकली, फिर तीसरी, चौथी, पाँचवीं, ... तभी उर्सुला निकली। खुले बाल से पीठ ढकी हुई थी। कमर से सटा कर कपड़े की खचोली लिये हुए थी। उस पर रस्सी रखी थी। आगे जाकर सिर से लटका लेगी। पिता को दरवाजे पर बैठा देखा तो कहा, "तुम्हें कुछ चाहिए तो नहीं?"

यु लिन इन्कार में सिर हिलाकर दाँतों को बन्द रखे ही मुस्करा उठा। उर्सुला ने कहा, "मैं नदी की ओर जा रही हूँ। ढेर सारे कपड़े गन्दे हो गये हैं। उन्हें एक-एक कर धो डालूँगी। उन्हें सुखा कर ले आऊँगी।"

यानी देर से आयेगी। यु लिन ने आँखों से ही सहमति का संकेत कर दिया। उर्सुला ने कहा, "तुम चाय बना पी लेना। कि बनाकर रख जाऊँ?"

"तुम जाओ," यु लिन ने कहा।

यु लिन उसको जाते देखता रहा। सोचता रहा यदि उसकी माँ होती तो ये बातें वह माँ से कहतीं। अच्छा, उसकी माँ होती तो कैसी होती? उस दिन धक्का-मुक्की में उसे देख नहीं पाया। जरूर इसी जैसी होगी। इतनी लम्बी औरतें उत्तरी चीन में होती हैं। जरूर इसके शरीर में उत्तरी चीन का अंश है। उसने देखा कि कमर पर खचोली रखने के कारण उसका गात तन गया है। वह लहरा कर तेज चल रही है। पुआन (लुंगी) को उसे थोड़ा ढीला पहनना चाहिए था। इतना कसा पुश्ता। पर उसका ब्लाउज भी तो कसा हो गया है। छोटे हो गये हैं। मंगलदोई जाने का मौका निकालना पड़ेगा। आधा दर्जन एक साथ बनवा कर लाऊँगा। माँ होती तो मेले-ठेले का बहाना कर यह खुद ही उसके साथ साल में दो-तीन बार ले आती। इधर पता नहीं क्या हो गया है कि गाँव की लड़कियाँ मेले-ठेले, नगर जाती ही नहीं। फेरीवाले ही यहाँ सारा सामान बेचने चले आते हैं। पर स्त्रियाँ वहाँ

सिर्फ सामान खरीदने थोड़े ही जाती हैं। मन बहलाने के लिए भी जाती हैं। माँ होती तो विवाह के लिए टोकती, मुझे नहीं टोकती, तो उसी से पूछती कि कौन है। मैंने माँ का धर्म निबाहा तो है, पर क्या यह धर्म भी निबाह सकता हूँ? कोई उड़नगही भी तो नहीं सुनायी देती।

अपने पालित पिता की सोच से नावाकिफ वह तेज़ गति से खेतों को पारकर घाट की ओर बढ़ रही थी। शायद उसने आगे जा रही युवतियों को देख लिया था। वह उन्हें आवाज देकर रोक नहीं सकती थी। बड़ लोग यूँ ही आवाज नहीं दिया करते। सिर्फ संकट की घड़ी में पीछे से आवाज देते हैं। हो सकता है कि वह काम निपटाने की जल्दी में तेजी से जा रही थी। शायद धूप लग रही होगी।

घाट पर पहुँचकर उर्सुला ने अगल-बगल देखा। जो स्त्रियाँ उससे पहले आ गयी थीं, वे पत्थर पर पीट-पीट कर अपने कपड़े धोने में लगी थीं। अभी किसी के भी पास किसी से बात करने की फुरसत नहीं थी। उर्सुला भी उन्हीं की तरह धुलाई में लग गयी। कोई घण्टे भर बाद सबका काम निपट गया। वे कपड़े फैलाने तट पर चढ़ आयीं। सभी पसीने और पानी से भीगी थीं। वे गोल बनाकर पानी में पैठ गयीं और नहाने लगीं। इसी में किसी ने कोई गीत कढ़ा दिया। दूसरी ने उसे झिड़क दिया, "हरजाई, इन्हें गाने की पड़ी है।" तीसरी ने कहा, "अरे किसी को बुला रही है।" चौथी ने कहा, "कहीं छिपाकर रखा है। अभी हमें निकालकर दिखायेगी।"

बातें करते, खिलखिलाते वे एक-दूसरे के पास आ गयीं। बदन की मैल छुड़ाने के लिए वे एक-दूसरे को मलने लगीं। उसी क्रम में एक-दूसरे के कपड़े उतार दिये। नंगी बदन पर ठण्डे पानी का स्पर्श बड़ा सुखद लग रहा था। सूरज तप रहा था, पर उसका ताप आक्रान्त करने की जगह उन्हें पका रहा था। वे धीरे-धीरे चुहल करने लगीं, एक-दूसरे को छेड़ने लगीं। फिर बाहर आ बदन पर से उतरे कपड़ें फींचकर ऊपर डाल आयीं। उस निरापद काल में सभी निर्वस्त्र थीं। यह कोई अनहोनी न थी। रोज ही वे ऐसा करती थीं। उधर के घाट पर पुरुषों के जाने की मनाही थी, फिर भी यदि कोई चला जाय तो वे शर्माती नहीं थीं, शर्माने का अभिनय चाहे जितना करें। उनकी जीवन शैली में उनका कोई महत्त्व नहीं था। पर ऐसा वे अपनी कौम के पुरुषों के सामने ही करती थीं। किसी दूसरी कौम का आदमी आ जाय तो वे जैसे मर जाती थीं, काठ हो जाती थीं।

कपड़े सूखने में समय लगना था। शाम को ही घर लौटना था। तब तक का समय उन्हें बिताना था। उर्सुला की एक सहेली कहीं से एक बड़ी-सी गेंद लाकर झाड़ियों में रखे हुए थी। वह निकाल लायी और पेड़ों से घिरा जो ऊपर का मैदान था उसमें चलकर खेलने का प्रस्ताव रखा। गाँव में जब उत्सव होता था, या युवाओं में जब जोश आता था, तो वे यहाँ आकर नाच-गान करते थे, विविध खेल खेलते थे। कभी-कभी साँड़ों को लड़ाया जाता था। बीहू दिनों में स्त्रियाँ अपने सर्वोत्तम वस्त्रों और गहनों से सजकर नृत्य

करती थीं। वहीं वे सातों-आठों जाकर खेलने लगीं। जल्दी ही वे पसीने से नहा उठीं और थक कर चूर हो गयीं। फिर भी खेलना जारी रखा। किसी का लात इतनी जोर का लगा कि गेंद उछलती-कूदती उत्तरी छोर की ढलान पर लुढ़कती-पुढ़कती जैसे खुले मैदान में जाने लगी। आगे एक विशाल वृक्ष था। उसकी मोटी-मोटी जड़ों में से एक में जाकर रुक गयी। उसे पकड़ने के लिए उर्सुला आगे-आगे भाग रही थी। उसके बाल हवा में पीछे की तरफ इस तरह से लहरा रहे थे कि लगता था एक विशाल बादल का टुकड़ा तार-तार हो किसी भागती चोटी में फँसा हो। गेंद को उठाते-उठाते उर्सुला चीख उठी। उसकी चीख सुनकर दूसरी लड़कियाँ भागकर उसके पास आयीं। भागकर आती उर्सुला को पकड़कर उन्होंने पूछा, "क्या हुआ?" वह बिना कोई उत्तर दिये और भागती हुई चीखकर कहा, "भागो।" उन्हें लगा कि शायद उर्सुला ने बाघ देख लिया है, जो कभी-कभार इधर आ जाते या फिर कोई साँप हो। उन्हें इस बात का दुःख हुआ कि वे निहत्थे हैं। दाव लेकर घर से आना चाहिए था। उर्सुला थोड़ी सम्हली तो कहा, "वहाँ पेड़ के पास एक मर्द है।"

"कहाँ?"

"वहाँ। वह बैठा-बैठा हमें झाँक रहा होगा।"

स्त्रियों को बड़ा क्रोध आया। उससे बढ़कर अपनी स्थिति का भान हुआ। उससे बचने के लिए वे एक हाथ सीने पर और दूसरा हाथ उरु पर रखकर पहले झाड़ियों में बैठ गयीं और जब लगा कि कोई उन्हें देखने नहीं आ रहा है तो वे उसी तरह सूख रहे कपड़ों की ओर गयीं और गीले वस्त्रों को ही पहन लिया। इतनी देर तक किसी पुरुष को उधर न आने पर उर्सुला के पास गयीं और पूछा, "वाकई कोई मर्द था कि हमें डराने के लिए शोर मचाया?"

उर्सुला ने बताया कि वहाँ वाकई एक मर्द बैठा हुआ था।

"तब वह आया क्यों नहीं?"

किसी ने कहा, "डर कर भाग गया होगा।"

किसी दूसरे ने कहा, "भद्र आदमी होगा।"

तीसरे ने कहा, "उर्सुला का चहेता होगा। इसे देखा और चला गया।"

चौथे ने कहा, "हाँ, खूब देखने लायक हुई है।"

"हूँह! अभी देखने लायक है। चार बच्चों की माँ हो चुकी होती यदि...।"

सबका ताना सुनने के बाद उर्सुला ने कहा, "पहले चलकर देखना चाहिए कि वह है कि चला गया।"

"हाँ, गेंद तो ले ही आना चाहिए।"

वे गोल बाँधकर धीरे-धीरे दबे पाँव गयीं। उन्हें इसका भय था कि वह अभी भी उन्हें चोरी-चोरी देख होगा। वे उसी वक्त यह भी सोच रही होंगी कि वह अब तक चला गया

होगा। इतनी लड़कियों को एक साथ होने पर क्या मजाल कि कोई मर्द बैठा रहे। वे जब पेड़ के पास गयीं तो देखा कि एक मर्द करवट लेकर लेटा हुआ है। उन्होंने पहले तो ढेला फेंका। उसने कोई हरकत न की तो वे एक साथ दबे पाँव उसके पास गयीं। उसे हिलाया। वह कराहता हुआ उठ बैठा। उन्होंने पूछा, "क्या हुआ?"

उसने कहा, "रास्ते में मवालियों ने सब छीन लिया और हमे मार-मार कर घायल कर दिया।"

उन्हें लगा कि आदमी वाकई घायल है। उर्सुला ने कहा, "यहाँ तो कोई दवा नहीं है। गाँव में चलो। दवा लगाकर अपने घर चले जाना।"

किसी ने पूछा, "तुम्हारा घर कहाँ है?"

उसने कोई जवाब नहीं दिया। तो भी लड़कियों को लगा कि जो बोली यह बोल रहा है, वह इधर की नहीं है। इसलिए यह इधर का आदमी नहीं है। उर्सुला ने उसे गौर से देखा। उसे लगा कि यह बड़ नहीं है। किसी और कौम का है, पर है असमिया ही। क्योंकि यह बंगाली नहीं है। हमारी कौम के लोग डकैती-छिनैती नहीं करते। हो सकता है कि बंगालियों ने किया हो। वह सहानुभूति से भर गयी। कहा, "मेरे घर चलो। मेरे पिता वैदकी जानते हैं। तुम्हें ठीक कर देंगे।"

"मेरे में चलने की शक्ति नहीं है।"

"हम उठाकर ले चलेंगे।"

"नहीं। तुम गाँव जाकर दवा ले आओ।"

उर्सुला ने कहा, "ठीक है। ये लड़कियाँ यहीं रहेंगी। तुम्हारी देख-रेख करेंगी। मैं पिता को लेकर आती हूँ।"

"नहीं। तुम सब जाओ। मैं यही रहूँगा। यहीं ले आना।"

"तुम्हें तकलीफ होगी।"

"वह तो इनके रहते भी होगी। तुम सब जाओ। वैद को भेज देना।"

दिन ढलने को था। गाँव पहुँचते-पहुँचते ढल ही जाता। वैद के आने तक शाम हो जाती। उसके साथ गाँव जाने पर अँधेरा हो जाता। उन्होंने एक बार फिर आग्रह किया, "चलो। हम सहारा देंगे।" उसने फिर इन्कार कर दिया। उन लड़कियों ने कपड़े समेटे और गाँव चल दीं। कोई डेढ़-दो घण्टे बाद यु लिन दो-तीन लोगों के साथ आया तो वहाँ कोई आदमी न मिला। उन्होंने पेड़ों को छान मारा, झाड़ियों को उटकेर डाला, आँखें जहाँ तक जायँ, वहाँ तक देख डाला। कोई आदमी न मिला।

दिन उगने से पहले ही रूपन कन्तु और अन्य चार-पाँच लोगों के साथ अपने पाकड़वाले खेत में पहुँचा। सबसे अपने हथियारों को मेड़ पर रख दिया। वे घास में छुप गये। बैलों के कन्धे पर रखे जुआठे से नधना फँसाकर हल की हरिश को जोड़ दिया और

लगे जुताई करने। उनका इरादा जुताई करना कम था, खेत कब्जा करना अधिक था, इसलिए वे हराई-से-हराई सटाकर जोतने के बजाय यहाँ-वहाँ चीरा-चारी करने लगे। पूर्व की दिशा साफ हुई तो फजीर की नमाज अदा करने के बाद मियाँ नमाजी ने मस्जिद से ही उधर की ओर देखा। हल चलता देखकर उन्हें लगा कि जो जमीन अभी मियाँपाड़ावाले कब्जा नहीं कर पाये हैं, उसकी जुताई जाऊगाँव वाले कर रहे हैं। पर शंका तो हो ही गयी। उसके समाधान के लिए एक कम उम्र के लड़के को बुलाकर उधर गौर से देखने के लिए कहा। उसने बताया कि हल रूपनबारीवाले खेत में चल रहा है और चलानेवालों में रूपनबारी भी है। बात सुनकर उन्होंने कहा, "क्या कहते हो," और फौरन अपने बेटों को आवाज देने लगे। उनकी कोई प्रतिक्रिया नहीं मिली। सामने से रफीक मियाँ चले आ रहे थे। उन्हें बुलाने को सहेजा। वे भागकर मियाँ नमाजी के घर गये और हड़ाक् से कहा "जाऊगाँववाले कई हल-बैल लेकर आये हैं और पाकड़तरवाला खेत पुनः कब्जिया रहे हैं।"

"क्या कहते हो," कहते हुए मैमूल ने अपने भाई चाँद खाँ को आवाज लगायी और उसी में कहता गया कि जाऊगाँववाले पुनः खेत कब्जा कर रहे हैं। अपना तलवार लेकर दौड़ा। उसे दौड़ता देख, रास्ते में जो भी मिला, पूछा कि क्या हुआ और उसका उत्तर सुनकर कोई निर्विकार हट गया तो कोई जो भी हाथ लगा उसे लेकर उसके पीछे चल दिया। मस्जिद तक पहुँचते-पहुँचते आठ-दस लोग हो गये। उनको लेकर मौलाना नमाजी पाकड़ की तरफ चले। पाकड़ का पेड़ इतना करीब नहीं था। कोई आधा कोस तो था ही। इसलिए वहाँ पहुँचने में समय लगना था। इस दौरान मियाँ नमाजी और उनके साथ चलनेवाले लोग मुड़-मुड़कर अपने गाँव की ओर देख लेते और इक्का-दुक्का और आदमियों को चला आता देख और उत्साह से भर जाते। थोड़ी ही देर में देखा कि मियाँपाड़ा की ओर से आनेवालों का ताँता लग गया है।

रूपनबारी खेत जोतने के बजाय मियाँपाड़ा की ओर नजर गड़ाये हुए था। मियाँ लोगों को आते देखा तो बैलों की गति बढ़ा दी। कन्तु ने कहा, "लग रहा है, जो जैसे भी, जहाँ से भी सुन रहा है, चला आ रहा है।"

तीसरे ने कहा, "पर लाठी-बाँस तो हाथों में है ही।"

"अरे तमाशबीन ही अधिक होंगे," चौथे ने कहा।

रूपन ने कहा, "उन्हें आने दो। हमें पहले कुछ नहीं बोलना है। देखो वे करते क्या हैं।"

सबने सहमति जतायी। खेत में सबसे पहले रफीक पहुँचा। दस लागी दूर से ही बोला, "क्या कर रहे हो?"

किसी ने जवाब नहीं दिया। बैलों की गति और बढ़ा दी रफीक खेत में उतर आया। कहा, "क्या कर रहे हो?"

वे वैसे ही हल चलाते रहे। तब तक मियाँ नमाजी के दोनों पुत्र पहुँच गये और आते ही रूपन के हल के सामने खड़े हो गये। मैमुल ने कहा, ''क्या कर रहे हो?''

''खेत जोत रहा हूँ, और क्या,'' कहते हुए रूपन उनकी बगल से हराई ले गया। मैमुल ने कहा, ''रोको-रोको। जोतना रोको।''

''भला क्यों?''

''यह खेत हमारा है।''

कन्तु ने कहा, ''तुम्हारा नहीं, तुम्हारे बाप का है।''

''हाँ-हाँ।''

''उन्हीं को भेजो।''

''वे आ रहे हैं।''

''आने दो।'' कहते हुए उसने दूसरी बगल से हराई पकड़ी। अन्य हलवाहे उसके पीछे-पीछे चले। मैमुल चिल्लाया, ''अब्बा, फौरन आओ।''

मियाँ नमाजी चाहते थे कि वे शेर की तरह कूदकर फौरन खेत में पहुँच जायँ, नहीं तो चीते की तरह दौड़कर पहुँच जायँ, नहीं तो चील की तरह उड़कर पहुँच जायँ, नहीं तो साँप की तरह लहराकर पहुँच जायँ, पर शरीर साथ नहीं दे रहा था। ढलती उम्र गति पर रोक लगाये हुए थी।

रूपन जब हराई की वह पाली पूरा कर, दूसरी पाली की हराई लेते हुए वहाँ पहुँचा तो देखा कि मियाँ नमाजी पहुँच गये हैं और छोटे बेटे चाँद के सहारे खड़े होकर लम्बी-लम्बी साँसें ले रहे हैं। रूपन के पहुँचते ही गरज कर बोले, ''फौरन हल रोको।'' वे गरजे तो थे, पर साँस के उठने-बैठने और क्रोध के कारण आवाज फटकर केंकियाहट में बदल गयी थी। सुननेवालों को हँसी आ गयी। उसे फौरन रोककर रूपन ने कहा, ''भला क्यों?''

''देखते नहीं, इसे हम जोत चुके हैं।''

''मेरा खेत तुमने कैसे जोत लिया?'' कहते हुए उसने हल आगे बढ़ाया। दूसरे हलवाहों ने जान-बूझकर दूरी बना ली थी। इस दूरी के बहाने वे मियाँ लोगों को घेर रहे थे। तब तक खेत में 5-7 और मियाँ लोग आ गये थे। मियाँ नमाजी ने मैमुल से कहा, ''हल पकड़ो।''

वह दौड़कर रूपन के हल के सामने पहुँचा और एक हाथ से बैलों का जुआ पकड़ लिया। रूपन ने कहा, ''आगे से हट जाओ। खेत जोतने दो।''

चाँद मिया ने कहा, ''साला ऐसे नहीं मानेगा।'' वह रूपन की बगल में आ गया और रूपन के हाथ से हल की मूठ छुड़ाकर अपने पकड़ लिया।

रूपन ने कहा, ''आप लोग यह गलत कर रहे हैं, मियाँ।''

"नहीं, तुम गलत कर रहे हो," कहते हुए मैमुल ने तलवार ऊपर उठाया। तभी कन्तु ने कहा, "कुछ गलती नहीं हो रही है। खेत हमारा है और आप हमारे ही जोतने को गलत कर रहे हैं।"

रूपन के हल का जुआ छोड़कर मैमुल तलवार उठाये ही कन्तु की ओर दौड़ा। "हाँ-हाँ" करते मिया नमाजी दौड़े, "जो आदमी बात से मर जाता है, उसे तलवार नहीं मारते।" तब तक रूपन ने बैलों को हाँकनेवाला पैना मैमुल की तलवार पर दे मारा था, और तलवार छटककर गिर गयी थी। उसे देखकर चाँद मियाँ रूपन से बाज गये थे। चाँद की चढ़ती उम्र थी, रूपन की ढलती। चाँद ने रूपन को फौरन पटक दिया।

मियाँ नमाजी के मुँह से निकला, "कसकर मत हुमचना। बूढ़ा आदमी है, मर जायेगा।"

वह उठ गया। रूपन ने गहरी साँस ली, फिर उठ खड़ा हुआ और कहा, "तो हमें आप लोग खेत जोतने नहीं देंगे?"

रफीक ने कहा, "भागो साले। नहीं तो तुम्हारी माँ-बेटी को... देंगे।"

रूपन ने उसे गौर से देखा। फिर मियाँ नमाजी की ओर मुड़कर देखा। कहा, "तो मियाँ खेत जोतने नहीं दोगे?"

"अब जहाँ तुम्हारा है, वहाँ जाकर जोतो।"

"यही तो है।"

"अब नहीं है न। अब हमारा है।"

रूपन ने कहा, "मियाँ, यह ठीक नहीं हो रहा है।"

"क्या ठीक नहीं हो रहा है," कहते हुए मियाँ नमाजी के दूसरे बेटे चाँद ने एक चाटा रूपन को लगा दिया। मैमुल ने अपनी तलवार उठा लिया था। कन्तु वगैरह—अपना हल छोड़कर बीच-बचाव के लिए दौड़े। किसी ने एक डण्डा रूपन के आदमी को मार दिया। वह भरभरा कर गिर पड़ा। रूपन ने कहा, "मियाँ रोको। हम मार-पीट करने नहीं आये हैं। सिर्फ अपना खेत जोतने आये हैं।"

"तब मार-पीट तो होगी ही।"

"नहीं हम जोतना बन्द कर देते हैं," रूपन ने कहकर अपने गाँववालों को इशारा किया। सभी ने हल जुआठे से निकाल लिया। बैलों को हाँक दिया। फिर धीरे-धीरे मेंड की ओर बढ़े। रूपन कहता गया, "मियाँ, यह ठीक नहीं किया। इसकी जिम्मेदारी आप पर होगी।"

इस पर दस लोग गाली देने लगे कि क्या ठीक नहीं किया।

रूपन मेंड़ पर जाकर बैठ गया। वहीं काँसे के लोटे में पानी रखा था। उसे उठाकर पीने लगा और मियाँ लोगो को देखने लगा। मियाँ लोग गाली देते रहे। अचानक रूपन ने धनुष उठाया और प्रत्यंचा पर तीर चढ़ा इस फुर्ती से बैठे-ही-बैठे घूमकर छोड़ा कि सीधे

मियाँ नमाजी के तलवार उठाये बेटे मैमुल के नितम्ब में जाकर धँस गया। वह चीखकर गिरा कि कुन्ता भाला लेकर दौड़ता आया और मियाँ नमाजी के पुस्ते में इस तरह से मारा कि वह दायें से बायें छेदता हुआ निकल गया। तब तक मियाँ लोग सम्हल गये थे और लगे थे अपना लाठी-डण्डा चलाने। दो-एक भाला और दो-एक तलवार उनके भी हाथों में था। पर तीर कमान नहीं था। वह रूपन के हाथों में था। उसने खींचकर रफीक की आँख में मारा। वह झल्लाकर गिरा। फिर तो रूपन सरासर तीर छोड़ने लगा। उसका निशाना इतना अचूक था कि मियाँपाड़ा के लोगों को सम्हलने का मौका नहीं मिला। उनके पाँव उखड़ गये और वे अपने गाँव की ओर परायण करने लगे। उन्होंने देखा कि चील्ह-पों सुनकर उनके गाँव के लोग भागे चले आ रहे हैं। पर इससे उनके उखड़े पाँव नहीं जमें।

मियाँपाड़ा की ओर से चले आ रहे लोगों ने देखा कि जाऊगाँव की ओर से भी लोग चले आ रहे हैं। दरअसल रूपनबारी को गिरता देख सिरजा गाँव की ओर पूरी तेजी से भागा और गाँव में घुसकर मदद के लिए गुहार लगायी थी। लोग उसी की प्रतिक्रिया में चले आ रहे थे हाथ में कुछ-न-कुछ लिये।

अब सम्भावना बन रही थी कि दोनों तरफ से जमकर मारपीट होगी। लेकिन कहावत है कि "खाकर पड़ रहो, मार कर टर रहो।" उसी का अनुसरण करते हुए रूपन अपने साथियों के साथ गाँव लौट रहा था। गाँववालों को आता देख उसने इशारा किया सभी को लौट चलने का।

इसका एक परिणाम यह हुआ कि जो लोग मियाँपाड़ा से आये थे, वे बजाय जाऊगाँववालों का पीछा करने के, घायलों को ले जाने का इन्तजाम करने लगे। चोटें ऐसी लगी थीं, विशेषकर तीरों और भाले से कि बिना अस्पताल ले जाये इलाज सम्भव नहीं था। जहाँ अस्पताल था, वहीं थाना था। इसलिए लोगों को लादे-फाँदे कुछ लोग अस्पताल पहुँचे, कुछ लोग थाने। और इसी में रात हो गयी।

जो लोग गाँव में बचे रह गये उनका खून खौल गया अपने गाँव के लोगों की हालत देखकर। मतीन ने उन्हें खूब भड़काया। योजना बनी कि दिन डूबने के बाद जाऊगाँव पर हमला किया जाय। जाऊगाँव के लोगों को इसकी आशंका पहले ही हो गयी थी। कन्तु और उसके साथी जब लौटकर आये थे और अपनी बहादुरी की डींगें हाँक रहे थे, तब यु लिन ने सुझाया था कि पहले भागकर थाने जाओ और पुलिस में रपट लिखाओ। इसके लिए पाकुड़ के चौधरी को भी साथ ले जाओ। दूसरे गाँव की सुरक्षा का इन्तजाम करो। रात में मियाँ लोग जरूर हमला करेंगे। उससे बचने के लिए भाग कर जंगल में मत जाओ, बल्कि जो हरबा-हथियार है उसे लेकर पहरा देने की व्यवस्था करो। लिहाजा रूपनबारी और कन्तु हाजो चन्द बूढ़ों को लेकर फौरन थाने चला। उनके पीछे-पीछे सिरजा लग गया और बरसठ को जाकर सचेत किया कि मियाँपाड़ावाले हो-न-हो जाऊगाँव पर हमला करें।

बरसठ ने फौरन अपने गाँव के युवकों को इकट्ठा किया, पंचायत की और तय पाया कि यदि मियाँपाड़ा वाले जाऊगाँव पर हमला करते हैं तो पाकुड़वाले मियाँगाँव पर हमला करेंगे।

जिस-जिस रास्ते से मियाँपाड़ा के घायल और जाऊगाँव के बूढ़े अस्पताल और थाने गये, उन-उन गाँवों से हो कर बात पूरे इलाके में फैल गयी। उन तमाम गाँवों के युवक अपने-अपने गाँव की सुरक्षा में लग गये।

शाम होते ही मियाँपाड़ा के लोगों ने जाऊगाँव पर हमला किया। पहले सीमान्त के घरों में आग लगाया और जब लोग चीखते-चिल्लाते या तो घर बचाने में लगे या जान बचाने में लगे, तो उन पर टूट पड़े और जो जहाँ मिला उसे वहीं थुर दिया। चूँकि लोग पहले से सजग थे, इसलिए बहुत नुकसान नहीं हुआ। घरों की आग पर काबू पा लिया गया और आग लगाने वालों को पीट दिया गया। लेकिन मतीन की ललकार से प्रेरणा पाकर मियाँपाड़ा के लोगों ने दंगा खूब मचाया और ऐसा कोई आदमी न बचा जिसे एकाध डण्डा न लगा हो। इससे स्त्रियाँ भी नहीं बची रहीं और आनेवाले दिनों में ऐसी चर्चा खूब हुई कि सभी वयप्राप्त युवतियों के साथ मियाँपाड़ावालों ने सम्बन्ध बनाया। तत्काल तो यही पता चला कि स्त्रियाँ दिन डूबने से पहले ही गोलबाँध कर रूपनारायण के जंगलों में जाकर छिप गयी थीं। लड़के उसकी तट पर खड़े होकर गाँव को जलता देखते रहे और चौकीदारी करते रहे कि यदि इधर मियाँ लोग आते हैं तो स्त्रियों को सचेत करने के लिए उस पार भाग जाने के लिए शोर मचायें।

जो भी हो, जब मियाँपाड़ावाले अपने गाँव लौटने और उस पार के जंगलों में छिपने के लिए मुड़े तो देखा कि उनका गाँव जल रहा है और स्त्रियों तथा बच्चों की अस्पष्ट चीख-पुकार उठ रही है। वे तेजी से भागे।

दो दिन बीतते, न बीतते यह घटना पहले जिले में, फिर प्रान्त में, फिर पूरे देश में जंगल की आग की तरह फैल गयी। उसे प्रेस ने सरकार को लताड़ते हुए खूब हवा दिया।

वसुन्धर लौटकर आये तो अपना पूरा इलाका बदला हुआ पाये। मियाँपाड़ा जैसे गाँवों के बचे-खुचे हिस्से को उजाड़कर सरकार ने बहिरागतों को एक कैम्प में बसाया था, मियाँपाड़ा से कोई चार कोस दूर बरतोनी के जंगल के किनारे खुले मैदान में। सामने एक नाला बहता था, जिससे सबको पानी मिलता था। जंगल से लकड़ी मिलती थी। राशन सरकार स्वयं देती थी। सरकार ही उन्हें रखाती थी। बस्ती के दायें-बायें सी.आर.पी.एफ. के पोस्ट बना दिये गये थे, जिसमें हथियारबन्द सिपाही रहते थे। वे हर आने-जानेवाले पर नजर रखते थे। उन्हें दूरबीन लगे कैमरे दे दिये गये थे, जिनसे वे हमला करने आ रहे बड़-कछारियों को, नदी-नाले में नहा रही औरतों को देखते थे और शिकार के लिए मन बनाते थे।

बड़-कछारियों ने कैम्प में जाना स्वीकार नहीं किया। सरकार ने उस पर जोर भी नहीं दिया। बहिरागतों की तुलना में उनकी क्षति भी कम हुई थी। जिनके घर नष्ट हुए थे, उन्होंने जल्दी ही उसे ठीक कर लिया था और अपना नित्य प्रति का जीवन जीने लगे थे। बहिरागतों को कैम्पों में रख देने से और उन पर पहरा रख देने से वे अपनी सुरक्षा के प्रति आश्वस्त थे। ऊपर से सरकारी लोगों की आवाजाही बढ़ गयी थी। इसलिए दीन-दुनिया से कुछ अधिक ही जुड़े महसूस कर रहे थे।

आते ही वसुन्धर ने रूपनबारी समेत उन तमाम कछारियों की जमानत के लिए प्रयास करना आरम्भ कर दिया था। उसमें देरी अपेक्षित थी। अभी मिट्ठनगुड़ी काण्ड में पकड़े गये लोगों की जमानत नहीं हो पायी थी। वसुन्धर ने विनायक से मिल कर धरना-प्रदर्शन के लिए दबाव डाला। वह तुरन्त तैयार हो गया। उसने पूरन चन्द्र ब्रह्म, दिवांग राभा और इट्टर वोरा जैसे अपने विश्वस्त लोगों को बुलाया और मंगलदोई में सभा करने की योजना बनायी। लोग गाँव-गाँव दौड़े। पर समय कम था। ठीक से जुटान न हो पायी। कचहरी के सामने सभा हुई। माँग रखी गयी कि लम्बोदर साइकिया समेत तमाम कछारी युवकों को तुरन्त छोड़ा जाय, कछारियों की सुरक्षा के लिए समुचित व्यवस्था की जाय, बहिरागतों को निकालने के लिए प्रभावशाली कदम उठाये जाएँ और कछारियों के जिन खेतों को उन्होंने कब्जा कर लिया है उसे दिलाया जाय। अन्यथा यह प्रदर्शन रुकेगा नहीं और गुवाहाटी तक जायेगा। इस सभा से हुआ-हवाया कुछ नहीं, बस मजिस्ट्रेट ने अपने पेशकार महाकाली बसाक को भेजकर ज्ञापन मँगवा लिया था और महाकाली बाबू के माध्यम से ही कहलवा दिया था कि अपनी टिप्पणी के साथ वे गृह विभाग और मुख्यमन्त्री को भेज देंगे।

आल ट्राइबल्स प्लेन एसोसिएशनवालों को जब पता लगा, तो वे भी पीछे नहीं रहे। वह जीता हुआ दल था। अपने कार्यकर्त्ताओं को चारों तरफ दौड़ाया। काफी भीड़ इकट्ठी की। लेकर तेजपुर पहुँचे। सड़कों पर प्रदर्शन किया, कचहरी के द्वार पर धरना देने की धमकी दी, भरी सभा में कहा कि सरकार और प्रशासन ऐसे नहीं सुधरेगा, हमें उदयाचल की माँग तेज करनी होगी। जब तक हमारा अपना राज नहीं होगा, हमारी दुर्दशा बढ़ती ही जायेगी।

इन प्रदर्शनों और सभाओं से माइनॉरिटी एसोसिएशन को बल मिला। मिर्जा बदरुद्दीन स्वयं इस कोने से उस कोने तक छान मारे और कोई दस हजार शरणार्थियों को लेकर गुवाहाटी गये और सचिवालय को घेर लिया। कहा कि हमारे ऊपर अत्याचार का सिलसिला कब समाप्त होगा। हम वैसे ही सताये गये आदमी हैं। उसी कारण वतन छोड़कर आये हैं। ओर अब यहीं रहेंगे। इसे असम के लोग भी जानते हैं और असम की सरकार भी जानती है। फिर भी हमसे भेदभाव बरतती है। हमारे ऊपर अत्याचार होता है, तो सुनकर चुपचाप बैठ जाती है। पब्लिक के साथ मिलकर सरकारी अमला

हमारा शोषण करता है। हमें जिल्लत व जलालत की जिन्दगी जीनी पड़ती है। अभी तक हमारे मर्दों का जीवन खतरे में रहता था, अब हमारी स्त्रियों की अस्मत लूटी जाती है। मिट्ठनगुड़ी की घटना इसका उदाहरण है। रमजान मियाँ की बीबी के साथ, खसम के सामने ही जोसेफ मिंज ने उसके साथ जिना किया और विरोध करने पर मार कर फेंक दिया। फेंक क्या दिया, जिन्दा ही जला दिया। यह मिंज आज तक पकड़ा नहीं गया। सरकार उसे प्रश्रय दे रही है। पानी सिर के ऊपर चढ़ता जा रहा है। वैसे ही हमारा सब-कुछ लुट गया है। अब बाकी क्या है कि लुटेगा। बस जान बाकी है, उसे हम दे देंगे। पर यह भी हो सकता है कि जान देने से पहले हम दुश्मनों की जान ले लें। हम पागल हुए जा रहे हैं आपके अत्याचारों से। आप हमें और पागल होने से बचायें।

उन्होंने भी सरकार को ज्ञापन सौंपा और धमकी दी कि मिट्ठनगुड़ी के अपराधियों पर त्वरित कड़ी कार्यवाही नहीं हुई तो हम और अधिक संख्या में आयेंगे और तब ये हताश और मजलूम लोग क्या कर बैठेंगे—उसकी जिम्मेदारी सरकार पर होगी।

यह सिलसिला अभी और चलता कि वसुन्धर अपने गाँव आ गया। गाँव आकर कुछ और होते नहीं देखा तो अपना कब्जा किया खेत जोतने का मन बनाया। पर गाँववालों ने बताया कि सभी विवादित खेतों पर रोक लग गयी है। यथास्थिति बनाये रखने को कहा गया है। इसे टटोलने के लिए ही आये दिन ये अधिकारी आते रहते हैं। वसुन्धर एकदम से दिशाहारा खाली आदमी हो गया। उसी खालीपन को भरने के लिए वह पोचई की दुकान पर जाता, दिन-भर रहता और शाम को घर लौट आता।

उस दिन आयु-वर की घनी शाखाओं और उससे भी घनी पत्तियों के पार आसमान में फैली रोशनी पर आँखें जमाये अकेला बैठा वसुन्धर दार्शनिक ज्ञान प्राप्त कर रहा था। उसे लग रहा था कि वहाँ कोई है उसकी दृष्टि की ऊँचाई पर बैठा, जो बता रहा है कि बिना सच्चे दुश्मनों के हुए सच्चे मित्र नहीं हो सकते। हम जब तक इस बात से घृणा नहीं कर पाते कि हम क्या नहीं है, तब तक हम इस बात से भी प्रेम नहीं कर पाते कि हम क्या हैं। हमने यह खोज निकाला है कि हम बहादुर पुरखों की कायर सन्तानें हैं। हम इस कायरता से घृणा करने लगे हैं, इसलिए हम अपनी बहादुरी से प्यार करने का बहाना पा गये हैं। आज जो लोग इस बात को अस्वीकार कर रहे हैं वे लोग अपने अधिकार, अपनी विरासत, अपनी संस्कृति, अपने अस्तित्व को अस्वीकार कर रहे हैं। कह रहे हैं कि हम उस कौम के आदमी हैं, जो निरन्तर पश्चिम की ओर भागती रही है, पूर्व से आ रही कौमों से डरकर, सताये जाने पर, उखाड़ फेंके जाने पर, चहेटे जाने पर। पर अब इससे अधिक आगे भाग कर नहीं जाया जा सकता। तब जंगल होते थे और खाली जमीन होती थी। हम उसे आबाद कर बस जाते थे। अब नहीं है। इसलिए यहीं पर मर मिटना है। इसे आसानी से नहीं त्यागा जा सकता।

वह आसमान से दृष्टि जमीन पर लाता है। पाता है कि कल के सूखे पत्ते आज उड़ रहे हैं। गिरने से पहले ये पत्ते शाखों पर पके थे। उसके पहले जवान थे। कोपलों के सूख कर सख्त होने पर पत्ते बने थे। वृक्ष के कुछ पत्ते झड़ गये तो उस पर कुछ आ भी गये। वृक्ष को न तो पत्तों के झड़ने का पता चला, न आने का। वह वैसे ही पक्षियों को, कीट-पतंगों को, साँप-गोजरों को, पशु-परानियों को बसेरा देता खड़ा रहा, मस्तक तान। पेड़ किसी एक का नहीं रहा। सबका रहा, जिसने भी उसका उपयोग किया। वैसे ही हमारा राष्ट्र है, उसकी कौमें रही हैं। आज उसकी जड़ पर ही हमला हो रहा है।

इस हमले के प्रति विनायक वसुमतारी भी सोचता है। वसुन्धर जब मिट्ठनगुड़ी से उससे मिलने गया था तो उसे गहरी सोच में डूबा हुआ पाया था। यह सोच थी तो उसके चुनावी हार से पैदा हुई, पर वह हार के बारे में नहीं थी। वह सोच एक तरह से पुनरावलोकन थी समकालीन इतिहास का, जो आज के राजनैतिक गतिविधियों को अनुशासित कर रहा था। समकालीन राजनीति अतीत में जाकर इतिहास बन जाती है और इतिहास समकाल में राजनीति बन जाता है। हमारा मध्यवर्ग उसी इतिहास और इसी राजनीति का उत्पाद है।

वसुन्धर इस मध्यवर्ग के बारे में अक्सर सुनता आया था। पर न तो इसका अर्थ समझ पाया था, न उसकी मानसिकता का स्वरूप, न उसके व्यवहार के ढंग का कारण और न उससे मुक्ति का उपाय। वसुमतारी के सामने उसने सहज जिज्ञासा रखी थी। अपने भारी पलँग पर ओठँगे-ओठँगे विनायक ने दिवांग, पूरन चन्द्र, इट्टर बोरा आदि के सामने बताया था कि यह मध्य वर्ग है तो एक और पैदा भी हुआ है लगभग एक ही समय में और एक ही कारण से, पर इसका बर्ताव बहुमुखी रहा है, क्योंकि इसकी अनेक पर्तें रही हैं।

दिवांग की जिज्ञासा तुरन्त बढ़ गयी। वह अपने को रोक नहीं पाया। बीच में ही बोल उठा, "यानी वह एक समय से पहले नहीं था?"

"हाँ। यह वर्ग सामाजिक जीवन में आयी जटिलता की देन है। इस जटिलता को पैदा किया अंग्रेज ने। उन्हें अपने और तमाम शासित भारतीयों के बीच सम्बन्ध बनाने के लिए एक कड़ी की जरूरत थी—एक ऐसी कड़ी की, जो हो तो भारतीयों के बीच की, किन्तु उसकी उन्मुखता अंग्रेज शासक की ओर हो। परिणामस्वरूप जब यह वर्ग बनने लगा तो इसके दो रूप तुरन्त हो गये।"

पूरन चन्द्र ब्रह्म इतना सुनते ही तुरन्त चौकन्ना हो गया। एक भी बात सुनने से छूट न जाय, इसके लिए वह वसुमतारी के और करीब खिसक आया। वसुमतारी ने उसे भर नजर देखा। उसके चेहरे पर उभरी दीप्ति से वह अभिभूत हो गया। तभी दिवांग ने कहा, "ओ कैसे?"

"जब अंग्रेजों ने पुराने कुलीनों को नष्ट कर उनकी जगह नये अधीनस्थ शासन करनेवाले वर्ग का निर्माण आरम्भ किया तो उससे सबसे पहले जुड़े पुराने आभिजात्य के ही लोग। प्रतिनिधि थे मणिराम दत्त बड़भण्डार बरुआ देवान।"

इसके पहले कि विनायक अपनी बात आगे ले जाते वसुन्धर ने कहा, "लेकिन वह वर्ग है क्या? इसे हम कैसे पहचानते हैं?"

विनायक ने वसुन्धर की ओर कौतूहल से देखा, फिर मुस्कराकर कहा, "ये लोग किरानी, व्यवसायी, छोटे अधिकारी, वकील, डॉक्टर, इंजीनियर, मास्टर, नव-शिक्षित, नव-धनाढ्य लोग हैं। इन्हें जहाँ देखो, वहीं पहचान लो।"

"लेकिन यह जो कहा जाता है कि सरकार इसी मध्यवर्ग की है," वसुन्धर ने कहा।

विनायक को एक सरल देहात के आदमी में ऐसी जिज्ञासा होते देख बड़ा अच्छा लगा। कहा, "इसके तीन अर्थ हैं। एक तो यह कि सरकार इनके हितों की रक्षा करती है और उसके लिए आम जन के हितों की अनदेखी कर देती है। दूसरा अर्थ यह है कि जो लोग सरकार बनाते हैं, सरकार बनाने की राजनीति करते हैं, वे लोग इन्हीं की सन्तानें होते हैं। इनकी उपस्थिति में, राजनीति में पकड़ में सामान्य आदमी को उभर कर सरकार में जाने का मौका नहीं मिल पाता। तीसरा यह कि इनकी मानसिकता ढुलमुल होती है। ये जैसे चल रहा है, वैसे ही चलाये जाने में विश्वास करते हैं, जब तक कि उनके अपने ही अस्तित्व के लिए कोई संकट न पैदा हो जाय। इसलिए वे उपस्थित परिस्थितियों में कोई स्पष्ट और कड़ा निर्णय लेने की जगह टाल जाने को महत्त्व देते हैं।"

वसुन्धर के मुख से एक गरम साँस निकल गयीं। लगा कि जैसे उसकी आँखें खुल गयी हैं : महसूस तो वह ऐसा लम्बे समय से कर रहा है, पर इस तरह स्पष्ट ढंग से उसे समझ नहीं पा रहा था। उसने आँखें नीची कर लीं। दिवांग ने कहा, "वह मणिराम देवानवाली बात...।"

"उसके दूसरे प्रतिनिधि थे हरनाथ पर्वतिया बरुआ, जो शिवसागर के कोतवाल थे। तीसरे प्रतिनिधि थे सदर अमीन हरकान्त शर्मा बरुआ। ये अंग्रेजों के शासन से सीधे जुड़े हुए लोग थे। जो इस तरह के शासन से सीधे जुड़े नहीं थे, पर अंग्रेज के हित का पालन करते थे, वे गौरीपुर के राजा जैसे लोग थे, जो जमींदार वर्ग से आते थे।"

दिवांग ने फिर कहा, "वह मणिराम देवान की बात।" विनायक ने कहा, "वे दोहरी भूमिका में थे। एकतरफ वे नाममात्र के ही सही अहोम राजा पुरून्दर सिंह के शेरिस्तेदार थे। उनके लिए लगान वसूलते थे। इसके लिए उन्हें काफी मौजे मिले हुए थे। दूसरी तरफ वे अंग्रेजों के भी तहसीलदार थे—वैसे ही जैसे ढाका के नवाब को बंगाल, बिहार और उड़ीसा से लगान वसूलने के लिए बनाया गया था, जब अंग्रेजों को इसकी दीवानी मिली थी।

ब्रह्म ने कहा, "यानी के असम के पहले कलेक्टर थे।"

"नहीं। पहले कलेक्टर तो जनार्दन बरबरुआ थे। उनके नौकरी से बरखास्त करने के बाद मणिराम को बनाया गया था।"

"क्यों बरखास्त किया था?"

"अंग्रेज की विशेषता रही है कि जब वह किसी की जड़ जमाता देखता है, तो उसे झटके से उखाड़ फेंकता है। उन्हें भी उखाड़ फेंका, जैसे बंगाल में राजा नन्दकुमार को उखाड़ फेंका था और अपनी गर्दन बचाने के लिए झूठा इल्जाम लगाकर फाँसी दे दी थी।"

वसुन्धर बोला, "साहब एक बात समझ में नहीं आयी तहसीलदार कलेक्टर से छोटा होता है...।"

विनायक बीच में ही हँस पड़ा। फिर कहा, "जब तक भारतीय वसूली करता था, तहसीलदार था। जब अंग्रेज करने लगा तो वह कलेक्टर हो गया और भारतीय उसका मातहत तहसीलदार। विजेता कौमें विजित कोमों की मातहती नहीं करतीं। अंग्रेज को किसी भारतीय की मातहती कौन कहे, बराबरी भी न करनी पड़े, इसलिए यह व्यवस्था बनायी गयी। असम के पहले और भारत के पाँचवें आई.सी.यस. आनन्द राम ढेकियाल फूकन जब कलेक्टर बने तो अंग्रेज को उनसे अलगाने के लिए डिप्टी कमिश्नर का पद दिया गया।"

ब्रह्म ने कहा, "ये आनन्दराम टेकियाल फूकन" मध्यवर्ग के दूसरे संस्तरण का नेतृत्व करते थे। उनके साथ के बलिनारायण बोरा, जो इंजीनियर थे, जैतुन अली और शिवराम बोरा, जो डॉक्टरी सेवा के थे। इस भोला नाथ बरुआ के निकट के रिश्तेदार थे मानिक चन्द्र बरुआ जो लकड़ी के व्यापारी थे। असमिया व्यापारियों का मध्यवर्ग उन्हीं से शुरू होता है। अन्यथा यह वर्ग भारतवासियों का था, जो धुर राजस्थान से बुलाकर अंग्रेजों द्वारा बसाया गया था। इसके दूसरे महत्त्वपूर्ण आदमी दीनानाथ बेझबरुआ थे, जिन्होंने दो छोटे-छोटे चाय बागान बनाये। उनके एक पुत्र लक्ष्मीनाथ बेअबरुआ थे, जिन्होंने कलकत्ता के प्रेसीडेन्सी कॉलेज से पढ़ाई की थी और बंगाल के सांस्कृतिक माहौल और मूल्य बोध को असमिया जीवन में प्रवेश कराया था। वे आनन्दराम देकियाल फूकन की ही तरह अंग्रेजी शिक्षा के कायल थे और अंग्रेजों से गठजोड़ कर नये शिक्षित वर्ग को शासन में प्रवेश कराना चाहते थे। यह सब मध्य वर्ग के तीसरे संस्तारण के रूप में उभरा जब 1892 में अंग्रेजी शिक्षा देने के लिए सिलहट में कॉलेज खुला और गुवाहाटी में 1901 में काटन कॉलेज खुला। यही के अंग्रेजी पढ़े लड़के द्वितीय श्रेणी के राजपत्रित अधिकारी बनते थे।"

"और चौथा?" ब्रह्म ने कहा।

विनायक ने आँखें नीची करके कहा, "ये सारे लोग जो थे न, ऊपरी असम के थे। यह अंग्रेजों से सहानुभूति रखनेवाला मध्यवर्ग ऊपरी असम में पनपा। नीचे के तबके के असमिया लोगों से सहानुभूति रखनेवाला मध्यवर्ग पश्चिमी असम में उभरा। उसके नेता थे मधु कोच।"

दिवांग ने कहा, "वे तो चाय बागान के मजदूरों के नेता थे...।"

"हाँ। अब चीन से आये मजदूरों को 1848 में हटा दिया गया तो ऊपरी असम में बाहर से मजदूर लाकर बसाये गये, क्योंकि स्थानीय लोगों ने मजदूर बनने में रुचि नहीं दिखायी। पर निचले असम में कोच, हाजो, मेष आदि ने मजदूरी करना स्वीकार कर लिया। अंग्रेजों को सस्ते में मजदूर मिल गये। इसलिए उन्होंने शोषण बढ़ा दिया। उनको ऊपरी असम के मजदूरों की तुलना में कम मजदूरी दी जाती थी। ऊपर से वे सुविधाएँ भी नहीं दी जाती थीं, जो ऊपरी असम में मिलती थीं। इसके प्रतिकार में मधुराम कोच ने मजदूरों को संगठित किया। यह संघर्ष और मधुराम का नेतृत्व इतना बलशाली था कि मणिराम देवान ने जब 1857 में अंग्रेजों को असम से बाहर निकाल फेंकने के लिए विद्रोह संगठित किया तो मधुराम ने चारिंग राजा की सेवा में निरन्तर उपस्थित रहने के लिए दो हजार लोगों की व्यवस्था कर दी थी। फरमूद अली ने उन्हीं के बल पर लड़ाई छेड़नी चाही थी। जब पूरे भारत में 1857 का विद्रोह दबा दिया गया तो मधुकोच को सात साल की सजा दी गयी। वह सजा काटने के दौरान ढाका जेल में मर गया।"

विनायक की बातें सुनकर सभी लोगों का दिमाग सनसना गया था। एक तरफ यह जोश भर रहा था, तो दूसरी तरफ जिज्ञासा बढ़ा रहा था। वसुन्धर के जिज्ञासा का तो अन्त ही नहीं था। कहा, "हमने सुना है कि 1857 का विद्रोह असम में मणि राम ने ही संगठित किया था।"

"हाँ।"

"कुछ खुलासा किया जाय।"

विनायक काफी देर तक चुप रहा। कुछ सोचता रहा। फिर कहना आरम्भ किया, "जब अंग्रेजों ने पुराने कुलीनों को विनष्ट कर प्रशासन के लिए उनकी जगह बंगालियों को भरना आरम्भ किया और उसके लिए सिलहट को बंगाल से निकालकर असम में मिला दिया तो मणिराम देवान ने इसका विरोध किया। आरम्भ में वे अंग्रेजों के पिट्ठू थे। वे उस उदीयमान वर्ग के प्रतिनिधि थे जो अंग्रेजों के पृष्ठपोषण में अपनी पहचान बना रहा था और पुराने आभिजात्य वर्ग का स्थान ले रहा था और उसके लिए हर अवसर का लाभ उठा रहा था। जैसा कि मैंने बताया था वे ऊपरी असम में तहसीलदार बने थे जनार्दन बरबरुआ की जगह। जनार्दन बरबरुआ पुराने आभिजात्य वर्ग के प्रतीक थे और इतने तने रहते थे कि अपने को अंग्रेजों का मातहत नहीं, उनका बास समझते थे। अंग्रेज भला इसे कहाँ बरदाश्त करता? वे जैसे ही हटाये गये मणिराम ने मौका झटक लिया। अंग्रेजों की निगाह में चढ़ने के लिए लगान वसूली की नयी नीति बनायी और जनसंख्या को नये खेलों में बाँटा। इससे अंग्रेजों को बड़ी आमदनी हुई। पहाड़ी इलाकों को अनुर्वर और वहाँ के बाशिन्दों को उपद्रवी मानकर अंग्रेजों ने उनसे किनारा कसे रहने की नीति बनायी थी। मणिराम ने इस पर पुनर्विचार करने के लिए उकसाया और भोटियों, खासियों, गारों आदि

को अधीन करने में पूरी मदद की। दूसरी तरफ वे अहोम राजा पुरन्दर सिंह के प्रधानमन्त्री भी बने रहे। 1838 में जब अंग्रेजों ने पुरन्दर सिंह को पूरी तरह से सत्ताच्युत कर दिया तो उसका विरोध करने पर इन लोगों से उनको दिये गये गाँवों को तमाम असमिया लोगों से ले लिया और ब्रिटिश राज में मिला लिया। इसमें मणिराम के भी गाँव थे। शिव सागर के असिस्टेण्ट पॉलिटिकल एजेण्ट बोर्डी ने उन्हें फौरन कब्जा कर लिया। तब उन्होंने तय किया कि वे अब और अंग्रेजों का साथ नहीं देंगे। वे नाजिरास्थित असम टी कम्पनी के दीवान बन गये। उस जमाने में उन्हें छह सौ रुपये महीना वेतन दिया जाता था। जो कलकत्ता में गवर्नर जनरल को भी नहीं दिया जाता था। ईस्ट इण्डिया कम्पनी के अधिकारियों के भड़काने पर असम टी कम्पनी ने दो साल बाद दो और दीवान नियुक्त किया और सबका तनख्वाह दो सौ रुपया महीना कर दिया। इस नौकरी ने उन्हें नवधनाढ्यों की दुनिया में डाल दिया था। उसके दाव-पेंच और व्यापार के कौशल से वाकिफ हो गये थे। लिहाजा उन्होंने नौकरी छोड़ दी और जोरहाट के पास चेनीपारा और चेना लुंग, में अपना चाय बागान डाला और खूब धन कमाने लगे। इससे अंग्रेजों को इतनी जलन हुई कि बागान बनाने के लिए रियायती दर पर जमीन देने से इन्कार कर दिया। यही नहीं, जब बोर्डी की जगह चार्ल्स होलरायड मुख्य पॉलिटिकल एजेण्ट बन कर 1851 में आया तो उनके बचे-खुचे गाँवों को भी जब्त कर लिया, जिससे कि उनको बागान बनाने की जमीन न मिल सके। उन गाँवों को एक ऐसे व्यक्ति के हवाले कर दिया जो कभी उनका नायब रह चुका था। इससे 185 लोगों का परिवार चलाना उनके लिए दुरूह हो गया। तब उन्होंने अंग्रेजों को असम से निकालने को ठाना। अब उन्हें स्पष्ट लगने लगा था कि अंग्रेज असम में हमेशा के लिए रहने आये हैं और इनके रहते असम के पुराने आभिजात्य का कोई भला नहीं होगा। उल्टे नष्ट कर दिये जायेंगे।''

विनायक ने बात को रोका और सुननेवालों पर एक गहरी दृष्टि डाली। सभी इस अतीत को सुनने में पूरी तरह से मगन थे। उसने आगे कहा, ''अंग्रेजों को भगाने के लिए असम की जनता को इकट्ठा करना जरूरी था। यह काम उनके नेतृत्व में नहीं हो सकता था। उसके लिए प्रतीक की जरूरत थी। वह प्रतीक चारिंग राजा कन्दर्पेश्वर सिंह हो सकते थे। मणिराम ने उनसे मित्रता बढ़ायी। वे राजा पुरन्दर सिंह के पोते थे और राज के अभाव में भिखारी बन गये थे। संयोग ऐसा जुटा कि बंगाल के लेफ्टीनेण्ट गवर्नर सर जॉन कैम्पबेल ने असम भ्रमण की योजना बनायी। उसके लिए पहले बंगाल के सदर दिवानी अदालत के जज मुहफट्ट मिल्स को स्थानीय प्रशासक की स्थिति और समस्या का अध्ययन करने के लिए भेजा। जब वह जून 1853 में शिवसागर आया तो मणिराम ने राजा कन्दर्पेश्वर सिंह को ज्ञापन देने के लिए उकसाया कि असम को अंग्रेजों के 'ट्रिब्यूटरी राज्य' की तरह मान्यता दे दी जाय। मुहफट्ट ने फट्ट से इन्कार कर दिया। तब दीवान ने स्वयं एक ज्ञापन दिया कि राजा चन्द्रकान्त

सिंह के पुत्र धनकान्त सिंह को असम का राजा बना दिया जाये। उस वक्त दुनिया भर के पुराने असमिया आभिजात्य वर्ग के लोग मिल को अर्जी दे रहे थे कि उनकी पुरानी सेवा को ध्यान में रखते हुए भरण-पोषण के लिए कुछ माफी गाँव या ऊँचा पद दे दिया जाय। अन्यथा उनकी स्थिति और दयनीय हो जायेगी। ऐसा ही एक निजी प्रार्थना पत्र दीवान ने भी दिया। उसे उन्होंने अंग्रेजों के अबतक के राज की समीक्षा ही लिख डाली। ऊपर से यह भी जोड़ दिया कि उनके राज में शास्त्रों का अध्ययन समाप्त हो गया है, कामाख्या देवी की पूजा रुक गयी है, बंगाली और मारवाड़ियों को मौजेदार बनाया जा रहा है, जबकि असमिया कुलीन भूखे मर रहे हैं। परिणाम यह हुआ कि मुहफट्ट मिल ने अपने रिपोर्ट में लिख दिया कि मणिराम एक अविश्वसनीय व्यक्ति है, जो निरन्तर षड्यन्त्र करता रहता है, उसी के तहत पुराने अहोम राज्य की पुनर्स्थापना करना चाहता है, अंग्रेजों की सत्ता सीमित करना चाहता है और उसके लिए किसी भी हद तक जा सकता है। मणिराम को जब इसकी भनक लगी तो वह समझ गया कि कैम्पबेल के यहाँ आने पर कुछ होना-हवाना नहीं है।

उसके आने से पहले कलकत्ता में ही उससे मिलकर कुछ बात कर लेनी चाहिए। लिहाजा वे कलकत्ता चले। कलकत्ता में वे नवाब छितपुर के महल के पीछे रह रहे प्रसिद्ध बंगाली व्यापारी रामदुलाल देव सरकार के पुत्रों आशुतोष देव और प्रमथनाथ देव के बँगले में रुके। उस वक्त वे लोग टैगोर परिवार से कम प्रभावशाली लोग नहीं थे। वहाँ उनकी मुलाकात महाराजा नन्द कुमार के पुत्र राजा गुरुदास से हुई। नीलमणि मित्र, कुंज बिहारी मल्लिक और राजेन्द्र दत्त से हुई। ये सारे लोग समकालीन भारत की सामाजिक और राजनैतिक स्थिति को लेकर चिन्ता में पड़े हुए थे। उन्होंने कृष्णदास पाल के नेतृत्व में गठित ब्रिटिश इण्डियन एसोसिएशन की मीटिंगों में भी हिस्सा लिया। इससे उन्हें वह बौद्धिक-खुराक और सम्पर्क सूत्र मिले जो अंग्रजों के विरुद्ध थे। हालाँकि बंगाल के जमींदार सामान्यतः अंग्रेजों के हितैषी थे, क्योंकि वे उन्हीं के बनाये थे और इसीलिए उन्होंने 1857 के विद्रोह का विरोध किया था। जब बैरकपुर मेरठ, दिल्ली, कानपुर, इलाहाबाद, लखनऊ आदि में हो रहे विद्रोह की कहानियाँ उन तक पहुँची तो वैसा ही विद्रोह करने के लिए उन्होंने भी ठाना।"

विनायक रुक गये। चाय का समय हो गया था। तब तक उनकी बैठक में और लोग जुट गये थे। अपनी अतीत गाथा में सबकी रुचि जाग गयी थी। विनायक मणिराम की गिरफ्तारी की बात कहकर टाल जाना चाहते थे। पर लोगों ने पीछा नहीं छोड़ा। चाय पीने के बाद उन्होंने बताना शुरू किया, "डिब्रूगढ़ में असम लाइट इन्फैण्ट्री की पहली टुकड़ी तैनात थी। उसके अधिकांश सिपाही पश्चिम विहार और पूर्वी संयुक्त प्रान्त के थे, जहाँ विद्रोह कसके हुआ था। राजा पुरन्दर सिंह के पाँच सौ सिपाही भी उनमें शामिल थे, जो 1838 में उनकी सेना समाप्त कर दिये जाने के बाद असम लाइट इन्फैण्ट्री में मिला दिये

गये थे। पूरे बंगाल में सिर्फ 2400 गोरे सिपाही और अधिकारी थे और उन्हें देश के अन्य हिस्सों में जरूरत के अनुसार भेजा जाता रहता था। और असम में तो उस वक्त एक भी अंग्रेज सिपाही नहीं था। सिविल के अंग्रेज अधिकारियों की भी संख्या खूब कम थी। चाय बागानों के अंग्रेज चारों तरफ बिखरे हुए थे। मणिराम को लगा कि यदि ऐसे समय में विद्रोह हो जाय तो असमिया आभिजात्य तो साथ देगा ही, पहाड़ की जनजातियों के लोग भी पूरी मदद करेंगे क्योंकि वे भी गाहे-बगाहे अंग्रेज से दुःखी होते रहते थे। कमलाबाड़ी जैसे सत्रों के मालिक और अनुयायी भी अंग्रेजों के विरुद्ध थे।

मणिराम की अनुपस्थिति में पिआली बरुआ चरिंग राजा कन्दर्पेश्वर सिंह का मन्त्री था। वह मणिलाल का खास आदमी था। फकीरों और भाटों के माध्यम से वे उसे पत्र भेजने लगे। धीरे-धीरे विश्वस्त लोगों का एक दल बन गया, जिसमें मधु मल्लिक जैसे बंगाली मुक्ति कामी, उर्वीधर बरुआ, मायाराम बरबड़ा, चित्रसेन बरबड़ा, कमला चारंगिया बरुआ, महीधर शर्मा, लुकी सेनचोवाबरुआ, उग्रसेन मांरगीखोवा गोहाइन, देवराम दिहिंगिया बरुआ, दुताराम बरुआ, बहादुर गाँवबूढ़ा, शेख फरमूद अली और मधुराम कोच जैसे लोग शामिल थे। उधर मणिराम ने बाबू कुँवर सिंह, नाना साहब पेशवा, खान बहादुर खान से भी सम्पर्क साधा। तीसरा सम्पर्क सेना से साधा। डिब्रूगढ़ के लाइट इन्फैण्ट्री का कमाण्डर मेजर हेने था। गुवाहाटी में सेकेण्ड असम लाइट इन्फैण्ट्री थी, जिसका कमाण्डर मेजर रिचर्डसन था। शिवसागर, गोलाघाट, साइखोवा में भी कुछ सैनिक थे। उनको तोड़ने के लिए फर्स्ट इन्फैण्ट्री के जमादार नूर मुहम्मद, सूबेदार शेख भिखुन व जमादार रूस्तम सिंह से पिआली बरुआ और निर्मल हजारी ने सम्पर्क साधा। वे तमाम फौजियों को अपनी ओर करने के बाद बारी-बारी से चारिंग राजा से जोरहाट में मिले। चारिंग राजा ने युद्ध छेड़ने के पहले डेढ़गाँव मन्दिर के पुजारी को सोना भेजवाया पूजा करने के लिए। यह अहोमों की परम्परा थी। इस बात का पता किसी तरह अंग्रेज अधिकारियों को चल गया। इसलिए वे चौकन्ने हो गये। तमाम बागीचों के मालिक और छोटे अंग्रेज अधिकारी बंगाल भाग जाने के लिए गुवाहाटी में जुटने लगे। विद्रोह की पक्की खबर मेजर जेकिन्स को गुवाहाटी में होलरायड से मिली। जेकिन्स उस वक्त असम का कमिश्नर था। उस खबर को पक्का किया मेजर हेने ने।"

"लेकिन यह सुरागकसी हुई कैसे?" दिवांग ने पूछा।

विनायक ने कहा, "प्रशासन की एक अपनी खुफिया पुलिस होती है। उसे चारिंग राजा पर लगा कर रखा गया था। उसी ने बताया कि उससे भारतीय सिपाही समय-समय पर मिल रहे हैं। अब अंग्रेजों के फौज के सिपाही असम के विस्थापित राजा से यूँ ही नहीं मिलेंगे। यह बात तब पूरी तरह से सत्यापित हो गयी, जब शिवसागर के दारोगा हरनाथ पर्वतिया बरुआ के हाथ मणिराम के लिखे कुछ पत्र हाथ लगे।"

"कैसे", ब्रह्म ने पूछा।

''मणिराम के भेजे एक भाट ने हरनाथ को ही चारिंग राजा समझ लिया और उसे चिट्ठी सौंप दी। चिट्टी वह अपनी खोखली छड़ी में छिपाकर लाया था।''

वसुन्धर ने चौंककर कहा, ''अरे।''

''कभी-कभी चांस भाग्य पर भारी पड़ जाता है। हेने ने गोरखा सिपाहियों को बिहारी और असमिया सिपाहियों में मिला दिया। गोरखा सिपाही पहले दर्जे के स्वामीभक्त थे। उसने कैप्टेन लाउदर को सदिया से बुलाया और मुख्यालय की किलाबन्दी कर दी। नौगाँव में मार्टन ने दिजू और मिस्सा नदियों पर बने पुलों को ढहा दिया। गुवाहाटी में तो सभी अंग्रेज, क्या मजिस्ट्रेट और क्या बागान मालिक, क्या स्त्री और क्या पुरुष, सभी कन्धा-से-कन्धा मिला, राइफल या बन्दूक ले परेड करने लगे। हालाँकि उनकी संख्या कुल 25 थी। जेंकिन्स ने फौरन कलकत्ता से सहायता माँगी और महीने भर के भीतर 104 भारतीय सिपाही वहाँ से भेज दिये गये।

''बड़ी तैयारी की अंग्रेजों ने। और असमियों ने?'' दिवांग ने तुरन्त पूछा।

वसुमतारी ने बताया, ''यह सब तैयारी देख फौज को लगा कि अंग्रेज दहशत में आ गये हैं। एक धक्का दो और वे भाग परायेंगे। हल्ला करने का मन अक्टूबर के लिए बनाया गया। तभी मणिराम कलकत्ता से तमाम गोला-बारूद और आदमी लेकर आने वाले थे। इरादा था कि पूरे असम में एक साथ बगावत की जायेगी। 29 अगस्त को शेख भीखन ने नागा हिल्स के किनारे बने आउट पोस्टों से सिपाहियों को बुलवा लिया। उसे खबर मिली थी अंग्रेज एक अग्निबोट में सवार हो-होकर गुवाहाटी भागेंगे। शेख भीखन गोलाघाट में सूबेदार था। उसने एक मीटिंग बुलाई, जिसमें एक स्थानीय डॉक्टर करामत अली भी उपस्थित था। उसने बाद में अंग्रेजों को बताया था कि वहाँ तय हुआ था कि क्या हिन्दू, क्या मुसलमान, सभी मिलकर अंग्रेजों की हत्या करेंगे, शिवसागर, डिब्रूगढ़, सदिया, नवगाँव, गोलाघाट, गुवाहाटी जहाँ कहीं भी अंग्रेज की फौज है, वहाँ के मैंगजीन व शस्त्रागार पर कब्जा कर लेंगे, कंदर्पेश्वर सिंह को राजगद्दी पर बिठायेंगे, मणिराम दीवान उनके प्रधानमन्त्री होंगे। मणिराम के अधीन मल्लिक दूसरे नम्बर के मन्त्री होंगे। पियाली बड़भण्डार बरुआ बनेंगे। लुकीनाथ देनासेवा बरुआ नौबइसा फूकन बनेंगे। कमला सारंगिया बरुआ सूबेदार और जोरहाट के दारोगा बनेंगे। खेती पर लगान नहीं लगेगा, बल्कि पुराने तरीके से कर की वसूली होगी। बाकी भूमि पर किसी भी तरह का कर नहीं लगेगा। रूपित भूमि पर प्रति पूरा एक रुपया कर लगेगा। सभी अंग्रेजों को पूरे असम से पकड़ कर जोरहाट पहुँचाया जायेगा और राजा के हवाले कर दिया जायेगा। रुस्तम सिंह और नूर मुहम्मद सेनापति होंगे। बुधन सूबेदार मुख्य सेनापति होंगे।''

''बाप रे। इतने विस्तार से सब-कुछ तय हुआ था?'' वसुन्धर के मुख से अचानक निकल गया।

"हाँ। फिर भी कोई रणनीति नहीं तय हो पायी कि यह सब होगा कैसे? आपस में काफी मतभेद था। इसलिए मणिराम दीवान का इन्तजार था। पर वे कलकत्ता में पकड़ लिये गये। असम वे बन्दी बनाकर लाये गये और पिआली बरुआ के साथ जोरहाट में 26 फरवरी, 1858 को फाँसी पर लटका दिये गये। कन्दर्पेश्वर सिंह को 7 सितम्बर, 1857 को ही पकड़ लिया गया था। होलरायड कैप्टेन लाउदर के साथ रात में इसके लिए हमला किया गया था। विद्रोहियों को उम्मीद थी कि उन्हें डिब्रूगढ़, शिवसागर, तेजपुर या गुवाहाटी में बन्दी बना कर रखा जायेगा। इसलिए वे वहाँ भी जेलों पर हमलाकर उड़ाने की योजना बनाने लगे। किन्तु वे बर्दवान में रखे गये। 1860 में वे गुवाहाटी लाकर छोड़ दिये गये। पेन्शन बाँध दी गयी। वे 1880 में काल कवलित हो गये।"

विनायक साँस लेने के लिए रुके। सुननेवालों में इतनी उतावली थी कि इट्टर बोरा ने फटाक से दागा, "दूसरों का क्या हुआ?"

"बताता हूँ। कैप्टेन होलरायड को 1857 के एक ऐक्ट के अनुसार विशेष आयुक्त बनाया गया इनके ऊपर चलाये जानेवाले मुकदमों को सुनने और सजा सुनाने के लिए। उसने मणिराम दीवान और पिआली बरुआ को फाँसी देने के बाद, मधु मल्लिक, कमला बरुआ, दुतीराम बरुआ, मरमीखोआ गोहाइन, त्रिनयन और मायाराम नाजिर को आजन्म कारावास में डाल दिया। बहादुर गाँव बुढ़ा और शेख फरमूद अली को काला पानी पठा दिया। मधुराम कोच के सात साल की सजा दी। बाकी लोगों को तीन-तीन साल की। विद्रोह से जुड़े सभी लोगों की सम्पत्ति जब्त कर ली। उसमें दो स्त्रियों की भी सम्पत्ति थी रुपही आइदेव और लुम्बोई आइदेव की। इनके सारे गाँव भी ले लिये गये। इन लोगों को अपनी बात कहने का कोई मौका नहीं दिया गया। इनके विरुद्ध गवाहियाँ मार-पीट कर दिलायी गयी। परवतिया बरुआ और होलरायड ने तमाम लोगों के साथ व्यक्तिगत शत्रुता का वारा न्यारा किया। एक चिन्गारी भड़कने से पहले ही बुझ गयी।

विनायक ने अपनी बात समाप्त की तो एक उदासी पूरे माहौल में तैरती दिखी। उसको हल्का करने के लिए उसने आनन्दराम डेकियाल फुकन की बात छेड़ी। कहा, "मणिराम के साथ ही पुराने आभिजात्य का नये सिरे से अवस्थित होने और एक तरह का मध्यवर्ग बनाने का सपना समाप्त हो गया। जो सपना पूरा हुआ वह आनन्दराम का था। उन्होंने मणिराम बरुआ की जमकर आलोचना की और हरनाम परवतिया बरुआ की प्रशंसा। उनकी देखा देखी सदर अमीर हरकान्त शर्मा ने दुतीराम बरुआ की जमकर निन्दा की। इन लोगों के नेतृत्व में उभर रहा मध्य वर्ग अंग्रेजों के साथ गठजोड़ किया सत्ता में भागीदारी के लिए, भले ही वह निम्न स्तर पर क्यों न हो। इन्होंने आत्महित और उदीयमान स्टेटस के लिए विद्रोहियों से न केवल किनारा कसा, अंग्रेजों का पूरा साथ दिया। प्रेरणा बंगाली बौद्धिक और बुद्धिजीवी समाज से लिया, जो असम से भिन्न स्थिति और परिस्थिति में रह रहे थे। और जो असम के लिए कत्तई मुफीद नहीं था।"

"लेकिन साहब, इसमें, इस विद्रोह में और इस विद्रोह-विरोध में सामान्य आदमी कहाँ था।" ब्रह्म ने पूछा।

विनायक ने कहा, "वह कहीं नहीं था।"

इतना कहकर विनायक थोड़ा सोचने के लिए रुका। फिर कहा, "यह सारा काम ऊपरी असम में हो रहा था। यह मध्यवर्ग ऊपरी असम में बन रहा था। निचले असम में मधु कोच था। वह सामान्य लोगों को स्वतन्त्रता संग्राम से जोड़ रहा था। वह चाय बागान के मजदूरों को क्रान्ति में भूमिका दे रहा था। वह सामान्य जन का आदमी था। इसलिए मध्यवर्ग के लोगों ने उसे लगभग भुला दिया।"

कुछ देर तक चुप रहने के बाद उसने फिर कहा, "ये मध्यवर्ग के लोग, उनकी सन्तानें आगे के वर्षों में एक तरफ अंग्रेजों की नौकरी कर अपनी स्थिति सुधरती रही तो दूसरी तरफ सत्ता में और अधिक भागीदारी के लिए अंग्रेजों से लड़ती रहीं। उनकी अगुआई कांग्रेस ने किया। यद्यपि कि असम में कांग्रेस का आगमन काफी देर से हुआ, पर यहाँ के नेताओं की गतिविधियों को उसके समानान्तर चलते खूब देखा जा सकता है। जब अंग्रेजों ने सत्ता छोड़ी, तो इन्हीं के हाथों में सौंपी। पर मैं आज तक यह नहीं समझ पाया कि जो अंग्रेज निर्णय लेने में बहुत देरी नहीं करता था, उसके उत्तराधिकारी इस गुण से कैसे वंचित रह गये?"

"वह ऐसे कि यह नस्ल का भेद है। अधिकतर अंग्रेज प्रशासक युवा थे और राज बना रहे थे, इसलिए निर्णायक काम करते थे। हमारे नेता वृद्ध हैं। युवा लोगों को भरसक सत्ता के पास फहकने नहीं देते। 'लाहे-लाहे होवे' इनके खून में है, इसलिए निर्णय नहीं लेते। उनको डर लगता है कि उनके निर्णय से जनता कहीं भड़क न जाय और वोट न दे। इसलिए यथास्थिति बनाकर रखते हैं। अंग्रेज को जनता से कुछ लेना-देना नहीं था। इसलिए वह निर्णय लेने से कतराता नहीं था," दिवांग ने कहा।

ब्रह्म ने कहा, "एक बात और है। ये अंग्रेज प्रशासक वहाँ के मध्यवर्ग के थे। इसलिए 'बाँटो और राज करो' मे विश्वास रखते थे। यह विरासत इन्हें पक्के तौर पर सौंप गये हैं।"

वसुन्धर ने कहा, "यह दोनों बातें ही तोड़ी जानी चाहिए।"

16

पर कैसे? यही यक्ष प्रश्न था।

वसुन्धर जानता था कि इन परिस्थितियों से निकलने के लिए वह कुछ नहीं कर सकता, पर करनेवालों का सहयोग कर सकता है। जो कर सकते हैं वे विनायक जैसे लोग होंगे।

विनायक करना चाहता था, पर करे क्या? इस 'करे क्या' पर वह सोचता रहा और सोचता रहा। लोग आते रहे, जाते रहे और सोचने के लिए कहते रहे। इतना तय था कि अब तक जिस तरह से काम होता रहा है, उससे कुछ होनेवाला नहीं है। इस तरह से तो पीढ़ियाँ बीत जायेंगी और कुछ नहीं होगा। सब-कुछ नये सिरे से संगठित करना होगा। पर क्या? निश्चय ही अपना एक संगठन बनाना होगा। उसके लिए कर्मठ और कटिबद्ध आदमियों को जुटाना होगा, उनको लेकर जूझना होगा। वे लोग आयेंगे कहाँ से? आसमान से तो आयेंगे नहीं, न ही पाताल से। न देश के बाहर से आयेंगे, न सूबे के बाहर से। जो यहाँ हैं, उन्हीं के आधार पर कुछ करना होगा। ऐसा ही सभी करते हैं। हम भी करेंगे। एक बार यदि बात चल पड़ती है तो लोग अपने आप आने लगते हैं, जुड़ते जाते हैं। मनुष्य प्रयत्न करता है, ईश्वर मदद करता है।

पर करना क्या है?

उसे चेतिया फूकन की याद आयी। शिलांग में लोगों से मिलने का जो अभियान चला था, उसमें तीसरा आदमी चेतिया फूकन ही तो था। वह धानखेती की पहाड़ियों के ऊपर मलकी में रहता था। उसकी एक किताब आयी थी, 'आइडियास हाण्टिंग द वर्ल्ड,' जिसे असमिया लोग बड़े चाव से पढ़ रहे थे। उन्हीं में विजेन्द्र चन्द्र महन्ता भी थे। उन्होंने ही विनायक को उनसे मिलने की राय दी थी। चेतिया फूकन पुराने अहोम राज्य की महिमा को पुनः स्थापित करने का स्वप्न देख रहे थे और उसके लिए बौद्धिक वैचारिक प्रयास कर रहे थे। उस दिन उन्होंने स्नेहलता बरुआ को बुला रखा था। उनके द्वारा अनूदित कुछ कविताएँ एक असमिया पत्रिका में छपी थीं, जिन्हें पढ़कर वे उद्वेलित हो उठे थे। उनके मूल रचयिता से मिलना फिलहाल सम्भव नहीं था, इसलिए उन्होंने अनुवादिका को ही बुला रखा था और एक गोष्ठी रख ली थी। उन्हीं कविताओं का पाठ चल रहा था, जब विनायक वसुमतारी अपने दल के साथ उनके आवास पर पहुँचे। चेतिया फूकन हर समय अपने मेहमानों का स्वागत करने के लिए तत्पर रहते थे और स्वागत बड़ी गर्मजोशी से करते थे। औपचारिकता पूरी होने के बाद उन्होंने कविता सुनने के लिए सबको आमन्त्रित किया। पहली कविता, जो स्नेहलता बरुआ ने सुनाया, वह यह थी –

अमर कविताएँ हमने नहीं लिखीं
नहीं लिखे टूटी शिलाओं पर अटूटे लेख
लिखी बिल्कुल समसामयिक कविताएँ
इसलिए कि एकबार चली जाने के बाद
वे संवेदनाएँ फिर नहीं आयेंगी

जाकर न लौटनेवालों के बारे में लिखना
उन्हें अमर करना नहीं था

तालमेल बिठाना था तत्काल से
इतनी तात्कालिकता को साहित्य में
अमर करना बेकार बात थी

इसलिए हमारी गिनती कवियों में नहीं हुई
हमने अमर कविताएँ नहीं लिखीं।

दूसरी कविता कुछ इस तरह से थी :

मैं प्रवासी पक्षी की तरह घूम रहा हूँ
बाँट रहा हूँ कबूतर की तरह कोई सन्देश

हवा में होता हूँ तो बन्धनहीन होता हूँ
तो क्या मेरा पक्षीपना हवा में है ?

जबकि देश के सारे राजनीतिज्ञ लगे हैं
इस हवा को तोड़ देने में
यह हवा मुझे बादलों में मिलाती जा रही है।

तीसरी कविता थी

आप मेरे ऊपर दृष्टि डालते हैं
और देखते हैं मेरी आँखें
मेरी नाक मेरी त्वचा मेरा रंग
सुनते हैं मेरी भाषा
पूछते हैं मेरा विश्वास
करते हैं मेरे अतीत की चीड़-फाड़
विश्लेषित करते हैं मेरा वर्तमान
भविष्य को भाखते हैं
और मेरी प्रोफाइल बनाते हैं

मैं एक जिज्ञासा हूँ, एक नस्ली नमूना

राजनीति, इतिहास, नृतत्त्व
आपका प्रभावशाली ज्ञान

सभी इस मूल प्रश्न का उत्तर देने में असमर्थ हैं
कि एक भारतीय कैसा दिखता है?

एक भारतीय मेरी तरह दिखता है
मैं एक भारतीय हूँ।

यह कविता सुनते ही चेतिया फूकन आवेश में आ गये। बोल उठे, "यह है एक असमिया का दर्द एक असमिया की छटपटाहट। भारत की मुख्य भूमि, हिन्दी, हिन्दू की हृद-भूमि हमें पहचानती ही नहीं। हमें पिछड़ा मानती है, गरीब मानती है, अजनबी मानती है, अन्य मानती है। पहले बंगाली कहती थी, अब 'चिकी' कहती है। हाशिये का आदमी मानती है। भारतीय राष्ट्रवाद बनाम दगाबाज आदिवासी की शब्दावली में सोचती है। भारतीय राष्ट्रवाद में हमें सम्मिलित करते समय हमें सन्देह से देखती है। एक विरोधाभास मानती है। क्यों? क्योंकि हम उनसे भिन्न हैं। इसलिए वह हमें छिन्न-भिन्न कर रखना चाहती है। सच पूछिये तो वह सही करती है। हम भिन्न हैं। हमें अपनी भिन्नता को स्वीकार करना चाहिए और उसे पूरी तरह से प्राप्त करने के लिए प्रयत्न करना चाहिए।"

चेतिया फूकन ने अपनी उत्तेजना पर नियन्त्रण किया। वे हाँफने लगे थे। स्नेहलता ने पानी का गिलास उठाया और उनकी ओर बढ़ा दिया। उन्होंने पानी पीकर चेहरे को रूमाल से पोंछ लिया। वहाँ पसीने की बूँदें चुहचुहा आयी थीं।

विनायक ने कहा, "आजादी के बाद की स्थिति यह है कि मुख्य धारा के राष्ट्रवाद ने उत्तर-पूर्व को जब भी आत्मसात् करना चाहा, यहाँ के लोगों ने, खासकर पहाड़ के लोगों ने, उसका विरोध किया, अविश्वास की दृष्टि से देखा। परिणामस्वरूप यह प्रयत्न केवल राजनैतिक वितण्डा बनकर रह गया और सांस्कृतिक संघर्ष का रूप लेने लगा।"

स्नेहलता बरुआ ने कहा, "भारतीय राष्ट्रवाद ने अपना स्वरूप कुछ बदला। फिर भी यह संघर्ष बना हुआ है।"

चेतिया फूकन ने कहा, "गौर करने की बात यह है कि मुख्यधारा का राष्ट्रवाद सामन्तवाद की देन है, जिसमें जाति, धर्म और नस्ल की अपनी भूमिका है। इसलिए वह हमारे राष्ट्रवाद को, जो बराबरी और समानता पर आधारित है, स्वीकार नहीं कर पाता। ऐसे में जरूरत है भारतीय संघ से अलग हो जाने की।"

चेतिया फूकन की बात विनायक वसुमतारी के लिए चौंकानेवाली थी। भारतीय गणराज्य से अलग होने की बात यहाँ की पहाड़ी जनजातियों के लोग सोच सकते हैं, क्योंकि उन्होंने आजादी की लड़ाई नहीं लड़ी। भारतीय संस्कृति के कभी करीब नहीं आये। अपने घर में छिपे रहे। बाहर भी आये तो भारतीय संस्कृति से नाता न जोड़कर, ईसाई और यूरोप की संस्कृति से नाता जोड़ा, वह भी अधकचरे ढंग से। ऐसा कम्युनिस्ट लोग

भी कह सकते हैं, क्योंकि उन्होंने भी आजादी की लड़ाई नहीं लड़ी। असम में कम्युनिस्ट बंगाली है, जिन्होंने कभी भी असमिया लोगों को सम्मान नहीं दिया। इसलिए ये दोनों तरह के लोग अलग होने के लिए सोच सकते हैं। पर भला असमिया लोग कैसे सोच सकते हैं, जिन्होंने आजादी की लड़ाई लड़ी, भारतीय संस्कृति से एकमेव होते रहे, भले ही उस दौर में अपनी पहचान अलग से बनाकर रखे। उनके मौजूदा धागे दिल्ली से जुड़े हुए हैं। संघ राज्य का मतलब ही है कि एक तरफ वे अपनी विशिष्टता को न केवल बनाकर रखें, उसे संवर्द्धित भी करें, और दूसरी तरफ मुख्य धारा से अपने को जोड़कर रखें और इस तरह विश्व राजनीति में अपनी उपस्थिति दर्ज करें। अपना सन्देह उसने चेतिया फूकन के सामने रखा, तो उन्होंने कहा, ''इसके लिए जरूरी है कि वैकल्पित राष्ट्रवाद का स्पष्ट चित्र खींचा जाय। उसे 'कन्फ्यूजन' में रखकर असमिया-पहचान और असम की समस्या की बात नहीं की जा सकती। आज जो कठिनाइयाँ हमारे सामने आ रही हैं, वे इसी अस्पष्टता के कारण हैं।''

स्नेहलता बरुआ ने कहा, ''हमारे यहाँ समस्या बहिरागतों और स्थानीय लोगों की लड़ाई की है। ये बहिरागत मुसलमान हैं। मुख्य धारा के राष्ट्रवादी के लिए मुसलमान अल्पसंख्यक है—ऐसा अल्पसंख्यक जो सदियों से हिन्दुओं के बीच रहता आ रहा है और वहाँ के राजनैतिक जीवन का अभिन्न अंग है। असम में भी जो मुसलमान सदियों से हिन्दुओं के, कहिये सामान्य असमिया लोगों के, साथ रह रहा है, उससे कोई समस्या नहीं है। समस्या है पूर्वी पाकिस्तान, बाँग्लादेश से भागकर आये मुसलमानों से। यह यहाँ के स्थानीय परम्परागत लोगों को अल्पसंख्यक बनाते जा रहे हैं। मुख्य भूमि के मुसलमान यहाँ के हिन्दुओं की जमीन नहीं कब्जा कर रहे हैं। वे पाकिस्तान में कब्जा कर रहे हैं, जो मुस्लिम लीग और कम्युनिस्टों के आह्वान पर पश्चिमी पाकिस्तान में गये थे। पर ये बाँग्लादेशी हमारी जमीन कब्जा कर रहे हैं। मुख्यभूमि के राजनीतिज्ञों को हिन्दू और मुसलमान की लड़ाई साम्प्रदायिक होती है, क्योंकि धर्म आधारित होती है। यहाँ की लड़ाई धार्मिक नहीं आर्थिक है, इसलिए साम्प्रदायिक नहीं है। इस बात को वे समझ नहीं पाते। कह देते हैं कि ये मुलमान भी अन्ततः पुराने भारत के ही लोग हैं। आज कहाँ जायँ? अरे भाई, ये कहीं भी जायँ। जाना तो इन्हें पाकिस्तान चाहिए जहाँ के पुराने लोग यहाँ आये हैं। न भी जायँ तो मुख्यधारा के उदार लोग उन्हें अपने यहाँ रखें। हमारे यहाँ क्यों रखे हुए हैं? उनका त्रास हम झेल रहे हैं, मुख्यभूमि के भारतवासी नहीं। उनके लिए असम एक दूर-दराज का अजूबा देश है, जहाँ वे गाहे-बगाहे कमाने आते हैं और कमाकर लौट जाते हैं। हमारी समस्या से दो-चार नहीं होते।''

''मैं भी एक बात कहना चाहता हूँ। वह यह कि बहिरागतों का अर्थ हम बाँग्लादेश से आये मुसलमानों तक न सीमित रखें। उसमें शरणार्थी ही नहीं, एक जमाने से रह रहे हिन्दू बंगालियों को भी शामिल करें। सारी खुराफात की जड़ वही हैं। अपने को बहुत

ऊँचा समझते हैं। इसी तरह मारवाड़ियों को, हिन्दी बोलनेवालों को, चायबागानों के बाहर से आये मजदूरों को भी शामिल करके बात की जानी चाहिए।" कोने में बैठे लोग मोटा चश्मा लगाये एक लम्बे से आदमी ने जब यह बात कही तो वसुमतारी उसका मुँह देखते रह गये। वे कौन थे, वसुमतारी को नहीं पता। जब वसुमतारी आये थे तो उन्होंने अपना और अपने साथ के लोगों का परिचय दिया था। चेतिया फूकन को वे स्वागत के कारण जान गये थे और स्नेहलता के कविता पाठ से। बाकी का परिचय चेतिया फूकन ने नहीं दिया था।

चेतिया फूकन ने शायद उनकी बात को गम्भीरता से नहीं लिया। अपनी बात इस तरह से कहा, "वहाँ के राजनीतिज्ञ अभी भी असम को भारत का संलग्नक, कहें पुछल्ला मानते हैं। यह बात भला एक चेतनशील असमिया कैसे मान सकता है? यदि उसे ऐसा मानने के लिए मजबूर किया जायेगा तो वह दुमछल्ला बनकर क्यों रहेगा? अपना स्वतन्त्र और सम्प्रभु देश नहीं बनायेगा?"

"यह बनाना है भी आसान। यदि वह बाईस किलोमीटर गलियारा काट दिया जाय। नक्शे में जब हम असम को उस गलियारे के सहारे भारत से जुड़ा हुआ देखते हैं तो वह वाकई दुमछल्ला ही लगता है," उस मोटे ऐनकधारी ने कहा।

बिना उसकी बात पर ध्यान दिये स्नेहलता बरुआ ने कहा, "यही कारण था कि अमियो कुमार दास ने संविधान निर्मात्री सभा में स्पष्ट माँग रखी थी कि भारत सरकार को नहीं, असम सरकार को यह तय करने का अधिकार दिया जाना चाहिए कि यहाँ का नागरिक कौन हो। माइग्रेशन और नैचुरलाइजेशन पर कानून बनाने का अधिकार उसका होना चाहिए। चाहे इस अधिकार को राज्य सूची में न रखकर समवर्ती सूची में ही क्यों न रखा जाय।"

चेतिया फूकन ने कहा, "भारत से छिन्न होने का बीज तो तभी पड़ गया था, जब संविधान निर्मात्री सभा में असम की आर्थिक और राजनैतिक स्वायत्तता के सम्बन्ध में गोपीनाथ बरदोलोई, निकोल्स राय, अमियो कुमार दास, रोहिणी कुमार चौधरी आदि की बात नहीं मानी गयी थी। ऊपर से जब तीन लाख बंगाली हिन्दुओं को असम में बसाने के बाद गोपीनाथ बरदोलोई ने भारत सरकार से स्पष्ट कहा कि हम अब और नहीं बसा सकते। इन्हें देश के दूसरे हिस्सों में बसाया जाय। इस पर पण्डित जवाहर लाल नेहरू आगबबूला हो गये थे। कहा था कि आप देशहित के विरुद्ध बात कर रहे हैं। यदि नहीं मानेंगे तो असम को जो धन दिया जा रहा है, वह बन्द कर दिया जायेगा। वे भूल गये कि करीब पौने दो लाख असमिया लोग अभी भी बिना खेती-बारी के लिए भटक रहे थे। उन्हें भी बसाना था।"

मोटे चश्मेवाले बन्धु ने कहा, "इसी नेहरू ने असम में रिफाइनरी नहीं लगने दी। उठाकर बिहार ले गये। बहाना बनाया कि यहाँ सुरक्षा का खतरा है।"

"सोचिये जरा, पाँच सौ किलोमीटर लम्बी क्रूड आयल ढोनेवाली पाइप की सुरक्षा वह कर सकती है। पर असम में रिफाइनरी की सुरक्षा नहीं कर सकती," चेतिया ने कहा।

स्नेहलता बरुआ ने कहा, "यहाँ की सरकार जब-जब बहिरागतों की समस्या से दिल्ली सरकार को अवगत कराती है, वह सुनती ही नहीं है। यहाँ की सरकार जब भी उन्हें हटाने का प्रयास करती है, वह फच्चर डाल देती है।"

विनायक ने कहा, "ये पहले की बाते हैं। अब सरकार क्यों नहीं, कुछ करती?"

"डरती है। बी.पी.चालिहा इसी मुद्दे पर मुख्यमन्त्री पद से हटाकर बाहर कर दिये गये। अब इतना बड़ा रिस्क यह मनमोट मुख्यमन्त्री कैसे ले सकता है। टालते रहना हमारी नीति बन गयी है," स्नेहलता बरुआ ने कहा।

"समस्या तभी दूर होगी, जब असम एक स्वतन्त्र और सम्प्रभु देश होगा। इसके लिए लोगों को आगे आना चाहिए," चेतिया फूकन ने कहा।

विनायक वसुमतारी इन बातों को सुनकर चौंके जरूर थे, पर गम्भीरता से नहीं लिया था। अब गम्भीरता से लेने की बात मन में आ गयी थी। जरूरत थी इसके लिए एक राजनैतिक दर्शन की। और वह अम्बिकागिरि राय चौधुरी के लेखन से दिख रहा था। उन्होंने दोहरी नागरिकता की बात की थी भारतीय महाजाति के भीतर असमिया जाति की, जो भारतीय महासंघ को मानते हुए भी उसके भीतर स्वायत्त रहेगी।

अम्बिकागिरि राय चौधुरी के बारे में विस्तार से उन्होंने विनेन्द्र चन्द्र महन्ता से जाना था। महन्ता ने उन्हें बताया था कि वे तेजपुर जिले के एक गाँव के रहनेवाले थे। शिक्षा शिवसागर और गुवाहाटी में हुई थी। बंग-भंग के मौके पर उन्होंने ढाका के अनुशीलन समिति के तर्ज पर 'सेवा संघ' की स्थापना की थी रक्तिम बोरा और त्रिगुणा बरुआ के साथ मिलकर। 1905 में उन्होंने 'वन्दिनी भारत' के नाम से एक नाटक लिखा था, जिसके कारण उन्हें एक वर्ष बरपेटा जेल में बिताना पड़ा था और 1912 तक खुफिया पुलिस उनका निरन्तर पीछा करती रही। 1919 से उन्होंने 'चेतना' नाम की पत्रिका निकालना आरम्भ किया था, जिसमें स्वदेशी पर बड़े उग्र विचारवाले लेख छपते थे। उसी साल उन्होंने असम एसोसिएशन के अधिवेशन में सरकारी स्कूलों और कचहरियों के बायकाट का प्रस्ताव रखा था जो स्वीकृत नहीं हुआ। बंगालियों, विशेषकर बंगाली मुसलमानों द्वारा असमिया संस्कृति पर जो हमला हो रहा था, उसका मुकाबिला करने के लिए 'सन ऑफ स्वायल' का नारा दिया था और 'असमिया संरक्षिणी सभा' का गठन किया था। स्वराज को निकट आते देखकर उन्होंने उसका दर्शन रचते हुए कहा था कि स्वराज का मतलब होगा हर सांस्कृतिक इकाई को अपनी सामाजिक संरचना, भाषा और संस्कृति की रक्षा, उसका अतिक्रमण चाहे असम से बाहर के लोगों के द्वारा हो रहा हो, या असम के भीतर के लोगों के द्वारा। इसी के आधार पर उन्होंने 1942 में दोहरी नागरिकता का सिद्धान्त रचा था और उसको मूर्त रूप देने के लिए 'असम जातीय महासभा' का गठन किया था।

उनके विचारों को और सम्यक् रूप से जानने के लिए जब वे गोगागाँव लौटे थे तो गुवाहाटी से उनकी रचनावली खरीद लाये थे। उसे पढ़ते हुए उन्हें लगा था कि असम में बढ़ती बंगालियों, विशेषकर मुसलमानों की जनसंख्या पर मुल्लन ने जो रिपोर्ट दी थी, उस पर तीन तरह की प्रतिक्रियाएँ हुई थीं। पहली प्रतिक्रिया जगन्नाथ बोरा की थी। उन्होंने असमिया लोगों की बिल्कुल अलग पहचान की वकालत की थी और उसका भारतीय जाति से कोई वास्ता न रखने की बात की थी। अपने दो लेखों 'कामरूप और भारतवर्ष' तथा 'असम क्यों भारत का अंग बन कर रहे' में बोरा ने इस बात की जमकर वकालत की थी कि असम का पुनर्जन्म तभी सम्भव है, जब वह अपने को पूरी तरह से भारतवर्ष से अलग कर ले और उसके लिए अभी से स्वतन्त्र रूप की माँग करे। 1920 से बढ़ रहे कांग्रेस के और उसके माध्यम से भारत के प्रभाव की भर्त्सना करते हुए दिखा था "इसके पहले असम के लोग कांग्रेस को नहीं जानते थे। असम के लोग हमेशा ही अपनी विशिष्ट शासन-व्यवस्था के साथ भारतवर्ष से अलग रहे हैं और कभी भी उसका हिस्सा बनकर नहीं रहे हैं। हमारे इतिहास का प्रवाह हमेशा ही भारत के इतिहास-प्रवाह से भिन्न रहा है। इसलिए भारत का इतिहास हमारा इतिहास नहीं है। इसलिए इसमें कोई आश्चर्य की बात नहीं है, यदि असमिया लोग अपने को भारतवर्ष के बाहर मानते हैं, जैसा कि वर्मा, अफगानिस्तान या थाईलैण्ड है। असम हमेशा भारत का एक पड़ोसी देश रहा है।

किन्तु जगन्नाथ बोरा के लेखन में असमिया अस्मिता की अवधारणा स्पष्ट नहीं है। वे घूम-फिर कर ब्रह्मपुत्र घाटी के वाशिन्दों की बात कहकर रह जाते हैं। बाकी लोगों को दयाभाव से असमियों के साथ जोड़ते हैं। कहते हैं कि राजवंशी, कोच, मेच, बोडो, कछारी आदि लोगों को इसलिए असमिया लोगों के साथ जोड़ लेना चाहिए, क्योंकि ये लोग भारत से जुड़कर दुर्गति को प्राप्त हुए हैं और यदि आगे भी जुड़े रहे तो यह दुर्गति बढ़ जायेगी। पहाड़ी जनजातियों पर भी उनकी दृष्टि स्पष्ट नहीं थी। बस इतना ही कहा था कि उन समुदायों को भी अपनी भलाई के लिए असमिया जातीयतावाद से जुड़ जाना चाहिए। गौर करने की बात है कि जगन्नाथ बोरा ने असमिया भाषा को एकता के सूत्र के रूप में न उठा कर राजनैतिक आर्थिक और सांस्कृतिक स्वतन्त्रता के नाम पर अस्मिता रचना चाहा था। नस्ल की समस्या पर भी मौन रहे। विचित्र बात यह है कि वे कांग्रेस की निन्दा इसलिए करते हैं कि वह असमिया हिन्दू और असम में रहनेवाले या बाहर से आनेवाले मुसलमानों के बीच विभेद करती है। वे असमिया अस्मिता का प्रश्न एक ऐतिहासिक प्रश्न मानते हैं, जिसका उत्तर भारतवर्ष के राष्ट्र-राज्य में नहीं खोजा जा सकता।

दूसरी छोर पर असम कांग्रेस के लोगों के विचार थे। एक विचार चन्द्रनाथ शर्मा का था। असमिया अस्मिता के लिए वे एक तरफ असमिया हिन्दू और बंगाली हिन्दू में भेद करते थे, तो दूसरी तरफ असमिया हिन्दू (और परम्परागत ढंग से रह रहे असमिया मुसलमान) और बंगाली मुसलमान में भेद करते थे। असमिया अस्मिता को खतरा वे

बंगाली हिन्दू और बंगाली मुसलमान दोनों से पाते थे—एक भाषा व संस्कृति के आधार पर असमिया अस्मिता को चोट पहुँचा रहा था तो दूसरा नस्ल और आर्थिक औजारों से। वे मुसलमानों के प्रश्न से तुरन्त जूझना चाहते थे और उसके लिए सरकार का सहयोग चाहते थे। बंगाली हिन्दू की समस्या उसके बाद उठायी जा सकती थी। एक-दूसरे कांग्रेसी विरंची कुमार बरुआ इसे स्वीकार नहीं करते थे और कहते थे कि असमिया अस्मिता को खतरा हर प्रकार के बहिरागतों से है। वे असमिया उन लोगों को मानते थे जो असमिया भाषा और संस्कृति को अपनाकर चलते थे, किन्तु इसके लिए वे नस्ल पर भी ध्यान देते थे। कहते थे, "Culturally racially and linguistically every non-Assamese is a foreigner in Assam"। यह भी कि असम कभी भी भारतवर्ष का अंग नहीं रहा है और अंग्रेजों के सत्ता में आने के बाद जो भी गैर-असमिया असम से रह रहा है, वह बाहरी है। उसे निकाल बाहर किया जाना चाहिए।

अम्बिकागिरि राय चौधरी के विचार मध्यमार्गी हैं। एक तरफ से भारतवर्ष को महाजाति मानते हैं, तो दूसरी तरफ असम को उसके भीतर एक स्वायत्त जाति। ब्रिटिश सत्ता से स्वतन्त्र होने के लिए जरूरी है कि तमाम जातियाँ भारतीय महाजाति में कुछ समय के लिए समाहित हो जायँ, क्योंकि कोई भी जाति अकेले इस औपनिवेशिक सत्ता से नहीं लड़ सकती। पर भारतवर्ष के स्वतन्त्र हो जाने के बाद जरूरी है कि हर जाति को स्वायत्तता बख्श दी जाय, जिससे कि वे अपनी अस्मिता अपनी राष्ट्रीय चेतना के अनुसार निर्मित कर सकें। यही कारण था कि उनके विचार में एक तरफ भारतीय राष्ट्रवाद और असमिया उपराष्ट्रवाद में तथा दूसरी तरफ असमिया राष्ट्रवाद और असम में रह रहीं दूसरी जनजातियों के उपराष्ट्र में किसी भी तरह के संघर्ष या विरोधाभास की सम्भावना नहीं थी। वे हर नस्ली समूह को असमिया मानते थे, जिन्होंने असम को अपना गृहप्रदेश बना लिया था। किन्तु पूर्वी बंगाल से जो बेतहासा मुसलमान भागे आ रहे थे, वे असमिया अस्मिता के लिए खतरा पैदा कर रहे थे, क्योंकि उनकी उपस्थिति से असमिया लोग अपने ही वतन में अल्पसंख्यक होने का खतरा झेल रहे थे। इसलिए एक तरफ उनके आगमन को रोका जाना चाहिए तो दूसरी तरफ एक निश्चित तिथि के बाद आये बहिरागतों को निकाल बाहर किया जाना चाहिए।

विनायक वसुमतारी को लगा कि अम्बिकागिरि राय चौधरी का स्वप्न पूरा नहीं हो पाया। क्यों? एक तो यही कि इस स्वप्न में कुछ अन्तर्भुक्त खामियाँ थीं। उसमें यही स्पष्ट नहीं था कि जनजातियाँ, चाहे वे पहाड़ की हों या मैदानों की सत्ता में भागीदारी कैसे करेगी? यही कारण था कि आजादी के बाद जो नया मध्यवर्ग वहाँ उभरा, वह अलग राज्य की माँग करने लगा। आज बड़ लोगों के सामने भी वही समस्या है। दूसरे अम्बिकागिरि राय चौधरी ने असम के निर्माण का जो चित्र प्रस्तुत किया वह आदर्शोन्मुखी अधिक था, यथार्थ पर आधारित कम। तीसरे उनका चिन्तन ब्रह्मपुत्र घाटी

वहाँ के लोग और वहाँ की भाषा को लेकर है। उसमें बड़-कछारी क्षेत्र की बात नहीं है। अब जरूरत है उसे यथार्थपरक बनाने की। उसका स्वरूप तय कर ही आगे की कार्यवाही की जानी चाहिए।

इस स्वरूप पर विनायक ने दो तरह से सोचा। एक तो यह कि बाँग्लादेश से पिटे मुसलमान असम में चले आ रहे हैं। किन्तु यदि बोडो लोग उनसे पिटते हैं तो उन्हें जाने का कोई स्थान नहीं है। वे पहाड़ों में नहीं जा सकते। वहाँ जाने पर कानूनी रोक है। यानी चले भी जायँ तो क्या उनकी पहचान बची रह पायेगी? असम की धरती ही असमिया लोगों की रिक्थ है। उसकी रक्षा के लिए असम के लोगों को ही उठ खड़ा होना होगा। अन्यथा यह जाति बची नहीं रह पायेगी।

दूसरे यह कि असम कितना भारत के साथ रहे? उसके लिए आदर्श दर्शन तो अम्बिकागिरि राय चौधरी का ही है। अगर असम भारत से अलग होता है तो उसके दो रूप बनते हैं। एक तो यह कि पूरा असम एक होकर रहे। वह तो अभी भी है, पर समस्या दूर नहीं हो पा रही है। क्यों? क्योंकि पूरे असम पर सिर्फ पूर्वी असम का दबदबा है, चाहे शासन में हो या प्रशासन में। स्वभाव से ही पूर्वी और पश्चिमी असम दो दिखते हैं—पूर्वी असम पर अहोम जाति का वास और सोच सत्ता के कारण, पश्चिमी असम पर बड़ जाति का वास और सोच सत्ता के कारण। दोनों का विकास दो तरह से हुआ है, और दोनों का दो मन बना है। बड़े घराने के लोगों से टूट कर निकला मध्यवर्ग पूर्वी असम का है, जिसने पहले भी राज किया, आज भी कर रहा है। छोटे लोगों से बढ़कर बनता मध्यवर्ग पश्चिमी असम का है, जो अपनी पहचान और अधिकार के लिए लड़ रहा है। ऐसे में आदर्श स्थिति यह होगी कि दो अलग-अलग असम बनें। क्या यह सामर्थ्य पूर्व व पश्चिम असम में है? नहीं। जब तक वह शक्ति नहीं आती, तब तक एक तरफ असम की समग्र जाति दूसरी तरफ पूर्व व पश्चिम की उपजातियों के लिए लड़ने की दर्शन की जरूरत है। और वह अम्बिकागिरि राय चौधरी के दर्शन में है।

हफ्तों के ऊहापोह के बाद उसने वसुन्धर को बुलाया, पाकुड़ गाँव के चौधरी को बुलाया, दिवांग को बुलाया, ब्रह्म को बुलाया, बोरा को बुलाया, इट्टर बड़ को बुलाया और कहा, "हमें कुछ नया करना होगा और उसके लिए संगठित करना होगा। हमारे आधार पुरुष आप सब लोग होंगे, और सभी एक-दूसरे के लिए होंगे। हमारी पूँजी हमारा अनुभव होगा, हमारा उत्साह होगा, उद्‌देश्य के प्रति कटिबद्धता होगी।"

17

कई महीने बीत गये। कभी अकेले, सभी सहेलियों के साथ उर्सुला घाट आती-जाती रही। एक दिन अकेले ही घाट पर बैठे वह नदी की ओर मुँह किये कपड़े साफ कर रही

थी कि पीछे पाँवों की धमक सुनायी दी। सिर फेरकर देखा तो वही आदमी आता दिखायी पड़ा। वह फींचनेवाला कपड़ा हाथ में लेकर खड़ी हो गयी और आश्चर्य से भर कर पूछा, "उस दिन तुम कहाँ चले गये थे?"

वह कुछ बोला नहीं, बस उसके करीब आ गया। उर्सुला ने कहा, "अब तुम ठीक हो? लो बैठो।" उसने हाथ का गीला कपड़ा फेंककर एक सूखा कपड़ा बिछा दिया।

आगन्तुक बैठा नहीं। कहा "ठीक हूँ। उस दिन मैं डर गया था, इसलिए तुम लोगों के चले जाने के बाद चला गया था।"

"तुम्हें क्या हुआ था?"

"चोट लगी थी।"

"अब ठीक है?"

"ठीक है।"

"कहाँ के रहनेवाले हो?"

"कालूगाँव का।"

"वह कहाँ है?"

"दूर है।"

"तुम्हारी आवाज से लगता है कि तुम यहाँ के आदमी नहीं हो।"

"पर हूँ असमिया ही।"

"वह तो ठीक है।"

दोनों थोड़ी देर तक बात करते रहे। फिर उसने कहा, "अब मैं जाऊँगा।"

"ठीक है।"

"मैं फिर आऊँगा।"

"क्यों?"

"तुम्हें देखने। तुम बहुत सुन्दर हो।"

उर्सुला गड़ गयी। उसका चेहरा लाल हो गया। देर तक आँखें नीचे किये रही। फिर ऊपर उठायी। उसने कहा, "तुम रोज आती हो क्या?"

"नहीं हफ्ते में एक-दो बार।"

"फिर कब आओगी?"

"पता नहीं।"

"मैं आऊँगा।"

उर्सुला कई सप्ताह घाट नहीं गयी। पर उसे लगता था कि वह आता होगा। अब उसकी खबर कैसे मिले? आता होगा तो दिन के समय ही न, जब औरतें घाट जाती हैं। यदि आता होता तो जरूर उन्होंने देखा होगा। देखा होता तो जरूर उसकी बात करतीं।... लेकिन कह तो गया था कि आयेगा।... तो आता क्यों नहीं?...

उसने बात को जानने, सत्यापित करने को ठानी। वह नित्य घाट जाने लगी। वह क्रम महीनों रहा। पर वह नहीं आया। उसने तय कर लिया कि अब वह घाट नहीं जायेगी। उसका मतलब है उसकी तलाश में नहीं जायेगी। तभी जायेगी, जब काम होगा। तभी लगा कि उसके पीछे कोई खड़ा है। उसने सिर फेरकर देखा तो वही खड़ा था। उसका कलेजा मुँह में आ गया। कण्ठ अवरुद्ध हो गया। उसमें भय और उत्कण्ठा का मिला-जुला रूप था। दोनों कुछ देर तक चुप एक-दूसरे को देखते रहे। तब उर्सुला ने कहा, "बहुत दिनों के बाद आये।"

"मैं आता तो था।"

"पर दिखे नहीं।"

"तुम नहीं दिखी।"

बातों से साफ लगा कि दोनों एक-दूसरे को खोज रहे थे, पर पा नहीं रहे थे। जिस दिन उर्सुला आती थी, उस दिन वह नहीं आता था। जिस दिन वह आता था, उस दिन उर्सुला नहीं आती थी। दोनों ने अपना-अपना गिला-शिकवा दूर कर खूब बातें की और अगले आने का दिन तय कर लिया। उर्सुला इतना जान पायी कि वह शिवसागर जिले के कालू-गाँव का नितिन बड़ठाकुर हैं, जो फोर्स में काम करता है। फोर्स को कामतापुर लिबरेशन आर्मी के मूवमेण्ट पर नजर रखने के लिए लगाया गया है, जो इस इलाके में चोरी-छुपे आते-जाते रहते हैं।

पर उसका आना फिर नहीं हुआ। उर्सुला जल्दी-जल्दी कई बहाने बनाकर रूपनारायण के घाट पर बार-बार गयी। यु लिन उसके बहानों पर मुस्कराता रहा और अपने काम में लगा रहा। सोचता रहा कि लड़कियाँ जवान होते ही कैसा-कैसा झूठ बोलती हैं और वह पूरी तरह से सच लगता है। पर यह झूठ सहेलियों से नहीं चल पाया। किसी-किसी ने पीछा किया और पाया कि वह घाट पर काम करने के बजाय नीचे उस पार के तट को दूर तक घूरती रहती है खड़ी-खड़ी, और जब थक जाती है तो आँखों में आँसू भरकर, दृष्टि घुमाकर उन झाड़ियों और पेड़ों में विचरती है जहाँ से उस अजनबी ने इसके निर्वस्त्र गात को निहारा था। यानी उसके नैनों की तीर इसके हृदय में ऐसी गड़ी है कि घायल हिरणी की तरह चुपचाप घूम रही है। अधिक वाचाल सहेलियों ने तो उसका मुखड़ा चूम कर कहा है कि हममें से किसी एक का वरण कर लो, हम पुरुष बनकर तुम्हें पूरा स्वाद देंगे। पर कुन्ती ने उसका साथ बड़ी सहानुभूति से दिया है। उर्सुला को लगता है कि यह छोटी-सी लड़की भला उसके सम्बन्धों को क्या समझेगी? पर वह समझती थी।

एक दिन उर्सुला के आश्चर्य का ठिकाना न रहा जब उसने अपने दरवाजे पर उस अजनबी को अपने पिता से बात करते हुए पाया। वह कह रहा था कि लड़की को हमें दे दो, हम उसे सरकारी मुलाजिम बनायेंगे। उसे बस हम पाँच लोगों का खाना बनाना है और कैम्प की साफ-सफाई करनी है।

युु लिन कह रहा था कि, "युवा लड़की को अजनबियों के बीच में कैसे जाने दें। वह भी दिन भर मर्दों के बीच जो बिना परिवार के रहते हैं।"

अजनबी यानी नितिन बड़ठाकुर ने कहा, "यदि ऐसा कोई डर है तो उसके साथ कोई और लड़का या लड़की लगा दें। हम उसे भी सरकारी मुलाजिम बना देंगे। यु लिन ने कहा, "गाँव में और भी लड़के-लड़कियाँ हैं। उनके पिताओं से बात क्यों नहीं करते?"

नितिन ने कहा, "वे भी यही बात कहेंगे।"

उर्सुला सामने आयी। उसे देखकर नितिन कुछ घबरा गया। उर्सुला ने बिना उस पर कोई प्रतिक्रिया व्यक्त किये, बड़े ठण्डेपन से कहा, "यदि पैसे मिलते हैं तो मेरे काम पर एतराज क्यों करते हैं आङ्गनि फा (मेरे पिता)।

यु लिन ने आँखें तरेरकर देखा। उर्सुला ने सिर नीचा कर लिया। यु लिन ने कहा, "आप दो-चार दिन बाद मिलिये। हम सोच कर बतायेंगे।"

जब वह चला गया तो उर्सुला ने कहा, "आङ्ग नि फा, यह वही आदमी है, जो महीनों पहले घायल अवस्था में रूप नारायण के किनारे मिला था।"

"ओह! पर यह तो बता रहा था कि रूप नारायण के उस किनारे जंगल में सी.आर. पी.एफ. का कैम्प खुला है। वह उसी में रहता है।"

"यह तो मुझे पता नहीं।"

यु लिन खूब समझा। यह लड़की उसी की तलाश में आये दिन बहाना बना-बनाकर भागती है। उसके होंठों पर हल्की-सी मुस्कान आयी, पर व्यक्त न हो पायी।

वह कई दिनों तक सोचता रहा, पर कोई निर्णय नहीं ले पाया। तभी एक दिन नितिन फिर आया। यु लिन ने पूछा, "उस दिन क्या नाम बताया था आपने?"

"नितिन बड़ठाकुर।"

"कहाँ के रहनेवाले हैं?"

"कालू गाँव, शिवसागर के।"

"और लोग कहाँ के रहनेवाले हैं?"

"तीन असमिया हैं, एक मदरासी।"

"कितने पैसे देंगे?"

"अभी तो हम लोग अपने पास से दो सौ रुपये महीना देंगे। खाना-कपड़ा ऊपर से। यदि सरकारी मुलाजिम बन गयी तो चार सौ से कम न होगा।"

"लिखा-पढ़ी में तीन-चार माह तो लग ही जायेंगे।"

"हाँ।"

"यदि इसके साथ कोई गया तो क्या मिलेगा?"

"हम आपस में बात करके बतायेंगे।"

दो-चार दिन के बाद वह आया तो बताया कि सौ रुपया तो अभी मिलेगा। खाना-कपड़ा ऊपर से। सरकारी हो गया, तो पैसा दूना हो जायेगा।''

थोड़ा रुक कर फिर बोला, ''कैम्प में रात को रहने की इजाजत किसी को नहीं रहेगी। सुबह नौ बजे तक आ जाना होगा। हम शाम को चार-साढ़े चार बजे तक छोड़ देंगे।''

उर्सुला की नौकरी पक्की हो गयी तो दो-चार दिनों के बाद वह कुन्ती के साथ कैम्प जाने लगी। कैम्प जंगल के बीचोबीच ऊँची पहाड़ी पर बना था। उत्तरी-पश्चिमी कोने पर एक ऊँचा मचान बना था, जिस पर एक-न-एक सिपाही रात-दिन चढ़ा रहता था और एक फोंफा के सहारे चारों और देखता रहता था। पाँच-छह आदमियों का खाना-नाश्ता बनाने में उन्हें कोई विशेष श्रम नहीं करना पड़ता था। बाकी बचे समय को वे सफाई में लगाती थीं। देखते-ही-देखते उन्होंने पास की झाड़ियाँ काट दीं, घास साफ कर दिया। खाली-ऊँची जगह को समतल कर दिया। अगल-बगल क्यारियाँ बनाकर जंगली फूलों के पौधे एक लाइन से लगा दिया। तब वे जंगली न रहकर पालतू फूल बन गये और झाड़-झंखाड़ की कुरूपता की जगह व्यवस्था के सौन्दर्य में बदल गये।

हफ्ते में एक दिन छुट्टी मिलती थी। ऐसी ही छुट्टी के एक दिन कुन्ती अपने घर में टट्टर से सटकर बैठे-ही-बैठे सो रही थी। नींद इतनी गहरी थी कि अपने बदन का होश नहीं था। सिरजा उसे डराने के लिए तरह-तरह के मुखौटे लगाकर उसके घर में अक्सर घुस जाता था। उस दिन घुसा तो देखा कि उसका पुआन ऊपर तक उठ गया है और जाँघें उघड़ गयी हैं। वह उन्हें देखता रहा, फिर अपनी गदोरी एक पर बहुत धीरे से रख दी। कुन्ती तुरन्त जाग गयी। उसका बदन थोड़ा हिला और उसने आँखें खोलकर, सिरजा को देखा। फिर तुरन्त ही आँखों को बन्द कर ली। घबरा कर सिरजा ने अपनी गदोरी हटा ली थी, पर आँख बन्द करते ही फिर रख दी। कुन्ती वैसी ही सोती रही तो वह उठकर चला गया। घर का कूड़ा गाँव के बाहर फेंकते वक्त वह मिला तो कुन्ती ने कहा, ''तुम भी कैम्प चलोगे...?

''हमें तो पैसे मिलेंगे नहीं।''

''आते-जाते रहोगे तो साहब से कहकर उर्सुला दिलवा देगी।''

''क्या उर्सुल की सारी बात साहब लोग मानते हैं?''

''पता नहीं।''

''तब कैसे दिलवा देगी?''

''मुझे तो उसी ने दिलवाया है।''

''ठीक है। घरवालों से पूछूँगा।''

कुन्ती जाने को हुई तो सिरजा ने उसका हाथ पकड़ लिया। कहा, ''दोपहर की हरकत का बुरा नहीं माना?''

''मुझे अच्छा लगा'' कहते हुए एक झापड़ लगा दिया।

उस दिन उर्सुला ने फूलों की सभी क्यारियों को एक साथ ही ठीक कर देने का बीड़ा उठाया था। अकेली थी, इसलिए दिन जल्दी ही डूबने पर आ गया। जल्दी-जल्दी उसने खाना बनाया। फिर भी दिन डूब ही गया। खाना खिलाते-खिलाते अँधेरा हो गया। नितिन ने कहा, ''अब घर कैसे जाओगी?''

पोस्ट-इंचार्ज ने कहा, ''हाँ, देर हो गयी है। यहीं रुक जाओ।''

उर्सुला हँस पड़ी, ''नहीं-नहीं।''

तीसरे ने कहा, ''यह ठीक न होगा। जवान लड़की है।''

इंचार्ज ने कहा, ''सो तो ठीक है। बड़ी मुकिश्ल से एक काम करनेवाली मिली है। बदनामी होगी। आगे कोई मिलेगी ही नहीं।''

उर्सुला उनकी बातें सुनकर मुँह नीचा कर मुस्कराती रही। नितिन ने कहा, ''रूप नारायण पार करा दूँ तो चली जाओगी न।''

''हाँ। वैसे मैं अकेली ही चली जाऊँगी।''

''वह ठीक नहीं। नदी मैं पार करा देता हूँ।''

वे दोनों रास्ते भर चुप रहे। नदी पार कर जब वे पेड़ों से भरे मैदान में आये तो नितिन ने कहा, ''यहीं मैंने तुम्हें पहली बार देखा था।''

उर्सुला शर्मा कर गड़ गयी। नितिन ने कहा, ''तुम्हें याद है?''

उसने सिर को नीचा रखे ही स्वीकृति में हिला दिया। दो-चार कदम आगे चले तो उर्सुला ने कहा, ''तुम घायल कैसे हुए थे?''

''हम रिक्की पर निकले थे। कामतापुर लिबरेशन आर्मी के लोग जंगल में थे। उन लोगों ने हमला कर दिया। और लोग भाग गये, मैं पिट गया।''

''ओह! ये लोग कौन हैं?''

''एक त्रासवादी संगठन के लोग हैं।''

त्रासवादी उर्सुला के लिए नया शब्द था। वह तरह-तरह के नये शब्दों को इधर आये दिन सुनने लगी थी। जिनका अर्थ वह नहीं जानती थी। कहा, ''यह त्रासवादी क्या होता है?''

नितिन कुछ देर तक सोचता रहा, फिर कहा, ''ये लोग बहिरागतों को गोली मार कर भगानेवाले लोग हैं।''

''यह तो अच्छी बात है। उन्होंने हमारा खेत कब्जा कर लिया है। पर तुम्हें क्यों मारा?''

''क्योंकि हम उन्हें ऐसा करने से रोकते हैं।''

''क्यों भला?''

''सरकार का हुक्म है।''

"यह तो गलत है। वे हमारा खेत कब्जा करें और हम उन्हें भगायें भी नहीं। भगायें तो सरकार रोके?"

नितिन ने स्वीकार में सिर हिला दिया। "नहीं तुम्हें इनका साथ देना चाहिए। ये अच्छा काम कर रहे हैं," उर्सुला ने कहा।

नितिन चुप रहा। उर्सुला ने कहा, "तुम अब लौट जाओ।"

"और तुम?"

"मैं चली जाऊँगी।"

"ऐसे अकेले जाना ठीक नहीं।"

"क्या बाघ पकड़ लेगा?"

"उससे भी खतरनाक प्राणी।"

"कौन?"

"बहिरागत।"

"मैं दाव से काट डालूँगी।"

वह हँसा। "तुम्हारे पास दाव है कहाँ?"

बात सही थी। आगे वह लेकर चला करेगी। कहा, "तुम्हारे पास भी तो नहीं है।"

"है न।" उसने कपड़े के नीचे से निकालकर रिवाल्वर दिखायी।

"यह क्या है?"

"छोटी बन्दूक। इसमें छह गोलियाँ हैं। छह बहिरागतों को ये यमपुर पठा दें।"

"उस दिन क्यों नहीं पठाया।"

"क्योंकि यह पास में नहीं थी।"

"ओह। खैर अब लौट जाओ।"

वह दो-चार कदम और आगे चला। कहा "वह दिन कितना अच्छा था, जिस दिन तुम्हें देखा था।"

"दिन तुम्हारे लिये चाहे जितना अच्छा हो, मेरे लिये बहुत खराब था।"

"क्यों?"

"तुमने मेरा वह रूप देख लिया जो...।"

कुछ दूर तक वे दोनों फिर साथ चले। फिर नितिन ने कहा, "तुम्हारा वह रूप फिर देख पाता...।"

"कभी नहीं। अब लौटो।"

नितिन लौट पड़ा। उर्सुला सीधे चलती गयी। सोचती गयी कि जाने कितने समवयस्क लड़कों के सामने इसी रूप नारायण से उसने निर्वस्त्र होकर स्नान किया है। पर उस पर कभी संकोच नहीं हुआ। तब फिर इस नितिन की बात को यादकर इतनी शर्म क्यों आती है? क्या इसलिए कि यह अजनबी था? कि हमारे कौम का नहीं है,

गाँव-घर का नहीं है? बाहर का आदमी है। क्या लज्जा का सम्बन्ध परिचय-अपरिचय से होता है। उसने पलट कर पीछे देखा। नितिन सीधे चला जा रहा था। अष्टमी का चाँद सिर के ऊपर चमकने लगा था। उसकी रोशनी में नितिन ने पलटकर जाऊगाँव की ओर देखा। वह चली जा रही थी। कुछ देर बाद उर्सुला ने पलटकर देखा तो नितिन को विस्तृत प्रस्तर में एक खम्भे की तरह खड़ा पाया।

एक दिन नितिन बड़ठाकुर जब अपनी पूरी वर्दी पहनकर आब्जरवेशन हट की मीनार पर चढ़ने लगा तो उर्सुला ने कहा, "तुम लोग ऊपर वह शीशेवाला पाइप घुमा-घुमाकर क्या देखते रहते हो?"

नितिन ने उसे तिरछी नजर से देखा। फिर कहा, "तुम भी देखोगी?"

"हाँ।"

उसने कैम्प पर दृष्टि डाली। वहाँ एक-चार की टुकड़ी रहती थी। पोस्ट-इंचार्ज के साथ तीन लोग आज रूप नारायण गये थे। महीनों से वर्दियाँ गन्दी पड़ी थीं। उनकी धुलाई होनी थी और मल-मल कर नहाना था। मैल की न जाने कितनी पर्तें उनकी त्वचा पर जम गयी थीं। अलावा सिपाहियों के वह भी जिसकी ड्यूटी होती थी, किसी को भी उस टावर पर जाने की इजाजत नहीं थी। उर्सुला को ले जाना मानो इस नियम को तोड़ना था। पर परिवेश को निरापद जानकर उसने उर्सुला को ऊपर आने की इजाजत दे दी। उतनी ऊँचाई से उर्सुला ने जब अपने इलाके का विस्तृत प्रान्तर देखा तो पहले वह अवाक् हो गयी, फिर उसके सौन्दर्य पर मुग्ध हो गयी। एक ऊँचाई मिलते ही वह सपाट छवियों का पारावार बन गया था। वह ताली बजाकर चिला उठी कि देखो-देखो, हमारा देश कितना सुन्दर है।

"उससे भी सुन्दर वह तब दिखेगा जब तुम दूरबीन से देखोगी।"

"वह क्या होता है।"

नितिन ने दूरबीन को तानकर सीधा किया। फिर कहा, "इसमें आँख लगाकर देखो।"

उर्सुला ने टीपाई की कटोरी पर ठुड्डी रखी, फिर दोनों आँखों से दूरबीन के छोटे शीशों से झाँकने लगी। उसे कुछ दिखायी न दिया।

नितिन ने कहा, "एक आँख से देखो, दूसरी को दबाकर" उसने ऐसा किया तो कुछ-कुछ दिखा। उसे और साफ करने के लिए नितिन उसके पीछे आ लीवर मिलाने लगा। फिर उर्सुला को देखने के लिए थमा दिया। उससे देखते ही उर्सुला चिल्हा उठी। पूरा-का-पूरा जाऊगाँव उसके पाँवों के नीचे लग रहा था, पाकुड़ गाँव दो हाथ आगे। उसके आगे के गाँव भी बिलकुल पास लग रहे थे। उसने झटपट हुड्डी उठायी और गाँव की ओर देखने लगी। वे उतने ही दूर थे कि वहाँ से वे साफ-साफ न दिखें। वह फटाफट ठुड्डी को कटोरी में टिकाकर दूरबीन से देखने लगी। गाँव की एक-एक चीज साफ-साफ

दिखायी दे रही थी। यहाँ तक कि कुन्ती की बकरी का बच्चा उछल-उछलकर कैसे मेमिया रहा है, वह भी स्पष्ट दिखायी दे रहा था। उर्सुला मारे खुशी के उछलने लगी, तो नितिन ने कहा, ''इतनी जोर से न कूदो। कोई पटरा टूट गया तो भरभरा कर गिर पड़ोगी। लेने के देने पड़ जायेंगे।''

पर वह अपनी खुशी रोक नहीं पा रही थी। नितिन ने कहा, ''मैं तुम्हें और भी दिखाता हूँ।''

उसने दूरबीन का लीवर ढीला किया और उसे घुमा-घुमाकर प्रान्तर के चारों तरफ दिखाने लगा। उर्सुला उसी उत्साह से एक-एक वस्तु देख रही थी और चकित हो रही थी। लीवर को घुमाने के क्रम में नितिन उर्सुला की पीठ से चिपक गया था और धीरे-धीरे पूरे शरीर को अपने में समेटता जा रहा था। उससे बेखबर वह पूरी दुनिया को करीब से देखने में लगी थीं।

नितिन ने दूरबीन को नीचे किया और रूप नारायण पर फिक्स किया। नदी के पास पोचई की दुकान दिखी और दिखे वहाँ बैठे बात करते लोग। एक-एक बिस्कुट दिखी और नीचे किया तो नदी में मछली पकड़ती स्त्रियाँ दिखीं, उनके जाल में फँसी एक-एक मछली दिखी। दूरबीन थोड़ा घुमाया तो नदी में नहाते सिपाही दिखे। अब उर्सुला को भी दूरबीन ऊपर-नीचे करना आ गया था और वह मनचाहे कोण से मनचाहे इलाके को देखने लगी थी। देखते-देखते जब आँखें थक गयीं, तो अपने प्रति होश आया। नितिन उसे पूरी तरह से जकड़कर उसके पेट पर हाथ फेर रहा था। कुछ क्षण तक वह वैसे ही खड़ी रही। फिर उसकी जकड़ से अपने को छुड़ाती हुई बोली, ''सभी मर्द एक ही जैसे होते हैं।''

नितिन ने उसके दोनों हाथों को पकड़ते हुए कहा, ''भला कैसे?''

''मौका ढूँढ़ते रहते हैं एक ही तरह की हरकत करने के लिए।''

नितिन का मन बुझ गया। उसे मुक्त करते हुए कहा, ''जाओ। उनके आने का समय हो रहा है। खाना बना लो।''

चेकपोस्ट टावर से वह चुपचाप उतर गयी।

एक दिन उर्सुला, कुन्ती और सिरजा बैठे-बैठे कैम्प में आये खाने-पीने के सामानों की सफाई कर रहे थे। उसी वक्त नितिन आया और उनका हाथ बँटाने लगा। उर्सुला के ओंठों पर ही नहीं आँखों में भी मुस्कान आ गयी। पर नितिन उसे लक्षित न कर काम में लगा रहा। एक टिन का ढक्कन बन्द करते हुए उर्सुला ने कहा, ''जब तुम लोग दूरबीन से सारा इलाका छान मारते हो तो उसमें हम लोगों को भी देखते होगे?''

''क्यों नहीं।''

''तब भी देखते होगे, जब हम लोग नहा रहे होते होंगे।''

''भला ऐसा भाग्य कहाँ?''

''क्यों?''

''वैसा कुछ दिखायी ही नहीं देता।''

"क्यों, उस दिन तुम नदी के किनारे पहली बार मिले थे, तो क्या हमें नहाते हुए देखकर नहीं गये थे?"

"नहीं।"

"सच कहते हो?"

"मैं घायल था और होश ही नहीं था कि कहाँ हूँ।"

"घायल थे तो इतनी जल्दी चले कहाँ गये? क्या इस कैम्प में?"

"तब यह कैम्प नहीं बना था।"

बात तो सही थी।

एक दिन उर्सुला फूलों की निराई कर रही थी। उसके बाद खाना बनाकर चले जाना था। नितिन वाच हट में था। वहीं से बोला, "उर्सुला, ऊपर आओ। तुम्हें एक दृश्य दिखाता हूँ।" उर्सुला ने सोचा कि वह बहाने से छेड़-छाड़ के लिए बुला रहा है। उसने ठेंगा दिखा दिया और काम में लग गयी। थोड़ी देर के बाद नितिन ने फिर कहा, "ऐसा दृश्य फिर न देख पाओगी।"

"है क्या?"

"आओ तो।"

वह सिरजा को लेकर ऊपर चढ़ी। नितिन ने दूरबीन फिक्स कर उसके हवाले कर दिया। उर्सुला ने देखा कि नदी की मोड़ के उस पार एक बिखरा-बिखरा जंगल है। बीच में एक लम्बा-चौड़ा खुला मैदान है। मैदान ऊबड़-खाबड़ है। जंगल के तमाम पेड़ों पर फूल आने लगे हैं। उनके बीच छोटी-छोटी घास बिछी हुई है। मैदान के एक छोर पर एक पेड़ है। लोग उसे कटासी कहते हैं। यह पेड़ असम में नहीं होता। इसे मुसलमान सैनिकों ने रेगिस्तान से लाकर लगाया था। वे इसकी टहनियों से दातौन करते थे। ऐसी ही एक टहनी गाड़ दी थी, जो पेड़ बन गयी। उसके छोटे-छोटे उदास पीले फूल बड़े अच्छे लग रहे थे। उसके नीचे एक युवक और एक युवती सटकर लेटे हुए थे। उन्हें देखकर उर्सुला ने कहा, "इस तरह तुम लोग...।"

सिरजा ने भी देखने की जिद की। दूरबीन में आँख लगाते ही कहा, "मैं इस दढ़ियल को पहचानता हूँ।"

"कौन है यह?" नितिन ने पूछा।

"यह पटवारी बरकत है।"

"कैसे पहचानते हो तुम?"

"यह हमारे खेतों की पड़ताल करने हर साल आता है।"

"और लड़की?"

"उसे नहीं पहचानता।"

"इनका एक विचित्र चित्र हमारे पास है।"

"कैसा विचित्र?"

"मिलने का।"

"क्या कहते हो?"

"एक दिन दिखाऊँगा।"

बरसठ बरकतुल्लाह के साथ चला जा रहा था। विरंची कुमार के जेल चले जाने के बाद गाँव पर नजर रखना जरूरी था। इसके लिए बरसठ से दोस्ती करना भी उतना ही जरूरी था। संयोग मिला पोचई की दुकान पर। चाय बिस्कुट से बात फिसल कर मुर्गे की टाँग और चावल की जू पर आयी। बरकतुल्लाह बनवाता भी काफी अच्छा था। बंगाली लोग जिन मसालों का प्रयोग गोश्त में करते थे, असमिया लोगों को वह ठीक-ठीक पता नहीं था। असमिया का बनाया गोश्त मीठा-मीठा लगता था, जबकि बंगाली का बनाया गोश्त तीखा यह तीखे का स्वाद ऐसा परवान चढ़ा कि बरसठ बरकतुल्लाह का दीवाना हो गया।

दिन ओल्हने लगा था। लक्ष्मी के दर्शन नहीं हुए। बरकतुल्लाह ने पूरा दिन पोचई की दुकान में बिता दिया था। लेकिन लक्ष्मी नहीं आयी तो नहीं आयी। पर बरसठ आया। बरकतुल्लाह ने मुर्गी-दारू का प्रस्ताव रखा। उसे बनवाकर लाया था लक्ष्मी के लिए। लेकिन वह उसके भाग्य में नहीं था। बरसठ के भाग्य में था। दोनों ने कहीं एकान्त में चलकर दावत मनाने का प्रस्ताव किया और रूप नारायण के किनारे-किनारे चल पड़े। तभी नारी कण्ठों की खिलाखिलाहट सुनायी पड़ी। दोनों के युवा तन में जैसे आग लग गयी। दबे पाँव उधर बढ़कर देखा तो लक्ष्मी कपड़े उतार पानी में बैठ मुँह पर छीटें मार रही थी। तट से पानी की ओर जाती मालविका कपड़े से छाती ढके हुए थी। किंचलगुड़ी की छोकरी जबसे पाकुड़ आयी थी बरसठ उसे देखते ही रहना चाहता था। दोनों दबे पाँव उधर गये और पेड़ों के ओट हो लिये। मालविका ने कहा, "हटो रे ... जरा आगे को हो।"

लक्ष्मी उसके ऊपर पानी के छींटे फेंकने लगी तो मालविका ने कसकर उसकी चोटी खींच ली। कहा, "बड़ी सन्तरे की तरह खिली-खिली फूल रही है। क्या लोड़े (तरुण) ने किनारे लगा दिया?"

"कुछ शर्म कर।"

"कछारी लड़कियाँ ऐसे शर्म नहीं करतीं।"

"तो कैसे करती हैं?"

"पास आने दे। बताती हूँ।"

मालविका ने आगे बढ़कर लक्ष्मी को पकड़ लिया और पानी में लिटा दिया। लक्ष्मी सरककर बाहर निकली और झाड़ पर रखी लुंगी उठाने लगी। ऐसे में उसका पूरा गात

झलक गया। उसने छातियों के ऊपर कसकर लुंगी बाँधी और सूख रही ब्लाउज की ओर बढ़ गयी। वहीं से कहा, "तेरे लिये भी देरी नहीं है। जिस दिन भी हल चल जाय।"

"अरे वाह! हम आदमी न हुए, जमीन हुए कि जुताई-बुआई हो!"

"अरे पाटा भी चलता है।" कहते हुए उसने ब्लाउज पहना तो मालविका भी पानी से निकलकर बाहर आयी और गीले गात पर ही वस्त्र डाल लिया। वे धुले कपड़े उठा आगे-पीछे चलने लगी तो बरसठ ने कहा, "इन बकरियों को तो...।"

बरकतुल्लाह ने कहा, "ये तुम्हें बकरियाँ लग रही हैं? पली-पलायी बछेड़ियाँ हैं।"

"कछारी लड़की को तुम क्या जानो। पड़ेलिया होती हैं।"

दोनों उसी बबूल के पेड़ के नीचे बैठ गये और खाने-पीने लगे।

पर ये चित्र नितिन के कैमरे की रील में नहीं थे। वहाँ पर था सूरज की खड़ी धूप में लहराते पटसन के खेत। उसी में से निकलकर रूप नारायण की रेती पर अकेली हिरणी की तरह कुलाँचें भरती पानी की तरफ जाती लक्ष्मी। वहाँ पहुँचकर लुंगी ब्लाउज तट के बड़े से पत्थर पर फेंका और सीधे धारा में कूद गयी। कुछ देर बाद उस पार से बरकतुल्लाह नदी में घुसता दिखा। कुछ देर के बाद दोनों हाथ-में-हाथ डाले बाहर निकलते दिखे। तट पर झाऊ की बिरड़ी झाड़ियाँ थीं। उन्हीं के बीच दोनों एक-दूसरे में उद्दाम वेग से समाते चले गये।

इसे देखकर एक तरफ उर्सुला की खुली आँखें फटी जाती थीं, तो दूसरी तरफ बन्द आँखें लाज में डूबी जाती थीं। नितिन ने प्रोजेक्टर बन्द कर दिया तो उर्सुला ने कहा, "यह कब की बात है?"

'कोई बीस-पच्चीस दिन पहले की। ये आये दिन रूप नारायण के खुले जंगल में दिखायी देते हैं।"

उर्सुला के पेट में यह बात नहीं पची। उसने अपनी सहेलियों को बतलाया। इसे देखने वे उस दिन झुण्ड बाँधकर आ रही थीं। पोस्ट-इंचार्ज ने कुछ सोचकर दिखाने की अनुमति दे दी थी। यही कि इससे लोगों से सम्पर्क बढ़ेगा और भूमिगत संगठनों की गतिविधियों के बारे में गाहे-बगाहे जानकारी मिलेगी। उर्सुला व्यस्त थी। न केवल इसलिए कि सहेलियाँ आ रही थीं, इसलिए कि उसे दिखाना था कि पोस्ट में उसका क्या रुतबा है। वह कई तरह की पकौड़ियाँ बना चुकी थी। कुछ और बनाने के लिए तैयारी कर रही थी कि उसे कोलिया में फटफाने की आवाज सुनायी दी। सोचा कि बैगन के फलों पर कागा चोंच मार रहा होगा और जंगली बिलार उसे पकड़ने में लगा होगा। ऐसा आये दिन होता है। वह काम में लग गयी। तभी कुछ केंकने-कूजने की आवाज सुनायी दी। निश्चय ही यह आवाज कुन्ती की थी। वह बाहर निकलकर बैगन की कोलिया की ओर बढ़ी तो देखा सिरजा उस पर चढ़ा हुआ है और वह केकिंया रही है। पहले तो वह ठक् हो गयी, फिर क्रोध से भर गयी। पास ही एक बाँस का टुकड़ा

पड़ा था। उसे लेकर आगे बढ़ी तो ध्यान आया कि रतिभंग नहीं करना चाहिए, इससे बड़ा अनर्थ होता है। अग्निदेवता कोढ़ी हो गये थे और वाल्मीकि ने बहेलिये को ऐसा श्राप दिया था कि वह लाख तपस्या कर मुक्त नहीं हो पाया। उसने बाँस फेंककर ललाट का पसीना पोंछा और रसोई-घर में लौट आयी।

जाऊगाँव की लड़कियों के आते ही कैम्प गुलजार हो गया। उनकी हँसी खिलखिलाहट में बदल गयी जब कैम्प के लोगों से परिचय हुआ। नितिन को देखकर वे चुहुल करने लगीं और वह एक-एक को पहचानने लगा जब वे फुटबाल खेलते हुए उसे उसकी घायलावस्था में मिली थीं। नितिन ने कहा, "मैं अभी भी वैसे ही घायल हूँ।"

जो बहुत वाचाल थी, उसने ओंठ काटकर कहा, "भला, क्यों। दवा तो हरदम साथ रहता है।"

"वह दवा बेकार है। आप दें तो...।"

सभी एक साथ हँस पड़ीं। उर्सुला और कुन्ती ने मिलकर नाश्ता सजा दिया। सिरजा भाग-भाग कर कभी पानी लाया, कभी चाय। कुन्ती को देखकर उर्सुला के माथे पर बार-बार बल पड़ जा रहा था। पर वह कुछ कह नहीं पा रही थी।

नाश्ते के बाद नितिन प्रोजेक्टर चलाकर चला गया। एक सिपाही पोस्ट टावर पर चढ़ गया। दूसरे सोने चले गये। उन्होंने मुक्त होकर रील को बार-बार देखा। देखकर कभी शर्मायी, कभी मुस्करायी, कभी हँसी और कभी हुल्लड़ किया। दिन ढलने से पहले सभी गाँव चलीं। साथ में उर्सुला, कुन्ती और सिरजा भी। रास्ते में राग सुझा और सभी गाने लगीं। उनकी मधुवाणी से सारा परिवेश आह्लादित हो गया।

रील के बारे में उन्होंने दुनिया भर की स्त्रियों को बताया और दुनिया भर की स्त्रियों को उसे देखने की लालसा हुई। लेकिन न तो सभी कैम्प जा सकती थीं, और न सभी को यह दिखाया जा सकता था। इससे सन्देश जाता कि सिपाही लोग वहाँ की स्त्रियों की नंगी तस्वीर उतारते हैं और उसे बहुप्रचारित करते हैं। इससे उर्सुला बड़ी पेशोपेश में पड़ी। अपनी मुश्किल नितिन को बताया। कैम्पवाले आपसी मनोरंजन के लिए इस तरह के चित्रों की प्रतिलिपि बनाते थे और आपस में आदान-प्रदान करते थे। इसी तरह की एक प्रतिलिपि नितिन ने चोरी-चोरी उर्सुला को दे दिया। एक टूटा-फूटा प्रोजेक्टर भी ठीक कर दे दिया और उसे चलाने का ढंग सिखा दिया।

18

उर्सुला आज कैम्प नहीं गयी थी। घर के बाहर बैठ कर काम कर रही थी। उसे देखते हुए यु लिन ने सोचा : जिस वृक्ष के नीचे बैठा हूँ उसका कोई लिंग नहीं है। किसी भी वृक्ष का कोई लिंग नहीं होता। इसलिए वे इच्छानुसार कभी पिता बन जाते हैं, कभी माँ।

इसलिए वे भाग्यवान् हैं। वे फूल देते हैं, फल देते हैं, पत्ती, डाल, सभी कुछ, उनसे वे पक्षी से लेकर मनुष्य तक सबको समृद्ध करते हैं। इच्छानुसार पिता और माँ तो वह भी बनता है, पर क्या अपने फल, पुष्प, शाखा-पाती से उर्सुला को समृद्ध कर पाता है।

तभी पाकुड़ के विरंची और बरसठ आते दिखे। दोनों ने सूट-बूट पहन रखा था। पैण्ट, कमीज और ऑक्सफोर्ड जूते को यु लिन सूट-बूट ही कहता था। ऊपर से उन लोगों ने मफलर को टाई की तरह लटका रखा था। इधर यह पोशाक बड़-कछारी लड़कों में बड़ा लोकप्रिय होता जा रहा था। चन्द लड़के स्कूल क्या गये और वहाँ से आधी-अधूरी पढ़ाई कर क्या लौटे, साहब बन गये। उन्हें देखकर तमाम नौजवान चाहे वे गाय ही क्यों न चराते हों सूट-बूट धारण करने लगे हैं। अपने गन्दे बालों में कम्पनी का बना महकौवा तेल लगाने लगे हैं और अजीब-अजीब तरह से कटवाकर अजीब-अजीब तरह से गाहने लगे हैं। अभी यह वेश-भूषा में आया है, आगे खान-पान में आयेगा, भाषा में आयेगा और बड़-कछारी संस्कृति धीरे-धीरे लोप हो जायेगी। बची रह जायेंगी अतीत को उकेरनेवाली उसकी कही कथाएँ।

उसे सुनने के लिए लोग जुटने लगे थे। उसे उम्मीद थी कि विरंची और बरसठ भी आकर उनके साथ बैठेंगे। पर वे उर्सुला के पास रुक गये। वह भी बालों को पीछे फेंक, काम करनेवाला हाथ ऊपर माथे तक उठा मुस्कराकर स्वागत करने लगी। यु लिन को लगा कि यह जवान लड़की कहीं इस जवान को पसन्द तो नहीं करने लगी है। वह भी मुस्करा उठा। फिर पश्चिमी आसमान की ओर देखा दिवाकर तेजी से क्षितिज की ओर जा रहे थे। अँधेरे तक कथा कहना ठीक नहीं होता। इसलिए जितने लोग थे, उन्हीं को सम्बोधित कर कहने लगा।

"एक बार मैंने आप लोगों को चाँद-सूरज के भाई-भाई होने की कथा सुनायी थी। आज मैं उनके बहन-बहन होने की कथा सुनाता हूँ। दोनों का विवाह हो गया था। पर काफी दिन बीत-जाने के बाद भी सन्तान नहीं हुई थी। गनीमत थी, कि दोनों के पति स्त्रीव्रता थे। इतने आज्ञाकारी थे कि जितनी स्त्रियाँ कहतीं, उतना ही करते। फिर भी दोनों बहनों में एक असुरक्षा का भाव घर करने लगा था कि यदि उन्हें उत्तराधिकारी न मिलें तो वे आगे त्याग सकते हैं। इससे वे उदास रहे लगीं। एक दिन छोटी बहन चन्दा ने अपनी बड़ी बहन सूर्या से कहा कि हमें अपने भविष्य के लिए ब्रह्मा के पास जाना चाहिए और उन्हें प्रसन्न कर बरदान माँगना चाहिए। सूर्या ने कहा कि अभागों को वरदान नहीं मिलता। फिर भी चलो एक बार प्रयत्न करते हैं। वे ब्रह्मलोक गयीं और अपने नाच-गान तथा अन्य कलाओं से उन्हें खूब रिझाया। जब वे प्रसन्न हो गये तो दोनों बहनों से पूछा, "तुम दोनों यहाँ क्यों आयी हो?" दोनों ने एक साथ प्रार्थना के शिल्प में कहा, "हमारा विवाह हुए लम्बा समय बीत गया है, पर अभी तक सन्तान नहीं हुई। हम आप से प्रार्थना करते हैं कि आप हमें माँ बनने का आशीर्वाद दें।"

ब्रह्मा ने कहा, "तुम्हारे निःसन्तान होने की बात सुनकर बड़ा दुःख हुआ। बिना सन्तान के जीवन अधूरा होता है। बताओ तुम्हें कितनी सन्तान चाहिए?"

दोनों ने समवेत स्वर में कहा, "हम अनन्त सन्ततियों की माँ बनना चाहते हैं, जिससे कि हम सबसे बड़ी सन्तानोत्पादक माँ के रूप में स्वीकृत हो सकें। उसका सुख पायें।"

ब्रह्मा के चारों मुखों से 'तथास्तु', सुनकर दोनों बहनें अति प्रसन्न होकर घर लौटीं और वह शुभ समाचार अपने पतियों को सुनाया। वे चिद्विलास में खो गये। जल्दी ही दोनों बहनें पुत्र और पुत्रियाँ जनने लगीं। आलम यह था कि हर माह उन्हें बच्चे होते और देखते-ही-देखते आकाश का खुला मैदान उनकी सन्ततियों से भर गया। तब उनको चिन्ता सताने लगी कि आगे पैदा होनेवाले बच्चे कहाँ रहेंगे।"

चन्दा बड़ी बुद्धिमान् स्त्री थी। एक दिन अपनी बहन सूर्या से कहा, "ब्रह्मा जी की कृपा से हम नित्य सन्तानें उत्पन्न कर रही हैं। उनसे आसमान भर गया है। आगे की सन्तानों के लिए जगह की कमी हो गयी है। यह जगह अभी तक पैदा हुए सन्तानों के लिए भी पूरी नहीं पड़नेवाली है। जल्दी ही ये स्थान के लिए झगड़ने लगेंगे तब क्यों नहीं हम कुछ करें। इनको रखने के लिए नयी जगह खोजें।"

सूर्या ने कहा, "बात तो सही है। पर हम कर क्या सकते हैं? क्या तुम्हारे मन में इसके लिए कोई उपाय है?"

चन्दा ने कहा, "आकाश के पार ब्रह्माण्ड के अँधेरे तल में काफी खाली पड़ी जगह है। क्यों नहीं अपने कुछ बच्चों को हम वहाँ भेज दें।"

"यदि ऐसी जगह है तो बड़ी अच्छी बात है। पर मैंने तो ऐसी जगह नहीं देखी है।"

"मैंने वह जगह देखी है। तभी वह प्रस्ताव तुम्हारे सामने रखा है। तुम चाहो तो मेरे साथ चलकर वह जगह देख आओ। देख लो कि वह जगह हमारे सन्तानों के लिए उचित है कि नहीं।"

दोनों बहनें एक दिन आकाश के पार जा अनन्त अँधेरे में विचरती वह जगह देख आयीं। सूर्या को वह जगह बहुत पसन्द आयी। उसके मन में लालच भर गयी। सोचा कि यदि मैं चुपचाप अपने सभी बच्चों को वहाँ भेज दूँ तो वे अनन्त जगह के मालिक बन जायेंगे। चन्दा के बच्चों को वहाँ कोई हक नहीं मिलेगा। वे यहीं आकाश में भटकते घूमते रहेंगे। लिहाजा एक दिन बिना चन्दा को बताये ही अपनी सभी सन्तानों को आकाश के पार पठा दिया।

चन्दा को सारी बात पता थी। उसे यह जानकर बड़ा दुःख हुआ कि उसकी बहन सूर्या इतनी स्वार्थी है। अपने बच्चों को आकाश के पार की सारी जगह दे दी और मेरे बच्चों के लिए कुछ भी नहीं छोड़ा। जबकि तय हुआ था कि दोनों के बच्चे वहाँ रहने जायेंगे। वह सूर्या के पास गयी और कहा, "तुमने हमारे निर्णय के विरुद्ध सिर्फ अपने बच्चों को आकाश के उस पार पठा दिया। ऐसा तुमने क्यों किया?"

सूर्या ने कहा, "मैंने ठीक किया है। मेरे बच्चे वहीं रहेंगे। तुम अपने बच्चों को यहीं आकाश में रखो। ऐसा नहीं होने पर दोनों के बच्चों के बीच लड़ाई ठन जायेगी।"

यह सुनकर चन्दा बहुत दुःखी हुई और भारी मन से घर लौट गयी। धीरे-धीरे वह अपना धैर्य खोती गयी। तब एक दिन वह ब्रह्मा के पास अपने बहन की शिकायत करने गयी। चन्दा की बातें सुनकर उन्होंने उसे बड़ी सान्त्वना दी। कहा, "सभी को अपने कर्मों का परिणाम भुगतना पड़ता है। तुम्हारी बहन को भी इस धोखे का परिणाम भुगतना पड़ेगा। जाओ तुम्हारे बच्चे इस नीले आकाश में तारों की तरह अनन्त काल तक चमकते रहेंगे। तुम उनके बीच उनकी माँ की तरह हमेशा विचरती रहोगी। लोग उनके साथ तुम्हारी खूब प्रशंसा करेंगे, गीत लिखेंगे, पूजा करेंगे, देखकर प्रसन्न होंगे। किन्तु सूर्या के पुत्र निरन्तर अँधेरे में डूबे रहेंगे। कभी किसी को नजर नहीं आयेंगे। लोग न तो उन्हें जानेंगे, न उनकी प्रशंसा करेंगे, न पूजा करेंगे। यह व्यवस्था कभी बदलेगी भी नहीं। इसलिए तुम अपना दुःख त्यागकर घर लौट जाओ। तुम हमेशा अपने बच्चों के साथ रहोगी।"

चन्दा सन्तुष्ट हो घर लौट आयी।

पर वसुन्धर नहीं लौटा। उसे लगा कि ये बंगाली बहिरागत उसी सूर्या के सन्तान हैं, जो आज चन्दा के पुत्रों को आकाश और उनकी जगह से बेदखल कर रहे हैं। चन्दा की ये चमकनेवाली सन्ततियाँ अनवरत सन्त्रास में जी रही हैं। चन्दा की बातें कृतयुग के लिए सही रही होंगी, कलिकाल में तो उलट गयी हैं। और ऐसी उलट गयी हैं कि कोई रास्ता नहीं मिल रहा है सीधी करने का। वह कुन्ता के घर गया। वहाँ बड़ी भीड़ लगी थी। लोग कैम्पवाली कैसेट देख रहे थे। देख क्या रहे थे अनमने बैठे विरंची को सुन रहे थे। वह कह रहा था कि मुसलमान ऐसे ही हमारी बहू-बेटियों के साथ बलात्कार करते रहेंगे और हम उनका कैसेट देखते रहेंगे। हमारा खून पानी हो गया है।

यही तो वसुन्धर जाने कब से कह रहा है। पर सुननेवाला कौन है? जिसने सुना वह या तो पिट गया या जेल गया। वह पड़ोसी की ओर खिसक आया। पड़ोसी चीख रहा था, हमें कुछ करना चाहिए। इस सुअर के बच्चे को हलाल कर देना चाहिए।

बरसठ ने कहा, "उससे बात बिगड़ जायेगी। सबूत पक्का है। पुलिस केस करना चाहिए।"

"उससे क्या होता है? वह कभी कुछ करती है?" किसी ने कहा।

"अबकी करना पड़ेगा। सबूत पक्का है।"

"इसकी कापी बना गाँव-गाँव भेजना चाहिए। लोग देखें तो कि विधर्मियों ने पहले हमारा धन लिया, अब इज्जत ले रहे हैं।" किसी और ने कहा।

"पुलिस नहीं करेगी तो हम गाँव-के-गाँव हूल देंगे। शासन और प्रशासन का जीना हराम कर देंगे।" कोई और दहाड़ा।

विरंची को यह बात ठीक लगी।

कोई महीने भर बाद पूरा थाना चारों तरफ से घिरा था। मार लोग चारों तरफ से चले आ रहे थे। जाऊगाँव से कैसेट लेकर विरंची अगले दिन मंगलदोई पहुँचा था। पर वहाँ कैसेट की कॉपी बनवाने की सुविधा नहीं थी। वह तेजपुर गया। वहाँ दसों प्रतिलिपि बनवा लिया। स्टूडियोवाले ने अपनी तरफ से कुछ कैसेट चोरी-चोरी बना लिया। ऐसी जीवन्त वास्तविक ब्लू फिल्म मुँहमाँगे दाम पर बेचा। दस दिनों में दसों दिशाओं के गाँव-गाँव में प्रचार होने लगा कि मुसलमान बड़ लड़कियों पर जबरदस्ती कर रहे हैं। लोग पहले चटखारे लेते रहे, फिर रोष में आने लगे। लोहा गरम हो गया तो विरंची कैसेट लेकर थाने पहुँचा। अर्जी दी कि करामत अली पर बलात्कार का मुकदमा दर्ज हो। दारोगा ने साफ कहा कि फिल्म देखकर तो यही लगता है कि सब-कुछ लड़की की सहमति से हो रहा है, तो मुकदमा कैसा?

उस दिन विरंची लौट आया। दस दिन तक आसपास के गाँवों में बरसठ और सिरजा को लेकर दौड़ता रहा। सप्ताह बाद दसों गाँवों के सैकड़ों लोगों को लेकर फिर थाने गया तो इन्स्पेक्टर मदोई का माथा गरम हो गया। तैश में आकर कहा, ‘‘इस दबाव में गलत मुकदमा नहीं लिख जायेगा।’’

भीड़ का भी माथा गरम हो गया। उसने कहा, ‘‘मुकदमा तो तुम्हारे बाप लिखेंगे।’’

किसी नौजवान सिपाही को यह शासन की तौहीन लगी। कहनेवाले के मुँह पर तमाचा जड़ दिया। ‘हें-हें’ करते हुए लोग उसकी तरफ दौड़े तो धक्का-मुक्की होने लगी। देखते-ही-देखते बाकी पुलिसवाले भी आ गये और बीच-बचाव के नाम पर जो सामने पड़ा उसी पर रूला चला दिया। बात मुँहामुँही पूरे कस्बे में फैल गयी। बाजार का दिन था। वहाँ लोग खरीददारी करने कम, तफरीह करने अधिक आते थे। और अब इससे बढ़कर मनोरंजन की बात क्या हो सकती थी? वे थाने की ओर बढ़ गये। मदोई को लगा कि लोग थाना घेर रहे हैं। उसने तुरन्त एस.पी. को खबर भेजी और लोगों को अटकाये रखा। तभी अँधेरे ने नगर पर दस्तक दिया और एस.पी. के आने से पहले ही भीड़ ने अपने घर की ओर मुँह किया। उन्हीं में बरसठ और उसके कुछ साथी थे।

वे अपने गाँव नहीं गये। सीधे गोगा गाँव गये वसुमतारी के घर। आधी रात हो गयी थी, जब वे पहुँचे। भला इतनी रात को कोई मेहमान आता है? दुःख का मारा भी नहीं आता है। विनायक और उनके घर के लोग खूब भुनभुनाये। पर बँगले में रहने की जगह दे दी। बात दूसरे दिन सुबह हुई। पूरी बात सुनने के बाद उन्होंने तेजपुर जा प्रशासन से बात करने की ठानी। पहले पता लगाया कि अफसर है कि नहीं, फिर जीप तैयार करायी और लोगों को लेकर तेजपुर पहुँचे।

जब मदोही से बात हुई थी और जब पता चला था कि लोग लौट गये हैं, तभी एस. पी. ने कैसेट मँगा लिया था और रात के अँधेरे में नकली उजाला कर उसे देख लिया था। साफ जाहिर था कि वहाँ जो कुछ भी हुआ था, वह सहमति से हुआ था। विनायक

वसुमतारी जब मिले थे तो उन्होंने साफ कहा कि इसके आधार पर कोई केस नहीं बनता। वसुमतारी ने जब फिर भी दबाव दिया तो कहा, "कैसेट आपने देखी है?"

"अब भला इतनी गन्दी तस्वीर क्या देखूँ" वसुमतारी ने कहा।

"यह कहने से काम नहीं चलेगा। आइये, एक बार देख लीजिये।"

"आप गलत थोड़े कहेंगे... मैं तो बस इतना चाहता हूँ कि एक एफ.आई.आर. हो जाय, जिससे कि शान्त होकर लोग अपने-अपने घरों में रहें। जन उबाल थमे। जाँच के बाद फाइनल रिपोर्ट लगवा दीजियेगा। साँप भी मर जायेगा और डण्डा भी न चलेगा।"

एस.पी. की समझ में बात कुछ-कुछ आयी। वह वसुमतारी को लेकर मंगलदोई पहुँचा और एफ.आइ.आर. दर्ज करा दिया। सन्तुष्ट होकर लोग अपने-अपने घरों को चले गये। पर विरंची सन्तुष्ट नहीं हुआ। उसे साफ लगा कि यह सब दिखावे के लिए किया गया है, उसके साथ, 'राजनीति' हुई है। वह गाँव-गाँव घूमा और लोगों से कहा, "सिर्फ एफ.आई.आर. से कुछ नहीं होता है। असली बात मुल्जिम का पकड़ा जाना होता है। उसके लिए तो कुछ हो नहीं रहा है।"

एक लम्ब अरसा बीत गया और बरकत अली नहीं पकड़ा गया तो विरंची की मुहिम काम आयी। प्रचार हुआ कि एफ.आई.आर. दिखावे के लिए लिखी गयी है। तुष्टिकरण की नीति पर चलनेवाली यह सरकार बड़ कछारियों का मान-मर्दन ऐसे ही कराती रहेगी और हम बिसुरते घूमते रहेंगे। जरूरत है लाठी-डण्डा उठाने की। यह सरकार हिंसा की भाषा समझती है, प्रार्थना की नहीं।

लोग जुटने लगे और एक आन्दोलन बनने लगा। इसके पहले कि आन्दोलन चले सरकार ने प्रशासन पर दबा डालकर बरकत को पकड़वा लिया और मंगलदोई की जेल में बन्द कर दिया। तो भी बनता हुआ आन्दोलन चलने लगा। हुआ यूँ कि विरंची, बरसठ और उनके साथ के लोगों ने गाँव-गाँव प्रचार किया कि बरकतुल्लाह को सिर्फ दिखाने के लिए पकड़कर बन्द किया गया है। एक तो उस पर मुकदमा चलेगा ही नहीं और चलेगा भी तो इतनी लचर पैरवी की जायेगी—अदालत में पुलिस मान लेगी कि उसने लक्ष्मी की सहमति से सब-कुछ किया है—कि वह बरी हो जायेगा। प्रशासन अभी से प्रचार कर रहा है कि बरकतुल्लाह असम का मुसलमान है, वह बाँग्लादेश से आया ही नहीं। यह सब उसे और उसके माध्यम से बाँग्लादेश से आये लोगों के बीच के सभी अपराधियों को बचाने के लिए हो रहा है।

तभी मिंज के आदमी इसमें कूद पड़े। उन्होंने जोर-शोर से प्रचार करना आरम्भ किया कि बरकतुल्लाह पक्का बाँग्लादेशी है और रमजान मियाँ का खास आदमी है। रमजान मियाँ ने ही उसे नौकरी में रखवाया था कि वह गाँव-गाँव घूमकर कछारी लोगों पर नजर रखे, उनकी सामूहिकता और शक्ति का परीक्षण करता रहे, जिसमें बाँग्लादेश से आये मुसलमानों का हितरक्षण हो सके, चाहे वह आये हुए लोगों को बचाकर रखने

के लिए हो, खेत कब्जा करने के लिए हो, या नये आनेवालों के पनाह देने के लिए हो। सबसे बड़ी बात यह है कि रमजान मियाँ के मारे जाने के बाद जो लोग उनकी तरफ से पकड़े गये थे, उन्हें सरकार ने पहले छोड़ा। हिन्दुओं का आँसू पोंछने के लिए विरंची जैसे दो-चार लोगों को छोड़ दिया। पर जो वाकई सताये गये लोग हैं, रूपनबारी जैसे लोग उनका कोई पुछन्तर नहीं है। वे सड़ रहे हैं और सड़ते जायेंगे। असली आन्दोलन तो उसके लिए होना चाहिए। मिंज की असली टीस यह थी कि लम्बोदर साइकिया जैसे उत्साही कर्मेठू जेल में थे, जिसके कारण उसका संगठन निष्क्रिय हो गया था। उसे किसी तरह दबाव बनाकर छुड़ाना जरूरी हो गया था।

दोनों के संयुक्त प्रयास से बड़पेटा से लेकर कोक्राझार तक और नलबारी से लेकर तेजपुर तक के बड़ लोग मथ उठे। प्रदर्शन के लिए पक्का समय जानकर विनयक वसुमतारी सारा काम छोड़ कर एक जोरदार प्रदर्शन के लिए पूरी शक्ति के साथ जुट गये।

मौसम ऐसा था कि सुबह पेड़ों पर से कुहासा उठता और सात घड़ी दिन चढ़े सूरज खूब तेज हो जाता था। उसकी स्वच्छ रश्मियों में पूरा प्रान्तर जगमगा उठता। गाय चरानेवाले तरुण मवेशियों को जंगल के किनारे हिराकर गुलल ले इस पेड़, उस पेड़ को ऊपर से नीचे तक गुड़ेरते कि कोई चिरई का पूत दिख जाय तो तानकर गोली छोड़ दें। पर उसमें दिखायी देती दक्षिण से चले आ रहे सफेद बादलों की छाया। जाहिर था कि ये पानी बरसानेवाले बादल नहीं थे। पर प्रान्तर की पूरी खोल को इस तरह से ढक देते थे कि हवा घिर जाती थी और देखते-ही-देखते इतनी गर्म हो जाती थी कि माथे से बहकर पसीना आँखों में आ जाता था। उससे जब आँखें मुँद जाती थीं और लगता था कि किसी ने मिर्चा पीसकर उसमें डाल दिया है तो उसकी बूँदें सरक कर छाती के पार पेट तक जातीं। तब लगता कि जाने कितने चिल्लर एक साथ कपड़ों के नीचे त्वचा को काट खा रहे हैं। बदरकट्टू धूप में आँवत मुलायम गदबदे बछड़े इतनी तेजी से इधर-उधर दौड़ते कि जंगल में सोया खरगोश उनकी आहट से भाग पराता।

ऐसे ही काटू मौसम में विनायक ने प्रदर्शन के लिए एक दिन तय किया और गाँव-गाँव सन्देश भिजवा दिया कि लोग मंगलदोई में इकट्ठा हों। प्रदर्शन और भीषण भाषण दो बजे दोपहर बाद शुरू होना था लेकिन लोग बारह बजे तक इतना जुट गये थे कि उन्हें बाँधे रहने के लिए सभा शुरू कर दी गयी। जो भी नाम याद आया उसे बोलने के लिए मंच पर भेज दिया गया। वक्ता के मन में जो आया उसे जब तक बोल सकता था, बकता रहा। पर एक बात अन्तःस्रवित थी कि बरकतुल्लाह पर फैसला जल्दी होना चाहिए और बहिरागतों के साथ मार-पीट में जो शामिल हैं उन्हें तुरन्त जमानत पर रिहा करना चाहिए। सरकार यदि उनका मुकदमा अभी तक शुरू नहीं कर पायी है तो साफ जाहिर है कि उनके विरुद्ध कोई पक्का सबूत नहीं है। सरकार वह

सबूत अनन्तकाल तक जुटाती रहे, पर लोगों को छोड़ दे। जब जुटा ले तो उन्हें सजा दे। लोग अपना वतन छोड़कर भागे तो जा नहीं रहे हैं।

ऐसी बातों को बार-बार सुनते-सुनते कुछ लोग जरूर ऊब गये थे। पर अधिकांश लोग खासे उत्तेजित हो गये थे। विरंची को जब यह पता चला तो वह मंच पर आया और कहा कि यह मुकदमा चलाना न्याय का पूँजीवादी ढंग है। इसमें जाने कितने वर्ष बीत जाते हैं, पर फैसला हो नहीं पाता। होता भी है, तो उसमें न्याय नहीं होता। न्याय होता भी है तो इतने दिनों के बाद मिलने पर उसका कोई मतलब नहीं रह जाता। हमें तत्काल न्याय चाहिए। यह तभी हो सकता है, जब बरकतुल्लाह को हमारे हवाले कर दिया जाय। हम न्याय किसी अँधेरी बन्द कोठरी में काले कपड़े पहन वकीलों की बहस के आधार पर काले कपड़े पहन न्यायाधीश की कुर्सी पर आसीन होकर नहीं करेंगे, जिसके सामने एक लोहे की मूर्ति आँखों पर पट्टी बाँध हर समय खड़ी रहती है। हम भरी इस विस्तृत सभा में सबकी सहमति से सबके सामने जैसे कपड़े अब पहने हैं वैसे ही कपड़े पहने अपने-अपने स्थान पर बैठे या खड़े होकर आँखें खोलकर करेंगे। जिस न्याय में पाँच आदमी हिस्सा लेते हैं, वह ईश्वर का किया न्याय बन जाता है। एक आदमी के द्वारा किये गये न्याय में हमेशा शक बना रहता है कि कहीं उस वक्त शैतान तो हावी नहीं था, न्यायाधीश के मन में? इसके लिए जरूरी है कि बरकतुल्लाह को हमें सौंप दिया जाय।

विरंची की बातें सुनकर सभी में सुगबुगाहट होने लगी थी। बात उठने लगी थी कि विरंची ठीक कह रहा है। यह मामला दो लोगों के बीच का नहीं है, दो कौमों के बीच का है, और मामला इज्जत का है। इसलिए सरकार के लिए अच्छा यही होगा कि बरकत को हमें सौंप दे। यह बात कहने के लिए बरसठ अभी मंच पर चढ़ ही रहा था कि पीछे से कोई उसे धक्का देते हुए आगे आया और माइक थाम कर बोला, "सरकार के पास अपील करने, प्रार्थना-पत्र देने में उसकी पैरवी करने और सरकार द्वारा सुनवायी करने में बहुत समय लगेगा। एक तो बात उस तक जायेगी नहीं। और गयी भी तो वह अपने नियम-कानून का अनुसरण करेगी, आपके अनुरोध का नहीं। इसलिए होना तो यह चाहिए कि हम यहाँ से जेल चलें और बरकत को वहाँ से लेकर सीधे यहीं आये और तब न्याय करें। यदि आप में से पचास-साठ आदमी हमारे साथ चलने के लिए तैयार हो तों यह काम अभी किया जा सकता है।

पचास-साठ क्या, कई सौ लोग तुरन्त तैयार हो गये और बिना उस अजनबी के नेतृत्व के सीधे जेल की ओर चल पड़े। वसुमतारी ने यह देखा तो ठण्डा पड़ गया। उसे उम्मीद न थी कि सभा का रुख ऐसा हो जायेगा। उसे तो यही लगा था कि जो लोग मंच पर आ रहे हैं वे यूँ ही अनाप-सनाप बक रहे हैं उनके पास बोलने के लिए कुछ है ही नहीं। लोग इतना गर्म हो गये हैं, यह देखकर वह लोगों को रोकने के लिए 'हे-हे' करने लगा। पर सुना किसी ने नहीं। भीड़ का तमाम हिस्सा अजीब-अजीब नारे लगाता जेल पहुँचा।

वहाँ का माजरा ही कुछ और था। सन्तरियों पर लोग पहले ही टूट पड़े थे और उन्हें कब्जे में ले लिया था। सन्तरी रोज की ही तरह या तो असावधान थे या मिलाई करने वालों से होनेवाले उगाही में व्यस्त थे। इसका फायदा उठाकर कामतापुर लिबरेशन आर्मी के कुछ सदस्य उन पर हावी होकर उन्हें काबू में कर लिया था। जेलर से लाठी छीनी जा चुकी थी और कुछ लोग बैरक-बैरक बरकतुल्लाह की पहचान में लगे हुए थे। जेलर पुलिस को फोन कर रहा था। एक तो फोन मिलता नहीं था और मिलता था तो बात पूरी होने से पहले ही कट जाता था। तो भी इतनी बात हो पायी कि स्थानीय पुलिस सभा को नियन्त्रण करने में लगी है। मुश्किल से दस-पन्द्रह सिपाही वहाँ पहुँच पायेंगे। वहाँ पहुँच रही सैकड़ों की भीड़ के सामने वे अपने-पुराने मस्कट से भला क्या कर पायेंगे। फिर भी आ रहे हैं। तेजपुर खबर दी जा रही है।

पहचान में आते ही बरकतुल्लाह की बैरक का ताला खोल उसे गर्दनिया कर बाहर लाया गया। जेल के गेट से बाहर होते ही लोगों ने उसे रोक लिया और देखते-ही-देखते लोगों ने लात-मुक्कों से पीट-पीटकर उसकी वह गत बनायी कि उसके प्राण पखेरू कब उड़ गये पता ही नहीं चला।

19

विनायक वसुमतारी अपने नये गठित होनेवाले दल का पहला अधिवेशन कराने में लग गये थे। उसके लिए जरूरी था व्यापक प्रचार और नये लोगों को जोड़ना। उसके लिए गाँव-गाँव जाते और कहते, "भारतविद् इस मामले में एक मत हैं कि संस्कृत शब्द 'किरात' का मतलब मौजूदा असम में रह रहे वे पुराने अनार्य है, जो मंगोल वंश के हैं। वे उन अहोम मंगोलों से भिन्न हैं, जिनका आगमन स्पष्ट रूप से 13वीं सदी में हुआ था। इन्हीं लोगों को हटाकर, खदेड़कर, अहोम लोगों ने अपने राज्य की स्थापना की थी। इनमें बड़, कछारी, मेच, कोच, राजवंशी, चूतिया, देउरी, राभा, हाजोई, गारो आदि आते हैं। आज भी इनकी संस्कृति, परम्परा, भाषा आदि भिन्न है। उनकी जीवन-शैली प्रकृति के अधिक करीब है, इसलिए ये आचरण में आदिम हैं। आदिम होने के कारण ये अपने को व्यक्त करने में असमर्थ हैं। इनमें व्यक्त करने की शक्ति की कमी रही है। इस शक्ति की कमी का एक कारण हमारी अशिक्षा है। सरकार हमें शिक्षित नहीं करना चाहती। यदि करती भी है तो ऐसी भाषा में करती है, जो हमारी भाषा नहीं है, एक ऐसी भाषा है, जिसे हमें अलग से सीखना पड़ता है। उसी में हमारा यौवन बीत जाता है। इस कमी के कारण केन्द्र की सरकार और राज्य की सरकार इनकी इच्छाओं, की, आकांक्षाओं की, आवश्यकताओं की पूर्ति नहीं करती है। क्योंकि इन्होंने अपनी इच्छाओं को, आवश्यकताओं को, स्वप्नों को सदा ही भद्र लोग की तरह व्यक्त किया है, जनतान्त्रिक रूप से व्यक्त किया है,

संवैधानिक ढंग से व्यक्त किया है, शान्तिपूर्ण गतिविधियों से व्यक्त किया है। लगता है कि हमारे शासक यह मानकर चलते हैं कि उन्हीं की बातें सुननी हैं, जो हथियार उठाकर बात करते हैं, अलगाव की भाषा में बात करते हैं, गैर जनतान्त्रिक ढंग से अपनी बात सुनाते हैं।

सवाल उठता है कि वे कौन-सी इच्छाएँ हैं, माँगें हैं, राजनैतिक अभिव्यक्तियाँ हैं, जिन्हें हमारे लोग उठाना चाहते हैं? उन्हें हमने अपने ज्ञापनों, प्रपत्रों, प्रार्थना-पत्रों के माध्यम से समय-समय पर बताया है। उन कागजों को देंखे तो स्पष्ट रूप से मिलेगा कि हम 1927-28 से ही, साइमन कमीशन के जमाने से ही बहिरागतों के निष्कासन की माँग करते आये हैं। स्थानीय लोगों को स्थायी रूप से खेती-बारी देकर बसाने की बात करते आये हैं। अपने समाज की व्यवस्था के लिए स्वयं अपने शासन की माँग करते आये हैं। अपनी पहचान बचाये रखने के लिए, अपने समाज को स्वयं अपने ढंग से चलाने के लिए माँग करते आये हैं।

हम सब जानते हैं कि हम संसदीय प्रणालीवाले जनतन्त्र के अनुगामी हैं। चुनाव और चुनाव की प्रक्रिया में भागीदारी इसकी आधारभूत आवश्यकता है। पर क्या यह प्रणाली, हमारी आकांक्षाओं की पूर्ति में सहायक रही है? हमारा अनुभव नकारात्मक है और बहुत ही कड़वा है। क्योंकि संसदीय प्रणाली बहुमत के शासन की स्थापना करती है। चुनाव जीतने के लिए पड़े हुए मतों में बहुमत पाने की जरूरत पड़ती हैं। सरकार बनाने के लिए सांसदों या विधायकों के बहुमत की जरूरत पड़ती है। पर हम बड़-कछारी लोग इस तरह से बिखर कर बसे हुए हैं कि कभी भी बहुमत में नहीं आ सकते। हमें बहुमतवाले गैर-बड़-कछारी लोगों के साथ जोड़कर रखा गया है। वहाँ हमारी जनसंख्या मुकिश्ल से 18 से 23 प्रतिशत है। परिणामस्वरूप हम कभी चुनाव जीत ही नहीं सकते, चाहे हमारे समुदाय के लोग शत-प्रतिशत मतदान करें। और यदि जीत भी जाते हैं तो अपनी कौम के प्रतिनिधि नहीं होंगे, गैर-बड़-कछारी लोगों के प्रतिनिधि होंगे। हमें अपनी पहचान के लिए, अपनी आकांक्षाओं की अभिव्यक्ति के लिए, अपनी आवश्यकताओं की पूर्ति के लिए इस व्यवस्था से बाहर आना ही होगा। हमें उम्मीद थी कि 'असम रि-आर्गनाइजेशन ऐक्ट' में ऐसे प्राविधान किये जायेंगे, जिनसे हमें कुछ राजनैतिक अधिकार मिलेंगे। लेकिन वह नहीं हुआ। यह ठीक है कि बोडोलैण्ड डिस्ट्रिक्ट काउन्सिल की स्थापना हुई। उसमें हमारे कुछ बोडो लोगों को काम करने का मौका मिला। पर अब तक का अनुभव क्या बतला रहा है? यही न कि वे कुछ खास नहीं कर पा रहे हैं। हम अपनी कौम के बारे में कुछ खास तभी कर पायेंगे, जब हमारा अपना राज होगा। और वह अपना राज 'उदयाचल' जैसा नहीं, एक केन्द्र शासित प्रदेश जैसा होगा, जैसा कि मिजोरम और अरुणाचल प्रदेश को बनाया गया है। तब जाकर दुःखों का निवारण होगा।

"आप लोगों से अपील है कि आप इन बातों पर विचार करें और ठीक लगे तो हमारा साथ दें।"

इतनी स्पष्ट बात भी लोगों को अस्पष्ट लगती थी। यही कि आखिर करना क्या है? साथ देना है। किसका साथ देना है? विनायक वसुमतारी का साथ देना है। क्यों साथ देना है? अपने दुःखों से उबरने के लिए। उसका रास्ता क्या है? केन्द्रशासित प्रदेश। हमारा दुःख क्या है बहिरागतों का निष्कासन। यह केन्द्र शासित प्रदेश बन जाने से कैसे होगा? पता नहीं। अब वसुन्धर लाख लोगों को समझाये कि उस केन्द्र शासित प्रदेश में हमारे लोगों की अपनी सरकार होगी, जो इन बहिरागतों को निकालने के लिए न केवल निर्णय लेगी, उसे लागू भी करेगी, तो लोग समझते नहीं थे, हुज्जत करते थे कि वह सरकार भला मौजूदा सरकार के कैसे भिन्न होगी। क्या मौजूदा सरकार में बहिरागतों को निकालने का निर्णय नहीं लिया है? लिया है। तो बहिरागत क्यों रह रहे हैं, क्योंकि इन्हें निकाल नहीं रही है। क्यों नहीं निकाल रही है, क्योंकि वोट बैंक हैं। क्या वोट बैंक की जरूरत हमारी केन्द्रशासित प्रदेश के सरकार को नहीं पड़ेगी? पड़ेगी, पर उसके वोट बैंक हम होंगे, ये बाँग्लादेशी मुसलमान नहीं। तब वह उदयाचल से कैसे भिन्न होगी। पता नहीं। इन हुज्जत के चक्रधारी प्रश्नों से वसुन्धर थक जाता। तब उसे लगता कि वसुमतारी लाख माथा पटक ले, वह कुछ नया नहीं कर पायेगा—लोग करने ही नहीं देंगे। उसे लगता कि वह रूपनारायण के किनारे रेत में चल रहा है। ऊपर से रेत तो एक ही है, पर चलते जाओ तो लगता है उसके अनेक प्रकार हैं। एक रेत वह है, जो नदी से हमारे खेत तक आ जाने से बनती है। कछार के ऊपर ढूह के नीचे पटवी माटी की परतें बिछी हुई हैं, साफ मटमैली चादर की तरह। बस पाँव रखो और आहिस्ते से फट जाती है। तलवों में उसकी छुवन मखमल की तरह है। आगे बढ़ो तो पाँवों के नीचे है महीन बालू की खान, बिल्कुल धूल की तरह। उसमें पाँव धँसते हैं तो लगता है वह सहला रही है। उसके आगे बढ़ो तो मोटे बालू की परतें मिलती हैं। गर्मी में चलो तो पाँव जलता है, जाड़े में चलो तो चुभता है, बरसात में चलो तो बाँधता है, भले ही चिपके नहीं। और आगे बढ़ो तो भुरभुरा बालू। चलो तो भस्-भस् करे, रस्-रस् करे। जाड़े में ओस की तरह नमी लिये ठण्डा, गर्मी में कठोर ऊष्म। चलते जाओ तो लगता है वही पुराना बालू नया-नया हो गया है, खड़ा हो जाओ तो नया बालू पुराना लगने लगता है। यही समाज गति है। समूह गति है। यही व्यक्ति को अनुशासित करता है। कभी पिण्ड नहीं छोड़ता।

अब वसुन्धर इसे आशा की तरह ले कि निराशा की तरह? जो भी हो इसमें मिट्ठनगुड़ी और जाऊगाँव के अभियुक्तों की बात दब जा रही है। उसे उटकेरना है।

असम में पानी बरसने का कोई ठिकाना नहीं। कहीं भी और कभी भी बरस सकता है। उस दिन शाम से ही झिरी पड़ने लगी थी। कभी बिजली झलमला जा रही थी, तो कभी भीषण मेघगर्जन हो जा रहा था। कभी हू-हू कर हवा तेज हो जा रही थी, तो कभी

पूरा परिवेश स्तब्ध हो जा रहा था। विनायक वसुमतारी थके-मादें अपने बँगले में बैठे थे। वसुन्धर और पाकुड़ के चौधरी पास थे। काफी देर तक चुप रहने के बाद तीनों कोई बात का सिलसिला शुरू करना चाह रहे थे, पर कोई सूत्र नहीं मिल रहा था। कचहरी दौड़ते-दौड़ते दोनों परेशान हो गये थे। न तो मिट्ठनगुड़ी के अभियुक्तों को जमानत मिल पा रही थी, न ही जाऊगाँव के। उसे ही उटकेरते हुए वसुन्धर ने कहा, ''नेता! इसमें कोई राजनैतिक दबाव नहीं बनाया जा सकता?''

'नेता' सम्बोधन पर विनायक चौंके। कुछ देर तक सोचने के बाद कहा, ''हमें शब्दों का अपव्यय नहीं करना चाहिए।''

वसुन्धर को लगा कि विनायक इन बन्दियों के बारे में शासन से बात नहीं करना चाहता। उसे लगता है कि वे उसकी बात सुनेंगे नहीं। यूँ ही वसुन्धर के मुँह से निकल गया, ''प्रयत्न करने में कोई हर्ज नहीं है। कितने महीने हो गये?''

''वह तो ठीक है। परन्तु आपने जो मुझे नेता कहा, वह ठीक नहीं है।''

''भला क्यों?''

''नेता सुभाष चन्द्र बोस को कहा जाता है। क्या मुझमें सामर्थ्य है वह नाम धारण करने की?''

चौधरी ने कहा, ''नाम जनता देती है। वही प्रचलित हो जाता है।''

''हाँ, जनता ही ने नेहरू को 'पण्डित जी' कहा, पटेल को 'सरदार', गाँधी को 'महात्मा', टैगोर को 'गुरुदेव'। वह उन्हीं को शोभा देता है,'' विनायक ने कहा।

''किन्तु एक बात है। 'पण्डित' तो कई हुए—मदन मोहन मालवीय, दीन दयाल उपाध्याय वगैरह। आज कमलापति त्रिपाठी हैं, द्वारिका प्रसाद मिश्र, उमाशंकर दीक्षित हैं।''

''ये लोग ब्राह्मण होने के कारण हैं, नेता होने के कारण नहीं। नेता तो एक सुभाष चन्द्र बोस ही थे। दूसरे को शोभा न देगा,'' विनायक ने कहा।

''खैर, वह आरोपियों की बात...'' उन्होंने अपनी बात बीच में ही रोक दी।

चौधरी ने कहा, ''यदि आपके प्रयासों से जमानत हो जाय तो आपकी छवि बन जायेगी। इससे पार्टी को लाभ होगा। लोगों को लगेगा कि दम है।''

''क्या हमें पार्टी इस आधार पर बनाना चाहिए? कि सिद्धान्तों के आधार पर?''

''आधार तो सिद्धान्त ही होगा। यह तो आपके सामर्थ्य का सूचक होगा।... सरकार से बात करें न।''

विनायक कुछ देर तक सोचता रहा। फिर कहा, ''कल मंगलदोई चलते हैं।''

रात का टूटा पानी फिर बरसने लगा। पुंज-पुंज काले बादलों के थक्कों से गिरता जल एक तरफ धरती के ताप को खोलकर पूरे वातावरण को गरमाये जा रहा था, तो दूसरी तरफ धुली वनस्पतियाँ आँखों को लगने लगी थीं। रास्ता कीचड़ से भर गया था। कच्ची सड़क

पर जीप को सम्हालना कठिन हो रहा था। ऐसे रास्ते से चलकर विनायक जब मंगलदोई पहुँचा तो पब्लिक प्रॉसीक्यूटर के कपड़ों से जो गन्ध उठ रही थी, वह असहनीय थी। उसे सहन करते हुए विनायक ने बात की। प्रॉसीक्यूटर ने कुछ हिचकते हुए बात की और अन्त में कहा, ''पार्टी से बात कराइये।''

चौधरी और वसुन्धर को आगे कर विनायक हट गया। प्रॉसीक्यूटर ने साफ कहा, ''मियाँ लोगों ने अपने आदमियों को छुड़ाने के लिए इतने पर करार किया है। आप भी करें तो मैं 'प्रेस' नहीं करूँगा।''

कोई रास्ता नहीं था। लेकिन पैसे भी नहीं थे। यह मानकर कि वसुमतारी जरूर मदद करेंगे, वे मान गये।

विनायक प्रॉसीक्यूटर के कमरे से निकलकर बार की लाइब्रेरी में जा बैठा। समय काटने के लिए अखबार उठा लिया और पहले पन्ने की दूसरी हेडलाइन पर दृष्टि दौड़ायी तो चौंक गया। लिखा था कि कल माकुम में मारवाड़ियों के नेता कलसी राम बागड़ मार दिये गये। कलसी राम वे नेता थे जो मारवाड़ियों के साथ-साथ सभी हिन्दी बोलनेवालों का रजिस्टर बना रहे थे। मुख्यमन्त्री ने तमाम समुदायों के रजिस्टर यही कहकर तो अधूरा करार दिया था कि इनमें हिन्दी बोलनेवालों की, मारवाड़ियों की, बिहारियों, पछिमा लोगों की गणना नहीं है। कलसी राम उसे ही पूरा करा रहे थे।

'असम ट्रिब्यून' की इतनी-सी खबर पढ़कर उन्हें सन्तोष नहीं हुआ। 'इम्प्लाण्टर' उठाया। अखबार शिलांग से निकलता था, हालाँकि खबरें डिब्रूगढ़, नवगाँव, गुवाहाटी की अधिक होती थीं। उसमें तिनसुकिया का हवाला देकर बीच के पन्ने पर लिखा गया था कि कलसी राम बागड़ की कारगुजारी को कुछ खाटी असमिया लोगों ने बहिरागतों की कार्रवाई माना है। इन खाटी असमिया लोगों ने एक संगठन बनाया है ''लाचित सेना।'' लाचित सेना खाटी असमिया लोगों के अलावा असम में रह रहे सभी लोगों को बहिरागत मानती है और उन्हें असम छोड़कर चले जाने का आह्वान करती है। पर सवाल यह है कि खाटी असमिया किसे माना जाय। लाचित फूकन तो अहोम सेनापति थे। अब अहोम लोग सिर्फ अपने को खाटी असमिया मानते हैं। उनके लिए बंगाली, बिहारी, पंजाबी, मदरासी, मारवाड़ी ही नहीं, असम के चाय बागानों में काम करनेवाले सभी लोगों समेत कैवर्तों को बहिरागत मानते हैं। तब जरूर बड़-कछारी कोच, मेच आदि को भी बाहरी मानते होंगे। ऐसे में जिस असमिया राष्ट्रवाद और असमिया अस्मिता की बात की जाती है, उसका स्वरूप क्या होगा? क्या 'हिन्दुइज्म' को हटाकर 'अहोमिज्म' की स्थापना की जायेगी?

ये प्रश्न विनायक वसुमतारी को आकर्षक और सटीक लगे। पर यह स्पष्ट न हो पाया कि यह 'लाचित सेना' है क्या बला और उसका अगुआ कौन है? उन्होंने एक तीसरा

अखबार असमिया का 'जोरहाट समाचार' उठाया तो पहले ही पन्ने पर अगुआ का नाम ही नहीं चित्र भी छपा था। चित्र को देखते ही वे चौंक पड़े। वह वही आदमी था, जो चेतिया फूकन की बैठक में मोटे फ्रेम का चश्मा लगाये बढ़-बढ़कर बात कर रहा था। शायद इसीलिए चेतिया फूकन ने उसका परिचय नहीं कराया था। नाम था पी. एन. शर्मा।

इतनी-सी बात विनायक वसुमतारी को तृप्त नहीं करनेवाली थी, पर आकर्षक जरूर थी। उसे पता चला कि चेतिया फूकन के विचारों से प्रभावित होकर सिर्फ वही पश्चिमी असम में काम नहीं कर रहा है, पूर्व में भी काम हो रहा है। अब दोनों के विचारों और हितों में कितना साम्य है और कितना विरोध—यह अगला प्रश्न है।

दो-चार दिनों के बाद ही यह खबर आयी कि सैनिक के वेश में कल रात कुछ त्रासवादी आये और तिनसुकिया जिले के मुख्यालय से कोई सत्ताईस मील दूर एक सुनसान इलाके के गाँव लोंगसुआल में छह दूध का कारोबार करनेवाले बिहारियों को अकारण ही मार डाला। फिर खबर आयी कि सैनिक वेश में ही कुछ लोग चरदाखोवा थाने के क्षेत्र में अवस्थित नदी के द्वीप मुसाल पारदी चोपड़ी में आये और वहाँ रह-रहे अट्ठारह पशुपालकों को घेरकर पन्द्रह बिहारियों को अलग किया और गोली मार दी। तीन नेपालियों को छोड़ दिया। फिर खबर आयी कि देर से खबर मिली है कि परसों रात सैनिक के वेश में कुछ हथियारबन्द लोगों ने एक ही समय में दुलियाजान, जयपुर और डुमडुमा इलाके में ईट-भट्ठों पर काम करनेवाले पच्चीस-तीस विलासपुरिया मजदूरों को गोली से उड़ा दिया और रात के अँधेरे में गायब हो गये। फिर खबर आयी कि ऐसे हमले शिवसागर और गोलाघाट ब्लाकों में भी हुए हैं।

इन खबरों से पूरा असम सन्न-सन्न करने लगा और गैर-बंगाली बहिरागतों में भीषण भय पैठ गया। विनायक को लगा कि यह काम एकाएक नहीं हो रहा है। इसकी तैयारी लम्बे समय से चल रही होगी। ऐसी घटना को अन्जाम इसलिए दिया जा रहा होगा कि बड़ी खबर बने और संगठन को लोकप्रसिद्धि मिल जाये। वह जो काम कर रहा है, क्या उसके लिए भी इसी तरह की रणनीति अपनानी पड़ेगी? निश्चय ही वह मासूम लोगों को नहीं मारेगा। त्रासवाद और विद्रोह में यही अन्तर है। त्रासवादी लोग प्रचार पाने के लिए मासूम लोगों को भी मारते हैं। विद्रोही लोग सरकार से मोर्चा लेते हैं। जनता को अपने पक्ष में करते हैं, उसे टारगेट नहीं करते हैं।

जिज्ञासा स्वाभाविक थी कि यह काम करानेवाला व्यक्ति आखिर है कौन? 'इम्प्लाण्टर' ने ही अपने सम्पादकीय में एक दिन छापा था कि पी. एन. शर्मा लम्बे समय तक हिन्दी भाषी इलाके में रहकर कानून पढ़-पढ़ा चुका है और अब असम में रहने लगा है। आते ही राजनीति में सक्रिय हो गया है। वहाँ रहते हुए वह मार्क्स को लेकर चलनेवाले उग्रवादियों के सम्पर्क में रहा है। मार्क्सवाद का तो कुछ नहीं ग्रहण किया है, किन्तु उनकी राजनीति व युद्धनीति सीख आया है।

ऊपरी असम में हुए इन हत्याओं के प्रति प्रतिक्रिया बड़ी धीरे-धीरे उत्पन्न हुई। साफ जाहिर था कि कुछ असमिया लोग चाय बागान के मजदूरों और तमाम हिन्दी भाषी लोगों को असमिया मुख्यधारा का लोग नहीं मानते और उन्हें बंगाली बहिरागतों की ही तरह निकाल बाहर करना चाहते हैं। इस पर प्रतिक्रिया में दो तरह के विचार उत्पन्न हुए। एक तो यह कि इस भावना का विरोध किया जाय और उसके लिए जैसे को तैसा दिया जाय। दूसरी यह कि इन त्रासवादियों को स्पष्ट बताया जाय कि चाय बागान के श्रमिक हमेशा ही पूरी तरह से असमिया बनकर रहे हैं। यह तो उपनिवेशकों की चाल थी कि उन्हें पूरी तरह से असमिया लोगों से मिलने नहीं दिया गया। उनके साथ बहिरागतों की तरह व्यवहार नहीं किया जा सकता। और उसे पुष्ट करने के लिए त्रासवादियों का सहयोग किया जाय। अब त्रासवादियों के साथ सहयोग करने का कोई खुला अवसर तो था नहीं, इसलिए काम पहले विकल्प के अनुसार हुआ।

जयदेव मजूमदार बहुत प्रयत्न करके भी चाय बागान के श्रमिकों का अपने मन लायक संगठन खड़ा नहीं कर पाया था। किन्तु उन्हें अपने अधिकारों के प्रति इतना जागरूक तो कर ही दिया था कि अवसर मिलने पर वे उसके लिए लड़ सकें। ऊपर से गणेशबारी टी स्टेट में कलसी राम बागड़ की काफी पूँजी लगी हुई थी। इसीलिए वे उन लोगों को असमिया लोगों की ही तरह अधिकार दिलाने के लिए रजिस्टर बनवा रहे थे। परिणामस्वरूप कोई डेढ़-दो माह बाद ही सही लोगों में विरोध करने की भावना धीरे-धीरे बलवती हुई और जब 'एटक' के नेता समीर तांती वहाँ आये तो जबरदस्त प्रदर्शन हुआ। उसमें आस-पास के चाय बागानों के श्रमिकों ने भी भाग लिया। चूँकि गणेशबारी टी स्टेट डिब्रूगढ़ के करीब था, इसलिए प्रदर्शन तिनसुकिया में न होकर डिब्रूगढ़ में हुआ। इससे सरकार के कान खड़े हो गये। उन्हें लगा कि अपने ही दल का आनुषंगिक संगठन उसके विरुद्ध प्रदर्शन कर रहा है तो जरूर इसमें कामाख्या बाबू का हाथ है। इसके ऊपर धूल डालने के लिए मुख्यमन्त्री ने खूब प्रयास किया और बात वहीं-की-वहीं रह गयी। तब दृश्य पटल पर पाया जयदेव मजूमदार। उसने कहा कि यह जरूरी नहीं है कि हम बने-बनाये संगठनों के माध्यम से ही अपनी बात कहें। जरूरत पड़ने पर हमें नया संगठन बना लेना चाहिए। उसके पहले बिना संगठन के ही धरना-प्रदर्शन के माध्यम से, अखबार के माध्यम से अपनी बात सरकार तक न केवल पहुँचायी जा सकती है, मनवायी भी जा सकती हैं। इसको मूर्त रूप देने के लिए वह जी-जान से जुट गया। सहयोग मिला उन दिहाड़ी के असमिया मजदूरों से, जिनको उसने उस वर्ष चाय पत्ती तोड़ने के लिए बागानों में रखवाया था। प्रचलन था कि जब काम बहुत बढ़ जाता था तो बागानों के व्यवस्थापक लोग अवकाश प्राप्त श्रमिकों की बस्ती में जाकर स्त्रियों और बच्चों को कुछ दिनों के लिए भर्ती कर लेते थे। इस साल जब ऐसा अवसर आया तो जयदेव ने कुछ असमिया लड़के-लड़कियों को काम पर रखवा दिया था। उसके लिए सरोज दत्त नाम के एक लड़के

से मदद ली थी। सरोज दत्त आसपास के गाँवों में एक दबंग के रूप में उभर रहा था और जयदेव को उम्मीद थी कि वह आगे आनेवाले दिनों में नया मजदूर संगठन खड़ा करने में सहायक हो सकेगा। वह इण्टर में पढ़ता था और टी ट्राइबल स्टुडेण्ट एसोसिएशन के नेताओं के बीच उठता-बैठता था। वह बागान में काम नहीं करता था पर असमिया मजदूरों का मेठ बनकर रहता था। उसकी नजर एक साओताली लड़की दिव्या पर थी, जो पत्तियाँ तोड़ने का काम करती थी। हालाँकि वह सरोज से बिदकी रहती थी, पर वह उसके इर्द-गिर्द मँडराता रहता था। उन्हीं दिनों एक छोटी-सी सरकस पार्टी घूम-घूमकर खेल दिखाती वहाँ पहुँची, तो मैनेजमेण्ट ने श्रमिकों के मनोरंजन के लिए उसका एक आयोजन अपने बाग के खुले मैदान में रख दिया। खेल आरम्भ होने से काफी पहले ही बागान के नियमित मजदूर लड़कों ने आगे की सीटों पर अपने कपड़े रख आरक्षित कर लिया था और इधर-उधर घूमने लगे थे। जब खेल आरम्भ हुआ तो देखा कि उनके आरक्षित सीटों पर के कपड़े हटाकर आसपास के गाँवों के असमिया लड़के बैठे हैं। अधिकांश उन घरों के हैं जिन घरों की लड़कियाँ इस साल दिहाड़ी पर काम कर रही हैं। उन्होंने इस पर एतराज किया तो कहा-सुनी में बात बढ़ती गयी और मार-पीट होने लगी। सरोज दत्त को मौका मिला और उसने दिव्या को बागान की झाड़ियों में खींच लिया। उस दिन व्यवस्थापकों ने किसी तरह मामला शान्त किया और आगे के लिए शो कैन्सिल कर दिया। पर दूसरे दिन सरोज दत्त अपने साथियों के साथ श्रमिक बस्ती में जाकर लोगों को ललकारने लगा और अपने दुराचार पर 'बोस्ट' करने लगा। इससे श्रमिक बस्ती के युवक उत्तेजित हो गये और अपने घरों से बाहर निकल आये। उन्होंने असमिया लड़कों को दौड़ा-दौड़ा कर पीटा। उसी में सरोज दत्त की मृत्यु हो गयी। परिणामस्वरूप पूरे इलाके में तनाव फैल गया। उड़नगही उड़ी कि आसपास के गाँवों के असमिया लोग गोल बाँधकर श्रमिकों की बस्ती पर हमला करेंगे। अपनी रक्षा में बस्तियों के युवक लाठी-भाला लेकर दिन-रात पहरा देने लगे। यह तो भला हो समीर तांती का। उन्होंने फौरन पुलिस फोर्स का बन्दोबस्त किया और मामला किसी तरह शान्त किया।

मामला भले गणेशबारी इलाके में शान्त हो गया हो, रूप बदलकर दूसरे इलाके में फैल गया। हुआ यह था कि कुबेर ताई को छोटा हाजिरा पर लगाया गया था। नया आदमी था। अभी अपने काम में रवा नहीं हो पाया था। बिलियर्ड रूम में अधिकारी लोग खेल रहे थे और वह दो घण्टे से अपनी आकृति टेढ़ी किये उनको चाय पिला रहा था। कमर और हाथ में दर्द होने लगा था। दर्द असहनीय हो गया तो उसने टी ट्रे एक साइड टेबिल पर रख दिया और जोर की अँगड़ाई लेते हुए 'हे पद्मपाणि' कह चिल्ला उठा। इससे खेलनेवालों का ध्यान टूट गया, जिससे खेल में बाधा पड़ी और वे सहायक व्यवस्थापक कृष्ण भूषण खरबण्डा पर बिगड़ गये। अपने बचाव में खरबण्डा ने कहा, "नया आदमी है। अभी मैनर नहीं जानता।"

"तो सिखाओ न।" उप व्यवस्थापक जान बोद्रा ने कहा।

खरबण्डा ने सिर हिलाया। कुबेर से कहा, "तुम बाहर जाकर किसी दूसरे हाजिरा को भेज दो।"

कुबेर ने ट्रे उठाया और बाहर चला गया। थोड़ी देर बाद एक दूसरा हाजिरा आकर खड़ा हो गया।

दूसरे दिन दफ्तर का जरूरी काम निपटाने के बाद खरबण्डा ने कुबेर ताई को बुलवाया। पता चला कि वह आज काम पर नहीं आया है। उसके घर आदमी भेजा तो पता चला उसे तेज बुखार है और दो-तीन दिन तक काम पर नहीं जा सकेगा। उन्होंने बागान के डॉक्टर अमिया कुमार दास को खबर किया कि वे कुबेर के घर जाकर देख आयें। डॉ. दास को लगा कि वह गम्भीर रूप से बीमार हैं। सम्भवतः मलेरिया हो गया है। इसलिए फौरन भागे। आजकल यूनियनवाले बात-बात पर हो-हल्ला मचाते हैं। वहाँ जाकर देखा कि वह मजे से बैठा लोगों के साथ ताश खेल रहा है। खैर, उन्होंने परीक्षण कर दवा दे दिया और कृष्ण खरबण्डा के पास जाकर लुतुरी लगा दी कि वह एकदम ठीक है। मगरामी करने के लिए बीमारी का बहाना बनाया है। "दरअसल आपको ठीक से पता लगाकर ही मजदूरों के घर दवा करने के लिए भेजना चाहिए। ऐसे होने पर तो मैं लेबर बस्ती में दौड़ता ही रह जाऊँगा।" खरबण्डा ने तुरन्त क्षमा माँगी और मन-ही-मन कुछ निश्चय कर गरम साँस छोड़ी।

दूसरे दिन दफ्तर आते ही कुबेर के बारे में पूछा, फिर तीसरे दिन पूछा, फिर चौथे दिन पूछा। पाँच दिन के बाद वह आया तो उसे फौरन ऑफिस में तलब किया। जब तक वह उनके ऑफिस में जाय, तब तक वे किसी काम से क्लब घर में चले गये थे। कुबेर ताई ने हाजिरा का रूप बनाया और ट्रे लेकर वह क्लब हाउस में गया। खरबण्डा वहाँ जान बोद्रा से बात कर रहे थे। कोई टूर्नामेण्ट होनेवाला था। शायद उसी का कार्यक्रम तय कर रहे थे। रँगाई-पुताई की बात कर रहे थे। कुबेर ने झुककर चाय प्रस्तुत की तो दोनों ने चाय ले लिया। बात पूरी कर जान बोद्रा चले गये। खरबण्डा कुबेर की ओर मुखातिब हुए। कहा, "हाजिरा का काम करने नहीं आता है?"

वह चुप रहा। उन्होंने गरज कर कहा, "जवाब दो।"

उसने बड़े ही मन्द स्वर में कहा, "आता तो है।"

"तो उस दिन टी ट्रे क्यों रख दी?"

"चक्कर आ गया था, साहब।"

"मगरामी करते हो?"

वह सूनी आँखों से उन्हें देखता रहा। खरबण्डा ने फिर कड़ककर कहा, "डॉक्टर कहता है कि तुम्हें कोई बीमारी नहीं।" उन्होंने बिलियर्ड की छड़ी उठायी और दे मारा। प्रहार इतना अचानक और तीव्र था कि 'आही माई' कहकर कुबेर बैठ कर ऐंठने लगा। टी ट्रे हाथ से गिर गयी और उसमें रखे सभी बर्तन भड़भड़ा कर टूट गये।

"इस पूरे पीरियड की मजदूरी तुम्हें नहीं मिलेगी" कहते हुए वे छड़ी फेंककर निकल गये।

शोरगुल सुनकर कैण्टीन के कर्मचारी क्लब हाउस में आये और कुबेर को उठाकर ले गये।

बात फैलते देर न लगी। खबर मिलते ही जयदेव मजूमदार कूद पड़ा। कहा, "और संगठित न होवो, और मैनेजमेण्ट का अत्याचार सहो। अंग्रेज कबके चले गये, पर बागान के साहब की अंग्रेजियत नहीं गयी।"

जाने कैसे इन मुर्दा मजदूरों में ऐसी जान आयी कि हाजिरा करनेवाले सभी श्रमिकों ने हाजिरा करने से इन्कार कर दिया। उनकी संख्या 15-16 थी। मैनेजमेण्ट ने उन्हें रातों रात निकाल दिया। खबर बाहर गयी तो दूसरे बागानों के हाजिरा ने भी काम करना बन्द कर दिया। मैनेजमेण्ट ने उन्हें भी निकाल दिया। सबकी संख्या 40-45 हो गयी। जयदेव ने सबको प्रदर्शन के लिए उत्प्रेरित किया और तमाम मजदूरों से उनका साथ देने के लिए अनुरोध किया। साथ देने तो कोई नहीं आया, पर वे गोल बाँधकर मैनेजर लीला सिंह विष्ट से मिलने चले।

लीला सिंह विष्ट से मिलना इतना आसान नहीं था। पहले खरबण्डा से मिलना था। वह जाने दे तो जान बोद्रा से मिलना था। उससे समस्या न सुलझे, तभी लीला सिंह विष्ट से मिलना हो सकता था। वह भी जान बोद्रा की स्पष्ट अनुमति के बाद। खरबण्डा भला अपने विरुद्ध क्या शिकायत सुनता? उसने तुरन्त जान बोद्रा के पास भेज दिया। जान बोद्रा पहले से ही खार खाये बैठे थे। वैसे उनका इरादा उनको काम पर रख लेने का था—कहते थे कि चाणक्य की नीति थी कि सजा मातहत से दिलवाओ, क्षमा स्वयं करो। इससे अपना सम्मान बढ़ेगा और प्रशासन का धौंस भी बना रहेगा। पर उसके पहले वे इनका खूब गिड़गिड़ाना देखना चाहते थे।

पर पासा उल्टा पड़ने लगा। उनके इन्कार कर देने पर दूसरे दिन चाय की पत्ती ओटनेवाले तमाम स्त्रियों और बच्चों ने काम पर न जाने की ठान ली। व्यवस्थापक ने सोचा कि यह एक दिन की बात है। वे भी अपने मन की कर लें। पर हफ्ते भर हो गया, कोई काम पर न आया। पत्तियाँ कड़ी पड़ती जा रही थीं। दो-चार दिन की और देरी होने पर वे काम की न रह जातीं। इसलिए कारिन्दे बस्तियों में घूम आये और धमका आये कि जो कल काम पर नहीं आयेगा, उसे आगे काम पर नहीं रखा जायेगा। तो भी कोई काम पर नहीं आया। तब कारिन्दे पास के अवकाश-प्राप्त मजदूरों की बस्ती में गये और कुछ लोगों को ओटने के लिए तैयार कर आये। जब वे अपनी टोकरी, गाँती और गांइती लेकर पहुँचे तो तमाम हड़ताल कर रहे नियमित मजदूर उनका रास्ता रोककर खड़े हो गये। मैनेजमेण्ट ने उन्हें हटाने के लिए बागान के सुरक्षाकर्मियों को लगा दिया। रास्ता खुला तो कुछ लोग तो काम पर गये। पर कुछ लोग नहीं गये। कारण यह था कि वे नियमित

मजदूरों से पंगा नहीं लेना चाहते थे। दूसरे कुछ लोगों को डर था कि ये नियमित मजदूर उन पर हमला कर सकते हैं। जयदेव मजूमदार इन मजदूरों को बस्तीवालों के विरुद्ध भड़क कर रखता है। जयदेव को जब इस बात का पता चला तो उसकी खुशी का ठिकाना न रहा। कहा, "इस तरह संगठित होकर रहोगे तो विजय पाओगे। संगठित होने के लिए संगठन जरूरी है। वह पुराना कांग्रेसी संगठन, या सी.पी.एम. वालों का संगठन काम का नहीं। नया संगठन बनाओ।" जो निकाले गये थे, वे तो सहमत हो गये। पर जो निकाले नहीं गये थे, सिर्फ हड़ताल पर गये थे, वे सहमत नहीं हुए। साफ कहा, "यह बंगाली कम्युनिस्ट है। अपनी नेतागिरी के लिए हमें चढ़ा रहा है। इसका तो नाम होगा, पर हमारे पेट पर लात लगेगी।" लिहाजा कुछ लोग आज काम पर लौटे, कुछ कल।

निकाले गये लोगों को लेकर जयदेव कृष्ण खरबण्डा के पास पहुँचा। कहा, 'हमारी दो माँगें हैं। एक तो हमारी यूनियन को मान्यता दो। दूसरे इन निकाले गये लोगों को काम पर रखो।"

खरबण्डा ने कहा, "दोनों हमारे अधिकार-क्षेत्र से बाहर है। रुको, मैं उप प्रबन्धक से बात करता हूँ।"

वह उनको तब तक रोके रहा, जब तक थाने से पुलिस वहाँ आ न गयी। तब उसने जान बोद्रा के पास भेजा। जान बोद्रा ने बढ़-बढ़ कर बात करनेवाले चार-पाँच नेताओं को पुलिस को दे दिया। बाकी को साथ लेकर जयदेव लौट गये।

उस दिन कोहरा लहरा-लहरा कर चलता-उड़ता-पड़ता रहा था। एक लहर के जाने के बाद जब दूसरी लहर आती थी तो उसके बीच का जो समय होता था," उसके धुँधलके में चीजें कौंध जाती थीं। चाय की झाड़ियाँ, उनको ढके बीरड़े फैले पेड़, उनके पार की बस्तियाँ झुण्ड के रूप में दिखायी देकर छिप जा रही थीं। जान बोद्रा मादाम मावरी के साथ टेनिस खेल रहे थे। जमीन पर गिरने पर गेंद की उठती आवाज स्पष्ट सुनायी दे रही थी। शाट मारते वक्त मुँह से निकलती चीख एक-दूसरे को बड़ी कामुक लग रही थी। कोहरे में दोनों एक-दूसरे को छाया जैसे दीख रहे थे। वे छाया नहीं हैं, इस बात का पता तब चलता था, जब मादाम मावरी पूरी गति से दौड़कर अपना रैकेट घुमाकर बाल पर दे मारती थीं और उनका छोटा स्कर्ट उड़कर पूरी तरह से ऊपर उठ जाता था। उनका स्वस्थ और भरा-भरा शरीर उस हल्की रोशनी में बड़ा सुन्दर लगता था।

उसी वक्त कुछ लोग जोरहाट जानेवाली मुख्य सड़क से जान बोद्रा के बँगले को जोड़नेवाली सड़क पर झाड़ियों में घात लगाकर बैठे थे। कोहरे के नाते दिन और रात का अन्तर कैसे भी मिट गया था। पर जब सचमुच की रात आने को हुई तो घात लगा कर बैठे लोगों का धैर्य छूटने लगा। कोहरे में सब-कुछ छाया की तरह स्थिर लग रहा था। कोई आवाज भी होती तो वह आवाज की छाया लगती। छाया की तरह झूठ लगती। कभी पास, कभी दूर शब्द भी कोहरे में कुछ और ही तरह के हो गये लगते। ऐसे में

लगता कि जान बोद्रा यदि अपनी कार से आया तो वह भी शब्द और रूप दोनों से एक छाया ही लगेगी एक स्थर छाया जो पुट्ट से आगे निकल जायेगी और वे प्रतीक्षा ही करते रह जायेंगे सुअवसर का। उनके मन में आया कि आस-पास से ठेल कर कोई सिल्ली, कोई लकड़ी का कुन्दा ही छवर पर डाल दी जाय। कोहरे में टकराकर उसकी कार उलट जायेगी। वे खोज-खाज कर एक सिल्ली ठेल-ठाल कर आड़े-तिरछे अड़ा दिये और झाड़ियों में पुनः जा बैठे। सोचने लगे कि कौन कहाँ है, पता ही नहीं चलता। चारों ओर खाली भाप। इस भाप की दुनिया में से क्या सचमुच कुछ आश्चर्यजनक निकल सकता है।

घण्टो बीत गया। कोहरा फटने लगा। तारों की रोशनी कुछ-कुछ झलकने लगी। प्रतीक्षारत लोगों को लगा कि आज बोद्रा आयेगा नहीं शायद, वहीं रहेगा। चलना चाहिए। पर चलने से पहले कुछ और देर प्रतीक्षा करना चाहिए। घण्टों की मेहनत अधैर्य के हवाले नहीं करना चाहिए।

तब तक कोहरा कुछ और फटा। बस्तियों की रोशनी सड़क की रोशनी के साथ मिलकर एक आभा पूरे वातावरण में उकेरने लगी, जिसके आलोक में कुछ दूरी पर की चीजें साफ देखी जाने लगीं। उसी में प्रतीक्षारत लोगों में से किसी ने देखा कि सड़क से उतर कर दो आदमी छवर पर चले आ रहे हैं। एक नर है, दूसरा मादा। लम्बा नर झुककर मादा की कमर पर हाथ रखे हुए है। मादा चेहरा लम्बा कर लोमड़ी की तरह सिर ऊँचा कर उससे बात कर रही है। सिर और जाँघों के नीचे का शरीर नंगा है। बाकी शरीर पर कसा धवल वस्त्र चमक रहा है। पहचानते देर न लगी कि यह जान बोद्रा है और मादाम पैट्रिशिया मावरी के साथ पैदल ही चला आ रहा है। बँगले में जाकर दोनों शराब पियेंगे। उसने लोगों को सावधान किया। रास्ते में पड़ी हुई सिल्ली के पास जाकर बोद्रा ने कहा, "लगता है गाड़ीवान जलावन ढो रहा था। उसे इतना भी होश न रहा कि गिरि सिल्ली को किनारे करने दे। मोटर से होता तो टकरा ही जाता।"

इसके पहले कि पैट्रिशिया मावरी 'हाँ' कहें, अँधेरे से लोग निकले और जान बोद्रा पर लाठी-डण्डा बरसाने लगे। आक्रमण इतना अप्रत्याशित था कि बोद्रा सम्हल ही न पाया और चीखकर तुरन्त गिर पड़ा। कुछ क्षण मादाम मावरी किंकर्त्तव्यविमूढ़ खड़ी रहीं, फिर शोर मचाती हुई भागीं। उनका शोर सुनकर बँगले में जो जहाँ था, वहीं से दौड़ा बिना यह समझे कि आखिर वह शोर क्यों है? उनके पहुँचने के पहले ही लठियानेवाले भाग-पराये और जान बोद्रा ऐंठना बन्दकर चित पड़ गया। देखनेवालों को पहली नजर में लगा कि वह चल ही बसा है, पर मादाम मावरी ने नसें टटोलकर बताया कि एकदम जिन्दा है। लिहाजा कुछ लोग उसे लेकर अस्पताल चले। उनमें मावरी भी थीं। कुछ लोग तमाम छोटे-बड़े अधिकारियों को सूचना देने के लिए भागे।

अधिकारियों ने मामला पुलिस में लिखवा दिया और जिले के बड़े अधिकारियों से इस बात की पैरवी की कि इस तरह की हरकतों पर फौरन कड़ी कार्रवाई की जाय। अन्यथा बदअमली फैल जायेगी और चाय उद्योग बन्द हो जायेगा।

जान बोद्रा ठीक हो गये तो इतने से ही सन्तुष्ट होकर नहीं बैठ गये। अपनी तरफ से भी कार्रवाई आरम्भ की। सबसे पहले उसने हाजिरावालों को नोटिस भेजी कि वे बागान का आवास खाली कर दें। इस पर अपेक्षित दबाव बनाने के लिए उनके घरों की बिजली काट दी। यदि पानी भी बागान सप्लाई करता तो उसे भी रोक देते। लेकिन लोग तो उसी प्रकुरी का पानी पीते थे, जिसमें शौचते थे। फिर जिन लोगों ने पत्तियाँ ओटने से मना कर दिया था, उन घरों की बिजली गुल कर दी।

कुछ दिन बीता। जयदेव फिर सक्रिय हुआ। कहा, "1950 और 1956 के ऐक्ट के अनुसार तुम्हें मुफ्त का बिजली पाने का अधिकार है। कनेक्शन फिर जोड़ लो। सभी तो नहीं, पर आठ-दस लोग इसके लिए तैयार हो गये। उन्होंने पोल से बिजली फिर जोड़ ली। बिजली का हिसाब मुकेश बेझबरुआ को रखना पड़ता था। वह ऐसे भी जयदेव मजूमदार से चिढ़ता था। यह बंगाली आदिवासियों को असमियाँ लोगों के खिलाफ भड़का कर रखता है। कहता है कि असमिया लोग तुम्हें भी बहिरागत मानते हैं। मौका मिलने पर तुम्हें भी खदेड़ देंगे। इसी तरह भड़काता रहा तो एक दिन ये चाय बागान बन्द हो जायेंगे। हमारी नौकरी चली ज़ायेगी। असम में वैसे भी उद्योग नहीं हैं। हमारा मुलुक और पिछड़ जायेगा। इसे दुरुस्त करने का यही मौका है। उसने फौरन खरबण्डा को खबर दी कि कुछ श्रमिकों ने पुनः कनेक्शन जोड़ लिया है और दूसरों को भी जोड़ने के लिए उकसा रहे हैं।

खरबण्डा ने जान बोद्रा से बात की। जान बोद्रा ने लीला सिंह से बात की। लीला सिंह ने जोरहाट के पुलिस सुपरिण्टेण्डेण्ट से बात की। सुपरिण्टेण्डेण्ट ने मरियानी समेत कई थानों से बात की। तैयार रहने का हुक्म दिया। बेझबरुआ ने मरियानी थाने में जाकर एफ.आई.आर. किया तो सुपरिण्टेण्डेण्ट ने मरियानी पुलिस से कहा कि एफ.आई.आर. में नामजद लोगों को तुरन्त गिरफ्तार किया जाय। पुलिस ने रात बीतने से पहले ही मजदूर बस्ती पर छापा मारा और आठ-नौ लोगों को गिरफ्तार कर लिया। लोगों को उम्मीद न थी कि इतनी जल्दी कार्रवाई होगी। इसलिए गिरफ्तार होनेवालों की स्त्रियाँ और बच्चे चीखते-चिल्लाते रहे, पर लोग सोते रहे। जब नींद टूटी तो सैकड़ों लोगों ने उपप्रबन्धक जान बोद्रा और सहायक प्रबन्धक कृष्ण खरबण्डा के बँगलों को घेर लिया और माँग करने लगे कि दोनों अधिकारी तुरन्त गिरफ्तार लोगों को छुड़वाये और एफ.आई.आर. वापस लें। उन्होंने छुड़वाने और एफ.आई.आर. वापस लेने के बजाय अपने सुरक्षा गार्डों को बुलाकर उन्हें खदेड़ने और न भागें तो आत्मरक्षा के नाम पर गोली चलाने का हुक्म दे दिया। और उधर पुलिस से सम्पर्क साधने लगे। इसे सुनकर लोग वाकई हिंसा पर उतारू हो गये।

इस बीच किसी ने जयदेव मजूमदार को खबर कर दी और वह दूसरे चाय बागानों व प्लाइवुड के श्रमिकों को लेकर फौरन मौके पर पहुँचा। इतनी भीड़ देखकर पहले से इकट्ठे लोगों ने सुरक्षागार्डों पर हमला कर दिया। उसके लिए सुरक्षा गार्ड तैयार न थे। पर गोली तो चला ही दी और वह ऐसी निशाने पर बैठी कि एक बुढ़िया फदफदाकर गिर पड़ी। फिर क्या था। जयदेव के उकसावे पर भीड़ बोद्रा और खरबण्डा पर पिल पड़ी। वे जान बचाकर भागे, पर भाग नहीं पाये। उनके पीछे-पीछे चाय बागान के सुरक्षा कर्मचारी भी भागे थे और जाकर अपने घरों में बन्द कर लिया था। उपद्रवियों ने बिना किसी बाधा के दोनों को बँगले के प्रांगण में ही पकड़ लिया और पीट-पीट कर मार डाला। इतने से जी न भरा तो कोई मिट्टी का तेल लेकर आया और उनके मृत देह पर छिड़क कर आग लगा दी। शरीर वहीं धू-धू कर जल उठे।

भीड़ का नशा छटा। अब क्या होगा के अनुत्तरित प्रश्न ने सबको बेसुध कर दिया। जिसको जो रास्ता मिला उसी से जाने कहाँ-कहाँ भागता गया। तब तक कई थानों की पुलिस आ गयी थी। बाकी बचे लोगों को जयदेव ने उससे लड़ने को ललकारा। साहस बढ़ाने के लिए स्वयं ही दौड़कर सब इन्स्पेक्टर मदोई से भिड़ गया और उसका रिवाल्वर छीनने के दौरान घायल कर दिया। फिर क्या था, पुलिस ने तुरन्त गोली चलाना आरम्भ कर दिया। दो नौजवान तुरन्त घायल होकर गिर पड़े। थोड़ी देर के बाद मर ही गये। लोग फिर भागने लगे तो पुलिस ने दौड़ा-दौड़ा कर कोई पच्चीस लोगो को हिरासत में ले लिया। उनको जोरहाट ले जाते ही लीला सिंह विष्ट ने चाय बागान में लाकप घोषित कर दिया। अपने परिवार के साथ पहले जोरहाट, फिर वहाँ से शिलांग चला गया। अखबारों में शोर मचा तो डिप्टी कमिश्नर ने एक मजिस्ट्रेट की निगरानी में जाँच बिठा दिया।

खबर सरकार तक पहुँची तो वह अवाक् रह गयी। चाय बागानों ने यदा-कदा ही कोई आन्दोलन किया था और जब भी किया था, हफ्ता दस दिन के बाद ही सब शान्त हो गया था, चाहे उनकी माँगें मानी गयी हों या नहीं। आन्दोलन हमेशा शान्त रहा था। तब इतना उपद्रव अब कैसे होने लगा है? इसका उत्तर ढूँढ़ा जाना था। पकड़े गये अभियुक्तों की उम्र मुश्किल से बीस-पच्चीस की थी। यानी एक नयी पीढ़ी राजनैतिक रूप से चाय बागानों में सक्रिय हो गयी है, जो अपने पूर्ववर्तियों की तरह पालतू और कायर नहीं है। यह तो इतनी क्रूर है कि इसे अपने किये पर कोई पछतावा नहीं है। साफ-साफ कहती हैं, "यह मैनेजमेण्ट की औपनिवेशिक मानसिकता का विरोध करने का अपना ढंग है।" एक अभियुक्त ने तो यहाँ तक कहा, "मुझे अपने किये का कोई पछतावा नहीं है। उन शोषकों के लिए यह सबक होगा, जो हमें कुत्ता समझते हैं। यदि आगे मौका मिला तो मैं उन्हें फिर यही पाठ पढ़ाऊँगा।"

अब यह आततायी शोषक, विरोध, ढंग, सबक आदि सरकार के लिए नये शब्द थे। यानी ये लोग अब उसकी यूनियन नहीं, किसी और यूनियन से संचालित हो रहे हैं।

उनकी यूनियन कमजोर पड़ गयी है – श्रमिकों से दूर ही चली गयी है और उसकी जगह कोई और ले रहा है। यह इस मामले में तो ठीक है कि मुख्यमन्त्री के प्रतिद्वन्द्वी कामाख्या नारायण त्रिपाठी कमजोर पड़ गये हैं। पर गड़बड़ यह है कि इस स्थिति से निपटने के लिए कोई रास्ता नहीं दिख रहा है। फिलहाल पता यह लगाना है कि उसका नेता कौन है।

इसका उत्तर मिलने में देर न लगी। पता चलाकि वह नक्साइट जयदेव मजूमदार है। कानू सान्याल का चेला है। नक्सलबाड़ी से चलकर ही मरियानी आया है चाय बागान के मजदूरों को संगठित करने।

"उसे पकड़कर लाओ।"

"कहाँ से? वह तो भूमिगत है।"

सरकार जब तक जयदेव मजूमदार के पीछे पड़ने के लिए कारगार योजना बनाती रही, तब तक एक और घटना घट गयी। मणक विश्वास का एक अपना छोटा-सा चाय बागान था, कछार जिले में सूरमा की घाटी में। वहाँ वे बड़ी शान्ति से काम कर रहे थे। श्रमिक भी उनसे काफी खुश थे, क्योंकि वे दूसरों की तुलना में पारिश्रमिक चाहे अधिक न दें, दूसरी सुविधाओं पर वे पूरा ध्यान देते थे। पूरे असम में वही एक ऐसा बागान था जिसमें 1951 और 1956 के कानूनों का पूरा अनुपालन होता था। उनके यहाँ काम करनेवाले लगभग सभी श्रमिक बंगाली थे और मणक विश्वास अपने एक-एक श्रमिक को, एक-एक कर्मचारी को व्यक्तिगत रूप से जानते थे और उनके बीच से अक्सर गुजरते थे। किन्तु इधर एक साल से वे कुछ उदास रहने लगे थे। लाचित सेनावालों ने उन पर दबाव बनाकर रखा था कि वे एक निश्चित राशि उन्हें हर माह दिया करें और चाहें तो इसके लिए वे सेना के कुछ सदस्यों को अपने 'पे-रोल' पर लिख लें। इससे उनको दी जानेवाली राशि लगायी गयी पूँजी के रूप में मानी जायेगी। आमदनी उससे घटा कर आँकी जायेगी, जिससे उन्हें आयकर और दीगर कर में छूट मिलेगी। मणक विश्वास को इसकी चिन्ता नहीं थी। चिन्ता थी कि यह राशि क्यों दी जाय? पर सकुशल काम करने के लिए इसे देना अनिवार्य था और वे मन मारकर दे भी रहे थे। पर यह माँग हर माह बढ़ती ही जा रही थी। और इस तरह से बढ़ती जा रही थी कि निकट भविष्य में उसकी क्या सीमा होगी—कोई सीमा होगी भी— कहा नहीं जा सकता था। इस पर बात करने के लिए उन्होंने उस इलाके के लाचित सेना के प्रमुख को बुलाया था और राशि तय कर ली थीं। यह भी तय कर लिया था कि वे राशि स्वयं ले जायँ। दो-तीन माह तो ठीक से बीता। तभी उनके बागान के श्रमिकों की लड़कियाँ अपहृत होने लगीं, जो घर्षित कर छोड़ी जाती थीं। जब इसकी शिकायत उन्होंने लाचित सेना के उक्त नेता से की तो उन्होंने इसे छोटी बात कहकर टाल दिया, लेकिन ऐसा न हो इसके लिए अतिरिक्त राशि की माँग की। मण्डक

विश्वास को यह सीधे-सीधे बल दोहन लगा और इसके प्रतिकार के लिए जिले के अधिकारियों से बात की। अधिकारियों का कहना था कि इस सेना के आदमियों को हम कब से ढूँढ़ रहे हैं पर कोई सुराग ही नहीं मिल रहा है। यह भी पता चल रहा है कि वे कछार की सीमा पार कर बाँग्लादेश के सिलहट या कहीं और के जंगलों या खाई-खन्दकों में अपना शिविर बनाये हुए हैं। यदि किसी तरह उन्हें पकड़वाने में मदद करें तो यह प्रशासन और शासन के लिए बहुत बड़ी सहायता होगी। इस दल को लेकर हम बिलकुल अँधेरे में हैं।

मण्डक विश्वास इस सहयोग में निहित खतरों को खूब समझते थे। पर पानी गले के ऊपर आ गया था। जोखिम उठाना जरूरी हो गया था। इसलिए कहा कि यदि पक्का पुलिस प्रोटेक्शन मिले तो वे किसी-न-किसी को पकड़वा देंगे।

उस दिन लाचित सेना के एरिया कमाण्डर अपने एक सहयोगी के साथ सुरक्षा टैक्स वसूलने मणक विश्वास के पास गये। मणक विश्वास ने उन्हें पैसा भी दिया और दावत भी दी। जब जाने लगे तो बागान की सीमा पार करते ही पुलिस ने उन्हें पकड़ लिया।

इस पर बहुत बवाल मचा। चार-छह दिनों के बाद लाचित सेनावालों ने चाय बागान के अधिकारियों के रिहाइशी इलाके पर हमला किया। लोग पहले से तैयार थे। आमने-सामने की लड़ाई में लाचित सेनावालों को मुँह की खानी पड़ी। इसका बदला लेने के लिए वे ग्रामीण बंगालियों की बस्ती पर हमला करने लगे। प्रतिकार में बंगालियों ने असमिया लोगों के गाँवों पर हमला-पर-हमला करने लगे। आगजनी, लूट-पाट, बलात्कार आये दिन होने लगे। मजदूरों की आमदनी मारी जाने लगी। परिणामस्वरूप ट्रेड यूनियनों ने धरना-प्रदर्शन का सिलसिला चलाया। इसमें एटक और सीटू दोनों शामिल रहे। पश्चिमी असम से आकर पवन सिंह घटवार और निताई साहा ने संयुक्त रूप से इन हिंसक घटनाओं की भर्त्सना की और शान्ति बहाली के लिए अपील की। उनसे हुआ-हवाया कुछ नहीं। जब दोनों दल थक गये, साधन क्षीण हो गये तो अपने आप शान्ति बहाल हो गयी। पर सरकार की नींद तो हराम हो गयी।

20

चाय बागान के मजदूरों का आन्दोलन ऊपरी असम तक ही सीमित नहीं रहा। उसकी आग पश्चिम असम में भी पहुँची, पर उसका कारण इतर था। विनायक वसुमतारी के प्रवचनों से पूरा असम मथ उठा था और बहिरागतों को बाहर निकालने की समस्या सभी राजनैतिक दलों के लिए केन्द्रीय मुद्दा बन गया था। इस केन्द्रीयता के बावजूद कोई दो दल एक साथ मिल कर काम करने के लिए तैयार नहीं थे। आल असम प्लेन ट्राइबल एसोसिएशन को लगता था कि उसका अस्तित्व ही खतरे में है और विनायक वसुमतारी

का भारी दल उसे प्रचलन से बाहर कर देगा। उसने फौरन 'उदयाचल' की माँग तेज की और उसके लिए धरना-प्रदर्शन का सिलसिला आरम्भ किया। उसकी देखा-देखी कांग्रेस के पवन सिंह घटवार ने भी अपनी और अपने दल की उपस्थिति दर्ज कराने के लिए आन्दोलन आरम्भ किया। वे मूलतः चाय बागान के मजदूरों के बीच काम करते थे और कामाख्या नारायण त्रिपाठी को राजनीति से अलग-थलग करने के लिए मुख्यमन्त्री उनका पृष्ठपोषण करते थे। अब जनता के बीच सत्ताधारी दल उतना लोकप्रिय नहीं रह गया था, इसलिए सामान्य जन उसकी सभाओं में कम ही जुटते थे। अपने प्रभाव को प्रत्यक्ष रूप से प्रदर्शित करने के लिए उन्होंने चाय बागान के श्रमिकों को आन्दोलन में झोंक दिया था। चाय बागान के मजदूरों को लगता था कि उन्हें मुख्य धारा के असमियों के साथ मिलने का यह सुनहरा अवसर है। इसलिए वे जी-जान से साथ देते थे। उनकी देखा-देखी दूसरे दलों ने भी उनका सहयोग लेना आरम्भ किया और दिवांग उनमें सबसे आगे था।

पर यह जोश कुछ ही महीने रहा। आये दिन हड़ताल में शामिल होने के कारण बागान प्रशासन उनकी अनुपस्थिति के दिनों का वेतन काटना आरम्भ कर दिया। इससे आर्थिक तंगी होने लगी। चूँकि चाय का उत्पादन घटने लगा था, इसलिए पहले बोनस देना बन्द कर दिया गया, फिर छँटनी आरम्भ हुई। परिणामस्वरूप इन मजदूरों के बीच एक ऐसा युवा नेतृत्व उभरा, जो माँग करने लगा कि चाय बागान मजदूरों को बहिरागतों सम्बन्धी आन्दोलन से दूर रखा जाय। यह विचार चाय बागानों के मजदूरों के बच्चों का था। उन्होंने एक अपना संगठन 'असम टी ट्राइब स्टुडेण्ट एसोसिएशन' देवेश देवगन के नेतृत्व में बना लिया था और अपने विचारों का बड़ी तेजी से प्रचार करने लगे थे। इसे उतनी ही तेजी से लोकप्रियता भी मिल रही थी। इससे तमाम दूसरे दलों को धरना-प्रदर्शन के लिए आदमी मिलने बन्द हो गये। सभी दलों ने, विशेषकर प्लेन ट्राइबल एसोसिएशन ने कहना आरम्भ किया कि चाय बागान के ये मजदूर स्वयं बहिरागत हैं और इन्हें बाँग्लादेशी मुसलमानों के साथ असम से निकाल बाहर किया जाना चाहिए।

ऐसे माहौल में विनायक वसुमतारी को अपने सम्भावी दल को प्रभावशाली बनाने का बढ़िया मौका मिला। उसने मध्यम मार्ग अपनाया। एक तरफ यह कहा कि चाय बागानों के आदिवासी श्रमिक पूरी तरह से असमिया हैं, क्योंकि ये कई पीढ़ियों से पीढ़ी-दर-पीढ़ी यहीं रह रहे हैं और अपनी पुरानी पितृभूमि से नाता तोड़ चुके हैं। इन्होंने असमिया संस्कृति और भाषा को शनैः-शनैः स्वीकार कर लिया है। इसलिए इनका उपयोग बाँग्लादेशी बहिरागतों को भगाने के लिए किया तो जा सकता है, पर इस तरह से नहीं कि इनके जीवनयापन पर ही संकट आ जाय।

इस बात को ठोस रूप देने के लिए पूरन चन्द्र ब्रह्म ने बड़ा प्रयत्न किया था। विनायक ने उन्हें विद्यार्थियों का एक संगठन बनाने के लिए लगाया था। इसके लिए पूरन

चन्द्र ने पहले स्वयं ही विद्यार्थी बन काम करने का मन बनाया था। पर इसमें एक तो उम्र की बाधा की, दूसरे विद्यार्थियों को विश्वास में लेने में बड़ा समय लगता। इसलिए उसने इट्टर बड़ को आगे किया।

इट्टर बड़ का एक सहयोगी था ठग चन्द्र कुर्मी। वह चाय बागान में काम कर रहे मजदूरों के परिवार से था। इधर वह लेखन से जुड़ गया था और उसे मंच देने के लिए 'चाय बागान साहित्य-संस्कृति परिषद्' की स्थापना की थी। वह अपने सोच-विचार में बहुत स्पष्ट था और बातें सीधे-सीधे करता था। उसके लेखों को पढ़कर इट्टर को लगा कि ठग इस विचार का पोषक है कि चाय बागान के श्रमिक सदा से ही पूरी तरह से असमिया बनकर रहे हैं। यह तो उपनिवेशकों की चाल थी कि उन्हें पूरी तरह से असमिया लोगों से मिलने नहीं दिया गया। उसके नेतृत्व में चाय बागान के मजदूरों को असमिया लोगों से मिलाने के लिए इट्टर ने ठग को विनायक वसुमतारी और दिवांग राभा से मिलाने को ठाना। उसे लगा कि ठग कुर्मी दिवांग राभा के बहुत ही काम का है। दोनों एक-दूसरे के सहयोग से चाय बागान के मजदूरों को नये सिरे से संगठित कर सकते हैं।

जब वे गोगा गाँव पहुँचे तो उमस बढ़ गयी थी। घास से निकलकर विभिन्न आकृतियों और डंक मारने की क्षमतावाले पतंगे उड़ने लगे थे। लोग उनसे बचने के लिए अपने नंगे बदन पर गमछे डोला रहे थे। उनके किनारे की लाली को देखते-देखते बैठे पशु उठकर खड़ हो गये थे, पर पागुर करना नहीं छोड़ा था। विनायक अपनी फूस की पुश्तैनी बैठक में बैठे गम्भीर बात कर रहे थे। दिवांग को समझा रहे थे कि बंगालियों द्वारा असमिया भाषा के माध्यम से निचले स्कूलों में पढ़ना एक बात है, चाय बागान के श्रमिकों का पढ़ना दूसरी बात है। "हिन्दू और मुसलमान बंगाली असमिया माध्यम से इसलिए पढ़ते हैं कि पढ़ने का माध्यम अनिवार्य कर दिया गया है। वे हृदय से इस माध्यम को नहीं अपनाते। उन्हें निरन्तर लगता है कि बंगाली का माध्यम उनसे छीन लिया गया है। उससे मुसलमान बहुत दुःखी नहीं है। पर उनके हृदय की इच्छा तो उर्दू में पढ़ने की है..।"

"भला क्यों?" दिवांग ने बात काट कर कहा।

"उन्हें लगता है कि उर्दू उनके पवित्र ग्रन्थ कुरान की भाषा के अधिक निकट है...। पर बंगाली तहेदिल से दुःखी होते हैं कि इससे उनकी संस्कृति पर आँच आ सकती है। उसे दूने जोश से बचाने के लिए कट्टर हो अपने घरों में बंगाली का इस्तेमाल करते हैं, सामाजिक अवसरों पर उसका प्रदर्शन करते हैं। उनका पूजा-पाठ, पहनावा, संगीत, नाटक सब बंगालीपना लिये ही होता है। ऐसे अवसरों पर वे असमिया संस्कृति के हर पहलू को छोटा और निम्न भाव से देखते हैं, भले ही असम में रह रहे बंगालियों में से अभी तक कोई बड़ा साहित्यकार, संगीतकार या राजनेता नहीं हुआ है।"

"पर एक बात है। आज जो बंगाली बच्चे असमिया पढ़ रहे हैं, वे कालक्रम में असमिया लोगों के अधिक निकट आयेंगे। इससे असमिया अस्मिता को बल मिलेगा।"

"नहीं मिलेगा। हमारे जो बच्चे अंग्रेजी स्कूलों में अंग्रेजी के माध्यम से पढ़ रहे हैं, वे क्या अंग्रेज अस्मिता के अंग बनेंगे? उनसे क्या अंग्रेज और गैर-अंग्रेज के बीच का विभाजन दूर होगा?"

दिवांग को लगा कि यह बात गम्भीरता से विचारणीय है। तभी इट्टर वोरा ठग चन्द्र कुर्मी को लेकर बैठक में आये और खाली मोढ़ों पर बैठ गये। सभी ने एक-दूसरे पर गहरी दृष्टि डाली और जब लगा कि उनके आगमन से बातचीत की सहजता का प्रवाह नहीं टूटा है तो दिवांग ने कहा, "बंगाली और असमिया का विभेद तो तब टूटता जब दोनों समुदाय के लोग स्वेच्छा से एक-दूसरे के सुख-दुःख में शामिल होते, समारोहों में आते-जाते, आपस में शादी-विवाह करते।"

ठग चन्द कुर्मी ने कहा, "ऊँचे तबके के लोगों में यह सांस्कृतिक आगमन है। तो क्या...।"

उसकी बात काटकर दिवांग ने कहा, "वह दिखावा और औपचारिकता मात्र है। हृदय से होता और...।"

इट्टर ने बीच में ही कहा, "समुदायों में हिल-मिल तब होती है, जब शादी-विवाह हो। इक्का-दुक्का प्रेम-विवाह नहीं, बाकायदे बुजुर्ग लोगों की रजामन्दी से...।"

विनायक ने उस पर आँखें गड़ा दीं। एक कुटिल मुस्कान बिखेर कर कहा, "कोई निगाहों में है क्या?"

इस पर सभी हँस पड़े। बात का रुख बदल गया। विनायक ने कहा, "चाय बागानों के मजदूरों की बात दूसरी है। वे कोई सौ वर्षों से अपना वतन छोड़कर यहाँ रहते हैं। अब तो पर्व-त्योहार, शादी-विवाह के अवसर पर भी वहाँ नहीं जाते। वहाँ से भी लोग नहीं आते। इन्होंने वहाँ से अपने को पूरी तरह से काट लिया है।..."

कुर्मी ने कहा, "यहाँ भी कटे ही रहते हैं। न बंगाली से मिलते हैं, न असमिया से।"

"वही बात मैं कह रहा हूँ" विनायक ने कहा। "वे अपने को एक खोल में कैद कर लिये हैं। वह एक बन्द खोल है असमिया लोगों के बीच। वे खोल के बाहर असमिया लोगों से जुड़ते हैं अपनी अस्मिता के लिए।"

ठग ने कहा, "हमारे लिये पहचान और अस्मिता दो बातें हैं। पहचान बनी रहे, इसलिए हम खोल में रहते हैं। अस्मिता बने, यहाँ के बृहत्तर जीवन में हमारी भी कोई भूमिका हो, इसके लिए असमिया से जुड़ते हैं।"

"यही बात मैं कह रहा हूँ," विनायक ने कहा। "इसलिए बागानों के श्रमिक लोग जब अपने बच्चों को असमिया भाषा के माध्यम से पढ़ाते हैं, तो उसगं मजबूरी का एहसास

नहीं होता, जो बंगाली को होता है। उल्टे असमिया समाज से जुड़ने का भाव होता है। यह हमारी कमी है कि हम उन्हें नहीं अपनाते।"

दिवांग ने कहा, "बात तो ठीक है। ये हमारे बीहू जैसे उत्सवों को मनाते हैं, उसी तरह का खाना खाते हैं, जिस तरह का हम खाते हैं।"

इट्टर ने बीच में ही कहा, "यह ऊपरी बात है। महत्त्व है मानसिकता का। इनकी मानसिकता को हम स्वीकार नहीं करते।"

"तब तो बंगाली की मानसिकता को भी हम स्वीकार नहीं करते," दिवांग ने कहा।

विनायक ने कहा, "दोनों में अन्तर है। श्रमिक लोग मिलना चाहते हैं, पर हम स्वीकार नहीं करते। पर बंगाली लोग हमसे नहीं मिलना चाहते। चाहते हैं कि हम उनसे मिलें।"

"यानी बात उच्चता ग्रन्थि की है। असमिया मजदूर से अपने को बड़ा समझता है, इसलिए नहीं मिलता, बंगाली अपने को असमिया से बड़ा समझता है, इसलिए नहीं मिलता।" ठगचन्द ने कहा।

इट्टर ने खुलासा करते हुए कहा, "यानी बात वर्चस्व की है। बंगाली चाहता है कि असमिया पर वर्चस्व रहे। असमिया चाहता है कि श्रमिकों पर वर्चस्व रहे।"

"तर्कतः तो बात ठीक है। और तर्क मन से उपजता है। पर वह मानसिकता से भिन्न होता है। दोनों बाहरी हैं, पर एक हम पर हावी होना चाहता है, दूसरा ज्यादे-से-ज्यादे हमारे बराबर होना चाहता है," विनायक ने कहा।

"क्या खाकर आप पर हावी होना चाहेगा? जब वह अपना वतन छोड़कर चला था, तो कितनी दुर्गति झेली थी? तब आवागमन नावों से होता था। उसमें स्त्री-पुरुष पशुओं की तरह भर दिये जाते थे। न खाने को अन्न, न शौच की सुविधा। नाव की बारि पर बैठकर मलमूत्र त्याग करना पड़ता था। काँपती, उछलती-कूदती नाव के किनारे एक व्यक्ति बैठता था तो दूसरा बाँहें पकड़कर अपनी ओर खींचे रहता था। सोचिये जरा स्त्रियों पर ऐसे में कैसी गुजरती होगी! जरा-सी गफलत हुई और शौच करनेवाला छटककर नदी में गया। उसे बचाने के लिए कोई कूदता नहीं था। इससे बचने के लिए जो जहाँ बैठता था वहीं शौच करने लगता था। नाव विष्ठा से भर जाती थी। दुर्गन्ध से लोग मर जाते थे। कभी किनारे नाव लगती थी, तो सुखायी जाती थी। विष्ठा धूल बन जब हवा में उड़ जाता था, तब नाव आगे चलती थी। इतनी दुर्दशा सहकर ये आदिवासी क्यों आते थे? क्योंकि अपने वतन में दशा इससे भी खराब रही होगी। हो सकता है कि ठीकेदार धोखा देकर लाता हो।... फिर भी तब क्या खाकर ये आदिवासी लोग असमिया के बराबर होने की बात सोचते," ठगचन्द कुर्मी ने कहा।

वातावरण एकदम से गम्भीर हो गया। कुछ देर बाद जब तनाव कम होने लगा तो विनायक ने कहा, "हम असमिया अस्मिता की बात कर रहे हैं। उसमें श्रमिक लोग रोड़ा

नहीं हैं। रोड़ा हैं बंगाली। बहिरागत दोनों हैं। पर एक असम का होकर रहना चाहता है, दूसरा असम से छिटककर।''

कुर्मी ने कहा, ''वास्तव में नीचे तबके के लोगों में नहीं, ऊँचे तबके के मध्य वर्ग ने श्रमिकों को नीची निगाह से देखा और कभी भी अपने में समाहित करने की नहीं सोचा।''

विनायक ने इसके इतिहास पर प्रकाश डालते हुए कहा, ''पिछली सदी के अन्त पर बंगाली बुद्धिजीवियों ने कलकत्ता में बैठकर अंग्रेज नीलहों द्वारा, अफीम की खेती करनेवालों द्वारा, जूट की खेती करनेवालों द्वारा, नमक की खेती करनेवालों द्वारा जो स्थानीय जनता पर अत्याचार हो रहा था, उस पर लिखते हुए असम के चाय बागानों के श्रमिकों की दशा पर भी लिखा था। चाय बागान सिर्फ अंग्रेजों के ही नहीं थे। तमाम पुराने असमिया आभिजात्य के लोगों के भी थे। इसलिए यह हमला असमिया उच्च वर्ग पर भी था—ऐसा तमाम असमिया बुद्धिजीवियों को लगा। जब 'मउ' पत्रिका निकली तो उसके पहले ही अंक में उसका उत्तर देते हुए बलि नारायण बोरा ने लिखा कि चाय बागानों के कुलियों की दुर्दशा को ये बंगाली बढ़ा-चढ़ाकर बता रहे हैं। एक औसत असमिया की जो आर्थिक स्थिति है, रहने सम्बन्धी सुख-सुविधा है, कुलियों की दशा उससे लाख दर्जा बेहतर है। तब लक्ष्मी नारायण बेझबरुआ कलकत्ता में पढ़ते थे। रवीन्द्र नाथ ठाकुर के परिवार के काफी निकट थे। वहाँ रह रहे असमिया छात्रों के अघोषित नेता थे। चाय बागान के श्रमिकों की दशा की उन्हें अच्छी जानकारी थी। इसलिए उन्होंने बलि नारायण की बात का पुरजोर विरोध करते हुए सम्पादक के नाम पत्र लिखा। उसके उत्तर में बलि नारायण ने क्या कहा, आप लोगों को पता है?''

लोगों ने नकार में सिर हिला दिया। तब विनायक अपने मोढ़े से उठकर आलमारी तक गये और एक पुरानी जिल्द की पुस्तक निकाल लाये। बैठकर पुस्तक के पन्नों को पलटा, फिर पढ़ने लगे, ''जनाब बेझबरुआ बड़े आदमी हैं और असम से दूर कलकत्ते में रहते हैं। इसलिए उन्हें पता ही नहीं है कि हाल के वर्षों में गाँवों में हर माह सैकड़ों लोग हैजे से, चेचक से, पानी से जुड़ी बीमारियों से मर जाते हैं। क्या वे विश्वास करेंगे कि बागानों के मजदूर इस तरह से थोक के भाव नहीं मरते हैं। हवादार घर, साफ-सुथरा पानी, मुफ्त में अस्पताल कुलियों को प्रदान किया जाता है। वह सब दिखावे के लिए नहीं होता है। ये लोग कुलियों की दुर्दशा का विलाप कर बस नाम कमाना चाहते हैं। उन्हें असमिया किसानों की दशा नजर नहीं आती जो इनसे दस गुना खराब है। हमें अपने लोगों की दशा से वास्ता नहीं है। दूसरे लोगों की, बाहर के लोगों की दशा से मतलब है। उन्हें असमिया कुलियों, असमिया किसानों की दशा पर सोचने की फुरसत नहीं है। बंगाली कुलियों की दशा पर चिल्ल-पों मचाकर देशभक्ति दिखानी है, जब अंग्रेज उसे लात मारता है।''

विनायक ने पुस्तक बन्द कर दी। कुछ देर तक चुप्पी छायी रही। फिर विनायक ने ही कहा, "असमिया मध्यवर्ग के लिए श्रमिक हमेशा ही बाहरी, 'अन्य' रहा है। इसलिए स्वतन्त्रता-संग्राम में इसे नहीं जोड़ा गया। उसकी लहर वहाँ पहुँच ही नहीं पायी। जबकि उस आन्दोलन ने कितनी जातियों को भाषा, धर्म, वर्ग, जाति, लिंग आदि के विभेद को समाप्तकर एक समरस समाज बनाने में योग दिया था। उससे हमारी समेकित राष्ट्रीयता बनी थी। स्वतन्त्रता मिलने के बाद अमियो कुमार दास ने इनके लिए कुछ कल्याणकारी कानून बनवाये। कामाख्या नारायण त्रिपाठी ने उनके बीच विचरण कर कुछ राजनैतिक चेतना पैदा की। उन्हीं के प्रयत्नों से अब असमिया लोग उनके प्रति कुछ ध्यान देने लगे हैं। शिक्षित वर्ग का योगदान इसमें अधिक है। हमें उसे आगे बढ़ाना चाहिए।"

विनायक ने देखा कि ठग चन्द कुछ असहज हो रहा है। उन्होंने अपनी बात रखने के लिए उसे उत्साहित किया। ठग चन्द ने कहा, "कहने में संकोच हो रहा है।... पर क्या ऐसा नहीं है कि यह ध्यान इसलिए दिया जा रहा है कि असमिया लोगों को अपने ही वतन में अल्पसंख्यक बन जाने का डर हो गया है?"

"हाँ, एक कारक यह भी है," दिवांग ने कहा।

"हमें तो लगता है कि यही यदि एकमात्र कारण नहीं, तो मूल कारण है।"

"कैसे कह सकते हो?"

"अभी हाल ही में बागान के मजदूरों के साहित्यिक लेखन पर, अपना मत व्यक्त करते हुए अपनी असमिया के एक बड़े साहित्य आलोचक ने उसे इसलिए एप्रेशिएट नहीं किया है कि उस लेखन में इस कौम का दर्द, आशा और संघर्ष उभरा है और रचना के रूप में साहित्यिक मानदण्डों पर खरा उतरता है, बल्कि इसलिए एप्रेशिएट किया है कि, मैं उद्धरित करता हूँ 'यदि चाय बागानों के आदिवासियों को असमिया नहीं माना गया, यानी असमिया भाषी नहीं माना गया, जनगणना के रिकार्ड में यदि ऐसा नहीं लिखा गया, तो जो लोग अपने को वास्तविक असमिया' कहते हैं, वे अपने ही प्रान्त में अल्पसंख्यक हो जायेंगे।"

इस पर सभी लोग चुप रहे। थोड़ी देर के बाद कुर्मी ने स्वयं ही कहा, "जबकि हमारी स्थापना यह है कि हम पूरी तरह से असमिया राष्ट्रवाद की मुख्यधारा में कब से समाहित हो चुके हैं। मैंने स्वयं ही अपनी पुस्तक 'आभार असम' में लिखा है : हम हृदय से असमिया हैं। हम अपनी भावना और अनुभूति असमिया भाषा में ही व्यक्त करते हैं, शिक्षा असमिया भाषा में स्वेच्छा से ग्रहण करते हैं और असमिया संस्कृति को दिल और दिमाग से स्वीकार कर लिया है। पहनावे में, खाने में, व्यवहार में, आदतों में हम असमिया हो चुके हैं। चाय बागान का मजदूर इस आप्त को लेकर चलता है "यदि असम मरता है, तो हम भी मर जायेंगे। यदि असम जीवित रहता है, तो हम भी जीवित रहेंगे।"

कुछ सोचकर विनायक ने कहा, ''पश्चिम का असमिया मध्यवर्ग पूर्व के असमिया मध्यवर्ग से भिन्न है। पूर्व का मध्यवर्ग उच्च वर्ग के पतन और टूटन से पैदा हुआ है। इसलिए वह उच्च वर्ग की ओर उन्मुख होता है। पर पश्चिम का मध्यवर्ग निम्नवर्ग से निकलकर ऊपर उठा है। इसलिए वह निम्नवर्ग से बँधा हुआ है। उसी की ओर देखता है। इसकी नींव मधु कोच ने डाली थी। इसलिए वह चाय बागान के श्रमिकों को प्रथम स्वतन्त्रता संग्राम से जोड़ पाया था। हमें इसका अनुसरण करना चाहिए।''

दिवांग ने कहा, ''हमें पश्चिमी असम के श्रमिकों को पूर्वी असम से भिन्न तरीके से संगठित करना चाहिए।''

''हाँ। हम अपने संगठन का नाम 'मधु कोच चाय बागान श्रमिक मुक्ति सेना' रख सकते हैं।''

इस पर सभी हँस पड़े। चाय आ गयी थी। उसे पीते हुए कुर्मी ने कहा, ''जिस तरह से विनायक डांगोरिया ने असमिया मध्यवर्ग और चाय बागान के श्रमिकों के सम्बन्ध को विश्लेषित किया है, वह कम्युनिस्टों के लिए बड़ा उर्वर विचार है। इसका उपयोग वे चाय बागान के मजदूरों को नये सिरे से संगठित करने के लिए कर सकते हैं। पर उनका ध्यान इधर नहीं है।''

''कारण यह है कि वे किसी भी बूर्जुआ राजनैतिक पार्टी की तरह वोट बैंक की राजनीति करते हैं। क्रान्तिकारी परिवर्तन उनके लिए दूर की बात हो गयी है। बाँग्लादेशी हिन्दू बंगाल में और बाँग्लादेशी मुसलमान असम में उनके वोट बैंक हैं।''

''दरअसल असम में बाँग्लादेशी हिन्दुओं के प्रति भी उनकी यही धारणा है।''

''क्यों न हो? कम्युनिस्टों का नेतृत्व बंगालियों के हाथों में है। इसलिए वे किसी भी असमिया कहनेवाले का साथ सहन नहीं कर पाते।''

''नक्सलाइटों ने इधर ध्यान दिया है। पर उनका रास्ता हिंसा का है। इसलिए वृहत्तर सपोर्ट नहीं मिल पायेगा।''

''वहाँ भी तो नेतृत्व बंगालियों के ही हाथ में है। वे बागान के मजदूरों को सिर्फ अस्त्र बनाते हैं। आगे नहीं आने देते।''

ठीक उसी वक्त सब-इन्स्पेक्टर पैट्रिक टॉमस बोस दो कैम्पवासियों को लिटा-लिटा कर पीट रहा था। उन पर इल्जाम था कि वे कैम्प का अनुशासन तोड़ते हैं। बिना अनुमति लिये कैम्प से निकल जाते हैं और दिन भर विचरकर शाम को लौट आते हैं। हो सकता है कि ये अपने खेतों की ओर जाते हों। इधर कछारी लोग भी आते होंगे। कहीं मार-पीट हो गयी, पुलिस केस बन गया तो उसकी नौकरी जाती रहेगी। प्रशासन पहला प्रश्न यही पूछेगा कि ये आखिर कैम्प से बाहर गये कैसे? यह पी.टी.बोस क्या कर रहा था?

सच्ची बात यह थी कि जंगल के सीमान्त पर बसाये गये इस कैम्प में बाँग्लादेशी मुसलमान सात-आठ माह से रहते-रहते ऊब गये थे। वही एक रस खाना, अधिकतर खिंचड़ी और आलू का चोखा। वही एकरस पानी। वही एकरस जीवन। न मनोरंजन, न कोई परिवर्तन। उसी परिवर्तन की खोज में तमाम युवक मौका मिलते ही कैम्प से भाग निकलते थे और दिन भर इधर-उधर बोड़ियाते रहते थे। अधिक दूर नहीं जा सकते थे, क्योंकि शाम को हाजिरी होती थी। उसमें अनुपस्थित पाये जाने पर पहले घरवालों की फजीहत होती थी, फिर मिल जाने पर सम्बन्धित व्यक्ति की। इधर इन भागनेवालों की संख्या काफी बढ़ गयी थी। पास के जंगल में ठीकेदार लकड़ी कटवा रहा था। उसे मजदूरों की जरूरत थी। ये बाँग्लादेशी मजदूर उसे सस्ते पड़ते थे, क्योंकि इन्हें जो भी दिहाड़ी दे दी जाती थी, उससे सन्तुष्ट रहते थे। पी. टी. बोस को जबसे इस बात की जानकारी हुई थी, वह चौकन्ना रहता था। पहरा ढीला कर दिया था। लोग जब लौटने को खूब साँसत में डालता था, जिससे कि वे अपनी जेब ढीली करें और उसकी ऊपरी कमायी बढ़े। अब तो हालत यह हो गयी थी कि लोगों ने महीना बाँध दिया था। वे रोज सुबह काम पर निकल जाते थे और शाम होते लौट आते थे। किन्तु जिनकी पिटायी हो रही थी, वे ऐसे नहीं थे। कैम्प से बाहर गये थे जरूर पर दिन भर गड़हियों में मछली पकड़ते रहे थे। बोस उनसे नकद पैसा चाह रहा था। वे नहीं दे पा रहे थे, तो पीट रहा था।

पी. टी. बोस की देखा-देखी सिपाही लोग पूरे दिन पूरे कैम्प में घूमते थे और ठीक-ठाक लड़कियों की तजवीज करते थे। पहले वे स्वयं भोगते थे, फिर न जाने किन बाहरी लोगों को इनके घरों में पठा देते थे। एवज में स्त्रियों को बाहरियों से पैसा मिलता था। सिपाहियों से अतिरिक्त राशन।

बात जब हद से बढ़ गयी तो मियाँ नमाजी के पुत्र चाँद खाँ ने कैम्प की हालत की चर्चा मतीनुर्रहमान से की। मतीन ने कहा, "निहुरे-निहुरे ऊँट की चोरी नहीं होती। इसके लिए तनना पड़ेगा।"

"किस बूते पर?"

मतीन चुप रहा तो चाँद खाँ ने फिर कहा, "आप ही बताइये क्या करूँ?"

मतीन कुछ देर तक चुप रहा फिर कहा, "यह गुप्त बात है और आपको अपना जानकर कह रहा हूँ।"

वह चुप हो गया तो चाँद खाँ ने कहा, "क्या?"

"जितने भी स्वस्थ शरीर के और साहसी मन के युवक हैं, उनको विश्वास में लीजिये। अकेले मार-पीट करने से कुछ नहीं होगा। हमें एक मिलिशिया बनानी पड़ेगी।"

"यह तो बड़ा खतरनाक काम होगा।"

"उसे करना पड़ेगा। आप जो मार-पीट करने गये, वह क्या कम खतरनाक था? मैमुल मियाँ आज भी अस्पताल में हैं और मियाँ नमाजी हमेशा के लिए बेकार हो गये हैं। अरे समूह में काम करने से खतरा कम हो जाता है।"

"भला क्यों?"

"क्योंकि समूह में होने से ताकत बढ़ जाती है। दूसरे जिम्मेदारी अकेले की न होकर समूह की हो जाती है, इसलिए काम खुलकर होता है। कानून भी समूह की एक अलग मानसिकता मानता है। इसलिए पकड़े जाने पर सजा कम होती है।"

चाँद मियाँ सोचने लगे। इनकी सोच पर जोर-जबर रखने के लिए मतीन ने कहा, "देखते नहीं हिन्दुओं ने बोडो लिबरेशन फोर्स बना ली है। इसाइयों ने अपनी फोर्स बना ली है। ऊपरी असम में लाचित सेना सक्रिय है। सभी हमारे विरुद्ध हैं। उनसे टक्कर लेने के लिए हमें भी उसी तरह से संगठित होना पड़ेगा।"

चाँद मियाँ कैम्प लौट गये और स्वस्थ शरीर के युवकों को ही नहीं अधेड़ों को भी लेकर अपनी मिलिशिया गठित करने लगे। इससे बेखबर पैट्रिक टॉमस बोस लड़कों और वृद्धों को पीट-पीटकर पैसा वसूलते रहे। उनके मातहत थोड़ा अतरिक्त राशन और प्रसाधन के सामान देकर स्त्रियों की इज्जत अफजाई करते रहे।

ठीक उसी वक्त यु लिन गाँव के बाहर के पतजुग के पेड़ को साष्टांग प्रणाम करते हुए बुदबुदा रहा था, "हे वृक्षनाथ। तुम्हारी दया से यह पृथ्वी आज भी सन्तान पैदा करने में समर्थ है। तुम्हें शत-शत प्रणाम।"

वह दण्डवत कर उठा तो उसके शरीर में धूल पेट की तरफ मस्तक से पाँव के अँगूठे तक चिपक गयी थी। गमछे से उसे झाड़ते हुए सुबह से शाम तक उसकी डालों पर आने-जानेवाले हजारों पक्षियों के आनन्दगान को लक्ष्य करते हुए उसने सोचा कि वे भी 'जय वृक्षनाथ, जय वृक्षनाथ' कहकर आभार जात रहे हैं।

लोग इक्का-दुक्का जुटने लगे। बीस-पच्चीस लोगों के होते ही वह बोलने की मनचीति में आ गया। उसे आज बढ़-बढ़ कर बात करने का मन हो रहा था। उसको दबा कर उसने चाँद और सूर्य की कथा उठायी। लोग जाने कबसे इसकी माँग कर रहे थे, पर हर बार कोई-न-कोई ऐसा तात्कालिक मुद्दा उठ जाता था, कि वह लोगों की माँग पूरा नहीं कर पाता था। इस कथा के चार पक्ष थे, चाँद और सूर्य भाई-भाई के रूप में, चाँद और सूर्य भाई और बहन के रूप में, चाँद और सूर्य बहन और बहन के रूप में तथा चाँद और सूर्य पति और पत्नी के रूप में। उसने तय किया कि इन बैठकों में वह बारी-बारी से चारों कहानियों को सुनायेगा। जिन्दगी का क्या ठिकाना। कहीं बात पूरी होने से रह न जाय।

आँखें मूँदकर, दाँत चियारकर, उसी में सोने के दाँत चमका कर उसने कहना आरम्भ किया : सूर्य और चन्द्रमा दो भाई। रात-दिन छिपा-छुपौवल, पीछा-दौड़ल खेलते थे। एक दिन भागकर वे माँ के पास गये। उन्होंने बड़े चिकने और चमकीले वस्त्र पहन रखा था। विनीत होकर माँ से कहा, "सृजन कर्त्ता ब्रह्मा ने आज भोज पर सभी नभचर,, भूचर,

जलचर, आकाश, पाताल और अन्तरिक्ष से देवता, असुर, गन्धर्व, किन्नर, राक्षस, यक्ष, वरुण, कुबेर को बुला रखा है।"

माँ ने पूछा, "सभी को? किसी को छोड़ा नहीं है?"

"हाँ। हम भी जाना चाहते हैं, यदि तुम अनुमति दो।"

"तुमने तो पहले ही तय कर लिया है जाने को तो मैं कैसे रोक सकती हूँ। पर एक बात है। ब्रह्मा ऐसा भोज हर बारह वर्ष के बाद देते हैं। इस तरह से पता लगाते हैं कि कितने पुराने प्राणी नहीं रहे और नये आ गये। पिछले भोज में मैं भी तुम्हारे पिता के साथ गयी थी।"

दोनों ने एकसाथ आतुर होकर पूछा, "हमारे पिता? कहाँ है हमारे पिता? वे कब आयेंगे?"

"अब वे क्या आयेंगे? वे तो मोक्षधाम चले गये। क्या तुम लोग भूल गये? खैर मैं एक बात बताती हूँ। इस भोज में अनुशासन बनाकर रखना आवश्यक होता है। देवता, मनुष्य, असुर, पशु, जलचर आदि सभी को अपनी निर्धारित पंक्ति में बैठना होता है। एक को दूसरे का स्पर्श नहीं करना चाहिए। यदि ऐसा हो गया तो उसे भोज से निष्कासित कर दिया जाता है, या फिर शाप लग जाता है। इसलिए तुम्हें अपने व्यवहार में बहुत सावधान रहना पड़ेगा। भूलना नहीं, तुम लोग देवता की कोटि के हो।"

"हम लोग आपके निर्देश का पालन करेंगे। अब जायँ?"

"एक बात और। भोजन के बाद उसका थोड़ा-सा अंश मेरे लिये लाना। भूलना नहीं।"

"ठीक है," कहकर वे चले गये।

भोज बहुत बड़ा था। बड़ी जुटान थी। थलचरों के लिए जो पंक्ति थी, वह क्षितिज तक जाती थी। पर वे देवता की पंक्ति में बैठे और डकार ले लेकर जिमे। चन्द्र को अपने माँ की बात याद रही और भोजन आरम्भ करने से पहले ही थोड़ा-सा माँ के लिए रख लिया। किन्तु सूर्य ऐसा पेटू निकला कि सब खा गया और माँ के लिए कुछ नहीं रखा। यहाँ तक कि जूठन को भी पत्तल के साथ फेंक दिया। जब चलने लगा तब माँ की बात याद आयी। पर अब कुछ किया नहीं जा सकता था।

चूँकि उसने पेटू की तरह अघा-अघा कर खाया था, इसलिए उसे जल्दी ही हाजत महसूस हुई। पेट में मैल का भार लेकर चलना असम्भव था। पाखाने का भार सब भारों से भारी होता है। इसलिए उसने तुरन्त शौच किया। वहीं उसके मन में आया कि माँ भोज का अंश न पाकर क्रुद्ध न हो, इसलिए उसने मैला को पैक कर लिया। तर्क दिया कि यह उसी भोजन से तो बना है। उसे लेकर वह जल्दी-जल्दी घर गया और तुरन्त माँ के हाथों में रख दिया। माँ ने सम्मान जताते हुए उसे तुरन्त खोला पर उसके दुर्गन्ध से कै करने लगी। उसे उठाकर फेंक दिया। तभी चन्द्र पहुँचा। उसने जैसे ही भोजन का अंश

माँ को दिया उसने फेंक दिया और एक चाटा रसीद कर दिया। गाली देते हुए बोली, "तुम धरती के कीड़े, बेकार के जीवधारी! भागो यहाँ से। पता नहीं कैसे कुसमय में तुम्हें जन्म दिया। तुम हमारे वंश को अपयश ही प्रदान करोगे।"

वह चीख-चीख कर रोने लगी। चन्द्र अवाक खड़ा रहा। वह क्यों नाराज है। इसका कारण वह खोज ही नहीं पाया। जब वह शान्त हुई तो चाँद ने उसके गुस्से का कारण पूछा। तब उसने सूर्य के करतूत को बताया। चन्द्र बहुत दुःखी हुआ। उसने अपनी लायी पोटली को उठाया, जिसे माँ ने फेंक दिया था, फिर उसे अपने हाथों से खोलकर माँ को खिलाया। वह दुःख से बेजान होकर धरती पर बैठ गयी और चन्द्र के साथ किये बर्ताव पर पछतावा करने लगी। जब मन हलका हुआ तो चन्द्र को आशीर्वाद देते हुए कहा, "मेरे प्यारे पुत्र! माँ के प्रति तुम्हारी श्रद्धा अनन्त काल तक आकाश में चमकती रहेगी। देवता की तरह तुम्हारी पूजा होगी। तुम्हारी ठण्डी और स्नेहिल किरणें प्राणियों को सुख और स्वास्थ्य देंगी। तुम नीले आकाश के हृदय में मणि की तरह विचरोगे। किन्तु तुम्हारा वह भाई! अपनी किरणों से दुनिया भर की सड़ी वस्तुओं को सुखायेगा। प्रतिदिन पाखाने को छुयेगा। देवता होने के कारण पूजा तो होगी, पर लोग सम्मान नहीं करेंगे, क्योंकि उसकी प्रखर किरणें लोगों की त्वचा जलाती रहेंगी, बीमारियाँ पैदा करती रहेंगी।"

सूर्य इस शाप को सुन रहा था। उसका मन पश्चात्ताप से भर गया। वह रोता हुआ आया और माँ के चरणों पर गिर पड़ा। क्षमा माँगने लगा। शाप को वापस ले लेने के लिए गिड़गिड़ाने लगा। चन्द्र ने भी उसकी वकालत की। माँ ने कहा, "तुम अति घृणित पापी हो। जब तुम्हारा व्यवहार माँ के साथ ऐसा रहा तो दूसरों के साथ कैसा रहेगा? मेरा शाप व्यर्थ नहीं जायेगा। उसे बदला नहीं जा सकता। जब पूरी दुनिया प्रलय के हवाले हो जायेगी, तभी वह शाप कटेगा।"

तभी से प्रखर सूर्य धरा-धाम को जलाता रहता है और चन्द्र हमें आनन्द देता है।

ठीक उसी उक्त उर्सुला रोटियाँ पकाने में लगी थी। दूसरे कैम्प से चार लोगों की कन्वाय आयी थी। रोटियाँ पकाना उसके लिए वैसे भी बड़ा खटाऊ काम था। उसमें वह आजतक पारंगत नहीं हो पायी थी। ऊपर से चार लोग और। उसने तवे में रोटी डाली तो रोटी बेलता सिरजा ने उसके मुँह की ओर देखा। वह अंगार की आभा में बेतहाशा लाल-लाल चमक रहा था। पसीना उसके बालों से चुहचुहाकर चेहरे से होता रोटी पर टपकना ही चाहता था कि उसने पास पड़े कपड़े को उठाकर उर्सुला का मुँह पोंछ दिया। वह मुस्करा पड़ी। सिरजा उसका गर्दन पोंछने लगा। 'हो गया' कहकर उर्सुला ने अपने बालों को पीछे की ओर झटका। चिमटे से पकड़कर वह रोटी को अंगारे पर सेंक कर फुलाने लगी। सिरजा गर्दन पोंछते-पोंछते उसका सीना पोंछने लगा और कपड़े को उसकी ब्लाउज

में घुसेड़ दिया। 'हो गया न' कहते हुए उसने चिमटा उठाकर सिरजा को धमका दिया। सिरजा ने उसे घूरकर देखा तो वह मुस्करा पड़ी।

एक दिन वह रसोई के बरामदे में बैठी चावल फटक रही थी। बड़बड़ा रही थी कि सप्लाई में इतना गन्दा चावल क्यों भेजा जाता है! लगता है कि बोरे में भरने से पहले इसमें ऊपर से भूसा और कूड़ा मिला दिया जाता है। तभी सिरजा आया। उसने बगिया से ढेर-सारी सेम और बैंगन तोड़कर अपनी कमीज को झोला की तरह पकड़ उसमें भरकर लाकर उसके पास रख दिया। कहा, "जितना फटक चुकी हो, कहो तो उसमें से कंकड़ चुन दूँ।"

"रहने दो। तुम चुनने के नाम पर उसमें और कंकड़ मिला दोगे।"

सिरजा ने बड़े भोलेपन से पूछा, "भला क्यों?"

"तुम्हें हमारा काम बढ़ाने में मजा आता है।"

चावल फटकते वक्त उसके वक्ष हिल रहे थे। सिरजा उन्हें एकटक देख रहा था। उसे देखता देख उर्सुला ने पास में रखे दुपट्टे को उठाकर उन पर रखा और कहा, "अब चलो यहाँ से।"

"कहाँ जाऊँ?"

"सामने से उठो।"

वह उठकर पीछे चला गया। कहा, "तुम्हारे बाल कितने लम्बे हैं।"

उर्सुला ने बालों को समेट कर रीबन से एक कसी गाँठ लगाये थी और पीठ की तरफ छोड़ दिया था। उन्हें छूते हुए सिरजा ने कहा, "इतने बड़े हैं कि इन्हें खोलकर रखो तो पूरी पीठ और सीना ढका रहे।"

वह बालों को धीरे-धीरे पीठ पर फैलाने लगा। उर्सुला ने कहा, "ऐसा मत करो। जाकर बागवानी में काम करो।"

किन्तु वह नहीं माना। बाल फैलाते-फैलाते वह जकड़ने लगा। वह ऐसा अक्सर करता था। लेकिन जब उर्सुला उसे धमक देती थी, तो वह छोड़ देता था। किन्तु आज उसने धमकाया तो छोड़ा नहीं, उसें खींच कर लिटाने लगा। उर्सुला ने खींचकर एक चाटा उसे कसकर जड़ दिया। वह अवाक् हो गाल सहलाता चला गया।

पर इससे उसकी हरकतें रुकी नहीं। जब भी मौका मिलता, उसे छेड़ता। वह पीट देती तो रुआँसा हो जाता। इस पर वह हँस देती तो वह असमंजस में पड़ जाता। एक दिन पूछा, "आखिर तुम इस तरह से बिदक क्यों जाती हो?"

उर्सुला ने उसे घूरकर देखा। फिर हँसकर कहा, "तुम अभी बहुत छोटे हो।"

"इतना छोटा भी नहीं हूँ।"

"लेकिन मैं तुमसे बहुत बड़ी हूँ।"

"इससे क्या होता है" कहते हुए उसने उर्सुला को दबोच लिया। वह लड़ पड़ी। पर वह जितना लड़ती गयी, उतना ही कसती गयी। सिरजा अपने मकसद में कामयाब हो गया। वह चकित रही : इस किशोर में इतनी ताकत है?

21

ठग चन्द्र कुर्मी और दिवांग राभा ने जमकर श्रम किया और असम के चाय बागान के मजदूरों को मथ डाला। इससे एक तरफ मजदूरों की जड़ता टूटी और उन्हें लगा कि उनकी खोज-खबर लेनेवाले लोग सिर्फ औपचारिकता नहीं निभा रहे हैं। उनकी देखा-देखी, एटक, इण्टक, सीटू, बी. एम. एस. के लोग भी सक्रिय हुए। किन्तु लोगों को लगा कि यह सक्रियता प्रतिक्रिया में है। इनके पास न तो कोई ठोस आधार है, न कार्य-क्रम। इसी तरह किसानों के बीच वसुन्धर, पाकुड़ गाँव के चौधरी और माजिद अली दौड़ते रहे। किसानों में न तो कोई उत्साह फूँका जा सका, न कोई जागृति आयी, पर चेतना में यह बात पैठने लगी कि कुछ नया होने की सम्भावना बन रही है। इससे जिनके खेत छिन गये थे, उनमें एक आशा बची रही कि शायद वे मिल जायें। उनका यह मूक समर्थन ही वसुमतारी को पर्याप्त लगता। जोश देखने में आया विद्यार्थियों में। उनको जब कौम के नाम पर संगठित किया जाने लगा, तो उनमें एक आत्मविश्वास जड़ जमाने लगा। उसकी अभिव्यक्ति वे अध्ययन में नहीं, आन्दोलन में करने के लिए उतारू होने लगे। पूरन चन्द्र ब्रह्म का भतीजा अब राजनीति को 'कैरियर' की तरह लेना चाहता था और उसे छात्र-संगठन और छात्र-आन्दोलन दोनों ही अपने समर्थकों के और उनके दल में भर्ती होनेवालों के 'ब्रीडिंग ग्राउण्ड' की तरह लगते थे। पर इट्टर बोरा उन्हें टोकता था। साफ कहता था कि छात्रों को सीधे राजनीति में ढकेलना चाहे उनके कैरियर से वास्ता न रखता हो—कौन लिखना-पढ़ना करके कलेक्टर बन जायेंगे—उनके उग्र हो जाने से वास्ता जरूर रखता था और इट्टर को पूरा भय था कि समय से पूर्व उनका सड़कों पर उतरना और हिंसक रूप लेना तात्कालिक ख्याति के लिए चाहे जितना कारगर हो, वास्तविक हित साधन में बाधक ही होगा। दोनों में एक भिन्नता यह भी थी कि उपेन्द्र ब्रह्म छात्रों को राजनीति का मुख्य अस्त्र और स्वयं पार्टी की हैसियत रखनेवाला मुख्य संगठन बनाना चाहता था, पर इट्टर बोरा उसे मुख्य दल का आनुषंगिक संगठन। जो भी हो छात्रों के बीच काम जमकर हो रहा था और वे संगठित हो रहे थे।

विनायक वसुमतारी के इस तरह से सक्रिय होने पर प्लेन ट्राइबल एसोसिएशन के नेता घबरा गये थे। उन्हें लगता था कि बड़-कछारी समाज तेजी से उसकी ओर खिंचता जा रहा है और यही चलता रहा तो वे जल्दी ही प्रचलन से बाहर हो जायेंगे। यह खतरा इसलिए भी बढ़ जाता था कि उनका नेता कांग्रेसी सरकार में मन्त्री था और तब जाहिर

है कि वह सत्ताधारी पार्टी का सहयोगी है। लोगों में यह सन्देश स्पष्ट जा रहा था कि ऐसी स्थिति में वह बोडो लोगों के लिए आर्थिक और विकास का जो भी पैकेज लाये, बहिरागतों की समस्या पर मौन रहेगा और वही हो भी रहा था। इसी का लाभ उठाकर विनायक वसुमतारी अपनी राजनीति कर रहा था। यह विचार मन में आते ही प्लेन ट्राइबल एसोसिएशन ने 'उदयाचल' की माँग तेज करनी चाही और उसके लिए अपने दल का खुला अधिवेशन कोक्राझार में बुलाया। पूरे असम के कोने-कोने से लोग जुटे। लोगों में हर संस्तरण के आदमी थे। क्या किसान, क्या मजदूर, क्या स्त्री, क्या पुरुष, क्या छात्र और क्या राज्य सरकार के कर्मचारी! भाषणों में इस बात पर जोर दिया गया कि बिना उग्र हुए हमारी बात कोई नहीं सुनेगा। सुनना होता तो क्या जब असम का पुनर्गठन किया गया था—मेघालय बनाया गया था, मिजोरम बनाया गया था, अरुणाचल बनाया गया था, तो क्या उदयाचल नहीं बनाया जा सकता था? लेकिन नहीं बनाया गया, क्योंकि हम उग्र नहीं हुए। ऊपरी असमवाले उग्र हो रहे हैं और जल्दी ही उनकी बात मान ली जायेगी। उग्र होने का खतरा, उनका नेता जानता था। जबसे वह शासन का अंग हुआ था, उसकी दृष्टि राष्ट्रीय राजनीति पर गहरी पड़ रही थी। नागालैण्ड, मणिपुर, मिजोरम ही नहीं उत्तरी बंगाल, मध्य आन्ध्र और कश्मीर उसके सामने था, जहाँ सामान्य लोगों का जीवन फौजी और पुलिस कार्रवाइयों से नरक बन गया था। वह अपने लोगों पर ऐसा अत्याचार होते नहीं देखना चाहता था। इसलिए उसने बड़े धैर्य और चालाकी से लोगों के मन में बात भरी कि हमें अपना आन्दोलन शान्तिपूर्ण ही रहने देना है और बल प्रदर्शित करने के लिए जनता को समय-समय पर रेलते रहना है। यदि गाँधी भारत को अंग्रेजों की दासता से मुक्त करा सकते थे, तो क्या हम एक छोटा-सा उदयाचल नहीं बनवा सकते? लोगों पर इसका वांछित असर पड़ा और आये दिन धरना-प्रदर्शन का सिलसिला पूरे असम में चल पड़ा। होना तो यह चाहिए था कि वसुमतारी इससे अपना धैर्य खो देता और लोगों को अपनी ओर आकर्षित करने के लिए दल के निर्माण की घोषणा तुरन्त कर देता। दिवांग आदि ने जब इस पर जोर डाला तो विनायक ने कहा, "हम जो अपना दल बनायेंगे, उसमें सही बड़-कछारी लोग होंगे। कुछ वे लोग होंगे, जो प्लेन ट्राइबल एसोसिएशन में नहीं हैं और कुछ वे होंगे जो उस दल से टूटकर आयेंगे, जो असन्तुष्ट होंगे। यह असन्तुष्टि या तो नीतियों की कमजोरी के कारण होगी, या दल में वह महत्त्व न मिलने के कारण होगी, जिसकी वे आकांक्षा रखते हैं। दोनों ही हमारे लिये घातक होगा।"

दिवांग ने जिज्ञासा रखी, "भला क्यों?"

"कौन लोग नीति से असन्तुष्ट होंगे? प्लेन ट्राइबन एसोसिएशन की नीति क्या है? शान्तिपूर्ण ढंग से आन्दोलन करना। तो जो असन्तुष्ट होंगे, वे उग्र रूप से आन्दोलन के हिमायती होंगे। उग्रता के हिमायती हम भी नहीं हैं। इसलिए उनसे बन नहीं पायेगी।

वे दल में रहेंगे तो अपनी बात मनवाने के लिए षड़यन्त्र करते रहेंगे। इतर गतिविधियों में लीन होंगे। इससे दल की एकता निरन्तर खतरे में रहेगी।"

"बात तो समझ में आती है...।"

"इसी तरह जो पद लाभ के लिए असन्तुष्ट होंगे, वे नये दल में आकर उसे प्राप्त करने के लिए टण्टा करेंगे। नहीं मिलेगा तो दल को तोड़ दिये जाने का खतरा निरन्तर बना रहेगा।"

"जब ऐसी स्थिति है तो उनसे बचना ही ठीक है।"

थोड़ी देर तक सभी मौन रहे। फिर पूरन चन्द्र ब्रह्म ने कहा, "तब उपेन्द्र और इट्टर की बात ठीक है कि हमें छात्रों को लेकर ही पार्टी गठित कर लेनी चाहिए।"

"नहीं, यह बिलकुल गलत बात है। छात्र छात्र ही हैं, प्रौढ़ असमिया नागरिक नहीं।. .. उनका दल का एक आनुषंगिक संगठन हो सकता है, स्वयं दल नहीं।"

"यदि ऐसी बात है तो हम मजदूरों को लेकर पार्टी गठित कर सकते हैं," ठग चन्द्र कुर्मी ने कहा।

"नहीं कर सकते, देखो इस तरह का जो विभेद है न, किसान, मजदूर, स्त्री, छात्र ये सब समाज के विशेषीकृत अंग हैं। इनको लेकर सामान्यीकृत दल नहीं बनाया जा सकता। दल बन जाने पर ये उसके अंग तो बन सकते हैं, उसके आधार पर संगठित किये जा सकते हैं, पर स्वयं मुख्य दल नहीं हो सकते।"

"यदि ऐसी बात है तो आप उनको पहले संगठित करने पर जोर क्यों दे रहे हैं?"

"यह देखने के लिए कि हमारे विचार की प्रियता कहाँ तक है? समाज के विभिन्न तबके उनको कहाँ तक स्वीकार कर रहे हैं? यदि वह वाकई तमाम तरह के लोगों के बीच स्वीकृत हो रहा है, तब तो दल बनाने की जरूरत और गुंजाइश है। अन्यथा नहीं," विनायक ने कहा।

लोग काफी देर तक चुप रहे। फिर उपेन्द्र ब्रह्म ने कहा, "आखिर जब समाज को हम इस तरह से विभक्त करके देख रहे हैं, तो सामान्य आदमी बचता कहाँ है? जो हमारे सदस्य होंगे, वे यही लोग तो होंगे! तब उनको किसान, छात्र, मजदूर, युवा, महिला की आनुषंगिकता से अलगाना कैसे सम्भव होगा?"

"जो मजदूर का संगठन होगा, वह मजदूर सम्बन्धी काम पर होगा, जो छात्र का संगठन होगा, वह छात्र के नाम पर होगा, जो स्त्री का संगठन होगा, वह स्त्री की समस्याओं को लेकर होगा। पर दल इनसे भिन्न सामान्य जनों के नाम पर संगठित होगा, भले ही उसमें ये विविध लोग होंगे। ये सब नाम के संगठन उसके अधीनस्थ होंगे, उससे ऊपर उठकर नहीं। उनके अलग-अलग विचारों, हितों, माँगों को दल समाहित करे पर वही सब-कुछ नहीं होगा," विनायक ने कहा।

"उनका समग्र होगा..." दिवांग ने कहा।

"उससे बढ़कर और उससे भिन्न दल का अपना भी होगा व्यक्तित्व भी, माँग भी, हित भी...।" विनायक ने कहा।

काफी देर की चुप्पी के बाद दिवांग ने कहा, "दल बनाने से पहले हमें अपनी जनप्रियता को आँक लेनी चाहिए।"

विनायक वसुमतारी ने उसे गौर से देखा। ठग चन्द्र ने कहा, "हमें लगता है कि हमारा काम चाय बागान के मजदूरों के बीच अधिक ढंग से हुआ है। यदि अपने संगठन का नाम दे एक प्रदर्शन गुवाहाटी में आयोजित कर लिया जाय, तो दो लाभ होंगे। एक तो हमें अपनी शक्ति का पता चल जायेगा, दूसरे हम विभिन्न चाय बागानों के युवा कार्यकर्त्ताओं को चिह्नित कर लेंगे। उन्हें इकाइयों में पद देकर संगठन को आगे बढ़ायेंगे।"

विनायक ने कहा, "बात तो सही है। पर इसके लिए पूरी तैयारी कर लेनी चाहिए।"

दो महीने के भाग-दौड़ के बाद दिवांग, ठग चन्द्र, पूरन चन्द्र ब्रह्म आदि ने मिलकर पूरे पश्चिमी असम के चाय बागानों को छान मारा। इस बीच ठग चन्द्र ने गणेशबारी की दिव्या से विवाह कर लिया था और वह स्त्रियों में खूब सक्रिय हो गयी थी। उन्होंने स्वयंसेवकों को तैयार किया, समस्याओं को चिह्नित किया, माँगों का चार्टर बनाया और एक दिन निश्चित कर निकल पड़े गुवाहाटी को। विभिन्न चाय बागानों से लोग अलग-अलग और आगे-पीछे आये और रेलवे स्टेशन के उत्तरी तरफ के खुले मैदान में जिसे 'जजेस फील्ड' कहा जाता था और जहाँ आवारा बच्चे दिन भर कनकौवा उड़ाते रहते थे और सागरपेशा लोग शाम को रेहड़ी लगाते थे, टिक गये। अधिकांश लोग बना-बनाया खाना लाये थे—वही तिलपीठा, कसार, छांग आदि। जो नहीं लाये थे, वे खाना बनाने का पूरा सामान, यहाँ तक कि जलावन की लकड़ी भी लाये थे। उन्होंने जब खाना बनाना आरम्भ किया तो पूरा इलाका धुएँ से पट गया। धुआँ तीर की तरह गलियों में पैठता और जहाँ कहीं भी, जो भी छेद मिलता, उससे होता सीधे लोगों की आँखों में समाता। यदि थोड़ी-सी हवा चल जाती तो उसकी गति और चकरघिन्नी ऐसी बढ़ जाती कि वह एक तरह के लोगों को पार कर दूसरे तरह के लोगों को अपने घेरे में लेती। आँखों में आँसू और नाक में पानी भरे लोग इस बात पर सन्तोष करते कि चलो यह धुआँ जल्दी ही समाप्त हो जायेगा। पर दूसरे दिन सुबह जो पाखाने की बदबू फैली तो वह तीर से भी अधिक नुकीली हो लोगों के नाकों से होती सीधे आत्मा पर प्रहार करती और लोग उसके जल्दी ही मिट जाने का कोई आश्वासन न पाकर बदबू फैलानेवालों को 'कुली' कहकर गाली देने लगे। ठग चन्द्र की समझ में नहीं आता कि 'कुली' शब्द अपमानजनक कैसे है। यह तो मुगलों के समय में कुलीन लोगों को सम्बोधित करने के लिए प्रयुक्त होता था। गाली के रूप में अंग्रेजों ने प्रयोग किया। शुरुआत व्यंग्य से हुई। सिराजुद्दौला कुली मुर्शीद खान का वंशज था। जब वह हार गया तो क्लाइव के चरणचपेटों ने उसके सिपाहियों से सामान

उठवाने का काम कराया। इन सिपाहियों के अहम् पर चोट पहुँचाने के लिए उन्हें कुली मुर्शीद खान से जोड़कर कुली कहना शुरू किया। लोक में वह सामान उठानेवालों के लिए प्रचलित हो गया। उसका प्रचलन तब बढ़ा जब देश में रेलगाड़ी चली। आज वह अवमानना का शब्द बन गया है। खैर यह गाली पहले जजों के मैदान में डटे इक्का-दुक्का लोगों को सम्बोधित हुई, फिर फराकत पर बैठे लोगों पर। फिर यह पूरे समूह पर आयत हाने लगी, जिसके निशाने पर कोई व्यक्ति विशेष नहीं होता था।

इस गन्दगी की चर्चा मुँहा-मुँही दूर तक फैल गयी थी। जुलूस निकलने से पहले विनायक वसुमतारी और ठग चन्द्र ने उपस्थित जनसमूह को सम्बोधित किया, आह्वान किया अपनी माँगों के लिए लड़ाई लड़ने का। इस बीच ब्रह्म, दिवांग इट्टर आदि लोगों पंक्तिबद्ध करते रहे और किसी भी स्थिति में पंक्ति न तोड़ने और किसी भी तरह के उकसावे पर हिंसक न होने के लिए समझाते रहे, यही काम दिव्या अपने अन्य सहयोगियों के साथ महिलाओं के बीच कर रही थी।

तय पाया गया कि जुलूस में स्त्रियाँ आगे रहेंगी, पुरुष उनके पीछे रहेंगे। रास्ता दिखाने के लिए दिवांग दो-चार लोगों के साथ आगे चलेगा। स्त्रियों के जुलूस में दिव्या आगे रहेगी। जहाँ उनका जत्था समाप्त होगा, वहाँ इट्टर और ठग चन्द आगे रहेंगे। पूरन चन्द्र, उपेन्द्र चन्द्र वगैरह घूम-घूम कर प्रदर्शनकारियों को अनुशासित करेंगे। जुलूस दिसपुर पहुँच कर सेक्रेटेरिएट के सामने रुक जायेगा और एक सभा में परिवर्तित हो जायेगा, जिसे सभी महत्त्वपूर्ण व्यक्ति सम्बोधित करेंगे। अध्यक्षता विनायक वसुमतारी की होगी, संचालन दिवांग राभा का।

रेलवे लाइन के उस पार जाने तक तो जुलूस अनुशासित रहा। पर ज्यों ही बाजार का इलाका आया, उसका अनुशासन अपने आप भंग हो गया। बाहरी सभ्यता से दूर रहनेवाले लोग जब बाजारों में घुसे तो जिज्ञासावश आसपास की दुकानों में टँगी या सजायी वस्तुओं को घूर-घूर कर देखने लगे। फिर उन्हें पास जाकर देखने की इच्छा हुई, फिर उन्हें छूकर देखने की इच्छा हुई। पहले एक भागकर गया और छूकर देखने लगा, उसकी देखा-दाखी दूसरा भागकर गया और देखने लगा। उनकी देखा-देखी कई भागकर गये। फिर तो पूरा जुलूस ही भागने लगा। ठग चन्द्र, पूरन चन्द्र, इट्टर बोरा, उपेन्द्र ब्रह्म सभी को सुननेवाला कोई नहीं रह गया। फिर भी जुलूस के नाम पर कुछ लोग कुछ देर तक चले। जो भागकर जाते वे समान देखकर आते और जुलूस में मिल जाते। उनकी ख्याति उनकी गति से कई गुना तेजी से आगे-आगे पहले से ही जा रही थी और वे व्यापारी इन कुलियों की हरकत से बेचैन होने लगे थे। वे दुकानें बन्द करने लगे। दुकानें इतनी तेजी से बन्द हुईं कि जुलूसवाले देखते रहे गये। इन दुकानों के बन्द होने पर इन्हें एतराज था, विशेषकर स्त्रियों को। माना कि वे खरीद नहीं रही थीं, देख तो रही थीं कि असम का शहरी मध्यवर्ग किन वस्तुओं का उपभोक्ता है। उनके मन में लालसा दबी थी कि कभी समृद्धि उनके

द्वारे आयी तो वे भी उनका जरूर उपयोग करेंगी। अभी तो वे अपने गाँव-बागान जाकर उन स्त्रियों को बतायेंगी जो यहाँ नहीं आयी थीं, कि उन्होंने क्या नया देखा है। कुछ का इरादा बानगी स्वरूप एक-दो वस्तुओं को खरीदकर ले जाना भी था। उसके लिए वे पैसा लेकर भी आयी थीं। जब दुकानें बन्द हो जायेंगी तो वे देखेंगी कैसे, खरीदेंगी कैसे? वे जाकर बन्दकर रहे दुकानदारों से अनुरोध करतीं कि दुकान खुली रखें, जिससे कि वे तमाम नयी चीजों को देख सकें। पर दुकानदारों को वे उत्पाती लुटेरिनें लगती। कम-से-कम खरीदार तो नहीं ही लगतीं। बस अव्यवस्था पैदा करती जा रही थीं। दुकानदारों ने उन्हें झिड़कना शुरू किया, तो तू-तू मैं-मैं होने लगी।

पर रेहड़ीवालों की बन आयी थी। बच्चे गट्टे-बताशा से लेकर चीनिया बादाम और सिंघाड़े के लिए जिद करते जब रोने पर आते तो उनके अभिभावक थोड़ी गाँठें ढीली कर ही देते। माँग के अनुपात में ये खोनचे-ठेलेवाले दाम बढ़ाते ही चले गये। मोल-जोल पर काफी किचकिच होने लगी। गोलगप्पेवाले दुकान पर तो हद ही हो गयी। ग्राहक ने पूछा, "एक रुपये में कितने खिलाओगे?" विक्रेता ने कहा, "पाँच।" जब ग्राहक खाने लगा तो उसने चार पर बन्द कर दिया। उसने और की माँग की। खोनचेवाले ने कहा, "और पैसे लगेंगे।" ग्राहक ने कहा "बात पाँच की हुई थी।" "पाँच खिला दिया है।" "नहीं चार खिलाया है।" इस पर हुज्जत होने लगी। लोग जुट गये। विक्रेता लोग भी जुट गये। देखते-ही-देखते मार-पीट होने लगी। हल्ला हुआ तो सभी खोनचे लूटे जाने लगे, चाहे बिसाता के हों या सिले कपड़ों के, मोची की दुकान हो या टैक्सी बुकिंग की टाल। दुकान बन्दकर कुछ लोग दौड़े। बीच-बचाव करने लगे। पर भला कौन किसकी सुनता है? धक्का-मुक्की में उन्हें भी चोटें आयीं। तीन गुण्डे यह तमाशा शुरू से ही देख रहे थे। मजदूर जब दुकानदारों पर भारी पड़े तो वे टूट पड़े। दिव्या भागकर बीच-बचाव करने लगी। वह कुछ ज्यादे ही जोर से चीख रही थी। उस शोर में उस चीख का कोई अर्थ नहीं निकलता था। गुण्डों को लगा कि वह नेता है और कुलियों को उकसा रही है। वह उनकी आँखों में गड़ गयी और उन्होंने उसे पकड़ लिया। मन के जाने किस कोने में एक नयी-नयी ब्याही गदबरी युवती को निर्वस्त्र देखने की कामना दबी थी कि वे उसके कपड़े चीथने लगे। एक तरफ वह उनका बल भर मुकाबिला करती तो दूसरी तरफ मौका मिलते ही भागने की कोशिश करती। यह सिलसिला कोई बीस मिनट तक और कोई पाँच सौ गज तक चला, जब उसके कपड़े तार-तार हो गये और अपनी लाज बचाने के लिए अपने को हाथों-पाँवों से समेट जमीन पर बैठ गयी। एक स्त्री पापियों को गरियाती उसकी तरफ बढ़ी और अपना शाल उसके ऊपर डाल दिया। गुण्डों ने उसे भी पकड़ लिया और निर्वस्त्र करने लगे। बात बड़ी तेजी से फैली कि शहरी गुण्डे मजदूर स्त्रियों के साथ सरे सड़क बलात्कार कर रहे हैं। इसलिए जो मजदूर जहाँ था, वहीं से दुकानदारों पर, पथिकों पर, साफ कपड़ा पहने लोगों पर प्रहार करने लगा। गौगा मचा कि ये कुलिये पूरे बाजार को लूट रहे हैं।

इसलिए जो जहाँ था और उसके हाथ जो भी लगा उसे लेकर दौड़ पड़ा और कुलियों को पीटने लगा। कुली सड़क पर थे और सड़क के दोनों तरफ दुकानें थीं। इसलिए पिटायी आगे-पीछे, दायें-बायें चारों तरफ से होने लगी। कुछ लोग छतों पर से ईंट-पत्थर फेंकने लगे। लोगों ने बीस मिनट में पूरे जुलूस को मार कर बिछा दिया।

इस बीच किसी ने पुलिस को सूचना दे दी थी। तत्काल जो पुलिस थाने से आयी, उसकी संख्या अपर्याप्त थी। भीड़ में घुसने का मतलब था, बेकार ही पिट जाना। इसलिए वह मौका-मुआइना की खानापूर्ति कर भाग परायी और बड़ी संख्या में अपने सहकर्मियों को जुटाने के लिए। जब तक वे जुटे और प्रशासन मुस्तैद हुआ, तब तक गुवाहाटी और दिसपुर के बीच की सड़क घायलों से पट गयी थी। ऐसे में पुलिस कानून व्यवस्था बहाल करने की जगह लोगों को अस्पताल पहुँचाने में लग गयी।

इस पर बड़ा हो हल्ला मचा। विरोधी दलों ने सत्ताधारी दल के नाक में दम कर दिया। प्रेस ने उनका पूरा साथ दिया। कहा कि महीने भर से चर्चा हो रही थी कि अमुक तारीख को चाय बागान के मजदूर गुवाहाटी-दिसपुर में प्रदर्शन करेंगे। उस स्थिति से निपटने के लिए सरकार ने कोई तैयारी नहीं की। वह यह तक पता नहीं लगा पायी कि कितने लोग आयेंगे। इतनी अकर्मण्य सरकार को चाहिए कि वह तुरन्त इस्तीफा दे।

यह प्रतिक्रिया का एक पक्ष था। दूसरा पक्ष था कि मजदूर कितने परेशान हैं। अगर असम में हो रही एक के बाद एक की घटनाओं से सरकार कोई सीख नहीं ले रही है, उससे बचने के लिए लोअर असम के चाय मजदूर अपनी माँग रख रहे हैं तो यह बेरहम सरकार उनकी बात सुनने की जगह उनको पिटवा रही है। पुलिस से नहीं पिटवा रही है, तो अपने गुण्डों से पिटवा रही है। ये पिटे हुए लोग अपने इलाके में जायेंगे। उनकी दुर्दशा देखकर पूरे इलाके की जनता उठ खड़ी होगी। तब यह निकम्मी सरकार क्या करेगी। उसे चाहिए कि उनकी माँगों को वह तुरन्त स्वीकार करे। और स्वीकार कर ठण्डे बस्ते में न डाले। तुरन्त उनकी पूर्ति के लिए कार्यवाही करे।

तीसरा पक्ष था कि ये मजदूर कितने बेगैरत हैं। तमाम उद्योगों की तुलना में इनको सबसे अधिक सुविधाएँ मिली हुई हैं। फिर भी नयी-नयी माँगें जुड़ रही हैं। लगता है इनके बीच वामपन्थियों की पैठ बढ़ गयी है। नक्सलवाड़ी का इलाका है भी इनके बहुत पास। उनके कार्यकर्त्ता इनके बीच खूब सक्रिय हो गये हैं। यदि उससे अभी न निबटा गया तो यहाँ की हालत बंगाल से भी अधिक खराब हो जायेगी। दरअसल वहाँ की सरकार अपने यहाँ स्थिति नहीं सम्हाल पा रही है तो उन तत्त्वों को असम में खदेड़ दिया है कि वे यहाँ उत्पात मचायें। कई लोग इस बात को स्वीकार नहीं करते थे और कहते थे कि असम

की सरकार ने ही उन्हें उकसा रखा है, जिससे कि उसके इतर असफलाताओं की चर्चा न हो सके। आखिर यह विनायक वसुमतारी कौन है? उन्हीं की पार्टी का आदमी न।

उसी दिन सात घड़ी दिन चढ़े नौ लोग नदी की तरफ से जाऊगाँव की ओर बढ़ते नजर आये। उनकी चाल ऐसी थी कि लगता ही नहीं था कि उन्हें कभी जाऊगाँव पहुँचना भी है। आगे-आगे जो दो आदमी थे उनके कन्धे पर बाँस था, जिसे लटकाकर वे एक खूब मोटा-सा सुअर ढो रहे थे। वह इतना भारी था कि उसे लेकर ऊबड़-खाबड़ राह पर चलना कठिन हो रहा था। अक्सर ही उनके पाँव लड़खड़ा जा रहे थे। चारों पाँव और सिर से बाँधा उलटा लटका सुअर उछल-कूद भला क्या करता, पर अफनिया कर यदि कोई हरकत करता तो उनका सन्तुलन बिगड़ जाता था। लगता था कि वे अब गिरे, तब गिरे। पर वे गिरते न थे, बस लड़खड़ाकर थोड़ा और आगे बढ़ जाते थे। उनके पीछे दो आदमी एक बड़ी-सी कण्टाल टाँगे चले आ रहे थे। चाल उनकी भी लड़खड़ा रही थी, क्योंकि उसमें कोई ढाई मन चावल की उम्दा शराब भरी थी। उनके पीछे जो चार आदमी थे, उनके मजे थे। दो के कन्धे से बारह-बारह सेर पान के पत्ते के गट्ठर जरूर लटक रहे थे। इसी तरह दो के कन्धे से सुपारी। सबसे पीछेवाला एक बड़ी-सी दौरी में पेठा और नमकीन सिर पर रखे चल रहा था।

दोपहर होते-होते वे जाऊगाँव पहुँच ही गये। आबादी की सीमा पर कुन्ती अपनी एक सहेली के साथ मिली और अभिवादन के बाद एक खाली घर की ओर इशारा कर दिया। नवो लोगों ने अपना भार वहीं उतारा और कुन्ती के हवाले कर दिया। पगड़ी सरकाकर राहत की साँस ली। कुछ देर बैठने के बाद एक उठा और आँख के ऊपर गदोरी लगाकर नदी की ओर निहारा। लोगों को आता देख हर्षध्वनि की।

आते हुए लोग उस घर के पास आये तो कुन्ती ने दौड़कर उनका भी अभिवादन किया। सबसे आगे नितिन बड़ठाकुर था। उसका हाथ पकड़कर वह भीतर लायी। अब सबकी संख्या कोई पैंतीस हो गयी, उनमें सात-आठ औरतें थीं। वे बड़ठाकुर के साथ काम करनेवालों की पत्नियाँ थीं। सारे लोग सी.आर.पी.एफ. के सिपाही और हवलदार थे, जो विभिन्न कैम्पों से आये थे। निमन्त्रण तो नितिन ने उस इलाके में तैनात सभी को दिया था। पर भला सभी कैम्प छोड़कर कैसे आ सकते थे? इसलिए तय हुआ था कि उन्हें दावत बाद में दिया जायेगा और कई बार दिया जायेगा, जिससे कि सभी को अपनी एकरस जिन्दगी से उबरने का एक मौका मिले।

उनके पानी-वानी पीने के बाद कुन्ती भागकर यु लिन के घर गयी। यु लिन और उर्सुला घर के बाहर ही थे, सोजू के पौधे के नीचे बैठे हुए। पौधे का घेरा बनानेवाली बाँस की बातियों को बदलकर नया कर दिया गया था। बथाऊदेव की पूजा हो चुकी थी। वह घर की समृद्धि और खुशहाली का देव है। उसकी पूजा कभी अकेले नहीं होती। हमेशा उसके साथ 'आई देव' पूजी जाती हैं। हालाँकि उनका चौरा जिसे 'धाम' कहते हैं घर के

भीतर बनाया जाता है, एक जगह को थोड़ा ऊँचा कर। उसे लीप-पोत कर रखा जाता है। घर की स्त्रियाँ घर में बने खाना और पकवान का कुछ अंश उस पर चढ़ा दिया करती हैं। बाद में उसे उठाकर सीजू के पौधे के नीचे रख दिया जाता है, 'सोंग राजा' का नाम ले। सीजू का पौधा स्वयं ही बथाऊ होता है। इसलिए उसे कुछ अलग से नहीं चढ़ाया जाता। यु लिन और उर्सुला के लिए यह करना जरूरी नहीं था—वे बड़ नहीं, चीना लोग थे। पर यु लिन अपनी परम्परा भूल गया था और उर्सुला को उसे जानने का कभी मौका ही नहीं मिला था। गाँव के बड़े-बूढ़ों ने कहा था कि जिन्दगी भर हम होजू कछारियों के बीच रहे, हमें हमारी कथा सुनायी, हमारे घर खाया-पीया, वैसा ही कपड़ा पहना, त्योहार मनाया, तब उसी बड़-कछारी का जीवन-राग गाओ। जीवन बचा ही कितना है? उन्हीं जैसा, उन्हीं का होकर जाओ। यु लिन को बात ठीक लगी। वह बड़ परम्परा के अनुसार बरतने लगा।

धाम पर चढ़ायी गयी सामग्रियों में कबूतरों और मुर्गों के सिरों की संख्या से उन्होंने मांस का अनुमान लगाया, बकरे और सुअर के सिरों से उनके गोश्त का। गाँव की प्रौढ़ाएँ और युवतियाँ अपने-अपने घरों के टट्टर के दरजों से आगन्तुकों को देख रही थीं और तौल रही थी कि उनके स्वागत के लिए तैयार किया गया 'कोचू-पानी' पर्याप्त है कि नहीं। तभी किसी ने सीटी मारी और सभी घरों से भरभरा कर प्रौढ़ाएँ व युवतियाँ निकल आयीं बारातियों पर पानी यूँ दे मारा, त्यूँ दे मारा। जब बराती पूरी तरह से भींग गये थे तो क्या बराती और क्या घराती—सभी हिल-मिलकर खिलखिलाकर हँसने लगे। आपस में परिचय करने लगे। बरई बहू ने लड़कियों को इशारा किया तो उन्होंने बरातियों को पान ताम्बूल दिया। वसुन्धर ने आगे बढ़कर सबको पतजुग के पेड़ के नीचे आने का निमन्त्रण दिया। वहाँ बीठे पर करीने से जाऊगाँव के लोग पहले बैठे—आगे वयप्राप्त स्त्री-पुरुष, उनके पीछे युवक-युवतियाँ और बच्चे। उनके सामने उनकी तरफ मुँह करके बराती बैठे—वैसे ही आगे वयप्राप्त लोग, पीछे युवक-युवतियाँ। सबके सामने केले के पत्ते बिछा दिये गये। फिर उर्सुला को उसकी सहेलियाँ लेकर आयीं। वे खूब शृंगार किये हुए थीं। उर्सुला ने अपने गाँव के लोगों के पत्तलों पर सुअर का मांस, जू, अन्य पकवान और ताम्बूल परोसा। उसके बाद उर्सुला दोनों पंक्तियों के बीचोबीच दो जानू होकर बैठ गयी और हाथ जोड़कर सबसे नितिन बड़ ठाकुर से विवाह कर घर बसाने की अनुमति माँगी, आशीर्वाद और सहमति माँगा। गाँव के सबसे बूढ़े आदमी ने उसे नितिन को दिखाने और परिचय कराने का आदेश दिया। उर्सुला की सहेलियाँ दौड़कर गयीं और नितिन को दोनों बाँहों से पकड़कर हँसती-खिलखिलाती लगभग घसीट कर ले आयीं। इस बीच कुछ लड़के उठे और उनका रास्ता रोक लिया। तब नितिन की तरफ से भी कुछ लोग उठे और उनका प्रतिरोध करने लगे। कुछ देर तक दोनों की तनातनी और बजनी का अभिनय होता रहा। फिर सभी मिलकर नितिन को उठाकर उर्सुला के पास ले आये। निश्चय ही यह उस परम्परा की

औपचारिक अदायगी थी, जिसमें पहले जमाने में विवाह लड़की का अपहरण कर किया जाता था, फिर समाज की अनुमति ले ली जाती थी।

वहाँ उपस्थित जाऊगाँव के लोगों ने उठकर नितिन का सिर से पाँव तक निरीक्षण किया और परिचय पूछा। नितिन ने उर्सुला के बगल में दो जानू होकर अपना परिचय दिया और विवाह की अुमति माँगी। बूढ़े ने सबकी ओर दृष्टि डाली। सभी ने हाथ उठाकर सहमति जतायी और अनुमति दी। इसी तरह नितिन के पक्षवालों ने वधू का परिचय पूछा। परिचय मिल जाने पर अपनी समवेत सहमति और अनुमति जतायी। तब वसुन्धर उठा। देवड़ी की भूमिका में आया। बोला, "वधू शुल्क कितना तय करते हो?"

बड़ठाकुर ने कहा, "दो हजार रुपया नकद।"

बूढ़े ने धीरे से कहा, "यह तो बहुत है।"

पर इस पर किसी ने ध्यान नहीं दिया। पहले जमाने में यह ज्यादे-से-ज्यादे पाँच चाँदी का सिक्का होता था। पर चाँदी के सिक्के इतने महँगे थे कि उन्हें इकट्ठा करने में पाँच-छह वर्ष लग जाते थे। इसीलिए वर-वधू के घर रहकर पाँच-छह वर्ष तक गुलाम की तरह खटता था। ऊपर से अपनी भावी पत्नी से एकान्त में मिलने की मनाही रहती थी। उससे तो यह व्यवस्था लाख गुनी अच्छी थी। एक केन्द्रीय सरकार के वेतनभोगी के लिए दो हजार कोई बड़ी रकम न थी। जाऊगाँव में किसी लड़की को इतना बड़ा मिलनेवाला वधू शुल्क पहली बार था, इसलिए कुछ लोगों को ईर्ष्या हो रही थी।

वसुन्धर ने यु लिन को देखा। उसने सिर हिलाकर हामी भरी तो वसुन्धर ने घोषित किया, "मंजूर।" फिर उसने वर और वधू के कर्त्तव्यों के बारे में एक संक्षिप्त भाषण दिया। भाषण देने के बाद उसने सभी उपस्थित लोगों पर दृष्टि डाली। सभी ने एक स्वर में कहा, "एरोइना जाथांग।" यानी 'ऐसा ही हो।'

उसके बाद वरपक्ष के लोगों के सामने के पत्तलों पर खाद्य सामग्री परोस दी गयी। सभी लोग भोग में जुट गये। खाने के बाद लड़कियाँ और स्त्रियाँ मिलकर उर्सुला को उसके घर ले गयीं। लड़के और युवक नितिन को वरबाड़ी में। इन युवकों को दूल्हे की तरफ से आयी सामग्री सौंप दी गयी। कुछ युवकों ने मोटे-ताजे सुअर को देखकर बड़ी खुशी जतायी और तुरन्त हींकने के लिए उठाकर झाड़ी की ओर ले गये। कुछ युवकों ने जू के कण्टाल का भार आजमाया और उठाकर पतजुग के पेड़ के नीचे ले गये। वहीं पान के पत्ते और सुपारी के डले भी ले जाये गये।

युवक और युवतियों ने मिलकर वहाँ खूब नाच-गान किया। सुअर का माँस भुन गया तो लोग उसके छोटे-छोटे टुकड़े काटकर खाने लगे और जू पीने लगे। वह थोड़ी चढ़ी तो किसी ने कोई गीत कढ़ाया। दूसरे उसका साथ देने लगे। सिरजा भागकर टिमुकी उठा लाया और उस पर ताल देने लगा। नाच-गान का दूसरा दौर आरम्भ हुआ और पूरा गाँव आनन्दोत्सव में डूब गया।

पतजुग की पत्तियों से भागती किरणों का ताप मद्धिम पड़ा तो नितिन के साथ आयी औरतों ने उर्सुला के घर की ओर रुख किया। वहाँ जाकर औपचारिक रूप से उसे अपने साथ किया और बरबाड़ी लायी। गाँव की दीगर औरतों ने उन औरतों के साथ हँसी-ठिठोली की और कहा कि हमारी बेटी को ठीक से रखना, नहीं तो हम खूब गाढ़े कोचू पानी को लेकर आयेंगे और तुम्हें निर्वस्त्र कर नहलायेंगे। उन्होंने जवाब दिया, "ये बहिनी! जरूर आना। और साल भर के भीतर आना। अपनी बेटी का पुत्र खेलाना। तुम्हारी बेटी के जाते ही हमारा बेटा तुम्हें नाती उपहार में देगा।" इस पर तमाम छेड़-छाड़ और चुहल हुई। उर्सुला को गाँव के बाहर जाते देख गाँव के तमाम युवक दौड़ पड़े। उनमें वे भी थे जो मन-ही-मन उसे कबसे चाहते थे, पर कभी कह नहीं पाये। कहे भी तो बाँह नहीं पकड़ पाये। कुछ ने उनका रास्ता छेंक लिया। कहा, "हमारे गाँव की लड़की लिये जा रहे हो? बिना युद्ध के नहीं ले जा सकते।" इस पर एक नकली लड़ाई हुई। लड़ाई क्या हुई, इसी बहाने चुहल हुई। जाऊगाँववालों ने नितिन बड़ठाकुर के साथ आयी औरतों के साथ थोड़ी छेड़-छाड़ की। बदले में नितिन के साथवालों ने जाऊगाँव की औरतों के साथ छेड़-छाड़ की। सभी मिलकर ठठाकर हँसते रहे।

पतजुग के ऐतिहासिक पेड़ के नीचे नम आँखें किये यु लिन सब-कुछ एक निःसंगता से देख रहा था। वसुन्धर उसके पास आया। कन्धे पर हाथ रखा। यु लिन अपनी रुलायी रोक नहीं पाया। "बिना माँ-बाप की लड़की को इतने वर्षों तक अपनी बेटी बनाकर पाला। आज वह भी चली गयी। मैं अकेलो-का-अकेला रह गया।"

वसुन्धर भी अपनी रुलाई नहीं रोक पाया। कुछ देर बाद उस पर नियन्त्रण कर बोला, "यही जगत्‌गति है।"

"हाँ भाई, हाँ," कहता कन्तु आया और अपनी चादर की खूँट से यु लिन का आँसू पोंछने लगा।

इस दृश्य की ओर कुन्ती ने उर्सुला को इशारा किया। वह खूँटे से पगहा तुड़ाकर भागी गाय की तरह दौड़ती आयी और पिता से लिपट गयी। वसुन्धर और कुन्ता हट गये। बाप-बेटी लिपटकर कुछ देर तक खूब रोये। किसी ने खलल नहीं डाली। पर दिन तेजी से भाग रहा था। दिन डूबने से पहले उर्सुला को गाँव का सीवान पारकर जाना था। इसलिए रूपनबारी की बहू बढ़ी और बाप-बेटी को अलग किया। कहा, "कोई दूर थोड़े ही जा रही है? कैम्प है ही कितनी दूर?"

उर्सुला ने कहा, "हाँ देवता। हम रोज आयेंगे, जैसे रोज कैम्प जाते थे।"

यु लिन ने आँसू पोंछकर होंठ काट लिये, "जाओ बेटी मेरा आशीर्वाद है।"

वह प्रौढ़ आदमी खूब जानता था कि जीवन की व्यस्तताएँ ऐसी होती हैं और यौवन के नये जीवन का उन्माद ऐसा होता है कि पिछली बातें और सम्बन्ध भूल जाते हैं। अधूरी बातें अधूरी ही रह जाती हैं। वसुन्धर का कहना ठीक है कि यही जीवनगति है। यह जीवन

की नदी ऐसे ही बहती जाती है अपनी टूट रही देह की आवाज आकाश में उड़ाती। उसे भला कौन सुनता है। बस सभी अपना धर्म निभाते हैं।...

22

कैम्प पर हमला अचानक हुआ था। यह बड़ी बात नहीं थी। हमला हमेशा ही अचानक होता है। बड़ी बात यह थी कि कैम्प के लोग कभी सोच भी नहीं सकते थे कि उन पर हमला हो सकता है। यह कैम्प किसी अभियान का हिस्सा नहीं था, बस एक 'ऑब्जर्वेशन पोस्ट' था, सिर्फ सन्दिग्ध गतिविधियों पर नजर रखने के लिए। अब दूसरे कुछ लोगों के काम में खलल तो पड़ता ही है। वे भला कब चाहेंगे कि उनके ऊपर नजर रखी जाय। तब वे हमला चाहे न भी करें, कुछ-न-कुछ तो करेंगे ही। उसके लिए पूरी सावधानी बरती जाती थी। रात-दिन चौकीदार गेट पर खड़ा रहता था। कैम्प के भीतर जानेवालों की जाँच की जाती थी। एक ऑब्जर्वेशन टावर बनाया गया था, जिस पर खड़े होकर दूरबीन से दूर-दूर तक देखा जाता था। पर रात में देखने का कोई साधन नहीं था। उसी का फायदा उठाकर हमला हुआ था, ठीक आधी रात के बाद जब भूत को भी नींद आने लगती है। हमला इतना तेज था कि जब तक सिपाही सम्हलें-सम्हलें और कुछ करें, सभी मारे जा चुके थे, उनका हथियार लूट लिया गया था और कैम्प में आग लगा दी गयी थी। कैम्प आबादी से इतनी दूर था कि लोगों की चीख-पुकार वहाँ तक जा नहीं सकती थी। और शोर मचानेवाले लोग थे ही कितने? बस एक-चार की गारद थी। वैसे पोस्टिंग तो पूरे एक सेक्सन की थी पर बाकी लोग गश्त पर निकले थे। नितिन का 'आफ' था। इसलिए उसे भी कैम्प में रहना था। खैर, यदि किसी ने बासों से उठती हुई लपट देखी भी होगी, तो उसे कैम्प-फायर ही समझा होगा।

वह तो पोचई था कि जब वह दूकान खोलने गया तो नदी के पार से उठता धुआँ देखा। उनके बड़े-बड़े गुब्बारों को छल्लों की तरह उड़ता देखा तो नदी तक गया। जब पक्का हो गया कि कैम्प जल गया है, तो वह भागकर अपने गाँव गया और गाँव-बूढ़ा को बताया। गाँव बूढ़ा ने अगल-बगल के गाँवों में आदमी दौड़ाया, चार आदमी थाने भेजा, चार आदमी लेकर कैम्प की तरफ चला। उसके पहुँचते-पहुँचते मछली पकड़नेवाली औरतें और कुछ मर्द वहाँ पहले ही पहुँचकर निरीक्षण करने लगे थे।

उस दिन नितिन का आफ था। फागुन आ गया था बाँस के घरों से, उनके इर्द-गिर्द फैले तिनकों से पौधों और लताओं के कोमल पत्ते फिर निकलने लगे थे। ऊपर हरा जाल फैलाये बड़े पेड़ हलके से अपने शरीर-रस के आवेग में झूमने लगे थे। पुराने, सूखने को तैयार गाढ़े हरे से नीले होते कड़े पत्तों के ऊपर सिर तानते कोमल हरे में हल्दी मिलाये

नवजात पत्ते और किन्हीं वृक्षों पर लाल-लाल नरम पत्तियाँ छाने लगी थीं। कहीं बौराये जंगली आम की महक, कहीं कटहल के लेढ़ों की बास, कहीं पन्नाग और नीम की मंजरी की भींगी सुगन्ध। खिलने-खिलने को तैयार सेमल के लाल और पीले फूल। पीले फूल का बस एक ही वृक्ष था। वह हमेशा सबसे अलग दिखता था। जगह-जगह पाटली-पलीदा और गुलमोहर के अग्र भागों पर झूल आये पुष्पों के सघन झुमके। पीछे से बाँहों में भर कर उर्सुला के झुमके उतारते हुए नितन ने कहा, "वहाँ चलो नदी के किनारे उस मैदान में।"

उँगलियों के स्पर्श को अपने गालों पर महसूस करती हुई उर्सुला ने कहा, "क्या है उस खुले मैदान में जहाँ चलने के लिए तुम हमेशा कहते हो।"

"वही तो जगह है जहाँ मेरा हृदय खो गया था। उसे ही खोजने जाना चाहता हूँ। शायद, तुम मेरी मदद कर सको।"

मुस्कराते हुए टेढ़ी आँखें कर उर्सुला ने कहा, "भला वहीं तुम्हारा दिल क्यों खो गया था?"

"वहीं देखा था तुम्हें पहली बार। वहीं मैं तुम्हें फिर उसी रूप में देखना चाहता हूँ।"

"कितनी ही बार तो यहाँ देख चुके हो।"

"यहाँ न, घर के भीतर। मैं घर के बाहर वहाँ देखना चाहता हूँ, इस स्निग्ध चाँदनी में, तुम्हारे गात से फिसलती हुई।"

उर्सुला ने गर्म साँस छोड़ा। कहा, "तुम्हारे भाई-बन्धु हमारी भी फोटू उतारकर सार्वजनिक न कर दें, जैसा कि पाकुड़वाली का किया था।"

"राम कहो। मैं मना कर देता हूँ। आज की रात कोई टावर पर चढ़ेगा ही नहीं।

"उसकी जरूरत नहीं है। रात में उनकी दूरबीन से उतनी दूर कुछ दिखायी ही नहीं देगा।" उर्सुला ने सहमति की नजरों से उसकी ओर देखा।

चार घड़ी रात चढ़े वे बाहर निकले। अभी चाँदनी चार घड़ी और रहनेवाली थी। घड़ी भर तो गन्तव्य तक पहुँचने में ही बीत जायेगी। चलो तीन घड़ी तो मिलेगी उर्सुला का तन देखने के लिए।

नदी के किनारे पहुँचते ही उर्सुला को याद आया कि यहीं मुर्गा चढ़ाया गया था जब वह ब्याहकर लायी जा रही थी। विदाई में जाती औरत के रास्ते में यदि चौराहा, चौड़ी सड़क या नदी आये, जिसे पार कर जाना परिहार्य हो तो बकरे या मुर्गे की बलि दी जाती है। नदी के तो दोनों तरफ दी जाती है पार करने से पहले और पार करने के बाद। उसने सिर उठाकर देखा। उस पार की बलिवाली जगह साफ दिखायी दे रही थी।

नितिन अपने विचारों में खोया था। रात में नदी सोती है। उसमें पाँव नहीं डाला जाता। वह जग जायेगी। हालाँकि अब जमाना बदल गया है। अब रातभर नदी में आवाजाही होती है, नावें और स्टीमर चला करते हैं। पर रूपनारायण की बात दूसरी

है। इसमें तो कोई तरणी रात में चलती नहीं। दिन में भी कितनी चलती हैं? फिर भी वह ऐसी जगह तजबीज रहा था जहाँ नदी टूटी हो। उथले स्थलों पर पाँव रख वे पार हो जायँ। ऐसी जगह दिखते ही उसने उर्सुला की कमर में हाथ डाला। उर्सुला का ध्यान भंग हुआ तो वह उससे लिपट गयी। इस तरह से लिपटने के लिए वह जाने कबसे आतुर थी! विवाह के पाँच दिन बाद सुहाग की रात आयी थी। तभी नितिन ने प्रस्ताव रखा था कि उस मैदान में चलो। हम पहली बार वहीं मिलेंगे। उर्सुला ने इन्कार कर दिया था, ''भला कहीं इस तरह खुले में सुहाग दिया जाता है?''

''तो कहाँ दिया जाता है?''

''सजे-सजाये अपने घर में।''

बात आयी-गयी हो गयी। पर दोनों के मन में यह भाव भरा तो था ही। और आज वह पूरा होने जा रहा था।

शिथिल तन लिये प्रसन्न मन से निरभ्र आकाश घूरते और उनमें सितारों की जोड़ बिठाते वे कब गहरी नींद में सो गये, पता ही नहीं चला। जब नींद खुली तो पूरा कैम्प जल चुका था। बस धुआँ उठ रहा था, जो भिनसार के अँधेरे में स्पष्ट नहीं दिख रहा था। तो भी वे जाग कर कैम्प पहुँचे। सब-कुछ राख होता देख नितिन ने उनके बीच से अपना बेतार का यन्त्र उठाया। बैटरी गरम होकर भड़क गयी थी। उसने उर्सुला से कहा, ''तुम जाऊगाँव चली जाओ। मैं भागकर दूसरे कैम्प से हेडक्वार्ट्र्स को सूचना देता हूँ। वह भी तो कोई चार कोस की दूरी पर है।''

उन लपटों को लक्ष्मी देख रही थी, ठीक आयु-वर के नीचे खड़ी होकर, अपनी दुकान के सामने से। सोच रही थी कि ऐसे ही धू-धू कर वह भी जली थी, जब उसका सी.डी. 'वाइरल' हुआ था। साफ जाहिर था कि वह शीलवन्ती नहीं रही। उसे सबने देखा था। पर परम्परा तो पीटी ही जानी थी। उस रात पवित्र सीजू पेड़ के नीचे पूरा परिवार एकत्र हुआ था। एक दिन पहले शाम को उसके नीचे एक मुट्ठी अक्षत गाड़ दी गयी थी। सुबह खोदकर निकाल ली गयी थी। उसे ही खाने के लिए लक्ष्मी को दिया गया। मारे अमर्ष और लज्जा के वह चबा नहीं पायी। जाने कहाँ से दुनिया भर का लार उसके गालों में भर आया था कि वह जब दाँत चलाती तो वे लार में ही फँस जाते, चावल के दानों तक पहुँचते ही नहीं। वह भरभराकर लेट गयी और पेट के बल होकर रोने लगी। गिड़गिड़ाकर कहा कि जब फोटू का सबूत सबके सामने है, तो उसे और फजीहत करने की क्या जरूरत है?

''यह तय करने के लिए कि सब तेरी मर्जी से हुआ है, कि जबरदस्ती? अगर चावल चबा जाती तो जबरदस्ती माना जाता।''

''फोटू में कहीं जबरदस्ती दीखती है?''

"नहीं।"

"तब पूरे समाज के सामने मुझे इस तरह से नंगा क्यों किया जा रहा है?"

उसकी सिसकी, सुबकी और चीख सुनकर चौधरी भागा-भागा आया और घरवालों को धमकाया, "बन्द करो यह नाटक। सोचो कि इसका बदला कैसे लिया जा सकता है?"

बरसठ ने कहा, "बदला क्या लोगे खाक? यह सब तो इसकी सहमति से हुआ है।"

पोचई ने कहा, "इसे तो जिन्दा ही गाड़ देना चाहिए। इसे कोई कछारी भतार नहीं मिला?"

चौधरी ने कहा, "यदि वह कछारी होता तो उससे दूना वधू शुल्क लेकर विवाह कर दिया जाता।"

लक्ष्मी ने कहा, "वह विवाह करना चाहता है। उससे मेरा विवाह कर दो।"

पोचई दहाड़ उठा, "उस विधर्मी से? मन तो करता है कि इसका गला काट दूँ।"

"विधर्मी है तो क्या वह आदमी नहीं है? क्या उससे बच्चे पैदा नहीं होंगे? क्या वह कमायी नहीं करेगा?"

लक्ष्मी की बात पर किसी ने ध्यान नहीं दिया। विरंची ने कहा, "असली दोषी बरकत है। उसे खोजना चाहिए। मिले तो उसका सिर धड़ से उड़ा देना चाहिए।"

"तुम तो ऐसा कहोगे ही," चौधरी ने कहा।

बातों-बातों में मामला गर्म होता चला गया। तब पोचई ने कहा, "सारा दोष तो मेरी बेटी का है। यदि वह सहमति न देती तो उसका क्या मजाल?"

"इसी से तो कहता हूँ कि इसे गाँव से बाहर खदेड़ दो," कोई पुराना दिलजला आशिक बोला, जिसे लक्ष्मी ने कभी पास आने का मौका नहीं दिया था, लाख प्रयत्न करने के बावजूद।

लक्ष्मी का घर लोग गाँव के बाहर क्या बनाते और क्या खाकर ये दिलजले आशिक उसका फायदा उठाकर उसे रण्डी बनाते, वह स्वयं घर छोड़कर जाने को तैयार थी। वह गयी भी, पर बरकत को खोज नहीं पायी।

मुस्लिमों के लिए यह हमला इतना अचानक नहीं था। बरकत के नोच-नोच मारे जाने की खबर जब पाकुड़ पहुँची तो लक्ष्मी बैठे-बैठे ही अचेत हो गयी। चेत में आयी तो गाँववालों को ललकारा कि यह कैम्प गाँव की बहू-बेटियों की इज्जत के साथ खिलवाड़ करने के लिए स्थापित किया गया है। वे रात-दिन उनपर पहरा रखते हैं। वे बाहर-भीतर निकलती हैं, नहाती-धोती हैं तो उनको दूरबीन से देखते हैं, उनका फोटू उतारते हैं। उनको यहाँ से भगाना चाहिए, नहीं तो किसी घर की इज्जत नहीं बचेगी।

गाँव के लोगों ने उसकी बात को गम्भीरता से नहीं लिया यही सोचा कि चूँकि इसकी इज्जत नंगी हुई है, इसका प्रेमी मारा गया है, तो ऐसा बोल रही है। फिर मारनेवाला तो

गाँव का ही लड़का है। बड़ है। बहिरागतों के जमीन के कब्जे के विरुद्ध खड़ा होता है। उसके पक्ष में खड़ा होता है। ये बहिरागत हमारा धन और धर्म दोनों लूटते जा रहे हैं।

वह घायल शेरनी की तरह इस गाँव से उस गाँव तक मँडराती रही। लोग उसे निर्लज्ज कहते रहे। एक दिन वह मियाँपाड़ावालों के कैम्प में पहुँच गयी। वहाँ भी उसकी सुननेवाला कोई नहीं था। लोग अपनी ही समस्याओं से बेकल थे, वे उस कैम्प की गिरफ्तार जिन्दगी से मुक्ति और दो समय कायदे के भोजन की जुगत में लगे रहते थे। ऊपर से पैट्रिक टामस बोस के अत्याचार से बचने के लिए जो उपाय करते थे, वह तो करते ही थे, रोज खुदा से प्रार्थना करते थे कि इसका अन्त किसी तरह से जल्दी करे, चाहे उसके लिए समय से पहले ही कयामत का दिन क्यों न लाना पड़े।

उसकी बात सुनने के लिए बस वहाँ सिर्फ एक आदमी मिला, मतीन। उससे लक्ष्मी की मुलाकात हुई तो वह फौरन उसे अपनी मिलिशिया में शामिल करने के लिए तैयार हो गया। पर यह काम इतना आसान नहीं था। जैनुल ने कहा, ''यह हिन्दू है। शायद हमारा भेद जानने के लिए पाकुड़वालों ने इसे यहाँ भेजा हो।''...

उसकी बात पूरी हो, उसके पहले ही मैमुल ने कहा, ''यह भी हो सकता है कि कामतापुर लिबरेशन आर्मीवालों ने पठाया हो। पाकुड़वालों में क्या खाकर उतना दम...।''

उसकी बात काटकर आबेदीन ने कहा, ''पर हमला उन्होंने ने ही किया था...।''

जब लोग थोड़ा ठण्डे हुए तो मतीन ने कहा, ''मुसलमान से शारीरिक सम्बन्ध बनाकर आधा मुसलमान यह पहले ही हो चुकी है। आधे के लिए हम कलमा पढ़वा लेते हैं।''

उसकी बात सुनकर लोगों में लम्बे समय तक खामोशी बनी रही। तब आबेदीन ने कहा, ''नहीं, उसका हिन्दी रहना ही ठीक है।'' बात उसने इस तरह से कही कि जैसे कहने से पहले बड़ा गम्भीर चिन्तन किया हो।

मैमुल ने पूछा, ''क्यों?''

''जाहिर है कि जब वारदात में हम पर इल्जाम लगेगा कि यह काम मुसलमानों ने किया है, तो हम उसे आगे कर देंगे। कहेंगे कि यह काम हिन्दू-मुसलमानों ने मिलकर किया है। जाहिर है कि मुसलमान नहीं, असम की पूरी जनता नाराज है।''

मतीन ने मुस्कराकर कहा, ''बात तो बड़े पते की करते हो, यार।''

मैमुल ने कहा, ''बिलकुल नहीं। एकदम गँवार है।''

मतीन ने पूछा, ''क्यों?''

''कभी सोचा है कि कैम्प में जब लड़की रहेगी, वह भी एकदम टपटपा, तब कैम्प का क्या होगा?''

''क्या होगा?''

''अरे वाह! एक-एक मर्द उसके पीछे आयेगा। उससे आपस में खींचतान होगी, वह मार मचेगी तब?''

मतीन कुछ देर तक सोचता रहा। फिर हँसकर बोला, "उससे बचने के लिए तुम्हें अकेले दे दें?"

"हँसकर मत बोलो भाई। गम्भीर बात पर गम्भीरता से विचार करो।"

"मैं गम्भीरता से ही कह रहा हूँ। वह तुम्हारे साथ ही रहेगी। मैं निकाह पढ़वा दूँगा।"

"क्या गारण्टी कि तब भी दूसरे पीछे नहीं पड़ेंगे," जैनुल ने कहा।

मतीन ने कहा, "उसके लिए एस.एल.आर. रहेगा।"

कुछ देर तक चुप्पी छायी रही। उसे तोड़ते हुए मैमुल ने कहा, "किसी एक की बनकर रहेगी तो बच्चे जनेगी। इस जंगल से उस जंगल भागती जिन्दगी में उसकी परवरिश कैसे होगी?"

जैनुल ने कहा, "यह बात गम्भीर है।"

थोड़ी देर फिर सन्नाटा छाया रहा। तब आबेदीन ने कहा, "क्रान्तिकारियों का इतिहास पढ़ा है? चन्द्रशेखर आजाद इसीलिए दल में स्त्रियों के शामिल होने के विरुद्ध थे।"

"फिर भी दल में स्त्रियाँ थीं और मर्दों से कम काम नहीं किया।"

"तो भी कन्धा-से-कन्धा मिलाकर बन्दूक लेकर नहीं लड़ीं।"

"उनको मौका नहीं दिया गया।... बहरहाल यही तय होता है कि लक्ष्मी दल में रहेगी। उसकी भूमिका बाद में निर्धारित की जायेगी।"

भूमिका यही तय हुई कि वह कैम्प के बारे में अधिक-से-अधिक जानकारी जुटायेगी। उसके लिए यह सुविधाजनक है भी। उसके पिता पोचई की दुकान कैम्प के ठीक सामने नदी के इस पार है। वहाँ से पूरी तरह से कैम्प पर नजर रखा जा सकता है। कैम्प के लोग गाहे-ब-गाहे वहाँ मनफेर के लिए आते रहते हैं। उनसे बातें कर पूरी प्लानिंग और मूवमेण्ट आसानी से जाना जा सकता है।

लक्ष्मी ने इस काम को बखूबी अंजाम दिया है। आखिर ये हमारी रक्षा के लिए हैं कि हमारे विनाश के लिए? विनाश के लिए हों तो फल भुगतो? उनको जलता-मरता देखकर कलेजे को कितनी ठण्ड मिल रही है।

सरकार हैरान थी। अभी तक हमला एक समुदाय का दूसरे समुदाय पर होता था। सरकार चूँकि दोनों का प्रतिनिधित्व करती थी, इसलिए मान लेती थी एक अंग ने दूसरे अंग पर हमला किया है। यह आपसदारी की बात है। बहुत परेशानी की बात नहीं है। हमलों के बावजूद शरीर के अंग उसी शरीर के होते हैं और शरीर चलता रहता है। अबकी हमला सीधे सरकार की एजेन्सी पर हुआ है। यानी हमला बाहरी है और ऐसा है कि इससे समूचा शरीर ही नष्ट हो सकता है – उसकी सत्ता चली गयी तो शरीर रह कहाँ गया! इसलिए इसका मुकाबिला करना जरूरी है। पर यह हमला करनेवाले लोग हैं कौन? सरकार को पता नहीं था। वह पता लगाने में जुट गयी थी। पर जन के एक-एक आदमी

को पता था। और सरकार उसी जन की प्रतिनिधि थी। तब यह विडम्बना ही थी कि सरकार को पता नहीं था। इसकी सफाई में राजनीति विज्ञानी कहते थे कि प्रतिनिधियों के सरकार बन जाने के बाद उनका व्यक्तित्व अलग हो जाता था। और वह अलगाव इतना ज्यादे हो जाय कि वह जन की रह ही न जाय, तार्किक रूप से बिलकुल सम्भव था। और अब सरकार वही थी। जन को कुछ पता लगाने की जरूरत नहीं थी, क्योंकि वह भोक्ता था। सरकार भोक्ता नहीं थी, इसलिए उसे पता लगाने की जरूरत थी। उसके लिए उसने पूरी शक्ति झोंक दी थी।

मतीन हँसा। और इस अकर्मण्यता का पूरा लाभ उठाया। उसकी सफलता से बहिरागत युवाओं में उत्साह भर गया था। वे काफी संख्या में उसकी 'मुस्लिम मिलिशिया' में शामिल होने लगे थे। पैट्रिक टॉमस बोस जैसे अत्याचारी उनको रोकने में नाकाम थे। इसका वास्तविक लाभ उठाया मियाँ नमाजी ने। चाँद खाँ से कहा, "बेमतलब जंगलों में छुपकर इन युवाओं को हथियार चलाने का प्रशिक्षण दे रहे हो। उनका सार्थक प्रयोग करते हुए हमारी कब्जायी जो जमीनें जब्त हो गयी हैं, उन्हें छुड़ाकर खेती-बारी कराओ।"

खबर फैलते देर न लगी। कछारी युवक भी गाँव-गाँव संगठित होने लगे। तब विरंची कुमार परिदृश्य पर उदित हुआ।

साफ जाहिर था कि बरकतुल्लाह की हत्या का इल्जाम उस पर मढ़ा जायेगा। वह न तो कहीं से गलत था, न ही गवाहों की कमी थी। उससे बचने का एक ही रास्ता था कि भाग चला जाय। कहाँ – यह स्पष्ट नहीं था। पर स्पष्टता प्राप्त करने के लिए भागना रोका नहीं जा सकता था। वह नाक की सीध में भाग रहा था कि रूपनारायण और गोरियानाला के संगम से पहले के भरकों में से निकल कर आता उसे एक आदमी दिखा।

उसे भागते हुए दो दिन हो गये थे। अब दोपहर का नभ था और सूरज पूरी ताकत से बर्छियाँ फेंक रहा था। उसके ताप में कमी घण्टों बाद आनेवाली थी। उससे बचने के लिए किसी कटान में ही शरण ली जा सकती थी। उधर बढ़ते हुए उस बियावान में एक और आदमी को देखकर एक ओर वह आश्वस्त हुआ तो दूसरी ओर उसी क्षण आशंका हुई कि कहीं गोइन्दा न घूम रहा हो। संयोग से विरंची लम्बोदर साइकिया को पहचानता था। न केवल विनायक वसुमतारी के धरना प्रदर्शनों में उसे कई बार देख चुका था, मिट्ठनगुड़ी की घटना में गिरफ्तार साथ ही हुआ था। लम्बोदर विरंची को नाम पते से तो नहीं पहचानता था, पर चेहरे से बढ़कर भी कोई पहचान होती है, तो उसे लेकर भी वह पहचानता था। उसे मंगलदोई जेल की घटनाओं का पता अखबारों से चल चुका था और वह वास्तविक स्थिति जानने के लिए मंगलदोई जा रहा था। सी.डी. काण्ड की पूरी घटना ही उसके नाम पर हुई थी और वह सामने खड़ा था। भला इससे उत्तम आदमी कहाँ मिलता सही बात जानने के लिए?

पूरी बात सुनने के बाद लम्बोदर ने जोर देकर कहा, 'तुम्हें मिंज के कैम्प में जाकर रहना चाहिए।''

विरंची ने कहा, ''तुम्हारा संगठन भूमिगत है। वहाँ मेरे जैसे अनागत को रहने देंगे?''

''कैम्प में शामिल होने से पहले सभी अनागत ही होते हैं।''

''पर एक बात बताओ। वहाँ सभी मेरी ही तरह के भगोड़े हैं कि कुछ और किस्म के लोग हैं?''

''भगोड़े तो तुम अपने किस्म के अकेले रहोगे। बाकी लोग तो समझ-बूझकर शामिल हुए हैं। भगोड़े तो वे कोई वारदात करने के बाद होंगे।''

''चलो मैं पहले ही वारदात करके आ गया।''

''इसीलिए शान्त रहना है। अन्यथा तुम्हारे पीछे-पीछे पुलिस फौज आ जायेगी।''

अब पुलिस और फौज से बचने के लिए विरंची जरूर जा रहा था, पर इसका मतलब यह नहीं था कि वह कोई मनचाही हरकत ही न करे। जब खबर पहुँची कि जाऊगाँव की जब्त की गयी जमीनों पर मियाँपाड़ावालों ने फिर से दखलकर लिया है और वसुन्धर तथा रूपनबारी जैसे लोग इस दुआर से उस दुआर तक दौड़ रहे हैं एवं उनकी बात कोई नहीं सुन रहा है, तो उसने कैम्प के लोगों को ललकारा कि हम यहाँ छिपकर सिर्फ हथियार चलाना ही सीखते रहेंगे, कि खुलकर इनका इस्तेमाल भी करेंगे। यदि कभी इस्तेमाल भी करेंगे तो भला इससे अच्छा मौका कब मिलेगा? तुरन्त कैम्प में दो फाड़ हो गया। मिंज का कहना था कि हम क्रान्ति करने के लिए तैयारी कर रहे हैं और क्रान्तियाँ इस तरह की मार-पीट से नहीं होती।'' चारु मजूमदार, कानू सान्याल और जंगल सन्थाल के उदाहरण हमारे सामने हैं। उसकी परिणति व्यक्ति-विशेष की हत्याओं में हुई थी। उससे कैडर का मनोबल चाहे जितना बढ़ा हो, पब्लिक में बदनामी हुई थी। जनाधार घटता गया था। अगर हमने भी कुछ ऐसा किया तो लोग हमारा विश्वास करना छोड़ देंगे।''

लम्बोदर साइकिया ने कहा, ''अजीब बात है। यदि वह व्यक्ति विशेष वर्ग शत्रु को मारने का है उसे आज मारने या कल मारने में क्या फर्क पड़ता है?''

''पड़ता है। क्रान्ति में जोर सामूहिकता पर होता है।''

''अब ऐसा नहीं होगा कि पूरे देश के शत्रुओं को हम इकट्ठे ही एक दिन मार देंगे। एक-न-एक दिन एक-न-एक जगह से आरम्भ तो करना ही पड़ेगा।''

''तब क्या हम इतना तैयार हैं कि एक दिन और एक जगह से अपना काम आरम्भ कर देंगे तो पूरे देश में ऐसी उथल-पुथल मच जायेगी कि क्रान्ति हो जायेगी? हमने वैसी अन्तः संरचना बना ली है? लोग तैयार कर लिये हैं, संसाधन जुटा लिये हैं?''...

विरंची ने बात काटकर कहा, ''वैसे तो पूरा जीवन ही बीत जायेगा और कुछ हो नहीं पायेगा।''

"जरूरी नहीं है कि कोई अच्छा काम एक ही पीढ़ी में हो जाय। कभी-कभी क्रान्तियाँ करने में पीढ़ियाँ लग जाती हैं।"

"तो आप कई पीढ़ियों तक हाथ धरे बैठे रहिये भारतीय कम्युनिस्टों की तरह।"

"क्या मतलब?"

इसका जवाब दिया लम्बोदर साइकिया ने, "उनकी पार्टी बनी 1922 में। टुकड़े-टुकड़े में ही सही। 58 वर्ष बीत गया। तीन पीढ़ियाँ निकल गयीं। क्या कर लिया? उल्टे जिन तबकों के लोग उनके समर्थक थे, धीरे-धीरे दूर होते चले गये। अधिकांश तो विरोधी ही बन गये।"

"और उनसे फूटकर जिन्होंने इण्डिविजुअल मिलिंग की, उन्होंने क्या कर लिया? इतने लोग पूरे देश में मारे, क्या उससे क्रान्ति हो गयी? सत्ता उनके हाथ में आ गयी? जन कल्याण कर दिया?" मिंज ने गुस्से में कहा।

विरंची से रहा न गया। बोला, "हे भाई। हम... हम न तो कम्युनिस्ट बनने यहाँ आये हैं और न उन पर बहस करने। हम बहिरागतों से जूझने आये हैं और उसका मौका दिख रहा है। हमें कुछ करना चाहिए।"

मिंज ने कड़ी आवाज में कहा, "कान खोलकर सुन लो। जो क्रान्तियाँ चटपट की जाती हैं, वे स्थायी नहीं होतीं। फ्रान्स की क्रान्ति का यही हुआ। अलीवर क्राम्बेल की क्रान्ति का वही हुआ था। रूस की क्रान्ति का भी वही होगा। थोड़ा लम्बा खिंच रहा है तो इसलिए कि उसके होने में दल की स्थापना के समय से काफी समय लगा था...।"

"छोड़िये भी। हम वैसी कोई क्रान्ति करने नहीं जा रहे हैं। हम तो बड़-कछारी लोगों के तात्कालिक हित साधन के लिए यहाँ आये हैं। जिन्दा नस्लें बहुत दिन तक इन्तजार नहीं करतीं।"

"और उसका साधन क्या है? साध्य क्या है? स्वतन्त्र बोडोलैण्ड। हमारा इरादा क्या है? सरकार से वह बोडोलैण्ड लेना। हमारा असली शत्रु सरकार है। हमें उसी से टक्कर लेना है।"

"और बहिरागत उस सरकार तक पहुँचने का अच्छा साधन हैं," लम्बोदर ने कहा। "सीधे मुख्यमन्त्री या उनकी पूरी कैबिनेट को गोली मार दीजियेगा तो बोडोलैण्ड नहीं मिल जायेगा। उनकी जगह कोई और आ जायेगा...।"

"वही तो कह रहा हूँ," मिंज ने कहा। ""पहले लोगों को पूरी तरह से जगाकर अपनी ओर आकर्षित करना है।"

"वह जंगल के इस कैम्प में बैठे-बैठे नहीं होगा।"

"हे भाई, मेरी भी सुनो," विरंची ने इस बहस से अफनियाकर कहा। पर उसकी कोई सुनना नहीं चाह रहा था। कैडर में वह सबसे जूनियर था, भले बड़े साहस का काम करके आया हो और अपने समुदाय के लोगों में अच्छी पैठ रखता हो।

विरंची इससे हतोत्साहित नहीं हुआ। बहुत सोच-विचारकर तय किया कि जिनकी जमीनें गयी हैं, उनसे सीधे सम्पर्क किया जाय। वे ही लड़ने के लिए तैयार होंगे। कम-से-कम साथ देंगे।

वह पूस का महीना था और शाम के चार बजे थे। कुहरे की एक धुन्ध दूर की चीजों को दृष्टि ओझल किये थी। पास की चीजें भी स्पष्ट दिख जायँ, इसकी कोई गारण्टी नहीं थी। एक एकरस गहरी स्थिरता आवरित थी, जिसे एक छोटी-सी रगड़ एक हल्की-सी आवाज, हवा का मद्धिम-सा झोंका उसमें दरार तो डाल सकती थी, पर पूरी अस्पष्टता के साथ। वह एक स्वचालित स्थिति थी, जिसमें वसुन्धर, एक निराश हाजो, आशा की तलाश में निःशब्द आगे बढ़ रहा था। उसे लग रहा था कि उसकी जमीन पर कितनी बड़ी-बड़ी राजनीति हुई, खून-खराबा हुआ, बहिरागत विस्थापित हुए, आतंकी भूमिगत संगठन बने, सरकारें हिल गयीं, बस खेत नहीं मिला। बरस-पर-बरस बीतते जा रहे हैं, एक दिन इस जीवन का अन्त भी हो जायेगा, पर क्या खेत मिल जायेगा? क्या डकैती में गया माल कभी वापस मिलता है? सुना है थाने या कचहरी के अमानत घर में जमा रहता है। ताजिन्दगी मुकदमा चलता है। संशय बना रहता है कि कभी फैसला होगा भी। और यदि हुआ भी तो क्या गारण्टी कि वह हमारे पक्ष में होगा? हो भी गया तो माल लेने थाने या कचहरी जाओ तो पता चलता है अमानत में खयानत हो गयी है। वह माल रहा ही नहीं। हारे हुए जुआरी की तरह हाथ झाड़कर लौट आओ। बड़ी गलती की। मियाँ लोगों के चपोल्ले में नहीं आना था। जिस दिन नमाज की दरी हमारे खेत में बिछी थी, उसी दिन मरना-मारना कर लेना था। मामला आर-पार हो जाता। ये कोर्ट-कचहरी, थाना-पुलिस, नेता-सरकार मामले को खींचने के लिए हैं, अड़ँगा डालने के लिए हैं। वही जमाना अच्छा था, जब राजा होता था। न्याय तुरन्त होता था—गलत या सही। गलत भी हो तो किसी के पक्ष में तो जाता ही था। जो हार जाता था वह झूठी आशा के पीछे मरीचिका के मृग की तरह बिलल्ला दौड़ता तो नहीं था। हार मानकर एक नयी शुरुआत करता था। इस व्यवस्था में तो इसकी गुंजाइश ही नहीं है। बस भागते रहो, भागते रहो, भागते रहो, और कब समाप्त हो जाओ तिल-तिल घिसकर पता ही नहीं चले।

...तो क्या विरंची कोई उम्मीद बँधा रहा है। क्या उस उम्मीद के साथ मैं चल सकूँगा? लाठी से एक साँप भी नहीं मारा है, क्या आदमी मार पाऊँगा? यह पचपन साल की उम्र, ढल गयी जवानी, अनायास आ घेरती थकान, आँखों से कम दिखना, अनाहूत प्यास... और यह उम्मीद।

वसुन्धर ने साफ कहा, “मुझसे लाठी नहीं चलेगी।”

"लाठी चलाने का माहौल तो बना सकेंगे," विरंची ने पूछा।

वसुन्धर का जवाब साफ 'हाँ' था बिना यह साफ-साफ जाने कि लाठी चलाने। चलवाने का माहौल क्या होता है और उसे कैसे बनाया जाता है। यदि स्पष्ट हो जाय कि वह क्या है तो उसको बनाने का माध्यम भी स्पष्ट हो जायेगा? वैसे तो यह स्पष्टता ऐसे किसी भी आदमी के मन में नहीं थी, पर सभी ने मान लिया था कि वे गाँव-गाँव जायेंगे और लोगों से स्पष्ट कहेंगे कि हमे अपनी जमीन हर हालत में, हर कीमत पर इसी काया में लेनी है। जिनसे कहा, उन्होंने स्पष्ट कहा, "उसके लिए जान नहीं दिया जा सकता।"

"भला क्यों?"

"आपने ही कहा, इसी काया में।"

"यदि मैं अपने शब्द वापस लूँ?"

"कोई फर्क नहीं पड़ता।"

"क्यों?"

"आप ही ने सुझाया और आप ही रास्ता बन्द कर देंगे?"

तब उनसे कहनेवालों ने कहा, "आप की सम्पत्ति लेने के लिए दूसरा जान देने को तैयार है, जिसका वह नहीं है। आपका है। उसे बचाने के लिए आप जान नहीं दे सकते?"

बजाय कुछ कहने के वसुन्धर उनसे अलग होकर सोचता रहा कि आखिर यह कायरता हम बड़-कछारियों में कहाँ से आ गयी है। अभी डेढ़-दो सौ वर्ष पहले ही तो हम मरने-मारने के लिए निरन्तर तैयार रहते थे और ऐसा करते हुए भागते रहते थे। शायद यह स्थिर होकर मात्र खेतिहर और मछली पकड़नेवाले लोग बनकर रह जाने के कारण हुआ है। हल चलाना और मछली पकड़ना कोई बहादुरी का काम तो है नहीं। बहादुरी का काम शिकार खेलना होता है। वह कई पीढ़ियों से बन्द है। जंगली जानवरों को मारने पर रोक लगाकर सरकार ने हमें कायर बना दिया है। हमारी कायरता को गाँधी बाबा समझते थे इसलिए सविनय अवज्ञा को लेकर चले थे। चल तो हम भी रहे हैं, पर उसका कोई प्रभाव नहीं पड़ता। गाँधी जी जिसके सामने करते थे, वे विदेशी लोग थे, फिर भी उनमें इतनी नैतिकता शेष थी कि वे विरोधी के बात को भी महत्त्व दें। ये देशी लोग हैं। इन्हें दुखियारों के प्रति कोई दया-माया नहीं है। ये नागा-मिजों लोगों के आन्दोलन की भाषा समझते हैं। उनके आन्दोलन का प्रभाव पड़ता है। सरकार उन्हें बर्बर कहती है, पर उनकी बात मानती है। हम उनकी तुलना में सभ्य हैं, इसलिए हमारी बात नहीं मानती। सोचती है कि हम तो उन्हीं के जैसे हैं, उनका क्या बिगाड़ लेंगे। इनकी बात भला क्या मानना। हमारे बीच ब्राह्मण लोग और भी सभ्य है। उन्हें कोई नहीं पूछता। उल्टे लोग गाली देने लगे हैं। ब्राह्मणवाद आज गाली का शब्द बन गया है। वे चुप रहते हैं। चुप तो हम भी रह जाते हैं। कब तक? चलो अब यही सही।

वसुन्धर से उत्तर न पाकर विरंची थोड़ा दुःखी हुआ। कहा, ''डांगोरिया आपने कुछ कहा नहीं।''

''अब भला मैं दूसरों से अलग कहाँ हूँ।''

''तो ठीक है। आप लोग अपना-अपना खेत कब्जाने के लिए तैयार हों। जब तैयारी हो जाय तो बताइये। हम एक दिन तय करेंगे और उस दिन पूरे इलाके में एक साथ अपनी जमीन जोत ली जायेगी।''

पूरे इलाके में एक साथ इतने हल एक साथ चलते देख कैम्पों से बाहर रहनेवाले बहिरागतों के होश फाख्ता हो गये। लगा कि प्राण ही निकल जायेगा जब उन्होंने देखा कि सारे हल उन्हीं के खेतों में चल रहे हैं, बिना इस भेद के कि उनमें फसल लगी है कि नहीं। हलवाहों के सिर पर पग्गड़ बँधे हैं, पैना के नाम या हाथ में मोटी लाठी है। पूरा बदन नंगा है बस कमर पर लँगोटी की तरह धोती बँधी है। नौजवान, जिनमें युवतियाँ भी काफी हैं, इन काश्तकारों से थोड़ी दूर, भरसक अदृश्य रहने का प्रयत्न करते, अपने परम्परागत हथियारों से लैस हैं।

बहिरागतों के बीच कुछ नौजवानों ने विरोध करने की हिम्मत की। बड़े-बूढ़ों ने कहा, ''यह सब बिना तैयारी के नहीं हो रहा है। विरोध करोगे तो मारे जाओगे। अभी चुप होकर बैठ जाओ। ऐसी ही योजना बनाकर इनका बोआ काटेंगे।''

किसी ने कहा, ''बड़ी हैरत की बात है कि यह इतने गुपचुप ढंग से हुआ कि हवा तक न लगी।''

फिर भी मंगलदोई से लेकर कोक्राझार तक कुछ नौजवान छिटपुट ढंग से निकले। अपने नौजवानों के क्रियाशील होने से पहले ही हल चलानेवालों ने हल चलाना छोड़कर बहिरागतों पर पिल पड़े। खूब लाठियाँ चलीं। धुनाई दोनों ओर हुई।

खबर फैली तो लम्बोदर साइकिया की बाँछें, खिल उठीं। विरंची जैसा सहयोगी पाकर वह जैसे कृतार्थ हो गया। मिंज से कहा, ''समय की नब्ज पर पकड़ आपकी नहीं मेरी है।''

उसी खबर को पाकर सरकार और अवसादग्रस्त हो गयी। उसे लगा कि कैम्प पर हमलाकर इसका पूर्वाभास किया गया था। हमारी ताकत टटोली गयी थी। उस ताकत को अब दूसरी तरह से ध्वस्त किया जा रहा है। वह चेंचियाती हुई दिल्ली भागी। सहायता माँगी। केन्द्रीय गृहमन्त्री ने कहा, ''सोच लीजिये।''

''सोच लिया है'', राज्य सरकार के गृहमन्त्री ने कहा।

''इण्टेलिजेन्स आप देंगे। कार्यवाही हम करेंगे।''

''ठीक है।''

"जो होगा उसकी जिम्मेदारी आप की होगी। हमें नहीं घसीटेंगे।"

"ठीक है।"

23

विनायक वसुमतारी अवाक् था, इसलिए कि यह सब-कुछ बिना उसकी जानकारी की हुई थी। पूछना कौन कहे किसी ने खबर तक नहीं की। इतनी गुप्तता कि कानों-कान खबर नहीं। पर एक बात है—ये दबे-कुचले, शताब्दियों से सताये, एकरस बँधी-बँधायी जिन्दगी जीनेवालों में इतना पुरुषार्थ भरा जा सकता है, वह भी यहीं के लोगों द्वारा लम्बोदर साइकिया और विरंची कुमार द्वारा, कि वे मरने-मारने पर उतारू हो जायें और अपनी जमीन वापस ले लें। ऐसा इसीलिए हुआ है कि उनका उद्‌देश्य स्पष्ट था, दुश्मन की सही जानकारी थी और निजी स्वार्थ कार्यकारी शक्ति की तरह काम कर रहा था। यदि यही सब बड़ी राजनीति के लिए स्पष्ट कर दिया जाय तो यही उपेक्षित-वंचित लोग प्रान्त की राजनीति ही नहीं, इलाके का भौतिक चेहरा ही बदल दें। उसने दिवांग राभा और पूरनचन्द्र ब्रह्म को बुलाया। पूछा कि इस घटना का राजनैतिक उपयोग कैसे किया जा सकता है? बिना उनका उत्तर सुने ही कहा, "इतना तो स्पष्ट है कि बड़-कछारी अब जाग चुका है। उनको नेतृत्व देने के नाम पर हम अब पार्टी संगठित कर सकते हैं। दौरा करिये। प्रतिनिधि जुटाइये। दिन और जगह तय करिये। हम पार्टी की बुनियाद डाल दें।"

पूरन चन्द्र ब्रह्म लोअर असम के दौरे पर चले, दिवांग राभा अपर असम के। पहुँचे वहीं मरियानी। मरियानी में सब-कुछ बदल गया था, इतना कि जयदेव मजूमदार को खोजना कठिन हो गया था। जबसे लाचित सेनावालों ने बागानों पर ताबड़तोड़ हमला किया था, तब से चाय बागान उजड़ ही गये थे। अधिकारियों के मारे जाने से मालिकों का जो मनोबल गिरा था और दीगर अधिकारियों की कार्यकुशलता में जो कमी आयी थी, वह तो थी ही; श्रमिकों और बागान प्रशासन में इतनी दूरी बढ़ गयी थी कि उनकी सुविधाओं के मुताल्लिक ही नहीं, नित्य-प्रति के कार्यकलाप के बारे में भी कोई सार्थक बात और पहल नहीं हो पा रही थी। जयदेव मजूमदार ने मौके का फायदा उठाकर न केवल एक मजबूत मजदूर संगठन बना लिया था, अपुष्ट खबरों से पता चलता था कि वह मरापानी, तीतापानी और भण्डारी की जंगलों में भूमिगत कैम्प चला रहा था, जहाँ इन मजदूरों की नौजवान सन्ततियों को मरने-मारने का प्रशिक्षण दिया जा रहा था। उन्हें बताया जा रहा था कि उनके वर्गशत्रु कौन हैं, उनके कितने रूप हैं, उनकी श्रेणीबद्धता कैसी है, उनमें से कौन उनके 'ऐलाइ' और सहयोगी बन सकते हैं और उन्हें ऐसा बनाने के लिए क्या और कैसा प्रयत्न किया जाना चाहिए तथा वे कौन से अरि हैं, जिन्हें मार ही दिया जाना चाहिए। जब से सामान्य मजदूरों को यह पता चला था वे बड़े अकड़ू और

अक्खड़ बन गये थे। एक तो वे बागान-व्यवस्थापकों की बात सुनते नहीं थे, और यदि सुनते थे तो अपनी शर्तों पर। बागान प्रशासन यह समझ नहीं पा रहा था कि बिना काम किये ही इनका भोजन-पानी कैसे चल रहा है और उसको रोकने के लिए क्या किया जा सकता है। तभी आये दिन हो रहे मजदूर आन्दोलन रोके जा सकते हैं।

मजदूरों के इन आन्दोलनों ने तमाम बागान मालिकों को यह सोचने के लिए मजबूर कर दिया था कि वे अपना उद्योग चलाते रहें कि बन्द कर दें। बन्द कर देने से उनका कोई विशेष घाटा नहीं था। जमीनें इतनी अधिक थीं और कृषि के लिए जिस गति से जमीनों की माँग बढ़ रही थी और तदनुसार उनके मूल्य कि उन्हें बेच कर पूँजी इकट्ठा कर किसी दूसरे उद्योग में लगाया जा सकता था। इसके लिए प्रेरणा उन्हें गुजरात और महाराष्ट्र से मिल रही थी, जहाँ शहर के भीतर की कपड़ा मिलों की जमीन अवास बनाने के लिए बेच कर तमाम सेठ विदेशों में पूँजी निवेश कर रहे थे। मिलें बन्द हो जायँ उसके लिए वे स्वयं ऐसे हथकण्डे अपना रहे थे कि मजदूर आन्दोलन करें और उन्हें मिल बन्द करने का बहाना मिल जाय। यहाँ तो यह काम स्वतः हो रहा था। सरकार को जब उनके इस इरादे का पता चला तो, उसने दो काम एक साथ किया। उसने फौरन बागान मालिकों की एक मीटिंग बुलायी और कहा कि कुछ दिनों के लिए हम आपके उत्पादन पर कर घटा देते हैं। दूसरे इस इलाके को पर्यटन के नक्शे पर लाते हैं। इससे आवागमन का साधन बेहतर होगा, सुरक्षा बलों की उपस्थिति बढ़ेगी, जिससे आतंकियों के आशंकित खतरों में कमी आयेगी। मालिकों के प्रवक्ता लीला सिंह विष्ट थे। उन्होंने दोनों हाथों से अपनी गुलाबी पगड़ी ठीक की, हालाँकि वैसा करने की कोई जरूरत नहीं थी और वास्तव में उन्होंने कुछ ठीक किया भी नहीं था, बस छुआ था (शायद इसी को 'फिनिशिंग टच' कहते हैं!)—छड़ी को उठाकर ठुड्डी से लगाया, जिससे लोगों को सामान्यतः उनके उठने का आभास होता था, पर वे बैठे ही रहे और कहा, "जब उत्पादन होगा ही नहीं, तब भला कर दिया कहाँ से जायेगा? इसलिए कर घटाने की आपके द्वारा की जा रही लालच बेमानी है। दूसरे जब चाय बागान उजड़ ही जायेंगे तो पर्यटकों को दिखाइयेगा क्या? वही कुछ टूटी-फूटी इमारतें, चाहें अंग्रेज की बनवायी हों या अहोम की, भग्न और काई से आच्छादित मन्दिर और सूखे झील-तालाब। उनकी सुरक्षा में जो बल लगेगा, वह उनकी सुरक्षा के लिए होगा कि बागान की? और यह बल इतना बहादुर है कि जब उस पर हमला होता है तो कैम्प-के-कैम्प उजड़ जाते हैं। ये बहादुर या तो मारे जाते हैं या भाग पराते हैं। ये भला हमारी रक्षा क्या खाकर करेंगे?"

मुख्यमन्त्री के पाँव तले की जैसे जमीन खिसक गयी। उन्होंने भी लीला सिंह विष्ट की ही तरह अपनी गाँधी टोपी छुई। उनके हाथ में कोई छड़ी नहीं थी—वे कभी छड़ी का इस्तेमाल करते ही नहीं थे और इससे साफ जाहिर था कि वे कितने बड़े गाँधीवादी थे, जबकि स्वयं गाँधी लाठी लेकर चला करते थे, फिर भी कोई उन्हें हिंसक नहीं कहता

था—अन्यथा शायद वे भी शायद ठुड्डी में छुआते और तब कुछ कहते। चूँकि छड़ी नहीं थी इसलिए उन्होंने कुछ कहा नहीं, सिर्फ सोचा कि जाऊगाँव की तरफवाले कैम्प के तहस-नहस किये जाने पर चूँकि उन्होंने आज तक कोई कार्यवाही नहीं की है, इसलिए ऐसा सन्देश गया है। यानी कार्रवाई करना जरूरी था, इसलिए अब कुछ करेंगे।

लेकिन कामाख्या नारायण त्रिपाठी के पाँवों तले की भुरभुरी कालीन के रोये की जमीन ठोस होकर कुछ जम गयी—ऐसा साफ जाहिर था उनके उदास मुँछों के हिलने से। कहना तो वे कुछ चाह रहे थे पर उसके लिए यह उपयुक्त अवसर नहीं था। इसलिए मुख्यमन्त्री की फजीहत में डालने की जगह उनकी सहायता करते हुए कहा, "कैम्पों पर हुए हमले कैजुएल हैं। इसलिए हैं कि फोर्स पर्याप्त नहीं थी। अब पर्याप्त फोर्स रहेगी। उनकी उपस्थिति मात्र से स्थिति सम्हल जायेगी। कम-से-कम सिविलियन पापुलेशन के लिए तो सुधर ही जायेगी। रही बात मिलिटेण्टों की तो उनसे निपटने के लिए योजना बनेगी।"

कामाख्या नारायण त्रिपाठी ने 'कैम्पों' शब्द का प्रयोग किया था। मुख्यमन्त्री को इससे लगा कि हमला एक से अधिक जगह हुआ है। यानी कुछ बात, यही हमलों की, हमसे छिपायी गयी है। यह कामाख्या उन हमलों को जानता है और हमसे राजनीति करता है। पर कामाख्या नारायण त्रिपाठी के मन में ऐसी कोई बात नहीं थी। या तो ऐसा उन्होंने असावधानी में कहा था, या फिर हो सकता है कि हमला किन्हीं और कैम्पों पर हुआ हो, जिसकी खबर प्रशासन ने शासन तक न पहुँचाया हो या ये चायवाले—जनता लोग—जिन्हें जानते हों, वे झूठा न माने जायँ, इसलिए बहुवचन का प्रयोग किया हो। इससे चौंके तो विश्वास भी थे, पर कहा कुछ और। यही किया "सबसे बड़ी बात यह है कि मजदूरों का विश्वास कैसे जीता जाय।"

"वह तो जयदेव मजूमदार के सक्रिय रहते नहीं हो सकता," कामाख्या बाबू ने फौरन कहा। मुख्यमन्त्री को यह 'इण्बैरेसमेण्ट' में डालनेवाली बात थी। वे जयदेव मजूमदार के बारे में नहीं जानते थे। शायद नाम सुना था और गृहमन्त्री से उसका विवरण-विस्तार इकट्ठा कर 'फाइल पुटअप' करने के लिए कहा था। उन्होंने गृहमन्त्री की ओर देखा। गृहमन्त्री ने कामाख्या बाबू की ओर इस तरह से देखा कि जैसे कह रहे हों कि एक तो इन्हें मीटिंग में बुलाया ही नहीं जाना था और यदि बुला लिये गये हैं तो यह बात नहीं उठानी थी। कहा, "उसका विस्तृत विश्लेषण मैंने आपको 'पुटअप' कर दिया है। अतिव्यस्तता के चलते आप देख नहीं पाये। तो जेण्टिलमेन जयदेव की गतिविधियों पर नजर रखी जा रही है। मौका मिलते ही गिरफ्तार तो कर ही लिया जायेगा, वह जो मजदूरों को भड़का रहा है, या जितना भड़का चुका है, इसको समाप्त किया जायेगा। साफ पता तो चले कि उनकी माँग क्या है? उचित माँगों को मान लेने में सरकार कोई देरी नहीं करेगी। आप भी उनकी बात सुनने के लिए तैयार रहिये।" यह हिस्सा उन्होंने बागान के प्रतिनिधियों को सम्बोधित कर कहा था। उन्हें खुद पता नहीं था कि जयदेव मजूमदार

के समर्थकों की वास्तविक माँगें क्या हैं, वे कितनी सरकार से हैं और कितनी बागान से? पर राजनीति की भाषा ऐसी होती है जैसे नरम रबर की पट्टी। कितना भी फैलाते चले जाओ, कितना ही कुछ उसमें समेट लो। गृहमन्त्री इस भाषा के प्रयोग में पारंगत थे। ऊपर से तुर्रा यह कि वे वास्तविकता–तथ्यजनित वास्तविकता के धुरन्धर विश्लेषक और निवारणकर्त्ता माने जाते थे। वे उसके दार्शनिक ही माने जाते थे और इसलिए कैबिनेट में रखे जाते थे।

गृहमन्त्री की बात से मुख्यमन्त्री को बात रखने का सूत्र मिल गया। उसे हवा में तीर की तरह मारते हुए कहा, "रही बात मजदूरों का विश्वास जीतने की, तो जरूरी नहीं कि परम्परागत मजदूरों से काम लिया जाय। देश के पश्चिमी और दक्षिणी भागों में इतनी बेरोजगारी है कि लोग अपना घर छोड़कर महानगरों की ओर भाग रहे हैं। स्थानीय मजदूरों से कम मजदूरी लेकर काम कर रहे हैं। और झुग्गी झोंपड़ी की अतिनारकीय जीवन मजे से जी ले रहे हैं। उन्हें आसानी से बुलाया जा सकता है। यहाँ मजदूरी भी अधिक है और रहने-खाने की सुविधा भी बेहतर है।"

मणक विश्वास ने कहा, "बागान में काम करना कोई मकान बनाने की लेबरगिरी नहीं है। यह "स्किल्ड" काम है। सीखने में वर्षों लगता है। तब तक यह दयनीय दशा बनी रहेगी?"

लीला सिंह विष्ट का गला खरखराने लगा। यह उनके क्रोध में बोलने का पूर्वाभास है। उसे ऊपर से छड़ी की मूठ से खुजलाते हुए और इस तरह से क्रोध पर नियन्त्रण करते हुए कहा, "क्या गारण्टी कि वे आयेंगे ही? यहाँ तो कानून और व्यवस्था की सीधी समस्या है... सबसे बड़ी बात यह है कि यहाँ जो लोग पहले से ही काम कर रहे हैं, वे क्या इन्हें आसानी से आने देंगे? आ भी गये तो क्या करने देंगे?"

मुख्यमन्त्री अपनी टोपी के भार तले दबे रहे और उस भार से कुर्सी को दबाये रहे, बिना मुँह खोले, तो गृहमन्त्री को भी कुछ कहने का मौका नहीं मिला। मौका मिला कामाख्या नारायण त्रिपाठी को। मूँछों को उचकाते हुए उन्होंने एक बड़ी बात कही, "असम ऐसे भी एथनिक समस्या से जूझ रहा है। बहिरागतों की समस्या से जूझ रहा है। ऐसे में यदि बिहारी, छत्तीसगढ़ी मजदूर बुला लिये गये, तो समस्या जटिल ही नहीं, विकराल हो जायेगी।"

शाम का नम था। आकाश ही नहीं, पूरा वातावरण ही साफ-साफ था। घरों के भीतर देखने के लिए अभी बल्ब जलाने का समय नहीं हुआ था। खिड़की की सलाखों को पार कर आती डूबते सूरज की रोशनी उसके लिए पर्याप्त थी। बिशप फाल के ठीक ऊपर लटका सूरज हमेशा ही उसे एक कटा सिर लगता था, जिससे रक्त की बूँदें टपकती नहीं थी, बस उनके चेहरे पर पुत कर जम गयी लगती थीं। उससे आँख, नाक, कान, गाल,

ठुड्डी यहाँ तक कि पूरा मस्तक, सभी की उठान एक सपाट में दब गयी लगती थी। टँगे होने का ढंग कुछ ऐसा लगता कि वह अब गिरा, तब गिरा, गड़ाप से विशप फाल में गिरा।

उसने इस सोच से ध्यान हटाया और दरवाजे की तरफ देखा। अभी किसी के आने की सुनगुन नहीं थी। उसने पाट की हल्की धोती और मूँगे का भारी कुर्ता पहन रखा था। सिर पर असमिया गमछा पगड़ी की तरह बँधा था, जिसमें एक कलंगी निकल आयी थी। उसका लम्बा शरीर पतला था, पर हड्डियाँ चौड़ी थीं। इसलिए भारी लगता था। उसका नौकर फायर प्लेस की चिमनी को खोदकर झाड़ने के बाद सरियों पर करीने से छोटी-छोटी खूब सूखी लकड़ियाँ साज चुका था। उनके ऊपर उसी करीने से वह कोयला भी साज चुका था। उनके ऊपर डाले गये मिट्टी के तेल की बदबू फैलने लगी थी, पर उससे बेपरवाह वह कागज जलाने के लिए बार-बार माचिस पर तीली रगड़ रहा था। उस रगड़ की आवाज से लगता था कि जलने पर आग कैसी होगी।

चेतिया फूकन ने इस बात से भी ध्यान हटाया और बेंत की कुर्सी पर जाकर बैठ गया। कमरे में बेंत की कुर्सियाँ ही रखी गयी थीं और सभी काले रंग में रँगी गयी थीं। उन पर पड़तीं डूबते सूरज की गाढ़ी गुलाबी किरणें किसी और रंग की लग रही थी, जब स्नेहलता बरुआ की दृष्टि चेतिया फूकन के कुर्ते के इस अंश पर पड़ी, जो गर्दन से सटा था। सिर्फ वहाँ से देखने पर उसका गला समेत पूरा मुण्ड पत्थर का लगता था, जैसे चौराहों पर बड़े आदमियों के मुण्ड एक आधार पर टिकाकर लगाये गये लगते हैं। उसके मन में आया कि चेहरा तब और 'परफेक्ट' लगेगा, जब उसके ओंठो के बीच चुरुट दबी हो। थी तो वह कवयित्री और उसमें भी दक्ष अनुवादिका, पर पता नहीं कैसे उसके मन में यह बात तैर गयी कि एक दिन कठोर काले पत्थर का एक ऐसा ही मुण्ड वह अपने हाथों से छिन्नी-हथौड़ी चलाकर बनायेगी और उसे दिखाकर हर देखनेवाले को चकित कर देगी। वह हल्के फिरोजी रंग की पाट की मेखला और पाट का ही ब्लाउज पहने हुए थी, जिस पर उसी रंग का ही पाट की चादर पड़ी थी। इन हल्के वस्त्रों में उसका भरा शरीर कुछ भारी और बड़ा सुडौल लग रहा था। चेतिया फुकन की दृष्टि मात्र उसके चेहरे पर न पड़कर एक साथ पूरे शरीर पर पड़ी और जहाँ-जहाँ पड़ी, वहाँ-वहाँ स्नेहलता को लगा कि फूल खिल आये हैं। चुन्नट को ऊपर से नीचे की ओर झाड़ते हुए मुस्कान से ही नमस्कार करते हुए वे आगे बढ़ीं और सामने की कुर्सी पर बैठ गयीं। जैसे दूसरे आगन्तुक इसकी प्रतीक्षा में हों, वे एक साथ कमरे में प्रवेश किये और बैठ गये।

कामाख्या नारायण त्रिपाठी की बात की गूँज बहुत दूर तक गयी थी। वे उसी बात पर बातचीत कर कोई फैसला करने के लिए यहाँ जुटे थे। उनको साफ लगा था कि सरकार डर गयी है—कम-से-कम असमंजस में डूब गयी है। उसके सामने दो तरह के खतरे खड़े हो गये हैं। एक तो मिलिटेण्टों द्वारा बलात धन दोहन है, दूसरा मजदूरों का असहयोग ही नहीं, आक्रामक रुख है। यह गुवाहाटी मे हुए प्रदर्शन के दौरान घटी घटना

के कारण बढ़ता गया है। यही सही समय है हमला करने का। इसके लिए कुमुद नारायण शर्मा ने प्रस्ताव रखा, "फौरन गाँव-गाँव, नगर-नगर पोस्टर चिपकवाया जाय कि गैर-असमिया लोग असम छोड़ दें।"

उन्होंने हाथ झटका। हाथ में सुलगाया चुरुट था। उसका धुआँ नीचे की तरफ एक बड़ा-सा अर्द्धवृत्त बनाते हुए एक लहराती रेखा की तरह ऊपर उठा और हवा के रुख के अनुसार आकृति ग्रहण करने लगा। उस आकृति को हाथ की हवा से मिटाती और उस क्रम में छत की सीलिंग की ओर कुछ अधिक स्पष्टता से दखेती हुई स्नेहलता ने कहा, "गैर-असमियाँ हैं कौन?"

प्रश्न एकदम सीधा था। पर जरूरी नहीं कि सीधे प्रश्नों का उत्तर भी सीध हो। इस टेढ़े-मेढ़े उत्तर की तलाश में कई विचारक, दार्शनिक दशकों से लगे हुए थे। होना तो यह चाहिए था कि इसका सर्वसम्मत उत्तर ढूँढ़ लिया गया होता, कम-से-कम गढ़ लिया गया होता—हमारे यहाँ अधिकांश परिभाषाएँ ढूँढ़ी नहीं जातीं, निर्मित की जाती हैं। इससे सुविधा यह रहती है कि तमाम विरोधी तत्त्व एक साथ बेराक-टोक रख लिये जाते हैं। इससे सभी निहित स्वार्थों को सिर्फ यह सुख नहीं मिलता कि उनकी भी बात रख ली गयी है, इस बात की भी गुंजाइश बनी रहती है कि इसके आधार पर मनमानी व्याख्या कर, अर्थ लगा कर अपना हित साधा जा सकता है, बशर्ते उसे साधने की सामर्थ्य आ गयी हो। पर राजन राजखोवा न तो उतने जटिल थे, न ही इतनी जटिलता से बात करते थे। वे अपनी पैण्ट हमेशा बिना प्लेट के सीधी काट की बनवाते थे इस तरह से वह नोक से ढाई इंच पहले जूते पर टिके। जूता वे काला और आक्सफोर्ड स्टाइल का पहनते थे। कमीज उनकी इस तरह से कटती थी कि शरीर से लगभग चिपक कर रहे। सीना उनका उभरा और चौड़ा था, पेट दबा और कमर पतली। वह कमीज देहयष्टि पर चिपक कर फिट बैठती थी। दाढ़ी ठीक से निकली न थी। फिर भी जितने रोयें थे उन्हें सुबह-ही-सुबह रेजर से साफ कर देते थे। बालों में पतला पर खुशबूदार तेल लगाते थे और माँग बीच से निकालकर झाड़ते थे। माँग सफेद चमकती थी और बाल काले। इस विरोधाभास को स्नेहलता बरुआ जब भी गौर करतीं, उन्हें लगता कि उसमें सिन्दूर भर दें। और अपने विचार के अनोखेपन पर हँस देती थीं। राजखोवा उसे जब भी, लक्ष्य करते, उन्हें लगता कि वे किसी गुप्त सहमति की ओर आकर्षित कर रही है। उसी सहमति के प्रभाव में बोले, "अपर असम में अहोम लोग।"

छोटी-सी भारी साँस छोड़कर स्नेहलता ने कहा, "इस तर्क पर लोअर असम में बड़, कछारी, कोंच लोग।"

"तब बराक शैली में क्या बंगाली को कहेंगे," चेतिया फूकन ने जैसे उनके प्रस्तावों का मजाक उड़ाते हुए कहा। उसने सिर पर से गमछा उतारकर कन्धे पर दोनों तरफ लटका कर रख लिया जैसे चादर डाली जाती है। दोनों किनारों पर बने फूल चमकने लगे।

कमरे को गर्मानेवाले फायरप्लेस में कोयला दहक गया था। साथ ही सूखी लकड़ियाँ जलकर राख हो गयी थीं। वह राख भूसी में आग धरा रही थी। धुआँ ऊपर जाने लगा था, इसलिए नौकर उस पंखे से उसे चिमनी की ओर ठेलने का प्रयास कर रहा था। थोड़ा सफल हुआ तो पंखे को एक तरफ रखा और किचन की ओर चला गया।

परेश नाथ शर्मा ने कहा, "वहाँ कछारी भी रहते हैं और उनकी संख्या बंगालियों से कम नहीं है।" परेश नाथ शर्मा का रंग नीला था। आँखों के नीचे की गालों की हड्डियाँ उभरी थीं। जबड़े की हड्डियाँ भी उभरी थीं। इसलिए उसके गाल पोखरी की तरह लगते थे। बाल को पीछे की तरफ बिना माँग काटे खोपड़ी से खूब सटाकर गाहकर रखते थे। इससे उनका माथा खूब उभरा रहता था। गाहे गये बाल उस उभार को थोड़ी और ऊँचाई देते थे। लगता था कि उस खोपड़ी में एक बड़ा-सा दिमाग होगा। अपने बयान में आगे जोड़ा, "अधिकांश बंगाली रिफ्यूजी हैं। भले ही अपने को मूल बाशिन्दा कहें। मूल बाशिन्दा तो कछारी ही हैं।

स्नेहलता बरुआ ने कहा, "और जो सत्तर-अस्सी मैदानी इलाकों की जनजातियों के लाखों लोग हैं, वे कौन हैं? अहोम और कछारियों के आने से पहले के जो तमाम द्रविड़ और केवट मूल के लोग हैं, उनके आने के बाद के जो कलिता लोग हैं, उनके समानान्तर आये जोदीगर शान वंश के लोग हैं, वे कौन हैं?" उन्होंने जाँघ-पर-जाँघ चढ़ा लिया। उससे उनका पेट दब गया।

वहाँ एक पाँचवाँ आदमी भी था। वह जैसे संज्ञान में नहीं था। उसके अभी तक के आचरण से यही लगता था कि इस सभा में उसे बोलने का अधिकार नहीं है। एक अनाधिकार चेष्टा करते हुए उसने कहा, "बहिरागतों में बंगाली ही नहीं, बिहारी, मारवाड़ी भी हैं जो सैकड़ों वर्षों से यहाँ रह रहे हैं। चाय बागान और प्लाईवुड फैक्ट्री के लाखों मजदूर हैं, रेवले में रिफाइनरी में काम करनेवाले हजारों लोग हैं। क्या सभी बहिरागत माने जायेंगे।"

उसने एक बड़ी समस्या खड़ी कर दी। अनधिकृत बोलनेवाले हमेशा ही ऐसा करते हैं। यही क्या कम था कि उसे सुनने दिया जा रहा था? अब बोल पड़ा है तो भुगतो। पर परेश नाथ शर्मा को कुछ भुगतने की जरूरत नहीं थी। स्पष्ट कहा, "हाँ, जब आर्थिक व्यवस्था चरमरायेगी—नष्ट ही हो जायेगी—और आये दिन मार-काट मचेगी, तभी हम सत्ता हथिया पायेंगे। सत्ता मिल जाने के बाद हम तय करेंगे कि बचे लोगों में कौन यहाँ रहे, कौन यहाँ न रहे और जो रहें हम उनका क्या उपयोग करें।"

राजन राजखोवा ने कहा, "इतना टूटा-फूटा असम लेकर हम क्या करेंगे? हमारी दरिद्रता बढ़ जायेगी।"

"सत्ता में आने के लिए यह नहीं देखा जाता। हम कोई जनसमर्थन से थोड़े ही सत्ता में आ रहे हैं? हमें बन्दूक के बल पर काबिज होना है। और यह तब अधिक सम्भव होता

है जब शासक वर्ग और जनता दोनों 'कन्फ्यूजन' में रहते हैं।" चेतिया फूकन ने यह बात कह तो दी, पर सोचता तो यही रहा कि आखिर असमिया कौन हैं—उसे सुलझाना जरूरी है। यह प्रश्न बार-बार उठेगा और उसका उत्तर न मिलने पर कैडर में भ्रम बढ़ेगा। भ्रम जनता और शासन में बढ़ना चाहिए, अपने कैडर में नहीं। भ्रम में पड़ा सेनापति, भ्रम में पड़ी फौज, कभी विजय नहीं प्राप्त करती। पर हर प्रश्न का उत्तर तत्काल प्राप्त कर लिया जाय—यह कहाँ जरूरी है? तमाम प्रश्नों के उत्तर लम्बे अन्तराल के बाद मिलते हैं। उसके लिए यात्रा स्थगित कर नहीं रखी जाती। जो उत्तर चलते-चलते निकलते हैं, वे अधिक कारगर होते है। स्वयं चलना एक उत्तर होता है। स्वयं समय एक उत्तर होता है।

जो काम की बात थी, वह हो चुकी थी। आगे बस उस शाम को 'इन्जॉय' करना था। नौकर ने उसकी व्यवस्था कर दी थी। पाइनवुड के जंगलों की ओट से निकलकर शिलांग बिजली के नकली सितारों के खुले में जगमगाने लगा था। वृक्षों से उभरनेवाली हवा की हू-हू बढ़ गयी थी। उससे लगता था कि आज की रात बारिश जरूर होगी। ठण्ड बढ़ेगी। हो सकता है कल गीली सड़कों पर कुछ आवारा कुत्ते मृत मिलें।

24

गैर-असमिया के असम से निकल जाने का पोस्टर चारों तरफ टाँग दिया गया। यह लोगों पर छोड़ दिया गया कि वे अपने को गैर-असमिया मानें और चले जायँ, या असमिया माने और रह जायँ। परिणाम यह हुआ कि कोई भी न गया। हाँ, लोगों में एक दहशत की हवा निरन्तर भरती और निकलती रही, एक आशंका का बादल चारों तरफ छाता रहा। उसके बरसने की उम्मीद बहुत कम थी, पर जो धुन्ध फैली वह कम घुटन पैदा करनेवाली न थी। रोज लगता था कि आज हमला होगा—कब, कहाँ, किस पर यह स्पष्ट नहीं था—लिहाजा हर आदमी सकते में था।

और एक दिन सचमुच में हमले होने लगे। जाने कौन आता था और लोगों के घरों में आग लगाकर चला जाता था। जाने कौन आता और कुछ लोगों को अनायास मारकर चला जाता था। जाने कौन आता था और स्त्रियों की इज्जत, घरों का सामान ढोल-ताशे, तलवार-भाला लेकर चला जाता था। विडम्बना यह थी कि इसका शिकार असमिया और गैर-असमिया दोनों ही लोग हो रहे थे। इसलिए हरेक आदमी हर दूसरे आदमी पर सन्देह करने लगा था और यह सन्देह जीना मोहाल किये दे रहा था।

यह सब एक दिन में नहीं हुआ था। धीरे-धीरे बात खुलने लगी थी कि परेश नाथ शर्मा ने अपनी जिद पूरा करने के लिए पोस्टर पूरे पूर्वी असम में लगवा दिया था। कुछ दिनों तक कुछ नहीं हुआ तो राजन राजखोवा ने उनका उपहास उड़ाना आरम्भ किया। उसके प्रतिकार के लिए शर्मा ने पहले कुछ नेपालियों, फिर कुछ बिहारियों की बस्तियों

पर हमला किया। इससे लोग चौकन्ना हो गये। बंगालियों, चाय बागान के मजदूरों, बिहारियों और नेपालियों ने अपनी-अपनी सेना बनायी, मारवाड़ियों ने उन्हें धन दिया। वे असमिया बस्तियों पर हमला करने लगे। प्रतिकार में गाँव-गाँव असमिया लोगों ने सेना बनायी अपनी सुरक्षा के लिए। उन्हें लगा कि सुरक्षा का सबसे अच्छा ढंग आक्रमण होता है, इसलिए गैर-अहोम लोगों की बस्तियों पर आक्रमण करने लगे। बिहारियों के बाद बंगालियों, फिर बागानों के मजदूरों का नम्बर आया। इसके दो परिणाम हुए। एक तो तत्काल रक्षा के लिए गाँव-गाँव हथियार बन्द स्क्वाट बन गये और उन्हें बल और निर्देश प्रदान करने के लिए सबके छात्र संगठन बन गये—वे ही युवा, प्रबुद्ध और साहसी थे। इन सभी लोगों को केन्द्रीय नेतृत्व विचारधारा और शास्त्र प्रशिक्षण जयदेव मजूमदार ने दिया। दूसरे यह स्पष्ट नहीं रह गया कि कौन लोग वास्तव में गाँव-गाँव लाचित सेना के हैं और कौन लोग 'वाम सेना' के। तो भी तमाम लोग अपना काम-धन्धा छोड़कर या तो अपने गाँव की सुरक्षा की योजना बनाने में लगे रहने लगे, या पड़ोस के गाँव पर हमला की। पूरे इलाके का तनाव इससे कई गुना बढ़ गया। लोग इसी में जीने के लिए बाध्य होते गये।

इसके पहले कि बात चेतिया फूकन तक पहुँचती और कोई सामूहिक निर्णय लिया जाता, राजन राजखोवा कुमुदनारायण शर्मा से अलग हो गये। अपनी अलग मिलिशिया गठित की। नाम दिया 'असम मुक्ति सेना'। इसमें उन लोगों को शामिल किया जो अपने गाँवों की रक्षा करना चाहते थे। चूँकि उनकी संख्या ज्यादे थी, इसलिए उसका आधार विस्तृत हो गया। उसको और विस्तार देने के लिए उन्होंने उन लोगों को भी शामिल कर लिया जो असमिया न होते हुए भी सामान्य ज्ञान के तहत असमिया माने जाते थे। उससे कुमुद नारायण शर्मा को बहुत गुस्सा आया और वे अपने संगठन में उन हमलावरों को शामिल करने लगे जो अपने गाँव की रक्षा के लिए, उस पर दूसरों के हमले से पहले, स्वयं ही उन दूसरों पर हमला कर देते थे। जाहिर था कि इसमें सामान्य ज्ञान के तहत जो असमिया नहीं थे, वे भी शमिल हो जाते थे। इससे अहोम और कछारी लोगों पर हमला करने की भी छूट मिल जाती थी। इससे लोगों में बड़ा भ्रम फैला और पूर्वी असम में वह मार-काट मची कि अवाक् सरकार भकुआई-की-भकुआई रह गयी। सेनाओं की बाढ़ बढ़ती गयीं।

ऐसी स्थिति में आक्रमण इसलिए नहीं होते कि दुश्मन सचमुच आक्रमण करनेवाला होता है, इसलिए होता है कि आक्रमण होने की आशंका इतना तनाव पैदा कर देती है कि उस तनाव को तोड़ने के लिए पहले ही हमला कर देना लाजिमी होता है। इस आक्रमण से बचने के लिए प्रतिपक्ष जो तैयारी कर रहा होता है, वही यह आक्रमण करने के लिए स्फुरण, प्रेरणा और इरादा देता है। काटोनीवारी के मजदूरों ने सम्भावित आक्रमण के प्रतिकार के लिए जो तैयारी कर रखी थी, उसे भावी आक्रमण का आरम्भिक कदम

मानकर आस-पास के असमिया लोगों ने एक रात हमला कर दिया और पूरी मजदूर बस्ती जलकर खाक हो गयी। गाँव के रक्षा के लिए जो तैयारी थी, वह हमलावरों से लड़ने के बजाय, कुछ सामान बचाने और उसे लेकर भागने में तब्दील हो गयी। धू-धूकर जलते घर रोशनी दिखाने के काम आये।

ऐसे में भला दिवांग को जयदेव मजूमदार कहाँ मिलता! जब वह रेलवे के चिर-परिचित रास्ते से चला तो पाया कि गड़हे में पानी वैसे ही भरा है और उस पर बण्डा के पत्ते वैसे ही पसरकर लहरों के साथ डोल रहे हैं। ढाले के आगे की सड़क और उस पर चरने के बाद लौट रहे पशु वैसे ही आँय-बाँय करते बस्ती में घुसने के लिए बढ़ रहे हैं। चरवाहों के कन्धों पर लाठी वैसे ही रखी हुई है, जो सरककर यदा-कदा हाथों में आ जा रही है और किसी बिगड़ैल चौपाये पर गिर रही है, पोंछियाने के बाद। किन्तु उसने जैसे ही सड़क पर कदम रखा और उत्तर की ओर देखा तो पूरी बंगाली बस्ती नदारद दिखी। जले हुए खम्भे और थूहियाँ लकड़ी के भाले की तरह गड़े पड़े थे और उन बैठे काले पक्षी नीचे की ओर देख रहे थे। महीनों पहले उन्हें ऐसा देखने पर जले मांस का आहार मिला करता था। उन्हें उम्मीद थी कि वह अभी भी मिल सकता है। इसलिए वे नित्य इसी समय, उसी तरह आकर बैठते थे और तब तक बैठे रहते थे, जब तक कोई दूसरा पक्षी उन्हें ठोकर मारकर उड़ा नहीं देता था।

दिवांग उस जली बस्ती में घुसा चारों तरफ छान मारा। कई जगह खड़े होकर देखा और सोचा कि यहीं कहीं जयदेव का भी घर था। उसे याद आया कि उस घर की दालान में बैठकर उसने कई बार स्थानीय अमरूद खाया था और शतरंज खेला था। अमरूद का स्वाद जाने कहाँ से आकर उसके मुँह में भर गया और असमंजस में डाल दिया कि उसे निगल ले कि थूक दे। उसे लगा कि उसके लार की गति अब वही नहीं रहेगी, जो पहले रहा करती थी। उसके अन्तर्मन में एक ऐसी बिजली कौंधी, जिसकी ध्वनि कड़क उसे हट कर बरस कर धीरे-धीरे खुलते बादल की अन्तिम बौछार की तरह टापुर-टुपुर थी, जिसे उसने अतीत में अपनी ओरियानी से उभरते हुए सुना था। उसकी अँतड़ियों से वात का गन्ध उठा और नासापुटों को आक्रान्त करता हुआ उसके दिमाग में चढ़ गया। उसे लगा कि अब चक्कर आ जायेगा और इसके पहले कि वह चक्कर सचमुच आये, वह तेजी से उस जली बस्ती से बाहर निकल आया, जैसे शतरंज के हारने के बाद वह अक्सर भाग खड़ा होता था और जिसकी सम्भावना अब लेस मात्र भी नहीं रह गयी थी। उसने पीछे मुड़कर देखा तो लगा कि घर के सामने बनायी जयदेव की क्यारी से चमेली की जरायँ/चिरायँध गन्ध अभी भी उठा रही है, जिसे वह किसी हवाई बालकनी पर चढ़ कर सूँघ रहा है, बल्कि एक बूढ़े चेहरे को देख रहा है जिसका भाग्य तय कर दिया गया है और वह उससे बेखबर, कहें बेपरवाह उसके सामने आकर खड़ा हो गया है विगत दिनों की याद लेकर यह कहता हुआ कि मैं उसकी मालकिन हूँ। वह एक ऐसी सच्चाई की

अनुभूति थी, जिसमें स्मृति प्रेम या पछतावे से आगे निकल कर अवसर ही एक ऐसी छवि बन गयी थी, जिसने उनके गालों पर आँसू की एक पतली धार आँक दिया है।

उसने आँसू पोंछा और जोरहाट की राह पकड़ी। पीले, कमजोर पर झंखाड़ पेड़ों के नीचे क्यारियों में चाय की पत्तियों के सिर सूरज की ओर बढ़ते-बढ़ते कड़े पड़ गये थे। साफ जाहिर था कि इनको ओटनेवाले हाथ वर्षों से नहीं आये थे। बार-बार कैंची से मुड़े जाने के बाद जो बराबरी का चापा बना हुआ था, उसमें उगी मोटी-मोटी डालें खाड़र-बीड़र विभेद किये दे रही थीं। इस बात की पूरी गुंजाइश थी कि उनके नीचे चूहों से सुरंग खोद डाला होगा और उनकी तलाश में साँप आये दिन उनमें डेरा डालते होंगे। जब बरसात का पानी इन बिलों में भर जाता होगा, तब चूहे भाग पराते होंगे, पर साँप? न तो वे घर बनाते हैं, न उनका कोई घर होता है। उनकी चराउर होती हैं, एक इलाका होता है। पर उस इलाके को लेकर वे दूसरों से झगड़ते नहीं हैं, भले ही मैत्री न रखते हों।

जाने क्या-क्या सोचता वह उस मोड़ पर पहुँच गया, जहाँ से हर शाम एक संगीत वातावरण को लबरेज कर देता था। उसने सिर उठाकर चारों तरफ देखा। सभी गिरे हुए घरों की छाजनवाले टिन और टुकड़ा बाँस की अभी भी कुछ उठी हुई दीवारें चारों तरफ छितरायी हुई थीं, स्थिर। उसकी बड़ी इच्छा हुई कि कह उनमें घुसे और पहचाने कि मुकेश बेझबरुआ का घर कहाँ है, और नहीं है तो घर की हड्डियाँ कैसी हो गयी हैं। किन्तु एक कुत्ता कहीं से गुर्राया और दिवांग ने जब उसकी गुर्राहट पर कोई प्रतिक्रिया नहीं व्यक्त की तो वह मलबे के भीतर से निकला और पूँछ को ऊपर उठा शेर की तरह अकड़कर सामने खड़ा हो गया। दिवांग तब भी उससे बेखबर रहा कम-से-कम उसका संज्ञान नहीं लिया तो वह भूँकता हुआ उत्तर की दिशा की ओर भागा। वहीं पर पैट्रिशिया मावरी का डेरा जामुन की छाँह में जैसे सुरत्ता रहा था।

वह तेज कदमों से आगे बढ़ा। उसे उम्मीद थी कि वहाँ मावरी मेडम नहीं होंगी और फिर भी उम्मीद थी कि वे वहाँ होगी—ऐसी उम्मीद लिये वह और तेजी से बढ़ा। जामुन की सूखी भूलुष्ठित पत्तियों से एक तरह की और शाखों पर विराजमान हरी जीवित पत्तियों से दूसरी तरह की गन्ध आ रही थी। दोनों तरह की गन्ध आशा की खाद की तरह उसकी जीवनीशक्ति को पुष्ट करे लगीं, जब धक्क से लगा कि सब-कुछ तो है, पर पैट्रिशिया नहीं हैं। रहे तो हमेशा खुला रहनेवाला और न रहे तो हमेशा बन्द रहनेवाला दरवाजा एकदम से खुला था। भूँकता हुआ कुत्ता उसमें घुसकर दूसरी तरफ निकल गया था, जहाँ मैडम का गार्डन हुआ करता था। साफ जाहिर था कि ये दरवाजे अब बन्द नहीं होते। बन्द नहीं होते तो कोई इनमें रहता नहीं था। आदमी के रहने के लिए दरवाजों का होना जरूरी है। वह कुछ देर तक उन दरवाजों को देखता रहा। देखते-ही-देखते वे दरवाजे चलकर उसके पास आये और अपने भीतर ले लिये। भीतर उसे लगा कि बैठक में पैट्रिशिया मावरी अपनी भव्य कुर्सी पर वैसे ही टाँगें उठाकर बैठी हुई है, एँड़ियों को नितम्ब

से दाब कर। उनकी तगड़ी काया बढ़कर कमरे की सीलिंग तक पहुँच गयी है, जो खिड़कियों पर मढ़े काले पतले कार्डबोर्ड की सन्धियों से आती रोशनी में एक चित्र की तरह स्थिर हो गयी है। उसने सीधे उनके चेहरे पर देखा। चेहरे के स्थिर भावों से घबराकर उरोजों पर नजर डाली। वे थोड़े लटक जरूर गये थे पर उनके कड़ेपन के तनाव में कोई कमी नहीं आयी थी। पर वे लाहरकत थे। वहाँ से दृष्टि हटकर पेट, फिर नाभि के नीचे पात किया। वह स्थिर जलपरी की तरह लगीं अपनी श्वेत नर्सों वाली पोशाक में साँप की तरह चमकती आँखवाली, कान के पीछे लाल गुलाब खोंसे, ढल रही उम्र के बावजूद उस उम्र को आकर्षित कर रही रूपसी की तरह। उसने इस चित्र को अपनी आँखों में हमेशा के लिए मढ़ लेने के दौरान जैसे अचेत हो गया। जब कुत्ता भूँका तो वह चेत में आया और 'भूत-भूत' चिल्लाता हुआ भागा।

वह जहाँ रुका, वहाँ भीड़ बढ़ती जा रही थी। सभी लोग जल्दी में थे और बागान में घुसे जा रहे थे। उसे पहचानने में देर न लगी कि यह मैनेजर का बँगला है। वहाँ लोग तभी घुसते हैं, जब चाय का वार्षिक उत्सव मनाया जाता है। लेकिन आज तो वह दिन है नहीं। तुरन्त ही पता चल गया कि लीला सिंह विष्ट का तोता उड़कर विशाल आम के वृक्ष की ऊँची डाली पर बैठ गया है और नीचे आने का नाम नहीं ले रहा है। उसे पकड़ने का जितना ही प्रयत्न हो रहा है वह उतने ही ऊँचे चढ़ता जा रहा है।

लीला सिंह का तोता! उसे तुरन्त याद आया कि वह तोता इतना होशियार है कि सभी तरह की आवाजें की नकल वह तुरन्त कर लेता है। लीला सिंह की पत्नी ने उसे संहिताओं, ब्राह्मणों, आरण्यकों, उपनिषदों, कल्प सूत्रों, स्मृतियों, यहाँ तक कि कुमार सम्भव और अमरूशतकम् के पदों को रटा दिया है। परिणामस्वरूप वह मौका मिलते ही संस्कृत के अकादमिक पण्डित की तरह बात करता है। उसकी आदत है कि दोपहर के भोजन के बाद जब वे अपने विशाल पलँग पर लेटकर आराम करती हैं तो उसे पिंजड़े समेत मँगवा लेती हैं, जो उनकी मसहरी की खँमिया से लटका दिया जाता है और वह उनसे एक कुशल प्रेमी की बात करता है। वे बहुत खुश होती हैं जब वह उनके रूप का वर्णन करता है। लेकिन जब वह उनके अंगों का वर्णन रतिक भाषा में करने लगता है और चुप नहीं होता है तो वापस चिड़ियाखाने में भिजवा देती हैं। उसकी ख्याति इतनी फैल गयी है कि दूर-दूर से लोग उसे देखने आते हैं, बोली सुनने आते हैं। वह एक-एक की बोली को बड़े गौर से सुनता है और फिर उसी स्वर में उनका जवाब देता है।

उस दिन उसे पिंजड़े से निकालकर लीला सिंह के नौकरों और पर्यटन विभाग के कर्मचारियों में यह बहस की जा रही थी कि उसे लीला सिंह की व्यक्तिगत सम्पत्ति मानकर उन्हें दे दिया जाय कि अधिग्रहण की जा रही सम्पत्ति का हिस्सा मानकर पर्यटन विभाग खुद ले ले। जब 'डील' हुई थी तो अधिकारियों के मन में यह तोता था, जिसके बोलने के जादू के कारण पर्यटकों की आमद बढ़ जाती। पर नौकर थे कि उसमें अड़ंगा

डाल रहे थे। कह रहे थे कि मालकिन के साथ यह बीसों वर्षों से रहा है। उसके पहले भी न जाने कितने वर्षों से रहा होगा इस बँगले में। मालकिन ने तो उसे तब पकड़ा जब वह उड़-उड़कर अठखेलियाँ करता रसोईघर में पहुँचा और हाथ पोंछने की तौलिया टाँगनेवाली झूलानुमा गड़ी लकड़ी पर पाँव के बल लटककर क्रोवांय-क्रोवांय करता गोल-गोल घुमने लगा। पता नहीं कैसे पाँव फिसला कि वह सीधे सब्जी पकाने के लिए चढ़ायी गयी कढ़ाई के गरम तेल में आ गिरा। इसके पहले कि उसका कोई बड़ा नुकसान हो, मालकिन ने पकड़ लिया और पाँख कतरकर पिंजड़े में डाल दिया। यह घटना इस बात का पक्का प्रमाण है कि यह मालकिन की व्यक्तिगत सम्पत्ति है। यदि इस बँगले की सम्पत्ति में शुमार भी किया गया है तो गलती से किया गया है और अब समय आ गया है कि इसमें सुधार कर लिया जाय।

नौकरों और कर्मचारियों में जब यह बहस चल रही थी, तभी उसने फायदा उठाया और 'तुम सब गाँड़ू हो' कहते हुए उड़ चला और विशाल आम वृक्ष की आधी ऊँचाई पर पहुँच पत्तो से गँसी एक टहनी पर बैठ गया। उसकी भार से पतली टहनी लचक गयी। उसने ठोर से उसकी फुलंगी पकड़ी और पूरे बदन को लोकाकर टहनी को पकड़कर बैठ गया तथा जोर से बोला, "सालों, पकड़ो तो जानें।"

यह ऐसा चैलेंज था, जिसे नौकर और कर्मचारी दोनों ने स्वीकार किया। उसके साथ ही इस बात पर झगड़ गये कि आखिर उसके पाँख कतर कर क्यों नहीं रखा गया।

नौकर ने कहा, "अब किसकी ज़िम्मेदारी थी?"

कर्मचारी ने कहा, "तुम्हारी।"

नौकर ने कहा, "तुम्हारा बयान इस बात का प्रमाण है कि तोता मालकिन का है।"

कर्मचारी ने कहा, "नहीं, नहीं। चूँकि फेहरिस्त में रखे सभी पशु-परानी अभी तुम्हारी अभिरक्षा में हैं, इसलिए यह तुम्हारी जिम्मेदारी थी।"

"वह जिम्मेदारी रक्षा करने की थी, पाँख कतरने की नहीं।"

"इस बात से सिद्ध होता है कि तोता पर्यटन विभाग की सम्पत्ति है।"

तभी तोता कड़ककर बोला, "दोनों बेवकूफ हो। मैं अब स्वतन्त्र प्राणी हूँ और दोनों की सम्पत्ति बनने से इन्कार करता हूँ।" इसके साथ ही वह फुदककर चार फिट और ऊँचे चढ़ गया।

नौकर ने कहा, "यदि तुम्हारी सम्पत्ति हो तो पकड़ लो?"

कर्मचारी ने कहा, "यह अभी भी तुम्हारी अभिरक्षा में है। अभी तुमने इसे हमें हैण्ड-ओवर कहाँ किया है?"

नौकर ने कहा, "बड़ आये हैं। इसी बूते पर तोता पालोगे?" उसने एक टिटकारी मारी। तोता ने जवाब भी टिटकारी में ही दिया। नौकर को लगा वह सहयोग कर रहा है। बोला, "उतर आओ हीरामन राजा।"

तोता बोला, "ठेंगा।"

"हम दूध-भात देंगे।"

"हम कीड़े-मकोड़े खायेंगे।"

"हम वह भी देंगे।"

"नहीं, हम खुद पकड़ेंगे।"

नौकर और तोते में बहस बढ़ती गयी। ऊबकर कर्मचारी ने कहा, "ऐसे भला कैसे पकड़ोगे? पेड़ पर चढ़ो।" तोते को सम्बोधित कर धमकाने के स्वर में कहा, "उतरता है कि नहीं?"

"चुप साले", कहता हुआ तोता उड़ा और कर्मचारी के सिर पर बीट कर दिया। वह उसके बालों को लिसड़ाता कपाल के बाँयें से सरककर गाल पर फैल गया। उसकी बहन को गाली देकर कर्मचारी गाल साफ करने लगा। उस गाली को दुहराते हुए तोता आम के पत्ते काटकर गिराने लगा कि जैसे मार रहा हो।

जब इन बातों को दिवांग ने साथ के लोगों से सुना तो लगा कि यह तोते का विशेषाधिकार है कि वह किसी के साथ रहे न रहे और रहे तो किसके साथ रहे। उसका नैसर्गिक विशेषाधिकारी तो यह है कि वह किसी के साथ न रहे। दरअसल यह विशेषाधिकार नहीं, पवित्र अधिकार है। उसे लगा कि यदि वह सत्ता में आया तो संविधान में संशोधन लायेगा कि स्वतन्त्रता व समानता का अधिकार सिर्फ मनुष्यों के लिए नहीं, समस्त प्राणियों के लिए होना चाहिए। विरोधी दलवाले इस बात पर बहस करेंगे कि ये अधिकार सिर्फ उन प्राणियों को दिये जाने चाहिए जो आदमी की नकल करते हो। आगे बहस इस बात पर होगी कि वे आदमी की नकल सिर्फ आवाज में करते हों कि खान-पान, आवास और मतदान में भी। इसके काट में वह कहेगा कि उन आदमियों की स्वतन्त्रता व समानता छीन ली जानी चाहिए जो पशु-परानियों की नकल करते हों, चाहे आवाज में हो, खान-पान में हो, आवास में हो या उड़ान में। ऐसे वनवासी लोग होते हैं। और पूर्व में उन्हें मताधिकार से वंचित करने की बात बाबा साहब कर भी चुके हैं। इस बहस में बिल धरा-का-धरा रह जायेगा। हमारे यहाँ प्राइवेट मेम्बर बिल की ऐसे भी कोई इज्जत नहीं होती। जिसकी हो सकती है, उसे सरकार स्वयं हड़प लेती है और अपने नाम पर पास करवाती है।

फायर ब्रिगेडवाले सीढ़ी लगा रहे थे। उन्हें देखकर दिवांग को जोर की हँसी आयी। सीढ़ियाँ उनकी नहीं थीं। घरों की रँगाई-पुताई करनेवाले मजदूरों की थीं, छोटी-छोटी अगर अधिक ऊँचाई की जरूरत पड़ती तो एक के ऊपर एक बाँध ली जातीं। वे ऐसी ही पाँच-सात सीढ़ियाँ लेकर आये थे। जोरहाट-मरियानी कोई गुवाहाटी-डिब्रूगढ़ तो था नहीं कि "ऊँचे-ऊँचे मकान होते। इकड़ा बाँस के छोटे-छोटे घर थे, जिनमें आग शायद ही कभी

लगती थी। वह तो लाचित सेनावालों की कृपा थी कि सरकारी घरों पर हमले का खतरा बढ़ गया था और जोरहाट में फायर बिग्रेड की एक यूनिट रख दी गयी थी।

जब वे दो सीढ़ियाँ बाँधकर ऊपर चढ़े तो हीरामन ने बड़े प्रेम से कहा, ''आओ बेटा आओ।'' और फुदककर चार हाथ और ऊपर चढ़ गया। वहीं से गरजा जैसे टेरियर गरज रहा है। पेड़ से कुत्ते की आवाज सुनकर चढ़नेवालों का सन्तुलन बिगड़ गया। वे एक के ऊपर एक भहरा पड़े। गनीमत यह थी कि वे अभी अधिक ऊपर नहीं चढ़े थे, इसलिए चोट नहीं लगी। चोट तब लगी जब सीढ़ी उनके ऊपर गिरी। अभी उठकर वे कपड़े भी नहीं झाड़ पाये थे कि लोग उन पर हँसने लगे। इससे वे गुस्सा गये और बोले, ''कोई तमाशा हो रहा है? भागो साले।'' पर तोते ने वही दुहराया। जिन लोगों को गाली दिया गया था, उसमें से दो-तीन जन सहानुभूति से भर मदद के लिए उनकी ओर बढ़े। पर बाकी लोगों ने और जोर से हँसी उड़ायी। उनका गुस्सा बढ़ गया। खाकी वर्दी में थे, इसलिए अपने को रेग्युलर पुलिस से कम नहीं समझते थे। भीड़ की ओर दाँत किटकिटाते हुए बढ़े तो भीड़ छँटने लगी। इस छँटती भीड़ के उस पार दिवांग ने पैट्रिशिया मावरी को देखा।

दरवाजा खुला तो उसके खुलने की आवाज नहीं हुई। उसके छायादार पार्श्व में एक प्रौढ़ा स्त्री अपने रंग के लगभग विपरीत हल्के काले रँग के गाउन में खड़ी दिखी। बालों पर उसने एक लाल रिबन बाँध रखा था। उसके बाल इक्का-दुक्का सफेद होने लगे थे और एक जगह न होकर पूरे माथे पर फैले हुए थे। वे वहीं से उस अँधेरे में चमक रहे थे। होना तो यह चाहिए था कि वह उन्हें रँग लेती, और जाहिर था कि उसमें काले बाल भी रंग जाते उनका गाढ़ापन बड़ा प्रभावशाली लगता। लेकिन उसने इसके प्रति कभी ध्यान नहीं दिया था। ध्यान वह उनमें हल्के खुशबूवाला पतला तेल लगाने पर दिया था, जिससे उनकी चमक बढ़ जाती थी और दूसरे उनको सूँघने के लिए नासापुटों को आमन्त्रित करती थी। अपनी बड़ी उम्र के बावजूद वह पचास से शायद ही कम होगी, वह एक गठी, प्रसन्नवदना, मुस्तण्डा थी, जिसकी हल्दी भूरी आँखें बड़ी कातिल थीं और निरन्तर फड़कती रहती थीं। नाक उतनी नुकीली नहीं थी, पर बड़ी धाँसू लगती थीं। उसे देखकर दिवांग को लगा कि जैसे वह पहचान ही नहीं रहा है। इस भाव को ताड़कर उसने अपना हाथ बँटा दिया, जिससे अपना हाथ मिलाते वक्त दिवांग को लगा कि वह पाँच उँगलियोंवाली सँड़सी में घुस गया है, जो चिकनी होने के बावजूद फिसलने नहीं दे रही हैं। ''मैं आपका आभारी हूँ जो आपने रहने की जगह दी'' उसने कहा।

''चलो ठीक है,'' उसने भी असमिया में कहा। उसके उच्चारण से लगा कि उसने शुद्ध असमिया बोलने के लिए खूब प्रयास किया है। इसके बावजूद उसकी अपनी मातृभाषा का प्रभाव विलोपित नहीं हुआ है।

वे बैठने के कमरे में आये। गम्हार की लकड़ी की बनी विशाल गद्दीदार कुर्सी की ओर बैठने का इशारा करते हुए कहा, "यह आपका ही घर है महाराज।"

इस 'महाराज' सम्बोधन ने उसे असमंजस में डाल दिया। कुर्सी तो ऐसी ही थी जैसे महाराज के लिए हो। किन्तु वह तो दिवांग राभा था। एकदम से बैठने की हिम्मत न हुई। कुछ विनीत होते हुए कहा, "मैं तो इतना ही कहने आया था कि आपने रहने का जो ठौर दिया है उसके लिए बहुत आभारी हूँ।"

"वह तो आप कह चुके। मैं यह कहना चाहती हूँ कि यह कौन-सा मेरा घर है? यह सरकार का घर है। घर में कोई मर्द रह रहा होता तो मैं इस बँगले का ही एक कमरा आपको दे दिये होती। आउट हाउस में आपको रखने में मुझे शर्म आ रही है।"

उसकी ध्वनि से दिवांग को लगा कि वह इस विशाल घर के किसी कमरे में रहने से मना नहीं कर रही है, उल्टे आमन्त्रित कर रही है। पर तब ऐसा सोचने का कोई कारण नहीं था। उसने जब फिर इशारा किया तो वह बैठ गया। लगा कि वह बैठ नहीं रहा है, धँस रहा है। सामने की विशाल खिड़की खुली हुई थी। उसके पार लम्बी-लम्बी हाथी घास लहरा रही थी। उनसे एक मादक खुशबू उठ रही थी। यह उनके खिलने का समय था। उसने खिड़की के पार से दृष्टि हटाकर पैट्रिशिया मावरी के चेहरे को देखा। फौरन उसके मन में बात आयी कि एक विदेशी के साथ संक्षिप्त अन्तरंग जीवन जीने के बाद इन वर्षों में क्या उसके हृदय में फिर क्षणिक खुशियों का अचानक विस्फोट हुआ होगा? वह जीवन भी क्या, जिसमें एक ऐसी गुप्तता में सहभागिता रखी होगी, जिसमें वह पुरुष कभी भी पूरी तरह से उसका न बना होगा।

वह अचानक उठी और कहा, "हम चाय पीते हैं।"

वह रसोई-घर की ओर बढ़ी। रसोई-घरवाला कमरा एक लम्बे कारीडोर के छोर पर था। दिवांग उसे जाते देखता रहा। फिर उठा और उसके पीछे-पीछे चल दिया। रास्ते में कई रिहाइशी कमरे थे। बड़े-बड़े और ऊँचे-ऊँचे। उनके दरवाजे और खिड़कियाँ सभी बड़े-बड़े थे। दरवाजों की ऊँचाई से लगता था कि वे दस फीट ऊँचे आदमियों के आने-जाने के लिए बनाये गये हैं। खिड़कियों में रंगीन और मोटी कांच जड़ी थी। उन्हें खोल देने पर उत्तरी असम की समस्त हवा जो इनके इर्द-गिर्द निरन्तर चक्कर काटती रहती थी, एक साथ दौड़कर प्रवेश कर जाती होगी। उसने सिर उठाकर छत की सीलिंग देखी। बेहतरीन इमारती लकड़ी से बनायी गयी थीं। उसपर बेहतरीन नक्काशी की गयी थी। बेहतरीन पालिस की गयी थी। लगता था कि उनसे अभी तेल चू पड़ेगा। सोनेवाले कमरे में एक विशाल पलँग बिछा था, जिस पर सफेद बिस्तर पसरा था। ऊपर एक सफेद मच्छरदानी समेटकर टाँग दी गयी थी। यहीं शायद मावरी सोती थी।

उसने कमरे को बस एक नजर देखा। यदि भावरी उसे इस तरह से उसके बेडरूम को झाँकते देखे तो क्या सोचेगी – ऐसा सोचकर उसे जरा डर लगा और वह तेजी से

चलकर किचन में घुस गया। वह चाय का बर्तन चूल्हे पर चढ़ा चुकी थी। थोड़े अँधेरे कमरे में उसकी स्टील की चमक बढ़ गयी थी। उसी अनुपात में अपने पोशाक के साथ उसका बदन अँधेरे में एकसात हो गया था। सिर्फ उसकी गर्दन, उसके नीचे की दो इंच छाती और ऊपर पूरे चेहरे की गोलाई लिये चमक रही थी। उसके दाँत कैसे दिखेंगे, उसने सोचा और कहा, "बोर होने से अच्छा है आपकी मदद की जाय।"

"क्यों नहीं," पैन में पानी डालते हुए उसने कहा। इसमें उसके दाँत चमक उठे थे। लगा कि उनकी स्निग्धता में कमरे के पार का उजाला परछाईं की तरह प्रतिबिम्बित हो गया है।

"स्वयं खाना बनाने की जरूरत नहीं है। नौकरानी यहीं बना देगी।"

"आपकी बड़ी कृपा। पर यह ठीक न होगा।"

"क्यों" कहते हुए उसने एक क्षण के लिए अपनी सारी हरकत बन्द कर दी। उसकी आँखों की कोर को वह सह नहीं पाया। अपनी आँखें झुकाकर कहा, "मेरा देर-सबेर का आना-जाना..., कितना तो काम पड़ा है।"

"ठीक है। समय से आ गये तो साथ..., नहीं तो वह तुम्हारे क्वार्टर्स में रख आयेगी।"

दिवांग के पास कोई जवाब नहीं था। चाय बन गयी तो दोनों ने वहीं पीया। फिर दिवांग चला गया।

न तो जयदेव मजूमदार का पता चल रहा था, न ही लाचित सेना और असम मुक्ति सेना की गतिविधियों का। दोनों से उसका सीधा सरोकार था भी नहीं। पर परोक्ष रूप से वे उसके उद्‌देश्य की पूर्ति में हाथ रखते थे। यदि पता चल जाता कि क्या जयदेव कछारियों को भी अपने संगठन में शामिल कर रहा है और क्या दोनों सेनाएँ कछारियों के विरुद्ध हैं, तो पहली बात उसके काम में अड़ँगा डालती और दूसरी बात सहायता करती, अन्यथा यहाँ के बड़-कछारी तो पश्चिमी असम के किसी संगठन से जुड़नेवाले नहीं थे। जुड़नेवाले तो यहाँ के चाय बागान के मजदूर भी नहीं थे। यह स्पष्ट नहीं था कि वे असमिया माने जा रहे हैं कि नहीं। यदि माने जा रहे हैं तो पश्चिमी असम के संगठन से जुड़ने का क्या मतलब? और यदि नहीं माने जा रहे हैं तो भी क्या मतलब? —दोनों ही उनके विरोधी हुए। यह दिवांग को हताश कर रही थी। इस हताशा को लेकर वह एक दिन जल्दी ही डेरे पर लौट आया। वह नहा-धोकर कपड़े पहन ही रहा था कि नौकरानी आकर कह गयी, "सिस्टर मेम ने साथ ही खाने का निमन्त्रण दिया है।"

कपड़े पहन कर दिवांग ने सीटी मारी और चल पड़ा। रास्ता एकदम छोटा था। उसे पार करने भर में ही उसने सोच लिया, हमारी असम की लड़कियाँ-औरतें घरवालों के साथ खाती नहीं, परिचित लड़कियाँ घर के बाहर साथ खाने में ना-नुकुर करती हैं। उससे खाने का ही नहीं, साथ का भी मजा मारा जाता है। पर ये बाहर की लड़कियाँ, लिखी-पढ़ी औरतें,

कामकाजी महिलाएँ निःसंकोच पुरुषों के साथ भोजन करती हैं। यह एक ऐसी बराबरी का एहसास देता है, जिसे सँजोकर रखा जाना चाहिए।

घर खुला था। उसकी पगध्वनि सुनकर मावरी ने कहा, ''यहीं बेडरूम में आ जायँ।''

वह तकिये के गिलाफ पर कढ़ाई कर रही थी। वह कोई जटिल डिजाइन थी। कई रंग के धागे अलग-अलग सुइयों में कुचे पड़े थे। वह अपने काम में इतना खो गयी थी कि उसे दिवांग के वहाँ आ जाने का जैसे भान ही नहीं हुआ। वह एक-एक सुई को ऊपर-नीचे गाँथने में लगी रही। दिवांग ने कहा, ''मैं पूरे घर को देखकर आता हूँ।''

धागे और सुई से बिना ध्यान हटाये उसने कहा, ''ठीक है।''

घर के एक-एक कमरे को देखते हुए दिवांग को लगा कि यह उन्नीसवीं सदी के पूर्वार्द्ध का मकान है। जरूर इसे किसी प्रसिद्ध ब्रिटिश मकान के मॉडल पर बनाया गया होगा। इसे बिनियार्ड ने बनाया था अहोमों का साम्राज्य समाप्त कराने के लिए। यहीं से लड़ाइयों के हुक्म दिये गये थे। सेना यहीं रहती थी। इतना तो तय है कि मणिराम दीवान की दुर्दशा यहीं से संचालित हुई थी। द्वितीय महायुद्ध के समय पूर्वी कमान की एक बड़ी टुकड़ी यहाँ रखी गयी थी। इसी मकान में उनका कमाण्डर रहता था। जरूर वह मेजर जेनेरल के रैंक का रहा होगा। उसकी टुकड़ी जब वर्मा रवाना हो गयी तो इसमें कैप्टेन सच्चिदानन्द वात्स्यायन रहे। वे फौजी कलाप की रिपोर्टिंग करने आये थे। सुना है वे 'अज्ञेय' के नाम से हिन्दी के एक बड़े साहित्यकार हैं। 'जयदोल' कहानी यहीं लिखी थी।

कमरे जान-बूझकर ऊँचे बनाये गये थे, जिससे कि वे नैसर्गिक रूप से वातानुकूलित रह सकें। इसीलिए उन्हें इतना लम्बा-चौड़ा बनाया गया था। नहीं तो वे लम्बवत् खड़ा किये गये ताबूत लगते। खिड़कियाँ बड़ी-बड़ी बनायी गयी थीं और उनमें बेल्जियम के रंगीन मोटे शीशे लगाये गये थे। सिर्फ इसलिए नहीं कि भारत में अच्छा शीशा नहीं बनता होगा, इसलिए भी कि अंग्रेजों की समृद्धि से भारतीय डरें। डराने के लिए ही इतने भव्य मकान अंग्रेज बनाता था। हर कमरे में बड़े-बड़े और भारी झाड़-फानूस टँगे हैं, बिजली के बल्बवाले। मोमबत्तियाँवाले फानूस हटाकर कहाँ रखे गये होंगे? अरे रखी कहाँ होंगी, अफसर उठा ले गये होंगे। उनका घर टाँगने लायक न रहा होगा, तो किसी नेता को उपहार में दे दिया होगा। और बदले में पदोन्नति पक्की कर आया होगा। और ऐसा घर होगा क्यों नहीं? पहले राजा-महाराजा के बेटे ही तो अकसर बनते थे। आज की तरह की धिंगापुस्ती तब नहीं थी।

आजकल उसकी नींद अक्सर उचट जाती है। जिस उद्देश्य को लेकर चला था, उसके लिए रंचमात्र की जगह नहीं दिखता यहाँ के महौल में। सही लोगों तक पहुँचना कठिन हो गया है। देखते-ही-देखते माहौल कितना बदल गया है। इस गर्म माहौल में होना तो यह चाहिए था कि उसके काम के लिए पूरा मौका मिलता, किन्तु उल्टे वह बाधक

होता जा रहा है। दोनों जगहों की राजनीति में अन्तर है और वे ही अधिक सही हैं, जो दोनों जगहों को बाँट देना चाहते हैं। पर क्या वे जनता के सही प्रतिनिधि हैं? पर क्या कभी कोई जनता का सही प्रतिनिधि होता भी है? सभी अपने-अपने प्रतिनिधि होते हैं। तो क्या वह अपना प्रतिनिधि है?

इस प्रश्न पर उसके विचार अक्सर अटक जाते थे। इस 'अपने प्रतिनिधि' में अपना क्या है? इसे वह खोज नहीं पाता था। जैसे 'इट इज गोइंग टू रेन' में यह 'इट' क्या है? यह विचार उसे यह तो आश्वस्त करता कि जरूरी नहीं है कि पहले 'अपना' को जान लिया जाय, तब उसका प्रतिनिधित्व किया जाय। इतना ही काफी है कि प्रतिनिधित्व के दौरान 'अपना' से टकराया जाय और इस टकराव से अपना 'अपना' बनाया जाय। ऐसे में उठकर वह पानी पीता और पैट्रिशिया मावरी के घर की तरफ देखता। यहाँ से वह लम्बोतरा बरामदा दिखता, जो किचन से लगा हुआ था और कभी – अंग्रेजों के जमाने में निश्चय ही – डाइनिंग हाल के रूप में इस्तेमाल होता होगा। नृत्य के लिए क्यों नहीं होता होगा, इसका निश्चित उत्तर उसके पास नहीं था और वह 'शायद' से काम चला लेता था। उस बरामदे में रात भर रोशनी रहती थी। खिड़कियों के ही नहीं, रोशनदानों के शीशे भी इतने मोटे थे और ऊपर से नीचे जाती धारियों से भरे थे कि रोशनी बहुत मद्धिम और टूट-बिखर कर बाहर आती थी। उसका मद्धिम होना आँखों को सुहाता था। पर मावरी दिवांग की आँखों को सुहाने के लिए बल्ब जलाकर उनका लम्बा बिल नहीं भरती थी। वह अपनी सुरक्षा के लिए ऐसा करती थी। हालाँकि प्रांगण के इस हिस्से में वह रहता था और एक मर्द की उपस्थिति उसकी रक्षा के लिए पर्याप्त थी, फिर भी खतरा इसी हिस्से से अधिक था, क्योंकि कैम्पस के पार नाटे वृक्षों का घना जंगल था। डर उसे वहाँ रहनेवाले जंगली जानवरों से निश्चय ही नहीं था, उन सभ्य मर्दों से था, जो कैम्प/कैण्टोनमेण्ट में रहते थे, और जरूरी नहीं था कि वे परिवार के साथ न रहते हों। पर क्या वे वास्तव में मद्धिम रोशनी से डर जायेंगे? क्या रोशनी का इस्तेमाल डराने के लिए हो सकता है।

रात समाप्त होने से पहले जो गाढ़ा सन्नाटा फैला होता था और उससे वातावरण काफी भारी हो गया होता था, उस वक्त उसे मद्धिम रोशनीवाले शीशों के उस पार एक छाया चलती-फिरती दिखायी देती थी। वह उस पर पहले ध्यान नहीं देता था। लगता था कि दरवाजों पर लगे पर्दों और चिकों के हिलने से परछाईं बनती थी। पर बार-बार देखने से उसे एक पैटर्न उभरता नजर आया तो उसकी जिज्ञासा बढ़ी। पहले लगा कि वह आदमी की एक छाया है, जो इधर-से-उधर जाने के दौरान रुक-रुककर कई मुद्राएँ बनाती हैं। बार-बार देखने से उसकी जिज्ञासा भय में तब्दील होने लगी। मन ने गढ़ लिया कि भूत है। भूत? हो सकता है कि बाहर से आया हो और इस घर में रहने लगा हो। फिर लगा कि भला बाहर से क्यों आया हो – इसी घर में कोई अप्राकृतिक मौत हुई हो और उसकी आत्मा मँडरा रही हो।

उसे लगा कि यह आत्मा बाहर निकल जाना चाहती है, लेकिन मोटी दीवारें और उनके बीच की मोटे शीशेवाली बन्द खिड़कियों के चलते निकल नहीं पाती। अगर खिड़कियाँ खोल दी जायँ तो वह निकल भागेगी। उसने सोचा कि इसके बारे में वह मादाम मावरी से बात करेगा। तुरन्त ही मन के दूसरे हिस्से ने कहा कि यदि वह पहले से इस परछाईं के बारे में न जानती होगी तो डर जायेगी। यह अच्छा न होगा। किसी दिन वह चाय पीने मादाम के साथ किचन में गया तो चुपके से कोई खिड़की, न हो तो रोशनदान की कुण्डी चुपके से खोलकर छोड़ देगा। डर था कि यदि ऐसा करते मादाम ने देख लिया तो वह उसकी नीयत पर शक करेगी। हालाँकि खिड़कियों की सलाखें बड़ी मजबूत थीं। उन्हे तोड़कर कोई भीतर नहीं आ सकता था। पर शक के लिए तर्क की जरूरत नहीं पड़ती। वह बाधक भी नहीं होता। जो भी हो आत्मा को मुक्त कराने के लिए जोखिम तो उठाना ही पड़ेगा। प्रेतात्मा मौका मिलने पर स्वयं ही पल्ले खोलकर निकल जायेगी। ऐसा सुयोग उसे बड़ी मुश्किल से मिला और जब मिला तो उसने पूरा फायदा उठाया। झट से एक खिड़की की ऊपर और नीचे की दोनों सिटकिनियाँ खोल दीं।

कई दिनों तक वह अपने कमरे में देखता रहा कि पल्ले अब खुलें, तब खुलें। किन्तु हफ्तों बीत गये, वे नहीं खुले और छाया अपनी नियमित करतब दिखाती रही।

वह एक भारी रात थी – दीवाली या शिवरात्रि की तरह की, जिसमें तान्त्रिक लोग, क्या मर्द क्या स्त्री, अपने मन्त्र जगाते हैं। जब मादा लोमड़ी रातभर अपनी माँद खोजने के दौरान फेंकर-फेंकर कर चुप हो गयी तो वह उठा और खिड़की के पास आया। वह छाया के करतब दिखाने के क्षण की प्रतीक्षा में साँस रोके खड़ा रहा। प्रतीक्षा थी तो बड़े थोड़े समय की, पर उसे लगा कि वर्षों बीत गये हैं, अगोरते हुए और अब अधिक अगोरा नहीं जा सकेगा। या तो वह अचेत होकर गिर जायेगा, या फिर उसी मुद्रा में पत्थर का बन जायेगा। हो सकता है कि ऐसा प्रेत के काम में बाधा डालने के कारण हो। भले ही प्रेत खिड़की खोलकर बाहर न आये, उसकी अपार्थिव आत्मा तो कहीं भी बेरोक-टोक जा सकती है। वही उसे अचेत करेगी या जमा देगी। उसने भागने के लिए मन दृढ़ किया ही था कि उसे किचन के पासवाली खिड़की पर छाया को उभरते हुए देखा। उसकी साँस रुक गयी और पाँव जड़ हो गये। यह भय के कारण था कि जिज्ञासावश, कुछ स्पष्ट नहीं था। हो सकता है, दोनों हो। वह छाया परिचित मुद्राओं को बनाती उस खिड़की की ओर बढ़ने लगी। वह साँस रोके छाया की चाल से अपनी सिर-मद्रा को मिलाकर उसे एकटक खिड़की और दीवार के उस पार देखता रहा। वह छाया जब खुली सिटकिनी के पास आयी तो उसने खिड़की को ढकेलकर खोलने के लिए हाथ उठाया। पर हाथ उठे ही नहीं। वे उसकी देहयष्टि से पूरी तरह से चिपक गये थे। तो क्या वह 'फ्रीज' हो रहा है? क्या वह बुत बन जायेगा? पत्थर का बुत! तो आत्मा ने अपना काम कर दिया है। तो फिर प्रेत उस पार रह गया है? वह लगभग ठण्डी रात में पसीने से डूब गया। छाया आगे की खिड़की

की ओर बढ़ गयी थी। उसका सिर उसकी गति के साथ ताल-मेल बिठाते हुए उधर ही घूम गया था। तब यह कैसे हो सकता है कि वह 'फ्रीज' भी हो गया है, सोच भी रहा है और घूम भी जा रहा है? नहीं-नहीं, वह वैसे ही है, जैसा कि वह है। उसने झट से हाथ बढ़ाया और ढकेलकर खिड़की के दोनों पल्लों को एक साथ खोल दिया। एक पल्ले से भीतर की हवा बाहर आयी, दूसरे पल्ले से बाहर की हवा भीतर आयी। पल्ला खुलने के साथ जो ध्वनि हुई थी उसकी प्रतिक्रिया में एक आक्रान्त नारी स्वर लगभग चीखते हुए 'कौन' की ध्वनि के साथ और भरभराकर, कहें अचकचाकर एक कद-काठी बैठ गयी। दिवांग को पहचानने में देर न लगी कि यह स्वर भावरी का है। दिवांग को लगा कि छाया ने मावरी को दबोच लिया है। यानी प्रेत भीतर नहीं, बाहर था, भीतर उसकी आत्मा थी। इसीलिए वह 'फ्रीज' नहीं हुआ था। आत्मा और प्रेत के मिलते ही छाया ने मावरी को दबोच लिया है। दिवांग ने भीतर झाँककर चीख की दिशा में देखा। मावरी मादरजात नंगी एक हाथ से वक्ष, दूसरे से उरु प्रदेश ढक 'बैटिल क्राउच' पोजीशन में बैठी सहमी आँखों से तिरछे उसकी तरफ देख रही थी।

कई दिनों तक दिवांग पैट्रिशिया मावरी के सामने नहीं पड़ा। साहस ही न हुआ। वह कस्बे में कोई कमरा ढूँढ़ता रहा, जहाँ जाकर रह सके। बार-बार सोचता रहा कि क्यों न घर लौट जाय, यहाँ कोई काम तो हो नहीं रहा। पैट्रिशिया भी उसके सामने नहीं पड़ी, लाज का दबाव इतना तगड़ा था। वह नौकरानी से खाना-नाश्ता दिवांग के बासा में भेज देती। वह रखकर चली जाती। दोनों एक अजीब तनाव हफ्तों झेलते रहे। सोचते रहे कि दोष किसका है। दोनों का है और किसी का भी नहीं है। पर इतना तो तय था – मावरी सोचती – कि दिवांग उसे चोरी-चोरी देख रहा था, जाने कब से देख रहा था। उस दिन देखने के तनाव पर विजय नहीं पा सका और फटाक् से खिड़की खोल दिया। पर खिड़की खुली कैसे? निश्चय ही वह सिटकिनी पहले ही किसी दिन खोल गया होगा – उस दिन तो आया नहीं था। दिवांग को लगता था कि वह उस बरामदे में कसरत करने कम और उसकी आहट लेने अधिक वह प्रतिदिन आती थी। वही था कि उसका मन नहीं समझता था। शायद इसीलिए वह बेचैन हो निर्वस्त्र होकर टहल-टहल कर बन्द खिड़कियों के पार उसके बासा की तरफ देखती रही थी।

एक दिन सुबह पैट्रिशिया मावरी तैयार हो, दिवांग की रिहाइश में गयी, दिवांग के घर से बाहर निकल जाने के पहले। वह अपने तनाव से मुक्त हो गयी थी। कहा, "कहाँ दिन-रात घूमते रहते हो।"

इसके पहले कि वह कोई जवाब देता, वह आगे बोली, "जैसे आते-जाते थे, वैसे ही आया-जाया करो।"

दिवांग ने सकुचाते हुए कहा, "आई एम सॉरी...।"

उसकी बात काटकर मावरी ने कहा, "जो हुआ, सो हुआ।"

तो इसने मुझे क्षमा कर दिया है। हो सकता है कि तब मेरा सोचना ठीक था। मावरी को लगा कि उसने दिवांग का संकोच दूर कर दिया है। अब वह सहज होकर रहेगा।

जब वे सहज हो गये और पहले की तरह कई दिन तक बरतते रहे तो मावरी ने कहा, "मैं अपने पालतू कुत्तों से बढ़कर किसी को प्यार नहीं करती।"

"पर वे हैं कहाँ" दिवांग को एक बार लगा कि यह व्यंग्य है, दूसरी बार लगा कि कौन जाने यही सत्य हो।

"मेरे गाँव फुटमावरी में हैं।"

"कई हैं क्या?"

"चार कुत्ते अलेक्जेण्डर, अशोक, विक्रमादित्य और अकबर।"

"चारों बादशाह हैं।"

"और एक कुतिया एलिजाबेथ।"

दिवांग ने निर्विकार भाव से पैट्रिशिया की ओर देखा। उसी निर्विकार भाव से देखते हुए पैट्रिशिया ने कहा, "चारों बादशाह उस महारानी के लिए तड़फते रहते हैं, आपस में लड़ते रहते हैं। यदि किसी को बच्चा पैदा करने का 'फेवर' ग्राण्ट कर देती है तो बाकी तीन आपस में लड़ते रहते हैं। फिर साल भर बाद वह किसी दूसरे को फेवर ग्राण्ट करती है तो बाकी तीन लड़ने लगते हैं। ... और यह सिलसिला चलता रहता है।"

इस बीच लाचित सेना और असम मुक्ति मोर्चा के झगड़े खुलकर सामने आ गये थे। उसका खामियाजा कैडर को नहीं, लोगों को भुगतना पड़ रहा था। जैसे ही एक के समर्थकों को एहसास होता कि दूसरा उनके बीच प्रभाव बढ़ाने का प्रयास कर रहा है, तो वे उन पर पिल पड़ते। यह धीरे-धीरे हिंसक होता जा रहा था। उसमें समर्थकों की पहचान समाप्त होती जा रही थी और कोई किसी पर भी सन्देह कर मौत के घाट उतार देता था। सरकार के पास इसे रोकने का कोई साधन नहीं रह गया था और वह किसी को भी कहीं से भी पकड़कर बन्द कर देती थी। दिवांग को लगा कि उसके ऊपर भी मरियानी और जोरहाट दोनों जगह की पुलिस निगाह रख रही है, क्योंकि वह बाहर का आदमी है और किसी पुख्ता और स्पष्ट कारण के यहाँ रह रहा है। पूरे इलाके में घूम रहा है तो जरूर इन दोनों में से किसी एक गुट के लिए काम कर रहा है। इसलिए उसने तय कर लिया कि वह वापस मंगलदोई लौट जायेगा और लम्बोदर साइकिया से मिलकर कोई योजना बनायेगा या वहाँ जो अभियान विनायक या ब्रह्म चला रहे होंगे, उससे पूरी तरह से जुड़ जायेगा। उम्र तेजी से भागती जा रही है। अभी भी कुछ सार्थक कर लेना जरूरी है।

अपना इरादा बनाने के लिए वह पैट्रिशिया मावरी के घर गया। वह छुट्टी का दिन था। शाम होने में काफी देर थी। इसलिए चाय की तैयारी की कोई सुगबुगाहट नहीं थी। तब जाहिर था कि वह अपने सोने के कमरे में होगी। ड्राइंग-रूम का दरवाजा भिड़का था।

सिटकिनी नहीं लगी थी। वह ठेलकर सीधे बेडरूम में गया। वह एक ढीली-ढाली फिरोजी रंग का रेशमी गाउन पहने हुए थी, जिसकी पेटी कमर पर कसी हुई थी। उससे उसका पुश्ता काफी उभर गया था। उसके एक-एक धारी का पता स्पष्ट चल रहा था। गले में छह लड़ियोंवाला छोटी-छोटी सफेद मोतियों का हार था, जिसके दानों के बीच छोटे-छोटे सोने के बुन्दे चमक रहे थे। उनकी आभा मोतियों पर भी पड़ रही थी, जो बेतहाशा दमक रहे थे। उसकी यह 'स्टाइलिश' पोशाक निश्चय ही उसकी उम्र के अनुरूप नहीं थी। वह अब नानी बन चुकी थी। तो भी शरीर के अनुरूप खूब था। उसकी ठोस और चौड़ी हड्डियाँ, उनसे बना शरीर का पूरा मजबूत ढाँचा, एकदम सीधा तना, उसकी गोरी कलाइयाँ और एड़ी से ऊपर की पिण्डलियाँ, भरी-भरी सुडौल बाँहें और टखने। कन्धे से लेकर कमर तक की पूरी सीध एक चौकोर बनाती हुई, धड़ और ठेहुने के ऊपर की जाँघ नीचे से ऊपर को मोटी होती हुई कसी माँसपेशियों से युक्त और दोनों की सन्धि के ठीक ऊपर नाभि की गहराई और वहाँ से नीचे की ढलान शेर के मस्तक की तरह उभरी हुई। उसके लोहित स्टील के रंग के खूब घने बाल, जिनके प्लेटों में इक्का-दुक्का सफेद बाल अलग से चमककर खूबसूरती बढ़ाते हुए। उसकी बादामी आँखें – बादामी रंग में कम, आकृति में अधिक – और गालों में अभी भी शैशव की बची चर्बी, भारी नितम्ब और पुष्ट कन्धे, थोड़ा लटककर उभरे उरोज, उसकी शक्ति, वजन और स्वास्थ्य के प्रमाण लगते थे। खुले में साँस लेती मुक्त काया जाहिर करती थी कि वह कितनी मारू है, इस बावन-तीरपन वर्ष की उम्र में।

दिवांग को आता देख वह उठ खड़ी हुई थी। दिवांग के अभिवादन पर मुस्कराने के साथ उसे एक क्षण के लिए आँखें बन्द कर लीं और इसके पहले कि दिवांग उसके दाँतों की स्निग्धता और ओठों की लालिमा को ठीक से संज्ञान में लेता वह झप से पलँग पर बैठ गयी और ऐसा ही करने के लिए दिवांग को भी इशारा किया। वह सोने का कमरा काफी बड़ा और रोशनी से भरपूर था। पलँग अंग्रेजों के ढंग का था, जिसके चारों कोनों पर मच्छरदानी टाँगने के लिए पतले खम्भे लगे थे। उन पर शहतीर की तरह पतली पट्टियाँ रखी थीं और उनके ऊपर मच्छरदानी को बड़े सलीके से लपेट दिया गया था। मच्छरदानी की किनारी पर हल्के रानी कलर के बेल-बूटे बनाये गये थे। ऊपर एक बड़े से राड से बिजली का पंखा लटका था। उसकी पत्तियाँ स्थिर थीं, उनको चलाने का यह मौसम नहीं था। उत्तर तरफ के बागीचे की तरफ की दोनों बड़ी-बड़ी खिड़कियाँ खुली हुई थीं। उनकी जालियों से बाहर का तेज उजाला मद्धिम होकर भीतर आ रहा था। हल्की हवा के साथ खिले गुलाब और मैगनोलिया की अति हल्की गन्ध भर रही थी। उतनी ही हल्की छहर-छहर की एक ध्वनि बाहर उभर रही थी। साफ जाहिर था कि बाहर कहीं से आकर एक टुकड़ा बादल बरसने लगा था, जिसकी बूँदें अभी धरती पर टपकना आरम्भ ही हुई थीं।

दिवांग ने कमरे के भीतर नजर डाली। जो तीन कुर्सियाँ कमरे के तीन कोनों में रखी होती थीं, वे नहीं थीं। वह उन्हीं में से एक पर बैठा करता था। वह स्टूल भी नहीं था, जो ड्रेसिंग टेबिल के सामने होता था और जिस पर बैठकर मादाम पैट्रिशिया मावरी शृंगार किया करती थीं। हाँ वह आदमकद शीशा जरूर वहीं था, जिसमें वे अपने को ऊपर से नीचे तक दिन में कई बार जरूर देखती थीं। लिहाजा वह सिरहाने के हत्थे से लगकर पलँग के एक कोने में बैठ गया। तब तक मावरी ने क्रोसिया उठा लिया था और धागों को फँसा कर उन्हें उल्टे-सीधे गाँथ-गाँथ कर बुनायी करने लगी थीं। दिवांग को लगा कि गोरखनाथ ऐसे ही अपना 'धन्धा' सुलझाते हुए 'निरंजन' पर ध्यान केन्द्रित करते होंगे। वे भी धीरे-धीरे सरककर सिरहाने के हत्थे से लग गयीं। धीरे-धीरे दोनों अपने बारे में बातें करने लगे, उन दिनों के जो उनके आपसी परिचय के पहले के थे। उनमें बचपन से लेकर यौवन तक की बातें थी। भोजन के अभाव से लेकर कढ़ाई से मिलनेवाले आनन्द तक की बातें थीं। उन कामनाओं की बातें थीं, जिन्हें स्वप्नों से निकालकर यथार्थ में लाने का अथक प्रयास था जो या तो गोरखधन्धे में उलझ कर भूली जा चुकी थी या अब इतनी नगण्य हो गयी थीं कि याद करने के बावजूद, करने लायक नहीं रह गयी थीं। बातें करते-करते कब दिवांग ने उनकी जाँघ पर गदोरी रख दिया था, पता ही नहीं चला। पता तब चला जब वह धीरे-धीरे सहलाने लगा और उसकी गदोरी का मक्खन पिघलकर उनकी जाँघ के पिघले मक्खन से मिलने लगा। तो उभी उन्होंने रोका नहीं, न ही कोई प्रतिक्रिया व्यक्त की जैसे इस हरकत को संज्ञान में ही न लिया हो। वह तो जब उसने अपनी उँगलियों को और ऊपर किया, उन्होंने क्रोसिया रखकर हाथ पकड़ लिया और उठाकर चूमते हुए कहा, ''ठीक से बैठो। मुझे लगता था कि तुम जानते हो कि तुम वह पुरुष नहीं हो, जिसे मैं तलाश रही हूँ।''

दिवांग इससे दुःखी नहीं हुआ। उदास तक नहीं। ठीक से बैठने के दौरान वह उनसे लगकर बैठ गया और दोनों हाथ उठाकर उनके कन्धे पर रख दिया। मावरी ने उसे सूनी आँखों से देखा। आँखों के ऊपर भाप की एक पतली पर्त उठकर बैठ गयीं। दिवांग हिलकर रह गया। उसे लगा कि वह उठना चाहती है। वह उठे नहीं, इसलिए उसने उनके कन्धों को दबाया। इस दौरान उसका सारा भार उनके ऊपर आ पड़ा और उससे बचने के लिए वह थोड़ा सरकी तो उसने उसे लिटा ही दिया और जैसे हड़बड़ी में हो, उसके ऊपर आ गया। शायद वह चाहती थी कि उसका सम्मान बना रहे; उसे पूरा विश्वास था कि उसे बचाकर रखने का उसे पूरा अधिकार है। उसने दिवांग को अभी तक लिफ्ट सिर्फ इसलिए दिया था कि उसका मन कुण्ठित न हो, पर इसका मतलब यह नहीं था कि वह उसकी गुप्त पवित्रता का उल्लंघन कर जाय। इसके लिए वह दिवांग को नैतिकता की मर्यादाओं को तोड़ने का मौका दे सकती हैं, पर सर्वस्व नहीं।

दिवांग के पास जैसे इन बारीकियों में डूबने-उतराने का मौका नहीं था। एक बार यदि उसने खाने का निवाला उठा लिया था, तो उसे खाना ही था चाहे – उसमें कितना ही ईंट-पत्थर क्यों न हो, उनसे दाँत ही क्यों न टूट जायँ, हाजमा ही क्यों न खराब हो जाय। इसलिए उसने अपनी निरन्तरता जारी रखी। उसे यह तो एहसास हुआ कि इस हरकत से वह हमेशा के लिए यह मित्रता, यह सौहार्द खो देगा, किन्तु वह इतना कमजोर पड़ गया था कि अपने को रोक नहीं सकता था। उसने बस कुछ उलट-पुलट किया और प्रसन्नता प्राप्त करने से पहले, बहुत पहले महसूस किया कि वह बहुत आगे नहीं जा सकता। हाँफते हुए और पसीना से भींगते हुए वह प्रसन्नता पाने से पहले ही भाग खड़ा हुआ। वह सन्नाटे की सुरंग के मुहाने पर ही फदफदाकर रह गयी, जबकि वह अपनी थकती साँस को रोके रहने का, अन्दर ही भरे रहने का अथक प्रयास करता रहा, जीवन व मृत्यु को विभाजित करनेवाली पतली रेखा के बीचोबीच प्यार की पराकाष्ठा पर, जब उस शारीरिक कर्म ने साथ नहीं दिया था, जो प्यार का सिर्फ एक नगण्य हिस्सा होता है। वह अपनी कमजोरी पर लज्जित होता, उसके लिए मृत्यु की कामना करता घर लौट गया।

पैट्रिशिया मावरी पीठ के बल लेटी रही और भापभरी आँखों से सीलिंग की नक्काशी देखती रही। काफी देर के बाद उसने एक गर्म उच्छ्वास फेंका। आँखों में तैरती भाप जमकर आँसू की एक बड़ी बूँद बन गयी और टूटकर लोर की तरह कोनों से बह गयी। उसने अपने दोनों हाथों को छाती पर रख लिया। उसके नीचे उसने हो रहे वृद्ध पर अथक हृदय की धड़कनों को त्वचा के उस पार से सुना, उसी ताकत, तेजी और अनिरन्तरता से धड़कता हुआ जैसे तरुणाई के दिनों में सुनायी देता था। लेकिन तरुणाई की किसी ऐसी घटनाओं को याद करने के बजाय अभी की घटी घटना को स्मरण करने की जगह, उसे महसूस कर सोचा कि इसके लिए बहुत ज्यादे प्यार उसी तरह से बुरा होता है, जिस तरह से 'नो लव एट आल'। दिवांग में दोनों ही था। इसके पहले शायद उसने प्यार नहीं किया था। अनुभव की कमी ने ही उसे मार डाला। अब उसी तरह आँखें नीचे किये घूमता रहेगा, जिस तरह से आँखें नीची किये गया है। मेरी तरफ आयेगा ही नहीं। उससे भी बढ़कर क्रोध से भर गया होगा और अपनी असफलता के लिए मेरी ही किसी हरकत को जिम्मेदार ठहरा रहा होगा। बहुत गलत भी न होगा। उसने जरा-सा भी सहयोग नहीं किया था, उलटे कुछ प्रतिरोध ही किया था, कोख दाब कर रखा था। यह असफलता उसे हीनता से भर देगी और हो सकता है कि इसके चलते वह आगे असफल होता ही चला जाय। यह उसके जीवन को चौपट कर देगी, जो सिर्फ वैवाहिक जीवन तक ही सीमित नहीं होगा। उसे इसके बाहर निकालना होगा, प्रौढ़ बनाना होगा। आखिर वह एक डॉक्टर है और यह उसकी नैतिक जिम्मेदारी है। वह आधी रात तक उसके बारे में ऐसे ही चित लेटी सोचती रही, और अपने किये जानेवाले प्यार का आश्वासन, या उसका तनाव

धीरे-धीरे लहरा-लहरा कर निकल गया। उसकी जगह यह मद्धिम भय पैठता गया कि अमर्ष से भरा दिवांग उसके पास कभी लौट कर नहीं आयेगा। पर उसे लाना होगा।

दिवांग स्नानकर कपड़े पहन बाहर निकलने को था कि इसके दरवाजे पर दस्तक हुई। वह भीतर तक काँप उठा और पसीने की एक बूँद उसके माथे पर चुहचुहा आयी। वह बूँद धीरे-धीरे एक लकीर बनी और नाक के सहारे छाती पर गिरी। जब वह नाभि की ओर बढ़ने लगी तो वह ऐसे सिहर उठा कि जैसे कोई पतली नागिन उसके कपड़ों के बीच से होती उतरती जा रही है। लगा कि उसके भय से वह अचेत ही हो जायेगा। उसके पाँव जमकर पत्थर के हो गये हैं और धरती में धँसे जा रहे हैं।

तभी दुबारा दस्तक हुई। लगा कि उसका दिल उछलकर बाहर आ गया है और छत की ओर उड़ता जा रहा है। उसने झट से सीने पर हाथ रख दिया कि जैसे वह टटोलकर सही स्थिति जानना चाहता है। लगा कि अभी पसलियों का पिंजर नहीं फटा है और इसी तरह कुछ देर दाबे रहा तो फटेगा भी नहीं। वह एक बिना गद्‌दी और बिना हत्थेवाली कुर्सी पर बैठ गया तो होंठ सूखते-से लगे। वह उठा और घड़े के पास जा पानी निकाल गटागट पीने लगा। तभी तीसरी बार दस्तक हुई। 'अब क्या करने आयी है' भुनभुनाता हुआ वह दरवाजे तक गया और खोलने से पहले बड़बड़ाया, "अब मार ही डालेगी।"

जैसे ही दरवाजा खोला स्तब्ध रह गया। जयदेव खड़ा था। उसे देखकर जो उत्साह हुआ उसने उसकी दिल की धड़कन को सन्तुलित कर दिया। पसीने की नागिन उसके पायजामें को पारकर जमीन पर गिर पड़ी और दायाँ हाथ अपने आप उसके दायें हाथ से मिलने के लिए फैल गया। उसने जयदेव को बड़े आदर से भीतर लाया और कहा, "महीनों से तुम्हें ढूँढ़ रहा हूँ...।"

इसके पहले कि उसका वाक्य पूरा हो जयदेव बोल उठा, "मुझे पता है। ...मुझे पता है कि तुम यहाँ कई महीनों से रह रहे हो। कितनी भाग-दौड़ कर रहे हो। पर उससे कुछ होनेवाला नहीं है। लोग घबरा गये हैं। पूरी तरह से डर गये हैं। वे बाहर आने को तैयार नहीं हैं। उन्हें लगता है कि बाहर आये तो वह दोनों में से किसी-न-किसी के विरुद्ध होना होगा ही और दोनों त्रासवादी हैं। उन्हें आज नहीं तो कल मार ही डालेंगे। वे इस मृत्यु से बचना चाहते हैं। बचने के लिए एक ही रास्ता है, समय रहते दुश्मन को मार डालने का। इसके लिए उन्हें संगठित करना है।..."

"पहले बैठो तो," दिवांग ने बीच में ही कहा। उसे स्पष्ट लगा कि जयदेव इतना भरा है कि फूट जाना चाहता है। फूटने से पहले वह गर्म हो रहा है जैसे उसकी सेफ्टी पिन निकाल ली गयी है और गैस एक बारगी बाहर निकल रही है, विस्फोट से पहले। वह घड़े के पास गया और एक गिलास पानी ले आया। उसे थमाते हुए बोला, "पीयो। तब तक मैं चाय बनाता हूँ। फिर बैठकर बातें करेंगे।"

जयदेव ने गिलास ले लिया और पानी गटागट पी गया। कहा, "मैं भी आता हूँ।"

दिवांग ने कोई उत्तर नहीं दिया। चाय चढ़ाकर केतली का स्विच खोल दिया। केतली के बाहर चिपकी पानी की बूँदों के जलने की चिटचिटाहट हुई तो सिर फेरा। जयदेव डिब्बों को खोलकर रखता जा रहा था – सभी खाली थे। दिवांग ने एक डिब्बा उठाया और खोलकर उसकी ओर बढ़ाया, "खाओ, बड़े अच्छे बिस्कुट हैं।"

"मैं खाना भी खाऊँगा।"

"चाय पीलो। बाजार चलेंगे।"

"वह ठीक न होगा।"

"क्यों?"

"पुलिस पीछे पड़ी है। शिवसागर में तो बिलकुल करीब थी। मैं कन्नी कटाकर ऊबड़-खाबड़ खेतों, नालों-पनालों, बागानों-खेतानों से होता यहाँ तक आया हूँ। थोड़ी शरण दो भाई। जान पर बन आयी है।"

"घबराओ नहीं, यहाँ कोई नहीं आयेगा। फौजी छावनी एरिया है। कमाण्डर से इजाजत लेनी होगी।"

"पर बाजार में कोई इजाजत नहीं लेनी होगी। सीधे गोली मार देंगे।"

"ऐसा कुछ नहीं होगा। मैं साथ हूँ न।"

"नहीं भाई। वे गोली मारने के लिए न भी हों, पहचनवाने के लिए लोग तो हैं। जो भी पहचानेगा, सीधे थाने जायेगा। यहाँ मैं चार वर्ष रहा हूँ।"

"ऐसा कुछ नहीं होगा और जब होगा, तब देखा जायेगा।"

"तुम घर में खाना क्यों नहीं बनाते?"

"उसकी व्यवस्था नहीं है।"

"ओह, तो होटल में खाते हो?"

"नहीं, मैडम के यहाँ से बनकर आता है।"

"वही आने दो।"

"उससे दो लोगों का पेट नहीं भरेगा।"

"तब दो लोगों का पेट भरने भर का बनवाने का कह आओ।"

उसके लिए बाहर जाना पड़ेगा। मादाम मावरी का सामना करना पड़ेगा। उससे तो अच्छा है धरती फट जाय और मैं उसमें खड़े-खड़े ही समा जाऊँ। जो भय, अमर्ष, ग्लानि गुस्सा उसे आक्रान्त किये हुए थी और जिस पर उसने अभी आधा-अधूरा ही विजय प्राप्त किये हुए था, वह लौट आया, उसके पूरे बदन में यहाँ-वहाँ कई जगह एक साथ पसीने की बूँदें चुहचुहा आयीं। लगा कि जहाँ नहीं चुहचुहायी हैं, वहाँ खुजली उठ रही है और चारों तरफ फैलती, दूसरे खुजली के स्थानों से जुड़ती जा रही हैं। उससे उबरने के लिए कहा, "वह हो नहीं पायेगा। हम बाहर चलेंगे। तुम चेहरा ढक लेना।"

"खूब कह रहे हो।"

"क्यों?"

"चेहरा ढकने से सन्देह और नहीं बढ़ जायेगा?"

चाय तैयार हो गयी थी। दिवांग ने फट दो बड़े-बड़े मग जैसे प्यालों में छाना, पट चारपाई के नीचे से एक कनस्तर खींचा। मुड़ी निकाल ली। प्याज और हरी मिर्च काटा। सरसों का तेल और नमक डालकर सबको मिलाया और जयदेव के सामने रख दिया।

दोनों चाय पीने लगे और बातें करने लगे। जयदेव ने बताया कि क्रान्ति के लिए जमीन पक रही है। इस बेमतलब के हिंसा ने लोगों को इतना समझा दिया है कि बिना हिंसा के कारगर प्रतिरोध हो नहीं पायेगा। वह हिंसा अपने भाइयों को बेमतलब बनाये गये, बल्कि घोषित किये गये शत्रुओं को मारने के लिए नहीं, वर्ग शत्रु को मारने के लिए की जानी होगी। विभाजन नस्ल और संस्कृति के आधार पर नहीं, आधार है वर्ग। वह नस्ल और संस्कृति के पार जाता है, एका स्थापित करता है। पर इनकी करतूत..."

"मैं समझ रहा हूँ।"

"वे निरा लूट-खसोट और फासिस्ट राज्य की संरचना में लगे हैं। हम उससे हटकर साम्यवाद... ।"

"मैं जान रहा हूँ।"

इसी तरह की बातें करते-करते वे मादाम मावरी के यहाँ से आये खाने को बाँटकर खा गये और कब सो गये, पता ही नहीं चला।

पहले मालिक, फिर मैनेजर का घर म्यूजियम बन गया था। रखवाली के लिए गार्ड रख दिये गये थे। टिकट घर खोल दिया गया था और सैलानियों की निरन्तर प्रतीक्षा की जा रही थी। वे आयें, इसके लिए काजीरंगा, माजुली और रंगपुर-गढ़गाँव के साथ मरियानी को जोड़ दिया गया था। पर इलाके में कोई चहल-पहल न हो पायी थी। सरकारी प्रचारतन्त्र से हटकर जो जन का प्रचारतन्त्र था, उसमें यह कहा जाता था कि वहाँ बच्चे नरमुण्ड से खेलते हैं, खून की रँगोली रची जाती है, बीहू के गीत सटक गये हैं, अनजानी पगध्वनि युवतियों की चीख की पूर्वाभास कराती है और एक गधा रूठ खूँटे से बँधा मुक्त होने के लिए गोल-गोल घूमता है। ऐसे ही एक गधे को मावरी ने प्रशिक्षित कर दिया था।

यह ऐसे ही नहीं हो गया था। उसके लिए लम्बे और निरन्तर प्रयत्न करने पड़े थे और वैसे प्रयत्न करने के योग्य वह थी। जब एक औरत एक पुरुष के साथ सम्बन्ध बनाने को ठान लेती है तो उसके रास्त में ऐसी कोई दीवार नहीं रह जाती, जिसे वह तोड़ न सके, ऐसी कोई नैतिकता नहीं रह जाती, जिसे नजरअन्दाज न कर दे, ऐसा कोई असमंजस नहीं, जिसे लेकर वह उधेड़-बुन में फँसी रहे।

वह काम पर जाने के बजाय दस बजे तक सोती रही। उठी तो चन्दन की खुशबूवाले साबुन से स्नान किया। हल्की सूती ब्लाउज और उस पर भारी स्पेन का थोड़ा ऊँचा स्कर्ट और ऊँची एड़ीवाला जूता पहना, बिना मोजे के। नौकरानी से हल्का-फुल्का नाश्ता बनवाया। बन जाने पर स्वयं ही दिवांग के क्वार्टर्स में गयी। वहाँ वे दोनों अभी तक सो रहे थे। निश्चय ही दोनों ने छककर शराब पी होगी रात, सोचते हुए उसने दोनों को जगाया और तैयार होकर तुरन्त नाश्ता करने के लिए आने का निमन्त्रण दिया। यदि जयदेव न होता तो दिवांग के जाने का सवाल ही नहीं उठता। सब-कुछ सामान्य दिखे इसके लिए उसने कल की भावनाओं पर नियन्त्रण किया – ऐसा आवरण ओढ़ा कि जैसे कुछ हुआ ही नहीं हो। नाश्ते की मेज पर वह मावरी को एक दूसरी आँख से देखता रहा, जैसे कि वह नहीं, वही बदल गयी है। मावरी को यह अच्छा लगा।

कई दिनों के बाद वह हारमोनियम लेकर बैठी और कई-कई खासी गीत सुना गयी। उनका एक भी शब्द दिवांग के पल्ले न पड़ा, किन्तु स्वर की कोमलता और लहर उसके तन्तुओं को छेदती हृदय की गहराइयों में पैठती गयी। बीहू के दिन आये तो जली बस्तियों में बसन्त के दिन आने के बजाय जराठ का मातम और उससे बढ़कर उसका आतंक सर्वत्र गूँजता रहा। लगा ही नहीं कि यह वही असम है, जिसमें उल्लास और औरत की कामेच्छा एकाकार होकर सर्वत्र नृत्य और उस पर ताल देते वाद्यों के थाप में फूट पड़ती है। ऐसे वीराने में भी नागालैण्ड के सीमावर्ती इलाकों में, जहाँ अलगाव की आग अभी भड़की थी, कुछ कण्ठ-स्वर फूटे तो वे क्षिण ही सही, मरियानी के कानों तक आये और तब मावरी के अकेले ही अपने बैठने के कमरे, पीछे के बड़े बरामदे और बड़े से किचन गार्डन में, जिसकी चहारदीवारी कोई पोरसा भर ऊँची थी, ऐसी धमाल मचायी कि दिवांग का मन बल्लियों ऊँचा उठ गया। हारमोनियम और खासी हिल्स के एक स्थानीय किस्म के गिटार को बजाना सीखते-सीखते दिवांग के गात की धमनी, सुषमा आदि नाड़ियों से बढ़कर इंगला-पिंगला तक झंकृत हो गयी। चेतन, अर्द्धचेतन और अचेतन मन के त्रिक में धँसती चली गयी, रजत रातों में थिरकती उसकी पैदाइश के दिन जैसी वस्त्रहीन काया। उन रातों में दोनों ने उत्कट प्रेम को एक-दूसरे के हृदय में उतार दिया, गो मावरी का अनुभवी दिल दिवांग के अनुभवहीन दिल से टकरा कर लौट-लौट जाता था। दिवांग को लगता कि वह लौटता हुआ दिल क्षितिज पर हिलता हुआ एक सफेद रूमाल है जो बिदा को स्वीकार कर रहा है कि अस्वीकार—कुछ भी स्पष्ट नहीं होता था—कि उड़ता हुआ कबूतर है जो दो व्यक्तियों की अनुभूति को सर्वत्र बाँटने के लिए बेतहाशा उड़ता जा रहा है, कि उदास कबूतर है जो जाने कहाँ-कहाँ की परिक्रमा करने के बाद एक बैठकर सुस्ताने की जगह की तलाश में क्षितिज में व्याप्त चुम्बकीय प्रभाव में गिरफ्तार हो गया है। उसे अक्सर लगता कि आदमी एक ही समय में प्यार में भी रहता है और प्यार के बाहर भी। और प्यार में रहते हुए एक ही हृदय के

कई कोषों में रह सकता है तथा हर कोष के बाहर भी, खण्ड-खण्ड से एक समग्रता रचता, और उसमें आनन्द से नाच उठने के बजाय चार आँसू भी रो सकता है, एक अपराध बोध में डूबा हुआ।

मावरी उसके अपराधबोध को समझती थी और उससे बाहर लाने के लिए कहती थी कि उस दिन प्रेत के अन्देशे में तुमने मेरा गात ठीक से नहीं देखा था। लेकिन जिस तरह से देखा था, उस तरह से दुबारा नहीं देखा जा सकता। उसका जो बिम्ब अंकित है, उसे मेटा नहीं जा सकता।

बिम्ब कोई नहीं मेटा जा सकता। पर यह कहाँ जरूरी है कि एक बिम्ब को मेटकर ही दूसरा बिम्ब चस्पा किया जाय। बिम्बों का सह-अस्तित्व भी तो बनाया जा सकता है। इस वाक्य का मर्म समझने में दिवांग को लम्बा समय लगा। और यह तभी सम्भव हो पाया जब मादाम मावरी उसके साथ लेटी उसके अंगों पर हाथ फेरती उसकी त्वचा के एक-एक स्वेदबिन्दु को जागृत कर देती। पर वह अपनी खोल से बाहर नहीं आता। तब वह उसके मांस और मांसपेशियों को धधकाती। वह तब भी अपनी खोल से बाहर नहीं आता। तब वे अपनी वजन से उसकी हड्डियों को तोड़तीं और वह तब भी बाहर नहीं आता। एक बार वह बाहर आया भी तो उस कूट की टूटन से बाहर आने के लिए। और ऐसा कई बार होने के बाद उसमें ऐसा आत्मविश्वास जागा कि एक रात उन्हें उलट दिया और कूट-पीस कर आटा-चावल बना दिया। चीनी और शहद में डूबी हुई मावरी को यह अपनी और अपनी निजी विजय लगी कि एक कायर को अब पूरा मर्द बना दिया है और ऐसा मर्द बनाया है कि दुनिया की कोई ताकत उसे हरा नहीं सकती, चाहे सर ही क्यों न काट दे।

उसी रात तीन-साढ़े तीन बजे के नावक्त आत्मविश्वास से भरा वह पुरुष ताजा और पुनर्नवा होकर लौटा। रोशनी में उसे देखकर मावरी को उतनी ही खुशी हुई, जितना अँधेरे में देखने के बजाय महसूस करने की कल्पना में हुई थी। उम्र की बिना किसी सीमा में बँधा छाते की तरह कसे और चमकीले गहरे रंग के चामवाला, जिस पर रोयें नहीं थे काँख और उरु प्रदेश को छोड़कर। उसने अपना अस्त्र बैजयन्ती की तरह उठा रखा था, अपना साहस और आत्मविश्वास बरकरार रखने के लिए। उसने उसे रात में पहने जानेवाले गाउन को उतारने तक का मौका नहीं दिया, जिसे उसने भोर की हवा की चुभन से बचने के लिए डाल लिया था। उसकी जल्दीबाजी से, वह लगभग काँप उठी, पर उससे न तो डिस्टर्ब हुई, न आक्रान्त, क्योंकि उस वक्त प्यार और मुग्धता में अन्तर करना कठिन था। और जब सब-कुछ समाप्त हो गया तो जैसे वह पूरी तरह से खाली हो गयी। खाली आँखों से ही वह उसे जाते हुए देखती रही और यह सोचकर हलके से मुस्करा पड़ी कि आत्मविश्वास से भरा यह पुरुष आगे कई-कई पुरुषार्थों को साधेगा।

जिस दिन वह मरियानी छोड़कर चला जानेवाला था, उससे पहले की रात हमेशा की तरह वह आगे बढ़ा और उसे चिढ़ाने के लिए उसने रास्ता बन्द कर दिया। किन्तु इस बार उसने लगभग उसकी प्रत्यक्ष सहमति के बिना ही निशाना बेध दिया। ऐसा दिवांग को भी लगा जब यह महसूस किया कि उसने अपना चेहरा घुमा लिया है, जिससे कि वह उस पर पसरी शर्म की पर्त को न देख सके – एक ज्वलन्त बचकानी शर्म, अपने ही तरह का जीवन रखनेवाली, अपने ही तरह की उद्धतता जो उसके सन्ताप को उसी पर पलट देती थी। उसी क्षण मावरी के मन में आया कि कह दे कि अबकी बार जाते हो तो फिर लौटकर मत आना। किन्तु यह प्रेम में प्रेम के ही युद्ध को आमन्त्रण देना होता, जो जाते हुए आदमी के साथ करना उचित नहीं होता। ऐसा भी हो सकता था कि वह हँस दे और उनके शिकायत का उत्साह और चुभन जाती रहे। उस क्षण को हमेशा के लिए आत्मा पर अंकित कर लेने के लिए दोनों ने एक साथ उच्छावास छोड़ा और अस्पष्ट फुसफुसाहट में ऐसा वादा किया जिसे ता-जिन्दगी भूलना नहीं था। ऐसा शायद हुआ भी।

25

पूरनचन्द ब्रह्मा लोअर असम के दौरे पर निकले तो लगा कि समय और समाज वही नहीं रह गया है, जिन्हें वे पिछली बार छोड़कर गये थे। ठगचन्द्र कुर्मी ने अपने छोटे-छोटे लेखों से और असम चाय बागान छात्र सभा ने अपने छोटे-छोटे आन्दोलनों से गुवाहाटीवाली धरना पर पूरे इलाके को मथ डाला है। उसमें तमाम दूसरे लोग भी कूद पड़े है। अखिल असम छात्र एकता ने उससे प्रभावित होकर घोषित कर दिया है कि सिर्फ एक घटना से असमिया राष्ट्र निर्माण की प्रक्रिया समाप्त नहीं हो जायेगी, शासक वर्ग की शोषक शक्तियाँ चाहे जितना जोर लगा लें। पूरन चन्द्र ब्रह्मा को हँसी आती है, इस शब्दावली पर। है तो कम्युनिस्टों की, पर इतनी आम हो गयी है कि जो चाहे वही इसका इस्तेमाल करने लगा है। उसे लगता है कि लोग इससे आकर्षित होते हैं। पर उसका अर्थ कोई नहीं समझा, समझने की जरूरत भी नहीं समझता। जो भी हो, कुछ शक्तियों ने चाहे वे शासक वर्ग की और उसकी शोषक मानसिकता की न भी हों, इस गठबन्धन को पूरी तरह से नकार दिया है और कहने लगी हैं, कि यह आन्दोलन समूचे असम की भलाई के लिए शुभ नहीं है। उन्हीं में हैं कालीपद सेन। वे गाँव-गाँव घूमकर कह रहे हैं कि सभी अल्पसंख्यकों को संगठित होकर मुख्यधारा के असमिया लोगों का मुकाबिला करना चाहिए। मुख्यधारा से उनका मतलब अपर असम के अहोम और लोअर असम के बड़-कछारी लोगों से है। सभी अल्पसंख्यकों से उनका मतलब सिर्फ बंगाली हिन्दू ही नहीं, स्थायी रूप से रह रहे बंगाली मुसलमान भी हैं और वे आदिवासी जन भी हैं, जो कोई सौ

वर्षों में भारत के भिन्न हिस्सों से आकर यहाँ रह रहे हैं। वे पहाड़ी लोग भी हैं जो इन मैदानी लोगों से भिन्न हैं। पूरन चन्द्र ब्रह्म को लगता है कि इन चारों को यदि एक में मिला दिया जाय तो बोडो लोग अपने आप अल्पसंख्यक हो जायेंगे। तो उनका यह कहना भला कहाँ सही है कि ये गैर-असमिया लोग अल्पसंख्यक हैं। ऐसा कहनेवाले कालीपद सेन के खेमे में भी हैं। नागरिक अधिकार सुरक्षा समिति के लोग वही हैं। पूर्वी पाकिस्तान में तब बंगाली उभार आया था, तब इसका निर्माण हुआ था, असम में बंगाली अस्मिता को दबा देने के लिए। जब पूर्वी बंगाल में विद्रोहियों को सफलता मिल गयी स्वतन्त्र बाँग्लादेश बनाने में तब से उनका दिमाग खराब हो गया है। वे जोर-शोर से अपनी उपस्थिति जताने में जुट गये हैं। बात इतनी ही तक रहती तो ठीक थी, उन्हें तो समर्थन मिलने लगा है, जमायत उलेमा हिन्द से। उन्हीं के पीछे पूर्वी बंगाल से आये हर तरह के मुसलमान संगठित हो रहे हैं। ऊपर से उन्होंने आदिवासियों के भीतर पैठ बनाकर एक अखिल असम अल्पसंख्यक छात्र संगठन खड़ा कर लिया है। तीनों मिलकर एक संयुक्त अल्पसंख्यक मोर्चा गठित करने में लगे हैं। ऐसे में विनायक वसुमतारी का एक नया राजनैतिक दल संगठित करना कितना प्रभावशाली होगा?

वह और आगे बढ़ा तो पाया कि प्लेन ट्राइबल काउन्सिल आफ असम की गतिविधियाँ बढ़ गयी हैं। गुवाहाटी की घटना के बाद उसने कहना शुरू कर दिया है कि बड़ लोगों का कल्याण तभी होगा जब उन्हें अपना होमलैण्ड मिलेगा। इसके लिए जरूरी है कि उदयाचल की माँग को तेज किया जाय। इससे यदि बड़ लोगों को एक अलग देश नहीं मिलता है तो एक अलग प्रान्त मिलना ही चाहिए। उससे पहले जरूरी है कि उनका इलाका एक केन्द्रशासित प्रदेश बने। उसके लिए दल के कार्यकर्त्ता गाँव-गाँव घूम रहे हैं। लोगों में थोड़ी जागृति आयेगी तो बैनर-पोस्टर टँगेंगे, सभाएँ होंगी, प्रदर्शन होगा, बड़ा आन्दोलन चलाया जायेगा। उसके लिए जिले के स्तर पर कमेटियाँ बना दी गयी है। उन्हें अधिकार दिया गया है कि वे ब्लाक के स्तर पर, हो सके तो गाँव के स्तर पर समितियाँ बनायें और युवाओं को जोड़ें। भीतर-भीतर इतनी तैयारियाँ हो गयी हैं और वसुमतारी को पता नहीं। जरूरत है पहले इस नीति से निपटने की। तभी पार्टी बनाने की कोई बात चल पायेगी।

प्रात का नभ था और सूरज का मुँह बदलों से ढका था। बादलों के कोरों को पार कर कमजोर किरणें बाहर आ रही थीं, जिससे सूरज की आभा क्षीण ही सही, हर तरफ गोचर हो रही थी। सूरज दिख नहीं रहा था, पर वह है – इसकी पुष्टि इससे हो रही थी। वसुन्धर को लगा कि होने की प्रतीति भी सम्बल देती है और उसके आधार पर भी कुछ किया जा सकता है। उसकी चिन्ता यह थी कि खेतों को बलात् बो तो लिया गया है – अपने ही खेतों को – पर क्या काटा भी जा सकेगा? तमाम सूत्रों से आये दिन जानकारी मिलती है कि जैसे हमने बलात् बोया है, वैसे ही बलात् काटने के लिए मियाँ

लोग पूरी तैयारी कर रहे हैं। हर गाँव, बस्तित और कैम्प में मुर्गा घुमाया गया है कि खेती काटनी हमें ही है, चाहे जिसने बोया हो। ऐसा तभी हो पायेगा, जब एक-एक आदमी इसमें हिस्सा लेगा। इसमें खतरा बहुत है। जान तक जा सकती है। इसलिए सबको बाहर निकलना है और एकसाथ बाहर निकलना है पूरे इलाके में एक ही दिन। अभी तो इस घुमाये जा रहे मुर्गे की शपथ लेनी है इसके लिए।

बड़ लोगों में न तो काटने की तैयारी थी, न ही काटनेवालों का विरोध करने की। इसके लिए कोई पहल भी नहीं कर रहा था। अपनी ही सम्पत्ति के प्रति कोई इतना निःसंग कैसे हो सकता है? वसुन्धर की पतली बुद्धि में यह बात समा नहीं रही थी और वह अपनी बुद्धि मोटी कर पागलों की तरह बौड़िया रहा था। जिससे भी वह बात छेड़ता, वह झिड़क देता, "तुम्हारे पास एक ही राग है गाने के लिए, पर हमारे पास और भी काम हैं करने के लिए। उससे निबटूँ तो सोचूँ।"

वसुन्धर कहता है, "हे भाई, यह काम प्राथमिक है। इसी काम पर सारे काम आधारित हैं। यदि आधार ही ध्वस्त हो जायेगा तो ऊपर के काम कैसे होंगे?"

"अभी जो हो रहा है उसे होने दो। जब समय आयेगा तब वह भी हो जायेगा।" वह झटक कर चल देता अपना तात्कालिक काम करने के लिए और वसुन्धर घिघियाता रह जाता, "हे भइया, इतना बड़ा काम नहीं होता मनचीति के आधार पर अचानक, तत्काल।... तुम्हें पता है दूसरा खेमा कितनी तैयारी कर रहा है।"

वह गाँव-गाँव घूमा और तमाम झिड़कियों में और झिड़कियाँ जुड़ती चली गयीं। किसी ने कहा, "भूखा बंगाली भात भात चिल्लाय। यही गति वसुन्धर डांगोरिया की हो गयी है।"

वसुन्धर इस पर पलट-पलट कर गौर करता, क्यों वही है कि अपनी जमीन के लिए मारा-मारा फिर रहा है। आखिर जमीनें तो इतने लोगों की गयी हैं। पर वे कें-कें नहीं कर रहे हैं। या तो सन्तोष कर लिये हैं कि चली गयी तो चली गयी, अब जान तो देंगे नहीं। जान बची रही तो फिर जमीन कर लेंगे, यहाँ नहीं तो वहाँ। इसके लिए लड़ा-भिड़ा और जान दे भी दिया तो क्या गारण्टी कि मिल ही जायेगी। इसलिए जान बचाकर रखो और दूसरी जगह तलाश करो। पर तलाश करोगे कहाँ? अब जमीन है ही कहाँ? सुना है कि बक्सा की तरफ जंगलों में लोग साफकर खेती बना रहे हैं। बनाओ भाई, उसे भी एक दिन बहिरागत छीन लेंगे। ये लोग इतना असहाय अनुभव कर रहे हैं कि कुछ करते ही नहीं। हमारा जातीय स्वभाव रहा है कि पूरब से कौमें ढकेलती हैं तो हम पश्चिम सरक जाते हैं। अब दक्षिण से ढकेल रहे हैं तो उत्तर सरक रहे हैं। पर सरककर जायेंगे कहाँ? तब आबादी कम थी, जमीन इफरात थी। अब आबादी अधिक है और जमीन है ही नहीं। इन्हीं स्थितियों में पछीमा लोगों के मन में अपनी धरती को माँ मानने का भाव जागा होगा। इस माँ के भाव के कारण वे सौदा नहीं करते। कोई एक इंच ले ले तो मरने-मारने पर

उतारू हो जाते हैं। दशकों मुकदमा लड़ते हैं, उसके लिए निहंग हो जाते हैं। पर छोड़ते नहीं। अब पश्चिम से एक और हवा चली है। खेती करना पिछड़ापन का लक्षण है। इसलिए नौकरी करो। खेती छोड़ो। न छोड़ पाओ तो बेच दो। उद्योगपति लोग उस पर उद्योग लगायेंगे। उसमें मजदूरी करना। प्रभावी वर्ग हमेशा अपने पक्ष में एक दर्शन रच लेते हैं। गनीमत है वह हवा अभी असम नहीं पहुँची है, पर देर-सबेर पहुँचेगी ही।

यही सब सोचता-विचारता वह वसुमतारी के घर पहुँचा। और कोई चारा नहीं था। किरण की अन्तिम उम्मीद था। वही जो करे वही सो करे। और भला किसका मुँह देखा जा सकता है?

विनायक वसुमतारी का मुँह लटका हुआ था। जबसे पूरन चन्द्र ब्रह्म ने अपना विश्लेष रखा था, उसका अपना विश्लेष गड़बड़ा गया था। कहाँ तो सोचा था कि नयी पार्टी बनाने का अनुकूल अवसर आ गया है, ओर कहाँ लग रहा है कि अचानक वह बहुत दूर चला गया है। ऐसे में पी.टी.सी.ए. से ही समझकर चलना पड़ेगा। तभी उसकी निगाह वसुन्धर पर पड़ी। उसके उदास चेहरे पर अभी भी उम्मीद की एक किरण झलक रही थी। वसुमतारी को लगा कि उस किरण को पकड़ना चाहिए। अपने खेत के लिए फेंकर-फेंकरकर रोने की जगह पूरे इलाके की खेती के लिए मरा जा रहा है। हर जगह से उसे दुत्कार मिलती है। जिनकी गयी है वे दुत्कारते हैं, जिनकी नहीं गयी है वे हँसते हैं। सरकार से कोई उम्मीद नहीं है – वह लोगों को बझाकर रखना चाहती है और उसकी हुनर जानती है। प्रशासन की क्रूरता जग-जाहिर है। तमाम राजनैतिक दल समस्या को उलझाकर रखना चाहते हैं। अपनी रोटी सेंकते रहने के लिए। दुश्मन लोग निरन्तर तैयारी में लगे हैं हर सम्भावना से मुकाबिले के लिए। फिर भी यह मर्द जुटा है। यह हमारे समय का गाँधी है।...

अपने मन की बात वसुमतारी ने ब्रह्म से कही थी। ब्रह्म अवाक् रह गया था, "क्या गाँधी ऐसे ही होते हैं?

"क्यों नहीं।"

"भला कैसे?"

वसुमतारी की आँखों के सामने वे बिम्ब कौंध गये जब नटाल में टी.टी.ई. ने गाँधी को गर्दनिया कर ट्रेन के डिब्बे से बाहर ढकेल दिया था। फिर उनके सामान को उनके ऊपर दे मारा था। कोई सामान्य आदमी होता तो उठकर दायें-बायें देखता, कोई परिचित नहीं दिखता तो प्रसन्न होता कि चलो इस असम्मान को किसी ने देखा नहीं। अपना धूल झाड़ता, सामान उठाता और चल देता बिसूरता हुआ कि वह कमजोर है, इसलिए उस पर यह अत्याचार हुआ है। अब समय कहाँ रहा कि वह सशक्त हो। कोई बहादुर आदमी होता तो बिसूरता नहीं, योजना बनाता कि इसका बदला लूँगा आज नहीं तो कल और

बारह बरस तक उस अवसर का इन्तजार करता। वाघा जतिन, ऊधम सिंह, भगत सिंह ऐसे ही पुरुष थे। पर गाँधी के मन में दोनों बात नहीं आयीं। आयीं तो यह कि मैं राजकोट के दीवान का बेटा, इंग्लैण्ड से बैरिस्टरी पढ़ा, यहाँ आया न्याय दिलाने और उसके साथ ऐसा बर्ताव हो रहा है, तो हमारे यहाँ से जो लोग गिरमिटिया मजदूर बनकर आये हुए हैं क्योंकि निरीह लोग हैं तो उनके साथ कैसा बर्ताव हो रहा होगा। यहाँ अन्याय का आलम यह है कि वह रंग देखकर किया जा रहा है। लड़ाई इसके विरुद्ध छेड़ी जानी चाहिए। ''उन्होंने अपने अन्याय को समूह के अन्याय में रूपान्तरित कर देखा। लड़ाई अपनी मर्यादा के लिए नहीं, अपनी कौम की मर्यादा के लिए लड़ी। यही वसुन्धर कर रहे हैं।''

काहे का गाँधी! वसुन्धर ने सोचा। उसे यु लिन के साथ हुई बात याद आ गयी। यु लिन ने कहा था कि गाँधी ने सरकार के हर काम का बॉयकाट करने का आह्वान किया था, क्या उसका कानून, क्या उसकी पुलिस, क्या उसका न्यायालय। उन्होंने हर आदमी को अपने में पूर्ण होकर रहने की बात कही थी, जिससे कि वह स्वतन्त्र रह सके, दूसरो के साथ बराबरी अनुभव कर सके।

''क्या मतलब?''

''यही कि अपना अन्न स्वयं उपजाओ, अपना कुआँ खुद खोदो, अपनी झोंपड़ी स्वयं छाओ, अपना कपड़ा स्वयं बुनो और अपने दरवाजे पर टर्रा कर सोओ।''

''पर क्या ऐसा सम्भव है? आज हर आदमी परजीवी होता जा रहा है। दूसरों पर इतना निर्भर होता जा रहा है कि अपना वजूद ही गँवा बैठा है। वह सिर्फ उत्साहित करने के लिए उत्साहित किया जा रहा है, जिसका वह विशेषज्ञ है। उसके खेत की मिट्टी तक शोधित कर बतायी जा रही कि वह क्या बोये। उस बेचकर दूसरी वस्तुओं को खरीद रहा है। वस्तुओं को ढोकर ले जानेवालों की, खरीदवाने-बिकवानेवालों की पूरी फौज खड़ी हो गयी है। सरकार उन्हीं की सुन रही है, उन्हीं की रखवाली कर रही है। सच्ची बात यह है कि सरकार उन्हीं लोगों की है। वे ही सरकार बनाते हैं और उसी में रहते हैं। पूरा देश – मेरा मतलब है, जो भी कुछ कर सकता है वह दलाल की भूमिका में आ गया है। हम तो उनके यहाँ न्याय के लिए गिड़गिड़ाने जाते हैं – न्याय यानी अपने हित की रक्षा। नहीं हो पाता तो उनके पास जाते हैं जो भी सत्ता में है, उन्हें अपदस्थ कर किसी दिन सत्ता में आयेंगे। तब वे भूल जायेंगे कि कोई वसुन्धर भी है जो उनके द्वारे न्याय दिलाने के लिए गिड़गिड़ाने आता था। आज न्याय देने की स्थिति में हैं, पर देंगे नहीं। उन बिचौलियों का हित-साधन करेंगे जो उन्हें उलट देने की क्षमता रखेंगे। और वसुन्धर गिड़गिड़ाता रहेगा। वसुन्धर कर ही क्या सकता है, सिवाय गिड़गिड़ाने के। इसलिए वह गाँधी है।

परन्तु ब्रह्म को ख्याल आया कि यही गाँधीवाला काम वसुमतारी भी कर रहे हैं। कौन इन्हें कोई राजनैतिक कैरियर बनाना है? कौन इन्हें कोई पद प्राप्त करना है? वह तो इन्हें

वैसे ही मिल रहा था, पुरखों के पुण्य प्रताप से। उसे अस्वीकार कर जन के लिए संघर्ष का मार्ग अपनाया है। इन्हें पूरा सहयोग दिया जाना चाहिए। ब्रह्म एक नये उत्साह से भर गया।

उसका भान किसी को नहीं हुआ। वसुन्धर वैसे ही मुँह लटकाये बैठा रहा। विनायक ने कहा, "डांगोरिया, क्या सोचते हो?"

वसुन्धर सरककर एक बित्ता आगे बढ़ा। दोनों हाथों को सिर के ऊपर ले जाकर मलता हुआ कहा, "खेत तो बो लिया, काटेंगे कैसे?"

"जैसे बोया था।"

"वैसे सम्भव नहीं।"

"भला क्यों?"

"आपको खबर नहीं। बहिरागतों ने अल्पसंख्यक वाहिनी बनायी है। नगाँव के जंगलों में प्रशिक्षण दे रहे हैं। मतीन उनमें जोश भर रहा है। मैमुल हुँकार भर रहा है। बस्गित-बस्गित जाकर कह रहे हैं, अबकी लड़ाई पूरी करनी है। हम बहिरागत हैं। हमारे पास खोने को कुछ नहीं है यदि असफल हो गये तो, पाने को सब-कुछ है यदि सफल हो गये। इसलिए सभी संगठित हों।"

"जब वे लूटने के लिए तैयार हो रहे हैं तो हम रखाने के लिए क्यों नहीं?"

"यही तो विडम्बना है।"

"ठीक कहते हैं।" पता नहीं क्या है हमारे देश की मिट्टी में, आबोहवा में कि जो तीन पीढ़ी रह लेता है, उसकी सन्ततियाँ कायर हो जाती हैं। उसको कोई भी—बहिरागत अपदस्थ कर देता है। यही इस बार हो रहा है—वसुमतारी ने सोचा। कहा, "हम हिंसक होना नहीं चाहते, पर मजबूर किया जा रहा है।"

"पर कोई तैयार कहाँ हो रहा है?"

"हम लम्बोदर को साधते हैं। विरंची को बुलाओ।" सम्बोधन ब्रह्म को था। स्वयं पी.टी.सी.ए. के नेता समर ब्रह्म से मिलने चला।

भरी सभा में समीर चौधरी ने कहा, "अभी तक हम बीच का रास्ता अपनाते रहे हैं, अपने लोगों को, अपने भाई-बन्धुओं को एकजुट करते रहे हैं, उन्हें लेकर एक वृहद इलाके में अपनी स्वायत्तता की माँग लम्बे समय से करते आ रहे हैं। हमारी उदयाचल की माँग आज बीस साल पुरानी हो गयी है। किन्तु प्रान्त की सरकार हो या केन्द्र की उसके कान पर जूँ नहीं रेग रही है। जूँ भला क्या रेंगेगी, वे अपनी जुल्फों में हमारे खेतों का कीटनाशक पोतकर सत्ता में आते ही मार चुके हैं। दोष हमारा है। हम निहुरे-निहुरे ऊँट की चोरी करनेवाले लोग हैं। हमेशा शान्ति का मार्ग अपनाते हैं। शान्ति-शान्ति चिल्लाते-चिल्लाते हम नपुंसक हो गये हैं। अपनी भावी पीढ़ी को भी बनाते जा रहे हैं। पर आगे ऐसा नहीं

होगा। विनायक वसुमतारी हमारे युवा-हृदय सम्राट् हैं। वे अब हमारे साथ हैं। उनका कहना है कि आगे हमारा रास्ता शान्ति का नहीं होगा। बस हम सरकार को एक और मौका दे रहे हैं कि वह सम्हल जाये। हम बड़-कछारी लोगों की उपेक्षा करना छोड़ें। वरना हम भी ट्राइबल हैं। भले ही प्लेन में रहते हैं, अपने अधिकारों के लिए लड़ना पहाड़ी ट्राइबलों की ही तरह जानते हैं। आप उनकी बात सुनें।''

वसुमतारी थोड़ा झुकते हुए मंच के अगले हिस्से में आये। माइक के सामने तनकर खड़ा होकर भीड़ का सिंहावलोकन किया। उनकी दृष्टि भीड़ के पार चली गयी। अक्षितिज जो शश्य थी, उसके पार जो ढोर-डंगर थे, उसके पार जो वनराजि थी, वह सभी मानव समाज की तरह जीवित हो उठी। उन सबको एक स्वर से सम्बोधित करते हुए कहा, ''हमारे इलाके के वंचित लोग हम बड़-कछारी ट्राइबल, देश और प्रदेश के दोयम दर्जे के नागरिक—नागरिक हैं भी कि नहीं, इस पर सन्देह है—अब अपनी अस्मिता के प्रति चैतन्य हो गये हैं। और यह सब डांगोरिया मोदोराम ब्रह्म, विरोचन दोलोई, प्रतुल कुमार भाब्रा आदि के अथक प्रयासों से हुआ है। आज इसे नेतृत्व चरन नारजरी, अजित कुमार वसुमतारी से मिल रहा है। मैं इनके सामने बच्चा हूँ। उनकी आज्ञा का तलबगार हूँ। पर एक बात बताये देता हूँ। उनके प्रयासों की जो अवमानना हो रही है वे चाहे जितना सह लें—वे धैर्य-धन प्रतीक हैं। पर हम नहीं हैं, पूरा युवा वर्ग नहीं है। हमारी पीढ़ी गिड़गिड़ाने के बाद भिड़ने में विश्वास करती है। हमारा मॉडल, हमारे प्रतिदर्श गाँधी बाबा और गोपीनाथ बरदोलोई ही नहीं हैं, बाल गंगाधर तिलक, और मास्टर सूर्यसेन भी हैं, मणि राम दीवान भी हैं। कोई कह सकता है कि यह पीछे जाना होगा—गाँधी तिलक के बाद आये थे, मास्टर सूर्यसेन बरदोलोई से पहले हुए थे। पर अपना काम करने के लिए, अपना उद्‌देश्य पूरा करने के लिए कभी-कभी पीछे जाना पड़ता है। और क्या हर्ज है पीछे जाने में, यदि आगे का रास्ता न मिले। पीछे जाकर रास्ता बनाना एक बड़ी बात होगी। हमारे साथ यदि वसुन्धर हाजो हैं, तो विरंची कुमार मेष भी हैं। वसुन्धर से काम नहीं चलेगा तो विरंची को आगे लायेंगे। दोनों से काम नहीं चलेगा तो मिंज के पास जायेंगे। हम चेतावनी देते हैं कि सरकार सम्हल जाय। हमारे भले के लिए कुछ तो करें। बहिरागतों का पृष्ठपोषण करते-करते हमें वंचितों में शुमार न कर दे। अपना कीमती जूते बनाने के लिए हमारा खाल और न खींचे। अबकी हमारी हाय निकलेगी तो उसका लोहा गल जायेगा।''

बड़ी जोर की ताली बजी। जय-जयकार से धरती आसमान गूँज गया। उससे डर कर दूर वृक्षों से परिन्दे उड़ गये। नहीं उड़ी तो सरकार की खुमारी, और वसुन्धर की उदासी : इतना हो हल्ला क्या वाकई मेरी कब्जाई जमीन दिला देगा?

''नहीं'' रंगनाथ ने कहा।

शाम का नभ है और पतजुग का पेड़ मस्तक तान खड़ा है अपनी जमीन पर जड़ों को गहरे गड़ा कर। हवा का झोंका आता है तो जैसे मस्तक हिलाकर उसका स्वागत करता

है, पत्तियों को हिलाकर खिलखिलाता हँसता है। यु लिन उसे अपलक निहारता रहता है। वह निहारने में इतना तल्लीन हो जाता है कि उठकर उसके नीचे जाने की इच्छा नहीं होती। वहाँ से वृक्ष का यह रूप देखा नहीं जा सकता। दूसरे भी नहीं देख सकते। वे तो उसे ही देखते रह जाते हैं। कितने वर्ष बीत गये, जैसे सदियाँ बीत गयीं, वह इस वृक्ष के नीचे बैठा लोगों को किस्से सुनाता रहा। वे किस्से जो किताबों में नहीं हैं, धर्म ग्रन्थों में नहीं हैं। लोक में है–वहीं जन्म लिया है, वहीं मर जायेंगे, यदि धर्मग्रन्थों में नहीं गये। लोगों की स्मृतियाँ होती ही कितनी हैं? जब वह मर जायेगा, तो लोग उसे भी भूल जायेंगे। हाँ, यह पीढ़ी, यह उर्सुला की पीढ़ी जरूर अपनी सन्तानों से कहेगी कि एक बाबा यु लिन थे जो किस्से सुनाते थे। फिर कुछ किस्से मेरे भी जोड़ देंगे स्वयं बनाकर। वह सब एक पीढ़ी तक और चलेगा। फिर सब समाप्त।

आजकल वह पेड़ के नीचे कम ही जाता है। पर क्या करे जाना ही पड़ता है। लोग हैं जो समय होते ही इकट्ठा होने लगते हैं। कुछ लोग तो अपने घरों से बार-बार झाँक लेते हैं कि कितने लोग इकट्ठा हो गये हैं, कि तब वह भी चले यु लिन आता ही होगा।

उसी की प्रतीक्षा में वसुन्धर बैठा है अपने दरवाजे पर। सामने बैठा है रंगनाथ। पिछली बार जब वसुमतारी शिलांग गया था अपने जनसम्पर्क का दायरा विस्तृत करने तो इसे साथ लाया था। यह लोगों को योग सिखाता है। कहता है कि इससे शरीर के तमाम रोग-बलाय यूँ ही बिना पैसा खरचे दूर हो जाते हैं। वह गाँव-गाँव घूमकर लोगों का रोग-बलाय ऐसे ही दूर कर रहा है। आजकल जाऊगाँव आया है।

वही रंगनाथ कह रहा है, "नहीं, इस तरह से खेत नहीं मिलेगा। ये सियासी लोग हैं। तुम्हारी विपत्ति पर अपनी रोटी सेंक रहे हैं। यदि तुम्हारी विपत्ति समाप्त हो जायेगी तो किस बात का मुद्दा बनायेंगे, उस पर गरजे-तड़पेंगे, उसे लेकर लोगों के पास जायेंगे, वोट माँगेंगे? सब्जबाग दिखाने के लिए कोई और मुद्दा, लोक लुभावन मुद्दा होना चाहिए न। यहाँ का गूह वहाँ नहीं फैलायेंगे तो लोग कैसे इनका मान रखेंगे? भई जमाना ही है 'नाचे, गावे तूरे तान। ताके दुनिया राखे मान।'

निराश वसुन्धर और निराश हो जाता है। अब वह क्या करे? अपनी लाठी में इतना जोर है नहीं और दूसरे की लाठी छलावा बनती जा रही है। वह करे तो क्या करे। यह छलावा एक उम्मीद बनकर जिलाती रही है। क्या उसका भी सम्बल छोड़ दें?

"यह मैं कहाँ कह रहा हूँ? बस सम्बल बदलो।"

"यानी एक झूठ के सहारे अब तक जी लिया, अब दूसरा झूठ पकड़ूँ?"

"यदि वह सम्बल दे।"

वसुन्धर को लगता है कि इसे ही लोग विकल्प कहते हैं। एक को छोड़कर दूसरे की ओर धाओ। धरते रहो, और एक दिन कूच कर जाओ असार दुनिया से।"

"अन्धविश्वासों का इसीलिए तो महत्त्व है हमारी दुनिया में, हमारे जीवन में। वह जीवनीशक्ति देता है। अब यु लिन को ही देखो न।"

यु लिन चला आ रहा था। उसकी इकहरी तनी मंगोलदेह कभी दूर से ही चमकती थी। अब पास में भी आभाहीन लगती है। उर्सुला चली गयी है न। अकेला आदमी अपने खान-पान का कहाँ खयाल रख पाता है। मैं तो अपने घर में खाने को कह दूँ, पर बुढ़िया माने तब न। उसे तो मेरे लिये बनाने में ही कष्ट होता है। कितना तो बड़बड़ाती है।

यु लिन आकर अपनी निर्धारित जगह पर बैठ गया। लोग थोड़ा आगे खिसक गये। जिनके आगे खिसकने की जगह न थी, उन्होंने भी खिसकने की मुद्रा बनायी अभिनय किया। शायद यही उनके अभिवादन का ढंग था।

आज वह चांद और सूरज की तीसरी कहानी सुनायेगा। इसमें वे पति-पत्नी हैं सूर्या पति है, चन्दा पत्नी। वे नित्य-प्रति लड़ते रहते थे। एक दिन तो हद हो गयी। वे अपनी सन्ततियों को लेकर लड़ने लगे। वही सितारे। चन्द्रा ने सूर्या से कहा, "मैं समझ नहीं पा रही हूँ कि क्या करूँ। बच्चों को नियन्त्रित रखना कठिन हो गया है। वे बात मानते ही नहीं, हर समय उधम मचाते रहते हैं। ऐसी सन्तानों से तो भगवान् बचाये। क्या तुम्हारी कोई जिम्मेदारी नहीं है इनके प्रति? बोलो जिम्मेदारी से बचते रहना ठीक है?"

सूर्या चढ़ बैठा, "मैं यह नहीं कहता कि मेरी कोई जिम्मेदारी नहीं है। है, लेकिन तुम्हारी जिम्मेदारी बड़ी है।"

"यह कैसे हो सकता है? उनको पैदा करने में तुम्हारी बराबर की सहभागिता नहीं है?"

"है। पर तुम्हारी जिम्मेदारी बड़ी है और पहले है क्योंकि धारण तुमने किया है और जन्म दिया है। मेरी जिम्मेदारी उसके बाद आती है।"

"ऐसा नहीं होगा। बहस से तुम्हारी जिम्मेदारी कम नहीं हो जायेगी। कभी हमारे बच्चे नहीं थे। तब तुम्हीं ने पहले कहा था कि हम भगवान् से उनकी माँग करें। भगवान् ने तुम्हारी इच्छा पूरी की। तब अब क्यों जिम्मेदारी से भाग रहे हो?"

"अच्छा जी! तुम्हारी इच्छा नहीं थी? तुमने माँग नहीं किया था? जब भगवान् ने पूछा था तब तुमने बददिमाग होकर नहीं कहा था कि हमें तो बच्चा चाहिए, आप जितना भी दे दें। इसीलिए आज हमारी इतनी सन्तानें हैं। अब उनकी देख-भाल करो। यह सब तुम्हारा किया कराया है।"

"इससे तो अच्छा है मैं मर ही जाऊँ," चन्द्रा ने आत्मदया में भावुक होकर कहा। "लेकिन तब मैं मर ही कहाँ सकती हूँ? हम देवयोनि के लोग हैं। हमें भगवान् के आशीर्वाद का फल भोगना ही है। और कोई रास्ता नहीं।"

सूर्या ने कहा, "तुमने असंख्य सन्तानों को जन्म दिया है। हम उनके नाम तक नहीं जानते। उनमें से जाने कितने मर-बिला गये, कितने जिन्दा हैं।"

"कोई नहीं मरा-बिलाया है। सभी जिन्दा हैं। वे तभी मरेंगे जब पूर्ण प्रलय होगा। वे हमें छोड़कर जा ही नहीं सकते। सभी का अपना पथ-चक्र है। अपने पथ-चक्र पर खेल कूदकर वे हमारे पास आयेंगे। भगवान् की आज्ञा माननी ही है।"

सूर्या ने कहा, "मुझे बहुत काम है। मैं वही करने जा रहा हूँ। मैं दूर से ही तुम्हारी और तुम्हारी सन्तानों की करतूतें देखता रहूँगा।"

यह कहकर सूर्या चला गया। चन्द्रा अपनी सन्तानों के साथ रह गयी। इसीलिए आज भी सितारे चन्द्रा के साथ दिखते हैं।

वसुन्धर को लगा कि वह उसी महाप्रलय की प्रतीक्षा कर रहा है। रामनाथ ने उसका समर्थन किया। बताया कि उसने शिलांग में एक नाटक देखा था 'गोदो की प्रतीक्षा'। वह बड़ा बेतुका नाटक था। लोग अपने-अपने खण्डों का खण्डित जीवन जीते हुए एक सतत प्रतीक्षा में डूबे हुए हैं। प्रतीक्षा गोदो की है, जिसके आ जाने से मुक्ति मिलेगी। वह गोदो कोई और नहीं स्वयं ईश्वर है। मसीहा, पैगम्बर, अवतार, उपदेशक, सन्त, परिव्राजक, उद्धारक आदि के आने से तो कोई मुक्ति मिली नहीं, उलटे जन और खण्डित होते चले गये। अब स्वयं ईश्वर के आने से ही मुक्ति की सम्भावना है। अब उसी की प्रतीक्षा है। उसी प्रतीक्षा में सब लय हुआ जा रहा है। उसकी परिणति महाप्रलय में होगी। प्रतीक्षा उसी महाप्रलय की है।

पर वास्तविक प्रतीक्षा विरंची की थी। विरंची के साथ लम्बोदर की थी। वे आये तो योजना बाद में बनी, पहले स्त्रियों ने कहा, "आय-हाय, इसे कहते हैं तिरिया-चरित्तर।" परगाना ने अपने माथ का पग्गड़ उतारा। उतारने के क्रम में ही मुँह पर चुहचुहा आये पसीने और नदी की जमी काई को पोंछा। मुँह खोला तो आठ साल की उम्र से ही पान का पत्ता और कच्ची सुपारी की डली चुभलाने से दाँतों, मसूढ़ों और ओंठों के पीछे के माँस की जो गति हुई थी, उसे देखकर दूसरों को उबकायी आ गयी, पर उससे बेखबर और अपने विचारों से बाखबर उसने आगे कहा, "गाँव पर कोई बड़ी विपत्ति आयेगी।"

गाज से सटे सेवार को पोंछती हुई बरुखा ने कहा, "घाट-घाट पानी पीने का आनन्द ही कुछ और होता है। उससे विपत्ति आये चाहे उत्थान हो, उसका तो मनसायन ही होगा।"

"ए बहिनी, जो अपने गाँव-घर की नहीं हुई, जवार की क्या होगी," किसी ने अपने कान में तिनका डालते हुए कहा।

"जब विरंची के साथ घूमना था तो बरकत को ख्वामख्वाह मरवा दिया," किसने कहा स्पष्ट नहीं हो पाया।

जितने मुँह, उतनी बातें, पर सबके केन्द्र में लक्ष्मी। बात करनेवालीं श्रम करने के बाद सुस्ता रही थीं, कुछ समय काट रही थीं कि वह थोड़ा बीते, अगला काम करने का समय हो जाय, तो वे उठें। तब तक बतकही हो जाय। बतकही का आनन्द ही दूसरा होता है, उसमें यदि परनिन्दा जुड़ जाय तो क्या कहना!

लेकिन पुरुषों की जो जमात बैठी थी, वह न समय काट रही थी, न सुस्ता रही थी, न बतकही कर रह थी। पूरी गम्भीरता से योजना बना रही थी कि खेत कैसे काटे जायँ। कटाई तभी होनी थी, जब फसल पक जाय। तब तक गाँववालों को पहरा देते रहना है। काटने की योजना मियाँ लोग भी बना रहे होंगे, उसकी खबर लेते रहना है। उसके लिए लक्ष्मी काफी है। मुकाबिला की जरूरत पड़ने पर विरंची अपना दल लेकर आयेगा। जितने आदमी उसके पास हैं, क्या पर्याप्त हैं? चाहिए तो यह कि गाँव-गाँव के नौजवान निकलें और स्वयंसेवकों में अपना नाम लिखावें। देखते नहीं हो, एक-एक मियाँ, क्या बूढ़ा, क्या जवान, क्या बच्चा ट्रेनिंग ले रहा है। उतने लोगों से निपटने के लिए मिंज और साइकिया के पास आदमी ही कितने हैं?

बस इतनी-सी बात तय करने में पूरा दिन लग गया। समय नहीं लगा तो यह तय करने में कि मियाँ लोगों की हरकतों की सुरागगसी लक्ष्मी करेगी। विरंची उसे लेकर आया ही था इसीलिए। पर साइकिया को उस पर विश्वास नहीं था। बरकत के प्यार में वह इतनी डूबी थी कि घर-बार, गाँव-जवार, जाति-बिरादरी, अपने-पराये सबको ठुकरा चुकी थी। मियाँ लोगों से वह कैम्प पर हमला करवा चुकी थी। अब वह भला इतनी पवित्र, इतनी विश्वसनीय कैसे हो सकती थी कि विरंची के लिए काम करने लगे। पर विरंची तो उसके प्यार में डूबा था, भले ही अन्धा न हुआ हो। उसके सम्बल का सबसे बड़ा कारण यही था कि मियाँ लोगों के बीच इतने दिन तक रहने के बावजूद वह मियाइन नहीं हुई थी। कितने ही लोग उसकी तरफ आगे बढ़े होंगे, पर उसने सबको दर-किनार कर दिया था। विरंची से वह कहती थी कि प्यार उसने बरकत से किया था, उसकी कौम से नहीं। जब बरकत था तो भी उसने उसकी कौम को कोई महत्त्व नहीं दिया था। आज नहीं है तो उसे याद ही नहीं कि कछारी के अलावा भी कोई और कौम होती है। यह सुनकर विरंची बड़ा खुश था, पर साइकिया के मन में यही सन्देह पैदा कर रहा था। इतना मीठा कोई तभी बोल सकता है, जब उसे छल करना हो। पर विरंची के विश्वास का एक और कारण था, जिसकी जानकारी लम्बोदर को नहीं थी। वह हाथ लगाने नहीं देती थी। बरकत की बात उठती तो कहती थी "नादानी थी, उसी का इतना बड़ा परिणाम भोगा। अब आगे नहीं।" इससे विरंची के मन में बात बैठ गयी थी कि वह किसी और को खासकर किसी मियाँ को हाथ लगाने नहीं देती होगी। वह सच्चे मन से मिंज के खेमें में आयी है। इरादा इसका कछारी लोगों का भला करना है।

26

रूप नारायण का पानी पीकर आयु-वर खड़ा है कोई सात सौ वर्षों से। लोग तो कहते हैं कि कोई सात हजार वर्षों से। नदी के पानी की तासीर होती है कि सात सौ वर्षों में वृक्ष का आधा हिस्सा, जो सूखकर पत्थर बन गया होता है, वह धीरे-धीरे हरा होकर सोगहग वृक्ष बन जाता है और जो हरा रहता है वह धीरे-धीरे सूखता पत्थर बन जाता है। आज दोनों हिस्सा आधा सूखा है और आधा हरा। यानी यह स्थिति साढ़े तीन सौ वर्षों में आयी है। कहा जा सकता है कि आज आइवर साढ़े तीन सौ वर्ष पुराना है। अब ये बातें कितनी सही हैं इसे विशेषज्ञ लोग जानें, जो इस तरह के उल्टे-सीधे अध्ययन किया करते हैं। वे ही इस बात का पता लगायें कि यह रूप नारायण के पानी की तासीर है कि वृक्ष के उस बीज की विशेषता, जिससे वह जनमा है। वह तो इतना जानती है कि इसकी शाखा को जिसने जहाँ भी लगाया, वह लग नहीं पाया। इसकी डाल को कोई काटता नहीं है, पेड़ पर कोई चढता ही नहीं है। जो शाखाएँ आँधी-अन्धड़ में टूट जाती हैं, उसी को ले जाकर लोग रोपते हैं। लग नहीं पाता है तो लोग इसके चमत्कार को सत्यापित करते हैं। वृक्ष में न तो कभी फल लगा, न इस पर बाँझी पसरी। अन्यथा लोग उन्हें गाड़कर देखते कि वह उगता भी है कि नहीं। इसलिए यह विशेषत बीज के कारण है, यह स्पष्ट नहीं हो पाया है। हाँ, इसकी जड़ें भीतर-ही-भीतर रूप नारायण तक गयी हैं। वह अपनी जीवनशक्ति वहीं से ग्रहण करता है – यह तो सही है। पर क्या वही जीवनीशक्ति उसकी अमरता का कारण है, कहा नहीं जा सकता। पर यह तो क़हा ही जा सकता है कि यह बढ़ा है अपने जीवन की उन्मत्तता में, अपने बल में दिखाया है अपनी जीवनी-शक्ति, विकास के सौन्दर्य से लोगों का सम्मान प्राप्त किया है। आश्रय दिया है नभचर, वनचर, जलचर को।

आश्रय नहीं मिला है तो इस जन-जवार के गाँवों को। लोग कहते हैं कि वे गाँव बसे थे आयु-वर को केन्द्र मानकर। उसकी केन्द्रीयता बनी रहे, इसलिए पूरा जंगल तो काट डाला गया, पर यह वृक्ष नहीं काटा गया। बार-बार कहा गया कि इस वृक्ष को पूज लो, इसके एक-एक ककही में एक-एक देव बिठा दो। पर दोनों बातें नहीं मानी गयीं। बिना पूजा के ही यह वृक्ष सबकी रक्षा करेगा। ज्ञानियों ने कहा और उनके ज्ञान का आधार लम्बी आयु ही नहीं, वे अनुभूतियाँ भी थीं जो बड़े रहस्यमयी ढंग से मिला करती थीं। पर यह वृक्ष अपने गाँवों की रक्षा नहीं कर पाया। उसने रूप नारायण के पार आँखें डालीं। आँखें जहाँ तक जायँ, सब धूसर, सपाट, जला, असह्य, चिरायँध गन्ध छोड़ता। चिरई का एक पूत नहीं ऐसी नीरवता, राख के गुब्बारों के उड़ने के अलावा कोई हरकत नहीं ऐसी स्थिरता।

वह कामतापुर लिबरेशन फोर्स की बात अल्पसंख्यक वाहिनी से बताती, अल्पसंख्यक वाहिनी की बात कामतापुर लिबरेशन फोर्स को बताती। ऐसा करने में उसका मकसद

क्या था, उसके सिवाय कोई नहीं जानता था, शायद वह भी नहीं जानती थी, पर वे दोनों एक-दूसरे की गतिविधियों का मकसद खूब जानते थे। जब स्पष्ट हो गया कि बड़ लोग अपनी उपजायी खेती काटने की पूरी तैयारी में है और उसके लिए पूरा इन्तजाम कर लिया है तो मतीन ने एक चाल चली। उस चाल का पता लक्ष्मी को नहीं लगा। तय किया गया कि फसल पकने की प्रतीक्षा नहीं करनी है—वह बड़ लोग कर ही रहे हैं। इसके पहले कि वह पके, खेती काट लेनी है। मियाँ नमाजी ने कहा, "इससे क्या हासिल होगा?"

मतीन ने कहा, "हमें हासिल अन्न के रूप में नहीं करना है। कौन हमने बोया है कि उसके नाश होने का मलाल होगा।"

मैमुल ने कहा, "हासिल यह होगा कि हमारी सत्ता जम जायेगी। बड़ लोगों को पता चल जायेगा कि सिर्फ उनके बोने से काटने का मौका नहीं मिल जायेगा। बोये चाहे जो कोई, काटेंगे हम।"

मियाँ नमाजी को यह तर्क अच्छा नहीं लगा, "इसी अन्न के लिए हम अपना वतन छोड़कर यहाँ आये हैं। इसी के लिए इतनी जहमत उठा रहे हैं। जब वह हासिल होने को है तो बरबाद कर रहे हैं।"

मियाँ नमाजी का तर्क वाहिनी के किसी सदस्य को पसन्द नहीं आया। उन्हें तो अपनी कौम के लिए कुछ कर गुजरना था और इसके लिए यह अच्छा मौका था। यदि कुछेक कैम्पों या बस्गितों में यह पसन्द भी आया तो क्या मतलब? पूरे पश्चिमी असम में बात फैल गयी कि एक निश्चित दिन को पूरे इलाके की फसल काट लेनी है। उस निश्चित दिन के तीन दिन पहले ही शाम को घुमाये गये मुर्गे को मतीन ने हलाल किया। उसके मांस को तमाम बत्तखों, बकरों और मुर्गों के मांस के साथ पकाया और उसका अंश हर कैम्प, बस्गित और मुसलमानी गाँव में बिस्मिल्लाह बोलकर पठा दिया। जिसने उसे खाया, चखा, शोरवा चाटा और जिसने नहीं चखा-चाटा उसने भी अपने हसुआ के दाँतों पर हाथ फेरकर करकराया—क्या स्त्री, क्या पुरुष, क्या बच्चे, क्या बूढ़े, क्या जवान—जिन्हें काटने जाना था उन्होंने भी, जिन्हें नहीं जाना था उन्होंने भी। जवानों ने तो खैर अपनी लाठी, भाला, दराँती को पोंछा, परखा और तय किया कि वे पीछे रहेंगे और काटनेवालों को जरूरी नहीं है कि वे सज से पूरी फसल काटें। गोटा-पकड़ा काटने से भी होगा। मकसद यह बताना है कि हमने पूरी फसल काट ली, इसलिए जल्दी-जल्दी पाहि लगाना है।

उस दिन सिरजन अपनी गाय देख रहा था। क्या तो उसके सींग हैं छोटे-छोटे, पीछे की ओर थोड़ बाँक देकर उभरे हुए कि माथा झटकारकर और थोड़ा नीचाकर सामनेवाले पर झपटे तो सीधे पेट में गड़ें। और पेट क्या है, सुतका जैसे उर्सुला का पेट है। यह सोच कर उसे मन्द-मन्द हँसी आ जाती है, कि उर्सुला ही यह गाय बन गयी है। उसका गर्दन

गाय का टील्हा बन गया है, पर यह पूँछ जाने कहाँ से निकल आयी। चलती है तो शेरनी की तरह और रँभाती है तो बाघिन की तरह। भला यह भी कोठ उपमा हुई। वे हिंसक जानवर हैं, यह सीधी और दुधारू। इसकी उपमा नहीं दी जा सकती। यह नहीं कि यह अनुपमेय है—अपना उपमा यह स्वयं हैं यह जानवर की चाल की गरिमा से चलती है और जानवर की आबरू की गरिमा से रँभाती है।

यह सिरजन वही सिरजा है। बड़ा हो गया है, दाढ़ी मूँछें निकल आयी हैं, पाँच तरह की जिम्मेदारियाँ निभाने लगा है। इसलिए लोग इसे सिरजा नहीं सिरजन कहते हैं। पर जो प्यार करते हैं वे अभी भी सिरजा ही कहते हैं। सोचते हुए उसने अपनी गाय को देखना छोड़ सरेह की ओर देखा तो मार लोग दिखायी दिये। कुछ बैठे थे, कुछ उनके पीछे खड़े थे। या इलाही माजरा क्या है? पता लगाने के लिए वह दौड़कर उस अकेले पाकड़ के पेड़ पर चढ़ा। अधिक ऊपर नहीं जाना पड़ा। कनखइया डाल पर पाँव रखते ही स्पष्ट हो गया कि लोग फसल काट रहे हैं। पर फसल तो अभी काटने लायक हुई नहीं है। काटने का पूजा भी नहीं हुआ है। जिनके खेत हैं वे तो गाँव में हैं। तो कौन काट रहा है। ओह समझ गया। समझने के साथ ही वह पेड़ से सरकता नीचे आया और पोरसाभर ऊपर से ही धम्म से कूद गया। नाक की सीध में गाँव की तरफ चला भाग। गाँव में घुसते ही पहला सामना रूपनबारी से हुआ। वह बरगद के पत्तों से दोना बना रहा था। आजकल हाट-बाजार में इसकी बड़ी माँग है। जो भी बाजार जाता है सिंघाड़ा (समोसा) जरूर खाता है। चटनी का सही स्वाद तभी मिलता है जब वह बरगद के पत्ते की दोनिया में परोसी जाय। रूपनबारी वही बनाने में आजकल लगा रहता है। कटाई के दिन आनेवाले हैं। उससे पहले चार पैसा नकदी का इन्तजाम हो जाय तो अच्छा ही है।

बिना अपनी हाँफती छाती पर नियन्त्रण किये एक ही साँस में बोल गया, "मियाँपाड़ावाले खेत काट रहे हैं।"

रूपनबारी ने सच्चाई का पता लगाने में समय नहीं गँवाया। अपने दरवाजे से ही हाँक लगाकर वसुन्धर को बताया कि मियाँपाड़ावाले सबकी खेती उजाड़ रहे हैं। वसुन्धर ने बिना किसी को लक्ष्य किये और इस क्रम में पूरी गाँव को लक्ष्य करते हुए हाँक लगाकर कहा कि मियाँपाड़ावाले सबकी खेती उजाड़ रहे हैं। लोगों को लगा कि जिस सर्वनाश के दिन की प्रतीक्षा थी, वह बिना बताये ही अचानक आ गया। लोग एक-एक कर पतजुग के पेड़ के नीचे जुटे। जो जो काम कर रहा था, उसे उसी स्थिति में छोड़कर भागा था। बरोखा का अधेड़ पति पेड़ पर चढ़ गया और सबसे ऊँची डाल के एकदम नीचेवाली डाल पर पाँव जमा, शरीर तान पत्तों के बीच से मियाँपाड़ा की ओर देखा तो उसका पग्गड़ सबसे ऊँची डाल की लटकी शाखाओं में फँस गया। हाँ खेतों में कुछ लोग निहुरे नजर आये। पाकुड़ गाँव की ओर सिर फेरा तो वहाँ भी वही दृश्य नजर आया। रूप नारायण की ओर सिर फेरा तो उधर एक भी आदमी नजर नहीं आया। "हाँ, हो। तीन दिशाओं से फसलों

पर डाका पड़ा है,'' कहते हुए उतरने के लिए निचली डाल पर पाँव रखा तो उसका फेटा उससे ऊँची डाल की किसी लटकी शाखा में ही फँसा रह गया। उससे बेपरवाह फटाफट उतरता वह धम्म से कूद ही गया।

वसुन्धर का मन बेहद उदास हो गया। वह बार-बार लम्बोदर से कह रहा था कि वह अपने कुछ आदमियों को गाँव में रख दे, गाँव के कुछ लोगों को बन्दूक-पिस्तौल चलाना सिखा दे, कुछेक खरीदवा दे। पर वह आज-कल करता रहा और यह सर्वनाश का दिन आ गया। और यह विरंची एक पाजी है। पाजी क्या है अपने गाँव की रखवाली को ही प्राथमिकता देगा। वहीं लगा होगा। यहाँ पूरा गाँव एक-दूसरे का मुँह देखता जैसे पूछ रहा है, ''अब क्या किया जाय?''

जवाब वसुन्धर ने ही दिया, ''हरवा-हथियार लेकर टूट पड़ा जाय।''

''ऐसा न करें,'' यु लिन ने कहा।

रूपनबारी को बहुत बुरा लगा। यह हमेशा ही उलटी बात करता है। सारी शान्ति का माहौल रचना इनकी बपौती है। चीनी है तो बौद्ध होगा। खुद तो कुछ बोया नहीं है। साँप, गोजर, कछुए, थाहुर, छिपकली, गोह भी किसी खेत में बोये जाते हैं? खेत से पकड़े जाते हैं, खेत चाहे किसका हो। प्रकट पूछा, ''क्यों?''

''पूरा इलाका नाश हो जायेगा,'' यु लिन ने कहा।

अगस्ता ने कहा, ''अरे वाह! ऐसे गाँव नाश नहीं हो रहा है?''

वसुन्धर ने कहा, ''इसी दिन के लिए आये दिन तैयारी हो रही थी। वह दिन आ गया है तो ऐसा बोल रहे हो यु लिन?''

यु लिन चौका, वसुन्धर ने जाने कितने वर्षों बाद उसका नाम लिया है। इससे उसके अक्रोश की पराकाष्ठा नापी जा सकती है। शरीर से यह गाँव का सबसे कमजोर आदमी है। ऊपर से बड़ी उम्र है। घूम-घूम कर हर तरह के लोगों के बीच उठ-बैठ कर सभा के कायदे सभ्यता सीख ली है। बड़ा संयत होकर हमेशा बात करता है। तब दूसरों में कितना आक्रोश होगा—सहज ही समझा जा सकता है। चुप हो जाना ही ठीक है।

बेंगाराम अपने हल की हरिस ही उखाड़ लाये थे। शायद उसे उखाड़ने में ही इतना समय लगा था कि वह देर से आया था। ललकारते हुए कहा, ''वे हमारा लूटें और हम अपना रखाये भी नहीं, यह सरेआम नामर्दी है। मैं तो कहता हूँ तुरन्त निकलो सब।''

''हाँ-हाँ,'' करते हुए पहले नौजवान निकले। उनमें से किसी ने बेंगाराम के हाथ से हरिस छीन ली और आगे निकल गया। उनके पीछे अधेड़ निकले। उनके पीछे बूढ़े। वसुन्धर दोनों के बीच में था। एक छोटी कुल्हाड़ी को बहुत दिनों से एक हल्के, पत्ते पर ठोस हलके और लम्बे बाँस में फँसा रखा था। वह लम्बवत् उसके हाथ में निशान की तरह लहर रहा था। उसे देखकर परगाना यानी वसुन्धर बहू ने सिरजा को देखते ही कनकना कर कहा, ''मुतपियना हमेशा अशुभ खबर लाता है। आज पूरे गाँव को हूल दिया

है आफत में।" बच्चे तमाशबीन की तरह सबके पीछे दौड़ रहे थे। सिरजा उन्हें गरज-गरज कर रोक रहा था।

अगस्ता के साथ चार जन डाड़-मेंड़, नाला-पनाला, भरका-भेरुका, खाली खेत-बोया खेत लाँघते-फलाँगते सीधे कटाईवाले क्षेत्र में पहुँचे। उन्हें आता देख कटाईवाले काम रोक, हँसिया सिर के ऊपर तान कभी आगे कभी पीछे देखने लगे। सोचने लगे कि कटाई करें कि भागें कि कटाई रोककर तमाशा देखें। इससे बेखबर वे जाऊगाँव के नौजवान इन कटाईवालों को पारकर सीधे रखवाली करनेवालों के बीच पहुँचे और अपना बल्लम, भाला, लाठी, हरीस सब एक साथ सामनेवालों पर बरसाने लगे। ऐसा नहीं था कि मियाँपाड़ावाले सुस्त पड़े थे या मुकाबिला करने का इरादा छोड़ पिट जाने का इरादा कर लिया था। वे चाहते थे कि जब ये पास आ जायँ तो इन्हें चारों तरफ से घेरकर हलाल कर दिया जाय। यदि एक बार ऐसा हो गया तो हमेशा के लिए जाऊगाँववालों के मन में डर बैठ जायेगा और वे कई पीढ़ी तक मार-पीट के लिए उतारू नहीं होंगे। लेकिन दाँव उलटा पड़ गया। इसके पहले कि घेरने के लिए लोग बढ़ते, इन्होंने पीटकर चार का काम तमाम कर दिया। मुकाबिला तो इन्होंने किया था, पर असरदार ढंग से नहीं। अपने चार नौजवानों को गिरते देख भगदड़ मच गयी। मार-पीट में ऐसा ही होता है। लाश गिरती देख लोग भाग पराते हैं। जाऊगाँववालों ने कुछ दूर दौड़ाया जरूर पर मियाँपाड़ा तक गये नहीं। घर में घुसकर मारने की कला इन्होंने अभी नहीं सीखी थी, उसके लिए अपना मनोबल नहीं बनाया था।

जब वे लौटने लगे तो खेतों के बीच से अचानक हमला हुआ। दरअसल मियाँपाड़ा के कुछ नौजवान फसल के बीच छुप गये थे। जब असावधान जाऊगाँववाले लौटने लगे तो अचानक हमला बोल दिया और कुछ को बुरी तरह से पीट डाला। उन्हें चहेटा गया जरूर पर जो गिर गये थे, वे उठ नहीं पाये। वह तो जब पुलिस आयी तब पता चला कि चार मियाँ मरे हैं तो छह बड़ – दोनों तरफ से बीसों घायल हैं।

पाकुड़ गाँव में कटाई शान्तिपूर्वक हुई थी। भले ही विरंची उसी गाँव में था और रक्षा की तैयारी भी वहाँ खूब हुई थी, पर ऐन मौके पर कोई गाँव से बाहर नहीं निकला। सारी तैयारियों के बीच सबको यही लगता था कि कौन हमारा खेत बहिरागतों ने कब्जा लिया है और उसे पुनः जोत कर हमने बो दिया है कि वे काटने आयेंगे। और अगर आ ही गये तो काटेंगे वे, ढोयेंगे हम।

पर विरंची हैरान था। इस बात पर नहीं कि उसके गाँव के लोग बाहर नहीं निकले, इस बात पर कि दो दिनों से लक्ष्मी गाँव में थी पर आज नहीं है। उसके पीछे बरसठ को लगाया था। यह भी कहा था कि वह जरा अकेले में मिले तो कुछ बात करनी है। वह नहीं आयी। इस पर हैरानी नहीं हुई। वह इधर उसकी काफी उपेक्षा करती है। पिछली बार देखा तो वह काफी चिकनी लग रही थी, चेहरे से आभा फूट रही थी, उरोज चढ़ गये थे।

लगा कि पेट से है। पूछा तो बिदक गयी। तब से कभी अकेले में नहीं मिलती है। यह कारण व्यक्तिगत है। इससे समूह के काम में व्यवधान नहीं डाला जा सकता। पर उसने इसमें कोई रुचि नहीं दिखायी। लगता है उसे पता था कि मियाँ लोग कटाई के लिए निकलेंगे। वह उनके लिए माहौल सूँघने निकली थी। उन्हें सब बताकर अब फुर्र हो गयी है। तो क्या मिंज का यह सन्देह सच्चा है कि वह हमारे संगठन के प्रति वफादार नहीं है। यह तो बड़ा भारी पड़ेगा, वह हमारा सब जानती है। हे विथोवा!

इसके बाद पूरे इलाके में बड़ी मार-काट मची। अपने गाँव के चार लोगों की हत्या के बाद मियाँ नमाजी भागकर गुलाम उस्मानी से मिलने गुवाहाटी गये। मैमुल अल्पसंख्यक वाहिनी पर फूट पड़ा। मतीन ने उसे समझाना चाहा कि मैमुल की रणनीति ठीक नहीं थी, इसलिए मियाँपाड़ा के लोग मारे गये। इस पर क्रोध करने की जरूरत नहीं है, जरूरत है ठण्डा होकर सोचने की। वह सोचता जरूर, तबतक एक टुकड़ी नलबारी की तरफ से आ गयी। कोई बीस जवान थे और तरो ताजा थे। जा रहे थे नवगाँव, जंगल में प्रशिक्षण प्राप्त करने कि कैम्प में थोड़ा विश्राम करने के इरादे से रुके। मतीन ने योजना बनायी और मैमुल उन्हें लेकर आगे बढ़ा। दो दिन बाद जाऊगाँव फूँक दिया गया। पहले आग कुन्ता की मड़ई में लगायी गयी। वह गाँव के बाहर पश्चिम तरफ थी। हवा पश्चिम से पूरब की तरफ चल रही थी। उसकी फूस की छाजन सूखकर बारूद बन गयी थी। आग लगते ही हू-हूकर लुकारा उठा। उसके कोड़ियों टुकड़े होकर कुछ इधर उड़े कुछ उधर। उधरवालों से कुन्ता का बागान जलने लगा और जलते-जलते सिरजा के बागान तक पहुँचने लगा। पहले आग केला के सूखे पत्तों में लगी। उनकी ताप से हरे पत्ते सूख गये। जब आग इन नये सूखे पत्तों में लगी तो सेम के और नेनुआ के फूले बेलों को अपने आगोश में ले लिया। उनके सहारे आम, कटहल, बरहड़, नोंगाटेंगा के गाछ पुलई से जड़ तक जलने लगे। इधर गिरनेवाले लुकारे सीधे लोगों के घरों पर गिरे। एक साथ दर्जन-भर घरों में आग लग गयी। उसे देखकर शोर मचाते हुए लोग अपने सुअरों, मूर्गों, गायों, भैसों, बकरियों को बाड़े से मुक्त करने लगे। जिनके घर में छोटे बच्चे थे पहले उन्हें लेकर भागे। उनको भागकर गाँव के बाहर जाते हुए देखकर मैमुल के लोगों ने पाकुड़ की तरफ रुख किया। गाँव के लोग जब थोड़ा होश में आये तो अपना लुग्गा-कपड़ा, अनाज-रशद को बचाने का ध्यान आया। पर तब तक काफी देर हो गयी थी। आग पूरे गाँव को पकड़ चुकी थी। उससे उठती लपटें सीधे पतजुग के पेड़ पर हमला कर रही थीं। उससे डर कर पुरनिया पेड़ लचक-लचककर धरती तक सोहर जा रहा था। इसी से हवा के वेग का पता चलता था। पता नहीं चलता था तो अल्पसंख्यक वाहिनी के लोगों का। बिना बताये ही लोगों को यकीन हो गया था कि यह काम उन्हीं लोगों का है। उनकी संख्या कितनी है, वे कहाँ छिपे हैं, उनके पास हथियार क्या है, यह लोगों को पता नहीं था। पता भी होता

तो इतने दहशत में थे कि कुछ कर नहीं पाते। वे पूरे गाँव के पूरी तरह से जल जाने का इन्तजार करने लगे, इन्तजार करने लगे कि कब सुबह हो। पूरे गाँव के जल जाने के बाद ही सुबह हुई और इस नयी सुबह के उजाले में उन्होंने देखा कि इसमें जान की हानि नहीं हुई, सिवाय सिरजा के उस सुन्दरी गाय के, जिसको देखकर पूरा गाँव फूला नहीं समाता था।

जाऊगाँव को जलता देखकर विरंची ने चीख-चीख कर लोगों को इकट्ठा किया और गाँव की रखवाली में जुट गया। उसे पूरा विश्वास था कि गाँव उसका भी जलाया जायेगा। लोगों को भी लगा कि विरंची की बात में दम है। वे चौतरफा गाँव पर पहरा देने लगे। स्त्रियों, बच्चों को गाँव से बाहर सरेह में पठा दिया। पशु-परानियों को मुक्त कर दिया कि वे जहाँ चाहें चले जायँ। फिर बरसठ ने कुछ युवाओं को लिया और गाँव के भीतर छिपने लायक हर जगह को झाँककर, पीटकर, भाला चुभाकर यह निश्चित किया कि इसमें कोई बाहरी तो नहीं छुपा है। यह कहाँ जरूरी है कि दहशतगर्द बाहर से अभी आयें। हो सकता है साँझ होते ही छिपकर गाँव के भीतर ही बैठ गये हों।

आधी रात बीत गयी। कहीं कुछ न हुआ। दो घड़ी रात और बीती तो चौधरी ने कहा, "हो सकता है इस गाँव को उन्होंने बख्श दिया हो।"

"हमने उनका बिगाड़ा ही क्या है कि वे हम पर हमला करेंगे," किसने कहा स्पष्ट नहीं हो पाया।

"हमने तो सोतह से उन्हें फसल काट लेने दिया है, बाँध ले जाने देंगे। वे जानते हैं, इसलिए नहीं आये।"

"अरे गुड़बक! यह उनकी चाल हो सकती है। जब पलखत पड़ जाओगे, तब हमला करेंगे।"

"अरे जाव! यह विरंची का गाँव है। वे जानते हैं कि यहाँ कितनी तैयारी है।"

"यह तैयारी तब कहाँ थी, जब वे खेत काट रहे थे?"

जितने मुँह, उतनी बातें और सभी बातें सही। चुनना मुश्किल किसे माना जाय, किसे नहीं। तभी पोचई चीख उठा। चीख ऐसी कि कोई स्त्री रो रही हो। वह कई बार उस रूलाईवाली चीख में चीखा तो लोगों का ध्यान उधर गया। खेतों में आग लगी थी। लग रहा है कि कोई आग लगाता आगे बढ़ रहा है। तुरन्त लोगों ने हुँकार भरी उस दिशा में दौड़ पड़ने के लिए। बरसठ सबसे आगे था। तभी चौधरी ने कहा, "यह उनकी चाल हो सकती है। गाँव छोड़कर उधर बढ़े नहीं कि वे पीछे से आकर गाँव फूँक देंगे।"

जो जहाँ था, वही ठमक गया और उजाला होने का इन्तजार करने लगा।

सुबह होते-होते पता चलने लगा कि जाऊगाँव ही नहीं, रूप नारायण के इस पार, उस पार के जाने कितने गाँव इस इलाके के फूँक दिये गये हैं। उस दिन की घटना के बाद पुलिस को हिदायत दी गयी थी कि वे पहरा मियाँ की बस्गित पर बिठायें। उन पर

हमला बड़-कछारी लोग करेंगे। यहाँ मामला उलटा था। और-तो-और गाँवों को जलता देख वे भाग पराये थे अपने मुख्यालय की और फोर्स लेकर आयें, कम-से-कम सूचना तो दे ही दें।

गाँव जलने के दो-तीन दिन पहले ही वह पाकुड़ से जा चुकी थी। उसे पता चल गया था कि अल्पसंख्यक वाहिनी कुछ वारदात करनेवाली है, पर क्या यह स्पष्ट नहीं था। यह बात वह विरंची को नहीं बताना चाहती थी। वह उससे हृदय की गहराइयों से घृणा करती थी – यही वह आदमी है, जिसने बरकत को नोच मारा था। वह मिंज की मिलिशिया में इसीलिए शामिल नहीं हुआ था कि वह कौम का बड़ा भक्त है, इसलिए शामिल हुआ था कि उससे सुरक्षा मिले। वही बात यह थी कि यदि लक्ष्मी उसे सूचना देती तो गाँव की सुरक्षा की बेहतर तैयारी करने के बजाय वह भागकर साइकिया के पास जाता, उसे लेकर मिंज के पास जाता और डींग हाँकता कि यह खबर उसने स्वयं प्राप्त की है। ऐसा कर वह मिंज की आँखों में और ऊँचा उठना चाहता।

उसने किया भी वही। खेतों में आग लग जाने के बाद जहाँ पाकुड़ के लोग इस बात में व्यस्त हो गये कि उस बढ़ती आग से किस तरह गाँव को बचाया जाये, विरंची सरपट भागकर लम्बोदर के पास पहुँचा। शिकायत किया कि मिलिशिया के लोग यदि मौका-ए-वारदात पर होते तो अव्वल यह घटना घटती भी नहीं और घटती भी तो उसका बदला तुरन्त ले लिया जाता। साइकिया ने मुस्कराकर पूछा, "अब क्या चाहते हो?" इस मुस्कराहट में कितनी वेदना छिपी थी उसे कम ही लोग जानते थे।

विरंची ने कहा, "मैं मिंज से बात करना चाहता हूँ।"

उसकी क्षिण मुस्कराहट अबकी गहरी हो गयी। कहा, "चलो।"

दिन सात घड़ी चढ़ गया था, जब वे बक्सा के जंगलों में पहुँचे। मिंज स्वयंसेवकों को शारीरिक प्रशिक्षण देने के बाद सुस्ता रहा था। सूरज अभी से इतना प्रखर हो गया था कि वे पसीने में डूब गये थे। पसीने की गन्ध ही उस वातावरण की स्वाभाविक गन्ध लग रही थी। इस गन्ध से मिंज बहुत खुश था। कहा करता था कि यह मर्दानगी की गन्ध है। जिस मर्द से यह गन्ध जितनी अधिक निकलती है, वह उतना ही बड़ा योद्धा होता है।

वही बात चली और मिंच ने फिर उत्तर दिया, "यह सारा मार-पीट, यह सारी हिंसा बेकार का प्रयास है। इससे कामतापुर राज्य बनाने में कोई मदद नहीं मिलेगी।"

साइकिया ने कहा, "इससे राज्य तो नहीं मिलेगा, पर उसके लिए शुरुआत तो हो सकती है।"

उसकी बात रोककर विरंची ने कहा, "लोगों में एक हिंसक सन्देश तो दिया जा सकता है।"

''सन्देश देने के लिए इस प्रशिक्षित कैडर को आग में नहीं झोंका जा सकता,'' मिंज ने निर्णायक स्वर में कहा।

विरंची को हमेशा लगता था कि कामतापुर राज की बात बड़ी दूर की है, अभी बेमानी है। कभी बन भी पायेगा इसमें सन्देह है और बन भी गया तो क्या बहिरागतों की समस्या दूर हो जायेगी? क्या वे एक झटके से खदेड़ दिये जायेंगे। क्या इससे वसुन्धर को अपने खेत पर कब्जा मिल जायेगा? इसका अन्तर्मन कहता कि कामतापुर राज में भी बहिरागत रहेंगे। उनसे भी कर लिया जायेगा, उनको भी वोट देने का अधिकार दिया जायेगा। उनके भी कल्याण की नतियाँ बनेंगी। उनके भी बीच से प्रतिनिधि चुने जायेंगे। उनकी भी सुनी जायेगी। तो वह मौजूदा व्यवस्था से भला कैसे भिन्न होगी? बल्कि यथास्थिति बनाये रखने के लिए और उसके आधार पर नयी शुरुआत करने के लिए इन कब्जों का वैध घोषित कर दिया जायेगा, आज जो 'इल्लिगल माइग्रेटी' हैं, कल 'लीगल सिटीजन' हो जायेंगे। खेतों के वास्तविक मालिक बाबा जी का अँगूठा चाटेंगे। वह इन मुद्दों पर मिंज से खुलकर पूरे विस्तार से बात करना चाहता है, पर यह पठ्ठा इसके लिए मौका ही नहीं देता है। आज भी नहीं दिया। लक्ष्मी इन आगन्तुकों के लिए पानी लेकर आ रही थी। उसे देखकर मिंज ने इशारा किया कि इसके सामने कोई बात नहीं करनी है। फट नाश्ता के लिए आमन्त्रित किया। तो महारानी यहाँ आयी हैं विरंची ने सोचा और पानी का गिलास उठाते वक्त मुँह फेर लिया।

लक्ष्मी की आँखों से लोर की एक पतली धार उठी और गालों को पार कर ठुड्डी के दोनों तरफ रुक गयी। दोनों तरफ दो बड़ी बूँदे बन गयीं। उनके भीतर प्रवेश कर सूरज की उष्ण किरणें नाचने लगीं। प्रतिबिम्ब में सात रंग फूटने लगे। उनमें एक रंग यह भी था कि साइकिया के साथ विरंची कुछ ही दिन में मिंज से अलग हो गया। दरअसल अधिकांश बड़-कोच-मेष युवाओं की राय वही थी जो विरंची की थी। वे सभी मानते थे कि तत्काल समस्या बहिरागतों के अत्याचार से लड़ना है। पहले वह काम सम्पन्न किया जाय। जो बड़ी बात है, उसका दिन जब आयेगा तब उसके लिए भी लड़ेंगे। वे विरंची के साथ कैम्प छोड़कर निकल आये। साइकिया को लगा कि वह कामतापुर राज्य बनवाने तो निकला नहीं था। वह विनायक वसुमतारी के लिए एक हथियारबन्द दस्ता खड़ा करना चाहता था, वह भी इन बड़-कछारियों की मदद के लिए। वह समय आ गया है। यदि वह इनके साथ आ जाता है, तो इनका नेता होगा, कमाण्डर बनेगा। मिंज के साथ रहेगा तो उसका अधीनस्थ ही न। इसलिए वह विरंची के साथ हो गया।

फिर तो वह मार-पीट मची कि पूछो न। बहिरागतों के गाँव, उनकी बस्तियाँ, उनके कैम्प घेर-घेरकर और खोज-खोज कर जलाये जाने लगे। असम में वो आग लगी कि पूरा प्रान्त जलकर राख हो गया। माँस की चिरायँध गन्ध धरती से आसमान तक हवा में घुल

गयी। वही राख और वही गन्ध लक्ष्मी के नासापुटों से टकरा रही है। वह उस एकान्त में अकेले सिसक उठी कि जैसे पूरा असम सिसक रहा हो।

आगे की 'कथा' बताता है रंगनाथ। वह अच्छा किस्सागो है। पर एक जगह बैठकर एक गाँव में किस्सा नहीं सुनाता। चलता रहता है, चलता रहता है, अलक्ष्य। जहाँ साँझ होती है, वहीं रुक जाता है। बड़-कछारी लोग भरसक किसी अपरिचित को मेहमान नहीं बनाते। लेकिन अब वह अपरिचित कहाँ रह गया है? जवार के हर गाँव के लोग उसे जानने लगे हैं। तो भी वह किसी से कोई अपेक्षा नहीं रखता। किसी ने कुछ राँधकर खिला दिया, न हुआ केला-कटहल दे दिया, तो वह उसी पर बसर कर लेता है और उसके ऐवज में आशीर्वाद व्यक्ति विशेष को न देकर पूरे गाँव को देता है। लोगों को लगता है कि इससे गाँव का भला होगा।

पर लक्ष्मी को ऐसा नहीं लगता। उसे लगता है कि यह परले दरजे का बदमाश है। कम-से-कम सरकार का जासूस तो है ही। यह हम लोगों के बारे में पता लगाता फिरता है। एक दिन सबको पकड़वा देगा। इसलिए दूरी बनाकर रहती है। अक्सर तो पहचानने से ही इन्कार कर देती है। पर वह बहुत दिनों तक हो नहीं पाया। देखते ही कहता था, "लक्ष्मी तुमने पहचाना न होगा। अरे मैं रंगनाथ हूँ रंगनाथ। लोगो को योग सिखाता फिरता हूँ।"

"मुझे पता है। बार-बार चेताने की जरूरत नहीं है।"

"है न। तुम मुझे जल्दी ही भूल जाती हो।"

वही रंगनाथ आयु-वर के नीचे पहुँचा। यहाँ से रास्ता दो तरफ फटता है। एक रूप नारायण के पार जाता है, उसके कटानों, भरकों, टीलों से गुजरता, चढ़ता, उतराता, बिलाता, पथ की लड़ी बनाता। उस जंगल के आर-पार जिसकी कोख में क्या है, बिना गये कोई जान नहीं पाता। यहाँ से देखो तो एक निचाट प्रान्तर, जिससे उड़कर हर तरह की वनस्पतियों की राख, जिसमें चार पाँववाले जानवरों और दो पाँववाले मनुष्यों की राख भी मिली है इधर-उधर अलक्ष्य उड़ती। वनस्पतियों और नदी के जल पर ही नहीं, तमाम जीवधारियों पर भी छा जाती रहती है, आदमी की आँखों में भर जाती है, दृष्टि धुँधली कर देती है। आदमी उसे अपनी मुट्ठी में भरकर कह नहीं पाता कि यही असार संसार का सत्य है। उधर सूरज उगता है।

वह आयु-वर के नीचे बैठ गया। एक जमाना था जब इस वक्त वहाँ गाँव-गाँव की स्त्रियाँ इकट्ठी होती थीं अपना गाँज, टाप, झन्ना, जाल लिये और रूप नारायण में पाँव डालने से पहले एक गीत गाती थीं। जिसमें आह्वान होता था मत्स्य देव का कि वे स्वयं आयें और उनका शिकार बने, आह्वान होता था नदी के बुड़ाक देव का कि वे अपना जल समेट लें, अपनी पेटी उथली कर दें कि जिससे झार-झार मछलियाँ पत्थरों के नीचे सिमट

जायें, आह्वान होता था जलस्पतियों का कि वे पक्षियों के लिए इतनी स्वादिष्ट हो जायँ कि वे उन्हीं पर लुभाई मछलियों की तरफ रुख न करें।

पर आज कोई नहीं है। आज क्या, जाने कब से कोई यहाँ मछली पकड़ने नहीं आया है। रूप नारायण का पानी सिवार से ढक गया है और उस पर खाक-राख की पर्त मोटी जा रही है। नदी में वे पाँव नहीं पड़ते जो इस सिवार की साढ़ी को छीन कर पानी को निर्मल बना देते थे। वे लोग जाने कहाँ बिला गये।

रंगनाथ हक्का-बक्का खड़ा रहा। होश आया तो लगा रात भर चलता बहुत दूर चला आया है। कपड़ों के नीचे चुहचुआ आये पसीने से तो यही लगता है। ऐसा भी हो सकता है कि वह चला ही नहीं और रास्ता कट गया—रास्ता खुब-ब-खुद चलता रहा। आजकल ऐसा ही हो रहा है। वह कहीं जाता नहीं और फिर भी न जाने कहाँ-कहाँ चला जाता है।

इसी यात्रा में उसने देखा है कि साइकिया के नेतृत्ववाली बड़वाहिनी द्वारा फैलायी गयी हिंसा के प्रतिकार में अल्पसंख्यकवाहिनी के लोग नये सिरे से उठ खड़े हुए। केन्द्रीय भूमिका गुलाम उस्मानी की रही। मियाँ नमाजी से मिलने के बाद उन्होंने मन-ही-मन तय कर लिया कि अल्पसंख्यक से उनका मतलब सिर्फ बहिरागत होंगे और उनमें भी सिर्फ मुसलमान होंगे। सभी बंगाली, नेपाली, बिहारी, मारवाड़ी और आदिवासी आदि को लेकर चलने से कोई बात नहीं बनेगी। यह पसारा इतना बड़ा है कि हवाई हो जाता है। उसे मूर्त रूप देने के लिए बंगाली मुसलमानों तक सीमित करना जरूरी है। अपनी मन्शा जताने के लिए वे स्वयं कालीपद सेन से मिलने चले। मियाँ नमाजी को नवगाँव पठाया कि वे वहाँ से स्वयंसेवकों को लेकर बड़-कछारी गाँवों पर पिल पड़ें। इससे सरकार बाध्य हो जायेगी बड़ी संख्या में सुरक्षा कर्मियों को तैनात करने के लिए। वे असल में पर्याप्त मात्रा में हैं नहीं, केन्द्र में मँगाये जायेंगे। तभी जान बचेगी।

फिर तो वह मार-काट, लूट, बलात्कार का सिलसिला चल पड़ा कि रूप नारायण ही नहीं, ब्रह्मपुत्र पर भी राख की मोटी पर्त जमने लगी और हवा में जो सित्कार उठती वह स्त्री की है कि पुरुष की, अबोध शिशु की है, ज्ञानी वृद्ध की—पता ही नहीं चलता। वह सित्कार जब नदियों पर जमी राख को छूकर गुजरती तो लगता यह नदी की टूट रही देह की आवाज है। कवि ने लिखा —

लोग पूछते हैं कि क्या हुआ
क्या हुआ कि आज उगता सूरज
झँउसे फाख्ते-सा दिखा

क्या हुआ कि नदी से
आदमी की गन्ध का भभका उठा
जम गया

क्या हुआ कि वृक्ष में
फूल की जगह
कौड़ियों-सी आँखें टँग गयीं
और सुपारी के फूलों में
धर्षिता की गन्ध बस गयी

क्या हुआ कि पहचाने पाँव देख
बीहु के गीत सटक गये
और घर के जराँठ की रँगोली
एक चीख रच गयी

लोग पूछते हैं कि क्या हुआ
कैसे हुआ, क्योंकर हुआ
और जाने किस जनमत की
कुर्सी पर बैठा एक पुतला
आँखें मिचमिचाकर
होंठ फड़फड़ाता है
'तो क्या हुआ?'

कामाख्या नारायण त्रिपाठी से नदी की चीख सुनी न गयी। कवि को सुनकर रहा न गया : धिक्कार है इस मुख्यमन्त्री पर जो अपनी कुर्सी पर सिर्फ बैठा रहता है, बैठे-बैठे जुगत भिड़ाता रहता है कि कैसे सिर्फ बैठी रहे। वे मुख्यमन्त्री पर गरजे, "यदि स्वयं में हिंसा रोकने का दम नहीं है, तो केन्द्र से मदद माँगिये। तब तक अल्पसंख्यकों को गोलियाकर शरणार्थी शिविरों में रखिये। उनको दाना-पानी मुहैया कराइये।"

मुख्यमन्त्री ने पहले गृहमन्त्री को बुलवाया, फिर कहा, "अल्पसंख्यकों को ही क्यों? बहुसंख्यकों का भी वही हाल है। चुनाव आनेवाला है। उसे इन्हीं के बल पर जीता जाना है। पहले उन्हें ही क्यों न सहेजा-सरिआया जाय।"

गृहमन्त्री को बड़ा आश्चर्य हुआ, ये कामाख्या बाबू कब से अल्पसंख्यकों के हितैषी हो गये और ये मुख्यमन्त्री महाशय कब से बहुसंख्यकों के हितैषी हो गये? अभी तक एक नागरिकों का रजिस्टर बनाने की जगह अनागरिकों का रजिस्टर बना रहा था। उन्हें निकलवाने के लिए दूसरा अनागरिकों को अपना वोट बैंक मान रहा था। अब यह अदला-बदली क्यों? बोला कुछ नहीं।

कामाख्या नारायण त्रिपाठी ने कहा, "वही करिये। कुछ करिये तो?"

गृहमन्त्री को यह बात अच्छी न लगी। कहा, ''सारी जड़ यह कामतापुर लिबरेशन फोर्स है, अल्पसंख्यक वाहिनी है। अन्यथा दोनों ही कौमों के लोग शान्तिपूर्वक रहना चाहते हैं। वे सह-अस्तित्व में विश्वास करते हैं। पहले इनको सेहत करना चाहिए।''

''है दम?'' कामाख्या बाबू ने पूछा।

जवाब न गृहमन्त्री के पास था, न मुख्यमन्त्री के पास। लाज बचाने की गरज से कहा, ''हमारी प्राथमिकता लोगों को बचाने की है। पुलिस और प्रशासन उसी में लगा हुआ है।''

''तब केन्द्र सरकार से मदद लीजिये।''

''आप तो कहेंगे ही। घर में एक पराये को मेहमान की तरह घुसा दें, स्वयं उसकी खातिरदारी में लग जायँ और प्रान्त जलता रहे।''

''आपकी इसी बुद्धि का तो यह परिणाम है।''

''आप यदि अधिक बुद्धिमान् थे तो मुख्यमन्त्री क्यों नहीं बन पाये?''

''आपकी तिकड़मों के चलते।''

गृहमन्त्री यही तो चाह रह थे। दोनों की लड़ाई थोड़ी खिंच जाय तो उन्हें अपने आप मुख्यमन्त्री बनने का मौका मिल जायेगा। हो सकता है अगले चुनाव से पहले ही। प्रधानमन्त्री जो दल की अध्यक्ष भी हैं, चाहती हैं कि 'इन्कम्बैन्सी' की हानि से बचने के लिए चुनाव से पहले तमाम मुख्यमन्त्रियों को हटाकर उनकी जगह नये चेहरों के नेतृत्व में चुनाव लड़ा जाय। यदि ऐसा न हुआ तो चुनाव के बाद निश्चय ही। बस इस मौके पर हम इन्हें नकारा सिद्ध कर दें। वे फौरन उठ गये और कहा, ''जब तक आप लोग बहस कर किसी निर्णय पर आते हैं, तब तक मैं कुछ इन्तजाम करता हूँ।''

मुख्यमन्त्री ने कहा, ''ये कामाख्या बाबू सरकार में हैं क्या कि कोई राय देंगे और उसके आधार पर फैसला होगा...।''

इस पर बिना कामाख्या बाबू को सुने गृहमन्त्री वहाँ से चल दिये और अपने कमरे में जाकर मुख्य सचिव और पुलिस महानिदेशक को तलब किया। तय किया कि जो विस्थापित हो गये हैं, क्या बड़, क्या बहिरागत, सब को अलग-अलग शिविर बनाकर रखा जाय। उनके तमाम शिविरों में दूरी इतनी हो कि चार-छह घण्टे में ही कोई इधर-से-उधर जा सके। कामतापुर लिबरेशन फोर्स और अल्पसंख्यक वाहिनी को गैर कानूनी घोषित कर दिया जाय और उससे जुड़े लोगों को फौरन से पेश्तर गिरफ्तार किया जाय।

मुख्यमन्त्री इस बात से खुश थे कि उनको इतना योग्य गृहमन्त्री मिला है, जो काम सम्हाल लेता है, जहाँ वे अह-जह में होते हैं, वहाँ स्पष्ट निर्णय ले लेता है और उनके विरुद्ध राजनीति नहीं करता। बस इस बात पर स्पष्ट राय नहीं देता कि केन्द्र से मदद ली जाय कि नहीं और यदि ली जाय तो क्या और कितना। जिस तेजी से घटनाएँ घटी थीं और शासन-प्रशासन की असफलता उजागर हुई थी, उससे केन्द्र निश्चय ही नाराज होगा। उसको दूर करने के लिए एक बार दिल्ली जाना जरूरी है। इसके पहले कि दिल्ली उनको

तलब करे, उनको स्वयं चला जाना चाहिए। वे भाग्यशाली थे कि प्रधानमन्त्री से मिलने का समय भी तुरन्त मुकर्रर हो गया। वहाँ जाकर वही हुआ जो वे नहीं चाहते थे। स्पष्ट कहा गया कि आप की पुलिस अपर्याप्त है और जो है वह इतनी निकम्मी है कि स्थिति को नियन्त्रित नहीं करती। आप केन्द्रीय बल ले जाइये और कानून का शासन स्थापित करिये। वे नहीं चाहते थे कि केन्द्रीय बल आये। केन्द्रीय बल आने पर उनको अपनी पुलिस का प्रभाव कम हो जायेगा, केन्द्रीय बल पर उनका पूर्ण नियन्त्रण रहेगा नहीं, उनके माध्यम से केन्द्र सरकार उनके काम में हस्तक्षेप करेगी, यह उनकी 'अथारिटी' को कम करेगा और कम 'अथारिटी' लेकर वे शासन नहीं करना चाहते थे। स्थिति दिन-ब-दिन खराब होती जा रही थी। उससे तय था कि एक दिन राज्य में राष्ट्रपति शासन लग जायेगा। तब वे कहीं के नहीं रह जायेंगे। इसलिए केन्द्रीय बल के 'डिप्लायमेण्ट' की राय स्वीकार कर लिया।

उनके आने से पहले पैट्रिक टामस बोस और इन्स्पेक्टर मदोई अपने मन की कर लेना चाहते थे। उचित माध्यम से होता हुआ आदेश जब उनके पास पहुँचा तो बाँछें खिल गयीं। बहिरागतों के कैम्प में ऐसे कई उजड्ड थे, जिन्हें वे ठीक नहीं कर पाये थे। वे पैसा भी नहीं देते थे और जब चाहते थे, तब कैम्प से बाहर चले जाते थे, वन सम्पदा और जल सम्पदा का दोहन कर पैसा कमाते थे। इसी तरह बड़-कछारियों में ऐसे मनबढ़ थे जो उनका हुक्म नहीं मानते थे, चैलेन्ज करते रहते थे। जब कैम्प में लाये गये तो उनकी तुड़ाई करने का अच्छा मौका मिला। ऊपर से सन्दिग्ध कामतापुर लिबरेशन फोर्स का आदमी बनाकर उगाही की गयी और आगे इस दहशत में रखा गया कि कभी भी गिरफ्तार किया जा सकता है। इससे असन्तोष बढ़ता गया।

यह कोई बड़ी बात नहीं थी। बड़ी बात यह थी कि कैम्पों में जब सारे लोग रख दिये गये तो क्या 'अल्पसंख्यक वाहिनी' और क्या 'बोडोवाहिनी' दोनों को मौका मिला बदला लेने का, बदला लेने के दौरान अपना बल प्रदर्शित करने का। पहले बोडो लोगों ने बहिरागतों के शिविरों पर हमला किया। अकेले मोआलमोवा के कैम्प में सैकड़ों लोगों को मार डाला गया। नवजात शिशुओं को उछालकर भाले के नोकों पर टाँग लिया गया। कई गर्भिणी औरतों को पकड़ा गया और उनका पेट चीरकर उदरस्थ शिशु को निकालकर उनके सामने ही काट डाला गया। शिविर में आग लगी तो लोग भागने लगे। उन्हें घेर कर जिन्दा जला दिया गया। युवतियों को पकड़कर घरवालों के सामने बलात्कार किया गया। क्रूरता की हद तब देखने में आयी जब बलात्कार के बाद युवतियों के उरोज काट डाले गये और उनकी योनि में टार्च, दाव का बेण्ट या लकड़ी के टुकड़े घुसेड़ दिये गये।

खबर अल्पसंख्यकवाहिनी को मिली तो वे उनसे भी अधिक क्रूर हो गये। पराकाष्ठा जादुकाटा कैम्प में देखने को मिला। वह शिविर उन बड़ विस्थापितों के लिए बनाया गया था, जिनका बाढ़ में सब-कुछ लुट गया था। बहिरागतों से उनकी कोई लड़ाई नहीं थी।

वह काफी दूर नदी के उत्तरी किनारे पर गहरे जंगल में स्थापित किया गया था। लोग वहाँ जंगल साफ कर कुछ सब्जी-भाजी उगाने लगे थे। था तो यह गलत, पर प्रशासन आँख मूँदे रहा। वह तो उन्हें सिर्फ चावल-दाल देता था। उसे वे स्वादिष्ट अपने इस उत्पाद से बनाते थे। बहिरागतों की उस पर नजर थी। यही कि जो कोला-बारी बनाया है, उसे कब्जा कर लें और उसके सहारे बड़े-बड़े खेत बनायें। इसलिए एक तरफ कैम्प फूँका गया तो दूसरी तरफ किशोरों और प्रौढ़ महिलाओं के साथ गुदा मैथुन किया गया। इरादा आनन्द लेना नहीं, उनका मान मर्दन करना था, इतने दहशत में डाल देना था कि जो बच गये थे, वे शिविर छोड़कर भाग जायँ, जिससे कि बहिरागत लोग वहाँ आकर रह सकें।

हालात को देखकर कवि ने लिखा –

चरक के चकत्ते में
तब्दील हो गये है असम के जंगल
इस हेमन्त में

नदी
हताशा की साँस की तरह झेलती है
दिन को
कत्ल की मियाद की तरह अगोरती है
ब्राह्मण्डी बत्तख

आखिर यह किसकी जिद है
कि इन बस्तियों में
जवान कदमों की रुनझुन
चीख और चिल्लाहट की पूर्वाभास लगती है
जानवर भी
परिचित चेहरों को
झोंपड़ी में फेंके गये अंगार की तरह
लखते हैं

नीला पहाड़ सोचता है
अगली फसल में जब
आदमी की गन्ध भभकेगी
चिरायँध
चाय की पत्तियों में झलकेगा

मासूम बच्चों का लोहू
कैसे छाँटेंगे लोग
अपनी-अपनी नस्ल के चेहरे
अगले तूफान के लिए

दूसरा रास्ता पश्चिम की ओर जाता है, थोड़ा टेढ़ा होकर। उस टेढ़ी पर एक और फाँक बनती है : एक दायें होकर जाऊगाँव-पाकुड़ जाती हैं, दूसरा बायें होकर सीधे गुवाहाटी जानेवाले 'हाई वे' में मिलती है। उनके दोनों तरफ टीले हैं। कभी एक रहे होंगे। उन्हें चीरकर रास्ता बनाया गया होगा। उधर सिर्फ दिशा है। उसकी छोर पर सूरज डूबता है। उधर से हवा चलती है तो जली डाँठ और जली छाजन की गन्ध लिये राख होने से बची, राख होने के ठीक पहले की स्थितिवाले टुकड़ें उड़-उड़ कर इस महावृक्ष की पत्तियों, शाखों, डालियों पर छा जाते हैं। पर उसकी स्थायी पर्त नहीं जमती। उलटे पूरब से आकर जमी राख की पर्तों को गिरते वक्त काछ डालते हैं। इस पूरब की राख के कारण जो हरि पत्तियाँ सूरज की किरणों के साथ अठखेलियाँ करती सुनहरी चमकती थीं, वे अब अतीत का बिम्ब बन गयी हैं। जिन्होंने उनको देखा है, उनकी स्मृतियों में बसी वह एक आह पैदा करती है। उसके ऊपर रोक यह पश्चिम से आये अधजले टुकड़े लगाते हैं।

लक्ष्मी खूब जानती है कि लोग बिलाये नहीं हैं, कैम्पों में जाकर मर-खप रहे हैं, क्या बड़-कछारी, क्या बहिरागत। विद्रोहियों के शिविरों का जीवन क्या होता है, वह स्वयं जानती है, भगोड़ों के शिविरों का जीवन क्या होता है, उसके बारे में सुना है।

रंगनाथ एक दूसरी बात बताता है। कहता है कि गुवाहाटी के शाहराह पर सिर्फ कामाख्या नारायण त्रिपाठी ही नहीं चलते, असमिया साहित्य सभा के अध्यक्ष भी चलते हैं। वे भी सीधे मुख्यमन्त्री के यहाँ जाते हैं, अक्सर तो आवास पर। उन्हें पहले से सूचना देने की जरूरत नहीं पड़ती। वे बड़े प्रभावशाली आदमी हैं। असम के सारे साहित्यिक सम्मानों को पाने के बाद उन्होंने केन्द्रीय साहित्य अकादमी और भारतीय ज्ञानपीठ सम्मान भी प्राप्त कर लिया है। इससे उनकी प्रतिष्ठ और बढ़ गयी है। इस गण्डकोल के जमाने में उन्होंने असम ट्रीब्यून में लिखा है – "It is time that Assam's problem of identity has been enacted speciaffically by abnormal rise in population and immigration of laks of Bengali people over the years." एक दूसरे लेख में लिखा है – " Another fear is expressed in regard to rapid increase of Muslim immgration in the state and their proification due to the practise of polygamy" एक तीसरे लेख में लिखा है – " Can ambition of Assam to remain Hindu and Assamese state be fulfilled within the bounds of the secular constitution this is the real question."

वे असम गण संग्राम परिषद् के स्वयं सदस्य हैं, असम साहित्य अकादमी की परिषद् में जो सदस्यता है, वह तो है ही। वे इन दोनों की हैसियत से असम की तत्कालीन समस्या का एक समाधान सुझाते हैं। कहते हैं इस मार-काट से बचने के लिए जरूरी है कि लोगों का ध्यान इस समस्या से हटाकर दूसरी समस्या में लगायी जाय। जाहिर है कि यह दूसरी समस्या पहली समस्या से बड़ी होनी चाहिए। बुराई पर विजय हमेशा अच्छाई से नहीं पायी जाती, कभी-कभी बड़ी बुराई से पायी जाती है।

मुख्यमन्त्री पूछते हैं, "आखिर वह बुराई है क्या?"

अध्यक्ष जी कुछ देर तक सोचते हैं। स्पष्ट नहीं है कि वे क्या सोच रहे हैं। हो सकता है कि वे सोच रहे हों कि क्या इस बुराई को लोगों के बीच में पसार देनी चाहिए? हो सकता है कि वे सोच रहे हों कि क्या यह बुराई वास्तव में इतनी बड़ी है कि वह मौजूदा बुराई को दबा देगी? यह भी हो सकता है कि वे सोच रहे हों कि वह बुराई है भी कि नहीं। हो सकता है, वह अच्छाई हो। है तो वह अच्छाई ही, क्योंकि वह अलग अस्मिता की एक स्पष्ट और प्रभावशाली इकाई है।

उनके सोच के दौरान जो चुप्पी है, उससे मुख्यमन्त्री का धैर्य खो जाता है। व्यग्र होकर पूछते हैं, "आपने बात बतायी नहीं।"

अध्यक्ष जी को लगता है कि यही सही समय है अपनी बात कहने का। कहते हैं, "तत्काल असमिया को असम की एकमात्र कामकाज की भाषा घोषित कर दीजिये। सरकारी आदेश निकालिये कि कल से ही असम के दोनों विश्वविद्यालय-गुवाहाटी और डिब्रूगढ़ में लिखाई-पढ़ाई-शोध समेत सारा काम असमिया में होगा।"

मुख्यमन्त्री सन्न रह गये। उन्हें खूब याद है कि ऐसा प्रयास पहले भी हो चुका है। तब इतनी मार-काट मची थी कि आदेश वापस लेना पड़ा था। तब आज के गरम माहौल में ऐसा कहाँ हो पायेगा?

"होने की बात कौन कर रहा है? इरादा तो मौजूदा संकट से उबरने का है और उसके लिए और बड़ा संकट पैदा करना है।"

"मान गये।"

"क्या?"

"आप काल्पनिक साहित्य ही नहीं लिखते, जमीनी हकीकत से भी दो-चार रहते हैं। डॉ. राममनोहर लोहिया से आपने बहुत कुछ सीखा है।"

अध्यक्ष जी राममनोहर लोहिया के शिष्य रहे हैं। लोहिया ने अंग्रेजी हटाने का आन्दोलन पूरे उत्तर भारत में चलाया था। यह हटाना तभी कारगर होता जब उसकी जगह हिन्दी आती। तब अध्यक्ष जी ने भी असम में असमिया लाने का आन्दोलन चलाया था। भले ही तब वह पिट गया था, पर उससे कालीपद सेन भी उपजे थे, उसका विरोध करके, बंगाली की वकालत करके। उनका उभार ऐसा था कि गुवाहाटी के हृद इलाके से एम.

एल.ए. बन गये। आजकल वहीं अल्पसंख्यक मोर्चा का नेतृत्व कर रहे हैं। ये दोनों भाषा के नेता भिड़ गये, तो हमारा कल्याण जरूर हो जायेगा। वे उनकी बात मान गये।

चाल बड़ी प्रभावशाली साबित हुई। माइनॉरिटी फोरम में तुरन्त फूट पड़ गयी। गुलाम उस्मानी के नेतृत्व में बहिरागत मुसलमानों ने तुरन्त घोषित कर दिया कि हम असमिया भाषा का समर्थन करते हैं। दरअसल हम नव-असमिया लोग हैं, हम असमिया लोगों के साथ उनके बीच, उनकी पहचान लेकर रहना चाहते हैं। ठग चन्द्र कुर्मी के नेतृत्व में चायबागान से जुड़े आदिवासियों ने अपने को नव-असमिया तो नहीं कहा, पर असमिया लोगों के बीच परम्परागत ढंग से लम्बे समय से रहते रहने की बात कही, आगे असमिया पहचान लेकर रहने की बात कही। कालीपद सेन हाथ मलते रह गये। अपनी स्थिति बनाये रखने के लिए, बल्कि उसे मजबूत करने के लिए बराक वैली के लोगों से सम्पर्क किया। बंगाली भाषा के माध्यम से असमिया भाषा के लाये जाने के विरोध को समर्थन खूब मिला। किन्तु नेतृत्व नहीं मिला। वहाँ सत्यव्रत पुरकायस्थ – सक्रिय थे केन्द्र में मन्त्री थे। उन्होंने पूरे असम में बंगाली समाज का नेतृत्व हासिल कर लिया।

प्रान्त की राजनीति राजनैतिक दलों के हाथ से खिसककर छात्रों के हाथ में चली गयी। इनके किसिम-किसिम के संगठन सक्रिय हो गये। इट्टर बोरा का श्रम अब काम आया था और बोडो छात्र संघ की स्थापना हो गयी थी। जब असमिया भाषा लाद दी गयी तो विनायक वसुमतारी अह-जह में फँस गये। पर इट्टरबोरा साफ था। उसने खुलकर कहा कि इस लाद का विरोध किया जाना चाहिए। हमारी भाषा बोडो है और हमें उसके लिए मर मिटना चाहिए। उसे पूरा समर्थन दिया पूरन चन्द्र ब्रह्म और लम्बोदर साइकिया ने। लम्बोदर साइकिया के प्रयासों से योसेफ मिंज भी असमिया के विरुद्ध बोडो को समर्थन देने का मन बना लिया। लेकिन तुरन्त ही दोनों में दरार पड़ गयी। असमिया की लिपि बंगाली लिपि थी। बंगाली भाषा के विरोध में बंगाली लिपि का विरोध भी शामिल किया जाना चाहिए था। पर असमिया लोगों ने ऐसा नहीं किया था, क्योंकि उस लिपि का प्रयोग कोई सात सौ वर्षों से हो रहा था, सामान्य लोगों के बीच, देवधाई लोग भले ही एक अपनी अहोम लिपि का प्रयोग करते हों जिनमें बुरुजियाँ लिखी गयी थीं। अब इस लिपि को जाननेवाले दो-एक लोग ही रह गये थे। पर बोडो नेता उसका विरोध करने लगे। साइकिया का कहना था कि असमिया भाषा का विरोध करते हुए उसकी लिपि का भी विरोध किया जाना चाहिए। मिंज इस पर सहमत था। पर इस नया बोडो (बड़) भाषा की लिपि का होना चाहिए—इस पर विवाद हो गया। जोसेफ मिंज का कहना था कि जो बड़ (बोडो) बाइबिल प्रकाशित है, वह रोमन लिपि में है। बड़ को इस लिखित रूप से तमाम लोग पहले से परिचित हैं, जरूरत

है उसे आम जन तक पहुँचाने की। लम्बोदर साइकिया को लगा कि यह प्रकारान्तर से ईसाई मत का प्रचार करना है। उसने फट् इसका विरोध किया। कहा, "जब हम नयी भाषा बना रहे हैं, उसे लेकर आन्दोलन चला रहे हैं, तो हमें उसकी नयी लिपि भी बनानी चाहिए। देवनागरी हमारे सामने है। उसे अपना लेना चाहिए। वह दुनिया की सबसे समृद्ध और वैज्ञानिक लिपि है, हर प्रकार की ध्वनि के लिए एक संकेत चिह्न के साथ।"

योसेफ मिंज ने कहा, "देवनागरी, अपनाना ठीक नहीं होगा। उसके सहारे तो वही वैष्णव मत हावी होता जायेगा, जिसका हम आधुनिक विचारों के आलोक में विरोध करना चाहते हैं।"

इट्टर बड़ ने कहा, "नहीं हो। लिपि और धर्म में क्या सम्बन्ध है? हम तो उस लिपि में अपना लौकिक सामर्थ्य लिखना चाहते हैं।"

इस बात पर बड़ी हुज्जत हुई। और बड़समुदाय ईसाई और गैर-ईसाई के नाम पर दो धड़ों में बँट गया। इस बँटवारे का असर बहुत दूर तक हुआ। जबसे उदयाचल की माँग जोर पकड़ने लगी थी, तब से गैर-बड़ लोगों में एक आशंका पैदा हो गयी थी कि कहीं इसका असर उनके छोटे-छोटे समुदायों पर वैसा ही तो नहीं होगा जैसा कि अखिल असम गण संगठन परिषद् के कारण उत्तर असम में विभिन्न छोटे-छोटे समुदायों पर हुआ था। इससे तो न केवल उनका हित मारा जायेगा, उनकी पहचान, कहें अस्मिता भी नष्ट हो जायेगी। इस अस्मिता को स्वरूप और बल देने के लिए आल असम माइनॉरिटी स्टूडेण्ट्स यूनियन, ऑल बोडोलैण्ड माइनॉरिटी स्टूडेण्ट्स यूनियन, आल असम कोच-राजवंशी स्टूडेण्ट्स यूनियन, बंगाली स्टूडेण्टस फेडरेशन, ऑल असम गोरखाली असम यूनियन, आल असम टी ट्राइब्स स्टूडेण्टस यूनियन फटाफट मान गये। सबको पृष्ठपोषण नान-बोडो साहित्य सभा से मिलने लगा।

इन सबसे बड़ा लाभ अखिल असम छात्र यूनियन को हुआ। पहले उसने असम की अस्मिता को बचाने के लिए 'असम पहले भारत बाद में' का नारा दिया था। इसका एक अर्थ यह था कि अपनी अस्मिता के लिए यदि भारत से बाहर आना पड़े तो कोई बात नहीं। पर यह लक्ष्य बाद का था, तात्कालिक लक्ष्य बहिरागतों को बाहर कर खाटी असमिया लोगों को अपने ही वतन में अल्पसंख्यक बन जाने से रोकना था। किन्तु भाषा के आन्दोलन में बहिरागतों का उनके साथ हो जाने पर सन्तुलन गड़बड़ा गया। होना तो यह चाहिए था कि इस छात्र यूनियन का प्रभाव घट जाता। पर हुआ उलटा। उस वक्त संगठन का नेतृत्व नुरुलहुसैन उपाध्यक्ष कर रहे थे, क्योंकि अध्यक्ष और सचिव पहले ही जेल भेज दिये गये थे। इससे बहिरागतों का समर्थन और विश्वास खूब मिला। असम जातीयतावादी युवा छात्र परिषद् भी उनके साथ हो गयी थी। एक तरफ बोडो लोग और हिन्दू बंगाली हो गये असमिया भाषा का विरोध करने के लिए, दूसरी तरफ सारे दूसरे

लोग हो गये छात्र संगठनों के माध्यम से असमिया भाषा का समर्थन करने के लिए। इससे बड़ा उधम मचा, बड़ा खून-खराबा हुआ। पर सरकार खुश रही कि जमीन को लेकर होनेवाला बवण्डर थम गया। यह नया बवण्डर अपने आप आगे थम जायेगा। फिलहाल तमाशा देखो। कवि ने लिखा,

एक चिड़िया धूल में लोट रही है
एक शिशु नरमुण्ड से खेल रहा है
एक गधा खेत खा रहा है
और उसमें एक बाप
अपना पूत खोज रहा है
एक मेंढक टरक रहा है
एक विषखोपड़ा उसे अकन रहा है
दो आँखें लुआठ में अपना घर घूर रही हैं
एक हताश वृद्ध अगली कविता
मस्सा भींग रहे फूल के
परागकेसर मे नहीं
कंगाल हाथों में दाव
और कोमल कण्ठों में चीख
में लख रहा है
एक जिन्दगी
होने न होने की संशय में
डूब गयी है
और विषखोपड़ा जम्हुआई ले रहा है।

यह तमाशा केन्द्र सरकार देर तक नहीं देख सकती थी। उसने तुरन्त राज्य सरकार को बरखास्त किया। राज्यपाल के माध्यम से सत्ता अपने हाथ में लिया। तुरन्त केन्द्रीय बल पठाया। समस्या के समाधान के लिए उपाय ढूँढ़ना आरम्भ किया।

27

उर्सुला आ गयी थी। आने में देरी इसलिए हुई कि बड़ठाकुर को छुट्टी नहीं मिल रही थी। ऐसे आपात्काल में सरकार भला फोर्स के लोगों को छुट्टी देती है? जो छुट्टी पर थे उनकी छुट्टी निरस्तकर रातोंरात जहाँ थे और जैसे थे, वहाँ से वैसे ही बुला लिये

गये थे। बड़ठाकुर उसे अकेले जाने देना नहीं चाहता था। ऐसे खराब समय में पुरुषों की यात्रा निरापद नहीं थी, वह तो 'माइकी मानुष' है। ऊपर से सुन्दर है। फिर भी वह जिद कर आ गयी। बहुत दूर से ही वह फेंकरती हुई आयी। पतजुग के पेड़ के नीचे पहुँचने तक न रुलायी बची थी, न शरीर में इतनी ताकत थी। वह रोकर अपनी कथा सुनाती भी तो किसको? वहाँ मनई कौन कहे, चिड़िया का एक पूत तक नहीं था। पता नहीं कहाँ से यु लिन के नासापुटों को मानुष-गन्ध पहचानने की ताकत आ गयी कि वह केंकिआया, 'उर्सुला'।

उर्सुला भागकर पेड़ के पीछे राख के अम्बार में गयी, जहाँ यु लिन अपने साँपों के जले चमड़ों के टुकड़ों को हेर रहा था। बाप-बेटी ने एक दूसरे को देखा तो उनके प्राण अंटक गये। कई क्षणों तक मूर्तिवत् खड़े रहने के बाद एक-दूसरे पर टूट पड़े। उन्हें देखनेवाला कोई नहीं था।

फिर आया तिरका। वह वसुन्धर का बेटा है। जब छोटा था, तब वसुन्धर ने उसे मंगलदोई में एक आत्मीय के घर रख दिया था कि पढ़े। आगे का समय पढ़े-लिखे लोगों का होगा—समय तेजी से बदल रहा है। उससे ताल-मेल बिठाने के लिए पढ़ा-लिखा होना जरूरी है। पर तिरका वहाँ से भाग पराया। कई लोग कूच-बिहार जा रहे थे काम की तलाश में। उनमें वह भी शामिल हो गया। वहाँ राज परिवार के किसी सदस्य ने जूट की फैक्ट्री खोली थी। लेबर भर्ती हो रहे थे। वह भर्ती हो गया। काम दिया गया जूट की गुणवत्ता पहचानने का। उसके लिए लिखाई-पढ़ाई से अधिक अनुभव की आवश्यकता थी। वह तिरका के पास था। आँख खोलने के समय से ही वह अपने गाँव के लोगों को जूट बोने-काटने से लेकर उसे पोखरी में सड़ाकर छिलका निकालने और सुखाकर गुणवत्ता के आधार पर अलग-अलग गठियाने का कलाप देखता आया था। विथोवा ने थोड़ी बुद्धि भी दी थी। उसके साथ अपना परिश्रम जोड़कर वह चार-पाँच वर्षों में दस लोगों का सुपरवाइजर बन गया था। मैनेजर बाबू विश्वास करते थे।

अखबारों में असम में जलाये गये गाँवों की खबर पढ़ी तो इतने वर्षों के बाद एकदम से अपना गाँव याद आ गया। पता नहीं कैसे माँ-बाप के प्रति इतना प्रेम जगा कि छुट्टी तो छुट्टी, बचत के रुपयों के साथ फैक्ट्री से कई हजार का अग्रिम लेकर भागा-भागा आया। गाँव के निशान के नाम पर पतजुग का पेड़ देखा और उसके नीचे मरघिल्ले पिल्ले की तरह बैठा यु लिन। उर्सुला नदी से पानी लेने गयी थी। उसी से जाना कि पूरा गाँव फिलहाल शिविर में है। वह भागा-भागा शिविर गया। वसुन्धर से मिला। वसुन्धर के पास रोने के सिवाय कुछ नहीं था। उसी में वह भी शामिल हो गया। रुलाई सब-कुछ लुट जाने का तो था ही, पुत्र के आने का भी था। उसमें वह करुणा भी मिल गयी थी, जो भविष्य के नाउम्मीदी की देन थी। तिरका ने कहा, "पेड़ हमेशा एक अनन्त युद्ध में संलग्न रहते हैं। हवा उनके हाथ काट भी देती है तो जहाँ से कटे होते हैं, वहीं से पनका फेंकते हैं,

और नये सिरे से युद्ध में शामिल हो जाते हैं। वे बार-बार कटते हैं और बार-बार युद्ध में शामिल होते हैं। लड़ना ही हमारी नियति है। उससे भला मुँह क्या चुराना? चलिये, फिर लड़ाई में शामिल होते हैं।"

"बेटा अब उमर हो गयी है," वसुन्धर ने बड़ी बेचारगी से कहा।

"हाँ, उसके बाद मरना तो है ही। तब चलिये लड़ते-लड़ते मरते हैं।"

"तुम साथ रहोगे?"

"और क्या?"

"चलो।"

वसुन्धर अकेले नहीं आया। आधा गाँव आया। मदोई को ऑर्डर नहीं था कि लोगों को कैम्प से निकल जाने दे। पर एक विशेष लाभ था। इनके जाने के बाद इनके कोटे का चावल, दाल, तेल, साबुन, कपड़ा-लुग्गा, बाँस-फूस सब दाब लेगा। ऊपर से तिरका ने उसका हाथ भी थोड़ा गरम कर दिया था। कहा, "जाओ, पर पन्द्रह-बीस दिनों में आकर हाजिरी दे जाओ। मेरे ऊपर कोई आफत न आये, इसका ध्यान रखना। यहाँ रहते-रहते आधा पेट खा हगते-हगते सड़ जाओगे। वहाँ शायद फिर अपने पाँवों पर खड़ा हो सको।"

रंगनाथ के रहने का प्रभाव गाँव पर पड़ने लगा है। तीन महीने तक तो लोग पतजुग और पाकड़ के पेड़ के नीचे रहकर काट दिये। इधर से हवा आती, उधर से धूप। इधर से धूल आती, उधर से दुर्गन्ध। लोग सब नंगे बदन घेरती जाती नंगी छाँव में झेल जाते। दुर्गति स्त्रियों की थी। कोई पर्दा नहीं, कहाँ बैठे, कहाँ सोयें? आगे बरसात आनेवाली है। रामनाथ ने कहा, "बिना सिर पर छप्पर के वह नहीं कटेगी।"

पर सिर पर छप्पर आये कहाँ से? शिविर में तो बंगाल बिहार से लादकर रेलगाड़ियों में आया। कम पड़ा तो जंगल से काटा जाने लगा। सरकारी कटाई के लिए व्यक्तिगत कटाई पर रोक लगा दी गयी। रामनाथ ने कहा, "उस आज्ञा को तोड़ेंगे।" "ऐसा भी क्या है हमारे पास कि सरकार छीन लेगी। एक जान बची है, वह भी ले ले" रूपनबारी ने कहा।

तिरका को यह बात अच्छी न लगी, "वही सरकार राहत दे रही है। तुम न लो तो वह क्या करे?"

सिरजा ने कहा, "नये आये हो न। इसलिए कह रहे हो।"

लोगों ने आँख उठाकर उसकी ओर देखा, "ठीक ही तो कह रहा है। बिना पेट में गूदा डाले हम महीनों मंगलदोई गये। कुछ नहीं मिला। पहले भीख माँगने पर लोग कुछ दे देते थे। फिर दुत्कारने लगे कि भूखे कुत्तों के आगमन का कोई अन्त नहीं है। कहाँ से सदाव्रत खोलकर रखा जाय?" कहनेवाले प्राइवेट लोग थे। अधिकतर उनकी गृहणियाँ थीं। सरकारी लोग तो यही कहते थे कि यह 'अप्लीकेशन' गयी है, वह सरकारी आदेश आया है। इस हाकिम का दौरा है, उस मन्त्री का रौदा है। "बस रौंदाते रहो। एक दिन

रिलीफ जरूर आयेगी।" हारकर लोगों ने मंगलदोई जाना बन्द कर दिया। नलबारी, तेजपुर, बंगाईगाँव जाना छोड़ दिया। अपरिचितों के बीच सड़क पर लावारिस मरने से कहीं अच्छा है परिचितों के बीच रोते-बिलखते इस पुरनिया पेड़ के नीचे वारिसों के बीच मरना।

तिरका बहस नहीं करता। सबेरे-सबेरे निकल जाता है। शाम को चार बाँस लेकर लौटता है। जंगल में खाने लायक पत्तियाँ, फल, जड़, गाँठें खोजकर खाता है, कुछ सहेज कर लाता है। उसकी देखा-देखी और लोग भी जाने लगे हैं। सिरजा और कुन्ता के उत्साह को देखते बनता है। वे भी अभी बाँस ला रहे हैं। फिर खर-सरपत लायेंगे। स्त्रियों से कह दिया गया है वे उनकी कटाई शुरू कर दें। सीकट, बँवर भी इकट्ठा करें। वे रस्सी का काम देंगी। सभी अपनी-अपनी झोपड़ी खड़ी करेंगे। तिरका ने कहा दिया है, दो-चार रुपया जो भी चाहे, हमसे ले लो। लौटाने की जरूरत नहीं। यदि लौटायेंगे तो वह ले भी लेगा। वह दूसरों के काम आयेगा। वैसे लोगों को पैसे की जरूरत नहीं है। ईश्वर पुरुष ने पौरुष दिया है। प्रकृति माँ ने संसाधन। इस पौरुष से वह संसाधन जुटाने की जरूरत है। उसमें हाथ की मैल इस पैसे का क्या काम? पर स्त्रियों को है। जिस वस्त्र में वे भागी थीं, वही उनके तन पर है। घिस गया है। फींचते-फींचते तार-तार होनेवाला है। कितना का तो हो गया है। इसलिए वे पर-पुरुषों के सामने नहीं आतीं। नहाती हैं तो जब तक वस्त्र सूखता नहीं, रूपनारायण के पानी से बाहर नहीं आती। सबने कुछ-न-कुछ लिया है और मंगलदोई जाकर दूसरा जोड़ा खरीद लायी हैं। कुछ सिंगार-पटोर का सामान भी खरीद लिया है। उनका खर्चा थोड़ा उर्सुला ने भी उठाया है। लोगों ने मान लिया है कि गाँव के पुराने हउसा (धनी) लोग गये। उनकी जगह ये नये आये हैं। उनका आदर करना है। यदि आज के गाढ़े वक्त पर काम आ रहे हैं, तो आगे आयेंगे। इसलिए जो लिया है उसे लौटाना जरूर है, भरसक कुछ जिया कर। वह आगे काम आयेगा। यह विपत्ति यूँ ही दो-चार साल में खत्म नहीं होगी। लड़ाई लम्बी चलेगी। उसमें जाने कब जरूरत पड़ जाय?

कुछ दूसरे तरह के भी लोग हैं। वे सोचते हैं कि चार पैसा कमा क्या लिया है, अपना बखान कर रहा है। उर्सुला भी उनमें शामिल है। अपनी कमायी के बल पर नहीं, पति की कमायी के बल पर। बता देना चाहती है कि वह वही उर्सुला नहीं है जो बिस्टी बाँध कर घूमती थी और दूसरों के दर से जूठन चुनती है। सबके दिन आते हैं भाई, और सबके दिन जाते भी हैं।

पर नहीं, अधिकांशतः वे लोग हैं विपत्ति के मारे, जो यह अर्थ लगाते हैं कि वह बड़-कछारी की आदिम परम्परा है। धन व्यक्तिगत रूप से कमाया जाता है, जरूरत पड़ने पर खर्च सामूहिक किया जाता है। इसे इधर हम भूलते जा रहे थे, तिरका ने उसी का आह्वान किया है, उर्सुला उसी का अनुसरण कर रही हैं। हमें उनका सम्मान करना चाहिए।

तिरका ने कहने का असर उतना नहीं पड़ा, जितना उर्सुला के कहने का। उसने कहा कुछ नहीं, हँसिया उठाया और जंगल की ओर चल पड़ी। इसके साथ चली कुन्ता। उनके साथ गाँव की सारी स्त्रियाँ देखा-देखी। भोर होते ही वे सभी जंगल चली जातीं, खर-पतवार काटतीं, पत्ती, जड़, फल, डाल इकट्ठा करतीं। ये लोग कैम्प के बाहर थे, इन्हें सरकारी राशन नहीं मिलता था। अधेड़ और युवक बाँस काटते। टाँगियों की ठक्-ठक् के साथ हँसियों का सर्र-सर्र इस तरह से मिल जाता कि अनायास लोगों कण्ठ खुल जाते। कोई स्त्री इधर एक पंक्ति कढ़ाती तो उधर कोई दूर से उसे पुराता। एक समवेत स्वर फूटता, जिससे आँवत हो वनपशु भाग पराते। कभी आत्महत्या करने के लिए, जाडिंगा जा रही विशाल मांसपक्षी पक्षियों की पंक्ति ऊँचे वृक्षों के पुलुई पर बैठ अन्तिम बार मुक्त मानव गान सुनती। रामनाथ आँखें पोंछ मन-ही-मन कहता, "यही जीवन है। जहाँ भी जमीन जरा सरस होती है, अँखुए फूट पड़ते हैं।"

जब घर बनने लगे तो उर्सुला और तिरका में ठन गयी, "तुम तो दो-चार दिन नहीं तो दो-चार माह रहकर चली जाओगी। तब क्या होगा? है डांगोरिया यु लिन में इतनी ताकत कमा-खा सकेंगे? बर्तन माँज पायेंगे? सीधा राँध सकेंगे?"

"तो भी उनका घर अपना होना चाहिए?"

"भला क्यों?"

"तुम्हारे घर में रहने से तुम्हारी निजता मारी जायेगी। एक जैसा होने के बावजूद सबके ढंग बर्ताव में एक अन्तर होता है। वह दूसरों के लिए अनकुस पैदा करता है। उससे मानसिक कष्ट होता है। वही सम्बन्धों के रस में खलल डालता है। इसलिए उनका अपना आवास होना ही चाहिए।"

"मैं कहाँ कह रहा हूँ कि उनका अपना आवास नहीं होगा। बासा के आगे की जमीन पर मैं दक्षिण तरफ लम्बोतरा एक पलानी छाऊँगा। उसमें दुकान लगाऊँगा। उसी का एक हिस्सा जोड़कर उनका कमरा बना दूँगा।"

"उससे काम नहीं चलेगा। उनका बासा अलग होना ही चाहिए।"

"तब उसके सामने एक पलानी खड़ा कर दूँगा। जोड़कर उनके लिए तीन-चार कमरे बना दूँगा। तब काम हो जायेगा न।"

"नहीं।"

"भला क्यों?"

"घर वह होता है, जिसमें भीतर एक आँगन होता है, बाहर खुला दुआर। पीछे छोटी-सी ही सही, एक खुली सहन।"

"अरे भाई...।"

"कुछ नहीं। तुम्हारे प्रांगण में वे चाहे कितना भी स्वतन्त्र रहें, उन्हें अपनापन नहीं अनुभव होगा। हमेशा आश्रित अनुभव करेंगे। कैम्प में भी तो ऐसे ही लम्बोतरे घर बनते

हैं। सबको कमरा मिल जाता है। राँधने और स्नान करने का भी स्थान मिल जाता है। तो इससे क्या वह घर बन जाता है?''

तिरका के पास जवाब नहीं था। बोला वसुन्धर ने, ''ठीक तो कह रही है। उनका घर बन जाने दो। बर्तन बासन जुटा उनका चूल्हा-चौका भी जमा लेने दो। हम देखते रहेंगे। उन्हें हम जब भी असुविधा में देखेंगे खिला-पिला, नहला-धुला, साफ-सुथरा करके रखेंगे।''

तिरका की माँ को मजाक सूझी। कहा, ''जाओ बहुरिया ले आओ। वह यु लिन समेत हम सभी लोगों का ध्यान रखेगी। हमें तो तुम्हारे देवता (पिता) के ही नखरे उठाने से फुरसत नहीं मिलती। हाथ-पाँव कमजोर होते जा रहे हैं, दिमाग भी कमजोर हो जायेगा, तो क्या होगा।''

''अच्छा! अच्छा!!'' तिरका ने कहा। शायद वह आगे भी कुछ कहना चाहता था। पर कहा नहीं।

उर्सुला ने कहा, ''आज की लड़कियाँ भला सास-ससुर की सेवा कहाँ करती हैं। अपने पति और बच्चों की सेवा कर लें, यही बहुत है...।''

उसकी बात काटकर वसुन्धर ने कहा, ''तुम मेरी बहू होती तो क्या ऐसा ही करती?''

तिरका और उर्सुला ने एक साथ अपनी-अपनी जीभ काट ली। चेहरा क्या पूरा शरीर लाल हो गया। अपनी हया पर नियन्त्रण करते हुए उर्सुला ने कहा, ''अब बहुत देर हो गयी।''

यह सब देख-सुनकर रंगनाथ मुस्कराता है, एक बड़ी करुण मुस्कान। मुस्कान स्वीकृति का लक्षण है, खुशी का लक्षण है। मरते हुए लोगों में इतनी जीवनी शक्ति बची है कि वे पुनर्नवा हो जायँ। वे बेहाया के पौधे और बकाइन की काई से भी यह प्रेरणा ले लेते हैं कि कैसे जीवन बचाया जाय, बचे हुए जीवन को जीया जाय। करुण इसलिए कि सरकार रोज 'रिलीफ' की घोषणा करती है। पर वह आती नहीं। अखबारों में रहती है। सुना है थोड़ा बहुत बहिरागतों को मिल रही है। इससे अन्तरराष्ट्रीय छवि बन रही है कि सरकार सच्चे अर्थों में निष्पक्ष है। वह चिन्ता सिर्फ बड़-कछारी की ही नहीं कर रही है, विपदा के मारे बहिरागतों की भी कर रही है। और कुछ ज्यादे ही कर रही है।

मतिन कहता है, ''वह अपनी छवि सुधारने के लिए कर रही है।''

मैमुल उससे इत्तेफाक नहीं रखता। कहता है, ''हमें वोट बैंक बनाने के लिए कर रही है।''

इमदुल्लाह कहता है, ''और क्या? वह अल्पसंख्यकों को अपना वोट बैंक ही समझती है।''

मियाँ नमाजी इनकी बातों को दूर से सुन रहे हैं। अपनी पीली पड़ती सफेद दाढ़ी पर हाथ फेरते हैं। धीरे-धीरे उनके पास आते हैं। कहते हैं, "बच्चा लोग, यह वोट बैंक बनना अच्छी बात है कि बुरी?"

इमदुल्लाह के पास जवाब तैयार है। पहले कुछ नहीं बोलता था, लेकिन जबसे अल्पसंख्यक वाहिनी में रहकर कछारियों को काटने में अपना करतब दिखाया है, तबसे बहुत बोलने लगा है। दबी जुबान कुछ लोगों ने कहा है "वह हीरो है, हीरो" दबी जुबान में इसलिए कहा है कि मतिन सुन न ले। अभी तो नायक वही है। नुकसान न कर दे। कहता है, "बुरी बात है।"

"भला क्यों?"

"हमें भेड़-बकरी समझते हैं। जब चाहा हुलका दिया जिधर चाहा।"

"इसके अपने फायदे नहीं है?"

कोई जवाब नहीं देता। मियाँ नमाजी आगे कहते हैं "यह जो रिलीफ में प्रिफ्रेन्शियल ट्रीटमेण्ट मिल रहा है, उसी कारण तो है। यह झुण्ड मानसिकता ही हमारी ताकत है।"

मैमुल अपने ही बाप पर व्यंग्य कसता है, "क्यों अब्बू, कलियुगे संघः शक्तिः।"

'संघ' से मतलब उसका एक राष्ट्रीय स्वयं सेवकों के संघ से है, जिसका आदमी बड़-कछारियों के बीच में घूम रहा है। सुना है यु लिन से अधिक अच्छी और नीति की कहानियाँ सुनाता है। अभी कहानी सुनाकर जमीन तैयार कर रहा है, फिर बीज डालेगा।

मियाँ नमाजी खिसिया जाते हैं। उनके तनाव को कम करने के लिए इमदुल्लाह कहता है, "अरे बिना पहचान के जीवन बेकार होता है। इस झुण्ड मानसिकता के नाते हमारी पहचान तो है। राजनीति हमें नोटिस तो लेती है।"

मतीन चिढ़ जाता है। कहता है, "पहचान का अर्थ यह नहीं होता। उसका सम्बन्ध अस्तित्व से जुड़ा होता है। इस झुण्ड मानसिकता के नाते हमारा अस्तित्व हवाई होता जा रहा है। जैसी हवा चलती है, हम कटहल के पीले पत्तों की तरह रुख से टूटकर हवा के इशारे पर एक साथ उड़ने लगते हैं।..."

हमदुल्लाह को लगता है कि अब वह अपना दर्शन सुनायेगा। उसे वह मार्क्सवाद का नया 'वर्जन' कहता है, जिसमें मनुष्य अपने 'कर्म' के लिए स्वयं जिम्मेदार होता है, चाहे वह कर्त्तव्य के रूप में ही क्यों न किया गया हो। उस कर्म का मतलब तब होता है, जब वह अपनी पहल, अपनी 'इनिशिएटिव' पर किया जाय। यह पहल करने की बात तब उठती है, जब कई कर्म हों एक साथ, और कुछ तो विकल्प के रूप में हों। यही काम जब एक ग्रूप करता है तो वह झुण्ड से हटकर समुदाय बन जाता है। जरूरत है मुसलमानों को यह समुदाय बनने की तब क्रान्ति आयेगी। तब उनकी पहचान बनेगी। किन्तु मतीन शायद 'मूड' में नहीं है। आजकल उसकी चिन्ता दूसरी है : यह जो रिलीफ आ रही है, राहत आ रही है, उसका किया क्या जाय। जो सामूहिक रूप से है वह कैम्प में खर्च हो

रहा है। ठीक हैं, वहीं हमें शरण मिली है। पर वह शरण रहेगी कब तक? उसी के लिए तो व्यक्तिगत राहत की राशि दी जा रही है कि हम अपने पैरों पर खड़े हों। पर हमारे पैरों के नीचे जमीन है कहाँ। उसके लिए तो अदालत में मुकदमें तक लड़ चुका हूँ। तो अपना वासा कहाँ बनाऊँ? कहाँ अपना चूल्हा जलाऊँ? कहाँ उस चूल्हे के लिए अन्न उपजाऊँ? आखिर सरकार इन मूलभूत प्रश्नों का उत्तर क्यों नहीं देती? इन्हें तलाशने का प्रयास क्यों नहीं करती। सरकार एक अनवरत प्रक्रिया है। एक जायेगी तो दूसरी आ जायेगी। और ऐसा करने में वह सैकड़ों बरस बिता सकती है, इन प्रश्नों का उत्तर तलाशने में। पर मेरा जीवन तो कुछ ही वर्षों का है। इनका उत्तर यदि 'हमारे', जिसमें मैं भी शामिल हूँ के मर जाने के बाद फिर मिलता है तो हमारे या मेरे किस काम का। क्या मेरा जन्म फिर कभी इसी काया में होगा? नहीं। इसीलिए हमें इसी काया में मोक्ष चाहिए। वह सरकार से नहीं, क्रान्ति से मिलेगी। कहता है, "यह जो रिलीफ की नगदी आ रही है, उसे क्या करेंगे?"

"अपने पर खर्च करेंगे, और क्या?"

"किस प्रकार?"

"बढ़िया खायेंगे, बढ़िया पहनेंगे, घर की स्थति सुधारेंगे।"

"कब तक?"

'जब तक वह मुठ्ठी में है।"

"कब तक रहेगी?"

"दो-चार दिन।" उनकी आँखें नम हो जाती हैं।

मतीन उसे नोटिस करता है। यानी वह भी इस रिलीफ का अर्थ समझता है। यह 'टेम्पोरेरी रिलीफ' हमें बेवकूफ बनाने और नाम कमाने के लिए दिया जा रहा है। हम चाहें तो इससे कुछ ठोस काम कर सकते हैं। और वह ठोस काम हथियार खरीदना ही हो सकता है, जो लम्बे समय तक काम आयेगा दुश्मनों से लड़ने में।

अल्पसंख्यक वाहिनी चुप नहीं बैठी थी। बरपेटा के साथ नाले के उस पार जंगल के पासवाली खुली जमीन पर बड़ लोगों का शिविर बनाया गया था। इलाका मुस्लिम बाहुल्य था और चारों तरफ मुस्लिम आबादी फैली हुई थी। तो भी बड़ी संख्या में बड़, कछारी, मेष, राजवंशी, कोंच लोगों को रखा गया था। उनकी रक्षा के लिए जोसेफ मिंज ने अपने स्वयंसेवकों को लगा दिया था। उनमें से चार लोगों की, जब वे बरपेटा बाजार में खाने-पीने का सामान खरीदते वक्त असावधान थे, अल्पसंख्यक वाहिनीवालों ने नृशंस हत्या कर दी। इससे पूरा इलाका दहल गया। जिले का प्रशासन जब अपराधियों की तलाश और धर-पकड़ में लग गया तो उसी रात कैम्प पर हमला कर दिया गया। पूरा कैम्प उजड़ तो नहीं पाया—राजवंशी मिलिशिया के लोगों ने प्रबल विरोध किया—पर दो घण्टे की मार-पीट

में कोई पचास लोग खेत रहे, जिनमें 25 बच्चे और स्त्रियाँ भी थीं। यह संख्या सरकारी है। गैर सरकारी संख्या इससे अधिक है। उसमें यह भी शामिल है कि तमाम युवतियों को घर्षित किया गया जो मारे शर्म के इसे स्वीकार नहीं करतीं।

जाहिर था कि कामतापुर लिबरेशन फोर्सवाले राजवंशी मिलिशिया के साथ मिलकर इसका बदला आज नहीं तो कल जरूर लेंगे। विश्वस्त सूत्रों से पता चल गया था कि हमला नेल्ली के कैम्प पर होगा। इसकी सूचना मतीन ने सीधे केन्द्रीय सुरक्षा बल के कमाण्डर को दे आया था। कमाण्डर ने लाख आश्वासन दिया हो, उस पर भरोसा नहीं किया जा सकता। अभी वे अपना शिविर और चेकपोस्ट के घर बनाने में लगे हैं। अभी यह भी तय नहीं हो पाया है कि आगे डिपलायमेण्ट किस तरह से होगा, जगहें कहाँ-कहाँ चुनी जायेंगी, नफरी कितनी होगी, हथियार कितने होंगे, रसद कैसे आयेगी। यानी 'इन्फ्रास्ट्रक्चर' नहीं बन पाया था। परिणामस्वरूप नेल्ली में उनकी उपस्थिति कागजी थी और जो वास्तविक थी वह अप्रभावशाली थी। पता नहीं इस सूचना को कमाण्डर ने गम्भीरता से लिया भी है कि नहीं। इसलिए मतीन ने मैमुल को तैयार किया कि वह बीस-पच्चीस लोगों को हथियारबन्द टुकड़ी लेकर नेल्ली जाय और कैम्प के चारों ओर बिखरकर, उसकी रक्षा करे। इस तरह की व्यवस्था अन्य कैम्पों के लिए भी हुई। पर वे अपेक्षाकृत छोटे कैम्प थे। नेल्ली बहुत बड़ा था। इसमें सहायता मिली उस टुकड़ी से जो 'मान का चर' की ओर से हथियारों का बड़ा खेप लेकर आयी थी। वहाँ के मुस्लिम लीगियों ने उसे जुटाकर असम भेजा था। हथियारों का बँटवारा करने और सभी टुकड़ियों को रवाना करने की जिम्मेदारी मैमुल को सौंपी गयी थी।

उनको रवाना करने के बाद मैमुल ने लक्ष्मी की ओर रुख किया। उसे कैम्प में निरुद्ध करके रखा गया था। यह विरोधी गुटों को खबर देती है, यह सन्देह अब पक्का हो गया था। पहले तो मन में आया कि कुछ न करें। जब शिविर से सभी चले जायेंगे तो वह भी अपने आप चली जायेगी। फिर मन में आया कि गोली ही मार दें। एक काँटा हमेशा के लिए दूर हो जाय। पर मतीन का डर था। उसकी दोहरी और दोगली कारगुजारियों के बावजूद वह अभी भी साथ रखना चाहता था—कम-से-कम तब तक, जब तक कि विरोधी लड़ाकू गुटों की गतिविधियों की सूचना देनेवाला कोई और पक्का आदमी न मिल जाय। अन्यथा रास्ता एकदम से बन्द हो जायेगा। और लड़ाई में इतना एकतरफा रहने से काम नहीं चलता। फिर सोचा कि उससे यह कह देने में क्या हर्ज है कि वह मुक्त है और जहाँ चाहे वह अपनी इच्छा से चली जाय। लोग कार्रवाइयों में लग गये हैं। इसलिए उसकी देख-रेख करनेवाला यहाँ कोई नहीं रह गया है। और लड़ाई में उसे साथ लेकर जाना सम्भव नहीं है—"हम तुम्हारी हिफाजत करेंगे, कि गोली चलायेंगे?"

जब मैमुल उससे बात कर रहा था, तो वह मुँह फेरकर सिर उठाकर आसमान देख रही थी। ऐसा वह मैमुल के साथ हमेशा करती है। जाने मैमुल की आँखों में या जुबान

पर ऐसा क्या है कि वह उसकी उपेक्षा करती है। जब वह पास आता है तो दूर चल देती है, जब बात करता है तो अनसुनी कर देती है, आज्ञा देता है तो उदूली करती है। आज की उपेक्षा उसे खल गयी।

शाम हो रही थी। वाच टावर पर चढ़कर मैमुल ने दूरबीन से चारों तरफ देखा। कहीं कोई दिखायी नहीं दिया तो सोचा हमारे लोग दृष्टि से बाहर चले गये हैं और दूसरा कोई है नहीं। अब शिविर का परित्याग कर चल देना चाहिए।

उतरकर पश्चिम की तरफ दृष्टि डाली तो लक्ष्मी नदी की तरफ से स्नान कर चली आ रही थी। एक हाथ में गीले कपड़े थे, दूसरे में भरी जरिकेन। उसे बड़ा आश्चर्य हुआ। जब कोई कैम्प में रह नहीं रहा है तो इसे यहाँ बने रहने में क्या तुक है? जब वह निकली थी तो यहीं लग रहा था कि वह पास के गाँव की तरफ जा रही है। वहीं से अपने गाँव चली जायेगी या कहीं और। पर यह लौटी आ रही है। हो सकता है विरोधियों के खेमें के किसी सदस्य को सूचना देने के लिए बुलाया हो। तब तो अच्छा यही होगा कि छुपकर इसकी गतिविधि पर नजर रखी जाय। इससे अपनी कार्यनीति बदलने में सुविधा होगी। यह भी तो हो सकता है कि कोई हथियारबन्द दस्ता आ रहा हो और मुझे अकेला पाकर मार ही डाले। इसलिए रुकना ठीक नहीं है। इस खतरे से अन्तिम रवाना हुई टुकड़ी को भी सचेत करना होगा। वह तुरन्त चल पड़ा।

दिक्कत यह थी कि रास्ता बड़ा सँकरा था। एक तरफ नदी की सीधी कटान थी खड्डों से भरी, दूसरी तरफ घनी कँटीली झाड़ियाँ थीं। कोई सौ गज की दूरी पर एक मँझोले ऊँचाई का मोटा पेड़ था जिसकी उभरी जड़ों को पार कर ही उस पार जाया जा सकता था। वह जल्दी-जल्दी उधर ही बढ़ा। उसे आता देख लक्ष्मी पेड़ की आड़ में हो गयी, सम्भवतः उसे रास्ता देने के लिए। वह तेजी से आगे बढ़ा। पेड़ के पास जाकर वह एक क्षण के लिए रुका। फिर एकदम से लक्ष्मी के पीछे जाकर उसकी छातियों को पकड़ लिया। वह गों-गों करती बैठ गयी, जैसे अपने को बचाना चाहती हो। चार हाथ की दूरी पर कँटीली झाड़ियों के बीच एक खुला छोटा-सा मैदान था। पानी के ऊपर से आकर नीचे जाने के दौराव वह समतल और साफ हो गया था। मैमुल उसे लगभग घसीट कर वहीं ले गया। वह पूरी ताकत से लड़ने लगी। पर वह जितनी ही लड़ती गयी उतनी ही कसती गयी। जब पूरी तरह से परास्त हो गयी तो मैमुल उस पर चढ़ बैठा। तन के नष्ट होने के अन्तिम क्षणों में लक्ष्मी ने कुछ क्षणों के लिए केंकियाना बन्द कर आँखें फाड़कर मैमुल को देखा। इससे मैमुल को लगा कि उसने अन्ततः स्वीकृति दे दी है। चलने लगा तो कहा, "अब समझ में आया कि क्यों बरकत ने जान दे दिया था।"

लक्ष्मी ने होंठ काटकर कहा, "उसने जान दे दिया था। तुम्हारी जान न ले लिया तो बड़ के बीज से पैदा नहीं हुई।"

बिना उस पर नजर डाले मैमुल सीधे रास्ता पकड़कर चला गया।

28

सुबह उठा तो पहले अखबार पर हाथ डाला। ऐसा वह रोज करता था और उसकी जिज्ञासा भी वही रहती थी। पर आज कुछ खास लग रहा था। यही कि उसकी समीक्षा छपी होगी। हो सकता है कि उस पर एकाध दूसरों की भी टिप्पणियाँ हों। 'वेटिंग फॉर गोदो' का असमिया रूप देखकर उसके मन में तूफान उठ खड़ा हुआ था। तूफान यह असमिया 'वर्जन' बनानेवालों के मन में उठा था। नाटक का रूपान्तरण किया था स्नेहलता बरुआ ने। उसमें उन्होंने गोदो को एक ऐसा असमिया नायक बना दिया था, जिसके आने पर असम का तीनों हिस्सा ऐसा जाग उठेगा कि वह पूरे विश्व पर छा जायेगा। उसकी प्रतीक्षा असम के लोग जाने कब से कर रहे हैं। चेतिया फूकन को यह विचार बहुत अच्छा लगा था, पर असम के तीनों हिस्सों के महत्त्व पर उन्हें आपत्ति थी। असली उद्धार तो अहोम लोगों के द्वारा होना था। उसका नायक किसी अहोम को होना था। उसके लिए आवश्यक सुधार करने की राय उन्होंने स्नेहलता को दिया था। पर उन्होंने दुबारा श्रम करने की आवश्यकता नहीं समझी। जिम्मा निदेशिका पर डाल दिया था कि वे उसे कुछ इस तरह से प्रस्तुत करें कि नायक कोई अहोम महामानव लगे। उन्हें पूरा विश्वास था कि निदेशिका यह काम पूरे सामर्थ्य से करेंगी। अब वे स्वयं अहोम थी। राजखोवा से विवाह करने के बाद। पूर्व आश्रम में बंगाली थीं। इसलिए यह सामर्थ्य उनमें अतिरिक्त रूप से थी, सिर्फ इसलिए नहीं कि कला की संस्कृति उन्हें अपने जातीय घुट्टी में मिली थी, इसलिए भी कि वे दोनों की सांस्कृतिक मंशा और सामर्थ्य जानती थीं। पर सम्भवतः इसी कारण रीता राजखोवा ने जो पहले रीता बनिक थीं, उसे ऐसा रूपान्तरित किया कि असमिया महानायक चाहे संस्कृति के रूप में हो, चाहे महामानव के रूप में, स्वयं सामान्य बन गया। यह स्नेहलता बरुआ और चेतिया फूकन दोनों को पसन्द नहीं आया। पहले उन्होंने दर्शकों के सामने नाटक की प्रस्तुति रखकर जनमत को अपने पक्ष में करना चाहा। जब वह नहीं हो पाया तो रंगमंच के समीक्षकों को साधा। रंगनाथ ऐसे ही समीक्षक थे। वे असमिया अखबारों में तो लिखते ही थे, देश के बड़े-बड़े अखबारों में भी यदा-कदा लिखते थे। इसलिए उनकी बात बड़ी दूर तक जाती थी। आज जरूरत भी थी कि बात दूर तक जाय, क्योंकि असम जल रहा था। और असम के उड़ते बादलों में इतना पानी नहीं रह गया था कि वह बरसे तो आग अपने आप चारों तरफ बुझ जाय। रंगनाथ ने उसी पर लिखा था और दूसरों की प्रतिक्रिया जानना चाह रहे थे।

पर वे शिलांग समीक्षा लिखने नहीं आये थे, पीटर बरले से मिलने आये थे। उसके बारे में ख्याति थी कि वह अमेरिका का बड़ा प्रभावशाली पत्रकार है और असम के बारे में बिलकुल वहाँ की जमीन पर रहकर जमीनी सच्चाई दुनिया के सामने बयान करना

चाहता है। उसने मदद के लिए रंगनाथ से सम्पर्क साधा है और वे जाऊगाँव, गोगागाँव, छोड़कर शिलांग आये हैं। वे 'पाइन उड' होटल गये और सीधे उसके कमरे के दरवाजे पर दस्तक दिया। 'हू इज देयर' की आवाज आयी, पर कमरा नहीं खुला। थोड़ी प्रतीक्षा कर उसने फिर उँगलियों को पीटा। 'हू इज देयर' के साथ दरवाजा खुल गया। सामने एक लहीम-सहीम आदमी खड़ा था। रंगनाथ को लगा कि इस आदमी में इतनी ताकत है कि वह अपनी काँख में किसी आदमी को दबोच ले तो वह वैसे ही चूर-चूर हो जायेगा जैसे धृतराष्ट्र ने भीम की लौहमूर्ति को चूर-चूर कर दिया था।

"वेल, ह्वाट ब्रिंग्स यू हियर?"

"आइ एम रंगनाथ।"

"ओह, कम इन।"

"योरसेल्फ पीटर बरले?"

"एस-एस।"

भीतर जाने पर उसने सोफे की तरफ इशारा किया। रंगनाथ बैठ गया। इस होटल के इस तरह के कमरों में इस तरह के सोफों पर इस तरह से वह जाने कितनी बार बैठा है, पर आज बैठना कुछ खास लग रहा था। अभी वह इसका पूरा मजा ले भी नहीं पाया था—यानी इस अच्छे लगने की पूरी मनमीमांसा नहीं कर पाया था—कि बरले ने कहा, "आइ होफ यू आर फुल्ली रेडी टू कोआपरेट।"

"एस-एस।"

पीटर सोफे के साथ भी कुर्सी पर बैठ गया। रंगनाथ ने सोचा कि आखिर यह क्योंकर होता है कि सोफे के साथ ही उसकी आधी पर उसी जैसी दो कुर्सियाँ बनायी जाती हैं? यह किसी सौन्दर्यबोध के कारण होता है कि किसी सुविधा के कारण? या कि सिर्फ बेचने के लिए कोई ढोंग? इसके पहले कि रंगनाथ अपना मनःमीमांसा आगे बढ़ाते पीटर ने कहा, "विल यू लाइक टू हैव समथिंग?"

"नो-नो। मैं योगाभ्यास करता हूँ। उसके लिए दिनचर्या को बड़ा नियमित रखना पड़ता है।" रंगनाथ को जाने क्यों लगा कि वह शराब पीने के लिए कह रहा है। पता नहीं, 'यह भारतीयों के मन में कैसे बैठ गया है कि विदेशी यदि कुछ लेने की बात कहता है तो वह शराब ही होती है। यानी विदेशी हमेशा शराब में ही जुटे रहते हैं। उसके मन में यह बात नहीं आयी कि पीटर चाय के बारे में भी कह सकता है।"

पीटर ने कहा, "हम सीधे बात पर आते हैं।"

"अपनी जिज्ञासा रखें।"

"पहले असम के बाशिन्दों के बारे में बतायें।"

"जनसंख्या के मामले में असम एक लघु भारत है। इस अर्थ में कि उसके मूल बाशिन्दे कौन थे, उनका तो पता नहीं, पर बाहरी सभी कबीले मौजूद हैं।"

पीटर ने सिर हिलाया। रंगनाथ ने आगे कहा, "अब यहाँ दो तरह के कबीले हैं, एक पहाड़ों पर बसनेवाले, दूसरे मैदानों में बसनेवाले। और दोनों की समस्याएँ दो तरह की हैं।"

"हूँ। मैं फिलहाल सिर्फ मैदानों में बसनेवालों के बारे में जानना चाहता हूँ।"

"अब असम की जीवन रेखा ब्रह्मपुत्र है। यह प्रान्त को दो भागों में बाँटता है।"

"आप मुख्यधारा की बात कहें।"

"वह दोनों तटों पर आच्छन्न है। और आप यह नहीं कह सकते कि कौन प्राथमिक है।"

पीटर ने सिर हिलाया। रंगनाथ चुप रहा। पर चुप्पी कुछ लम्बी खिंच गयी तो पीटर ने कहा, "आगे बतायें।"

रंगनाथ को यह आगे बताना ही तो कठिन हो रहा था। बात कहाँ से शुरू करें? जिस बिन्दु पर ध्यान स्थिर करता था, वह बिन्दु धुँधली हो जाती थी। जब पूरी-की-पूरी बात गड्डमड्ड हो तो सिरा पकड़ना कठिन हो जाता है। उसका काम आसान करते हुए पीटर ने कहा, "बात आप ऐतिहासिक काल से करिये।"

"वही तो। कहाँ से शुरू करूँ?"

"यह आप की समस्या है।"

रंगनाथ को लगा कि सारी समस्या ही उसी की है। दूसरे तो सिर्फ उसे जानना चाहते हैं। उसका समाधान तो करना नहीं चाहते। आनन्द तो समस्या के विचरण में है, उसके समाधान में नहीं। "टू ट्रैवेल इज बेटर दैन टू एराइव।" अब यह जानना चाहता है तो कुछ बताना ही पड़ेगा। कहा, "दो लोककथाएँ मिलती हैं और दोनों दो तरह के असम की बात करती हैं। एक असम कामरूप का है, दूसरा प्राग्ज्योतिषपुर का। कौन पुराना है, कहना कठिन है।"

"उसकी जरूरत नहीं है। एक ही समय में एक ही इलाके में दो राज्य हो सकते हैं। एक ही मारवार में, एक ही महाराष्ट्र में, गुजरात में, कश्मीर में, अन्य वनों में क्या कई-कई राज्य नहीं थे?"

"हाँ, तो महाभारत में ये दोनों ही राज्य चर्चित हैं। एक पश्चिम का राज्य है, दूसरा पूरब का। ऐतिहासिक रूप से यह पश्चिम का कोच राज्य है, पूरब का चूतिया राज्य।"

बरले ने स्वीकृति में सिर हिलाया। कहा – "लोककथाएँ क्या हैं?"

"एक तो यही कि उनकी आदि माँ, एक भोट लड़की थी। पिता एक ब्राह्मण फकीर। उनकी नौ सन्तानें हुईं। वे पहाड़ों से उतरकर जोगीघोपा गाँव में बसे। जब उनकी सन्तानों की संख्या काफी बढ़ गयी तब वे दलगोना से ब्रह्मपुत्र के बीच फैल गये। उनकी नौ कुटियाँ बनीं, जिन्हें बड़, राभा, मेष, हिमाल, कोच, सरनिया, महलिया, फुलगरिया और सोलासीमिया कहा गया। इसमें कोच कुल बड़ा प्रभावी हुआ। उनका प्रधान फकीर

तान्त्रिक था, कालिका का पुजारी था, हिरिया-जिरिया बंगालिन का गुरु था। उसी कालिका का पूजा कर हरिया मण्डल हिरिया-जिरिया से विवाह कर कोच राज की स्थापना की। उसके सन्तानों ने एक समय पूरे असम पर राज किया, कोच बिहार को राजधानी बनाकर।''

''और दूसरी कथा?''

''यही कि जिधर सूरज उगता है, उधर एक विशाल नदी के किनारे ताँबे की छत के नीचे अपनी देवी 'केचारवाती' को स्थापित कर चूतिया लोग नदी-पहाड़, वन-प्रान्तर के पशु-परानी पर राज करते थे। कहाँ से आये पता नहीं। पर देखकर यही लगता है कि चीन देश के दक्षिण-पश्चिम, यानी बर्मा के उत्तर-पूर्व से सरककर आये थे ये लोग, जो नदी के किनारे बिखरकर जंगलों के भीतर गाँव बना बसे थे। कहते हैं कि भगवान् परशुराम ने जब आज के बिहार के क्षत्रियों को मारकर भगाया था तो एक चन्द्रवंशी परिवार इस इलाके में आ गया और इनका राजा बन बैठा। पुरानी बुरुजियों में मिलता है कि सम्राट् हर्ष के पतन के बाद उत्तर भारत में जो अराजकता फैली और भगदड़ मची तो कोई चन्द्रवंशी बीरपाल भागकर यहाँ आया। सुवर्ण गिरि को अपना घर बनाया। वह सुवर्णगिरि सदिया के उत्तर में है, केचारवाती देवी के ताम्र मन्दिर के पास।

''यह तामार घर कहाँ है?''

''चूनपुरा में।''

''हूँ।''

''कहा जाता है कि बीरपाल अपनी पत्नी रूपवती को बहुत सताते थे। एक दिन जब वे किसानी में लगे थे तो यक्ष कुबेर आये और राय दिया कि अपनी पत्नी के साथ सुलह-सलाह करके रहो। उससे जो पुत्र होगा वह बहुत प्रतापी होगा। कुबेर ने यह भी बताया कि एक सिहुड़ के पेड़ के नीचे उन्हें एक ढाल, तलवार और भाला मिलेगा। ढाल को खोदकर निकालना पड़ेगा। उसके नीचे एक सुवर्ण मेकुरी मिलेगी।''

''यह क्या होती है?''

''सोने की बिल्ली। उसे बड़े प्यार से पालकर रखना। वही आपके परिवार की भाग्यविधाता होगी।''

पीटर बरले ने खिड़की के बाहर देखा। बादलों का तो पता नहीं था, किन्तु पड़ रही झींसी में दूर तक का खुला मैदान नीले रंग में रँग गया था। पोलो ग्राउण्ड के उस पार का चीड़ बन नीले थक्के में तब्दील हो गया था। उसके पार गोल्फ का मैदान था। ऊदे मौसम ने उस पूरे प्रान्तर में पसर कर नीलिमा को उदास कर दिया था। उसे लगा कि लोहित का इलाका उसकी आँखों के सामने है, जिसमें चन्द्रवंशी किसान बीरपाल का बेटा रत्नध्वज सुवर्ण पर्वत में सुवर्ण मार्जारी के पीछे दौड़ता लोगो में ऐसा प्रभाव छोड़ता जा रहा है कि वह उन बनगाँवों के बाशिन्दों का अघोषित राजा बनता जा रहा है। उनके ऊपर

प्रेम का प्रभुत्व स्थापित करने के बाद मैदानों में उतरता है चुनपूरा की केचारवाती देवी को ताँबेश्वरी देवी नाम दे, दुर्गा का एक अवतार, एक रूप बना देता है। कसौटी जैसे काले पतथर के टुकड़ों को चिकना कर बनाये गये सवा पाँच हाथ लम्बे और उतने ही चौड़े ढलुआ ताँबे के छाये मन्दिर के इर्द-गिर्द विभिन्न प्रकार के सोहगह शिलाखण्डों को मिलाकर चारों तरफ एक सौ बत्तीस हाथ लम्बा और चौरासी हाथ चौड़ा दीवार बनाता है। पश्चिम की दीवार में एक विशाल दरवाजा है, जो कभी बन्द नहीं होता। उसके सामने एक पत्थर की त्रिभुजाकार बेदी है, जिस पर कभी मानव बलि दी जाती थी। पहले उसके लिए पकड़ होती थी, फिर अपराधियों को दण्डस्वरूप चढ़ा दिया जाता था। बाद में आसमियों की एक खेप पाली जाने लगी, जिसमें एक को चुनकर मौका आने पर चढ़ा दिया जाता था। बदले में उस कौम के लोगों को कुछ विशेषाधिकार दिया जाता था। नदी की खेवाई नहीं ली जाती थी, किसी प्रकार का कर नहीं देना पड़ता था। ब्राह्मण, राजघरानें के लोग अपनी उच्चता के कारण इस खेल के सदस्य नहीं बन सकते थे। डोम, हाड़ी और मुसलमान अपनी नीचता के कारण इसका सदस्य नहीं बन सकते थे। जिसकी बलि चढ़ायी जाती थी, उसके कुछ लक्षण होते थे। कोई भी कलंक होने पर बलि के मानुष होने के लिए अनुपयुक्त माना जाता था।

कोई दो सौ वर्षों तक रत्नध्वज और उनकी सन्तानें चूनपुर में चैन से शासन करती रहीं। तब अहोम लोगों ने उन पर जबरदस्त हमला किया।''

''ये अहोम कौन थे।''

''वे महान् ताई या थाई जनजाति की एक शाखा थे, जिन्हें शान कहा जाता है। कहा जाता है कि शान लोग चीन और मंगोलिया के उत्तर में बहनेवाली तारिम नदी के किनारे अवस्थित, त्याइशान नामक इलाके में बसते थे। पाँचवीं सदी में वे वहाँ से उठकर चीन के यूनान प्रान्त के मुंग्रीमुग्राम इलाके में आकर बस गये। धीरे-धीरे वे हुकाङ घाटी में फैल गये और अपने-अपने कबीलों के आधार पर छोटे-छोटे राज बना लिये। इनमें सबसे शक्तिशाली माउ शाखा थी। मणिपुरी लोग बताते हैं कि उनकी रियासत पोङ कहलाती थी। कम जानकारी होने के कारण उधर के लोग हुकाङ घाटी में रहनेवाले सभी ताई-शान लोगों को पोङ राज का ही मानते थे। अहोमों के राज का नाम खुनलाई था जो मुंग्रीमुग्राम में था। शासन छोटा भाई करता था। उसकी तीसरी पीढ़ी के राजा ने अपने साम्राज्य को दो टुकड़ों में बाँट दिया। एक बेटे को मुंग्रीमुंग्राम का राज दे दिया दूसरे को माउलुंग का। यह माउलुंग ऊपरी बर्मा के शेउली नदी के किनारे घाटी में अवस्थित है। वहीं सुकाफा का जन्म हुआ, जिसने अहोम राज की स्थापना की।''

''वह असम कब आया?''

''1215 ईस्वी में। कहा जाता है कि उसके कई भाई थे। एक राजा था। उसकी लड़ाई अपने भाई से हो गयी। इसलिए वह राज से निकल गया। साथ में कुछ कुलीन लोग भी

चले। उनकी देखा-देखी कोई 4-5 सौ सामान्य लोग भी चले। उनके पास दो हाथी थे और तीन सौ घोड़े। उनके पास भाले थे, तलवार थे, तीर धनुष थे और 'हेङडान' जैसे दस तलवारें थीं। वे पहले मुङकोङ में रुके। उसे ही असमिया लोग नारा रज कहते हैं। वहीं सुकाफा ने स्थानीय मुखिया के घर से चोम-चेङ की वह मूर्ति चोरी कर ली, जो ताई-शान लोगों का कुल देवता माना जाता है। वहाँ से जब वह चला तो उसके साथ एक हजार अस्सी लोग थे।"

"अच्छा।"

"वह हुकोङ की घाटी पार कर पटकाइ इलाके में पहुँचा और आस-पास की सभी जनजातियों पर अधिकार कर लिया। किन्तु वहाँ रुका नहीं, आगे बढ़कर दाइखाम की पहाड़ियाँ पार कर खामजाङ नदी में उतरा। उस पार जाकर नाङग्याङ, झील पर डेरा डाला। वहाँ उसकी वांचो, नाक्टे, तांगसा नागाओं से लड़ाई हुई। उनको हराकर दाइखाम से लेकर पटकाइ के बीच उसने अपनी रियासत कायम की। नाम दिया खामजाङ। उसे कर देते रहने की प्रतिज्ञा पर एक छत्रप के हवाले कर आगे बढ़ा। दाइ काओराङ, की नौ पहाड़ियों पर कब्जा करने के बाद वह नामरूप पहुँचा। वहाँ उसने तिपम नाम रखकर अपनी राजधानी बनायी और तेरह वर्षों तक कब्जे में न आनेवाली जातियों से लड़ता रहा। उस वक्त उसके पास नौ हजार लोग थे। उनको साथ लेकर 1228 में वह ब्रह्मपुत्र की घाटी में घुसा। वहाँ बसनेवाली मारान और बाराही जातियों से मित्रता कर ली और चराइदेव में अपनी राजधानी कायम की 1253 में। दो घोड़ों को मारकर अश्वमेध यज्ञ किया। राज करने के लिए दो अधिकारियों की नियुक्ति की बुढ़ागोहाइन और बड़गोहाइन।

"माने?"

"गोहाइन माने गोसाईं, माने गोस्वामी। गाय के रक्षक नहीं, राज के रक्षक : प्रधानमन्त्री और प्रधान सेनापति।"

"उस चूतिया राज और राजा का क्या हुआ?"

"कोई दो सौ वर्षों तक लड़ाई चलती रहीं। पूर्व और दक्षिण से अहोम और सिंगफो लोग पश्चिम और उत्तर ढकेलते रहे। अन्तिम लड़ाई 1523 में हुई। अहोमों के राजा सुहुङमुङ था, चूतियों का धीरनारायण। कुछ लोग कहते हैं कि चूतियों का राजा उनका दामाद नीतीपाल था, जो पहले एक कमाण्डर था, पर इतना बहादुर था कि राजा ने उसे अपनी बेटी देकर राज उसे सौंप दिया था। राजा का बेटा अभी नाबालिग था, इसलिए उसकी देख-रेख का जिम्मा नीतीपाल को था। उस लड़ाई में चूतियों के पाँच हजार लोग मारे गये। उनके हार जाने पर अहोमों ने पूरी जाति को दर-बदर कर दिया। जाति का बड़ा टुकड़ा ब्रह्मपुत्र के उत्तरी किनारे-किनारे चला और दशकों में मंगलदोई तक पहुँचा। वह बड़ कहलाया। जो नदी के दक्षिणी किनारे चला और सूरमा घाटी तक फैल गया। वह कछारी कहलाया।

"लेकिन तब ऐसे ढेर-सारे नाम कैसे पड़े?"

"उसके लिए किस्सा-कोताइ यह कि चूनपुरा के युद्ध में भागने के दौरान आज की सदिया के पास गहरी और तेज बहती ब्रह्मपुत्र की चौड़ाई बाधा बनकर उपस्थित हो गयी। आगे नदी पीछे बैरी के बीच पिसाता राजा अगले दिन पलटकर वार करने के लिए तैयारी कर थोड़ा आराम करने लगा। सपने में बथाऊदेव ने दर्शन दिया। कहा, "तुम आगे बढ़ो, मैं सहायता करूँगा। फजीर में जब दिशा-फराकत करने जाओगे तो नदी की जल में एक बगुला खड़ा मिलेगा। देखने में वहाँ का पानी गाढ़ा नीला लगेगा कि जैसे वहाँ नदी बहुत गहरी हो। उसे देखकर डर लगेगा। पर कलेजे पर हाथ रखकर सभी को उसी की सीध में आगे बढ़ते जाना होगा। नदी पार हो जायेगी। पर हाँ, काफिले का कोई आदमी भूलकर भी पलटकर पीछे नहीं देखेगा। राजा उठकर नदी की ओर गये। किनारे-किनारे थोड़ी दूर चलने पर ही बगुला खड़ा मिला। वे भागकर शिविर में आये और सभी को तुरन्त कूच करने की आज्ञा दी। वे स्वयं सबसे पहले नदी में उतरे। पानी में उनके पाँवों की ध्वनि सुनकर बगुला दक्षिण दिशा में उड़ चला। उसकी तरफ देखते वे चले जाते थे और पानी के नीचे की जमीन ऊँची होती जाती थी। कहीं भी कमर भर पानी नहीं मिला। तमाम लोग देखते-ही-देखते उस पार चले गये। बाकी लोग उनके पदचिह्नों पर पाँव रखते नदी पार करने लगे और काफी लोग तट पर खड़े होकर अपनी बारी का इन्तजार करते रहे। तभी एक बुरबक ने पीछे मुड़कर देखा कि उसका पुत्र आ रहा है कि नहीं, कि लो, तभी पानी का एक तेज रेला आया और ऊँची जमीन धसककर पाताल में चली गयी। नदी में जो जहाँ था, वह वहीं डूबने-उतराने लगा। बड़ा चिल्लपों मचा। जो उत्तरी तट पर थे उन पर अहोमों ने हमला कर दिया। वे नदी का उत्तरी तट पकड़कर भागे। उन्हीं में राजा धीरनारायण थे। अहोमों ने उन्हें पकड़ लिया और सिर काटकर एक बड़े बाँस में गाँथकर चराई देव के मन्दिर के सामने टाँग दिया। फिर मन्दिर की सीढ़ियों के नीचे गाड़ दिया। उनकी पत्नी साधानी ने चन्दनगिरि की पहाड़ी से कूदकर आत्महत्या कर लिया। बाद में उसका सिर काटकर अहोम राजा के सामने पेश किया गया, जिसने उसे उसके पति के सिर के पास गड़वा दिया। बालक, राजकुमार सधकनारायन को मंगलदोई के पास एक छोटी-सी जागीर देकर बसा दिया। नीतीपाल भागकर आज के दीमापुर पहुँचा और राज कायम किया। उसके साथ के लोग दिमासा कहे जाने लगे। डूबते हुए लोगो में जिन्होंने तट के किनारे के खरपतवार पकड़कर जान बचायी वे खाग्राबरिया कहे जाने लगे। जिन्होंने नकुल यानी नरकट पकड़कर जान बचायी वे नलबरिया कहे जाने लगे। जो दीमापुर के आस-पास बसे रहे, वे दिमासा कहलाये। जो सूरमा के कछार में फैल गये, वे कछारी कहलाये।

"तो उनका विभिन्न नाम इस तरह से पड़ा।"

"हाँ। बाद में दूसरे लोग इनको आठ कुलों में बँटा देखने लगे। बड़ और दिमासा मुख्य कुल थे। उपकुल थे कछारी, हाजोई, लालुंग, गारो, हाइजोंग और तिप्पेरा।"

"उनका निर्माण कैसे हुआ?"

"भागती हुई जाति कुछ दिनों के लिए कहीं रुक जाती थी। उनको पिछुआते हुए अहोमों का रेला आता तो अधिकांश लोग आगे पश्चिम की ओर भाग पराते, पश्चिम में पहले से बसी दूसरी जातियों को और पश्चिम ढकेलते हुए। इस मार काट में बहुत कुछ तहस-नहस हो जाता था, और नये-नये सम्बन्ध बनते थे। जो लोग वहीं पड़े रह जाते थे वे अहोमों की अधीनता स्वीकार कर लेते थे। तब उनका एक स्वतन्त्र नाम पड़ जाता था। जिन दूसरे कबीलों के साथ रहते थे उन्हें कुछ अपना देते थे, उनसे कुछ लेते थे। इससे उनके कुनबों की एक नयी पहचान बनती थी।"

"ये राजा नीतीपाल की बात कुछ और बतायें।"

"उसने और उसकी सन्ततियों ने दीमापुर में कोई सौ वर्षों तक राज किया। इस बीच अहोम लोग अपनी सत्ता लखीमपुर, शिवसागर, दारांग आदि में कायम करने के बाद दीमापुर की ओर रुख किया। 1650 के आस-पास भीषण लड़ाई हुई और दीमापुर का राज नष्ट हो गया। राजा भागकर आइबोंग चला गया। 1750 में जयन्तिया राजा ने उस पर हमला किया। राजा हारकर खासपुर चला गया। तब तक कछारी लोग बराक और सूरमा की घाटियों में, श्रीचर से लेकर श्रीहट्ट तक और पहाड़ों के नार्थ कछार हिल्स से लेकर टिप्पेरा पर छा गये थे। वहाँ के बंगालियों के सम्पर्क में आकर पूरी तरह से हिन्दू बन गये थे। 1790 में राजा कृष्ण चन्द्र और उनके अनुज गोविन्द चन्द्र ने ताँबे की एक विशाल गाय बनवायी। नौ दिन तक उनके पेट में व्रत लेकर रहे। निकले तो ब्राह्मणों ने धर्म से सनातन हिन्दू, वंश से किरात, जात से कायस्थ, गोत्र से पिता की ओर से भीमपुत्र, माँ की ओर से हिडिम्बा पुत्र, वाम पद, वाम शिखा, विष्णु देवता, दुर्गा देवी, कौमुकी सूत्र, स्मृतियाँ में मनुस्मृति (जीमूतवाहन की व्याख्यावाली) घोषित कर दिया। इन्हीं ब्राह्मणों ने उनका सम्बन्ध तमाम ऋषि, मुनि और पौराणिक राजाओं से जोड़ दिया। उनके वंशज बन वे एक तरफ शाक्त तो दूसरी तरफ कृष्ण भक्त वैष्णव बन गये।"

"ये ब्राह्मण जो न कर दें।"

रंगनाथ हँसा। आगे कहा, "कृष्ण चन्द्र मरे तो गोविन्द चन्द्र राजा बने। पूरी जिन्दगी बर्मियों से लड़ते रहे। हारे तो भाग कर श्रीचर (सिलचर) चले गये। 1826 में अंग्रेजों ने बर्मियों को हराकर उन्हें गद्दी पर बिठाया। पर 1830 में उनकी हत्या हो गयी। अंग्रेजों ने उनके राज को अपने राज में मिला लिया। जिले का मुख्यालय श्रीहट्ट (सिलहट) में बनाया। उनके सेनापति तुलाराम को उत्तरी कछार की पहाड़ियों में राजा बने रहने दिया। 1854 में जब वे निःसन्तान मरे तो उनके राज को भी अंग्रेजों ने अपने में मिला लिया। तिप्पेरों के प्रमुख त्रिपुरा के राजा के रूप में अर्द्धस्वतन्त्र बने रहे। पहले वे गोविन्द चन्द्र की अधीनता में रहते थे। किन्तु सिलहट में उनकी अच्छी खासी जमींदारी और खेती-बारी थी, इसलिए वे अपने को थोड़ा अंग्रेजों के भी अधीन मानते थे।"

"कहानी आप अच्छी सुनाते हैं," पीटर बरले ने कहा।

"इसी का खाता हूँ साहब," रंगनाथ ने कहा।

पीटर बरले उठा। कोट की जेब से 'पर्स' निकाला। खोला और जितनी भी नोट उँगलियों में आयी, रंगनाथ की ओर बढ़ा दिया। रंगनाथ ने लेने से इन्कार कर दिया। कहा, "ये ऐतिहासिक घटनाएँ हैं साहब। इनके सच्चे होने की पूरी सम्भावना है।" पीटर ने रख लेने का इशारा किया। रंगनाथ ने कहा, "हफ्तों साथ रहना है साहब। इकट्ठे ही...।"

"यह इनाम है।"

"इसकी जरूरत नहीं।"

दोपहर बीत गयी थी। उस गर्मी में भी पुलिस बाजार में भीड़-भाड़ बढ़ गयी थी। यह भीड़ सिनेमा देखनेवाले युवक-युवतियों की थी। वे सिनेमाघरों की ओर बढ़ रहे थे। शो में देरी थी, पर टिकट मिलने का समय हो गया था। उसके लिए यहाँ कोई लाइन में नहीं लगता, ताकत लगाता है। पैसों को मुठ्ठी में दबाकर एक छोटी-सी खिड़की में हाथ को घुसेड़ पाना कमजोर आदमी के बूते का काम नहीं है। यदि घुस गयी तो टिकट देनेवाला मुठ्ठी खोलकर पैसे गिन लेता है और पैसे के अनुसार क्लास और संख्या तयकर टिकट थमा मुठ्ठी बन्द कर देता है। अब यह टिकट पानेवाले की मर्दानगी है कि वह पैसों के साथ घुसेड़ी जा रही मुठ्ठियों के बीच से अपनी मुठ्ठी निकाल ले। चमड़ी का छिल जाना, उँगलियों से खून टपक जाना मामूली बाते हैं। टिकट पा जानेवाले इन घावों को वैजयन्ती की तरह दिखाते हैं। उनकी प्रेमिकाओं को लगता है कि उनका प्रेमी कितना जोशीला है। प्रेमी को लगता है कि यह तो टिकट है, तुम कहो तो इससे भी कठिन प्रयास कर आसमान से चाँद ही जमीन पर गिरा दूँ। कई मोमो खाने के बाद पीटर बरले ने ई.सी. रेस्तराँ की पूर्ववाली खिड़की से बाहर दृष्टि डाली। सड़क के उस पार शिलांग सैनेटोरियम के बगल में ऊँचाई पर अवस्थित चाइनीज रेस्तराँ था। उसकी मालकिन टिपिकल चाइनीज पायजामा और आधे बाँह की कुर्ती पहने रेलिंग पर हाथ टिका थोड़ा झुककर सिनेमाघर की ओर देख रही थी। झुके होने के कारण उसके उरोज लटककर काफी बड़े लग रहे थे। पर उससे बेखबर वह यह कूत रही थी कि इण्टरवल में कितने लोग ऊपर आयेंगे और कितने लोग शो छूटने के बाद। वह कूतना उन लड़कियों के आधार पर था जो नौजवानों के साथ आयी थीं। जिनके साथ लड़की नहीं होती थी, वे नौजवान बार जाते थे, रेस्तराँ नहीं। अपनी इसी कूत के आधार पर वह चाइनीस पकवान बनवायेगी।

पीटर बरले रेस्तराँ से बाहर निकला। सीधे करेण्ट बुक हाउस में घुसा। दो-चार मिनट तक वहाँ डिस्प्ले अखबारों पर नजर डाली, फिर रैक में रखे किताबों पर। छुआ कुछ नहीं। दुकान का मैनेजर जानता था कि इस वक्त आनेवाले और इस तरह आनेवाले लोग समय

काटने के लिए आते हैं, खरीदते कुछ नहीं हैं। इसलिए वह पुराना रोकड़ बही ठीक करने में लगा रहा। ऐसे ग्राहकों के स्वागत के लिए दुकान के बोर्ड के ठीक नीचे पट्टी चिपका दी गयी थी, ''द करेण्ट बुक हाउस वेलकम्स यू''। उस पर बिना ध्यान दिये पीटर बरले बाहर निकला। जहाँ से शिलांग-गुवाहाटी रोड शुरू होती थी, वहाँ के नुक्कड़ पर एक बंगाली फुटपाथ पर फैलाकर अश्लील बंगाली पत्रिकाएँ बेचता था। वह खड़े-खड़े उन पत्रिकाओं का 'कवर' देखता रहा। फिर आगे बढ़ गया। पलट-पलट कर वह अब तब पीछे भी देख लेता था। कोई दो सौ कदम चलकर वह बाटा के शोकेश तक पहुँचा और शीशे के उस पार रखे जूतों को देखने लगा। लगता तो यह था कि वह जूतों को न देखकर शीशे के अक्स में उभर रहे लोगों के चेहरों को देख रहा है, उनमें से किसी एक को पहचानने का प्रयत्न कर रहा है। काफी देर के बाद उसने नजर हटाकर घड़ी देखा। ए.जी. ऑफिस के बन्द होने का समय हो गया था। वह पलट कर पुलिस बाजार सीटी बस स्टेशन पर गया। अभी वह स्थिर हो ही रहा था कि शारदा रंजन बनिक ने बगल में आकर कहा, ''गुड ईवनिंग सर।''

पीटर ने गर्दन घुमाकर 'गुड ईवनिंग' कहा और जैसे न चाहते हुए भी मिलाने के लिए हाथ बढ़ा दिया। उसे नेटिव लोगों से हाथ मिलाने में हिचक होती थी। वह उनको इसके योग्य नहीं मानता था और बंगालियों को तो और भी। उनके हाथ बड़े नरम होते हैं, जैसे उनकी मर्दानगी जाने कब की गायब हो गयी हो। हाथ मिलाने के बाद शारदा रंजन ने कहा, ''ठीक है। बातचीत तो हम असम क्लब चल कर ही कर सकते हैं।''

''वहाँ तो बहुत लोग होंगे। खेल-कूद का माहौल होगा।''

पीटर बरले उस 'असम आफिसर्स क्लब' से वाकिफ था, जो राजधानी के अफसरों के मनोरंजन का अड्डा हुआ करता था, हैदरी पार्क के पास, जिला अस्पताल के बगल में। शारदा रंजन को बात समझ में आ गयी। कहा, ''वहाँ नहीं। हम जिस क्लब की बात कर रहे हैं, वह लाबान में है चर्च के सामने। उसकी स्थापना 1918 में हुई थी। तब के असमिया लोग वहीं मिलते थे, राजनीति पर बात करने के लिए। अब सूना पड़ा है।''

पीटर ने चलने का इशारा किया। वह शारदा रंजन से थोड़ी दूरी बनाकर पीछे-पीछे चल रहा था। रह-रहकर पीछे की ओर देख ले रहा था। क्लब पहुँचकर वे गहरी बात-चीत करने में लग गये। वाचनालय में अखबार पढ़ रहे युवाओं ने थोड़ा चौंककर कुछ देर तक मुड़-मुड़ कर देख लेते रहे। एक विदेशी आदमी का एक देशी आदमी के साथ बात करना, वह भी देर तक, बड़ा अटपटा लग रहा था। पर सोच लिया कि इस क्लब में विदेशी अफसर जनजातियों या असम की दशा-दिशा के बारे में शोध करने के दौरान सामग्री जुटाने यहाँ आया करते हैं। पास में ही लेखक जीवन सिंह का घर है, वहा भी दिखायी देते हैं। शारदा बाबू उम्र पाये आदमी हैं, उन्हें कुछ-न-कुछ बता ही देते हैं। उसी क्रम में यह नया आदमी आया है। पर रंगनाथ ने देखा तो चौंक गया। रंगनाथ शिलांग आने पर

अपर लाबान में अवस्थित दक्षिण भारतीयों के एक मेस में ठहराता था। मकान नवारुण मुखर्जी का था, जो ब्रह्मसमाज के अनुयायी थे और एक प्रतिष्ठित खासी महिला से विवाह कर काफी सम्पदा के मालिक थे। उसी मेस से निकलकर रंगनाथ लाबान बस अड्डे पर जा रहा था, पुलिस बाजार के लिए बस पकड़ने। आज 'वेटिंग फार गोदो' का शो इलिस टाकीज के हाल में होनेवाला था। सोचा था कि पीटर को लेकर वहीं जायेगा। शो देखने के बाद उसके 'परफारमेन्स' भी मीमांसा उसके साथ करेगा और उसके आधार पर एक लम्बी टिप्पणी अंग्रेजी के राष्ट्रीय अखबारों में भेजेगा। नाटक का यह प्रयोग नूतन था और दिन-ब-दिन उसके प्रभावशाली होते जाने की सम्भावना थी। उसका कुछ 'क्रेडिट' लिया जा सकता था। तभी उसकी नजर पीटर और शारदा बाबू पर पड़ी थी। चौंका वह इसलिए कि उसे उम्मीद न थी कि पीटर उसके अलावा भी किसी और आदमी को जानता है, वह भी शारदा बाबू जैसे यहाँ के महत्त्वपूर्ण बंगाली के। वे तो पत्रकार हैं नहीं। पीटर तो पत्रकारों से सम्पर्क कर असम की 'ग्राउण्ड रिअलिटी' जानकर अमेरिका के अखबारों में कुछ लिखने से उद्देश्य से आया था। खैर शारदा बाबू पत्रकार न होकर भी उसकी जानकारी के एक स्रोत हो सकते हैं। फिर भी..., वह थोड़ा ओट में हो लिया कि जिससे पीटर की नजर उस पर न पड़े। पर थोड़ी ही देर के बाद बस आ गयी। वह निकल आया। बस में बैठे-बैठे पूरे रास्ते सोचता रहा कि आखिर शारदा रंजन से पीटर की क्या बात हुई होगी।

पीटर बरले के साथ असम जाना तत्काल हो नहीं पाया। शिलांग में घटनाएँ तेजी के साथ घट रही थीं और पीटर उनमें रुचि लेने लगा था। किन्तु वे घटनाएँ उसके काम की नहीं थीं। एक ही घटना ऐसी थी जो उसके काम की हो सकती थी। रंगनाथ को लगता था कि उसमें पीटर का भी कोई हाथ हो सकता है। हुआ यूँ था कि रंगनाथ लाइतुमुख्रा एक चीना देशवासी से आंकुपंचर सीखने जाता था। उसके मन में यह बात बैठ गयी थी कि यह विद्या यदि वह सीख ले तो तमाम गरीब-गुरबों का भला कर सकता है। एक दिन कोई आठ खड़ी सूरज चढ़े वह वही सीखने जा रहा था कि देखा पीटर बरले बड़ी तेजी से मस्जिदवाले चौराहे को पारकर नाङ थिमाइ की ओर जा रहा है। उसे बड़ा आश्चर्य हुआ। पुलिस बाजार से लाइतुमुख्रा तो आसानी से बड़े कम समय में आया जा सकता है सेण्ट एन्टोनी कॉलेज के पीछे की चढ़ाई पारकर, पर नाङथिमाइ की दूरी कुछ ज्यादे ही थी। उधर हैप्पी वैली में फैज का एक बड़ा सेण्टर भी है। उसकी जिज्ञासा बढ़ी और वह उसके पीछे लग गया। कोई घण्टे भर चलने के बाद पीटर, अपर नाङथिमाइ की ओर लेन में बढ़ा। इलाका नया था। पहाड़ों को काटकर बसाया जा रहा था। इसलिए सन्नाटा था। सन्नाटे में छिपकर पीटर के पीछे जाना जोखिम भरा काम का। यदि पीटर पीछे मुड़कर देखता—जैसा कि उसकी आदत थी—तो तुरन्त पकड़ जाता। उसने जोखिम उठाया। और लो, वही हो गया। गनीमत थी कि उस वक्त रंगनाथ चट्टान की एक-एक कटान की

आड़ लेकर लघुशंका कर रहा था। औव्वल तो पीटर ने देखा न होगा, देखा होगा तो पहचाना न होगा, और पहचाना भी होगा तो वहाँ रहने का बहाना अच्छा था। पर पीटर ने देखा नहीं था। देखे होता तो रुककर प्रतीक्षा जरूर करता, किन्तु वह मुड़कर आगे बढ़ता गया। आगे बढ़कर वह डी. डी. डिंगो के बँगले में दाखिल हो गया।

डी. डी. डिंगो सोहरा राज के कभी के प्रधानमन्त्री के राज घराने से थे। कुछ वर्ष पहले जब मेघालय असम से अलग नहीं हुआ था, वे कामाख्या नारायण त्रिपाठी के मातहत वित्त राज्यमन्त्री रहे थे। उम्मीद थी कि मेघालय सरकार में वित्तमन्त्री बनेंगे। किन्तु राजनीति। नहीं बन पाये। वे नगर के बड़े आदमी थे। उनकी माँ ने एक अमेरिकन से विवाह किया था ओर उस अमेरिकन ने उनका विवाह अमेरिकन लड़की से करा दिया था। उससे उत्पन्न बेटी का विवाह भी अमेरिकन से हुआ था। इसलिए अब उनका परिवार पूरा अमेरिकन था। उनके यहाँ किसी अमेरिकन का जाना स्वाभाविक था। हो सकता है कि रिश्तेदार ही हो।

वहाँ बहाने से रुकने की कोई जगह नहीं थी, इसलिए रंगनाथ लौट आया और मुख्य सड़क पर रुक कर प्रतीक्षा करने लगा। बिना किसी बहाने के लम्बे समय तक खड़े-खड़े प्रतीक्षा नहीं किया जा सकता था। सन्नाटा वहाँ भी था। नुक्कड़ पर एक गुमटी को रेस्तराँ का शक्ल दे दिया गया था। जहाँ चाय के साथ बिस्कुट, बन्न और पोर्क से बने व्यंजन हेम, बेकन और बर्गर आदि बेचा जा रहा था। उसके सामने बिना पीठ की बेंचों को खींचकर कुछ बेरोजगार किस्म के लड़के-लड़कियाँ बैठकर एक टूटे स्टूल पर कैरमबोर्ड रखकर खेल रहे थे और बात-बात पर बिना बात के हँस रहे थे। उनके गन्दे लिबास से स्वास्थ्य और चेहरे से खुशियाँ फटी पड़ रही थीं। रंगनाथ उन्हें कुछ देर तक देखता रहा। फिर तमाम खेलनेवाले लोग उसके अनायास घूरा-घूरी से 'अफेण्ड' न हो जायँ और टोंक दें, उससे पहले, उससे बचने के लिए वह उनके पीछे जाकर एक खाली बेंच पर बैठ गया और चाय का आर्डर दिया। चाय तुरन्त आ गयी क्योंकि बनी-बनायी रखी हुई थी। उसने एक बन्द भी मँगाया और चाय में बोर-बोर कर खाने लगा। चाय जल्दी ही खत्म हो गयी। बन्द अभी बाकी था, इसलिए और चाय मँगवाया। इस बार उसने तय किया कि वह चाय के सहारे घण्टों काट देगा। देखें पीटर कब तक नहीं आता है। पर पीटर घण्टों नहीं आया। लौटने का और कोई रास्ता था नहीं, इसलिए उसे आना तो ख्वामख्वाह इसी रास्ते से है। यह भी हो सकता है कि पगडण्डी पकड़कर वह अपर शिलांग चला जाय। कुछ घण्टे वहाँ रहे और बस पकड़कर पुलिस बाजार चला जाय। यह सोचते ही उसका माथा गरम हो गया। फिर हँसी आयी कि वह ख्वामख्वाह जासूसी कर रहा है। लगा कि वह परले दर्जे का बेवकूफ है और अपना समय बेमतलब जाया कर रहा है। फालतू पुस्तकों को पढ़ने से उसके मन में यह 'सेन्स ऑफ एडवेंचर' आया है और इससे बचने के लिए उसे आगे ऐसी पुस्तकें पढ़ना बन्द कर देना चाहिए।

उसे लगा कि वहाँ उपस्थित तमाम लोग उसे प्रश्नवाची निगाहों से देखने लगे हैं, कह कुछ नहीं रहे हैं। जाहिर है कि उसके रुकने का बहाना समाप्त हो गया है और उसे अपनी राह लेनी चाहिए। तथा बहाना बनाने के लिए वह दुकान की मालकिन के पास गया, पैसे दिया और पूछा, "शहर जाने के लिए वह मफलाङ की तरफ से बस कब आती है?

कांग (श्रीमती : सम्मानित स्त्री) ने तुरन्त कोई जवाब नहीं दिया। फिर थोड़ा सोचकर कहा, "आती ही होगी।"

रंगनाथ आराम से खड़ा हो गया। फिर कहा, "ये जो सामने पतली सड़क जाती है, वह कहाँ तक जाती है?"

"बस थोड़ी दूर तक, जहाँ तक मकान बने हैं।"

"कितने मकान बने हैं?"

"कोई चालीस-पचास। जाकर देख लो न।"

निश्चय ही कांग आगे बात नहीं करना चाहती। रुकने का बहाना था बस की प्रतीक्षा। पर उसने उसका सहारा नहीं लिया। कच्ची सुपारी का एक डला उठाया और मुँह में रख चुभलाता हुआ, उस गलीनुमा सड़क पर बढ़ा। अभी दस ही कदम गया होगा कि मोड़ के उस पार से पीटर बरले एकदम से सामने आ गया। वह अचकचा गया। पर जल्दी ही उस पर नियन्त्रण करके मुस्कराते हुए अभिवादन किया, खैरियत पूछी।

जवाब में पीटर ने कैफियत माँगी, "यहाँ कैसे?"

रंगनाथ ने हाथ उठाकर रुकने का संकेत किया और स्वयं एक कटान की ओट में लघुशंका के 'पोज' में आ गया। निपट कर बरले के पास आया। वह तब तक तिराहे पर पहुँच गया था। उसके पास जाकर रंगनाथ बोला, "ऊपरी शिलांग गया था। लम्बे बरसात के बाद आज खिली धूप कुछ ज्यादे ही आकर्षक लग रही है। वहीं से लौट रहा हूँ।"

"पैदल ही?"

"हाँ। कोई काम तो था नहीं। समय काटना था।"

"ठीक है।"

"आपके चलने का क्या हो रहा है?"

"अभी दो-चार दिन तो नहीं।"

"मेरा तो हर्ज हो रहा है।"

"मैं कम्पनसेट कर दूँगा।"

"पर समय नहीं कट रहा है।"

बरले ने एक जोरदार जम्हुआई ली। हाथ की उँगलियों को आपस में फँसाकर चटकाया। फिर कहा, "आप असम चले जाइये। जब मैं यहाँ से चलूँगा तो आपको सूचित कर दूँगा।"

"मेरा कोई निश्चित ठोर-ठिकाना तो है नहीं। कहाँ सूचित करेंगे?"

"किसी अखबार के सम्पादक के माध्यम से।"

"उस नगर में मैं न हुआ तो?"

"तब रुकिये। दो-एक दिन में बताता हूँ।"

दोनों साथ-साथ लाइतुमुख्रा की ओर चले। रास्ते में बात-चीत करते रहे।

उसके कुछ दिन बाद चार लोग पकड़ लिये गये 'राफताब गन शाप' से बन्दूकें खरीदते हुए। जैसा कि अखबारों में छपा बोडोलैण्ड की माँग करनेवाले उग्रवादी अपनी उग्रता को अंजाम देने के लिए शिलांग आये थे हथियार खरीदने के लिए। असम की पुलिस उनके पीछे थी। जैसे ही उन्होंने हथियार लेकर दाम चुकाया, धर दबोचे गये। दुकानदार को भी गिरफ्तार कर लिया गया, क्योंकि वह हथियार उन लोगों को बेच रहा था, जो खरीदने के हकदार नहीं थे और ऐसे हथियार बेंच रहा था, जिन्हें बेचने का लाइसेन्स-परमिट उसके पास नहीं था।

रंगनाथ की जिज्ञासा बढ़ी। पहले हथियार खरीदनेवालों के बारे में पता किया। उनमें एक विरंची कुमार भी था। तो ये हथियार कामतापुर लिबरेशन फोर्स के लिए खरीदे जा रहे थे। फिर हथियार बेचनेवाले के बारे में पता की। पता चला कि दुकान थी तो राफताब के नाम पर, पर उसमें पैसा लगा था डी. डी. डिंगो का। निश्चय ही अवैध कारबार करने के लिए डिंगो ने राफताब को पैसा नहीं दिया होगा। पर इससे सरकारी लोग भला उसे कैसे अनजान और मासूम मानते? रंगनाथ को यह बात दूसरी तरह से बेचैन कर रही थी कि डिंगो का पीटर बरले से क्या सम्बन्ध है? यह माना जाता रहा है कि उत्तर-पूर्व की अशान्ति में मिशनरियों का हाथ होता रहा है और उनके ऊपर हाथ अमेरिका का होता है। हो सकता है कि मिशनरियों का चेहरा बेनकाब हो जाने के कारण यह काम अब सिविल के लोग कर रहे हैं। उनमें पीटर बरले हो। असम के मैदानों में वैसे भी मिशनरियों का कुछ खास प्रभाव अपने अनुयायियों पर नहीं है। वे ईसाई हो जाने के बावजूद अपने अधिकांश में या तो हिन्दुओं की तरह बरतते हैं या फिर अपनी जनजाति के व्यवहार के अनुसार। इसीलिए तो वह उनके बीच काम करने आया है। वह बाद में होगा। पहले पीटर बरले पर नजर रखी जाय। रंगनाथ को शिलांग में रुके रहने में हर्ज नहीं लगा। यहाँ रहकर अधिक गहरा सम्पर्क बनाये रखा जा सकता है।

29

केन्द्रीय सुरक्षा बल के शिविर चारों तरफ स्थापित हो गये तो दंगाइयों की धर-पकड़ आरम्भ हुई। अधिकारियों के मन में इनके सम्बोधन को लेकर सही शब्द के लिए काफी

उठा-पटक थी। सही शब्द की आवश्यकता उनके साथ सही व्यवहार करने के लिए थी। जो लोग उन्हें सामान्य अपराधी मानते थे, वे सामान्य अपराधी की मानिन्द व्यवहार करना चाहते थे। कुछ लोग उन्हें राजनीतिक अपराधी मानते थे और कुछ विशेषाधिकार के साथ व्यवहार करना चाहते थे। कुछ लोग विद्रोही मानते थे और उनके साथ उस तरह का व्यवहार करना चाहते थे। कुछ लोग उन्हें देशद्रोही मानते थे और उस तरह का व्यवहार करना चाहते थे। पर इससे धर-पकड़ करनेवालों की सेहत पर कोई असर नहीं पड़ता था। उनका प्रयत्न इन अपराधियों को जिन्दा पकड़ने का होता था, इसलिए नहीं कि वे मानवाधिकार के बड़े हिमायती थे, इसलिए कि गहरी पूछ-ताछ कर इन हत्याओं, आगजनी, बलात्कार आदि के पीछे काम करनेवाले दिमाग और बड़े नेताओं तक पहुँचा जाय। घटनाएँ तो एक-से-एक घटी थीं, पर नेल्ली की घटना ने सबको पीछे ठेल दिया था। गरजते बादलों, बरसते पानी और चारों तरफ से कटकर द्वीप बन गये शिविर में जिस तरह से हिंसा हुई थी, वह बड़ी वीभत्स थी। युवाओं की गूदे में भाला घुसेड़-घुसेड़ कर मारा गया था, गर्भिणी स्त्रियों का पेट चीर कर भ्रूण निकाल उनके टुकड़े-टुकड़े किये गये थे। वृद्धों के साथ गुदा मैथुन किया गया था और लड़कों को बधिया कर दिया गया था। तमाम वय प्राप्त लड़कियाँ गायब थीं। नारे लगे थे कि इनका वंशनाश कर दिया जाय, अन्यथा ये अमरबेल की तरह पूरे असम में फैलेंगे। कोई डेढ़ सौ लोग मारे गये थे और उनमें सभी शिविर के आदमी नहीं थे। मैमुल की लाश इस बात की गवाह थी कि उनमें कुछ हमलावरों का मुकाबिला करनेवाले बाहर के लोग थे—रक्षा करने के लिए अल्पसंख्यक वाहिनी के सदस्य आये थे। मैमुल की गुदा में भाला ठुका था, सीना चीरकर दिल निकाल दिया गया था और उसका जननांग काटकर फेंक दिया गया था। पहचान तो नहीं हो पायी थी पर कई हथियार पाये गये थे। उनमें से अधिकांश हूबहू वैसे ही थे, जिनको खरीदते हुए विरंची शिलांग में पकड़ा गया था। इससे साफ जाहिर था कि हमला कामतापुर लिबरेशन फोर्स ने किया था और वे संख्या तथा हथियार दोनों के आधार पर काफी शक्तिशाली हो गये हैं। उनके ऊपर दबिश देने के लिए काफी तैयारी की जरूरत थी और उसके लिए सही से बढ़कर सटीक सूचनाओं की जरूरत थी। इसी की कमी सबसे अधिक थी। कोई भी अपनी भूमिगत सेना के बारे में मुँह खोलने के लिए तैयार नहीं था, जबकि केन्द्रीय बलों की सारी जानकारी इन सेनाओं को प्राप्त होती जा रही थी। तो भी कार्रवाई तो होती ही थी और वह हुई। एक दिन बक्सा के जंगलों को पारकर उबड़-खाबड़ ऊँचाइयों पर बने शिविर को घेर लिया गया। आधी रात को दोनों तरफ से खूब गोली बारी हुई। शिविर के भीतर पेट्रोल बम फेंका गया। इससे शिविर जल गया और विद्रोही बाहर निकलकर भाग पराये। बल को उम्मीद थी कि काफी लोग मरे होंगे। पर सुबह चारों तरफ से खोजकर चार-पाँच लाशें और चार-पाँच घायल ही इकट्ठा किये जा सके। पूछ-ताछ से पता चला कि कैम्प में 70-80 लोग थे। किन्तु वे एक जगह न रहकर जंगल के विभिन्न भागों में बिखरे रहते

थे। इसलिए कोई बड़ी क्षति नहीं हुई। ऊपर से उनका मुकाबिला भी बड़ा कारगर रहा, क्योंकि उनसे अधिक सरकारी बल के लोग मरे थे, घायल हुए थे। आगे, उम्मीद थी कि लड़ाई और प्रबल और कारगर ढंग से होगी, प्रतिरोध बड़ा भयंकर होगा, साँप को छेड़ दिया गया था और जहाँ भी मौका मिलेगा, वह घात-लगाकर हमला करेगा।

सरकार की नीति अल्पसंख्यक वाहिनी पर स्पष्ट नहीं थी। इसलिए उनके लोगों को गिरफ्तार करने तक सीमित रखा गया। उनके शिविरों पर हमला दिन के उजाले में किया जाता था। जिससे कैम्प तो नष्ट हो जायँ, पर कैडर को भाग पराने का मौका मिले। वही हुआ।

आगे असम में लड़ाई बड़ी जबरदस्त हुई। अहोम वाहिनी, पानी फूकन फोर्स आदि ने संयुक्त रूप से ऊपरी असम में केन्द्रीय बलों पर हमला किया। जहाँ भी मौका मिला उसका सफलतापूर्वक मुकाबिला किया। स्थानीय लोगों ने भी छुपकर यथा शक्य साथ दिया। परिणामस्वरूप केन्द्रीय बलों को अक्सर मुँह की खानी पड़ी। इसलिए सेना तैनात करने की बात चलने लगी। लोगों को नागालैण्ड और मिजोरम का अनुभव था। तुरन्त अखिल असम छात्र सभा और अखिल असम गण सुरक्षा परिषद् को अपनी राजनीति करने का पूरा मौका मिला। उन्होंने पहले असम बन्द का आह्वान किया और उसके लिए दुनिया भर के छात्र संगठनों का सहयोग माँगा। बन्द के दौरान वह मिला भी। इससे उत्साहित होकर उनके नेताओं ने पूरे असम के स्तर पर एक छात्र संगठन और एक क्षेत्रीय राजनैतिक दल बनाने का प्रयास आरम्भ कर दिया। ऊपरी असम और निचले असम के तमाम स्थानीय दल इस बात पर एकमत थे थि बहिरागतों को हर हाल में असम से भगाया जाय। इसलिए कामन प्लेटफार्म बनता था। पर बहिरागत कौन हैं, इस पर मतभेद था। इसलिए अहोम, बड़, कछारी और सामान्य असमिया मध्यम वर्ग को छोड़कर नेपाली, मारवाड़ी, बिहारी, चाय बागान के मजदूर, बंगाली हिन्दू, तमाम छोटी-छोटी पहाड़ी जनजातियों का सहयोग नहीं मिला। सबको डर सता रहा था कि बहिरागत के नाम पर कहीं उनको ही न भगा दिया जाय। दूसरे जब से अलग बोडोलैण्ड की माँग उठी थी तब से वहाँ के तमाम गैर-बोडो लोग असुरक्षित अनुभव करने लगे थे। उन्हें लगता था कि इन इलाकों में बोडो लोग अल्पसंख्यक होने के बावजूद इन बहुसंख्यकों पर राज करने की योजना बना रहे हैं। बोडो लैण्ड, चाहे वह उदयाचल के नाम पर हो, यूनियन टेरिटरी के नाम पर हो, अलग प्रान्त के नाम पर हो, या टेरिटोरियल काउन्सिल के नाम पर हो, उसी का हथकण्डा है, तो भी बहिरागतों के नाम पर असम में एक बड़ी लहर उठी और उसका पूरा फायदा नेताओं ने उठाया। यद्यपि कि यह आन्दोलन पिछले पाँच वर्षों से बड़े जोर-शोर से चल रहा था, पर केन्द्र सरकार उसको तवज्जह नहीं देती थी। चाहती थी कि राज्य सरकार ही उसका समाधान ढूँढ़े। राष्ट्रपति शासन के कारण चूँकि अब सत्ता सीधे केन्द्र के हाथों में थी इसलिए इस पर ध्यान देने के अलावा उसके पास और कोई विकल्प नहीं था। दूसरे इस

तरह के आन्दोलनों के विरुद्ध इन्दिरा गाँधी कड़ा रुख अख्तियार करती थीं। उनके न रहने पर राजीव गाँधी की सरकार ने थोड़ा नरम रुख अपनाया। इसलिए समझौता वार्त्ता का प्रस्ताव आने लगा। वार्त्ता में अपना पक्ष तभी मजबूत होता, जब आन्दोलन मजबूत होता। और वह होने लगा। इसी मजबूती के लिए केन्द्र सरकार ने भी अपने बलों का खूब इस्तेमाल किया विद्रोहियों के विरुद्ध। असम के परम्परागत राजनैतिक दलों को लगा कि सत्ता उनके हाथ से कुछ इस तरह से निकल गयी है कि वे अब फिर राज नहीं कर पायेंगे। एक ऐसी आँधी चल रही है कि इसमें पुराने पेड़ों को जड़ जमाये रहना असम्भव हो गया है। वे दरकिनार होना न भी चाहें, यह नया बवण्डर उन्हें ठिकाने लगा देगा।

देखते-ही-देखते आल असम स्टूडेण्ट्स यूनियन, आल असम गण संग्राम परिषद्, असम जातीयतावादी दल, पूर्वाचलीय लोक परिषद् और असम साहित्य सभा जैसे दबाव बनानेवाले समूह एक मंच से आन्दोलन करने लगे। मंचीय एकता का आधार बहिरागतों की समस्या तक सीमित रखा गया। उन्होंने बोडोलैण्ड से जुड़े आन्दोलनकारियों का भी आह्वान किया कि वे अपना आन्दोलन अगल से चलाने की जगह उनके साथ मिलकर चलायें, तब वह अधिक प्रभावी होगा। विनायक वसुमतारी ने समीर ब्रह्म चौधरी को राय दिया कि ऐसे मौके पर अलग बोडोलैण्ड की माँग, चाहे वह जिस रूप में हो, बेमानी होगी। पहली समस्या बहिरागतों की है, उससे पहले निपटा जाय। अलग बोडोलैण्ड की माँग बाद में उठायी जायेगी।

समरी ब्रह्म चौधरी ने कहा, ''एक समय में एक समस्या लेकर चलना ही ठीक है। अन्यथा सारी शक्ति बिखर जा रही है।''

''हम सफल हो गये तो लोगों का हमें विश्वास बढ़ेगा। उससे अगली समस्या से निपटने में सहूलियत होगी।''

''किन्तु हमें सीधे अपने दल को उससे जोड़ने से अधिक अच्छा होगा अपने आनुषंगिक संगठनों को आगे करना।''

विनायक की भी यही राय थी। इट्टर बड़ को आगे कर दिया गया।

इस तरह से संगठित हो रहे असमिया लोगों का प्रतिकार करने के लिए अनेक अल्पसंख्यकों के संगठन तुरन्त सक्रिय हो गये। बंगाली—क्या हिन्दू और क्या मुसलमान, क्या नेपाली और मारवाड़ी, बिहारी और आदिवासी, क्या मैदानी छोटे-छोटे जनजातियों के समूह और क्या पहाड़ी जनजातियों के समूह, सभी एकजुट होने लगे। लगा कि असम का विभाजन अपर और लोअर रूप में देखना, अहोम और बड़-कछारी के रूप में देखना, गौण और बेमानी हो गया है। आइन्दा इस मूल बाशिन्दा और बहिरागत के रूप में देखना प्राथमिक और अर्थपूर्ण हो गया है। आगे जब आन्दोलन चलेगा तो यह विभाजन बढ़ता ही जायेगा। क्या स्त्री और क्या पुरुष, क्या वृद्ध और क्या बालक, क्या छात्र और क्या अध्यापक, क्या वणिक् और क्या किसान, क्या अमीर और क्या गरीब, क्या गन्दे कपड़े

पहननेवाला मजदूर और क्या सफेद कपड़े पहननेवाला बाबू, क्या सौदागर और क्या खरीदार, सभी एक साथ इस आन्दोलन में कूद पड़े। ब्रह्मपुत्र की घाटी ऊपर से नीचे तक मथ उठी। आन्दोलन में ऐसे भी अवसर आये जब दोनों समूहों के लोग आमने-सामने खड़े हो गये। यह केन्द्रीय सुरक्षा बलों की दरमियानी उपस्थिति थी कि वे हिंसक नहीं हुए। हिंसा हुई भूमिगत हथियारबन्द दस्तों के टकराने पर।

एक बार फिर शिविरों की स्थिति सुदृढ़ करने के बाद भूमिगतों के शिविरों पर आक्रमण आरम्भ हुआ। पहले छोटे-छोटे कैम्पों पर धावे बोले गये। उन्हें तहस-नहस कर दिया गया। जो लोग पकड़े गये उनसे पूछ-ताछ कर बड़े शिविरों के बारे में जानकारी प्राप्त की गयी—संख्या, लोकेशन, हथियार, दशा और नीति, मनोबल और जाने क्या-क्या?

बरसात समाप्त हो गयी थी। छोटी-छोटी नदियों, नालों का पानी गर्जन-तर्जन करता अन्ततः ब्रह्मपुत्र में जाने की जगह छोटे-छोटे गढ़े-गढ़इयों में सिमटकर सड़ने लगा था। पानी के साथ सड़ रही थी मिट्‌टी, कृमि, घोंघे, मरे हुए जानवर, खर-पतवार छोटे-छोटे पौधे, ढह गये वृक्ष, उनके फल, फूल, पत्तियाँ, डण्ढल, जड़ें और तना। विपदा के मारे लोग अपनी विपत्ति उतार फेंक उन गड्‌ढों में लात फेर, गाज-टाप फेर, ओसौनी चला, कपड़े या जाल से छानकर मछलियाँ, केकड़े, झींगा और जाने क्या-क्या पकड़ रहे थे। मौका मिलते ही बाहर की सूखी जमीन पर आग जला उन्हें भूनकर भरपेट खाते और जो बचता उसे लेकर शाम को घर जाते। अब घर के भी तमाम लोग वहीं आने लगे थे। इसलिए गाँव में अलावा छोटे-छोटे जानवरों के जिनका हिंसक वन्य पशु आसानी से आखेट कर सकते थे, कोई प्राणी नहीं रह जाता था। बड़े पशुओं को मुक्त कर दिया गया था। वे जहाँ चाहें वहाँ जायँ, जहाँ चाहें वहाँ चरें, जहाँ चाहें वहाँ सुस्तायें पर उन पर नजर तो रखी ही जाती थी। ऐसी ही नजर रखनेवालों में एक सिरजा था। एक मोटे नरकट को दो जोड़ों के साथ काटकर, उसे छेदकर पिपिहिरी बना सुर साधने का प्रयत्न कर रहा था कि देखा बड़ी-बड़ी फौजी गाड़ियों में लोहे का टोपा लगाये मार फोर्स उत्तर की ओर चली जा रही थी। वह तमाशा देखने के लिए भागम-भाग कर सड़क पर गया। पर तब तक सभी गाड़ियाँ जा चुकी थीं। कुछ देर तक इन्तजार करने के बाद वह मुँह लटकाये चाकू से कोमल पौधों के सिरों को अनायास छवड़ता अपने पशुओं की ओर लौट पड़ा।

तमाशा देखा लक्ष्मी ने, वह भी कई दिनों के बाद। जंगल के छोर पर वहाँ लकड़ियाँ इकट्‌ठी कर रही थीं। घर्र-घर्र की आवाज सुनायी दी। उधर मुँह करके देखा तो एक फौजी गाड़ी आकर खड़ी हो गयी थी। इंजन बन्द कर दिया गया था, इसलिए आवाज बन्द हो गयी थी। फिर दूसरी गाड़ी आकर उसके पीछे रुकी। जिधर से गाड़ी आयी थी, उधर कच्ची सड़क के सहारे नजर दौड़ायी तो देखा गाड़ियों का रेला आता जा रहा है। वह कुछ देर अवाक् स्थिर मुद्रा में देखती रही। फिर जैसे चेतना आयी और पेट सम्हालते हुए जितना

तेज दौड़ सकती थी, दौड़ते हुए कोई घण्टे भर बाद शिविर में पहुँची। वहाँ दिन डूबने से पहले-लोग खाना खा लेते हैं। उसी की तैयारी चल रही थी, जब वह हाँफती हुई बोली, ‘‘फौज आ गयी है जंगल के छोर तक। हमला करेगी।’’ किसी तरह इतनी बात कहकर वह बेहोश हो गयी। उसकी बात कम ही लोगों ने सुनी थी। पर जिन्होंने भी सुना वे अवाक नहीं हुए। उनको जाने कब से इसकी प्रतीक्षा थी और इस घड़ी के आने पर वे अपना काम जल्दी-जल्दी करने लगे, कि जैसे इन अधूरे कामों को करने का मौका फिर नहीं मिलेगा। हाँ एक समस्या उसकी बात पर विश्वास करने की थी और उसके लिए कुछ और बातों को जानना जरूरी था। पर वह बेहोश थी। उसे होश में लाने का प्रयास होने लगा। लोगों ने आनन-फानन में भोजन किया। एक आदमी को उधर दौड़ाया गया, जिधर से वह आयी थी। बाकी लोग छितराकर भूटान की सीमा की ओर चले सभी हथियार और गोला-बारूद को लेकर। दो आदमियों को कैम्प की सांकेतिक रक्षा के लिए छोड़ दिया गया। कोई दो घण्टे बाद वह दौड़ाया गया आदमी भी हाँफता-काँपता उनसे आकर मिल गया। बोला, ‘‘कोई उपाय नहीं है। सैकड़ों चले आ रहे हैं। जंगल में छुपकर तीन तरफ से गोली चलायी जाय। मुकाबिला करना बेकार है। इससे उनका ध्यान भंग होगा। रोक कर रखा जा सकेगा। तब तक लोग भूटान में प्रवेश कर जायेंगे।

आक्रमण कोई घण्टे भर बाद हुआ। पहले कुछ गोलियाँ दागी गयीं। फिर रोककर कैम्प में होनेवाली हरकतों पर ध्यान केन्द्रित किया गया। वहाँ कोई हलचल न देखकर अनुमान लगाया गया कि वे साँस रोककर पड़े हैं। जरा-सी असावधानी हुई कि भून डालेंगे। ये गुरिल्ले हैं। आमने-सामने नहीं लड़ते हैं। काफी देर तक कोई हरकत न होने पर वे थोड़ा चिन्तित हुए। कमाण्डर ने कहा, ‘‘स्काउट भेजकर पता करो कैम्प में कोई है भी कि नहीं।’’

दो स्काउट निकले। पूरी सावधानी बरतते हुए कैम्प तक गये। पूरी सावधानी से भीतर की हलचल अकनते रहे। काफी देर तक जब कोई आवाज सुनायी नहीं दी तो लौट आये। कहा, ‘‘लगता है कैम्प खाली हो गया है।’’

कमाण्डर कुछ देर तक असमंजस में रहा। फिर कैम्प को चारों तरफ से घेरकर ऊपर चढ़ने की आज्ञा दी। कैम्प घेरना आसान था। वह कछुआ की पीठ की तरह के एक छोटे-से टीले पर अवस्थित था। ऊपर कोई पेड़ भी नहीं था। झोपड़ियाँ थीं, जो रात के अँधेरे में बहुत साफ नहीं दिखायी दे रही थीं। उधर बढ़ते ही तीन तरफ से गोलियाँ चलने लगीं। सिपाही एकदम से घबरा गये। उन्हें आश्वस्त करते हुए कमाण्डर ने कहा, यह ‘डाइवरजनरी टैक्टिस’ है। थोड़ी देर गम खाये रहो। इनकी गोलियाँ जल्दी ही खत्म हो जायेंगी।’’

वही हुआ। विद्रोहियों की ओर से थोड़ी देर बाद गोली चलनी बन्द हो गयी। कुछ देर के बाद कमाण्डर ने आग लगानेवाले गोले दागने का हुक्म दिया। निशाना साधकर

चार गोले चार तरफ से एक साथ दागे गये। चारों तरफ एक साथ आग लग गयी। झोंपड़ियों के गीले खर-पात कुछ देर तक गरम होते, फिर धू-धूकर जलने लगते। भीतर से कोई प्रतिरोध नहीं हुआ तो कमाण्डर को पूरा विश्वास हो गया कि विद्रोही कैम्प खाली कर उनके आने से पहले ही भाग गये हैं। वे भीतर घुसे। देखा कि जूठे पत्तल इधर-उधर बिखरे पड़े हैं। चूल्हा गरम है। खाना पकाये जानेवाले बरतन भी उतने ठण्डे नहीं हैं। "तो सालों को हमारे आने की सूचना बड़े सही समय पर मिल गयी।"

"पर हमने तो कोई आदमी अपने आगे देखा नहीं कि खबर दे।"

"जो भी हो, पूरी तलाशी लो। जो कुछ भी मिले उसे जब्त करो।"

सिवाय बरतनों के और कुछ खाद्य सामग्री के कुछ नहीं मिला। जो मिला उसमें खास एक पुराना टाइपराइटर था, एक दुनाली बन्दूक। उसका हत्था कहीं था, नाल कहीं। बाद में लोगों ने पहचाना, टाइपराइटर कचहरी के केवट का था, बन्दूक माजिद अली की।

यह कोई ऐसा खुशगवार मौसम नहीं था कि माजुली में जाया जाय। बेमौसम की बरसात हो रही थी और वह पूरे असम में हो रही थी। वहाँ के जंगलों में जब पानी बरसता है तो सिर्फ बरसता ही नहीं है, बान बनकर सब-कुछ बहा देता है। माजुली में तो ब्रह्मपुत्र के दोनों फाँक कैंची की तरह उसकी जमीन कतरते हैं। अड़ार इस तरह से चिंघाड़-चिंघाड़कर गिरते हैं कि जैसे कोई अदृश्य डाइन कर्कश स्वर में गाती नाच रही हो। आज जहाँ सड़क होती है, कल वहाँ नहीं होती। एक पनाला उसके सहारे दिशा बदलकर इस तरह से भागता है कि जैसे ब्रह्मपुत्र की दोनों धाराओं को आज ही जोड़ देगा। सुरक्षा बलों को लगता है कि यही सही समय है धावा बोलने का। वे जोरहाट के निमाती घाट से अपनी रबर की नावों पर सवार होकर चलते हैं। काठ की नावों पर सवार स्त्रियों को कोई फर्क नहीं पड़ता कि ये नव-आगन्तुक कौन हैं और इस बढ़ियाई नदी में क्यों घूम रहे हैं। वे उनकी भी सलामती के लिए सिक्के नदी में फेंकती हैं। कोई पूछता है, "आप ऐसा क्यों कर रही हैं?" तो वे अपने बालों को पीछे फेंक आँखों को बड़ी कर, हाथ से वक्ष पर आँचल दबा कर बड़ी मीठी बोली में कहती हैं, "अगर हम नदी से प्रार्थना करते हैं तो वह दयालु हो जाती हैं।"

ये छोटी-छोटी नौकाएँ नदी को पारकर सिपाहियों को दक्षिणपथ सत्र के पास उतारती हैं। पास ही में मठाधीश दीपंकर स्नान कर रहे हैं। सिपाहियों की समझ में नहीं आता है कि आकाश से गिरते स्वच्छ पानी में सिर से पाँव तक धुल जाने के बाद महन्त नदी के गन्दे पानी में क्यों नहा रहे हैं? महन्त कहते हैं, "नदी का पानी गन्दा नहीं होता। वह अनवरत गन्दगी साफ करता रहता है। जो गन्दा नहीं होता, वह यदि इस पानी में डुबकी लगा लेता है तो सदा के लिए गन्दा न होने का वरदान पा जाता है।"

होना तो यह चाहिए कि ये तमाम रणबाँकुरे अपनी वर्दी उतार अपना जूता खोल नदी में उतर जायें और भीगें वस्त्रों को पारकर आ रही पसीने की असहनीय दुर्गन्ध, जो कपड़ों के भीग जाने पर कई गुना बढ़ गयी है, को धो डालें। पर उन्हें जल्दी से नदी की दूसरी धारा की ओर जाना है। वहीं अहोम लड़ाकों की वाहिनियाँ पड़ाव डाले हैं। इस बारिश के समाप्त होते ही वे ब्रह्मपुत्र की दूसरी घाटी को पार कर अरुणाचल के बीहड़ घने जंगलों में चली जायेंगी। तब उन्हें 'इण्टरसेप्ट' करना बड़ा कठिन हो जायेगा।

संयोग है कि पानी बरसना बन्द हो गया है और सूरज अपनी पूरी प्रचण्डता से आग बरसाने लगा है। यह सुखद नहीं है। लगता है कि कपड़े के नीचे जो त्वचा है वह जल्दी ही उबलकर माँस छोड़ देगी और कपड़ों के साथ बाहर आ जायेगी। उफ़् कितनी खुजली उठ रही है! कमाण्डर को लगता है कि वह अपनी टुकड़ी को आदेश दे दे कि वे अपने वस्त्र उतारकर सुखा लें। ऐसे में दिन डूब जायेगा। तो क्या हुआ! वे आपरेशन दिन में करें या रात में, इस सपाट इलाके में परिणाम एक ही होगा।... खुजली जब पाँवों में उठती है तो बरदाश्त के बाहर हो जाती है। सिपाहियों को लगता है कि मोजे के नीचे जोंक चिपक गयी है। यदि उसे तुरन्त न निकाला गया तो सारा खून सोख लेगी। तब डेल होकर गिरेगी। हर सिपाही हड्डी, चाम, मांस, नसों और अस्थि का एक निर्जीव पुतला बन जायेगा—बिना रक्त के जीवन कहाँ? पहले एक जूता खोलता है, फिर दूसरा, फिर तीसरा, फिर पूरी टुकड़ी ही। उँगलियों के बीच दाद हो आयी है। उससे उठती दुर्गन्ध जानलेवा है। सिर्फ जूता खोलने से काम नहीं चलता। सारे कपड़े उतारे जाते हैं। कपड़ा और शरीर एक साथ सुखाया जाता है। नंगी त्वचा पर हवा और सूरज का तेज जब एकसाथ पड़ता है, तो उसका आनन्द अवर्णनीय हो जाता है।

कोई पारखी नजर उन्हें देख रही है। वह नजर विद्रोहियों के शिविर में पहुँचती है। चर्चा होती है कि भागा जाय कि तुरन्त टकराया जाय। तय किया जाता है कि दोनों किया जाय। आधे से अधिक लोग जितना भी हो सकता है उतना सामान लेकर उत्तरी धारा को पार करने के लिए चल देते हैं। एक भी हथियार या गोलाबारूद नहीं छोड़ना है। बाकी लोग सत्र की ओर जाकर सिपाहियों की टुकड़ी से भिड़ जाने के लिए बढ़ते हैं। पहले कोशिश करनी है सबको खदेड़ देने की। नहीं माने तो मार डालने की। हालाँकि इससे संकट का अन्त नहीं होगा, पर ख़तरा तत्काल के लिए टल जायेगा। हमें भागने का मौका मिल जायेगा।

गोलियाँ दोनों तरफ से चल रही हैं। सिपाही नंगे हैं और विद्रोही अपनी पूरी वर्दी में। रेत का बना इलाका सपाट और समतल है। पानी उसके भीतर चला गया है, इसलिए कहीं कोई कीचड़ या गन्दगी नहीं है। कहीं कोई ऐसा उभार भी नहीं है कि सिर को छिपाकर गोली चलायी जाय। इसलिए लड़ाई आमने-सामने हो रही है। गोलियाँ सिर के ऊपर से निकल जा रही हैं और राइफल थामें केहुनियाँ रेत में बित्ता-बित्ता भर

धँस जा रही हैं। गोलियाँ तब तक चलती हैं, जब तक समाप्त नहीं हो जातीं। उसके बाद? सिपाही दक्षिण धारा की ओर लौट जाते हैं। वे और गोलियाँ लेकर जल्दी आयेंगे। विद्रोही उत्तर धारा की ओर लौट जाते हैं। अब भला कहाँ मुलाकात होगी इस जीवन में। महन्त दीपंकर लाशों को ठिकाने लगाने के लिए अपने शिष्यों के साथ आते हैं। बिना जात और धर्म का भेदभाव किये सब पर एक-सा स्त्रोत पढ़ा जाता है, दफन करने से पहले। के जानी सरकार इन समाधियों को खुलवायें और अपने लागों से इन शवों की शिनाख्त करवाये।

इस 'एन्काउण्टर' की खबर किसी अखबार में नहीं छपती। खबर छपती है कालीपद सेन की हत्या की। हत्या शिलांग में होती है दिन दहाड़े, बड़ा बाजार के मोड़ पर, शिलांग गुवाहाटी हाइवे के ऊपर। किसने मारा–पता नहीं। क्यों मारा–पता नहीं। एक तनाव फैल जाता है शिलांग में नहीं, मेघालय के बाहर पूरे असम में। जितने लोग उतनी बातें। बहिरागत कहते हैं कि यह हत्या सिलचर के राजनीतिज्ञों ने करायी है, बंगालियों विशेषकर हिन्दुओं पर अपना वर्चस्व बनाने के लिए। उनका लीडर कौन है? एस. डी. पुरकायस्था। वे ऐसा नहीं कर सकते। खानदानी आदमी हैं। वैसे ही कांग्रेस के बड़े नेता हैं। दूसरा कहता है, "इसीलिए, तो करा सकते हैं।"

एक तीसरा कहता है, "नहीं। यह हत्या किसी असमिया नेता ने करायी होगी। वे जिस तरह से एक तरफ असमिया विस्तारवाद और दूसरी तरफ भारतीय विस्तारवाद से मुकाबिला कर रहे थे, उससे नेता लोग घबरा गये थे।"

चौथा कहता है, "असमिया में फिर यह काम बोडो लोगों ने कराया होगा। आखिर सीधे वे उन्हीं से टकरा रहे थे।"

"नहीं जी," एक पाँचवाँ कहता है, "यह काम बहिरागतों ने किया है। उनकी समस्या से जोड़कर पूरे बंगाली, नेपाली, बिहारी, मारवाड़ी समाज की वकालत वे जिस तरह से कर रहे थे उससे उनको लगता है कि वे बहिरागतों की समस्या को कमजोर कर रहे हैं।"

जितने मुँह, उतनी बातें। पर इसका पूरा लाभ मिला गुलाम उस्मानी को। आन्दोलन को चलाते रहने के लिए उन्हें कार्यकारी अध्यक्ष बना दिया गया। अध्यक्ष बनते ही मियाँ नमाजी उनके पास पहुँचे और कहा, "अब तो माँग रख दीजिये कि मियाँपाड़ावालों को मस्जिद बनाने के लिए जमीन दी जानी चाहिए और वह जमीन दी जानी चाहिए जहाँ वे अब तक नमाज पढ़ते आये हैं।"

यानी वसुन्धर का खेत।

अन्तःमन ने कहा, "यह असम्भव है।"

पर बाह्य देह? उस पर बुढ़ापा छा रहा है। कदम-कदम पर पसीना निकल आता है, दाँत भिंच जाते हैं। अंग-प्रत्यंग हल्के नहीं लगते। पत्नी यूँ ही हाथ रख देती है तो लगता

है किसी ने दस सेरा रख दिया है। उसका इरादा बदन को थोड़ा दबा देने का होता है कि थकान मिटे, नसों में थोड़ा रक्तसंचार हो। पर वसुन्धर को लगता है कि बिस्तर पर पड़े रहने मात्र से कल का अधूरा काम आज पूरा हो गया है कि जैसे थोड़ी देर पहले तक जो गाड़ी लदी हुई थी, उसके दोनों बैलों को किसी ने खोलकर अलग कर दिया है और नकुला जमीन पर रख दिया है। तो भी साँस छोड़ने पर जैसे पलट में लिपटी हवा निकलती है, गला इस तरह से घरघराने लगता है जैसे केदारा बज रहा है। देह उठना ही नहीं चाहती।

भला ऐसे कब तक चलेगा? वसुन्धर अपना देह तानते हैं। नसें फैलती हैं तो नये सिरे से रक्त कुछ तेजी से प्रवाहित होने लगता है। चेतना जागती है। वे उठते हैं। बाँस की छड़ी पकड़ते हैं और झोपड़ी से बाहर निकल आते हैं। तिरका देखता है कि देवता कई दिनों के बाद बाहर निकल रहे हैं। मन करता है कि उनके पीछे हो लें। तभी वे यु लिन को आवाज देते हैं। यु लिन अपनी झोपड़ी के भीतर से कुछ बोलता है। आवाज अस्पष्ट है, कुछ समझ में नहीं आता। वह बाहर आ जाता है। दोनों अपनी बूढ़ी होती आँखों से सरेह देखते हैं। उसमें समय की चेतना लौट आयी है। मेघों की बौछार खत्म हो गयी है। सब-कुछ ऊदा-ऊदा। उदे वक्त की मार—सब-कुछ भींगा-भींगा, गीला-गीला। घरों से निकल कर हल्की, सोया, चंसुर, भुनी मछली की गन्ध आपस में मिल रही है। घिन-सी लगती है। लेकिन तभी याद आती है, सचमुच एक दिन था, जब सब-कुछ, उज्ज्वल था, सुवासित। अब नहीं है।

यु लिन आकर हाथ थाम लेता है। वसुन्धर कहता है, "सोटा उठाओ, आयु-वर तक घूम आयें।"

"सचमुच वहाँ तक चल सकोगे?"

"क्यों नहीं?"

यु लिन मुड़ता है। घर के भीतर से सोटा लेकर निकलता है। दोनों मन्द गति से आयु-वर की ओर चल देते हैं। पीछे-पीछे तिरका चलना चालता है। पर लगता है उसकी उपस्थिति से उनके सुख में बाधा न पड़े। चलना तो चाहता है वह उनकी भलाई के लिए, सहारा देने के लिए, पर डर लगता है कि वे कहीं अपने को अपाहिज न मान लें। सोचता है रूपनारायण का चमकीला पानी और आयु-वर के नये पत्तों की हवा उनमें जान भर देंगे।

"नमस्कार, नमस्कार, नमस्कार" कहकर चार-पाँच लोग खड़े हो जाते हैं। उनमें पाकुड़ का चौधरी है, पाकुड़ का ही पोचई है, दो और लोग है, जिन्हें वे पहचान नहीं पाते। सभी अपने-पराये सुख-दुःख के साथी हैं। सभी अपनी बातें बेहिचक एक-दूसरे से कह लेते हैं। वसुन्धर का एक ही दुःख है : खेत। उसकी बात सुनकर लोग ऊबते नहीं है, दुःखी होते हैं। एक ऐसे दुःख में डूबते हैं जिससे कोई निजात नहीं। यह क्यों कर ऐसा हो गया है? क्योंकि एक की समस्या एक की न रहकर पूरे समुदाय की बन गयी है। एक समुदाय की समस्या इसलिए बन गयी है कि दूसरा एक समुदाय के रूप में उसका

मुकाबिला कर रहा है, हल तलाश रहा है। इसलिए फैसले के लिए एक तीसरे की जरूरत पड़ने लगी है। क्या तो ऐसी ही कोई बात एक दिन रंगनाथ कह रहा था। कह रहा था कि यह तीसरा सरकार क्या है? एक संस्थाओं की शृंखला, जिसमें एक विधायिका है, हमारे हुए चुने लोगों की। वह कानून बनाती है। उस कानून को लागू करनेवालों को वह अपने प्रति उत्तरदायी बनाकर रखती है। उसमें और कार्यपालिका में टकराव हो तो बीच में न्यायपालिका आती है। वह दोनों को अपनी-अपनी सीमा बताती है। कभी-कभी तो वह हमें कार्यपालिका और विधायिका के अत्याचारों से बचाती है। व्यक्ति और व्यक्ति के हितों में टकराव हो तो उसे तय करती है। यह दूसरी बात सरकार चलानेवालों को बुरा लगती है। इसलिए सरकार बनानेवाले तीनों को दबाकर रखते हैं। आजकल यह दबाना एक फैशन बन गया है। बिना उनको गरिआये लगता ही नहीं है कि सरकार बनायी जा सकती है। कहा तो यह भी जाता है कि सरकार बनानेवाली वास्तविक शक्ति जनता होती है, पर एक तो उसे कई नापसन्द व्यक्तियों में से एक को चुनना पड़ता है, दूसरे चुनाव के बाद उसे हाशिये पर डाल दिया जाता है। जिन संस्थाओं को गाली देकर उनकी सहमति प्राप्त की जाती है, उन्हीं संस्थाओं पर कब्जा करने में सारी शक्ति लगा दी जाती है, जिससे कि जनता को दबाकर रखा जा सके। शक्ति का प्रयोग इन संस्थाओं के माध्यम से ही सम्भव होता है। यह विडम्बना ही है कि सरकार बनाने की क्षमतावाली जनता प्रकारान्तर से शक्तिहीन बन जाती है। इतनी शक्तिहीन कि उसकी हर समस्या को टालकर रखा जाता है।

कौन तो एक जयदेव मजूमदार है मरियानीवाला। वह कहता है कि यह सारा कुछ बूर्जुआ लोगों की देन है। महाजनी सभ्यतावाले न्याय को अटकाकर रखते हैं, जिससे कि मजलूम वर्ग का भरपूर शोषण हो सके। इससे मुक्ति नहीं मिल सकती है, जब तब जनता का सीधा राज न हो–गरीब, मजलूम लोगों के हाथ में सत्ता हो।

"भला तब कैसे न्याय तत्काल सुलभ होगा? आखिर वह भी तो प्रतिनिधियों के ही माध्यम से काम करेगी" रंगनाथ पूछता है।

"पर वे कानूनी प्रक्रिया, गवाही आदि के चक्कर में नहीं पड़ते हैं। लोग यूँ ही जानते हैं कि सच्ची बात क्या है। इसलिए तत्काल निर्णय देते हैं।"

"उसमें वर्गों के लोग शामिल होते हैं। वे अपने वर्ग के हित के लिए न्याय की बलि चढ़ा देते हैं।"

"तब विकल्प क्या है?"

"वही हमारा पुराना समाज जिसमें राजा तत्काल करता था।"

"वही तो गड़बड़ था। तत्काल में, हड़बड़ी में वह अन्याय अधिक करता था, न्याय बहुत कम। एक तो उसके पास तक पहुँचना कठिन था। और यदि पहुँच गये तो वह मनमौजी काम करता था।"

"वह तो अब भी होता है। अन्तर यह है कि राजा के पास फिर भी कुछ नैतिकता होती थी, कुछ मान-मर्यादा होती थी, संवेदनशीलता होती थी, इसलिए कुछ अच्छा काम करता था। न्याय करता था, उसका अनुपालन कराता था, न्याय के नियम बनाता था। यहाँ तो तीनों आपस में ही लड़ते रहते हैं।"

"बड़ा डरावना चित्र खींचा है भाई" चौधरी ने उनकी बात सुनकर कहा था।

"क्या यह सच्चाई नहीं है?" रंगनाथ बड़ी सरलता से कह गया था। उत्तर किसी ने नहीं दिया था, पर सोचना सबने आरम्भ कर दिया था।

वही रंगनाथ चला आ रहा है। उसके साथ जयदेव मजूमदार नहीं है। गबरू आदमी है। इधर दाढ़ी रख लिया है। बेतरतीब, उखड़ी-उखड़ी, काले-सफेद चकत्ते लिये।

वही रंगनाथ चला आ रहा है रूप नारायण की ओर से। भीगी साड़ी, भीगा पुआन दाँतों से दबाये स्त्रियाँ उसकी तरफ पीठ किये, तिरछी आँखों से उसकी तरफ देख रही हैं। अच्छी-खासी, तगड़ी गठीली देह, तनिक टेढ़ी हो गयी गैंडे की सींग-सी नाक आगे की ओर थोड़ी झुकी हुई और बेरूप थोबड़ा माथे से ठुड्डी तक दो भागों में बँटा, त्वचा से जुड़ा। चेहरा चिद्‌दी लगता है, आँख-कान सतर्क। आते ही उसने बैठे लोगों को प्रणाम किया। लोगों ने ऐसे जवाब दिया जैसे उनमें कोई उत्साह न हो। बूढ़े लोग। ऐसा होना स्वाभाविक है। पर उसकी राय स्वाभाविक नहीं है, ऐसा लोगों को लगता है। उसने साफ-साफ कहा, "यह खेतों की समस्या बहिरागत और मूल निवासी की समस्या के रूप में देखना बेमानी है। इससे कोई समाधान नहीं निकलेगा।"

"तब" चौधरी ने पूछा।

"इसे हिन्दू-मुसलमान की समस्या की तरह देखना होगा।"

"बिलकुल नहीं" लगभग चीखकर वसुन्धर ने कहा।

लोग सन्न रह गये। उस सन्नाहट को तोड़ा यु लिन ने। कहा, "परदेशी बाबू! हिन्दू-मुसलमान की समस्या की तरह देखने से भला समाधान कैसे मिलेगा?"

"लोग दो समुदायों के रूप में लड़-भिड़ कर स्वयं समाधान निकाल लेंगे।"

"वे तो अभी भी दो समुदायों के ही रूप में लड़ रहे हैं," वसुन्धर ने कहा, "पर समाधान तो नहीं निकल रहा है।"

"वे पूरी ताकत से नहीं लड़ रहे हैं।"

"तब क्या हिन्दू-मुसलमान के रूप में लड़ने से ताकत आ जायेगी?"

"हाँ"।

"बिलकुल नहीं" जितनी तेजी और जितनी जोर वसुन्धर ने कहा था, उससे लोग हैमस खा गये। "यह है सच्चे इन्सान की वाणी" चौधरी ने कहा, "बाबू, आप इसे साम्प्रदायिक रंग न दीजिये।

कैसे न दे रंगनाथ? पीटर बरले के साथ घूमते हुए उसने देखा है कि बाँग्लादेश की जमायत-ए-इस्लामी इसे यही रूप दे रही है शनैः-शनैः। गुलाम उस्मानी उसका एजेण्ट है। कालीपद सेन को इसीलिए उड़ाया है। सारा खुलासा किया है नूर बानू ने।

नूर बानू करमनास के टूटे महल में रहती है। वहीं से अपना कार्यक्रम चला रही है।

पीटर बरले ने पूछा था, "यह करमनास कौन था?"

"एक अंग्रेज सेनानायक।"

"इस वीराने में महल क्यों बनवाया?"

"एक विधवा हिन्दू रानी से विवाह कर सुख से रहने के लिए।"

पीटर बरले सामने देखता है। तारंगा हिल्स के शीर्ष पर एक विशाल मानव आकृति खड़ी है। मानव चेहरा की आकृति लिए विशाल चट्टान आसमान के कैनवास पर चस्पा है। एक पतली-सी गर्दन है जो नीचे के चट्टान से जोड़े है। हैरत होती है यह देखकर कि इतनी ऊँचाई पर एक पतली-सी गर्दन उतने विशाल और भारी चेहरे को कैसे साध रखी है। वह जिज्ञासा भरी आँखों से रंगनाथ की ओर देखता है। रंगनाथ उसका प्रश्न समझता है। बताता है कि करमनास एक अंग्रेज सैनिक था। अहोम राजा प्रताप सिंह जब हाजो के जैनुल आबेदीन से लड़ रहे थे, तब वह मुसलमानों की तरफ से लड़ रहा था। जैनुल हारा तो करमनास पकड़ में आया। प्रताप सिंह ने अब तक कोई अंग्रेज नहीं देखा था, इसलिए उसे अपने दरबार में बुलाया। उसके निशाना लगाने की कला से इतने प्रभावित हुए कि मुक्त कर दिया। करमनास सिडली की जमींदारी से गुजर रहा था। कुछ लोग एक स्त्री को पकड़कर जबरदस्ती चिता में ढकेल रहे थे और भालों की नोक से उसे चिता पर दबाकर रखा था। उसकी चीख को दबाने के लिए घण्टे-घड़ियाल और शंख बजाये जा रहे थे। वह तेजी से बढ़ा और लोगों को ऐसा करने से रोका। लोग उसे मारने पर उतारू हो गये तो उसने अपनी बन्दूक साधी। एक फायर करते ही सभी लोग भाग पराये। उसने स्त्री को घोड़े पर बिठाया और चल पड़ा । चलते-चलते यहाँ तारंगा-सारंगा आया। दोनों के बीच में एक नदी बहती थी और पहाड़ियों पर जो वृक्ष थे उनके पुष्प बड़े सुन्दर थे। अपने रहने के लिए उसने तारंगा हिल्स चुना वहाँ महल बनवाया और विधवा स्त्री से विवाह कर लिया। बाँध बनाकर नदी को जलाशय में तब्दील कर दिया। उससे भीतर-भीतर एक विशाल कुण्ड बनता चला गया। पानी धीरे-धीरे धरती में पैठता चला गया। वह पहाड़ की तलहटी में पहुँचा। तलहटी में नमक की चट्टानें थीं। वे गली तो पहाड़ धसक कर बैठने लगा। बाँध टूटा तो पानी की शहतीरें महल की दीवारों को तोड़कर भीतर घुसीं और सब तहस-नहस कर डाला। स्त्री भीतर घिर गयी थी। उसे बचाने के लिए करमनास भी भीतर गया। उसी वक्त दोनों के सिर पर पानी का शहतीर गिरा और दोनों उसके वेग में उड़ते-पड़ते उतराते-डूबते एक साथ ही मर गये। उस वक्त परियाँ वहाँ ऊपर से गुजर रही थीं। उनके प्रेम से अभिभूत होकर उस स्थल को उन्होंने अपने रहने का

अड्डा बनाया। प्रतिदिन रात को वे नंगी होकर नाचती थीं और करमनास और उसकी पत्नी को आधार बनाकर प्रेम गीत गाती थीं। एक दिन एक चरवाहा अपने पशुओं को लेकर वहाँ से घर नहीं लौट पाया। रात में जब परियाँ नाच-गान करने लगीं तो वह छुपकर उन्हें देखने लगा। उन्हें मानव गन्ध मिली तो वे मनुष्य को खोज कर सजा देने के लिए "छि मानुस-छि मानुस" करती इधर-से-उधर दौड़ने लगीं। वह मिला तो उसकी तरुणाई पर तरस खाकर क्षमा कर दिया इस चेतावनी के साथ कि वह न तो पुनः उन्हें देखेगा, न ही इसके बारे में किसी को कुछ बतायेगा। एक दिन दोस्त लोग बैठकर डींगें हाँक रहे थे। अपनी उच्चता प्रमाणित करने के लिए उसने उक्त घटना को बता दिया। तमाम युवक उनकी लीला को देखने के लिए चोरी-छुपे आने लगे। परियों को पता चला तो उन्होंने नाच-गान करना बन्दकर दिया और तरुण को पकड़ लिया। शाप दिया कि जा पत्थर का हो जा। वह फौरन पत्थर हो गया। परियाँ वहाँ से उड़ चलीं सिक्किम देश। यह सामने की आकृति उसी युवक की है।"

"तब नूर बानू यहाँ कैसे रहती है?"

"जब अंग्रेजों का राज आया तो वे देश-देश के अजूबे इकट्ठा करने लगे। उसी में यह तारंगा हिल्स भी शामिल हुआ। बाद में लगान तहसीलनेवाले ढाका के नवाब ने इसे खरीद लिया। बाद में जब मुस्लिम लीग की स्थापना हुई तो उस वक्त के नवाब ने इसे बतौर हेडक्वार्टर्स उसे दे दिया। नूर बानू उसी नवाब के परिवार की है जो यहाँ रहती हैं और जमायते-इस्लामी का काम देखती हैं। यही से बहिरागतों को विचारधारा, धन और हथियार मुहैया कराती हैं, इस्लाम के नाम पर। सामान्य जन चाहे इसे न भी स्वीकारें, नेता लोग तो स्वीकारते ही हैं।"

बात कुछ ऐसी हुई थी कि कालीपद सेन की मृत्यु के बाद मियाँ नमाजी ने जब गुलाम उस्मानी से कहा कि मियाँपाड़ा में मस्जिद बनाने के लिए जमीन की माँग शासन के सामने उठायी जाय तो गुलाम उस्मानी ने कहा, "यह ठीक रहेगा। इसी के आधार पर हम कह सकेंगे कि हमारी लड़ाई अब मुसलमान-हिन्दू की हो गयी है।"

"बिलकुल नहीं," मियाँ नमाजी ने इसका फौरन विरोध किया। कहा, "हमारी लड़ाई हिन्दू-मुसलमान की नहीं है, बहिरागत और स्थानीय बाशिन्दों की है। सच पूछिये तो वह भी नहीं है। हम बहिरागत कहाँ से हैं? यदि आज के बाँग्लादेश की, पहले के पूर्वी पाकिस्तान की बात करें तो यह पहले हिन्दुस्तान का ही हिस्सा तो था। अपनी-अपनी जड़ों से उखाड़कर यहाँ बसाये गये तो हिन्दुस्तानी के ही रूप में न! आखिर हम भागकर कहाँ जायँ? अपने उसी पुराने हिन्दुस्तानी राज में न ! पाकिस्तान और बाँग्लादेश तो नये राज्य हैं। हमारा पुरखा तो हिन्दुस्तान ही है न।" थोड़ा रुककर फिर कहा, "आखिर इसी तर्क पर वहाँ से हिन्दू भागकर आता है और यहाँ शरण लेता है। यहाँ के लोग उसे स्वीकार कर लेते हैं। तो हमें क्यों नहीं? यह कोई हिन्दू-राज्य तो है नहीं, धर्मनिरपेक्ष राज्य है।"

"इसके बल पर यह लड़ाई नहीं जीती जा सकती।"

"नहीं, लड़ाई तो इसी के बल पर जीती जायेगी। यदि इसे हिन्दू-मुसलमान की लड़ाई बनाया जायेगा तो मुद्दे को भटकाना होगा। तब समस्या असम की न रह कर पूरे भारत की हो जायेगी और तब हम इसमें जीत नहीं पायेंगे।"

साफ जाहिर था कि मियाँ नमाजी की आवाज पूरे बहिरागत समुदाय की आवाज थी : हमें असम में असमिया बनकर लड़ना है, मुसलमान बनकर नहीं। कालीपद सेन ने इसे बंगाली बनाम असमिया की लड़ाई बनाना चाहा था। पर लोग असमिया बनकर लड़ना चाहते थे। अपने को नव-असमिया कहने लगे हैं। अपनी भाषा असमिया बताते हैं। उसमें तमाम दूसरे अल्पसंख्यक भी शामिल हैं। मुसलमान बनकर हम उन्हें दर-किनार नहीं कर सकते।

असमिया साहित्य सभा का अधिवेशन इस बार दीफू में हो रहा था। यह दूसरी बार था जब अधिवेशन किसी पर्वतीय कस्बे में हो रहा था। पहली बार शिलांग में हुआ था 1952 में। विनेन्द्र चन्द्र महन्ता बताते हैं कि इतनी भीड़ इकट्ठी हुई थी कि सारे स्कूल और हास्टल भर गये थे। उन्हें अलग से पचीसों लॉज बुक करना पड़ा था। देश नया-नया आजाद हुआ था। लोगों से बढ़कर सरकार में बड़ा जोश था। सरकार में जो लोग थे, स्वतन्त्रता सेनानी थे। साहित्य सभा के लोग भी स्वतन्त्रता सेनानी थे। इसलिए उनके बीच बड़ा तालमेल था। आजादी की लड़ाई के दौरान पढ़ना, पढ़ाना और लिखना आजादी की लड़ाई का ही काम माना जाता था। तमाम निरक्षर पर प्रभावशाली और आत्मचेतस् लोगों ने अपने-अपने इलाकों में वाचनालय बनवाया था और किताबें खरीदकर, माँगकर, झटक कर उसे समृद्ध किया था। पता नहीं कितनी पुरानी पाण्डुलिपियों का पता लगाया था और विद्वानों को बताया था। यह तम से ज्योति की ओर गमन था। आजादी मिलने के बाद यह असम साहित्य सभा मानों सरकार के एक स्वायत्त विभाग की तरह काम करने लगी थी। परिणामस्वरूप जब उसके अधिवेशन होते थे तो सरकार अपने कर्मचारियों को वैतनिक अवकाश दे देती थी, उसमें शामिल हो जाने के लिए। फण्ड देती थी खर्चा पूरा करने के लिए। सरकारी स्कूल और दीगर इमारतों को दे देती थी प्रतिनिधियों के रहने के लिए। बदले में सभावाले सरकार का पूरा सहयोग करते थे। उनके मन्त्रियों का सामाजिक सम्मान समारोहपूर्वक करते थे। शिलांग का अधिवेशन तो सरकारी उत्सव के रूप में हुआ था। राज्यपाल जयराम दौलतराम और उनके पूरे मन्त्रिमण्डल ने उसमें व्यक्तिगत रूप से रुचि लिया था। रुचि नहीं लिया था तो स्थानीय जनता ने। खसिया समेत तमाम स्थानीय जनजातियों को लगता था कि यह असमिया भाषा को उन पर थोपने का प्रयास है। पर दीफू अधिवेशन में स्थानीय लोग ही अधिक रुचि ले रहे थे। स्वागताध्यक्ष [illegible] ने कह रखा था कि उत्तर-पूर्व बराबर की सात बहनों का

इलाका है, इसलिए असमिया को सबकी भाषा के रूप में लादने के प्रयास का सवाल ही नहीं उठता। यह कथन जा रहे अध्यक्ष वीरेन्द्र कुमार भट्टाचार्य के कथन के ठीक उलट था, जिसके परिणामस्वरूप अभी हाल ही में इतना खून खराबा हुआ था। उन्हें अपदस्थ करने का बीड़ा उठाया था सीतानाथ ब्रह्मचौधरी ने जो चाहते थे कि असमिया के साथ-साथ बोडो समेत तमाम स्थानीय बोलियों को भी महत्त्व मिले। उनकी सहायता में खड़े थे विनायक वसुमतारी जैसे कर्मठ लोग। प्लेन ट्राइबल्स दल के नेता समीर ब्रह्मचौधरी बोडो साहित्य सभा के समर्थक थे जो बोडो इलाकों में असमिया की जगह बोडो को सरकारी काम-काज की भाषा बनाना चाहती थी। उसे काफी समर्थन भी मिला था इस अभियान में। यह विनायक वसुमतारी की अपनी राजनीति थी समीर ब्रह्मचौधरी को थोड़ा कमजोर कर रखने की और एक बड़े प्लेटफार्म पर अपने को प्रक्षेपित करने की। इसके लिए असमिया में लिखनेवाले बड़ मूल के लेखक सीतानाथ ब्रह्मचौधरी को उन्होंने आगे किया था और इट्टर बड़ और ठग चन्द्र कुर्मी जैसे छात्र और ट्राइबल नेता को लगा दिया था उनके साथ आयोजन में मदद करने के लिए। उनके उत्साह का कारण यह था कि भाषा आन्दोलन के दौरान अखिल असम छात्र सभा काफी आगे बढ़ गयी थी अपना प्रभाव जमाने में और बहिरागतों को निकाल भगाने के नाम पर असमिया साहित्य सभा का पूर्ण समर्थन किया था। यही नहीं उसके एक कर्मेठू जतिन गोस्वामी को असम गण संग्राम परिषद् के आयोजन मण्डल में रख दिया गया था। सरकार को यह सब पसन्द नहीं आया क्योंकि इससे उसकी नीद में खलल पड़ती थी। परिणामस्वरूप उसने सभा को सभी प्रकार की सहायता देना रोक दिया। विनायक वसुमतारी, भूपेन हजारिका, सत्रसिंह तेरोन, सीतानाथ ब्रह्मचौधरी आदि के प्रयत्नों से कोई एक करोड़ रुपये की राशि इकठ्ठा की गयी, जिससे कि सभा अपने बल पर अपना काम कर सके। आगे नयी सरकार से समझौता करने के लिए एक द्वार यह कहकर खोल रखा गया था कि जो कटुता उत्पन्न हुई थी वह बाहरी अधिकारियों की देन थी। राष्ट्रपति शासन के दौरान उन्हीं की चलती थी। अपनी सरकार बनने पर स्थिति बदल गयी है।

इस अधिवेशन में उत्साह जनरचित था। अपना नित्यप्रति का काम-धाम तज कर प्रान्त के कोने-कोने में युवक-युवतियाँ दीफू भागे जा रहे थे। उनके रहने के लिए नगर के लोगों ने अपने घर का द्वार खोल दिया था। उन्हीं जानेवालों में था तिरका और सिरजा, जिनका लिखाई-पढ़ाई से कोई मतलब नहीं था। उस दिन वसुन्धर चुपचाप अकेले बैठे आयु-वर की ओरम आयी एक पतली पर लम्बी टहनी को हवा में झूलती देख रहे थे। उसकी अधिकांश पत्तियाँ पीली पड़ गयी थीं। हवा थोड़ा तेज चलती तो टहनी नाच-नाच जाती थी। तब कुछ पत्तियाँ, टहनी से टूटकर हवा के इशारे पर अलग-अलग उड़ती जाने किस मंजिल को किस राह से चल देतीं। समतल नाचतीं फिर नाचकर ऊपर उठतीं, फिरकी खाकर फिर नीचे आतीं और सारे क्रम में निरन्तर दूर होती जातीं।

उठते-गिरते अन्ततः पृथ्वी से लग जा रही थीं। गिरती तो सभी थीं और सभी पृथ्वी पर ही गिरती थीं, पर सबका गिरना अलग-अलग था, अलग-अलग ढंग से अलग-अलग ठाँव पर। वसुन्धर को लग रहा था कि यह इनकी मृत्यु है और यह मृत्यु कितनी सहज है। पर आदमी की मृत्यु इतनी सहज क्यों नहीं होती? वह क्यों दुःखद लगता है, बुढ़ापा, बीमारी, विपदा, जरा, दौर्बल्य से सिकुड़ता जाता शरीर क्रमशः भद्दा होता जाता? हम क्यों स्वाभाविक रूप से नहीं मरते जैसे यह पत्ता? हमारे साथ आखिर क्या गड़बड़ी है? इतने सारे डॉक्टर, हकीम, वैद्य, अस्पताल, दवाई, शल्य, तरह-तरह की चिकित्सा के बावजूद, हम माथा ऊँचा कर सरलता से एक स्मित हास लिये क्यों नहीं मरते? हम जब अपने बच्चों को सिखाते हैं वर्णमाला और पढ़ाते हैं गणित, तब सम्मानपूर्ण सहज, नैसर्गिक मृत्यु के बारे में क्यों नहीं सिखाते-पढ़ाते हैं? इससे वे आनन्दातिरेक और असह्य वेदना के बीच या उसके साथ उसे वे उसी प्रकार देख पाते जिस प्रकार सारा आसमान या पत्ते पर बैठा उसे चाटता जाता टिड्डा। उन्हें बताया जाना चाहिए कि मृत्यु स्वाभाविक है इस अर्थ में नहीं कि रेणु से लेकर हाथी और तिमिंगल तक सभी मरते हैं, बल्कि इस अर्थ में कि जीना ही निरन्तर मरते जाना है। इसलिए दोनों एक हैं। इस सुन्दर धरती पर जो कुछ भी है वह पैदा होता है, जिन्दा रहता है और मर जाता है। पैदा होते ही वह मृत्यु की ओर बढ़ जाता है, उसकी मृत्यु आरम्भ हो जाती है। इसे जानने के लिए बुद्धि चाहिए, वह बुद्धि नहीं जो विचार से बनती है, ज्ञान से बनती है, उपदेश से बनती है, अध्ययन से बनती है। वह बुद्धि जो वस्तु के इन्द्रिय के सम्पर्क में आने से सहज ही बनती है, उसकी संवेदना से बनती है। एक मरे पत्ते पर नजर डालो तो एक साथ उसका रंग, उसका सौन्दर्य बगबगा उठता है। इसी तरह आदमी भी अपनी मृत्यु पर बगबगा उठे—ऐसा संवेदन पैदा होना चाहिए। तब मृत्यु बचने की वस्तु नहीं रहेगी, हमेशा अपने साथ रहेगी रात-दिन। इसके भान से अपरिमेयता का एक अद्वितीय बोध उजागर होता मृत्यु से अमरता की ओर संक्रमण करता हुआ।

खाली मन जाने क्या-क्या सोचता है। वसुन्धर की यह निमग्नता तब टूटी जब यु लिन आया। उसके पीछे थोड़ी दूर पर पाकुड़ से चौधरी और पोचई चले आ रहे थे। उनके पीछे एक और आदमी था, जिसे वे तुरन्त नहीं पहचान पाये। लेकिन जब पहचाना तो आँसू छल आये। ‘‘इतने दिन कहाँ रहे भाई?’’

‘‘यहीं रहा अपने में डूबता-उतराता,’’ छलक आये आँसुओं को दूसरे न देख लें, इसलिए कुर्ते की बाँह से आड़ कर बोला, ‘‘सुना? मेरी बन्दूक मिल गयी।’’

‘‘सुना।’’

लगा कि आगे बात करने के लिए कुछ रह नहीं गया है। तब वसुन्धर ने एक बेबात की बात कही, ‘‘क्यों नहीं गुवाहाटी चला जाय.. मार लड़के दीफू जा रहे हैं।’’

‘‘तो दीफू क्यों नहीं?’’

"वहाँ जाकर क्या मिलेगा?"

'तो गुवाहाटी ही जाकर क्या मिलेगा?"

"सुना है वहाँ केन्द्र की सरकार है। शायद सुन ले।"

"सरकारें किसी की नहीं सुनतीं। ... बस उनकी सुनती हैं, जिनके पास ताकत होती है।"

"ठीक कहते हो भाई" चौधरी ने थोड़ा आगे खिसककर कहा, "सबल पिट जाय तो पीटनेवाले तुरन्त गिरफ्तार हो जाते हैं। उनका कोई अनहित हो जाय तो उसे दूर करने के लिए तुरन्त आइन बन जाता है। उनके साथ ज्यादती हो जाय तो अदालत आधी रात को खुल जाती है। तुरन्त न्याय कर दिया जाता है। बस हम कीड़ों-मकोड़ों को पूछनेवाला कोई नहीं।..."

चौधरी की निराशा सबकी निराशा है। वसुन्धर में इस निराशा के बीच एक छोटी-सी आशा का एक और भी छोटा-सा कण बचा है। उसी को तानकर कहता है, "राजा है। मागूँगा। दे देंगे तो ठीक। नहीं तो तुमड़ी लेकर चला आऊँगा। उसे फोड़ नहीं देंगे न।"

तय होता है कि कुछ उन्हीं की तरह के गरीब-गुरबा इकट्ठे हों। एक बड़ी-सी नाव किया जाय। उसी में गुवाहाटी तक चला जाय। हो सकता है यही सबके जीवन की अन्तिम लम्बी यात्रा हो।

30

आयु-वर से आकर रूप नारायण में जहाँ डगर मिलती थी, वहीं पर नाव लगा दी गयी थी। माझियों समेत कोई पचास लोग उस पर सवार हैं। सभी भिन्न-भिन्न गाँवों से हैं। विभिन्न आयु के हैं। जो युवा हैं वे गुवाहाटी से दीफू चले जायेंगे। वृद्ध हैं जो गुवाहाटी में राज्यपाल से मिलने जायेंगे। वृद्धाएँ हैं जो नाव रुकेगी तो खाना बनायेंगी। उन्होंने चार स्वस्थ और गाँव के सबसे सुन्दर बकरों को डोरिया लिया है। कामाख्या माई को चढ़ायेंगी। एक-दो बनिये हैं जो लौटते वक्त भरकर सौदा लायेंगे। ढोलकिये हैं जो रास्ते में ढोल बजायेंगे, झाझिये हैं जो झाँझ बजायेंगे। उससे पहले कोई शंख बजायेगा। माझी हैं जो अपना गीत सुनायेंगे। उन्हें भटियाली भी आता है, बाउल भी आता है, बड़गीत भी आता है। शायद किसी को वैष्णवी गीत भी आता हो। माजिद अली हैं जो अपना अनुभव बाँटेंगे। यु लिन है, जो कथा सुनायेगा। वसुन्धर हैं जो सब सुनेंगे, शायद सुनायेंगे कुछ नहीं।

दो पोरसा सूरज चढ़े किसी ने शंख फूंका। उसकी ध्वनि सुन चार घोड़े चरना छोड़ चिहुँककर चार दिशाओं में भागे, जैसे दिग्विजय के लिए दौड़ रहे हों। सभी लोग एक साथ 'जय हो, जय हो' बोल उठे। लोगों ने हाथ जोड़कर अपने-अपने गाँवों की ओर सिर नवाया, आयु-वर की ओर हाथ जोड़कर सिर नवाया, सूरज की ओर नवाया, नदी जिधर से आ रही

थी उधर नवाया, जिधर को जा रही थी, उधर को कुछ देर तक नवाये रहे। उससे फारिग होकर सूरज की ओर एक बार फिर नवाया। सूरज आस-पास फैली जल समृद्धि पर प्रकाश डाल रहा था। उसकी शहतीरें नदी की पेटी में धँसती जा रही थीं, जिससे लगता था कि यह उथली नदी कितनी गहरी है। माझियों ने उस गहराई की तरफ दौड़ाकर नाव को ठेला। लोग इस बार 'हरि बोल, हरि बोल' कह उठे। लोगों ने झाँझ, मँजीरा, ढोल सब पर एक साथ थाप दे बैठे। झाँझियों ने डाँड को प्रणाम किया और लग्गा मारा। उससे पानी की जो आवाज उठी तो लगा एक मन्त्र ध्वनि उठकर खेतों और सरेह में व्यापी जा रही है। तट पर खड़े लोगों ने अपने-अपने गमछे हिलायें और तब तक हिलाते रहे, जब तक कि नाव आँखों से ओझल न हो गयी।

आगे घने जंगल का एक छोटा-सा टुकड़ा था। उसमें परिन्दे तो नहीं दिख रहे थे, पर परिन्दों के मुक्त बोल से लगता था कि हरेक का अपना जोड़ा है कहीं, दूर बैठा, जो एक के संकेत देने पर दूसरा उसे पुराता है। इस क्रिया में जाने कितने जोड़े निमग्न थे। दूर से एक बादल का टुकड़ा ओरमता धीरे-धीरे चला आ रहा था और जंगल पर आते ही भरभरा कर बरस पड़ा। उसकी कुछ बूँदें नाव पर पड़ीं। तुरन्त लोगों को चिन्ता हुई कि उनका माल-मत्ता भींग न जाय। माल-मत्ता था ही क्या, पर जो था, वही उनको बहुत लगता था। जब तक वे इरादा करते कि नावघर में रख आयें, तब तक बादल और उसका जल अदृश्य हो गया।

लोगों के छोटे-छोटे दल यूँ ही बन गये थे। समय काटने के लिए बातें करने लगे थे। वही सुख-दुःख, जिनकी चर्चा जाने कितने लोगों से कितनी बार जाने कहाँ-कहाँ कर आये थे। हर बार करने से, वह भी किसी नये आदमी से, वह भी कई और सुनने को उत्सुक तो वह और कट जाता था, मन और हल्का हो जाता था। स्मरण के दौरान विस्मृत हो जाता था। माझी लोग उससे असम्बद्ध रह डाँड़ चला रहे थे। आगे ढलुआ मोड़ था। नाव की गति तेज हो जाये तो तट से, या किसी मोड़ से या आगे अवस्थित किसी अदृश्य चट्टान से टकरा जाने का खतरा था। वैसे भी नदी में वही पानी कुछ कम था। इसलिए दो माझी उतरे। पानी में हड़र-हड़र करते तट पर आये। नाव से बँधी रस्सी हाथ में ली। उससे खींचते हुए ठुनकियाकर दिशा देते हुए वे आगे-आगे चले। लगा कि जैसे वे पानी पर धरती के समानान्तर पतंग उड़ा रहे हैं। मोड़ पार हो गया तो वे दौड़ते हुए आये और नाव की बारि पकड़ कूदकर चढ़ गये। उनमें से किसी के मुँह से कुछ असंगत शब्द निकले। लगा कि उत्साह में या अपने काम को सफलतापूर्वक करने के आनन्द में वह मत्त हो गया है। पर वे अकुलाहट की ध्वनियाँ नहीं थीं, एक गीत के बोल थीं। उसे उनके साथियों ने पकड़ा। सभी माझी गोआलपड़िया थे। एक गोआलपड़िया गीत सबको आकर्षित करने लगा।

हो रे कौन था वह
जो ले गया मुझे सोने की नाव पर बिठा कर
हो रे नील सागर पर तिरता हुआ

जब चली पुरजोर हवा
उन्मत्त समार दौड़ा नाव की ओर
हो रे कौन था वह

जो मुझे छोड़ चला डगमग उपाधि में
हो रे वही दिखा मुझे बुलाता
शान्त जलधि में विचरती चाँदनी में
वहाँ खड़ अकेला मुझसे लिपटने को आतुर

हो रे कौन लिपटकर फिर छोड़ चला
मुझे पुनः अकेला
हो रे मैं बेचैन, वह बेचैन
सागर बेचैन, वाणी बेचैन, बेचैन चाँदनी...

गान सुनकर यु लिन कहता है : यही जीवन गति है। कोई एक होता है जो दूसरों को बुलाता है। उनमें हम भी होते हैं। हम दौड़ते हैं, हमारे पाँवों में पाँख लग जाते हैं, उसके पास पहुँचते हैं। वह कँवली में भर लेता है, दुलराता है, फिर त्यागकर चल देता है, निसंःग और हम जहाँ थे, जहाँ से चले थे, वहीं-के-वहीं रह जाते हैं, वहीं लौट जाते हैं। यह हमारे ही साथ नहीं होता, समाज के साथ होता है, देश के साथ होता है, पूरी मानवता के साथ होता है। बुजुर्गों से सुना है, ज्ञानियों से सुना है कि दुनिया में इक्कीस सभ्यताएँ हुई हैं। उनमें से कुछ बहुत ऊँचाई पर पहुँची थीं—बेबिलोन, मिस्र, असीरिया, यूनान। पर वे नष्ट हो गयीं। कुछ दूसरी हैं—भारत, चीन, युहूदी आदि, जो आज भी जीवित हैं। परन्तु उनका स्वरूप वही नहीं है, जो तब था जब बेबिलोन, मिस्र, असीरिया, यूनान, रोम आदि थे। बदल गया है, बदलते जाने के कारण ही जीवित हैं। वे नहीं बदल पायीं, इसलिए मर गयीं।

उसकी बात सुनकर महिलाएँ आकर्षित होकर सरक आयी हैं। उन्हें इसमें अध्यात्म की गन्ध मिल रही है। कोई वृद्धा कह रही है, "थोड़ा खुलासा करें।"

यु लिन को तो अपनी बात कहने का मौका चाहिए। लेकिन ऐसा पहले था। अब तो चुप ही रहता है। हर समय थका-थका, उदास। पर आज थोड़ा उत्साह अनुभव कर

रहा है। आदमी समूह में आ जाय तो कुछ गर्मी आ ही जाती है। कहता है, "इस देश के वैदिक पुरुखे यज्ञ करते थे। वे कबीलों में रहते थे और कबीलों में पाले जानेवाले पशुओं के अनुसार गाय, बकरी, घोड़ा, पखेरु आदि की बलि चढ़ाते थे। यह भी हो सकता है कि वे अपने कबीले के पाल्य को नहीं, दूसरे कबीलों के पाल्य को चढ़ाते हों अपनी अदावत या विजय जताने के लिए। मैथिल ब्राह्मण आज भी विष्णु के तीन आरम्भिक अवतारों को भक्ष्य बनाते हैं, शैव या शाक्त होने के कारण। उनका मांस देवों को अर्पित कर स्वयं भी प्रसाद समझकर खाते थे। बाद में तो ये यज्ञ देवताओं को खिलाने के लिए कम, अपने खाने के लिए अधिक होने लगे। मानव बलि तो दूसरे राजाओं पर वर्चस्व के रूप में दी जाने लगी। तब आये बुद्ध और महावीर। उन्होंने बलि बन्द करवा दिया। भागवतों में कोई एक नहीं था। पर कृष्ण की बात मानकर लोगों ने मांसाहार करना बन्द कर दिया। बुद्ध के विचार तो पूरी दुनिया में फैल गये। बिना यह सोचे कि हम बौद्ध हैं कि जैनी कि भागवत भारत के लोगों ने यज्ञ और बलि को समाप्त कर दिया। बाद में जितने भी धर्मगुरु हुए शंकराचार्य, रामानुज, बल्लभाचार्य, किसी ने भी बलि और यज्ञ को अनिवार्य घोषित नहीं किया। तुलसीदास, नामदेव, शंकरदेव, त्यागराज किसी ने भी उनकी पुनर्स्थापना की बात नहीं कही। आज भी यदि हिन्दू धर्म जीवित है तो इसीलिए कि वह नयी बातों को स्वीकारता चलता है। अपने आचार-विचार पर नियन्त्रण कर नये परिवेश के अनुसार अपने को ढाल लेता है।"

वरदा को यह बात अच्छी न लगी। सबसे सुन्दर और पुष्ट बकरा लेकर वही चली थी कामाख्या के लिए। उसे सवईं, दूर्वा, चंसुर घास के साथ अन्न के दाने खिलाकर पाला था। लगा कि यह चीना बुड्ढा उन्हें इशारे से रोक रहा है। हिन्दू धर्म तो ठीक, पर यह हिन्दू धर्म? हम तो अपना चढ़ायेंगे। लोगों को बकरे का खयाल आया तो उनके मुँह में पानी भर आया। उन्हें बरदा की बात अधिक प्रामाणिक लगी। वसुन्धर को लगा कि वह वही बकरा है। तमाम हलालिये अपनी छुरी पिजो रहे हैं। उसे यु लिन की बात में भी एक नया अर्थ दिखा। यही कि बदलते समय ने तो नया परिवेश रचा है उसके आधार पर उसे अपना खेत बाज आना चाहिए मियाँ नमाजी की मस्जिद के लिए। वाह रे परिवर्तन और समय के साथ सध जाने की दलीलें। कहा कुछ नहीं।

देखते-ही-देखते दिन डूबने का समय हो आया। लोगों को उससे पहले ही भोजन कर लेना था। लोगों ने अपनी-अपनी गठरी खोली। जो भी मीठा, मुड़ी, चिउड़ा, प्याज, अदरक, अचार था स्वयं खाया, कुछ ने बाँटकर खाया। माझी अभी जोर लगाये पड़े थे। रूपनारायण जहाँ ब्रह्मपुत्र में मिलती है, वे वहाँ पहुँचकर ही विश्राम लेनेवाले थे।

रूपनारायण जहाँ ब्रह्मपुत्र से मिलती है, वह स्थल कितना सुन्दर है इसका आभास कल सन्ध्या को नहीं हो पाया था। आज प्रातः उनके खूबसूरत कन्धों पर लहर[illegible]ाम की ओढ़नी-सी जल-राशि अपनी पूरी लम्बाई में फैल दृष्टिगोचर हो रही थी। तट[illegible] उगी

हरीतिमा मानो उस लम्बी ओढ़नी की हरी गहरी किनारी हो। उस पर पड़ती सूरज की नवजात किरणें बिना किसी ताप के उनको दुलरा रही थीं। गहरे नीले रंग के बीच सिन्दूरी लकीरें अद्भुत लग रही थीं। नदी जैसे बह नहीं रही थीं, रुककर आस-पास की ध्वनियों को अकन रही थी। वसुन्धर को लगा कि उसका आयु-वर ठीक यहीं पर होना चाहिए था। इससे पूरे परिवेश का सौन्दर्य पूर्ण हो जाता। पर क्या सौन्दर्य पूर्णता में होता है? रंगनाथ कहता है कि जो पूरा होते-होते बच जाता है, सौन्दर्य वहाँ होता है। वह हमें सोचने का मौका देता है कि वहाँ क्या-क्या होना चाहिए था। वह मौका देता है हमें अपने मनमाफिक रंग भरने का। सौन्दर्य दरअसल कल्पना में होता है। वही रंगनाथ चला आ रहा है। माझियों ने चेता दिया है कि घड़ी भर दिन चढ़े ही चल देना है। ब्रह्मपुत्र रूपनारायण नहीं हैं। इसमें कितना पानी है, बार-बार नापने के बावजूद उसका थाह नहीं मिलता। नदी ऊपर-ऊपर स्थिर लगती है पर भीतर-भीतर बह रही होती है और बहुत वेग से बह रही होती है। कान पारकर उसकी रुनझुन को सुनिये न, एक संगीत निरन्तर उठता लगता है। वह कानों को चाहे जितना सुखद हो, बाँहों को बड़ा कष्ट देता है। दरियाव की धारा की उलटी तरफ नाव खेना दुनिया का सबसे कठिन काम है। वह प्रचण्ड धूप में और भी नहीं हो सकता। रंगनाथ चेता रहा है कि लोग जल्दी से नाव में बैठ जायँ। अधिकांश लोग बैठ भी गये हैं। ये माइकी मानुस (स्त्रियाँ) हैं जो देर कर रही हैं।

सभी लोग अपनी-अपनी बात बताने में निमग्न थे। आज झुण्ड के सदस्य वही नहीं थे जो कल थे। इसलिए बातें एकरस न होकर बहुरस हो गयी थीं। तभी नाव पर अँधेरे का एक पर्दा गिरा। नभ के उत्तर-पूर्वी कोने में श्यामवर्णी बादल जमा हो रहे थे। उनके विशाल पुंज को चीरती हुई विद्युल्लेखाएँ चमकती और विदीर्ण हुई जा रही थीं। स्त्रियों ने सारी बतकही रोककर अपने बकरों को नाव की झोंपड़ी में ढुकाया। तभी हवा का एक कँपा देनेवाला झोंका आया। नारियल व सुपारी के वृक्षों से लटके सूखे पत्तों से उठती वायु की झनझनाहट पूरे वातावरण को रहस्यमय बनाने लगी। खाली खेतों में चर रही गायों को अचानक अपने बछड़ों की याद हो आयी और वे रँभाने लगीं। रंगनाथ गा उठा –

कल कल करता हर दिन बीता।
कामाख्या तेरे दरशन के हर पल में जीता।।

पोचई को हँसी आ गयी, ससुर बड़े ज्ञानी बनते हैं। थोड़ा संकट का आभास हुआ, कामाख्या नानी याद आ गयीं। चौधरी ने सोचा, यह हवा तूफान का रूप नहीं लेगी। ऐसा होता तो माझी लोग नाव को तट की ओर सरेहते। पर वे बीच में सीधे खेते जा रहे हैं। कहीं गलती तो नहीं कर रहें हैं? बरपेटा के नामघर में सुना था : भगत सुस्वादु भोजन के बाद दाम्पत्य सुख में लीन हुए, तभी ऐसी हवा चली कि घर की धरन गिर पड़ी और

वे चिर निद्रा में लीन हो गये। कहीं ये माझी लोग भी उसी की तैयारी तो नहीं कर रहे हैं। तभी हरे बाँस के घने समूह हवा के क्रोध से डरकर साँय-साँय करते आकाश से जो अमृत टपक रहा था, उसे छितराने लगे। पक्षी उठा-पटक में लगी आम के पेड़ों की डालियों से उड़कर इधर-उधर जाने लगे। तभी एक मोटी डाल गिरी धड़ाम। उसमें बैठा एक कौवा भींगे पाँखों को बड़ी कठिनाई से खोलकर उड़ते हुए बड़े कर्कश स्वर में जैसे सहायता माँगते हुए एक दूसरे वृक्ष की लहराती डाल पर बैठ गया। तभी उसका घोंसला उड़ता हुआ नदी की पेटी में जा गिरा। उड़ने के दौरान जतन से सेये गये अण्डे पटापट धरती पर सरक कर फूट गये। बरुखा ने कहा, "हाय-हाय! कितनी जिन्दगियाँ बरबाद हो गयीं?" माझी ने गीत कढ़ाया –

आमार बुके बसा तुमी
आमी छेड़े देवो ना।

साले! इस आपात बेला में भी उसे नहीं छोड़ोंगे! अपने हृदय में बिठाकर रखेंगे सीधे ब्रह्मपुत्र के हृदय में ही डुबाओगे!! यु लिन ने झटककर कहा, "नाव सीधे किनारे ले चलो।"

जो माझी गा नहीं रहा था, पतवार पकड़े था, उसने झल्लाकर कहा, "किनारे देखो।"

नाव किनारे से लगने ही वाली थी। सीधे देखनेवालों को वह दिखायी नहीं दे रहा था। वसुन्धर ने जब किनारे देखा तो यह भी देखा कि हवा के तेज झोंके में प्रेतों की तरह नाचतीं, नारियल और सुपारी की पत्तेनुमा डालें बादलों को ढकेलने के लिए प्रहार-पर-प्रहार किये जा रही थीं। ऐसा ही प्रहार वह भी करता आया है और करता जायेगा जब तक जान रहेगी। यह तूफान ऐसा नहीं है कि उसमें उसकी जान चली जायेगी। उसकी पत्नी बरुखा बगल में आयी, कहा, "देखा, काग के अण्डे फूट गये?"

नाव किनारे लगी। झंझावात कम हो गया था। लोग किनारे उतर आये। जमीन गीली थी। पाँव रखते ही धँस जाती थी। दूर-दूर तक कड़ी जमीन नहीं दिखायी दे रही थी। पानी बरसना भले बन्द हो गया हो बादलों की मोटी पर्त आसमान पर वैसी ही टँगी थी। दिन में ही रात हो गयी थी। माझियों ने कह दिया था वे विश्राम करेंगे। बाँहों का कस समाप्त हो गया है। उसके बनने में समय लगेगा। यानी अब रात वहीं बितानी है। इधर माझियों ने लंगर डाला, उधर लोग भागकर अपना कुछ सामान लेकर दूर पेड़ों के नीचे गये। इधर भोजन बनने लगा, उधर लोग ढोल मंजीरा बजाने लगे। उनके साथ पोचई जैसे निकम्मे लोग झुण्ड बनाकर गाने लगे।

पहर भर रात चढ़े थाली के बराबर चाँद आसमान में एकदम से निकल आया। बादल जाने कब उड़-बिला गये थे। चिलम चढ़ाने के बाद माझियों ने कहा, "हम यात्रा आरम्भ करते हैं।"

यु लिन ने कहा, "नदी सो रही है। उसे छेड़ना क्या उचित होगा?"

"वह बहुत गहरी नींद में सो रही है। उसका जल स्थिर हो गया है। उसमें उलटी दिशा में नाव चलाना आसान होता है। हम उसके लिए नदी को पूजा देते हैं, प्रायश्चित्त करते हैं।"

वसुन्धर ने कहा, "पर दरियाव खामोश नहीं है।"

"हमें उसका नकेल कसना आता है।"

वीराने में अभी जिन्दगी रुकी थी। वह जिन्दगी चल पड़ी तो वीराना फिर आ गया। वसुन्धर ने उस पार सिर फेरकर देखा, जब नाव चल पड़ी। एक पहर रात और बीती। समय काटते कट नहीं रहा था। नींद किसी को आ नहीं रही थी। कोई गाना-बजाना नहीं कर रहा था। बस चप्पुओं से चिराता पानी रो रहा था, कि गा रहा था, पता नहीं चलता था। चौधरी ने कहा, "यु लिन डांगोरिया कोई कहानी सुनाओ।"

यु लिन चुप रहना चाहता था। पर नहीं। ये लोग क्या फिर मिलेंगे? मिलेंगे भी तो क्या यह क्षण मिलेगा? इस क्षण को हमेशा के लिए बाँध लेना है। वह क़हानी सुनाने के लिए तैयार हो गया। यह अन्तिम कहानी है, जिसे वह सुनायेगा। इसके बाद वह कोई कहानी नहीं सुनायेगा। पूछता है कि आप लोग कौन-सी कहानी सुनना चाहते हैं? कोई जवाब नहीं देता। इसके दो अर्थ हैं। एक तो वह जो भी कहानी सुनायेगा लोग सुनेंगे। दूसरा यह कि भला सुनी-सुनायी कहानी कोई क्यों सुनना चाहेगा। कहता है, "मैं एक ऐसी कहानी सुनाऊँगा, जिसे आप लोगों ने सुना जरूर होगा, पर मुझसे नहीं। यह कहानी कोई चाँद-सूरज या धरती माता की कहानी नहीं है। आदमी की कहानी है। इसे मैंने बचपन में सुना था, जब बिलल्ला बना घूम रहा था। सुना क्या था पश्चिम के देश में एक नौटंकी में देखा था। उसी की याद आ रही है।"

लोगों की जिज्ञासा बढ़ गयी। तमाम लोग मुँह में कच्ची सुपारी की डली दबा उसकी ओर मुखातिब हो गये। कुछ लोग सिर के ऊपर गदोरियों को रगड़ते हुए बैठे-ही-बैठे उसकी ओर दो-चार अँगुल खिसक आये। स्त्रियाँ अपनी जगहों पर और स्थिर होकर बैठ गयीं। कचर-पचर कुछ कम किया। जैसा कि उसकी आदत थी, यु लिन ने पूरे समुदाय पर सिंह दृष्टि डाली। दृष्टि दूर नदी को पारकर गयी। उसमें एक बिम्ब उभरा, जिसका वर्णन उसने आरम्भ किया।

"कहते हैं कि पुराने मंगलदोई के इलाके में एक अभागा हाजोई रहता था। उसकी स्त्री बार-बार कन्याएँ जनती थी। छह कन्याओं के जन्म के बाद जब वह पुनः पेट से हुई तो उसने धमकी दी कि यदि फिर कन्या हुई तो वह उसे घर से निकाल देगा। इस भावी भय में जीती वह स्त्री सूखती गयी। दिन पूरे होने पर उसने फिर कन्या को जन्म दिया। पति को इस होनी का पता न चले इसलिए उसने बाँस की खाँची में केले के पत्ते बिछाकर कन्या को रखा और नदी में प्रवाहित कर दिया। कन्या बहती गयी, बहती गयी।

जब भूख लगी तो पहले वह सिसकी, फिर सुबकी, फिर रोने लगी। फिर गला फाड़कर चीखने लगी। आसमान में एक चील मछलियों की तलाश में रे रही थी। जैसे ही कोई मछली पानी की सतह पर आती वह झपट्टा मार ले उड़ती और ऊँचे वृक्ष की डाली पर बैठ उसे नोंच-नोंच खाती। इस तरह शाम तक उसने जाने कितनी मछलियों का भोजन किया। पर पेट नहीं भरा। वह एक बड़ी-सी मछली की तलाश में रेने लगी। तभी उसकी दृष्टि बाँस की खाँची पर पड़ी। उससे चीखने की आवाज आ रही थी। उसे बड़ी प्रसन्नता हुई यह देखकर कि वाकई एक बड़ी-सी मछली खाँची में बड़ी तेजी से नदी की धार में बहती जा रही है। उसने झपट्टा मारा और पंजों में दबा उड़ चली। उड़ते-उड़ते वह एक विशाल आयु-वर पर जा बैठी। वह प्रसन्न्ता से फूली जा रही थी कि आखिर उसे पेट भरने भर की एक मछली मिल ही गयी। लेकिन जब उसने चोंच से पंजे के नीचे से मछली को खींचा तो उसे देखकर दंग रह गयी। वह मछली तो थी ही नहीं। अरे, यह तो मनुष्य का बच्चा है, निरीह व भूखा। यह अपने से खा भी नहीं सकता। उसे बड़ी दया आयी। बच्चे को उसने पेड़ के एक कोटर में रखा। अपने उड़ चली नदी की ओर। नदी पर वह देर तक रेवती रही पर कोई मछली नहीं दिखी। इधर तेजी से शाम हो रही थी। सन्ध्या के बाद चील शिकार नहीं करती। इस चिन्ता से वह परेशान होने लगी। तभी एक सफेद धोविन मछली उछली। उसने तुरन्त झपट्टा मारा और पानी से निकाल उड़ चली। उसे चीरकर मुनष्य के बच्चे को खिलाया। उसका टुकड़ा बच्चे के मुँह में जाते ही दूध बन गया। धोबिन मछली बड़ी कोमल होती है। दूध का स्वाद पा बच्ची चुप हो गयी। तब से चील रोज उस बच्ची को धोबिन मछली खिलाकर पालने लगी। बच्ची धीरे-धीरे बड़ी होने लगी। अब वह कोटर में अँट नहीं पाती, वैसे भी वह बाहर निकलकर रेंगना चाहती थी। चील ने उसे जमीन पर उतारा। वह रेंगने लगी। फिर बंकैयाँ चलने लगी। फिर खड़ी होकर चलने लगी। फिर वह दौड़ने लगी। चील ने उसकी दौड़ने की सीमा तय कर दी। कह दिया कि इससे बाहर जावोगी तो ठीक नहीं रहेगा। बच्ची कुछ दिन तक उसकी सलाह मानती रही। पर एक दिन यह जानने के लिए कि इसके बाहर क्या है, वह बाहर निकल गयी। काफी दूर चली गयी और लौटने का रास्ता भूल गयी। वह भटककर चिल्लाने लगी। उसकी आवाज सुनकर एक सौदागर आया। सौदागर जानते हैं न।''

प्रश्न पूछ कर यु लिन चुप हो गया। लोगों के बीच खुसुर-फुसुर तो हुई, पर किसी ने उत्तर न दिया। तब यु लिन ने कहा, ''सौदागर माने जो पानी के रास्ते माल लाकर व्यापार करता है। धरती के रास्ते सामान लाकर व्यापार करनेवाले को बंजारा कहते हैं। वह बेचने का सामान लादकर इस तरफ से उस तरफ जा रहा था। वह नाव मोड़कर जिधर से बच्ची की रोने की आवाज आ रही थी उधर आया। उस बियाबान में ढाई-तीन साल की नंग-धड़ंग बच्ची को देखकर हैरान रह गया। फिर उसे अपने पास बुलाया। बच्ची आदमी की बात नहीं समझ पाती थी। उसने कभी मनुष्य देखा ही न था। सौदागर भी

उसकी भाषा नहीं समझता था। वह चील की बोली बोलती थी। जो भी हो आँखों की और स्पर्श की एक ऐसी भाषा होती है जिसके सहारे वह सौदागर उस लड़की को अपने साथ ले गया। नाम रखा तेजीमल। उसे वनपुर कहकर भी बुलाता था, क्योंकि वह वनपुर के जंगल में मिली थी। स्वयं सौदागर का नाम मुक्तेश्वर था और वह नलबारी में रहता था। वह शिव का बड़ा भक्त था और लोगों का बड़ा भला करता था। इसलिए लोग उसे अपना राजा ही मानते थे। उसके पास सब-कुछ था, बस सन्तान नहीं थी। उसे उम्मीद थी कि उसकी पत्नी इस बच्ची को पाकर बड़ी खुश होगी। बड़े जतन से इसका पालन-पोाण करेगी। वह ऐसा करती भी थी। पर तभी तक जब तक सौदागर घर पर रहता था। उसके बनिज पर चले जाने पर वह बच्ची को बहुत सताती थी। उसे देखकर उसे याद आता था कि उसके अपनी कोई सन्तान नहीं है। इस बच्ची के आ जाने के बाद उसकी रही-सही उम्मीद भी जाती रही। क्योंकि अब सौदागर अपने बच्चे की बात कभी नहीं करता था। ऊपर से बच्ची के शरीर से कच्ची मछली की गन्ध आती रहती थी, जो उस स्त्री के लिए असहनीय थी। इसलिए वह बच्ची को बहुत तकलीफ देती थी। उसे पूरी उम्मीद थी कि तकलीफ पाकर यह लड़की भाग जायेगी। तब उसका अपना बच्चा होगा। पर ऐसा हुआ नहीं। लड़की बड़ी होती चली गयी।''

इतना कहकर यु लिन रुका। उसकी साँस फूलने लगी थी। रुककर उसने अपने फेफड़ों में नदी पर तैरती ठण्डी हवा को भरा। उससे यु लिन को आलस अनुभव हुई। पर लोगों में आलस का नामोनिशान नहीं था। वे पूरी तन्मयता से उसकी बात सुन रहे थे। आगे की कथा की बड़े जिज्ञासु भाव से प्रतीक्षा कर रहे थे। अपनी साँसों पर नियन्त्रण कर यु लिन ने आगे कहना आरम्भ किया, ''उन्हीं दिनों माता पद्मावती के शाप के चलते शैव मुनि पद्मशंख नाग मृत्यु लोक में एक राजा के घर जन्म लेकर वाणिज्य में संलग्न थे। राजा ने उनका नाम चन्द्रधर रखा था और वे राज-काज की जगह व्यापार में रुचि लेते थे। उनके नगर का नाम तब चम्पक नगर था, जिसे आजकल चायगाँव कहते हैं। वह दरांग जिले में है। वे पूर्व जन्म में नाग राजाओं के विरोधी थे और उनसे बहुत घृणा करते थे। वह घृणा इस जन्म में भी बरकरार थी। इसलिए कभी भी मनसा माई की पूजा नहीं करते थे। परिणामस्वरूप सर्पों की देवी पद्मावती उनसे नाराज रहती थी। क्रोध में उसने चाँद सौदागार के छह पुत्रों को मार डाला था। एक ही पुत्र बचा था। लखिन्दर। पद्मावती उसे भी डस लेना चाहती थी, पर मौका नहीं मिल पा रहा था। लखिन्दर जवान हो गया था। उसके लिए कन्या ढूँढ़ी जा रही थी। उधर पद्मावती ने घोषित कर रखा था कि वह सुहागरात को ही लखिन्दर को डस लेगी। उसके डर से कोई राजा या सौदागर उसे कन्या देने को तैयार नहीं था। चाँद सौदागर ने अपना दुःख मुक्तेश्वर सौदागर को सुनाया। तब मुक्तेश्वर ने कहा कि वह अपनी बेटी तेजीमला को देने को तैयार है। चाँद सौदागर सुनकर फूट-फूटकर रोने लगा कि उसका पुत्र सुहाग रात को ही मर जायेगा। उसकी बेटी उसी

रात को विधवा हो जायेगी। मुक्तेश्वर ने कहा कि वह सुहागरात के लिए एक ऐसा महल बनवायेगा, जिसमें कोई सर्प घुस ही नहीं सकेगा। दूसरे चील के प्रताप से उसकी बेटी ऐसी अपरूप सती सिद्ध होगी अपनी पतिभक्ति के कारण कि पद्मावती लखिन्दर को काटने की हिमाकत नहीं करेगी।

लड़की का नाम मुक्तेश्वर ने बिहुला रखा था। विवाह के बाद बिहुला-लखिन्दर को साथ बिठाकर मुक्तेश्वर ने उनके ऊपर एक ऐसा महल बनवाया, जिसमें कोई छेद न हो। पर राजगीर ने सोचा कि साँस लेने के लिए हवा आने-जाने भर का एक छेद तो होना ही चाहिए। फिर महल की जब धुलाई होगी तो बाहर पानी बह जाने के लिए भी एक रास्ता होना चाहिए। इनकी व्यवस्था न होने पर लोग उसे गँवार मिस्त्री कहेंगे। इसलिए उसने चुपचाप एक छोटा-सा छेद फर्श से मिला हुआ दीवार में छोड़ दिया, तो सामान्यतः दिखायी नहीं देता था। बाद में पता चला कि यह छेद राजगीर ने पद्मावती के उत्कोच देने पर छोड़ा था। बड़ी आशंका वे बीच बिहुला और लखिन्दर सुहाग सेज पर बैठे। बातें करते-करते जल्दी ही थक कर सो गये। तब पद्मावती एक बहुत ही पतले पर लम्बे सर्प का रूप धर उस छेद से घुसी। घुसकर शरीर को मोटा करने के लिए साँस भरा। सेज के ऊपर चढ़ने के लिए अवलम्ब प्राप्त करने के लिए वह सेज का चक्कर लगाने लगी। वह पाँवों से नहीं चढ़ सकती थी, क्योंकि उन्हें बीच-बीच में गोल-गोल खरादा गया था। रात बीतती जा रही थी। उसे यह भय सताने लगा कि जब रात बीत जायेगी तो ये लोग जग जायेंगे और देखते ही मार डालेंगे। वह निकल जाने के लिए सोच ही रही थी कि बिहुला सोते-सोते करवट से उतान हो गयी। उसकी केश राशि सिरई से सरककर जमीन पर आ गयी। सर्पिणी हँसी और गुँथी केश-राशि के सहारे पलँग पर चढ़ गयी। पति-पत्नी गहरी निंद्रा में बेखौफ सो रहे थे। उनके सौन्दर्य पर वह इतना मुग्ध हो गयी कि डसने का इरादा त्याग दिया। आखिर इन्होंने उसके प्रति अभी तक कोई अपराध तो किया नहीं था कि दण्ड दे या बदला ले। वह नीचे उतरने के लिए तैयार ही हो रही थी कि लखिन्दर ने करवट बदला। उसकी देह की भार से सर्पिणी दब गयी। उससे निकलने के लिए उसने कुछ प्रयत्न किया। पर उस क्रम में वह और दबती चली गयी। जब दम घुटने लगा तो काट खाया। दर्द से तिलिमिलाते हुए जब लखिन्दर ने सोने की मुद्रा बदली तो वह पलँग से कूदकर भाग परायी। उसके कूदने की ध्वनि से बिहुला की नींद टूटी तो देखा कि सर्पिणी रूपधारिणी पद्मावती भागी जा रही है। वह चीखी तो लखिन्दर जगा। उसका दर्द असहनीय हो गया था। उसे समझने में देर न लगी कि साँपिन ने काट खाया है। पद्मावती ने अपनी प्रतिज्ञा पूरी कर लिया है। अब शरीर पतलाकर उसी छिद्र से भागी जा रही है।

उनकी चीख से पूरा नगर आक्रान्त हो गया। जल्दी ही महल तोड़कर दोनों को बाहर निकाला गया। झाड़ फूँक करनेवाले ओझा और सपेरे पहले से ही तैयार रखे गये थे। वैद्य और सोखा अलग तैयार बैठे थे। सभी ने अपनी कार्रवाई एक साथ आरम्भ की। एक तरफ

मन्त्र से परोरकर काँसे का थाल लखिन्दर की पीठ से चिपकाया गया और ओझा लोग बालू व पीली सरसों परोरकर फेंकने लगे। सँपेरे पचरा गाने लगे। सोखा लोगों ने कान में पीपल की लकड़ियाँ लगाकर विष वमन कराने लगे। वैद्य लोग जहरमोहरा घोलकर पिलाने लगे। पर सब बेकार। कहीं शाप की भी दवा या मन्त्र होता है? मरा लखिन्दर फिर नहीं उठा। बिहुला के आर्त्तनाद से नगर दहल गया।"

यु लिन साँस लेने के लिए रुका। सीने में भरपूर हवा भरकर पूरे प्रान्तर पर एक भरी-भरी दृष्टि डाली। प्रान्तर जैसे सो रहा था, पर नदी जैसे साँस ले रही थी। न केवल उसका जल स्तर बढ़ता लगा, लगा कि कहीं बहुत गहरे से एक मन्द ध्वनि उठ रही है, जो नदी के दौड़ने से बन रही है। नदी उसी से तालमेल बिठाकर साँस ले रही है। नाव पर सारे लोग मर्माहत हो उदास बैठे हैं, स्त्रियाँ जैसे रोने के कगार पर हों। उसने सीने से हवा निकालते हुए एक जोरदार साँस छोड़ा और बोलना आरम्भ किया, "शव को ठिकाने लगाने की तैयारी होने लगी। स्त्रियाँ बिहुला की सुहाग की चूड़ियाँ तोड़ने पर आमादा हो गयीं। कुछ कुश के लूड़ा से पलाश के दोने में उसका सिन्दूर धोने के लिए आगे बढ़ीं। उसने सबको घुड़क दिया और कहा कि वह पूरे श्रृंगार के साथ सती होगी, और यदि वह वाकई सती होगी तो सावित्री की तरह अपना सुहाग वापस पा लेगी। उसके साथ लखिन्दर के शव को केले के डेमुआ के साथ बाँधकर ब्रह्मपुत्र में प्रवाहित कर दिया गया। शव जब नदी के सहारे समुद्र की ओर चला तो एक गगनबिहार चील पिल्हकती हुई साथ चली। उसके पंजे में नागिन दबी थी। हुआ यह था कि जैसे ही पद्मावती सुहागघर के छिद्र से बाहर निकली पास के वृक्ष पर बैठी चील ने झपट्टा मारकर उसे पंजे में दबोच लिया। विवाह के वक्त जब पित्र न्योते गये थे तो बिहुला ने अपनी माँ की जगह चील को ही न्योताया था। वह भोज में शामिल होने के बाद वृक्ष की डाल पर बैठी थी।

डेमुआ में शव के साथ बँधी बिहुला ऐसे स्थल पर पहुँची जहाँ से नद दक्षिणमुखी होती है। इस मोड़ पर बिहुला ने एक अद्‌भुत दृश्य देखा। देखा कि घाट पर एक धोबिन 'हइछों-हइछों' करती कपड़ा धोने में लगी है, पाट पर कपड़ा पटक-पटककर उनकी ध्वनि के साथ सुर मिलाता उसका शिशु रो रहा है। इतनी शोर में उसके सोने की गुंजाइश ही नहीं है। इससे धोबिन को बड़ा अनकुस लग रहा है। ऊबकर वह कपड़ा धोना बन्दकर देती है। शिशु के पास जाती है और गला दबाकर उसे मार डालती है। इतना बड़ा अनर्थ होते देख बिहुला चीख पड़ती है। उसकी चीख से चील तो अचकचा जाती है और उसके पंजे में दबा सर्प गिर पड़ता है। पर उसका नाद ब्रह्मपुत्र के प्रवाह में दब जाता है। साँप भागकर पटहा के नीचे छुप जाता है। धोबिन वहीं अपने बच्चे का शव रखकर काम में लग जाती है। उसी वक्त डेमुआ तट से लगकर रुक जाता है। बिहुला देखती है शाम होने से पहले धोबिन अपना काम समाप्तकर बच्चे को पुनः मन्त्रबल से जीवित करती है। कपड़े को गधे पर लाद और बच्चे को पीठ पर बाँधकर धोबिन अपने घर की तरफ

चली जाती है। बिहुला की बड़ी इच्छा होती है कि वह भागकर धोबिन से मिले। किन्तु वह अपना बन्धन खोल नहीं पाती है। तभी चील पटहा पर आकर बैठती है और साँप के निकलने की प्रतीक्षा करती है। तभी उसका ध्यान बिहुला की ओर जाता है। चील को देखकर वह चील की भाषा में बन्धनमुक्त करने का मनुहार कर रही है। चील उसके बन्धनकाट देती है। वे रातभर वहीं छिपकर रहते हैं।

दूसरे दिन धोबिन फिर कपड़ा धोने आयी। बच्चे को सुलाकर अपने काम में लग गयी। शोर से आक्रान्त होकर बच्चे की नींद टूट गयी और वह रोने लगा। धोबिन रोज की तरह उसे मारने चली। बिहुला भागकर उसके पास गयी और बच्चे को न मारने के लिए अनुरोध करने लगी। धोबिन को बड़ा आश्चर्य हुआ कि दूसरे के बच्चे के प्रति उसको इतनी ममता क्यों है। उसने पूछा कि कहीं उसका बच्चा तो नहीं मर गया। बिहुला ने बड़े कारुणिक ढंग से बताया कि जब उसका पति ही मर गया तो बच्चा कहाँ से होगा? वह बच्चे का सुख कभी नहीं जान पायेगी। इस तरह से बातचीत करते उसकी धोबिन से गहरी दोस्ती हो गयी। धोबिन ने बताया कि वह नागवंशी पद्मावती की बहन है। नाम है नेताई। अकाल मृत्यु प्राप्त व्यक्ति को जीवित करने की विद्या वह जानती है। पर उसका उपयोग वह अपने परिवारवालों के लिए ही कर सकती दूसरों के लिए नहीं। बिहुला ने पूछा, " यह विद्या उसे कहाँ मिली?"

"नागलोक के देवताओं को प्रसन्नकर।"

"क्या यह विद्या मैं भी पा सकती हूँ?"

नेताई ने बहुत सोच-विचार कर कहा, "प्रयत्न तो कर ही सकती हो।"

"नागदेवता लोग कैसे प्रसन्न होते हैं?"

"बीन की संगीत सुनकर उन पर होनेवाले नृत्य को देखकर।"

"मैं बीन बजाती हुई चलूँगी।"

"ऐसा भूलकर मत करना।"

"क्यों?"

"बीन बजाते हुए सँपेरे चलते हैं। वे हमारे वंश के दुश्मन हैं। देवता लोग उन्हें अपने सामने नहीं पड़ने देते।"

"तब?"

"नागलोक पहुँचकर ही उनके द्वारा दिये बीन को बजाना।"

"नागलोक मैं पहुँचूँगी कैसे?"

"वह राज मैं नहीं बता सकती। उसे मनुष्य को बताना वर्जित है। शपथ और श्राप का बन्धन है।"

"तब?"

"उसे तुम्हें स्वयं ही खोजना होगा।"

बिहुला चिन्ता में डूब गयी। अनाहार, निर्जला वह सूखने लगी। चील को देखा न गया। उसने कहा, ''मैं उपाय करती हूँ।'' वह दूर उड़ चली। बिहुला ने सोचा कि वह नागलोक का रास्ता खोजने गयी है। वह शव की ओर देखती बैठी रही।

निरापद जानकर पटहे के नीचे बैठी पद्मावती बाहर आयी और भागने लगी। चील उसे दूर से देख रही थी। वह उड़ी। उसे आता देख सर्पिणी बिल में छिप गयी। चील उड़कर फिर दूर चली गयी। तब से यही खेल होने लगा। निरापद जानकर सर्पिणी भागती, चील देखकर छिपती। ऐसो होते-होते जब कई दिन बीत गया तो सर्पिणी ने सोचा कि बिना नागलोक में शरण लिये जान नहीं बचेगी। वह भागत-भागते नागलोक चली गयी। उसका पीछा करते-करते चील नागलोक का रास्ता जान आयी। जब वह बिहुला को लेकर चली।

बिहुला के नागलोक में पहुँचते ही वहाँ के नागदेवता मानुस गन्ध पाकर तर्ना उठे। लगा कि सब डस ही लेंगे। पर अपने मृदु व्यवहार से उसने सबको शान्त किया और धीरे-धीरे उनका विश्वास जीत लिया। नागदेवों ने प्रसन्न होकर उसे नागबीणा बजाने के लिए दे दिया। बिहुला ने बीन बजाकर और नृत्य दिखाकर इतना प्रसन्न कर दिया कि उन्होंने वरदान माँगने के लिए कहा। उसने अकाल मृत मनुष्य को जिलाने की विद्या माँग ली। नागदेवता बोले, ''यह वरदान सिर्फ नागवंशियों को दिया जाता है। तुम तो नागवंशियों के धुर विरोधी शिव उपासक हो।''

''हम वादा करते हैं कि यह वरदान पाने के बाद हम और हमारी सन्ततियाँ नागपूजक बन जायेंगे और नागों की रक्षा करेंगे।''

उसके वादे पर विश्वास कर नागदेव ने कहा, ''मृत्युलोक में तिस्ता नदी के किनारे एक विचित्र वृक्ष है। हर डण्डी में तीन पत्तियाँ होती हैं, जो आपस में बराबर होती हैं। पर किसी भी एक डण्डी की पत्ती दूसरी डण्डी की पत्तियों के बराबर नहीं होती वृक्ष के तने को खुरचो तो दूध निकलता है, डालों को खुरचों तो रक्त। हर डाल के भीतर एक काठमणि अंश होता है। उस काठमणि को निकालकर वृक्ष के दूध में भिगो कर बारह वर्ष रखो तो उसमें मनुष्य को जीवित करने की शक्ति आ जाती है। उसको बहती नदी के शुद्ध जल में साठकर भिगोंकर रखो। फिर उस जल को मनुष्य के छवो छिद्रों में बराबर-बराबर डालो, उसमें जान आ जाती है। तब उस काष्ठमणि को सुँघा दो तो साँस चलने लगती है। फिर उस वृक्ष की डाल का रक्त पिला दो तो रक्त संचार होने लगता है। जाओ उस गद्‌द की लकड़मणि को प्राप्त करो और अपना काम करो। पर याद रखना : इस रहस्य को किसी और मनुष्य को बताया तो पहले तुम्हें कोढ़ होगा, फिर वंशनाश।

बिहुला वहाँ से वापस आयी। गद्‌द की लकड़ी प्राप्त किया। सारा उपक्रम किया। अपने पति को जिलाया। फिर उसके छह भाइयों को। फिर सबको शैव पन्थ छोड़कर

नागपन्थ अपनाने के लिए उत्प्रेरित किया। जब वह मरी तो मंगलदोई में देवी मुक्तेश्वरी माँ का मन्दिर बना जो आज भी है पंचाल घाट के किनारे।

बिहुला को जब नागदेव ने वरदान दिया था तब पद्मावती को बड़ा बुरा लगा था। उसने नागदेव से कहा, "ये मनुष्य छल से दूसरों की सिद्धियाँ प्राप्त कर लेते हैं। उसके बल पर दूसरों पर बड़ा अत्याचार करते हैं।"

"पर हमने तो शपथ ले ली थी, प्रतिज्ञा करा ली थी।"

"ये मनुष्य उसका निर्वाह नहीं करते। स्वभाव से ही छली होते हैं।"

"तो?"

"मैं कुछ करती हूँ।"

"पर वरदान झूठा नहीं जायेगा।"

"ठीक है। मैं उसके बाद कुछ करूँगी।"

पद्मावती जब नागलोक से बाहर आयी तो चील चुपचाप उसके पीछे लग गयी। पद्मावती भी चुपचाप बिहुला की कारगुजारियो को देखती रही। जब देखा कि उसने सारा वादा पूरा कर लिया है तो वह नागलोक वापस जाने लगी। चील ने फिर भी पीछा नहीं छोड़ा। क्या विश्वास—साँप की जात? यह पद्मावती को बड़ा बुरा लगा और एक दिन मौका पाकर चील को अपनी कुण्डली में ले लिया। जब चील ने वादा किया कि आगे वह और उसके वंशज नागों पर आक्रमण नहीं करेंगे तब पद्मावती ने छोड़ा। किन्तु उसके बन्धन की गर्मी इतनी अधिक थी कि चील के लिए जिन्दा रहना कठिन हो गया। वह जाडिंगा की ओर उड़ चली प्राणान्त करने के लिए।"

यु लिन ने कथा समाप्त किया। उस कथा को सुनकर गायकों और वादकों ने तय किया कि वे इसे गाथा-गीत में बाँधेंगे और घूम-घूम कर लोगों को सुनायेंगे। तिरका और सिरजा ने सोचा कि वे इस कथा को नाटक में डालेंगे, बाकायदे तीन अंकों का नाटक। और उसे लेकर पूरा असम धाँग मारेंगे। वसुन्धर और चौधरी ने तय किया कि वे अपने देश के ऐसे तमाम स्थलों का भ्रमण करेंगे। ये हमारे धर्म-तीर्थ न भी हों, संस्कृति-तीर्थ तो हैं ही। रंगनाथ ने इस रूप कथा की एक व्याख्या रखी कि यह नागों और शैवों के बीच की लड़ाई की प्रतीक कथा है।

सुबह होने में अधिक समय नहीं था। उस वक्त ऐसी उत्तम हवा चल रही थी कि माझियों को छोड़कर सभी लोग ऊँघने लगे, सो ही गये। पर जगा रहा वसुन्धर। आँखें मूँदे पड़ा रहा। एक जगह नाव ने कसकर हिचकोला खाया तो आँखें खोलीं। सामने प्रात के समीर में नारियल के वृक्षों के वन में हवा के कारण बजते सूखे पत्तों की झनझनाहट वातावरण को रहस्यमय बनाये हुए थी। उससे भी अधिक रहस्यमय बना रहा था पूरब के क्षितिज से लटका कुहरा। उसके पार झलक रहा था जलराशि के बीचोबीच मरकत मणि

से होड़ लेती हरियाली से समृद्ध एक सचमुच सुन्दर द्वीप, जैसे वह किसी चित्रकार की कल्पना में सृजित हुआ हो। हिचकोले से अन्य लोग भी जाग गये। दृश्य देखकर सिरजा, तिरका, पोचई आदि एक साथ बोल पड़े "हरि बोल—हरि बोल"। माझियों ने कहा, "दायीं तरफ कामाख्या माई का मन्दिर है। लंगर वहीं डालना है न।"

चौधरी ने कहा, "हाँ।"

माझी नाव को तिरछे काटने लगे। स्त्रियाँ ने बकरों को खूँटी से खोला। वे लेड़ी फेंकते हुए मेमियाने लगे। उनके मूत्र से किसी स्त्री का लूगा-फटा भींग गया। उसने एक गाली जबरदस्त स्वर में दी। लोग हँस पड़े। सभी उतरने की तैयारी करने लगे। आज यहीं पड़ाव डालना है।

लोग नाव से उतर गये तो माझियों ने अपनी नाव अमीन गाँव की ओर मोड़ा। उनसे कह दिया गया था कि नाव की जरूरत हफ्ते भर बाद पड़ेगी। वे चाहें तो इस बीच वे अपनी कुछ कमायी दूसरों से कर लें। लोगों ने उतरकर एक समतल जमीन की तलाश की जहाँ अपना डेरा-डण्डा डाला। आस-पास ऐसे कई समूह डेरा-डण्डा डाले पड़े थे। सभी कामाख्या माई के दर्शन करने, उनको बलि चढ़ाने आये थे। नित्य-क्रिया से निपटकर सभी ने मन्दिर की ओर प्रस्थान किया। चढ़ाई काफी सीधी थी और इन लोगों को इस तरह की चढ़ाई पर चढ़ने का अभ्यास नहीं था — मैदानी इलाके के लोग थे — इसलिए काफी कष्ट हुआ। पर वे खुश थे। बकरे हाँकने से परेशान स्त्रियाँ तो गीत तक गाने लगी थीं, कष्ट उठाकर ही देवस्थान जाया जाता है, तब मानता पूरी होती है, देवदर्शन का समुचित लाभ मिलता है। यानी वे पर्यटक बनकर नहीं, तीर्थयात्री बनकर गये। एक बार चढ़ गये तो सारा कष्ट दूर हो गया, उसके एवज में अपार हर्ष मिला। भाँति-भाँति के पण्डों ने उन्हें घेर लिया। चार बकरों के चढ़ावा से उन्हें अच्छी आमदनी होनेवाली थी। उन्होंने बड़े मनोयोग से माई का दर्शन कराया, परिक्रमा कराया। फिर बकरों को नहलाया गया। नहलाया क्या गया, भीगोया गया, ताकि वे कटते वक्त बहुत उछल-कूद न करें। मेंमियाएँ भी तो ऐसा कि वह आलाप लगे। शायद उन्हें अपने कटने का आभास हो गया था। इसलिए बड़ी मुश्किल से उन्हें बलि स्थल तक लाया जा सका। वे कदम-कदम पर उल्टी दिशा की ओर खिंचकर अपना प्रतिरोध जताते रहे। उन्हें बढ़िया कच्चा चावल खिलाया गया, लाल फूलों की माला पहनायी गयी, पूजा किया गया, फिर दोखचा में फँसाते ही जो उन्होंने अपना शरीर ताना तो गर्दन पर बिलकुल जहाँ से धड़ आरम्भ होता है, पूरे जोर से खाड़ा गिरा। बकरे कुछ अधिक ही स्वस्थ थे, इसलिए पूजारियों को सिर के अलावा कुछ मांस भी चाहिए था, जो लम्बी गर्दन से मिलती। सिर छटककर एक ओर गया। धड़ दूसरी तरफ कुछ देर तक कूद-फान कर शान्त हो गया। बलि घर की दीवार के बाहर खिड़कियों पर कुछ संन्यासीनुमा लोग 'या देवी सर्वभूतेषु...' का जाप कर रहे थे, साधू या औघड़नुमा लोग कुछ 'ह्रीं क्लीं' जैसे ध्वनि निकाल रहे थे। जिनके बकरे बलि चढ़े उन्होंने

क्या जपा या मान्यता रखी, वह पता नहीं, पर वसुन्धर समेत उन तमाम लोगों ने बलि चढ़ाने की प्रतिज्ञा की यदि उन्हें अपने खेतों पर कब्जा मिल जाय। उसके बाद बलि चढ़वानेवाले पण्डित और बलि चढ़ानेवाले बधिक ने अपनी दक्षिणा वसूली। उसके लिए काफी चिक-चिक हुई। श्रद्धालु पहले ही अपनी तरफ से भरपूर दक्षिणा दे रहे थे, पर इससे पण्डित और बधिक को लगा कि ये उदारमना लोग हैं, इनसे डराकर, हाथ जोड़कर और धन ऐंठा जा सकता है। बाद में उन्होंने बताया कि यह चिक-चिक सगुन का हिस्सा है। यह किया ही जाता है, कर्मकाण्ड के अंश के रूप में। भक्तजन उसके बाद वापस होने लगे। रास्ते में अन्न क्षेत्र था। भूख सबको लगी थी। सबने जमकर खिचड़ी और आलू की सूखी सब्जी खायी। प्रसाद कुछ ज्यादे ही मीठा लगा। चलते वक्त दान-पत्र में कुछ सिक्के डाल दिया।

उतराई में न तो उतनी देरी लगी, न कष्ट हुआ। आवास के आसपास बिखरे पेड़ों के नीचे बैठकर और उठँग कर लोग आराम करने लगे। पर स्त्रियों के पास आराम करने का समय नहीं था। वे शाम का भोजन राँधने में लग गयीं। बकरों का प्रसाद विशेष रूप से बनाना था। उससे पहले उनकी खाल उतारनी थी, लाद निकालकर फेंकनी थी, भीतरी कोमल अंगों की विशेष सफाई करनी थी। इसमें समय लगता है। माँस काटने की अपनी एक कला है। वह सबको नहीं आती। जिसको आती है, उसको ऐसे अवसर पर बड़ा मान महत्त्व मिलता है। ऐसी औरतें उस वक्त गर्व से फूली नहीं समा रही थीं।

भोजन कर युवा लोग दीफू जाने के लिए रात की गाड़ी पकड़ने रेलवे स्टेशन चले, प्रौढ़ लोग लखटकिया बाजार घूमने। लखटकिया बाजार वाकई लाख टके का है। उसका वैभव देखकर जाऊगाँव, पाकुड़, गोगागाँव और जाने किस-किस गाँव के लोग चकित हैं। यह पान बाजार और लखटकिया हमारे ही देश का हिस्सा है, उन्हें विश्वास नहीं होता। राजधानी और नीचलहार के भीतरी गाँवों में यही अन्तर होता है। यही अन्तर होता है, नागरिक और देहाती जीवन में। यहीं भागकर आता है देहात का आदमी कमाई के लिए, इसके वैभव में अपने हिस्से की तलाश के लिए और उसी में खो जाता है। पीढ़ियों झोपड़पट्टी में जीवन बिताता है, अपनी वह स्वतन्त्र पहचान त्यागकर जिसे उसका परिवार पीढ़ी-दर-पीढ़ी कमाये होता है। वे खोये हुए आदमी इन चौड़ी सड़कों पर ठेला खींच रहे हैं, रिक्शा चला रहे हैं, खोनचा लगा रहे हैं। वे जैसे गुस्से में हैं और चीख रहे हैं, जबकि आभिजात्य मन्द स्वर में मुस्कराकर बात कर रहा है, हर वस्तु पर दृष्टि डाल रहा है। दोनों में कोई सम्बन्ध नहीं है, पर दोनों एक-दूसरे के लिए हैं, आधार और अधिरचना की तरह नहीं, एक-दूसरे के आधार की तरह। यह आधारितता ही उनका सम्बन्ध रचती है—भोक्ता और प्रदाता का सम्बन्ध। उसमें वसुन्धर की कोई भागीदारी नहीं है, यु लिन की कोई भागीदारी नहीं है, चौधरी की कोई भागीदारी नहीं है, बिरुका की कोई भागीदारी नहीं है, रूपनबारी की कोई भागीदारी नहीं है। यह दुनिया उनके देखने की दुनिया है, उनके जीने की दुनिया नहीं।

बाजार घूमते-घूमते वे नदी के किनारे पहुँचते हैं। नदी के किनारे लम्बोतरा बसा गुवाहाटी नगर एक दूसरा दृश्य प्रस्तुत करता है। वह हमारे देश के रूमानी शहरों में नहीं गिना जाता। जिन्होंने कलकत्ता देखा है, वे कलकत्ता को दुनिया का सबसे जवान और सुन्दर नगर मानते हैं। अब तक अंग्रेज थे, तब तक बात ऐसी थी भी। उसका अनुकरण करती यह नगरी अपने खूबसूरत कन्धों पर चिड़ियों को सब समय लादे रहती है, जिनके कलरव से वातावरण गुलजार रहता है। नदी में नौकाएँ और यान तैरते रहते हैं, यहाँ वहाँ श्वेत पक्षी, बगुले और बत्तख। घास की कालीनों पर शिक्षित, शहरी, आधुनिक युवक-युवतियाँ बातचीत में मगन रहते हैं। युवा जोड़े चाहे कविताएँ न भी लिखते हों, उसे जीते जरूर हैं। वृद्ध दम्पत्ति सन्तोष से भरी अपनी अन्तरंगता का स्वाद लेते नजर आते हैं। बस प्रौढ़ लोग समूह बनाकर वाद-विवाद में उलझे दिखायी देते हैं। रंगनाथ उन्हीं के बीच जाकर बैठ गया। साफ लगा कि इस वक्त गुवाहाटी में चर्चा के दो ही विषय हैं : एक रीता राजखोवा—स्नेहलता बरुआ का नाटक, दूसरा पीटर बरले के लेख। रीता-स्नेहलता की जोड़ी ने लोगों के मन को मथ डाला है। विस्तृत अमूर्त काल को सामने एक इकाई में बाँधकर मूर्त कर रखा है, जिसमें हर व्यक्ति भागीदार लगता है। उनके मानस को मथ कर एक ऐसा आस्वाद बिठा दिया है कि उससे त्रस्त हर व्यक्ति अपने सामूहिक जीवन और व्यक्तिगत जीवन पर नये सिरे से विचार करने लगा है, उसकी आक्रान्ति से बचने के लिए समाधान ढूँढ रहा है। पीटर बरले ने असम के बारे में अपने लेखों से सिर्फ तमाम भारत का ही नहीं, पूरी दुनिया का ध्यान इसकी ओर खींचा है। यहाँ के लोगों में इतनी जागृति पैदा कर दी है कि हर व्यक्ति इसके बारे में कोई-न-कोई निश्चित विचार बनाकर बात करता है। यह सब बाध्य कर रहा है स्थानीय, प्रान्तीय और राष्ट्रीय नेताओं को इसके बारे में गम्भीरता से बात करने के लिए, इसका समाधान ढूँढने के लिए, सम्बन्धित पक्षों से बात करने के लिए। इसके लिए सभी पक्ष धीरे-धीरे तैयार हो भी रहे हैं, अपने-अपने पक्ष में मजबूत तर्क ढूँढ रहे हैं, दूसरे के हित का काट गढ़ रहे हैं, अपनी बात सम्बन्धित व्यक्तियों तक पहुँचाने के लिए रास्ता, माध्यम और व्यक्ति ढूँढ़ रहे हैं।

रात के अँधेरे में, पेड़ों की छाया में, अपने अन्तर के एकान्त में रंगनाथ की बातों को सुनकर वसुन्धर को लगता है कि अभी भी धरती पर न्याय है। नहीं है, तो भी आशा की जा सकती है कि उसकी जमीन मिल सकती है। यही नहीं, तमाम समर्थ लोग उसके पक्ष में खड़े हो रहे हैं। वह थोड़ा और जोर लगाये तो बात बन सकती है। उसकी तो इच्छा होती है कि वह सीधे पीटर बरले से मिले। उसे लेकर सरकार से मिले। पर सारा जोर पहले ही नहीं लगा देना चाहिए। इससे साँस उखड़ जाती है। पहले सीधे दाता से मिले। जरूरत पड़ी तो वकील फिर ले जायेगा।

दिन निकलने से पहले ही वसुन्धर यु लिन और चौधरी समेत दस-बारह लोगों को लेकर दिसपुर चल देता है। पैदल। तीन घण्टे में तो पहुँच ही जायेगा। दस बजे दफ्तर

खुलेगा और लो, वह राज्यपाल के सामने। पर वहाँ माजरा ही दूसरा है। सुरक्षा-दर-सुरक्षा-दर-सुरक्षा...। बाप-रे-बाप! राजा इतना डरा होता है? तब वह रक्षा क्या करेगा? वह तो कहो रंगनाथ साथ है। लिखा-पढ़ा आदमी है। माजिद अली हैं, जिन्हें कोर्ट-कचहरी की भाषा आती है। आदमी की पहचान उसकी भाषा से ही होती है। थोड़ी-सी हील-हुज्जत के बाद सुरक्षा के घेरे पार होते हैं। तब गेट पर मिलते हैं सचिव। बड़े-से आफिस में बैठते हैं। खुद काम नहीं करते, दूसरों से करवाते हैं। अपने बस निर्णय लेते हैं। यही उनका काम है। साफ कहते हैं : राज्यपाल कोई गँवई की तरह खाली आदमी नहीं है कि ऊँट की तरह गर्दन उठाये आये और मिल लिये। गुवाहाटी से लेकर दिल्ली और दिल्ली से लेकर डिब्रूगढ़ तक का भार उनके ऊपर है। उसमें जाऊगाँव की पोटली की कोई अस्तित्व नहीं।

"तब कैसे होगा?"

"प्रार्थना-पत्र दो। आगे बढ़ा देता हूँ। गवर्नर साहब को फुर्सत होगी और उससे बढ़कर उनकी मर्जी होगी, तो परमिशन देंगे।"

"कब तक खड़ा रहना पड़ेगा?"

पी.आर.ओ. हँसा, "खड़े रहने की जरूरत नहीं है। जहाँ रुके हो, वहाँ जाकर सोवो। दो दिन बाद आकर पता कर लेना।"

न रुकने की जगह जाने की जरूरत है, न सोने की। वसुन्धर वहीं खड़ा-खड़ा इन्तजार करना चाहता है। देखना चाहता है कि उसकी अर्जी कैसे 'मूव' करती है किन-किन हाथों से होकर जाती है। आँखें फाड़कर नये राज्य के राजा के वैभव को रात-दिन देखना चाहता है। देखना चाहता है कि उसके और राजा के बीच यह जो समुद्र है, वह कितना गहरा है कि काला दिखता है। लोग इसे कैसे तैर जाते हैं? क्या कभी राजा भी इसमें तैरता है? पर उसकी नसीब में यह देखना बदा नहीं है। पाँच बजे शाम होती है। चार बजे साइरन बज जाता है। उसके बाद सीटियाँ बजती हैं। सबको वहाँ से चले जाने का हुक्म होता है। जो नहीं जाते उनके ऊपर लाठियाँ तानी जाती हैं। ... बाबा रे, भागो। वसुन्धर भागकर कामाख्या माई के अथान पहुँचता है।

दो दिन बाद वह राज भवन जाता है। साथ में बीस-बाईस आदमी हैं। राजा से भला अकेले मिला जाता है? लोग साथ होते हैं तो जोर रहता है। बातचीत करने में भी जो एक नहीं कह पाता, वह दूसरा कह देता है। इसका प्रभाव पड़ता है। बड़ी छान-बीन के बाद उसका कागज मिलता है। उसके साथ ही टका-सा जवाब मिलता है—'गवर्नर' के पास 'टाइम' नहीं है उसके 'डेलेगेशन' को 'आडियन्स' देने के लिए। उसका काम भी इतना 'इम्पार्टेण्ट' नहीं है। सुनकर वसुन्धर को चक्कर आ जाता है। रंगनाथ और यु लिन मिलकर सम्हालते हैं।

"अब?"

कोई जवाब नहीं देता। काफी देर के बाद यु लिन ढाँढ़स बँधाता है, ''अपने भाग्य में यही है।'' ईश्वर और भाग्य चाहे न भी होता हो, चाहे उसे मनुष्य ने ही बनाया हो, अपने को जिन्दा बचाये रखने के लिए। सन्तोष धन के आगे सब धन धूल के समान होता है, तभी न जब ईश्वर हो, उसका रचा हमारा अपना भाग हो। नहीं तो यह सन्तोष आयेगा कहाँ से? क्या कबीर के अनहद नाद से?

वसुन्धर दूसरी बात सोचता है : तो मिंज और लम्बोदर साइकिया ही सही हैं। अपने भाग्य पर भरोसाकर बैठा नहीं जाता, बाजू भर लड़ा जाता है। लड़ते-लड़ते मर जाया जाता है। उस मृत्यु में सन्तोष होता है कि जितना कर सकता था, किया। उसके लिए जान दे दिया। तो भी भाग्य में नहीं है तो क्या करें? इस तरह से भाग्य से सन्तोष मिलता है। कागज के वाजि दौड़ाने से नहीं। उम्र तो हो गयी है, पर देखेंगे।

वसुन्धर पूरी जमात लेकर गया था गवर्नर से मिलने, पूरी जमात लेकर लौट आया। नाव तो तीन-चार दिन बाद आयेगी। तब तक क्या करें? यु लिन ने कहा, ''अब यहाँ तक आ ही गये हैं तो कामाख्या बाबू से मिलते हैं। कई वर्ष पहले विनायक वसुमतारी से चर्चा की थी। उसे मुझसे मिलने के लिए भेजा था। बड़े आदमी हैं। अब तक शायद भूल गये हों। हो सकता है याद ही हो ये जीवन के अन्तिम दिन हैं। इनमें पुराने दिनों की बड़ी याद आती है। चलो एक बार मिल ही लेते हैं।''

वसुन्धर ने कहा, ''चलो। पर उनसे भी तो दिन तय करना पड़ेगा।''

''हम किसी सरकारी काम से मिलने तो जा नहीं रहे हैं। फिर वे सरकार भी नहीं हैं। शायद यूँ ही मिल लें।''

रंगनाथ ने उनके आवास का पता कर लिया था। सबेरे-ही-सबेरे वसुन्धर, यु लिन, कुन्ता, चौधरी, रंगनाथ, माजिद अली और दो-चार लोग साथ निकले। चौधरी का कहना था कि सबको साथ लेकर चलते हैं। इसका प्रभाव पड़ेगा। स्त्रियों की इच्छा थी कि वे भी साथ चलें। इसी बहाने शहर का अनदेखा हिस्सा भी देख लेंगी। पर यु लिन का कहना था कि हम तो व्यक्तिगत रूप से मिलने जा रहे हैं। इसमें असर का भला क्या काम? इतने लोगों को बिठाने के लिए उनके पास जगह होगी भी कि नहीं।

कामाख्या नारायण त्रिपाठी एक तीन कमरे के फ्लैट में रहते थे, जो स्वतन्त्र नहीं था। बहिरागतों का रजिस्टर बनाने का जब काम आरम्भ हुआ था, तब उसके दफ्तर का एक हिस्सा उनके आवास के लिए दे दिया गया था, फिर सरकार का आवास विभाग उसे भूल ही गया था। वहाँ वैसा वैभव और खुलापन नहीं था, जैसा वे शिलांग में प्राप्त कर आये थे। उसकी चिन्ता भी उन्हें नहीं थी। वे जनता के आदमी थे और जनता की ही तरह रहना चाहते थे–वे पुरानी पीढ़ी के आदमी थे। उन्हें मिलने में कोई हील-हुज्जत, कोई देरी नहीं हुई। चिट पर यु लिन का नाम पढ़ते ही वे अपने बिस्तर में उछल पड़े और यदि शरीर

ने साथ दिया होता तो वे भागकर लिपटने पहुँच गये होते। नौकर को उन लोगों को सम्मानपूर्वक बिठाने का आदेश दे वे धुले कपड़े पहनने लगे। पहनते ही वे बैठक में आ गये और सबका एक साथ स्वागत किया। बड़ी बात यह थी कि वे यु लिन को पहचान नहीं पाये। एक तो उनके मानस में उसके यौवन की छवि अंकित थी, दूसरे उन्हें लगा कि बड़ लोगों के बीच रहते-रहते वह भी बड़ जैसा हो गया है। उसकी एकमात्र पहचान उसके सोने के दाँत बचे थे, जो अब लटक गये ओंठों के बीच छिपे रहते हैं। ऊपर से कत्था-सुपारी की पर्त ने उनकी द्युति छीन ली है। पहचान तो यु लिन भी नहीं पाता कामाख्या बाबू को यदि वह पहले से ही नहीं जानता कि वह उनसे मिलने उनके घर आया है। बस पूरी काया में एक मूँछ ही ऐसी बची है जो अपना रंग खोकर भी पहले जैसी है। उस शातिर चोर समय ने उम्र को ऐसा चुराया है कि मानना पड़ता है कि दुनिया परिवर्तनशील है और हर परिवर्तन का मतलब एक ऐसा क्षय है जो मृत्यु की ओर ले जाता है। क्षय का पूरा हो जाना ही मृत्यु है। सामान्य अभिवादन के बाद जब कामाख्या बाबू सबको बैठने का संकेत कर स्वयं बैठ गये तो यु लिन ने एक-एक आदमी का परिचय उसकी पृष्ठभूमि, दुःख और आकांक्षा के साथ कराया। इससे एक ऐसी सहजता उत्पन्न हुई कि नेता और आम आदमी के बीच की दूरी जाती रही, अपरिचय अति परिचय में बदल गया और लोग एक झुण्ड के पक्षी की तरह एक-दूसरे की दुनिया में विचरने लगे। कई बार के नाश्ता और चाय-पान के बाद बिदा करने से पहले कामाख्या बाबू ने कहा, "तुम खूब मिले भाई और इन लोगों से मिलवाया। यह मुलाकात पहले हुई होती तो कितनी जीवनदायिनी सिद्ध हुई होती। तो भी कहूँगा कि आप लोगों में से जिसको भी मौका मिले, बेधड़क, बेहिचक हमारे यहाँ आ जाये। हो सके तो एकाध दिन रहे। भाई जीवन के ऐसे पड़ाव पर हूँ कि लगता है, जितने ही लोग मिलते जायँ और जितनी देर के लिए मिलते जायँ...।"

उनका गला भर आया। यु लिन ने उन्हें सम्हाला। उसी स्वर में उन्होंने कहा, "जीवन के इस पड़ाव से पीछे मुड़कर देखता हूँ तो खोना-पावना का एक रजिस्टर खुल जाता है। आँकने लगता हूँ कि कैसे जिया, क्या पाया, क्या दिया? वह कभी कुछ सकून देता है और कभी निराशा का बेहद भारी पत्थर के नीचे दबा देता है। पर इतना जरूर लगता है कि लोगों का जो रत्न पाया, वह अनमोल है।"

कन्तु ने कहा, "आपने एक बड़े फलक पर जीवन जीया। विविध प्रकार के लोगों के साथ विविध प्रकार का काम किया। इससे जीवन भरा-पूरा रहा। लोगों की खान आपके पास रही। हम तो वही हल की मूठ पकड़े, गाज-टाप की अँवठि पकड़े, आज नहीं तो कल की प्रतीक्षा में जीवन को समझते कम, जीते उससे और भी कम, दिन काटते चले गये। यह सोने का मानव-जीवन अकारथ गया। हमारी दुनिया जाऊगाँव के बाहर गयी ही नहीं। हमें नर-नत्न कहाँ मिलते?"

"नर-रत्न तो तुम्हारे पास था। बस पहचाना नहीं।"

कन्तु आश्चर्य में डूब गया। उसके साथ सभी चकित हो गये। कामाख्या बाबू ने खूब समझा। कहा, "दृष्टि की बात है। हमारे नर-रत्नों में यु लिन भी है। सबसे कम मेरे साथ रहा है, बस कुछ घण्टे। पर उसकी स्मृति सबसे अधिक मेरे मन में अक्सर रही है।"

लोगों का चकड़ियाना और बढ़ गया। पर यु लिन... और यह नर-रत्न। हम तो इसे कथावाचक ही जानते हैं, जो भरसक हमारे अवलम्बन पर जीता रहा है। भला अजगरों, गोहटों, सरिसृपों की खाल बेच कर जीवनयापन हो सकता है? वसुन्धर का ध्यान भी उसके कथावाचक स्वरूप पर गया। कहा, "जो प्रज्ञान यु लिन के पास है, बिरला है। उसका कुछ हिस्सा वह हमें किस्से-कहानियों के माध्यम से भी देता रहा है। इस जगत् के बारे में हमारी जो जानकारी है, उसका गुरु यु लिन ही है।"

बात सुनकर यु लिन ने खींसें निपोर दीं। पर कामाख्या बाबू का चेहरा कठोर हो गया। जब तनाव हटा तो कहा, "नजर की बात होती है। तुमने उसका वही रूप देखा। मैंने उसके अलावा भी कुछ देखा है।"

वे चुप हो गये तो लोगों की जिज्ञासा बढ़ गयी। एक-दूसरे का मुँह देखने लगे। यु लिन सबका मुँह देखता जैसे लज्जित होता चला गया। कामाख्या बाबू ने लोगों को और खींचकर नहीं रखा। कहा, "यह बहुत ही स्वाभिमानी आदमी है। और इसका स्वाभिमान अपने तक सीमित नहीं है। पूरी जाति को उसके लपेटे में रखता है।"

लोगों की जिज्ञासा और बढ़ गयी। कुछ क्षण मौन रहकर कामाख्या बाबू ने आगे कहा, "जब मैंने इन्हें दिल्ली में एक छोटी बच्ची को लेकर सरकस दिखाते देखा था तो पूछा था 'कहाँ के रहनेवाले हो?" इनकी असमिया उच्चारण में एक विजातीय मिश्रण था और वह निश्चय ही चीनी बोली का मूल प्रभाव था। इन्होंने पहले जवाब नहीं दिया, फिर कहा 'असम का'। मैंने कहा, "तुम्हारी हिन्दी पर सिर्फ असमिया का प्रभाव नहीं है। मूल निवासी कहाँ के हो?" यु लिन कुछ देर तक चुप रहे, फिर कहा, "चट्टग्राम पूर्वी पाकिस्तान का।" मुझे विश्वास नहीं हुआ। फिर बताया "उत्तरी वर्मा का हूँ। पुरखे चट्टग्राम में आकर बस गये थे। अब घूम-घूमकर भीख माँगता हूँ। वहाँ बड़ी गरीबी है।" उस वक्त तो मैं चला गया। पर इन पर नजर रखना नहीं छोड़ा। ये लड़की से जो बात करते थे, वह टूटी-फूटी चीनी भाषा में ही होती थी। फिर धीरे-धीरे सत्यापित हो गया कि यह चीनी मूल का असमिया बाशिन्दा है।... यह कोई बड़ी बात न थी। बड़ी बात इस तथ्य को छिपाना था। लम्बे विश्लेषण और ऊहा-पोह के बाद मैं इस नतीजे पर पहुँचा कि चीनी होकर भीख माँगने की बात इसके अन्तस् को अस्वीकार्य थी, वह अपने पितृभूमि की गरिमा नहीं गिराना चाहता था। वह अपने रहने के देश, भारत और असम की गरिमा भी नहीं गिराना चाहता था, जहाँ का दाना-पानी खाता-पीता था उसके प्रति इतना कृतघ्न नहीं होना चाहता था, इसलिए भारत का भी नाम नहीं लिया। एक शत्रुदेश

पूर्वी पाकिस्तान का नाम लिया और झूठ बोला कि उसके पुरखे कभी उत्तरी बर्मा से आकर बसे थे। इसका एहसास होते ही मेरा मन उसके प्रति श्रद्धा से ऐसा भर गया कि उसे आज तक भूल नहीं पाया।... नर-रत्न ऐसे ही होते हैं।''

यह एहसास सबके लिए नया था। बातों को ऐसे भी सोचा जा सकता है, यह ढंग बिलकुल नया था। सबका मन यु लिन के प्रति श्रद्धा से ऐसा भर गया कि वह अब अपनी बीच का आदमी लगता ही नहीं था। किसी दूसरे लोक से आया दिव्य व्यक्ति लगता था। शायद ऐसी ही अनुभूतियाँ देवता को रचती हैं। एक यथार्थ अचानक एक आदर्श में बदल जाता है और सारे सम्बन्ध उलट-पुलट जाते हैं। वसुन्धर इस अपूर्व चेतना से बाहर आया और बोला, ''हम भाग्यशाली है जो ऐसे पुरुष के साथ रहे।''

चौधरी ने कहा, ''हमारा इलाका भाग्यशाली है, जिसमें यु लिन डांगोरिया रहे, लोगों से बातें कीं, साथ खाया-पीया, सुख-दुःख में हिस्सा लिया, किस्सा सुनाया...।''

यु लिन ने कहा, ''बस करो।'' वह एक अपरिमेय लाज में डूबा जा रहा था। आदमी स्वभाव से ही विनम्र था। वह विनम्रता पराकाष्ठा पर पहुँच गयी थी। उसे भी कभी इतना सम्मान मिल सकता है, अकल्पनीय था। इसी में उसकी आँखों से आँसुओं की धार फूट पड़ी। अपने संवेग पर नियन्त्रण करते हुए कहा, ''सब कामाख्या बाबू की कृपा है।'' और दो जानु होकर हाथ जोड़ दिया। कहा, ''अब इस जीवन में और क्या चाहिए?''

रंगनाथ ने कहा, ''यह डांगोरिया के देखने का ढंग है। कामाख्या बाबू के देखने का ढंग, उसे बताने की अदा, अन्यथा यु लिन तो वही हैं।''

वातावरण बहुत गम्भीर हो गया था। उसे तोड़ने के लिए कामाख्या बाबू ने कहा, ''वह लड़की कहाँ है, यु लिन?''

''विवाह हो गया। पति के साथ है।''

''किससे विवाह हुआ?''

''एक असमिया बड़ठाकुर से। वे फोर्स में सिपाही हैं।''

''अच्छी बात है। उसे एक बार देख पाता।''

''मैं कोशिश करूँगा।''

''जरूर।''

तभी नौकर फिर चाय की ट्रे लेकर आया। चाय पीते हुए वसुन्धर के मन में कई बार आया कि वह अपनी समस्या की बात उठाये। पर उसी मन के दूसरे पक्ष ने बार-बार रोक दिया कि विशुद्ध निःस्वार्थ के वातावरण में शुद्ध स्वार्थ की बात उठाना पाप नहीं तो नीच कर्म तो है ही। इससे वातावरण की पवित्रता ऐसी भंग होगी कि आत्मा पर दाग लग जायेगा। इसलिए मन मसोसकर मन को दबाकर रखा। बिदा होने की बेला आ गयी थी। उसे महसूस करते हुए कामाख्या बाबू सोच रहे थे कि एक दुष्टजन होते हैं जो मिलते ही अपार दुःख देते हैं, एक सज्जन होते हैं, जो मिलने पर सुख तो देते हैं, पर बिछुड़ते

वक्त प्राण हर लेते हैं। आखिर इसे तुलसी ने कब अनुभव किया होगा? ये लोग प्राण हरने नहीं आये थे।... जब चलने के लिए सभी खड़े हो गये तो एकाएक कामाख्या बाबू के मुँह से निकला, "आप लोग गुवाहाटी आये किस प्रयोजन से थे?"

सबकी आँखें एकबारगी चमक उठीं। उससे उत्साहित होकर वसुन्धर बड़बड़ाया, "राजा साहब से मिलने।"

"कौन राजा साहब?"

"राजा राज्यपाल गवर्नर।"

"वह किसलिए?"

"बहिरागतों के अत्याचार की बात बताने।"

"ओह! मुलाकात हो गयी?"

"भला राजा कभी प्रजा से मिलता है?"

"वे राजा नहीं हैं। जनता के ही बीच के हैं।"

"यह भ्रम हमें भी पहले था। अब नहीं है।"

माजिद अली ने कहा, "पद तो राजा का ही है। वे दाता हैं, हम याचक।"

कामाख्या बाबू की नाक से गरम साँस निकल गयी। कहा, "आप लोगों ने बताया क्यों नहीं? बैठ जाइये। बताइये क्या बात करनी है?"

लोग बैठ गये। पूरी बात बतायी। वसुन्धर की जमीन पर मस्जिद तामीर होने जा रही है—यह बात उन्हें भीतर तक कचोट गयी। वे उठकर भीतर गये। कोई आधे घण्टे बाद बाहर आये। कहा, "कल शाम तीन बजे गवर्नर हाउस के पहले चौराहे पर जो पाकड़ का वृक्ष है, उसके नीचे आप लोग मिलिये। अधिक-से-अधिक संख्या में आइये। पर भीतर पाँच ही लोग जा सकेंगे। उनके नाम तय कर लीजियेगा। मैं ठीक तीन बजे वहाँ आ जाऊँगा। आपको साथ लेकर गवर्नर के यहाँ चलूँगा।"

वे लोगों को छोड़ने गेट तक आये। हाथ जोड़कर उन्हें विदा किया।

निश्चित समय पर लोग उस पाकड़ के पेड़ के नीचे जमा हो गये थे। विनायक वसुमतारी आकर उनसे मिल गये थे। दीफू का सम्मेलन समाप्त होते ही वे सिरजा व तिरका के साथ तुरन्त गुवाहाटी आये थे और सीधे कामाख्या पहाड़ी के नीचे जमे इनके डेरे पर गये थे। वहाँ जैसे ही पता चला कि लगभग सभी लोग राज्यपाल से मिलने दिसपुर गये हैं, तो वे तुरन्त भागकर यहाँ आये थे। ठीक तीन बजे कामाख्या नारायण त्रिपाठी आये। विनायक ने बड़ी गरमजोशी से उनका स्वागत किया। इस मुलाकात से दोनों को बड़ी प्रसन्नता हुई। दोनों को लगा कि इस मुलाकात से दोनों का कद बढ़ेगा। तभी एक समस्या आ खड़ी हुई। सचिव ने इस बात पर बार-बार जोर दिया कि सिर्फ पाँच ही लोग राज्यपाल से मिलने जा सकते हैं। सिर्फ पाँच लोगों का ही पास बनेगा, जबकि भीतर जाने

के लिए अधिकांश लोग आतुर थे। वसुन्धर तो सभी पीड़ित लोगों को लेकर जाने के लिए इच्छुक था—आखिर काम तो उन्हीं लोगों का है। यु लिन ने उसे समझाया कि विनायक का भीतर जाना इसलिए जरूरी है कि वह बात अधिक प्रभावशाली ढंग से रख सकेगा। रंगनाथ का जाना जरूरी इसलिए है कि वह लिखा-पढ़ा आदमी है। वार्त्ता को हमारे लिये नोट कर रखेगा। माजिद अली का जाना इसलिए जरूरी है कि वे अल्पसंख्यकों की व्यथा भी जाने। बचे चौधरी तो उनका जाना एक-दूसरे गाँव को प्रतिनिधित्व देने के लिए जरूरी है। अनुभवी आदमी हैं। मौके पर काम की बात बुद्धिमत्तापूर्वक रख सकेंगे। लिहाजा विनायक वसुमतारी के नेतृत्व में पाँच लोगों का प्रतिनिधिमण्डल राज्यपाल से मिलने चला। कामाख्या बाबू उनके वकील थे।

राज्यपाल से बमुश्किल आठ मिनट बात हुई। पाँच मिनट वे सबकी बात सुनते रहे। फिर तीन मिनट तक अपनी बात कही। जोर इस बात पर दिया कि वसुन्धर की जमीन पर मस्जिद नहीं बननी चाहिए। उनके व्यवहार से लगा कि वे सारी बात मान ले रहे हैं। रंगनाथ सबकी कहीं बातों को क्रमवार नोट कर रहा था। उसे ही आधारभूत दस्तावेज के रूप में राज्यपाल महोदय को थमा दिया गया। वही ज्ञापन की जगह था। राज्यपाल के व्यक्तिगत सचिव ने जो नोट किया था 'मिनिट्स ऑफ मीटिंग' के रूप में रिकार्ड हो गया।

बाहर निकलकर सभी लोग घूमने-फिरने में लगे। पर रंगनाथ पता कर पीटर बरले के अड्डे पर भागा और पूरी बात बतायी। पीटर बरले ने सब नोट किया।

विनायक वसुमतारी को उम्मीद थी कि दीफू की घटना का बड़े विस्तार से प्रेस में प्रचार मिलेगा। एक तरह से यह असमिया साहित्य सभा के लिए 'टर्निंग प्वाइण्ट' था। समारोह बड़ा भव्य हुआ था, गो पूरी कार्यवाही औपचारिकता से ढकी थी। चूँकि सब-कुछ पहले से तय था, इसलिए लग सकता है कि बड़ी बेजान रही होगी। किन्तु नहीं, वह बड़ी जानदार थी और एक गहरे परिवर्तन की सूचना दे रही थी। वीरेन्द्र कुमार भट्टाचार्य ने अध्यक्ष पक्ष की दावेदारी पहले ही छोड़ दी थी। इसलिए सीतानाथ ब्रह्मचौधरी के विरुद्ध कोई नहीं था। सो चुनाव की गहमागहमी नहीं थी। गहमागहमी जितेन गोस्वामी को लेकर थी। अखिल असम गण संग्राम परिषद् में बहुत सक्रिय हो जाने के कारण वे सरकार के लिए सिरदर्द बन गये थे। बहिरागतों के विरुद्ध संघर्ष इतना तेज किया था कि वह अखिल असम छात्र परिषद् के पक्ष में जाता था। बहिरागतों के विरुद्ध वीरेन्द्र कुमार भट्टाचार्य भी थे, पर इस तरह से नहीं कि सरकार को फजीहत होने लगे। आखिर सरकार उनकी गतिविधियों के लिए इतनी राशि यूँ ही तो मुहैया कराती नहीं थी। इस फजीहत से बचने के लिए ही उन्होंने सरकार को असमिया भाषा सरकारी काम और विश्वविद्यालयों में पढ़ाई के माध्यम के रूप में लागू करवाया था। जितेन गोस्वामी पर उग्र चार्ज लगाया था। सीतानाथ ने अध्यक्ष बनते ही उन अभियोगों पर चर्चा करायी। पाया गया कि वे तमाम

अभियोग गलत हैं। उनकी कोई बुनियाद नहीं है और गण संग्राम परिषद् तथा असम छात्र परिषद् के प्रभाव को रोकने की मंशा से निर्मित किये गये हैं। इसके परिणामस्वरूप असम साहित्य सभा सरकार के चंगुल से निकल कर पूरी तरह से असम गण संग्राम परिषद् और असम छात्र परिषद् की ओर झुक गयी। ये दोनों ही असम की राजनीति में 'राइजिंग सन' हैं। भाषा सम्बन्धी आन्दोलन के उभार पर उन्होंने स्पष्ट मत रखा कि असमिया यद्यपि कि असम की राज्यभाषा होगी, पर इसका मतलब यह नहीं कि अन्य भाषाओं और बोलियों को महत्त्व नहीं दिया जायेगा। असमिया असम की तमाम क्षेत्रीय भाषाओं के बीच सिर्फ एक भाषा है। इस घोषणा से बोडो साहित्य सभा के लोग खुश नहीं हुए। बोडो छात्र सभा के अध्यक्ष इट्टर बड़ बड़े दुःखी हुए। उन्हें लगा कि इससे तो उनकी सारी राजनीति ही समाप्त हो जायेगी। उसका प्रवक्ता वे न होकर सीतानाथ बन जायेंगे। पर विनायक वसुमतारी ने उन्हें आश्वासन दिया कि इससे बोडो भाषा के पक्ष में आन्दोलन तेज करने की सहूलियत मिलेगी। दूसरी तरफ असम साहित्य सभा के झुकाव को अखिल असम गण संग्राम परिषद् के दूसरे घटकों ने सन्देह की दृष्टि से देखा, जिनमें प्रमुख पूर्वांचलीय लोक परिषद् और जातीयतावादी दल के लोग थे। वसुमतारी को इसमें भी अपने गठित होनेवाले दल के लिए मौका दिखा। इन तमाम बातों के आधार पर उन्होंने एक लम्बा साक्षात्कार दिया था और उम्मीद करते थे कि उन्हें काफी प्रचार मिलेगा। इसलिए वे तीन दिनों तक अखबार उलटते-पुलटते रहे। चौथे दिन राष्ट्रीय अखबारों में दीफू की खबर एक छोटे-से कोने में छपी थी, एक छोटी सी टिप्पणी के साथ। मुख्य खबर कामाख्या नारायण त्रिपाठी व उनके नेतृत्व में जाऊगाँव-गोगागाँव-पाकुड़ आदि के किसानों के डेलेगेशन का था, इस टिप्पणी के साथ कि बहिरागतों के विरुद्ध आन्दोलन अब राजनैतिक दलों के हाथों से निकलकर सीधे प्रभावित किसानों के हाथ में आ गया है, जो 'करो या मरो' की स्थिति में पहुँच गये हैं। इससे असम की राजनीति में बड़ा भूचाल आयेगा, बिलकुल गृहयुद्ध की स्थिति बन जायेगी, जो सरकार बनाम जनता की लड़ाई न रहकर स्थानीय निवासी बनाम बहिरागत की लड़ाई बन जायेगी। इस सम्भावित प्रवृत्ति से राज्यपाल बहुत चिन्तित हैं, और सभी सम्बन्धित पक्षकारों से अपील करते हैं कि वे मिल-बैठकर इसका तत्काल समाधान ढूँढ़ें।

खबर पढ़कर विनायक वसुमतारी पहले तो दुःखी हुए, फिर लगा कि अच्छा ही हुआ। दीफू की खबर प्रमुखता से छपती तो उसमें 'प्रोजेक्शन' सीतानाथ ब्रह्मचौधरी, तोरेन और जितेन को मिलता। इस खबर से—उन्हें कुछ अभी मिला है, कुछ आगे मिलेगा। बस इस मुद्दे को उभार कर संघर्ष तेज करना है।

चलने का दिन आ गया था। नाव लग गयी थी। लोग अपना सामान उसमें भर रहे थे। तभी एक युवा वहाँ हाँफता-प्यासा स्कूटर से आया और जिज्ञासा रखी कि इसमें

वसुन्धर कौन हैं? यह सुनते ही वसुन्धर काँप उठा। उसे लगा कि यह सी.आई.डी. का आदमी है और उसे गिरफ्तार करने आया है। विनायक ने बताया था कि राज्यपाल से मिलने की घटना का प्रेस में खूब चर्चा हो रही है। निश्चय ही वह पढ़कर सरकार के कान खड़े हो गये होंगे। तभी वसुन्धर के बचाव में रंगनाथ आया। पूछा, "आप कौन हैं?"

"मैं तरुण गोगोई हूँ?"

"आप वसुन्धर की तलाश में क्यों आये हैं?"

"उन्होंने बड़ा बहादुरी का काम किया है। शायद वे पहले सच्चे किसान हैं, जिन्होंने राज्यपाल से सीधे मिलकर बहिरागतों की समस्या को उठाया है?"

"उससे आपका मतलब?"

"हम एक संगठन चलाते हैं। जो असमिया लोग जंगलों को साफ कर बस गये हैं, गोलाघाट और दिसपुर के पहाड़ी इलाकों में उन्हें सरकार हटा रही है। पहले तो प्रतिज्ञा किया था कि उन्हें पट्टा देगी, अब उजाड़ रही है। हम उसके लिए अभी छोटे-मोटे आन्दोलन चला रहे हैं। बाद में प्रान्त के स्तर पर यह आन्दोलन चलायेंगे। इसके लिए पूरे प्रान्त के सामग्री जुटा रहे हैं। वसुन्धर का केस सुनकर लगा कि इससे हमारे आन्दोलन को खुराक मिलेगी।"

"कहीं सी.आई.डी. के आदमी तो नहीं हैं?"

प्रश्न सुनकर तरुण गोगोई के प्राण उड़ गये। चेहरे का रंग ऐसा बदला कि देखते बना। रंगनाथ ने कहा, "तो मेरा कयास सही है।"

"नहीं-नहीं। मैं सी.आई.डी. का आदमी नहीं हूँ।" उसने देखा कि नौजवान व छोकड़े इकट्ठा होकर धीरे-धीरे घेर रहे हैं। पिट जाने का खतरा बढ़ गया था। उससे उबरने के लिए कहा, "मैं कैसे समझाऊँ। अच्छा देखिये।..." उसने पैण्ट और कमीज की पाकेट में हाथ डाला। तमाम कागजों के बीच से एक विजिटिंग कार्ड निकाला, उसमें उसका नाम एक एन. जी. ओ. के कार्यकर्त्ता के रूप में दर्ज था। एन. जी. ओ. बाढ़ आदि से विस्थापित लोगों की मदद के लिए काम करती थी जो जंगलों में जाकर बस गये थे। उसे पढ़कर रंगनाथ ने कहा, "तो तुम हमारे दुःख पर पैसा कमाते हो।"

"ऐसा क्यों कह रहे हैं?"

"हमें पता चला है कि ये एन.जी.ओ. के लोग हमारे दुःखों का वर्णन नमक-मिर्च लगाकर करते हैं विदेशी सरकारों के सामने और करुणा पैदाकर पैसा ऐंठते हैं, हमारे नाम पर अपना सुख सुविधा का जीवन चलाने के लिए।"

"ऐसा न कहें। हम समाज की सेवा करते हैं।"

"पैसा कमाने के लिए।"

बड़ी हील-हुज्जत के बाद वसुन्धर तरुण गोगोई के सामने पड़ा। अपनी व्यथा बताते हुए सारे बेदखल किसानों की व्यथा बता गया। तरुण गोगोई ने कहा, "वैसे तो हमारा

काम बाढ़ आदि से प्रभावित विस्थापितों की मदद करना है, पर आप लोगों की समस्या उससे कम नहीं है। हम अपने क्रिया-कलापों का विस्तार करेंगे। बस आप लोगों का सहयोग चाहिए।''

''सहयोग हमारा बेटा करेगा, तिरका। नाम पता दे दें। वह आप से सम्पर्क करेगा। अभी आप जायँ और हमें जाने दें।''

वह चला गया तो वसुन्धर ने बड़े मन्द स्वर में कहा, ''एक और संगठन आ गया, हमारे लिये काम करने। पर मेरा खेत और दूर चला गया। इसमें मियाँ नमाजी मस्जिद बनायेंगे।''

सूरज के डूबने के बाद ही नाव का चलना सम्भव हो पाया। पूरब में चाँद उग आया था और आसमान साफ था। नाव को धारा के अनुकूल जानी थी, इसलिए हिचकोले नहीं लगने थे और नाविकों को भी राहत थी। लोग चलती नाव से तारों को निरखते हुए अपने मन की बातें कर रहे थे। उनमें जीवन की मीमांसा नहीं थी, हाल की स्मृतियों का लेखा-जोखा था, जो उनके मानस-पटल पर हमेशा के लिए अंकित हो जायेगी। उल्लास के बीच उदासी की वह क्षिण कनी थी जो मर्म को वेध्य बना दिये थी। ढोल, झांझ, मंजीरा अपने स्थान पर पड़े थे, उन्हें छेड़ने की इच्छा किसी को नहीं थी। सबको आनन्द की एक ऐसी पूर्णता घेरे हुए थी, जिसे भंग करने की लालसा रंचमात्र भी नहीं होती थी। उसी में डूबे हुए सभी लोग एक-एक कर सो गये, जब ठण्डी हवा चली। पर वसुन्धर जगा रहा। न जाने वह कौन-सी टीस थी, जिसकी गाँठ खोलकर वह बार-बार सूता उधेड़ता था, पर वह थोड़ी दूर जाकर फँस जाती। शायद सुआलकूची में इसीलिए सूता उधाड़ने का काम उन लड़कियों को दिया जाता है जो अभी रजस्वला नहीं हुई होतीं। उनकी कोमल उँगलियाँ मीलों लम्बे रेशम के तार को सन्-सन् उधेड़ती चली जाती हैं। उसकी उँगलियाँ कड़ी ही न नहीं ठेलों से भरी हुई हैं। हल्की-सी जुम्बिश तार को तार-तार कर देता है। ये उँगलियाँ मन की हैं, तार भी मन का है। कहीं तार तार को उधेड़ता है? पर वह इसका प्रयास कर रहा है। नदी के निर्मल जल में पड़ती तारों की परछाइयाँ स्पष्ट और स्थिर लगती हैं, पर करीब में वे चप्पू की मार पर बिखर जाती हैं। लगता है कि आसमान अपनी परछाई नदी को, नभ को, समुद्र को दे ही नहीं सकता। चप्पू की हर मार पर पानी की एक ध्वनि उठती है छपाक्। छपाक्-छपाक् की लय एक गीत बन जाती है। गीत नदी की पेटी से उभर रहा है। उसमें बहुत करुणा है, इसलिए एक गम्भीर लय बन्धती चली जाती है। उसी में नदी का दर्द बहता है। भला नदी को क्या दर्द है? वह तो अपने प्रस्थान स्थल से चली है और अवसान स्थल तक चली गयी है। उसके लिए बीच में आनेवाली बाधाएँ कोई बाधा नहीं रही हैं। वह उन्हें खदेड़ती, खोदती, तोड़ती, उछालती, फेंकती निर्वाध चली जाती हैं। उसके सामर्थ्य के आगे सब बेकार। लेकिन तब नदी का दुःख उन बाधाओं के चित्कार

का रचा हुआ है। जो जीना चाहता है, अपने स्थल पर खड़े होकर जीना चाहता है, अपनी पूरी गरिमा के साथ जीना चाहता है, अपनी उम्र भर की पूरी जिन्दगी, नदी उसे नष्ट कर देती है। यह वही दर्द है जो नदी में बज रहा है। यह पूरे असम के ग्रामीण संस्कृतिवाला समाज है जिसे आधुनिकताबोधवाले नगर-सभ्य जीवन ने नष्ट कर दिया है। यह नदी आधुनिकताबोधवाली नगर-सभ्यता का प्रतीक है, जिसने पुरातन लोक सभ्यता को नष्ट कर दिया है। उस सभ्यता में सभी एक-दूसरे के परिचित थे। कोई कहीं का रहनेवाला हो, चाहे जो भाषा बोलता हो, चाहे जो भोजन करता हो, चाहे हमारा छुआ न भी खाता-पीता हो, हम उसके सुख-दुःख से परिचित होते थे, वह हमारे सुख-दुःख से परिचित होता था, इसलिए यदि हम आपस में प्यार ही नहीं करते थे, सम्मान देते थे, क्योंकि उसे समझते थे। पर इस नदी ने सब उलट-पुलट दिया है। वैसे तो अब सभी परिचित हैं, क्योंकि सभी एक जैसे हैं, खान-पान में, पठन-पाठन में, रहन-सहन में, भाषा-वाणी में फिर भी एक-दूसरे के लिए अजनबी हैं। उनके एकरूपता है, समरसता नहीं। जीवन से रस ही गायब हो गया है तो समरसता आयेगी कहाँ से? लोगों में एकरूपता चाहे जितनी हो, वे छोटे-छोटे स्वायत्त द्वीपों की तरह फिके पड़े हैं नदी में। उनके इर्द-गिर्द इतनी गहराई है कि उनके चीखने-चिल्लाने के बावजूद कोई उनकी सहायता के लिए नहीं जा सकता। वे बस नदी को तोड़ते रहते हैं। यह आवाज एक शून्यता की आवाज है और हमें शून्य करती है, सुन्न ही कर देती है। ऐसा नहीं है कि नदी जब आयी थी तब सिर्फ विनष्ट किया था। रचा भी था। वह पानी से भरी थी। मिट्टी के सम्पर्क में आयी तो उस पानी ने जीवन गढ़ा। किसी कवि की वाणी सुनी थी, दिवांग राभा के मुख से शायद विनायक वसुमतारी के उस लम्बोतरे फूस के भरे बँगले में —

उदग्र ध्वंस का नशा
लोभ का कुटिल दुःसाहस
छलना का जीवन्त मजाक
और पाप का कुत्सित अभिसार
तेरे सौन्दर्य ने ही दिया था मुझे
स्वप्न का जाल रचकर
क्योंकि मैं ही देता हूँ
दुःस्वप्न को स्वप्न की मर्यादा

किन्तु अब नदी का स्वरूप बदल गया है। वह मरु की नदी बन गयी है। मरु की अनुर्वरता नदी की छाती पर चढ़ती जा रही है। मिथ्याचार, बाजारूपन, अगम्भीर मानसिकता वह भी चंचल, बौद्धिक रिक्ति, साम्प्रदायिक उन्माद पूरे असमिया जगत् को

निस्तेज करता जा रहा है। उसकी पेटी में भरता जा रहा है विष। वहीं सुना था कवि की यह वाणी –

मरु भूमि आती है
धीरे-धीरे माह-माह, बरस-बरस
गुप्त व्याधि की तरह धीरे-धीरे असि लिये
प्राण का ऐसा रंग
उसी सुन्दर सोनाली ने
आंक दिया है आकाश में ताम्रवर्णी रंग
रंग दिया है छाई के रंग में इस पृथ्वी को

(दोनों काव्यांश नवकान्त बरुआ के हैं)।

नदी यही सब लेकर चल रही है। उसी से टूट रही है उसकी देह। उसकी देह की टूटन की आवाज छाह-छाह उठ रही है पानी से, गिर रही है पानी में, घुस रही है मेरे कानों में, बज रही है मेरे कानों में, बजती ही जा रही है, बजती ही जायेगी। एक दिन नदी मर जायेगी, समाप्त हो जायेगी। बची रह जायेगी उसकी स्मृति, उसकी कहानी। एक दिन वसुन्धर भी मर जायेगा। समाप्त हो जायेगा उसका जीवन। क्या बची रहेगी उसकी भी स्मृति किसी के मन में?

ऐसा सोचते-सोचते, ऐसे दुःसह सपनों से लड़ते-लड़ते वसुन्धर जाने कब सो गया। सो रहे लोगों को देखकर माझियों को भी नींद आने लगी। पर वे सो नहीं सकते थे। नाव नदी के प्रवाह के साथ चल रही थी। ऐसी कोई स्थली नहीं दिख रही थी, जहाँ उसे काट कर लगाया जा सके। दोनों तरफ कगार बड़े ऊँचे थे। अपनी नींद गलत करने के लिए, अपने बाजुओं में पुनः शक्ति भरने के लिए किसी ने एक गीत कढ़ाया, जिसे रात की नीरवता में सभी गाने लगे। उनके शोर से लोगों की नींद टूटी तो सुना, वे गा रहे थे –

कच्चे बाँस के रस की तरह था मेरा मन
जब उसमें तुम्हारे रूप की परछाईं पड़ी।
अब वह संगमरमर में जब्त तिनकों की
रेखाओं की तरह कड़ा और निर्जीव हो गया है।
तुम्हीं बताओ उसे लेकर में कहाँ जाऊँ
कहाँ छोड़ आऊँ तुम्हारी उस छवि को।

रूप नारायण में नाव को धारा के विपरीत चलना था। दूरी ज्यादे नहीं थी, पर समय काफी लगना था। बचपन से ही वसुन्धर की इच्छी थी कि वह नदी के किनारे-किनारे चले,

उसके भरकों को, कटानों को देखे। बीच में पड़नेवाले गाँवों के लोगों को जाने। अब नहीं देखेंगे तो कब देखेंगे—सोचकर वह नाव से उतर आया। यु लिन ने सवाल किया। बसुन्धर बोला, "ऐसे ही थोड़ा पैदल चलने का मन हो रहा है।"

"मैं भी साथ हो लेता हूँ।"

दो बूढ़ों को पैदल चलने पर आमादा देख तिरका भी नाव से उतर आया, उसके पीछे सिरजा। दोनों बूढे हैं शक्ति जाने कब दगा दे जाय। इसलिए साथ चलना चाहिए।

वे लम्बे समय तक मौन रहे। चलते-चलते वसुन्धर अचानक रुक जाता था, फिर खड़े होकर चारों तरफ दूर-दूर तक सिर घुमा-घुमाकर देखता था। देखकर उसे लगता था कि यह इलाका उसी का है, पर जैसे उसने इसे पहले कभी देखा ही नहीं। रात वृष्टि हुई थी। डगर के दोनों ओर खेत से मिट्टी और कीच से भरा जल छलछलाकर किनारों से टकराता चला गया था। नरम मिट्टी से नंगे पाँवों का स्पर्श बड़ा सुखद लग रहा था। पास ही थोड़ी दूर पर रूप नारायण का प्रवाह, जिससे कोई ध्वनि नहीं आ रही थी। ध्वनि आ रही थी छिछले पानी में खड़े जलचरभक्षी पक्षियों की, जो एक मछली या घोंघा पर लड़े पड़ रहे थे। दूसरी ध्वनि दादुरों की थी जो सृजन क्रिया के बाद जैसे गा रहे थे उत्साह में भर कि अगली पीढ़ी आनेवाली है, हम चले भी गये तो क्या?

कुछ दूर चलने पर घने वृक्षों से भरा पृथ्वी का एक टुकड़ा दिखायी दिया। सभी वृक्ष मोटे, छतनार, प्रौढ़ और बलिष्ठ थे। सभी भिन्न-भिन्न किस्म के थे। सभी अपनी प्रकृति के अनुसार बढ़े थे, इसलिए उनमें नैसर्गिकता का सौष्ठव था। अचानक वसुन्धर के मन में आया कि क्या सौन्दर्य नैसर्गिक होता है? या बनावटी होता है? अफ्रीका के तमाम बाशिन्दों के बारे में कहा जाता है, कि वे हमारे ही देश के भीतरी भागों में रहनेवाले कुछ लोगों के बारे में कहा जाता है कि वे प्राकृतिक जीवन जीते हैं, उबड़-खाबड़, बनावट से दूर। पर कोई भी उनके जीवन-पद्धति को या आकृति को सुन्दर नहीं कहता। मांग निकालना, बाल संवारना, काजल लगाना, बिन्दी लगाना, आलता लगाना, उबटन लगाना, गहने पहनना, सलीके से कपड़े पहनना, सलीके से आचरण करना, बोलना आदि सुन्दर माना जाता है। यह सब नैसर्गिक नहीं, बनावटी है। यानी सौन्दर्य बनावट में होता है। यानी सभी शृंगार कृत्रिम हैं। "तब यह द्रुमराशि सुन्दर कैसे हैं।"

यु लिन मुस्कराया। फिर कहा, "यह भी नैसर्गिक नहीं है। कमला ताल के किनारे राजा विद्युतज्योति ने इन्हें सलीके से लगवाया था, जब सिडली से भगाये गये थे। उनका इरादा यहीं अपनी जमींदारी कायम करने की थी। पर वह हो नहीं पाया। बस यह ताल रह गया।"

"तो कमला ताल यहीं है? बताओ न, कितनी किंवदन्तियाँ सुनी हैं, इस ताल के बारे में पर कभी देखा नहीं।" सुना है इस ताल में बड़ी अच्छी मछलियाँ मिलती हैं, पर फूल नहीं उगता। मछलियों को पकड़ने की मनाही है। बस बंशी में फँसाने की इजाजत

है। एक दिन आऊँगा यहाँ मछली फँसाने। वसुन्धर ने सोचा, फिर कहा, ''एक नजर ताल पर डाल लिया जाय।''

''हाँ-हाँ'' कहते हुए सभी उधर चल पड़े। आट पर खड़े विशाल पेड़ों को पार करते ही ताल दिखायी दिया। जैसे आसमान का एक टुकड़ा काटकर जमीन पर उतारकर रख दिया गया हो। दोनों ओर के ऊँचे कगार मानों इस स्वर्ग के प्रहरी हों। बाकी हिस्सों में हरे-भरे वृक्षों की विशाल चौखट जिनके बीच में जैसे आसमान का नीला चित्र झाँक रहा हो। चारों ओर जैसे अर्द्धरात्रि का स्तब्ध वातावरण, उषाकाल की निश्छल शान्ति, सन्ध्याकाल की मनोरमता, विस्तार भरी नीलिमा समेत सब-कुछ सामान्य मनुष्यों को उसी निर्विकार अवस्था में पहुँचा देता है, जिसमें योगी जन परमानन्द प्राप्ति के बाद रहते हैं। जल की गहराइयों में झाँककर अपनी छवि देखने पर वही सुख मिलता है जो अपने सबसे प्रिय पात्र का मुख देखने पर मिलता है। उसकी नन्हीं लहरों को दखेकर वही शान्ति मिलती है, जो माँ के आँचल में बच्चे को मिलती है। उन पर लहराता छोटे पक्षियों का झुण्ड मानों धतूरे के सफेद फूल हों, या फिर रूई के। वसुन्धर का मन हुआ कि वहाँ वह थोड़ी देर के लिए बैठ जाय। पर अभी दूर जाना था। उसने उस घाट की ओर देखा जहाँ नाव लगनेवाली थी। बस आयु-वर का सिरा दिखा, नीला, उदास। अभी काफी दूर जाता है, सोचकर वह आगे बढ़ गया। वहीं सबकी यात्रा समाप्त होनी है।

31

बार-बार घुल जाने के बाद पतजुग की पीली-हरी पत्तियों की संयुक्त चमक बढ़ गयी थी। दूर से देखने पर उस पर आवरित नीला आकाश परिचित होकर भी अपरिचित लगता था। बादल के खूब छोटे-छोटे टुकड़े जो धुनी रूई की तरह सफेद और स्निग्ध थे, दिन में ही उग आये कुछ बड़े तारे की तरह लगते थे। फसल की गाढ़ी हरीतिमा कुछ-कुछ नीली और कुछ-कुछ हलुद लग रही थी। जाऊगाँव की ओर तेजी से बढ़ते रंगनाथ को लग रहा था कि जरूर यह पूर्वजन्म का पुण्य-प्रताप है कि इस इलाके को न केवल देखने का, बल्कि इसमें रहने का अवसर उसे मिला है। हालाँकि इसका श्रेय उस राष्ट्रीय संगठन को जाता है, जिसने उसे इस इलाके में काम करने के लिए भेजा है, फिर भी महत्त्व तो उसके अपने भाग्य का है। अन्यथा हो सकता था कि उसे इस अंचल में न भेजकर किसी और अंचल में भेज दिया होता। यह अंचल हो सकता था कि उसके प्रतिद्वन्द्वी को दे दिया जाता।

पतजुग के नीचे बेंत और बाँस की मोड़कर गोल बना दी जानेवाली पतली चटाइयाँ खोलकर बिछा दी गयी थीं। अब की बार उर्सुला जब आयी थी तो अपने सहेलियों के साथ एकान्त में सुख-दुःख की चर्चा करने के लिए रूप नारायण का वह कोना चुना था जहाँ बेंत बहुतायत से उगे थे और उन्हें वर्षों से छेड़ा नहीं गया था। उनके फल थोड़ा कड़वे

अंगूर की तरह लगते थे। उन्हें खाते-खाते उनके मन में आया कि बेंत के इन पके लरछों को काट कर चटाई बनायी जाय, मोढ़ा बनाया जाय, कुर्सी बनायी जाय, कई और दूसरे उपकरण बनाये जाये। एक की देखा-देखी तमाम युवतियाँ इसमें लग गयीं और यह बरावा नहीं रह गया कि यह काम गाँव की लड़कियाँ करेंगी, बहुएँ नहीं। पूरे गाँव की युवा स्त्रियाँ ननद-भौजाई बनी, नदी तट का वह इलाका ही साफ कर दिया और पूरे गाँव में बेंत के नये फर्नीचर बन गये।

उन चटाइयों पर बैठे यु लिन और वसुन्धर आ रहे वृद्धावस्था का सुख भोग रहे थे। उन बातों को कर ले रहे थे जो अब न की गयीं तो यूँ ही धरी रह जायेंगी, कहने से बची रह जायेंगी। इस बतकही के आनन्दोत्सव को बढ़ा रहा था, ताजा बना तिलपीठा। बरसात के बाद का मौसम पेट के लिए बड़ा गरिष्ठ होता है। ब्राह्मण लोग दही खाना छोड़ देते हैं। जोर तिलपीठा पर देते हैं। दो वृद्धावस्था की ओर प्रयाण कर रहे लोगों को तिलपीठा खाते बतरस में डूबे देख एक-एक कर गाँव के कई लोग अपने नंगे बदन से गमछी से झाड़-झाड़ कर मक्खी उड़ाते आकर बैठ गये। उन्हें देखकर यु लिन और वसुन्धर के घर में जितना भी पीठा था उर्सुला ने लकड़ी की एक बड़ी-सी डोकिया में लाकर उनके सामने रख दिया। निश्चय ही वह उनके भोज्य के लिए पर्याप्त नहीं था। उसे देखकर अगल-बगल की औरतें भी अपने घर से पीठा लाकर वहाँ कुरय दिया। बात धीरे-धीरे गाँव में फैली तो लगभग सभी घरों से पीठा लाकर रखा जाने लगा। कुन्ती एक कठवत घसीट लायी, जिसमें पूरे गाँव का पीठा रख दिया गया। प्रौढ़ लोग बात करते-करते उन्हें भरपेट खाने लगे कि जैसे आज का यह ओल्ह रहा आधा दिन कोई पीठा-पर्व हो।

तभी रंगनाथ पहुँचा। शरीर से थका था, मन से अति फूर्त। दुआ-सलाम, कुशल-क्षेम की औपचारिकताओं के बाद बतकही का रुख मुड़ा। शहर में हो रही हलचलों के प्रति सभी को जिज्ञासा थी। अब शहर में हो रही तरह-तरह की हलचलों की कोई कमी न थी। पर उसने बात करने के लिए चुना राजनीति को ही। और भला क्यों न चुने? पीटर बरले के प्रयासों से राष्ट्रीय प्रेस के बाद प्रान्तीय प्रेस ने जिस तरह से असम की समस्या पर शोर मचाया था, उससे वार्त्ता के लिए अच्छा वातावरण बनने लगा था। उधर असम गण संग्राम परिषद् और असम छात्र संगठन की गतिविधियों ने तमाम पुराने परम्परागत दलों के वृद्ध नेतृत्व को अप्रासंगिक बना और युवकों में नया उत्साह और आगे आने का जोर भरकर वार्त्ता के लिए आगे आने का आह्वान किया। प्रान्त में राष्ट्रपति शासन होने के कारण तमाम बाधाएँ ऐसे ही दूर हो गयी थीं। इसलिए सरकार को भी पहल करने का मौका मिला। उसने तमाम सम्बन्धित पक्षों को निमन्त्रण भेजा कि वे असम के ज्वलन्त प्रश्नों का उत्तर तलाशने के लिए इकट्ठा हों। कोई हल न निकाल सकें तो भी बातचीत तो करें। उन तमाम पक्षों ने सकारात्मक प्रतिक्रिया जाहिर की। परिणामस्वरूप असम की

जनता की तरफ से अखिल असम छात्र संगठन और असम गण संग्राम परिषद् ने असम की सरकार की तरफ से मुख्य सचिव और भारत सरकार की तरफ से गृह सचिव से लिखित समझौता किया प्रधानमन्त्री की उपस्थिति और साक्ष्य में 15 अगस्त, 1985 को असम की शान्ति के लिए। यही खबर लेकर रंगनाथ जाऊगाँव पहुँचा था। इसे रखते ही लोगों में ऐसी जिज्ञासा बढ़ी कि कोई पूछ बैठा, ''यह सब हुआ कैसे?''

पता नहीं इसके प्रतिउत्तर में कि अपने कहने के रब में उसने बताया कि क्या दृश्य था। वार्त्ता भवन के चारों तरफ मूँज की रस्सियों में अशोक की पत्तिया गूँथकर टाँगी गयी थीं। गेट के मोटे खम्भों पर तरह-तरह के फूल बड़े करीने से सजाये गये थे। ऊपर के अर्द्धगोला से फूल की मालाएँ लटक रही थीं। हमारे कम उम्र के छात्र नेता उससे गुजरते हुए बहुत नारे लगा रहे थे। जो सबसे आगे थे उनके सिर पर बहुत कम बाल थे। उससे मस्तक एक बड़े से सूर्यमणि की तरह चमक रहा था। सबके गले में असमिया गमछा था। सबसे पीछे कुमुद नारायण शर्मा थे।

''ये कौन'' किसी ने पूछा।

रंगनाथ ने अपनी बात रोककर उसकी ओर देखा और कुछ देर देखता ही रह गया। पूछनेवाले को लगा कि उससे कोई गलती हो गयी। उसने आँखें मुचमुचाकर नीची कर ली। कहा, ''उनका नाम कभी नहीं सुना था, इसलिए...''

रंगनाथ ने सहज होकर कहा, ''हमारे छात्र नेताओं को वार्त्ता की भाषा अंग्रेजी नहीं आती। इसलिए इलाहाबाद विश्वविद्यालय में कानून पढ़ा रहे कुमुद नारायण शर्मा को बुलाकर दुभाषिये के रूप में शामिल कर लिया गया था। छात्र नेताओं को राय देने के लिए चेतिया फूकन हर समय उपस्थित रहे। सरकार को यह अच्छा लगा—किसी बहाने एक विधिविद् और एक उग्रवादियों का नेता इसमें शामिल रहे। चूँकि पूरा आन्दोलन ही बहिरागतों के विरुद्ध चला था, इसलिए उन्हीं की समस्या समाधान के लिए प्रमुखता से रखी गयी थी। समझौता में कहा गया कि जो सरकारी जमीन अवैध रूप से कब्जा की गयी है, उसे बहिरागतों से मुक्त कराया जायेगा और आगे वे ऐसा न कर सकें यह सुनिश्चित किया जायेगा।

खबर सुनकर वसुन्धर उछल पड़ा। लगा कि अपनी जमीन पा जाना बस कुछ ही दिनों की बात है। वह उन कुछ दिनों तक प्रतीक्षा नहीं करना चाहता था। उसका वश चलता और शरीर साथ देता तो वह अगले ही दिन हल-बैल लेकर अकेले पहुँचता और मियाँ नमाजी को ललकारते हुए अपना खेत जोत लेता। पर उसका लड़का था तो यह मानने को तैयार नहीं था। गाँव के दूसरे लोग भी टाल-मटोल कर रहे थे। हो रही बहस में रंगनाथ ने स्पष्ट किया कि बहिरागतों का कान पकड़कर उनसे जमीन खाली कराने की बात तो सही है, पर खाली जमीन पहले के काबिज लोगों को दे दी जायेगी, यह कहाँ कहा गया है? और जमीन भी तब खाली होगी जब बहिरागतों को पकड़कर बाँग्लादेश पठा दिया

जायेगा। उनको खदेड़ने के बाद अपने आप खाली होगी, हमारे प्रयास से नहीं। तब हो सकता है कि सरकार वह जमीन स्वयं रख ले।

यह सुनकर जहाँ दूसरे लोग सकते में आ गये, वसुन्धर उखड़ गया "मियाँ लोगों को हटाने का मतलब ही है कि जमीन वास्तविक लोगों को वापस दे दी गयी। क्या सरकार स्वयं खेती करने आयेगी? वह स्वयं तो खेती कराने भी नहीं आयेगी। खेती भी हमें ही करना होगा और खाली भी हमें ही कराना होगा। जब इसका विरोध होगा, तब सरकार आयेगी पुलिस लेकर।"

वह बड़े ताव में घर के भीतर गया और डण्डा लेकर निकला। वह उसी उत्तेजना में भाँजने लगा। लोगों को लगा कि उसे दौरा पड़ गया है। कई लोगों ने उसे समझाया, कुछ लोगों ने डाँटा, कुछ ने उसे पकड़ने की कोशिश की और दो-चार डण्डा खा गये। पर वसुन्धर नहीं माना तो नहीं माना। जब लाठी भाँजते-भाँजते और चिल्लाते-चिल्लाते वह थक गया तो बैठ गया। फिर लेट गया। उसकी शक्ति बड़ी क्षीण हो गयी थी। कुछ देर तक पंखा झलने, चेहरे पर पानी छिड़कने और बूँद-बूँद पानी पिलाने के बाद कुछ चेतना बढ़ी तो वह उठकर बैठा। लोग उसे सहारा देकर घर में ले गये और चारपाई पर लिटा दिये। लेटे-लेटे ही उसने कहा, "यह रंगनाथ मियाँ लोगों का आदमी है। पता करो यह कोई जासूस तो नहीं है? इसे गाँव से बाहर करो।"

विनायक वसुमतारी मार खरहरा मारे जा रहे थे। बड़बड़ा रहे थे कि बरसात में भाँति-भाँति की काइयाँ उनके अखाड़े-पिछवाड़े उगती हैं। उन्हीं से खाद पाकर ये गन्धाते गुल्म फैलते हैं और जीना मुश्किल कर देते हैं। कई दिनों से वे नौकरों से इन्हें साफ कर देने की बात कर रहे थे, पर वे एक काहिल थे। कहते थे कि बाबू परेशान न हों, हम साफ किये दे रहे हैं। पर दिन-पर-दिन बीतते जा रहे थे। उनकी बातों पर उन्हें उतना अविश्वास न था, जितना उनकी काहिली पर था। आज उठे तो उन्हें साफ ही कर डाला। अब दुआर बहार रहे थे। तभी दिवांग की साइकिल खड़खड़ायी। उस खड़खड़ाहट से ही वे जान गये थे कि दिवांग आया है, इसलिए बिना उसकी ओर मुँह किये और अभिवादन का वचन बिना सुने ही आशीर्वाद दे डाला। पर अपना काम रोका नहीं। रोकने का मतलब था काम एकराह नहीं हो पाता। अब बचा ही कितना था? दिवांग राभा ने भी उसमें व्यवधान नहीं डाला और साइकिल को बैठक की दीवार से टिका भागा-भागा उनके पास आया और बोला, "असम में शान्ति के लिए समझौता हो गया।"

"क्या उससे शान्ति आ जायेगी?" खरहरा पकड़े वे थोड़ा गर्दन टेढ़ी कर दिवांग के चेहरे पर दृष्टि डालकर कहा।

"वह बाद की बात है। अभी बात इतनी है कि असम में शान्ति के लिए समझौता हो गया है। इससे यहाँ की राजनीति में मोड़ आना अपेक्षित है। उसमें हमें अपनी भूमिका

तय करनी है। यह देखिये कागज।" हाथ में लिये हुए अखबार को उसने विनायक की ओर बढ़ा दिया। उन्होंने उसे हाथ में लेने के लिए खरहरा नहीं रोका। अलियावन को किनारे लगाते हुए सोचते रहे कि इसमें बड़ लोगों के लिए क्या है? दिवांग के पास अखबार में छपी समझौते की प्रतिलिपि थी। उसने पढ़कर सुनाया कि प्रासंगिक प्राविधान कुछ इस प्रकार है : It would provide constitutional legislative safeguards to protect, preserve and promote the cultural, social, linguistic identity and heritage of the Assamese people.

इतनी बड़ी बात को दुआर साफ करते मीमांसित नहीं किया जा सकता था। लिहाजा उन्होंने खरहरा को अलियावन पर ही फेंक दिया। गले में झूलते गमछे से मुँह पोंछा, फिर कमर से ऊपर पूरा नंगा शरीर। पीठ पर खुजली हो रही थी। वहाँ तक हाथ नहीं जाता था। इसलिए गमछे से ही वह जगह रगड़ते हुए कहा, "यह तो फिर उसी झगड़े पर आना होगा कि असमिया लोग कौन है। उसे तो समझौते में तय नहीं किया गया है।"

"हाँ, लगता है कि बात वहीं-की-वहीं रह गयी।"

तभी पूरन चन्द्र ब्रह्म प्रकट हुए। उन्होंने बात थोड़ी दूर पर ही सुन ली थी। वहीं से कहा, "क्या तमाम जनजातियों को असमिया माना जायेगा, विशेषकर तब जब उन्होंने अपनी भाषा, अपनी संस्कृति के अनुरक्षण के लिए अभियान छेड़ रखा है?" उन्होंने पास जाकर विनायक का अभिवादन किया। उन्हें बैठक की ओर चलने का इशारा करते हुए स्वयं भी उधर चले। दिवांग ने तेजी से आकर ब्रह्म का जैसे पाँव ही छू लिया। तीनों बैठक में आ गये। बैठ गये तो वसुमतारी ने कहा, "भई, हम तो इन असमिया बोलनेवालों से अधिक असमिया हैं, क्योंकि हमीं यहाँ के मूल निवासी हैं।"

दिवांग ने कहा, "इतना तो तय है कि अहोम बाहर से आये और हमसे लड़े। यानी हम पहले से थे। इसी तरह ये हिन्दू लोग भी बाहर से आये और हमारे भीतर अपना प्रचार किया। यानी हम पहले से असम में थे।"

ब्रह्म को इसमें एक खतरा दिखा। कहा जाता है कि ये ब्रह्म, ये वसुमतारी पश्चिम से आये ब्राह्मण हैं, जो मूल बड़-कछारी में घुल-मिल गये हैं। अगर इस तरह से बात उठी तो दूर तक जायेगी। पर इसे अभी विवाद के लिए उठाना ठीक नहीं था। मौका भी न मिला। विनायक को इस समझौते में फिर भी एक आशा की किरण दिख रही थी। 1951 की जनगणना का हवाला देते हुए उन्होंने कहा, "वहाँ स्पष्ट कहा गया है कि मूल असमिया का मतलब है, असम का वह बाशिन्दा जो असमिया भाषा बोलता है, असमिया की कोई जनजातीय बोली बोलता है, कछार के मामले में वहाँ की स्थानीय बोली।"

"उससे क्या होता है," दिवांग ने कहा, "स्वयं अवार्ड में तो जनजातीय जीवन की पहचान की सुरक्षा के लिए कोई बात कहीं नहीं कहीं गयी है।"

"हमें दरअसल नीचा दिखाया गया है," ब्रह्म ने कहा, "अब हमें असमिया भाषा और जीवन-पद्धति को स्वीकार करने के लिए बाध्य किया जायेगा।"

"इसका समुचित समाधान तभी हो पाता जब जनजातियों के प्रतिनिधियों को भी उस समझौता वार्त्ता से जोड़ा जाता," वसुमतारी ने कहा, "अरे नहीं विनायक वसुमतारी को जोड़ते, समीर ब्रह्म चौधरी को ही बिठा लेते। उससे यह स्पष्ट हो जाता कि जनजातियों को उनकी सहभागिता में क्या दिया जा रहा है।"

वातावरण उदास हो गया। सभी को लगा कि आगे बहुत लड़ाई लड़नी पड़ेगी। आखिर अखिल असम छात्र परिषद् पूरे असम का प्रतिनिधित्व करनेवाली संस्था होती कैसे है? क्या इसलिए कि उसने अपने हड़ताल से, बन्द से, आन्दोलन से असम के लोगों का जीना मोहाल कर दिया था? क्या इसलिए कि उन्हें हिंसक संगठनों का समर्थन प्राप्त था?

उसके बाद घटनाएँ बड़ी तेजी से घटीं। छह माह बाद ही राष्ट्रपति शासन समाप्त हो जाना था। उसके पहले चुनाव हो जाना था। इसलिए सभी राजनैतिक दल एकसाथ सक्रिय हो गये। अखिल असम छात्र संगठन अखिल असम गण संग्राम परिषद् के साथ मिलकर एक अलग राजनैतिक दल बनाने में संलग्न हो गये। उनके साथ पूर्वांचलिया लोक परिषद् और असम जातीयतावादी दल आकर मिल गये। सभी ने चौदह अक्टूबर को गोलाघाट में एक बड़ा सम्मेलन किया जिसमें नये दल 'असम गण परिषद्' की स्थापना की गयी। सर्वसम्मति से अट्ठाईस वर्षीय छात्र नेता प्रफुल्ल कुमार महन्ता को इसका नेता चुना गया। दल का संविधान उर्ती-फुर्ती में बनाकर घोषणा कर दी गयी कि उसका उद्देश्य जनतन्त्र, समाजवाद और मतनिरपेक्षता की स्थापना होगा। कुछ ही दिनों के बाद दल का घोषणा-पत्र भी सामने आया जिसमें कहा गया था कि सत्ता में आने के बाद वह बहिरागतों की समस्या का स्थायी समाधान के लिए प्रभावी कदम उठायेगा और असम समझौता को ध्यान में रखते हुए राज्य में स्थायी शान्ति बहाली के लिए समाज के सभी वर्गों से सहयोग प्राप्त करने के लिए प्रयास करेगा।

बहिरागतों की बात आते ही गोलाम उस्मानी भड़क गये। वे जानते थे कि असम का पूरा आन्दोलन ही बहिरागतों के विरुद्ध चलता है और असम गण परिषद् उसी की देन है। उस आन्दोलन का विरोध वे अब तक तमाम तरह के बहिरागतों को मिलाकर कर रहे थे। पर अब स्पष्ट हो गया था कि बहिरागतों का अर्थ बंगाली बोलनेवाले वे मुसलमान हैं जो पूर्वी पाकिस्तान/बाँग्लादेश से आये हुए हैं। उन्होंने अपने समर्थकों की एक सभा फौरन गुवाहाटी में बुलायी। शेख मुहम्मद अली की अध्यक्षता में कोई दो सौ लोगों का प्रतिनिधि मण्डल त्ते 28 और 29 सितम्बर को उस अवार्ड की भर्त्सना की। उसमें असद मदनी पूर्व सांसद उपस्थित थे। एक दूसरी सभा 10 नवम्बर को बुलायी गयी और दो दिनों तक विचारों के आदांन-प्रदान के बाद एक नये दल संयुक्त अल्पसंख्यक मोर्चा की घोषणा

कर दी गयी। संयुक्त अल्पसंख्यक से उनका मतलब अब बंगाली बोलनेवाले हिन्दू, चाय बागान के मजदूर, आदिवासी, हिन्दी या नेपाली या कोई और भारतीय भाषा बोलनेवाले लोगों से नहीं रह गया था। उनकी जगह जमायत-उलेमा-ए-हिन्द, नागरिक अधिकार सुरक्षा समिति और अल्पसंख्यक मोर्चा के लोग आ गये थे। उनका इरादा आगामी चुनाव में किसी बड़ का वोट बैंक बनने के बजाय स्वयं असम समझौता को समर्थन देनेवाली शक्तियों को हराना था। आधार यह तर्क बनाया गया था कि इस समझौते ने प्रान्त के सभी अल्पसंख्यकों के जनतान्त्रिक अधिकारों का ऐसा हनन किया है कि बिना इसे झुठलाये उनका कल्याण नहीं हो सकता। इस भावना को आधार बनाकर शेख अहमद अली, हेडमास्टर दारूल-उलुम बाँसखण्डी, सरल ब्रह्म चौधरी से मिले। उसी समय मौलाना अब्दुल हक के साथ मियाँ नमाजी विनायक वसुमतारी से मिले और दबाव डाला कि बड़-कछारी लोग उनके साथ हो जायँ, क्योंकि समझौता सबके विरुद्ध है। पर पी.टी.सी. ए. के नेताओं पर इसका असर नहीं पड़ा, क्योंकि उनका संघर्ष तो सीधे-सीधे बहिरागतों के साथ पहले था, दीगर मुख्यधारा के असामियों के साथ बाद में।

विरंची की शिलांग में गिरफ्तारी के बाद लम्बोदर साइकिया अकेला पड़ गया था। इस अकेलेपन ने ही उसे यह ताकत दिया था कि कैडर के अपने तमाम समर्थकों को चुनाव में झोंक सके। चुनाव लड़ने के लिए नहीं, चुनाव लड़नेवालों का प्रचार करने के लिए। उनके चुनाव प्रचार से हर जगह सकरात्मक प्रभाव नहीं पड़ा था। विरोधी दल के नेताओं ने बहुप्रचार किया था कि देखो-देखो प्लेन ट्राइबल कांउन्सिल के लोग उग्रवादियों का इस्तेमाल अपने पक्ष में कर रहे हैं। यदि अभी यह हाल है तो आगे क्या होगा? खुदा-न-खास्ता यदि उनमें सरकार बनवाने की ताकत आ गयी तो अगली सरकार आतंकवादियों की होगी। इससे सरल ब्रह्म चौधरी काफी नाराज हुए थे और विनायक वसुमतारी से साफ कहा था कि इससे बहुत गलत सन्देश जा रहा है और सारा बना-बनाया खेल बिगड़ जाने के कगार पर है। विनायक वसुमतारी की दिक्कत यह थी कि एक तो उन्होंने साइकिया को चुनाव में लगाया नहीं था, तो मना भी नहीं किया था। दूसरे साइकिया उनकी बात इधर कुछ कम ही मान रहा था। यह नहीं कि उसके मन मे उनके प्रति कोई अवज्ञा का भाव था, यह कि यदि वह कोई भूमिगत संगठन चला रहा है तो उसे पूरी छूट मिलनी चाहिए उसे सशक्त और संवर्द्धित करने के लिए। तभी तो जब ओवर-ग्राउण्ड के नेता उसको सहयोग/ सहायता चाहेंगे तो वह पूरी तरह से मदद कर सकेगा। यह चुनाव का समय एक ऐसा मौका है, जिसमें लोग सामान्य जन से सीधे सम्पर्क कर उनके साथ घुल-मिल सकेंगे, उनका विश्वास जीत सकेंगे, सुरक्षित शरणस्थली बना सकेंगे। आखिर गुरिल्ला युद्ध पूरी तरह से स्थानीय जन को अपने पक्ष में किये लड़ा नहीं जा सकता। किन्तु इसे विनायक लम्बोदर का स्वतन्त्र होते जाना मान रहा था और

नाखुश था। लम्बोदर की प्रतिक्रिया इस पर इस तरह की थी कि वह कोई बच्चा नहीं है और उसे अपने दम पर काम अपने विवेक के अनुसार करने का हक है।

यह अकेलापन तब और बढ़ गया जब चुनाव का टेम्पो पराकाष्ठा पर पहुँचा। तभी आयी लक्ष्मी। वह पूरी गजगामिनी हो गयी थी। चलती थी तो उसके पेट का बच्चा उछल-उछल पड़ता था। इन्हीं दिनों को ध्यान में रख जोसफ मिंज और उसकी पत्नी जेमिका मिंज ने राय दिया था कि वह गर्भपात करा ले। आखिर एक अनचाहे बीज का पौधा पैदा करने का क्या मतलब? यही राय लक्ष्मी की भी थी। किन्तु ऐसा हो नहीं पाया। दरअसल उसके मन के दो भाग हो गये थे। एक हिस्सा इस अनचाहे गर्भ से घृणा करता था, एक ऐसा अनचाहा गर्भ जो बलात् उस पर लाद दिया गया था, वह भी एक ऐसे पुरुष द्वारा जो उसका बैरी था, ऐसा बैरी, जिसे वह उस बैरी के पीछे लगाये थी, जिसने उसके प्रेमी को मार डाला था, वह भी नोच-नोचकर। अब यह उसे मारेगा क्या, उसी की देह नाश कर दिया है और उसका प्रमाण गले में लटका दिया है। जब से यह काण्ड हुआ था, तब से वह न जाने कैसे विरंची के व्यक्तित्व को मैमुल के व्यक्तित्व में समाहित देखती थी। उसे लगता था कि वह कोई दो सिरोंवाला पशु है—एक नर पशु—जिसकी आकृति मनुष्य की है, पर जिसमें—शैतान की आत्मा पलती है, जिसकी चर्चा जोसफ मिंज अपने प्रवचनों में आये दिन करता था, जिसने साँप का रूप धर ईव को बहकाया था। यहाँ तो वह साँप सशरीर उसमें प्रवेश कर गया था। वह साँप विरंची के रूप में उसे बहका तो नहीं पाया था, पर उसके अहम को डस लिया था। मैमुल के रूप में तो उस पर चढ़ ही बैठा था। अब वह उसका बीज लिये घूम रही है आकाश-पाताल एक करती। वह जमेगा, बड़ा होगा तो अपनी शैतानियत से कितना उलट-पुलट मचायेगा, इसकी सहज कल्पना नहीं की जा सकती। उसमें उस बलात्कार की आभा होगी, जिसे वह बरदाश्त नहीं कर पायेगी।

उसी आभा को एक बार देख लेने का मन बड़ा जोर मारता था। वह मन का दूसरा भाग था। शैतान अपने बीजं में स्वयं क्या रूप धरता है, उसे जानने का खिंचाव एक दूसरी दुनिया में ले जाता था, जिसे न्यायोचित ठहराने के लिए वह तर्क गढ़ा करती थी। कुछ इस तरह से कि बीज तो बीज होता है—उसका क्या दोष! वह स्वयं तो कहता नहीं कि हमें इस जमीन में बो दो। मैं यहाँ अंकुरित हूँगा, इस धरती से खुराक लूँगा, बढ़ूँगा और शैतानी करूँगा। वह तो निरा और निरपेक्ष होता है। दोष होता है बोनेवाले का। उससे बड़ा दोष होता है, बलात् किसी और की जमीन में बो देनेवाले का। उसका बदला तो वह ले चुकी है बरसठ को भेजकर। हालाँकि मन में यह तड़फ तो रह ही गयी कि इसका बदला विरंची लेता तो कितना अच्छा होता, जो उस पर जाने कितने बरसों से मरता रहा, पर वह दुरदुराती रही। यह दुरदुराहट की ही कड़वाहट थी कि उसने बरकत को बोटी-बोटी नोच डाला था। वह चाहती थी कि उसी तरह बोटी-बोटी वह मैमुल को नोचे। हर चींथ पर मैमुल के मुँह से ऐसी चीख, फिर आह उठे कि विरंची का मुँह झँउसा जाय। उसके

दर्द से वह ऐसा आक्रान्त हो कि उसके सामने बरकत का चेहरा, सीना, हाथ-पाँव उभर आये और वह क्रमशः मांस, रक्त, शिर से विहीन होता उसके अंग-अंग में समा जाये। वह वही, पीड़ा अनुभव करे जो बरकत ने किया होगा। और इस तरह वे दोनों एक-दूसरे को काट खायँ। ऐसा हो गया होता तो जो तृप्ति वह अनुभव करती उसका बखान शब्दों में नहीं कर पाती। ऐसा हो गया होता तो किस्सा ही समाप्त हो गया होता। पर हुआ नहीं, इसलिए दोनों व्यक्तित्व एक दोमुँहा पशु बनकर उसे लगातार आक्रान्त कर रहे हैं और प्रेरणा दे रहे हैं कि वह उनका मुख देखे एक घृणित शिशु के रूप में। वह शिशु उसके गर्भ में पले, बाहर आकर बढ़े, अपना सारा क्रिया-कलाप पूरे उत्थान के साथ करे। और वह उसके सन्ताप में गलती काल कवलित हो। इससे विरंची के प्रति किये उपेक्षा अपराध का निवारण होगा, बरकत की अधूरी इच्छा के पाप का प्रायश्चित्त होगा और मैमुल के अपने हाथों से स्वयं बदला न ले पाने के अधूरेपन का ता-जीवन भोग होगा। वह उसके बीज को पौधा से वृक्ष बनते विक्त विगलित होते जाते देखकर तृप्त होगी।

इसी द्विधा में समय निकल गया और लक्ष्मी का गर्भपात न हो पाया। इसका प्रस्ताव जब जेमिका मिंज ने लगभग अल्टीमेटम देते हुए किया था तब लक्ष्मी जैसे भड़क गयी थी। लाल कपड़ा देखकर जिस तरह मरखहा साँड़ भड़कता है उसी तरह। लक्ष्मी भड़की थी सम्भावित गिरे गर्भ के लाल रंग को देखकर। उसके गर्भ का अपना ही खून जैसे उसकी आँखों में समा उसके रक्त से कुछ इस तरह से मिल गया था कि उसे देखा नहीं जा सकता था। बस एक उबकाई के सहारे उसका प्रतिरोध जताया जा सकता था। वह प्रतिरोध उसकी वाणी में कुछ इस तरह से फूट पड़ा था कि जेमिका तत्क्षण डर ही गयी थी। लक्ष्मी को जब कैम्प से हटाने की बात उठी तो जोसफ मिंज का तर्क दूसरा था। यह कि हम यहाँ लड़ने इकट्ठा हुए हैं, गृहस्थी बसाने नहीं। बच्चा सिर्फ बच्चा ही नहीं होता है, कि सबका डबरा-पबरा, जूठा-काँठा खाया और पल गया। वैसे तो लाखों-लाख बच्चे इस देश में ऐसे ही पल रहे हैं, पर हमारा उद्देश्य दूसरा है। हम एक ऐसी दुनिया का निर्माण करना चाहते हैं, जिसमें बच्चा सिर्फ पले नहीं, एक अर्थवत्ता के साथ बढ़े जो हमारे सपनों के समाज का एक घटक बने, उसका अविकल हिस्सा बनकर एक भरा-पूरा जीवन जीये अपनी क्षमता और कल्पना के अनुसार। उसके लिए कुछ जरूरतें होती हैं, जिनकी पूर्ति इस भाग-दौड़ की जिन्दगी में नहीं की जा सकती। भागने में वह बच्चा स्वयं एक बाधा होगा। किसी माँ से यह उम्मीद नहीं की जा सकती कि इस भाग-दौड़ में, इस लड़ाई-झगड़ा में अपनी ममता का गला अपने हाथों इस तरह से रेत दे कि उसका वजूद ही नेस्तनाबूद हो जाय। इसलिए जरूरी है कि वह कैम्प छोड़ दे। कहाँ जाकर रहे, यह उसकी समस्या है, दल का नहीं। सच पूछिये तो वह दल के लिए एक अवांछित प्राणी है। उसे बुलाकर भर्ती नहीं किया गया है, वह ऐसे ही भटकती आ गयी है—एक दुरात्मा की तरह गले पड़ गयी है। आगे खतरा यह है कि यदि वह कैम्प में बनी रही तो उसके फारिग होते ही

नौजवान उसके पीछे कुत्तों की तरह पड़ेंगे। उससे बड़ी रार मचेगी। इसलिए अच्छा हो कि वह अपने समाज में लौट जाय। कौन इसके समाज में अवैध बच्चे उस उपेक्षा से देखे जाते हैं, जो अनुदार समाजों का स्वाभाविक बर्ताव की तरह पसरा रहता है।

लक्ष्मी को लगता कि उसके बड़ बने रहने के कारण मिंज दम्पति उसे उपेक्षा के भाव से देखते हैं। यदि वह यीशू की शरण में चली जाय तो वे प्रसाद के रूप में उसे अपनी शरण में ग्रहण करेंगे। इतना स्वार्थी होकर तो धरती के राजा की शरण में जाया जाता है। इस अलौकिक देव की शरण में तो मुक्ति के लिए जाया जाता है, जिसका लौकिक कामना से कोई मतलब नहीं होता। तब वह ऐसा क्यों करे? क्या इतना स्वार्थी होकर धर्म बदला जाता है? और क्या गारण्टी कि वह धर्म बदल ले तो बागियों के कैम्प में अपने शिशु के साथ स्वीकार हो जायेगी?

हारकर वह साइकिया के कैम्प में आयी थी। उससे साइकिया का अकेलापन टूटा था। खाने-पीने की व्यवस्था भी बेहतर हो गयी थी। अब वह निश्चिन्त होकर कुछ आगे की योजना बना सकता था। पर बना नहीं पा रहा था। लक्ष्मी की दशा ही कुछ ऐसी थी कि वह दूसरी ओर ध्यान को जाने ही नहीं देती थी। यद्यपि कि साइकिया के मन में दूरगामी परिणामवाले सवाल नहीं उठते थे, पर तात्कालिक चिन्ताएँ तो उत्तर खोजती ही रहती थीं। और तत्काल में शामिल था लक्ष्मी का जच्चा बनना। यह पशुओं के लिए चाहे जितना स्वाभाविक हो, मनुष्य के लिए स्वाभाविक नहीं रह गया था। एक अनुभवी हाथ की जरूरत इसके लिए पड़ती ही है। उसकी व्यवस्था भला इस अरण्य में कैसे हो सकती है? इसलिए साइकिया ने राय दी कि वह कुछ समय के लिए अपने घर-परिवार में चली जाय। लोग कितने भी क्रुद्ध हों, इस दशा में वे दो-चार माह घर में रखने से गुरेज नहीं करेंगे। मनुष्य स्वभाव से इतना क्रूर नहीं होता। लक्ष्मी के मन में तुरन्त असम्मान से टूटते दर्प का चेहरा सामने पड़ा, जो उसके कुल का था। उसे साक्षात् देखने से तो कहीं अच्छा है इस विषविरवा को जन्म देते वक्त सिधार जाया जाय। जगह तो नरक में भी न मिलेगी, आत्माखम् के बियाबान में विचरती रहेगी, पर इस धरती से तो छुटकारा मिलेगी। उसी क्रम में यह विषविरवा मुरझा गया तो और अच्छा। पर वह तो उस विरवे को देखना चाहती है। इसलिए न अपने मरना होगा, न उसे मरने देना होगा। कहा, "चिन्तित न होवो। इसकी व्यवस्था मैं स्वयं कर लूँगी।"

"भला कैसे?"

"उन्हीं मिंज लोगों की शरण में जाऊँगी।"

"एक बार दुत्कार दिया है...।"

"फिर दुत्कार देंगे। पर जाना न छोड़ूँगीं।"

साइकिया चुप हो गया। वह आती-जाती रही। जेमिका कटखन्नी पिल्ली बन गयी थी। उसके दाँत हर बार अधिक नुकीले, लम्बे और तेज बनते गये थे। मिंज को लगता

था कि इस आवरण में वह जासूसी कर रही है। एक दल से टूट कर छितरा गये ग्रूपों में वर्चस्व के लिए प्रतिद्वन्द्विता इतनी बढ़ गयी थी कि आनेवाले दिनों में आपस में गोली-बारी होने की पूरी सम्भावना थी, इसलिए किसी का किसी पर भरोसा नहीं रह गया था। इसके लिए वे सैनिकों तक को सूचना देने लगे थे, एक-दूसरे के विरुद्ध। लिहाजा उसने लक्ष्मी का आना-जाना बलात् रोक दिया था और जेमिका को भी घर भेज दिया था। जेमिका ने चर्च से जुड़े अस्पताल में अपना काम सम्हाल लिया था।

लक्ष्मी को पता था। सोचा था कि एक दिन जाकर मिल आयेगी। पर अब पैदल चलना सम्भव नहीं रह गया था। इस बिन सड़क के जंगल में कोई वाहन कैसे आ सकता था? फिर क्या साइकिया आने देता? इसलिए जाना नहीं हो पाया। बच्चा पैदा होने का दिन जब आया तो साइकिया बदहवास हो गया। उसके चीखने, चिल्लाने और आर्त्तनाद करने पर पहले तो वह गाली देता रहा कि लाख समझाया कि गाँव चली जाओ, पर नहीं मानी। अब अभुआ रही है और मैमुल के सात पुश्तों को गाली दे रही है, विरंची के सात पुश्तों को गाली दे रही है, बरकत के सात पुश्तों को गाली दे रही है। पर जब वह मरणासन्न की तरह डकारने लगी, सिसकियों के पारावार में डूबने-उतराने लगी तो बदहवास होकर साइकिया चर्च भागा और जेमिका से मिला। जेमिका ने उसे भगा ही दिया कि दुश्मन के यहाँ जाने का क्या मतलब? किन्तु जब वह बिलखता हुआ जाने के लिए मुड़ा तो उसने पीछे से आवाज दिया, "ठहरो।"

साइकिया ठहर गया, पर मुँह उधर ही किये रहा, जिधर था। जेमिका ने कहा, "कैम्प में कितने आदमी हैं?"

साइकिया चौंका। कहा "क्या मतलब?" कहीं इनका इरादा कैम्प पर हमला करवाना तो नहीं है?

वह हँसी। खूब खिलखिलाकर हँसी। अभी वह बूढ़ी नहीं हुई थी। उसका मुँह पोपला नहीं हुआ था। बत्तीसों दाँत थे। वे एकसाथ चमक उठे थे। चमक उठा था उसका खून की लाली से भरा कुछ पीला मुखमण्डल। उसका नाटा और ठोस गात हँसी में झूम उठा था। तुरन्त उस पर विजय प्राप्त कर एक प्रौढ़, गम्भीर महिला की तरह व्यवहार करते हुए उसने कहा, "वहाँ बच्चा पैदा कराना ठीक न होगा।..."

वह आगे कुछ कहती, उसके पहले ही लम्बोदर बोल उठा, "क्यों?"

"जिस तरह की हालत का वर्णन तुमने किया है, उससे साफ जाहिर है कि उसकी स्थिति ठीक नहीं है। वहाँ पैदा कराया गया तो जान पर आ जायेगी। उसे हर हालत में यहाँ लाना होगा। यदि वहाँ आदमी हैं तो ठीक। मैं चलती हूँ। कोशिश करूँगी कि बच्चा वहीं हो जाय। नहीं तो यहाँ लाना पड़ेगा।"

साइकिया ने रुआँसा होकर कहा, "वहाँ कोई नहीं है।" फिर बुदबुदाया, "कहीं अब तक उसे चील कौवा ही चीथकर न खा गये हों।" उसकी आँखों में आँसू उमड़ आये।

जेमिका ने एक स्ट्रेचर के साथ पाँच लोगों को लिया और कुछ जरूरी सामान के साथ चल पड़ी। वे लोग जब वहाँ पहुँचे तो वह बेहोश मिली। एक कौवा उसके बिलकुल पास बैठा वातावरण अकनने के लिए रह-रह कर 'काँव' कर रहा था। अभी चोंच नहीं मारा था, पर उसकी पूरी तैयारी में था। थोड़ी दूर पर एक पेड़ के पीछे एक गीदड़ भी पिछले पाँवों पर बैठा दिखा। उनकी आहट सुनकर कौवा तो उड़ गया, पर वह बैठा रहा, कान फेर-फेर कर एक-एक गतिविधि का आहट लेता। जेमिका ने उसकी मेखला उठाया। बच्चे का पाँव जरा-सा बाहर निकला दिखा। "तो बच्चा उलट गया है", कहते हुए उसने साथ के लोगों को स्ट्रेचर पर लादने का इशारा किया। साइकिया से रहा न गया, "इतने दूर ले जाने में ख़तरा नहीं है?"

"इसके प्राण-पखेरू तो यहाँ ऐसे ही उड़े जा रहे हैं। एक चांस लेने में क्या हर्ज है?"

"उससे तो उड़ जाना पूरी तरह से सुनिश्चित हो जायेगा।"

"ऐसे में तुम्हीं बताओ, क्या किया जा सकता है?" साइकिया उसे एक तरुण बच्चा लगा। भूमिगत जीवन की सारी कठोरता उसके पूरे व्यक्तित्व से गायब थी। लगा कि वह एक ओढ़ा हुआ आवरण था, जो मानवता की छुअन से एक बारगी गायब हो गया है। मनुष्य का यही स्वाभाविक रूप है। इसका दर्शन या तो दुःख में होता है या क्रोध में। वह ओंठ काटकर मुस्करायी। मन हुआ कि उसके बालों को सहला दे। पर वह हाथ झाड़ कर स्ट्रेचर के पीछे चल पड़ी। साइकिया का दिल नहीं माना। थोड़ी दूर पर पीछे-पीछे वह भी चलने लगा।

लक्ष्मी की जान बच गयी थी। ऊपर से प्रसव के अपार सुख से भर गयी थी। बच तो बच्चा भी गया था। पर पैदा होते ही जेमिका ने उसे एक सन्तानहीन दम्पति को सौंप दिया था। लक्ष्मी से कहा कि मरा हुआ पैदा हुआ था, इसलिए तुरन्त कफन-दफन कर दिया।"

"एक बार मुँह देख लेती, छू लेती।"

"भला मरे हुए बच्चे को क्या देखना, क्या छूना?"

"उसकी टीस ताजिन्दगी रहेगी।"

"वह तो रहेगी बिटिया। इस अधूरेपन को लेकर ही आगे जीना होगा।"

"तो भी..." लक्ष्मी ने बिलखते हुए कहा।

"उसका बिम्ब तुम्हारे मन में ऐसा अक्स होता कि जीवन भर...।"

"तो भी... अब उस बिम्ब के अक्स न होने की यन्त्रणा लेकर जीऊँगी।

"वह धीरे-धीरे समाप्त हो जायेगा।"

वह सुबक उठी। वह सुबकना उन तमाम विभाजित मनःस्थितियों पर था, जिन्हें लेकर वह आजतक जीती आयी थी। क्या इससे उनका तिरोधान हो जायेगा? जेमिका ने उसके सिर पर हाथ रख दिया। सवाल मानवता का था। लक्ष्मी अपने बच्चे से ममता जताती

तो पालनेवाले माँ-बाप के प्रति बच्चे का प्यार कम होता जाता। वह स्वयं अपने को बेगाना समझता। एक द्वैध में जीता। लक्ष्मी भी उसे पूरे मन से अपना नहीं पाती। उसके पिता के प्रति घृणा उस पर भी जाने-अनजाने फूटता रहता। तीनों की जिन्दगी असामान्य रहती। उससे बचने के लिए यही उपाय था। धीरे-धीरे जब जरूरी काम में लक्ष्मी व्यस्त होती जायेगी, इस अन्तर्कथा को भूलती जायेगी। उसी अनुपात में उसकी पीड़ा कम होती जायेगी।

लक्ष्मी जब थोड़ा स्वस्थ हुई तो साइकिया चला। इस बीच जोसफ मिंज और उसके बीच के मन का मलाल समाप्त हो गया था। सहायता के लिए साइकिया ने आभार व्यक्त किया तो जेमिका ने कहा, "मानवता विचारधारा और दलनिष्ठा से ऊपर होती है। उसे सँजोकर रखना चाहिए। हमने रखा है। तुम भी प्रयास करना।"

साइकिया उसे देखता ही रह गया।

चुनाव के दिनों में रीता राजखोवा और स्नेहलता बरुआ की जोड़ी ने बड़ा धमाल मचाया था। उनका नाटक इतना लोकप्रिय हुआ था कि उसे करने के लिए कई मण्डलियों की स्थापना हो गयी थी, जो प्रान्त के कोने-कोने में उनका प्रदर्शन कर रहे थे। जानकारों का कहना था कि इस नाटक ने लोगों को जगाने में बड़ी भूमिका निभायी है और उसका सीधा प्रभाव चुनाव पर पड़ रहा है। नाटक को यह लोकप्रियता प्रदान करने में पीटर बरले की बड़ी भूमिका थी। हवा में शीत का भार अभी पर्याप्त नहीं हुआ था और मैगनोलिया जैसे बड़े फूलों की पंखुड़ियों पर अभी शीत की रजत बूँदें टिक नहीं पा रही थीं, जब पीटर बरले ने एक दिन गुवाहाटी के जिमखाना क्लब पहुँचकर रीता राजखोवा का साक्षात्कार अभी लेने का प्रस्ताव अचानक रखा था। रीता को उसका यह असमय आना अच्छा नहीं लगा था। वे खेलने में व्यक्त थीं और अपने प्रतिद्वन्द्वी को लगातार हरा रही थीं। चूँकि यह साक्षात्कार उनके लाभ के लिए था, इसलिए वे मना नहीं कर पायीं। बड़ा पत्रकार है, उसके लिखने का सन्देश दूर तक जायेगा।

वे जब उसके सामने प्रतीक्षाकक्ष में आयीं तो पसीने से तर थीं। पसीना उनके सिर लेकर अँगूठे तक अंग-अंग से निकल रहा था और धार बनकर बह रहा था। उन्होंने मोटे मक्खन जीन का चुस्त हाफ पैण्ट और तौलियावाले कपड़े का सफेद टी शर्ट कालरवाला, जिसमें गले के नीचे दो बड़े सुनहरे बटन लगे थे, पहन रखा था। पसीने में भीगा होने के कारण वे कपड़े उनकी बदन से पूरी तरह से चिपक गये थे, जिससे एक-एक मांसपेशी का उभार दिख रहा था। लग रहा था कि पतली पारदर्शी प्लास्टिक की थैलियों में पिघली गुलाबी मोम भर दी गयी है। पसीने ने उनके लगाये सेण्ट को पूरी तरह से बहा दिया था। इसलिए उस गुलाबी मोम से पसीने और जीवित मांस की स्वाभाविक गन्ध मिलकर उठ रही थी, जो उनके उत्तम स्वास्थ्य का प्रमाण प्रस्तुत कर रही थी।

भीतरी बरामदे के एक कोने में रखी कुर्सियों में से एक पर बैठते हुए दूसरे पर पीटर बरले को बैठने का इशारा करते हुए मोटी तौलिया से अपने चेहरे, बाँह और पाँव का पसीना पोंछने लगीं। तभी टेनिस कोर्ट से फट्-फट् की आवाज उठने लगी और दर्शकदीर्घा से चें-पें। साफ जाहिर था कि यह जगह साक्षात्कार के लिए ठीक नहीं था। टेपरिकार्डर को व्यवस्थित करते हुए पीटर बरले ने उधर देखा तो रीता ने कहा, "मुझे लगता है कि हमें कहीं अन्यत्र चलना चाहिए।"

"कहाँ?"

"हम सोचकर बताते हैं। यदि आप घण्टे भर का समय दें तो हम तैयार होकर आते हैं।"

"ठीक है" पीटर बरले ने कहा। वैसे तो उसे लोगों का खेलना अच्छा लग रहा था और घण्टे भर वहाँ बैठकर देख भी सकता था, पर उसे लगा कि यह ठीक न होगा और इस अन्तराल का उपयोग एक कप अच्छी चाय पीने में लगाया जा सकता है। इसलिए वह क्लब हाउस से बाहर निकला और बस अड्डे को जानेवाली मुख्य सड़क के किनारे बने एक साफ-सुथरे मझोले रेस्तराँ में घुस गया। घण्टे भर से पहले ही वह वहाँ से निकलकर क्लब हाउस पहुँचा तो रीता उसकी प्रतीक्षा करती मिलीं। उन्होंने स्नान कर लिया था और असमिया पोशाक मेखला पहन लिया था। ऊपर से चादर डाल लिया था। महीन असमिया पाट, वह भी सुआलकूची का बना अपने स्वाभाविक रंग में चमक रहा था, जिसकी आभा में उनका सौन्दर्य खिल गया था। उनके थोड़े घुँघराले काले लम्बे केश उभरे ललाट के ठीक ऊपर जहाँ बड़ा-सा लाल टीका शोभायमान था ठीक बीचोंबीच से माँग निकालकर सीधे पीठ की ओर गाहे गये थे। भरे-भरे गोल गाल तनिक लम्बोतरे होने के दौरान जबड़े की हड्डियों में हलके-से दबते हुए दिख रहे थे। लम्बी नाक नोक तक आने से पहले थोड़ी फैलकर भारी हो गयी थी। उतने पतले नहीं, सन्तरा की लम्बी और खूब भरी फाँक की तरह ओंठ थोड़ा खुले हुए थे। ऊपरी ओंठ के ऊपर पाम के रोएँ की हलकी सुनहरी धारी और निचले होंठ के नीचे मांसल ठोड़ी बड़ी आकर्षक लग रही थी। भरी गर्दन पर ऊपर और नीचे उभरी दो धारियाँ चर्बी के मुड़ जाने का आभास देती थीं। उनके बीच काले धागे में एक छोटा-सा हीरे का पैण्डल शोभायमान था। पीटर पर नजर पड़ते ही रीता ने कहा, "आप समय के सचमुच बहुत पाबन्द हैं।"

"मुझे किसी को प्रतीक्षा कराना अच्छा नहीं लगता।"

"तो दूसरों की भी नहीं करते होंगे। हमें आइन्दा सावधान रहना पड़ेगा।"

पीटर ने झुककर तस्लीम किया। उसके कन्धे का भार और मोटाई उसके सूती कोट के साथ उभर आया। उसे देखकर रीता को हँसी आ गयी और वे खिलखिला पड़ीं। सूर्य की किरणें उनके सफेद और बराबर के दाँतों से टकरा कर एक क्षणिक चमक छोड़ती लौट गयीं।

कहाँ चला जाय के कई स्थलों की चर्चा करने के बाद पीटर के इस सुझाव को उन्होंने मान लिया कि अपेक्षित एकान्त चिड़ियाघर के पासवाले पूर्वी तरफ के छोटे रेस्तराँ में मिलेगा। वहाँ बस दो-चार जोड़े बैठे मिलेंगे, अपनी दुनिया में, निःशब्द खोये। इसलिए वहाँ बात ठीक से हो सकेगी। उधर जाने के लिए उस समय साधन मिलना थोड़ा कठिन था। एक विदेशी से कुछ अतिरिक्त भाड़ा यूँ ही लिया जा सकता है सोचकर एक आटोवाला कहीं से आकर खड़ा हो गया। एक अपरिचित, ऊपर से विदेशी के साथ बैठकर आटो में जाना उन्हें बड़ा अजीब लग रहा था। पर कोई विकल्प नहीं था। रेस्तराँ खुले लानवाला था और खाने-पीने की चीजें स्वयं काउण्टर से पहले पैसा देकर लाना पड़ता था। इसके लिए जाना तो पीटर बरले चाहता था, पर उसे रोककर वे स्वयं उधर चलीं। तर्क दिया कि भले ही प्रस्ताव आपका है, पर इस शहर का बाशिन्दा होने के कारण मेजबान मैं हूँ। पीटर ओंठों में ही मुस्कान रखकर आँखों से जाने का इशारा किया। उनके जाते ही उसने अपना स्वचालित कैमरा और टेपरिकार्डर फिट किया, फिर जेब से कागज और कलम निकालकर मेज पर रख पाँव-पर-पाँव चढ़ा बैठकर उनकी प्रतीक्षा करने लगा। जब वे आती दिखी तो स्वाभाविक रूप से उसकी दृष्टि उनके वक्ष पर पड़ी। चादर से ठीक से ढके होने के बावजूद उनकी विशालता का आभास होता था और पाँवों के उठने-गिरने की लय पर उनके हिलने से कड़ेपन का। पेट थोड़ा निकल जरूर आया था और बच्चे होने से उत्पन्न धारियाँ प्रमुखता से उभरी हुई थीं, पर यह सब ऐसा नहीं था कि भद्दा लगे। शायद पेट निकल आने के कारण ही नाभि काफी गहरी और बड़ी लग रही थी। चाहा तो था उन्होंने उसे तोपकर रखना, पर वह पूरी तरह से हो नहीं पाया था। उनके पाँव संचालन पर चिकने वस्त्र तनिक तन जाते थे और उसका तनिक से लक्षित हो जाता था कि उनके घुटने, पिण्डलियाँ, जाँघ कितने मांसल और सुडौल हैं। रंग का आभास उनके पाँव, पंजों की उँगलियों से होता था। उन्होंने जब बेंत की गोल मेज पर झुककर ट्रे रखा तो उनके गले के नीचे का कपड़ कुछ दूर तक खुल गया। वहाँ से उठती चमक पीटर को प्रभावित किये बिना न रह पायी। जब वे चाय प्याली में डालने लगीं तो अनामिका मे पिरोयी अँगूठी ने उसका ध्यान अँगुलियों से लेकर बाँह तक खींचा। उन्हें देखते हुए उसने तय किया कि उनके नाटक को वह एक ऐसा अर्थ प्रदान करेगा जो उनकी शोहरत को उसी तरह से चमका देगा।

साक्षात्कार के बाद दोनों बिदा होकर दो रास्तों पर चले। उस वक्त पीटर ने, जहाँ वह खड़ा था वहीं से उन्हें देखा। उनका पृष्ठभाग दिख रहा था। भरी-भरी चौड़ी पीठ, रीढ़ की हड्डियों के सहारे दो उभरे भागों में विभक्त हो नीचे जाती हुई। उसी तरह की ढलुआ कमर और भारी गोल कूल्हे। उसके मन में आया कि यह औरत कहीं से भी स्पोर्ट्स वोमेन नहीं लग रही है। यह भी कि औरत प्रौढ़ होने के बाद ही पूरी तरह से खूबसूरत होती हैं। दो-तीन बच्चे हो जाने के बाद उसकी यष्टि पूरी तरह से भर जाती है। तभी उसका

सौन्दर्य पराकाष्ठा पर पहुँचता है। रीता राजखोवा जब उसकी आँखों से ओझल हो गयी एक आटो पर सवार होकर तो उसने ओंठो को गोलकर सीटी मार अपने लिये आटो रोका।

पीटर बरले के तीन लेख प्रकाशित हुए अंग्रेजी में पहले राष्ट्रीय प्रेस में, फिर प्रान्तीय प्रेस में। वहीं से लेकर उनका असमिया और बंगाली अनुवाद छपा। उसने नराटक की व्याख्या तीन तरह से की थी सांस्कृतिक, सामाजिक और राजनैतिक परिप्रेक्ष्य में। उनके सहारे उसने असम की मौजूदा स्थिति पर भरपूर निगाह डाला था। बीच-बीच में रीता राजखोवा की भूमिका पर टिप्पणी की थी। उसे पढ़कर स्नेहलता बरुआ जल गयीं। वे पूरी तरह से भुन ही गयी होतीं, यदि पीटर ने इसके लिए एहतियात न बरता होता। इस बात का अन्देशा उसे था। इसलिए उसने रीता राजखोवा का साक्षात्कार लेने के तुरन्त बाद उनका भी साक्षात्कार लिया था। उसके लिए उसने डिब्रूगढ़ की थकाऊ यात्रा की थी जहाँ वे नाटक के मंचन के सिलसिले में मणक विश्वास के बँगले में रह रही थीं। दोनों महिलाओं में उसने बड़ा फर्क अनुभव किया था। स्नेहलता बरुआ एक औसत असमिया महिला से कहीं अधिक लम्बी और सफेद थीं। ऊपर से वे अपने बालों का जूड़ा उठाकर बनाते थीं, जिससे वह लम्बाई और बढ़ जाती थी। माथे पर वे टीका नहीं, एक पतली लम्बी सुनहरी टिकुली हर समय साटे रहती थीं। उनका चेहरा लगभग चौकोर था ऊपर से नीचे की ओर थोड़ा पतला होता हुआ। नाक उतनी उभरी नहीं थी, पर तब वह दबी भी न थी। उससे चिपकी दोनों तरफ की आँखें गोल और गहरी भूरी थीं। उन्हें देखकर पीटर को लगा कि भारत में जो मीनाक्षी की अवधारणा है, वह इन्हीं आँखों को देखकर बनी होगी, जिस प्रकार रीता राजखोवा के आँखों को देखकर कमलनेत्री की। ठुड्डी न तो भारी थी, न ही बाहर लटकी हुई। गर्दन ऊपर की ओर कुछ पतली और नीचे की ओर कुछ चौड़ी होकर हँसुली की हड्डियों में धँसी हुई थी। कन्धे थोड़े झुके हुए थे, इसलिए नितम्ब से अधिक चौड़े लगते थे। छातियाँ अपेक्षाकृत छोटी पर पुष्ट लगती थीं। हाथ-पाँव काफी लम्बे और सुडौल थे। वे तांत की बनी शान्तिपुरी साड़ी ब्रह्म सामाजियों की तरह उल्टे पल्ले की कर पहनती थीं, जिससे लगता था कि वे कसे वस्त्र के स्पर्श का पूरा आनन्द लेती थीं। सम्भवतः बढ़ी उम्र तक अविवाहित रहने के कारण उनके चेहरे पर रुखापन व्याप्त था, जो अतृप्ति का बोध देता था। स्पोर्ट्स वोमेन होकर भी रीता राजखोवा के आचरण में एक गम्भीरता थी, पर घरेलू औरत होकर भी स्नेहलता बरुआ के आचरण में चंचलता दिखती थी।

कुछ दिन बाद जब उनके बारे में पीटर बरले के तीन लेख छपे और उससे जो ख्याति उनको मिली, उससे वे बहुत सन्तुष्ट नहीं हो पायीं। माना कि छवों लेखों में लेखक ने मीमांसा नाटक की की है, पर पहले छपने के कारण केन्द्रीयता रीता को ही मिली है। उसको जो आरम्भिक प्रोजेक्शन मिला है, उससे मौलिकता तो उसके खाते में गयी है। अब वह भला उसे कहाँ मिलेगा, इसलिए सब बासी-बासी लगता है। शायद यही कारण

था कि जब पीटर ने उनसे कुछ निकटता साधने का प्रयास किँया तो व छनकट गयीं। सच्ची बात यह थी कि चेतिया फूकन उन्हें थोड़ा भड़का कर रखता था। उसे डर था कि यह अमेरिकन पत्रकार न हो, अमेरिका का जासूस हो जो उसके भूमिगत संगठन के बारे में किसी तरह जानकारी हासिल करना चाहता हो। पहाड़ी जनजातियों के विद्रोह में उनका हाथ रहा है, बरास्ते चर्च। वे ईसाई हैं, इसलिए अमेरिका उनका समर्थक रहा है। असमियों के लिए यह बात है नहीं। होगी भी तो जोसेफ मिंज के पक्ष में, जो अन्ततः हमारा विरोधी साबित होगा।

आगे मामला और जटिल होता गया। महाकाली बसाक शिलांग पहुँचे। उनके पूरे शरीर पर चर्बी की नयी मोटी पर्त देख रीता बनिक, जब राजखोवा की माँ दंग रह गयीं। उनसे महाकाली ने बताया कि ललमुँहा बिटिया के पीछे पड़ गया है। काफी करीब होता जा रहा है। इससे पति-पत्नी की दूरी बढ़ती जायेगी। रीता की माँ ने रीता के पिता से यह बात बतायी।

शारदा रंजन बनिक ने पूछा कि क्या इसका पता राजखोवा को है।

''जहाँ तक मैं जानता हूँ, नहीं है।''

''होना भी नहीं चाहिए। मैं कोई उपाय करता हूँ।''

अब शारदा रंजन सोचते थे कि जयन्त राजखोवा को पता नहीं चला है तो पता नहीं चलना चाहिए। वे भूल गये थे कि ऐसी बातें छुपती नहीं हैं। बतानेवाले अकारण ही बहुत जल्दी सम्बन्धित लोगों को नमक-मिर्च लगाकर साफ-साफ नहीं तो इशारों से बता देते हैं। राजखोवा परेशान हो उठे। वे कोई सामान्य आदमी नहीं थे कि उनकी प्रतिक्रिया और क्रियाकलाप सामान्य आदमी की होती। वे न्यायाधीश थे। सामाजिक प्रतिष्ठा के लिए ऐसी बातें सहना उनकी नियति थी। पर इसका मतलब यह नहीं कि उनकी खामोशी सिर्फ खामोशी थी। उन्होंने इशारों में रीता को अपने दौरे से लौट आने को कहा। रीता को लगता था कि अब दुनिया उनकी मुट्ठी में आनेवाली है। उसे वे पूरी तरह से पकड़ लेना चाहती थीं। ऐसे में वे तत्काल घर कैसे लौट सकती हैं? चेतिया फूकन के साथ स्नेहलता बरुआ को लगता था कि सारा श्रम और 'कन्सेप्ट' उनका है, लाभ कोई और उठा रहा है। चुनावों के दौरान पम्परागत राजनैतिक दलों के नेताओं को लगता था कि उनके पाँवों तले की जमीन खिसकाने में इस नाटक की भी भूमिका है, तो इसके नायकों को कुछ सीख देनी ही चाहिए। अल्पसंख्यकों को पहले से ही लगता था कि यह पूरा नाटक उनके विरुद्ध बहुसंख्यकों को जगाने के लिए है। इसलिए मौका मिलते ही एक सबक सिखाना पड़ेगा।

उस दिन मारगिरेटा में 'शो' चल रहा था। उधर विस्तृत चाय बागान था, इधर पहाड़ी नाला। बीच में खुला मैदान था। मणक विश्वास ने सारा आयोजन उसी खुली जमीन पर तम्बू-कनात लगाकर किया था। नाटक जब उरुज पर पहुँचा तो अचानक श्रोताओं के बीच हो-हल्ला मचने लगा। पता नहीं क्या अनाप-शनाप बकते हुए लोग मंच की ओर

बढ़ने लगे। दूसरे लोग उसी तरह अनाप-शनाप बकते उन्हें रोकने लगे। इतना साफ जाहिर था कि जो लोग मंच की तरफ बढ़ रहे थे, वे असमिया थे। उनके बीच चाय बागान के इर्द-गिर्द रहनेवाले आदिवासी थे। जो रोक रहे थे वे बंगाली थे। उनके साथ कुछ चायबागान के मजदूर थे और सम्भवतः गैर-असमिया, गैर-बंगाली भाषी थे। हो-हल्ला बढ़ता देख-सुन, बिना यह चिन्ता किये कि मंच के लोगों को बचाना चाहिए वे तो उठकर जाने लगे और पीटर बरले को भी इशारा किया। पीटर बरले उठा जरूर, पर जब देखा कि कुछ लोग बिलकुल मंच के पास पहुँच गये हैं और मंच पर रीता राजखोवा हैं, तो वह भिड़ गया। पर परिणाम यह हुआ कि वह ठीक से पिट गया। यह देखकर रीता मंच से कूदी और अन्य कलाकारों के साथ चली भाग। कुछ दूर तक तो लोग एक ही दिशा में एक झुण्ड की तरह दौड़ते रहे, पर थोड़ी ही देर में झुण्ड बिखर गया। लोग अपनी इच्छानुसार अपनी दिशा तय कर भागने लगे और पनाह तलाशने लगे।

रीता भागती-भागती नाले में पहुँची। आगे स्थूल काया बाधा डाल रही थी। नाले में पानी कहीं था, कहीं नहीं था, पर पत्थर सर्वत्र थे। इनमें से कोई इतना बड़ा नहीं था कि उसके पीछे छुपा जा सके। नाले के अगल-बगल नाटे पहाड़ थे। नाला दरअसल उन्हें चीर कर बहता था। उनमें कोई खोह मिल सकती थी। अभी वह निर्णय लेने में लगी ही थी कि किस किनारे की पहाड़ी की ओर जाय, देखा कि दो आदमी, हाथ में लम्बा छुरा लिये उसकी ओर लपकते आ रहे हैं। वह कई बार पकड़ी जा चुकी थी, इसलिए कपड़े बुरी तरह थे नुच गये थे। चमड़ी कई जगह छिल गयी थी। दो-चार जगह तो माँस ही निकल आया था। इतना भारी शरीर लेकर वे यहाँ तक भागकर आ पायी थीं, यही बहुत था। अब आगे भागा नहीं जा रहा था। मुड़-मुड़ कर पीछे देखती, नाला की पेटी में पड़े पत्थरों पर सन्तुलन साधती, एक हाथ हवा में उठाये, दूसरे से अपने बचे वस्त्र सम्हालते वह एक-एक कदम आगे बढ़ रही थी, कि तभी एक आदमी ने गाली देते हुए उसका उठा हाथ पकड़कर झटक दिया। इसी क्रम में उसके हाथ से छूरा गिर गया। इसी क्रम में वह धड़ाम से गिरी। तभी दूसरा आदमी कूद कर उनके ऊपर आ गया। इसके पहले कि उसका छुरा उसकी गात में धँसता वह आदमी उछलकर सामने के पत्थर से टकरा गया। दरअसल पीटर बरले वहाँ पहुँच गया था और पहुँचते ही एक लात खींचकर उस आदमी के कूल्हे पर दिया था, जिससे वह उछल गया था। तभी दूसरा आदमी अपना छुरा उठाकर पीटर की ओर दौड़ा और कन्धे में घोंप दिया। पीटर ने बिना उसकी ओर देखे ही पीछे की ओर लाता मारा। संयोग से वह लात उसके पेड़ू में लगा और वह चीखकर लुढ़क गया। पीटर सम्हल गया था और छुरा अपने कन्धे से बाहर खींच रहा था। रीता को मौका मिला और उसने उठकर छुरा पीटर के कन्धे से खींच निकाला। पीटर वह छुरा लेकर हत्यारों की ओर दौड़ा तो वे भागने लगे, यह सोचकर कि इन अंग्रेजों में, जाने क्या होता है कि वे कई भारतीयों पर अकेले भारी पड़ते हैं। उनको शायद यह भी गुमान हो गया था कि जिस तरह से छुरा

उसके कन्धे में घुसा था, उससे अभी नहीं तो थोड़ी देर के बाद पीटर का अन्त ही हो जायेगा।

थोड़ी साँस लेने के बाद दोनों एक-दूसरे की मदद में जुट गये। यद्यपि कि छुरा इस तरह से नहीं घुसा था कि ज्यादे खून निकले और पीटर पस्त हो जाय, प्रथम प्रतिक्रिया तो वही थी कि घाव काफी गहरा है, शहर यहाँ से दूर है, वहाँ पहुँचना कठिन है, देरी करना खतरनाक है, चलने से पहले थोड़ा बल इकट्ठा करना जरूरी है। इसलिए वे एक-दूसरे को सहारा देते नाला पार कर सामने की पहाड़ी की तलहटी में पहुँचे।

तुरन्त ही यह घटना एक बड़ा समाचार बनी। विदेशी का मामला होने के कारण सरकार, प्रशासन और पुलिस ने कुछ ज्यादे ही सक्रियता दिखायी। कुछ लोग पकड़े भी गये। पर आजतक पता नहीं चला कि यह हमला वास्तव में किन लोगों ने किया था, किसने कराया था, क्यों कराया था। पूरे असम में नाटक का मंचन तत्काल प्रभाव से बन्द कर दिया गया था। राजनैतिक दलों को अपने प्रचार के लिए एक अतिरिक्त और नया मुद्दा मिल गया था।

32

आयु-वर फिर आबाद होने लगा था। तमाम लोगों के बार-बार कहने पर पोचई ने चाय की दुकान खोल ली थी। धूप, शीत और पानी से बचने के लिए एक झोंपड़ी डाल ली थी, उसकी दिनचर्या उसी पुराने ढर्रे पर चल पड़ी थी। सूरज निकलने के साथ आता, रूपनारायण के किनारे फारिग होता, उसके जल में कुल्ला-दातौन करता, फिर दुकान खोल भट्ठी गरम करता, पानी चढ़ा बोहनी के लिए प्रथम ग्राहक का इन्तजार करता। अक्सर उधारीवाले ही पहले आते। वे भी बोहनीवाले ग्राहक की प्रतीक्षा करते और उस दौरान दुनिया भर की बातें करते। एक दिन रूपनबारी ने राय दिया कि अखबार भी रखा करो।

पोचई ने कहा, "पढ़ेगा कौन?"

बात तो सही थी। वहाँ जो भी आता निरक्षर होता। तो भी गुवाहाटी, सिलचर, डिब्रूगढ़, गुआलपाड़ा तक की राजनैतिक हलचलों के साथ-साथ ब्रह्म और ब्राह्माण्ड की सत्ता तक की बातें करता। उसे सुनने के लिए आसपास के गाँवों के लोग जुटते और अपना ज्ञान बघारते। सात घड़ी दिन चढ़े वसुन्धर भी यु लिन के साथ आ धमकता और उनकी बातें गौर से सुनता। उसमें टटोलता कि उसके खेत के वापस मिलने की सम्भावनाएँ कहाँ तक बढ़ी हैं।

लोग बताते कि नहीं सरकार सत्ता में आते ही राष्ट्रीय नागरिक रजिस्टर बनाने में लग गयी है। आधार कामाख्या नारायण त्रिपाठी द्वारा बनाये गये रजिस्टर के साथ-साथ 1951 के जनगणना रजिस्टर भी है, उस वक्त का वोटर लिस्ट भी है। उसमें यथा

आवश्यकता जोड़ा-घटाया जायेगा। वसुन्धर पूछता, "उससे मेरे जैसे लोगों के कब्जियाये खेतों का क्या सम्बन्ध बनता है?"

लोग कहते, "हम समझे नहीं।"

"यह भला कैसे होगा कि बहिरागतों की सूची बन जाने के बाद उसका खेत मिल जायेगा?"

"भला क्यों नहीं मिलेगा? एक बार तय हो जाय कि ये मिया बाँग्ला देशी हैं तो सरकार कान पकड़कर खदेड़ देगी। फिर हमारी जमीन हमारी।"

"ना। सरकार उन्हें खदेड़ेगी नहीं। वे जिनके वोट बैंक हैं, वे खदेड़ने ही नहीं देंगे।"

"इस सरकार के तो नहीं हैं।"

"हो सकता है धीरे-धीरे इनके भी बन जायँ।"

लोग निरुत्तर हो जाते। कोई दबे स्वर में कहता, "सरकार नहीं खदेड़ेगी तो पब्लिक खदेड़ देगी।"

"इतनी हिम्मत उसमें आयेगी?"

"क्यों नहीं आयेगी? वही हिम्मत जुटाने के लिए तो ये तमाम भूमिगत संगठन बन रहे हैं। वे आगे होंगी पीछे हम।"

"उससे काम नहीं चलेगा। आगे तो हमें रहना होगा," तिरका कहता। उसने अपना कूच बिहारवाला धन्धा समेट लिया था। पिता की उम्र और सेहत ऐसी हो गयी थी कि दूर रहना पाप था। जितना भी सेवा कर ले, पुण्य के खाते में उससे अधिक दर्ज होगा। खेती से बचे खाली समय के लिए उसने भी एक दुकान खोल ली थी। रोजमर्रा का हर सामान उसमें रखता था। इसलिए काफी लोग उस खरीददारी के बहाने दस घड़ी दिन चढ़ते आते और उतरने के चार घड़ी पहले चले जाते। इस पर घर की स्त्रियाँ खूब कनकनातीं और उनके आने के इन्तजार में घर का काम रोककर रखती। कुन्ती की माँ तो एकदिन सोंटा लेकर आयी और कन्तु पर पिल पड़ीं। उसका इरादा मारने का नहीं था, इसलिए एक फर्लांग की दूरी से ही जोर-जोर से गाली देने लगी थीं। कन्तु सावधान हो गया था और मुकाबिले के लिए पूरी तैयारी कर ली थी। उसमें मनाना और हथियार डाल देना ही प्राथमिक था। इसे जानते हुए भी लोग बीच-बचाव के लिए पूरी तरह से मानसिक रूप से तैयार हो गये थे। उसे भाँपकर कन्तु ने कहा, "निठल्लों का जमघट लगाने के लिए ही पोचई तिरका ने दुकानें खोली हैं। जो आजतक कमासुत थे, आज बैठकबाज हो गये हैं।"

किसी ने खी-खी कर व्यंग्य में कहा, "जा-जा, पूरा नारी समाज लेकर आ। इन दुकानों को अभी से बन्द करा दे। नहीं तो कल के दारू बेचने लगेंगे।

व्यंग्य राजनैतिक रूप से सक्रिय हो रही शहरी औरतों पर था, जो आज हर धरना-प्रदर्शन में आगे-आगे रहती हैं। पर उसमें यह सच्चाई का अंश भी था कि आजकल

हर चौराहे पर पहले इक्का-दुक्का दुकानें चाय-पानी की खुलती हैं, फिर दारू की। जो दारू घरों के भीतर पी जाती थी, उत्सवों पर, वह भी रात में, अब दिन में पी जाती है, श्रम करने से बचने के लिए। चौराहे की यह नयी संस्कृति पूरे देश में फैल रही थी।

यु लिन के नियमित आने पर लोगों ने पोचई पर फिर दबाव बनाया कि वह अखबार मँगाये। भला बिना अखबार के कोई चाय की दुकान चलती है? पोचई चेहरे पर बिना कोई भाव लाये भीतर-ही-भीतर मुस्कराता था कि यही तो चाय-बिस्कुट का धन्धा चौपट करता है। अखबार पढ़ने के बहाने लोग घण्टों डटे रहते हैं। जगह न होने के कारण तमाम ग्राहक दूसरी दुकान पर चले जाते हैं। पर यहाँ ग्राहक ही कौन है? और चाय की दूसरी दुकान भी नहीं है। ये लोग तो यूँ ही घण्टों बैठे रहते हैं। चलो इनका ऊब मिटाने के लिए अखबार मँगा ही लेते हैं। कहा, ''यहाँ अखबार देने आयेगा कौन सात कोस से?''

बात तो सही थी। एक अखबार देने कोई हाकर सात कोस तो नहीं आयेगा-जायेगा। बात वहीं-की-वहीं रह जाती यदि पाकुड़ के चौधरी ने उसी वक्त माजिद अली को आते नहीं देखा होता। अब उनके कन्धे पर बन्दूक नहीं होती, लाठी होती है। दुआ-सलाम के बाद चौधरी ने कहा, ''मियाँ, आप तो रोज शहर जाते हैं। वहाँ रोज एक अखबार खरीद लिया कीजिये और जिस दिन यहाँ आइये, लेते आइये। लोग...''

बात काटकर माजिद अली ने कहा, ''अब टेंट ढीली रहती है। मालिक लड़के हो गये हैं। गिनकर पैसे देते हैं। शहर इक्के से नहीं पैदल जाना पड़ता है।''

चौधरी भी बीच में ही बोल उठे, ''समझ गया। अखबार के पैसे पोचई देंगे।''

दोनों ने अर्थपूर्ण दृष्टि से पोचई की ओर देखा। पोचई ने उसे पढ़ते हुए कहा, ''इतनी आमदनी तो इस दुकान से होती नहीं। जो भी खरीदता है उधार खरीदता है।...''

वसुन्धर ने कहा, ''कोई बात नहीं। हम सब मिलकर देंगे। मैं दूना दूँगा अपना और तिरका का।''

''सबसे क्या मतलब,'' पोचई बोला।

कोई दूसरा बोला, ''हाँ सभी लोग तो रोज आते नहीं।''

''अरे तो जो लगभग रोज आते हैं। हम चार-पाँच लोग। यु लिन, चौधरी... ।''

कोई बीच में ही बोला, ''यु लिन से पैसे लेना उचित नहीं। वे तो सबको पढ़कर सुनायेंगे।''

''और माजिद अली से भी लेना ठीक नहीं। वे अखबार लेकर आयेंगे।''

''वे तो वैसे ही हट गये हैं। रोज कहाँ आते हैं?''

लोग हँस पड़े। पोचई सोचता रहा कि भला इसमें हँसने की क्या बात है? बोला, ''छोड़ो डांगोरिया, सब मैं ही दे दूँगा।''

रोज कुछ इसी तरह की बातें होतीं। जब अखबार आया तो पोचई ने कहा, "भला ये सात अखबार यु लिन एक दिन में पढ़ेंगे कैसे? यदि पढ़ भी लिया तो ये बड़े-बड़े पोथे सुनेगा कौन?"

बात सही थी। तय हुआ कि एक दिन में एक अखबार पढ़ा जायेगा। सात दिन में सात अखबार पढ़ लिया जायेगा और आठवें दिन नयी खेप लेकर माजिद अली आ जायेंगे। एक ही सप्ताह यह क्रम चल पाया। सबको जरूरत थी ताजा समाचार जानने की। इसलिए लाये अखबार में अन्तिम दिन का अखबार पहले पढ़ लिया जाता था। उसके पहले का समाचार तब बासी लगता। उन्हें भरसक कोई मन लगाकर सुनना नहीं चाहता था। एकाध महीने के बाद पोचई ने कह दिया, "आने के पहले दिन का अखबार ही ले आइये।"

वसुन्धर को यह अच्छा नहीं लगा। बाकी दिनों के अखबार में यदि कोई बहिरागतों और उसके खेत के बारे में सुसमाचार हो तो वह छूट जायेगा। पर बहुमत के आगे उसकी नहीं चली। पोचई खुश था कि उससे काफी पैसे बच जायेंगे। कहा, "आगे अखबार का सारा पैसा मैं दूँगा। इतनी तो कमायी हो जाती है।"

उन्हीं अखबारों से पता चला कि यह सरकार अपने वादों की पक्की है। आते ही बहिरागतों की समस्या को हाथ में लिया है। राष्ट्रीय नागरिक पंजी बनाने का काम तेजी से चल रहा है। पूरे प्रान्त के पटवारी और प्राथमिक विद्यालयों के शिक्षक इसमें लगा दिये गये हैं। जरूरत पड़ी तो दूसरे विभागों के लोग इसमें लगाये जायेंगे।

इस पर कुछ दिन तक तो शान्ति रही। सिर्फ गुलाम उस्मानी, मियाँ नमाजी, शेख मुहम्मद अली, मौलाना अब्दुल हक आदि के साथ भाग-दौड़ करते रहे। अखबारों में बयान देते रहे कि अल्पसंख्यकों के साथ बड़ी गदर मची है। धर्म के नाम पर लोगों को अनागरिक ठहराने का प्रयत्न हो रहा है। पुरानी सरकारों के लोग खुश थे कि सालों ने हमें वोट नहीं दिया है। अपनी पार्टी बनाकर वोटकटवा बने हैं। अब भुगतें। पर यह सोच दिल्ली में बैठे उनके आकाओं की नहीं थी। पहल किया केन्द्रीय सरकार के गृह राज्य मन्त्री ने। जिस सरकार के प्रधानमन्त्री ने असम एवार्ड के लिए पहल किया और गवाह बने उन्हीं के मन्त्री सन्तोष मोहन सिंहदेव ने साफ-साफ कहा, "यह नागरिकता पंजी बनाकर हमारे मतदाताओं को अभी सताया जा रहा है। बाद में उन्हें सरकारी सुविधाओं से वंचित किया जायेगा, फिर उन्हें देश से मारकर ही भगा दिया जायेगा। दूसरे बाहरी लोग मुगालते में न रहें। एक बार यदि इस काम में सफलता मिली तो बंगाली हिन्दू, नेपाली, बिहारी, मारवाड़ी, तमाम जनजातियों के लोग, चाय बागानों के मजदूर, मदरासी सभी भगाये जायेंगे। आखिर इसी असम के एक हिस्से नागालैण्ड से भूमिपुत्रों (सन ऑफ स्वायल) का आन्दोलन उठा था। जेड. ए. फिजो ने उसी के बल पर भारत से अलग हो जाने के लिए युद्ध छेड़ा था। उसकी परिणति का आहट तब

के केन्द्रीय इण्टेलिजेन्स ब्यूरो के उपनिदेशक शिलांग में नियुक्त एस. एन. घोष ने सुन ली थी। उसका भरपूर विरोध किया था। तब उनकी किसी ने नहीं सुनी थी। स्वाभिमानी आदमी थे। असम छोड़कर ही चले गये और देहरादून के कालीदास रोड पर जाकर बस गये। खैर... इन तमाम जातियों को चाहिए कि वे इस पंजी के विरोध में उठ खड़े हों।'' उन्होंने एस. डी. पुरकायस्थ को फौरन असम भेजा इसके प्रचार के लिए।

उसी दल के नेता थे भीष्म नारायण सिंह। उन्होंने एवार्ड बनाने और उस पर हस्ताक्षर कराने में बड़ी भूमिका निभायी थी। उनको जब राजा सन्तोष मोहन सिंहदेव के क्रियाकलाप का पता चला तो प्रधानमन्त्री के पास गये। कहा, ''एकार्ड का आधार ही बहिरागतों पर कार्यवाही थी। एकार्ड हुआ ही था इसीलिए। नागरिकता की पंजी 1951 में बननी आरम्भ हुई थी। उसको केन्द्रीय गृहमन्त्रालय की स्वीकृति थी, पर तब विभिन्न दबावों के कारण रोक दिया गया था। फिर उसे बनाने की प्रक्रिया केन्द्र की सहमति से 1965-66 में चली। फिर रोक दिया गया। फिर 1973 में तत्कालीन प्रधानमन्त्री ने वादा किया। पर सरकारी तौर पर प्रक्रिया आरम्भ नहीं की गयी। बाबू कामाख्या नारायण त्रिपाठी ने उसे अपनी पहल पर आरम्भ किया। अब फिर सरकारी तौर पर आरम्भ हुआ है तो राजा सन्तोष मोहन सिंहदेव ने यह रवैया अख्तियार किया है। ऐसा कब तक चलता रहेगा? उससे यदि कुछ लाख लोग हमारे पक्ष में आयेंगे तो कुछ करोड़ लोग विरुद्ध हो जायेंगे। बिना असम के सामान्य जन के सहयोग और सम्मति के हम वहाँ सत्ता में नहीं आ सकते। इसे रोका जाय।''

प्रधानमन्त्री ने उसकी बात बड़े धैर्य से सुनी। सुनकर एक बार 'हूँ' कहा। उसका क्या अर्थ था, भीष्म नारायण सिंह नहीं समझ पाये। सन्तोष मोहन सिंहदेव ने यह बात सुनी तो प्रधानमन्त्री के पास गये और कहा, ''यह मेरे काम में हस्तक्षेप है। भीष्म बाबू को गलत बात करने से रोका जाना चाहिए। इस पर भी प्रधानमन्त्री ने एक बार 'हूँ' कहा। उसका क्या अर्थ था सिंहदेव समझ नहीं पाये। उसका खुलासा स्पष्ट हो, उसके लिए एस. डी. पुरकायस्थ के नेतृत्व में एक प्रतिनिधि मण्डल असम के नेताओं का मिला। पहले अल्पसंख्यकों की दुर्गति पर खुशी जतायी, फिर कहा कि यही मौका है उन्हें अपनी ओर पुनः मिलाने का। हमारा साथ छोड़ने और अपनी पार्टी बनाने पर अब वे खूब पछता रहे हैं। उसके लिए कुछ खास करना नहीं है, बस नागरिकता पंजी का निर्माण स्थगित करा देना है। कहना है कि उसे हम बनायेंगे। मौजूदा सरकार कुछ ज्यादे ही 'प्रो-आसामीज' है, इसलिए उसकी दृष्टि वस्तुगत नहीं है। उस वस्तुगतता का ठेका हमारे पास है।'' प्रधानमन्त्री ने उनकी भी बात बड़े गौर से सुना और एक बार 'हूँ' कहा। प्रतिनिधि-मण्डल को मिलने के लिए जितना समय दिया गया था, वह पूरा हो गया था। उनको चाय भी पिलायी जा चुकी थी। इसलिए वे 'हूँ' लेकर चले आये

और राष्ट्रीय नागरिकता रजिस्टर के निर्माण में जितने भी प्रकार के अड़ँगे डाले जा सकते थे, डालने लगे।

इसका तो प्रभाव नहीं पड़ा पर सन्तोष मोहन सिंहदेव के सन्देश का अपेक्षित प्रभाव तमाम दूसरे घटकों पर खूब पड़ा। तमाम छात्र संगठन एक साथ सक्रिय हो गये। सभी ने अपना हिंसक दस्ता बनाया। इसमें असम का खुली और भूमिगत राजनीति में एक नया मोड़ आया। बाहर-बाहर जगह-जगह धरना, प्रदर्शन और आन्दोलन की बाढ़ आ गयी। भीतर-भीतर नौजवान घरों से भाग कर जंगलों में जा कैम्प बनाकर रहने लगे, प्रशिक्षण प्राप्त करने लगे, सरकारी कैश लूटा जाने लगा, हथियार खरीदा जाने लगा। जगह-जगह विस्फोट किये जाने लगे, पुल और रेलवे लाइन तोड़े जाने लगे।

सरकार को अन्देशा पहले से ही था। केन्द्रीय सुरक्षा बलों ने सभी सम्भावित इलाकों के रणनीतिक रूप से महत्त्वपूर्ण जगहों पर अपना कैम्प पहले ही स्थापित कर लिया था। आज्ञा मिलते ही वे दस्ते हरकत में आये। आरम्भ में विद्रोहियों को बढ़त प्राप्त थी। हर घटना लोगों को अवाक कर देती थी। सुरक्षा बल मुँह की खा जाते थे। पर जल्दी ही स्थिति उलट गयी। विद्रोहियों के काम कराने का ढंग अटकल-पच्चू था। सुरक्षाबलों ने जब उन्हें घेरे में लिया तो बड़ी त्रहि-त्राहि मची। गुलाम उस्मानी पहले ही कह रहे थे कि उस तरह अलग-अलग लड़ने से सफलता नहीं मिलेगी। सभी को मिलकर एक संयुक्त प्रयास करना पड़ेगा। धरना-प्रदर्शन के मामले में कुछ एका बना भी था। एक संयुक्त कार्यवाही का मोर्चा बन गया था। उसी को आधार बनाकर मतीन ने भूमिगत संगठनों में भी एका कायम करने का प्रयास किया। कुछ भूमिगत संगठनों ने एक-दूसरे की मदद करने के लिए कुछ तालमेल बिठाया। पर वह कारगर सिद्ध नहीं हुआ। ठग चन्द्र कुर्मी ने लिखा कि सारे झगड़े की जड़ ये बहिरागत ही हैं। निकालने की बात तो इन्हीं के बारे में उठी थी। हम ख्वामख्वाह लपेटे में आ गये। अभी भी समय है कि हम उनसे अलग होकर अपनी आवाज उठायें। इसका आन्दोलन पर प्रभाव पड़ा। पहले खुले आन्दोलन में दरार आयी, फिर भूमिगत एका में।

सुरक्षा बल की सफलता जब शीर्ष पर पहुँची और लगा कि भूमिगत लोग पूरी तरह से कुचल दिये जायेंगे तो भारत सरकार का गृहमन्त्रालय हर घटना पर राज्य सरकार से रिपोर्ट माँगने लगा और सत्ताधारी दल प्रचारित करने लगा कि बड़ा अत्याचार हो रहा है, निर्दोष मारे जा रहे हैं। इसे रोकने के लिए बहस यह चलायी गयी कि केन्द्रीय सुरक्षा बलों पर नियन्त्रण राज्य सरकार का है कि केन्द्र सरकार का। राज्य सरकार का कहना था कि उन्हें राज्य सरकार की मातहती में भेजा गया है इसलिए उनसे काम लेने का हक उनका है। केन्द्र सरकार का कहना था कि राज्य सरकार की मातहती में भेजने का मतलब यह नहीं है कि वह केन्द्र सरकार का संगठन नहीं रह गया। यदि अभी भी है तो नियन्त्रण केन्द्र सरकार का ही है। और तब जब निर्दोष लोगों पर अत्याचार हो रहा है, उसे यह

निर्देश देने का पूरा अधिकार है कि वे अपनी कार्यवाही बड़े सन्तुलित ढंग से करें। सुरक्षा बलों ने इसका अर्थ यह लगाया कि न करें। इससे एक बार फिर बड़ी अव्यवस्था फैली। बहिरागतों के विरुद्ध असम के सामान्य जन घरों से निकल आये।

स्थिति को बिगड़ता देख एक बार फिर भीष्म नारायण सिंह प्रधानमन्त्री से मिले। कहा, "इससे तो गृह युद्ध आरम्भ हो जायेगा।" इस बार प्रधानमन्त्री ने सिर्फ 'हूँ' नहीं कहा। खुलासा किया कि गृहयुद्ध मचे तो मचे उससे हमारे दल को सत्ता में रास्ता बनता है तो क्या हर्ज है? भीष्म नारायण सिंह अवाक् रह गये। उनको सामान्य करने के लिए प्रधानमन्त्री ने कहा, "यदि हम ऐसा कश्मीर में कर सकते हैं, तब असम में क्यों नहीं।" भीष्म नारायण सिंह अपना-सा मुँह लिये चले आये। उन्हें दिल्ली से दूर रखने के लिए जल्दी ही राज्यपाल बनाकर दूर पठा दिया गया।

इस तमाम घटनाओं से प्लेन ट्राइबल काउन्सिल को सक्रिय होने का मौका मिला। विधान सभा में एक तरह से वही विरोधी दल था। उसने इस बात पर दबाव डाला कि बहिरागतों की समस्याओं के समाधान खोजने से पहले बोडो लोगों के समस्याओं का समाधान निकाल लिया जाना चाहिए। यदि उन्हें तत्काल उनका सूबा नहीं दिया जा सकता है तो उनके स्वायत्तशासी परिषद् को ही मजबूत किया जाय। उनका गम कम करने के लिए प्रान्तीय सरकार के लिए जरूरी था कि उनकी बात मान ली जाय। उनका भूमिगत संगठन अभी तक निष्क्रय था। उसकी स्थापना ही बहिरागतों से लड़ने के लिए हुई थी। अतीत में वे लड़ भी चुके थे। उनको मिलाकर रखने के लिए जरूरी था कि उनको कुछ अधिकार दे दिया जाय। इसलिए परिषद् का चुनाव कराया गया। उसमें बड़ी यात्रा में प्लेन ट्राइबल काउन्सिल के सदस्य जीते ओर सभी बड़ थे। यह तमाम दूसरे अल्पसंख्यक संगठनों को नागवार गुजरा। उनका कहना था कि हर चुनाव-क्षेत्र में बड़ लोग अल्पसंख्यक हैं, बहुमत तमाम दूसरी जनजातियों के लोगों के संयुक्त रूप को है। इसलिए बोडो परिषद् की कल्पना ही भ्रामक है और गैर बोडो लोगों पर अन्याय लादने जैसा है। उनके लिए सत्ता में भागीदारी के लिए अवसर ही नहीं है। सरकार को चाहिए कि उसे भंगकर दे और यथास्थिति बनाकर रखे। अन्यथा ये पी. टी. सी. वाले एक दिन हमें भी निकाल बाहर करने के लिए आन्दोलन छेड़ेंगे। सरकार चाहने लगी थी कि ये तमाम निहित स्वार्थवाले लोग और संगठन आपस में लड़ने लगे, लड़ते रहें, जिससे किं उसे अपने प्रमुख मुद्दा बहिरागतों के विरुद्ध कार्रवाई करने का मौका मिलता रहे। पर ऐसा कम ही हो पाया। तुरन्त गैर-बोडो संगठनों से जुड़े लोग बोडो लोगों पर हमला करने लगे, दबाव बनाने के लिए कि बोडो परिषद्र भंग हो जाय। सरल ब्रह्म चौधरी इन आक्रमणों का हल शान्ति वार्त्ता द्वारा प्राप्त करना चाहते थे। वे विधान सभा में विरोधी दल के नेता होने के साथ-साथ परिषद् के अध्यक्ष भी थे। विनायक वसुमतारी चाहते थे कि सरल ब्रह्म चौधरी नेता विपक्ष का पद छोड़ दें। दोनों पदों पर

उनके बने रहने से दूसरों को आगे बढ़ने का मौका नहीं मिल रहा था। सरल ब्रह्म चौधरी को लगता था कि दोनों पद एक-दूसरे को शक्तिशाली बनाने के लिए हैं। इसलिए उनमें से एक को भी नहीं छोड़ना चाहिए। वे उन पर डटे रहे। परिणामस्वरूप विनायक वसुमतारी कन्नी काटने लगे। उन्होंने दिवांग राभा, पूरन चन्द्र ब्रह्म और लम्बोदर साइकिया तीनों को बुलवाया। दिवांग राभा और पूरन चन्द्र ब्रह्म तो ठीक, पर लम्बोदर से खुल्लमखुल्ला मिलना सरकार और प्रशासन की निगाहों में चढ़ जाना था। इसलिए एक दिन वे दिपरा नाला में घने जंगल में पहुँचे। लम्बोदर ने पूछा, "आप साफ-साफ बताइये कि हमें क्या करना है?"

विनायक कुछ देर तक सोचते रहे, फिर कहा, "क्या जोसफ मिंज से समझौता नहीं हो सकता?"

"वे स्वतन्त्र कोच कामतापुर राज्य की स्थापना के लिए दृढ़ संकल्प हैं। उन्हें डिगाया नहीं जा सकता।"

"यह आश्वासन तो दिया जा सकता है कि उनकी माँग को हम स्वीकार करते हैं और उनकी मुहिम में साथ हैं।"

"दो बातें हैं। एक तो यह कि एक बार खटक जाने के बाद भूमिगत संगठन के लोग एक-दूसरे को सन्देह की दृष्टि से देखते हैं। दूसरे उनका विश्वास इधर बड़ लोगों पर कम, कोच, मेष और राजवंशियों पर अधिक है।"

"कहा जा सकता है कि हम पर भरोसा करके देखिये।"

"मान लीजिये वे भरोसा कर लेते हैं। पर हमारी लड़ाई तो बड़ लोगों के लिए है। और अलगाववाद से परे हैं। तब आगे क्या होगा?"

"आगे की आगे देखी जायेगी। अभी..."

"यानी शुरू से ही हमारे मन में दगा देने की बात है। तब..." लम्बोदर ने अपनी बात पूरी नहीं की। विनायक चाहता भी नहीं था कि बात पूरी हो। दिवांग ने कहा, "हम खुली राजनीति में यदि भूमिगत राजनीति को शामिल न करें तो ही अच्छा।"

'क्यों?"

"इससे जटिलता बढ़ जायेगी। हासिल कुछ नहीं होगा।"

"किन्तु भूमिगत संगठन बनाया ही गया था ऊपरी राजनीति को मजबूती प्रदान करने के लिए।"

"इससे मजबूती नहीं मिलेगी, उल्टे सरकार को हमें दबाने का मौका मिल जायेगा। सरल ब्रह्म उन्हीं की तरफदारी करेंगे।"

बात जहाँ उठी थी, वहीं रह गयी। तब विनायक वसुमतारी की दृष्टि पूरन चन्द ब्रह्म पर पड़ी। वे इट्टर बड़ को साथ लेकर आये। उन्होंने स्पष्ट राय रखी कि दबाव बनाने के लिए थोड़ी उग्रवादी गतिविधियाँ जरूरी हैं। "बिना उसके आजकल सरकार सुनती

नहीं। इन्तजार करती है कि दो-चार बसें फूक जायँ, कुछ विस्फोट हो, दो-चार मासूम लोग मर जायँ तब हरकत में आये।"

"पर हमें तो सरल ब्रह्म को हटाना है।"

"वह उसी से होगा।"

इट्टर बड़ आगे आया। कोक्राझार, नलबारी, बँगाई गाँव, बड़पेटा आदि में एक ही दिन एक ही समय पर बम फूटे, दुकानें जली, दो-चार लोग हलाक् हुए, घायल हुए। प्रशासन सन्न रह गया, शासन दंग रह गयी। सरल ब्रह्म ने सफाई दी कि इसमें उनका कोई हाथ नहीं। उनके पास इसके लिए कोई 'इन्फ्रास्ट्रक्चर' ही नहीं है। वे शान्तिप्रिय नेता हैं और सारा काम शान्ति से करते हैं। आगे भी शान्ति से ही करेंगे। यह दरअसल उन्हें बदनाम करने की साजिश है।

सरकारें ऐसी बातों पर विश्वास नहीं करतीं। नेता इतना झूठ बोलते हैं कि उसमें सच्चाई बोलनेवाला भी झूठा ही लगता है। तो भी इस सरकार ने विश्वास किया। ढिकरा जोसफ मिंज के सिर पर फोड़ा गया। उनको पकड़ने की पूरी तैयारी की गयी। उनका कैम्प और संगठन ध्वस्त करने की पूरी तैयारी की गयी।

विनायक को लगा कि पूरा मामला ही हाथ से खिसक रहा है। सारी कार्रवाई 'मिसफायर' होती जा रही है। इसलिए पूरे बोडो इलाके में रातोंरात पोस्टर लग गया कि यह कार्रवाई बोडोलैण्ड लिबरेशन आर्मी ने किया है और चेतावनी दी जाती है कि बोडो लोगों को पूर्ण स्वतन्त्रता देने की बात मान ली जाय, अन्यथा 'गण्डोगोल' का दायरा निरन्तर विस्तृत होता चला जायेगा।

सरल ब्रह्म ने तुरन्त इसका खण्डन किया और इसके कर्त्ताओं की कड़े शब्दों में भर्त्सना की। विनायक वसुमतारी को बुलाकर कहा, "यह सब आप क्यों कर रहे हैं?"

"क्या आप जानते नहीं हैं?"

"जानता हूँ और इसीलिए आपका मन्शा पूरा होने नहीं दूँगा।"

"देखता हूँ आप कैसे बने रहते हैं?"

"जब आपस में ही इतना फूट है तो बोडो लोगों का भला क्या होगा?"

"उसके जिम्मेदार आप हैं।"

जल्दी ही घोषणा कर दी गयी कि पी.टी.सी. में फूट पड़ गयी है। विनायक वसुमतारी उससे अलग हो गये हैं। उन्हें उग्रवादियों का समर्थन प्राप्त है। छात्र संगठन भी उनके साथ है। दिवांग राभा और पूरन चन्द्र ब्रह्म उनके दोनों हाथ हैं।

जल्दी ही पूरे बड़ इलाके में स्कूल, ब्लाक समेत तमाम सरकारी मकान ध्वस्त कर दिये गये। संचार व्यवस्था चौपट कर दी गयी।

वसुन्धर सारा समाचार यु लिन की जुबानी अखबारों से सुनता रहा और अपने भाग्य पर बिसूरता रहा कि इसमें उसका खेत कहाँ है? वह तो और दूर होता जा रहा है। आखिर सरकारें सीधे समस्याओं पर क्यों नहीं जातीं? यह जनता और सरकार, शासित और शासक के बीच इतना बड़ा पारावार कहाँ से आकर लहराने लगा है? वह सबकी समस्याओं को अलग-अलग देखने के बजाय एक में गांउज-माउज कर क्यों देखती है? सभी बातों के लिए एक सामान्यीकृत नीति क्यों बनाती है कि उसमें व्यक्ति तिरोहित हो जाता है? कहा तो यह जाता है कि यह सब व्यक्ति के लिए होता है, उसमें एक-एक व्यक्ति का ध्यान रखा जाता है, उसका जायजा लिया जाता है। जब व्यक्ति शिकायत करता है तब न्याय का चक्का डोलता है। तब न्याय का सम्बन्ध नीति से कहाँ हैं? वह व्यक्ति के रूप में भी न्याय का दरवाजा खटखटा चुका है, सामूहिक रूप से नीति से भी टकरा चुका है, तब उसकी समस्या का हल क्यों नहीं होता? क्यों उसका हल निरन्तर दूर होता जा रहा है?

इसका हल बताता है जयदेव मजूमदार। कहता है, "सारी व्यवस्था ही व्यक्ति के शोषण के लिए होती है। इसलिए जरूरी है कि व्यवस्था को नष्ट कर दिया जाय।"

ठग चन्द्र कुर्मी पूछता है, "पर बिना व्यवस्था के चलेगा कैसे?"

"चलेगा न। इस बूर्जुआ व्यवस्था की जगह सर्वहारा की व्यवस्था आयेगी। वह इन दबे-कुचले मजलूम लोगों द्वारा संचालित व्यवस्था होगी। वह इनके दुःखों से सीधे वाकिफ होगी, क्योंकि यह इन्हीं के बीच से उपजी होगी। इसलिए वह तुरन्त न्याय करेगी। उसके लिए इतने लम्बे विधान, प्रक्रिया और साक्ष्य की जरूरत नहीं होगी। उसमें अदालतों का झंझट नहीं रहेगा। गाँव के स्तर पर ही पंचायत सब तय कर देगी।"

"तुम तो कह रहे थे कि व्यवस्था रहेगी ही नहीं। अब कहते हो कि एक ही जगह दूसरी व्यवस्था आयेगी उससे बड़े अधिनायक की।"

"हाँ आयेगी और अधिनायकवादी होगी, क्योंकि वह न्याय की स्थापना करेगी। न्याय की स्थापना हो जाने के बाद वह क्रमशः तिरोहित होती चली जायेगी। उसमें हर व्यक्ति अपनी मर्जी का मालिक होगा। उस पर अनुशासन स्थानीय समाज का होगा और वह ऐच्छिक होगा।"

ठगचन्द्र कुर्मी की समझ में यह बात नहीं आयी। फिर भी जयदेव मजूमदार की बात वह स्वीकार करता है। गुलाम उस्मानी तमाम अल्पसंख्यकों के भूमिगत संगठनों में एका नहीं कर पाये थे। लगता है कि जयदेव एका कर पायेगा। इसलिए वह जंगल-जंगल नाले-नालों के सहारे घूम रहा है। बता रहा है कि कानू सान्याल उनकी समस्याओं का समाधान हैं। वही इस लड़ाई का पक्का रास्ता सुझायेंगे। जेल से छूटने के बाद वे इसी काम में लगे हैं। जरूरत है उनके नेतृत्व में काम कर अपना उद्देश्य हासिल करने की।

और कोई तो नहीं, पर जोसफ मिंज उनका सहयोग लेने को तैयार होता है। इसलिए नहीं कि जयदेव मजूमदार पर उसे विश्वास है या कानू सान्याल की विचारधारा से सहमत

है, इसलिए कि दुश्मन-का-दुश्मन दोस्त होता है। आखिर हमें हथियार और विदेशी सहयोग की जरूरत पड़ेगी। वह पास के देशों से ही प्राप्त होगा। उसका 'नेटवर्क' कानू सान्याल के पास हैं। वह चीन हो आया है। चीन चार डेलेगेशन गये थे नक्सलवादियों के, पर माओ त्से तुंग मिला सिर्फ कानू सान्याल से। इसलिए वह प्रभावशाली है। उसका दल टुकड़ों-टुकड़ों में बिखर गया है। वह एक आधार की तलाश में है। वह हमने दिया तो वह अपनी पूरी ताकत हमें देगा। गठजोड़ कर लेने में हर्ज नहीं है। जयदेव समझाता है, "आप पुराने कामतापुर राज्य का पुनगर्ठन करना चाहते हैं। वह इलाका कूच विहार सिलिगुड़ी पारकर अररिया तक जाता है। जलपाईगुड़ी पारकर मैमन सिंह तक जाता है। कभी बारिसाल तक अधिकार में था। हमारा भी लिबरेशन जोन वहीं बनाने का इरादा है। आप का सहयोग मिल जाय तो काम आसान होगा।"

"सहयोग तो आपका हमें मिलना चाहिए। आपका संगठन पुराना है। सान्याल पुराने नेता हैं। गुरिल्ला युद्ध का अनुभव है। सम्पर्कों के धनी हैं। जबरदस्त लड़ाई का हौसला रखते हैं। हमें उनका सहयोग प्राप्त कर खुशी होगी।"

"जनता के हित में यही है कि हम लोग एक हो जायँ।"

"देखेंगे। पहले बात आगे बढ़े।"

"वह विचारधारा के आधार पर होगा।"

"देखेंगे। पहले बात कुछ आगे तो बढ़े।" जोसफ मिंज खूब जानता है कि ये विचारधारा जैसे शब्द छद्म है। इनके सहारे हम सत्ता में आते हैं, शासन करते हैं। दोनों में ही हम जन को भूल जाते हैं। विचारधारा की मनमानी व्याख्या करते हैं और बहुप्रचारित करते हैं कि यही जन की आकांक्षा है। इसमें जो हमारा साथ देता है, सत्ता का भागीदार बनता है, जो विरोध करता है, वह जेल बाद में जाता है, पहले भरसक मार ही दिया जाता है। पर हमें उससे क्या? असली मकसद तो सत्ता में आना है। फिर कौन कितना साथ निभाता है? ऐसा नहीं है कि जयदेव को इन भावनाओं का पता नहीं है। पता है, पर अभी अपना प्रभाव क्षेत्र बढ़ाना है।

मिंज के सहयोगी बन जाने पर तमाम छोटे-छोटे घटकों में भी चेतना जागी। जो संकट में साथ दे, वह हमारा मित्र। चलो, उनकी बात मान लेने में हर्ज क्या है, बशर्ते हमारी पहचान बनी रहे। अन्यथा जोसफ मिंज खड़ा है, अन्ततः बड़ लोगों के ही पक्ष में। उसमें वह नेपालियों, चाय बागान के दूसरे प्रान्तों से आये मजदूरों, अवकाशप्राप्त आदिवासियों को भी पूछनेवाला है। आज उनका पहला शत्रु सरकार और बाँग्लादेशी बहिरागत हैं, कल हम हो जायेंगे, तब देखा जायेगा।

अति उत्साहित होकर ठग चन्द्र कुर्मी के साथ जयदेव मजूमदार लम्बोदर साइकिया के पास पहुँचा। ठग चन्द्र पहले लम्बोदर के साथ काम कर चुका था। उसके व्यक्तित्व से वाकिफ था सोच और व्यवहार दोनों स्तरों पर। जयदेव को आशा थी कि ठगचन्द्र का

यह अनुभव काम आयेगा। पर वह काम नहीं आया। लम्बोदर ने स्पष्ट कहा, ''हम ऐसे अवसरवादी गठजोड़ में शामिल नहीं होते।''

जयदेव ने कहा, ''उससे उबरने के लिए एक विचारधारा हमारे सामने है। उसके न्यूनतम पर हम एका स्थापित कर सकते हैं।

लम्बोदर ने कहा, ''हम उसे जानते हैं।''

''तब यह भी जानते होंगे कि बिना विचारधारा के क्रान्ति नहीं होती।''

''पर हम क्रान्ति कहाँ कर रहे हैं। हम तो सिर्फ विद्रोह कर रहे हैं। हमारे कुछ हक हैं जो मारे जा रहे हैं। हमारी लड़ाई उन्हें पाने तक है। हमारा उद्देश्य वहीं तक सीमित है। इसलिए हम बागी है, क्रान्तिकारी नहीं।''

ऐसे टके-से जवाब की उम्मीद तो उसे जोसफ मिंज से थी, जो ईसाइयत को लेकर चल रहा है। पर दिया लम्बोदर साइकिया ने। भले ही वह अपना मुँह लिये लौट रहा है, एक स्पष्ट दृष्टिवाले आदमी से बात तो कर पाया है। सफलता के लिए इसकी भी जरूरत पड़ती है।

ठगचन्द्र ने यहीं पर बात नहीं छोड़ी। कहा, ''सबके आका विनायक वसुमतारी हैं। उनसे भी बात कर लेते हैं।''

''हर्ज नहीं है।''

दोनों गोगागाँव पहुँचे। वहाँ मार लोगों का ताँता लगा हुआ था। जबसे वे सरल ब्रह्म चौधरी से अलग हुए थे, दिवांग राभा और पूरन चन्द्र ब्रह्म ने पूरा बड़ देश छान मारा था। लोगों को अपना भविष्य उसी में दिख रहा था। उनके छोटे-छोटे प्रतिनिधि रोज विनायक से मिल रहे थे। कोई योजना बनाने के लिए नहीं, सिर्फ यह बताने के लिए कि हम आपके साथ हैं। जब चाहियेगा सन्देश भेज दीजियेगा, हम मोर्चा पर डटें मिलेंगे। विनायक सबकी हाँ-में-हाँ मिलाता है। पर जयदेव की हाँ-में-हाँ नहीं मिला पाता। साफ कहता है कि हमे 'डिक्टेटरशिप ऑफ प्रोलेटैरिएट' के लिए नहीं लड़ रहे हैं, 'बड़-अस्तित्व' की पहचान के लिए लड़ रहे हैं। हम तानाशाही स्थापित करना नहीं चाहते, अपनी कौम को पहचान दिलाने के बाद परिदृश्य से गायब हो जाना चाहते हैं। सत्ता हमारे लिये उद्देश्य नहीं, साधन है। वह सरल ब्रह्म के लिए होगा। उनसे मिलिये।

जयदेव को लगता है कि लम्बोदर ने यदि टका-सा जवाब दिया है तो इसी नैतिक बल पर। वह विनायक का पक्का शिष्य है।

सरल ब्रह्म चौधरी से मिलता है। कहता है, ''आगे की राजनीति बिना बल के नहीं हो पायेगी। और वह बल कोई भूमिगत संगठन ही प्रदान करेगा।

सरल ब्रह्म भी स्पष्ट कहता है, ''हिंसा हमारा रास्ता नहीं है। हम लोगों को खूनी राजनीति की भाषा में समझाकर अपने साथ करना चाहते हैं आप। उसी से बल ग्रहण करना चाहते हैं। हम गाँधीवादी हैं। जनता की सहमति से बलग्रहण करना चाहते हैं। नहीं मिलेगा तो अवसान झेल लेंगे, पर हिंसा नहीं अपनायेंगे।''

उसे बड़ा आश्चर्य होता है कि लोग इतना स्पष्ट कैसे बोल लेते हैं। लगता है कि जैसे 'क्लास' का 'कैरेक्टर' होता है, वैसे ही 'कम्युनिटी' का भी 'कैरेक्टर' होता है। इसी कारण शायद स्पष्टवादिता हमारे खाने में नहीं है। हम बाहर-भीतर दो होते हैं। पर असमिया एक होता है। इसलिए वह जो भीतर है, वही बाहर व्यक्त करता है। भले ही हम यह कहें कि वह उसके पिछड़ेपन के कारण है, यह सरलता उसे चालाक बनाकर आगे बढ़ने नहीं देती। वह ट्राइबल का ट्राइबल ही रह जाता है, 'सिविलाइज्ड' नहीं हो पाता। पर क्या ट्राइबल न बने रहना एक जटिल जीवन जीना ही 'सिविलाइज्ड' हो जाना है। इस 'सिविलाइजेशन' में जिन मूल्यों को लाने की बात हम करते हैं—वही स्वतन्त्रता, समानता, भाईचारा—वह तो इनकी घुट्टी में है। तब हम इन्हें 'सिविलाइज्ड' बना नष्ट क्यों करना चाहते हैं। शायद इसलिए कि आर्थिक स्तर पर ये भी समृद्ध हों। पर क्या समृद्धि, पूरी दुनिया के एक साथ, एक स्तर पर रहने की बात उन मूल्यों को स्थापित कर पाती है, जिसके लिए वह समाज बनाया जाता है। इन्हें 'इण्टेग्रेट' कर इनका बेहतर विनाश करने की जरूरत क्यों है? जयदेव तुरन्त होश में आया। यह सोचना हमारा काम नहीं है। उसके लिए पार्टी के बुद्धिजीवी लोग हैं। यह 'एटोलोजिकल' और 'टेलेओलाजिकल' प्रश्न है। हम 'वर्कर' सत्ता मीमांसा पर सीमित रहें वही बहुत है। उसी से कैडर में अनुशासन बना रहता है। कहता है, "भला क्यों?"

"हिंसा से हिंसा उपजती है। उससे किसी समस्या का समाधान नहीं होता।"

"यह तो कायरता है।"

"वह आपके लिए होगा। यदि हिंसा से समस्याओं का हल निकलता तो आदिकाल से ही हिंसा होती आ रही है। आजतक वे हल हो गयी होतीं। पर नहीं हुईं। जटिलताएँ बढ़ती गयीं। इन्फेसिस बदलता गया। अहिंसक दबते गये। दुनिया हिंसक होती गयी।"

"फिर भी दुनिया पहले से बेहतर हुई है।"

"हिंसा से नहीं, लोगों के उद्यम और उद्योग से। राजा द्वारा राजा के खून-खराबे से नहीं। उसने बेहतरी में बाधा ही डाला है।"

"पर राजा ने भी जनभावना को अपनाया है।"

"दबाव में और जब तक उपयोगी दिखी है सत्ता में बरकरार रहने के लिए। काम हो जाते ही निर्दयतापूर्वक काम करने की अपनी प्राथमिकताओं में से काट फेंका है।"

जयदेव ने मन-ही-मन उसे गाली दी। मन में ही कहा, "साला मिंज से कम हरामी नहीं है। देखता हूँ तुम कैसे और कैसी राजनीति करते हो।"

जो भी हो, जिस तरह से भूमिगत लोगों को एक करने का प्रयास जयदेव मजूमदार ने किया था, उसी तरह का प्रयास खुली राजनीति करनेवालों को गोलबन्द करने के लिए केन्द्र की सत्ताधारी दल ने किया। अधिक सफलता संयुक्त अल्पसंख्यक मोर्चा के नेता गुलाम उस्मानी को मिलाने में मिली। गुलाम उस्मानी के मन में साफ हो गया था कि प्रान्त

की मौजूदा सत्तारूढ़ दल उनके विरुद्ध अभियान में कमी नहीं आने देगा और प्लेन ट्राइबल काउन्सिल की राजनीति करनेवाले भी किसी भी कीमत पर अपने पास फटकने नहीं देंगे। अभी केन्द्र सरकारवाली पार्टी को वोट बैंक की जरूरत है। संसद का चुनाव अगले वर्ष होनेवाला है। इसलिए वे उनके साथ हो गये और राष्ट्रीय नागरिकता पंजी के निर्माण में रोड़ा डालकर उसे रुकवा ही दिया।

33

ये तमाम समाचार वसुन्धर को अखबारों और मित्रों से मिलते रहते थे। उसी अनुपात में उसकी निराशा बढ़ती जाती थी। उसी अनुपात में वह वृद्ध भी होता जा रहा था। बस, सन्तोष इतना था कि उनके खेत में मस्जिद बनाने के लिए जो ईंट-पत्थर इकट्ठा किया गया था, उन्हें मियाँपाड़ा के लोग एक-एक कर उठा ले गये थे। गुलाम उस्मानी ने मियाँ नमाजी को साफ-साफ बता दिया था कि मस्जिद बनाने की बात आयेगी तो तमाम बड़-कछारी और दूसरे समुदायों के लोग धर्म के नाम पर इकट्ठा हो जायेंगे और तब उनका मुकाबिला नहीं किया जा सकेगा। इसलिए उचित यही है कि यथास्थिति बरकरार रखी जाय। हद-से-हद वहाँ नमाज पढ़ ली जाय, जैसे पहले होता था। क्योंकि नमाज पढ़ना कोई स्थानीय निर्माण करना नहीं है। इस कारण वे खामोश हो गये थे और लोग एक-एक कर सारा सामान ढो ले जा रहे थे।

पर उससे बड़ा कारण उनके पारिवारिक जीवन में आये दुर्दिन थे। उन्होंने उनके व्यक्तिगत जीवन में रिक्तता भर दिया था। इसका खुलासा किया था माजिद अली ने उसी आयु-वर के नीचे। जब से बेटे और बहू ने माजिद अली के हाथ से मलिकई छीन लिया था, वे पूरे इलाके में बौड़ियाते रहते थे। उसी में जब-तब पहुँच जाते थे मियाँपाड़ा। यह जानते हुए भी कि वे आदमी वसुन्धर और वसुमतारी के हैं, गाँव उनका भरपूर स्वागत करता बिरादरी के नाते। आरम्भ में मामला साथ वजू करने और नमाज पढ़ने तक सीमित था। पर बार-बार की मुलाकात पर लोगों के घर भी आने-जाने लगे। उसी में एक घर मियाँ नमाजी का भी था। अक्सर कई छोटे-छोटे बच्चे बिलखते मिलते थे। वे कुपोषण के शिकार हैं—यह साफ जाहिर था। घर टूटा-फूटा था। छान में छेद साफ दिखायी देते थे। ऐल्युमिनियम के बर्तन टेढ़े-मेढ़े और जले-कुचले दिखायी देते थे। स्त्रियों के वस्त्र गन्दे रहते। अक्सर उनमें पैबन्द लगा होता। एक दिन उन्होंने साहसकर पूछ ही लिया। मियाँ नमाजी ने बताया कि ये सब उनके पुत्रों के बच्चे हैं। कुल मिलाकर पन्द्रह-सोलह हैं। सबसे बुरी हालत मैमुल के बच्चों की है। जबसे वह गण्डोगोल में मारा गया है, सभी उन्हें दुरदुराते रहते हैं। सभी को लगता है कि उन्हें खाना खिलाना अपने बच्चों के पेट का गूदा काटना है। उन्हें कपड़ा पहनाना अपने बच्चों

को नंगा करना है। जब तक मैमुल जिन्दा था, ऐसी भावना किसी के मन में नहीं उठती थी। अब सबके मन में पैदा होती है।

माजिद अली चुप रहे। यही संसार है। मैमुल कमासुत था सबसे अधिक कमाता था, इसलिए सभी उसकी कमाई में हिस्सा तानने के लिए उसके लर-जर की सेवा करते थे। कहते हैं न कि बहुत कमाई पर तेल-बुकुआ। आज वे ठोकर खा रहे हैं।

मियाँ नमाजी शून्य में देखते। उनकी बूढ़ी आँखों में बारिसाल के एक दूर-दराज के गाँव का चित्र उभरता हरा-हरा, चारों ओर हरा। हरियाली खेतों की भी और बाग-बगीचों की भी। उसमें अपना कुछ नहीं था, सब-कुछ गाँव के जमींदार का था। वे उसके नौकर थे। बारहों मास गाँव के बाहर चारों तरफ पानी भरा रहता था। परिणामस्वरूप कीच-काच में रात-दिन काम करते रहने के कारण पैर की उँगलियों के बीच बारहों महीना दाद बनी रहती। कभी मौका मिलता तो अलाव के पास बैठकर उस दाद के स्थायी घावों को सुखाते, फिर कोइना का तेल लगाते। वह भी इतनी आसानी से नहीं मिलता। लालटेन और ढिबरी जलाने की जिम्मेदारी उनकी थी। इसलिए तेल डालने की जिम्मेदारी भी मिल जाती थी। उसी में से दीया भर अलग रख लेते। तेल लगाकर बधउरा पहनकर चलते तो लगता जीवन का सबसे बड़ा सुख यही है। जिस बहिश्त की बात नमाज पढ़ाने के बाद मौलवी बताते हैं, वहाँ कुछ इसी तरह का शारीरिक सुख मिलता होगा। उस सुख में बाधा थे मच्छर और भैसों को लगानेवाले बड़े-बड़े डोंस। वे काटते थे, काटते क्या थे, डंक मारते थे तो लगता था कि सुई चुभ रही है पीठ में, पर दर्द हो रहा है सीने में, कलेजे में, पेड़ू में। अक्सर तो तिजरा, अँतरिया में पड़े रहते। सिर दुःखता, हाथ काँपता, पाँव डगमगाता, पर मालिक हुरपेट कर सरेह में भेज देता। बीबी बच्चों को भी नहीं छोड़ता। इसलिए जब इलाके में बात पहुँची कि असम के जंगलों को आबाद करने के लिए मेहनती बंगाली मुसलमान काश्तकारों की जरूरत है तो वे मालिक के पास पहुँचे और दाँत चिहार कर कहा कि वे उसे बन्धन से मुक्त कर दें। हिन्दुस्तान चला जायेगा। मियाँ नमाजी उम्र से पहले ही बूढ़े हो चले थे। जितना खाते थे, उससे कम उसके खेतों पर काम करते थे। मालिक की नजर तारा और मैमुल पर थी। एक जवान हो गया था, दूसरा हो रहा था। कहा, "तुम जा सकते हो। चाहो तो अपनी बुढ़िया को भी ले जा सकते हो। पर ये तुम्हारे चारों लड़के यहीं रहेंगे। दो गबरुओं को अभी काम पर लगा देता हूँ। उसके एवज में कुछ अग्रिम पैसा भी ले लो।"

साफ जाहिर था कि मालिक उन्हें बँधुआ मजदूर बना रहा था। पर कोई चारा नहीं था। भड़क उठी उसकी लुगाई। रुखसाना बच्चों को बँधुआ बनाने पर नहीं, उसे बुढ़िया कहने पर। अभी भी वह चार बच्चे पैदा कर सकती है। मुआ यह मियाँ जाय तो, इसी मालिक से पैदा न किया तो...।

खैर, ये सब बेकार की बातें हैं। काम की बात यह है कि तब वे मियाँ नमाजी नहीं कहे जाते थे बकरुद्दीन कहे जाते थे। इतनी लम्बी दाढ़ी भी नहीं रखते थे। नसीब

की मार ऐसी कि जंगल काटकर अपना खेत बनाने की जगह वे रमजान का कारगुजार बन गये। जंगल काटकर खेत तो बनाया तो उसके लिए। यह तो संयोग था कि मियाँपाड़ा की आबादी सन् '64 में बढ़ने लगीं। तब पूर्वी पाकिस्तान में उर्दू के विरुद्ध और बंगाली के पक्ष में मुजीबुर्रहमान ने आन्दोलन चलाया। पश्चिम पाकिस्तान की फौज ने जब कोड़े मार-मारकर वह आन्दोलन दबाया और उसके लिए गाँव-का-गाँव उजाड़ा और गाँव उजाड़ने के लिए स्त्रियों पर जुल्म ढाहा—क्या बुढ़िया और क्या बच्ची, सबके साथ जिना किया और कमसिन लड़कों तक को नहीं छोड़ा तब लोगों को हिन्दुस्तान की याद आयी और वे भागकर असम आये। वे भी रमजान की गुलामी छोड़कर मियाँपाड़ा आये। यहाँ आकर पता चला कि तारा किसी और बस्गित में रह रहा है। उसे खोजकर बुलाया और साथ रखा। उसकी औरत को कोई बलूच उठा ले गया था। इसलिए किसी घुसपैठिये की बेटी से शादी करा दी। 72 के गण्डगोल में मैमुल उसके दोनों भाई अपनी बीबी सबको रातोंरात भगा लाया। इससे ताकत बढ़ी तो असमिया लोगों के आस-पास के खेतों को बहाने-बहाने कब्जिया लिया। जिन्होंने बटाई दिया उनके खेतों को एक तरह से सहमति से कब्जियाया। जिन्होंने नहीं दिया उनका दाँत चियार कर कब्जा किया। धीरे-धीरे पाड़ा का सबसे दबंग और धनी आदमी बन गया। उसी सड़क में नमाज पढ़ाने लगा तो लोगों ने मियाँ नमाजी बना दिया। मियाँ नमाजी बनकर अपने लोंगो की भरपूर मदद की। मतीन के सहयोग से सबका राशन कार्ड बनवाया, वोटर लिस्ट में नाम डलवाया। मौका आने पर डण्डा उठाया। बेटा कुर्बान किया। पर मिला क्या? भूख से बिलबिलाते दर्जन भर से अधिक बच्चे। सबका एक अनिश्चित भविष्य।

वसुन्धर माजिद अली की तकरीर सुनते-सुनते ऊब गया। झल्लाकर कहा, "इसका मतलब यह नहीं है कि वह हमारा खेत कब्जा कर लें। हम इतने परोपकारी नहीं कि उसकी गरीबी पर तरस खाकर अपने खेत के लिए लड़ना बन्द कर दें।"

वसुन्धर को तैश में आता देश सभी लोग सन्न रह गये। कन्तु ने गौर किया कि वह काँप रहा है। क्रोध में, कि अमर्ष में, कि कमजोरी में—यह स्पष्ट नहीं है। वह गिर न जाय, इसलिए उसने तिरका को हाँक लगाया। तिरका दौड़कर उसके पास गया। सँभालने लगा तो उसका हाथ पकड़कर वसुन्धर ने कहा, "एक दिन मैं मर जाऊँगा, पर खेत वापस नहीं पाऊँगा। तुम छोड़ना नहीं, पौरुख भर लड़ना।"

बाप बेटे दोनों की आँखें छलछला आयीं। उनको देखकर जिनकी आँखें नम नहीं हुईं, वे भी गरम साँस छोड़कर उदास हो गये। माजिद अली ने कहा, "पंचों माफ करना। मैं आप लोगों के ही बीच का आदमी हूँ। मियापाँड़ा के लोगों के बीच का नहीं।"

तभी वसुन्धर के जीवन में एक खुशी की लहर आयी बरस्ते यु लिन। उर्सुला पेट से थी। नितिन उसकी 'डेलिवरी' सरकारी अस्पताल में नहीं कराना चाहता था। उन दिनों

अस्तालों में रिवाज बन गया था कि बच्चा 'आपरेशन' से हो। उसके लिए औरत को चार महीने पहले ही हर काम से अलगकर लिटा दिया जाता था, जिससे कि बच्चा स्वाभाविक रूप से पैदा ही न हो सके। दरअसल यह आबादी नियन्त्रित करने का छद्म ढंग था। आपरेशन हो जाने के बाद औरत सिर्फ एक और बच्चा पैदा कर सकती थी। उसके बाद से बाँझ बना दिया जाता था। यह नहीं कि नितिन दर्जन भर बच्चे पैदा करना चाहता था, बस इतना कि आपरेशन से बच्चा पैदा होने पर स्त्री में जो कमजोरी आती है, उसकी जो स्वाभाविक शक्ति नष्ट हो जाती है, वह न हो। इसलिए वह उर्सुला को जाऊगाँव छोड़ गया। कालू गाँव में ऐसा कोई अपना था नहीं कि उर्सुला की देख-रेख करता। जाऊगाँव में भी वही बात थी। अकेला बूढ़ा यु लिन। पर उर्सुला को बचपन से जाननेवाली पास-पड़ोस की औरतें थीं, सहेलियाँ थीं। और वसुन्धर के परिवार ने उसे अपने परिवार का अंग बना लिया था। बरुखा उसे अपनी बेटी समझती थी, तिरका की बीबी अपनी ननद। उर्सुला के आते ही बरुखा ने उसे अपनी देख-रेख में ले लिया था। स्पष्ट था कि दायी का काम वही करेगी।

जिस दिन बच्चा पैदा हुआ, उस दिन पूरे गाँव ने आनन्द मनाया। रूपनबारी की बहू भागी-भागी आयी। अभी-अभी गर्भ से बाहर आया बच्चा 'क्याँ' करके रोया था। फट् उसके मुँह से नाम निकला 'गाव-ग्रा' यानी रोअना। इस पर उर्सुला के पीले चेहरे पर हँसी की एक लकीर रक्त के धार के रूप में उभरी और तुरन्त विलुप्त हो गयी। बरुखा ने रूपन बहू के हाथ में पहला पनिच रखा। उर्सुला के आते ही पक्के सूखे बाँस के एक पोर को काटकर उसके छिलके को चीर कर सात पनिचें छूरी की तरह चोख कर रख ली गयी थीं। क्या पता लड़का हो कि लड़की। लड़के के लिए पाँच की जरूरत पड़ती है, लड़की के लिए सात की। पतली पनिच से रूपन बहू ने पहला चीरा लगाया। फिर थोड़ी देर के बाद दूसरा, फिर तीसरा। हर बार नयी पनिच। पाँचवें चीरे में नाल अलग हो गयी। तुरन्त उर्सुला को मसाले का काढ़ा एक घूँट दिया गया। उससे तुरन्त दूध उतर आयेगा और शरीर में गर्मी रहेगी। एक तरफ बरुखा उसका नाल-पुरइन गाड़ने के लिए हड़िया में करके ले गयीं, तो दूसरी तरफ रूपन बहू ने बच्चे के गले में उँगली डाल कर साफ कर दिया। बच्चे को गरम पानी से कुन्ती ने नहलाया। सिरजा को पता चला तो कहा, "सब सीख लो, आगे काम आयेगा।" इस पर कुन्ती ने उसे आँखों से धमकाया। खैर, थोड़ी देर बाद माँ ने बच्चे को अपना पहला पीला दूध पिलाया।

उर्सुला को अब सवा महीना सौरी में रहना है। किसी भी हालत में घर की देवकुरी नहीं छूना है। जब 'शान्ति जल' से उसका स्नान कराया गया तो यु लिन ने पूरे गाँव को एक छोटी-सी दावत दी। लोग मना करते रहे, पर वह नहीं माना। कुछ उसने बचाकर रखा था, कुछ नितिन दे गया था। वसुन्धर को साफ मना कर दिया था कि उसके नाती की दावत में वह कुछ खर्च न करे। पार्टी अच्छी रही। उसके बाद दोनों बूढ़े बच्चे के साथ

बच्चा बनकर खेलने लगे। उसी की तरह बनावटी हरकतें करने लगे। उसका नित्य प्रति का विकास आचक्षु करते रहे।

दिन-पर-दिन माह-पर-माह बीतते चले गये। आयु-वर के नीचे जमघट लगती रही। वहाँ एक छोटा-मोटा बाजार विकसित होने लगा। कई दुकाने खुल गयीं। उनकी रखवाली के लिए लोग रात में रुकने लगे। परिणामस्वरूप तमाम राहगीर भी रुक जाया करते थे। वसुन्धर और यु लिन वहाँ नियमित जाते। तमाम तरह के लोगों से तमाम तरह की बातें सुनते। बरुखा को यह अच्छा नहीं लगता। तो भी बरदाश्त करती थी कि मर्द बाहर रहता है तो घर में लड़ाई नहीं होती।

वसुन्धर ने अपनी चित्तवृत्ति को बाहर से समेटकर भीतर कर लिया। उसी में अपने को भी डुबो दिया। जैसे उसकी अब अपनी कोई इच्छा नहीं रह गयी है। इच्छा की कोई आवश्यकता भी नहीं रह गयी है। बाहर जैसे निरन्तर बारिश हो रही है। घनघोर वृष्टि नहीं, बस हलकी झींसीवाली वृष्टि। जब वह शुरू होती है तो ढेलों पर बूंदें जल जाती हैं। किन्तु जब पड़ना रुकता नहीं है तो वही ढेला कांदो बन जाता है। सभी कुछ चिपचिपा-चिपचिपा लगता है, उदा-उदा। उससे भींगने की एक गन्ध आने लगती है, मिट्टी की, पुआल की, घोंघे की, मलकोके की। हवा में सर्द घुल जाती है। लगता है कि कोई भीगी जीभ से चाट रहा है। उसमें मेंढक, झींगुर, किरकिच्ची की चें-चें सनन-सनन कर आवाज देती है। कोई-कोई कहता है कि साँप ठनक रहा है, भीगीं कोटर में रहनेवाला घोड़ करइत। अपनी जोड़ी को बुला रहा है, जो मीलों की दूरी पर इस आवाज को अकन रही है, उसी के सहारे एक दिन उसके पास आ जायेगी। इसी तरह कोई वसुन्धर को बुला रहा है। एक दिन जाना पड़ेगा। उसके पहले वसुन्धर कहता है, ‘‘यु लिन डांगोरिया, गुवाहाटी की यात्रा में तुमने इस निचले असम की तमाम जगहों का नाम लिया था। कहा था कि उन्हें देखने एक दिन चलेंगे। उन स्थानों से हमारी संस्कृति बनी है। पर वह हो नहीं पाया।’’

‘‘हम अभी भी चल सकते हैं।’’

‘‘अब शरीर में वह दम कहाँ?’’

‘‘आयेगा। यह मौसम बीतने दो।’’

शरीर में दम तो नहीं आया, पर रंगनाथ आया। आते ही बतलाया कि कामाख्या नारायण त्रिपाठी नहीं रहे। उनके जाने पर गुवाहाटी में बड़ा शोक मनाया गया। तमाम शहरों में भी मनाया गया।

‘‘और यहाँ खबर भी न पहुँची,’’ वसुन्धर ने कहा। यु लिन अवाक् था। मन हुआ कि रो ले, पर रो नहीं पाया। सूनी आँखों से सूरज की ओर देखता रहा। वसुन्धर उसके मुँह को एकटक देखता रहा। पूरा बाजार इन्हें देखता रहा।

फिर हवा चली। माहौल बदला। रंगनाथ के साथ एक आदमी था। कहाँ तो उसे देखा था। याद नहीं। आदमी खूबसूरत नहीं। खूबसूरती किस बात की? रंग तो साँवला है। खूबसूरती के लिए गोरे की जरूरत होती है। कद मझोला है। लम्बे कद-काठी के लोग खूबसूरत माने जाते हैं। चेहरा लम्बा है और ठुड्डी नुकीली। स्त्री के लिए तो कहा जाता है कि चेहरा गोल होना चाहिए। ठुड्डी उसी में विन्यस्त। मर्द के लिए?...

इतना सोचने का समय नहीं था। आगन्तुक ने वसुन्धर का अभिवादन किया था। उसका जवाब देना तत्काल जरूरी है। उसी को पूरा करते हुए वसुन्धर ने उसे बैठने का इशारा किया। इशारा तो कर दिया, पर जगह नहीं थी। उसी को बनाने के लिए लोग बेंच पर इधर-उधर खिसकने लगे। फिर भी बैठने भर की जगह न बन पायी। एक बैठनेवाले ने सम्भवतः अपने को सबसे कनिष्ठ समझा और उठ गया। उठने में एक झेंप थी। उसे मिटाते हुए कहा, ‘‘चलता हूँ।’’ उसे कहीं जाना नहीं था, इसलिए लघुशंका करने चला गया। उससे आगन्तुकों को बैठने भर की जगह मिल गयी। बदन-से-बदन छूने लगी तो एक दूसरा भी उठा और गमछे से बदन पर न दिखनेवाली मक्खियों को झाड़कर कहा, ‘‘पोचई साह, एक लुटिया पानी दो तो मुँह धो लूँ।’’

पोचई की समझ में नहीं आया कि जब बरसात में वैसे ही सब-कुछ धुला-धुला है, तो इन महाशय को अलग से मुँह धोने की क्या जरूरत है? हाँ, उसने उसे ‘साह’ कहा है, यह महत्त्वपूर्ण है। जब से उसके पास चार पैसे दिखने लगे हैं, लोग उसे ‘साह’ के रूप में स्वीकार करते जा रहे हैं। इसलिए बड़प्पन दिखाना चाहिए और पीने का जो पानी है, जिसे वह बहिंगा पर लादकर लाता है, जो अभी समाप्त होने के कगार पर है, उससे एक छोटी लुटिया जल इसे थमा देना चाहिए। उसने टिन में रखे पानी और लुटिया की ओर इशारा किया। रामनाथ ने सोचा यही हमारा शिष्टाचार है। आगन्तुक के बैठने भर की जगह बनाने के लिए लोग बिना काम के ही काम का बहाना बनाकर उठ जाते हैं। इससे दोनों का मान-मरजाद बना रह जाता है। कहा, ‘‘डांगोरिया वसुन्धर, आपने इन्हें पहचाना नहीं।’’

वसुन्धर अपने भीतर से बाहर आये। आँखों से कहा, ‘‘नहीं।’’

‘‘अरे ये तरुन गोगोई हैं। गुवाहाटी से चलते वक्त हम लोगो से मिले थे।’’

वसुन्धर अब तक पूरी तरह से अपने भीतर से बाहर आ चुका था। माथे पर हाथ फेरकर कहा, ‘‘अरे वही जो किसानों के लिए एन.जी.ओ. चलाते हैं?’’

‘‘हाँ-हाँ’’ कहते हुए तरुन गोगोई ने वसुन्धर के हाथों को पकड़कर अपने माथे से लगा लिया। वसुन्धर ने आशीर्वाद देते हुए कहा, ‘‘जीओ, जीओ। खूब लम्बी उम्र जीओ।’’

‘‘आपके आशीर्वाद का मतलब तभी है, जब आपके काम आऊँ। आप इस कागज पर हस्ताक्षर कर दीजिये।’’

‘‘भला क्यों?’’

समझाया रंगनाथ ने, "ये देश की सबसे ऊँची अदालत में एक जनहित याचिका दायर करने जा रहे हैं, बहिरागतों के विरुद्ध।"

"हमारे खेत के बारे में क्यों नहीं?"

"दूसरा प्वाइण्ट वही है। उसी के लिए आपका हस्ताक्षर चाहते हैं।"

वसुन्धर कुछ समझा नहीं। निचली अदालत की यातना तो वह भोग चुका है। अब ऊपरी अदालत क्या करेगी? और बड़ी यातना देगी। उसने नकार में सिर हिला दिया।

रंगनाथ ने फिर समझाया। सरकार के चार पाये होते हैं, विधायिका, कार्यपालिका, न्यायपालिका और प्रेस। विधायिका, कार्यपालिका और प्रेस को देख लिया है। अब न्यायपालिका को देखते हैं। वही अन्तिम आशा है।"

"सब बेकार है। निचली अदालत को हमने देख लिया है। ऊँची अदालत में वही काम ऊँचे स्तर पर होगा। वहाँ हमें पूछिहें कौन?"

"ऐसा क्यों कह रहे हैं?"

"अरे बेटा, मेरे पूरे जीवन का यही अनुभव है। शासन और प्रशासन में जो निचले स्तर पर होता है, वही बड़े स्तर पर ऊपरी स्तर पर होता है। वही न्यायपालिका में होगा।"

तुरन्त और सीधे जवाब देने के लिए किसी के पास कुछ नहीं था। इसलिए बोलनेवाले भी श्रोताओं की तरह चुप हो गये थे। खामोशी हटी पोचई की चाय से। तिरका भी अपनी दुकान से उतरकर वहाँ आ गया था। चाय पान के दौरान उसी ने तरुन गोगोई से सवाल-जवाब किया। तरुन ने बताया कि वह गाँव-गाँव घूम कर उन लोगों का हस्ताक्षर इकट्ठा कर रहा है, जिनके खेत बहिरागतों ने हड़प लिया है। हर हस्ताक्षर के सामने उनका नाम पता लिखा जायेगा। इस कागज को याचिका के साथ नत्थी किया जायेगा, यह प्रमाणित करने के लिए कि उनकी उपस्थिति से यहाँ के मूल बाशिन्दा का कितना अनहित हो रहा है। यह आशा प्राप्त किया जायेगा कि उनको हटाने के साथ-साथ इन कब्जिया लिये गये खेतों पर वास्तविक लोगों का हक बहाल कर दिया जाय।

चाय समाप्त करने के बाद लोगों ने कहा, "हे भइया, यदि एक हस्ताक्षर से दुःखमोचन होता है, तो हमारा भी ले लिया जाय।"

"नहीं, उन्हीं का लिया जाना है, जिनका खेत है।"

"हम उसके गवाह हैं। हमारा भी ले लिया जाय। अदालत में बाद में सबूत देने की जरूरत नहीं पड़ेगी। मामला जल्दी निपटेगा।"

"नहीं। हो सकता है कि उसके आधार पर विरोधी कहें कि सारा मामला फर्जी है। उनके भी हस्ताक्षर हैं, जिनके खेत नहीं कब्जियाये गये हैं। इससे मामला कमजोर पड़ेगा।"

लोगों की समझ में बात आ गयी। कागज वसुन्धर की ओर बढ़ा दिया गया। वसुन्धर की नजरें कमजोर हो गयी थीं। उसने आँखें पोंछ कर कागज पर दृष्टि केन्द्रित की। टटोल कर पेन पकड़ा और दबाकर दस्तखत कर दिया। कहा, "यह भी कर लो भाई। पर इस

धरती पर कहीं न्याय भी होता है, हमें विश्वास नहीं... यदि पहले कभी होता भी होगा, तो अब उठ गया है।..."

तिरका से बढ़कर वसुन्धर का दर्द कौन समझता है। इसलिए वह उसी में डूब गया। कहा यु लिन ने, "बहुत कुछ, बहुत तरह से प्रयास किया है। अब यह भी कर देख लो।"

"मैं क्या देखूँगा? देखें तिरका। यदि हमारे वास्तविक उत्तराधिकारी हैं तो उन्हें उत्तराधिकार में यह लड़ाई मिल रही है। उसे लड़ना चाहिए।"

तिरका की आँखें छलक आयीं। कहा, "देवता। आपकी लड़ाई मैं समाप्त नहीं होने दूँगा। जब जाने लगूँगा तो अपनी औलाद से कहूँगा कि वे इस लड़ाई को आगे ले जायें।"

मौसम साफ हो गया था। पर वसुन्धर के शरीर में दम नहीं आया। यु लिन का दम भी कुछ कमजोर पड़ गया था। दोनों बूढ़ों ने देखा कि चार गाँव की औरतें रूप सुन्दर से निकलकर पोचई की दुकान पर आ रही हैं। जो युवा हैं वे वृद्धाओं से चुहल कर रही हैं। उससे जो वृद्धा हैं उन्हें अपना यौवन याद आ रहा है। वे चुहल का जवाब चुहल से दे रही हैं। सभी यहाँ एक गोल में बैठकर पोचई का चाय पियेंगी। फिर अपनी मछली की टोकरी लेकर घर जायेंगी। कल फिर आयेंगी। यह जीवन ऐसे ही अनन्त काल तक चलता चला जायेगा। बीच-बीच में व्यक्ति विशेष का जीवन समाप्त होता रहेगा।

उसने यु लिन से कहा, "गुवाहाटी से लौटते वक्त कमला पोखर देखा था। सोचा था एक दिन वहाँ मछली पकड़ने जायेंगे। क्यों नहीं हम एक दिन वहाँ चलें?"

"कल ही चलते हैं।"

सिरजा उनकी बात सुन रहा था। कहा, "हम भी चलेंगे डांगोरिया।

"अच्छी बात है।"

"पर कल नहीं चलना है। मैं जाकर देख आता हूँ कि मछली मारने के लिए बने मचानों की क्या गति हो गयी है इस बरसात में।"

"ठीक कहते हो।"

सिरजा सुबह-ही-सुबह भागकर कमला पोखरी गया। दस घड़ी दिन चढ़े पहुँचा तो देखा कई लोग मचान ठीक करने में लगे हैं। मचान के ऊपर की छाजन तो सड़कर चू ही गयी है। कल सरपत लाकर ठीक करेंगे। उनके बीच में बैठते हुए कहा, "मैं भी लगता हूँ।"

"तुम कौन हो भाई?"

"जाऊगाँव का सिरजा हूँ।"

लोग उसे बड़े सम्मान से देखने लगे। किसी ने कहा, "अरे तुम्हारे गाँव में यु लिन रहते हैं, जो कहानी सुनाते हैं।"

"हाँ। वे भी... आयेंगे।"

"यह तो अच्छी बात है। हम उनसे कहानी सुनेंगे।"

"पर वे अब कहानी नहीं सुनाते। यहाँ मछली पकड़ने आयेंगे।"

"हम उन्हें पकड़कर जितना चाहेंगे, उतनी मछली दे देंगे।"

"वे मछली स्वयं पकड़ेंगे। मछली पकड़ने का आनन्द लेंगे।"

मचानें बन गयीं। उनके ऊपर की छाजन भी ठीक कर दी गयी। तमाम लोगों ने रोज-रोज जाकर तमाम मछली मार ली। पर वसुन्धर, यु लिन का जाना नहीं हो पाया। उन्होंने अपना बंशी-काँटा पहले ही तैयार कर लिया था। चारा भी गोड़कर इकट्ठा कर लिया था। केंचुए अब सूखे जा रहे थे। तब एक दिन वसुन्धर ने कहा, "चलो भाई।"

यु लिन ने कहा, "कल चलते हैं।"

वे दो-चार दिन लगातार गये और दो-चार मछली पकड़कर रोज लाये। दूरी काफी थी। आते-जाते थक जाते थे। इसलिए सप्ताह खाँड़ आराम किया। फिर एक दिन चले।

कार्तिक का महीना बीत गया था, अगहन का महीना आरम्भ हो गया था। बीहू के अवसर पर जो पीठे बने थे वे बीहू के उत्सव की ही तरह बच गये थे। उसकी एकरसता से बचने के लिए यु लिन और वसुन्धर रानी पोखरी चले। पोचई ने कहा था, "मैं भी चलूँगा। बहुत चाय बेच लिया, बहुत कमा लिया। एक दिन मछली पकड़ने में गँवाकर देखूँगा।" वह भी आ गया था। तीनों चले तो सिरजा भी आ धमका। मछली क्या पकड़ना, इन तीन बुढ़ों की सेवा ही सबसे बड़ा शिकार है। उसने दो जून चारों के खाने भर का खाना बाँध लिया था।

घर से चलते वक्त ही वसुन्धर को कुछ थकान लग रही थी। पर किसी से कुछ कहा नहीं। कमला पोखर पहुँचा तो थक ही गया। सभी अपनी-अपनी मचान पर विराजमान हो गये तो वह भी चढ़ गया। बैठकर अपनी बंशी सम्हालने लगा तो दृष्टि सामने पड़ी। बड़े-बड़े वृक्षों की विशाल डालें ताल पर ओरम आयीं थीं। उसकी नीलिमा आकाश की नीलिमा से अधिक गाढ़ी, घनी, ठोस और चटकार लग रही थीं। उसमें से अदृश्य पक्षियों का कलरव उभर रहा था। बीच-बीच में झूमते पत्तों की सन्-सन् अदृश्य के पाँवों में बँधे घुँघरुओं की तरह छम्-छम् कर रही थी। उसने नीचे की ओर देखा। वृक्षों की परछाई उसकी नीलिमा के साथ ताल के जल की नीलिमा को पार कर आकाश की नीलिमा से मिल रही थी। वहाँ ऊपर की तरह 'कण्ट्रास्ट' नहीं था, तीनों का एकाकार था जो उनकी गहराई को रहस्यमय बनाये दे रहा था। वसुन्धर ने चारा गाँथकर वंशी नीचे फेंकी। थोड़ा हिलाया। फिर छीपे को पाँव से दबाकर तिरछा होकर सामने की ओर देखा। पूरा ताल खिली श्वेत कुमुदिनी से आच्छादित था। पुखुरी के आट पर खिले फूलों के बेतरतीब चप्पे दिखायी दे रहे थे। कभी वहाँ क्यारियाँ बनाकर सलीके से फूलों के पौधे लगाये जाते होंगे, इसका आभास हो रहा था। वसुन्धर ने सोचा कि आदमी तो चला जाता है पर वह जो किये रहता है, उसकी छाप जरूर रह जाती है।

कितने दिन तक? यह यक्ष प्रश्न है। अभी राजघरानों को समाप्त हुए कितने वर्ष हुए हैं। कोई चालीस वर्ष। बीस वर्ष तक तो 'प्रिवी पर्स' मिलती रही है। इसलिए उसका कुछ आभास यहाँ बचा है। आगे के बीस वर्षों में यह नामो-निशान पूरी तरह से समाप्त हो जायेगा। पर यह दुनिया तो ऐसे ही चलती रहेगी। सदियों तक रानी का नाम लेती रहेगी—इसे कमला पोखरी ही कहती रहेगी। इन पौधों, लताओं, वृक्षों, पत्थर के अवशेषों के समाप्त हो जाने के बाद भी इस पोखर में मोती जैसी जलबूँदें शताब्दियों तक गिरती रहेंगी।

तभी वंशी में हरकत हुई। लगा कि कोई खींचकर लिये भाग रहा है। उसने झट से छीप पकड़ी और फट् से ऊपर की ओर झटक दिया। एक बिलकुल सफेद मछली, जिसके होंठों और आँखों के उभरे किनारे पीले थे, हवा में लहरा उठी। वसुन्धर ने धागे को धीरे-धीरे खींचकर उसे ऊपर किया। एक बड़ी-सी कोई तीन पाव की धोबिन मछली फँसी थी। बड़े प्रेम से उसके मुँह से काँटा निकाला और ढकी टोकरी में रख लिया। जलविहीन सीमा को महसूस कर वह तड़फ-तड़फ कर शान्त होती गयी।

यु लिन अपनी मचान से सब देख रहा था। चिल्लाकर उसने बधाई दी। वसुन्धर का चेहरा खिल उठा। पूरे बदन में ताजगी की एक सनसनी फैल गयी। पूरे उत्साह से उसने चारा गाँथकर फिर बंशी लटका दी। पाँव से छीप को दाबकर अँगड़ाई लेते हुए उसने मुँह पीछे की ओर किया। छोटे-छोटे टीलों पर छोटे-छोटे पौधे की घनी झुरमुट रह गयी है। झुरमुट-ही-झुरमुट। बड़े-बड़े गाछ लोग काट ले गये हैं। जगह-जगह ठूँठ, पत्थर की छोटी-छोटी चट्टानें। बगल से रास्ता जाता है। लोगों के निरन्तर आने-जाने से उनके पावों से दबकर रास्ते की मिट्टी समतल और कड़ीं हो गयी है। इस पर बैठा एक कुत्ता धूप सेंक रहा है। कुत्ता नहीं कुतिया है। इस मौसम में वह बच्चे देती है। हो सकता है आस-पास उसके पिल्ले हो। पर नहीं वे होते तो उनकी आवाज सुनायी देती। वे बिना कूँ-काँ किये देर तक चुप कहाँ बैठते हैं? उनकी कूँ-काँ में याचना होती है, भय होता है, एक-दूसरे से भिड़न्त होती है, उल्लास होता है। यही तो जिन्दगी है।

वह सिर आगे करता है। छीप के सहारे डोर हिलाता है। उसमें कोई तनाव नहीं है। यानी अभी कोई मछली थूथन नहीं मार रही है। प्रतीक्षा में आँखें झपने लगती हैं। वह सरककर मचान के छज्जे के लिए जो बाँस गाड़ा गया है, उससे पीठ टिका लेता है। वहीं से पीछे की ओर देखता है। वैसे ही बैठी कुतिया निर्लिप्त भाव से अपने सामने देख रही है। जीभ निकली है। शायद हाँफी होगी। कहीं दूर से आने के कारण थक गयी होगी। और कोई हरकत नहीं है। मुँह पसारे निश्चल भाव से ध्यान लगाये कोई प्रतीक्षा कर रही है। बड़ी-बड़ी काली-काली आँखें डब-डब चिक-मिक देख रही हैं। लगता है एक मौन निराशा में पैठ कर स्थिर हो गया है। उससे जीवन यहाँ ठहर गया है। उसमें कोई याचना नहीं है। सिर्फ प्रतीक्षा है।

बंशी में हरकत हुई। वसुन्धर ने छीप नकड़ा। कोई खिंचाव नहीं अनुभव हुआ। कुछ देर तक पकड़े रहने के बाद डोर को ऊपर उठाया। कटिया में चारा नहीं था। कोई चालाक मछली बड़े जतन से चट कर गयी थी। वह फिर आयेगी और अपनी चालाकी के कारण पकड़ी जायेगी। उसने कटिया में चारा गाँथ डोर को पूरी तरह से तानकर दूर फेंक लटका दिया और प्रतीक्षा करने लगा। काफी समय बीत गया। बंशी में कोई हरकत नहीं हुई। सोचा कि प्रतीक्षा करूँ तो कब तक? वह फिर सरककर छाजन उठाये बाँस से लग गया। पीठ टिकाते ही बड़ा आराम मिला। उठँग जाने का मन हुआ। आँखें अपने आप झपने लगीं। मुँह खुल गया। कुछ क्षण बाद पहले सिर फिर पूरा बदन हिलाकर अपनी चेतना को ताजा किया। देखा कि कुतिया अपने मुँह में रोटी दबाये आट के किनारे-किनारे अपनी स्वाभाविक चाल और गति से आगे बढ़ रही है। अभी पानी दूर है। कुछ कदमों के बाद पानी का किनारा आ जाता है। वह पानी के किनारे-किनारे चलती जाती है। पानी में उसकी परछाईं पड़ती है। उसे अचानक देखती है तो लगता है कि एक और कुतिया है साथ चलती हुई। वह मौका मिलते ही उसकी रोटी झटक लेगी। उसका ध्यान इस बात पर नहीं जाता कि उसके मुँह में रोटी दबी हुई है। उससे बचने के लिए वह एक तरफ रोटी के टुकड़े को और सख्ती से मुँह में दबा लेती है, दूसरी तरफ थोड़ा मुँह खोलकर भूँकती है उसे डराने के लिए। इस प्रक्रिया में उसका मुँह थोड़ा और खुल जाता है और रोटी गड़ाप से पानी में गिर जाती है। होना तो यह चाहिए था कि उसकी रोटी गिर जाने के बाद उसके छिन जाने का भय समाप्त हो जाता और वह मुक्त होकर चलती। किन्तु वह पानी में पड़ी रोटी को फिर मुँह में डालने के लिए नाना प्रयास करती है। इस क्रम में वह कीचड़ में धँसती जाती है, फँसती जाती है।

वसुन्धर का मुँह भी ऐसे ही खुला है। ऊपर की छाजन उठाये बाँस से टिककर बैठा है। छीप धीरे-धीरे सरकती है। उसके पाँवों के दबाव से बाहर आ जाने के बाद वह गड़ाप से पानी में गिर जाती है। एक हल्की-सी ध्वनि उठती है और वातावरण में लय हो जाती है। ऐसे ही मुँह खोले बैठे कई घड़ी बीत जाती है। उस पर मक्खियाँ भिनकने लगती हैं। वह उन्हें हटाने का प्रयास नहीं करता। तब कुछ मक्खियाँ बैठ जाती हैं, कुछ उड़ती रहती हैं। बैठी मक्खियाँ उसके मुँह के भीतर भी आने-जाने लगती हैं। वह निर्विकार पड़ा रहता है लाहरकत। सूरज उस ऊँचाई तक पहुँच जाता है जहाँ से धरती पर किसी वस्तु की परछाईं नहीं बनती। खाने का समय हो गया है। यु लिन हाँक लगाता है। वसुन्धर कोई जवाब नहीं देता। वह कुछ क्षण प्रतीक्षा करता है। फिर और जोर से हाँक लगाता है। वसुन्धर कोई जवाब नहीं देता। वह फिर कुछ क्षण प्रतीक्षा करता है। फिर पूरा जोर लगाकर हाँक लगाता है। वसुन्धर कोई जवाब नहीं देता। यु लिन एक गाली देता है, फिर दूसरी। खीझकर कहता है कि ससुर मछली मारने में इतना मगन है कि उन्हें कुछ सुनायी नहीं देता। वह अपनी बंशी को पानी से निकाल लेता है। छीप को मचान के बाँस के सहारे

खड़ा कर चल देता है वसुन्धर की मचान की ओर। बड़बड़ाता मचान पर चढ़कर देखता है कि वसुन्धर बाँस के सहारे पीठ टिकाकर उठँगा है। शायद सो ही गया है। मुँह खुला है। उस पर मक्खियाँ भिनभिना रही हैं। तो सदा के लिए सो गये हैं। वह चीख उठता है। उसकी चीख से तमाम घने वृक्षों में बसेर लेनेवाले परिन्दे फड़फड़ाकर उड़ जाते हैं। उसकी चीख के प्रत्युत्तर में सिरजा भी चीखता है। उनकी समवेत चीख में बाकी बचे परिन्दे भी उड़ जाते हैं। वह भी भागकर वसुन्धर की मचान पर आ जाता है। पहले रोता है, फिर यु लिन को सम्हालता है। कहता है, "आप यहीं बैठे देखते रहना। मैं भागकर गाँव जाता हूँ। लोगों को लेकर आता हूँ। सिर्फ हम दोनों उन्हें गाँव नहीं ले जा पायेंगे।" पोचई चुपचाप खड़ा उसका जाना देखता रहता है।

यु लिन को वसुन्धर के घर में रहना अच्छा नहीं लगता। अकेलापन काट खाता है। ऊपर से उसकी याद पीछा ही नहीं छोड़ती। कभी-कभी यह भी लगता है कि वह तिरका पर भार है। अपने बेटे-बेटी नहीं सेंटते, वह तो मित्र का पुत्र है। यह उसका बड़प्पन है कि आज तक उसने कोई अभाव अनुभव नहीं होने दिया है। उसे उर्सुला की बहुत याद आती है। उसका पूरा जीवन यु लिन की आँखों के सामने खुलकर बिछ जाता है। जिस तरह वह बचपन में अठखेलियाँ करती और उससे प्रभावित होकर उसने सर्कस की लड़की बना दिया था, उसी तरह की अठखेलियाँ अब उसका पुत्र करता होगा। जिद करता होगा, मचलता होगा, विद्रोह करता होगा। उसका आनन्द लेने की इच्छा उसे होती। पर वह आ नहीं सकती थी। पति को सरकारी क्वार्टर्स मिल गया था। नितिन चाहे जहाँ रहे, वह वहाँ रहकर अभी बच्चे की समुचित देख-भाल फिर उचित पढ़ाई-लिखाई करा सकती है। अकेली रहती है, इसलिए अभिभावकत्व के नाम पर वह वहाँ जाकर लम्बे समय तक रह सकता है। पर समाज में यह उचित नहीं माना जा सकता कि बेटी के घर जाकर रहा जाय। उसमें इतनी ताकत नहीं थी कि वह इस मान्यता को तोड़ पाये। इसलिए जाऊगाँव में वसुन्धर के घर में अपना घर मानकर रहता था। पतजुग के नीचे बैठकर कहानियाँ सुनाना उसने कब का बन्द कर दिया था। पेड़ भी अब उतना साफ-सुथरा नहीं दिखता था। पहले उसकी पीली पत्तियाँ झर-झर झरती थीं। अब शाखों से लगी फड़फड़ाती रहती हैं। समय बिताने के लिए वह उसी आयु-वर के नीचे चला जाता है। पर पहले जैसी महफिलें अब नहीं लगतीं। यह जगह भी समय बिताने की सुखद जगह न रह कर व्यापारिक अड्डा बन गयी थी। पोचई की दुकान में भीड़ होती थी, शोर होता था, सिक्के खनकते थे, बस बातें नहीं होती थीं। तो भी गाहे-बगाहे माजिद अली आते थे, चौधरी आते थे, पहले के दूसरे अड्डेबाज भी आते थे। तब वे हटकर थोड़ा नदी के पास बैठते थे और दुनिया भर की बातें करते थे।

एक दिन पोचई की दुकान पर भीड़ नहीं थी। सभी वहीं बैठकर बातें करने लगे। यु लिन ने कहा, "मैं निकल रहा हूँ उन जगहों को देखने के लिए जो बोडो संस्कृति से जुड़ी है। वसुन्धर की बड़ी इच्छा थी। हम साथ-साथ न चल पाये, तो भी यदि अकेले जाऊँगा तो उनकी आत्मा को शान्ति मिलेगी।"

माजिद अली ने कहा, "शरीर साथ देता तो मैं भी चलता। घुटनों में बहुत दर्द होता है। आँखों से भी कम दिखता है।"

चौधरी ने कहा, "लड़के नालायक हैं। बिना अराहे कोई काम नहीं करते। करते भी हैं तो ठीक से नहीं। देखना पड़ता है। वे ठीक होते तो मैं भी चलता।"

उसके बाद लम्बी चुप्पी रही। सबको चाय देते हुए पोचई ने कहा, "डांगोरिया मैं भी आपके साथ चलूँगा, बस ये दुकान का जमा सामान निकल जाय।"

"और दुकान?" यु लिन ने पूछा।

"बहुत कमा लिया। अब क्या कमाऊँगा। जिनके लिए कमाता हूँ वे स्वयं कमासुत हैं। अगर चलाते है तो ठीक, नहीं तो बन्द रहेगी।"

हफ्ते-दस दिन में दुकान का सारा सामान बिक गया। उसने नया सामान नहीं भरा। तब एक दिन यु लिन अपना सोटा लिये वहाँ आया। पोचई भी सोंटा समेत दुकान से बाहर निकला। टट्टर में ताला लगाया। वहीं से आवाज देकर तिरका से कहा, "दुकान को जरा देखते रहना।"

तिरका हँसा, "इसमें है क्या कि देखता रहूँगा?"

"अरे कोई तोड़े-ताड़े न। कब्जियाये न।"

तिरका कूदकर उनके पास आया। यु लिन पेटचिरवा जाकिट पहने थे। नीचे की तरफ दो बड़ी थैलियाँ सिली थीं। उनमें नोटों की एक-एक गड्डी ठूँसते हुए कहा, "डांगोरिया, खूब मन लगाकर घूमना। जहाँ मन लगे वहाँ दो चार दिन रुक भी जाना। वहाँ से चिट्ठी डालना। जो भी जरूरत हो निःसंकोच मँगवा लेना। मैं हवाई जहाज की गति से उन्हें लेकर पहुँचूँगा।"

वे चले तो सबकी आँखें भर आयीं।

महीनों घूमते रहे। एक दिन धुबुड़ी से आगे, मान का चार से पहले फुलवारी के बगल में, मीर जुमला की मजार के पास लक्ष्मी को देखा एक राजवंशी की दुकान पर तेजपात सुखाते हुए। पोचई ने देखा तो उसे विश्वास नहीं हुआ। सोचा कोई और उससे मिलती-जुलती युवती होगी। उसे नजरअन्दाज कर चलने लगा। तभी लक्ष्मी की नजर उस पर पड़ी। वह भी चकित रह गयी। आँखें फाड़कर देखा। सोचा कि लोग कहते हैं हर आदमी के अनुरूप ईश्वर एक दूसरा आदमी बनाकर रखता है। देवता के अनुरूप यही आदमी है। तभी दोनों की आँखें मिलीं। वह आँखों की भाषा दोनों के सम्बन्धों को झूठला

न सकी। अपनी जगह खड़े-खड़े दोनों की आँखों से लोर बह चली। लक्ष्मी ने अपने संवेग पर नियन्त्रण कर मुँह फेरा और चलने के लिए पाँव उठाया। पोचई ने कहा, "लक्ष्मी।" मन नहीं था, फिर भी वह पलट गयी। "देवता" कहकर चीख उठी। यु लिन के साथ तमाम लोग यह पिता-पुत्री का मिलन देखते रहे। पोचई ने कहा, "अब लौट चलो।"

लक्ष्मी चुप रही। पोचई ने फिर अपना अनुरोध दुहराया। वह देर तक चुप रही। फिर कहा, "आपके मुँह पर कालिख पोत दिया। अब जाने पर उसकी पर्त और मोटी हो जायेगी।"

पोचई कुछ बोल नहीं पाया। लक्ष्मी ने कहा, "आप क्षमा कर देंगे। उससे कम अनुपात में घरवाले क्षमा करेंगे। उससे भी कम अनुपात में मित्र और पास-पड़ोसवाले। उनसे दूर जो लोग हैं, वे नहीं करेंगे।..."

"मैं सबको झेल लूँगा। तुम चलो तो...।"

यु लिन को मौका मिला। कहा, "बहुत दुनिया देखी है। उसका ऊँच-नीच बहुत पार किया है। पाया है कि अन्ततः घर ही अपना होता है। जिसको सबसे अधिक कष्ट हुआ है, यदि उसने क्षमा कर दिया है तो दूसरों की क्षमा का क्या? उनको उतना दुःख न हुआ होगा, जो माफ नहीं करेंगे। माफी का अनुपात दुःख की मात्रा के साथ उलटा जुड़ा होता है।"

लक्ष्मी ने यु लिन की तरफ देखा। शायद वे देवता ऐसे ही होते हैं, जिन्हें हिन्दू पूजते हैं, उनकी गाथा कहते हैं। यह हमारी गाथा कहता है। इसकी बात मान लेनी चाहिए।

लक्ष्मी ने पोचई की दुकान सम्हाल ली है। पहले उसे लगता था कि उसे देखनेवाली हर आँख उस पर हँस रही है। अब लगता है कि नहीं, वही उसकी स्वाभाविक दृष्टि है। पहले वे जिस अंग पर पड़ती थीं, वहाँ जलन होने लगती थी। अब वे सहला देती हैं। उनका कोमल स्पर्श बड़ा सुखद लगता है। सबसे अधिक सम्बल मिलता है यु लिन और तिरका से। इनसे पहले कोई परिचय नहीं था, अब बिलकुल अपने लगते हैं।

यु लिन प्रतिदिन तिरका के साथ ही आयु-वर आ जाता है। चाहता है कि उसके दुकान पर बैठे। इससे तिरका को थोड़ा समय मिलेगा। उसे वह अपनी खेते के लिए या फिर दुकान बढ़ाने के लिए खर्च कर सकता है। पर तिरका इसके लिए मौका नहीं देता। जब अपने पिता वसुन्धर को ही बैठने नहीं दिया, उनको आराम करने का, लोगों के साथ मिलने-जुलने का, बातचीत करने का पूरा मौका दिया तो यु लिन का भला संसार में क्या फँसाये। लेकिन यु लिन तो ऐसा व्यस्त रहने के लिए चाहता है। पोचई इसे समझाता है। उसे लगता है कि वसुन्धर का अभाव उसे जकड़े जा रहा है। उससे बचाने के लिए पोचई ने अपनी दुकान से किनारा कर लिया है और हर समय उसके साथ रहता है। इस साथ के लिए ही वह दबी जुबान में पाकुड़ चलकर उसके साथ रहने के लिए कह चुका

है। यु लिन ने दबी जुबान में नहीं, स्पष्ट जुबान में इन्कार कर दिया है, सिर्फ इसलिए नहीं कि वह ताजिन्दगी जाऊगाँव में रहा है, वसुन्धर के पड़ोस में और वसुन्धर के बच्चे उसे वसुन्धर की ही तरह मान-जान करते हैं, इसलिए भी कि वह पतजुग का पेड़, वह सरेह का पाकड़, वह कन्तु के बगीचे की हरियाली जिस आत्मीयता से उसे बाँध कर रखते हैं, इस वृद्धावस्था में दूसरे गाँव का नया परिवेश भला क्या बाँधकर रख सकेगा। रही बात पोचई से निकटता की, तो वह रोज मिलती है, इसी आयु-वर के नीचे। पोचई को यह न लगे कि वह वसुन्धर की जगह नहीं ले पा रहा है, इसके लिए वह सीधे उसकी दुकान में जाकर बेंच पर बैठ जाता है। खाली रहती है तो लेट ही जाता है। पोचई उसे दुनिया भर की बातें बताता है। यु लिन को हँसी आती है। कभी दुनिया भर के किस्से लोगों को मैं सुनाता था, आज पोचई मुझे सुना रहा है। यही जगत् गति है।

उस दिन लेटे-लेटे यु लिन सोचने लगा कि गति का अन्त मृत्यु होती है। वह भला कैसे आती है। इतना तो जरूर है कि वह बहुत ही वास्तविक ढंग से आती है। इसलिए डरावनी तो कत्तई नहीं है। इसलिए यदि मैं मरने जा रहा हूँ तो जरूरी है मैं उसे एक वास्तविकता की तरह स्वीकार करूँ। तब इस शरीर और उस अन्य यानी मृत्यु में इतना संघर्ष क्यों होता है? सिर्फ इसलिए कि जो निकलकर जाता है, उसे शरीर पकड़कर रखना चाहता है। उसे लगता है कि बिना उसके शरीर का कोई मतलब नहीं है। और देखो न, फिर भी वह भागा जा रहा है। शरीर को इससे पीड़ा होती है। वह छटपटाता है। छटपटाहट में कुछ बुदबुदाता है। भला उसे कोई सुनता है? और सुन भी लेगा तो क्या करेगा?

पोचई उसे सुनता भी है और करता भी है। तिरका को हाँक लगाकर बुलाता है। दोनों देखते हैं कि यु लिन की आँख उलट रही है। साँस उलटी चल रही है। पूरे बाजार में कोहराम मच जाता है। जो जहाँ है, वहीं से भागता है। कोई कहता है मुँह में गंगाजल डालो। यहाँ गंगाजल कहाँ है? हर गाँव में कोई-न-कोई गंगाजल जरूर रखता है। वहाँ से लाने में देर हो जायेगी। कोई रूपनारायण का जल लाने की बात कहता है, वह भी तो इस गाँव की गंगा है। कोई बहस में नहीं पड़ता। लक्ष्मी भागकर जाती है, और रास्ते के किनारे से तुलसी की पत्तियाँ नोच लाती है। लुटिया की पानी में डालकर तिरका को थमाती है। तिरका को स्मरण आता है कि देवता के मुँह में गंगाजल नहीं रख पाया था, उन्हीं की जगह यु लिन के मुख में रखता हूँ। एक घूँट हलक में जाते ही उसकी साँस रुक जाती है। माजिद अली कब का आ गया है। सारा कलाप चुपचाप देख रहा है। सोच रहा है यह गंगा जल हिन्दुओं का कर्मकाण्ड है। धीरे से बड़ लोगों में घुस आया है—इसका किसी को भान नहीं।

शरीर को उठाकर जाऊगाँव ले जाया जाता है। सिरजा भागकर कैम्प गया है। कैम्प के तारबाबू ने नितिन को खबर कर दिया है। उनके आने तक मृत देह को घर के भीतर रखना है। वृद्ध का शरीर। कहीं जल्दी बास न उठने लगे। रूपनबारी राय देता है कि कड़वा

तेल में डुबोकर रखो। धान उसीसनेवाले कड़ाह में सभी लोग अपने-अपने घरों से जितना भी कड़वा तेल है, लाकर उँड़ेल देते हैं। शरीर को डुबोने भर का तेल हो जाता है तो उसे कड़ाह में डाल दिया जाता है। अगरबत्ती सुलगा दी जाती है। लोग झुण्ड बनाकर बारी-बारी से वहाँ बैठते हैं। पहरा देते हैं।

उर्सुला बच्चे व नितिन के साथ आ गयी है। पर यह विवाद थम नहीं पाया है कि उसका अन्तिम संस्कार किस तरह से हो। कुन्ता कहता है कि वह चीना आदमी है, उसका संस्कार चीना पद्धति से होना चाहिए। उसकी बेटी कुन्ती को बड़ी जिज्ञासा है कि चीना पद्धति से संस्कार कैसे होता है। कोई जवाब नहीं देता। कोई सुझाता है कि उर्सुला से पूछ लो। वह कहती है, "मैं क्या जानूँ? कभी चीनी लोगों के बीच में रही हूँ क्या? हमें तो उनकी बोली भी नहीं आती।"

इसी आधार पर रूपनबारी बार-बार कहता है, "यु लिन डांगोरिया हमेशा बड़ लोगों में रहे, उन्हीं जैसा खाना खाया, कपड़ा पहना, उनके त्योहारों में शामिल हुए उनकी परम्परागत कहानियाँ सुनायीं। वे पूरी तरह से बड़ होकर रहे, इसलिए उनका संस्कार बड़ पद्धति से होना चाहिए।"

तिरका वही करना चाहता है। वह वसुन्धर की चिता के बगल में चिता सजाकर वसुन्धर की ही तरह दाह करना चाहता है। कुन्ता कहता है कि वे चीना थे। भारत में रहनेवाले अधिकांश चीना ईसाई थे। कहीं वे ईसाई हुए तो? जवाब सिरजा देता है, "उन्हें न तो कभी चर्च जाते देखा, न बाइबिल पड़ते देखा। न उसकी बात करते देखा। तो कैसे ईसाई? और यदि थे भी तो जाऊगाँव आकर नहीं रहे।"

सिरजा भले जवान हो गया हो, लोगों की निगाह में अभी बच्चा ही है। वह कन्तु की बात इस तरह से नहीं काट सकता। जब से उसके पास अपनी कमायी के चार पैसे हुए हैं, वह गाँव का सबसे प्रभावशाली आदमी बन गया है। उसकी बात में वजन है। तय यही हुआ कि उनका अन्तिम संस्कार जलाकर नहीं, गाड़कर किया जाय। बड़ समाज में दोनों स्वीकृत हैं। वैसे जलाना थोड़ा ऊँचा कर्म माना जाता है।

यु लिन का मृत शरीर तेल की कड़ाह से निकाल लिया गया है। उर्सुला और कुन्ती ने मिलकर शरीर को पहले पोंछ कर फिर स्नान कराकर साफ कर दिया है। ढूढँ कर उनकी सबसे पसन्दीदा पोशाक पहनायी गयी है। फिर तिख्ती पर रखकर कपास के मोटे धागों से बाँध दिया गया है। चार सबसे आत्मीय जन तिख्ती उठाने के लिए हाथ लगाते हैं तो दरवाजे पर एक मुर्गा काट दिया जाता है। उसकी आत्मा मृतकों के लोक में जाकर इस बात की अग्रिम सूचना देगी कि यु लिन की आत्मा आ रही है। वे उसे अपने साथ रखने के लिए तैयार हो जायँ। मुर्गे का खून इस बात का सबूत रहेगा कि आगे-आगे जाने के लिए पाइक पठा दिया गया है।

रूपनबारी अभी अर्थी उठाने से रोकता है। कहता है, "जल्दी में आप लोग भ्रमित न होइये। मुर्गे को चावल के साथ राँधकर दिवंगत को खिलाया जाता है। फटाफट बरुखा और रूपनबारी की पत्नी इस काम में लग जाती हैं। चावल तैयार होते ही बाँस की चम्मच से तिरका पाँच बार, पाँच कौर उसके मुँह के पास ले जाता है, अभिनय करता है कि खिला रहा है, पर मुँह के भीतर एक भी दाना नहीं डाला जाता। इसी तरह पानी पिलाया जाता है। फिर तिख्ती को मण्डप से बाहर लाया जाता है। चार लोग उसे अपने कन्धे पर रख लेते हैं। सभी 'हरि बोल, हरि बोल' कह उठते हैं। कुछ सिन्दूर, फूल उस पर फेंका जाता है। रास्ते में तीन जगह तिख्ती रखी जाती है। आगे एक छोटा नाला है। उसको पार करने से पहले दोनों किनारों पर दो बाँस की लम्बी कइने गाड़ दी जाती हैं। नीचे जल के ऊपर एक धागा इस पार से उस पार बाँध दिया जाता है। जब शव उस पार चला जाता है तो इस धागा के सहारे उसका प्राण भी उस पार चला जाता है। यह धागा पुल का काम करता है। पर यह पुल जाने के लिए है, आने के लिए नहीं।

रूप नारायण के किनारे वसुन्धर के बगल में दफनाने की बात तय होती है। फट् माजिद अली अपनी जेब से निकालकर कुछ सिक्के उस जमीन पर फेंक देते हैं। यह दरअसल उस जमीन की कीमत है। ये सिक्के पोचई फेंकना चाहता था, पर चूक गया। जमीन साफ कर कब्र खोदी जाती है। पहला छेव पाकुड़ के चौधरी मारते हैं, दूसरा माजिद अली, तीसरा पोचई, चौथा रूपनबारी, पाँचवाँ कन्तु, छठा तिरका। कुछ मियाँ पाड़ा से भी लोग आ गये हैं। मियाँ नमाजी की दाढ़ी भूरी हो गयी है। गीली भी है। वे ्बडबायी आँखों से बड़ी देर तक तिख्ती को देखते रहते हैं। बुदबुदाते हैं, "यहीं तक साथ रहता है। यहीं तक सारे ईर्ष्या, द्वन्द्व, मलाल रहते हैं। इसके आगे सब फाँय-फाँय समाप्त हो जाता है। सभी एक हो जाते हैं। या अल्लाह।"

उनकी बात सुनकर लोगों की आँखें नम हो जाती हैं। एक छेव वे मारते हैं। फिर साथ के लोग मारते हैं। सिरजा जानता है कि ये सब बस इतना ही करेंगे। कब्र तो उसे ही खोदनी है। वह गाँव के युवाओं की ओर इशारा करता है। सभी अपनी-अपनी कमर कसते हैं। रूप नारायण के किनारे सबसे गहरी कब्र खोद दी जाती है। उसमें यु लिन का मृत देह डाल दिया जाता है। गढ्डे को भरने के लिए पहले थोड़ी मिट्टी तिरका डालता है। यह उसका हक है। फिर सभी डालते हैं। गड्ढा भर जाता है, तो मियाँ नमाजी कुदाल सम्हालते हैं और ऊँच-नीच सब बराबर कर देते हैं। चिकनी कब्र के चारों ओर चार बाँस के बड़े-बड़े खूँटे हला दिये जाते हैं। उनसे फँसाकर चारों तरफ एक धागा बाँध दिया जाता है। उसे पारकर यु लिन का प्रेत गाँव नहीं जायेगा, सीधे उस लोक में जायेगा जहाँ ऐसी आत्माएँ रहती हैं। लोग हाथ झाड़कर नदी की ओर स्नान करने के लिए तैयार होते हैं, तो देखते हैं कि मियाँ नमाजी और माजिद अली मियाँ पाड़ा के तमाम दूसरे लोगों के साथ फातिहा पढ़ रहे हैं।

राजन राजखोवा अपना दस्ता लेकर रूप नारायण पार कर आगे बढ़ा। सामने आयु-वर की पत्तियाँ हिल रही थीं। उससे प्रतिबिम्बित हो भागती सूर्य की मन्दताप किरणों को देखकर उसने पेड़ की ऊँचाई के बारे में सोचा। हठात् उसे लगा कि पेड़ की शाखाएँ एक-दूसरे से फूटकर बढ़ती जाती हैं और तब तक बढ़ती जाती हैं, जब तक वे किसी दूसरे पेड़ का स्पर्श नहीं करतीं। उसका दो अर्थ है। एक तो यह कि हर पेड़ दूसरे पेड़ का प्रतिद्वन्द्वी होता है। एक पेड़ का व्यक्तित्व दूसरे पेड़ के व्यक्तित्व की सीमा रचता है। इसलिए प्रतिशाखाएँ निकलनी बन्द हो जाती हैं। दोनों वृक्षों को पूर्णता देने के बाद अवसान की ओर उन्मुख होती हैं। दूसरा यह कि एक-दूसरे के इलाके में अतिक्रमण नहीं करती। वृक्ष स्वभाव से ही जनतान्त्रिक होते हैं। एक पेड़ का अस्तित्व दूसरे के अस्तित्व को कुण्ठित नहीं करता। जैसे ही एक को दूसरे के अस्तित्व के बारे में पता चलता है, वह अपने अस्तित्व को सीमित कर पूर्णता में ढाल देता है। पर वृक्ष समाजवादी नहीं होते।

इसी बात को परेश नाथ दूसरी तरह से सोच रहा था। यह कि बड़े-बड़े पेड़ आपस में चाहे जितने जनतान्त्रिक हों, छोटे और कमजोर वृक्षों के लिए बड़े घातक होते हैं। उनकी जड़ों से उनका खुराक छीन लेते हैं और उसे खाकर मोटाते रहते हैं। दुनिया का सबसे बड़ा बूर्जुआ पेड़ होते हैं। यही बात राजनीति में है। हर बड़ा नेता जाने कितने सम्भावित बड़े नेताओं को विनष्ट कर आगे बढ़ा है। आज यही बात साहित्य में है। अपने को स्थापित करने के लिए वह जाने कितने सम्भावनाशील रचनाकारों को मार देता है। यही काम बीरेन्द्र कुमार भट्टाचार्य ने किया था और यही काम सीता नाथ ब्रह्म चौधरी कर रहे हैं। रीता राजखोवा का अवसान ऐसे ही नहीं हुआ है और आज स्नेहलता बरुआ यूँ ही चढ़ गयी हैं। उसके लिए इन लोगों ने अपना दल बनाया है, आपसी प्रशंसा क्लब बनाया है। जो इस क्लब से बाहर हैं उसे नोटिस में नहीं लिया जाता। लोग कहीं नोटिस न लेने लगें इसलिए उसकी रचना को प्रकाशित होने नहीं दिया जाता। यदि हो जाय तो अपने चेलों से कहा जाता है कि उसे खूब ठण्डेपन से लें। फिर भी लोग नोटिस लेने लगते हैं तो कहा जाता है कि इस रचनाकार को गम्भीरता से नहीं लेना चाहिए, क्योंकि हम लोग नहीं लेते। तो भी लोग लेते रहें तो बायकाट का आयोजन कराया जाता है। अपने को स्थापित कराने के लिए स्थापित लोगों के पास, राजनीतिज्ञों के पास, मीडिया के पास, अकादमियों के पास झोला लटकाएँ दौड़ा जाता है। अपने क्लब में विविध आयोजन कराया जाता है और उन्हें अतिथि, मुख्य अतिथि के रूप में बुलाकर सम्मानित किया जाता है, शराब पिलाया जाता है, उसके लिए धर में नहीं तो होटल में दावत दिया जाता है। रीता राजखोवा को तो पीटर बरले के साथ साट दिया गया। खूब चरित्रहनन किया गया। जब वे मुँह दिखाने के लायक नहीं रह गयीं, तब स्नेहलता बरुआ को आगे किया गया। चेतिया फूकन ने उनकी छवि का भरपूर लाभ अपने भूमिगत संगठन को वैधता और

महिमामण्डन के लिए किया। जब पता चला कि जयदेव मजूमदार मार्क्सवाद के नाम किन्हीं संगठनों को अपने साथ जोड़ने में सफल हो गया है, तो उसके मन में असम के समस्त बागियों को एक संगठन के तले लाने का मन बनाया। उसके लिए जरूरी था कि राजन राजखोवा और परेश नाथ शर्मा के बीच का दुराव समाप्तकर उन्हें मजबूती से एक किया जाय। इसके लिए उसने स्नेहलता बरुआ का भरपूर उपयोग किया और उनके प्रयासों से दोनों एक हो भी गये। तब उसने पूरे असम के विद्रोहियों को एक करने की मुहिम चलायी। विचारधारा के लिए मार्क्सवाद की जगह अमिय राय चौधरी के विचारों को एक बार फिर केन्द्र में लाया। कहा कि असम का आदमी अपने पहचान के लिए परेशान है, साम्यवाद के लिए नहीं। उसकी पहचान को बहिरागत निरन्तर खाते जा रहे हैं। इसी को मुद्दा बनाकर विभिन्न दल सत्ता में आते रहे हैं, जाते रहे हैं। हमारी खुली राजनीति इतनी दोगली और कमजोर है कि कोई इस मुद्दा का हल ढूँढ नहीं पाता। एक ढूँढने चलता है, तो दूसरा उसमें अड़ँगा डालता है। यह सब वोट की राजनीति के चलते है। इसका हल वहीं ढूँढ पायेगा जो इस वोट की राजनीति से ऊपर उठेगा। वह काम हम कर रहे हैं। हम सत्ता में चुनाव जीतकर नहीं रण जीत कर आना चाहते हैं। इसलिए अपील है सभी रणबाँकुरों से कि वे एक हों, अन्यथा ये सरकारें उन्हें अलग-अलग नेस्तनाबूद कर देंगी।

बात तो ठीक थी। पर राजन राजखोवा को यह समझ में नहीं आया कि जब सभी बागियों के उद्देश्य में भिन्नता है, तो सिर्फ 'भिन्नता' के नाम पर एका कैसे होगी? चेतिया फूकन ने समझाया कि सभी असम को 'लिबरेट' करना चाहते हैं। यानी उसे वह नहीं रहने देना चाहते, जो वह आज है। इसके लिए वे भारत से अलग हो जाने तक के लिए तैयार हैं। एक सीमित सम्प्रभुता सभी चाह रहे हैं। इसलिए हमारी लड़ाई उसके लिए होनी चाहिए। रही बात ऊपरी असम और नीचले असम के द्वन्द्व की तो स्वायत्तता मिलन के बाद हम प्रान्त को दो भागों में बाँट लेंगे।

यही बात समझाने के लिए राजन राजखोवा और परेश नाथ शर्मा निकले थे। राजखोवा को जोसफ मिंज से बात करनी थी, शर्मा को लम्बोदर साइकिया से। इसके लिए वे केन्द्रीय सुरक्षा बलों और असम की पुलिस तथा हर तरह के पत्रकारों से बचते हुए नदी, नालों के टेढ़े-मेढ़े, ऊबड़-खाबड़ रास्तों से चलते वे यहाँ पहुँचे थे। इतना थक गये थे कि एक दिन पूरी तरह से आराम करना चाहते थे। कपड़े साफ कर लेना चाहते थे। ठीक से भोजन कर लेना चाहते थे। यह जगह उन्हें निरापद लगी। पोचई ने उनका भरपूर स्वागत किया। तिरंका की दुकान से भोजन के लिए सामान लिया, सिरजा को दौड़कार मुर्गी-बत्तख का इन्तजाम किया। बाप-बेटी के साथ सिरजा भी राँधने में जुट गया। लक्ष्मी और सिरजा की छेड़-छाड़ देखकर मौका मिलते ही उसने लक्ष्मी से कहा, "तू कह तो तेरी शादी सिरजा से करा देता हूँ।"

"धत्त" कह लक्ष्मी मुड़ गयी। तिरका उसे अपनी बहन की तरह मानता था। अपनी बहन क्या होती है, उसके साथ कैसा व्यवहार किया जाता है, वह नहीं जानता था। पर बनायी बहन के साथ व्यवहार करना वह खूब जानता था। इसलिए कहा, "इसमें हर्ज क्या है?"

"है न।"

"क्या?"

"वह मुझसे कितना छोटा है?"

तिरका ने इस पर गौर नहीं किया था। अब किया तो इसमें कुछ विशेष आपत्तिजनक नहीं लगा। कहा, "उतना छोटा भी नहीं है।"

लक्ष्मी चुप रही। फिर अपने काम में जाकर लग गयी। पर तिरका ने ठान लिया था कि आज इस पर फैसला कर-करा लेगा। मौका मिलते ही कहा, "बोल न।"

लक्ष्मी ने कुछ देर तक सोचकर कहा, "बरसठ को आने दो।"

"बरसठ क्यों?"

"उसके आने पर बताऊँगी।"

तिरका कुछ समझा, कुछ नहीं समझा। कहा, "तेरी मर्जी।"

आगन्तुक नहाने चले गये थे। उनके सामान पोचई की झोंपड़ी में यहाँ-वहाँ बिखरे पड़े थे। साफ करने के लिए और जगह बनाने के लिए वह उनको समेटने लगा तो भारी और कड़े सामान कपड़ों में बँधे मिले। जिज्ञासावश कपड़े टालकर देखा तो वे राइफलें थीं, उनकी गोलियाँ थीं। वह हैरान और सन्न रह गया। पहले सोचा कि इसकी चर्चा किसी से नहीं करूंगा। पर पोचई को आगाह करना जरूरी था। वह थोड़ी दूरी पर खाना पका रहा था। वह जब अकेले दिखा तो जाकर बात बतायी। पोचई ने कहा, "हमें पहले ही सन्देह था कि ये 'इसरजेण्ट' हैं। इसलिए मैं खाना बनाने के लिए तैयार हो गया। इनसे पंगा लेना ठीक नहीं।"

तिरका चला गया। उनके खाने और आराम करने के समय कुछ सोचता रहा। फिर एक निर्णय ले लिया। वे रात में वहीं रुके। दूसरे दिन चलने को हुए तो तिरका ने कहा, "मैं भी साथ चलता हूँ।"

उन्हें भी एक ऐसे आदमी की जरूरत थी, जो इस इलाके को जानता हो, यहाँ के लोगों को जानता हो। वे साथ ले चलने के लिए तैयार हो गये। उसने सिरजा को बुलाकर कहा, "अभी तक तू मेरे नौकर और सहायक की तरह काम करता था इस दूकान में। अब मालिक की तरह करना और मेरे परिवार का ध्यान रखना। मैं इनके साथ जाता हूँ। एक दिन इनकी फोर्स लेकर आऊँगा और मियाँपाड़ा के पासवाला अपना खेत कब्जा करूँगा। देवता कह गये हैं...।"

ठीक उसी वक्त तरुन गोगाई रंगनाथ को लेकर एडवोकेट मुकुल सोनवाल के साथ दिल्ली जानेवाली ट्रेन में सवार हो रहे थे, बहिरागतों के विरुद्ध जनहित याचिका दाखिल करने के लिए।

□□□